Goethe
Dichtung und Wahrheit

Johann Wolfgang Goethe

Dichtung und Wahrheit

Herausgegeben von
Walter Hettche

Philipp Reclam jun. Stuttgart

RECLAMS UNIVERSAL-BIBLIOTHEK Nr. 18939

Durchgesehene und bibliographisch ergänzte Ausgabe 2012
Gesamtherstellung: Reclam, Ditzingen. Printed in Germany 2012

ISBN 978-3-15-018939-9

www.reclam.de

Aus meinem Leben

Dichtung und Wahrheit.

Von

Goethe.

Erster Theil.

Ὁ μὴ δαρεὶς ἄνθρωπος οὐ παιδεύεται.

Tübingen,

in der J. G. Cottaischen Buchhandlung.

1811.

Als Vorwort zu der gegenwärtigen Arbeit, welche desselben vielleicht mehr als eine andere bedürfen möchte, stehe hier der Brief eines Freundes, durch den ein solches, immer bedenkliches Unternehmen veranlaßt worden.

»Wir haben, teurer Freund, nunmehr die zwölf Teile Ihrer dichterischen Werke beisammen, und finden, indem wir sie durchlesen, manches Bekannte, manches Unbekannte; ja manches Vergessene wird durch diese Sammlung wieder angefrischt. Man kann sich nicht enthalten, diese zwölf Bände, welche in Einem Format vor uns stehen, als ein Ganzes zu betrachten, und man möchte sich daraus gern ein Bild des Autors und seines Talents entwerfen. Nun ist nicht zu leugnen, daß für die Lebhaftigkeit, womit derselbe seine schriftstellerische Laufbahn begonnen, für die lange Zeit die seitdem verflossen, ein Dutzend Bändchen zu wenig scheinen müssen. Ebenso kann man sich bei den einzelnen Arbeiten nicht verhehlen, daß meistens besondere Veranlassungen dieselben hervorgebracht, und sowohl äußere bestimmte Gegenstände als innere entschiedene Bildungsstufen daraus hervorscheinen, nicht minder auch gewisse temporäre moralische und ästhetische Maximen und Überzeugungen darin obwalten. Im Ganzen aber bleiben diese Produktionen immer unzusammenhängend; ja oft sollte man kaum glauben, daß sie von demselben Schriftsteller entsprungen seien.

Ihre Freunde haben indessen die Nachforschung nicht aufgegeben und suchen, als näher bekannt mit Ihrer Lebens- und Denkweise, manches Rätsel zu erraten, manches Problem aufzulösen; ja sie finden, da eine alte Neigung und ein verjährtes Verhältnis ihnen beisteht, selbst in den vorkommenden Schwierigkeiten einigen Reiz. Doch würde uns hie und da eine Nachhülfe nicht unangenehm sein, welche Sie unsern freundschaftlichen Gesinnungen nicht wohl versagen dürfen.

Das erste also, warum wir Sie ersuchen, ist, daß Sie uns Ihre, bei der neuen Ausgabe, nach gewissen innern Beziehungen geordneten Dichtwerke in einer chronologischen Folge aufführen und sowohl die Lebens- und Gemütszustände, die den Stoff dazu hergegeben, als auch die Beispiele, welche auf Sie gewirkt, nicht weniger die theoretischen Grundsätze, denen Sie gefolgt, in einem gewissen Zusammenhange vertrauen möchten. Widmen Sie diese Bemühung einem engern Kreise, vielleicht entspringt daraus etwas, was auch einem größern angenehm und nützlich werden kann. Der Schriftsteller soll bis in sein höchstes Alter den Vorteil nicht aufgeben, sich mit denen die eine Neigung zu ihm gefaßt, auch in die Ferne zu unterhalten; und wenn es nicht einem jeden verliehen sein möchte, in gewissen Jahren mit unerwarteten, mächtig wirksamen Erzeugnissen von neuem aufzutreten: so sollte doch gerade zu der Zeit, wo die Erkenntnis vollständiger, das Bewußtsein deutlicher wird, das Geschäft sehr unterhaltend und neubelebend sein, jenes Hervorgebrachte wieder als Stoff zu behandeln und zu einem Letzten zu bearbeiten, welches denen abermals zur Bildung gereiche, die sich früher mit und an dem Künstler gebildet haben.«

Dieses so freundlich geäußerte Verlangen erweckte bei mir unmittelbar die Lust es zu befolgen. Denn wenn wir in früherer Zeit leidenschaftlich unsern eigenen Weg gehen, und um nicht irre zu werden, die Anforderungen anderer ungeduldig ablehnen, so ist es uns in spätern Tagen höchst erwünscht, wenn irgend eine Teilnahme uns aufregen und zu einer neuen Tätigkeit liebevoll bestimmen mag. Ich unterzog mich daher sogleich der vorläufigen Arbeit, die größeren und kleineren Dichtwerke meiner zwölf Bände auszuzeichnen und den Jahren nach zu ordnen. Ich suchte mir Zeit und Umstände zu vergegenwärtigen, unter welchen ich sie hervorgebracht. Allein das Geschäft ward bald beschwerlicher, weil ausführliche Anzeigen und Erklärungen nötig wurden, um die Lücken zwischen dem bereits Bekanntgemachten auszufüllen. Denn zuvörderst fehlt alles woran ich mich zuerst geübt, es fehlt manches Angefangene und nicht Vollendete; ja sogar ist die äußere Gestalt manches Vollendeten völlig verschwunden, indem es in der Folge gänzlich umgearbeitet und in eine andere Form gegossen worden. Außer diesem blieb mir auch noch zu gedenken, wie ich mich in Wissenschaften und andern Künsten bemüht, und was ich in solchen fremd scheinenden Fächern sowohl einzeln als in Verbindung mit Freunden, teils im stillen geübt, teils öffentlich bekannt gemacht.

Alles dieses wünschte ich nach und nach zu Befriedigung meiner Wohlwollenden einzuschalten; allein diese Bemühungen und Betrachtungen führten mich immer weiter: denn indem ich jener sehr wohl überdachten Forderung zu entsprechen wünschte, und mich bemühte, die innern Regungen, die äußern Einflüsse, die theoretisch und praktisch von mir betretenen Stufen, der Reihe nach darzustellen; so ward ich aus meinem engen Privatleben in die weite Welt gerückt, die Gestalten von hundert bedeutenden Menschen, welche näher oder entfernter auf mich eingewirkt, traten hervor; ja die ungeheuren Bewegungen des allgemeinen politischen Weltlaufs, die auf mich wie auf die ganze Masse der Gleichzeitigen den größten Einfluß gehabt, mußten vorzüglich beachtet werden. Denn dieses scheint die Hauptaufgabe der Biographie zu sein, den Menschen in seinen Zeitverhältnissen darzustellen, und zu zeigen, inwiefern ihm das Ganze widerstrebt, inwiefern es ihn begünstigt, wie er sich eine Welt- und Menschenansicht daraus gebildet, und wie er sie, wenn er Künstler, Dichter, Schriftsteller ist, wieder nach außen abgespiegelt. Hiezu wird aber ein kaum Erreichbares gefordert, daß nämlich das Individuum sich und sein Jahrhundert kenne, sich, inwiefern es unter allen Umständen dasselbe geblieben, das Jahrhundert, als welches sowohl den Willigen als Unwilligen mit sich fortreißt, bestimmt und bildet, dergestalt daß man wohl sagen kann, ein jeder, nur zehn Jahre früher oder später geboren, dürfte, was seine eigene Bildung und die Wirkung nach außen betrifft, ein ganz anderer geworden sein.

Auf diesem Wege, aus dergleichen Betrachtungen und Versuchen, aus solchen Erinnerungen und Überlegungen entsprang die gegenwärtige Schilderung, und aus diesem Gesichtspunkt ihres Entstehens wird sie am besten genossen, genutzt, und am billigsten beurteilt werden können. Was aber sonst noch, besonders über die halb poetische, halb historische Behandlung etwa zu sagen sein möchte, dazu findet sich wohl im Laufe der Erzählung mehrmals Gelegenheit.

Erstes Buch

Am 28. August 1749, mittags mit dem Glockenschlage zwölf, kam ich in Frankfurt am Main auf die Welt. Die Konstellation war glücklich; die Sonne stand im Zeichen der Jungfrau, und kulminierte für den Tag; Jupiter und Venus blickten sie freundlich an, Merkur nicht widerwärtig; Saturn und Mars verhielten sich gleichgültig: nur der Mond, der soeben voll ward, übte die Kraft seines Gegenscheins um so mehr, als zugleich seine Planetenstunde eingetreten war. Er widersetzte sich daher meiner Geburt, die nicht eher erfolgen konnte, als bis diese Stunde vorübergegangen.

Diese guten Aspekten, welche mir die Astrologen in der Folgezeit sehr hoch anzurechnen wußten, mögen wohl Ursache an meiner Erhaltung gewesen sein: denn durch Ungeschicklichkeit der Hebamme kam ich für tot auf die Welt, und nur durch vielfache Bemühungen brachte man es dahin, daß ich das Licht erblickte. Dieser Umstand, welcher die Meinigen in große Not versetzt hatte, gereichte jedoch meinen Mitbürgern zum Vorteil, indem mein Großvater, der Schultheiß Johann Wolfgang Textor, daher Anlaß nahm, daß ein Geburtshelfer angestellt, und der Hebammen-Unterricht eingeführt oder erneuert wurde; welches denn manchem der Nachgebornen mag zu Gute gekommen sein.

Wenn man sich erinnern will, was uns in der frühsten Zeit der Jugend begegnet ist, so kommt man oft in den Fall, dasjenige was wir von andern gehört, mit dem zu verwechseln, was wir wirklich aus eigner anschauender Erfahrung besitzen. Ohne also hierüber eine genaue Untersuchung anzustellen, welche ohnehin zu nichts führen kann, bin ich mir bewußt, daß wir in einem alten Hause wohnten, welches eigentlich aus zwei durchgebrochenen Häusern bestand. Eine turmartige Treppe führte zu unzusammenhangenden Zimmern, und die Ungleichheit der Stockwerke war durch Stufen ausgeglichen. Für uns Kinder, eine jüngere Schwester und mich, war der untere weitläuftige Hausflur der liebste Raum, welcher neben der Türe ein großes hölzernes Gitterwerk hatte, wodurch man unmittelbar mit der Straße und der freien Luft in Verbindung kam. Einen solchen Vogelbauer, mit dem viele Häuser versehen waren, nannte man ein G e r ä m s. Die Frauen saßen darin, um zu nähen und zu stricken; die Köchin las ihren Salat; die Nachbarinnen besprachen sich von daher miteinander, und die Straßen gewannen dadurch in der guten Jahrszeit ein südliches Ansehen. Man fühlte sich frei, indem man mit dem Öffentlichen vertraut war. So kamen auch durch diese Gerämse die Kinder mit den Nachbarn in Verbindung, und mich gewannen drei gegenüber wohnende Brüder v o n O c h s e n s t e i n, hinterlassene Söhne des verstorbenen Schultheißen, gar lieb, und beschäftigten und neckten sich mit mir auf mancherlei Weise.

Die Meinigen erzählten gern allerlei Eulenspiegeleien, zu denen mich jene sonst ernste und einsame Männer angereizt. Ich führe nur einen von diesen Streichen an. Es war eben Topfmarkt gewesen, und man hatte nicht allein die Küche für die nächste Zeit mit solchen Waren versorgt, sondern auch uns Kindern dergleichen Geschirr im Kleinen zu spielender Beschäftigung eingekauft. An einem schönen Nachmittag, da alles ruhig im Hause war, trieb ich im Geräms mit meinen Schüsseln und Töpfen mein Wesen, und da weiter nichts dabei herauskommen wollte, warf ich ein Geschirr auf die

Straße und freute mich, daß es so lustig zerbrach. Die von Ochsenstein, welche sahen, wie ich mich daran ergetzte, daß ich so gar fröhlich in die Händchen patschte, riefen: »Noch mehr!« Ich säumte nicht, sogleich einen Topf, und auf immer fortwährendes Rufen: »Noch mehr!« nach und nach sämtliche Schüsselchen, Tiegelchen, Kännchen gegen das Pflaster zu schleudern. Meine Nachbarn fuhren fort ihren Beifall zu bezeigen, und ich war höchlich froh ihnen Vergnügen zu machen. Mein Vorrat aber war aufgezehrt und sie riefen immer: »Noch mehr!« Ich eilte daher stracks in die Küche und holte die irdenen Teller, welche nun freilich im Zerbrechen noch ein lustigeres Schauspiel gaben; und so lief ich hin und wider, brachte einen Teller nach dem andern, wie ich sie auf dem Topfbrett der Reihe nach erreichen konnte, und weil sich jene gar nicht zufrieden gaben, so stürzte ich alles was ich von Geschirr erschleppen konnte, in gleiches Verderben. Nur später erschien jemand zu hindern und zu wehren. Das Unglück war geschehen, und man hatte für so viel zerbrochne Töpferware wenigstens eine lustige Geschichte, an der sich besonders die schalkischen Urheber bis an ihr Lebensende ergetzten.

Meines Vaters Mutter, bei der wir eigentlich im Hause wohnten, lebte in einem großen Zimmer hinten hinaus, unmittelbar an der Hausflur, und wir pflegten unsere Spiele bis an ihren Sessel, ja wenn sie krank war, bis an ihr Bett hin auszudehnen. Ich erinnere mich ihrer gleichsam als eines Geistes, als einer schönen, hagern, immer weiß und reinlich gekleideten Frau. Sanft, freundlich, wohlwollend, ist sie mir im Gedächtnis geblieben.

Wir hatten die Straße, in welcher unser Haus lag, den Hirschgraben nennen hören; da wir aber weder Graben noch Hirsche sahen, so wollten wir diesen Ausdruck erklärt wissen. Man erzählte sodann, unser Haus stehe auf einem Raum, der sonst außerhalb der Stadt gelegen, und da wo jetzt die Straße sich befinde, sei ehmals ein Graben gewesen, in welchem eine Anzahl Hirsche unterhalten worden. Man habe diese Tiere hier bewahrt und genährt, weil nach einem alten Herkommen der Senat alle Jahre einen Hirsch öffentlich verspeiset, den man denn für einen solchen Festtag hier im Graben immer zur Hand gehabt, wenn auch auswärts Fürsten und Ritter der Stadt ihre Jagdbefugnis verkümmerten und störten, oder wohl gar Feinde die Stadt eingeschlossen oder belagert hielten. Dies gefiel uns sehr, und wir wünschten, eine solche zahme Wildbahn wäre auch noch bei unsern Zeiten zu sehen gewesen.

Die Hinterseite des Hauses hatte, besonders aus dem oberen Stock, eine sehr angenehme Aussicht über eine beinah unabsehbare Fläche von Nachbarsgärten, die sich bis an die Stadtmauern verbreiteten. Leider aber war, bei Verwandlung der sonst hier befindlichen Gemeindeplätze in Hausgärten, unser Haus und noch einige andere, die gegen die Straßenecke zu lagen, sehr verkürzt worden, indem die Häuser vom Roßmarkt her weitläufige Hintergebäude und große Gärten sich zueigneten, wir aber uns durch eine ziemlich hohe Mauer unsres Hofes von diesen so nah gelegenen Paradiesen ausgeschlossen sahen.

Im zweiten Stock befand sich ein Zimmer, welches man das Gartenzimmer nannte, weil man sich daselbst durch wenige Gewächse vor dem Fenster den Mangel eines Gartens zu ersetzen gesucht hatte. Dort war, wie ich heranwuchs, mein liebster, zwar nicht trauriger, aber doch sehnsüchtiger Aufenthalt. Über jene Gärten hinaus, über Stadtmauern und Wälle sah man in eine schöne fruchtbare Ebene; es ist die, welche sich nach Höchst hinzieht. Dort lernte ich Sommerszeit gewöhnlich meine Lektionen, wartete die Gewitter ab, und konnte mich an der untergehenden Sonne, gegen welche die Fenster gerade gerichtet waren, nicht satt genug sehen. Da ich aber zu gleicher Zeit die Nachbarn in ihren Gärten wandeln und ihre Blumen besorgen, die Kinder spielen, die Gesellschaften sich ergetzen sah, die Kegelkugeln rollen und die Kegel fallen hörte; so erregte dies frühzeitig in mir ein Gefühl der Einsamkeit und einer daraus entspringenden Sehnsucht, das dem von der Natur in mich gelegten Ernsten und Ahndungsvollen entsprechend, seinen Einfluß gar bald und in der Folge noch deutlicher zeigte.

Die alte, winkelhafte, an vielen Stellen düstere Beschaffenheit des Hauses war übrigens geeignet, Schauer und Furcht in kindlichen Gemütern zu erwecken. Unglücklicher Weise hatte man noch die Erziehungsmaxime, den Kindern frühzeitig alle Furcht vor dem Ahndungsvollen und Unsichtbaren zu benehmen, und sie an das Schauderhafte zu gewöhnen. Wir Kinder sollten daher allein schlafen, und wenn uns dieses unmöglich fiel, und wir uns sacht aus den Betten hervormachten und die Gesellschaft der Bedienten und Mägde suchten; so stellte sich, in umgewandtem Schlafrock und also für uns verkleidet genug, der Vater in den Weg und schreckte uns in unsere Ruhestätte zurück. Die daraus entspringende üble Wirkung denkt sich jedermann. Wie soll derjenige die Furcht los werden, den man zwischen ein doppeltes Furchtbare einklemmt? Meine Mutter, stets heiter und froh, und andern das gleiche gönnend, erfand eine bessere pädagogische Auskunft. Sie wußte ihren Zweck durch Belohnungen zu erreichen. Es war die Zeit der Pfirschen, deren reichlichen Genuß sie uns jeden Morgen versprach, wenn wir nachts die Furcht überwunden hätten. Es gelang, und beide Teile waren zufrieden.

Innerhalb des Hauses zog meinen Blick am meisten eine Reihe römischer Prospekte auf sich, mit welchen der Vater einen Vorsaal ausgeschmückt hatte, gestochen von einigen geschickten Vorgängern des Piranese, die sich auf Architektur und Perspektive wohl verstanden, und deren Nadel sehr deutlich und schätzbar ist. Hier sah ich täglich die Piazza del Popolo, das Coliseo, den Petersplatz, die Peterskirche von außen und innen, die Engelsburg und so manches andere. Diese Gestalten drückten sich tief bei mir ein, und der sonst sehr lakonische Vater hatte wohl manchmal die Gefälligkeit, eine Beschreibung des Gegenstandes vernehmen zu lassen. Seine Vorliebe für die italienische Sprache und für alles was sich auf jenes Land bezieht, war sehr ausgesprochen. Eine kleine Marmor- und Naturaliensammlung, die er von dorther mitgebracht, zeigte er uns auch manchmal vor, und einen großen Teil seiner Zeit verwendete er auf seine italienisch verfaßte Reisebeschreibung, deren Abschrift und Redaktion er eigenhändig, heftweise, langsam und genau ausfertigte. Ein alter heiterer italienischer Sprachmeister, Giovinazzi genannt, war ihm daran behülflich. Auch sang der Alte nicht übel, und meine Mutter mußte sich bequemen, ihn und sich selbst mit dem Klaviere täglich zu akkompagnieren; da ich denn das »Solitario bosco ombroso« bald kennen lernte, und auswendig wußte, ehe ich es verstand.

Mein Vater war überhaupt lehrhafter Natur, und bei seiner Entfernung von Geschäften wollte er gern dasjenige was er wußte und vermochte, auf andre übertragen. So hatte er meine Mutter in den ersten Jahren ihrer Verheiratung zum fleißigen Schreiben angehalten, wie zum Klavierspielen und Singen; wobei sie sich genötigt sah, auch in der italienischen Sprache einige Kenntnis und notdürftige Fertigkeit zu erwerben.

Gewöhnlich hielten wir uns in allen unsern Freistunden zur Großmutter, in deren geräumigem Wohnzimmer wir hinlänglich Platz zu unsern Spielen fanden. Sie wußte uns mit allerlei Kleinigkeiten zu beschäftigen, und mit allerlei guten Bissen zu erquicken. An einem Weihnachtsabende jedoch setzte sie allen ihren Wohltaten die Krone auf, indem sie uns ein Puppenspiel vorstellen ließ, und so in dem alten Hause eine neue Welt erschuf. Dieses unerwartete Schauspiel zog die jungen Gemüter mit Gewalt an sich; besonders auf den Knaben machte es einen sehr starken Eindruck, der in eine große langdauernde Wirkung nachklang.

Die kleine Bühne mit ihrem stummen Personal, die man uns anfangs nur vorgezeigt hatte, nachher aber zu eigner Übung und dramatischer Belebung übergab, mußte uns Kindern um so viel werter sein, als es das letzte Vermächtnis unserer guten Großmutter war, die bald darauf durch zunehmende Krankheit unsern Augen erst entzogen, und dann für immer durch den Tod entrissen wurde. Ihr Abscheiden war für die Familie von desto größerer Bedeutung, als es eine völlige Veränderung in dem Zustande derselben nach sich zog.

Solange die Großmutter lebte, hatte mein Vater sich gehütet, nur das mindeste im Hause zu verändern oder zu erneuern; aber man wußte wohl, daß er sich zu einem Hauptbau vorbereitete, der nunmehr auch sogleich vorgenommen wurde. In Frankfurt, wie in mehrern alten Städten, hatte man bei Aufführung hölzerner Gebäude, um Platz zu gewinnen, sich erlaubt, nicht allein mit dem ersten, sondern auch mit den folgenden Stocken überzubauen; wodurch denn freilich besonders enge Straßen etwas Düsteres und Ängstliches bekamen. Endlich ging ein Gesetz durch, daß wer ein neues Haus von Grund auf baue, nur mit dem ersten Stock über das Fundament herausrücken dürfe, die übrigen aber senkrecht aufführen müsse. Mein Vater, um den vorspringenden Raum im zweiten Stock auch nicht aufzugeben, wenig bekümmert um äußeres architektonisches Ansehen, und nur um innere gute und bequeme Einrichtung besorgt, bediente sich, wie schon mehrere vor ihm getan, der Ausflucht, die oberen Teile des Hauses zu unterstützen und von unten herauf einen nach dem andern wegzunehmen, und das Neue gleichsam einzuschalten, so daß, wenn zuletzt gewissermaßen nichts von dem Alten übrig blieb, der ganz neue Bau noch immer für eine Reparatur gelten konnte. Da nun also das Einreißen und Aufrichten allmählich geschah, so hatte mein Vater sich vorgenommen, nicht aus dem Hause zu weichen, um desto besser die Aufsicht zu führen und die Anleitung geben zu können: denn aufs Technische des Baues verstand er sich ganz gut; dabei wollte er aber auch seine Familie nicht von sich lassen. Diese neue Epoche war den Kindern sehr überraschend und sonderbar. Die Zimmer, in denen man sie oft enge genug gehalten und mit wenig erfreulichem Lernen und Arbeiten geängstigt, die Gänge, auf denen sie gespielt, die Wände, für deren Reinlichkeit und Erhaltung man sonst so sehr gesorgt, alles das vor der Hacke des Maurers, vor dem Beile des Zimmermanns fallen zu sehen, und zwar von unten herauf, und indessen oben auf unterstützten Balken, gleichsam in der Luft zu schweben, und dabei immer noch zu einer gewissen Lektion, zu einer bestimmten Arbeit angehalten zu werden – dieses alles brachte eine Verwirrung in den jungen Köpfen hervor, die sich so leicht nicht wieder ins gleiche setzen ließ. Doch wurde die Unbequemlichkeit von der Jugend weniger empfunden, weil ihr etwas mehr Spielraum als bisher, und manche Gelegenheit sich auf Balken zu schaukeln und auf Brettern zu schwingen, gelassen ward.

Hartnäckig setzte der Vater die erste Zeit seinen Plan durch; doch als zuletzt auch das Dach teilweise abgetragen wurde, und ohngeachtet alles übergespannten Wachstuches von abgenommenen Tapeten, der Regen bis zu unsern Betten gelangte: so entschloß er sich, obgleich ungern, die Kinder wohlwollenden Freunden, welche sich schon früher dazu erboten hatten, auf eine Zeit lang zu überlassen und sie in eine öffentliche Schule zu schicken.

Dieser Übergang hatte manches Unangenehme: denn indem man die bisher zu Hause abgesondert, reinlich, edel, obgleich streng, gehaltenen Kinder unter eine rohe Masse von jungen Geschöpfen hinunterstieß; so hatten sie vom Gemeinen, Schlechten, ja Niederträchtigen ganz unerwartet alles zu leiden, weil sie aller Waffen und aller Fähigkeit ermangelten, sich dagegen zu schützen.

Um diese Zeit war es eigentlich, daß ich meine Vaterstadt zuerst gewahr wurde: wie ich denn nach und nach immer freier und ungehinderter, teils allein, teils mit muntern Gespielen, darin auf und ab wandelte. Um den Eindruck, den diese ernsten und würdigen Umgebungen auf mich machten, einigermaßen mitzuteilen, muß ich hier mit der Schilderung meines Geburtsortes vorgreifen, wie er sich in seinen verschiedenen Teilen allmählich vor mir entwickelte. Am liebsten spazierte ich auf der großen Mainbrücke. Ihre Länge, ihre Festigkeit, ihr gutes Ansehen machte sie zu einem bemerkenswerten Bauwerk; auch ist es aus früherer Zeit beinahe das einzige Denkmal jener Vorsorge, welche die weltliche Obrigkeit ihren Bürgern schuldig ist. Der schöne Fluß auf- und abwärts zog meine Blicke nach sich; und wenn auf dem Brükkenkreuz der goldene Hahn im Sonnenschein glänzte, so war es mir immer eine erfreuliche Empfindung. Gewöhnlich ward alsdann durch Sachsenhausen spaziert, und die Überfahrt für einen Kreuzer gar behaglich genossen. Da befand man sich nun wieder diesseits, da schlich man zum Weinmarkte, bewunderte den Mechanismus der Krane, wenn Waren ausgeladen wurden; besonders aber unterhielt uns die Ankunft der Marktschiffe, wo man so mancherlei und mitunter so seltsame Figuren aussteigen sah. Ging es nun in die Stadt herein, so ward jederzeit der Saalhof, der wenigstens an der Stelle stand, wo die Burg Kaiser Carls des Großen und seiner Nachfolger gewesen sein sollte, ehrfurchtsvoll gegrüßt. Man verlor sich in die alte Gewerbstadt, und besonders Markttages gern in dem Gewühl, das sich um die Bartholomäus-Kirche herum versammelte. Hier hatte sich, von den frühsten Zeiten an, die Menge der Verkäufer und Krämer übereinander gedrängt, und wegen einer solchen Besitznahme konnte nicht leicht in den neuern Zeiten eine geräumige und heitere Anstalt Platz finden. Die Buden des sogenannten Pfarreisen waren uns Kindern sehr bedeutend, und wir trugen manchen Batzen hin, um uns farbige, mit goldenen Tieren bedruckte Bogen anzuschaffen. Nur selten aber mochte man sich über den beschränkten, vollgepfropften und unreinlichen Marktplatz hindrängen. So erinnere ich mich auch, daß ich immer mit Entsetzen vor den daranstoßenden, engen und häßlichen Fleischbänken geflohen bin. Der Römerberg war ein desto angenehmerer Spazierplatz. Der Weg nach der neuen Stadt, durch die neue Kräm, war immer aufheiternd und ergetzlich; nur verdroß es uns, daß nicht neben der Liebfrauen-Kirche eine Straße nach der Zeile zuging, und wir immer den großen Umweg durch die Hasengasse oder die Catharinenpforte machen mußten. Was aber die Aufmerksamkeit des Kindes am meisten an sich zog, waren die vielen kleinen Städte in der Stadt, die Festungen in der Festung, die ummauerten Klosterbezirke nämlich, und die aus frühern Jahrhunderten noch übrigen mehr oder minder burgartigen Räume: so der Nürnberger Hof, das Kompostell, das Braunfels, das Stammhaus derer von Stallburg, und mehrere in den spätern Zeiten zu Wohnungen und Gewerbsbenutzungen eingerichtete Vesten. Nichts architektonisch Erhebendes war damals in Frankfurt zu sehen: alles deutete auf eine längst vergangne, für Stadt und Gegend sehr unruhige Zeit. Pforten und Türme, welche die Grenze der alten Stadt bezeichneten, dann weiterhin abermals Pforten, Türme, Mauern, Brücken, Wälle, Gräben, womit die neue Stadt umschlossen war, alles sprach noch zu deutlich aus, daß die Notwendigkeit, in unruhigen Zeiten dem Gemeinwesen Sicherheit zu verschaffen, diese Anstalten hervorgebracht, daß die Plätze, die Straßen, selbst die neuen, breiter und schöner angelegten, alle nur dem Zufall und der Willkür und keinem regelnden Geiste ihren Ursprung zu danken hatten. Eine gewisse Neigung zum Altertümlichen setzte sich bei dem Knaben fest, welche besonders durch alte Chroniken, Holzschnitte, wie z. B. den Graveschen von der Belagerung von Frankfurt, genährt und begünstigt wurde; wobei noch eine andre Lust, bloß menschliche Zustände in ihrer Mannigfaltigkeit und Natürlichkeit, ohne weitern Anspruch auf Interesse oder Schönheit, zu erfassen, sich hervortat. So war es eine von unsern liebsten Promenaden, die wir uns des Jahrs ein paarmal zu verschaffen suchten, inwendig auf dem Gange der Stadtmauer herzuspazieren. Gärten, Höfe, Hintergebäude ziehen sich bis an den Zwinger heran; man sieht mehreren tausend Menschen in ihre häuslichen, kleinen, abgeschlossenen, verborgenen Zustände. Von dem Putz- und Schaugarten des Reichen zu den Obstgärten des für seinen Nutzen besorgten Bürgers, von da zu Fabriken, Bleichplätzen und ähnlichen Anstalten, ja bis zum Gottesacker selbst – denn eine kleine Welt lag innerhalb des Bezirks der Stadt – ging man an dem mannigfaltigsten, wunderlichsten, mit jedem Schritt sich verändernden Schauspiel vorbei, an dem unsre kindische Neugier sich nicht genug ergetzen konnte. Denn fürwahr der bekannte hinkende Teufel, als er für seinen Freund die Dächer von Madrid in der Nacht abhob, hat kaum mehr für diesen geleistet, als hier vor uns unter freiem Himmel, bei hellem Sonnenschein, getan war. Die Schlüssel, deren man sich auf diesem Wege bedienen mußte, um durch mancherlei Türme, Treppen und Pförtchen durchzukommen, waren in den Händen der Zeugherren, und wir verfehlten nicht ihren Subalternen aufs beste zu schmeicheln.

Bedeutender noch und in einem andern Sinne fruchtbarer blieb für uns das Rathaus, der Römer genannt. In seinen untern, gewölbähnlichen Hallen verloren wir uns gar zu gerne. Wir verschafften uns Eintritt in das große, höchst einfache Sessionszimmer des Rates. Bis auf eine gewisse Höhe getäfelt, waren übrigens die Wände so wie die Wölbung weiß, und das Ganze ohne Spur von Malerei oder irgend einem Bildwerk. Nur an der mittelsten Wand in der Höhe las man die kurze Inschrift:

Eines Manns Rede
Ist keines Manns Rede:
Man soll sie billig hören beede.

Nach der altertümlichsten Art waren für die Glieder dieser Versammlung Bänke ringsumher an der Vertäfelung angebracht und um eine Stufe von dem Boden erhöht. Da begriffen wir leicht, warum die Rangordnung unsres Senats nach Bänken eingeteilt sei. Von der Türe linker Hand bis in die gegenüberstehende Ecke, als auf der ersten Bank, saßen die Schöffen, in der Ecke selbst der Schultheiß, der einzige der ein kleines Tischchen vor sich hatte; zu seiner Linken bis gegen die Fensterseite saßen nunmehr die Herren der zweiten Bank; an den Fenstern her zog sich die dritte Bank, welche die

Handwerker einnahmen; in der Mitte des Saals stand ein Tisch für den Protokollführer.

Waren wir einmal im Römer, so mischten wir uns auch wohl in das Gedränge vor den burgemeisterlichen Audienzen. Aber größeren Reiz hatte alles, was sich auf Wahl und Krönung der Kaiser bezog. Wir wußten uns die Gunst der Schließer zu verschaffen, um die neue, heitre, in Fresko gemalte, sonst durch ein Gitter verschlossene Kaisertreppe hinaufsteigen zu dürfen. Das mit Purpurtapeten und wunderlich verschnörkelten Goldleisten verzierte Wahlzimmer flößte uns Ehrfurcht ein. Die Türstücke, auf welchen kleine Kinder oder Genien mit dem kaiserlichen Ornat bekleidet, und belastet mit den Reichs-Insignien, eine gar wunderliche Figur spielen, betrachteten wir mit großer Aufmerksamkeit, und hofften wohl auch noch einmal eine Krönung mit Augen zu erleben. Aus dem großen Kaisersaale konnte man uns nur mit sehr vieler Mühe wieder herausbringen, wenn es uns einmal geglückt war hineinzuschlüpfen; und wir hielten denjenigen für unsern wahrsten Freund, der uns bei den Brustbildern der sämtlichen Kaiser, die in einer gewissen Höhe umher gemalt waren, etwas von ihren Taten erzählen mochte.

Von Carl dem Großen vernahmen wir manches Märchenhafte; aber das Historischinteressante für uns fing erst mit Rudolph von Habsburg an, der durch seine Mannheit so großen Verwirrungen ein Ende gemacht. Auch Carl der Vierte zog unsre Aufmerksamkeit an sich. Wir hatten schon von der Goldnen Bulle und der peinlichen Halsgerichtsordnung gehört, auch daß er den Frankfurtern ihre Anhänglichkeit an seinen edlen Gegenkaiser, Günther von Schwarzburg, nicht entgelten ließ. Maximilianen hörten wir als einen Menschen- und Bürgerfreund loben, und daß von ihm prophezeit worden, er werde der letzte Kaiser aus einem deutschen Hause sein; welches denn auch leider eingetroffen, indem nach seinem Tode die Wahl nur zwischen dem König von Spanien, Carl dem Fünften, und dem König von Frankreich, Franz dem Ersten, geschwankt habe. Bedenklich fügte man hinzu, daß nun abermals eine solche Weissagung oder vielmehr Vorbedeutung umgehe: denn es sei augenfällig, daß nur noch Platz für das Bild eines Kaisers übrig bleibe; ein Umstand, der obgleich zufällig scheinend, die Patriotischgesinnten mit Besorgnis erfülle.

Wenn wir nun so einmal unsern Umgang hielten, verfehlten wir auch nicht, uns nach dem Dom zu begeben und daselbst das Grab jenes braven, von Freund und Feinden geschätzten Günther zu besuchen. Der merkwürdige Stein, der es ehmals bedeckte, ist in dem Chor aufgerichtet. Die gleich daneben befindliche Türe, welche ins Konklave führt, blieb uns lange verschlossen, bis wir endlich durch die obern Behörden auch den Eintritt in diesen so bedeutenden Ort zu erlangen wußten. Allein wir hätten besser getan, ihn durch unsre Einbildungskraft, wie bisher, auszumalen: denn wir fanden diesen in der deutschen Geschichte so merkwürdigen Raum, wo die mächtigsten Fürsten sich zu einer Handlung von solcher Wichtigkeit zu versammlen pflegten, keinesweges würdig ausgeziert, sondern noch obenein mit Balken, Stangen, Gerüsten und anderem solchen Gesperr, das man bei Seite setzen wollte, verunstaltet. Desto mehr ward unsere Einbildungskraft angeregt und das Herz uns erhoben, als wir kurz nachher die Erlaubnis erhielten, beim Vorzeigen der Goldnen Bulle an einige vornehme Fremden, auf dem Rathause gegenwärtig zu sein.

Mit vieler Begierde vernahm der Knabe sodann, was ihm die Seinigen so wie ältere Verwandte und Bekannte gern erzählten und wiederholten, die Geschichten der zuletzt kurz aufeinander gefolgten Krönungen: denn es war kein Frankfurter von einem gewissen Alter, der nicht diese beiden Ereignisse und was sie begleitete, für den Gipfel seines Lebens gehalten hätte. So prächtig die Krönung Carls des Siebenten gewesen war, bei welcher besonders der französische Gesandte, mit Kosten und Geschmack, herrliche Feste gegeben; so war doch die Folge für den guten Kaiser desto trauriger, der seine Residenz München nicht behaupten konnte und gewissermaßen die Gastfreiheit seiner Reichsstädter anflehen mußte.

War die Krönung Franz' des Ersten nicht so auffallend prächtig wie jene, so wurde sie doch durch die Gegenwart der Kaiserin Maria Theresia verherrlicht, deren Schönheit ebenso einen großen Eindruck auf die Männer scheint gemacht zu haben, als die ernste würdige Gestalt und die blauen Augen Carls des Siebenten auf die Frauen. Wenigstens wetteiferten beide Geschlechter, dem aufhorchenden Knaben einen höchst vorteilhaften Begriff von jenen beiden Personen beizubringen. Alle diese Beschreibungen und Erzählungen geschahen mit heitrem und beruhigtem Gemüt: denn der Aachner Friede hatte für den Augenblick aller Fehde ein Ende gemacht, und wie von jenen Feierlichkeiten, so sprach man mit Behaglichkeit von den vorübergegangenen Kriegszügen, von der Schlacht bei Dettingen, und was die merkwürdigsten Begebenheiten der verflossenen Jahre mehr sein mochten; und alles Bedeutende und Gefährliche schien, wie es nach einem abgeschlossenen Frieden zu gehen pflegt, sich nur ereignet zu haben, um glücklichen und sorgenfreien Menschen zur Unterhaltung zu dienen.

Hatte man in einer solchen patriotischen Beschränkung kaum ein halbes Jahr hingebracht, so traten schon die Messen wieder ein, welche in den sämtlichen Kinderköpfen jederzeit eine unglaubliche Gärung hervorbrachten. Eine durch Erbauung so vieler Buden innerhalb der Stadt in weniger Zeit entspringende neue Stadt, das Wogen und Treiben, das Abladen und Auspacken der Waren, erregte von den ersten Momenten des Bewußtseins an, eine unbezwinglich tätige Neugierde und ein unbegrenztes Verlangen nach kindischem Besitz, das der Knabe mit wachsenden Jahren, bald auf diese bald auf jene Weise, wie es die Kräfte seines kleinen Beutels erlauben wollten, zu befriedigen suchte. Zugleich aber bildete sich die Vorstellung von dem was die Welt alles hervorbringt, was sie bedarf, und was die Bewohner ihrer verschiedenen Teile gegeneinander auswechseln.

Diese großen, im Frühjahr und Herbst eintretenden Epochen wurden durch seltsame Feierlichkeiten angekündigt, welche um desto würdiger schienen, als sie die alte Zeit und was von dorther noch auf uns gekommen, lebhaft vergegenwärtigten. Am Geleitstag war das ganze Volk auf den Beinen, drängte sich nach der Fahrgasse, nach der Brücke, bis über Sachsenhausen hinaus; alle Fenster waren besetzt, ohne daß den Tag über was Besonderes vorging; die Menge schien nur da zu sein, um sich zu drängen, und die Zuschauer, um sich untereinander zu betrachten: denn das worauf es eigentlich ankam, ereignete sich erst mit sinkender Nacht, und wurde mehr geglaubt als mit Augen gesehen.

In jenen ältern unruhigen Zeiten nämlich, wo ein jeder nach Belieben Unrecht tat, oder nach Lust das Rechte beförderte, wurden die auf die Messen ziehenden Handelsleute von Wegelagerern, edlen und unedlen Geschlechts, willkürlich geplagt und geplackt, so daß Fürsten und andre mächtige Stände die Ihrigen mit gewaffneter Hand bis nach Frankfurt geleiten ließen. Hier wollten nun aber die Reichsstädter sich selbst und ihrem Gebiet nichts vergeben; sie zogen den Ankömmlingen entgegen: da gab es denn manchmal Streitigkeiten, wie weit jene Geleitenden herankommen, oder ob sie wohl gar ihren Eintritt in die Stadt nehmen könnten. Weil nun dieses nicht allein bei Handels- und Meßgeschäften stattfand, sondern auch wenn hohe Personen in Kriegs- und Friedenszeiten, vorzüglich aber zu Wahltagen, sich heranbegaben; und es auch öfters zu Tätlichkeiten kam, sobald irgend ein Gefolge, das man in der Stadt nicht dulden wollte, sich mit seinem Herrn hereinzudrängen begehrte: so waren zeither darüber manche Verhandlungen gepflogen, es waren viele Rezesse deshalb, obgleich stets mit beiderseitigen Vorbehalten, geschlossen worden, und man gab die Hoffnung nicht auf, den seit Jahrhunderten dauernden Zwist endlich einmal beizulegen, als die ganze Anstalt, weshalb er so lange und oft sehr heftig geführt worden war, beinah für unnütz, wenigstens für überflüssig angesehen werden konnte.

Unterdessen ritt die bürgerliche Kavallerie in mehreren Abteilungen, mit den Oberhäuptern an ihrer Spitze, an jenen Tagen zu verschiedenen Toren hinaus, fand an einer gewissen Stelle einige Reiter oder Husaren der zum Geleit berechtigten Reichsstände, die nebst ihren Anführern wohl empfangen und bewirtet wurden; man zögerte bis gegen Abend, und ritt alsdann, kaum von der wartenden Menge gesehen, zur Stadt herein; da denn mancher bürgerliche Reiter weder sein Pferd noch sich selbst auf dem Pferde zu erhalten vermochte. Zu dem Brückentore kamen die bedeutendsten Züge herein, und deswegen war der Andrang dorthin am stärksten. Ganz zuletzt und mit sinkender Nacht langte der auf gleiche Weise geleitete Nürnberger Postwagen an, und man trug sich mit der Rede, es müsse jederzeit, dem Herkommen gemäß, eine alte Frau darin sitzen; weshalb denn die Straßenjungen bei Ankunft des Wagens in ein gellendes Geschrei auszubrechen pflegten, ob man gleich die im Wagen sitzenden Passagiere keineswegs mehr unterscheiden konnte. Unglaublich und wirklich die Sinne verwirrend war der Drang der Menge, die in diesem Augenblick durch das Brückentor herein dem Wagen nachstürzte; deswegen auch die nächsten Häuser von den Zuschauern am meisten gesucht wurden.

Eine andere, noch viel seltsamere Feierlichkeit, welche am hellen Tage das Publikum aufregte, war das Pfeifergericht. Es erinnerte diese Zeremonie an jene ersten Zeiten, wo bedeutende Handelsstädte sich von den Zöllen, welche mit Handel und Gewerb in gleichem Maße zunahmen, wo nicht zu befreien, doch wenigstens eine Milderung derselben zu erlangen suchten. Der Kaiser, der ihrer bedurfte, erteilte eine solche Freiheit, da wo es von ihm abhing, gewöhnlich aber nur auf ein Jahr, und sie mußte daher jährlich erneuert werden. Dieses geschah durch symbolische Gaben, welche dem kaiserlichen Schultheißen, der auch wohl gelegentlich Oberzöllner sein konnte, vor Eintritt der Bartholomäi-Messe gebracht wurden, und zwar des Anstands wegen, wenn er mit den Schöffen zu Gericht saß. Als der Schultheiß späterhin nicht mehr vom Kaiser gesetzt, sondern von der Stadt selbst gewählt wurde, behielt er doch diese Vorrechte, und sowohl die Zollfreiheiten der Städte, als die Zeremonien, womit die Abgeordneten von Worms, Nürnberg und Alt-Bamberg diese uralte Vergünstigung anerkannten, waren bis auf unsere Zeiten gekommen. Den Tag vor Mariä Geburt ward ein öffentlicher Gerichtstag angekündigt. In dem großen Kaisersaale, in einem umschränkten Raume, saßen erhöht die Schöffen, und eine Stufe höher der Schultheiß in ihrer Mitte; die von den Parteien bevollmächtigten Prokuratoren unten zur rechten Seite. Der Actuarius fängt an, die auf diesen Tag gesparten wichtigen Urteile laut vorzulesen; die Prokuratoren bitten um Abschrift, appellieren, oder was sie sonst zu tun nötig finden.

Auf einmal meldet eine wunderliche Musik gleichsam die Ankunft voriger Jahrhunderte. Es sind drei Pfeifer, deren einer eine alte Schalmei, der andere einen Baß, der dritte einen Pommer oder Hoboe bläst. Sie tragen blaue mit Gold verbrämte Mäntel, auf den Ärmeln die Noten befestigt, und haben das Haupt bedeckt. So waren sie aus ihrem Gasthause, die Gesandten und ihre Begleitung hinterdrein, Punkt zehn ausgezogen, von Einheimischen und Fremden angestaunt, und so treten sie in den Saal. Die Gerichtsverhandlungen halten inne, Pfeifer und Begleitung bleiben vor den Schranken, der Abgesandte tritt hinein und stellt sich dem Schultheißen gegenüber. Die symbolischen Gaben, welche auf das genauste nach dem alten Herkommen gefordert wurden, bestanden gewöhnlich in solchen Waren, womit die darbringende Stadt vorzüglich zu handlen pflegte. Der Pfeffer galt gleichsam für alle Waren, und so brachte auch hier der Abgesandte einen schön gedrechselten hölzernen Pokal mit Pfeffer angefüllt. Über demselben lagen ein Paar Handschuhe, wundersam geschlitzt, mit Seide besteppt und bequastet, als Zeichen einer gestatteten und angenommenen Vergünstigung, dessen sich auch wohl der Kaiser selbst in gewissen Fällen bediente. Daneben sah man ein weißes Stäbchen, welches vormals bei gesetzlichen und gerichtlichen Handlungen nicht leicht fehlen durfte. Es waren noch einige kleine Silbermünzen hinzugefügt, und die Stadt Worms brachte einen alten Filzhut, den sie immer wieder einlöste, so daß derselbe viele Jahre ein Zeuge dieser Zeremonien gewesen.

Nachdem der Gesandte seine Anrede gehalten, das Geschenk abgegeben, von dem Schultheißen die Versicherung fortdauernder Begünstigung empfangen; so entfernte er sich aus dem geschlossenen Kreise, die Pfeifer bliesen, der Zug ging ab, wie er gekommen war, das Gericht verfolgte seine Geschäfte, bis der zweite und endlich der dritte Gesandte eingeführt wurden: denn sie kamen erst einige Zeit nacheinander, teils damit das Vergnügen des Publikums länger daure, teils auch weil es immer dieselben altertümlichen Virtuosen waren, welche Nürnberg für sich und seine Mitstädte zu unterhalten und jedes Jahr an Ort und Stelle zu bringen übernommen hatte.

Wir Kinder waren bei diesem Feste besonders interessiert, weil es uns nicht wenig schmeichelte, unsern Großvater an einer so ehrenvollen Stelle zu sehen, und weil wir gewöhnlich noch selbigen Tag ihn ganz bescheiden zu besuchen pflegten, um, wenn die Großmutter den Pfeffer in ihre Gewürzladen geschüttet hätte, einen Becher und Stäbchen, ein Paar Handschuh oder einen alten Räder-Albus zu erhaschen. Man konnte sich diese symbolischen, das Altertum gleichsam hervorzaubernden Zeremonien nicht erklären lassen, ohne in vergangene Jahrhunderte wieder zurückgeführt zu werden, ohne sich nach Sitten, Gebräuchen und Gesinnungen unserer Altvordern zu erkundigen, die sich durch wieder auferstandene Pfeifer und Abgeordnete, ja durch handgreifliche und für uns besitzbare Gaben, auf eine so wunderliche Weise vergegenwärtigten.

Solchen altehrwürdigen Feierlichkeiten folgte in guter Jahrszeit manches für uns Kinder lustreichere Fest außerhalb der Stadt unter freiem Himmel. An dem rechten Ufer des Mains unterwärts, etwa eine halbe Stunde vom Tor, quillt ein

Schwefelbrunnen, sauber eingefaßt und mit uralten Linden umgeben. Nicht weit davon steht der Hof zu den guten Leuten, ehmals ein um dieser Quelle willen erbautes Hospital. Auf den Gemeinweiden umher versammelte man zu einem gewissen Tage des Jahres die Rindviehherden aus der Nachbarschaft, und die Hirten samt ihren Mädchen feierten ein ländliches Fest, mit Tanz und Gesang, mit mancherlei Lust und Ungezogenheit. Auf der andern Seite der Stadt lag ein ähnlicher nur größerer Gemeindeplatz, gleichfalls durch einen Brunnen und durch noch schönere Linden geziert. Dorthin trieb man zu Pfingsten die Schafherden, und zu gleicher Zeit ließ man die armen verbleichten Waisenkinder aus ihren Mauern ins Freie: denn man sollte erst später auf den Gedanken geraten, daß man solche verlassene Kreaturen, die sich einst durch die Welt durchzuhelfen genötigt sind, früh mit der Welt in Verbindung bringen, anstatt sie auf eine traurige Weise zu hegen, sie lieber gleich zum Dienen und Dulden gewöhnen müsse, und alle Ursach habe, sie von Kindesbeinen an sowohl physisch als moralisch zu kräftigen. Die Ammen und Mägde, welche sich selbst immer gern einen Spaziergang bereiten, verfehlten nicht, von den frühsten Zeiten, uns an dergleichen Orte zu tragen und zu führen, so daß diese ländlichen Feste wohl mit zu den ersten Eindrücken gehören, deren ich mich erinneren kann.

Das Haus war indessen fertig geworden und zwar in ziemlich kurzer Zeit, weil alles wohl überlegt, vorbereitet und für die nötige Geldsumme gesorgt war. Wir fanden uns nun alle wieder versammelt und fühlten uns behaglich: denn ein wohlausgedachter Plan, wenn er ausgeführt dasteht, läßt alles vergessen, was die Mittel, um zu diesem Zweck zu gelangen, Unbequemes mögen gehabt haben. Das Haus war für eine Privatwohnung geräumig genug, durchaus hell und heiter, die Treppe frei, die Vorsäle lustig, und jene Aussicht über die Gärten aus mehrern Fenstern bequem zu genießen. Der innere Ausbau und was zur Vollendung und Zierde gehört, ward nach und nach vollbracht, und diente zugleich zur Beschäftigung und zur Unterhaltung.

Das erste was man in Ordnung brachte, war die Büchersammlung des Vaters, von welcher die besten, in Franz- oder Halb-Franzband gebundenen Bücher die Wände seines Arbeits- und Studierzimmers schmücken sollten. Er besaß die schönen holländischen Ausgaben der lateinischen Schriftsteller, welche er der äußern Übereinstimmung wegen sämtlich in Quart anzuschaffen suchte; sodann vieles was sich auf die römischen Antiquitäten und die elegantere Jurisprudenz bezieht. Die vorzüglichsten italienischen Dichter fehlten nicht, und für den Tasso bezeigte er eine große Vorliebe. Die besten neusten Reisebeschreibungen waren auch vorhanden, und er selbst machte sich ein Vergnügen daraus, den Keyßler und Nemeiz zu berichtigen und zu ergänzen. Nicht weniger hatte er sich mit den nötigsten Hülfsmitteln umgeben, mit Wörterbüchern aus verschiedenen Sprachen, mit Reallexiken, daß man sich also nach Belieben Rats erholen konnte, so wie mit manchem andern was zum Nutzen und Vergnügen gereicht.

Die andere Hälfte dieser Büchersammlung, in saubern Pergamentbänden mit sehr schön geschriebenen Titeln, ward in einem besondern Mansardzimmer aufgestellt. Das Nachschaffen der neuen Bücher, so wie das Binden und Einreihen derselben, betrieb er mit großer Gelassenheit und Ordnung. Dabei hatten die gelehrten Anzeigen, welche diesem oder jenem Werk besondere Vorzüge beilegten, auf ihn großen Einfluß. Seine Sammlung juristischer Dissertationen vermehrte sich jährlich um einige Bände.

Zunächst aber wurden die Gemälde, die sonst in dem alten Hause zerstreut herumgehangen, nunmehr zusammen an den Wänden eines freundlichen Zimmers neben der Studierstube, alle in schwarzen, mit goldenen Stäbchen verzierten Rahmen, symmetrisch angebracht. Mein Vater hatte den Grundsatz, den er öfters und sogar leidenschaftlich aussprach, daß man die lebenden Meister beschäftigen, und weniger auf die abgeschiedenen wenden solle, bei deren Schätzung sehr viel Vorurteil mit unterlaufe. Er hatte die Vorstellung, daß es mit den Gemälden völlig wie mit den Rheinweinen beschaffen sei, die wenn ihnen gleich das Alter einen vorzüglichen Wert beilege, dennoch in jedem folgenden Jahre ebenso vortrefflich als in den vergangenen könnten hervorgebracht werden. Nach Verlauf einiger Zeit werde der neue Wein auch ein alter, ebenso kostbar und vielleicht noch schmackhafter. In dieser Meinung bestätigte er sich vorzüglich durch die Bemerkung, daß mehrere alte Bilder hauptsächlich dadurch für die Liebhaber einen großen Wert zu erhalten schienen, weil sie dunkler und bräuner geworden, und der harmonische Ton eines solchen Bildes öfters gerühmt wurde. Mein Vater versicherte dagegen, es sei ihm gar nicht bange, daß die neuen Bilder künftig nicht auch schwarz werden sollten; daß sie aber gerade dadurch gewönnen, wollte er nicht zugestehen.

Nach diesen Grundsätzen beschäftigte er mehrere Jahre hindurch die sämtlichen Frankfurter Künstler: den Maler Hirt, welcher Eichen- und Buchenwälder, und andere sogenannte ländliche Gegenden, sehr wohl mit Vieh zu staffieren wußte; desgleichen Trautmann, der sich den Rembrand zum Muster genommen, und es in eingeschlossenen Lichtern und Widerscheinen, nicht weniger in effektvollen Feuersbrünsten weit gebracht hatte, so daß er einstens aufgefordert wurde, einen Pendant zu einem Rembrandischen Bilde zu malen; ferner Schütz, der auf dem Wege des Sachtleben die Rheingegenden fleißig bearbeitete; nicht weniger Junkern, der Blumen- und Fruchtstücke, Stilleben und ruhig beschäftigte Personen, nach dem Vorgang der Niederländer, sehr reinlich ausführte. Nun aber ward durch die neue Ordnung, durch einen bequemern Raum, und noch mehr durch die Bekanntschaft eines geschickten Künstlers, die Liebhaberei wieder angefrischt und belebt. Dieses war Seekaz, ein Schüler von Brinkmann, darmstädtischer Hofmaler, dessen

Talent und Charakter sich in der Folge vor uns umständlicher entwickeln wird.

Man schritt auf diese Weise mit Vollendung der übrigen Zimmer, nach ihren verschiedenen Bestimmungen, weiter. Reinlichkeit und Ordnung herrschten im Ganzen; vorzüglich trugen große Spiegelscheiben das Ihrige zu einer vollkommenen Helligkeit bei, die in dem alten Hause aus mehrern Ursachen, zunächst aber auch wegen meist runder Fensterscheiben gefehlt hatte. Der Vater zeigte sich heiter, weil ihm alles gut gelungen war; und wäre der gute Humor nicht manchmal dadurch unterbrochen worden, daß nicht immer der Fleiß und die Genauigkeit der Handwerker seinen Forderungen entsprachen: so hätte man kein glücklicheres Leben denken können, zumal da manches Gute teils in der Familie selbst entsprang, teils ihr von außen zufloß.

Durch ein außerordentliches Weltereignis wurde jedoch die Gemütsruhe des Knaben zum ersten Mal im Tiefsten erschüttert. Am ersten November 1755 ereignete sich das Erdbeben von Lissabon, und verbreitete über die in Frieden und Ruhe schon eingewohnte Welt einen ungeheuren Schrekken. Eine große prächtige Residenz, zugleich Handels- und Hafenstadt, wird ungewarnt von dem furchtbarsten Unglück betroffen. Die Erde bebt und schwankt, das Meer braust auf, die Schiffe schlagen zusammen, die Häuser stürzen ein, Kirchen und Türme darüber her, der königliche Palast zum Teil wird vom Meere verschlungen, die geborstene Erde scheint Flammen zu speien: denn überall meldet sich Rauch und Brand in den Ruinen. Sechzigtausend Menschen, einen Augenblick zuvor noch ruhig und behaglich, gehen miteinander zu Grunde, und der glücklichste darunter ist der zu nennen, dem keine Empfindung, keine Besinnung über das Unglück mehr gestattet ist. Die Flammen wüten fort, und mit ihnen wütet eine Schar sonst verborgner, aber durch dieses Ereignis in Freiheit gesetzter Verbrecher. Die unglücklichen Übriggebliebenen sind dem Raube, dem Morde, allen Mißhandlungen bloßgestellt; und so behauptet von allen Seiten die Natur ihre schrankenlose Willkür.

Schneller als die Nachrichten hatten schon Andeutungen von diesem Vorfall sich durch große Landstrecken verbreitet; an vielen Orten waren schwächere Erschütterungen zu verspüren, an manchen Quellen, besonders den heilsamen, ein ungewöhnliches Innehalten zu bemerken gewesen: um desto größer war die Wirkung der Nachrichten selbst, welche erst im Allgemeinen, dann aber mit schrecklichen Einzelheiten sich rasch verbreiteten. Hierauf ließen es die Gottesfürchtigen nicht an Betrachtungen, die Philosophen nicht an Trostgründen, an Strafpredigten die Geistlichkeit nicht fehlen. So vieles zusammen richtete die Aufmerksamkeit der Welt eine Zeit lang auf diesen Punkt, und die durch fremdes Unglück aufgeregten Gemüter wurden durch Sorgen für sich selbst und die Ihrigen um so mehr geängstigt, als über die weitverbreitete Wirkung dieser Explosion von allen Orten und Enden immer mehrere und umständlichere Nachrichten einliefen. Ja vielleicht hat der Dämon des Schreckens zu keiner Zeit so schnell und so mächtig seine Schauer über die Erde verbreitet.

Der Knabe, der alles dieses wiederholt vernehmen mußte, war nicht wenig betroffen. Gott, der Schöpfer und Erhalter Himmels und der Erden, den ihm die Erklärung des ersten Glaubens-Artikels so weise und gnädig vorstellte, hatte sich, indem er die Gerechten mit den Ungerechten gleichem Verderben preisgab, keineswegs väterlich bewiesen. Vergebens suchte das junge Gemüt sich gegen diese Eindrücke herzustellen, welches überhaupt um so weniger möglich war, als die Weisen und Schriftgelehrten selbst sich über die Art, wie man ein solches Phänomen anzusehen habe, nicht vereinigen konnten.

Der folgende Sommer gab eine nähere Gelegenheit, den zornigen Gott, von dem das Alte Testament so viel überliefert, unmittelbar kennen zu lernen. Unversehens brach ein Hagelwetter herein und schlug die neuen Spiegelscheiben der gegen Abend gelegenen Hinterseite des Hauses unter Donner und Blitzen auf das gewaltsamste zusammen, beschädigte die neuen Möbeln, verderbte einige schätzbare Bücher und sonst werte Dinge, und war für die Kinder um so fürchterlicher, als das ganz außer sich gesetzte Hausgesinde sie in einen dunklen Gang mit fortriß, und dort auf den Knieen liegend durch schreckliches Geheul und Geschrei die erzürnte Gottheit zu versöhnen glaubte; indessen der Vater ganz allein gefaßt, die Fensterflügel aufriß und aushob; wodurch er zwar manche Scheiben rettete, aber auch dem auf den Hagel folgenden Regenguß einen desto offnern Weg bereitete, so daß man sich, nach endlicher Erholung, auf den Vorsälen und Treppen von flutendem und rinnendem Wasser umgeben sah.

Solche Vorfälle, wie störend sie auch im Ganzen waren, unterbrachen doch nur wenig den Gang und die Folge des Unterrichts, den der Vater selbst uns Kindern zu geben sich einmal vorgenommen. Er hatte seine Jugend auf dem Coburger Gymnasium zugebracht, welches unter den deutschen Lehranstalten eine der ersten Stellen einnahm. Er hatte daselbst einen guten Grund in den Sprachen und was man sonst zu einer gelehrten Erziehung rechnete, gelegt, nachher in Leipzig sich der Rechtswissenschaft beflissen, und zuletzt in Gießen promoviert. Seine mit Ernst und Fleiß verfaßte Dissertation: »Electa de aditione hereditatis«, wird noch von den Rechtslehrern mit Lob angeführt.

Es ist ein frommer Wunsch aller Väter, das was ihnen selbst abgegangen, an den Söhnen realisiert zu sehen, so ohngefähr als wenn man zum zweiten Mal lebte und die Erfahrungen des ersten Lebenslaufes nun erst recht nutzen wollte. Im Gefühl seiner Kenntnisse, in Gewißheit einer treuen Ausdauer, und im Mißtrauen gegen die damaligen Lehrer, nahm der Vater sich vor, seine Kinder selbst zu unterrichten, und nur soviel als es nötig schien, einzelne Stunden durch eigentliche Lehrmeister zu besetzen. Ein pädagogischer Dilettantismus fing sich überhaupt schon zu zeigen an. Die Pedanterie und Trübsinnigkeit der an öffentlichen Schulen angestellten Lehrer mochte wohl die erste Veranlassung dazu geben. Man suchte nach etwas Besserem, und vergaß, wie mangelhaft aller Unterricht sein muß, der nicht durch Leute vom Metier erteilt wird.

Meinem Vater war sein eigner Lebensgang bis dahin ziemlich nach Wunsch gelungen; ich sollte denselben Weg gehen, aber bequemer und weiter. Er schätzte meine angebornen Gaben um so mehr als sie ihm mangelten: denn er hatte alles nur durch unsäglichen Fleiß, Anhaltsamkeit und Wiederholung erworben. Er versicherte mir öfters, früher und später, im Ernst und Scherz, daß er mit meinen Anlagen sich ganz anders würde benommen, und nicht so liederlich damit würde gewirtschaftet haben.

Durch schnelles Ergreifen, Verarbeiten und Festhalten entwuchs ich sehr bald dem Unterricht, den mir mein Vater und die übrigen Lehrmeister geben konnten, ohne daß ich doch in irgend etwas begründet gewesen wäre. Die Grammatik mißfiel mir, weil ich sie nur als ein willkürliches Gesetz ansah; die Regeln schienen mir lächerlich, weil sie durch so viele Ausnahmen aufgehoben wurden, die ich alle wieder besonders lernen sollte. Und wäre nicht der gereimte angehende Lateiner gewesen, so hätte es schlimm mit mir ausgesehen; doch diesen trommelte und sang ich mir gern vor. So hatten wir auch eine Geographie in solchen Gedächtnisversen, wo uns die abgeschmacktesten Reime das zu Behaltende am besten einprägten, z. B.:

Ober-Yssel; viel Morast
Macht das gute Land verhaßt.

Die Sprachformen und Wendungen faßte ich leicht; so auch entwickelte ich mir schnell, was in dem Begriff einer Sache lag. In rhetorischen Dingen, Chrieen und dergleichen tat es mir niemand zuvor, ob ich schon wegen Sprachfehler oft hintanstehen mußte. Solche Aufsätze waren es jedoch, die meinem Vater besondre Freude machten, und wegen deren er mich mit manchem, für einen Knaben bedeutenden, Geldgeschenk belohnte.

Mein Vater lehrte die Schwester in demselben Zimmer Italienisch, wo ich den Cellarius auswendig zu lernen hatte. Indem ich nun mit meinem Pensum bald fertig war und doch still sitzen sollte, horchte ich über das Buch weg und faßte das Italienische, das mir als eine lustige Abweichung des Lateinischen auffiel, sehr behende.

Andere Frühzeitigkeiten in Absicht auf Gedächtnis und Kombination hatte ich mit jenen Kindern gemein, die dadurch einen frühen Ruf erlangt haben. Deshalb konnte mein Vater kaum erwarten, bis ich auf Akademie gehen würde. Sehr bald erklärte er, daß ich in Leipzig, für welches er eine große Vorliebe behalten, gleichfalls Jura studieren, alsdann noch eine andre Universität besuchen, und promovieren sollte. Was diese zweite betraf, war es ihm gleichgültig, welche ich wählen würde; nur gegen Göttingen hatte er, ich weiß nicht warum, einige Abneigung, zu meinem Leidwesen: denn ich hatte gerade auf diese viel Zutrauen und große Hoffnungen gesetzt.

Ferner erzählte er mir, daß ich nach Wetzlar und Regensburg, nicht weniger nach Wien und von da nach Italien gehen sollte; ob er gleich wiederholt behauptete, man müsse Paris voraus sehen, weil man aus Italien kommend sich an nichts mehr ergetze.

Dieses Märchen meines künftigen Jugendganges ließ ich mir gern wiederholen, besonders da es in eine Erzählung von Italien und zuletzt in eine Beschreibung von Neapel auslief. Sein sonstiger Ernst und Trockenheit schien sich jederzeit aufzulösen und zu beleben, und so erzeugte sich in uns Kindern der leidenschaftliche Wunsch, auch dieser Paradiese teilhaft zu werden.

Privat-Stunden, welche sich nach und nach vermehrten, teilte ich mit Nachbarskindern. Dieser gemeinsame Unterricht förderte mich nicht; die Lehrer gingen ihren Schlendrian, und die Unarten, ja manchmal die Bösartigkeiten meiner Gesellen, brachten Unruh, Verdruß und Störung in die kärglichen Lehrstunden. Chrestomathieen, wodurch die Belehrung heiter und mannigfaltig wird, waren noch nicht bis zu uns gekommen. Der für junge Leute so starre Cornelius Nepos, das allzu leichte, und durch Predigten und Religions-Unterricht sogar trivial gewordne Neue Testament, Cellarius und Pasor konnten uns kein Interesse geben; dagegen hatte sich eine gewisse Reim- und Versewut, durch Lesung der damaligen deutschen Dichter, unser bemächtigt. Mich hatte sie schon früher ergriffen, als ich es lustig fand, von der rhetorischen Behandlung der Aufgaben zu der poetischen überzugehen.

Wir Knaben hatten eine sonntägliche Zusammenkunft, wo jeder von ihm selbst verfertigte Verse produzieren sollte. Und hier begegnete mir etwas Wunderbares, was mich sehr lange in Unruh setzte. Meine Gedichte, wie sie auch sein mochten, mußte ich immer für die bessern halten. Allein ich bemerkte bald, daß meine Mitwerber, welche sehr lahme Dinge vorbrachten, in dem gleichen Falle waren und sich nicht weniger dünkten; ja was mir noch bedenklicher schien, ein guter, obgleich zu solchen Arbeiten völlig unfähiger Knabe, dem ich übrigens gewogen war, der aber seine Reime sich vom Hofmeister machen ließ, hielt diese nicht allein für die allerbesten, sondern war völlig überzeugt, er habe sie selbst gemacht; wie er mir, in dem vertrauteren Verhältnis, worin ich mit ihm stand, jederzeit aufrichtig behauptete. Da ich nun solchen Irrtum und Wahnsinn offenbar vor mir sah, fiel es mir eines Tages aufs Herz, ob ich mich vielleicht selbst in dem Falle befände, ob nicht jene Gedichte wirklich besser seien als die meinigen, und ob ich nicht mit Recht jenen Knaben ebenso toll als sie mir vorkommen möchte? Dieses beunruhigte mich sehr und lange Zeit: denn es war mir durchaus unmöglich, ein äußeres Kennzeichen der Wahrheit zu finden; ja ich stockte sogar in meinen Hervorbringungen, bis mich endlich Leichtsinn und Selbstgefühl und zuletzt eine Probearbeit beruhigten, die uns Lehrer und Eltern, welche auf unsere Scherze aufmerksam geworden, aus dem Stegreif aufgaben, wobei ich gut bestand und allgemeines Lob davontrug.

Man hatte zu der Zeit noch keine Bibliotheken für Kinder veranstaltet. Die Alten hatten selbst noch kindliche Gesinnungen, und fanden es bequem, ihre eigene Bildung der Nachkommenschaft mitzuteilen. Außer dem »Orbis pictus« des Amos Comenius kam uns kein Buch dieser Art in die Hände; aber die große Folio-Bibel, mit Kupfern von Merian, ward häufig von uns durchblättert; Gottfrieds »Chronik«, mit Kupfern desselben Meisters, belehrte uns von den merkwürdigsten Fällen der Weltgeschichte; die »Acerra philologica« tat noch allerlei Fabeln, Mythologieen und Seltsamkeiten hinzu; und da ich gar bald die Ovidischen »Verwandlungen« gewahr wurde, und besonders die ersten Bücher fleißig studierte: so war mein junges Gehirn schnell genug mit einer Masse von Bildern und Begebenheiten, von bedeutenden und wunderbaren Gestalten und Ereignissen angefüllt, und ich konnte niemals Langeweile haben, indem ich mich immerfort beschäftigte, diesen Erwerb zu verarbeiten, zu wiederholen, wieder hervorzubringen.

Einen frömmern sittlichern Effekt, als jene mitunter rohen und gefährlichen Altertümlichkeiten, machte Fenelons »Telemach«, den ich erst nur in der Neukirchischen Übersetzung kennen lernte, und der, auch so unvollkommen überliefert, eine gar süße und wohltätige Wirkung auf mein Gemüt äußerte. Daß »Robinson Crusoe« sich zeitig angeschlossen, liegt wohl in der Natur der Sache; daß die »Insel Felsenburg« nicht gefehlt habe, läßt sich denken. Lord Ansons »Reise um die Welt« verband das Würdige der Wahrheit mit dem Phantasiereichen des Märchens, und indem wir diesen trefflichen Seemann mit den Gedanken begleiteten, wurden wir weit in alle Welt hinausgeführt, und versuchten ihm mit unsern Fingern auf dem Globus zu folgen. Nun sollte mir auch noch eine reichlichere Ernte bevorstehn, indem ich an eine Masse Schriften geriet, die zwar in ihrer gegenwärtigen Gestalt nicht vortrefflich genannt werden können, deren Inhalt jedoch uns manches Verdienst voriger Zeiten in einer unschuldigen Weise näher bringt.

Der Verlag oder vielmehr die Fabrik jener Bücher, welche in der folgenden Zeit, unter dem Titel: Volksschriften, Volksbücher, bekannt und sogar berühmt geworden, war in Frankfurt selbst, und sie wurden, wegen des großen Abgangs, mit stehenden Lettern auf das schrecklichste Löschpapier fast unleserlich gedruckt. Wir Kinder hatten also das Glück, diese schätzbaren Überreste der Mittelzeit auf einem Tischchen vor der Haustüre eines Büchertrödlers täglich zu finden, und sie uns für ein paar Kreuzer zuzueignen. Der Eulenspiegel, die vier Haimonskinder, die schöne Melusine, der Kaiser Octavian, die schöne Magelone, Fortunatus, mit der ganzen Sippschaft bis auf den ewigen Juden, alles stand uns zu Diensten, sobald uns gelüstete nach diesen Werken, anstatt nach irgend einer Näscherei zu greifen. Der größte Vorteil dabei war, daß wenn wir ein solches Heft zerlesen oder sonst beschädigt hatten, es bald wieder angeschafft und aufs neue verschlungen werden konnte.

Wie eine Familienspazierfahrt im Sommer durch ein plötzliches Gewitter auf eine höchst verdrießliche Weise gestört, und ein froher Zustand in den widerwärtigsten verwandelt wird, so fallen auch die Kinderkrankheiten unerwartet in die schönste Jahrszeit des Frühlebens. Mir erging es auch nicht anders. Ich hatte mir eben den »Fortunatus« mit seinem Säkkel und Wünschhütlein gekauft, als mich ein Mißbehagen und ein Fieber überfiel, wodurch die Pocken sich ankündigten. Die Einimpfung derselben ward bei uns noch immer für sehr problematisch angesehen, und ob sie gleich populare Schriftsteller schon faßlich und eindringlich empfohlen; so zauderten doch die deutschen Ärzte mit einer Operation, welche der Natur vorzugreifen schien. Spekulierende Engländer kamen daher aufs feste Land und impften, gegen ein ansehnliches Honorar, die Kinder solcher Personen, die sie wohlhabend und frei von Vorurteil fanden. Die Mehrzahl jedoch war noch immer dem alten Unheil ausgesetzt; die

Krankheit wütete durch die Familien, tötete und entstellte viele Kinder, und wenige Eltern wagten es, nach einem Mittel zu greifen, dessen wahrscheinliche Hülfe doch schon durch den Erfolg mannigfaltig bestätigt war. Das Übel betraf nun auch unser Haus, und überfiel mich mit ganz besonderer Heftigkeit. Der ganze Körper war mit Blattern übersäet, das Gesicht zugedeckt, und ich lag mehrere Tage blind und in großen Leiden. Man suchte die möglichste Linderung, und versprach mir goldene Berge, wenn ich mich ruhig verhalten und das Übel nicht durch Reiben und Kratzen vermehren wollte. Ich gewann es über mich; indessen hielt man uns, nach herrschendem Vorurteil, so warm als möglich, und schärfte dadurch nur das Übel. Endlich, nach traurig verflossener Zeit, fiel es mir wie eine Maske vom Gesicht, ohne daß die Blattern eine sichtbare Spur auf der Haut zurückgelassen; aber die Bildung war merklich verändert. Ich selbst war zufrieden, nur wieder das Tageslicht zu sehen, und nach und nach die fleckige Haut zu verlieren; aber andere waren unbarmherzig genug, mich öfters an den vorigen Zustand zu erinnern; besonders eine sehr lebhafte Tante, die früher Abgötterei mit mir getrieben hatte, konnte mich, selbst noch in spätern Jahren, selten ansehen, ohne auszurufen: »Pfui Teufel! Vetter, wie garstig ist er geworden!« Dann erzählte sie mir umständlich, wie sie sich sonst an mir ergetzt, welches Aufsehen sie erregt, wenn sie mich umhergetragen; und so erfuhr ich frühzeitig, daß uns die Menschen für das Vergnügen, das wir ihnen gewährt haben, sehr oft empfindlich büßen lassen.

Weder von Masern, noch Windblattern, und wie die Quälgeister der Jugend heißen mögen, blieb ich verschont, und jedesmal versicherte man mir, es wäre ein Glück, daß dieses Übel nun für immer vorüber sei; aber leider drohte schon wieder ein andres im Hintergrund und rückte heran. Alle diese Dinge vermehrten meinen Hang zum Nachdenken, und da ich, um das Peinliche der Ungeduld von mir zu entfernen, mich schon öfter im Ausdauern geübt hatte; so schienen mir die Tugenden, welche ich an den Stoikern hatte rühmen hören, höchst nachahmenswert, um so mehr als durch die christliche Duldungslehre ein Ähnliches empfohlen wurde.

Bei Gelegenheit dieses Familienleidens will ich auch noch eines Bruders gedenken, welcher um drei Jahr jünger als ich, gleichfalls von jener Ansteckung ergriffen wurde und nicht wenig davon litt. Er war von zarter Natur, still und eigensinnig, und wir hatten niemals ein eigentliches Verhältnis zusammen. Auch überlebte er kaum die Kinderjahre. Unter mehrern nachgebornen Geschwistern, die gleichfalls nicht lange am Leben blieben, erinnere ich mich nur eines sehr schönen und angenehmen Mädchens, die aber auch bald verschwand, da wir denn nach Verlauf einiger Jahre, ich und meine Schwester, uns allein übrig sahen, und nur um so inniger und liebevoller verbanden.

Jene Krankheiten und andere unangenehme Störungen wurden in ihren Folgen doppelt lästig: denn mein Vater, der sich einen gewissen Erziehungs- und Unterrichts-Kalender gemacht zu haben schien, wollte jedes Versäumnis unmittelbar wieder einbringen, und belegte die Genesenden mit doppelten Lektionen, welche zu leisten mir zwar nicht schwer, aber insofern beschwerlich fiel, als es meine innere Entwicklung, die eine entschiedene Richtung genommen hatte, aufhielt und gewissermaßen zurückdrängte.

Vor diesen didaktischen und pädagogischen Bedrängnissen flüchteten wir gewöhnlich zu den Großeltern. Ihre Wohnung lag auf der Friedberger Gasse und schien ehmals eine Burg gewesen zu sein: denn wenn man herankam, sah man nichts als ein großes Tor mit Zinnen, welches zu beiden Seiten an zwei Nachbarhäuser stieß. Trat man hinein, so gelangte man durch einen schmalen Gang endlich in einen ziemlich breiten Hof, umgeben von ungleichen Gebäuden, welche nunmehr alle zu einer Wohnung vereinigt waren. Gewöhnlich eilten wir sogleich in den Garten, der sich ansehnlich lang und breit hinter den Gebäuden hin erstreckte und sehr gut unterhalten war; die Gänge meistens mit Rebgeländer eingefaßt, ein Teil des Raums den Küchengewächsen, ein andrer den Blumen gewidmet, die vom Frühjahr bis in den Herbst, in reichlicher Abwechslung, die Rabatten so wie die Beete schmückten. Die lange, gegen Mittag gerichtete Mauer war zu wohlgezogenen Spalier-Pfirsichbäumen genützt, von denen uns die verbotenen Früchte, den Sommer über, gar appetitlich entgegenreiften. Doch vermieden wir lieber diese Seite, weil wir unsere Genäschigkeit hier nicht befriedigen durften, und wandten uns zu der entgegengesetzten, wo eine unabsehbare Reihe Johannis- und Stachelbeer-Büsche unserer Gierigkeit eine Folge von Ernten bis in den Herbst eröffnete. Nicht weniger war uns ein alter, hoher, weitverbreiteter Maulbeerbaum bedeutend, sowohl wegen seiner Früchte als auch weil man uns erzählte, daß von seinen Blättern die Seidenwürmer sich ernährten. In diesem friedlichen Revier fand man jeden Abend den Großvater mit behaglicher Geschäftigkeit eigenhändig die feinere Obst- und Blumenzucht besorgend, indes ein Gärtner die gröbere Arbeit verrichtete. Die vielfachen Bemühungen, welche nötig sind, um eine schöne Nelkenflor zu erhalten und zu vermehren, ließ er sich niemals verdrießen. Er selbst band sorgfältig die Zweige der Pfirsichbäume fächerartig an die Spaliere, um einen reichlichen und bequemen Wachstum der Früchte zu befördern. Das Sortieren der Zwiebeln von Tulpen, Hyazinthen und verwandter Gewächse, so wie die Sorge für Aufbewahrung derselben, überließ er niemanden; und noch erinnere ich mich gern, wie emsig er sich mit dem Okulieren der verschiedenen Rosenarten beschäftigte. Dabei zog er, um sich vor den Dornen zu schützen, jene altertümlichen ledernen Handschuhe an, die ihm beim Pfeifergericht jährlich in Triplo überreicht wurden, woran es ihm deshalb niemals mangelte. So trug er auch immer einen talarähnlichen Schlafrock, und auf dem Haupt eine faltige schwarze Samtmütze, so daß er eine mittlere Person zwischen Alcinous und Laertes hätte vorstellen können.

Alle diese Gartenarbeiten betrieb er ebenso regelmäßig und

genau als seine Amtsgeschäfte: denn eh' er herunterkam, hatte er immer die Registrande seiner Proponenden für den andern Tag in Ordnung gebracht und die Akten gelesen. Ebenso fuhr er morgens aufs Rathaus, speiste nach seiner Rückkehr, nickte hierauf in seinem Großstuhl, und so ging alles einen Tag wie den andern. Er sprach wenig, zeigte keine Spur von Heftigkeit; ich erinnere mich nicht, ihn zornig gesehen zu haben. Alles was ihn umgab, war altertümlich. In seiner getäfelten Stube habe ich niemals irgend eine Neuerung wahrgenommen. Seine Bibliothek enthielt außer juristischen Werken nur die ersten Reisebeschreibungen, Seefahrten und Länder-Entdeckungen. Überhaupt erinnere ich mich keines Zustandes, der so wie dieser das Gefühl eines unverbrüchlichen Friedens und einer ewigen Dauer gegeben hätte.

Was jedoch die Ehrfurcht, die wir für diesen würdigen Greis empfanden, bis zum Höchsten steigerte, war die Überzeugung, daß derselbe die Gabe der Weissagung besitze, besonders in Dingen, die ihn selbst und sein Schicksal betrafen. Zwar ließ er sich gegen niemand als gegen die Großmutter entschieden und umständlich heraus; aber wir alle wußten doch, daß er durch bedeutende Träume von dem was sich ereignen sollte, unterrichtet werde. So versicherte er z. B. seiner Gattin, zur Zeit als er noch unter die jüngern Ratsherren gehörte, daß er bei der nächsten Vakanz auf der Schöffenbank zu der erledigten Stelle gelangen würde. Und als wirklich bald darauf einer der Schöffen vom Schlage gerührt starb, verordnete er am Tage der Wahl und Kugelung, daß zu Hause im stillen alles zum Empfang der Gäste und Gratulanten solle eingerichtet werden, und die entscheidende goldne Kugel ward wirklich für ihn gezogen. Den einfachen Traum, der ihn hievon belehrt, vertraute er seiner Gattin folgendermaßen: Er habe sich in voller gewöhnlicher Ratsversammlung gesehen, wo alles nach hergebrachter Weise vorgegangen. Auf einmal habe sich der nun verstorbene Schöff von seinem Sitze erhoben, sei herabgestiegen und habe ihm auf eine verbindliche

Weise das Kompliment gemacht: er möge den verlassenen Platz einnehmen, und sei darauf zur Türe hinausgegangen.

Etwas Ähnliches begegnete, als der Schultheiß mit Tode abging. Man zaudert in solchem Falle nicht lange mit Besetzung dieser Stelle, weil man immer zu fürchten hat, der Kaiser werde sein altes Recht, einen Schultheißen zu bestellen, irgend einmal wieder hervorrufen. Diesmal ward um Mitternacht eine außerordentliche Sitzung auf den andern Morgen durch den Gerichtsboten angesagt. Weil diesem nun das Licht in der Laterne verlöschen wollte, so erbat er sich ein Stümpfchen, um seinen Weg weiter fortsetzen zu können. »Gebt ihm ein ganzes«, sagte der Großvater zu den Frauen: »er hat ja doch die Mühe um meinetwillen.« Dieser Äußerung entsprach auch der Erfolg: er wurde wirklich Schultheiß; wobei der Umstand noch besonders merkwürdig war, daß, obgleich sein Repräsentant bei der Kugelung an der dritten und letzten Stelle zu ziehen hatte, die zwei silbernen Kugeln zuerst herauskamen, und also die goldne für ihn auf dem Grunde des Beutels liegen blieb.

Völlig prosaisch, einfach und ohne Spur von Phantastischem oder Wundersamem waren auch die übrigen der uns bekannt gewordnen Träume. Ferner erinnere ich mich, daß ich als Knabe unter seinen Büchern und Schreibkalendern gestört, und darin unter andern auf Gärtnerei bezüglichen Anmerkungen aufgezeichnet gefunden: »Heute nacht kam N. N. zu mir und sagte ...« Name und Offenbarung waren in Chiffern geschrieben. Oder es stand auf gleiche Weise: »Heute nacht sah ich ...« Das übrige war wieder in Chiffern, bis auf die Verbindungs- und andre Worte, aus denen sich nichts abnehmen ließ.

Bemerkenswert bleibt es hiebei, daß Personen, welche sonst keine Spur von Ahndungsvermögen zeigten, in seiner Sphäre, für den Augenblick die Fähigkeit erlangten, daß sie von gewissen gleichzeitigen, obwohl in der Entfernung vorgehenden Krankheits- und Todesereignissen durch sinnliche

Wahrzeichen eine Vorempfindung hatten. Aber auf keines seiner Kinder und Enkel hat eine solche Gabe fortgeerbt; vielmehr waren sie meistenteils rüstige Personen, lebensfroh und nur aufs Wirkliche gestellt.

Bei dieser Gelegenheit gedenk' ich derselben mit Dankbarkeit für vieles Gute, das ich von ihnen in meiner Jugend empfangen. So waren wir z. B. auf gar mannigfaltige Weise beschäftigt und unterhalten, wenn wir die an einen Materialhändler Melbert verheiratete zweite Tochter besuchten, deren Wohnung und Laden mitten im lebhaftesten, gedrängtesten Teile der Stadt an dem Markte lag. Hier sahen wir nun dem Gewühl und Gedränge, in welches wir uns scheuten zu verlieren, sehr vergnüglich aus den Fenstern zu; und wenn uns im Laden unter so vielerlei Waren anfänglich nur das Süßholz und die daraus bereiteten braunen gestempelten Zeltlein vorzüglich interessierten: so wurden wir doch allmählich mit der großen Menge von Gegenständen bekannt, welche bei einer solchen Handlung aus- und einfließen. Diese Tante war unter den Geschwistern die lebhafteste. Wenn meine Mutter, in jüngern Jahren, sich in reinlicher Kleidung, bei einer zierlichen weiblichen Arbeit, oder im Lesen eines Buches gefiel; so fuhr jene in der Nachbarschaft umher, um sich dort versäumter Kinder anzunehmen, sie zu warten, zu kämmen und herumzutragen, wie sie es denn auch mit mir eine gute Weile so getrieben. Zur Zeit öffentlicher Feierlichkeiten, wie bei Krönungen, war sie nicht zu Hause zu halten. Als kleines Kind schon hatte sie nach dem bei solchen Gelegenheiten ausgeworfenen Gelde gehascht, und man erzählte sich: wie sie einmal eine gute Partie beisammen gehabt und solches vergnüglich in der flachen Hand beschaut, habe ihr einer dagegen geschlagen, wodurch denn die wohlerworbene Beute auf einmal verloren gegangen. Nicht weniger wußte sie sich viel damit, daß sie dem vorbeifahrenden Kaiser Carl dem Siebenten, während eines Augenblicks, da alles Volk schwieg, auf einem Prallsteine stehend, ein heftiges Vivat in die Kutsche gerufen und ihn veranlaßt habe, den Hut vor ihr abzuziehen und für diese kecke Aufmerksamkeit gar gnädig zu danken.

Auch in ihrem Hause war um sie her alles bewegt, lebenslustig und munter, und wir Kinder sind ihr manche frohe Stunde schuldig geworden.

In einem ruhigern, aber auch ihrer Natur angemessenen Zustande befand sich eine zweite Tante, welche mit dem bei der St.-Catharinen-Kirche angestellten Pfarrer Stark verheiratet war. Er lebte seiner Gesinnung und seinem Stande gemäß sehr einsam, und besaß eine schöne Bibliothek. Hier lernte ich zuerst den Homer kennen, und zwar in einer prosaischen Übersetzung, wie sie im siebenten Teil der durch Herrn von Loen besorgten »Neuen Sammlung der merkwürdigsten Reisegeschichten«, unter dem Titel: »Homers Beschreibung der Eroberung des trojanischen Reichs«, zu finden ist, mit Kupfern im französischen Theatersinne geziert. Diese Bilder verdarben mir dermaßen die Einbildungskraft, daß ich lange Zeit die Homerischen Helden mir nur unter diesen Gestalten vergegenwärtigen konnte. Die Begebenheiten selbst gefielen mir unsäglich; nur hatte ich an dem Werke sehr auszusetzen, daß es uns von der Eroberung Trojas keine Nachricht gebe, und so stumpf mit dem Tode Hectors endige. Mein Oheim, gegen den ich diesen Tadel äußerte, verwies mich auf den Virgil, welcher denn meiner Forderung vollkommen Genüge tat.

Es versteht sich von selbst, daß wir Kinder, neben den übrigen Lehrstunden, auch eines fortwährenden und fortschreitenden Religionsunterrichts genossen. Doch war der kirchliche Protestantismus, den man uns überlieferte, eigentlich nur eine Art von trockner Moral: an einen geistreichen Vortrag ward nicht gedacht, und die Lehre konnte weder der Seele noch dem Herzen zusagen. Deswegen ergaben sich gar mancherlei Absonderungen von der gesetzlichen Kirche. Es entstanden die Separatisten, Pietisten, Herrnhuter, die Stillen im Lande und wie man sie sonst zu nennen und zu bezeichnen pflegte, die aber alle bloß die Absicht hatten, sich der Gottheit, besonders durch Christum, mehr zu nähern, als es ihnen unter der Form der öffentlichen Religion möglich zu sein schien.

Der Knabe hörte von diesen Meinungen und Gesinnungen unaufhörlich sprechen: denn die Geistlichkeit sowohl als die Laien teilten sich in das Für und Wider. Die mehr oder weniger Abgesonderten waren immer die Minderzahl; aber ihre Sinnesweise zog an durch Originalität, Herzlichkeit, Beharren und Selbständigkeit. Man erzählte von diesen Tugenden und ihren Äußerungen allerlei Geschichten. Besonders ward die Antwort eines frommen Klempnermeisters bekannt, den einer seiner Zunftgenossen durch die Frage zu beschämen gedachte: wer denn eigentlich sein Beichtvater sei? Mit Heiterkeit und Vertrauen auf seine gute Sache erwiderte jener: »Ich habe einen sehr vornehmen; es ist niemand Geringeres als der Beichtvater des Königs David.«

Dieses und dergleichen mag wohl Eindruck auf den Knaben gemacht und ihn zu ähnlichen Gesinnungen aufgefordert haben. Genug, er kam auf den Gedanken, sich dem großen Gotte der Natur, dem Schöpfer und Erhalter Himmels und der Erden, dessen frühere Zorn-Äußerungen schon lange über die Schönheit der Welt und das mannigfaltige Gute, das uns darin zu Teil wird, vergessen waren, unmittelbar zu nähern; der Weg dazu aber war sehr sonderbar.

Der Knabe hatte sich überhaupt an den ersten Glaubensartikel gehalten. Der Gott, der mit der Natur in unmittelbarer Verbindung stehe, sie als sein Werk anerkenne und liebe, dieser schien ihm der eigentliche Gott, der ja wohl auch mit dem Menschen wie mit allem übrigen in ein genaueres Verhältnis treten könne, und für denselben ebenso wie für die Bewegung der Sterne, für Tages- und Jahrszeiten, für Pflanzen und Tiere Sorge tragen werde. Einige Stellen des Evangeliums besagten dieses ausdrücklich. Eine Gestalt konnte der Knabe diesem Wesen nicht verleihen; er suchte ihn also in seinen Werken auf, und wollte ihm auf gut alttestamentliche Weise einen Altar errichten. Naturprodukte sollten die Welt im Gleichnis vorstellen, über diesen sollte eine Flamme brennen und das zu seinem Schöpfer sich aufsehnende Gemüt des Menschen bedeuten. Nun wurden aus der vorhandnen und zufällig vermehrten Naturaliensammlung die besten Stufen und Exemplare herausgesucht; allein wie solche zu schichten und aufzubauen sein möchten, das war nun die Schwierigkeit. Der Vater hatte einen schönen rotlackierten goldgeblümten Musikpult, in Gestalt einer vierseitigen Pyramide mit verschiedenen Abstufungen, den man zu Quartetten sehr bequem fand, ob er gleich in der letzten Zeit nur wenig gebraucht wurde. Dessen bemächtigte sich der Knabe, und baute nun stufenweise die Abgeordneten der Natur übereinander, so daß es recht heiter und zugleich bedeutend genug aussah. Nun sollte bei einem frühen Sonnenaufgang die erste Gottesverehrung angestellt werden; nur war der junge Priester nicht mit sich einig, auf welche Weise er eine Flamme hervorbringen sollte, die doch auch zu gleicher Zeit einen guten Geruch von sich geben müsse. Endlich gelang ihm ein Einfall, beides zu verbinden, indem er Räucherkerzchen besaß, welche wo nicht flammend doch glimmend den angenehmsten Geruch verbreiteten. Ja dieses gelinde Verbrennen und Verdampfen schien noch mehr das was im Gemüte vorgeht auszudrücken, als eine offene Flamme. Die Sonne war schon längst aufgegangen, aber Nachbarhäuser verdeckten den Osten. Endlich erschien sie über den Dächern; sogleich ward ein Brennglas zur Hand genommen, und die in einer schönen Porzellanschale auf dem Gipfel stehenden Räucherkerzen angezündet. Alles gelang nach Wunsch, und die Andacht war vollkommen. Der Altar blieb als eine besondre Zierde des Zimmers, das man ihm im neuen Hause eingeräumt hatte, stehen. Jedermann sah darin nur eine wohlaufgeputzte Naturaliensammlung; der Knabe hingegen wußte besser was er verschwieg. Er sehnte sich nach der Wiederholung jener Feierlichkeit. Unglücklicher Weise war eben, als die gelegenste Sonne hervorstieg, die Porzellantasse nicht bei der Hand; er stellte die Räucherkerzchen unmittelbar auf die obere Fläche des Musikpultes; sie wurden angezündet, und die Andacht war so groß, daß der Priester nicht merkte, welchen Schaden sein Opfer anrichtete, als bis ihm nicht mehr abzuhelfen war. Die Kerzen hatten sich nämlich in den roten Lack und in die schönen goldnen Blumen auf eine schmähliche Weise eingebrannt, und gleich als wäre ein böser Geist verschwunden, ihre schwarzen unauslöschlichen Fußtapfen zurückgelassen. Hierüber kam der junge Priester in die äußerste Verlegenheit. Zwar wußte er den Schaden durch die größesten Prachtstufen zu bedecken, allein der Mut zu neuen Opfern war ihm vergangen, und fast möchte man diesen Zufall als eine Andeutung und Warnung betrachten, wie gefährlich es überhaupt sei, sich Gott auf dergleichen Wegen nähern zu wollen.

Zweites Buch

Alles bisher Vorgetragene deutet auf jenen glücklichen und gemächlichen Zustand, in welchem sich die Länder während eines langen Friedens befinden. Nirgends aber genießt man eine solche schöne Zeit wohl mit größerem Behagen als in Städten, die nach ihren eigenen Gesetzen leben, die groß genug sind, eine ansehnliche Menge Bürger zu fassen, und wohl gelegen, um sie durch Handel und Wandel zu bereichern. Fremde finden ihren Gewinn, da aus- und einzuziehen, und sind genötigt Vorteil zu bringen, um Vorteil zu erlangen. Beherrschen solche Städte auch kein weites Gebiet, so können sie desto mehr im Innern Wohlhäbigkeit bewirken, weil ihre Verhältnisse nach außen sie nicht zu kostspieligen Unternehmungen oder Teilnahmen verpflichten.

Auf diese Weise verfloß den Frankfurtern während meiner Kindheit eine Reihe glücklicher Jahre. Aber kaum hatte ich am 28. August 1756 mein siebentes Jahr zurückgelegt, als gleich darauf jener weltbekannte Krieg ausbrach, welcher auf die nächsten sieben Jahre meines Lebens auch großen Einfluß haben sollte. Friedrich der Zweite, König von Preußen, war mit 60000 Mann in Sachsen eingefallen, und statt einer vorgängigen Kriegserklärung folgte ein Manifest, wie man sagte, von ihm selbst verfaßt, welches die Ursachen enthielt, die ihn zu einem solchen ungeheuren Schritt bewogen und berechtigt. Die Welt, die sich nicht nur als Zuschauer, sondern auch als Richter aufgefordert fand, spaltete sich sogleich in zwei Parteien, und unsere Familie war ein Bild des großen Ganzen.

Mein Großvater, der als Schöff von Frankfurt über Franz dem Ersten den Krönungs-Himmel getragen, und von der Kaiserin eine gewichtige goldene Kette mit ihrem Bildnis erhalten hatte, war mit einigen Schwiegersöhnen und Töchtern auf östreichischer Seite. Mein Vater, von Carl dem Siebenten zum kaiserlichen Rat ernannt, und an dem Schicksale dieses unglücklichen Monarchen gemütlich teilnehmend, neigte sich mit der kleinern Familienhälfte gegen Preußen. Gar bald wurden unsere Zusammenkünfte, die man seit mehrern Jahren sonntags ununterbrochen fortgesetzt hatte, gestört. Die unter Verschwägerten gewöhnlichen Mißhelligkeiten fanden nun erst eine Form, in der sie sich aussprechen konnten. Man stritt, man überwarf sich, man schwieg, man brach los. Der Großvater, sonst ein heitrer, ruhiger und bequemer Mann, ward ungeduldig. Die Frauen suchten vergebens das Feuer zu tüschen, und nach einigen unangenehmen Szenen blieb mein Vater zuerst aus der Gesellschaft. Nun freuten wir uns ungestört zu Hause der preußischen Siege, welche gewöhnlich durch jene leidenschaftliche Tante mit großem Jubel verkündigt wurden. Alles andere Interesse mußte diesem weichen, und wir brachten den Überrest des Jahres in beständiger Agitation zu. Die Besitznahme von Dresden, die anfängliche Mäßigung des Königs, die zwar langsamen aber sichern Fortschritte, der Sieg bei Lowositz, die Gefangennehmung der Sachsen waren für unsere Partei ebenso viele Triumphe. Alles was zum Vorteil der Gegner angeführt werden konnte, wurde geleugnet oder verkleinert, und da die entgegengesetzten Familienglieder das gleiche taten; so konnten sie einander nicht auf der Straße begegnen, ohne daß es Händel setzte, wie in »Romeo und Julie«.

Und so war ich denn auch preußisch, oder um richtiger zu reden, fritzisch gesinnt: denn was ging uns Preußen an. Es war die Persönlichkeit des großen Königs, die auf alle Gemüter wirkte. Ich freute mich mit dem Vater unserer Siege, schrieb sehr gern die Siegslieder ab, und fast noch lieber die Spottlieder auf die Gegenpartei, so platt die Reime auch sein mochten.

Als ältester Enkel und Pate hatte ich seit meiner Kindheit jeden Sonntag bei den Großeltern gespeist: es waren meine vergnügtesten Stunden der ganzen Woche. Aber nun wollte mir kein Bissen mehr schmecken: denn ich mußte meinen Helden aufs greulichste verleumden hören. Hier wehte ein anderer Wind, hier klang ein anderer Ton als zu Hause. Die Neigung, ja die Verehrung für meine Großeltern nahm ab. Bei den Eltern durfte ich nichts davon erwähnen; ich unterließ es aus eigenem Gefühl und auch weil die Mutter mich gewarnt hatte. Dadurch war ich auf mich selbst zurückgewiesen, und wie mir in meinem sechsten Jahre, nach dem Erdbeben von Lissabon, die Güte Gottes einigermaßen verdächtig geworden war, so fing ich nun, wegen Friedrichs des Zweiten, die Gerechtigkeit des Publikums zu bezweifeln an. Mein Gemüt war von Natur zur Ehrerbietung geneigt, und es gehörte eine große Erschütterung dazu, um meinen Glauben an irgend ein Ehrwürdiges wanken zu machen. Leider hatte man uns die guten Sitten, ein anständiges Betragen, nicht um ihrer selbst, sondern um der Leute willen anempfohlen; was die Leute sagen würden, hieß es immer, und ich dachte, die Leute müßten auch rechte Leute sein, würden auch alles und jedes zu schätzen wissen. Nun aber erfuhr ich das Gegenteil. Die größten und augenfälligsten Verdienste wurden geschmäht und angefeindet, die höchsten Taten wo nicht geleugnet doch wenigstens entstellt und verkleinert; und ein so schnödes Unrecht geschah dem einzigen, offenbar über alle seine Zeitgenossen erhabenen Manne, der täglich bewies und dartat was er vermöge; und dies nicht etwa vom Pöbel, sondern von vorzüglichen Männern, wofür ich doch meinen Großvater und meine Oheime zu halten hatte. Daß es Parteien geben könne, ja daß er selbst zu einer Partei gehörte, davon hatte der Knabe keinen Begriff. Er glaubte um so viel mehr Recht zu haben und seine Gesinnung für die bessere erklären zu dürfen, da er und die Gleichgesinnten Marien Theresien, ihre Schönheit und übrigen guten Eigenschaften ja gelten ließen, und dem Kaiser Franz seine Juwelen- und Geldliebhaberei weiter auch nicht verargten; daß Graf Daun manchmal eine Schlafmütze geheißen wurde, glaubten sie verantworten zu können.

Bedenke ich es aber jetzt genauer, so finde ich hier den Keim der Nichtachtung, ja der Verachtung des Publikums, die mir eine ganze Zeit meines Lebens anhing und nur spät durch Einsicht und Bildung ins gleiche gebracht werden konnte. Genug, schon damals war das Gewahrwerden parteiischer Ungerechtigkeit dem Knaben sehr unangenehm, ja schädlich, indem es ihn gewöhnte, sich von geliebten und geschätzten Personen zu entfernen. Die immer aufeinander folgenden Kriegstaten und Begebenheiten ließen den Parteien weder Ruhe noch Rast. Wir fanden ein verdrießliches Behagen, jene eingebildeten Übel und willkürlichen Händel immer von frischem wieder zu erregen und zu schärfen, und so fuhren wir fort uns untereinander zu quälen, bis einige Jahre darauf die Franzosen Frankfurt besetzten und uns wahre Unbequemlichkeit in die Häuser brachten.

Ob nun gleich die meisten sich dieser wichtigen, in der Ferne vorgehenden Ereignisse nur zu einer leidenschaftlichen Unterhaltung bedienten; so waren doch auch andre, welche den Ernst dieser Zeiten wohl einsahen, und befürchteten, daß bei einer Teilnahme Frankreichs der Kriegs-Schauplatz sich auch in unsern Gegenden auftun könne. Man hielt uns Kinder mehr als bisher zu Hause, und suchte uns auf mancherlei Weise zu beschäftigen und zu unterhalten. Zu solchem Ende hatte man das von der Großmutter hinterlassene Puppenspiel wieder aufgestellt, und zwar dergestalt eingerichtet, daß die Zuschauer in meinem Giebelzimmer sitzen, die spielenden und dirigierenden Personen aber, so wie das Theater selbst vom Proszenium an, in einem Nebenzimmer Platz und Raum fanden. Durch die besondere Vergünstigung, bald diesen bald jenen Knaben als Zuschauer einzulassen, erwarb ich mir anfangs viele Freunde; allein die Unruhe, die in den Kindern steckt, ließ sie nicht lange geduldige Zuschauer bleiben. Sie störten das Spiel, und wir mußten uns ein jüngeres Publikum aussuchen, das noch allenfalls durch Ammen und Mägde in der Ordnung gehalten werden konnte. Wir hatten das ursprüngliche Hauptdrama, worauf die Puppengesellschaft eigentlich eingerichtet war, auswendig gelernt, und führten es anfangs auch ausschließlich auf; allein dies ermüdete uns bald, wir veränderten die Garderobe, die Dekorationen, und wagten uns an verschiedene Stücke, die freilich für einen so kleinen Schauplatz zu weitläuftig waren. Ob wir uns nun gleich durch diese Anmaßung dasjenige was wir wirklich hätten leisten können, verkümmerten und zuletzt gar zerstörten; so hat doch diese kindliche Unterhaltung und Beschäftigung auf sehr mannigfaltige Weise bei mir das Erfindungs- und Darstellungsvermögen, die Einbildungskraft und eine gewisse Technik geübt und befördert, wie es vielleicht auf keinem andern Wege, in so kurzer Zeit, in einem so engen Raume, mit so wenigem Aufwand hätte geschehen können.

Ich hatte früh gelernt mit Zirkel und Lineal umzugehen, indem ich den ganzen Unterricht, den man uns in der Geometrie erteilte, sogleich in das Tätige verwandte, und Pappenarbeiten konnten mich höchlich beschäftigen. Doch blieb ich nicht bei geometrischen Körpern, bei Kästchen und solchen Dingen stehen, sondern ersann mir artige Lusthäuser, welche mit Pilastern, Freitreppen und flachen Dächern ausgeschmückt wurden; wovon jedoch wenig zu Stande kam.

Weit beharrlicher hingegen war ich, mit Hülfe unsers Bedienten, eines Schneiders von Profession, eine Rüstkammer auszustatten, welche zu unsern Schau- und Trauerspielen dienen sollte, die wir, nachdem wir den Puppen über den Kopf gewachsen waren, selbst aufzuführen Lust hatten. Meine Gespielen verfertigten sich zwar auch solche Rüstungen und hielten sie für ebenso schön und gut als die meinigen; allein ich hatte es nicht bei den Bedürfnissen einer Person bewenden lassen, sondern konnte mehrere des kleinen Heeres mit allerlei Requisiten ausstatten, und machte mich daher unserm kleinen Kreise immer notwendiger. Daß solche Spiele auf Parteiungen, Gefechte und Schläge hinwiesen, und gewöhnlich auch mit Händeln und Verdruß ein schreckliches Ende nahmen, läßt sich denken. In solchen Fällen hielten gewöhnlich gewisse bestimmte Gespielen an mir, andre auf der Gegenseite, ob es gleich öfter manchen Parteiwechsel gab. Ein einziger Knabe, den ich Pylades nennen will, verließ nur ein einzig Mal, von den andern aufgehetzt, meine Partei, konnte es aber kaum eine Minute aushalten, mir feindselig gegenüberzustehen; wir versöhnten uns unter vielen Tränen, und haben eine ganze Weile treulich zusammengehalten.

Diesen so wie andre Wohlwollende konnte ich sehr glücklich machen, wenn ich ihnen Märchen erzählte, und besonders liebten sie, wenn ich in eigner Person sprach, und hatten eine große Freude, daß mir als ihrem Gespielen so wunderliche Dinge könnten begegnet sein, und dabei gar kein Arges, wie ich Zeit und Raum zu solchen Abenteuern finden können, da sie doch ziemlich wußten, wie ich beschäftigt war, und wo ich aus und ein ging. Nicht weniger waren zu solchen Begebenheiten Lokalitäten, wo nicht aus einer andern Welt, doch gewiß aus einer andern Gegend nötig, und alles war doch erst heut oder gestern geschehen. Sie mußten sich daher mehr selbst betrügen, als ich sie zum besten haben konnte. Und wenn ich nicht nach und nach, meinem Naturell gemäß, diese Luftgestalten und Windbeuteleien zu kunstmäßigen

Darstellungen hätte verarbeiten lernen; so wären solche aufschneiderische Anfänge gewiß nicht ohne schlimme Folgen für mich geblieben.

Betrachtet man diesen Trieb recht genau, so möchte man in ihm diejenige Anmaßung erkennen, womit der Dichter selbst das Unwahrscheinlichste gebieterisch ausspricht, und von einem jeden fordert, er solle dasjenige für wirklich erkennen, was ihm, dem Erfinder, auf irgend eine Weise als wahr erscheinen konnte.

Was jedoch hier nur im Allgemeinen und betrachtungsweise vorgetragen worden, wird vielleicht durch ein Beispiel, durch ein Musterstück angenehmer und anschaulicher werden. Ich füge daher ein solches Märchen bei, welches mir, da ich es meinen Gespielen oft wiederholen mußte, noch ganz wohl vor der Einbildungskraft und im Gedächtnis schwebt.

Der neue Paris

Knabenmärchen

Mir träumte neulich in der Nacht vor Pfingstsonntag, als stünde ich vor einem Spiegel und beschäftigte mich mit den neuen Sommerkleidern, welche mir die lieben Eltern auf das Fest hatten machen lassen. Der Anzug bestand, wie ihr wißt, in Schuhen von sauberem Leder, mit großen silbernen Schnallen, feinen baumwollnen Strümpfen, schwarzen Unterkleidern von Sarsche, und einem Rock von grünem Berkan mit goldnen Balletten. Die Weste dazu, von Goldstoff, war aus meines Vaters Bräutigamsweste geschnitten. Ich war frisiert und gepudert, die Locken standen mir wie Flügelchen vom Kopfe; aber ich konnte mit dem Anziehen nicht fertig werden, weil ich immer die Kleidungsstücke verwechselte, und weil mir immer das erste vom Leibe fiel, wenn ich das zweite umzunehmen gedachte. In dieser großen Verlegenheit trat ein junger schöner Mann zu mir und begrüßte mich aufs freundlichste. »Ei, seid mir willkommen!« sagte ich: »es ist mir ja gar lieb, daß ich Euch hier sehe.« – »Kennt Ihr mich denn?« versetzte jener lächelnd. – »Warum nicht?« war meine gleichfalls lächelnde Antwort. »Ihr seid Merkur, und ich habe Euch oft genug abgebildet gesehen.« – »Das bin ich«, sagte jener, »und von den Göttern mit einem wichtigen Auftrag an dich gesandt. Siehst du diese drei Äpfel?« – Er reichte seine Hand her und zeigte mir drei Äpfel, die sie kaum fassen konnte, und die ebenso wundersam schön als groß waren, und zwar der eine von roter, der andere von gelber, der dritte von grüner Farbe. Man mußte sie für Edelsteine halten, denen man die Form von Früchten gegeben. Ich wollte darnach greifen; er aber zog zurück und sagte: »Du mußt erst wissen, daß sie nicht für dich sind. Du sollst sie den drei schönsten jungen Leuten von der Stadt geben, welche sodann, jeder nach seinem Lose, Gattinnen finden sollen, wie sie solche nur wünschen können. Nimm, und mach deine Sache gut!« sagte er scheidend, und gab mir die Äpfel in meine offnen Hände; sie schienen mir noch größer geworden zu sein. Ich hielt sie darauf in die Höhe, gegen das Licht, und fand sie ganz durchsichtig; aber gar bald zogen sie sich aufwärts in die Länge und wurden zu drei schönen, schönen Frauenzimmerchen in mäßiger Puppengröße, deren Kleider von der Farbe der vorherigen Äpfel waren. So gleiteten sie sacht an meinen Fingern hinauf, und als ich nach ihnen haschen wollte, um wenigstens eine festzuhalten, schwebten sie schon weit in der Höhe und Ferne, daß ich nichts als das Nachsehen hatte. Ich stand ganz verwundert und versteinert da, hatte die Hände noch in der Höhe und beguckte meine Finger, als wäre daran etwas zu sehen gewesen. Aber mit einmal erblickte ich auf meinen Fingerspitzen ein allerliebstes Mädchen herumtanzen, kleiner als jene, aber gar niedlich und munter; und weil sie nicht wie die andern fortflog, sondern verweilte, und bald auf diese bald auf jene Fingerspitze tanzend hin und her trat; so sah ich ihr eine Zeit lang verwundert zu. Da sie mir aber gar so wohl gefiel, glaubte ich sie endlich haschen zu können und dachte geschickt genug zuzugreifen; allein in dem Augenblick fühlte ich einen Schlag an den Kopf, so daß ich ganz betäubt niederfiel, und aus dieser Betäubung nicht eher erwachte, als bis es Zeit war mich anzuziehen und in die Kirche zu gehen.

Unter dem Gottesdienst wiederholte ich mir jene Bilder oft genug; auch am großelterlichen Tische, wo ich zu Mittag speiste. Nachmittags wollte ich einige Freunde besuchen, sowohl um mich in meiner neuen Kleidung, den Hut unter dem Arm und den Degen an der Seite, sehen zu lassen, als auch weil ich ihnen Besuche schuldig war. Ich fand niemanden zu Hause, und da ich hörte, daß sie in die Gärten gegangen; so gedachte ich ihnen zu folgen und den Abend vergnügt zuzubringen. Mein Weg führte mich den Zwinger hin, und ich kam in die Gegend, welche mit Recht den Namen schlimme Mauer führt: denn es ist dort niemals ganz geheuer. Ich ging nur langsam und dachte an meine drei Göttinnen, besonders aber an die kleine Nymphe, und hielt meine Finger manchmal in die Höhe, in Hoffnung sie würde so artig sein, wieder darauf zu balancieren. In diesen Gedanken vorwärtsgehend erblickte ich, linker Hand, in der Mauer ein Pförtchen, das ich mich nicht erinnerte je gesehen zu haben. Es schien niedrig, aber der Spitzbogen drüber hätte den größten Mann hindurchgelassen. Bogen und Gewände waren aufs zierlichste vom Steinmetz und Bildhauer ausgemeißelt, die Türe selbst aber zog erst recht meine Aufmerksamkeit an sich. Braunes uraltes Holz, nur wenig verziert, war mit breiten, sowohl erhaben als vertieft gearbeiteten Bändern von Erz beschlagen, deren Laubwerk, worin die natürlichsten Vögel saßen, ich nicht genug bewundern konnte. Doch was mir das merkwürdigste schien, kein Schlüsselloch war zu sehen, keine Klinke, kein Klopfer, und ich vermutete daraus, daß diese Türe nur von innen aufgemacht werde. Ich hatte mich nicht geirrt: denn als ich ihr näher trat, um die Zieraten zu befühlen, tat sie sich hineinwärts auf, und es erschien ein Mann, dessen Kleidung etwas Langes, Weites und Sonderbares hatte. Auch ein ehrwürdiger Bart umwölkte sein Kinn; daher ich ihn für einen Juden zu halten geneigt war. Er aber, eben als wenn er meine Gedanken erraten hätte, machte das Zeichen des heiligen Kreuzes, wodurch er mir zu erkennen gab, daß er ein guter katholischer Christ sei. – »Junger Herr, wie kommt Ihr hieher, und was macht Ihr da?« sagte er mit freundlicher Stimme und Gebärde. – »Ich bewundre«, versetzte ich, »die Arbeit dieser Pforte: denn ich habe dergleichen noch niemals gesehen; es müßte denn sein auf kleinen Stücken in den Kunstsammlungen der Liebhaber.« – »Es freut mich«, versetzte er darauf, »daß Ihr solche Arbeit liebt. Inwendig ist die Pforte noch viel schöner: tretet herein, wenn es Euch gefällt.« Mir war bei der Sache nicht ganz wohl zu Mute. Die wunderliche Kleidung des Pförtners, die Abgelegenheit und ein sonst ich weiß nicht was, das in der Luft zu liegen schien, beklemmte mich. Ich verweilte daher, unter dem Vorwande die Außenseite noch länger zu betrachten, und blickte dabei verstohlen in den Garten: denn ein Garten war es, der sich vor mir eröffnet hatte. Gleich hinter der Pforte sah ich einen großen beschatteten Platz; alte Linden, regelmäßig voneinander abstehend, bedeckten ihn völlig mit ihren dicht ineinander greifenden Ästen, so daß die zahlreichsten Gesellschaften in der größten Tageshitze sich darunter hätten erquicken können. Schon war ich auf die Schwelle getreten, und der Alte wußte mich immer um einen Schritt weiter zu locken. Ich widerstand auch eigentlich nicht: denn ich hatte jederzeit gehört, daß ein Prinz oder Sultan in solchem Falle niemals fragen müsse, ob Gefahr vorhanden sei. Hatte ich doch auch meinen Degen an der Seite; und sollte ich mit dem Alten nicht fertig werden, wenn er sich feindlich erweisen wollte? Ich trat also ganz gesichert hinein; der Pförtner drückte die Türe zu, die so leise einschnappte, daß ich es kaum spürte. Nun zeigte er mir die inwendig angebrachte, wirklich noch viel kunstreichere Arbeit, legte sie mir aus, und bewies mir dabei ein besonderes Wohlwollen. Hiedurch nun völlig beruhigt, ließ ich mich in dem belaubten Raume an der Mauer, die sich ins Runde zog, weiter führen, und fand manches an ihr zu bewundern. Nischen, mit Muscheln, Korallen und Metallstufen künstlich ausgeziert, gaben aus Tritonenmäulern reichliches Wasser in marmorne Becken; dazwischen waren Vogelhäuser angebracht und andre Vergitterungen, worin Eichhörnchen herumhüpften, Meerschweinchen hin und wider liefen, und was man nur sonst von artigen Geschöpfen wünschen kann. Die Vögel riefen und sangen uns an, wie wir vorschritten; die Stare besonders schwätzten das närrischste Zeug; der eine rief immer: »Paris, Paris«, und der andre: »Narciß, Narciß«, so deutlich als es ein Schulknabe nur aussprechen kann. Der Alte schien mich immer ernsthaft anzusehen, indem die Vögel dieses riefen; ich tat aber nicht als wenn ich's merkte, und hatte auch wirklich nicht Zeit auf ihn Acht zu geben: denn ich konnte wohl gewahr werden, daß wir in die Runde gingen, und daß dieser beschattete Raum eigentlich ein großer Kreis sei, der einen andern viel bedeutendern umschließe. Wir waren auch wirklich wieder bis ans Pförtchen gelangt, und es schien als wenn der Alte mich hinauslassen wolle; allein meine Augen blieben auf ein goldnes Gitter gerichtet, welches die Mitte dieses wunderbaren Gartens zu umzäunen schien, und das ich auf unserm Gange hinlänglich zu beobachten Gelegenheit fand, ob mich der Alte gleich immer an der Mauer und also ziemlich entfernt von der Mitte zu halten wußte. Als er nun eben auf das Pförtchen losging, sagte ich zu ihm, mit einer Verbeugung: »Ihr seid so äußerst gefällig gegen mich gewesen, daß ich wohl noch eine Bitte wagen möchte, ehe ich von Euch scheide. Dürfte ich nicht jenes goldne Gitter näher besehen, das in einem sehr weiten Kreise das Innere des Gartens einzuschließen scheint?« – »Recht gern«, versetzte jener; »aber sodann müßt Ihr Euch einigen Bedingungen unterwerfen.« – »Worin bestehen sie?« fragte ich hastig. – »Ihr müßt Euren Hut und Degen hier zurücklassen, und dürft mir nicht von der Hand, indem ich Euch begleite.« –

»Herzlich gern!« erwiderte ich, und legte Hut und Degen auf die erste beste steinerne Bank. Sogleich ergriff er mit seiner Rechten meine Linke, hielt sie fest, und führte mich mit einiger Gewalt gerade vorwärts. Als wir ans Gitter kamen, verwandelte sich meine Verwunderung in Erstaunen: so etwas hatte ich nie gesehen. Auf einem hohen Sockel von Marmor standen unzählige Spieße und Partisanen nebeneinander gereiht, die durch ihre seltsam verzierten oberen Enden zusammenhingen und einen ganzen Kreis bildeten. Ich schaute durch die Zwischenräume, und sah gleich dahinter ein sanft fließendes Wasser, auf beiden Seiten mit Marmor eingefaßt, das in seinen klaren Tiefen eine große Anzahl von Gold- und Silberfischen sehen ließ, die sich bald sachte bald geschwind, bald einzeln bald zugweise, hin und her bewegten. Nun hätte ich aber auch gern über den Kanal gesehen, um zu erfahren, wie es in dem Herzen des Gartens beschaffen sei; allein da fand ich zu meiner großen Betrübnis, daß an der Gegenseite das Wasser mit einem gleichen Gitter eingefaßt war, und zwar so künstlicher Weise, daß auf einen Zwischenraum diesseits gerade ein Spieß oder eine Partisane jenseits paßte, und man also, die übrigen Zieraten mitgerechnet, nicht hindurchsehen konnte, man mochte sich stellen wie man wollte. Überdies hinderte mich der Alte, der mich noch immer festhielt, daß ich mich nicht frei bewegen konnte. Meine Neugier wuchs indes, nach allem was ich gesehen, immer mehr, und ich nahm mir ein Herz, den Alten zu fragen, ob man nicht auch hinüber kommen könne. – »Warum nicht?« versetzte jener; »aber auf neue Bedingungen.« – Als ich nach diesen fragte, gab er mir zu erkennen, daß ich mich umkleiden müsse. Ich war es sehr zufrieden; er führte mich zurück nach der Mauer in einen kleinen reinlichen Saal, an dessen Wände mancherlei Kleidungen hingen, die sich sämtlich dem orientalischen Kostüm zu nähern schienen. Ich war geschwind umgekleidet; er streifte meine gepuderten Haare unter ein buntes Netz, nachdem er sie zu meinem Entsetzen gewaltig ausgestäubt hatte. Nun fand ich mich vor einem großen Spiegel in meiner Vermummung gar hübsch, und gefiel mir besser als in meinem steifen Sonntagskleide. Ich machte einige Gebärden und Sprünge, wie ich sie von den Tänzern auf dem Meßtheater gesehen hatte. Unter diesem sah ich in den Spiegel und erblickte zufällig das Bild einer hinter mir befindlichen Nische. Auf ihrem weißen Grunde hingen drei grüne Strickchen, jedes in sich auf eine Weise verschlungen, die mir in der Ferne nicht deutlich werden wollte. Ich kehrte mich daher etwas hastig um, und fragte den Alten nach der Nische so wie nach den Strickchen. Er, ganz gefällig, holte eins herunter und zeigte es mir. Es war eine grünseidene Schnur von mäßiger Stärke, deren beide Enden durch ein zwiefach durchschnittenes grünes Leder geschlungen, ihr das Ansehn gaben, als sei es ein Werkzeug zu einem eben nicht sehr erwünschten Gebrauch. Die Sache schien mir bedenklich, und ich fragte den Alten nach der Bedeutung. Er antwortete mir ganz gelassen und gütig: es sei dieses für diejenigen, welche das Vertrauen mißbrauchten, das man ihnen hier zu schenken bereit sei. Er hing die Schnur wieder an ihre Stelle und verlangte sogleich, daß ich ihm folgen solle: denn diesmal faßte er mich nicht an, und so ging ich frei neben ihm her.

Meine größte Neugier war nunmehr, wo die Türe, wo die Brücke sein möchte, um durch das Gitter, um über den Kanal zu kommen: denn ich hatte dergleichen bis jetzt noch nicht ausfindig machen können. Ich betrachtete daher die goldene Umzäunung sehr genau, als wir darauf zueilten; allein augenblicklich verging mir das Gesicht: denn unerwartet begannen Spieße, Speere, Hellebarden, Partisanen sich zu rütteln und zu schütteln, und diese seltsame Bewegung endigte damit, daß die sämtlichen Spitzen sich gegeneinander senkten, eben als wenn zwei altertümliche, mit Piken bewaffnete Heerhaufen gegeneinander losgehen wollten. Die Verwirrung fürs Auge, das Geklirr für die Ohren, war kaum zu ertragen, aber unendlich überraschend der Anblick, als sie völlig niedergelassen den Kreis des Kanals bedeckten und die herrlichste

Brücke bildeten, die man sich denken kann: denn nun lag das bunteste Gartenparterre vor meinem Blick. Es war in verschlungene Beete geteilt, welche zusammen betrachtet ein Labyrinth von Zieraten bildeten; alle mit grünen Einfassungen von einer niedrigen, wollig wachsenden Pflanze, die ich nie gesehen; alle mit Blumen, jede Abteilung von verschiedener Farbe, die ebenfalls niedrig und am Boden, den vorgezeichneten Grundriß leicht verfolgen ließen. Dieser köstliche Anblick, den ich in vollem Sonnenschein genoß, fesselte ganz meine Augen; aber ich wußte fast nicht, wo ich den Fuß hinsetzen sollte: denn die schlängelnden Wege waren aufs reinlichste von blauem Sande gezogen, der einen dunklern Himmel, oder einen Himmel im Wasser, an der Erde zu bilden schien; und so ging ich, die Augen auf den Boden gerichtet, eine Zeit lang neben meinem Führer, bis ich zuletzt gewahr ward, daß in der Mitte von diesem Beeten- und Blumen-Rund ein großer Kreis von Zypressen oder pappelartigen Bäumen stand, durch den man nicht hindurchsehen konnte, weil die untersten Zweige aus der Erde hervorzutreiben schienen. Mein Führer, ohne mich gerade auf den nächsten Weg zu drängen, leitete mich doch unmittelbar nach jener Mitte, und wie war ich überrascht! als ich in den Kreis der hohen Bäume tretend, die Säulenhalle eines köstlichen Gartengebäudes vor mir sah, das nach den übrigen Seiten hin ähnliche Ansichten und Eingänge zu haben schien. Noch mehr aber als dieses Muster der Baukunst entzückte mich eine himmlische Musik, die aus dem Gebäude hervordrang. Bald glaubte ich eine Laute, bald eine Harfe, bald eine Zither zu hören, und bald noch etwas Klimperndes, das keinem von diesen drei Instrumenten gemäß war. Die Pforte, auf die wir zugingen, eröffnete sich bald nach einer leisen Berührung des Alten; aber wie erstaunt war ich, als die heraustretende Pförtnerin ganz vollkommen dem niedlichen Mädchen glich, das mir im Traume auf den Fingern getanzt hatte. Sie grüßte mich auch auf eine Weise, als wenn wir schon bekannt wären, und bat mich hereinzutreten. Der Alte blieb zurück, und ich ging mit ihr durch einen gewölbten und schön verzierten kurzen Gang nach dem Mittelsaal, dessen herrliche domartige Höhe beim Eintritt meinen Blick auf sich zog und mich in Verwunderung setzte. Doch konnte mein Auge nicht lange dort verweilen, denn es ward durch ein reizenderes Schauspiel herabgelockt. Auf einem Teppich, gerade unter der Mitte der Kuppel, saßen drei Frauenzimmer im Dreieck, in drei verschiedene Farben gekleidet, die eine rot, die andre gelb, die dritte grün; die Sessel waren vergoldet, und der Teppich ein vollkommenes Blumenbeet. In ihren Armen lagen die drei Instrumente, die ich draußen hatte unterscheiden können: denn durch meine Ankunft gestört, hatten sie mit Spielen innegehalten. – »Seid uns willkommen!« sagte die Mittlere, die nämlich, welche mit dem Gesicht nach der Türe saß, im roten Kleide und mit der Harfe. »Setzt Euch zu Alerten und hört zu, wenn Ihr Liebhaber von der Musik seid.« Nun sah ich erst, daß unten quer vor ein ziemlich langes Bänkchen stand, worauf eine Mandoline lag. Das artige Mädchen nahm sie auf, setzte sich und zog mich an ihre Seite. Jetzt betrachtete ich auch die zweite Dame zu meiner Rechten; sie hatte das gelbe Kleid an, und eine Zither in der Hand; und wenn jene Harfenspielerin ansehnlich von Gestalt, groß von Gesichtszügen, und in ihrem Betragen majestätisch war, so konnte man der Zitherspielerin ein leicht anmutiges, heitres Wesen anmerken. Sie war eine schlanke Blondine, da jene dunkelbraunes Haar schmückte. Die Mannigfaltigkeit und Übereinstimmung ihrer Musik konnte mich nicht abhalten, nun auch die dritte Schönheit im grünen Gewande zu betrachten, deren Lautenspiel etwas Rührendes und zugleich Auffallendes für mich hatte. Sie war diejenige, die am meisten auf mich Acht zu geben und ihr Spiel an mich zu richten schien; nur konnte ich aus ihr nicht klug werden: denn sie kam mir bald zärtlich, bald wunderlich, bald offen, bald eigensinnig vor, je nachdem sie die Mienen und ihr Spiel veränderte. Bald schien sie mich rühren, bald mich necken zu wollen. Doch mochte sie sich stellen wie sie wollte, so gewann sie mir wenig ab: denn meine kleine Nachbarin, mit der ich Ellbogen an Ellbogen saß, hatte mich ganz für sich eingenommen; und wenn ich in jenen drei Damen ganz deutlich die Sylphiden meines Traums und die Farben der Äpfel erblickte, so begriff ich wohl, daß ich keine Ursache hätte sie festzuhalten. Die artige Kleine hätte ich lieber angepackt, wenn mir nur nicht der Schlag, den sie mir im Traume versetzt hatte, gar zu erinnerlich gewesen wäre. Sie hielt sich bisher mit ihrer Mandoline ganz ruhig; als aber ihre Gebieterinnen aufgehört hatten, so befahlen sie ihr, einige lustige Stückchen zum besten zu geben. Kaum hatte sie einige Tanzmelodieen gar aufregend abgeklimpert, so sprang sie in die Höhe; ich tat das gleiche. Sie spielte und tanzte; ich ward hingerissen ihre Schritte zu begleiten, und wir führten eine Art von kleinem Ballett auf, womit die Damen zufrieden zu sein schienen: denn sobald wir geendigt, befahlen sie der Kleinen, mich derweil mit etwas Gutem zu erquicken, bis das Nachtessen herankäme. Ich hatte freilich vergessen, daß außer diesem Paradiese noch etwas anderes in der Welt wäre. Alerte führte mich sogleich in den Gang zurück, durch den ich hereingekommen war. An der Seite hatte sie zwei wohleingerichtete Zimmer; in dem einen, wo sie wohnte, setzte sie mir Orangen, Feigen, Pfirschen und Trauben vor, und ich genoß sowohl die Früchte fremder Länder, als auch die der erst kommenden Monate mit großem Appetit. Zuckerwerk war im Überfluß; auch füllte sie einen Pokal von geschliffnem Kristall mit schäumendem Wein: doch zu trinken bedurfte ich nicht; denn ich hatte mich an den Früchten hinreichend gelabt. – »Nun wollen wir spielen«, sagte sie und führte mich in das andere Zimmer. Hier sah es nun aus wie auf einem Christmarkt; aber so kostbare und feine Sachen hat man niemals in einer Weihnachtsbude gesehen. Da waren alle Arten von Puppen, Puppenkleidern und Puppengerätschaften; Küchen, Wohnstuben und Läden; und einzelne Spielsachen in Unzahl. Sie führte mich an allen Glasschränken herum: denn in solchen waren diese künstlichen Arbeiten aufbewahrt. Die ersten Schränke verschloß sie aber bald wieder und sagte: »Das ist nichts für Euch, ich weiß es wohl. Hier aber«, sagte sie, »könnten wir Baumaterialien finden, Mauern und Türme, Häuser, Paläste, Kirchen, um eine große Stadt zusammenzustellen. Das unterhält mich aber nicht; wir wollen zu etwas anderem greifen, das für Euch und mich gleich vergnüglich ist.« – Sie brachte darauf einige Kasten hervor, in denen ich kleines Kriegsvolk übereinander geschichtet erblickte, von dem ich sogleich bekennen mußte, daß ich niemals so etwas Schönes gesehen hätte. Sie ließ mir die Zeit nicht, das einzelne näher zu betrachten, sondern nahm den einen Kasten unter den Arm, und ich packte den andern auf. »Wir wollen auf die goldne Brücke gehen«, sagte sie; »dort spielt sich's am besten mit Soldaten: die Spieße geben gleich die Richtung, wie man die Armeen gegeneinander zu stellen hat.« Nun waren wir auf dem goldnen schwankenden Boden angelangt; unter mir hörte ich das Wasser rieseln und die Fische plätschern, indem ich niederkniete meine Linien aufzustellen. Es war alles Reiterei, wie ich nunmehr sah. Sie rühmte sich, die Königin der Amazonen zum Führer ihres weiblichen Heeres zu besitzen; ich dagegen fand den Achill und eine sehr stattliche griechische Reiterei. Die Heere standen gegeneinander, und man konnte nichts Schöneres sehen. Es waren nicht etwa flache bleierne Reiter, wie die unsrigen, sondern Mann und Pferd rund und körperlich, und auf das feinste gearbeitet; auch konnte man kaum begreifen, wie sie sich im Gleichgewicht hielten: denn sie standen für sich, ohne ein Fußbrettchen zu haben.

Wir hatten nun jedes mit großer Selbstzufriedenheit unsere Heerhaufen beschaut, als sie mir den Angriff verkündigte. Wir hatten auch Geschütz in unsern Kästen gefunden; es waren nämlich Schachteln voll kleiner wohlpolierter Achatkugeln. Mit diesen sollten wir aus einer gewissen Entfernung gegeneinander kämpfen, wobei jedoch ausdrücklich bedungen war, daß nicht stärker geworfen werde, als nötig sei die Figuren umzustürzen: denn beschädigt sollte keine werden.

Wechselseitig ging nun die Kanonade los, und im Anfang wirkte sie zu unser beider Zufriedenheit. Allein als meine Gegnerin bemerkte, daß ich doch besser zielte als sie, und zuletzt den Sieg, der von der Überzahl der Stehngebliebenen abhing, gewinnen möchte, trat sie näher, und ihr mädchenhaftes Werfen hatte denn auch den erwünschten Erfolg. Sie streckte mir eine Menge meiner besten Truppen nieder, und je mehr ich protestierte, desto eifriger warf sie. Dies verdroß mich zuletzt, und ich erklärte, daß ich ein gleiches tun würde. Ich trat auch wirklich nicht allein näher heran, sondern warf im Unmut viel heftiger, da es denn nicht lange währte als ein paar ihrer kleinen Centaurinnen in Stücke sprangen. In ihrem Eifer bemerkte sie es nicht gleich; aber ich stand versteinert, als die zerbrochnen Figürchen sich von selbst wieder zusammenfügten, Amazone und Pferd wieder ein Ganzes, auch zugleich völlig lebendig wurden, im Galopp von der goldnen Brücke unter die Linden setzten, und in Karriere hin und wider rennend sich endlich gegen die Mauer, ich weiß nicht wie, verloren. Meine schöne Gegnerin war das kaum gewahr worden, als sie in ein lautes Weinen und Jammern ausbrach und rief: daß ich ihr einen unersetzlichen Verlust zugefügt, der weit größer sei, als es sich aussprechen lasse. Ich aber, der ich schon erbost war, freute mich ihr etwas zu Leide zu tun, und warf noch ein paar mir übrig gebliebene Achatkugeln blindlings mit Gewalt unter ihren Heerhaufen. Unglücklicher Weise traf ich die Königin, die bisher bei unserm regelmäßigen Spiel ausgenommen gewesen. Sie sprang in Stücken, und ihre nächsten Adjutanten wurden auch zerschmettert; aber schnell stellten sie sich wieder her und nahmen Reißaus wie die ersten, galoppierten sehr lustig unter den Linden herum und verloren sich gegen die Mauer.

Meine Gegnerin schalt und schimpfte; ich aber, nun einmal im Gange, bückte mich einige Achatkugeln aufzuheben, welche an den goldnen Spießen herumrollten. Mein ergrimmter Wunsch war, ihr ganzes Heer zu vernichten; sie dagegen nicht faul, sprang auf mich los und gab mir eine Ohrfeige, daß mir der Kopf summte. Ich, der ich immer gehört hatte, auf die Ohrfeige eines Mädchens gehöre ein derber Kuß, faßte sie bei den Ohren und küßte sie zu wiederholten Malen. Sie aber tat einen solchen durchdringenden Schrei, der mich selbst erschreckte; ich ließ sie fahren, und das war mein Glück: denn in dem Augenblick wußte ich nicht wie mir geschah. Der Boden unter mir fing an zu beben und zu rasseln; ich merkte geschwind, daß sich die Gitter wieder in Bewegung setzten: allein ich hatte nicht Zeit zu überlegen, noch konnte ich Fuß fassen, um zu fliehen. Ich fürchtete jeden Augenblick gespießt zu werden: denn die Partisanen und Lanzen, die sich aufrichteten, zerschlitzten mir schon die Kleider; genug ich weiß nicht wie mir geschah, mir verging Hören und Sehen, und ich erholte mich aus meiner Betäubung, von meinem Schrecken, am Fuß einer Linde, wider den mich das aufschnellende Gitter geworfen hatte. Mit dem Erwachen erwachte auch meine Bosheit, die sich noch heftig vermehrte, als ich von drüben die Spottworte und das Gelächter meiner Gegnerin vernahm, die an der andern Seite, etwas gelinder als ich, mochte zur Erde gekommen sein. Daher sprang ich auf, und als ich rings um mich das kleine Heer nebst seinem Anführer Achill, welche das auffahrende Gitter mit mir herübergeschnellt hatte, zerstreut sah, ergriff ich den Helden zuerst und warf ihn wider einen Baum. Seine Wiederherstellung und seine Flucht gefielen mir nun doppelt, weil sich die Schadenfreude zu dem artigsten Anblick von der Welt gesellte, und ich war im Begriff die sämtlichen Griechen ihm nachzuschicken, als auf einmal zischende Wasser von allen Seiten her, aus Steinen und Mauern, aus Boden und Zweigen hervorsprühten, und wo ich mich hinwendete, kreuzweise auf mich lospeitschten. Mein leichtes Gewand war in kurzer Zeit völlig durchnäßt; zerschlitzt war es schon, und ich säumte nicht, es mir ganz vom Leibe zu reißen. Die Pantoffeln warf ich von mir, und so eine Hülle nach der andern; ja ich fand es endlich bei dem warmen Tage sehr angenehm, ein solches Strahlbad über mich ergehen zu lassen. Ganz nackt schritt ich nun gravitätisch zwischen diesen willkommnen Gewässern einher, und dachte mich lange so wohl befinden zu können. Mein Zorn verkühlte sich, und ich wünschte nichts mehr als eine Versöhnung mit meiner kleinen Gegnerin. Doch in einem Nu schnappten die Wasser ab, und ich stand nun feucht auf einem durchnäßten Boden. Die Gegenwart des alten Mannes, der unvermutet vor mich trat, war mir keineswegs willkommen; ich hätte gewünscht, mich wo nicht verbergen, doch wenigstens verhüllen zu können. Die Beschämung, der Frostschauer, das Bestreben mich einigermaßen zu bedecken, ließen mich eine höchst erbärmliche Figur spielen; der Alte benutzte den Augenblick, um mir die größesten Vorwürfe zu machen. »Was hindert mich«, rief er aus, »daß ich nicht eine der grünen Schnuren ergreife und sie, wo nicht Eurem Hals, doch Eurem Rücken anmesse!« Diese Drohung nahm ich höchst übel. »Hütet Euch«, rief ich aus, »vor solchen Worten, ja nur vor solchen Gedanken: denn sonst seid Ihr und Eure Gebieterinnen verloren!« – »Wer bist denn du«, fragte er trutzig, »daß du so reden darfst?« – »Ein Liebling der Götter«, sagte ich, »von dem es abhängt, ob jene Frauenzimmer würdige Gatten finden und ein glückliches Leben führen sollen, oder ob er sie will in ihrem Zauberkloster verschmachten und veralten lassen.« – Der Alte trat einige Schritte zurück. »Wer hat dir das offenbart?« fragte er erstaunt und bedenklich. – »Drei Äpfel«, sagte ich, »drei Juwelen.« – »Und was verlangst du zum Lohn?« rief er aus. – »Vor allen Dingen das kleine Geschöpf«, versetzte ich, »die mich in diesen verwünschten Zustand gebracht hat.« – Der Alte warf sich vor mir nieder, ohne sich vor der noch feuchten und schlammigen Erde zu scheuen; dann stand er auf, ohne benetzt zu sein, nahm mich freundlich bei der Hand, führte mich in jenen Saal, kleidete mich behend wieder an, und bald war ich wieder sonntägig geputzt und frisiert wie vorher. Der Pförtner sprach kein Wort weiter; aber ehe er mich über die Schwelle ließ, hielt er mich an, und deutete mir auf einige Gegenstände an der Mauer drüben über den Weg, indem er zugleich rückwärts auf das Pförtchen zeigte. Ich verstand ihn wohl; er wollte nämlich, daß ich mir die Gegenstände einprägen möchte, um das Pförtchen desto gewisser wieder zu finden, welches sich unversehens hinter mir zuschloß. Ich merkte mir nun wohl, was mir gegenüber stand. Über eine hohe Mauer ragten die Äste uralter Nußbäume herüber, und bedeckten zum Teil das Gesims, womit sie endigte. Die Zweige reichten bis an eine steinerne Tafel, deren verzierte Einfassung ich wohl erkennen, deren Inschrift ich aber nicht lesen konnte. Sie ruhte auf dem Kragstein einer Nische, in welcher ein künstlich gearbeiteter Brunnen, von Schale zu Schale, Wasser in ein großes Becken goß, das wie einen kleinen Teich bildete und sich in die Erde verlor. Brunnen, Inschrift, Nußbäume, alles stand senkrecht übereinander; ich wollte es malen, wie ich es gesehn habe.

Nun läßt sich wohl denken, wie ich diesen Abend und manchen folgenden Tag zubrachte, und wie oft ich mir diese Geschichten, die ich kaum selbst glauben konnte, wiederholte. Sobald mir's nur irgend möglich war, ging ich wieder zur schlimmen Mauer, um wenigstens jene Merkzeichen im Gedächtnis anzufrischen und das köstliche Pförtchen zu beschauen. Allein zu meinem größten Erstaunen fand ich alles verändert. Nußbäume ragten wohl über die Mauer, aber sie standen nicht unmittelbar nebeneinander. Eine Tafel war auch eingemauert, aber von den Bäumen weit rechts, ohne Verzierung, und mit einer leserlichen Inschrift. Eine Nische mit einem Brunnen findet sich weit links, der aber jenem, den ich gesehen, durchaus nicht zu vergleichen ist; so daß ich beinahe glauben muß, das zweite Abenteuer sei so gut als das erste ein Traum gewesen: denn von dem Pförtchen findet sich überhaupt gar keine Spur. Das einzige was mich tröstet, ist die Bemerkung, daß jene drei Gegenstände stets den Ort zu verändern scheinen: denn bei wiederholtem Besuch jener Gegend glaube ich bemerkt zu haben, daß die Nußbäume etwas zusammenrücken, und daß Tafel und Brunnen sich ebenfalls zu nähern scheinen. Wahrscheinlich, wenn alles wieder zusammentrifft, wird auch die Pforte von neuem sichtbar sein, und ich werde mein mögliches tun, das Abenteuer wieder anzuknüpfen. Ob ich Euch erzählen kann, was weiter begegnet, oder ob es mir ausdrücklich verboten wird, weiß ich nicht zu sagen.

Dieses Märchen, von dessen Wahrheit meine Gespielen sich leidenschaftlich zu überzeugen trachteten, erhielt großen Beifall. Sie besuchten, jeder allein, ohne es mir oder den andern zu vertrauen, den angedeuteten Ort, fanden die Nußbäume, die Tafel und den Brunnen, aber immer entfernt voneinander: wie sie zuletzt bekannten, weil man in jenen Jahren nicht gern ein Geheimnis verschweigen mag. Hier ging aber der Streit erst an. Der eine versicherte: die Gegenstände rückten nicht vom Flecke und blieben immer in gleicher Entfernung untereinander. Der zweite behauptete: sie bewegten sich, aber sie entfernten sich voneinander. Mit diesem war der dritte über den ersten Punkt der Bewegung einstimmig, doch schienen ihm Nußbäume, Tafel und Brunnen sich vielmehr zu nähern. Der vierte wollte noch was Merkwürdigeres gesehen haben: die Nußbäume nämlich in der Mitte, die Tafel aber und den Brunnen auf den entgegengesetzten Seiten als ich angegeben. In Absicht auf die Spur des Pförtchens variierten sie auch. Und so gaben sie mir ein frühes Beispiel, wie die Menschen von einer ganz einfachen und leicht zu erörternden Sache die widersprechendsten Ansichten haben und behaupten können. Als ich die Fortsetzung meines Märchens hartnäckig verweigerte, ward dieser erste Teil öfters wieder begehrt. Ich hütete mich, an den Umständen viel zu verändern, und durch die Gleichförmigkeit meiner Erzählung verwandelte ich in den Gemütern meiner Zuhörer die Fabel in Wahrheit.

Übrigens war ich den Lügen und der Verstellung abgeneigt, und überhaupt keineswegs leichtsinnig; vielmehr zeigte sich der innere Ernst, mit dem ich schon früh mich und die Welt betrachtete, auch in meinem Äußern, und ich ward, oft freundlich, oft auch spöttisch, über eine gewisse Würde berufen, die ich mir herausnahm. Denn ob es mir zwar an guten, ausgesuchten Freunden nicht fehlte, so waren wir doch immer die Minderzahl gegen jene, die uns mit rohem Mutwillen anzufechten ein Vergnügen fanden, und uns freilich oft sehr unsanft aus jenen märchenhaften, selbstgefälligen Träumen aufweckten, in die wir uns, ich erfindend und meine Gespielen teilnehmend, nur allzugern verloren. Nun wurden wir abermals gewahr, daß man anstatt sich der Weichlichkeit und phantastischen Vergnügungen hinzugeben, wohl eher Ursache habe, sich abzuhärten, um die unvermeidlichen Übel entweder zu ertragen, oder ihnen entgegen zu wirken.

Unter die Übungen des Stoizismus, den ich deshalb so ernstlich als es einem Knaben möglich ist, bei mir ausbildete, gehörten auch die Duldungen körperlicher Leiden. Unsere Lehrer behandelten uns oft sehr unfreundlich und ungeschickt mit Schlägen und Püffen, gegen die wir uns um so mehr verhärteten, als Widersetzlichkeit oder Gegenwirkung aufs höchste verpönt war. Sehr viele Scherze der Jugend beruhen auf einem Wettstreit solcher Ertragungen: zum Beispiel, wenn man mit zwei Fingern oder der ganzen Hand sich wechselsweise bis zur Betäubung der Glieder schlägt, oder die bei gewissen Spielen verschuldeten Schläge mit mehr oder weniger Gesetztheit aushält; wenn man sich beim Ringen und Balgen durch die Kniffe der Halbüberwundenen nicht irre machen läßt; wenn man einen aus Neckerei zugefügten Schmerz unterdrückt, ja selbst das Zwicken und Kitzeln, womit junge Leute so geschäftig gegeneinander sind, als etwas Gleichgültiges behandelt. Dadurch setzt man sich in einen großen Vorteil, der uns von andern so geschwind nicht abgewonnen wird.

Da ich jedoch von einem solchen Leidenstrotz gleichsam Profession machte, so wuchsen die Zudringlichkeiten der andern; und wie eine unartige Grausamkeit keine Grenzen kennt, so wußte sie mich doch aus meiner Grenze hinauszutreiben. Ich erzähle einen Fall statt vieler. Der Lehrer war eine Stunde nicht gekommen; solange wir Kinder alle beisammen waren, unterhielten wir uns recht artig; als aber die mir Wohlwollenden, nachdem sie lange genug gewartet, hinweggingen, und ich mit drei Mißwollenden allein blieb: so dachten diese mich zu quälen, zu beschämen und zu vertreiben. Sie hatten mich einen Augenblick im Zimmer verlassen und kamen mit Ruten zurück, die sie sich aus einem geschwind zerschnittenen Besen verschafft hatten. Ich merkte ihre Absicht, und weil ich das Ende der Stunde nahe glaubte, so setzte ich aus dem Stegreife bei mir fest, mich bis zum Glokkenschlage nicht zu wehren. Sie fingen darauf unbarmherzig an, mir die Beine und Waden auf das grausamste zu peitschen. Ich rührte mich nicht, fühlte aber bald, daß ich mich verrechnet hatte, und daß ein solcher Schmerz die Minuten sehr verlängert. Mit der Duldung wuchs meine Wut, und mit dem ersten Stundenschlag fuhr ich dem einen, der sich's am wenigsten versah, mit der Hand in die Nackenhaare und stürzte ihn augenblicklich zu Boden, indem ich mit dem Knie seinen Rücken druckte; den andern, einen jüngeren und schwächeren, der mich von hinten anfiel, zog ich bei dem Kopfe durch den Arm und erdrosselte ihn fast, indem ich ihn an mich preßte. Nun war der letzte noch übrig und nicht der schwächste, und mir blieb nur die linke Hand zu meiner Verteidigung. Allein ich ergriff ihn beim Kleide, und durch eine geschickte Wendung von meiner Seite, durch eine übereilte von seiner, brachte ich ihn nieder und stieß ihn mit dem Gesicht gegen den Boden. Sie ließen es nicht an Beißen, Kratzen und Treten fehlen; aber ich hatte nur meine Rache im Sinn und in den Gliedern. In dem Vorteil in dem ich mich befand, stieß ich sie wiederholt mit den Köpfen zusammen. Sie erhuben zuletzt ein entsetzliches Zetergeschrei, und wir sahen uns bald von allen Hausgenossen umgeben. Die umhergestreuten Ruten und meine Beine, die ich von den Strümpfen entblößte, zeugten bald für mich. Man behielt sich die Strafe vor und ließ mich aus dem Hause; ich erklärte aber, daß ich künftig, bei der geringsten Beleidigung, einem oder dem andern die Augen auskratzen, die Ohren abreißen, wo nicht gar ihn erdrosseln würde.

Dieser Vorfall, ob man ihn gleich, wie es in kindischen Dingen zu geschehen pflegt, bald wieder vergaß und sogar belachte, war jedoch Ursache, daß diese gemeinsamen Unterrichtsstunden seltner wurden und zuletzt ganz aufhörten. Ich war also wieder wie vorher mehr ins Haus gebannt, wo ich an meiner Schwester C o r n e l i a, die nur ein Jahr weniger zählte als ich, eine an Annehmlichkeit immer wachsende Gesellschafterin fand.

Ich will jedoch diesen Gegenstand nicht verlassen, ohne noch einige Geschichten zu erzählen, wie mancherlei Unangenehmes mir von meinen Gespielen begegnet: denn das ist ja eben das Lehrreiche solcher sittlichen Mitteilungen, daß der Mensch erfahre, wie es andern ergangen, und was auch er vom Leben zu erwarten habe, und daß er, es mag sich ereignen was will, bedenke, dieses widerfahre ihm als Menschen und nicht als einem besonders Glücklichen oder Unglücklichen. Nützt ein solches Wissen nicht viel, um die Übel zu vermeiden, so ist es doch sehr dienlich, daß wir uns in die Zustände finden, sie ertragen, ja sie überwinden lernen.

Noch eine allgemeine Bemerkung steht hier an der rechten Stelle, daß nämlich bei dem Emporwachsen der Kinder aus den gesitteten Ständen ein sehr großer Widerspruch zum Vorschein kommt, ich meine den, daß sie von Eltern und Lehrern angemahnt und angeleitet werden, sich mäßig, verständig, ja vernünftig zu betragen, niemanden aus Mutwillen oder Übermut ein Leids zuzufügen und alle gehässigen Regungen, die sich an ihnen entwickeln möchten, zu unterdrücken; daß nun aber im Gegenteil, während die jungen Geschöpfe mit einer solchen Übung beschäftigt sind, sie von andern das zu leiden haben, was an ihnen gescholten wird und höchlich verpönt ist. Dadurch kommen die armen Wesen zwischen dem Naturzustande und dem der Zivilisation gar erbärmlich in die Klemme, und werden, je nachdem die Charakter sind, entweder tückisch, oder gewaltsam aufbrausend, wenn sie eine Zeit lang an sich gehalten haben.

Gewalt ist eher mit Gewalt zu vertreiben; aber ein gut gesinntes, zur Liebe und Teilnahme geneigtes Kind weiß dem Hohn und dem bösen Willen wenig entgegenzusetzen. Wenn ich die Tätlichkeiten meiner Gesellen so ziemlich abzuhalten wußte; so war ich doch keineswegs ihren Sticheleien und Mißreden gewachsen, weil in solchen Fällen derjenige, der sich verteidigt, immer verlieren muß. Es wurden also auch Angriffe dieser Art, insofern sie zum Zorn reizten, mit physischen Kräften zurückgewiesen, oder sie regten wundersame Betrachtungen in mir auf, die denn nicht ohne Folgen bleiben konnten. Unter andern Vorzügen mißgönnten mir die Übelwollenden auch, daß ich mir in einem Verhältnis gefiel, welches aus dem Schultheißenamt meines Großvaters für die Familie entsprang: denn indem er als der Erste unter seinesgleichen dastand, hatte dieses doch auch auf die Seinigen nicht geringen Einfluß. Und als ich mir einmal nach gehaltenem Pfeifergerichte etwas darauf einzubilden schien, meinen Großvater in der Mitte des Schöffenrats, eine Stufe höher als die andern, unter dem Bilde des Kaisers gleichsam thronend gesehen zu haben; so sagte einer der Knaben höhnisch: ich sollte doch, wie der Pfau auf seine Füße, so auf meinen Großvater väterlicher Seite hinsehen, welcher Gastgeber zum Weidenhof gewesen, und wohl an die Thronen und Kronen keinen Anspruch gemacht hätte. Ich erwiderte darauf, daß ich davon keineswegs beschämt sei, weil gerade darin das Herrliche und Erhebende unserer Vaterstadt bestehe, daß alle Bürger sich einander gleich halten dürften, und daß einem jeden seine Tätigkeit nach seiner Art förderlich und ehrenvoll sein könne. Es sei mir nur leid, daß der gute Mann schon so lange gestorben: denn ich habe mich auch ihn persönlich zu kennen öfters gesehnt, sein Bildnis vielmals betrachtet, ja sein Grab besucht und mich wenigstens bei der Inschrift an dem einfachen Denkmal seines vorübergegangenen Daseins gefreut, dem ich das meine schuldig geworden. Ein anderer Mißwollender, der tückischste von allen, nahm jenen ersten bei Seite und flüsterte ihm etwas in die Ohren, wobei sie mich immer spöttisch ansahen. Schon fing die Galle mir an zu kochen, und ich foderte sie auf, laut zu reden. – »Nun was ist es denn weiter«, sagte der erste, »wenn du es wissen willst: dieser da meint, du könntest lange herumgehen und suchen, bis du deinen Großvater fändest.« – Ich drohte nun noch heftiger, wenn sie sich nicht deutlicher erklären würden. Sie brachten darauf ein Märchen vor, das sie ihren Eltern wollten abgelauscht haben: mein Vater sei der Sohn eines vornehmen Mannes, und jener gute Bürger habe sich willig finden lassen, äußerlich Vaterstelle zu vertreten. Sie hatten die Unverschämtheit allerlei Argumente vorzubringen, z. B. daß unser Vermögen bloß von der Großmutter herrühre, daß die übrigen Seitenverwandten, die sich in Friedberg und sonst aufhielten, gleichfalls ohne Vermögen seien, und was noch andre solche Gründe waren, die ihr Gewicht bloß von der Bosheit hernehmen konnten. Ich hörte ihnen ruhiger zu als sie erwarteten, denn sie standen schon auf dem Sprung zu entfliehen, wenn ich Miene machte, nach ihren Haaren zu greifen. Aber ich versetzte ganz gelassen: auch dieses könne mir recht sein. Das Leben sei so hübsch, daß man völlig für gleichgültig achten könne, wem man es zu verdanken habe: denn es schriebe sich doch zuletzt von Gott her, vor welchem wir alle gleich wären. So ließen sie, da sie nichts ausrichten konnten, die Sache für diesmal gut sein; man spielte zusammen weiter fort, welches unter Kindern immer ein erprobtes Versöhnungsmittel bleibt.

Mir war jedoch durch diese hämischen Worte eine Art von sittlicher Krankheit eingeimpft, die im stillen fortschlich. Es wollte mir gar nicht mißfallen, der Enkel irgend eines vornehmen Herrn zu sein, wenn es auch nicht auf die gesetzlichste Weise gewesen wäre. Meine Spürkraft ging auf dieser Fährte, meine Einbildungskraft war angeregt und mein Scharfsinn aufgefordert. Ich fing nun an die Aufgaben jener zu untersuchen, fand und erfand neue Gründe der Wahrscheinlichkeit. Ich hatte von meinem Großvater wenig reden hören, außer daß sein Bildnis mit dem meiner Großmutter in einem Besuchzimmer des alten Hauses gehangen hatte, welche beide, nach Erbauung des neuen, in einer obern Kammer aufbewahrt wurden. Meine Großmutter mußte eine sehr schöne Frau gewesen sein, und von gleichem Alter mit ihrem Manne. Auch erinnerte ich mich, in ihrem Zimmer das Miniaturbild eines schönen Herrn, in Uniform mit Stern und Orden, gesehen zu haben, welches nach ihrem Tode mit vielen andern kleinen Gerätschaften, während des alles umwälzenden Hausbaues, verschwunden war. Solche wie manche andre Dinge baute ich mir in meinem kindischen Kopfe zusammen, und übte frühzeitig genug jenes moderne Dichter-Talent, welches durch eine abenteuerliche Verknüpfung der bedeutenden Zustände des menschlichen Lebens sich die Teilnahme der ganzen kultivierten Welt zu verschaffen weiß.

Da ich nun aber einen solchen Fall niemanden zu vertrauen, oder auch nur von ferne nachzufragen mich unterstand; so ließ ich es an einer heimlichen Betriebsamkeit nicht fehlen, um wo möglich der Sache etwas näher zu kommen. Ich hatte nämlich ganz bestimmt behaupten hören, daß die Söhne den Vätern oder Großvätern oft entschieden ähnlich zu sein pflegten. Mehrere unserer Freunde, besonders auch Rat Schneider, unser Hausfreund, hatten Geschäftsverbindungen mit allen Fürsten und Herren der Nachbarschaft, deren, sowohl regierender als nachgeborner, keine geringe Anzahl am Rhein und Main und in dem Raume zwischen beiden ihre Besitzungen hatten, und die aus besonderer Gunst ihre treuen Geschäftsträger zuweilen wohl mit ihren Bildnissen beehrten. Diese, die ich von Jugend auf vielmals an den Wänden gesehen, betrachtete ich nunmehr mit doppelter Aufmerksamkeit, forschend ob ich nicht eine Ähnlichkeit mit meinem Vater, oder gar mit mir entdecken könnte; welches aber zu oft gelang, als daß es mich zu einiger Gewißheit hätte führen können. Denn bald waren es die Augen von diesem, bald die Nase von jenem, die mir auf einige Verwandtschaft zu deuten schienen. So führten mich diese Kennzeichen trüglich genug hin und wider. Und ob ich gleich in der Folge diesen Vorwurf als ein durchaus leeres Märchen betrachten mußte, so blieb mir doch der Eindruck, und ich konnte nicht unterlassen, die sämtlichen Herren, deren Bildnisse mir sehr deutlich in der Phantasie geblieben waren, von Zeit zu Zeit im stillen bei mir zu mustern und zu prüfen. So wahr ist es, daß alles was den Menschen innerlich in seinem Dünkel bestärkt, seiner heimlichen Eitelkeit schmeichelt, ihm dergestalt höchlich erwünscht ist, daß er nicht weiter fragt, ob es ihm sonst auf irgend eine Weise zur Ehre oder zur Schmach gereichen könne.

Doch anstatt hier ernsthafte, ja rügende Betrachtungen einzumischen, wende ich lieber meinen Blick von jenen schönen Zeiten hinweg: denn wer wäre im Stande von der Fülle der Kindheit würdig zu sprechen! Wir können die kleinen Geschöpfe, die vor uns herumwandeln, nicht anders als mit Vergnügen, ja mit Bewunderung ansehen: denn meist versprechen sie mehr als sie halten, und es scheint als wenn die Natur unter andern schelmischen Streichen, die sie uns spielt, auch hier sich ganz besonders vorgesetzt, uns zum besten zu haben. Die ersten Organe, die sie Kindern mit auf die Welt gibt, sind dem nächsten unmittelbaren Zustande des Geschöpfs gemäß; es bedient sich derselben kunst- und anspruchslos, auf die geschickteste Weise zu den nächsten Zwecken. Das Kind, an und für sich betrachtet, mit seinesgleichen und in Beziehungen die seinen Kräften angemessen sind, scheint so verständig, so vernünftig, daß nichts drüber geht, und zugleich so bequem, heiter und gewandt, daß man keine weitre Bildung für dasselbe wünschen möchte. Wüchsen die Kinder in der Art fort, wie sie sich andeuten, so hätten wir lauter Genies. Aber das Wachstum ist nicht bloß Entwicklung; die verschiednen organischen Systeme, die den Einen Menschen ausmachen, entspringen auseinander, folgen einander, verwandlen sich ineinander, verdrängen einander, ja zehren einander auf, so daß von manchen Fähigkeiten, von manchen Kraftäußerungen, nach einer gewissen Zeit, kaum eine Spur mehr zu finden ist. Wenn auch die menschlichen Anlagen im Ganzen eine entschiedene Richtung haben, so wird es doch dem größten und erfahrensten Kenner schwer sein, sie mit Zuverlässigkeit voraus zu verkünden; doch kann man hinterdrein wohl bemerken, was auf ein Künftiges hingedeutet hat.

Keinesweges gedenke ich daher in diesen ersten Büchern meine Jugendgeschichten völlig abzuschließen, sondern ich werde vielmehr noch späterhin manchen Faden aufnehmen und fortleiten, der sich unbemerkt durch die ersten Jahre schon hindurchzog. Hier muß ich aber bemerken, welchen stärkeren Einfluß nach und nach die Kriegsbegebenheiten auf unsere Gesinnungen und unsre Lebensweise ausübten.

Der ruhige Bürger steht zu den großen Weltereignissen in einem wunderbaren Verhältnis. Schon aus der Ferne regen sie ihn auf und beunruhigen ihn, und er kann sich, selbst wenn sie ihn nicht berühren, eines Urteils, einer Teilnahme nicht enthalten. Schnell ergreift er eine Partei, nachdem ihn sein Charakter oder äußere Anlässe bestimmen. Rücken so große Schicksale, so bedeutende Veränderungen näher, dann bleibt ihm bei manchen äußern Unbequemlichkeiten noch immer jenes innre Mißbehagen, verdoppelt und schärft das Übel meistenteils und zerstört das noch mögliche Gute. Dann hat er von Freunden und Feinden wirklich zu leiden, oft mehr von jenen als von diesen, und er weiß weder wie er seine Neigung, noch wie er seinen Vorteil wahren und erhalten soll.

Das Jahr 1757, das wir noch in völlig bürgerlicher Ruhe verbrachten, wurde dem ungeachtet in großer Gemütsbewegung verlebt. Reicher an Begebenheiten als dieses war vielleicht kein anderes. Die Siege, die Großtaten, die Unglücksfälle, die Wiederherstellungen folgten aufeinander, verschlangen sich und schienen sich aufzuheben; immer aber schwebte die Gestalt Friedrichs, sein Name, sein Ruhm, in kurzem wieder oben. Der Enthusiasmus seiner Verehrer ward immer größer und belebter, der Haß seiner Feinde bitterer, und die Verschiedenheit der Ansichten, welche selbst Familien zerspaltete, trug nicht wenig dazu bei, die ohnehin schon auf mancherlei Weise voneinander getrennten Bürger noch mehr zu isolieren. Denn in einer Stadt wie Frankfurt, wo drei Religionen die Einwohner in drei ungleiche Massen teilen, wo nur wenige Männer, selbst von der herrschenden, zum Regiment gelangen können, muß es gar manchen Wohlhabenden und Unterrichteten geben, der sich auf sich zurückzieht und durch Studien und Liebhabereien sich eine eigne und abgeschlossene Existenz bildet. Von solchen wird gegenwärtig und auch künftig die Rede sein müssen, wenn man sich die Eigenheiten eines Frankfurter Bürgers aus jener Zeit vergegenwärtigen soll.

Mein Vater hatte, sobald er von Reisen zurückgekommen, nach seiner eigenen Sinnesart, den Gedanken gefaßt, daß er, um sich zum Dienste der Stadt fähig zu machen, eins der subalternen Ämter übernehmen und solches ohne Emolumente führen wolle, wenn man es ihm ohne Ballotage übergäbe. Er glaubte nach seiner Sinnesart, nach dem Begriffe den er von sich selbst hatte, im Gefühl seines guten Willens, eine solche Auszeichnung zu verdienen, die freilich weder gesetzlich noch herkömmlich war. Daher, als ihm sein Gesuch abgeschlagen wurde, geriet er in Ärger und Mißmut, verschwur jemals irgend eine Stelle anzunehmen, und um es unmöglich zu machen, verschaffte er sich den Charakter eines kaiserlichen Rates, den der Schultheiß und die ältesten Schöffen als einen besondern Ehrentitel tragen. Dadurch hatte er sich zum Gleichen der Obersten gemacht und konnte nicht mehr von unten anfangen. Derselbe Beweggrund führte ihn auch dazu, um die älteste Tochter des Schultheißen zu werben, wodurch er auch auf dieser Seite von dem Rate ausgeschlossen ward. Er gehörte nun unter die Zurückgezogenen, welche niemals unter sich eine Sozietät machen. Sie stehen so isoliert gegeneinander wie gegen das Ganze, und um so mehr, als sich in dieser Abgeschiedenheit das Eigentümliche der

Charakter immer schroffer ausbildet. Mein Vater mochte sich auf Reisen und in der freien Welt, die er gesehen, von einer elegantern und liberalern Lebensweise einen Begriff gemacht haben, als sie vielleicht unter seinen Mitbürgern gewöhnlich war. Zwar fand er darin Vorgänger und Gesellen.

Der Name von Uffenbach ist bekannt. Ein Schöff von Uffenbach lebte damals in gutem Ansehen. Er war in Italien gewesen, hatte sich besonders auf Musik gelegt, sang einen angenehmen Tenor, und da er eine schöne Sammlung von Musikalien mitgebracht hatte, wurden Konzerte und Oratorien bei ihm aufgeführt. Weil er nun dabei selbst sang und die Musiker begünstigte, so fand man es nicht ganz seiner Würde gemäß, und die eingeladenen Gäste sowohl als die übrigen Landsleute erlaubten sich darüber manche lustige Anmerkung.

Ferner erinnere ich mich eines Barons von Häkel, eines reichen Edelmanns, der verheiratet aber kinderlos ein schönes Haus in der Antoniusgasse bewohnte, mit allem Zubehör eines anständigen Lebens ausgestattet. Auch besaß er gute Gemälde, Kupferstiche, Antiken und manches andre, wie es bei Sammlern und Liebhabern zusammenfließt. Von Zeit zu Zeit lud er die Honoratioren zum Mittagessen, und war auf eine eigne achtsame Weise wohltätig, indem er in seinem Hause die Armen kleidete, ihre alten Lumpen aber zurückbehielt, und ihnen nur unter der Bedingung ein wöchentliches Almosen reichte, daß sie in jenen geschenkten Kleidern sich ihm jedesmal sauber und ordentlich vorstellten. Ich erinnere mich seiner nur dunkel als eines freundlichen, wohlgebildeten Mannes; desto deutlicher aber seiner Auktion, der ich vom Anfang bis zu Ende beiwohnte, und teils auf Befehl meines Vaters, teils aus eigenem Antrieb manches erstand, was sich noch unter meinen Sammlungen befindet.

Früher, und von mir kaum noch mit Augen gesehen, machte Johann Michael von Loen in der literarischen Welt so wie in Frankfurt ziemliches Aufsehen. Nicht von Frankfurt gebürtig hatte er sich daselbst niedergelassen und war mit der Schwester meiner Großmutter Textor, einer gebornen Lindheim, verheiratet. Bekannt mit der Hof- und Staatswelt, und eines erneuten Adels sich erfreuend, erlangte er dadurch einen Namen, daß er in die verschiedenen Regungen, welche in Kirche und Staat zum Vorschein kamen, einzugreifen den Mut hatte. Er schrieb den »Grafen von Rivera«, einen didaktischen Roman, dessen Inhalt aus dem zweiten Titel: »oder der ehrliche Mann am Hofe«, ersichtlich ist. Dieses Werk wurde gut aufgenommen, weil es auch von den Höfen, wo sonst nur Klugheit zu Hause ist, Sittlichkeit verlangte; und so brachte ihm seine Arbeit Beifall und Ansehen. Ein zweites Werk sollte dagegen desto gefährlicher für ihn werden. Er schrieb: »Die einzige wahre Religion«, ein Buch das die Absicht hatte, Toleranz besonders zwischen Lutheranern und Calvinisten zu befördern. Hierüber kam er mit den Theologen in Streit; besonders schrieb Dr. Benner in Gießen gegen ihn. Von Loen erwiderte; der Streit wurde heftig und persönlich, und die daraus entspringenden Unannehmlichkeiten veranlaßten den Verfasser, die Stelle eines Präsidenten zu Lingen anzunehmen, die ihm Friedrich der Zweite anbot, der in ihm einen aufgeklärten, und den Neuerungen, die in Frankreich schon viel weiter gediehen waren, nicht abgeneigten vorurteilsfreien Mann zu erkennen glaubte. Seine ehemaligen Landsleute, die er mit einigem Verdruß verlassen, behaupteten, daß er dort nicht zufrieden sei, ja nicht zufrieden sein könne, weil sich ein Ort wie Lingen mit Frankfurt keineswegs messen dürfe. Mein Vater zweifelte auch an dem Behagen des Präsidenten, und versicherte, der gute Oheim hätte besser getan, sich mit dem Könige nicht einzulassen, weil es überhaupt gefährlich sei, sich demselben zu nähern, so ein außerordentlicher Herr er auch übrigens sein möge. Denn man habe ja gesehen, wie schmählich der berühmte Voltaire, auf Requisition des preußischen Residenten Freytag, in Frankfurt sei verhaftet worden, da er doch vorher so hoch in Gunsten gestanden und als des Königs Lehrmeister in der französischen Poesie anzusehen gewesen.

Es mangelte bei solchen Gelegenheiten nicht an Betrachtungen und Beispielen, um vor Höfen und Herrendienst zu warnen, wovon sich überhaupt ein geborner Frankfurter kaum einen Begriff machen konnte.

Eines vortrefflichen Mannes, Doktor Orth, will ich hier nur dem Namen nach gedenken, indem ich verdienten Frankfurtern hier nicht sowohl ein Denkmal zu errichten habe, vielmehr derselben nur insofern erwähne, als ihr Ruf oder ihre Persönlichkeit auf mich in den frühsten Jahren einigen Einfluß gehabt. Doktor Orth war ein reicher Mann, und gehörte auch unter die, welche niemals teil am Regimente genommen, ob ihn gleich seine Kenntnisse und Einsichten wohl dazu berechtigt hätten. Die deutschen und besonders die frankfurtischen Altertümer sind ihm sehr viel schuldig geworden; er gab die Anmerkungen zu der sogenannten »Frankfurter Reformation« heraus, ein Werk, in welchem die Statuten der Reichsstadt gesammlet sind. Die historischen Kapitel desselben habe ich in meinen Jünglingsjahren fleißig studiert.

Von Ochsenstein, der ältere jener drei Brüder, deren ich oben als unserer Nachbarn gedacht, war bei seiner eingezogenen Art zu sein, während seines Lebens nicht merkwürdig geworden, desto merkwürdiger aber nach seinem Tode, indem er eine Verordnung hinterließ, daß er morgens früh, ganz im stillen und ohne Begleitung und Gefolg, von Handwerksleuten zu Grabe gebracht sein wolle. Es geschah, und diese Handlung erregte in der Stadt, wo man an prunkhafte Leichenbegängnisse gewöhnt war, großes Aufsehn. Alle diejenigen, die bei solchen Gelegenheiten einen herkömmlichen Verdienst hatten, erhuben sich gegen die Neuerung. Allein der wackre Patrizier fand Nachfolger in allen Ständen, und ob man schon dergleichen Begängnisse spottweise Ochsenleichen nannte; so nahmen sie doch zum Besten mancher wenig bemittelten Familien überhand, und die Prunkbegängnisse verloren sich immer mehr. Ich führe diesen Umstand an, weil er eins der frühern Symptome jener Gesinnungen von Demut und Gleichstellung darbietet, die sich in der zweiten Hälfte des vorigen Jahrhunderts von oben herein auf so manche Weise gezeigt haben und in so unerwartete Wirkungen ausgeschlagen sind.

Auch fehlte es nicht an Liebhabern des Altertums. Es fanden sich Gemäldekabinette, Kupferstichsammlungen, besonders aber wurden vaterländische Merkwürdigkeiten mit Eifer gesucht und aufgehoben. Die älteren Verordnungen und Mandate der Reichsstadt, von denen keine Sammlung veranstaltet war, wurden in Druck und Schrift sorgfältig aufgesucht, nach der Zeitfolge geordnet und als ein Schatz vaterländischer Rechte und Herkommen mit Ehrfurcht verwahrt. Auch die Bildnisse von Frankfurtern, die in großer Anzahl existierten, wurden zusammengebracht und machten eine besondre Abteilung der Kabinette.

Solche Männer scheint mein Vater sich überhaupt zum Muster genommen zu haben. Ihm fehlte keine der Eigenschaften, die zu einem rechtlichen und angesehnen Bürger gehören. Auch brachte er, nachdem er sein Haus erbaut, seine Besitzungen von jeder Art in Ordnung. Eine vortreffliche Landkartensammlung der Schenkischen und anderer damals vorzüglicher geographischen Blätter, jene oberwähnten Verordnungen und Mandate, jene Bildnisse, ein Schrank alter Gewehre, ein Schrank merkwürdiger venetianischer Gläser, Becher und Pokale, Naturalien, Elfenbeinarbeiten, Bronzen und hundert andere Dinge wurden gesondert und aufgestellt, und ich verfehlte nicht, bei vorfallenden Auktionen, mir jederzeit einige Aufträge zu Vermehrung des Vorhandenen zu erbitten.

Noch einer bedeutenden Familie muß ich gedenken, von der ich seit meiner frühsten Jugend viel Sonderbares vernahm und von einigen ihrer Glieder selbst noch manches Wunderbare erlebte; es war die Senkenbergische. Der Vater, von dem ich wenig zu sagen weiß, war ein wohlhabender Mann. Er hatte drei Söhne, die sich in ihrer Jugend schon durchgängig als Sonderlinge auszeichneten. Dergleichen wird in einer beschränkten Stadt, wo sich niemand weder im Guten noch im Bösen hervortun soll, nicht zum besten aufgenommen. Spottnamen und seltsame, sich lang im Gedächtnis erhaltende Märchen sind meistens die Frucht einer solchen Sonderbarkeit. Der Vater wohnte an der Ecke der Hasengasse, die von dem Zeichen des Hauses, das einen, wo nicht gar drei Hasen vorstellt, den Namen führte. Man nannte daher diese drei Brüder nur die drei Hasen, welchen Spitznamen sie lange Zeit nicht los wurden. Allein, wie große Vorzüge sich oft in der Jugend durch etwas Wunderliches und Unschickliches ankündigen, so geschah es auch hier. Der älteste war der nachher so rühmlich bekannte Reichshofrat von Senkenberg. Der zweite ward in den Magistrat aufgenommen und zeigte vorzügliche Talente, die er aber auf eine rabulistische, ja verruchte Weise, wo nicht zum Schaden seiner Vaterstadt, doch wenigstens seiner Kollegen in der Folge mißbrauchte. Der dritte Bruder, ein Arzt und ein Mann von großer Rechtschaffenheit, der aber wenig und nur in vornehmen Häusern praktizierte, behielt bis in sein höchstes Alter immer ein etwas wunderliches Äußere. Er war immer sehr nett gekleidet, und man sah ihn nie anders auf der Straße als in Schuh und Strümpfen und in einer wohlgepuderten Lockenperücke, den Hut unterm Arm. Er ging schnell, doch mit einem seltsamen Schwanken vor sich hin, so daß er bald auf dieser bald auf jener Seite der Straße sich befand, und im Gehen ein Zickzack bildete. Spottvögel sagten: er suche durch diesen abweichenden Schritt den abgeschiedenen Seelen aus dem Wege zu gehen, die ihn in grader Linie wohl verfolgen möchten, und ahme diejenigen nach, die sich vor einem Krokodil fürchten. Doch aller dieser Scherz und manche lustige Nachrede verwandelte sich zuletzt in Ehrfurcht gegen ihn, als er seine ansehnliche Wohnung mit Hof, Garten und allem Zubehör, auf der Eschenheimer Gasse, zu einer medizinischen Stiftung widmete, wo neben der Anlage eines bloß für Frankfurter Bürger bestimmten Hospitals, ein botanischer Garten, ein anatomisch Theater, ein chemisch Laboratorium, eine ansehnliche Bibliothek und eine Wohnung für den Direktor eingerichtet ward, auf eine Weise, deren keine Akademie sich hätte schämen dürfen.

Ein andrer vorzüglicher Mann, dessen Persönlichkeit nicht sowohl als seine Wirkung in der Nachbarschaft und seine Schriften einen sehr bedeutenden Einfluß auf mich gehabt haben, war Carl Friedrich von Moser, der seiner Geschäftstätigkeit wegen in unserer Gegend immer genannt wurde. Auch er hatte einen gründlich-sittlichen Charakter, der, weil die Gebrechen der menschlichen Natur ihm wohl manchmal zu schaffen machten, ihn sogar zu den sogenannten Frommen hinzog; und so wollte er, wie von Loen das Hofleben, ebenso das Geschäftsleben einer gewissenhafteren Behandlung entgegenführen. Die große Anzahl der kleinen deutschen Höfe stellte eine Menge von Herren und Dienern dar, wovon die ersten unbedingten Gehorsam verlangten, und die andern meistenteils nur nach ihren Überzeugungen wirken und dienen wollten. Es entstand daher ein ewiger Konflikt und schnelle Veränderungen und Explosionen, weil die Wirkungen des unbedingten Handelns im Kleinen viel geschwinder merklich und schädlich werden als im Großen. Viele Häuser waren verschuldet, und kaiserliche Debit-Kommissionen ernannt; andre fanden sich langsamer oder geschwinder auf demselben Wege, wobei die Diener entweder gewissenlos Vorteil zogen, oder gewissenhaft sich unangenehm und verhaßt machten. Moser wollte als Staats- und Geschäftsmann wirken; und hier gab sein ererbtes, bis zum Metier ausgebildetes Talent ihm eine entschiedene Ausbeute; aber er wollte auch zugleich als Mensch und Bürger handeln und seiner sittlichen Würde so wenig als möglich vergeben. Sein »Herr und Diener«, sein »Daniel in der Löwengrube«, seine »Reliquien« schildern durchaus die Lage, in welcher er sich zwar nicht gefoltert, aber doch immer geklemmt fühlte. Sie deuten sämtlich auf eine Ungeduld in einem Zustand, mit dessen Verhältnissen man sich nicht versöhnen und den man doch nicht los werden kann. Bei dieser Art zu denken und zu empfinden mußte er freilich mehrmals andere Dienste suchen, an welchen es ihm seine große Gewandtheit nicht fehlen ließ. Ich erinnere mich seiner als eines angenehmen, beweglichen und dabei zarten Mannes.

Aus der Ferne machte jedoch der Name Klopstock auch schon auf uns eine große Wirkung. Im Anfang wunderte man sich, wie ein so vortrefflicher Mann so wunderlich heißen könne; doch gewöhnte man sich bald daran und dachte nicht mehr an die Bedeutung dieser Silben. In meines Vaters Bibliothek hatte ich bisher nur die früheren, besonders die zu seiner Zeit nach und nach heraufgekommenen und gerühmten Dichter gefunden. Alle diese hatten gereimt, und mein Vater hielt den Reim für poetische Werke unerläßlich. Canitz, Hagedorn, Drollinger, Gellert, Kreutz, Haller standen in schönen Franzbänden in einer Reihe. An diese schlossen sich Neukirchs »Telemach«, Koppens »Befreites Jerusalem«, und andre Übersetzungen. Ich hatte diese sämtlichen Bände von Kindheit auf fleißig durchgelesen und teilweise memoriert, weshalb ich denn zur Unterhaltung der Gesellschaft öfters aufgerufen wurde. Eine verdrießliche Epoche im Gegenteil eröffnete sich für meinen Vater, als durch Klopstocks »Messias«, Verse die ihm keine Verse schienen, ein Gegenstand der öffentlichen Bewunderung wurden. Er selbst hatte sich wohl gehütet dieses Werk anzuschaffen; aber unser Hausfreund, Rat Schneider, schwärzte es ein und steckte es der Mutter und den Kindern zu.

Auf diesen geschäftstätigen Mann, welcher wenig las, hatte der »Messias« gleich bei seiner Erscheinung einen mächtigen Eindruck gemacht. Diese so natürlich ausgedrückten und doch so schön veredelten frommen Gefühle, diese gefällige Sprache, wenn man sie auch nur für harmonische Prosa gelten ließ, hatten den übrigens trocknen Geschäftsmann so gewonnen, daß er die zehn ersten Gesänge, denn von diesen ist eigentlich die Rede, als das herrlichste Erbauungsbuch betrachtete, und solches alle Jahre Einmal in der Karwoche, in welcher er sich von allen Geschäften zu entbinden wußte, für sich im stillen durchlas und sich daran fürs ganze Jahr erquickte. Anfangs dachte er seine Empfindungen seinem alten Freunde mitzuteilen; allein er fand sich sehr bestürzt, als er eine unheilbare Abneigung vor einem Werke von so köstlichem Gehalt, wegen einer wie es ihm schien gleichgültigen äußern Form, gewahr werden mußte. Es fehlte, wie sich leicht denken läßt, nicht an Wiederholung des Gesprächs über diesen Gegenstand; aber beide Teile entfernten sich immer weiter voneinander, es gab heftige Szenen, und der nachgiebige Mann ließ sich endlich gefallen, von seinem Lieblingswerke zu schweigen, damit er nicht zugleich einen Jugendfreund und eine gute Sonntagssuppe verlöre.

Proselyten zu machen ist der natürlichste Wunsch eines jeden Menschen, und wie sehr fand sich unser Freund im stillen belohnt, als er in der übrigen Familie für seinen Heiligen so offen gesinnte Gemüter entdeckte. Das Exemplar, das er jährlich nur eine Woche brauchte, war uns für die übrige Zeit gewidmet. Die Mutter hielt es heimlich, und wir Geschwister bemächtigten uns desselben wann wir konnten, um in Freistunden, in irgend einem Winkel verborgen, die auffallendsten Stellen auswendig zu lernen, und besonders die zartesten und heftigsten so geschwind als möglich ins Gedächtnis zu fassen.

Porcias Traum rezitierten wir um die Wette, und in das wilde verzweifelnde Gespräch zwischen Satan und Adramelech, welche ins rote Meer gestürzt worden, hatten wir uns geteilt. Die erste Rolle, als die gewaltsamste, war auf mein Teil gekommen, die andere, um ein wenig kläglicher, übernahm meine Schwester. Die wechselseitigen, zwar gräßlichen aber doch wohlklingenden Verwünschungen flossen nur so vom Munde, und wir ergriffen jede Gelegenheit, uns mit diesen höllischen Redensarten zu begrüßen.

Es war ein Samstagabend im Winter – der Vater ließ sich immer bei Licht rasieren, um sonntags früh sich zur Kirche bequemlich anziehen zu können – wir saßen auf einem Schemel hinter dem Ofen und murmelten, während der Barbier einseifte, unsere herkömmlichen Flüche ziemlich leise. Nun hatte aber Adramelech den Satan mit eisernen Händen zu fassen; meine Schwester packte mich gewaltig an, und rezitierte, zwar leise genug aber doch mit steigender Leidenschaft:

»Hilf mir! ich flehe dich an, ich bete, wenn du es forderst,
Ungeheuer! dich an! Verworfner, schwarzer Verbrecher,
Hilf mir! ich leide die Pein des rächenden ewigen Todes! . . .
Vormals konnt' ich mit heißem, mit grimmigem Hasse dich hassen!
Jetzt vermag' ich's nicht mehr! Auch dies ist stechender Jammer!«

Bisher war alles leidlich gegangen; aber laut, mit fürchterlicher Stimme, rief sie die folgenden Worte:

»O wie bin ich zermalmt! . .«

Der gute Chirurgus erschrak und goß dem Vater das Seifenbecken in die Brust. Da gab es einen großen Aufstand, und eine strenge Untersuchung ward gehalten, besonders in Betracht des Unglücks das hätte entstehen können, wenn man schon im Rasieren begriffen gewesen wäre. Um allen Verdacht des Mutwillens von uns abzulehnen, bekannten wir uns zu unsern teuflischen Rollen, und das Unglück das die Hexameter angerichtet hatten, war zu offenbar, als daß man sie nicht aufs neue hätte verrufen und verbannen sollen.

So pflegen Kinder und Volk das Große, das Erhabene in ein Spiel, ja in eine Posse zu verwandeln; und wie sollten sie auch sonst im Stande sein es auszuhalten und zu ertragen.

Drittes Buch

Der Neujahrstag ward zu jener Zeit durch den allgemeinen Umlauf von persönlichen Glückwünschungen für die Stadt sehr belebend. Wer sonst nicht leicht aus dem Hause kam, warf sich in seine besten Kleider, um Gönnern und Freunden einen Augenblick freundlich und höflich zu sein. Für uns Kinder war besonders die Festlichkeit in dem Hause des Großvaters an diesem Tage ein höchst erwünschter Genuß. Mit dem frühsten Morgen waren die Enkel schon daselbst versammelt, um die Trommeln, die Hoboen und Klarinetten, die Posaunen und Zinken, wie sie das Militär, die Stadtmusici und wer sonst alles ertönen ließ, zu vernehmen. Die versiegelten und überschriebenen Neujahrsgeschenke wurden von den Kindern unter die geringern Gratulanten ausgeteilt, und wie der Tag wuchs, so vermehrte sich die Anzahl der Honoratioren. Erst erschienen die Vertrauten und Verwandten, dann die untern Staatsbeamten; die Herren vom Rate selbst verfehlten nicht ihren Schultheiß zu begrüßen, und eine auserwählte Anzahl wurde abends in Zimmern bewirtet, welche das ganze Jahr über kaum sich öffneten. Die Torten, Biskuitkuchen, Marzipane, der süße Wein übte den größten Reiz auf die Kinder aus, wozu noch kam, daß der Schultheiß so wie die beiden Burgemeister, aus einigen Stiftungen jährlich etwas Silberzeug erhielten, welches denn den Enkeln und Paten nach einer gewissen Abstufung verehrt ward; genug es fehlte diesem Feste im Kleinen an nichts was die größten zu verherrlichen pflegt.

Der Neujahrstag 1759 kam heran, für uns Kinder erwünscht und vergnüglich wie die vorigen, aber den ältern Personen bedenklich und ahndungsvoll. Die Durchmärsche der Franzosen war man zwar gewohnt, und sie ereigneten sich öfters und häufig, aber doch am häufigsten in den letzten Tagen des vergangenen Jahres. Nach alter reichsstädtischer Sitte posaunte der Türmer des Hauptturms so oft Truppen heranrückten, und an diesem Neujahrstage wollte er gar nicht aufhören, welches ein Zeichen war, daß größere Heereszüge von mehreren Seiten in Bewegung seien. Wirklich zogen sie auch in größeren Massen an diesem Tage durch die Stadt; man lief, sie vorbeipassieren zu sehen. Sonst war man gewohnt, daß sie nur in kleinen Partieen durchmarschierten; diese aber vergrößerten sich nach und nach, ohne daß man es verhindern konnte oder wollte. Genug, am 2. Januar, nachdem eine Kolonne durch Sachsenhausen über die Brücke durch die Fahrgasse bis an die Konstablerwache gelangt war, machte sie Halt, überwältigte das kleine, sie durchführende Kommando, nahm Besitz von gedachter Wache, zog die Zeile hinunter, und nach einem geringen Widerstand mußte sich auch die Hauptwache ergeben. Augenblicks waren die friedlichen Straßen in einen Kriegsschauplatz verwandelt. Dort verharrten und bivouakierten die Truppen, bis durch regelmäßige Einquartierung für ihr Unterkommen gesorgt wäre.

Diese unerwartete, seit vielen Jahren unerhörte Last drückte die behaglichen Bürger gewaltig, und niemanden konnte sie beschwerlicher sein als dem Vater, der in sein kaum vollendetes Haus fremde militärische Bewohner aufnehmen, ihnen seine wohlaufgeputzten und meist verschlossenen Staatszimmer einräumen, und das was er so genau zu ordnen und zu regieren pflegte, fremder Willkür preisgeben sollte; er, ohnehin preußisch gesinnt, sollte sich nun von Franzosen in seinen Zimmern belagert sehen: es war das Traurigste was ihm nach seiner Denkweise begegnen konnte. Wäre es ihm jedoch möglich gewesen, die Sache leichter zu nehmen, da er gut Französisch sprach, und im Leben sich wohl mit Würde und Anmut betragen konnte; so hätte er sich und uns manche trübe Stunde ersparen mögen: denn man quartierte bei uns den Königs-Lieutenant, der, obgleich Militärperson, doch nur die Zivilvorfälle, die Streitigkeiten zwischen Soldaten und Bürgern, Schuldensachen und Händel zu schlichten hatte. Es war Graf Thorane von Grasse in der Provence, ohnweit Antibes, gebürtig, eine lange hagre ernste

Gestalt, das Gesicht durch die Blattern sehr entstellt, mit schwarzen feurigen Augen, und von einem würdigen zusammengenommenen Betragen. Gleich sein Eintritt war für den Hausbewohner günstig. Man sprach von den verschiedenen Zimmern, welche teils abgegeben werden, teils der Familie verbleiben sollten, und als der Graf ein Gemäldezimmer erwähnen hörte, so erbat er sich gleich, ob es schon Nacht war, mit Kerzen die Bilder wenigstens flüchtig zu besehen. Er hatte an diesen Dingen eine übergroße Freude, bezeigte sich gegen den ihn begleitenden Vater auf das verbindlichste, und als er vernahm, daß die meisten Künstler noch lebten, sich in Frankfurt und in der Nachbarschaft aufhielten; so versicherte er, daß er nichts mehr wünsche, als sie baldigst kennen zu lernen und sie zu beschäftigen.

Aber auch diese Annäherung von Seiten der Kunst vermochte nicht die Gesinnung meines Vaters zu ändern, noch seinen Charakter zu beugen. Er ließ geschehen was er nicht verhindern konnte, hielt sich aber in unwirksamer Entfernung, und das Außerordentliche was nun um ihn vorging, war ihm bis auf die geringste Kleinigkeit unerträglich.

Graf Thorane indessen betrug sich musterhaft. Nicht einmal seine Landkarten wollte er an die Wände genagelt haben, um die neuen Tapeten nicht zu verderben. Seine Leute waren gewandt, still und ordentlich; aber freilich, da den ganzen Tag und einen Teil der Nacht nicht Ruhe bei ihm ward, da ein Klagender dem andern folgte, Arrestanten gebracht und fortgeführt, alle Offiziere und Adjutanten vorgelassen wurden, da der Graf noch überdies täglich offne Tafel hielt: so gab es in dem mäßig großen, nur für eine Familie eingerichteten Hause, das nur eine durch alle Stockwerke unverschlossen durchgehende Treppe hatte, eine Bewegung und ein Gesumme wie in einem Bienenkorbe, obgleich alles sehr gemäßigt, ernsthaft und streng zuging.

Zum Vermittler zwischen einem verdrießlichen, täglich mehr sich hypochondrisch quälenden Hausherrn und einem zwar wohlwollenden aber sehr ernsten und genauen Militärgast, fand sich glücklicher Weise ein behaglicher Dolmetscher, ein schöner wohlbeleibter heitrer Mann, der Bürger von Frankfurt war und gut Französisch sprach, sich in alles zu schicken wußte und mit mancherlei kleinen Unannehmlichkeiten nur seinen Spaß trieb. Durch diesen hatte meine Mutter dem Grafen ihre Lage bei dem Gemütszustande ihres Gatten vorstellen lassen; er hatte die Sache so klüglich ausgemalt, das neue noch nicht einmal ganz eingerichtete Haus, die natürliche Zurückgezogenheit des Besitzers, die Beschäftigung mit der Erziehung seiner Familie und was sich alles sonst noch sagen ließ, zu bedenken gegeben; so daß der Graf, der an seiner Stelle auf die höchste Gerechtigkeit, Unbestechlichkeit und ehrenvollen Wandel den größten Stolz setzte, auch hier sich als Einquartierter musterhaft zu betragen vornahm, und es wirklich die einigen Jahre seines Dableibens unter mancherlei Umständen unverbrüchlich gehalten hat.

Meine Mutter besaß einige Kenntnis des Italienischen, welche Sprache überhaupt niemanden von der Familie fremd war: sie entschloß sich daher sogleich Französisch zu lernen, zu welchem Zweck der Dolmetscher, dem sie unter diesen stürmischen Ereignissen ein Kind aus der Taufe gehoben hatte, und der nun auch als Gevatter zu dem Hause eine doppelte Neigung spürte, seiner Gevatterin jeden abgemüßigten Augenblick schenkte (denn er wohnte gerade gegenüber) und ihr vor allen Dingen diejenigen Phrasen einlernte, welche sie persönlich dem Grafen vorzutragen habe; welches denn zum besten geriet. Der Graf war geschmeichelt von der Mühe, welche die Hausfrau sich in ihren Jahren gab, und weil er einen heitern geistreichen Zug in seinem Charakter hatte, auch eine gewisse trockne Galanterie gern ausübte; so entstand daraus das beste Verhältnis, und die verbündeten Gevattern konnten erlangen was sie wollten.

Wäre es, wie schon gesagt, möglich gewesen, den Vater zu erheitern, so hätte dieser veränderte Zustand wenig Drückendes gehabt. Der Graf übte die strengste Uneigennützigkeit; selbst Gaben, die seiner Stelle gebührten, lehnte er ab; das

Geringste was einer Bestechung hätte ähnlich sehen können, wurde mit Zorn, ja mit Strafe weggewiesen; seinen Leuten war aufs strengste befohlen, dem Hausbesitzer nicht die mindesten Unkosten zu machen. Dagegen wurde uns Kindern reichlich vom Nachtische mitgeteilt. Bei dieser Gelegenheit muß ich, um von der Unschuld jener Zeiten einen Begriff zu geben, anführen, daß die Mutter uns eines Tages höchlich betrübte, indem sie das Gefrorene, das man uns von der Tafel sendete, weggoß, weil es ihr unmöglich vorkam, daß der Magen ein wahrhaftes Eis, wenn es auch noch so durchzukkert sei, vertragen könne.

Außer diesen Leckereien, die wir denn doch allmählich ganz gut genießen und vertragen lernten, deuchte es uns Kindern auch noch gar behaglich, von genauen Lehrstunden und strenger Zucht einigermaßen entbunden zu sein. Des Vaters üble Laune nahm zu, er konnte sich nicht in das Unvermeidliche ergeben. Wie sehr quälte er sich, die Mutter und den Gevatter, die Ratsherren, alle seine Freunde, nur um den Grafen los zu werden! Vergebens stellte man ihm vor, daß die Gegenwart eines solchen Mannes im Hause, unter den gegebenen Umständen, eine wahre Wohltat sei, daß ein ewiger Wechsel, es sei nun von Offizieren oder Gemeinen, auf die Umquartierung des Grafen folgen würde. Keins von diesen Argumenten wollte bei ihm greifen. Das Gegenwärtige schien ihm so unerträglich, daß ihn sein Unmut ein Schlimmeres das folgen könnte, nicht gewahr werden ließ.

Auf diese Weise ward seine Tätigkeit gelähmt, die er sonst hauptsächlich auf uns zu wenden gewohnt war. Das was er uns aufgab, forderte er nicht mehr mit der sonstigen Genauigkeit, und wir suchten, wie es nur möglich schien, unsere Neugierde an militärischen und andern öffentlichen Dingen zu befriedigen, nicht allein im Hause, sondern auch auf den Straßen, welches um so leichter anging, da die Tag und Nacht unverschlossene Haustüre von Schildwachen besetzt war, die sich um das Hin- und Widerlaufen unruhiger Kinder nichts bekümmerten.

Die mancherlei Angelegenheiten, die vor dem Richterstuhle des Königs-Lieutenant geschlichtet wurden, hatten dadurch noch einen ganz besondern Reiz, daß er einen eigenen Wert darauf legte, seine Entscheidungen zugleich mit einer witzigen, geistreichen, heitern Wendung zu begleiten. Was er befahl, war streng gerecht; die Art wie er es ausdrückte, war launig und pikant. Er schien sich den Herzog von Ossuna zum Vorbilde genommen zu haben. Es verging kaum ein Tag, daß der Dolmetscher nicht eine oder die andere solche Anekdote uns und der Mutter zur Aufheiterung erzählte. Es hatte dieser muntere Mann eine kleine Sammlung solcher salomonischen Entscheidungen gemacht; ich erinnere mich aber nur des Eindrucks im Allgemeinen, ohne im Gedächtnis ein Besonderes wiederzufinden.

Den wunderbaren Charakter des Grafen lernte man nach und nach immer mehr kennen. Dieser Mann war sich selbst, seiner Eigenheiten aufs deutlichste bewußt, und weil er gewisse Zeiten haben mochte, wo ihn eine Art von Unmut, Hypochondrie, oder wie man den bösen Dämon nennen soll, überfiel; so zog er sich in solchen Stunden, die sich manchmal zu Tagen verlängerten, in sein Zimmer zurück, sah niemanden als seinen Kammerdiener, und war selbst in dringenden Fällen nicht zu bewegen, daß er Audienz gegeben hätte. Sobald aber der böse Geist von ihm gewichen war, erschien er nach wie vor, mild, heiter und tätig. Aus den Reden seines Kammerdieners, Saint Jean, eines kleinen hagern Mannes von muntrer Gutmütigkeit, konnte man schließen, daß er in frühern Jahren von solcher Stimmung überwältigt, großes Unglück angerichtet, und sich nun vor ähnlichen Abwegen, bei einer so wichtigen, den Blicken aller Welt ausgesetzten Stelle, zu hüten ernstlich vornehme.

Gleich in den ersten Tagen der Anwesenheit des Grafen wurden die sämtlichen Frankfurter Maler, als Hirt, Schütz, Trautmann, Nothnagel, Junker, zu ihm berufen. Sie zeigten ihre fertigen Gemälde vor, und der Graf eignete sich das Verkäufliche zu. Ihm wurde mein hübsches helles Giebelzimmer in der Mansarde eingeräumt und sogleich in ein Kabinett und Atelier umgewandelt: denn er war willens, die sämtlichen Künstler, vor allen aber Seekaz in Darmstadt, dessen Pinsel ihm besonders bei natürlichen und unschuldigen Vorstellungen höchlich gefiel, für eine ganze Zeit in Arbeit zu setzen. Er ließ daher von Grasse, wo sein älterer Bruder ein schönes Gebäude besitzen mochte, die sämtlichen Maße aller Zimmer und Kabinette herbeikommen, überlegte sodann mit den Künstlern die Wandabteilungen, und bestimmte die Größe der hiernach zu verfertigenden ansehnlichen Ölbilder, welche nicht in Rahmen eingefaßt, sondern als Tapetenteile auf die Wand befestigt werden sollten. Hier ging nun die Arbeit eifrig an. Seekaz übernahm ländliche Szenen, worin die Greise und Kinder, unmittelbar nach der Natur gemalt, ganz herrlich glückten; die Jünglinge wollten ihm nicht ebenso geraten, sie waren meist zu hager; und die Frauen mißfielen aus der entgegengesetzten Ursache. Denn da er eine kleine dicke, gute aber unangenehme Person zur Frau hatte, die ihm außer sich selbst nicht wohl ein Modell zuließ; so wollte nichts Gefälliges zu Stande kommen. Zudem war er genötigt gewesen, über das Maß seiner Figuren hinaus zu gehen. Seine Bäume hatten Wahrheit, aber ein kleinliches Blätterwerk. Er war ein Schüler von Brinkmann, dessen Pinsel in Staffeleigemälden nicht zu schelten ist.

Schütz, der Landschaftmaler, fand sich vielleicht am besten in die Sache. Die Rheingegenden hatte er ganz in seiner Gewalt, so wie den sonnigen Ton, der sie in der schönen Jahreszeit belebt. Er war nicht ganz ungewohnt, in einem größern Maßstabe zu arbeiten, und auch da ließ er es an Ausführung und Haltung nicht fehlen. Er lieferte sehr heitre Bilder.

Trautmann rembrandisierte einige Auferweckungswunder des Neuen Testaments, und zündete nebenher Dörfer und Mühlen an. Auch ihm war, wie ich aus den Aufrissen der Zimmer bemerken konnte, ein eigenes Kabinett zugeteilt worden. Hirt malte einige gute Eichen- und Buchenwälder. Seine Herden waren lobenswert. Junker, an die Nachahmung der ausführlichsten Niederländer gewöhnt, konnte sich am wenigsten in diesen Tapetenstil finden; jedoch bequemte er sich, für gute Zahlung, mit Blumen und Früchten manche Abteilung zu verzieren.

Da ich alle diese Männer von meiner frühsten Jugend an gekannt, und sie oft in ihren Werkstätten besucht hatte, auch der Graf mich gern um sich leiden mochte; so war ich bei den Aufgaben, Beratschlagungen und Bestellungen, wie auch bei den Ablieferungen gegenwärtig, und nahm mir, zumal wenn Skizzen und Entwürfe eingereicht wurden, meine Meinung zu eröffnen gar wohl heraus. Ich hatte mir schon früher bei Gemälde-Liebhabern, besonders aber auf Auktionen, denen ich fleißig beiwohnte, den Ruhm erworben, daß ich gleich zu sagen wisse, was irgend ein historisches Bild vorstelle, es sei nun aus der biblischen oder der Profangeschichte oder aus der Mythologie genommen; und wenn ich auch den Sinn der allegorischen Bilder nicht immer traf, so war doch selten jemand gegenwärtig, der es besser verstand als ich. So hatte ich auch öfters die Künstler vermocht, diesen oder jenen Gegenstand vorzustellen, und solcher Vorteile bediente ich mich gegenwärtig mit Lust und Liebe. Ich erinnere mich noch, daß ich einen umständlichen Aufsatz verfertigte, worin ich zwölf Bilder beschrieb, welche die Geschichte Josephs darstellen sollten: einige davon wurden ausgeführt.

Nach diesen, für einen Knaben allerdings löblichen Verrichtungen, will ich auch einer kleinen Beschämung, die mir innerhalb dieses Künstlerkreises begegnete, Erwähnung tun. Ich war nämlich mit allen Bildern wohl bekannt, welche man nach und nach in jenes Zimmer gebracht hatte. Meine jugendliche Neugierde ließ nichts ungesehen und ununtersucht. Einst fand ich hinter dem Ofen ein schwarzes Kästchen; ich ermangelte nicht, zu forschen was darin verborgen sei, und ohne mich lange zu besinnen zog ich den Schieber weg. Das darin enthaltene Gemälde war freilich von der Art, die man den Augen nicht auszustellen pflegt, und ob ich es gleich alsobald wieder zuzuschieben Anstalt machte, so konnte ich doch nicht geschwind genug damit fertig werden. Der Graf trat herein und ertappte mich. – »Wer hat Euch erlaubt dieses Kästchen zu eröffnen?« sagte er mit seiner Königslieutenants-Miene. Ich hatte nicht viel darauf zu antworten, und er sprach sogleich die Strafe sehr ernsthaft aus: »Ihr werdet in acht Tagen«, sagte er, »dieses Zimmer nicht betreten.« – Ich machte eine Verbeugung und ging hinaus. Auch gehorchte ich diesem Gebot aufs pünktlichste, so daß es dem guten Seekaz, der eben in dem Zimmer arbeitete, sehr verdrießlich war: denn er hatte mich gern um sich; und ich trieb aus einer kleinen Tücke den Gehorsam so weit, daß ich Seekazen seinen Kaffee, den ich ihm gewöhnlich brachte, auf die Schwelle setzte; da er denn von seiner Arbeit aufstehen und ihn holen mußte, welches er so übel empfand, daß er mir fast gram geworden wäre.

Nun aber scheint es nötig, umständlicher anzuzeigen und begreiflich zu machen, wie ich mir in solchen Fällen in der französischen Sprache, die ich doch nicht gelernt, mit mehr oder weniger Bequemlichkeit durchgeholfen. Auch hier kam mir die angeborne Gabe zustatten, daß ich leicht den Schall und Klang einer Sprache, ihre Bewegung, ihren Akzent, den Ton und was sonst von äußern Eigentümlichkeiten, fassen konnte. Aus dem Lateinischen waren mir viele Worte bekannt; das Italienische vermittelte noch mehr, und so horchte ich in kurzer Zeit von Bedienten und Soldaten, Schildwachen und Besuchen so viel heraus, daß ich mich, wo nicht ins Gespräch mischen, doch wenigstens einzelne Fragen und Antworten bestehen konnte. Aber dieses war alles nur wenig gegen den Vorteil, den mir das Theater brachte. Von meinem Großvater hatte ich ein Freibillett erhalten, dessen ich mich, mit Widerwillen meines Vaters, unter dem Beistand meiner Mutter, täglich bediente. Hier saß ich nun im Parterre vor einer fremden Bühne, und paßte um so mehr auf Bewegung, mimischen und Rede-Ausdruck, als ich wenig oder nichts von dem verstand was da oben gesprochen wurde, und also meine Unterhaltung nur vom Gebärdenspiel und Sprachton nehmen konnte. Von der Komödie verstand ich am wenigsten, weil sie geschwind gesprochen wurde und sich auf Dinge des gemeinen Lebens bezog, deren Ausdrücke mir gar nicht bekannt waren. Die Tragödie kam seltner vor, und der gemessene Schritt, das Taktartige der Alexandriner, das Allgemeine des Ausdrucks machten sie mir in jedem Sinne faßlicher. Es dauerte nicht lange, so nahm ich den Racine, den ich in meines Vaters Bibliothek antraf, zur Hand, und deklamierte mir die Stücke nach theatralischer Art und Weise, wie sie das Organ meines Ohrs und das ihm so genau verwandte Sprachorgan gefaßt hatte, mit großer Lebhaftigkeit, ohne daß ich noch eine ganze Rede im Zusammenhang hätte verstehen können. Ja ich lernte ganze Stellen auswendig und rezitierte sie, wie ein eingelernter Sprachvogel; welches mir um so leichter ward, als ich früher die für ein Kind meist unverständlichen biblischen Stellen auswendig gelernt, und sie in dem Ton der protestantischen Prediger zu rezitieren mich gewöhnt hatte. Das versifizierte französische Lustspiel war damals sehr beliebt; die Stücke von Destouches, Mariveaux, La Chaussée kamen häufig vor, und ich erinnere mich noch deutlich mancher charakteristischen Figuren. Von den Molierischen ist mir weniger im Sinn geblieben. Was am meisten Eindruck auf mich machte, war die »Hypermnestra« von Lemière, die als ein neues Stück mit Sorgfalt aufgeführt und wiederholt gegeben wurde. Höchst anmutig war der Eindruck, den der »Devin du Village«, »Rose et Colas«, »Annette et Lubin«, auf mich machten. Ich kann mir die bebänderten Buben und Mädchen und ihre Bewegungen noch jetzt zurückrufen. Es dauerte nicht lange, so regte sich der Wunsch bei mir, mich auf dem Theater selbst umzusehen, wozu sich mir so mancherlei Gelegenheit darbot. Denn da ich nicht immer die ganzen Stücke auszuhören Geduld hatte, und manche Zeit in den Korridors, auch wohl bei gelinderer Jahrszeit vor der Türe, mit andern Kindern meines Alters allerlei Spiele trieb; so gesellte sich ein schöner munterer Knabe zu uns, der zum Theater gehörte, und den ich in manchen kleinen Rollen, obwohl nur beiläufig, gesehen hatte. Mit mir konnte er sich am besten verständigen, indem ich mein Französisch bei ihm geltend zu machen wußte; und er knüpfte sich um so mehr an mich, als kein Knabe seines Alters und seiner Nation beim Theater oder sonst in der Nähe war. Wir gingen auch außer der Theaterzeit zusammen, und selbst während der Vorstellungen ließ er mich selten in Ruhe. Er war ein allerliebster kleiner Aufschneider, schwätzte charmant und unaufhörlich, und wußte so viel von seinen Abenteuern, Händeln und andern Sonderbarkeiten zu erzählen, daß er mich außerordentlich unterhielt, und ich von ihm, was Sprache und Mitteilung durch dieselbe betrifft, in vier Wochen mehr lernte, als man sich hätte vorstellen können; so daß niemand wußte, wie ich auf einmal, gleichsam durch Inspiration, zu der fremden Sprache gelangt war.

Gleich in den ersten Tagen unserer Bekanntschaft zog er mich mit sich aufs Theater, und führte mich besonders in die Foyers, wo die Schauspieler und Schauspielerinnen in der Zwischenzeit sich aufhielten und sich an- und auskleideten. Das Lokal war weder günstig noch bequem, indem man das Theater in einen Konzertsaal hineingezwängt hatte, so daß für die Schauspieler hinter der Bühne keine besonderen Abteilungen stattfanden. In einem ziemlich großen Nebenzimmer, das ehedem zu Spielpartieen gedient hatte, waren nun beide Geschlechter meist beisammen und schienen sich so wenig untereinander selbst als vor uns Kindern zu scheuen, wenn es beim Anlegen oder Verändern der Kleidungsstücke nicht immer zum anständigsten herging. Mir war dergleichen niemals vorgekommen, und doch fand ich es bald durch Gewohnheit, bei wiederholtem Besuch, ganz natürlich.

Es währte nicht lange, so entspann sich aber für mich ein eignes und besondres Interesse. Der junge Derones, so will ich den Knaben nennen, mit dem ich mein Verhältnis immer fortsetzte, war außer seinen Aufschneidereien ein Knabe von guten Sitten und recht artigem Betragen. Er machte mich mit seiner Schwester bekannt, die ein paar Jahre älter als wir und ein gar angenehmes Mädchen war, gut gewachsen, von einer regelmäßigen Bildung, brauner Farbe, schwarzen Haaren und Augen; ihr ganzes Betragen hatte etwas Stilles, ja Trauriges. Ich suchte ihr auf alle Weise gefällig zu sein; allein ich konnte ihre Aufmerksamkeit nicht auf mich lenken. Junge Mädchen dünken sich gegen jüngere Knaben sehr weit vorgeschritten, und nehmen, indem sie nach den Jünglingen hinschauen, ein tantenhaftes Betragen gegen den Knaben an, der ihnen seine erste Neigung zuwendet. Mit einem jüngern Bruder hatte ich kein Verhältnis.

Manchmal, wenn die Mutter auf den Proben oder in Gesellschaft war, fanden wir uns in ihrer Wohnung zusammen, um zu spielen oder uns zu unterhalten. Ich ging niemals hin, ohne der Schönen eine Blume, eine Frucht oder sonst etwas zu überreichen, welches sie zwar jederzeit mit sehr guter Art annahm und auf das höflichste dankte; allein ich sah ihren traurigen Blick sich niemals erheitern, und fand keine Spur, daß sie sonst auf mich geachtet hätte. Endlich glaubte ich ihr Geheimnis zu entdecken. Der Knabe zeigte mir hinter dem Bette seiner Mutter, das mit eleganten seidnen Vorhängen aufgeputzt war, ein Pastellbild, das Porträt eines schönen Mannes, und bemerkte zugleich mit schlauer Miene: das sei eigentlich nicht der Papa, aber ebenso gut wie der Papa; und indem er diesen Mann rühmte, und nach seiner Art umständlich und prahlerisch manches erzählte: so glaubte ich herauszufinden, daß die Tochter wohl dem Vater, die beiden andern Kinder aber dem Hausfreund angehören mochten. Ich erklärte mir nun ihr trauriges Ansehen und hatte sie nur um desto lieber.

Die Neigung zu diesem Mädchen half mir die Schwindeleien des Bruders übertragen, der nicht immer in seinen Grenzen blieb. Ich hatte oft die weitläuftigen Erzählungen seiner Großtaten auszuhalten, wie er sich schon öfter geschlagen, ohne jedoch dem andern schaden zu wollen: es sei alles bloß der Ehre wegen geschehen. Stets habe er gewußt seinen Widersacher zu entwaffnen, und ihm alsdann verziehen; ja er verstehe sich aufs Legieren so gut, daß er einst selbst in große Verlegenheit geraten, als er den Degen seines Gegners auf einen hohen Baum geschleudert, so daß man ihn nicht leicht wieder habhaft werden können.

Was mir meine Besuche auf dem Theater sehr erleichterte, war, daß mir mein Freibillett, als aus den Händen des Schultheißen, den Weg zu allen Plätzen eröffnete, und also auch zu den Sitzen im Proszenium. Dieses war nach französischer Art sehr tief und an beiden Seiten mit Sitzen eingefaßt, die durch eine niedrige Barriere beschränkt, sich in mehreren Reihen hintereinander aufbauten und zwar dergestalt, daß die ersten Sitze nur wenig über die Bühne erhoben waren. Das Ganze galt für einen besondern Ehrenplatz; nur Offiziere bedienten sich gewöhnlich desselben, obgleich die Nähe der Schauspieler, ich will nicht sagen jede Illusion, sondern gewissermaßen jedes Gefallen aufhob. Sogar jenen Gebrauch oder Mißbrauch, über den sich Voltaire so sehr beschwert, habe ich noch erlebt und mit Augen gesehen. Wenn bei sehr vollem Hause, und etwa zur Zeit von Durchmärschen angesehene Offiziere nach jenem Ehrenplatz strebten, der aber gewöhnlich schon besetzt war; so stellte man noch einige Reihen Bänke und Stühle ins Proszenium auf die Bühne selbst, und es blieb den Helden und Heldinnen nichts übrig, als in einem sehr mäßigen Raume zwischen den Uniformen und Orden ihre Geheimnisse zu enthüllen. Ich habe die »Hypermnestra« selbst unter solchen Umständen aufführen sehen.

Der Vorhang fiel nicht zwischen den Akten; und ich erwähne noch eines seltsamen Gebrauchs, den ich sehr auffallend finden mußte, da mir als einem guten deutschen Knaben das Kunstwidrige daran ganz unerträglich war. Das Theater nämlich ward als das größte Heiligtum betrachtet und eine vorfallende Störung auf demselben hätte als das größte Verbrechen gegen die Majestät des Publikums sogleich müssen gerügt werden. Zwei Grenadiere, das Gewehr beim Fuß, standen daher in allen Lustspielen ganz öffentlich zu beiden Seiten des hintersten Vorhangs, und waren Zeugen von allem was im Innersten der Familie vorging. Da, wie gesagt, zwischen den Akten der Vorhang nicht niedergelassen wurde; so lösten, bei einfallender Musik, zwei andere dergestalt ab, daß sie aus den Kulissen ganz strack vor jene hintraten, welche sich dann ebenso gemessentlich zurückzogen. Wenn nun eine solche Anstalt recht dazu geeignet war, alles was man beim Theater Illusion nennt, aufzuheben; so fällt es um so mehr auf, daß dieses zu einer Zeit geschah, wo nach Diderots Grundsätzen und Beispielen die natürlichste Natürlichkeit auf der Bühne gefordert, und eine vollkommene Täuschung als das eigentliche Ziel der theatralischen Kunst angegeben wurde. Von einer solchen militärischen Polizeianstalt war jedoch die Tragödie entbunden, und die Helden des Altertums hatten das Recht sich selbst zu bewachen; die gedachten Grenadiere standen indes nahe genug hinter den Kulissen.

So will ich denn auch noch anführen, daß ich Diderots »Hausvater«, und die »Philosophen« von Palissot gesehen habe, und mich im letztern Stück der Figur des Philosophen, der auf allen vieren geht und in ein rohes Salathaupt beißt, noch wohl erinnre.

Alle diese theatralische Mannigfaltigkeit konnte jedoch uns Kinder nicht immer im Schauspielhause festhalten. Wir spielten bei schönem Wetter vor demselben und in der Nähe, und begingen allerlei Torheiten, welche besonders an Sonn- und Festtagen keineswegs zu unsrem Äußeren paßten: denn ich und meinesgleichen erschienen alsdann, angezogen wie man mich in jenem Märchen gesehen, den Hut unterm Arm, mit einem kleinen Degen, dessen Bügel mit einer großen seidenen Bandschleife geziert war. Einst, als wir eine ganze Zeit unser Wesen getrieben, und Derones sich unter uns gemischt hatte, fiel es diesem ein, mir zu beteuern, ich hätte ihn beleidigt, und müsse ihm Satisfaktion geben. Ich begriff zwar nicht, was ihm Anlaß geben konnte, ließ mir aber seine Ausforderung gefallen und wollte ziehen. Er versicherte mir aber, es sei in solchen Fällen gebräuchlich, daß man an einsame Örter gehe, um die Sache desto bequemer ausmachen zu können. Wir verfügten und deshalb hinter einige Scheunen, und stellten uns in gehörige Positur. Der Zweikampf erfolgte auf eine etwas theatralische Weise, die Klingen klirrten, und die Stöße gingen nebenaus; doch im Feuer der Aktion blieb er mit der Spitze seines Degens an der Bandschleife meines Bügels hangen. Sie ward durchbohrt, und er versicherte mir, daß er nun die vollkommenste Satisfaktion habe, umarmte mich sodann, gleichfalls recht theatralisch, und wir gingen in das nächste Kaffeehaus, um uns mit einem Glase Mandelmilch von unserer Gemütsbewegung zu erholen und den alten Freundschafts-Bund nur desto fester zu schließen.

Ein andres Abenteuer, das mir auch im Schauspielhause obgleich später begegnet, will ich bei dieser Gelegenheit erzählen. Ich saß nämlich mit einem meiner Gespielen ganz ruhig im Parterre, und wir sahen mit Vergnügen einem Solotanze zu, den ein hübscher Knabe, ohngefähr von unserm Alter, der Sohn eines durchreisenden französischen Tanzmeisters, mit vieler Gewandtheit und Anmut aufführte. Nach Art der Tänzer war er mit einem knappen Wämschen von roter Seide bekleidet, welches in einen kurzen Reifrock ausgehend, gleich den Lauferschürzen, bis über die Kniee schwebte. Wir hatten diesem angehenden Künstler mit dem ganzen Publikum unsern Beifall gezollt, als mir ich weiß nicht wie einfiel, eine moralische Reflexion zu machen. Ich sagte zu meinem Begleiter: »Wie schön war dieser Knabe geputzt und wie gut nahm er sich aus; wer weiß in was für einem zerrissenen Jäckchen er heute nacht schlafen mag!« – Alles war schon aufgestanden, nur ließ uns die Menge noch nicht vorwärts. Eine Frau, die neben mir gesessen hatte und nun hart an mir stand, war zufälliger Weise die Mutter dieses jungen Künstlers, die sich durch meine Reflexion sehr beleidigt fühlte. Zu meinem Unglück konnte sie Deutsch genug, um mich verstanden zu haben, und sprach es gerade soviel als nötig war, um schelten zu können. Sie machte mich gewaltig herunter: Wer ich denn sei, meinte sie, daß ich Ursache hätte an der Familie und an der Wohlhabenheit dieses jungen Menschen zu zweifeln. Auf alle Fälle dürfe sie ihn für so gut halten als mich, und seine Talente könnten ihm wohl ein Glück bereiten, wovon ich mir nicht würde träumen lassen. Diese Strafpredigt hielt sie mir im Gedränge und machte die Umstehenden aufmerksam, welche wunder dachten, was ich für eine Unart müßte begangen haben. Da ich mich weder entschuldigen, noch von ihr entfernen konnte, so war ich wirklich verlegen, und als sie einen Augenblick innehielt, sagte ich, ohne etwas dabei zu denken: »Nun, wozu der Lärm? heute rot, morgen tot!« – Auf diese Worte schien die Frau zu verstummen. Sie sah mich an und entfernte sich von mir, sobald es nur einigermaßen möglich war. Ich dachte nicht weiter an meine Worte. Nur einige Zeit hernach fielen sie mir auf, als der Knabe, anstatt sich nochmals sehen zu lassen, krank ward und zwar sehr gefährlich. Ob er gestorben ist, weiß ich nicht zu sagen.

Dergleichen Vordeutungen durch ein unzeitig, ja unschicklich ausgesprochnes Wort standen bei den Alten schon in Ansehen, und es bleibt höchst merkwürdig, daß die Formen des Glaubens und Aberglaubens bei allen Völkern und zu allen Zeiten immer dieselben geblieben sind.

Nun fehlte es von dem ersten Tage der Besitznehmung unserer Stadt, zumal Kindern und jungen Leuten, nicht an immerwährender Zerstreuung. Theater und Bälle, Paraden und Durchmärsche zogen unsere Aufmerksamkeit hin und her. Die letztern besonders nahmen immer zu, und das Soldatenleben schien uns ganz lustig und vergnüglich.

Der Aufenthalt des Königs-Lieutenants in unserm Hause verschaffte uns den Vorteil, alle bedeutende Personen der französischen Armee nach und nach zu sehen, und besonders die Ersten, deren Name schon durch den Ruf zu uns gekommen war, in der Nähe zu betrachten. So sahen wir von Treppen und Podesten, gleichsam wie von Galerieen, sehr bequem die Generalität bei uns vorübergehn. Vor allen erinnere ich mich des Prinzen Soubise als eines schönen leutseligen Herrn; am deutlichsten aber des Marschalls von Broglio als eines jüngern, nicht großen aber wohlgebauten, lebhaften, geistreich um sich blickenden, behenden Mannes.

Er kam mehrmals zum Königs-Lieutenant, und man merkte wohl, daß von wichtigen Dingen die Rede war. Wir hatten uns im ersten Vierteljahr der Einquartierung kaum in diesen neuen Zustand gefunden, als schon die Nachricht sich dunkel verbreitete: die Alliierten seien im Anmarsch, und Herzog Ferdinand von Braunschweig komme, die Franzosen vom Main zu vertreiben. Man hatte von diesen, die sich keines besondern Kriegsglückes rühmen konnten, nicht die größte Vorstellung, und seit der Schlacht von Rosbach glaubte man sie verachten zu dürfen; auf den Herzog Ferdinand setzte man das größte Vertrauen, und alle preußisch Gesinnten erwarteten mit Sehnsucht ihre Befreiung von der bisherigen Last. Mein Vater war etwas heiterer, meine Mutter in Sorgen. Sie war klug genug einzusehen, daß ein gegenwärtiges geringes Übel leicht mit einem großen Ungemach vertauscht werden könne: denn es zeigte sich nur allzu deutlich, daß man dem Herzog nicht entgegengehen, sondern einen Angriff in der Nähe der Stadt abwarten werde. Eine Niederlage der Franzosen, eine Flucht, eine Verteidigung der Stadt, wäre es auch nur um den Rückzug zu decken und um die Brücke zu behalten, ein Bombardement, eine Plünderung, alles stellte sich der erregten Einbildungskraft dar, und machte beiden Parteien Sorge. Meine Mutter, welche alles, nur nicht die Sorge ertragen konnte, ließ durch den Dolmetscher ihre Furcht bei dem Grafen anbringen; worauf sie die in solchen Fällen gebräuchliche Antwort erhielt: sie solle ganz ruhig sein, es sei nichts zu befürchten, sich übrigens still halten und mit niemand von der Sache sprechen.

Mehrere Truppen zogen durch die Stadt; man erfuhr, daß sie bei Bergen Halt machten. Das Kommen und Gehen, das Reiten und Laufen vermehrte sich immer, und unser Haus war Tag und Nacht in Aufruhr. In dieser Zeit habe ich den Marschall Broglio öfter gesehen, immer heiter, ein wie das andre Mal an Gebärden und Betragen völlig gleich, und es hat mich auch nachher gefreut, den Mann, dessen Gestalt einen so guten und dauerhaften Eindruck gemacht hatte, in der Geschichte rühmlich erwähnt zu finden.

So kam denn endlich, nach einer unruhigen Karwoche, 1759 der Karfreitag heran. Eine große Stille verkündigte den nahen Sturm. Uns Kindern war verboten aus dem Hause zu gehen; der Vater hatte keine Ruhe und ging aus. Die Schlacht begann; ich stieg auf den obersten Boden, wo ich zwar die Gegend zu sehen verhindert war, aber den Donner der Kanonen und das Massenfeuer des kleinen Gewehrs recht gut vernehmen konnte. Nach einigen Stunden sahen wir die ersten Zeichen der Schlacht an einer Reihe Wagen, auf welchen Verwundete in mancherlei traurigen Verstümmelungen und Gebärden sachte bei uns vorbeigefahren wurden, um in das zum Lazarett umgewandelte Liebfrauen-Kloster gebracht zu werden. Sogleich regte sich die Barmherzigkeit der Bürger. Bier, Wein, Brot, Geld ward denjenigen hingereicht, die noch etwas empfangen konnten. Als man aber einige Zeit darauf blessierte und gefangne Deutsche unter diesem Zug gewahr wurde, fand das Mitleid keine Grenze, und es schien als wollte jeder sich von allem entblößen, was er nur Bewegliches besaß, um seinen bedrängten Landsleuten beizustehen.

Diese Gefangenen waren jedoch Anzeichen einer für die Alliierten unglücklichen Schlacht. Mein Vater, in seiner Parteilichkeit ganz sicher, daß diese gewinnen würden, hatte die leidenschaftliche Verwegenheit den gehofften Siegern entgegenzugehen, ohne zu bedenken, daß die geschlagene Partei erst über ihn wegfliehen müßte. Erst begab er sich in seinen Garten, vor dem Friedberger Tore, wo er alles einsam und ruhig fand; dann wagte er sich auf die Bornheimer Heide, wo er aber bald verschiedene zerstreute Nachzügler und Troßknechte ansichtig ward, die sich den Spaß machten nach den

Grenzsteinen zu schießen, so daß dem neugierigen Wandrer das abprallende Blei um den Kopf sauste. Er hielt es deshalb doch für geratner zurückzugehen, und erfuhr, bei einiger Nachfrage, was ihm schon der Schall des Feurens hätte klar machen sollen, daß alles für die Franzosen gut stehe und an kein Weichen zu denken sei. Nach Hause gekommen, voll Unmut, geriet er beim Erblicken der verwundeten und gefangenen Landsleute ganz aus der gewöhnlichen Fassung. Auch er ließ den Vorbeiziehenden mancherlei Spende reichen; aber nur die Deutschen sollten sie erhalten, welches nicht immer möglich war, weil das Schicksal Freunde und Feinde zusammen aufgepackt hatte.

Die Mutter und wir Kinder, die wir schon früher auf des Grafen Wort gebaut und deshalb einen ziemlich beruhigten Tag hingebracht hatten, waren höchlich erfreut, und die Mutter doppelt getröstet, da sie des Morgens, als sie das Orakel ihres »Schatzkästleins« durch einen Nadelstich befragt, eine für die Gegenwart sowohl als für die Zukunft sehr tröstliche Antwort erhalten hatte. Wir wünschten unserm Vater gleichen Glauben und gleiche Gesinnung, wir schmeichelten ihm was wir konnten, wir baten ihn etwas Speise zu sich zu nehmen, die er den ganzen Tag entbehrt hatte; er verweigerte unsre Liebkosungen und jeden Genuß, und begab sich auf sein Zimmer. Unsre Freude ward indessen nicht gestört; die Sache war entschieden; der Königs-Lieutenant, der diesen Tag gegen seine Gewohnheit zu Pferde gewesen, kehrte endlich zurück, seine Gegenwart zu Hause war nötiger als je. Wir sprangen ihm entgegen, küßten seine Hände und bezeigten ihm unsre Freude. Es schien ihm sehr zu gefallen. »Wohl!« sagte er freundlicher als sonst, »ich bin auch um euertwillen vergnügt, liebe Kinder!« Er befahl sogleich uns Zuckerwerk, süßen Wein, überhaupt das Beste zu reichen, und ging auf sein Zimmer, schon von einer großen Masse Dringender, Fordernder und Bittender umgeben.

Wir hielten nun eine köstliche Kollation, bedauerten den guten Vater, der nicht teil daran nehmen mochte, und drangen in die Mutter, ihn herbeizurufen; sie aber klüger als wir wußte wohl, wie unerfreulich ihm solche Gaben sein würden. Indessen hatte sie etwas Abendbrot zurecht gemacht und hätte ihm gern eine Portion auf das Zimmer geschickt; aber eine solche Unordnung litt er nie, auch nicht in den äußersten Fällen; und nachdem man die süßen Gaben bei Seite geschafft, suchte man ihn zu bereden, herab in das gewöhnliche Speisezimmer zu kommen. Endlich ließ er sich bewegen, ungern, und wir ahndeten nicht, welches Unheil wir ihm und uns bereiteten. Die Treppe lief frei durchs ganze Haus an allen Vorsälen vorbei. Der Vater mußte, indem er herabstieg, unmittelbar an des Grafen Zimmer vorübergehn. Sein Vorsaal stand so voller Leute, daß der Graf sich entschloß, um mehrers auf Einmal abzutun, herauszutreten; und dies geschah leider in dem Augenblick als der Vater herabkam. Der Graf ging ihm heiter entgegen, begrüßte ihn und sagte: »Ihr werdet uns und Euch Glück wünschen, daß diese gefährliche Sache so glücklich abgelaufen ist.« – »Keinesweges!« versetzte mein Vater, mit Ingrimm; »ich wollte sie hätten Euch zum Teufel gejagt, und wenn ich hätte mitfahren sollen.« – Der Graf hielt einen Augenblick inne, dann aber fuhr er mit Wut auf: »Dieses sollt Ihr büßen!« rief er: »Ihr sollt nicht umsonst der gerechten Sache und mir eine solche Beleidigung zugefügt haben!«

Der Vater war indes gelassen heruntergestiegen, setzte sich zu uns, schien heitrer als bisher, und fing an zu essen. Wir freuten uns darüber, und wußten nicht, auf welche bedenkliche Weise er sich den Stein vom Herzen gewälzt hatte. Kurz darauf wurde die Mutter herausgerufen, und wir hatten große Lust, dem Vater auszuplaudern, was uns der Graf für Süßigkeiten verehrt habe. Die Mutter kam nicht zurück. Endlich trat der Dolmetscher herein. Auf seinen Wink schickte man uns zu Bette; es war schon spät und wir gehorchten gern. Nach einer ruhig durchschlafenen Nacht erfuhren wir die gewaltsame Bewegung, die gestern abend das Haus erschüttert hatte. Der Königs-Lieutenant hatte sogleich befohlen, den Vater auf die Wache zu führen. Die Subalternen wußten wohl, daß ihm niemals zu widersprechen war; doch hatten sie sich manchmal Dank verdient, wenn sie mit der Ausführung zauderten. Diese Gesinnung wußte der Gevatter Dolmetsch, den die Geistesgegenwart niemals verließ, aufs lebhafteste bei ihnen rege zu machen. Der Tumult war ohnehin so groß, daß eine Zögerung sich von selbst versteckte und entschuldigte. Er hatte meine Mutter herausgerufen, und ihr den Adjutanten gleichsam in die Hände gegeben, daß sie durch Bitten und Vorstellungen nur einigen Aufschub erlangen möchte. Er selbst eilte schnell hinauf zum Grafen, der sich bei der großen Beherrschung seiner selbst sogleich ins innre Zimmer zurückgezogen hatte, und das dringendste Geschäft lieber einen Augenblick stocken ließ, als daß er den einmal in ihm erregten bösen Mut an einem Unschuldigen gekühlt, und eine seiner Würde nachteilige Entscheidung gegeben hätte.

Die Anrede des Dolmetschers an den Grafen, die Führung des ganzen Gesprächs hat uns der dicke Gevatter, der sich auf den glücklichen Erfolg nicht wenig zu Gute tat, oft genug wiederholt, so daß ich sie aus dem Gedächtnis wohl noch aufzeichnen kann.

Der Dolmetsch hatte gewagt das Kabinett zu eröffnen und hineinzutreten, eine Handlung die höchst verpönt war. »Was wollt Ihr?« rief ihm der Graf zornig entgegen: »Hinaus mit Euch! Hier hat niemand das Recht hereinzutreten als Saint Jean.«

»So haltet mich einen Augenblick für Saint Jean«, versetzte der Dolmetsch.

»Dazu gehört eine gute Einbildungskraft. Seiner zwei machen noch nicht einen wie Ihr seid. Entfernt Euch!«

»Herr Graf, Ihr habt eine große Gabe vom Himmel empfangen und an die appelliere ich.«

»Ihr denkt mir zu schmeicheln! Glaubt nicht, daß es Euch gelingen werde.«

»Ihr habt die große Gabe, Herr Graf, auch in Augenblikken der Leidenschaft, in Augenblicken des Zorns, die Gesinnungen anderer anzuhören.«

»Wohl, wohl! Von Gesinnungen ist eben die Rede, die ich zu lange angehört habe. Ich weiß nur zu gut, daß man uns hier nicht liebt, daß uns diese Bürger scheel ansehn.«

»Nicht alle!«

»Sehr viele! Was! diese Städter, Reichsstädter wollen sie sein? Ihren Kaiser haben sie wählen und krönen sehen, und wenn dieser ungerecht angegriffen seine Länder zu verlieren und einem Usurpator zu unterliegen Gefahr läuft, wenn er glücklicher Weise getreue Alliierte findet, die ihr Geld, ihr Blut zu seinem Vorteil verwenden; so wollen sie die geringe Last nicht tragen, die zu ihrem Teil sie trifft, daß der Reichsfeind gedemütigt werde.«

»Freilich kennt Ihr diese Gesinnungen schon lange, und habt sie als ein weiser Mann geduldet; auch ist es nur die geringere Zahl. Wenige, verblendet durch die glänzenden Eigenschaften des Feindes, den Ihr ja selbst als einen außerordentlichen Mann schätzt, wenige nur, Ihr wißt es!«

»Ja wohl! zu lange habe ich es gewußt und geduldet, sonst hätte dieser sich nicht unterstanden, mir in den bedeutendsten Augenblicken solche Beleidigungen ins Gesicht zu sagen. Es mögen sein soviel ihrer wollen, sie sollen in diesem ihren kühnen Repräsentanten gestraft werden, und sich merken was sie zu erwarten haben.«

»Nur Aufschub, Herr Graf!«

»In gewissen Dingen kann man nicht zu geschwind verfahren.«

»Nur einen kurzen Aufschub!«

»Nachbar! Ihr denkt mich zu einem falschen Schritt zu verleiten; es soll Euch nicht gelingen.«

»Weder verleiten will ich Euch zu einem falschen Schritt, noch von einem falschen zurückhalten; Euer Entschluß ist gerecht: er geziemt dem Franzosen, dem Königs-Lieutenant; aber bedenkt, daß Ihr auch Graf Thorane seid.«

»Der hat hier nicht mitzusprechen.«

»Man sollte den braven Mann doch auch hören.«

»Nun was würde er denn sagen?«

»Herr Königs-Lieutenant! würde er sagen: Ihr habt so lange mit so viel dunklen, unwilligen, ungeschickten Menschen Geduld gehabt, wenn sie es Euch nur nicht gar zu arg machten. Dieser hat's freilich sehr arg gemacht; aber gewinnt es über Euch, Herr Königs-Lieutenant! und jedermann wird Euch deswegen loben und preisen.«

»Ihr wißt, daß ich Eure Possen manchmal leiden kann; aber mißbraucht nicht mein Wohlwollen. Diese Menschen sind sie denn ganz verblendet? Hätten wir die Schlacht verloren, in diesem Augenblick, was würde ihr Schicksal sein? Wir schlagen uns bis vor die Tore, wir sperren die Stadt, wir halten, wir verteidigen uns, um unsere Retirade über die Brücke zu dekken. Glaubt Ihr, daß der Feind die Hände in den Schoß gelegt hätte? Er wirft Granaten und was er bei der Hand hat, und sie zünden wo sie können. Dieser Hausbesitzer da, was will er? In diesen Zimmern hier platzte jetzt wohl eine Feuerkugel und eine andere folgte hinterdrein; in diesen Zimmern, deren vermaledeite Peking-Tapeten ich geschont, mich geniert habe, meine Landkarten nicht aufzunageln! Den ganzen Tag hätten sie auf den Knieen liegen sollen.«

»Wie viele haben das getan!«

»Sie hätten sollen den Segen für uns erflehen; den Generalen und Offizieren mit Ehren- und Freudenzeichen, den ermatteten Gemeinen mit Erquickung entgegengehen. Anstatt dessen verdirbt mir der Gift dieses Parteigeistes die schönsten, glücklichsten, durch so viel Sorgen und Anstrengungen erworbenen Augenblicke meines Lebens!«

»Es ist ein Parteigeist; aber Ihr werdet ihn durch die Bestrafung dieses Mannes nur vermehren. Die mit ihm Gleichgesinnten werden Euch als einen Tyrannen, als einen Barbaren ausschreien; sie werden ihn als einen Märtyrer betrachten, der für die gute Sache gelitten hat; und selbst die anders Gesinnten, die jetzt seine Gegner sind, werden in ihm nur den

Mitbürger sehen, werden ihn bedauern, und indem sie Euch recht geben, dennoch finden, daß Ihr zu hart verfahren seid.«

»Ich habe Euch schon zu lange angehört; macht, daß Ihr fortkommt!«

»So hört nur noch dieses! Bedenkt, daß es das Unerhörteste ist, was diesem Manne, was dieser Familie begegnen könnte. Ihr hattet nicht Ursache von dem guten Willen des Hausherrn erbaut zu sein; aber die Hausfrau ist allen Euren Wünschen zuvorgekommen, und die Kinder haben Euch als ihren Oheim betrachtet. Mit diesem einzigen Schlag werdet Ihr den Frieden und das Glück dieser Wohnung auf ewig zerstören. Ja ich kann wohl sagen, eine Bombe die ins Haus gefallen wäre, würde nicht größere Verwüstungen darin angerichtet haben. Ich habe Euch so oft über Eure Fassung bewundert, Herr Graf; gebt mir diesmal Gelegenheit, Euch anzubeten. Ein Krieger ist ehrwürdig, der sich selbst in Feindes Haus als einen Gastfreund betrachtet; hier ist kein Feind, nur ein Verirrter. Gewinnt es über Euch, und es wird Euch zu ewigem Ruhme gereichen!«

»Das müßte wunderlich zugehen«, versetzte der Graf, mit einem Lächeln.

»Nur ganz natürlich«, erwiderte der Dolmetscher. »Ich habe die Frau, die Kinder nicht zu Euren Füßen geschickt: denn ich weiß, daß Euch solche Szenen verdrießlich sind; aber ich will Euch die Frau, die Kinder schildern, wie sie Euch danken; ich will sie Euch schildern, wie sie sich zeitlebens von dem Tage der Schlacht bei Bergen, und von Eurer Großmut an diesem Tage unterhalten, wie sie es Kindern und Kindeskindern erzählen, und auch Fremden ihr Interesse für Euch einzuflößen wissen: eine Handlung dieser Art kann nicht untergehen!«

»Ihr trefft meine schwache Seite nicht, Dolmetscher. An den Nachruhm pfleg' ich nicht zu denken, der ist für andere, nicht für mich; aber im Augenblick recht zu tun, meine Pflicht nicht zu versäumen, meiner Ehre nichts zu vergeben, das ist meine Sorge. Wir haben schon zu viel Worte gemacht; jetzt geht hin – und laßt Euch von den Undankbaren danken, die ich verschone!«

Der Dolmetsch, durch diesen unerwartet glücklichen Ausgang überrascht und bewegt, konnte sich der Tränen nicht enthalten, und wollte dem Grafen die Hände küssen; der Graf wies ihn ab und sagte streng und ernst: »Ihr wißt, daß ich dergleichen nicht leiden kann!« Und mit diesen Worten trat er auf den Vorsaal, um die andringenden Geschäfte zu besorgen, und das Begehren so vieler wartenden Menschen zu vernehmen. So ward die Sache beigelegt, und wir feierten den andern Morgen, bei den Überbleibseln der gestrigen Zuckergeschenke, das Vorübergehen eines Übels, dessen Androhen wir glücklich verschlafen hatten.

Ob der Dolmetsch wirklich so weise gesprochen, oder ob er sich die Szene nur so ausgemalt, wie man es wohl nach einer guten und glücklichen Handlung zu tun pflegt, will ich nicht entscheiden; wenigstens hat er bei Wiedererzählung derselben niemals variiert. Genug, dieser Tag dünkte ihm, so wie der sorgenvollste, so auch der glorreichste seines Lebens.

Wie sehr übrigens der Graf alles falsche Zeremoniell abgelehnt, keinen Titel, der ihm nicht gebührte, jemals angenommen, und wie er in seinen heitern Stunden immer geistreich gewesen, davon soll eine kleine Begebenheit ein Zeugnis ablegen.

Ein vornehmer Mann, der aber auch unter die abstrusen einsamen Frankfurter gehörte, glaubte sich über seine Einquartierung beklagen zu müssen. Er kam persönlich, und der Dolmetsch bot ihm seine Dienste an; jener aber meinte derselben nicht zu bedürfen. Er trat vor den Grafen mit einer anständigen Verbeugung und sagte: »Exzellenz!« Der Graf gab ihm die Verbeugung zurück, so wie die Exzellenz. Betroffen von dieser Ehrenbezeigung, nicht anders glaubend als der Titel sei zu gering, bückte er sich tiefer, und sagte: »Monseigneur!« – »Mein Herr«, sagte der Graf ganz ernsthaft: »wir wollen nicht weiter gehen, denn sonst könnten wir es leicht bis zur Majestät bringen.« – Der andere war äußerst verlegen und wußte kein Wort zu sagen. Der Dolmetsch, in einiger Entfernung stehend und von der ganzen Sache unterrichtet, war boshaft genug, sich nicht zu rühren; der Graf aber, mit großer Heiterkeit, fuhr fort: »Zum Beispiel, mein Herr, wie heißen Sie?« – »Spangenberg«, versetzte jener – »Und ich«, sagte der Graf, »heiße Thorane. Spangenberg, was wollt Ihr von Thorane? und nun setzen wir uns, die Sache soll gleich abgetan sein.«

Und so wurde die Sache auch gleich zu großer Zufriedenheit desjenigen abgetan, den ich hier Spangenberg genannt habe, und die Geschichte noch an selbigem Abend von dem schadenfrohen Dolmetsch in unserm Familienkreise nicht nur erzählt, sondern mit allen Umständen und Gebärden aufgeführt.

Nach solchen Verwirrungen, Unruhen und Bedrängnissen fand sich gar bald die vorige Sicherheit und der Leichtsinn wieder, mit welchem besonders die Jugend von Tag zu Tage lebt, wenn es nur einigermaßen angehen will. Meine Leidenschaft zu dem französischen Theater wuchs mit jeder Vorstellung; ich versäumte keinen Abend, ob ich gleich jedesmal, wenn ich nach dem Schauspiel mich zur speisenden Familie an den Tisch setzte und mich gar oft nur mit einigen Resten begnügte, die steten Vorwürfe des Vaters zu dulden hatte: das Theater sei zu gar nichts nütze, und könne zu gar nichts führen. Ich rief in solchem Falle gewöhnlich alle und jede Argumente hervor, welche den Verteidigern des Schauspiels zur Hand sind, wenn sie in eine gleiche Not wie die meinige geraten. Das Laster im Glück, die Tugend im Unglück wurden zuletzt durch die poetische Gerechtigkeit wieder ins Gleichgewicht gebracht. Die schönen Beispiele von bestraften Vergehungen, »Miß Sara Sampson« und der »Kaufmann von London«, wurden sehr lebhaft von mir hervorgehoben; aber ich zog dagegen öfters den kürzern, wenn die »Schelmstreiche Scapins« und dergleichen auf dem Zettel standen, und ich mir das Behagen mußte vorwerfen lassen, das man über die Betrügereien ränkevoller Knechte, und über den guten Erfolg der Torheiten ausgelassener Jünglinge im Publikum empfinde. Beide Parteien überzeugten einander nicht; doch wurde mein Vater sehr bald mit der Bühne ausgesöhnt, als er sah, daß ich mit unglaublicher Schnelligkeit in der französischen Sprache zunahm.

Die Menschen sind nun einmal so, daß jeder was er tun sieht, lieber selbst vornähme, er habe nun Geschick dazu oder nicht. Ich hatte nun bald den ganzen Cursus der französischen Bühne durchgemacht; mehrere Stücke kamen schon zum zweiten und dritten Mal; von der würdigsten Tragödie bis zum leichtfertigsten Nachspiel war mir alles vor Augen und Geist vorbeigegangen; und wie ich als Kind den Terenz nachzuahmen wagte: so verfehlte ich nunmehr nicht als Knabe, bei einem viel lebhafter dringenden Anlaß, auch die französischen Formen nach meinem Vermögen und Unvermögen zu wiederholen. Es wurden damals einige halb mythologische, halb allegorische Stücke im Geschmack des Piron gegeben; sie hatten etwas von der Parodie und gefielen sehr. Diese Vorstellungen zogen mich besonders an: die goldnen Flügelchen eines heitern Merkur, der Donnerkeil des verkappten Jupiter, eine galante Danae, oder wie eine von Göttern besuchte Schöne heißen mochte, wenn es nicht gar eine Schäferin oder Jägerin war, zu der sie sich herunterließen. Und da mir dergleichen Elemente aus Ovids »Verwandlungen«, und Pomeys »Pantheon Mythicum« sehr häufig im Kopfe herumsummten, so hatte ich bald ein solches Stückchen in meiner Phantasie zusammengestellt, wovon ich nur so viel zu sagen weiß, daß die Szene ländlich war, daß es aber doch darin weder an Königstöchtern, noch Prinzen, noch Göttern fehlte. Der Merkur besonders war mir dabei so lebhaft im Sinne, daß ich noch schwören wollte, ich hätte ihn mit Augen gesehen.

Eine von mir selbst sehr reinlich gefertigte Abschrift legte ich meinem Freunde Derones vor, welcher sie mit ganz besonderem Anstand und einer wahrhaften Gönnermiene aufnahm, das Manuskript flüchtig durchsah, mir einige Sprachfehler nachwies, einige Reden zu lang fand, und zuletzt versprach das Werk bei gehöriger Muße näher zu betrachten und zu beurteilen. Auf meine bescheidene Frage, ob das Stück wohl aufgeführt werden könne, versicherte er mir, daß es gar nicht unmöglich sei. Sehr vieles komme beim Theater auf Gunst an, und er beschütze mich von ganzem Herzen; nur müsse man die Sache geheim halten: denn er habe selbst einmal mit einem von ihm verfertigten Stück die Direktion überrascht, und es wäre gewiß aufgeführt worden, wenn man nicht zu früh entdeckt hätte, daß er der Verfasser sei. Ich versprach ihm alles mögliche Stillschweigen, und sah schon im Geist den Titel meiner Piece an den Ecken der Straßen und Plätze mit großen Buchstaben angeschlagen.

So leichtsinnig übrigens der Freund war, so schien ihm doch die Gelegenheit den Meister zu spielen allzu erwünscht. Er las das Stück mit Aufmerksamkeit durch, und indem er sich mit mir hinsetzte, um einige Kleinigkeiten zu ändern, kehrte er im Laufe der Unterhaltung das ganze Stück um und um, so daß auch kein Stein auf dem andern blieb. Er strich aus, setzte zu, nahm eine Person weg, substituierte eine andere, genug er verfuhr mit der tollsten Willkür von der Welt, daß mir die Haare zu Berge standen. Mein Vorurteil, daß er es doch verstehen müsse, ließ ihn gewähren: denn er hatte mir schon öfter von den drei Einheiten des Aristoteles, von der Regelmäßigkeit der französischen Bühne, von der Wahrscheinlichkeit, von der Harmonie der Verse und allem was daran hängt, so viel vorerzählt, daß ich ihn nicht nur für unterrichtet, sondern auch für begründet halten mußte. Er schalt auf die Engländer und verachtete die Deutschen; genug, er trug mir die ganze dramaturgische Litanei vor, die ich in meinem Leben so oft mußte wiederholen hören.

Ich nahm, wie der Knabe in der Fabel, meine zerfetzte Geburt mit nach Hause, und suchte sie wieder herzustellen; aber vergebens. Weil ich sie jedoch nicht ganz aufgeben wollte, so ließ ich aus meinem ersten Manuskript, nach wenigen Veränderungen, eine saubere Abschrift durch unsern Schreibenden anfertigen, die ich denn meinem Vater überreichte und dadurch so viel erlangte, daß er mich, nach vollendetem Schauspiel, meine Abendkost eine Zeit lang ruhig verzehren ließ.

Dieser mißlungene Versuch hatte mich nachdenklich gemacht, und ich wollte nunmehr diese Theorieen, diese Gesetze, auf die sich jedermann berief, und die mir besonders durch die Unart meines anmaßlichen Meisters verdächtig geworden waren, unmittelbar an den Quellen kennen lernen, welches mir zwar nicht schwer doch mühsam wurde. Ich las zunächst Corneilles »Abhandlung über die drei Einheiten«, und ersah wohl daraus, wie man es haben wollte; warum man es aber so verlangte, ward mir keineswegs deutlich, und was das schlimmste war, ich geriet sogleich in noch größere Verwirrung, indem ich mich mit den Händeln über den »Cid« bekannt machte, und die Vorreden las, in welchen Corneille und Racine sich gegen Kritiker und Publikum zu verteidigen genötigt sind. Hier sah ich wenigstens auf das deutlichste, daß kein Mensch wußte was er wollte; daß ein Stück wie »Cid«, das die herrlichste Wirkung hervorgebracht, auf Befehl eines allmächtigen Kardinals absolut sollte für schlecht erklärt werden; daß Racine, der Abgott der zu meiner Zeit lebenden Franzosen, der nun auch mein Abgott geworden war (denn ich hatte ihn näher kennen lernen, als Schöff von Olenschlager durch uns Kinder den »Britannicus« aufführen ließ, worin mir die Rolle des Nero zu Teil ward) daß Racine, sage ich, auch zu seiner Zeit weder mit Liebhabern noch Kunstrichtern fertig werden können. Durch alles dieses ward ich verworrner als jemals, und nachdem ich mich lange mit diesem Hin- und Herreden, mit dieser theoretischen Salbaderei des vorigen Jahrhunderts, gequält hatte, schüttete ich das Kind mit dem Bade aus, und warf den ganzen Plunder desto entschiedener von mir, je mehr ich zu bemerken glaubte, daß die Autoren selbst, welche vortreffliche Sachen hervorbrachten, wenn sie darüber zu reden anfingen, wenn sie den Grund ihres Handelns angaben, wenn sie sich verteidigen, entschuldigen, beschönigen wollten, doch auch nicht immer den rechten Fleck zu treffen wußten. Ich eilte daher wieder zu dem lebendig Vorhandenen, besuchte das Schauspiel weit eifriger, las gewissenhafter und ununterbrochner, so daß ich in dieser Zeit Racine und Moliere ganz, und von Corneille einen großen Teil durchzuarbeiten die Anhaltsamkeit hatte.

Der Königs-Lieutenant wohnte noch immer in unserm Hause. Er hatte sein Betragen in nichts geändert, besonders gegen uns; allein es war merklich, und der Gevatter Dolmetsch wußte es uns noch deutlicher zu machen, daß er sein Amt nicht mehr mit der Heiterkeit, nicht mehr mit dem Eifer verwaltete wie anfangs, obgleich immer mit derselben Rechtschaffenheit und Treue. Sein Wesen und Betragen, das eher einen Spanier als einen Franzosen ankündigte, seine Launen, die doch mitunter Einfluß auf ein Geschäft hatten, seine Unbiegsamkeit gegen die Umstände, seine Reizbarkeit gegen alles was seine Person oder Charakter berührte, dieses zusammen mochte ihn doch zuweilen mit seinen Vorgesetzten in Konflikt bringen. Hiezu kam noch, daß er in einem Duell, welches sich im Schauspiel entsponnen hatte, verwundet wurde, und man dem Königs-Lieutenant übel nahm, daß er selbst eine verpönte Handlung als oberster Polizeimeister begangen. Alles dieses mochte, wie gesagt, dazu beitragen, daß er in sich gezogner lebte und hier und da vielleicht weniger energisch verfuhr.

Indessen war nun schon eine ansehnliche Partie der bestellten Gemälde abgeliefert. Graf Thorane brachte seine Freistunden mit der Betrachtung derselben zu, indem er sie in gedachtem Giebelzimmer, Bahne für Bahne, breiter und schmäler, nebeneinander, und weil es an Platz mangelte, sogar übereinander nageln, wieder abnehmen und aufrollen ließ. Immer wurden die Arbeiten aufs neue untersucht, man erfreute sich wiederholt an den Stellen, die man für die gelungensten hielt; aber es fehlte auch nicht an Wünschen, dieses oder jenes anders geleistet zu sehen.

Hieraus entsprang eine neue und ganz wundersame Operation. Da nämlich der eine Maler Figuren, der andere die Mittelgründe und Fernen, der dritte die Bäume, der vierte die Blumen am besten arbeitete; so kam der Graf auf den Gedanken, ob man nicht diese Talente in den Bildern vereinigen, und auf diesem Wege vollkommene Werke hervorbringen könne. Der Anfang ward sogleich damit gemacht, daß man z. B. in eine fertige Landschaft noch schöne Herden hineinmalen ließ. Weil nun aber nicht immer der gehörige Platz dazu da war, es auch dem Tiermaler auf ein paar Schafe mehr oder weniger nicht ankam; so war endlich die weiteste Landschaft zu enge. Nun hatte der Menschenmaler auch noch die Hirten und einige Wandrer hineinzubringen; diese nahmen sich wiederum einander gleichsam die Luft, und man war verwundert, wie sie nicht sämtlich in der freiesten Gegend erstickten. Man konnte niemals voraussehen, was aus der Sache werden würde, und wenn sie fertig war, befriedigte sie nicht. Die Maler wurden verdrießlich. Bei den ersten Bestellungen hatten sie gewonnen, bei diesen Nacharbeiten verloren sie, obgleich der Graf auch diese sehr großmütig bezahlte. Und da die von mehrern auf Einem Bilde durcheinander gearbeiteten Teile, bei aller Mühe, keinen guten Effekt hervorbrachten, so glaubte zuletzt ein jeder, daß seine Arbeit durch die Arbeiten der andern verdorben und vernichtet worden; daher wenig fehlte, die Künstler hätten sich hierüber entzweit und wären in unversöhnliche Feindschaft geraten. Dergleichen Veränderungen oder vielmehr Zutaten wurden in gedachtem Atelier, wo ich mit den Künstlern ganz allein blieb, ausgefertiget; und es unterhielt mich, aus den Studien, besonders der Tiere, dieses und jenes Einzelne, diese oder jene Gruppe auszusuchen, und sie für die Nähe oder die Ferne in Vorschlag zu bringen; worin man mir denn manchmal aus Überzeugung oder Geneigtheit zu willfahren pflegte.

Die Teilnehmenden an diesem Geschäft wurden also höchst mutlos, besonders Seekaz, ein sehr hypochondrischer und in sich gezogner Mann, der zwar unter Freunden durch eine unvergleichlich heitre Laune sich als den besten Gesellschafter bewies, aber wenn er arbeitete, allein, in sich gekehrt und völlig frei wirken wollte. Dieser sollte nun, wenn er schwere Aufgaben gelöst, sie mit dem größten Fleiß und der wärmsten Liebe, deren er immer fähig war, vollendet hatte, zu wiederholten Malen von Darmstadt nach Frankfurt reisen, um entweder an seinen eigenen Bildern etwas zu verändern, oder fremde zu staffieren, oder gar unter seinem Beistand durch einen Dritten seine Bilder ins Buntscheckige arbeiten zu lassen. Sein Mißmut nahm zu, sein Widerstand entschied sich, und es brauchte großer Bemühungen von unserer Seite, um diesen Gevatter – denn auch er war's geworden – nach des Grafen Wünschen zu lenken. Ich erinnere mich noch, daß, als schon die Kasten bereit standen, um die sämtlichen Bilder in der Ordnung einzupacken, in welcher sie an dem Ort ihrer Bestimmung der Tapezierer ohne weiteres aufheften konnte, daß, sage ich, nur eine kleine doch unumgängliche Nacharbeit erfordert wurde, Seekaz aber nicht zu bewegen war herüberzukommen. Er hatte freilich noch zu guter Letzt das Beste getan was er vermochte, indem er die vier Elemente in Kindern und Knaben, nach dem Leben, in Türstücken dargestellt, und nicht allein auf die Figuren sondern auch auf die Beiwerke den größten Fleiß gewendet hatte. Diese waren abgeliefert, bezahlt, und er glaubte auf immer aus der Sache geschieden zu sein; nun aber sollte er wieder herüber, um einige Bilder, deren Maße etwas zu klein genommen worden, mit wenigen Pinselzügen zu erweitern. Ein anderer, glaubte er, könne das auch tun; er hatte sich schon zu neuer Arbeit eingerichtet; kurz er wollte nicht kommen. Die Absendung war vor der Türe, trocknen sollte es auch noch, jeder Verzug war mißlich; der Graf, in Verzweiflung, wollte ihn militärisch abholen lassen. Wir alle wünschten die Bilder endlich fort zu sehen, und fanden zuletzt keine Auskunft, als daß der Gevatter Dolmetsch sich in einen Wagen setzte und den Widerspenstigen mit Frau und Kind herüberholte, der dann von dem Grafen freundlich empfangen, wohl gepflegt, und zuletzt reichlich beschenkt entlassen wurde.

Nach den fortgeschafften Bildern zeigte sich ein großer Friede im Hause. Das Giebelzimmer im Mansard wurde gereinigt und mir übergeben, und mein Vater, wie er die Kasten fortschaffen sah, konnte sich des Wunsches nicht erwehren, den Grafen hinterdrein zu schicken. Denn wie sehr die Neigung des Grafen auch mit der seinigen übereinstimmte; wie sehr es den Vater freuen mußte, seinen Grundsatz, für lebende Meister zu sorgen, durch einen Reicheren so fruchtbar befolgt zu sehen; wie sehr es ihn schmeicheln konnte, daß seine Sammlung Anlaß gegeben, einer Anzahl braver Künstler in bedrängter Zeit einen so ansehnlichen Erwerb zu verschaffen: so fühlte er doch eine solche Abneigung gegen den Fremden, der in sein Haus eingedrungen, daß ihm an dessen Handlungen nichts recht dünken konnte. Man solle Künstler beschäftigen, aber nicht zu Tapetenmalern erniedrigen; man solle mit dem was sie nach ihrer Überzeugung und Fähigkeit geleistet, wenn es einem auch nicht durchgängig behage, zufrieden sein und nicht immer daran markten und mäkeln: genug, es gab, ungeachtet des Grafen eigner liberalen Bemühung, ein für allemal kein Verhältnis. Mein Vater besuchte jenes Zimmer bloß, wenn sich der Graf bei Tafel befand, und ich erinnere mich nur ein einziges Mal, als Seekaz sich selbst übertroffen hatte, und das Verlangen diese Bilder zu sehen das ganze Haus herbeitrieb, daß mein Vater und der Graf zusammentreffend an diesen Kunstwerken ein gemeinsames Gefallen bezeigten, das sie aneinander selbst nicht finden konnten.

Kaum hatten also die Kisten und Kasten das Haus geräumt, als der früher eingeleitete aber unterbrochne Betrieb, den Grafen zu entfernen, wieder angeknüpft wurde. Man suchte durch Vorstellungen die Gerechtigkeit, die Billigkeit durch Bitten, durch Einfluß die Neigung zu gewinnen, und brachte es endlich dahin, daß die Quartierherren den Beschluß faßten: es solle der Graf umlogiert, und unser Haus, in Betracht der seit einigen Jahren unausgesetzt Tag und Nacht getragnen Last, künftig mit Einquartierung verschont werden. Damit sich aber hierzu ein scheinbarer Vorwand finde, so solle man in eben den ersten Stock, den bisher der Königs-Lieutenant besetzt gehabt, Mietleute einnehmen und dadurch eine neue Bequartierung gleichsam unmöglich machen. Der Graf, der nach der Trennung von seinen geliebten Gemälden kein besonderes Interesse mehr am Hause fand, auch ohnehin bald abgerufen und versetzt zu werden hoffte, ließ es sich ohne Widerrede gefallen eine andere gute Wohnung zu beziehen, und schied von uns in Frieden und gutem Willen. Auch verließ er bald darauf die Stadt und erhielt stufenweise noch verschiedene Chargen, doch, wie man hörte, nicht zu seiner Zufriedenheit. Er hatte indes das Vergnügen, jene so emsig von ihm besorgten Gemälde in dem Schlosse seines Bruders glücklich angebracht zu sehen; schrieb einige Male, sendete Maße und ließ von den mehr genannten Künstlern verschiedenes nacharbeiten. Endlich vernahmen wir nichts weiter von ihm, außer daß man uns nach mehreren Jahren versichern wollte, er sei in Westindien, auf einer der französischen Kolonieen, als Gouverneur gestorben.

Viertes Buch

Soviel Unbequemlichkeit uns auch die französische Einquartierung mochte verursacht haben, so waren wir sie doch zu gewohnt geworden, als daß wir sie nicht hätten vermissen, daß uns Kindern das Haus nicht hätte tot scheinen sollen. Auch war es uns nicht bestimmt, wieder zur völligen Familieneinheit zu gelangen. Neue Mietleute waren schon besprochen, und nach einigem Kehren und Scheuern, Hobeln und Bohnen, Malen und Anstreichen, war das Haus völlig wieder hergestellt. Der Kanzleidirektor Moritz mit den Seinigen, sehr werte Freunde meiner Eltern, zogen ein. Dieser, kein geborner Frankfurter, aber ein tüchtiger Jurist und Geschäftsmann, besorgte die Rechtsangelegenheiten mehrerer kleinen Fürsten, Grafen und Herren. Ich habe ihn niemals anders als heiter und gefällig und über seinen Akten emsig gesehen. Frau und Kinder, sanft, still und wohlwollend, vermehrten zwar nicht die Geselligkeit in unserm Hause: denn sie blieben für sich; aber es war eine Stille, ein Friede zurückgekehrt, den wir lange Zeit nicht genossen hatten. Ich bewohnte nun wieder mein Mansard-Zimmer, in welchem die Gespenster der vielen Gemälde mir zuweilen vorschwebten, die ich denn durch Arbeiten und Studien zu verscheuchen suchte.

Der Legationsrat Moritz, ein Bruder des Kanzleidirektors, kam von jetzt an auch öfters in unser Haus. Er war schon mehr Weltmann, von einer ansehnlichen Gestalt und dabei von bequem gefälligem Betragen. Auch er besorgte die Angelegenheiten verschiedener Standespersonen, und kam mit meinem Vater, bei Anlaß von Konkursen und kaiserlichen Kommissionen, mehrmals in Berührung. Beide hielten viel aufeinander, und standen gemeiniglich auf der Seite der Kreditoren, mußten aber zu ihrem Verdruß gewöhnlich erfahren, daß die Mehrheit der bei solcher Gelegenheit Abgeordneten für die Seite der Debitoren gewonnen zu werden pflegt. Der Legationsrat teilte seine Kenntnisse gern mit, war ein Freund der Mathematik, und weil diese in seinem gegenwärtigen Lebensgange gar nicht vorkam, so machte er sich ein Vergnügen daraus, mir in diesen Kenntnissen weiterzuhelfen. Dadurch ward ich in den Stand gesetzt, meine architektonischen Risse genauer als bisher auszuarbeiten, und den Unterricht eines Zeichenmeisters, der uns jetzt auch täglich eine Stunde beschäftigte, besser zu nutzen.

Dieser gute alte Mann war freilich nur ein Halbkünstler. Wir mußten Striche machen und sie zusammensetzen, woraus denn Augen und Nasen, Lippen und Ohren, ja zuletzt ganze Gesichter und Köpfe entstehen sollten; allein es war dabei weder an natürliche noch künstliche Form gedacht. Wir wurden eine Zeit lang mit diesem Qui pro quo der menschlichen Gestalt gequält, und man glaubte uns zuletzt sehr weit gebracht zu haben, als wir die sogenannten Affekten von Le Brün zur Nachzeichnung erhielten. Aber auch diese Zerrbilder förderten uns nicht. Nun schwankten wir zu den Landschaften, zum Baumschlag und zu allen den Dingen, die im gewöhnlichen Unterricht ohne Folge und ohne Methode geübt werden. Zuletzt fielen wir auf die genaue Nachahmung und auf die Sauberkeit der Striche, ohne uns weiter um den Wert des Originals oder dessen Geschmack zu bekümmern.

In diesem Bestreben ging uns der Vater auf eine musterhafte Weise vor. Er hatte nie gezeichnet, wollte nun aber, da seine Kinder diese Kunst trieben, nicht zurückbleiben, sondern ihnen, selbst in seinem Alter, ein Beispiel geben, wie sie in ihrer Jugend verfahren sollten. Er kopierte also einige Köpfe des Piazzetta, nach dessen bekannten Blättern in klein Oktav, mit englischem Bleistift auf das feinste holländische Papier. Er beobachtete dabei nicht allein die größte Reinlichkeit im Umriß, sondern ahmte auch die Schraffierung des Kupferstichs aufs genauste nach, mit einer leichten Hand, nur allzu leise, da er denn, weil er die Härte vermeiden wollte, keine Haltung in seine Blätter brachte. Doch waren sie durchaus zart und gleichförmig. Sein anhaltender unermüdlicher Fleiß ging so weit, daß er die ganze ansehnliche Sammlung nach allen ihren Nummern durchzeichnete, indessen wir Kinder von einem Kopf zum andern sprangen, und uns nur die auswählten, die uns gefielen.

Um diese Zeit ward auch der schon längst in Beratung gezogne Vorsatz, uns in der Musik unterrichten zu lassen, ausgeführt; und zwar verdient der letzte Anstoß dazu wohl einige Erwähnung. Daß wir das Klavier lernen sollten, war ausgemacht; allein über die Wahl des Meisters war man immer streitig gewesen. Endlich komme ich einmal zufälliger Weise in das Zimmer eines meiner Gesellen, der eben Klavierstunde nimmt, und finde den Lehrer als einen ganz allerliebsten Mann. Für jeden Finger der rechten und linken Hand hat er einen Spitznamen, womit er ihn aufs lustigste bezeichnet, wenn er gebraucht werden soll. Die schwarzen und weißen Tasten werden gleichfalls bildlich benannt, ja die Töne selbst erscheinen unter figürlichen Namen. Eine solche bunte Gesellschaft arbeitet nun ganz vergnüglich durcheinander. Applikatur und Takt scheinen ganz leicht und anschaulich zu werden, und indem der Schüler zu dem besten Humor aufgeregt wird, geht auch alles zum schönsten vonstatten.

Kaum war ich nach Hause gekommen, als ich den Eltern anlag, nunmehr Ernst zu machen und uns diesen unvergleichlichen Mann zum Klaviermeister zu geben. Man nahm noch einigen Anstand, man erkundigte sich; man hörte zwar nichts Übles von dem Lehrer, aber auch nichts sonderlich Gutes. Ich hatte indessen meiner Schwester alle die lustigen Benennungen erzählt, wir konnten den Unterricht kaum erwarten, und setzten es durch, daß der Mann angenommen wurde.

Das Notenlesen ging zuerst an, und als dabei kein Spaß vorkommen wollte, trösteten wir uns mit der Hoffnung, daß wenn es erst ans Klavier gehen würde, wenn es an die Finger käme, das scherzhafte Wesen seinen Anfang nehmen würde. Allein weder Tastatur noch Fingersetzung schien zu einigem Gleichnis Gelegenheit zu geben. So trocken wie die Noten, mit ihren Strichen auf und zwischen den fünf Linien, blieben auch die schwarzen und weißen Claves, und weder von einem Däumerling noch Deuterling noch Goldfinger war mehr eine Silbe zu hören; und das Gesicht verzog der Mann so wenig beim trocknen Unterricht, als er es vorher beim trocknen Spaß verzogen hatte. Meine Schwester machte mir die bittersten Vorwürfe, daß ich sie getäuscht habe, und glaubte wirklich, es sei nur Erfindung von mir gewesen. Ich war aber selbst betäubt und lernte wenig, ob der Mann gleich ordentlich genug zu Werke ging: denn ich wartete immer noch, die frühern Späße sollten zum Vorschein kommen, und vertröstete meine Schwester von einem Tage zum andern. Aber sie blieben aus, und ich hätte mir dieses Rätsel niemals erklären können, wenn es mir nicht gleichfalls ein Zufall aufgelöst hätte.

Einer meiner Gespielen trat herein, mitten in der Stunde, und auf einmal eröffneten sich die sämtlichen Röhren des humoristischen Springbrunnens; die Däumerlinge, und Deuterlinge, die Krabler und Zabler, wie er die Finger zu bezeichnen pflegte, die Fakchen und Gakchen, wie er z. B. die Noten f und g, die Fiekchen und Giekchen, wie er fis und gis benannte, waren auf einmal wieder vorhanden und machten die wundersamsten Männerchen. Mein junger Freund kam nicht aus dem Lachen, und freute sich, daß man auf eine so lustige Weise so viel lernen könne. Er schwur, daß er seinen Eltern keine Ruhe lassen würde, bis sie ihm einen solchen vortrefflichen Mann zum Lehrer gegeben.

Und so war mir, nach den Grundsätzen einer neuern Erziehungslehre, der Weg zu zwei Künsten früh genug eröffnet, bloß auf gut Glück, ohne Überzeugung, daß ein angebornes Talent mich darin weiter fördern könne. Zeichnen müsse jedermann lernen, behauptete mein Vater, und verehrte deshalb besonders Kaiser Maximilian, welcher dieses ausdrücklich solle befohlen haben. Auch hielt er mich ernstlicher dazu an, als zur Musik, welche er dagegen meiner Schwester vorzüglich empfahl, ja dieselbe außer ihren Lehrstunden eine ziemliche Zeit des Tages am Klaviere festhielt.

Je mehr ich aber auf diese Weise zu treiben veranlaßt wurde, desto mehr wollte ich treiben, und selbst die Freistunden wurden zu allerlei wunderlichen Beschäftigungen verwendet. Schon seit meinen frühsten Zeiten fühlte ich einen Untersuchungstrieb gegen natürliche Dinge. Man legt es manchmal als eine Anlage zur Grausamkeit aus, daß Kinder solche Gegenstände, mit denen sie eine Zeit lang gespielt, die sie bald so, bald so gehandhabt, endlich zerstücken, zerreißen und zerfetzen. Doch pflegt sich auch die Neugierde, das Verlangen, zu erfahren wie solche Dinge zusammenhängen, wie sie inwendig aussehen, auf diese Weise an den Tag zu legen.

Ich erinnere mich, daß ich als Kind Blumen zerpflückt, um zu sehen, wie die Blätter in den Kelch, oder auch Vögel berupft, um zu beobachten, wie die Federn in die Flügel eingefügt waren. Ist doch Kindern dieses nicht zu verdenken, da ja selbst Naturforscher öfter durch Trennen und Sondern als durch Vereinigen und Verknüpfen, mehr durch Töten als durch Beleben, sich zu unterrichten glauben.

Ein bewaffneter Magnetstein, sehr zierlich in Scharlachtuch eingenäht, mußte auch eines Tages die Wirkung einer solchen Forschungslust erfahren. Denn diese geheime Anziehungskraft, die er nicht allein gegen das ihm angepaßte Eisenstäbchen ausübte, sondern die noch überdies von der Art war, daß sie sich verstärken und täglich ein größres Gewicht tragen konnte, diese geheimnisvolle Tugend hatte mich dergestalt zur Bewunderung hingerissen, daß ich mir lange Zeit bloß im Anstaunen ihrer Wirkung gefiel. Zuletzt aber glaubte ich doch einige nähere Aufschlüsse zu erlangen, wenn ich die äußere Hülle wegtrennte. Dies geschah, ohne daß ich dadurch klüger geworden wäre: denn die nackte Armatur belehrte mich nicht weiter. Auch diese nahm ich herab und behielt nun den bloßen Stein in Händen, mit dem ich durch Feilspäne und Nähnadeln mancherlei Versuche zu machen nicht ermüdete, aus denen jedoch mein jugendlicher Geist, außer einer mannigfaltigen Erfahrung, keinen weitern Vorteil zog. Ich wußte die ganze Vorrichtung nicht wieder zusammenzubringen, die Teile zerstreuten sich, und ich verlor das eminente Phänomen zugleich mit dem Apparat.

Nicht glücklicher ging es mir mit der Zusammensetzung einer Elektrisiermaschine. Ein Hausfreund, dessen Jugend in die Zeit gefallen war, in welcher die Elektrizität alle Geister beschäftigte, erzählte uns öfter, wie er als Knabe eine solche Maschine zu besitzen gewünscht, wie er sich die Hauptbedingungen abgesehen, und mit Hülfe eines alten Spinnrades und einiger Arzneigläser ziemliche Wirkungen hervorgebracht. Da er dieses gern und oft wiederholte, und uns dabei von der Elektrizität überhaupt unterrichtete; so fanden wir Kinder die Sache sehr plausibel, und quälten uns mit einem alten Spinnrade und einigen Arzneigläsern lange Zeit herum, ohne auch nur die mindeste Wirkung hervorbringen zu können. Wir hielten dem ungeachtet am Glauben fest, und waren sehr vergnügt, als zur Meßzeit, unter andern Raritäten, Zauber- und Taschenspielerkünsten, auch eine Elektrisiermaschine ihre Kunststücke machte, welche so wie die magnetischen, für jene Zeit schon sehr vervielfältigt waren.

Das Mißtrauen gegen den öffentlichen Unterricht vermehrte sich von Tage zu Tage. Man sah sich nach Hauslehrern um, und weil einzelne Familien den Aufwand nicht bestreiten konnten, so traten mehrere zusammen, um eine solche Absicht zu erreichen. Allein die Kinder vertrugen sich selten; der junge Mann hatte nicht Autorität genug, und nach oft wiederholtem Verdruß, gab es nur gehässige Trennungen. Kein Wunder daher, daß man auf andere Anstalten dachte, welche sowohl beständiger als vorteilhafter sein sollten.

Auf den Gedanken, Pensionen zu errichten, war man durch die Notwendigkeit gekommen, welche jedermann empfand, daß die französische Sprache lebendig gelehrt und überliefert werden müsse. Mein Vater hatte einen jungen Menschen erzogen, der bei ihm Bedienter, Kammerdiener, Sekretär, genug nach und nach alles in allem gewesen war. Dieser, namens Pfeil, sprach gut Französisch und verstand es gründlich. Nachdem er sich verheiratet hatte, und seine Gönner für ihn auf einen Zustand denken mußten; so fielen sie auf den Gedanken, ihn eine Pension errichten zu lassen, die sich nach und nach zu einer kleinen Schulanstalt erweiterte, in der man alles Notwendige, ja zuletzt sogar Lateinisch und Griechisch lehrte. Die weitverbreiteten Konnexionen von Frankfurt gaben Gelegenheit, daß junge Franzosen und Engländer, um Deutsch zu lernen und sonst sich auszubilden, dieser Anstalt anvertraut wurden. Pfeil, der ein Mann in seinen besten Jahren, von der wundersamsten Energie und Tätigkeit war, stand dem Ganzen sehr lobenswürdig vor, und weil er nie genug beschäftigt sein konnte; so warf er sich bei

Gelegenheit, da er seinen Schülern Musikmeister halten mußte, selbst in die Musik, und betrieb das Klavierspielen mit solchem Eifer, daß er, der niemals vorher eine Taste angerührt hatte, sehr bald recht fertig und brav spielte. Er schien die Maxime meines Vaters angenommen zu haben, daß junge Leute nichts mehr aufmuntern und anregen könne, als wenn man selbst schon in gewissen Jahren sich wieder zum Schüler erklärte, und in einem Alter worin man sehr schwer neue Fertigkeiten erlangt, dennoch durch Eifer und Anhaltsamkeit, Jüngern von der Natur mehr Begünstigten den Rang abzulaufen suche.

Durch diese Neigung zum Klavierspielen ward Pfeil auf die Instrumente selbst geführt, und indem er sich die besten zu verschaffen hoffte, kam er in Verhältnisse mit Friderici in Gera, dessen Instrumente weit und breit berühmt waren. Er nahm eine Anzahl davon in Kommission, und hatte nun die Freude, nicht nur etwa einen Flügel, sondern mehrere in seiner Wohnung aufgestellt zu sehen, sich darauf zu üben und hören zu lassen.

Auch in unser Haus brachte die Lebendigkeit dieses Mannes einen größern Musikbetrieb. Mein Vater blieb mit ihm, bis auf die strittigen Punkte, in einem dauernden guten Verhältnisse. Auch für uns ward ein großer Fridericischer Flügel angeschafft, den ich, bei meinem Klavier verweilend, wenig berührte, der aber meiner Schwester zu desto größerer Qual gedieh, weil sie, um das neue Instrument gehörig zu ehren, täglich noch einige Zeit mehr auf ihre Übungen zu wenden hatte; wobei mein Vater als Aufseher, Pfeil aber als Musterbild und antreibender Hausfreund, abwechselnd zur Seite standen.

Eine besondere Liebhaberei meines Vaters machte uns Kindern viel Unbequemlichkeit. Es war nämlich die Seidenzucht, von deren Vorteil, wenn sie allgemeiner verbreitet würde, er einen großen Begriff hatte. Einige Bekanntschaften in Hanau, wo man die Zucht der Würmer sehr sorgfältig betrieb, gaben ihm die nächste Veranlassung. Von dorther wurden ihm zu rechter Zeit die Eier gesendet; und sobald die Maulbeerbäume genugsames Laub zeigten, ließ man sie ausschlüpfen, und wartete der kaum sichtbaren Geschöpfe mit großer Sorgfalt. In einem Mansardzimmer waren Tische und Gestelle mit Brettern aufgeschlagen, um ihnen mehr Raum und Unterhalt zu bereiten: denn sie wuchsen schnell, und waren nach der letzten Häutung so heißhungrig, daß man kaum Blätter genug herbeischaffen konnte, sie zu nähren; ja sie mußten Tag und Nacht gefüttert werden, weil eben alles darauf ankommt, daß sie der Nahrung ja nicht zu einer Zeit ermangeln, wo die große und wundersame Veränderung in ihnen vorgehen soll. War die Witterung günstig, so konnte man freilich dieses Geschäft als eine lustige Unterhaltung ansehen; trat aber Kälte ein, daß die Maulbeerbäume litten, so machte es große Not. Noch unangenehmer aber war es, wenn in der letzten Epoche Regen einfiel: denn diese Geschöpfe können die Feuchtigkeit gar nicht vertragen; und so mußten die benetzten Blätter sorgfältig abgewischt und getrocknet werden, welches denn doch nicht immer so genau geschehen konnte, und aus dieser oder vielleicht auch einer andern Ursache kamen mancherlei Krankheiten unter die Herde, wodurch die armen Kreaturen zu Tausenden hingerafft wurden. Die daraus entstehende Fäulnis erregte einen wirklich pestartigen Geruch, und da man die Toten und Kranken wegschaffen und von den Gesunden absondern mußte, um nur einige zu retten; so war es in der Tat ein äußerst beschwerliches und widerliches Geschäft, das uns Kindern manche böse Stunde verursachte.

Nachdem wir nun eines Jahrs die schönsten Frühlings- und Sommerwochen mit Wartung der Seidenwürmer hingebracht, mußten wir dem Vater in einem andern Geschäft beistehen, das, obgleich einfacher, uns dennoch nicht weniger beschwerlich ward. Die römischen Prospekte nämlich, welche in dem alten Hause, in schwarze Stäbe oben und unten eingefaßt, an den Wänden mehrere Jahre gehangen hatten, waren durch Licht, Staub und Rauch sehr vergilbt, und durch die Fliegen nicht wenig unscheinbar geworden. War nun eine solche Unreinlichkeit in dem neuen Hause nicht zulässig, so hatten diese Bilder für meinen Vater auch durch seine längere Entferntheit von den vorgestellten Gegenden an Wert gewonnen. Denn im Anfange dienen uns dergleichen Abbildungen die erst kurz vorher empfangenen Eindrücke aufzufrischen und zu beleben. Sie scheinen uns gering gegen diese und meistens nur ein trauriges Surrogat. Verlischt hingegen das Andenken der Urgestalten immer mehr und mehr, so treten die Nachbildungen unvermerkt an ihre Stelle, sie werden uns so teuer als es jene waren, und was wir anfangs mißgeachtet, erwirbt sich nunmehr unsre Schätzung und Neigung. So geht es mit allen Abbildungen, besonders auch mit Porträten. Nicht leicht ist jemand mit dem Konterfei eines Gegenwärtigen zufrieden, und wie erwünscht ist uns jeder Schattenriß eines Abwesenden oder gar Abgeschiedenen.

Genug, in diesem Gefühl seiner bisherigen Verschwendung wollte mein Vater jene Kupferstiche soviel wie möglich wieder hergestellt wissen. Daß dieses durch Bleichen möglich sei, war bekannt; und diese bei großen Blättern immer bedenkliche Operation wurde unter ziemlich ungünstigen Lokalumständen vorgenommen. Denn die großen Bretter, worauf die angerauchten Kupfer befeuchtet und der Sonne ausgestellt wurden, standen vor Mansardfenstern in den Dachrinnen an das Dach gelehnt, und waren daher manchen Unfällen ausgesetzt. Dabei war die Hauptsache, daß das Papier niemals austrocknen durfte, sondern immer feucht gehalten werden mußte. Diese Obliegenheit hatte ich und meine Schwester, wobei uns denn wegen der Langenweile und Ungeduld, wegen der Aufmerksamkeit die uns keine Zerstreuung zuließ, ein sonst so sehr erwünschter Müßiggang zur höchsten Qual gereichte. Die Sache ward gleichwohl durchgesetzt, und der Buchbinder, der jedes Blatt auf starkes Papier aufzog, tat sein Bestes, die hier und da durch unsre Fahrlässigkeit zerrissenen Ränder auszugleichen und herzustellen. Die sämtlichen Blätter wurden in einen Band zusammengefaßt und waren für diesmal gerettet.

Damit es uns Kindern aber ja nicht an dem Allerlei des Lebens und Lernens fehlen möchte, so mußte sich gerade um diese Zeit ein englischer Sprachmeister melden, welcher sich anheischig machte, innerhalb vier Wochen, einen jeden der nicht ganz roh in Sprachen sei, die englische zu lehren und ihn so weit zu bringen, daß er sich mit einigem Fleiß weiterhelfen könne. Er nahm ein mäßiges Honorar; die Anzahl der Schüler in einer Stunde war ihm gleichgültig. Mein Vater entschloß sich auf der Stelle den Versuch zu machen, und nahm mit mir und meiner Schwester bei dem expediten Meister Lektion. Die Stunden wurden treulich gehalten, am Repetieren fehlte es auch nicht; man ließ die vier Wochen über eher einige andere Übungen liegen; der Lehrer schied von uns und wir von ihm mit Zufriedenheit. Da er sich länger in der Stadt aufhielt und viele Kunden fand, so kam er von Zeit zu Zeit nachzusehen und nachzuhelfen, dankbar, daß wir unter die ersten gehörten, welche Zutrauen zu ihm gehabt, und stolz, uns den übrigen als Muster anführen zu können.

In Gefolg von diesem hegte mein Vater eine neue Sorgfalt, daß auch das Englische hübsch in der Reihe der übrigen Sprachbeschäftigungen bliebe. Nun bekenne ich, daß es mir immer lästiger wurde, bald aus dieser bald aus jener Grammatik oder Beispielsammlung, bald aus diesem oder jenem Autor den Anlaß zu meinen Arbeiten zu nehmen, und so meinen Anteil an den Gegenständen zugleich mit den Stunden zu verzetteln. Ich kam daher auf den Gedanken alles mit einmal abzutun, und erfand einen Roman von sechs bis sieben Geschwistern, die voneinander entfernt und in der Welt zerstreut sich wechselseitig Nachricht von ihren Zuständen und Empfindungen mitteilen. Der älteste Bruder gibt in gutem Deutsch Bericht von allerlei Gegenständen und Ereignissen seiner Reise. Die Schwester, in einem frauenzimmerlichen Stil, mit lauter Punkten und in kurzen Sätzen, ungefähr wie nachher »Siegwart« geschrieben wurde, erwidert bald ihm, bald den andern Geschwistern, was sie teils von häuslichen Verhältnissen, teils von Herzensangelegenheiten zu erzählen hat. Ein Bruder studiert Theologie und schreibt ein sehr förmliches Latein, dem er manchmal ein griechisches Postskript hinzufügt. Einem folgenden in Hamburg als Handlungsdiener angestellt, ward natürlich die englische Korrespondenz zu Teil, so wie einem jüngern der sich in Marseille aufhielt, die französische. Zum Italienischen fand sich ein Musikus auf seinem ersten Ausflug in die Welt, und der jüngste, eine Art von naseweisem Nestquackelchen, hatte, da ihm die übrigen Sprachen abgeschnitten waren, sich aufs Judendeutsch gelegt, und brachte durch seine schrecklichen Chiffern die übrigen in Verzweiflung, und die Eltern über den guten Einfall zum Lachen.

Für diese wunderliche Form suchte ich mir einigen Gehalt, indem ich die Geographie der Gegenden, wo meine Geschöpfe sich aufhielten, studierte, und zu jenen trockenen Lokalitäten allerlei Menschlichkeiten hinzu erfand, die mit dem Charakter der Personen und ihrer Beschäftigung einige Verwandtschaft hatten. Auf diese Weise wurden meine Exerzitienbücher viel voluminöser; der Vater war zufriedener, und ich ward eher gewahr was mir an eigenem Vorrat und an Fertigkeiten abging.

Wie nun dergleichen Dinge, wenn sie einmal im Gang sind, kein Ende und keine Grenzen haben, so ging es auch hier: denn indem ich mir das barocke Judendeutsch zuzueignen und es ebenso gut zu schreiben suchte, als ich es lesen konnte, fand ich bald, daß mir die Kenntnis des Hebräischen fehlte, wovon sich das moderne verdorbene und verzerrte allein ableiten und mit einiger Sicherheit behandeln ließ. Ich eröffnete daher meinem Vater die Notwendigkeit, Hebräisch zu lernen, und betrieb sehr lebhaft seine Einwilligung: denn ich hatte noch einen höhern Zweck. Überall hörte ich sagen, daß zum Verständnis des Alten Testaments so wie des Neuen die Grundsprachen nötig wären. Das letzte las ich ganz bequem, weil die sogenannten Evangelien und Episteln, damit es ja auch sonntags nicht an Übung fehle, nach der Kirche rezitiert, übersetzt und einigermaßen erklärt werden mußten. Ebenso dachte ich es nun auch mit dem Alten Testamente zu halten, das mir wegen seiner Eigentümlichkeit ganz besonders von jeher zugesagt hatte.

Mein Vater, der nicht gern etwas halb tat, beschloß den Rektor unseres Gymnasiums, Doktor Albrecht, um Privatstunden zu ersuchen, die er mir wöchentlich so lange geben sollte, bis ich von einer so einfachen Sprache das Nötigste gefaßt hätte; denn er hoffte, sie werde, wo nicht so schnell doch wenigstens in doppelter Zeit als die englische, sich abtun lassen.

Der Rektor Albrecht war eine der originalsten Figuren von der Welt, klein, nicht dick aber breit, unförmlich ohne verwachsen zu sein, kurz ein Aesop mit Chorrock und Perücke. Sein über-siebzigjähriges Gesicht war durchaus zu einem sarkastischen Lächeln verzogen, wobei seine Augen immer groß blieben, und obgleich rot doch immer leuchtend und geistreich waren. Er wohnte in dem alten Kloster zu den Barfüßern, dem Sitz des Gymnasiums. Ich hatte schon als Kind, meine Eltern begleitend, ihn manchmal besucht, und die langen dunklen Gänge, die in Visitenzimmer verwandelten Kapellen, das unterbrochne treppen- und winkelhafte Lokal mit schaurigem Behagen durchstrichen. Ohne mir unbequem zu sein, examinierte er mich so oft er mich sah, und lobte und ermunterte mich. Eines Tages, bei der Translokation nach öffentlichem Examen, sah er mich als einen auswärtigen Zuschauer, während er die silbernen praemia virtutis et diligentiae austeilte, nicht weit von seinem Katheder stehen. Ich mochte gar sehnlich nach dem Beutelchen blicken, aus welchem er die Schaumünzen hervorzog; er winkte mir, trat eine Stufe herunter und reichte mir einen solchen Silberling. Meine Freude war groß, obgleich andre diese einem Nicht-Schulknaben gewährte Gabe außer aller Ordnung fanden. Allein daran war dem guten Alten wenig gelegen, der überhaupt den Sonderling und zwar in einer auffallenden Weise spielte. Er hatte als Schulmann einen sehr guten Ruf und verstand sein Handwerk, ob ihm gleich das Alter solches auszuüben nicht mehr ganz gestattete. Aber beinahe noch mehr als durch eigene Gebrechlichkeit fühlte er sich durch äußere Umstände gehindert, und wie ich schon früher wußte, war er weder mit dem Konsistorium, noch den Scholarchen, noch den Geistlichen, noch auch den Lehrern zufrieden. Seinem Naturell, das sich zum Aufpassen auf Fehler und Mängel und zur Satire hinneigte, ließ er sowohl in Programmen als in öffentlichen Reden freien Lauf, und wie Lucian fast der einzige Schriftsteller war, den er las und schätzte, so würzte er alles was er sagte und schrieb, mit beizenden Ingredienzien.

Glücklicher Weise für diejenigen mit welchen er unzufrieden war, ging er niemals direkt zu Werke, sondern schraubte nur mit Bezügen, Anspielungen, klassischen Stellen und biblischen Sprüchen auf die Mängel hin, die er zu rügen gedachte. Dabei war sein mündlicher Vortrag (er las seine Reden jederzeit ab) unangenehm, unverständlich, und über alles dieses manchmal durch einen Husten, öfters aber durch ein hohles bauchschütterndes Lachen unterbrochen, womit er die beißenden Stellen anzukündigen und zu begleiten pflegte. Diesen seltsamen Mann fand ich mild und willig, als ich anfing meine Stunden bei ihm zu nehmen. Ich ging nun täglich abends um sechs Uhr zu ihm, und fühlte immer ein heimliches Behagen, wenn sich die Klingeltüre hinter mir schloß, und ich nun den langen düstern Klostergang durchzuwandeln hatte. Wir saßen in seiner Bibliothek an einem mit Wachstuch beschlagenen Tische; ein sehr durchlesener Lucian kam nie von seiner Seite.

Ohngeachtet alles Wohlwollens gelangte ich doch nicht ohne Einstand zur Sache: denn mein Lehrer konnte gewisse spöttische Anmerkungen, und was es denn mit dem Hebräischen eigentlich solle, nicht unterdrücken. Ich verschwieg ihm die Absicht auf das Judendeutsch, und sprach von besserem Verständnis des Grundtextes. Darauf lächelte er und meinte, ich solle schon zufrieden sein, wenn ich nur lesen lernte. Dies verdroß mich im stillen, und ich nahm alle meine Aufmerksamkeit zusammen, als es an die Buchstaben kam. Ich fand ein Alphabet das ohngefähr dem griechischen zur Seite ging, dessen Gestalten faßlich, dessen Benennungen mir zum größten Teil nicht fremd waren. Ich hatte dies alles sehr bald begriffen und behalten, und dachte es sollte nun ans Lesen gehen. Daß dieses von der rechten zur linken Seite geschehe, war mir wohl bewußt. Nun aber trat auf einmal ein neues Heer von kleinen Buchstäbchen und Zeichen hervor, von Punkten und Strichelchen aller Art, welche eigentlich die Vokale vorstellen sollten, worüber ich mich um so mehr verwunderte, als sich in dem größern Alphabete offenbar Vokale befanden, und die übrigen nur unter fremden Benennungen verborgen zu sein schienen. Auch ward gelehrt, daß die jüdische Nation, solange sie geblüht, wirklich sich mit jenen ersten Zeichen begnügt und keine andere Art zu schreiben und zu lesen gekannt habe. Ich wäre nun gar zu gern auf diesem altertümlichen, wie mir schien bequemeren Wege gegangen; allein mein Alter erklärte etwas streng: man müsse nach der Grammatik verfahren wie sie einmal beliebt und verfaßt worden. Das Lesen ohne diese Punkte und Striche sei eine sehr schwere Aufgabe, und könne nur von Gelehrten und den geübtesten geleistet werden. Ich mußte mich also bequemen auch diese kleinen Merkzeichen kennen zu lernen; aber die Sache ward mir immer verworrner. Nun sollten einige der ersten größern Urzeichen an ihrer Stelle gar nichts gelten, damit ihre kleinen Nachgebornen doch ja nicht umsonst dastehen möchten. Dann sollten sie einmal wieder einen leisen Hauch, dann einen mehr oder weniger harten Kehllaut andeuten, bald gar nur als Stütze und Widerlage dienen. Zuletzt aber, wenn man sich alles wohl gemerkt zu haben glaubte, wurden einige der großen sowohl als der kleinen Personnagen in den Ruhestand versetzt, so daß das Auge immer sehr viel und die Lippe sehr wenig zu tun hatte.

Indem ich nun dasjenige was mir dem Inhalt nach schon bekannt war, in einem fremden kauderwelschen Idiom herstottern sollte, wobei mir denn ein gewisses Näseln und Gurgeln als ein Unerreichbares nicht wenig empfohlen wurde; so kam ich gewissermaßen von der Sache ganz ab, und amüsierte mich auf eine kindische Weise an den seltsamen Namen dieser gehäuften Zeichen. Da waren Kaiser, Könige und Herzoge, die als Akzente hie und da dominierend, mich nicht wenig unterhielten. Aber auch diese schalen Späße verloren bald ihren Reiz. Doch wurde ich dadurch schadlos gehalten, daß mir beim Lesen, Übersetzen, Wiederholen, Auswendiglernen der Inhalt des Buchs um so lebhafter entgegentrat, und dieser war es eigentlich, über welchen ich von meinem alten Herrn Aufklärung verlangte. Denn schon vorher waren mir die Widersprüche der Überlieferung mit dem Wirklichen und Möglichen sehr auffallend gewesen, und ich hatte meine Hauslehrer durch die Sonne, die zu Gibeon, und den Mond, der im Tal Ajalon still stand, in manche Not versetzt; gewisser anderer Unwahrscheinlichkeiten und Inkongruenzen nicht zu gedenken. Alles dergleichen ward nun aufgeregt, indem ich mich, um von dem Hebräischen Meister zu werden, mit dem Alten Testament ausschließlich beschäftigte, und solches nicht mehr in Luthers Übersetzung, sondern in der wörtlichen beigedruckten Version des Sebastian Schmidt, den mir mein Vater sogleich angeschafft hatte, durchstudierte. Hier fingen unsere Stunden leider an, was die Sprachübungen betrifft, lückenhaft zu werden. Lesen, Exponieren, Grammatik, Aufschreiben und Hersagen von Wörtern dauerte selten eine völlige halbe Stunde: denn ich fing sogleich an auf den Sinn der Sache loszugehen, und ob wir gleich noch in dem ersten Buche Mosis befangen waren, mancherlei Dinge zur Sprache zu bringen, welche mir aus den spätern Büchern im Sinne lagen. Anfangs suchte der gute Alte mich von solchen Abschweifungen zurückzuführen; zuletzt aber schien es ihn selbst zu unterhalten. Er kam nach seiner Art nicht aus dem Husten und Lachen, und wiewohl er sich sehr hütete mir eine Auskunft zu geben, die ihn hätte kompromittieren können, so ließ meine Zudringlichkeit doch nicht nach; ja da mir mehr daran gelegen war, meine Zweifel vorzubringen als die Auflösung derselben zu erfahren, so wurde ich immer lebhafter und kühner, wozu er mich durch sein Betragen zu berechtigen schien. Übrigens konnte ich nichts aus ihm bringen, als daß er ein über das andre Mal mit seinem bauchschütternden Lachen ausrief: »Er närrischer Kerl! Er närrischer Junge!«

Indessen mochte ihm meine, die Bibel nach allen Seiten durchkreuzende, kindische Lebhaftigkeit doch ziemlich ernsthaft und einiger Nachhülfe wert geschienen haben. Er verwies mich daher nach einiger Zeit auf das große englische Bibelwerk, welches in seiner Bibliothek bereit stand, und in welchem die Auslegung schwerer und bedenklicher Stellen auf eine verständige und kluge Weise unternommen war. Die Übersetzung hatte durch die großen Bemühungen deutscher Gottesgelehrten Vorzüge vor dem Original erhalten. Die verschiedenen Meinungen waren angeführt, und zuletzt eine Art von Vermittelung versucht, wobei die Würde des Buchs, der Grund der Religion und der Menschenverstand einigermaßen nebeneinander bestehen konnten. So oft ich nun gegen Ende der Stunde mit hergebrachten Fragen und Zweifeln auftrat, so oft deutete er auf das Repositorium; ich holte mir den Band, er ließ mich lesen, blätterte in seinem Lucian, und wenn ich über das Buch meine Anmerkungen machte, war sein gewöhnliches Lachen alles wodurch er meinen Scharfsinn erwiderte. In den langen Sommertagen ließ er mich sitzen solange ich lesen konnte, manchmal allein; nur dauerte es eine Weile, bis er mir erlaubte einen Band nach dem andern mit nach Hause zu nehmen.

Der Mensch mag sich wenden wohin er will, er mag unternehmen was es auch sei, stets wird er auf jenen Weg wieder zurückkehren, den ihm die Natur einmal vorgezeichnet hat. So erging es auch mir im gegenwärtigen Falle. Die Bemühungen um die Sprache, um den Inhalt der heiligen Schriften selbst, endigten zuletzt damit, daß von jenem schönen und viel gepriesenen Lande, seiner Umgebung und Nachbarschaft, so wie von den Völkern und Ereignissen, welche jenen Fleck der Erde durch Jahrtausende hindurch verherrlichten, eine lebhaftere Vorstellung in meiner Einbildungskraft hervorging.

Dieser kleine Raum sollte den Ursprung und das Wachstum des Menschengeschlechts sehen; von dorther sollten die ersten und einzigsten Nachrichten der Urgeschichte zu uns gelangen, und ein solches Lokal sollte zugleich so einfach und faßlich, als mannigfaltig und zu den wundersamsten Wanderungen und Ansiedelungen geeignet, vor unserer Einbildungskraft liegen. Hier, zwischen vier benannten Flüssen, war aus der ganzen zu bewohnenden Erde ein kleiner höchst anmutiger Raum dem jugendlichen Menschen ausgesondert. Hier sollte er seine ersten Fähigkeiten entwickeln, und hier sollte ihn zugleich das Los treffen, das seiner ganzen Nachkommenschaft beschieden war, seine Ruhe zu verlieren, indem er nach Erkenntnis strebte. Das Paradies war verscherzt; die Menschen mehrten und verschlimmerten sich; die an die Unarten dieses Geschlechts noch nicht gewohnten Elohim wurden ungeduldig und vernichteten es von Grund aus. Nur wenige wurden aus der allgemeinen Überschwemmung gerettet; und kaum hatte sich diese greuliche Flut verlaufen, als der bekannte vaterländische Boden schon wieder vor den Blicken der dankbaren Geretteten lag. Zwei Flüsse von vieren, Euphrat und Tigris, flossen noch in ihren Betten. Der Name des ersten blieb; den andern schien sein Lauf zu bezeichnen. Genauere Spuren des Paradieses wären nach einer so großen Umwälzung nicht zu fordern gewesen. Das erneute Menschengeschlecht ging von hier zum zweiten Mal aus; es fand Gelegenheit sich auf alle Arten zu nähren und zu beschäftigen, am meisten aber große Herden zahmer Geschöpfe um sich zu versammlen und mit ihnen nach allen Seiten hinzuziehen.

Diese Lebensweise, so wie die Vermehrung der Stämme,

nötigte die Völker bald sich voneinander zu entfernen. Sie konnten sich sogleich nicht entschließen ihre Verwandte und Freunde für immer fahren zu lassen; sie kamen auf den Gedanken einen hohen Turm zu bauen, der ihnen aus weiter Ferne den Weg wieder zurück weisen sollte. Aber dieser Versuch mißlang wie jenes erste Bestreben. Sie sollten nicht zugleich glücklich und klug, zahlreich und einig sein. Die Elohim verwirrten sie, der Bau unterblieb, die Menschen zerstreuten sich; die Welt war bevölkert, aber entzweit.

Unser Blick, unser Anteil bleibt aber noch immer an diese Gegenden geheftet. Endlich geht abermals ein Stammvater von hier aus, der so glücklich ist, seinen Nachkommen einen entschiedenen Charakter aufzuprägen, und sie dadurch für ewige Zeiten zu einer großen, und bei allem Glücks- und Orts-Wechsel zuammenhaltenden Nation zu vereinigen.

Vom Euphrat aus, nicht ohne göttlichen Fingerzeig, wandert Abraham gegen Westen. Die Wüste setzt seinem Zug kein entschiedenes Hindernis entgegen; er gelangt an den Jordan, zieht über den Fluß und verbreitet sich in den schönen mittägigen Gegenden von Palästina. Dieses Land war schon früher in Besitz genommen und ziemlich bewohnt. Berge, nicht allzu hoch aber steinig und unfruchtbar, waren von vielen bewässerten, dem Anbau günstigen Tälern durchschnitten. Städte, Flecken, einzelne Ansiedelungen lagen zerstreut auf der Fläche, auf Abhängen des großen Tals, dessen Wasser sich im Jordan sammlen. So bewohnt, so bebaut war das Land, aber die Welt noch groß genug, und die Menschen nicht auf den Grad sorgfältig, bedürfnisvoll und tätig, um sich gleich aller ihrer Umgebungen zu bemächtigen. Zwischen jenen Besitzungen erstreckten sich große Räume, in welchen weidende Züge sich bequem hin und her bewegen konnten. In solchen Räumen hält sich Abraham auf, sein Bruder Lot ist bei ihm; aber sie können nicht lange an solchen Orten verbleiben. Eben jene Verfassung des Landes, dessen Bevölkerung bald zu- bald abnimmt, und dessen Erzeugnisse sich niemals mit dem Bedürfnis im Gleichgewicht erhalten, bringt unversehens eine Hungersnot hervor, und der Eingewanderte leidet mit dem Einheimischen, dem er durch seine zufällige Gegenwart die eigne Nahrung verkümmert hat. Die beiden chaldäischen Brüder ziehen nach Ägypten, und so ist uns der Schauplatz vorgezeichnet, auf dem einige tausend Jahre die bedeutendsten Begebenheiten der Welt vorgehen sollten. Vom Tigris zum Euphrat, vom Euphrat zum Nil sehen wir die Erde bevölkert, und in diesem Raume einen bekannten, den Göttern geliebten, uns schon wert gewordnen Mann mit Herden und Gütern hin und wider ziehen und sie in kurzer Zeit aufs reichlichste vermehren. Die Brüder kommen zurück; allein gewitzigt durch die ausgestandene Not, fassen sie den Entschluß sich voneinander zu trennen. Beide verweilen zwar im mittägigen Canaan; aber indem Abraham zu Hebron gegen dem Hain Mamre bleibt, zieht sich Lot nach dem Tale Siddim, das, wenn unsere Einbildungskraft kühn genug ist, dem Jordan einen unterirdischen Ausfluß zu geben, um an der Stelle des gegenwärtigen Asphaltsees einen trocknen Boden zu gewinnen, uns als ein zweites Paradies erscheinen kann und muß; um so mehr, weil die Bewohner und Umwohner desselben als Weichlinge und Frevler berüchtigt, uns dadurch auf ein bequemes und üppiges Leben schließen lassen. Lot wohnt unter ihnen, jedoch abgesondert.

Aber Hebron und der Hain Mamre erscheinen uns als die wichtige Stätte, wo der Herr mit Abraham spricht und ihm alles Land verheißt, so weit sein Blick nur in vier Weltgegenden reichen mag. Aus diesen stillen Bezirken, von diesen Hirtenvölkern, die mit den Himmlischen umgehen dürfen, sie als Gäste bewirten und manche Zwiesprache mit ihnen halten, werden wir genötigt den Blick abermals gegen Osten zu wenden, und an die Verfassung der Nebenwelt zu denken, die im Ganzen wohl der einzelnen Verfassung von Canaan gleichen mochte.

Familien halten zusammen; sie vereinigen sich, und die Lebensart der Stämme wird durch das Lokal bestimmt, das sie sich zugeeignet haben oder zueignen. Auf den Gebirgen, die ihr Wasser nach dem Tigris hinuntersenden, finden wir kriegerische Völker, die schon sehr frühe auf jene Welterobe-rer und Weltbeherrscher hindeuten, und in einem für jene Zeiten ungeheuren Feldzug uns ein Vorspiel künftiger Groß-taten geben. Kedor Laomor, König von Elam, wirkt schon mächtig auf Verbündete. Er herrscht lange Zeit: denn schon zwölf Jahre vor Abrahams Ankunft in Canaan hatte er bis an den Jordan die Völker zinsbar gemacht. Sie waren endlich abgefallen, und die Verbündeten rüsten sich zum Kriege. Wir finden sie unvermutet auf einem Wege, auf dem wahr-scheinlich auch Abraham nach Canaan gelangte. Die Völker an der linken und untern Seite des Jordan werden bezwun-gen. Kedor Laomor richtet seinen Zug südwärts nach den Völkern der Wüste, sodann sich nordwärts wendend schlägt er die Amalekiter, und als er auch die Amoriter überwunden, gelangt er nach Canaan, überfällt die Könige des Tals Siddim, schlägt und zerstreut sie, und zieht mit großer Beute den Jordan aufwärts, um seinen Siegerzug bis gegen den Libanon auszudehnen.

Unter den Gefangenen, Beraubten, mit ihrer Habe Fortge-schleppten befindet sich auch Lot, der das Schicksal des Lan-des teilt, worin er als Gast sich befindet. Abraham vernimmt es, und hier sehen wir sogleich den Erzvater als Krieger und Helden. Er rafft seine Knechte zusammen, teilt sie in Haufen, fällt auf den beschwerlichen Beutetroß, verwirrt die Sieghaf-ten, die im Rücken keinen Feind mehr vermuten konnten, und bringt seinen Bruder und dessen Habe nebst manchem von der Habe der überwundenen Könige zurück. Durch die-sen kurzen Kriegszug nimmt Abraham gleichsam von dem Lande Besitz. Den Einwohnern erscheint er als Beschützer, als Retter, und durch seine Uneigennützigkeit als König. Dankbar empfangen ihn die Könige des Tals, segnend Mel-chisedek der König und Priester.

Nun werden die Weissagungen einer unendlichen Nach-kommenschaft erneut, ja sie gehen immer mehr ins Weite.

Vom Wasser des Euphrat bis zum Fluß Ägyptens werden ihm die sämtlichen Landstrecken versprochen; aber noch sieht es mit seinen unmittelbaren Leibeserben mißlich aus. Er ist achtzig Jahr alt und hat keinen Sohn. Sara, weniger den Göttern vertrauend als er, wird ungeduldig; sie will nach orientalischer Sitte durch ihre Magd einen Nachkommen haben. Aber kaum ist Hagar dem Hausherrn vertraut, kaum ist Hoffnung zu einem Sohne; so zeigt sich der Zwiespalt im Hause. Die Frau begegnet ihrer eignen Beschützten übel genug, und Hagar flieht, um bei andern Horden einen bessern Zustand zu finden. Nicht ohne höheren Wink kehrt sie zurück, und Ismael wird geboren.

Abraham ist nun neunundneunzig Jahr alt, und die Verheißungen einer zahlreichen Nachkommenschaft werden noch immer wiederholt, so daß am Ende beide Gatten sie lächerlich finden. Und doch wird Sara zuletzt guter Hoffnung und bringt einen Sohn, dem der Name Isaak zu Teil wird.

Auf gesetzmäßiger Fortpflanzung des Menschengeschlechts ruht größtenteils die Geschichte. Die bedeutendsten Weltbegebenheiten ist man bis in die Geheimnisse der Familien zu verfolgen genötigt; und so geben uns auch die Ehen der Erzväter zu eignen Betrachtungen Anlaß. Es ist als ob die Gottheiten, welche das Schicksal der Menschen zu leiten beliebten, die ehelichen Ereignisse jeder Art hier gleichsam im Vorbilde hätten darstellen wollen. Abraham, so lange Jahre mit einer schönen, von vielen umworbenen Frau in kinderloser Ehe, findet sich in seinem hundertsten als Gatte zweier Frauen, als Vater zweier Söhne, und in diesem Augenblick ist sein Hausfriede gestört. Zwei Frauen nebeneinander, so wie zwei Söhne von zwei Müttern gegen einander über, vertragen sich unmöglich. Derjenige Teil, der durch Gesetze, Herkommen und Meinung weniger begünstigt ist, muß weichen. Abraham muß die Neigung zu Hagar, zu Ismael aufopfern; beide werden entlassen und Hagar genötigt, den Weg, den sie auf einer freiwilligen Flucht eingeschlagen, nunmehr wider Willen anzutreten, anfangs, wie es scheint, zu des Kindes und ihrem Untergang; aber der Engel des Herrn, der sie früher zurückgewiesen, rettet sie auch diesmal, damit Ismael auch zu einem großen Volk werde, und die unwahrscheinlichste aller Verheißungen selbst über ihre Grenzen hinaus in Erfüllung gehe.

Zwei Eltern in Jahren und ein einziger spätgeborner Sohn: hier sollte man doch endlich eine häusliche Ruhe, ein irdisches Glück erwarten! Keineswegs. Die Himmlischen bereiten dem Erzvater noch die schwerste Prüfung. Doch von dieser können wir nicht reden, ohne vorher noch mancherlei Betrachtungen anzustellen.

Sollte eine natürliche, allgemeine Religion entspringen, und sich eine besondere, geoffenbarte daraus entwickeln, so waren die Länder, in denen bisher unsere Einbildungskraft verweilt, die Lebensweise, die Menschenart wohl am geschicktesten dazu; wenigstens finden wir nicht, daß in der ganzen Welt sich etwas ähnlich Günstiges und Heitres hervorgetan hätte. Schon zur natürlichen Religion, wenn wir annehmen, daß sie früher in dem menschlichen Gemüte entsprungen, gehört viel Zartheit der Gesinnung: denn sie ruht auf der Überzeugung einer allgemeinen Vorsehung, welche die Weltordnung im Ganzen leite. Eine besondre Religion, eine von den Göttern diesem oder jenem Volk geoffenbarte, führt den Glauben an eine besondre Vorsehung mit sich, die das göttliche Wesen gewissen begünstigten Menschen, Familien, Stämmen und Völkern zusagt. Diese scheint sich schwer aus dem Innern des Menschen zu entwickeln. Sie verlangt Überlieferung, Herkommen, Bürgschaft aus uralter Zeit.

Schön ist es daher, daß die israelitische Überlieferung gleich die ersten Männer, welche dieser besondern Vorsehung vertrauen, als Glaubenshelden darstellt, welche von jenem hohen Wesen, dem sie sich abhängig erkennen, alle und jede Gebote ebenso blindlings befolgen, als sie ohne zu zweifeln die späten Erfüllungen seiner Verheißungen abzuwarten nicht ermüden.

So wie eine besondere, geoffenbarte Religion den Begriff zum Grunde legt, daß einer mehr von den Göttern begünstigt sein könne als der andre, so entspringt sie auch vorzüglich aus der Absonderung der Zustände. Nahe verwandt schienen sich die ersten Menschen, aber ihre Beschäftigungen trennten sie bald. Der Jäger war der freieste von allen; aus ihm entwikkelte sich der Krieger und der Herrscher. Der Teil der den Acker baute, sich der Erde verschrieb, Wohnungen und Scheuern aufführte, um das Erworbene zu erhalten, konnte sich schon etwas dünken, weil sein Zustand Dauer und Sicherheit versprach. Dem Hirten an seiner Stelle schien der ungemessenste Zustand so wie ein grenzenloser Besitz zu Teil geworden. Die Vermehrung der Herden ging ins Unendliche, und der Raum der sie ernähren sollte, erweiterte sich nach allen Seiten. Diese drei Stände scheinen sich gleich anfangs mit Verdruß und Verachtung angesehn zu haben; und wie der Hirte dem Städter ein Greuel war, so sonderte er auch sich wieder von diesem ab. Die Jäger verlieren sich aus unsern Augen in die Gebirge, und kommen nur als Eroberer wieder zum Vorschein.

Zum Hirtenstande gehörten die Erzväter. Ihre Lebensweise auf dem Meere der Wüsten und Weiden gab ihren Gesinnungen Breite und Freiheit, das Gewölbe des Himmels unter dem sie wohnten, mit allen seinen nächtlichen Sternen, ihren Gefühlen Erhabenheit, und sie bedurften mehr als der tätige gewandte Jäger, mehr als der sichre sorgfältige hausbewohnende Ackersmann, des unerschütterlichen Glaubens, daß ein Gott ihnen zur Seite ziehe, daß er sie besuche, an ihnen Anteil nehme, sie führe und rette.

Zu noch einer andern Betrachtung werden wir genötigt, indem wir zur Geschichtsfolge übergehen. So menschlich, schön und heiter auch die Religion der Erzväter erscheint, so gehen doch Züge von Wildheit und Grausamkeit hindurch, aus welcher der Mensch herankommen, oder worein er wieder versinken kann.

Daß der Haß sich durch das Blut, durch den Tod des überwundenen Feindes versöhne, ist natürlich; daß man auf dem Schlachtfelde zwischen den Reihen der Getöteten einen Frieden schloß, läßt sich wohl denken; daß man ebenso durch geschlachtete Tiere ein Bündnis zu befestigen glaubte, fließt aus dem Vorhergehenden; auch daß man die Götter, die man doch immer als Partei, als Widersacher oder als Beistand ansah, durch Getötetes herbeiziehen, sie versöhnen, sie gewinnen könne, über diese Vorstellung hat man sich gleichfalls nicht zu verwundern. Bleiben wir aber bei den Opfern stehen, und betrachten die Art, wie sie in jener Urzeit dargebracht wurden; so finden wir einen seltsamen, für uns ganz widerlichen Gebrauch, der wahrscheinlich auch aus dem Kriege hergenommen, diesen nämlich: die geopferten Tiere jeder Art, und wenn ihrer noch so viel gewidmet wurden, mußten in zwei Hälften zerhauen, an zwei Seiten gelegt werden, und in der Straße dazwischen befanden sich diejenigen, die mit der Gottheit einen Bund schließen wollten.

Wunderbar und ahndungsvoll geht durch jene schöne Welt noch ein anderer schrecklicher Zug, daß alles was geweiht, was verlobt war, sterben mußte: wahrscheinlich auch ein auf den Frieden übergetragener Kriegsgebrauch. Den Bewohnern einer Stadt, die sich gewaltsam wehrt, wird mit einem solchen Gelübde gedroht; sie geht über, durch Sturm oder sonst: man läßt nichts am Leben, Männer keineswegs, und manchmal teilen auch Frauen, Kinder, ja das Vieh ein gleiches Schicksal. Übereilter und abergläubischer Weise werden, bestimmter oder unbestimmter, dergleichen Opfer den Göttern versprochen; und so kommen die welche man schonen möchte, ja sogar die Nächsten, die eigenen Kinder, in den Fall als Sühnopfer eines solchen Wahnsinns zu bluten.

In dem sanften, wahrhaft urväterlichen Charakter Abrahams konnte eine so barbarische Anbetungsweise nicht entspringen; aber die Götter, welche manchmal, um uns zu versuchen, jene Eigenschaften hervorzukehren scheinen, die der Mensch ihnen anzudichten geneigt ist, befehlen ihm das Ungeheure. Er soll seinen Sohn opfern, als Pfand des neuen

Bundes, und wenn es nach dem Hergebrachten geht, ihn nicht etwa nur schlachten und verbrennen, sondern ihn in zwei Stücke teilen, und zwischen seinen rauchenden Eingeweiden sich von den gütigen Göttern eine neue Verheißung erwarten. Ohne Zaudern und blindlings schickt Abraham sich an, den Befehl zu vollziehen: den Göttern ist der Wille hinreichend. Nun sind Abrahams Prüfungen vorüber: denn weiter konnten sie nicht gesteigert werden. Aber Sara stirbt, und dies gibt Gelegenheit, daß Abraham von dem Lande Canaan vorbildlich Besitz nimmt. Er bedarf eines Grabes, und dies ist das erste Mal, daß er sich nach einem Eigentum auf dieser Erde umsieht. Eine zweifache Höhle gegen dem Hain Mamre mag er sich schon früher ausgesucht haben. Diese kauft er mit dem daranstoßenden Acker, und die Form Rechtens, die er dabei beobachtet, zeigt wie wichtig ihm dieser Besitz ist. Er war es auch, mehr als er sich vielleicht selbst denken konnte: denn er, seine Söhne und Enkel sollten daselbst ruhen, und der nächste Anspruch auf das ganze Land, so wie die immerwährende Neigung seiner Nachkommenschaft sich hier zu versammeln, dadurch am eigentlichsten begründet werden.

Von nun an gehen die mannigfaltigen Familienszenen abwechselnd vor sich. Noch immer hält sich Abraham streng abgesondert von den Einwohnern, und wenn Ismael, der Sohn einer Ägypterin, auch eine Tochter dieses Landes geheiratet hat, so soll nun Isaak sich mit einer Blutsfreundin, einer Ebenbürtigen vermählen.

Abraham sendet seinen Knecht nach Mesopotamien zu den Verwandten, die er dort zurückgelassen. Der kluge Eleasar kommt unerkannt an, und um die rechte Braut nach Hause zu bringen, prüft er die Dienstfertigkeit der Mädchen am Brunnen. Er verlangt zu trinken für sich, und ungebeten tränkt Rebecca auch seine Kamele. Er beschenkt sie, er freiet um sie, die ihm nicht versagt wird. So führt er sie in das Haus seines Herrn, und sie wird Isaak angetraut. Auch hier muß die Nachkommenschaft lange Zeit erwartet werden. Erst nach einigen Prüfungsjahren wird Rebecca gesegnet, und derselbe Zwiespalt, der in Abrahams Doppelehe von zwei Müttern entstand, entspringt hier von einer. Zwei Knaben von entgegengesetztem Sinne balgen sich schon unter dem Herzen der Mutter. Sie treten ans Licht: der ältere lebhaft und mächtig, der jüngere zart und klug; jener wird des Vaters, dieser der Mutter Liebling. Der Streit um den Vorrang, der schon bei der Geburt beginnt, setzt sich immer fort. Esau ist ruhig und gleichgültig über die Erstgeburt, die ihm das Schicksal zugeteilt; Jakob vergißt nicht, daß ihn sein Bruder zurückgedrängt. Aufmerksam auf jede Gelegenheit den erwünschten Vorteil zu gewinnen, handelt er seinem Bruder das Recht der Erstgeburt ab, und bevorteilt ihn um des Vaters Segen. Esau ergrimmt und schwört dem Bruder den Tod, Jakob entflieht, um in dem Lande seiner Vorfahren sein Glück zu versuchen.

Nun, zum ersten Mal in einer so edlen Familie erscheint ein Glied, das kein Bedenken trägt, durch Klugheit und List die Vorteile zu erlangen, welche Natur und Zustände ihm versagten. Es ist oft genug bemerkt und ausgesprochen worden, daß die heiligen Schriften uns jene Erzväter und andere von Gott begünstigte Männer keineswegs als Tugendbilder aufstellen wollen. Auch sie sind Menschen von den verschiedensten Charaktern, mit mancherlei Mängeln und Gebrechen; aber eine Haupteigenschaft darf solchen Männern nach dem Herzen Gottes nicht fehlen: es ist der unerschütterliche Glaube, daß Gott sich ihrer und der Ihrigen besonders annehme.

Die allgemeine, die natürliche Religion bedarf eigentlich keines Glaubens: denn die Überzeugung, daß ein großes, hervorbringendes, ordnendes und leitendes Wesen sich gleichsam hinter der Natur verberge, um sich uns faßlich zu machen, eine solche Überzeugung dringt sich einem jeden auf; ja wenn er auch den Faden derselben, der ihn durchs Leben führt, manchmal fahren ließe, so wird er ihn doch gleich und überall wieder aufnehmen können. Ganz anders verhält sich's mit der besondern Religion, die uns verkündigt, daß jenes große Wesen sich eines Einzelnen, eines Stammes, eines Volkes, einer Landschaft entschieden und vorzüglich annehme. Diese Religion ist auf den Glauben gegründet, der unerschütterlich sein muß, wenn er nicht sogleich von Grund aus zerstört werden soll. Jeder Zweifel gegen eine solche Religion ist ihr tödlich. Zur Überzeugung kann man zurückkehren, aber nicht zum Glauben. Daher die unendlichen Prüfungen, das Zaudern der Erfüllung so wiederholter Verheißungen, wodurch die Glaubensfähigkeit jener Ahnherren ins hellste Licht gesetzt wird.

Auch in diesem Glauben tritt Jakob seinen Zug an, und wenn er durch List und Betrug unsere Neigung nicht erworben hat, so gewinnt er sie durch die dauernde und unverbrüchliche Liebe zu Rahel, um die er selbst aus dem Stegreife wirbt, wie Eleasar für seinen Vater um Rebecca geworben hatte. In ihm sollte sich die Verheißung eines unermeßlichen Volkes zuerst vollkommen entfalten; er sollte viele Söhne um sich sehen, aber auch durch sie und ihre Mütter manches Herzeleid erleben.

Sieben Jahre dient er um die Geliebte, ohne Ungeduld und ohne Wanken. Sein Schwiegervater, ihm gleich an List, gesinnt wie er, um jedes Mittel zum Zweck für rechtmäßig zu halten, betriegt ihn, vergilt ihm was er an seinem Bruder getan: Jakob findet eine Gattin, die er nicht liebt, in seinen Armen. Zwar, um ihn zu besänftigen, gibt Laban nach kurzer Zeit ihm die geliebte dazu, aber unter der Bedingung sieben neuer Dienstjahre; und so entspringt nun Verdruß aus Verdruß. Die nicht geliebte Gattin ist fruchtbar, die geliebte bringt keine Kinder; diese will wie Sara durch eine Magd Mutter werden, jene mißgönnt ihr auch diesen Vorteil. Auch sie führt ihrem Gatten eine Magd zu, und nun ist der gute Erzvater der geplagteste Mann von der Welt: Vier Frauen, Kinder von dreien, und keins von der geliebten! Endlich wird auch diese beglückt, und Joseph kommt zur Welt, ein Spätling der leidenschaftlichsten Liebe. Jakobs vierzehn Dienstjahre sind um; aber Laban will in ihm den ersten treusten

Knecht nicht entbehren. Sie schließen neue Bedingungen und teilen sich in die Herden. Laban behält die von weißer Farbe, als die der Mehrzahl; die scheckigen, gleichsam nur den Ausschuß, läßt sich Jakob gefallen. Dieser weiß aber auch hier seinen Vorteil zu wahren, und wie er durch ein schlechtes Gericht die Erstgeburt, und durch eine Vermummung den väterlichen Segen gewonnen, so versteht er nun durch Kunst und Sympathie den besten und größten Teil der Herde sich zuzueignen, und wird auch von dieser Seite der wahrhaft würdige Stammvater des Volkes Israel und ein Musterbild für seine Nachkommen. Laban und die Seinigen bemerken wo nicht das Kunststück doch den Erfolg. Es gibt Verdruß; Jakob flieht mit allen den Seinigen, mit aller Habe, und entkommt dem nachsetzenden Laban teils durch Glück, teils durch List. Nun soll ihm Rahel noch einen Sohn schenken; sie stirbt aber in der Geburt: der Schmerzensohn Benjamin überlebt sie, aber noch größern Schmerz soll der Altvater bei dem anscheinenden Verlust seines Sohnes Joseph empfinden.

Vielleicht möchte jemand fragen, warum ich diese allgemein bekannten, so oft wiederholten und ausgelegten Geschichten hier abermals umständlich vortrage. Diesem dürfte zur Antwort dienen, daß ich auf keine andere Weise darzustellen wüßte, wie ich bei meinem zerstreuten Leben, bei meinem zerstückelten Lernen, dennoch meinen Geist, meine Gefühle auf einen Punkt zu einer stillen Wirkung versammelte; weil ich auf keine andere Weise den Frieden zu schildern vermöchte, der mich umgab, wenn es auch draußen noch so wild und wunderlich herging. Wenn eine stets geschäftige Einbildungskraft, wovon jenes Märchen ein Zeugnis ablegen mag, mich bald da- bald dorthin führte, wenn das Gemisch von Fabel und Geschichte, Mythologie und Religion mich zu verwirren drohte; so flüchtete ich gern nach jenen morgenländischen Gegenden, ich versenkte mich in die ersten Bücher Mosis, und fand mich dort unter den ausgebreiteten Hirtenstämmen zugleich in der größten Einsamkeit und in der größten Gesellschaft.

Diese Familienauftritte, ehe sie sich in eine Geschichte des israelitischen Volks verlieren sollten, lassen uns nun zum Schluß noch eine Gestalt sehen, an der sich besonders die Jugend mit Hoffnungen und Einbildungen gar artig schmeicheln kann: Joseph, das Kind der leidenschaftlichsten ehelichen Liebe. Ruhig erscheint er uns und klar, und prophezeit sich selbst die Vorzüge, die ihn über seine Familie erheben sollten. Durch seine Geschwister ins Unglück gestoßen, bleibt er standhaft und rechtlich in der Sklaverei, widersteht den gefährlichsten Versuchungen, rettet sich durch Weissagung, und wird zu hohen Ehren nach Verdienst erhoben. Erst zeigt er sich einem großen Königreiche, sodann den Seinigen hülfreich und nützlich. Er gleicht seinem Urvater Abraham an Ruhe und Großheit, seinem Großvater Isaak an Stille und Ergebenheit. Den von seinem Vater ihm angestammten Gewerbsinn übt er im Großen: es sind nicht mehr Herden, die man einem Schwiegervater, die man für sich selbst gewinnt, es sind Völker mit allen ihren Besitzungen, die man für einen König einzuhandlen versteht. Höchst anmutig ist diese natürliche Erzählung, nur erscheint sie zu kurz, und man fühlt sich berufen, sie ins Einzelne auszumalen.

Ein solches Ausmalen biblischer, nur im Umriß angegebener Charaktere und Begebenheiten war den Deutschen nicht mehr fremd. Die Personen des Alten und Neuen Testaments hatten durch Klopstock ein zartes und gefühlvolles Wesen gewonnen, das dem Knaben so wie vielen seiner Zeitgenossen höchlich zusagte. Von den Bodmerischen Arbeiten dieser Art kam wenig oder nichts zu ihm; aber »Daniel in der Löwengrube«, von Moser, machte große Wirkung auf das junge Gemüt. Hier gelangt ein wohldenkender Geschäfts- und Hofmann durch mancherlei Trübsale zu hohen Ehren, und seine Frömmigkeit, durch die man ihn zu verderben drohte, ward früher und später sein Schild und seine Waffe. Die

Geschichte Josephs zu bearbeiten war mir lange schon wünschenswert gewesen; allein ich konnte mit der Form nicht zurecht kommen, besonders da mir keine Versart geläufig war, die zu einer solchen Arbeit gepaßt hätte. Aber nun fand ich eine prosaische Behandlung sehr bequem und legte mich mit aller Gewalt auf die Bearbeitung. Nun suchte ich die Charaktere zu sondern und auszumalen, und durch Einschaltung von Inzidenzien und Episoden die alte einfache Geschichte zu einem neuen und selbständigen Werke zu machen. Ich bedachte nicht, was freilich die Jugend nicht bedenken kann, daß hiezu ein Gehalt nötig sei, und daß dieser uns nur durch das Gewahrwerden der Erfahrung selbst entspringen könne. Genug, ich vergegenwärtigte mir alle Begebenheiten bis ins kleinste Detail, und erzählte sie mir der Reihe nach auf das genauste.

Was mir diese Arbeit sehr erleichterte, war ein Umstand, der dieses Werk und überhaupt meine Autorschaft höchst voluminos zu machen drohte. Ein junger Mann von vielen Fähigkeiten, der aber durch Anstrengung und Dünkel blödsinnig geworden war, wohnte als Mündel in meines Vaters Hause, lebte ruhig mit der Familie und war sehr still und in sich gekehrt, und wenn man ihn auf seine gewohnte Weise verfahren ließ, zufrieden und gefällig. Dieser hatte seine akademischen Hefte mit großer Sorgfalt geschrieben, und sich eine flüchtige leserliche Hand erworben. Er beschäftigte sich am liebsten mit Schreiben, und sah es gern, wenn man ihm etwas zu kopieren gab; noch lieber aber, wenn man ihm diktierte, weil er sich alsdann in seine glücklichen akademischen Jahre versetzt fühlte. Meinem Vater, der keine expedite Hand schrieb, und dessen deutsche Schrift klein und zittrig war, konnte nichts erwünschter sein, und er pflegte daher, bei Besorgung eigner sowohl als fremder Geschäfte, diesem jungen Manne gewöhnlich einige Stunden des Tags zu diktieren. Ich fand es nicht minder bequem, in der Zwischenzeit alles was mir flüchtig durch den Kopf ging von einer fremden Hand auf dem Papier fixiert zu sehen, und meine Erfindungs-

und Nachahmungsgabe wuchs mit der Leichtigkeit des Auffassens und Aufbewahrens.

Ein so großes Werk als jenes biblische prosaisch-epische Gedicht hatte ich noch nicht unternommen. Es war eben eine ziemlich ruhige Zeit, und nichts rief meine Einbildungskraft aus Palästina und Ägypten zurück. So quoll mein Manuskript täglich um so mehr auf, als das Gedicht streckenweise, wie ich es mir selbst gleichsam in die Luft erzählte, auf dem Papier stand, und nur wenige Blätter von Zeit zu Zeit umgeschrieben zu werden brauchten.

Als das Werk fertig war: denn es kam zu meiner eignen Verwunderung wirklich zu Stande; bedachte ich, daß von den vorigen Jahren mancherlei Gedichte vorhanden seien, die mir auch jetzt nicht verwerflich schienen, welche in ein Format mit »Joseph« zusammengeschrieben, einen ganz artigen Quartband ausmachen würden, dem man den Titel »Vermischte Gedichte« geben könnte; welches mir sehr wohl gefiel, weil ich dadurch im stillen bekannte und berühmte Autoren nachzuahmen Gelegenheit fand. Ich hatte eine gute Anzahl sogenannter anakreontischer Gedichte verfertigt, die mir wegen der Bequemlichkeit des Silbenmaßes und der Leichtigkeit des Inhalts sehr wohl von der Hand gingen. Allein diese durfte ich nicht wohl aufnehmen, weil sie keine Reime hatten, und ich doch vor allem meinem Vater etwas Angenehmes zu erzeigen wünschte. Desto mehr schienen mir geistliche Oden hier am Platz, dergleichen ich zur Nachahmung des »Jüngsten Gerichts« von Elias Schlegel sehr eifrig versucht hatte. Eine zur Feier der Höllenfahrt Christi geschriebene erhielt von meinen Eltern und Freunden viel Beifall, und sie hatte das Glück mir selbst noch einige Jahre zu gefallen. Die sogenannten Texte der sonntägigen Kirchenmusiken, welche jedesmal gedruckt zu haben waren, studierte ich fleißig. Sie waren freilich sehr schwach, und ich durfte wohl glauben, daß die meinigen, deren ich mehrere nach der vorgeschriebenen Art verfertigt hatte, ebenso gut verdienten komponiert und zur Erbauung der Gemeinde vorgetragen zu werden. Diese und mehrere dergleichen hatte ich seit länger als einem Jahre mit eigener Hand abgeschrieben, weil ich durch diese Privatübung von den Vorschriften des Schreibemeisters entbunden wurde. Nunmehr aber ward alles redigiert und in gute Ordnung gestellt, und es bedurfte keines großen Zuredens, um solche von jenem schreibelustigen jungen Manne reinlich abgeschrieben zu sehen. Ich eilte damit zum Buchbinder, und als ich gar bald den saubern Band meinem Vater überreichte, munterte er mich mit besonderm Wohlgefallen auf, alle Jahre einen solchen Quartanten zu liefern; welches er mit desto größerer Überzeugung tat, als ich das alles nur in sogenannten Nebenstunden geleistet hatte.

Noch ein anderer Umstand vermehrte den Hang zu diesen theologischen, oder vielmehr biblischen Studien. Der Senior des Ministeriums, Johann Philipp Fresenius, ein sanfter Mann, von schönem gefälligen Ansehen, welcher von seiner Gemeinde ja von der ganzen Stadt als ein exemplarischer Geistlicher und guter Kanzelredner verehrt ward, der aber, weil er gegen die Herrnhuter aufgetreten, bei den abgesonderten Frommen nicht im besten Ruf stand, vor der Menge hingegen sich durch die Bekehrung eines bis zum Tode blessierten freigeistischen Generals berühmt und gleichsam heilig gemacht hatte, dieser starb, und sein Nachfolger Plitt, ein großer schöner würdiger Mann, der jedoch vom Katheder (er war Professor in Marpurg gewesen) mehr die Gabe zu lehren als zu erbauen mitgebracht hatte, kündigte sogleich eine Art von Religions-Cursus an, dem er seine Predigten in einem gewissen methodischen Zusammenhang widmen wolle. Schon früher, da ich doch einmal in die Kirche gehen mußte, hatte ich mir die Einteilung gemerkt, und konnte dann und wann mit ziemlich vollständiger Rezitation einer Predigt großtun. Da nun über den neuen Senior manches für und wider in der Gemeine gesprochen wurde, und viele kein sonderliches Zutrauen in seine angekündigten didaktischen Predigten setzen wollten; so nahm ich mir vor sorgfältiger nachzuschreiben, welches mir um so eher gelang, als ich auf einem zum Hören sehr bequemen, übrigens aber verborgenen Sitz schon geringere Versuche gemacht hatte. Ich war höchst aufmerksam und behend; in dem Augenblick daß er Amen sagte, eilte ich aus der Kirche und wendete ein paar Stunden daran, das was ich auf dem Papier und im Gedächtnis fixiert hatte, eilig zu diktieren, so daß ich die geschriebene Predigt noch vor Tische überreichen konnte. Mein Vater war sehr glorios über dieses Gelingen, und der gute Hausfreund, der eben zu Tische kam, mußte die Freude teilen. Dieser war mir ohnehin höchst günstig, weil ich mir seinen »Messias« so zu eigen gemacht hatte, daß ich ihm, bei meinen öftern Besuchen, um Siegelabdrücke für meine Wappensammlung zu holen, große Stellen davon vortragen konnte, so daß ihm die Tränen in den Augen standen.

Den nächsten Sonntag setzte ich die Arbeit mit gleichem Eifer fort, und weil mich der Mechanismus derselben sogar unterhielt, so dachte ich nicht nach über das was ich schrieb und aufbewahrte. Das erste Vierteljahr mochten sich diese Bemühungen ziemlich gleich bleiben; als ich aber zuletzt, nach meinem Dünkel, weder besondere Aufklärung über die Bibel selbst, noch eine freiere Ansicht des Dogmas zu finden glaubte: so schien mir die kleine Eitelkeit die dabei befriedigt wurde, zu teuer erkauft, als daß ich mit gleichem Eifer das Geschäft hätte fortsetzen sollen. Die erst so blätterreichen Kanzelreden wurden immer magerer, und ich hätte zuletzt diese Bemühung ganz abgebrochen, wenn nicht mein Vater, der ein Freund der Vollständigkeit war, mich durch gute Worte und Versprechungen dahin gebracht, daß ich bis auf den letzten Sonntag Trinitatis aushielt, obgleich am Schlusse kaum etwas mehr als der Text, die Proposition und die Einteilung auf kleine Blätter verzeichnet wurden.

Was das Vollbringen betrifft, darin hatte mein Vater eine besondere Hartnäckigkeit. Was einmal unternommen ward, sollte ausgeführt werden, und wenn auch inzwischen das Unbequeme, Langweilige, Verdrießliche, ja Unnütze des Begonnenen sich deutlich offenbarte. Es schien, als wenn ihm das Vollbringen der einzige Zweck, das Beharren die einzige Tugend deuchte. Hatten wir in langen Winterabenden im Familienkreise ein Buch angefangen vorzulesen, so mußten wir es auch durchbringen, wenn wir gleich sämtlich dabei verzweifelten, und er mitunter selbst der erste war, der zu gähnen anfing. Ich erinnere mich noch eines solchen Winters, wo wir B o w e r s »Geschichte der Päpste« so durchzuarbeiten hatten. Es war ein fürchterlicher Zustand, indem wenig oder nichts was in jenen kirchlichen Verhältnissen vorkommt, Kinder und junge Leute ansprechen kann. Indessen ist mir bei aller Unachtsamkeit und allem Widerwillen doch von jener Vorlesung so viel geblieben, daß ich in späteren Zeiten manches daranzuknüpfen im Stande war.

Bei allen diesen fremdartigen Beschäftigungen und Arbeiten, die so schnell aufeinander folgten, daß man sich kaum besinnen konnte, ob sie zulässig und nützlich wären, verlor mein Vater seinen Hauptzweck nicht aus den Augen. Er suchte mein Gedächtnis, meine Gabe etwas zu fassen und zu kombinieren, auf juristische Gegenstände zu lenken, und gab mir daher ein kleines Buch, in Gestalt eines Katechismus, von H o p p, nach Form und Inhalt der »Institutionen« gearbeitet, in die Hände. Ich lernte Fragen und Antworten bald auswendig, und konnte so gut den Katecheten als den Katechumenen vorstellen; und wie bei dem damaligen Religionsunterricht eine der Hauptübungen war, daß man auf das behendeste in der Bibel aufschlagen lernte, so wurde auch hier eine gleiche Bekanntschaft mit dem »Corpus Juris« für nötig befunden, worin ich auch bald auf das vollkommenste bewandert war. Mein Vater wollte weiter gehen, und der »Kleine Struve« ward vorgenommen; aber hier ging es nicht so rasch. Die Form des Buches war für den Anfänger nicht so günstig, daß er sich selbst hätte aushelfen können, und meines Vaters Art zu dozieren nicht so liberal, daß sie mich angesprochen hätte.

Nicht allein durch die kriegerischen Zustände, in denen wir uns seit einigen Jahren befanden, sondern auch durch das bürgerliche Leben selbst, durch Lesen von Geschichten und Romanen, war es uns nur allzu deutlich, daß es sehr viele Fälle gebe, in welchen die Gesetze schweigen und dem Einzelnen nicht zu Hülfe kommen, der dann sehen mag, wie er sich aus der Sache zieht. Wir waren nun herangewachsen, und dem Schlendriane nach sollten wir auch neben andern Dingen fechten und reiten lernen, um uns gelegentlich unserer Haut zu wehren, und zu Pferde kein schülerhaftes Ansehn zu haben. Was den ersten Punkt betrifft, so war uns eine solche Übung sehr angenehm: denn wir hatten uns schon längst Haurapiere von Haselstöcken, mit Körben von Weiden sauber geflochten, um die Hand zu schützen, zu verschaffen gewußt. Nun durften wir uns wirklich stählerne Klingen zulegen, und das Gerassel was wir damit machten, war sehr lebhaft.

Zwei Fechtmeister befanden sich in der Stadt: ein älterer ernster Deutscher, der auf die strenge und tüchtige Weise zu Werke ging, und ein Franzose, der seinen Vorteil durch Avancieren und Retirieren, durch leichte flüchtige Stöße, welche stets mit einigen Ausrufungen begleitet waren, zu erreichen suchte. Die Meinungen, welche Art die beste sei, waren geteilt. Der kleinen Gesellschaft mit welcher ich Stunde nehmen sollte, gab man den Franzosen, und wir gewöhnten uns bald, vorwärts und rückwärts zu gehen, auszufallen und uns zurückzuziehen, und dabei immer in die herkömmlichen Schreilaute auszubrechen. Mehrere von unsern Bekannten aber hatten sich zu dem deutschen Fechtmeister gewendet, und übten gerade das Gegenteil. Diese verschiedenen Arten eine so wichtige Übung zu behandeln, die Überzeugung eines jeden, daß sein Meister der bessere sei, brachte wirklich eine Spaltung unter die jungen Leute, die ohngefähr von einem Alter waren, und es fehlte wenig, so hätten die Fechtschulen ganz ernstliche Gefechte veranlaßt. Denn fast ward ebenso sehr mit Worten gestritten als mit der Klinge gefochten, und um zuletzt der Sache ein Ende zu machen, ward ein Wettkampf zwischen beiden Meistern veranstaltet, dessen Erfolg ich nicht umständlich zu beschreiben brauche. Der Deutsche stand in seiner Positur wie eine Mauer, paßte auf seinen Vorteil, und wußte mit Battieren und Legieren seinen Gegner ein über das andre Mal zu entwaffnen. Dieser behauptete, das sei nicht Raison, und fuhr mit seiner Beweglichkeit fort, den andern in Atem zu setzen. Auch brachte er dem Deutschen wohl einige Stöße bei, die ihn aber selbst, wenn es Ernst gewesen wäre, in die andre Welt geschickt hätten.

Im Ganzen ward nichts entschieden, noch gebessert, nur wendeten sich einige zu dem Landsmann, worunter ich auch gehörte. Allein ich hatte schon zu viel von dem ersten Meister angenommen, daher eine ziemliche Zeit darüber hinging, bis der neue mir es wieder abgewöhnen konnte, der überhaupt mit uns Renegaten weniger als mit seinen Urschülern zufrieden war.

Mit dem Reiten ging es mir noch schlimmer. Zufälliger Weise schickte man mich im Herbst auf die Bahn, so daß ich in der kühlen und feuchten Jahreszeit meinen Anfang machte. Die pedantische Behandlung dieser schönen Kunst war mir höchlich zuwider. Zum ersten und letzten war immer vom Schließen die Rede, und es konnte einem doch niemand sagen, worin denn eigentlich der Schluß bestehe, worauf doch alles ankommen solle: denn man fuhr ohne Steigbügel auf dem Pferde hin und her. Übrigens schien der Unterricht nur auf Prellerei und Beschämung der Scholaren angelegt. Vergaß man die Kinnkette ein- oder auszuhängen, ließ man die Gerte fallen oder wohl gar den Hut, jedes Versäumnis, jedes Unglück mußte mit Geld gebüßt werden, und man ward noch obenein ausgelacht. Dies gab mir den allerschlimmsten Humor, besonders da ich den Übungsort selbst ganz unerträglich fand. Der garstige, große, entweder feuchte oder staubige Raum, die Kälte, der Modergeruch, alles zusammen war mir im höchsten Grade zuwider; und da der Stallmeister den andern, weil sie ihn vielleicht durch Frühstücke und sonstige Gaben, vielleicht auch durch ihre Geschicklichkeit bestachen, immer die besten Pferde, mir aber die schlechtesten zu reiten gab, mich auch wohl warten ließ, und mich wie es schien hintansetzte: so brachte ich die allerverdrießlichsten Stunden über einem Geschäft hin, das eigentlich das lustigste von der Welt sein sollte. Ja der Eindruck von jener Zeit, von jenen Zuständen ist mir so lebhaft geblieben, daß, ob ich gleich nachher leidenschaftlich und verwegen zu reiten gewohnt war, auch Tage und Wochen lang kaum vom Pferde kam, daß ich bedeckte Reitbahnen sorgfältig vermied, und höchstens nur wenig Augenblicke darin verweilte. Es kommt übrigens der Fall oft genug vor, daß wenn die Anfänge einer abgeschlossenen Kunst uns überliefert werden sollen, dieses auf eine peinliche und abschrekkende Art geschieht. Die Überzeugung, wie lästig und schädlich dieses sei, hat in spätern Zeiten die Erziehungsmaxime aufgestellt, daß alles der Jugend auf eine leichte, lustige und bequeme Art beigebracht werden müsse; woraus denn aber auch wieder andere Übel und Nachteile entsprungen sind.

Mit der Annäherung des Frühlings ward es bei uns auch wieder ruhiger, und wenn ich mir früher das Anschauen der Stadt, ihrer geistlichen und weltlichen, öffentlichen und Privat-Gebäude zu verschaffen suchte, und besonders an dem damals noch vorherrschenden Altertümlichen das größte Vergnügen fand; so war ich nachher bemüht, durch die Lersnersche »Chronik« und durch andre unter meines Vaters Francofurtensien befindliche Bücher und Hefte, die Personen vergangner Zeiten mir zu vergegenwärtigen; welches mir denn auch durch große Aufmerksamkeit auf das Besondere der Zeiten und Sitten, und bedeutender Individualitäten ganz gut zu gelingen schien.

Unter den altertümlichen Resten war mir, von Kindheit an, der auf dem Brückenturm aufgesteckte Schädel eines Staatsverbrechers merkwürdig gewesen, der von dreien oder vieren, wie die leeren eisernen Spitzen auswiesen, seit 1616 sich durch alle Unbilden der Zeit und Witterung erhalten hatte. So oft man von Sachsenhausen nach Frankfurt zurückkehrte, hatte man den Turm vor sich und der Schädel fiel ins Auge. Ich ließ mir als Knabe schon gern die Geschichte dieser Aufrührer, des Fettmilch und seiner Genossen erzählen, wie sie mit dem Stadtregiment unzufrieden gewesen, sich gegen dasselbe empört, Meuterei angesponnen, die Judenstadt geplündert und gräßliche Händel erregt, zuletzt aber gefangen und von kaiserlichen Abgeordneten zum Tode verurteilt worden. Späterhin lag mir daran, die nähern Umstände zu erfahren, und was es denn für Leute gewesen, zu vernehmen. Als ich nun aus einem alten, gleichzeitigen, mit Holzschnitten versehenen Buche erfuhr, daß zwar diese Menschen zum Tode verurteilt, aber zugleich auch viele Ratsherrn abgesetzt worden, weil mancherlei Unordnung und sehr viel Unverantwortliches im Schwange gewesen; da ich nun die nähern Umstände vernahm, wie alles hergegangen: so bedauerte ich die unglücklichen Menschen, welche man wohl als Opfer, die einer künftigen bessern Verfassung gebracht worden, ansehen dürfe; denn von jener Zeit schrieb sich die Einrichtung her, nach welcher sowohl das altadlige Haus Limpurg, das aus einem Klub entsprungene Haus Frauenstein, ferner Juristen, Kaufleute und Handwerker an einem Regimente teilnehmen sollten, das durch eine auf venetianische Weise verwickelte Ballotage ergänzt, von bürgerlichen Kollegien eingeschränkt, das Rechte zu tun berufen war, ohne zu dem Unrechten sonderliche Freiheit zu behalten.

Zu den ahndungsvollen Dingen, die den Knaben und auch wohl den Jüngling bedrängten, gehörte besonders der Zustand der Judenstadt, eigentlich die Judengasse genannt, weil sie kaum aus etwas mehr als einer einzigen Straße besteht, welche in frühen Zeiten zwischen Stadtmauer und Graben wie in einen Zwinger mochte eingeklemmt worden sein. Die Enge, der Schmutz, das Gewimmel, der Akzent einer unerfreulichen Sprache, alles zusammen machte den unangenehmsten Eindruck, wenn man auch nur am Tore vorbeigehend hineinsah. Es dauerte lange bis ich allein mich hineinwagte, und ich kehrte nicht leicht wieder dahin zurück, wenn ich einmal den Zudringlichkeiten so vieler etwas zu schachern unermüdet fordernder oder anbietender Menschen entgangen war. Dabei schwebten die alten Märchen von Grausamkeit der Juden gegen die Christenkinder, die wir in Gottfrieds »Chronik« gräßlich abgebildet gesehen, düster vor dem jungen Gemüt. Und ob man gleich in der neuern Zeit besser von ihnen dachte, so zeugte doch das große Spott- und Schandgemälde, welches unter dem Brückenturm an einer Bogen-Wand, zu ihrem Unglimpf, noch ziemlich zu sehen war, außerordentlich gegen sie: denn es war nicht etwa durch einen Privatmutwillen, sondern aus öffentlicher Anstalt verfertigt worden.

Indessen blieben sie doch das auserwählte Volk Gottes, und gingen, wie es nun mochte gekommen sein, zum Andenken der ältesten Zeiten umher. Außerdem waren sie ja auch Menschen, tätig, gefällig, und selbst dem Eigensinn, womit sie an ihren Gebräuchen hingen, konnte man seine Achtung nicht versagen. Überdies waren die Mädchen hübsch, und mochten es wohl leiden, wenn ein Christenknabe ihnen am Sabbath auf dem Fischerfelde begegnend, sich freundlich und aufmerksam bewies. Äußerst neugierig war ich daher, ihre Zeremonien kennen zu lernen. Ich ließ nicht ab, bis ich ihre Schule öfters besucht, einer Beschneidung, einer Hochzeit beigewohnt und von dem Lauberhüttenfest mir ein Bild gemacht hatte. Überall war ich wohl aufgenommen, gut bewirtet und zur Wiederkehr eingeladen: denn es waren Personen von Einfluß, die mich entweder hinführten oder empfahlen.

So wurde ich denn als ein junger Bewohner einer großen Stadt von einem Gegenstand zum andern hin und wider geworfen, und es fehlte mitten in der bürgerlichen Ruhe und Sicherheit nicht an gräßlichen Auftritten. Bald weckte ein näherer oder entfernter Brand uns aus unserm häuslichen Frieden, bald setzte ein entdecktes großes Verbrechen, dessen Untersuchung und Bestrafung die Stadt auf viele Wochen in Unruhe. Wir mußten Zeugen von verschiedenen Exekutionen sein, und es ist wohl wert zu gedenken, daß ich auch bei Verbrennung eines Buchs gegenwärtig gewesen bin. Es war der Verlag eines französischen komischen Romans, der zwar den Staat, aber nicht Religion und Sitten schonte. Es hatte wirklich etwas Fürchterliches, eine Strafe an einem leblosen Wesen ausgeübt zu sehen. Die Ballen platzten im Feuer, und wurden durch Ofengabeln auseinander geschürt und mit den Flammen mehr in Berührung gebracht. Es dauerte nicht lange, so flogen die angebrannten Blätter in der Luft herum, und die Menge haschte begierig darnach. Auch ruhten wir nicht, bis wir ein Exemplar auftrieben, und es waren nicht wenige die sich das verbotne Vergnügen gleichfalls zu verschaffen wußten. Ja, wenn es dem Autor um Publizität zu tun war, so hätte er selbst nicht besser dafür sorgen können.

Jedoch auch friedlichere Anlässe führten mich in der Stadt hin und wider. Mein Vater hatte mich früh gewöhnt kleine Geschäfte für ihn zu besorgen. Besonders trug er mir auf, die Handwerker die er in Arbeit setzte, zu mahnen, da sie ihn gewöhnlich länger als billig aufhielten, weil er alles genau wollte gearbeitet haben und zuletzt bei prompter Bezahlung die Preise zu mäßigen pflegte. Ich gelangte dadurch fast in alle Werkstätten, und da es mir angeboren war mich in die Zustände anderer zu finden, eine jede besondere Art des menschlichen Daseins zu fühlen und mit Gefallen daran teilzunehmen; so brachte ich manche vergnügliche Stunde durch Anlaß solcher Aufträge zu, lernte eines jeden Verfahrungsart kennen, und was die unerläßlichen Bedingungen dieser und jener Lebensweise für Freude, für Leid, Beschwerliches und Günstiges mit sich führen. Ich näherte mich dadurch dieser tätigen, das Untere und Obere verbindenden Klasse. Denn wenn an der einen Seite diejenigen stehen, die sich mit den einfachen und rohen Erzeugnissen beschäftigen, an der andern solche, die schon etwas Verarbeitetes genießen wollen; so vermittelt der Gewerker durch Sinn und Hand, daß jene beide etwas voneinander empfangen und jeder nach seiner Art seiner Wünsche teilhaft werden kann. Das Familienwesen eines jeden Handwerks, das Gestalt und Farbe von der Beschäftigung erhielt, war gleichfalls der Gegenstand meiner stillen Aufmerksamkeit, und so entwickelte, so bestärkte sich in mir das Gefühl der Gleichheit wo nicht aller Menschen, doch aller menschlichen Zustände, indem mir das nackte Dasein als die Hauptbedingung, das übrige alles aber als gleichgültig und zufällig erschien.

Da mein Vater sich nicht leicht eine Ausgabe erlaubte, die durch einen augenblicklichen Genuß sogleich wäre aufgezehrt worden: wie ich mich denn kaum erinnre, daß wir zusammen spazieren gefahren, und auf einem Lustorte etwas verzehrt hätten; so war er dagegen nicht karg mit Anschaffung solcher Dinge, die bei innerm Wert auch einen guten äußern Schein haben. Niemand konnte den Frieden mehr wünschen als er, ob er gleich in der letzten Zeit vom Kriege nicht die mindeste Beschwerlichkeit empfand. In diesen Gesinnungen hatte er meiner Mutter eine goldne mit Diamanten besetzte Dose versprochen, welche sie erhalten sollte, sobald der Friede publiziert würde. In Hoffnung dieses glücklichen Ereignisses arbeitete man schon einige Jahre an diesem Geschenk. Die Dose selbst von ziemlicher Größe ward in Hanau verfertigt: denn mit den dortigen Goldarbeitern, so wie mit den Vorstehern der Seidenanstalt, stand mein Vater in gutem Vernehmen. Mehrere Zeichnungen wurden dazu verfertigt; den Deckel zierte ein Blumenkorb, über welchem eine Taube mit dem Ölzweig schwebte. Der Raum für die Juwelen war gelassen, die teils an der Taube, teils an den Blumen, teils auch an der Stelle wo man die Dose zu öffnen pflegt, angebracht werden sollten. Der Juwelier, dem die völlige Ausführung nebst den dazu nötigen Steinen übergeben ward, hieß L a u t e n s a k und war ein geschickter muntrer Mann, der wie mehrere geistreiche Künstler selten das Notwendige, gewöhnlich aber das Willkürliche tat, was ihm Vergnügen machte. Die Juwelen, in der Figur wie sie auf dem Dosendeckel angebracht werden sollten, waren zwar bald auf schwarzes Wachs gesetzt und nahmen sich ganz gut aus;

allein sie wollten sich von da gar nicht ablösen, um aufs Gold zu gelangen. Im Anfange ließ mein Vater die Sache noch so anstehen; als aber die Hoffnung zum Frieden immer lebhafter wurde, als man zuletzt schon die Bedingungen, besonders die Erhebung des Erzherzogs Joseph zum römischen König, genauer wissen wollte; so ward mein Vater immer ungeduldiger, und ich mußte wöchentlich ein paarmal, ja zuletzt fast täglich den saumseligen Künstler besuchen. Durch mein unablässiges Quälen und Zureden rückte die Arbeit, wiewohl langsam genug, vorwärts: denn weil sie von der Art war, daß man sie bald vornehmen, bald wieder aus den Händen legen konnte, so fand sich immer etwas, wodurch sie verdrängt und bei Seite geschoben wurde.

Die Hauptursache dieses Benehmens indes war eine Arbeit, die der Künstler für eigene Rechnung unternommen hatte. Jedermann wußte, daß Kaiser Franz eine große Neigung zu Juwelen, besonders auch zu farbigen Steinen hege. Lautensak hatte eine ansehnliche Summe, und wie sich später fand, größer als sein Vermögen auf dergleichen Edelsteine verwandt, und daraus einen Blumenstrauß zu bilden angefangen, in welchem jeder Stein nach seiner Form und Farbe günstig hervortreten und das Ganze ein Kunststück geben sollte, wert in dem Schatzgewölbe eines Kaisers aufbewahrt zu stehen. Er hatte nach seiner zerstreuten Art mehrere Jahre daran gearbeitet, und eilte nun, weil man nach dem bald zu hoffenden Frieden die Ankunft des Kaisers zur Krönung seines Sohns in Frankfurt erwartete, es vollständig zu machen und endlich zusammenzubringen. Meine Lust dergleichen Gegenstände kennen zu lernen, benutzte er sehr gewandt, um mich als einen Mahnboten zu zerstreuen und von meinem Vorsatz abzulenken. Er suchte mir die Kenntnis dieser Steine beizubringen, machte mich auf ihre Eigenschaften, ihren Wert aufmerksam, so daß ich sein ganzes Bouquet zuletzt auswendig wußte, und es ebenso gut wie er einem Kunden hätte anpreisend vordemonstrieren können. Es ist mir noch jetzt gegenwärtig, und ich habe wohl kostbarere aber nicht anmutigere Schau- und Prachtstücke dieser Art gesehen. Außerdem besaß er noch eine hübsche Kupfersammlung und andere Kunstwerke, über die er sich gern unterhielt, und ich brachte viele Stunden nicht ohne Nutzen bei ihm zu. Endlich, als wirklich der Kongreß zu Hubertsburg schon festgesetzt war, tat er aus Liebe zu mir ein übriges, und die Taube zusamt den Blumen gelangte am Friedensfeste wirklich in die Hände meiner Mutter.

Manchen ähnlichen Auftrag erhielt ich denn auch, um bei den Malern bestellte Bilder zu betreiben. Mein Vater hatte bei sich den Begriff festgesetzt, und wenig Menschen waren davon frei, daß ein Bild auf Holz gemalt einen großen Vorzug vor einem andern habe, das nur auf Leinwand aufgetragen sei. Gute eichene Bretter von jeder Form zu besitzen, war deswegen meines Vaters große Sorgfalt, indem er wohl wußte, daß die leichtsinnigern Künstler sich gerade in dieser wichtigen Sache auf den Tischer verließen. Die ältesten Bohlen wurden aufgesucht, der Tischer mußte mit Leimen, Hobeln und Zurichten derselben aufs genauste zu Werke gehen, und dann blieben sie Jahre lang in einem obern Zimmer verwahrt, wo sie genugsam austrocknen konnten. Ein solches köstliches Brett ward dem Maler Junker anvertraut, der einen verzierten Blumentopf mit den bedeutendsten Blumen nach der Natur in seiner künstlichen und zierlichen Weise darauf darstellen sollte. Es war gerade im Frühling, und ich versäumte nicht, ihm wöchentlich einige Mal die schönsten Blumen zu bringen die mir unter die Hand kamen; welche er denn auch sogleich einschaltete, und das Ganze nach und nach aus diesen Elementen auf das treulichste und fleißigste zusammenbildete. Gelegentlich hatte ich auch wohl einmal eine Maus gefangen, die ich ihm brachte, und die er als ein gar so zierliches Tier nachzubilden Lust hatte, auch sie wirklich aufs genauste vorstellte, wie sie am Fuße des Blumentopfes eine Kornähre benascht. Mehr dergleichen unschuldige Naturgegenstände, als Schmetterlinge und Käfer, wurden herbeigeschafft und dargestellt, so daß zuletzt, was Nachahmung und

Ausführung betraf, ein höchst schätzbares Bild beisammen war.

Ich wunderte mich daher nicht wenig, als der gute Mann mir eines Tages, da die Arbeit bald abgeliefert werden sollte, umständlich eröffnete, wie ihm das Bild nicht mehr gefalle, indem es wohl im Einzelnen ganz gut geraten, im Ganzen aber nicht gut komponiert sei, weil es so nach und nach entstanden, und er im Anfange das Versehen begangen, sich nicht wenigstens einen allgemeinen Plan für Licht und Schatten so wie für Farben zu entwerfen, nach welchem man die einzelnen Blumen hätte einordnen können. Er ging mit mir das während eines halben Jahrs vor meinen Augen entstandene und mir teilweise gefällige Bild umständlich durch, und wußte mich zu meiner Betrübnis vollkommen zu überzeugen. Auch hielt er die nachgebildete Maus für einen Mißgriff: »Denn«, sagte er, »solche Tiere haben für viele Menschen etwas Schauderhaftes, und man sollte sie da nicht anbringen, wo man Gefallen erregen will.« Ich hatte nun, wie es demjenigen zu gehen pflegt, der sich von einem Vorurteile geheilt sieht und sich viel klüger dünkt als er vorher gewesen, eine wahre Verachtung gegen dies Kunstwerk, und stimmte dem Künstler völlig bei, als er eine andere Tafel von gleicher Größe verfertigen ließ, worauf er, nach dem Geschmack den er besaß, ein besser geformtes Gefäß und einen kunstreicher geordneten Blumenstrauß anbrachte, auch die lebendigen kleinen Beiwesen zierlich und erfreulich sowohl zu wählen als zu verteilen wußte. Auch diese Tafel malte er mit der größten Sorgfalt, doch freilich nur nach jener schon abgebildeten, oder aus dem Gedächtnis, das ihm aber bei einer sehr langen und emsigen Praxis gar wohl zu Hülfe kam. Beide Gemälde waren nun fertig, und wir hatten eine entschiedene Freude an dem letzten, das wirklich kunstreicher und mehr in die Augen fiel. Der Vater ward anstatt mit einem mit zwei Stücken überrascht und ihm die Wahl gelassen. Er billigte unsere Meinung und die Gründe derselben, besonders auch den guten Willen und die Tätigkeit; entschied sich aber, nachdem er beide Bilder einige Tage betrachtet, für das erste, ohne über diese Wahl weiter viele Worte zu machen. Der Künstler ärgerlich, nahm sein zweites wohlgemeintes Bild zurück, und konnte sich gegen mich der Bemerkung nicht enthalten, daß die gute eichne Tafel, worauf das erste gemalt stehe, zum Entschluß des Vaters gewiß das Ihrige beigetragen habe.

Da ich hier wieder der Malerei gedenke, so tritt in meiner Erinnerung eine große Anstalt hervor, in der ich viele Zeit zubrachte, weil sie und deren Vorsteher mich besonders an sich zog. Es war die große Wachstuchsfabrik, welche der Maler Nothnagel errichtet hatte: ein geschickter Künstler, der aber sowohl durch sein Talent als durch seine Denkweise mehr zum Fabrikwesen als zur Kunst hinneigte. In einem sehr großen Raume von Höfen und Gärten wurden alle Arten von Wachstuch gefertigt, von dem rohsten an, das mit der Spatel aufgetragen wird, und das man zu Rüstwagen und ähnlichem Gebrauch benutzte, durch die Tapeten hindurch, welche mit Formen abgedruckt wurden, bis zu den feineren und feinsten, auf welchen bald chinesische und phantastische, bald natürliche Blumen abgebildet, bald Figuren, bald Landschaften durch den Pinsel geschickter Arbeiter dargestellt wurden. Diese Mannigfaltigkeit, die ins Unendliche ging, ergetzte mich sehr. Die Beschäftigung so vieler Menschen von der gemeinsten Arbeit bis zu solchen, denen man einen gewissen Kunstwert kaum versagen konnte, war für mich höchst anziehend. Ich machte Bekanntschaft mit dieser Menge in vielen Zimmern hintereinander arbeitenden jüngern und älteren Männern, und legte auch wohl selbst mitunter Hand an. Der Vertrieb dieser Ware ging außerordentlich stark. Wer damals baute, oder ein Gebäude möblierte, wollte für seine Lebenszeit versorgt sein, und diese Wachstuchtapeten waren allerdings unverwüstlich. Nothnagel selbst hatte genug mit Leitung des Ganzen zu tun, und saß in seinem Comptoir umgeben von Faktoren und Handlungsdienern. Die Zeit die ihm übrig blieb, beschäftigte er sich mit seiner

Kunstsammlung, die vorzüglich aus Kupferstichen bestand, mit denen er, so wie mit Gemälden die er besaß, auch wohl gelegentlich Handel trieb. Zugleich hatte er das Radieren lieb gewonnen; er ätzte verschiedene Blätter und setzte diesen Kunstzweig bis in seine spätesten Jahre fort.

Da seine Wohnung nahe am Eschenheimer Tore lag, so führte mich, wenn ich ihn besucht hatte, mein Weg gewöhnlich zur Stadt hinaus und zu den Grundstücken welche mein Vater vor den Toren besaß. Das eine war ein großer Baumgarten, dessen Boden als Wiese benutzt wurde, und worin mein Vater das Nachpflanzen der Bäume und was sonst zur Erhaltung diente, sorgfältig beobachtete, obgleich das Grundstück verpachtet war. Noch mehr Beschäftigung gab ihm ein sehr gut unterhaltener Weinberg vor dem Friedberger Tore, woselbst zwischen den Reihen der Weinstöcke, Spargelreihen mit großer Sorgfalt gepflanzt und gewartet wurden. Es verging in der guten Jahrszeit fast kein Tag, daß nicht mein Vater sich hinaus begab, da wir ihn denn meist begleiten durften, und so von den ersten Erzeugnissen des Frühlings bis zu den letzten des Herbstes, Genuß und Freude hatten. Wir lernten nun auch mit den Gartengeschäften umgehen, die weil sie sich jährlich wiederholten, uns endlich ganz bekannt und geläufig wurden. Nach mancherlei Früchten des Sommers und Herbstes war aber doch zuletzt die Weinlese das Lustigste und am meisten Erwünschte; ja es ist keine Frage, daß wie der Wein selbst den Orten und Gegenden, wo er wächst und getrunken wird, einen freiern Charakter gibt, so auch diese Tage der Weinlese, indem sie den Sommer schließen und zugleich den Winter eröffnen, eine unglaubliche Heiterkeit verbreiten. Lust und Jubel erstreckt sich über eine ganze Gegend. Des Tages hört man von allen Ecken und Enden Jauchzen und Schießen, und des Nachts verkünden bald da bald dort Raketen und Leuchtkugeln, daß man noch überall wach und munter diese Feier gern so lange als möglich ausdehnen möchte. Die nachherigen Bemühungen beim Keltern und während der Gärung im Keller gaben uns auch zu Hause eine heitere Beschäftigung, und so kamen wir gewöhnlich in den Winter hinein ohne es recht gewahr zu werden.

Dieser ländlichen Besitzungen erfreuten wir uns im Frühling 1763 um so mehr, als uns der 15. Februar dieses Jahrs, durch den Abschluß des Hubertsburger Friedens, zum festlichen Tage geworden, unter dessen glücklichen Folgen der größte Teil meines Lebens verfließen sollte. Ehe ich jedoch weiter schreite, halte ich es für meine Schuldigkeit, einiger Männer zu gedenken, welche einen bedeutenden Einfluß auf meine Jugend ausgeübt.

Von Olenschlager, Mitglied des Hauses Frauenstein, Schöff und Schwiegersohn des oben erwähnten Doktor Orth, ein schöner, behaglicher, sanguinischer Mann. Er hätte in seiner burgemeisterlichen Festtracht gar wohl den angesehnsten französischen Prälaten vorstellen können. Nach seinen akademischen Studien hatte er sich in Hof- und Staatsgeschäften umgetan, und seine Reisen auch zu diesen Zwecken eingeleitet. Er hielt mich besonders wert und sprach oft mit mir von den Dingen, die ihn vorzüglich interessierten. Ich war um ihn, als er eben seine »Erläuterung der Güldnen Bulle« schrieb; da er mir denn den Wert und die Würde dieses Dokuments sehr deutlich herauszusetzen wußte. Auch dadurch wurde meine Einbildungskraft in jene wilden und unruhigen Zeiten zurückgeführt, daß ich nicht unterlassen konnte, dasjenige was er mir geschichtlich erzählte, gleichsam als gegenwärtig, mit Ausmalung der Charakter und Umstände und manchmal sogar mimisch darzustellen; woran er denn große Freude hatte, und durch seinen Beifall mich zur Wiederholung aufregte.

Ich hatte von Kindheit auf die wunderliche Gewohnheit, immer die Anfänge der Bücher und Abteilungen eines Werks auswendig zu lernen, zuerst der fünf Bücher Mosis, sodann der »Aeneide« und der »Metamorphosen«. So machte ich es nun auch mit der Goldenen Bulle, und reizte meinen Gönner oft zum Lächeln, wenn ich ganz ernsthaft unversehens ausrief: »Omne regnum in se divisum desolabitur: nam principes ejus facti sunt socii furum.« Der kluge Mann schüttelte lächelnd den Kopf und sagte bedenklich: »Was müssen das für Zeiten gewesen sein, in welchen der Kaiser auf einer großen Reichsversammlung seinen Fürsten dergleichen Worte ins Gesicht publizieren ließ.«

Von Olenschlager hatte viel Anmut im Umgang. Man sah wenig Gesellschaft bei ihm, aber zu einer geistreichen Unterhaltung war er sehr geneigt, und er veranlaßte uns junge Leute von Zeit zu Zeit ein Schauspiel aufzuführen: denn man hielt dafür, daß eine solche Übung der Jugend besonders nützlich sei. Wir gaben den »Kanut« von Schlegel, worin mir die Rolle des Königs, meiner Schwester die Estrithe, und Ulfo dem jüngern Sohn des Hauses zugeteilt wurde. Sodann wagten wir uns an den »Britannicus«, denn wir sollten nebst dem Schauspielertalent auch die Sprache zur Übung bringen. Ich erhielt den Nero, meine Schwester die Agrippine, und der jüngere Sohn den Britannicus. Wir wurden mehr gelobt als wir verdienten, und glaubten es noch besser gemacht zu haben, als wie wir gelobt wurden. So stand ich mit dieser Familie in dem besten Verhältnis, und bin ihr manches Vergnügen und eine schnellere Entwicklung schuldig geworden.

Von Reineck, aus einem altadligen Hause, tüchtig, rechtschaffen, aber starrsinnig, ein hagrer schwarzbrauner Mann, den ich niemals lächeln gesehen. Ihm begegnete das Unglück, daß seine einzige Tochter durch einen Hausfreund entführt wurde. Er verfolgte seinen Schwiegersohn mit dem heftigsten Prozeß, und weil die Gerichte, in ihrer Förmlichkeit, seiner Rachsucht weder schnell noch stark genug willfahren wollten, überwarf er sich mit diesen, und es entstanden Händel aus Händeln, Prozesse aus Prozessen. Er zog sich ganz in sein Haus und einen daranstoßenden Garten zurück, lebte in einer weitläuftigen aber traurigen Unterstube, in die seit vielen Jahren kein Pinsel eines Tünchers, vielleicht kaum der Kehrbesen einer Magd gekommen war. Mich konnte er gar gern leiden, und hatte mir seinen jüngern Sohn besonders empfohlen. Seine ältesten Freunde, die sich nach ihm zu richten wußten, seine Geschäftsleute, seine Sachwalter sah er manchmal bei Tische, und unterließ dann niemals auch mich einzuladen. Man aß sehr gut bei ihm und trank noch besser. Den Gästen erregte jedoch ein großer, aus vielen Ritzen rauchender Ofen die ärgste Pein. Einer der vertrautesten wagte einmal dies zu bemerken, indem er den Hausherrn fragte: ob er denn so eine Unbequemlichkeit den ganzen Winter aushalten könne. Er antwortete darauf, als ein zweiter Timon und Heautontimorumenos: »Wollte Gott, dies wäre das größte Übel von denen die mich plagen!« Nur spät ließ er sich bereden, Tochter und Enkel wiederzusehen. Der Schwiegersohn durfte ihm nicht wieder vor Augen.

Auf diesen so braven als unglücklichen Mann wirkte meine Gegenwart sehr günstig: denn indem er sich gern mit mir unterhielt, und mich besonders von Welt- und Staatsverhältnissen belehrte, schien er selbst sich erleichtert und erheitert zu fühlen. Die wenigen alten Freunde, die sich noch um ihn versammelten, gebrauchten mich daher oft, wenn sie seinen verdrießlichen Sinn zu mildern und ihn zu irgend einer Zerstreuung zu bereden wünschten. Wirklich fuhr er nunmehr manchmal mit uns aus, und besah sich die Gegend wieder, auf die er so viele Jahre keinen Blick geworfen hatte. Er gedachte der alten Besitzer, erzählte von ihren Charaktern und Begebenheiten, wo er sich denn immer streng, aber doch öfters heiter und geistreich erwies. Wir suchten ihn nun auch wieder unter andere Menschen zu bringen, welches uns aber beinah übel geraten wäre.

Von gleichem, wenn nicht noch von höherem Alter als er, war ein Herr von Malapart, ein reicher Mann, der ein sehr schönes Haus am Roßmarkt besaß und gute Einkünfte von Salinen zog. Auch er lebte sehr abgesondert; doch war er sommers viel in seinem Garten vor dem Bockenheimer Tore, wo er eine sehr schöne Nelkenflor wartete und pflegte.

Von Reineck war auch ein Nelkenfreund; die Zeit des Flors

war da, und es geschahen einige Anregungen, ob man sich nicht wechselseitig besuchen wollte. Wir leiteten die Sache ein und trieben es so lange, bis endlich von Reineck sich entschloß mit uns einen Sonntag Nachmittag hinauszufahren. Die Begrüßung der beiden alten Herren war sehr lakonisch, ja bloß pantomimisch, und man ging mit wahrhaft diplomatischem Schritt an den langen Nelkengerüsten hin und her. Der Flor war wirklich außerordentlich schön, und die besondern Formen und Farben der verschiedenen Blumen, die Vorzüge der einen vor der andern und ihre Seltenheit machten denn doch zuletzt eine Art von Gespräch aus, welches ganz freundlich zu werden schien; worüber wir andern uns um so mehr freuten, als wir in einer benachbarten Laube den kostbarsten alten Rheinwein in geschliffenen Flaschen, schönes Obst und andre gute Dinge aufgetischt sahen. Leider aber sollten wir sie nicht genießen. Denn unglücklicher Weise sah von Reineck eine sehr schöne Nelke vor sich, die aber den Kopf etwas niedersenkte; er griff daher sehr zierlich mit dem Zeige- und Mittelfinger vom Stengel herauf gegen den Kelch und hob die Blume von hinten in die Höhe, so daß er sie wohl betrachten konnte. Aber auch diese zarte Berührung verdroß den Besitzer. Von Malapart erinnerte, zwar höflich aber doch steif genug und eher etwas selbstgefällig, an das oculis non manibus. Von Reineck hatte die Blume schon losgelassen, fing aber auf jenes Wort gleich Feuer und sagte, mit seiner gewöhnlichen Trockenheit und Ernst: Es sei einem Kenner und Liebhaber wohl gemäß, eine Blume auf die Weise zu berühren und zu betrachten; worauf er denn jenen Gest wiederholte und sie noch einmal zwischen die Finger nahm. Die beiderseitigen Hausfreunde – denn auch von Malapart hatte einen bei sich – waren nun in der größten Verlegenheit. Sie ließen einen Hasen nach dem andern laufen (dies war unsre sprüchwörtliche Redensart, wenn ein Gespräch sollte unterbrochen und auf einen andern Gegenstand gelenkt werden); allein es wollte nichts verfangen: die alten Herren waren ganz stumm geworden, und wir fürchteten jeden Augenblick, von Reineck möchte jenen Akt wiederholen; da wäre es denn um uns alle geschehn gewesen. Die beiden Hausfreunde hielten ihre Herren auseinander, indem sie selbige bald da bald dort beschäftigten, und das klügste war, daß wir endlich aufzubrechen Anstalt machten; und so mußten wir leider den reizenden Kredenztisch ungenossen mit dem Rücken ansehen.

Hofrat Huisgen, nicht von Frankfurt gebürtig, reformierter Religion und deswegen keiner öffentlichen Stelle noch auch der Advokatur fähig, die er jedoch, weil man ihm als vortrefflichem Juristen viel Vertrauen schenkte, unter fremder Signatur ganz gelassen sowohl in Frankfurt als bei den Reichsgerichten zu führen wußte, war wohl schon sechzig Jahr alt, als ich mit seinem Sohne Schreibstunde hatte und dadurch ins Haus kam. Seine Gestalt war groß, lang ohne hager, breit ohne beleibt zu sein. Sein Gesicht, nicht allein von den Blattern entstellt, sondern auch des einen Auges beraubt, sah man die erste Zeit nur mit Apprehension. Er trug auf einem kahlen Haupte immer eine ganz weiße Glockenmütze, oben mit einem Bande gebunden. Seine Schlafröcke von Kalmank oder Damast, waren durchaus sehr sauber. Er bewohnte eine gar heitre Zimmerflucht auf gleicher Erde an der Allee, und die Reinlichkeit seiner Umgebung entsprach dieser Heiterkeit. Die größte Ordnung seiner Papiere, Bücher, Landkarten machte einen angenehmen Eindruck. Sein Sohn, Heinrich Sebastian, der sich durch verschiedene Schriften im Kunstfach bekannt gemacht, versprach in seiner Jugend wenig. Gutmütig, aber täppisch, nicht roh, aber doch geradezu und ohne besondre Neigung sich zu unterrichten, suchte er lieber die Gegenwart des Vaters zu vermeiden, indem er von der Mutter alles was er wünschte, erhalten konnte. Ich hingegen näherte mich dem Alten immer mehr, je mehr ich ihn kennen lernte. Da er sich nur bedeutender Rechtsfälle annahm, so hatte er Zeit genug sich auf andre Weise zu beschäftigen und zu unterhalten. Ich hatte nicht lange um ihn gelebt und seine Lehren vernommen; als ich wohl merken konnte, daß er mit Gott und der Welt in Opposition stehe. Eins seiner Lieblingsbücher war Agrippa »De vanitate scientiarum«, das er mir besonders empfahl, und mein junges Gehirn dadurch eine Zeit lang in ziemliche Verwirrung setzte. Ich war im Behagen der Jugend zu einer Art von Optimismus geneigt, und hatte mich mit Gott oder den Göttern ziemlich wieder ausgesöhnt: denn durch eine Reihe von Jahren war ich zu der Erfahrung gekommen, daß es gegen das Böse manches Gleichgewicht gebe, daß man sich von den Übeln wohl wieder herstelle, und daß man sich aus Gefahren rette und nicht immer den Hals breche. Auch was die Menschen taten und trieben sah ich läßlich an, und fand manches Lobenswürdige, womit mein alter Herr keineswegs zufrieden sein wollte. Ja, als er einmal mir die Welt ziemlich von ihrer fratzenhaften Seite geschildert hatte, merkte ich ihm an, daß er noch mit einem bedeutenden Trumpfe zu schließen gedenke. Er drückte, wie in solchen Fällen seine Art war, das blinde linke Auge stark zu, blickte mit dem andern scharf hervor und sagte mit einer näselnden Stimme: »Auch in Gott entdeck' ich Fehler.«

Mein timonischer Mentor war auch Mathematiker; aber seine praktische Natur trieb ihn zur Mechanik, ob er gleich nicht selbst arbeitete. Eine für damalige Zeiten wenigstens wundersame Uhr, welche neben den Stunden und Tagen auch die Bewegungen von Sonne und Mond anzeigte, ließ er nach seiner Angabe verfertigen. Sonntags früh um zehn zog er sie jedesmal selbst auf, welches er um so gewisser tun konnte, als er niemals in die Kirche ging. Gesellschaft oder Gäste habe ich nie bei ihm gesehen. Angezogen und aus dem Hause gehend erinnere ich mir ihn in zehn Jahren kaum zweimal.

Die verschiedenen Unterhaltungen mit diesen Männern waren nicht unbedeutend, und jeder wirkte auf mich nach seiner Weise. Für einen jeden hatte ich so viel, oft noch mehr Aufmerksamkeit als die eigenen Kinder, und jeder suchte an mir, als an einem geliebten Sohne, sein Wohlgefallen zu vermehren, indem er an mir sein moralisches Ebenbild herzustellen trachtete. Olenschlager wollte mich zum Hofmann, Reineck zum diplomatischen Geschäftsmann bilden, beide, besonders letzterer, suchten mir Poesie und Schriftstellerei zu verleiden. Huisgen wollte mich zum Timon seiner Art, dabei aber zum tüchtigen Rechtsgelehrten haben: ein notwendiges Handwerk wie er meinte, damit man sich und das Seinige gegen das Lumpenpack von Menschen regelmäßig verteidigen, einem Unterdrückten beistehen, und allenfalles einem Schelmen etwas am Zeuge flicken könne; letzteres jedoch sei weder besonders tulich noch ratsam.

Hielt ich mich gern an der Seite jener Männer, um ihren Rat, ihren Fingerzeig zu benutzen, so forderten jüngere, an Alter mir nur wenig vorausgeschrittene mich auf zum unmittelbaren Nacheifern. Ich nenne hier vor allen andern die Gebrüder Schlosser, und Griesbach. Da ich jedoch mit diesen in der Folge in genauere Verbindung trat, welche viele Jahre ununterbrochen dauerte, so sage ich gegenwärtig nur so viel, daß sie uns damals als ausgezeichnet in Sprachen und andern, die akademische Laufbahn eröffnenden Studien gepriesen und zum Muster aufgestellt wurden, und daß jedermann die gewisse Erwartung hegte, sie würden einst im Staat und in der Kirche etwas Ungemeines leisten.

Was mich betrifft, so hatte ich auch wohl im Sinne, etwas Außerordentliches hervorzubringen; worin es aber bestehen könne, wollte mir nicht deutlich werden. Wie man jedoch eher an den Lohn denkt, den man erhalten möchte, als an das Verdienst, das man sich erwerben sollte; so leugne ich nicht, daß wenn ich an ein wünschenswertes Glück dachte, dieses mir am reizendsten in der Gestalt des Lorbeerkranzes erschien, der den Dichter zu zieren geflochten ist.

Fünftes Buch

Für alle Vögel gibt es Lockspeisen, und jeder Mensch wird auf seine eigene Art geleitet und verleitet. Natur, Erziehung, Umgebung, Gewohnheit hielten mich von allem Rohen abgesondert, und ob ich gleich mit den untern Volks-Klassen, besonders den Handwerkern, öfters in Berührung kam, so entstand doch daraus kein näheres Verhältnis. Etwas Ungewöhnliches, vielleicht Gefährliches zu unternehmen, hatte ich zwar Verwegenheit genug, und fühlte mich wohl manchmal dazu aufgelegt; allein es mangelte mir die Handhabe es anzugreifen und zu fassen.

Indessen wurde ich auf eine völlig unerwartete Weise in Verhältnisse verwickelt, die mich ganz nahe an große Gefahr, und wenigstens für eine Zeit lang in Verlegenheit und Not brachten. Mein früheres gutes Verhältnis zu jenem Knaben, den ich oben Pylades genannt, hatte sich bis ins Jünglingsalter fortgesetzt. Zwar sahen wir uns seltner, weil unsre Eltern nicht zum besten miteinander standen; wo wir uns aber trafen, sprang immer sogleich der alte freundschaftliche Jubel hervor. Einst begegneten wir uns in den Alleen, die zwischen dem innern und äußern Sankt-Gallen-Tor einen sehr angenehmen Spaziergang darboten. Wir hatten uns kaum begrüßt, als er zu mir sagte: »Es geht mir mit deinen Versen noch immer wie sonst. Diejenigen die du mir neulich mitteiltest, habe ich einigen lustigen Gesellen vorgelesen, und keiner will glauben, daß du sie gemacht habest.« – »Laß es gut sein«, versetzte ich; »wir wollen sie machen, uns daran ergetzen, und die andern mögen davon denken und sagen was sie wollen.«

»Da kommt eben der Ungläubige!« sagte mein Freund. – »Wir wollen nicht davon reden«, war meine Antwort. »Was hilft's, man bekehrt sie doch nicht.« – »Mitnichten«, sagte der Freund: »ich kann es ihm nicht so hingehen lassen.«

Nach einer kurzen gleichgültigen Unterhaltung konnte es

der für mich nur allzuwohlgesinnte junge Gesell nicht lassen, und sagte mit einiger Empfindlichkeit gegen jenen: »Hier ist nun der Freund, der die hübschen Verse gemacht hat, und die ihr ihm nicht zutrauen wollt.« – »Er wird es gewiß nicht übel nehmen«, versetzte jener: »denn es ist ja eine Ehre die wir ihm erweisen, wenn wir glauben, daß weit mehr Gelehrsamkeit dazu gehöre, solche Verse zu machen, als er bei seiner Jugend besitzen kann.« – Ich erwiderte etwas Gleichgültiges; mein Freund aber fuhr fort: »Es wird nicht viel Mühe kosten, euch zu überzeugen. Gebt ihm irgend ein Thema auf, und er macht euch ein Gedicht aus dem Stegereif.« – Ich ließ es mir gefallen, wir wurden einig, und der Dritte fragte mich: ob ich mich wohl getraue, einen recht artigen Liebesbrief in Versen aufzusetzen, den ein verschämtes junges Mädchen an einen Jüngling schriebe, um ihre Neigung zu offenbaren. – »Nichts ist leichter als das«, versetzte ich, »wenn wir nur ein Schreibzeug hätten.« – Jener brachte seinen Taschenkalender hervor, worin sich weiße Blätter in Menge befanden, und ich setzte mich auf eine Bank, zu schreiben. Sie gingen indes auf und ab und ließen mich nicht aus den Augen. Sogleich faßte ich die Situation in den Sinn und dachte mir, wie artig es sein müßte, wenn irgend ein hübsches Kind mir wirklich gewogen wäre und es mir in Prosa oder in Versen entdecken wollte. Ich begann daher ohne Anstand meine Erklärung, und führte sie in einem, zwischen dem Knittelvers und Madrigal schwebenden Silbenmaße mit möglichster Naivetät in kurzer Zeit dergestalt aus, daß, als ich dies Gedichtchen den beiden vorlas, der Zweifler in Verwunderung und mein Freund in Entzükken versetzt wurde. Jenem konnte ich auf sein Verlangen das Gedicht um so weniger verweigern, als es in seinen Kalender geschrieben war, und ich das Dokument meiner Fähigkeiten gern in seinen Händen sah. Er schied unter vielen Versicherungen von Bewunderung und Neigung, und wünschte nichts mehr als uns öfter zu begegnen, und wir machten aus, bald zusammen aufs Land zu gehen.

Unsre Partie kam zu Stande, zu der sich noch mehrere

junge Leute von jenem Schlage gesellten. Es waren Menschen aus dem mittlern, ja wenn man will, aus dem niedern Stande, denen es an Kopf nicht fehlte, und die auch, weil sie durch die Schule gelaufen, manche Kenntnis und eine gewisse Bildung hatten. In einer großen reichen Stadt gibt es vielerlei Erwerbzweige. Sie halfen sich durch, indem sie für die Advokaten schrieben, Kinder der geringern Klasse durch Hausunterricht etwas weiter brachten, als es in Trivialschulen zu geschehen pflegt. Mit erwachsenern Kindern, welche konfirmiert werden sollten, repetierten sie den Religionsunterricht, liefen dann wieder den Mäklern oder Kaufleuten einige Wege, und taten sich abends, besonders aber an Sonn- und Feiertagen, auf eine frugale Weise etwas zu Gute.

Indem sie nun unterwegs meine Liebesepistel auf das beste herausstrichen, gestanden sie mir, daß sie einen sehr lustigen Gebrauch davon gemacht hätten: sie sei nämlich mit verstellter Hand abgeschrieben, und mit einigen nähern Beziehungen einem eingebildeten jungen Manne zugeschoben worden, der nun in der festen Überzeugung stehe, ein Frauenzimmer, dem er von fern den Hof gemacht, sei in ihn aufs äußerste verliebt, und suche Gelegenheit ihm näher bekannt zu werden. Sie vertrauten mir dabei, er wünsche nichts mehr als ihr auch in Versen antworten zu können; aber weder bei ihm noch bei ihnen finde sich Geschick dazu, weshalb sie mich inständig bäten, die gewünschte Antwort selbst zu verfassen.

Mystifikationen sind und bleiben eine Unterhaltung für müßige, mehr oder weniger geistreiche Menschen. Eine läßliche Bosheit, eine selbstgefällige Schadenfreude sind ein Genuß für diejenigen, die sich weder mit sich selbst beschäftigen, noch nach außen heilsam wirken können. Kein Alter ist ganz frei von einem solchen Kitzel. Wir hatten uns in unsern Knabenjahren einander oft angeführt; viele Spiele beruhen auf solchen Mystifikationen und Attrappen; der gegenwärtige Scherz schien mir nicht weiter zu gehen: ich willigte ein; sie teilten mir manches Besondere mit, was der Brief enthalten sollte, und wir brachten ihn schon fertig mit nach Hause.

Kurze Zeit darauf wurde ich durch meinen Freund dringend eingeladen, an einem Abendfeste jener Gesellschaft teilzunehmen. Der Liebhaber wolle es diesmal ausstatten, und verlange dabei ausdrücklich, dem Freunde zu danken, der sich so vortrefflich als poetischer Sekretär erwiesen.

Wir kamen spät genug zusammen, die Mahlzeit war die frugalste, der Wein trinkbar; und was die Unterhaltung betraf, so drehte sie sich fast gänzlich um die Verhöhnung des gegenwärtigen, freilich nicht sehr aufgeweckten Menschen, der nach wiederholter Lesung des Briefes nicht weit davon war zu glauben, er habe ihn selbst geschrieben.

Meine natürliche Gutmütigkeit ließ mich an einer solchen boshaften Verstellung wenig Freude finden, und die Wiederholung desselben Themas ekelte mich bald an. Gewiß, ich brachte einen verdrießlichen Abend hin, wenn nicht eine unerwartete Erscheinung mich wieder belebt hätte. Bei unserer Ankunft stand bereits der Tisch reinlich und ordentlich gedeckt, hinreichender Wein aufgestellt; wir setzten uns und blieben allein, ohne Bedienung nötig zu haben. Als es aber doch zuletzt an Wein gebrach, rief einer nach der Magd; allein statt derselben trat ein Mädchen herein, von ungemeiner, und wenn man sie in ihrer Umgebung sah, von unglaublicher Schönheit. – »Was verlangt Ihr?« sagte sie, nachdem sie auf eine freundliche Weise guten Abend geboten: »die Magd ist krank und zu Bette. Kann ich Euch dienen?« – »Es fehlt an Wein«, sagte der eine. »Wenn du uns ein paar Flaschen holtest, so wäre es sehr hübsch.« – »Tu es, Gretchen«, sagte der andre; »es ist ja nur ein Katzensprung.« – »Warum nicht!« versetzte sie, nahm ein paar leere Flaschen vom Tisch und eilte fort. Ihre Gestalt war von der Rückseite fast noch zierlicher. Das Häubchen saß so nett auf dem kleinen Kopfe, den ein schlanker Hals gar anmutig mit Nacken und Schultern verband. Alles an ihr schien auserlesen, und man konnte der ganzen Gestalt um so ruhiger folgen, als die Aufmerksamkeit nicht mehr durch die stillen treuen Augen und den lieblichen Mund allein angezogen und gefesselt wurde. Ich machte den

Gesellen Vorwürfe, daß sie das Kind in der Nacht allein ausschickten; sie lachten mich aus, und ich war bald getröstet, als sie schon wiederkam: denn der Schenkwirt wohnte nur über die Straße. – »Setze dich dafür auch zu uns«, sagte der eine. Sie tat es, aber leider kam sie nicht neben mich. Sie trank ein Glas auf unsre Gesundheit und entfernte sich bald, indem sie uns riet, nicht gar lange beisammen zu bleiben und überhaupt nicht so laut zu werden: denn die Mutter wolle sich eben zu Bette legen. Es war nicht ihre Mutter, sondern die unserer Wirte.

Die Gestalt dieses Mädchens verfolgte mich von dem Augenblick an auf allen Wegen und Stegen: es war der erste bleibende Eindruck, den ein weibliches Wesen auf mich gemacht hatte; und da ich einen Vorwand sie im Hause zu sehen weder finden konnte, noch suchen mochte, ging ich ihr zu Liebe in die Kirche und hatte bald ausgespürt wo sie saß; und so konnte ich während des langen protestantischen Gottesdienstes mich wohl satt an ihr sehen. Beim Herausgehen getraute ich mich nicht sie anzureden, noch weniger sie zu begleiten, und war schon selig, wenn sie mich bemerkt und gegen einen Gruß genickt zu haben schien. Doch ich sollte das Glück mich ihr zu nähern nicht lange entbehren. Man hatte jenen Liebenden, dessen poetischer Sekretär ich geworden war, glauben gemacht, der in seinem Namen geschriebene Brief sei wirklich an das Frauenzimmer abgegeben worden, und zugleich seine Erwartung aufs äußerste gespannt, daß nun bald eine Antwort darauf erfolgen müsse. Auch diese sollte ich schreiben, und die schalkische Gesellschaft ließ mich durch Pylades aufs inständigste ersuchen, allen meinen Witz aufzubieten und alle meine Kunst zu verwenden, daß dieses Stück recht zierlich und vollkommen werde.

In Hoffnung meine Schöne wiederzusehen, machte ich mich sogleich ans Werk, und dachte mir nun alles was mir höchst wohlgefällig sein würde, wenn Gretchen es mir schriebe. Ich glaubte alles so aus ihrer Gestalt, ihrem Wesen, ihrer Art, ihrem Sinn herausgeschrieben zu haben, daß ich mich des Wunsches nicht enthalten konnte, es möchte wirklich so sein, und mich in Entzücken verlor, nur zu denken, daß etwas Ähnliches von ihr an mich könnte gerichtet werden. So mystifizierte ich mich selbst, indem ich meinte einen andern zum besten zu haben, und es sollte mir daraus noch manche Freude und manches Ungemach entspringen. Als ich abermals gemahnt wurde, war ich fertig, versprach zu kommen und fehlte nicht zur bestimmten Stunde. Es war nur einer von den jungen Leuten zu Hause; Gretchen saß am Fenster und spann; die Mutter ging ab und zu. Der junge Mensch verlangte, daß ich's ihm vorlesen sollte; ich tat es, und las nicht ohne Rührung, indem ich über das Blatt weg nach dem schönen Kinde hinschielte, und da ich eine gewisse Unruhe ihres Wesens, eine leichte Röte ihrer Wangen zu bemerken glaubte, drückte ich nur besser und lebhafter aus, was ich von ihr zu vernehmen wünschte. Der Vetter, der mich oft durch Lobeserhebungen unterbrochen hatte, ersuchte mich zuletzt um einige Abänderungen. Sie betrafen einige Stellen, die freilich mehr auf Gretchens Zustand, als auf den jenes Frauenzimmers paßten, das von gutem Hause, wohlhabend, in der Stadt bekannt und angesehen war. Nachdem der junge Mann mir die gewünschten Änderungen artikuliert und ein Schreibzeug herbeigeholt hatte, sich aber wegen eines Geschäfts auf kurze Zeit beurlaubte, blieb ich auf der Wandbank hinter dem großen Tische sitzen, und probierte die zu machenden Veränderungen auf der großen, fast den ganzen Tisch einnehmenden Schieferplatte, mit einem Griffel, der stets im Fenster lag, weil man auf dieser Steinfläche oft rechnete, sich mancherlei notierte, ja die Gehenden und Kommenden sich sogar Notizen dadurch mitteilten.

Ich hatte eine Zeit lang verschiedenes geschrieben und wieder ausgelöscht, als ich ungeduldig ausrief: »Es will nicht gehen!« – »Desto besser!« sagte das liebe Mädchen, mit einem gesetzten Tone; »ich wünschte, es ginge gar nicht. Sie sollten sich mit solchen Händeln nicht befassen.« – Sie stand vom Spinnrocken auf, und zu mir an den Tisch tretend, hielt sie mir mit viel Verstand und Freundlichkeit eine Strafpredigt. »Die Sache scheint ein unschuldiger Scherz; es ist ein Scherz, aber nicht unschuldig. Ich habe schon mehrere Fälle erlebt, wo unsere jungen Leute wegen eines solchen Frevels in große Verlegenheit kamen.« – »Was soll ich aber tun?« versetzte ich: »der Brief ist geschrieben, und sie verlassen sich drauf, daß ich ihn umändern werde.« – »Glauben Sie mir«, versetzte sie, »und ändern ihn nicht um; ja, nehmen Sie ihn zurück, stecken Sie ihn ein, gehen Sie fort und suchen die Sache durch ihren Freund ins gleiche zu bringen. Ich will auch ein Wörtchen mit drein reden: denn, sehen Sie, so ein armes Mädchen als ich bin, und abhängig von diesen Verwandten, die zwar nichts Böses tun, aber doch oft um der Lust und des Gewinns willen, manches Wagehalsige vornehmen, ich habe widerstanden und den ersten Brief nicht abgeschrieben, wie man von mir verlangte; sie haben ihn mit verstellter Hand kopiert, und so mögen sie auch, wenn es nicht anders ist, mit diesem tun. Und Sie, ein junger Mann aus gutem Hause, wohlhabend, unabhängig, warum wollen Sie sich zum Werkzeug in einer Sache gebrauchen lassen, aus der gewiß nichts Gutes und vielleicht manches Unangenehme für Sie entspringen kann?« – Ich war glücklich sie in einer Folge reden zu hören: denn sonst gab sie nur wenige Worte in das Gespräch. Meine Neigung wuchs unglaublich, ich war nicht Herr von mir selbst, und erwiderte: »Ich bin so unabhängig nicht als Sie glauben, und was hilft mir wohlhabend zu sein, da mir das Köstlichste fehlt, was ich wünschen dürfte.«

Sie hatte mein Konzept der poetischen Epistel vor sich hingezogen und las es halblaut, gar hold und anmutig. »Das ist recht hübsch«, sagte sie, indem sie bei einer Art naiver Pointe inne hielt: »nur schade, daß es nicht zu einem bessern, zu einem wahren Gebrauch bestimmt ist.« – »Das wäre freilich sehr wünschenswert«, rief ich aus: »wie glücklich müßte der sein, der von einem Mädchen, das er unendlich liebt, eine solche Versicherung ihrer Neigung erhielte!« – »Es gehört freilich viel dazu«, versetzte sie, »und doch wird manches möglich.« – »Zum Beispiel«, fuhr ich fort, »wenn jemand der Sie kennt, schätzt, verehrt und anbetet, Ihnen ein solches Blatt vorlegte, und Sie recht dringend, recht herzlich und freundlich bäte, was würden Sie tun?« – Ich schob ihr das Blatt näher hin, das sie schon wieder mir zugeschoben hatte. Sie lächelte, besann sich einen Augenblick, nahm die Feder und unterschrieb. Ich kannte mich nicht vor Entzücken, sprang auf und wollte sie umarmen. – »Nicht küssen!« sagte sie: »das ist so was Gemeines; aber lieben wenn's möglich ist.« Ich hatte das Blatt zu mir genommen und eingesteckt. »Niemand soll es erhalten«, sagte ich, »und die Sache ist abgetan! Sie haben mich gerettet.« – »Nun vollenden Sie die Rettung«, rief sie aus: »und eilen fort, ehe die andern kommen, und Sie in Pein und Verlegenheit geraten.« Ich konnte mich nicht von ihr losreißen; sie aber bat mich so freundlich, indem sie mit beiden Händen meine Rechte nahm und liebevoll drückte. Die Tränen waren mir nicht weit: ich glaubte ihre Augen feucht zu sehen; ich drückte mein Gesicht auf ihre Hände und eilte fort. In meinem Leben hatte ich mich nicht in einer solchen Verwirrung befunden.

Die ersten Liebes-Neigungen einer unverdorbenen Jugend nehmen durchaus eine geistige Wendung. Die Natur scheint zu wollen, daß ein Geschlecht in dem andern das Gute und Schöne sinnlich gewahr werde. Und so war auch mir durch den Anblick dieses Mädchens, durch meine Neigung zu ihr, eine neue Welt des Schönen und Vortrefflichen aufgegangen. Ich las meine poetische Epistel hundertmal durch, beschaute die Unterschrift, küßte sie, drückte sie an mein Herz und freute mich dieses liebenswürdigen Bekenntnisses. Je mehr sich aber mein Entzücken steigerte, desto weher tat es mir, sie nicht unmittelbar besuchen, sie nicht wieder sehen und sprechen zu können: denn ich fürchtete die Vorwürfe der Vettern und ihre Zudringlichkeit. Den guten Pylades, der die Sache vermitteln konnte, wußte ich nicht anzutreffen. Ich machte mich daher den nächsten Sonntag auf nach Niederrad, wohin jene Gesellen gewöhnlich zu gehen pflegten, und fand sie auch wirklich. Sehr verwundert war ich jedoch, da sie mir, anstatt verdrießlich und fremd zu tun, mit frohem Gesicht entgegenkamen. Der Jüngste besonders war sehr freundlich, nahm mich bei der Hand und sagte: »Ihr habt uns neulich einen schelmischen Streich gespielt, und wir waren auf Euch recht böse; doch hat uns Euer Entweichen und das Entwenden der poetischen Epistel auf einen guten Gedanken gebracht, der uns vielleicht sonst niemals aufgegangen wäre. Zur Versöhnung möget Ihr uns heute bewirten, und dabei sollt Ihr erfahren, was es denn ist, worauf wir uns etwas einbilden, und was Euch gewiß auch Freude machen wird.« Diese Anrede setzte mich in nicht geringe Verlegenheit: denn ich hatte ungefähr so viel Geld bei mir, um mir selbst und einem Freunde etwas zu Gute zu tun; aber eine Gesellschaft, und besonders eine solche die nicht immer zur rechten Zeit ihre Grenzen fand, zu gastieren, war ich keineswegs eingerichtet; ja dieser Antrag verwunderte mich um so mehr, als sie sonst durchaus sehr ehrenvoll darauf hielten, daß jeder nur seine Zeche bezahlte. Sie lächelten über meine Verlegenheit, und der Jüngere fuhr fort: »Laßt uns erst in die Laube sitzen und dann sollt Ihr das Weitre erfahren.« Wir saßen, und er sagte: »Als Ihr die Liebesepistel neulich mitgenommen hattet, sprachen wir die ganze Sache noch einmal durch und machten die Betrachtung, daß wir so ganz umsonst, andern zum Verdruß und uns zur Gefahr, aus bloßer leidiger Schadenfreude, Euer Talent mißbrauchen, da wir es doch zu unser aller Vorteil benutzen könnten. Seht, ich habe hier eine Bestellung auf ein Hochzeit-Gedicht, so wie auf ein Leichen-Carmen. Das zweite muß gleich fertig sein, das erste hat noch acht Tage Zeit. Mögt Ihr sie machen, welches Euch ein leichtes ist, so traktiert Ihr uns zweimal, und wir bleiben auf lange Zeit Eure Schuldner.« – Dieser Vorschlag gefiel mir von allen Seiten: denn ich hatte schon von Jugend auf die Gelegenheits-Gedichte, deren damals in jeder Woche mehrere zirkulierten, ja besonders bei ansehnlichen Verheiratungen dutzendweise zum Vorschein kamen, mit einem gewissen Neid betrachtet, weil ich solche Dinge ebenso gut ja noch besser zu machen glaubte. Nun ward mir die Gelegenheit angeboten, mich zu zeigen, und besonders, mich gedruckt zu sehen. Ich erwies mich nicht abgeneigt. Man machte mich mit den Personalien, mit den Verhältnissen der Familie bekannt; ich ging etwas abseits, machte meinen Entwurf und führte einige Strophen aus. Da ich mich jedoch wieder zur Gesellschaft begab, und der Wein nicht geschont wurde; so fing das Gedicht an zu stocken, und ich konnte es diesen Abend nicht abliefern. »Es hat noch bis morgen abend Zeit«, sagten sie, »und wir wollen Euch nur gestehen, das Honorar welches wir für das Leichen-Carmen erhalten, reicht hin uns morgen noch einen lustigen Abend zu verschaffen. Kommt zu uns: denn es ist billig, daß Gretchen auch mit genieße, die uns eigentlich auf diesen Einfall gebracht hat.« – Meine Freude war unsäglich. Auf dem Heimwege hatte ich nur die noch fehlenden Strophen im Sinne, schrieb das Ganze noch vor Schlafengehn nieder und den andern Morgen sehr sauber ins reine. Der Tag ward mir unendlich lang, und kaum war es dunkel geworden, so fand ich mich wieder in der kleinen engen Wohnung neben dem allerliebsten Mädchen.

Die jungen Leute, mit denen ich auf diese Weise immer in nähere Verbindung kam, waren nicht eigentlich gemeine, aber doch gewöhnliche Menschen. Ihre Tätigkeit war lobenswürdig, und ich hörte ihnen mit Vergnügen zu, wenn sie von den vielfachen Mitteln und Wegen sprachen, wie man sich etwas erwerben könne, auch erzählten sie am liebsten von gegenwärtig sehr reichen Leuten, die mit nichts angefangen. Andere hätten als arme Handlungsdiener sich ihren Patronen notwendig gemacht, und wären endlich zu ihren Schwiegersöhnen erhoben worden; noch andre hätten einen kleinen Kram mit Schwefelfaden und dergleichen so erweitert und veredelt, daß sie nun als reiche Kauf- und Handelsmänner erschienen. Besonders sollte jungen Leuten, die gut auf den Beinen wären, das Beiläufer- und Mäklerhandwerk und die Übernahme von allerlei Aufträgen und Besorgungen für unbehülfliche Wohlhabende, durchaus ernährend und einträglich sein. Wir alle hörten das gern, und jeder dünkte sich etwas, wenn er sich in dem Augenblick vorstellte, daß in ihm selbst so viel verhanden sei, nicht nur um in der Welt fortzukommen, sondern sogar ein außerordentliches Glück zu machen. Niemand jedoch schien dies Gespräch ernstlicher zu führen, als Pylades, der zuletzt gestand, daß er ein Mädchen außerordentlich liebe und sich wirklich mit ihr versprochen habe. Die Vermögensumstände seiner Eltern litten nicht, daß er auf Akademieen gehe; er habe sich aber einer schönen Handschrift, des Rechnens und der neuern Sprachen befleißigt, und wolle nun, in Hoffnung auf jenes häusliche Glück, sein möglichstes versuchen. Die Vettern lobten ihn deshalb, ob sie gleich das frühzeitige Versprechen an ein Mädchen nicht billigen wollten, und setzten hinzu, sie müßten ihn zwar für einen braven und guten Jungen anerkennen, hielten ihn aber weder für tätig noch für unternehmend genug, etwas Außerordentliches zu leisten. Indem er nun, zu seiner Rechtfertigung, umständlich auseinandersetzte, was er sich zu leisten getraue und wie er es anzufangen gedenke; so wurden die übrigen auch angereizt, und jeder fing nun an zu erzählen, was er schon vermöge, tue, treibe, welchen Weg er zurückgelegt und was er zunächst vor sich sehe. Die Reihe kam zuletzt an mich. Ich sollte nun auch meine Lebensweise und Aussichten darstellen, und indem ich mich besann, sagte Pylades: »Das einzige halte ich mir aus, damit wir nicht gar zu kurz kommen, daß er die äußern Vorteile seiner Lage nicht mit in Anrechnung bringe. Er mag uns lieber ein Märchen erzählen, wie er es anfangen würde, wenn er in diesem Augenblick, so wie wir, ganz auf sich selbst gestellt wäre.«

Gretchen, die bis diesen Augenblick fortgesponnen hatte, stand auf und setzte sich wie gewöhnlich ans Ende des Tisches. Wir hatten schon einige Flaschen geleert, und ich fing mit dem besten Humor meine hypothetische Lebensgeschichte zu erzählen an. »Zuvörderst also empfehle ich mich Euch«, sagte ich, »daß Ihr mir die Kundschaft erhaltet, welche mir zuzuweisen Ihr den Anfang gemacht habt. Wenn Ihr mir nach und nach den Verdienst der sämtlichen Gelegenheits-Gedichte zuwendet, und wir ihn nicht bloß verschmausen; so will ich schon zu etwas kommen. Alsdann müßt Ihr mir nicht übel nehmen, wenn ich auch in Euer Handwerk pfusche.« Worauf ich ihnen denn vorerzählte, was ich mir aus ihren Beschäftigungen gemerkt hatte, und zu welchen ich mich allenfalls fähig hielt. Ein jeder hatte vorher sein Verdienst zu Gelde angeschlagen, und ich ersuchte sie, mir auch zu Fertigung meines Etats behülflich zu sein. Gretchen hatte alles Bisherige sehr aufmerksam mit angehört, und zwar in der Stellung die sie sehr gut kleidete, sie mochte nun zuhören oder sprechen. Sie faßte mit beiden Händen ihre übereinandergeschlagenen Arme und legte sie auf den Rand des Tisches. So konnte sie lange sitzen, ohne etwas anders als den Kopf zu bewegen, welches niemals ohne Anlaß oder Bedeutung geschah. Sie hatte manchmal ein Wörtchen mit eingesprochen und über dieses und jenes, wenn wir in unsern Einrichtungen stockten, nachgeholfen; dann war sie aber wieder still und ruhig wie gewöhnlich. Ich ließ sie nicht aus den Augen, und daß ich meinen Plan nicht ohne Bezug auf sie gedacht und ausgesprochen, kann man sich leicht denken, und die Neigung zu ihr gab dem was ich sagte, einen Anschein von Wahrheit und Möglichkeit, daß ich mich selbst einen Augenblick täuschte, mich so abgesondert und hülfslos dachte, wie mein Märchen mich voraussetzte, und mich dabei in der Aussicht sie zu besitzen höchst glücklich fühlte. Pylades hatte seine Konfession mit der Heirat geendigt, und bei uns andern war nun auch die Frage, ob wir es in unsern Planen so weit gebracht hätten. »Ich zweifle ganz und gar nicht daran«, sagte ich: »denn eigentlich ist einem jeden von uns eine Frau nötig, um das im Hause zu bewahren und uns im Ganzen genießen zu lassen, was wir von außen auf eine so wunderliche Weise zusammenstoppeln.« Ich machte die Schilderung von einer Gattin, wie ich sie wünschte, und es müßte seltsam zugegangen sein, wenn sie nicht Gretchens vollkommnes Ebenbild gewesen wäre.

Das Leichen-Carmen war verzehrt, das Hochzeit-Gedicht stand nun auch wohltätig in der Nähe; ich überwand alle Furcht und Sorge und wußte, weil ich viel Bekannte hatte, meine eigentlichen Abendunterhaltungen vor den Meinigen zu verbergen. Das liebe Mädchen zu sehen und neben ihr zu sein, war nun bald eine unerläßliche Bedingung meines Wesens. Jene hatten sich ebenso an mich gewöhnt, und wir waren fast täglich zusammen, als wenn es nicht anders sein könnte. Pylades hatte indessen seine Schöne auch in das Haus gebracht, und dieses Paar verlebte manchen Abend mit uns. Sie als Brautleute, obgleich noch sehr im Keime, verbargen doch nicht ihre Zärtlichkeit; Gretchens Betragen gegen mich war nur geschickt, mich in Entfernung zu halten. Sie gab niemanden die Hand, auch nicht mir; sie litt keine Berührung: nur setzte sie sich manchmal neben mich, besonders wenn ich schrieb oder vorlas, und dann legte sie mir vertraulich den Arm auf die Schulter, sah mir ins Buch oder aufs Blatt; wollte ich mir aber eine ähnliche Freiheit gegen sie herausnehmen, so wich sie und kam so bald nicht wieder. Doch wiederholte sie oft diese Stellung, so wie alle ihre Gesten und Bewegungen sehr einförmig waren, aber immer gleich gehörig, schön und reizend. Allein jene Vertraulichkeit habe ich sie gegen niemanden weiter ausüben sehen.

Eine der unschuldigsten und zugleich unterhaltendsten Lustpartieen, die ich mit verschiedenen Gesellschaften junger Leute unternahm, war, daß wir uns in das Höchster Marktschiff setzten, die darin eingepackten seltsamen Passagiere beobachteten und uns bald mit diesem bald mit jenem, wie uns Lust oder Mutwille trieb, scherzhaft und neckend einließen. Zu Höchst stiegen wir aus, wo zu gleicher Zeit das Marktschiff von Mainz eintraf. In einem Gasthofe fand man eine gut besetzte Tafel, wo die Besseren der Auf- und Abfahrenden miteinander speisten und alsdann jeder seine Fahrt weiter fortsetzte: denn beide Schiffe gingen wieder zurück. Wir fuhren dann jedesmal nach eingenommenem Mittagessen hinauf nach Frankfurt und hatten in sehr großer Gesellschaft die wohlfeilste Wasserfahrt gemacht, die nur möglich war. Einmal hatte ich auch mit Gretchens Vettern diesen Zug unternommen, als am Tisch in Höchst sich ein junger Mann zu uns gesellte, der etwas älter als wir sein mochte. Jene kannten ihn und er ließ sich mir vorstellen. Er hatte in seinem Wesen etwas sehr Gefälliges, ohne sonst ausgezeichnet zu sein. Von Mainz heraufgekommen fuhr er nun mit uns nach Frankfurt zurück, und unterhielt sich mit mir von allerlei Dingen, welche das innere Stadtwesen, die Ämter und Stellen betrafen, worin er mir ganz wohl unterrichtet schien. Als wir uns trennten, empfahl er sich mir und fügte hinzu: er wünsche, daß ich gut von ihm denken möge, weil er sich gelegentlich meiner Empfehlung zu erfreuen hoffe. Ich wußte nicht was er damit sagen wollte, aber die Vettern klärten mich nach einigen Tagen auf; sie sprachen Gutes von ihm und ersuchten mich um ein Vorwort bei meinem Großvater, da jetzt eben eine mittlere Stelle offen sei, zu welcher dieser Freund gern gelangen möchte. Ich entschuldigte mich anfangs, weil ich mich niemals in dergleichen Dinge gemischt hatte; allein sie setzten mir so lange zu, bis ich mich es zu tun entschloß. Hatte ich doch schon manchmal bemerkt, daß bei solchen Ämtervergebungen, welche leider oft als Gnadensachen betrachtet werden, die Vorsprache der Großmutter oder einer Tante nicht ohne Wirkung gewesen. Ich war so weit herangewachsen, um mir auch einigen Einfluß anzumaßen. Deshalb überwand ich, meinen Freunden zu Lieb, welche sich auf alle Weise für eine solche Gefälligkeit verbunden erklärten, die Schüchternheit eines Enkels, und übernahm es, ein Bittschreiben das mir eingehändigt wurde, zu überreichen.

Eines Sonntags nach Tische, als der Großvater in seinem Garten beschäftigt war, um so mehr als der Herbst herannahte, und ich ihm allenthalben behülflich zu sein suchte, rückte ich nach einigem Zögern mit meinem Anliegen und dem Bittschreiben hervor. Er sah es an und fragte mich, ob ich den jungen Menschen kenne. Ich erzählte ihm im Allgemeinen was zu sagen war, und er ließ es dabei bewenden. »Wenn er Verdienst und sonst ein gutes Zeugnis hat, so will ich ihm um seinet- und deinetwillen günstig sein.« Mehr sagte er nicht, und ich erfuhr lange nichts von der Sache.

Seit einiger Zeit hatte ich bemerkt, daß Gretchen nicht mehr spann, und sich dagegen mit Nähen beschäftigte und zwar mit sehr feiner Arbeit, welches mich um so mehr wunderte, da die Tage schon abgenommen hatten und der Winter herankam. Ich dachte darüber nicht weiter nach, nur beunruhigte es mich, daß ich sie einige Mal des Morgens nicht wie sonst zu Hause fand, und ohne Zudringlichkeit nicht erfahren konnte, wo sie hingegangen sei. Doch sollte ich eines Tages sehr wunderlich überrascht werden. Meine Schwester, die sich zu einem Balle vorbereitete, bat mich ihr bei einer Galanterie-Händlerin sogenannte italienische Blumen zu holen. Sie wurden in Klöstern gemacht, waren klein und niedlich. Myrten besonders, Zwergröslein und dergleichen fielen gar schön und natürlich aus. Ich tat ihr die Liebe und ging in den Laden, in welchem ich schon öfter mit ihr gewesen war. Kaum war ich hineingetreten und hatte die Eigentümerin begrüßt, als ich im Fenster ein Frauenzimmer sitzen sah, das mir unter einem Spitzenhäubchen gar jung und hübsch, und unter einer seidnen Mantille sehr wohl gebaut schien. Ich konnte leicht an ihr eine Gehülfin erkennen, denn sie war beschäftigt, Band und Federn auf ein Hütchen zu stecken. Die Putzhändlerin zeigte mir den langen Kasten mit einzelnen mannigfaltigen Blumen vor; ich besah sie, und blickte, indem ich wählte, wieder nach dem Frauenzimmerchen im Fenster: aber wie groß war mein Erstaunen, als ich eine unglaubliche Ähnlichkeit mit Gretchen gewahr wurde, ja zuletzt mich überzeugen mußte, es sei Gretchen selbst. Auch blieb mir kein Zweifel übrig, als sie mir mit den Augen winkte und ein Zeichen gab, daß ich unsre Bekanntschaft nicht verraten sollte. Nun brachte ich mit Wählen und Verwerfen die Putzhändlerin in Verzweiflung, mehr als ein Frauenzimmer selbst hätte tun können. Ich hatte wirklich keine Wahl, denn ich war aufs äußerste verwirrt, und zugleich liebte ich mein Zaudern, weil es mich in der Nähe des Kindes hielt, dessen Maske mich verdroß, und das mir doch in dieser Maske reizender vorkam als jemals. Endlich mochte die Putzhändlerin alle Geduld verlieren, und suchte mir eigenhändig einen ganzen Pappenkasten voll Blumen aus, den ich meiner Schwester vorstellen und sie selbst sollte wählen lassen. So wurde ich zum Laden gleichsam hinausgetrieben, indem sie den Kasten durch ihr Mädchen vorausschickte.

Kaum war ich zu Hause angekommen, als mein Vater mich berufen ließ und mir die Eröffnung tat, es sei nun ganz gewiß, daß der Erzherzog Joseph zum römischen König gewählt und gekrönt werden solle. Ein so höchst bedeutendes Ereignis müsse man nicht unvorbereitet erwarten, und etwa nur gaffend und staunend an sich vorbeigehen lassen. Er wolle daher die Wahl- und Krönungsdiarien der beiden letzten Krönungen mit mir durchgehen, nicht weniger die letzten Wahlkapitulationen, um alsdann zu bemerken, was für neue Bedingungen man im gegenwärtigen Falle hinzufügen werde. Die Diarien wurden aufgeschlagen, und wir beschäftigten uns den ganzen Tag damit bis tief in die Nacht, indessen mir das hübsche Mädchen, bald in ihrem alten Hauskleide, bald in ihrem neuen Kostüm, immer zwischen den höchsten Gegenständen des Heiligen Römischen Reichs hin und wider schwebte. Für diesen Abend war es unmöglich sie zu sehen, und ich durchwachte eine sehr unruhige Nacht. Das gestrige Studium wurde den andern Tag eifrig fortgesetzt, und nur gegen Abend machte ich es möglich, meine Schöne zu besuchen, die ich wieder in ihrem gewöhnlichen Hauskleide fand. Sie lächelte, indem sie mich ansah, aber ich getraute mich nicht vor den andern etwas zu erwähnen. Als die ganze Gesellschaft wieder ruhig zusammensaß, fing sie an und sagte: »Es ist unbillig, daß Ihr unserm Freunde nicht vertrauet was in diesen Tagen von uns beschlossen worden.« Sie fuhr darauf fort zu erzählen, daß nach unsrer neulichen Unterhaltung, wo die Rede war, wie ein jeder sich in der Welt wolle geltend machen, auch unter ihnen zur Sprache gekommen, auf welche Art ein weibliches Wesen seine Talente und Arbeiten steigern und seine Zeit vorteilhaft anwenden könne. Darauf habe der Vetter vorgeschlagen, sie solle es bei einer Putzmacherin versuchen, die jetzt eben eine Gehülfin brauche. Man sei mit der Frau einig geworden, sie gehe täglich so viele Stunden hin, werde gut gelohnt; nur müsse sie dort, um des Anstands willen, sich zu einem gewissen Anputz bequemen, den sie aber jederzeit zurücklasse, weil er zu ihrem übrigen Leben und Wesen sich gar nicht schicken wolle. Durch diese Erklärung war ich zwar beruhigt, nur wollte es mir nicht recht gefallen, das hübsche Kind in einem öffentlichen Laden und an einem Orte zu wissen, wo die galante Welt gelegentlich ihren Sammelplatz hatte. Doch ließ ich mir nichts merken, und suchte meine eifersüchtige Sorge im stillen bei mir zu verarbeiten. Hierzu gönnte mir der jüngere Vetter nicht lange Zeit, der alsbald wieder mit dem Auftrag zu einem Gelegenheits-Gedicht hervortrat, mir die Personalien erzählte und sogleich verlangte, daß ich mich zur Erfindung und Disposition des Gedichtes anschicken möchte. Er hatte schon einige Mal über die Behandlung einer solchen Aufgabe mit mir gesprochen, und wie ich in solchen Fällen sehr redselig war, gar leicht von mir erlangt, daß ich ihm, was an diesen Dingen rhetorisch ist, umständlich auslegte, ihm einen Begriff von der Sache gab und meine eigenen und fremden Arbeiten dieser Art als Beispiele benutzte. Der junge Mensch war ein guter Kopf, obgleich ohne Spur von poetischer Ader, und nun ging er so sehr ins Einzelne und wollte von allem Rechenschaft haben, daß ich mit der Bemerkung laut ward: »Sieht es doch aus, als wolltet Ihr mir ins Handwerk greifen und mir die Kundschaft entziehen.« – »Ich will es nicht leugnen«, sagte jener lächelnd: »denn ich tue Euch dadurch keinen Schaden. Wie lange wird's währen, so geht Ihr auf die Akademie, und bis dahin laßt mich noch immer etwas bei

Euch profitieren.« – »Herzlich gern«, versetzte ich, und munterte ihn auf, selbst eine Disposition zu machen, ein Silbenmaß nach dem Charakter des Gegenstandes zu wählen, und was etwa sonst noch nötig scheinen mochte. Er ging mit Ernst an die Sache; aber es wollte nicht glücken. Ich mußte zuletzt immer daran so viel umschreiben, daß ich es leichter und besser von vornherein selbst geleistet hätte. Dieses Lehren und Lernen jedoch, dieses Mitteilen, diese Wechselarbeit gab uns eine gute Unterhaltung; Gretchen nahm teil daran und hatte manchen artigen Einfall, so daß wir alle vergnügt, ja man darf sagen glücklich waren. Sie arbeitete des Tags bei der Putzmacherin; abends kamen wir gewöhnlich zusammen, und unsre Zufriedenheit ward selbst dadurch nicht gestört, daß es mit den Bestellungen zu Gelegenheits-Gedichten endlich nicht recht mehr fortwollte. Schmerzlich jedoch empfanden wir es, daß uns eins einmal mit Protest zurückkam, weil es dem Besteller nicht gefiel. Indes trösteten wir uns, weil wir es gerade für unsere beste Arbeit hielten, und jenen für einen schlechten Kenner erklären durften. Der Vetter, der ein für allemal etwas lernen wollte, veranlaßte nunmehr fingierte Aufgaben, bei deren Auflösung wir uns zwar noch immer gut genug unterhielten, aber freilich, da sie nichts einbrachten, unsre kleinen Gelage viel mäßiger einrichten mußten.

Mit jenem großen staatsrechtlichen Gegenstande, der Wahl und Krönung eines römischen Königs, wollte es nun immer mehr Ernst werden. Der anfänglich auf Augsburg im Oktober 1763 ausgeschriebene kurfürstliche Kollegialtag ward nun nach Frankfurt verlegt, und sowohl zu Ende dieses Jahrs als zu Anfang des folgenden regten sich die Vorbereitungen, welche dieses wichtige Geschäft einleiten sollten. Den Anfang machte ein von uns noch nie gesehener Aufzug. Einer unserer Kanzleipersonen zu Pferde, von vier gleichfalls berittnen Trompetern begleitet und von einer Fußwache umgeben, verlas mit lauter und vernehmlicher Stimme an allen Ecken der Stadt ein weitläuftiges Edikt, das uns von dem Bevorstehenden benachrichtigte, und den Bürgern ein geziemendes und den Umständen angemessenes Betragen einschärfte. Bei Rat wurden große Überlegungen gepflogen, und es dauerte nicht lange, so zeigte sich der Reichs-Quartiermeister vom Erbmarschall abgesendet, um die Wohnungen der Gesandten und ihres Gefolges nach altem Herkommen anzuordnen und zu bezeichnen. Unser Haus lag im kurpfälzischen Sprengel, und wir hatten uns einer neuen, obgleich erfreulichern Einquartierung zu versehen. Der mittlere Stock, welchen ehmals Graf Thorane inne gehabt, wurde einem kurpfälzischen Kavalier eingeräumt, und da Baron von Königsthal, nürnbergischer Geschäftsträger, den oberen Stock eingenommen hatte, so waren wir noch mehr als zur Zeit der Franzosen zusammengedrängt. Dieses diente mir zu einem neuen Vorwand außer dem Hause zu sein, und die meiste Zeit des Tages auf der Straße zuzubringen, um das was öffentlich zu sehen war, ins Auge zu fassen.

Nachdem uns die vorhergegangene Veränderung und Einrichtung der Zimmer auf dem Rathause sehenswert geschienen, nachdem die Ankunft der Gesandten eines nach dem andern und ihre erste solenne Gesamt-Auffahrt den 6. Februar stattgefunden; so bewunderten wir nachher die Ankunft der kaiserlichen Kommissarien und deren Auffahrt, ebenfalls auf den Römer, welche mit großem Pomp geschah. Die würdige Persönlichkeit des Fürsten von Lichtenstein machte einen guten Eindruck; doch wollten Kenner behaupten, die prächtigen Livreen seien schon einmal bei einer andern Gelegenheit gebraucht worden, und auch diese Wahl und Krönung werde schwerlich an Glanz jener von Carl dem Siebenten gleichkommen. Wir Jüngern ließen uns das gefallen was wir vor Augen hatten, uns deuchte alles sehr gut und manches setzte uns in Erstaunen.

Der Wahl-Konvent war endlich auf den 3. März anberaumt. Nun kam die Stadt durch neue Förmlichkeiten in Bewegung, und die wechselseitigen Zeremoniellbesuche der Gesandten hielten uns immer auf den Beinen. Auch mußten wir genau aufpassen, weil wir nicht nur gaffen, sondern alles wohl bemerken sollten, um zu Hause gehörig Rechenschaft zu geben, ja manchen kleinen Aufsatz auszufertigen, worüber sich mein Vater und Herr von Königsthal, teils zu unserer Übung teils zu eigner Notiz, beredet hatten. Und wirklich gereichte mir dies zu besondrem Vorteil, indem ich über das Äußerliche so ziemlich ein lebendiges Wahl- und Krönungsdiarium vorstellen konnte.

Die Persönlichkeiten der Abgeordneten, welche auf mich einen bleibenden Eindruck gemacht haben, waren zunächst die des kurmainzischen ersten Botschafters, Barons *von Erthal*, nachmaligen Kurfürsten. Ohne irgend etwas Auffallendes in der Gestalt zu haben, wollte er mir in seinem schwarzen, mit Spitzen besetzten Talar immer gar wohl gefallen. Der zweite Botschafter, Baron *von Groschlag*, war ein wohlgebauter, im Äußern bequem aber höchst anständig sich betragender Weltmann. Er machte überhaupt einen sehr behaglichen Eindruck. Fürst *Esterhazy*, der böhmische Gesandte, war nicht groß aber wohlgebaut, lebhaft und zugleich vornehm anständig, ohne Stolz und Kälte. Ich hatte eine besondre Neigung zu ihm, weil er mich an den Marschall von Broglio erinnerte. Doch verschwand gewissermaßen die Gestalt und Würde dieser trefflichen Personen über dem Vorurteil, das man für den brandenburgischen Gesandten, Baron *von Plotho*, gefaßt hatte. Dieser Mann, der durch eine gewisse Spärlichkeit sowohl in eigner Kleidung als in Livreen und Equipagen sich auszeichnete, war vom Siebenjährigen Kriege her als diplomatischer Held berühmt, hatte zu Regensburg den Notarius *April*, der ihm die gegen seinen König ergangene Achtserklärung von einigen Zeugen begleitet zu insinuieren gedachte, mit der lakonischen Gegenrede: »Was! Er insinuieren?« die Treppe hinuntergeworfen oder werfen lassen. Das erste glaubten wir, weil es uns besser gefiel, und wir es auch dem kleinen, gedrungnen, mit schwarzen Feueraugen hin und wider blickenden Manne gar wohl zutrauten. Aller Augen waren auf ihn gerichtet, besonders wo er ausstieg. Es entstand jederzeit eine Art von frohem Zischeln, und wenig fehlte, daß man ihm applaudiert, Vivat oder Bravo zugerufen hätte. So hoch stand der König, und alles was ihm mit Leib und Seele ergeben war, in der Gunst der Menge, unter der sich außer den Frankfurtern, schon Deutsche aus allen Gegenden befanden.

Einerseits hatte ich an diesen Dingen manche Lust: weil alles was vorging, es mochte sein von welcher Art es wollte, doch immer eine gewisse Deutung verbarg, irgend ein innres Verhältnis anzeigte, und solche symbolische Zeremonien das durch so viele Pergamente, Papiere und Bücher beinah verschüttete Deutsche Reich wieder für einen Augenblick lebendig darstellten; andrerseits aber konnte ich mir ein geheimes Mißfallen nicht verbergen, wenn ich nun zu Hause die innern Verhandlungen zum Behuf meines Vaters abschreiben und dabei bemerken mußte, daß hier mehrere Gewalten einander gegenüber standen, die sich das Gleichgewicht hielten, und nur insofern einig waren, als sie den neuen Regenten noch mehr als den alten zu beschränken gedachten; daß jedermann sich nur insofern seines Einflusses freute, als er seine Privilegien zu erhalten und zu erweitern, und seine Unabhängigkeit mehr zu sichern hoffte. Ja man war diesmal noch aufmerksamer als sonst, weil man sich vor Joseph dem Zweiten, vor seiner Heftigkeit und seinen vermutlichen Planen zu fürchten anfing.

Bei meinem Großvater und den übrigen Ratsverwandten, deren Häuser ich zu besuchen pflegte, war es auch keine gute Zeit: denn sie hatten so viel mit Einholen der vornehmen Gäste, mit Bekomplimentieren, mit Überreichung von Geschenken zu tun. Nicht weniger hatte der Magistrat im Ganzen wie im Einzelnen sich immer zu wehren, zu widerstehn und zu protestieren, weil bei solchen Gelegenheiten ihm jedermann etwas abzwacken oder aufbürden will, und ihm wenige von denen die er anspricht, beistehen oder zu Hülfe kommen. Genug, mir trat alles nunmehr lebhaft vor

Augen, was ich in der Lersnerschen »Chronik« von ähnlichen Vorfällen bei ähnlichen Gelegenheiten, mit Bewunderung der Geduld und Ausdauer jener guten Ratsmänner, gelesen hatte.

Mancher Verdruß entspringt auch daher, daß sich die Stadt nach und nach mit nötigen und unnötigen Personen anfüllt. Vergebens werden die Höfe von Seiten der Stadt an die Vorschriften der freilich veralteten Goldnen Bulle erinnert. Nicht allein die zum Geschäft Verordneten und ihre Begleiter, sondern manche Standes- und andre Personen, die aus Neugier oder zu Privatzwecken herankommen, stehen unter Protektion, und die Frage: wer eigentlich einquartiert wird und wer selbst sich eine Wohnung mieten soll? ist nicht immer sogleich entschieden. Das Getümmel wächst, und selbst diejenigen die nichts dabei zu leisten oder zu verantworten haben, fangen an sich unbehaglich zu fühlen.

Selbst wir jungen Leute, die wir das alles wohl mit ansehen konnten, fanden doch immer nicht genug Befriedigung für unsere Augen, für unsre Einbildungskraft. Die spanischen Mantelkleider, die großen Federhüte der Gesandten und hie und da noch einiges andere, gaben wohl ein echt altertümliches Ansehen; manches dagegen war wieder so halb neu oder ganz modern, daß überall nur ein buntes unbefriedigendes, öfter sogar geschmackloses Wesen hervortrat. Sehr glücklich machte es uns daher, zu vernehmen, daß wegen der Herreise des Kaisers und des künftigen Königs große Anstalten gemacht wurden, daß die kurfürstlichen Kollegial-Handlungen, bei welchen die letzte Wahlkapitulation zum Grunde lag, eifrig vorwärts gingen, und daß der Wahltag auf den 27. März festgesetzt sei. Nun ward an die Herbeischaffung der Reichs-Insignien von Nürnberg und Aachen gedacht, und man erwartete zunächst den Einzug des Kurfürsten von Mainz, während mit seiner Gesandtschaft die Irrungen wegen der Quartiere immer fortdauerten.

Indessen betrieb ich meine Kanzelisten-Arbeit zu Hause sehr lebhaft, und wurde dabei freilich mancherlei kleinliche Monita gewahr, die von vielen Seiten einliefen, und bei der neuen Kapitulation berücksichtigt werden sollten. Jeder Stand wollte in diesem Dokument seine Gerechtsame gewahrt und sein Ansehen vermehrt wissen. Gar viele solcher Bemerkungen und Wünsche wurden jedoch bei Seite geschoben; vieles blieb wie es gewesen war: gleichwohl erhielten die Monenten die bündigsten Versicherungen, daß ihnen jene Übergehung keineswegs zum Präjudiz gereichen solle.

Sehr vielen und beschwerlichen Geschäften mußte sich indessen das Reichsmarschallamt unterziehen: die Masse der Fremden wuchs, es wurde immer schwieriger sie unterzubringen. Über die Grenzen der verschiedenen kurfürstlichen Bezirke war man nicht einig. Der Magistrat wollte von den Bürgern die Lasten abhalten, zu denen sie nicht verpflichtet schienen, und so gab es, bei Tag und bei Nacht, stündlich Beschwerden, Rekurse, Streit und Mißhelligkeiten.

Der Einzug des Kurfürsten von Mainz erfolgte den 21. März. Hier fing nun das Kanonieren an, mit dem wir auf lange Zeit mehrmals betäubt werden sollten. Wichtig in der Reihe der Zeremonien war diese Festlichkeit: denn alle die Männer, die wir bisher auftreten sahen, waren, so hoch sie auch standen, doch immer nur Untergeordnete; hier aber erschien ein Souverän, ein selbständiger Fürst, der Erste nach dem Kaiser, von einem großen seiner würdigen Gefolge eingeführt und begleitet. Von dem Pompe dieses Einzugs würde ich hier manches zu erzählen haben, wenn ich nicht später wieder darauf zurückzukommen gedächte, und zwar bei einer Gelegenheit, die niemand leicht erraten sollte.

An demselben Tage nämlich kam Lavater, auf seinem Rückwege von Berlin nach Hause begriffen, durch Frankfurt, und sah diese Feierlichkeit mit an. Ob nun gleich solche weltliche Äußerlichkeiten für ihn nicht den mindesten Wert hatten, so mochte doch dieser Zug mit seiner Pracht und allem Beiwesen deutlich in seine sehr lebhafte Einbildungskraft sich eingedruckt haben: denn nach mehreren Jahren, als mir dieser vorzügliche, aber eigene Mann eine poetische Paraphrase, ich glaube der Offenbarung Sankt Johannis, mitteilte, fand ich den Einzug des Antichrist Schritt vor Schritt, Gestalt vor Gestalt, Umstand vor Umstand, dem Einzug des Kurfürsten von Mainz in Frankfurt nachgebildet, dergestalt daß sogar die Quasten an den Köpfen der Isabell-Pferde nicht fehlten. Es wird sich mehr davon sagen lassen, wenn ich zur Epoche jener wunderlichen Dichtungsart gelange, durch welche man die alt- und neutestamentlichen Mythen dem Anschauen und Gefühl näher zu bringen glaubte, wenn man sie völlig ins Moderne travestierte, und ihnen aus dem gegenwärtigen Leben, es sei nun gemeiner oder vornehmer, ein Gewand umhinge. Wie diese Behandlungsart sich nach und nach beliebt gemacht, davon muß gleichfalls künftig die Rede sein; doch bemerke ich hier so viel, daß sie weiter als durch Lavater und seine Nacheiferer wohl nicht getrieben worden, indem einer derselben die Heiligen Drei Könige, wie sie zu Bethlehem einreiten, so modern schilderte, daß die Fürsten und Herren, welche Lavatern zu besuchen pflegten, persönlich darin nicht zu verkennen waren.

Wir lassen also für diesmal den Kurfürsten Emmerich Joseph sozusagen incognito im Kompostell eintreffen, und wenden uns zu Gretchen, die ich, eben als die Volksmenge sich verlief, von Pylades und seiner Schönen begleitet (denn diese drei schienen nun unzertrennlich zu sein) im Getümmel erblickte. Wir hatten uns kaum erreicht und begrüßt, als schon ausgemacht war, daß wir diesen Abend zusammen zubringen wollten, und ich fand mich beizeiten ein. Die gewöhnliche Gesellschaft war beisammen, und jedes hatte etwas zu erzählen, zu sagen, zu bemerken; wie denn dem einen dies, dem andern jenes am meisten aufgefallen war. »Eure Reden«, sagte Gretchen zuletzt, »machen mich fast noch verworrner als die Begebenheiten dieser Tage selbst. Was ich gesehen, kann ich nicht zusammenreimen, und möchte von manchem gar zu gern wissen, wie es sich verhält.« Ich versetzte, daß es mir ein leichtes sei, ihr diesen Dienst zu erzeigen. Sie solle nur sagen, wofür sie sich eigentlich interessiere. Dies tat sie, und indem ich ihr einiges erklären wollte, fand sich's, daß es besser wäre in der Ordnung zu verfahren. Ich verglich nicht unschicklich diese Feierlichkeiten und Funktionen mit einem Schauspiel, wo der Vorhang nach Belieben heruntergelassen würde, indessen die Schauspieler fortspielten, dann werde er wieder aufgezogen und der Zuschauer könne an jenen Verhandlungen einigermaßen wieder teilnehmen. Weil ich nun sehr redselig war, wenn man mich gewähren ließ; so erzählte ich alles von Anfang an bis auf den heutigen Tag, in der besten Ordnung, und versäumte nicht, um meinen Vortrag anschaulicher zu machen, mich des vorhandenen Griffels und der großen Schieferplatte zu bedienen. Nur durch einige Fragen und Rechthabereien der andern wenig gestört, brachte ich meinen Vortrag zu allgemeiner Zufriedenheit ans Ende, indem mich Gretchen durch ihre fortgesetzte Aufmerksamkeit höchlich ermuntert hatte. Sie dankte mir zuletzt und beneidete, nach ihrem Ausdruck, alle diejenigen, die von den Sachen dieser Welt unterrichtet seien und wüßten wie dieses und jenes zugehe und was es zu bedeuten habe. Sie wünschte sich ein Knabe zu sein, und wußte mit vieler Freundlichkeit anzuerkennen, daß sie mir schon manche Belehrung schuldig geworden. »Wenn ich ein Knabe wäre«, sagte sie, »so wollten wir auf Universitäten zusammen etwas Rechtes lernen.« Das Gespräch ward in der Art fortgeführt, sie setzte sich bestimmt vor, Unterricht im Französischen zu nehmen, dessen Unerläßlichkeit sie im Laden der Putzhändlerin wohl gewahr worden. Ich fragte sie, warum sie nicht mehr dorthin gehe: denn in der letzten Zeit, da ich des Abends nicht viel abkommen konnte, war ich manchmal bei Tage, ihr zu Gefallen, am Laden vorbeigegangen, um sie nur einen Augenblick zu sehen. Sie erklärte mir, daß sie in dieser unruhigen Zeit sich dort nicht hätte aussetzen wollen. Befände sich die Stadt wieder in ihrem vorigen Zustande, so denke sie auch wieder hinzugehen.

Nun war von dem nächst bevorstehenden Wahltag die Rede. Was und wie es vorgehe, wußte ich weitläuftig zu erzählen, und meine Demonstration durch umständliche Zeichnungen auf der Tafel zu unterstützen; wie ich denn den Raum des Konklave mit seinen Altären, Thronen, Sesseln und Sitzen vollkommen gegenwärtig hatte. – Wir schieden zu rechter Zeit und mit sonderlichem Wohlbehagen.

Denn einem jungen Paare, das von der Natur einigermaßen harmonisch gebildet ist, kann nichts zu einer schönern Vereinigung gereichen, als wenn das Mädchen lehrbegierig und der Jüngling lehrhaft ist. Es entsteht daraus ein so gründliches als angenehmes Verhältnis. Sie erblickt in ihm den Schöpfer ihres geistigen Daseins, und er in ihr ein Geschöpf, das nicht der Natur, dem Zufall, oder einem einseitigen Wollen, sondern einem beiderseitigen Willen seine Vollendung verdankt; und diese Wechselwirkung ist so süß, daß wir uns nicht wundern dürfen, wenn seit dem alten und neuen Abelard, aus einem solchen Zusammentreffen zweier Wesen, die gewaltsamsten Leidenschaften und so viel Glück als Unglück entsprungen sind.

Gleich den nächsten Tag war große Bewegung in der Stadt, wegen der Visiten und Gegenvisiten, welche nunmehr mit dem größten Zeremoniell abgestattet wurden. Was mich aber als einen Frankfurter Bürger besonders interessierte und zu vielen Betrachtungen veranlaßte, war die Ablegung des Sicherheits-Eides, den der Rat, das Militär, die Bürgerschaft, nicht etwa durch Repräsentanten, sondern persönlich und in Masse leisteten: erst auf dem großen Römersaale der Magistrat und die Stabsoffiziere, dann auf dem großen Platze, dem Römerberg, die sämtliche Bürgerschaft nach ihren verschiedenen Graden, Abstufungen und Quartieren, und zuletzt das übrige Militär. Hier konnte man das ganze Gemein-Wesen mit einem Blick überschauen, versammlet zu dem ehrenvollen Zweck, dem Haupt und den Gliedern des Reichs Sicherheit, und bei dem bevorstehenden großen Werke unverbrüchliche Ruhe anzugeloben. Nun waren auch Kur-Trier und Kur-Köln in Person angekommen. Am Vorabend des Wahltags werden alle Fremden aus der Stadt gewiesen, die Tore sind geschlossen, die Juden in ihrer Gasse eingesperrt, und der Frankfurter Bürger dünkt sich nicht wenig, daß er allein Zeuge einer so großen Feierlichkeit bleiben darf.

Bisher war alles noch ziemlich modern hergegangen: die höchsten und hohen Personen bewegten sich nur in Kutschen hin und wider; nun aber sollten wir sie, nach uralter Weise, zu Pferde sehen. Der Zulauf und das Gedränge war außerordentlich. Ich wußte mich in dem Römer, den ich wie eine Maus den heimischen Kornboden genau kannte, so lange herumzuschmiegen, bis ich an den Haupteingang gelangte, vor welchem die Kurfürsten und Gesandten, die zuerst in Prachtkutschen herangefahren und sich oben versammlet hatten, nunmehr zu Pferde steigen sollten. Die stattlichsten, wohlzugerittenen Rosse waren mit reich gestickten Waldrappen überhangen und auf alle Weise geschmückt. Kurfürst Emmerich Joseph, ein schöner behaglicher Mann, nahm sich zu Pferde gut aus. Der beiden andern erinnere ich mich weniger, als nur überhaupt, daß uns diese roten mit Hermelin ausgeschlagenen Fürstenmäntel, die wir sonst nur auf Gemälden zu sehen gewohnt waren, unter freiem Himmel sehr romantisch vorkamen. Auch die Botschafter der abwesenden weltlichen Kurfürsten in ihren goldstoffnen, mit Gold überstickten, mit goldnen Spitzen-Tressen reich besetzten spanischen Kleidern taten unsern Augen wohl; besonders wehten die großen Federn von den altertümlich aufgekrempten Hüten aufs prächtigste. Was mir aber gar nicht dabei gefallen wollte, waren die kurzen modernen Beinkleider, die weißseidenen Strümpfe und modischen Schuhe. Wir hätten Halbstiefelchen, so golden als man gewollt, Sandalen oder dergleichen gewünscht, um nur ein etwas konsequenteres Kostüm zu erblicken.

Im Betragen unterschied sich auch hier der Gesandte von Plotho wieder vor allen andern. Er zeigte sich lebhaft und munter, und schien vor der ganzen Zeremonie nicht sonderlichen Respekt zu haben. Denn als sein Vordermann, ein ältlicher Herr, sich nicht sogleich aufs Pferd schwingen konnte, und er deshalb eine Weile an dem großen Eingang warten mußte, enthielt er sich des Lachens nicht, bis sein Pferd auch vorgeführt wurde, auf welches er sich denn sehr behend hinaufschwang und von uns abermals als ein würdiger Abgesandter Friedrichs des Zweiten bewundert wurde.

Nun war für uns der Vorhang wieder gefallen. Ich hatte mich zwar in die Kirche zu drängen gesucht; allein es fand sich auch dort mehr Unbequemlichkeit als Lust. Die Wählenden hatten sich ins Allerheiligste zurückgezogen, in welchem weitläuftige Zeremonien die Stelle einer bedächtigen Wahlüberlegung vertraten. Nach langem Harren, Drängen und Wogen vernahm denn zuletzt das Volk den Namen Josephs des Zweiten, der zum römischen König ausgerufen wurde.

Der Zudrang der Fremden in die Stadt ward nun immer stärker. Alles fuhr und ging in Galakleidern, so daß man zuletzt nur die ganz goldenen Anzüge bemerkenswert fand. Kaiser und König waren schon in Heusenstamm, einem gräflich Schönbornischen Schlosse, angelangt und wurden dort herkömmlich begrüßt und willkommen geheißen; die Stadt aber feierte diese wichtige Epoche durch geistliche Feste sämtlicher Religionen, durch Hochämter und Predigten, und von weltlicher Seite, zu Begleitung des Te-Deum, durch unablässiges Kanonieren.

Hätte man alle diese öffentlichen Feierlichkeiten von Anfang bis hieher als ein überlegtes Kunstwerk angesehen, so würde man nicht viel daran auszusetzen gefunden haben. Alles war gut vorbereitet; sachte fingen die öffentlichen Auftritte an und wurden immer bedeutender; die Menschen wuchsen an Zahl, die Personen an Würde, ihre Umgebungen wie sie selbst an Pracht, und so stieg es mit jedem Tage, so daß zuletzt auch ein vorbereitetes gefaßtes Auge in Verwirrung geriet.

Der Einzug des Kurfürsten von Mainz, welchen ausführlicher zu beschreiben wir abgelehnt, war prächtig und imposant genug, um in der Einbildungskraft eines vorzüglichen Mannes die Ankunft eines großen geweissagten Weltherrschers zu bedeuten. Auch wir waren dadurch nicht wenig geblendet worden. Nun aber spannte sich unsere Erwartung aufs höchste, als es hieß, der Kaiser und der künftige König näherten sich der Stadt. In einiger Entfernung von Sachsenhausen war ein Zelt errichtet, in welchem der ganze Magistrat sich aufhielt, um dem Oberhaupte des Reichs die gehörige Verehrung zu bezeigen und die Stadt-Schlüssel anzubieten. Weiter hinaus, auf einer schönen geräumigen Ebene, stand ein anderes, ein Prachtgezelt, wohin sich die sämtlichen Kurfürsten und Wahlbotschafter zum Empfang der Majestäten verfügten, indessen ihr Gefolge sich den ganzen Weg entlang erstreckte, um nach und nach, wie die Reihe an sie käme, sich wieder gegen die Stadt in Bewegung zu setzen und gehörig in den Zug einzutreten. Nunmehr fuhr der Kaiser bei dem Zelt an, betrat solches, und nach ehrfurchtsvollem Empfange beurlaubten sich die Kurfürsten und Gesandten, um ordnungsgemäß dem höchsten Herrscher den Weg zu bahnen.

Wir andern, die wir in der Stadt geblieben, um diese Pracht innerhalb der Mauern und Straßen noch mehr zu bewundern, als es auf freiem Felde hätte geschehen können, wir waren durch das von der Bürgerschaft in den Gassen aufgestellte Spalier, durch den Zudrang des Volks, durch mancherlei dabei vorkommende Späße und Unschicklichkeiten einstweilen gar wohl unterhalten, bis uns das Geläute der Glocken und der Kanonendonner die unmittelbare Nähe des Herrschers ankündigten. Was einem Frankfurter besonders wohltun mußte, war, daß bei dieser Gelegenheit, bei der Gegenwart so vieler Souveräne und ihrer Repräsentanten, die Reichsstadt Frankfurt auch als ein kleiner Souverän erschien: denn ihr Stallmeister eröffnete den Zug, Reitpferde mit Wappendecken, worauf der weiße Adler im roten Felde sich gar gut ausnahm, folgten ihm, Bediente und Offizianten, Pauker und Trompeter, Deputierte des Rats, von Ratsbedienten in der Stadtlivree zu Fuße begleitet. Hieran schlossen sich die drei Compagnien der Bürger-Kavallerie, sehr wohl beritten, dieselbigen die wir von Jugend auf bei Einholung des Geleits und andern öffentlichen Gelegenheiten gekannt hatten. Wir erfreuten uns an dem Mitgefühl dieser Ehre und an dem Hunderttausend-Teilchen einer Souveränetät, welche gegenwärtig in ihrem vollen Glanz erschien. Die verschiedenen Gefolge des Reichs-Erbmarschalls und der von den sechs weltlichen Kurfürsten abgeordneten Wahlgesandten zogen sodann schrittweise daher. Keins derselben bestand aus weniger denn zwanzig Bedienten und zwei Staatswagen; bei einigen aus einer noch größern Anzahl. Das Gefolge der geistlichen Kurfürsten war nun immer im Steigen; die Bedienten und Hausoffizianten schienen unzählig, Kur-Köln und Kur-Trier hatten über zwanzig Staatswagen, Kur-Mainz allein ebenso viel. Die Dienerschaft zu Pferde und zu Fuß war durchaus aufs prächtigste gekleidet, die Herren in den Equipagen, geistliche und weltliche, hatten es auch nicht fehlen lassen, reich und ehrwürdig angetan, und geschmückt mit allen Ordenszeichen, zu erscheinen. Das Gefolg der kaiserlichen Majestät übertraf nunmehr wie billig die übrigen. Die Bereiter, die Handpferde, die Reitzeuge, Schabracken und Decken zogen aller Augen auf sich, und sechzehn sechsspännige Galawägen der kaiserlichen Kammerherren, Geheimenräte, des Ober-Kämmerers, Ober-Hofmeisters, Ober-Stallmeisters beschlossen mit großem Prunk diese Abteilung des Zugs, welche, ungeachtet ihrer Pracht und Ausdehnung, doch nur der Vortrab sein sollte.

Nun aber konzentrierte sich die Reihe, indem sich Würde und Pracht steigerten, immer mehr. Denn unter einer ausgewählten Begleitung eigener Haus-Dienerschaft, die meisten zu Fuß, wenige zu Pferde, erschienen die Wahlbotschafter so wie die Kurfürsten in Person, nach aufsteigender Ordnung, jeder in einem prächtigen Staatswagen. Unmittelbar hinter Kur-Mainz kündigten zehn kaiserliche Laufer, einundvierzig Lakeien und acht Heiducken die Majestäten selbst an. Der prächtigste Staatswagen, auch im Rücken mit einem ganzen Spiegelglas versehen, mit Malerei, Lackierung, Schnitzwerk und Vergoldung ausgeziert, mit rotem gestickten Samt obenher und inwendig bezogen, ließ uns ganz bequem Kaiser und

König, die längst erwünschten Häupter, in aller ihrer Herrlichkeit betrachten. Man hatte den Zug einen weiten Umweg geführt, teils aus Notwendigkeit, damit er sich nur entfalten könne, teils um ihn der großen Menge Menschen sichtbar zu machen. Er war durch Sachsenhausen, über die Brücke, die Fahrgasse, sodann die Zeile hinuntergegangen, und wendete sich nach der innern Stadt durch die Catharinenpforte, ein ehmaliges Tor, und seit Erweiterung der Stadt, ein offner Durchgang. Hier hatte man glücklich bedacht, daß die äußere Herrlichkeit der Welt, seit einer Reihe von Jahren, sich immer mehr in die Höhe und Breite ausgedehnt. Man hatte gemessen und gefunden, daß durch diesen Torweg, durch welchen so mancher Fürst und Kaiser aus- und eingezogen, der jetzige kaiserliche Staatswagen, ohne mit seinem Schnitzwerk und andern Äußerlichkeiten anzustoßen, nicht hindurchkommen könne. Man beratschlagte, und zu Vermeidung eines unbequemen Umwegs, entschloß man sich das Pflaster aufzuheben, und eine sanfte Ab- und Auffahrt zu veranstalten. In eben dem Sinne hatte man auch alle Wetterdächer der Läden und Buden in den Straßen ausgehoben, damit weder die Krone, noch der Adler, noch die Genien Anstoß und Schaden nehmen möchten.

So sehr wir auch, als dieses kostbare Gefäß mit so kostbarem Inhalt sich uns näherte, auf die hohen Personen unsere Augen gerichtet hatten, so konnten wir doch nicht umhin, unsern Blick auf die herrlichen Pferde, das Geschirr und dessen Posament-Schmuck zu wenden; besonders aber fielen uns die wunderlichen, beide auf den Pferden sitzenden, Kutscher und Vorreiter auf. Sie sahen wie aus einer andern Nation, ja wie aus einer andern Welt, in langen schwarz- und gelbsamtnen Röcken und Kappen mit großen Federbüschen, nach kaiserlicher Hofsitte. Nun drängte sich so viel zusammen, daß man wenig mehr unterscheiden konnte. Die Schweizergarde zu beiden Seiten des Wagens, der Erbmarschall, das sächsische Schwert aufwärts in der rechten Hand haltend, die Feldmarschälle als Anführer der kaiserlichen Garden hinter dem

Wagen reitend, die kaiserlichen Edelknaben in Masse und endlich die Hatschiergarde selbst, in schwarzsamtnen Flügelröcken, alle Nähte reich mit Gold galoniert, darunter rote Leibröcke und lederfarbne Kamisole, gleichfalls reich mit Gold besetzt. Man kam vor lauter Sehen, Deuten und Hinweisen gar nicht zu sich selbst, so daß die nicht minder prächtig gekleideten Leibgarden der Kurfürsten kaum beachtet wurden; ja wir hätten uns vielleicht von den Fenstern zurückgezogen, wenn wir nicht noch unsern Magistrat, der in funfzehn zweispännigen Kutschen den Zug beschloß, und besonders in der letzten den Ratsschreiber mit den Stadtschlüsseln auf rotsamtenem Kissen hätten in Augenschein nehmen wollen. Daß unsere Stadtgrenadier-Compagnie das Ende deckte, deuchte uns auch ehrenvoll genug, und wir fühlten uns als Deutsche und als Frankfurter von diesem Ehrentag doppelt und höchlich erbaut.

Wir hatten in einem Hause Platz genommen, wo der Aufzug, wenn er aus dem Dom zurückkam, ebenfalls wieder an uns vorbei mußte. Des Gottesdienstes, der Musik, der Zeremonien und Feierlichkeiten, der Anreden und Antworten, der Vorträge und Vorlesungen waren in Kirche, Chor und Konklave so viel, bis es zur Beschwörung der Wahlkapitulation kam, daß wir Zeit genug hatten, eine vortreffliche Kollation einzunehmen, und auf die Gesundheit des alten und jungen Herrschers manche Flasche zu leeren. Das Gespräch verlor sich indes, wie es bei solchen Gelegenheiten zu gehen pflegt, in die vergangene Zeit, und es fehlte nicht an bejahrten Personen, welche jener vor der gegenwärtigen den Vorzug gaben, wenigstens in Absicht auf ein gewisses menschliches Interesse und einer leidenschaftlichen Teilnahme, welche dabei vorgewaltet. Bei Franz' des Ersten Krönung war noch nicht alles so ausgemacht, wie gegenwärtig; der Friede war noch nicht abgeschlossen, Frankreich, Kur-Brandenburg und Kur-Pfalz widersetzten sich der Wahl; die Truppen des künftigen Kaisers standen bei Heidelberg, wo er sein Hauptquartier hatte, und fast wären die von Aachen heraufkommenden Reichs-Insignien von den Pfälzern weggenommen worden. Indessen unterhandelte man doch, und nahm von beiden Seiten die Sache nicht aufs strengste. Maria Theresia selbst, obgleich in gesegneten Umständen, kommt, um die endlich durchgesetzte Krönung ihres Gemahls in Person zu sehen. Sie traf in Aschaffenburg ein und bestieg eine Jacht, um sich nach Frankfurt zu begeben. Franz, von Heidelberg aus, denkt seiner Gemahlin zu begegnen, allein er kommt zu spät, sie ist schon abgefahren. Ungekannt wirft er sich in einen kleinen Nachen, eilt ihr nach, erreicht ihr Schiff, und das liebende Paar erfreut sich dieser überraschenden Zusammenkunft. Das Märchen davon verbreitet sich sogleich, und alle Welt nimmt teil an diesem zärtlichen mit Kindern reich gesegneten Ehepaar, das seit seiner Verbindung so unzertrennlich gewesen, daß sie schon einmal auf einer Reise von Wien nach Florenz zusammen an der venetianischen Grenze Quarantäne halten müssen. Maria Theresia wird in der Stadt mit Jubel bewillkommt, sie betritt den Gasthof Zum Römischen Kaiser, indessen auf der Bornheimer Heide das große Zelt, zum Empfang ihres Gemahls, errichtet ist. Dort findet sich von den geistlichen Kurfürsten nur Mainz allein, von den Abgeordneten der weltlichen nur Sachsen, Böhmen und Hannover. Der Einzug beginnt, und was ihm an Vollständigkeit und Pracht abgehen mag, ersetzt reichlich die Gegenwart einer schönen Frau. Sie steht auf dem Balkon des wohlgelegnen Hauses und begrüßt mit Vivatruf und Händeklatschen ihren Gemahl; das Volk stimmt ein, zum größten Enthusiasmus aufgeregt. Da die Großen nun auch einmal Menschen sind, so denkt sie der Bürger, wenn er sie lieben will, als seinesgleichen, und das kann er am füglichsten, wenn er sie als liebende Gatten, als zärtliche Eltern, als anhängliche Geschwister, als treue Freunde sich vorstellen darf. Man hatte damals alles Gute gewünscht und prophezeit, und heute sah man es erfüllt an dem erstgebornen Sohne, dem jedermann wegen seiner schönen Jünglingsgestalt geneigt war, und auf den die Welt, bei den hohen Eigenschaften die er ankündigte, die größten Hoffnungen setzte.

Wir hatten uns ganz in die Vergangenheit und Zukunft verloren, als einige hereintretende Freunde uns wieder in die Gegenwart zurückriefen. Sie waren von denen die den Wert einer Neuigkeit einsehen, und sich deswegen beeilen sie zuerst zu verkündigen. Sie wußten auch einen schönen menschlichen Zug dieser hohen Personen zu erzählen, die wir soeben in dem größten Prunk vorbeiziehen gesehn. Es war nämlich verabredet worden, daß unterwegs, zwischen Heusenstamm und jenem großen Gezelte, Kaiser und König den Landgrafen von Darmstadt im Wald antreffen sollten. Dieser alte, dem Grabe sich nähernde Fürst wollte noch einmal den Herrn sehen, dem er in früherer Zeit sich gewidmet. Beide mochten sich jenes Tages erinnern, als der Landgraf das Dekret der Kurfürsten, das Franzen zum Kaiser erwählte, nach Heidelberg überbrachte, und die erhaltenen kostbaren Geschenke mit Beteurung einer unverbrüchlichen Anhänglichkeit erwiderte. Diese hohen Personen standen in einem Tannicht, und der Landgraf vor Alter schwach, hielt sich an eine Fichte, um das Gespräch noch länger fortsetzen zu können, das von beiden Teilen nicht ohne Rührung geschah. Der Platz ward nachher auf eine unschuldige Weise bezeichnet, und wir jungen Leute sind einige Mal hingewandert.

So hatten wir mehrere Stunden mit Erinnerung des Alten, mit Erwägung des Neuen hingebracht, als der Zug abermals, jedoch abgekürzt und gedrängter, vor unsern Augen vorbeiwogte; und wir konnten das Einzelne näher beobachten, bemerken und uns für die Zukunft einprägen.

Von dem Augenblick an war die Stadt in ununterbrochener Bewegung: denn bis alle und jede, denen es zukommt und von denen es gefordert wird, den höchsten Häuptern ihre Aufwartung gemacht und sich einzeln denselben dargestellt hatten, war des Hin- und Widerziehens kein Ende, und man konnte den Hofstaat eines jeden der hohen Gegenwärtigen ganz bequem im Einzelnen wiederholen.

Nun kamen auch die Reichs-Insignien heran. Damit es aber auch hier nicht an hergebrachten Händeln fehlen möge, so mußten sie auf freiem Felde den halben Tag bis in die späte Nacht zubringen, wegen einer Territorial- und Geleitsstreitigkeit zwischen Kur-Mainz und der Stadt. Die letzte gab nach, die Mainzischen geleiteten die Insignien bis an den Schlagbaum, und somit war die Sache für diesmal abgetan.

In diesen Tagen kam ich nicht zu mir selbst. Zu Hause gab es zu schreiben und zu kopieren; sehen wollte und sollte man alles, und so ging der März zu Ende, dessen zweite Hälfte für uns so festreich gewesen war. Von dem was zuletzt vorgegangen und was am Krönungstag zu erwarten sei, hatte ich Gretchen eine treuliche und ausführliche Belehrung versprochen. Der große Tag nahte heran; ich hatte mehr im Sinne, wie ich es ihr sagen wollte, als was eigentlich zu sagen sei; ich verarbeitete alles was mir unter die Augen und unter die Kanzleifeder kam, nur geschwind zu diesem nächsten und einzigen Gebrauch. Endlich erreichte ich noch eines Abends ziemlich spät ihre Wohnung, und tat mir schon im voraus nicht wenig darauf zu Gute, wie mein diesmaliger Vortrag noch viel besser als der erste unvorbereitete gelingen sollte. Allein gar oft bringt uns selbst, und andern durch uns, ein augenblicklicher Anlaß mehr Freude als der entschiedenste Vorsatz nicht gewähren kann. Zwar fand ich ziemlich dieselbe Gesellschaft, allein es waren einige Unbekannte darunter. Sie setzten sich hin zu spielen; nur Gretchen und der jüngere Vetter hielten sich zu mir und der Schiefertafel. Das liebe Mädchen äußerte gar anmutig ihr Behagen, daß sie, als eine Fremde, am Wahltage für eine Bürgerin gegolten habe, und ihr dieses einzige Schauspiel zu Teil geworden sei. Sie dankte mir aufs verbindlichste, daß ich für sie zu sorgen gewußt, und ihr zeither durch Pylades allerlei Einlässe mittels Billette, Anweisungen, Freunde und Vorsprache zu verschaffen die Aufmerksamkeit gehabt.

Von den Reichs-Kleinodien hörte sie gern erzählen. Ich versprach ihr, daß wir diese wo möglich zusammen sehen wollten. Sie machte einige scherzhafte Anmerkungen, als sie erfuhr, daß man Gewänder und Krone dem jungen König anprobiert habe. Ich wußte, wo sie den Feierlichkeiten des Krönungstages zusehen würde, und machte sie aufmerksam auf alles was bevorstand, und was besonders von ihrem Platze genau beobachtet werden konnte.

So vergaßen wir an die Zeit zu denken; es war schon über Mitternacht geworden, und ich fand, daß ich unglücklicher Weise den Hausschlüssel nicht bei mir hatte. Ohne das größte Aufsehen zu erregen konnte ich nicht ins Haus. Ich teilte ihr meine Verlegenheit mit. »Am Ende«, sagte sie, »ist es das beste, die Gesellschaft bleibt beisammen.« Die Vettern und jene Fremden hatten schon den Gedanken gehabt, weil man nicht wußte, wo man diese für die Nacht unterbringen sollte. Die Sache war bald entschieden; Gretchen ging um Kaffee zu kochen, nachdem sie, weil die Lichter auszubrennen drohten, eine große messingene Familienlampe mit Docht und Öl versehen und angezündet hereingebracht hatte.

Der Kaffee diente für einige Stunden zur Ermunterung; nach und nach aber ermattete das Spiel, das Gespräch ging aus; die Mutter schlief im großen Sessel; die Fremden von der Reise müde, nickten da und dort, Pylades und seine Schöne saßen in einer Ecke. Sie hatte ihren Kopf auf seine Schulter gelegt und schlief; auch er wachte nicht lange. Der jüngere Vetter, gegen uns über am Schiefertische sitzend, hatte seine Arme vor sich übereinandergeschlagen und schlief mit aufliegendem Gesichte. Ich saß in der Fensterecke hinter dem Tische und Gretchen neben mir. Wir unterhielten uns leise; aber endlich übermannte auch sie der Schlaf, sie lehnte ihr Köpfchen an meine Schulter und war gleich eingeschlummert. So saß ich nun allein, wachend, in der wunderlichsten Lage, in der auch mich der freundliche Bruder des Todes zu beruhigen wußte. Ich schlief ein, und als ich wieder erwachte, war es schon heller Tag. Gretchen stand vor dem Spiegel und rückte ihr Häubchen zurechte; sie war liebenswürdiger als je, und drückte mir als ich schied gar herzlich die Hände. Ich schlich durch einen Umweg nach unserm Hause: denn an der Seite, nach dem kleinen Hirschgraben zu, hatte sich mein Vater in der Mauer ein kleines Guckfenster, nicht ohne Widerspruch des Nachbarn, angelegt. Diese Seite vermieden wir, wenn wir nach Hause kommend von ihm nicht bemerkt sein wollten. Meine Mutter, deren Vermittelung uns immer zu Gute kam, hatte meine Abwesenheit des Morgens beim Tee durch ein frühzeitiges Ausgehen meiner zu beschönigen gesucht, und ich empfand also von dieser unschuldigen Nacht keine unangenehmen Folgen.

Überhaupt und im Ganzen genommen machte diese unendlich mannigfaltige Welt, die mich umgab, auf mich nur sehr einfachen Eindruck. Ich hatte kein Interesse als das Äußere der Gegenstände genau zu bemerken, kein Geschäft als das mir mein Vater und Herr von Königsthal auftrugen, wodurch ich freilich den innern Gang der Dinge gewahr ward. Ich hatte keine Neigung als zu Gretchen, und keine andre Absicht als nur alles recht gut zu sehen und zu fassen, um es mit ihr wiederholen und ihr erklären zu können. Ja ich beschrieb oft, indem ein solcher Zug vorbeiging, diesen Zug halblaut vor mir selbst, um mich alles Einzelnen zu versichern, und dieser Aufmerksamkeit und Genauigkeit wegen von meiner Schönen gelobt zu werden; und nur als eine Zugabe betrachtete ich den Beifall und die Anerkennung der anderen.

Zwar ward ich manchen hohen und vornehmen Personen vorgestellt; aber teils hatte niemand Zeit sich um andere zu bekümmern, und teils wissen auch Ältere nicht gleich, wie sie sich mit einem jungen Menschen unterhalten und ihn prüfen sollen. Ich von meiner Seite war auch nicht sonderlich geschickt mich den Leuten bequem darzustellen. Gewöhnlich erwarb ich ihre Gunst, aber nicht ihren Beifall. Was mich beschäftigte, war mir vollkommen gegenwärtig; aber ich fragte nicht, ob es auch andern gemäß sein könne. Ich war meist zu lebhaft oder zu still, und schien entweder zudringlich oder stöckig, je nachdem die Menschen mich anzogen oder abstießen; und so wurde ich zwar für hoffnungsvoll gehalten, aber dabei für wunderlich erklärt.

Der Krönungstag brach endlich an, den 3. April 1764; das Wetter war günstig und alle Menschen in Bewegung. Man hatte mir nebst mehrern Verwandten und Freunden, in dem Römer selbst, in einer der obern Etagen, einen guten Platz angewiesen, wo wir das Ganze vollkommen übersehen konnten. Mit dem Frühsten begaben wir uns an Ort und Stelle, und beschauten nunmehr von oben, wie in der Vogelperspektive, die Anstalten die wir tags vorher in näheren Augenschein genommen hatten. Da war der neuerrichtete Springbrunnen mit zwei großen Kufen rechts und links, in welche der Doppeladler auf dem Ständer, weißen Wein hüben und roten Wein drüben aus seinen zwei Schnäbeln ausgießen sollte. Aufgeschüttet zu einem Haufen lag dort der Haber, hier stand die große Bretterhütte, in der man schon einige Tage den ganzen fetten Ochsen an einem ungeheuren Spieße bei Kohlenfeuer braten und schmoren sah. Alle Zugänge, die vom Römer aus dahin, und von andern Straßen nach dem Römer führen, waren zu beiden Seiten durch Schranken und Wachen gesichert. Der große Platz füllte sich nach und nach, und das Wogen und Drängen ward immer stärker und bewegter, weil die Menge wo möglich immer nach der Gegend hinstrebte, wo ein neuer Auftritt erschien und etwas Besonderes angekündigt wurde.

Bei alle dem herrschte eine ziemliche Stille, und als die Sturmglocke geläutet wurde, schien das ganze Volk von Schauer und Erstaunen ergriffen. Was nun zuerst die Aufmerksamkeit aller die von oben herab den Platz übersehen konnten, erregte, war der Zug, in welchem die Herren von Aachen und Nürnberg die Reichs-Kleinodien nach dem Dome brachten. Diese hatten als Schutzheiligtümer den ersten Platz im Wagen eingenommen, und die Deputierten saßen vor ihnen in anständiger Verehrung auf dem Rücksitz.

Nunmehr begeben sich die drei Kurfürsten in den Dom. Nach Überreichung der Insignien an Kur-Mainz werden Krone und Schwert sogleich nach dem kaiserlichen Quartier gebracht. Die weiteren Anstalten und mancherlei Zeremoniell beschäftigen mittlerweile die Hauptpersonen so wie die Zuschauer in der Kirche, wie wir andern Unterrichteten uns wohl denken konnten.

Vor unsern Augen fuhren indessen die Gesandten auf den Römer, aus welchem der Baldachin von Unteroffizieren in das kaiserliche Quartier getragen wird. Sogleich besteigt der Erbmarschall Graf von Pappenheim sein Pferd; ein sehr schöner schlankgebildeter Herr, den die spanische Tracht, das reiche Wams, der goldne Mantel, der hohe Federhut und die gestrählten fliegenden Haare sehr wohl kleideten. Er setzt sich in Bewegung, und unter dem Geläute aller Glocken folgen ihm zu Pferde die Gesandten nach dem kaiserlichen Quartier in noch größerer Pracht als am Wahltage. Dort hätte man auch sein mögen, wie man sich an diesem Tage durchaus zu vervielfältigen wünschte. Wir erzählten einander indessen was dort vorgehe. »Nun zieht der Kaiser seinen Hausornat an«, sagten wir, eine neue Bekleidung nach dem Muster der alten carolingischen verfertigt. Die Erbämter erhalten die Reichs-Insignien und setzen sich damit zu Pferde. Der Kaiser im Ornat, der römische König im spanischen Habit, besteigen gleichfalls ihre Rosse, und indem dieses geschieht, hat sie uns der vorausgeschrittene unendliche Zug bereits angemeldet.

Das Auge war schon ermüdet durch die Menge der reichgekleideten Dienerschaft und der übrigen Behörden, durch den stattlich einherwandelnden Adel; und als nunmehr die Wahlbotschafter, die Erbämter und zuletzt unter dem reichgestickten, von zwölf Schöffen und Ratsherrn getragenen Baldachin, der Kaiser in romantischer Kleidung, zur Linken, etwas hinter ihm, sein Sohn in spanischer Tracht, langsam auf prächtig geschmückten Pferden einherschwebten, war das Auge nicht mehr sich selbst genug. Man hätte gewünscht durch eine Zauberformel die Erscheinung nur einen Augenblick zu fesseln; aber die Herrlichkeit zog unaufhaltsam vorbei, und den kaum verlassenen Raum erfüllte sogleich wieder das hereinwogende Volk.

Nun aber entstand ein neues Gedränge: denn es mußte ein anderer Zugang, von dem Markte her, nach der Römertüre eröffnet und ein Bretterweg aufgebrückt werden, welchen der aus dem Dom zurückkehrende Zug beschreiten sollte.

Was in dem Dome vorgegangen, die unendlichen Zeremonien, welche die Salbung, die Krönung, den Ritterschlag vorbereiten und begleiten, alles dieses ließen wir uns in der Folge gar gern von denen erzählen, die manches andere aufgeopfert hatten, um in der Kirche gegenwärtig zu sein.

Wir andern verzehrten mittlerweile auf unsern Plätzen eine frugale Mahlzeit: denn wir mußten an dem festlichsten Tage den wir erlebten, mit kalter Küche vorlieb nehmen. Dagegen aber war der beste und älteste Wein aus allen Familienkellern herangebracht worden, so daß wir von dieser Seite wenigstens dies altertümliche Fest altertümlich feierten.

Auf dem Platze war jetzt das Sehenswürdigste die fertig gewordene und mit rot-gelb- und weißem Tuch überlegte Brücke, und wir sollten den Kaiser, den wir zuerst im Wagen, dann zu Pferde sitzend angestaunt, nun auch zu Fuße wandelnd bewundern; und sonderbar genug, auf das letzte freuten wir uns am meisten; denn uns deuchte diese Weise sich darzustellen so wie die natürlichste, so auch die würdigste.

Ältere Personen, welche der Krönung Franz' des Ersten beigewohnt, erzählten: Maria Theresia, über die Maßen schön, habe jener Feierlichkeit an einem Balkonfenster des Hauses Frauenstein, gleich neben dem Römer, zugesehen. Als nun ihr Gemahl in der seltsamen Verkleidung aus dem Dome zurückgekommen, und sich ihr sozusagen als ein Gespenst Carls des Großen dargestellt, habe er wie zum Scherz beide Hände erhoben und ihr den Reichsapfel, den Zepter und die wundersamen Handschuh hingewiesen, worüber sie in ein unendliches Lachen ausgebrochen; welches dem ganzen zuschauenden Volke zur größten Freude und Erbauung gedient, indem es darin das gute und natürliche Ehgatten-Verhältnis des allerhöchsten Paares der Christenheit mit Augen zu sehen gewürdiget worden. Als aber die Kaiserin, ihren Gemahl zu begrüßen, das Schnupftuch geschwungen und ihm selbst ein lautes Vivat zugerufen, sei der Enthusiasmus und der Jubel des Volks aufs höchste gestiegen, so daß das Freudengeschrei gar kein Ende finden können.

Nun verkündigte der Glockenschall und nun die vordersten des langen Zuges, welche über die bunte Brücke ganz sachte einherschritten, daß alles getan sei. Die Aufmerksamkeit war größer denn je, der Zug deutlicher als vorher, besonders für uns, da er jetzt gerade nach uns zu ging. Wir sahen ihn so wie den ganzen volkserfüllten Platz beinah im Grundriß. Nur zu sehr drängte sich am Ende die Pracht: denn die Gesandten, die Erbämter, Kaiser und König unter dem Baldachin, die drei geistlichen Kurfürsten die sich anschlossen, die schwarz gekleideten Schöffen und Ratsherren, der goldgestickte Himmel, alles schien nur eine Masse zu sein, die nur von Einem Willen bewegt, prächtig harmonisch, und soeben unter dem Geläute der Glocken aus dem Tempel tretend, als ein Heiliges uns entgegenstrahlte.

Eine politisch religiose Feierlichkeit hat einen unendlichen Reiz. Wir sehen die irdische Majestät vor Augen, umgeben von allen Symbolen ihrer Macht; aber indem sie sich vor der himmlischen beugt, bringt sie uns die Gemeinschaft beider vor die Sinne. Denn auch der Einzelne vermag seine Verwandtschaft mit der Gottheit nur dadurch zu betätigen, daß er sich unterwirft und anbetet.

Der von dem Markt her ertönende Jubel verbreitete sich nun auch über den großen Platz, und ein ungestümes Vivat erscholl aus tausend und aber tausend Kehlen, und gewiß auch aus den Herzen. Denn dieses große Fest sollte ja das Pfand eines dauerhaften Friedens werden, der auch wirklich lange Jahre hindurch Deutschland beglückte.

Mehrere Tage vorher war durch öffentlichen Ausruf bekannt gemacht, daß weder die Brücke, noch der Adler über dem Brunnen, preisgegeben, und also nicht vom Volke wie sonst angetastet werden solle. Es geschah dies, um manches bei solchem Anstürmen unvermeidliche Unglück zu verhüten. Allein um doch einigermaßen dem Genius des Pöbels zu opfern, gingen eigens bestellte Personen hinter dem Zuge her, lösten das Tuch von der Brücke, wickelten es bahnenweise zusammen und warfen es in die Luft. Hiedurch entstand nun zwar kein Unglück, aber ein lächerliches Unheil: denn das Tuch entrollte sich in der Luft und bedeckte, wie es niederfiel, eine größere oder geringere Anzahl Menschen. Diejenigen nun welche die Enden faßten und solche an sich zogen, rissen alle die mittleren zu Boden, umhüllten und ängstigten sie so lange, bis sie sich durchgerissen oder durchgeschnitten, und jeder nach seiner Weise einen Zipfel dieses, durch die Fußtritte der Majestäten geheiligten Gewebes davongetragen hatte.

Dieser wilden Belustigung sah ich nicht lange zu, sondern eilte von meinem hohen Standorte durch allerlei Treppchen und Gänge hinunter an die große Römerstiege, wo die aus der Ferne angestaunte so vornehme als herrliche Masse heraufwallen sollte. Das Gedräng war nicht groß, weil die Zugänge des Rathauses wohl besetzt waren, und ich kam glücklich unmittelbar oben an das eiserne Geländer. Nun stiegen die Hauptpersonen an mir vorüber, indem das Gefolge in den untern Gewölbgängen zurückblieb, und ich konnte sie auf der dreimal gebrochnen Treppe von allen Seiten und zuletzt ganz in der Nähe betrachten.

Endlich kamen auch die beiden Majestäten herauf. Vater und Sohn waren wie Menächmen überein gekleidet. Des Kaisers Hausornat von purpurfarbner Seide, mit Perlen und Steinen reich geziert, so wie Krone, Zepter und Reichsapfel, fielen wohl in die Augen: denn alles war neu daran, und die Nachahmung des Altertums geschmackvoll. So bewegte er sich auch in seinem Anzuge ganz bequem, und sein treuherzig würdiges Gesicht gab zugleich den Kaiser und den Vater zu erkennen. Der junge König hingegen schleppte sich in den ungeheuren Gewandstücken mit den Kleinodien Carls des Großen, wie in einer Verkleidung einher, so daß er selbst, von Zeit zu Zeit seinen Vater ansehend, sich des Lächelns nicht enthalten konnte. Die Krone, welche man sehr hatte füttern müssen, stand wie ein übergreifendes Dach vom Kopf ab. Die Dalmatica, die Stola, so gut sie auch angepaßt und eingenäht worden, gewährte doch keineswegs ein vorteilhaftes Aussehen. Zepter und Reichsapfel setzten in Verwunderung; aber man konnte sich nicht leugnen, daß man lieber eine mächtige, dem Anzuge gewachsene Gestalt, um der günstigern Wirkung willen, damit bekleidet und ausgeschmückt gesehen hätte.

Kaum waren die Pforten des großen Saales hinter diesen Gestalten wieder geschlossen, so eilte ich auf meinen vorigen Platz, der von andern bereits eingenommen nur mit einiger Not mir wieder zu Teil wurde.

Es war eben die rechte Zeit, daß ich von meinem Fenster wieder Besitz nahm: denn das Merkwürdigste was öffentlich zu erblicken war, sollte eben vorgehen. Alles Volk hatte sich gegen den Römer zu gewendet, und ein abermaliges Vivatschreien gab uns zu erkennen, daß Kaiser und König an dem Balkonfenster des großen Saales in ihrem Ornate sich dem Volke zeigten. Aber sie sollten nicht allein zum Schauspiel dienen, sondern vor ihren Augen sollte ein seltsames Schauspiel vorgehen. Vor allen schwang sich nun der schöne schlanke Erbmarschall auf sein Roß; er hatte das Schwert abgelegt, in seiner Rechten hielt er ein silbernes gehenkeltes Gemäß, und ein Streichblech in der Linken. So ritt er in den Schranken auf den großen Haferhaufen zu, sprengte hinein, schöpfte das Gefäß übervoll, strich es ab und trug es mit großem Anstande wieder zurück. Der kaiserliche Marstall war nunmehr versorgt. Der Erbkämmerer ritt sodann gleichfalls auf jene Gegend zu und brachte ein Handbecken nebst Gießfaß und Handquehle zurück. Unterhaltender aber für die Zuschauer war der Erbtruchseß, der ein Stück von dem gebratnen Ochsen zu holen kam. Auch er ritt mit einer silbernen Schüssel durch die Schranken bis zu der großen Bretterküche, und kam bald mit verdecktem Gericht wieder hervor, um seinen Weg nach dem Römer zu nehmen. Die Reihe traf nun den Erbschenken, der zu dem Springbrunnen ritt und Wein holte. So war nun auch die kaiserliche Tafel bestellt, und aller Augen warteten auf den Erbschatzmeister, der das Geld auswerfen sollte. Auch er bestieg ein schönes Roß, dem zu beiden Seiten des Sattels anstatt der Pistolenhalftern ein paar prächtige, mit dem kurpfälzischen Wappen gestickte Beutel befestigt hingen. Kaum hatte er sich in Bewegung gesetzt, als er in diese Taschen griff und rechts und links Gold- und Silbermünzen freigebig ausstreute, welche jedesmal in der Luft als ein metallner Regen gar lustig glänzten. Tausend Hände zappelten augenblicklich in der Höhe, um die Gaben aufzufangen; kaum aber waren die Münzen niedergefallen, so wühlte die Masse in sich selbst gegen den Boden und rang gewaltig um die Stücke, welche zur Erde mochten gekommen sein. Da nun diese Bewegung von beiden Seiten sich immer wiederholte, wie der Geber vorwärtsritt, so war es für die Zuschauer ein sehr belustigender Anblick. Zum Schlusse ging es am allerlebhaftesten her, als er die Beutel selbst auswarf, und ein jeder noch diesen höchsten Preis zu erhaschen trachtete.

Die Majestäten hatten sich vom Balkon zurückgezogen, und nun sollte dem Pöbel abermals ein Opfer gebracht werden, der in solchen Fällen lieber die Gaben rauben als sie gelassen und dankbar empfangen will. In rohern und derberen Zeiten herrschte der Gebrauch, den Hafer, gleich nachdem der Erbmarschall das Teil weggenommen, den Springbrunnen, nachdem der Erbschenk, die Küche, nachdem der Erbtruchseß sein Amt verrichtet, auf der Stelle preiszugeben. Diesmal aber hielt man, um alles Unglück zu verhüten, soviel es sich tun ließ, Ordnung und Maß. Doch fielen die alten schadenfrohen Späße wieder vor, daß wenn einer einen Sack

Hafer aufgepackt hatte, der andre ihm ein Loch hineinschnitt, und was dergleichen Artigkeiten mehr waren. Um den gebratnen Ochsen aber wurde diesmal wie sonst ein ernsterer Kampf geführt. Man konnte sich denselben nur in Masse streitig machen. Zwei Innungen, die Metzger und Weinschröter, hatten sich hergebrachtermaßen wieder so postiert, daß einer von beiden dieser ungeheure Braten zu Teil werden mußte. Die Metzger glaubten das größte Recht an einen Ochsen zu haben, den sie unzerstückt in die Küche geliefert; die Weinschröter dagegen machten Anspruch, weil die Küche in der Nähe ihres zunftmäßigen Aufenthalts erbaut war, und weil sie das letzte Mal obgesiegt hatten; wie denn aus dem vergitterten Giebelfenster ihres Zunft- und Versammlungshauses die Hörner jenes erbeuteten Stiers als Siegeszeichen hervorstarrend zu sehen waren. Beide zahlreichen Innungen hatten sehr kräftige und tüchtige Mitglieder; wer aber diesmal den Sieg davongetragen, ist mir nicht mehr erinnerlich.

Wie nun aber eine Feierlichkeit dieser Art mit etwas Gefährlichem und Schreckhaften schließen soll, so war es wirklich ein fürchterlicher Augenblick, als die bretterne Küche selbst Preis gemacht wurde. Das Dach derselben wimmelte sogleich von Menschen, ohne daß man wußte wie sie hinaufgekommen; die Bretter wurden losgerissen und heruntergestürzt, so daß man, besonders in der Ferne, denken mußte, ein jedes werde ein paar der Zudringenden totschlagen. In einem Nu war die Hütte abgedeckt, und einzelne Menschen hingen an Sparren und Balken, um auch diese aus den Fugen zu reißen; ja manche schwebten noch oben herum, als schon unten die Pfosten abgesägt waren, das Gerippe hin und wider schwankte und jähen Einsturz drohte. Zarte Personen wandten die Augen hinweg, und jedermann erwartete sich ein großes Unglück; allein man hörte nicht einmal von irgend einer Beschädigung, und alles war, obgleich heftig und gewaltsam, doch glücklich vorübergegangen.

Jedermann wußte nun, daß Kaiser und König aus dem Kabinett, wohin sie vom Balkon abgetreten, sich wieder hervorbegeben und in dem großen Römersaale speisen würden. Man hatte die Anstalten dazu Tages vorher bewundern können, und mein sehnlichster Wunsch war, heute wo möglich nur einen Blick hinein zu tun. Ich begab mich daher auf gewohnten Pfaden wieder an die große Treppe, welcher die Türe des Saals gerade gegenüber steht. Hier staunte ich nun die vornehmen Personen an, welche sich heute als Diener des Reichsoberhauptes bekannten. Vierundvierzig Grafen, die Speisen aus der Küche herantragend, zogen an mir vorbei, alle prächtig gekleidet, so daß der Kontrast ihres Anstandes mit der Handlung für einen Knaben wohl sinnverwirrend sein konnte. Das Gedränge war nicht groß, doch wegen des kleinen Raums merklich genug. Die Saaltüre war bewacht, indes gingen die Befugten häufig aus und ein. Ich erblickte einen pfälzischen Hausoffizianten, den ich anredete, ob er mich nicht mit hineinbringen könne. Er besann sich nicht lange, gab mir eins der silbernen Gefäße, die er eben trug, welches er um so eher konnte, als ich sauber gekleidet war; und so gelangte ich denn in das Heiligtum. Das pfälzische Büffet stand links, unmittelbar an der Türe, und mit einigen Schritten befand ich mich auf der Erhöhung desselben hinter den Schranken.

Am andern Ende des Saals, unmittelbar an den Fenstern, saßen auf Thronstufen erhöht, unter Baldachinen, Kaiser und König in ihren Ornaten; Krone und Zepter aber lagen auf goldnen Kissen rückwärts in einiger Entfernung. Die drei geistlichen Kurfürsten hatten, ihre Büffette hinter sich, auf einzelnen Estraden Platz genommen: Kur-Mainz den Majestäten gegenüber, Kur-Trier zur Rechten und Kur-Köln zur Linken. Dieser obere Teil des Saals war würdig und erfreulich anzusehen, und erregte die Bemerkung, daß die Geistlichkeit sich so lange als möglich mit dem Herrscher halten mag. Dagegen ließen die zwar prächtig aufgeputzten aber herrenleeren Büffette und Tische der sämtlichen weltlichen Kurfürsten an das Mißverhältnis denken, welches zwischen ihnen und dem Reichsoberhaupt durch Jahrhunderte allmählich entstanden war. Die Gesandten derselben hatten sich schon entfernt, um in einem Seitenzimmer zu speisen; und wenn dadurch der größte Teil des Saales ein gespensterhaftes Ansehn bekam, daß so viele unsichtbare Gäste auf das prächtigste bedient wurden; so war eine große unbesetzte Tafel in der Mitte noch betrübter anzusehen: denn hier standen auch so viele Couverte leer, weil alle die, welche allenfalls ein Recht hatten sich daran zu setzen, Anstands halber, um an dem größten Ehrentage ihrer Ehre nichts zu vergeben, ausblieben, wenn sie sich auch dermalen in der Stadt befanden.

Viele Betrachtungen anzustellen erlaubten mir weder meine Jahre noch das Gedräng der Gegenwart. Ich bemühte mich alles möglichst ins Auge zu fassen, und wie der Nachtisch aufgetragen wurde, da die Gesandten, um ihren Hof zu machen, wieder hereintraten, suchte ich das Freie, und wußte mich bei guten Freunden in der Nachbarschaft nach dem heutigen Halbfasten wieder zu erquicken und zu den Illuminationen des Abends vorzubereiten.

Diesen glänzenden Abend gedachte ich auf eine gemütliche Weise zu feiern: denn ich hatte mit Gretchen, mit Pylades und der Seinigen abgeredet, daß wir uns zur nächtigen Stunde irgendwo treffen wollten. Schon leuchtete die Stadt an allen Ecken und Enden, als ich meine Geliebten antraf. Ich reichte Gretchen den Arm, wir zogen von einem Quartier zum andern, und befanden uns zusammen sehr glücklich. Die Vettern waren anfangs auch bei der Gesellschaft, verloren sich aber nachher unter der Masse des Volks. Vor den Häusern einiger Gesandten, wo man prächtige Illuminationen angebracht hatte (die kurpfälzische zeichnete sich vorzüglich aus), war es so hell wie es am Tage nur sein kann. Um nicht erkannt zu werden, hatte ich mich einigermaßen vermummt, und Gretchen fand es nicht übel. Wir bewunderten die verschiedenen glänzenden Darstellungen und die feenmäßigen Flammengebäude, womit immer ein Gesandter den andern zu überbieten gedacht hatte. Die Anstalt des Fürsten Esterhazy jedoch übertraf alle die übrigen. Unsere kleine Gesellschaft war von der Erfindung und Ausführung entzückt, und wir wollten eben das Einzelne recht genießen, als uns die Vettern wieder begegneten und von der herrlichen Erleuchtung sprachen, womit der brandenburgische Gesandte sein Quartier ausgeschmückt habe. Wir ließen uns nicht verdrießen, den weiten Weg von dem Roßmarkte bis zum Saalhof zu machen, fanden aber, daß man uns auf eine frevle Weise zum besten gehabt hatte.

Der Saalhof ist nach dem Main zu ein regelmäßiges und ansehnliches Gebäude, dessen nach der Stadt gerichteter Teil aber uralt, unregelmäßig und unscheinbar. Kleine, weder in Form noch Größe übereinstimmende, noch auf eine Linie, noch in gleicher Entfernung gesetzte Fenster, unsymmetrisch angebrachte Tore und Türen, ein meist in Kramläden verwandeltes Untergeschoß bilden eine verworrene Außenseite, die von niemand jemals betrachtet wird. Hier war man nun der zufälligen, unregelmäßigen, unzusammenhängenden Architektur gefolgt, und hatte jedes Fenster, jede Türe, jede Öffnung für sich mit Lampen umgeben, wie man es allenfalls bei einem wohlgebauten Hause tun kann, wodurch aber hier die schlechteste und mißgebildetste aller Façaden ganz unglaublich in das hellste Licht gesetzt wurde. Hatte man sich nun hieran, wie etwa an den Späßen des Pagliasso ergetzt, obgleich nicht ohne Bedenklichkeiten, weil jedermann etwas Vorsätzliches darin erkennen mußte; wie man denn schon vorher über das sonstige äußre Benehmen des übrigens sehr geschätzten Plotho glossiert, und da man ihm nun einmal gewogen war, auch den Schalk in ihm bewundert hatte, der sich über alles Zeremoniell wie sein König hinauszusetzen pflege: so ging man doch lieber in das Esterhazysche Feenreich wieder zurück.

Dieser hohe Botschafter hatte, diesen Tag zu ehren, sein ungünstig gelegenes Quartier ganz übergangen, und dafür die große Lindenesplanade am Roßmarkt, vorn mit einem farbig erleuchteten Portal, im Hintergrund aber mit einem wohl noch prächtigern Prospekte verzieren lassen. Die ganze Einfassung bezeichneten Lampen. Zwischen den Bäumen standen Licht-Pyramiden und Kugeln auf durchscheinenden Piedestalen; von einem Baum zum andern zogen sich leuchtende Girlanden, an welchen Hängeleuchter schwebten. An mehreren Orten verteilte man Brot und Würste unter das Volk und ließ es an Wein nicht fehlen.

Hier gingen wir nun zu vieren aneinandergeschlossen höchst behaglich auf und ab, und ich an Gretchens Seite deuchte mir wirklich in jenen glücklichen Gefilden Elysiums zu wandeln, wo man die kristallnen Gefäße vom Baume bricht, die sich mit dem gewünschten Wein sogleich füllen, und wo man Früchte schüttelt, die sich in jede beliebige Speise verwandeln. Ein solches Bedürfnis fühlten wir denn zuletzt auch, und geleitet von Pylades fanden wir ein ganz artig eingerichtetes Speisehaus; und da wir keine Gäste weiter antrafen, indem alles auf den Straßen umherzog, ließen wir es uns um so wohler sein, und verbrachten den größten Teil der Nacht im Gefühl von Freundschaft, Liebe und Neigung auf das heiterste und glücklichste. Als ich Gretchen bis an ihre Türe begleitet hatte, küßte sie mich auf die Stirn. Es war das erste und letzte Mal, daß sie mir diese Gunst erwies: denn leider sollte ich sie nicht wiedersehen.

Den andern Morgen lag ich noch im Bette, als meine Mutter verstört und ängstlich hereintrat. Man konnte es ihr gar leicht ansehen, wenn sie sich irgend bedrängt fühlte. – »Steh auf«, sagte sie, »und mache dich auf etwas Unangenehmes gefaßt. Es ist herausgekommen, daß du sehr schlechte Gesellschaft besuchst und dich in die gefährlichsten und schlimmsten Händel verwickelt hast. Der Vater ist außer sich, und wir haben nur so viel von ihm erlangt, daß er die Sache durch einen Dritten untersuchen will. Bleib auf deinem Zimmer und erwarte was bevorsteht. Der Rat Schneider wird zu dir kommen; er hat sowohl vom Vater als von der Obrigkeit den Auftrag: denn die Sache ist schon anhängig und kann eine sehr böse Wendung nehmen.«

Ich sah wohl, daß man die Sache viel schlimmer nahm als sie war; doch fühlte ich mich nicht wenig beunruhigt, wenn auch nur das eigentliche Verhältnis entdeckt werden sollte. Der alte Messianische Freund trat endlich herein, die Tränen standen ihm in den Augen; er faßte mich beim Arm und sagte: »Es tut mir herzlich leid, daß ich in solcher Angelegenheit zu Ihnen komme. Ich hätte nicht gedacht, daß Sie sich so weit verirren könnten. Aber was tut nicht schlechte Gesellschaft und böses Beispiel; und so kann ein junger unerfahrner Mensch Schritt vor Schritt bis zum Verbrechen geführt werden.« – »Ich bin mir keines Verbrechens bewußt«, versetzte ich darauf, »so wenig als schlechte Gesellschaft besucht zu haben.« – »Es ist jetzt nicht von einer Verteidigung die Rede«, fiel er mir ins Wort, »sondern von einer Untersuchung, und Ihrerseits von einem aufrichtigen Bekenntnis.« – »Was verlangen Sie zu wissen?« sagte ich dagegen. Er setzte sich und zog ein Blatt hervor und fing zu fragen an: »Haben Sie nicht den N. N. Ihrem Großvater als einen Klienten zu einer *** Stelle empfohlen?« Ich antwortete: »Ja.« – »Wo haben Sie ihn kennen gelernt?« – »Auf Spaziergängen.« – »In welcher Gesellschaft?« – Ich stutzte: denn ich wollte nicht gern meine Freunde verraten. – »Das Verschweigen wird nichts helfen«, fuhr er fort: »denn es ist alles schon genugsam bekannt.« – »Was ist denn bekannt?« sagte ich. – »Daß Ihnen dieser Mensch durch andere seinesgleichen ist vorgeführt worden und zwar durch ***.« Hier nannte er die Namen von drei Personen, die ich niemals gesehen noch gekannt hatte; welches ich dem Fragenden denn auch sogleich erklärte. – »Sie wollen«, fuhr jener fort, »diese Menschen nicht kennen, und haben doch mit ihnen öftre Zusammenkünfte gehabt!« – »Auch nicht die geringste«, versetzte ich: »denn wie gesagt, außer dem ersten, kenne ich keinen und habe auch den niemals in einem Hause gesehen.« – »Sind Sie nicht oft in der *** Straße gewesen?« – »Niemals«, versetzte ich. Dies war nicht ganz der Wahrheit gemäß. Ich hatte Pylades einmal zu seiner Geliebten begleitet, die in der Straße wohnte; wir waren aber zur Hintertüre hereingegangen und im Gartenhause geblieben. Daher glaubte ich mir die Ausflucht erlauben zu können, in der Straße selbst nicht gewesen zu sein.

Der gute Mann tat noch mehr Fragen, die ich alle verneinen konnte: denn es war mir von alle dem, was er zu wissen verlangte, nichts bekannt. Endlich schien er verdrießlich zu werden und sagte: »Sie belohnen mein Vertrauen und meinen guten Willen sehr schlecht; ich komme, um Sie zu retten. Sie können nicht leugnen, daß Sie für diese Leute selbst oder für ihre Mitschuldigen Briefe verfaßt, Aufsätze gemacht und so zu ihren schlechten Streichen behülflich gewesen. Ich komme, um Sie zu retten: denn es ist von nichts Geringerem als nachgemachten Handschriften, falschen Testamenten, untergeschobnen Schuldscheinen und ähnlichen Dingen die Rede. Ich komme nicht allein als Hausfreund; ich komme im Namen und auf Befehl der Obrigkeit, die in Betracht Ihrer Familie und Ihrer Jugend, Sie und einige andre Jünglinge verschonen will, die gleich Ihnen ins Netz gelockt worden.« – Es war mir auffallend, daß unter den Personen die er nannte, sich gerade die nicht fanden, mit denen ich Umgang gepflogen. Die Verhältnisse trafen nicht zusammen, aber sie berührten sich, und ich konnte noch immer hoffen, meine jungen Freunde zu schonen. Allein der wackre Mann ward immer dringender. Ich konnte nicht leugnen, daß ich manche Nächte spät nach Hause gekommen war, daß ich mir einen Hausschlüssel zu verschaffen gewußt, daß ich mit Personen von geringem Stand und verdächtigem Aussehen, an Lustorten mehr als einmal bemerkt worden, daß Mädchen mit in die Sache verwickelt seien; genug, alles schien entdeckt bis auf die Namen. Dies gab mir Mut, standhaft im Schweigen zu sein. – »Lassen Sie mich«, sagte der brave Freund, »nicht von Ihnen weggehen. Die Sache leidet keinen Aufschub; unmittelbar nach mir wird ein andrer kommen, der Ihnen nicht so viel Spielraum läßt. Verschlimmern Sie die ohnehin böse Sache nicht durch Ihre Hartnäckigkeit.«

Nun stellte ich mir die guten Vettern, und Gretchen besonders, recht lebhaft vor; ich sah sie gefangen, verhört, bestraft, geschmäht, und mir fuhr wie ein Blitz durch die Seele, daß die Vettern denn doch, ob sie gleich gegen mich alle Rechtlichkeit beobachtet, sich in so böse Händel konnten eingelassen haben, wenigstens der älteste, der mir niemals recht gefallen wollte, der immer später nach Hause kam und wenig Heiters zu erzählen wußte. Noch immer hielt ich mein Bekenntnis zurück. – »Ich bin mir«, sagte ich, »persönlich nichts Böses bewußt, und kann von der Seite ganz ruhig sein; aber es wäre nicht unmöglich, daß diejenigen mit denen ich umgegangen bin, sich einer verwegnen oder gesetzwidrigen Handlung schuldig gemacht hätten. Man mag sie suchen, man mag sie finden, sie überführen und bestrafen, ich habe mir bisher nichts vorzuwerfen, und will auch gegen die nichts verschulden, die sich freundlich und gut gegen mich benommen haben.« – Er ließ mich nicht ausreden, sondern rief mit einiger Bewegung: »Ja man wird sie finden. In drei Häusern kamen diese Bösewichter zusammen.« (Er nannte die Straßen, er bezeichnete die Häuser, und zum Unglück befand sich auch das darunter, wohin ich zu gehen pflegte.) »Das erste Nest ist schon ausgehoben«, fuhr er fort, »und in diesem Augenblick werden es die beiden andern. In wenig Stunden wird alles im klaren sein. Entziehen Sie sich, durch ein redliches Bekenntnis, einer gerichtlichen Untersuchung, einer Konfrontation und wie die garstigen Dinge alle heißen.« – Das Haus war genannt und bezeichnet. Nun hielt ich alles Schweigen für unnütz; ja, bei der Unschuld unsrer Zusammenkünfte, konnte ich hoffen, jenen noch mehr als mir nützlich zu sein. – »Setzen Sie sich«, rief ich aus, und holte ihn von der Türe zurück: »ich will Ihnen alles erzählen, und zugleich mir und Ihnen das Herz erleichtern: nur das Eine bitte ich, von nun an keine Zweifel in meine Wahrhaftigkeit.«

Ich erzählte nun dem Freunde den ganzen Hergang der Sache, anfangs ruhig und gefaßt; doch je mehr ich mir die Personen, Gegenstände, Begebenheiten ins Gedächtnis rief und vergegenwärtigte, und so manche unschuldige Freude, so manchen heitern Genuß gleichsam vor einem Kriminalgericht deponieren sollte, desto mehr wuchs die schmerzlichste Empfindung, so daß ich zuletzt in Tränen ausbrach und mich einer unbändigen Leidenschaft überließ. Der Hausfreund, welcher hoffte, daß eben jetzt das rechte Geheimnis auf dem Wege sein möchte sich zu offenbaren (denn er hielt meinen Schmerz für ein Symptom, daß ich im Begriff stehe mit Widerwillen ein Ungeheures zu bekennen) suchte mich, da ihm an der Entdeckung alles gelegen war, aufs beste zu beruhigen; welches ihm zwar nur zum Teil gelang, aber doch insofern, daß ich meine Geschichte notdürftig auserzählen konnte. Er war, obgleich zufrieden über die Unschuld der Vorgänge, doch noch einigermaßen zweifelhaft, und erließ neue Fragen an mich, die mich abermals aufregten und in Schmerz und Wut versetzten. Ich versicherte endlich, daß ich nichts weiter zu sagen habe, und wohl wisse, daß ich nichts zu fürchten brauche: denn ich sei unschuldig, von gutem Hause und wohl empfohlen; aber jene könnten ebenso unschuldig sein, ohne daß man sie dafür anerkenne oder sonst begünstige. Ich erklärte zugleich, daß wenn man jene nicht wie mich schonen, ihren Torheiten nachsehen, und ihre Fehler verzeihen wolle, wenn ihnen nur im mindesten hart und unrecht geschehe, so würde ich mir ein Leids antun, und daran solle mich niemand hindern. Auch hierüber suchte mich der Freund zu beruhigen; aber ich traute ihm nicht, und war, als er mich zuletzt verließ, in der entsetzlichsten Lage. Ich machte mir nun doch Vorwürfe, die Sache erzählt und alle die Verhältnisse ans Licht gebracht zu haben. Ich sah voraus, daß man die kindlichen Handlungen, die jugendlichen Neigungen und Vertraulichkeiten ganz anders auslegen würde, und daß ich vielleicht den guten Pylades mit in diesen Handel verwickeln und sehr unglücklich machen könnte. Alle diese Vorstellungen drängten sich lebhaft hintereinander vor meiner Seele, schärften und spornten meinen Schmerz, so daß ich mir vor Jammer nicht zu helfen wußte, mich die Länge lang auf die Erde warf, und den Fußboden mit meinen Tränen benetzte.

Ich weiß nicht, wie lange ich mochte gelegen haben, als meine Schwester hereintrat, über meine Gebärde erschrak und alles mögliche tat mich aufzurichten. Sie erzählte mir, daß eine Magistratsperson unten beim Vater die Rückkunft des Hausfreundes erwartet, und nachdem sie sich eine Zeit lang eingeschlossen gehalten, seien die beiden Herren weggegangen, und hätten untereinander sehr zufrieden, ja mit Lachen geredet, und sie glaube die Worte verstanden zu haben: »Es ist recht gut, die Sache hat nichts zu bedeuten.« – »Freilich«, fuhr ich auf, »hat die Sache nichts zu bedeuten, für mich, für uns: denn ich habe nichts verbrochen, und wenn ich es hätte, so würde man mir durchzuhelfen wissen; aber jene, jene«, rief ich aus, »wer wird ihnen beistehn!« – Meine Schwester suchte mich umständlich mit dem Argumente zu trösten, daß wenn man die Vornehmeren retten wolle, man auch über die Fehler der Geringern einen Schleier werfen müsse. Das alles half nichts. Sie war kaum weggegangen, als ich mich wieder meinem Schmerz überließ, und sowohl die Bilder meiner Neigung und Leidenschaft als auch des gegenwärtigen und möglichen Unglücks immer wechselsweise hervorrief. Ich erzählte mir Märchen auf Märchen, sah nur Unglück auf Unglück, und ließ es besonders daran nicht fehlen, Gretchen und mich recht elend zu machen.

Der Hausfreund hatte mir geboten auf meinem Zimmer zu bleiben und mit niemand mein Geschäft zu pflegen, außer den Unsrigen. Es war mir ganz recht, denn ich befand mich am liebsten allein. Meine Mutter und Schwester besuchten mich von Zeit zu Zeit, und ermangelten nicht mir mit allerlei gutem Trost auf das kräftigste beizustehen; ja sie kamen sogar schon den zweiten Tag, im Namen des nun besser unterrichteten Vaters mir eine völlige Amnestie anzubieten, die ich zwar dankbar annahm, allein den Antrag, daß ich mit ihm ausgehen und die Reichs-Insignien, welche man nunmehr den Neugierigen vorzeigte, beschauen sollte, hartnäckig ablehnte, und versicherte, daß ich weder von der Welt, noch von dem römischen Reiche etwas weiter wissen wolle, bis mir bekannt geworden, wie jener verdrießliche Handel, der für mich weiter keine Folgen haben würde, für meine armen Bekannten ausgegangen. Sie wußten hierüber selbst nichts zu sagen und ließen mich allein. Doch machte man die folgenden Tage noch einige Versuche, mich aus dem Hause und zur Teilnahme an den öffentlichen Feierlichkeiten zu bewegen. Vergebens! weder der große Galatag, noch was bei Gelegenheit so vieler Standeserhöhungen vorfiel, noch die öffentliche Tafel des Kaisers und Königs, nichts konnte mich rühren. Der Kurfürst von der Pfalz mochte kommen um den beiden Majestäten aufzuwarten, diese mochten die Kurfürsten besuchen, man mochte zur letzten kurfürstlichen Sitzung zusammen fahren, um die rückständigen Punkte zu erledigen und den Kurverein zu erneuern, nichts konnte mich aus meiner leidenschaftlichen Einsamkeit hervorrufen. Ich ließ am Dankfeste die Glocken läuten, den Kaiser sich in die Kapuzinerkirche begeben, die Kurfürsten und den Kaiser abreisen, ohne deshalb einen Schritt von meinem Zimmer zu tun. Das letzte Kanonieren, so unmäßig es auch sein mochte, regte mich nicht auf, und wie der Pulverdampf sich verzog und der Schall verhallte, so war auch alle diese Herrlichkeit vor meiner Seele weggeschwunden.

Ich empfand nun keine Zufriedenheit, als im Wiederkäuen meines Elends und in der tausendfachen imaginären Vervielfältigung desselben. Meine ganze Erfindungsgabe, meine Poesie und Rhetorik hatten sich auf diesen kranken Fleck geworfen, und drohten, gerade durch diese Lebensgewalt, Leib und Seele in eine unheilbare Krankheit zu verwickeln. In diesem traurigen Zustande kam mir nichts mehr wünschenswert, nichts begehrenswert mehr vor. Zwar ergriff mich manchmal ein unendliches Verlangen, zu wissen wie es meinen armen Freunden und Geliebten ergehe, was sich bei näherer Untersuchung ergeben, inwiefern sie mit in jene Verbrechen verwickelt oder unschuldig möchten erfunden sein. Auch dies malte ich mir auf das mannigfaltigste umständlich aus, und ließ es nicht fehlen sie für unschuldig und recht unglücklich zu halten. Bald wünschte ich mich von dieser Ungewißheit befreit zu sehen, und schrieb heftig drohende Briefe an den Hausfreund, daß er mir den weitern Gang der Sache nicht vorenthalten solle. Bald zerriß ich sie wieder, aus Furcht mein Unglück recht deutlich zu erfahren und des phantastischen Trostes zu entbehren, mit dem ich mich bis jetzt wechselsweise gequält und aufgerichtet hatte.

So verbrachte ich Tag und Nacht in großer Unruhe, in Rasen und Ermattung, so daß ich mich zuletzt glücklich fühlte, als eine körperliche Krankheit mit ziemlicher Heftigkeit eintrat, wobei man den Arzt zu Hülfe rufen und darauf denken mußte, mich auf alle Weise zu beruhigen. Man glaubte es im Allgemeinen tun zu können, indem man mir heilig versicherte, daß alle in jene Schuld mehr oder weniger Verwickelte mit der größten Schonung behandelt worden, daß meine nächsten Freunde, so gut wie ganz schuldlos, mit einem leichten Verweise entlassen worden, und daß Gretchen sich aus der Stadt entfernt habe und wieder in ihre Heimat gezogen sei. Mit dem letztern zauderte man am längsten, und ich nahm es auch nicht zum besten auf: denn ich konnte darin keine freiwillige Abreise, sondern nur eine schmähliche Verbannung entdecken. Mein körperlicher und geistiger Zustand verbesserte sich dadurch nicht: die Not ging nun erst recht an, und ich hatte Zeit genug mir den seltsamsten Roman von traurigen Ereignissen und einer unvermeidlich tragischen Katastrophe selbstquälerisch auszumalen.

Aus meinem Leben

Dichtung und Wahrheit.

Von

Goethe.

Zweyter Theil.

Was man in der Jugend wünscht, hat man im Alter die Fülle.

Tübingen,

in der J. G. Cottaischen Buchhandlung.

1812.

Sechstes Buch

So trieb es mich wechselsweise, meine Genesung zu befördern und zu verhindern, und ein gewisser heimlicher Ärger gesellte sich noch zu meinen übrigen Empfindungen: denn ich bemerkte wohl, daß man mich beobachtete, daß man mir nicht leicht etwas Versiegeltes zustellte, ohne darauf Acht zu haben, was es für Wirkungen hervorbringe? ob ich es geheim hielt oder ob ich es offen hinlegte, und was dergleichen mehr war. Ich vermutete daher, daß Pylades, ein Vetter, oder wohl gar Gretchen selbst, den Versuch möchte gemacht haben mir zu schreiben, um Nachricht zu geben oder zu erhalten; ich war nun erst recht verdrießlich neben meiner Bekümmernis, und hatte wieder neue Gelegenheit, meine Vermutungen zu üben und mich in die seltsamsten Verknüpfungen zu verirren.

Es dauerte nicht lange, so gab man mir noch einen besondern Aufseher. Glücklicher Weise war es ein Mann, den ich liebte und schätzte; er hatte eine Hofmeisterstelle in einem befreundeten Hause bekleidet, sein bisheriger Zögling war allein auf die Akademie gegangen. Er besuchte mich öfters in meiner traurigen Lage, und man fand zuletzt nichts natürlicher, als ihm ein Zimmer neben dem meinigen einzuräumen: da er mich denn beschäftigen, beruhigen und, wie ich wohl merken konnte, im Auge behalten sollte. Weil ich ihn jedoch von Herzen schätzte und ihm auch früher gar manches, nur nicht die Neigung zu Gretchen, vertraut hatte; so beschloß ich um so mehr, ganz offen und gerade gegen ihn zu sein, als es mir unerträglich war, mit jemand täglich zu leben und auf einem unsicheren, gespannten Fuß mit ihm zu stehen. Ich säumte daher nicht lange, sprach ihm von der Sache, erquickte mich in Erzählung und Wiederholung der kleinsten Umstände meines vergangenen Glücks, und erreichte dadurch so viel, daß er, als ein verständiger Mann, einsah, es sei besser, mich mit dem Ausgang der Geschichte bekannt zu machen, und zwar im Einzelnen und Besonderen, damit ich klar über das Ganze würde und man mir mit Ernst und Eifer zureden könne, daß ich mich fassen, das Vergangene hinter mich werfen und ein neues Leben anfangen müsse. Zuerst vertraute er mir, wer die anderen jungen Leute von Stande gewesen, die sich anfangs zu verwegenen Mystifikationen, dann zu possenhaften Polizeiverbrechen, ferner zu lustigen Geldschneidereien und anderen solchen verfänglichen Dingen hatten verleiten lassen. Es war dadurch wirklich eine kleine Verschwörung entstanden, zu der sich gewissenlose Menschen gesellten, durch Verfälschung von Papieren, Nachbildung von Unterschriften manches Strafwürdige begingen und noch Strafwürdigeres vorbereiteten. Die Vettern, nach denen ich zuletzt ungeduldig fragte, waren ganz unschuldig, nur im Allgemeinsten mit jenen andern bekannt, keineswegs aber vereinigt befunden worden. Mein Klient, durch dessen Empfehlung an den Großvater man mir eigentlich auf die Spur gekommen, war einer der Schlimmsten, und bewarb sich um jenes Amt hauptsächlich, um gewisse Bubenstücke unternehmen oder bedecken zu können. Nach allem diesem konnte ich mich zuletzt nicht halten und fragte, was aus Gretchen geworden sei? zu der ich ein für allemal die größte Neigung bekannte. Mein Freund schüttelte den Kopf und lächelte: »Beruhigen Sie sich«, versetzte er: »dieses Mädchen ist sehr wohl bestanden und hat ein herrliches Zeugnis davongetragen. Man konnte nichts als Gutes und Liebes an ihr finden, die Herren Examinatoren selbst wurden ihr gewogen, und haben ihr die Entfernung aus der Stadt, die sie wünschte, nicht versagen können. Auch das was sie in Rücksicht auf Sie, mein Freund, bekannt hat, macht ihr Ehre; ich habe ihre Aussage in den geheimen Akten selbst gelesen und ihre Unterschrift gesehen.« »Die Unterschrift!« rief ich aus, »die mich so glücklich und so unglücklich macht. Was hat sie denn bekannt? was hat sie unterschrieben?« Der Freund zauderte zu antworten; aber die Heiterkeit seines Gesichts zeigte mir an, daß er nichts Gefährliches verberge. »Wenn Sie's denn wissen wollen«, versetzte er endlich, »als von Ihnen und Ihrem Umgang mit ihr die Rede war, sagte sie ganz freimütig: ich kann es nicht leugnen, daß ich ihn oft und gern gesehen habe; aber ich habe ihn immer als ein Kind betrachtet und meine Neigung zu ihm war wahrhaft schwesterlich. In manchen Fällen habe ich ihn gut beraten, und anstatt ihn zu einer zweideutigen Handlung aufzuregen, habe ich ihn verhindert, an mutwilligen Streichen teilzunehmen, die ihm hätten Verdruß bringen können.«

Der Freund fuhr noch weiter fort, Gretchen als eine Hofmeisterin reden zu lassen; ich hörte ihm aber schon lange nicht mehr zu: denn daß sie mich für ein Kind zu den Akten erklärt, nahm ich ganz entsetzlich übel, und glaubte mich auf einmal von aller Leidenschaft für sie geheilt; ja ich versicherte hastig meinen Freund, daß nun alles abgetan sei! Auch sprach ich nicht mehr von ihr, nannte ihren Namen nicht mehr; doch konnte ich die böse Gewohnheit nicht lassen, an sie zu denken, mir ihre Gestalt, ihr Wesen, ihr Betragen zu vergegenwärtigen, das mir denn nun freilich jetzt in einem ganz anderen Lichte erschien. Ich fand es unerträglich, daß ein Mädchen, höchstens ein paar Jahre älter als ich, mich für ein Kind halten sollte, der ich doch für einen ganz gescheuten und geschickten Jungen zu gelten glaubte. Nun kam mir ihr kaltes, abstoßendes Wesen, das mich sonst so angereizt hatte, ganz widerlich vor; die Familiaritäten, die sie sich gegen mich erlaubte, mir aber zu erwidern nicht gestattete, waren mir ganz verhaßt. Das alles wäre jedoch noch gut gewesen, wenn ich sie nicht wegen des Unterschreibens jener poetischen Liebesepistel, wodurch sie mir denn doch eine förmliche Neigung erklärte, für eine verschmitzte und selbstsüchtige Coquette zu halten berechtigt gewesen wäre. Auch maskiert zur Putzmacherin kam sie mir nicht mehr so unschuldig vor, und ich kehrte diese ärgerlichen Betrachtungen so lange bei mir hin und wider, bis ich ihr alle liebenswürdigen Eigenschaften sämtlich abgestreift hatte. Dem Verstande nach war ich überzeugt und glaubte sie verwerfen zu müssen; nur ihr Bild! ihr Bild strafte mich Lügen, so oft es mir wieder vorschwebte, welches freilich noch oft genug geschah.

Indessen war denn doch dieser Pfeil mit seinen Widerhaken aus dem Herzen gerissen, und es fragte sich, wie man der inneren jugendlichen Heilkraft zu Hülfe käme? Ich ermannte mich wirklich, und das erste was sogleich abgetan wurde, war das Weinen und Rasen, welches ich nun für höchst kindisch ansah. Ein großer Schritt zur Besserung! Denn ich hatte oft halbe Nächte durch mich mit dem größten Ungestüm diesen Schmerzen überlassen, so daß es durch Tränen und Schluchzen zuletzt dahin kam, daß ich kaum mehr schlingen konnte und der Genuß von Speise und Trank mir schmerzlich ward, auch die so nah verwandte Brust zu leiden schien. Der Verdruß, den ich über jene Entdeckung immerfort empfand, ließ mich jede Weichlichkeit verbannen; ich fand es schrecklich, daß ich um eines Mädchens willen Schlaf und Ruhe und Gesundheit aufgeopfert hatte, die sich darin gefiel, mich als einen Säugling zu betrachten und sich höchst ammenhaft weise gegen mich zu dünken.

Diese kränkenden Vorstellungen waren, wie ich mich leicht überzeugte, nur durch Tätigkeit zu verbannen; aber was sollte ich ergreifen? Ich hatte in gar vielen Dingen freilich manches nachzuholen, und mich in mehr als einem Sinne auf die Akademie vorzubereiten, die ich nun beziehen sollte; aber nichts wollte mir schmecken noch gelingen. Gar manches erschien mir bekannt und trivial; zu mehrerer Begründung fand ich weder eigne Kraft noch äußere Gelegenheit, und ließ mich daher durch die Liebhaberei meines braven Stubennachbarn zu einem Studium bewegen, das mir ganz neu und fremd war und für lange Zeit ein weites Feld von Kenntnissen und Betrachtungen darbot. Mein Freund fing nämlich an, mich mit den philosophischen Geheimnissen bekannt zu machen. Er hatte unter Daries in Jena studiert und als ein sehr wohlgeordneter Kopf den Zusammenhang jener Lehre scharf gefaßt, und so suchte er sie auch mir beizubringen. Aber leider wollten diese Dinge in meinem Gehirn auf eine solche Weise nicht zusammenhängen. Ich tat Fragen, die er später zu beantworten, ich machte Forderungen, die er künftig zu befriedigen versprach. Unsere wichtigste Differenz war jedoch diese, daß ich behauptete, eine abgesonderte Philosophie sei nicht nötig, indem sie schon in der Religion und Poesie vollkommen enthalten sei. Dieses wollte er nun keinesweges gelten lassen, sondern suchte mir vielmehr zu beweisen, daß erst diese durch jene begründet werden müßten; welches ich hartnäckig leugnete, und im Fortgange unserer Unterhaltung bei jedem Schritt Argumente für meine Meinung fand. Denn da in der Poesie ein gewisser Glaube an das Unmögliche, in der Religion ein eben solcher Glaube an das Unergründliche stattfinden muß; so schienen mir die Philosophen in einer sehr üblen Lage zu sein, die auf ihrem Felde beides beweisen und erklären wollten; wie sich denn auch aus der Geschichte der Philosophie sehr geschwind dartun ließ, daß immer einer einen andern Grund suchte als der andre, und der Skeptiker zuletzt alles für grund- und bodenlos ansprach.

Eben diese Geschichte der Philosophie jedoch, die mein Freund mit mir zu treiben sich genötigt sah, weil ich dem dogmatischen Vortrag gar nichts abgewinnen konnte, unterhielt mich sehr, aber nur in dem Sinne, daß mir eine Lehre, eine Meinung so gut wie die andre vorkam, insofern ich nämlich in dieselbe einzudringen fähig war. An den ältesten Männern und Schulen gefiel mir am besten, daß Poesie, Religion und Philosophie ganz in Eins zusammenfielen, und ich behauptete jene meine erste Meinung nur um desto lebhafter, als mir das Buch Hiob, das Hohe-Lied und die Sprüchwörter Salomonis ebenso gut als die Orphischen und Hesiodischen Gesänge dafür ein gültiges Zeugnis abzulegen schienen. Mein Freund hatte den »Kleinen Brucker« zum Grunde seines Vortrags gelegt, und je weiter wir vorwärts kamen, je weniger wußte ich daraus zu machen. Was die ersten griechischen Philosophen wollten, konnte mir nicht deutlich werden.

Sokrates galt mir für einen trefflichen weisen Mann, der wohl, im Leben und Tod, sich mit Christo vergleichen lasse. Seine Schüler hingegen schienen mir große Ähnlichkeit mit den Aposteln zu haben, die sich nach des Meisters Tode sogleich entzweiten und offenbar jeder nur eine beschränkte Sinnesart für das Rechte erkannte. Weder die Schärfe des Aristoteles, noch die Fülle des Plato fruchteten bei mir im mindesten. Zu den Stoikern hingegen hatte ich schon früher einige Neigung gefaßt, und schaffte nun den Epictet herbei, den ich mit vieler Teilnahme studierte. Mein Freund ließ mich ungern in dieser Einseitigkeit hingehen, von der er mich nicht abzuziehen vermochte: denn ohngeachtet seiner mannigfaltigen Studien, wußte er doch die Hauptfrage nicht ins Enge zu bringen. Er hätte mir nur sagen dürfen, daß es im Leben bloß aufs Tun ankomme, das Genießen und Leiden finde sich von selbst. Indessen darf man die Jugend nur gewähren lassen; nicht sehr lange haftet sie an falschen Maximen; das Leben reißt oder lockt sie bald davon wieder los.

Die Jahrszeit war schön geworden, wir gingen oft zusammen ins Freie und besuchten die Lustörter, die in großer Anzahl um die Stadt umherliegen. Aber gerade hier konnte es mir am wenigsten wohl sein: denn ich sah noch die Gespenster der Vettern überall, und fürchtete bald da bald dort einen hervortreten zu sehen. Auch waren mir die gleichgültigsten Blicke der Menschen beschwerlich. Ich hatte jene bewußtlose Glückseligkeit verloren, unbekannt und unbescholten umherzugehen und in dem größten Gewühle an keinen Beobachter zu denken. Jetzt fing der hypochondrische Dünkel an mich zu quälen, als erregte ich die Aufmerksamkeit der Leute, als wären ihre Blicke auf mein Wesen gerichtet, es festzuhalten, zu untersuchen und zu tadeln.

Ich zog daher meinen Freund in die Wälder und, indem ich die einförmigen Fichten floh, sucht' ich jene schönen belaubten Haine, die sich zwar nicht weit und breit in der Gegend erstrecken, aber doch immer von solchem Umfange sind, daß ein armes verwundetes Herz sich darin verbergen kann. In der größten Tiefe des Waldes hatte ich mir einen ernsten Platz ausgesucht, wo die ältesten Eichen und Buchen einen herrlich großen, beschatteten Raum bildeten. Etwas abhängig war der Boden und machte das Verdienst der alten Stämme nur desto bemerkbarer. Rings an diesen freien Kreis schlossen sich die dichtesten Gebüsche, aus denen bemooste Felsen mächtig und würdig hervorblickten und einem wasserreichen Bach einen raschen Fall verschafften.

Kaum hatte ich meinen Freund, der sich lieber in freier Landschaft am Strom unter Menschen befand, hierher genötiget, als er mich scherzend versicherte, ich erweise mich wie ein wahrer Deutscher. Umständlich erzählte er mir aus dem Tacitus, wie sich unsere Urväter an den Gefühlen begnügt, welche uns die Natur in solchen Einsamkeiten mit ungekünstelter Bauart so herrlich vorbereitet. Er hatte mir nicht lange davon erzählt, als ich ausrief: »O! warum liegt dieser köstliche Platz nicht in tiefer Wildnis, warum dürfen wir nicht einen Zaun umherführen, ihn und uns zu heiligen und von der Welt abzusondern! Gewiß es ist keine schönere Gottesverehrung als die, zu der man kein Bild bedarf, die bloß aus dem Wechselgespräch mit der Natur in unserem Busen entspringt!« – Was ich damals fühlte, ist mir noch gegenwärtig; was ich sagte, wüßte ich nicht wieder zu finden. So viel ist aber gewiß, daß die unbestimmten, sich weit ausdehnenden Gefühle der Jugend und ungebildeter Völker allein zum Erhabenen geeignet sind, das, wenn es durch äußere Dinge in uns erregt werden soll, formlos, oder zu unfaßlichen Formen gebildet, uns mit einer Größe umgeben muß, der wir nicht gewachsen sind.

Eine solche Stimmung der Seele empfinden, mehr oder weniger, alle Menschen, so wie sie dieses edle Bedürfnis auf mancherlei Weise zu befriedigen suchen. Aber wie das Erhabene von Dämmerung und Nacht, wo sich die Gestalten vereinigen, gar leicht erzeugt wird, so wird es dagegen vom Tage verscheucht, der alles sondert und trennt, und so muß es auch durch jede wachsende Bildung vernichtet werden, wenn es nicht glücklich genug ist, sich zu dem Schönen zu flüchten und sich innig mit ihm zu vereinigen, wodurch denn beide gleich unsterblich und unverwüstlich sind.

Die kurzen Augenblicke solcher Genüsse verkürzte mir noch mein denkender Freund; aber ganz umsonst versuchte ich, wenn ich heraus an die Welt trat, in der lichten und mageren Umgebung, ein solches Gefühl bei mir wieder zu erregen; ja kaum die Erinnerung davon vermochte ich zu erhalten. Mein Herz war jedoch zu verwöhnt, als daß es sich hätte beruhigen können: es hatte geliebt, der Gegenstand war ihm entrissen; es hatte gelebt, und das Leben war ihm verkümmert. Ein Freund, der es zu deutlich merken läßt, daß er an euch zu bilden gedenkt, erregt kein Behagen; indessen eine Frau, die euch bildet, indem sie euch zu verwöhnen scheint, wie ein himmlisches, freudebringendes Wesen angebetet wird. Aber jene Gestalt, an der sich der Begriff des Schönen mir hervortat, war in die Ferne weggeschwunden; sie besuchte mich oft unter den Schatten meiner Eichen, aber ich konnte sie nicht festhalten, und ich fühlte einen gewaltigen Trieb, etwas Ähnliches in der Weite zu suchen.

Ich hatte meinen Freund und Aufseher unvermerkt gewöhnt, ja genötigt, mich allein zu lassen; denn selbst in meinem heiligen Walde taten mir jene unbestimmten, riesenhaften Gefühle nicht genug. Das Auge war vor allen anderen das Organ, womit ich die Welt faßte. Ich hatte von Kindheit auf zwischen Malern gelebt, und mich gewöhnt, die Gegenstände wie sie, in Bezug auf die Kunst anzusehen. Jetzt, da ich mir selbst und der Einsamkeit überlassen war, trat diese Gabe, halb natürlich, halb erworben, hervor; wo ich hinsah erblickte ich ein Bild, und was mir auffiel, was mich erfreute, wollte ich festhalten, und ich fing an auf die ungeschickteste Weise nach der Natur zu zeichnen. Es fehlte mir hierzu nichts weniger als alles; doch blieb ich hartnäckig daran, ohne irgend ein technisches Mittel, das Herrlichste nachbilden zu wollen, was sich meinen Augen darstellte. Ich gewann freilich dadurch eine große Aufmerksamkeit auf die Gegenstände, aber ich faßte sie nur im Ganzen, insofern sie Wirkung taten; und so wenig mich die Natur zu einem deskriptiven Dichter bestimmt hatte, ebenso wenig wollte sie mir die Fähigkeit eines Zeichners fürs Einzelne verleihen. Da jedoch nur dies allein die Art war, die mir übrig blieb, mich zu äußern, so hing ich mit ebenso viel Hartnäckigkeit, ja mit Trübsinn daran, daß ich immer eifriger meine Arbeiten fortsetzte, je weniger ich etwas dabei herauskommen sah.

Leugnen will ich jedoch nicht, daß sich eine gewisse Schelmerei mit einmischte: denn ich hatte bemerkt, daß wenn ich einen halbbeschatteten alten Stamm, an dessen mächtig gekrümmte Wurzeln sich wohlbeleuchtete Farrenkräuter anschmiegten, von blinkenden Graslichtern begleitet, mir zu einem qualreichen Studium ausgesucht hatte, mein Freund, der aus Erfahrung wußte, daß unter einer Stunde da nicht loszukommen sei, sich gewöhnlich entschloß, mit einem Buche ein anderes gefälliges Plätzchen zu suchen. Nun störte mich nichts, meiner Liebhaberei nachzuhängen, die um desto emsiger war, als mir meine Blätter dadurch lieb wurden, daß ich mich gewöhnte, an ihnen nicht sowohl das zu sehen, was darauf stand, als dasjenige, was ich zu jeder Zeit und Stunde dabei gedacht hatte. So können uns Kräuter und Blumen der gemeinsten Art ein liebes Tagebuch bilden, weil nichts, was die Erinnerung eines glücklichen Moments zurückruft, unbedeutend sein kann; und noch jetzt würde es mir schwer fallen, manches dergleichen, was mir aus verschiedenen Epochen übrig geblieben, als wertlos zu vertilgen, weil es mich unmittelbar in jene Zeiten versetzt, deren ich mich zwar mit Wehmut, doch nicht ungern erinnere.

Wenn aber solche Blätter irgend ein Interesse an und für sich haben könnten, so wären sie diesen Vorzug der Teilnahme und Aufmerksamkeit meines Vaters schuldig. Dieser, durch meinen Aufseher benachrichtiget, daß ich mich nach und nach in meinen Zustand finde und besonders mich leidenschaftlich auf das Zeichnen nach der Natur gewendet habe, war damit gar wohl zufrieden, teils weil er selbst sehr viel auf Zeichnung und Malerei hielt, teils weil Gevatter Seekaz ihm einigemal gesagt hatte, es sei schade, daß ich nicht zum Maler bestimmt sei. Allein hier kamen die Eigenheiten des Vaters und Sohns wieder zum Konflikt: denn es war mir fast unmöglich, bei meinen Zeichnungen ein gutes, weißes, völlig reines Papier zu gebrauchen; graue veraltete, ja schon von einer Seite beschriebene Blätter reizten mich am meisten, eben als wenn meine Unfähigkeit sich vor dem Prüfstein eines weißen Grundes gefürchtet hätte. So war auch keine Zeichnung ganz ausgefüllt; und wie hätte ich denn ein Ganzes leisten sollen, das ich wohl mit Augen sah, aber nicht begriff, und wie ein Einzelnes, das ich zwar kannte, aber dem zu folgen ich weder Fertigkeit noch Geduld hatte. Wirklich war auch in diesem Punkte die Pädagogik meines Vaters zu bewundern. Er fragte wohlwollend nach meinen Versuchen, und zog Linien um jede unvollkommene Skizze: er wollte mich dadurch zur Vollständigkeit und Ausführlichkeit nötigen; die unregelmäßigen Blätter schnitt er zurechte, und machte damit den Anfang zu einer Sammlung, in der er sich dereinst der Fortschritte seines Sohnes freuen wollte. Es war ihm daher keineswegs unangenehm, wenn mich mein wildes unstetes Wesen in der Gegend umhertrieb, vielmehr zeigte er sich zufrieden, wenn ich nur irgend ein Heft zurückbrachte, an dem er seine Geduld üben und seine Hoffnungen einigermaßen stärken konnte.

Man sorgte nicht mehr, daß ich in meine früheren Neigungen und Verhältnisse zurückfallen könnte, man ließ mir nach und nach vollkommene Freiheit. Durch zufällige Anregung, so wie in zufälliger Gesellschaft stellte ich manche Wanderungen nach dem Gebirge an, das von Kindheit auf so fern und ernsthaft vor mir gestanden hatte. So besuchten wir Homburg, Kroneburg, bestiegen den Feldberg, von dem uns die weite Aussicht immer mehr in die Ferne lockte. Da blieb denn Königstein nicht unbesucht; Wisbaden, Schwalbach mit seinen Umgebungen beschäftigten uns mehrere Tage; wir gelangten an den Rhein, den wir, von den Höhen herab, weit her schlängeln gesehen. Mainz setzte uns in Verwunderung, doch konnte es den jugendlichen Sinn nicht fesseln, der ins Freie ging; wir erheiterten uns an der Lage von Biberich, und nahmen zufrieden und froh unseren Rückweg.

Diese ganze Tour, von der sich mein Vater manches Blatt versprach, wäre beinahe ohne Frucht gewesen: denn welcher Sinn, welches Talent, welche Übung gehört nicht dazu, eine weite und breite Landschaft als Bild zu begreifen! Unmerklich wieder zog es mich jedoch ins Enge, wo ich einige Ausbeute fand: denn ich traf kein verfallenes Schloß, kein Gemäuer, das auf die Vorzeit hindeutete, daß ich es nicht für einen würdigen Gegenstand gehalten und so gut als möglich nachgebildet hätte. Selbst den Drusenstein auf dem Walle zu Mainz zeichnete ich mit einiger Gefahr und mit Unstatten, die ein jeder erleben muß, der sich von Reisen einige bildliche Erinnerungen mit nach Hause nehmen will. Leider hatte ich abermals nur das schlechteste Konzeptpapier mitgenommen und mehrere Gegenstände unschicklich auf ein Blatt gehäuft; aber mein väterlicher Lehrer ließ sich dadurch nicht irre machen; er schnitt die Blätter auseinander, ließ das Zusammenpassende durch den Buchbinder aufziehen, faßte die einzelnen Blätter in Linien und nötigte mich dadurch wirklich, die Umrisse verschiedener Berge bis an den Rand zu ziehen und den Vordergrund mit einigen Kräutern und Steinen auszufüllen.

Konnten seine treuen Bemühungen auch mein Talent nicht steigern, so hatte doch dieser Zug seiner Ordnungsliebe einen geheimen Einfluß auf mich, der sich späterhin auf mehr als eine Weise lebendig erwies.

Von solchen halb lebenslustigen, halb künstlerischen Streifpartieen, welche sich in kurzer Zeit vollbringen und öfters wiederholen ließen, ward ich jedoch wieder nach Hause gezogen, und zwar durch einen Magneten, der von jeher stark auf mich wirkte; es war meine Schwester. Sie, nur ein Jahr jünger als ich, hatte mein ganzes bewußtes Leben mit mir herangelebt und sich dadurch mit mir aufs innigste verbunden. Zu diesen natürlichen Anlässen gesellte sich noch ein aus unserer häuslichen Lage hervorgehender Drang; ein zwar liebevoller und wohlgesinnter, aber ernster Vater, der, weil er innerlich ein sehr zartes Gemüt hegte, äußerlich mit unglaublicher Konsequenz eine eherne Strenge vorbildete, damit er zu dem Zwecke gelangen möge, seinen Kindern die beste Erziehung zu geben, sein wohlgegründetes Haus zu erbauen, zu ordnen und zu erhalten; dagegen eine Mutter fast noch Kind, welche erst mit und in ihren beiden Ältesten zum Bewußtsein heranwuchs; diese drei, wie sie die Welt mit gesundem Blicke gewahr wurden, lebensfähig und nach gegenwärtigem Genuß verlangend. Ein solcher in der Familie schwebender Widerstreit vermehrte sich mit den Jahren. Der Vater verfolgte seine Absicht unerschüttert und ununterbrochen; Mutter und Kinder konnten ihre Gefühle, ihre Anforderungen, ihre Wünsche nicht aufgeben.

Unter diesen Umständen war es natürlich, daß Bruder und Schwester sich fest aneinander schlossen und sich zur Mutter hielten, um die im Ganzen versagten Freuden wenigstens einzeln zu erhaschen. Da aber die Stunden der Eingezogenheit und Mühe sehr lang und weit waren gegen die Augenblicke der Erholung und des Vergnügens, besonders für meine Schwester, die das Haus niemals auf so lange Zeit als ich verlassen konnte; so ward ihr Bedürfnis, sich mit mir zu unterhalten, noch durch die Sehnsucht geschärft, mit der sie mich in die Ferne begleitete.

Und so wie in den ersten Jahren Spiel und Lernen, Wachstum und Bildung den Geschwistern völlig gemein war, so daß sie sich wohl für Zwillinge halten konnten; so blieb auch unter ihnen diese Gemeinschaft, dieses Vertrauen, bei Entwickelung physischer und moralischer Kräfte. Jenes Interesse der Jugend, jenes Erstaunen beim Erwachen sinnlicher Triebe, die sich in geistige Formen, geistiger Bedürfnisse, die sich in sinnliche Gestalten einkleiden, alle Betrachtungen darüber, die uns eher verdüstern als aufklären, wie ein Nebel das Tal, woraus er sich emporheben will, zudeckt und nicht erhellt, manche Irrungen und Verirrungen, die daraus entspringen, teilten und bestanden die Geschwister Hand in Hand, und wurden über ihre seltsamen Zustände um desto weniger aufgeklärt, als die heilige Scheu der nahen Verwandtschaft sie, indem sie sich einander mehr nähern, ins Klare treten wollten, nur immer gewaltiger auseinander hielt.

Ungern spreche ich dies im Allgemeinen aus, was ich vor Jahren darzustellen unternahm, ohne daß ich es hätte ausführen können. Da ich dieses geliebte, unbegreifliche Wesen nur zu bald verlor, fühlte ich genugsamen Anlaß, mir ihren Wert zu vergegenwärtigen, und so entstand bei mir der Begriff eines dichterischen Ganzen, in welchem es möglich gewesen wäre, ihre Individualität darzustellen: allein es ließ sich dazu keine andere Form denken als die der Richardsonschen Romane. Nur durch das genauste Detail, durch unendliche Einzelnheiten, die lebendig alle den Charakter des Ganzen tragen und, indem sie aus einer wundersamen Tiefe hervorspringen, eine Ahndung von dieser Tiefe geben; nur auf solche Weise hätte es einigermaßen gelingen können, eine Vorstellung dieser merkwürdigen Persönlichkeit mitzuteilen: denn die Quelle kann nur gedacht werden, insofern sie fließt. Aber von diesem schönen und frommen Vorsatz zog mich, wie von so vielen anderen, der Tumult der Welt zurück, und nun bleibt mir nichts übrig, als den Schatten jenes seligen Geistes nur, wie durch Hülfe eines magischen Spiegels, auf einen Augenblick heranzurufen.

Sie war groß, wohl und zart gebaut und hatte etwas Natürlichwürdiges in ihrem Betragen, das in eine angenehme Weichheit verschmolz. Die Züge ihres Gesichts, weder bedeutend noch schön, sprachen von einem Wesen, das weder mit sich einig war, noch werden konnte. Ihre Augen waren nicht die schönsten, die ich jemals sah, aber die tiefsten, hinter denen man am meisten erwartete, und wenn sie irgend eine Neigung, eine Liebe ausdrückten, einen Glanz hatten ohnegleichen; und doch war dieser Ausdruck eigentlich nicht zärtlich, wie der, der aus dem Herzen kommt und zugleich etwas Sehnsüchtiges und Verlangendes mit sich führt; dieser Ausdruck kam aus der Seele, er war voll und reich, er schien nur geben zu wollen, nicht des Empfangens zu bedürfen.

Was ihr Gesicht aber ganz eigentlich entstellte, so daß sie manchmal wirklich häßlich aussehen konnte, war die Mode jener Zeit, welche nicht allein die Stirn entblößte, sondern auch alles tat, um sie scheinbar oder wirklich, zufällig oder vorsätzlich zu vergrößern. Da sie nun die weiblichste, reingewölbteste Stirn hatte und dabei ein Paar starke schwarze Augenbrauen und vorliegende Augen; so entstand aus diesen Verhältnissen ein Kontrast, der einen jeden Fremden für den ersten Augenblick wo nicht abstieß, doch wenigstens nicht anzog. Sie empfand es früh, und dies Gefühl ward immer peinlicher, je mehr sie in die Jahre trat, wo beide Geschlechter eine unschuldige Freude empfinden, sich wechselseitig angenehm zu werden.

Niemanden kann seine eigne Gestalt zuwider sein, der Häßlichste wie der Schönste hat das Recht sich seiner Gegenwart zu freuen; und da das Wohlwollen verschönt, und sich jedermann mit Wohlwollen im Spiegel besieht, so kann man behaupten, daß jeder sich auch mit Wohlgefallen erblicken müsse, selbst wenn er sich dagegen sträuben wollte. Meine Schwester hatte jedoch eine so entschiedene Anlage zum Verstand, daß sie hier unmöglich blind und albern sein konnte; sie wußte vielmehr vielleicht deutlicher als billig, daß sie hinter ihren Gespielinnen an äußerer Schönheit sehr weit zurückstehe, ohne zu ihrem Troste zu fühlen, daß sie ihnen an inneren Vorzügen unendlich überlegen sei.

Kann ein Frauenzimmer für den Mangel von Schönheit entschädigt werden, so war sie es reichlich durch das unbegrenzte Vertrauen, die Achtung und Liebe, welche sämtliche Freundinnen zu ihr trugen; sie mochten älter oder jünger sein, alle hegten die gleichen Empfindungen. Eine sehr angenehme Gesellschaft hatte sich um sie versammelt, es fehlte nicht an jungen Männern, die sich einzuschleichen wußten, fast jedes Mädchen fand einen Freund; nur sie war ohne Hälfte geblieben. Freilich, wenn ihr Äußeres einigermaßen abstoßend war, so wirkte das Innere, das hindurchblickte, mehr ablehnend, als anziehend: denn die Gegenwart einer jeden Würde weist den andern auf sich selbst zurück. Sie fühlte es lebhaft, sie verbarg mir's nicht, und ihre Neigung wendete sich desto kräftiger zu mir. Der Fall war eigen genug. So wie Vertraute, denen man ein Liebesverständnis offenbart, durch aufrichtige Teilnahme wirklich Mitliebende werden, ja zu Rivalen heranwachsen und die Neigung zuletzt wohl auf sich selbst hinziehen, so war es mit uns Geschwistern: denn indem mein Verhältnis zu Gretchen zerriß, tröstete mich meine Schwester um desto ernstlicher, als sie heimlich die Zufriedenheit empfand, eine Nebenbuhlerin los geworden zu sein; und so mußte auch ich mit einer stillen Halbschadenfreude empfinden, wenn sie mir Gerechtigkeit widerfahren ließ, daß ich der Einzige sei, der sie wahrhaft liebe, sie kenne und sie verehre. Wenn sich nun bei mir von Zeit zu Zeit der Schmerz über Gretchens Verlust erneuerte und ich aus dem Stegreife zu weinen, zu klagen und mich ungebärdig zu stellen anfing, so erregte meine Verzweifelung über das Verlorene bei ihr eine gleichfalls verzweifelnde Ungeduld über das Niebesessene, Mißlungene und Vorübergestrichene solcher jugendlichen Neigungen, daß wir uns beide grenzenlos unglücklich hielten, und um so mehr, als in diesem seltsamen Falle die Vertrauenden sich nicht in Liebende umwandeln durften.

Glücklicher Weise mischte sich jedoch der wunderliche Liebesgott, der ohne Not so viel Unheil anrichtet, hier einmal wohltätig mit ein, um uns aus aller Verlegenheit zu ziehen. Mit einem jungen Engländer, der sich in der Pfeilischen Pension bildete, hatte ich viel Verkehr. Er konnte von seiner Sprache gute Rechenschaft geben, ich übte sie mit ihm und erfuhr dabei manches von seinem Lande und Volke. Er ging lange genug bei uns aus und ein, ohne daß ich eine Neigung zu meiner Schwester an ihm bemerkte, doch mochte er sie im stillen bis zur Leidenschaft genährt haben: denn endlich erklärte sich's unversehens und auf einmal. Sie kannte ihn, sie schätzte ihn, und er verdiente es. Sie war oft bei unseren englischen Unterhaltungen die Dritte gewesen, wir hatten aus seinem Munde uns beide die Wunderlichkeiten der englischen Aussprache anzueignen gesucht, und uns dadurch nicht nur das Besondere ihres Tones und Klanges, sondern sogar das Besonderste der persönlichen Eigenheiten unseres Lehrers angewöhnt, so daß es zuletzt seltsam genug klang, wenn wir zusammen wie aus Einem Munde zu reden schienen. Seine Bemühung, von uns auf gleiche Weise so viel vom Deutschen zu lernen, wollte nicht gelingen, und ich glaube bemerkt zu haben, daß auch jener kleine Liebeshandel, sowohl schriftlich als mündlich, in englischer Sprache durchgeführt wurde. Beide junge Personen schickten sich recht gut füreinander: er war groß und wohlgebaut, wie sie, nur noch schlanker; sein Gesicht, klein und eng beisammen, hätte wirklich hübsch sein können, wäre es durch die Blattern nicht allzusehr entstellt gewesen; sein Betragen war ruhig, bestimmt, man durfte es wohl manchmal trocken und kalt nennen; aber sein Herz war voll Güte und Liebe, seine Seele voll Edelmut und seine Neigungen so dauernd als entschieden und gelassen. Nun zeichnete sich dieses ernste Paar, das sich erst neuerlich zusammengefunden hatte, unter den anderen ganz eigen aus, die schon mehr miteinander bekannt, von leichteren Charakteren, sorglos wegen der Zukunft, sich in jenen Verhältnissen leichtsinnig herumtrieben, die gewöhnlich nur als ein fruchtloses Vorspiel künftiger ernsterer Verbindungen vorübergehen, und sehr selten eine dauernde Folge auf das Leben bewirken.

Die gute Jahrszeit, die schöne Gegend blieb für eine so muntere Gesellschaft nicht unbenutzt; Wasserfahrten stellte man häufig an, weil diese die geselligsten von allen Lustpartieen sind. Wir mochten uns jedoch zu Wasser oder zu Lande bewegen, so zeigten sich gleich die einzelnen anziehenden

Kräfte; jedes Paar schloß sich zusammen, und für einige Männer, die nicht versagt waren, worunter ich auch gehörte, blieb entweder gar keine weibliche Unterhaltung, oder eine solche, die man an einem lustigen Tage nicht würde gewählt haben. Ein Freund, der sich in gleichem Falle befand, und dem es an einer Hälfte hauptsächlich deswegen ermangeln mochte, weil es ihm, bei dem besten Humor, an Zärtlichkeit, und bei viel Verstand, an jener Aufmerksamkeit fehlte, ohne welche sich Verbindungen solcher Art nicht denken lassen; dieser, nachdem er öfters seinen Zustand launig und geistreich beklagt, versprach, bei der nächsten Versammlung einen Vorschlag zu tun, wodurch ihm und dem Ganzen geholfen werden sollte. Auch verfehlte er nicht sein Versprechen zu erfüllen: denn als wir, nach einer glänzenden Wasserfahrt und einem sehr anmutigen Spaziergang, zwischen schattigen Hügeln gelagert im Gras, oder sitzend auf bemoosten Felsen und Baumwurzeln, heiter und froh ein ländliches Mahl verzehrt hatten, und uns der Freund alle heiter und guter Dinge sah, gebot er mit schalkhafter Würde, einen Halbkreis sitzend zu schließen, vor den er hintrat und folgendermaßen emphatisch zu perorieren anfing:

»Höchst werte Freunde und Freundinnen, Gepaarte und Ungepaarte! – Schon aus dieser Anrede erhellet, wie nötig es sei, daß ein Bußprediger auftrete und der Gesellschaft das Gewissen schärfe. Ein Teil meiner edlen Freunde ist gepaart, und mag sich dabei ganz wohl befinden, ein anderer ungepaart, der befindet sich höchst schlecht, wie ich aus eigner Erfahrung versichern kann; und wenn nun gleich die lieben Gepaarten hier die Mehrzahl ausmachen, so gebe ich ihnen doch zu bedenken, ob es nicht eben gesellige Pflicht sei, für alle zu sorgen? Warum vereinigen wir uns zahlreich? als um aneinander wechselseitig teilzunehmen; und wie kann das geschehen? wenn sich in unserem Kreise wieder so viele kleine Absonderungen bemerken lassen. Weit entfernt bin ich, etwas gegen so schöne Verhältnisse meinen, oder nur daran rühren zu wollen; aber alles hat seine Zeit! ein schönes, großes Wort, woran freilich niemand denkt, wenn ihm für Zeitvertreib hinreichend gesorgt ist.«

Er fuhr darauf immer lebhafter und lustiger fort, die geselligen Tugenden den zärtlichen Empfindungen gegenüberzustellen. »Diese«, sagte er, »können uns niemals fehlen, wir tragen sie immer bei uns, und jeder wird darin leicht ohne Übung ein Meister; aber jene müssen wir aufsuchen, wir müssen uns um sie bemühen, und wir mögen darin so viel wir wollen fortschreiten, so lernt man sie doch niemals ganz aus.« – Nun ging er ins Besondere. Mancher mochte sich getroffen fühlen, und man konnte nicht unterlassen, sich untereinander anzusehen; doch hatte der Freund das Privilegium, daß man ihm nichts übel nahm, und so konnte er ungestört fortfahren.

»Die Mängel aufdecken ist nicht genug; ja man hat unrecht solches zu tun, wenn man nicht zugleich das Mittel zu dem besseren Zustande anzugeben weiß. Ich will Euch, meine Freunde, daher nicht etwa, wie ein Karwochenprediger, zur Buße und Besserung im Allgemeinen ermahnen, vielmehr wünsche ich sämtlichen liebenswürdigen Paaren das längste und dauerhafteste Glück, und um hiezu selbst auf das sicherste beizutragen, tue ich den Vorschlag, für unsere geselligen Stunden diese kleinen allerliebsten Absonderungen zu trennen und aufzuheben. Ich habe«, fuhr er fort, »schon für die Ausführung gesorgt, wenn ich Beifall finden sollte. Hier ist ein Beutel, in dem die Namen der Herren befindlich sind; ziehen Sie nun, meine Schönen, und lassen Sie sich's gefallen, denjenigen auf acht Tage als Diener zu begünstigen, den Ihnen das Los zuweist. Dies gilt nur innerhalb unseres Kreises; sobald er aufgehoben ist, sind auch diese Verbindungen aufgehoben, und wer Sie nach Hause führen soll, mag das Herz entscheiden.«

Ein großer Teil der Gesellschaft war über diese Anrede und die Art, wie er sie vortrug, froh geworden und schien den Einfall zu billigen; einige Paare jedoch sahen vor sich hin, als glaubten sie dabei nicht ihre Rechnung zu finden: deshalb rief er mit launiger Heftigkeit:

»Fürwahr! es überrascht mich, daß nicht jemand aufspringt, und obgleich noch andere zaudern, meinen Vorschlag anpreist, dessen Vorteile auseinandersetzt, und mir erspart mein eigner Lobredner zu sein. Ich bin der Älteste unter Ihnen; das mir Gott verzeihe! Schon habe ich eine Glatze, daran ist mein großes Nachdenken schuld.« –

Hier nahm er den Hut ab –

»Aber ich würde sie mit Freuden und Ehren zur Schau stellen, wenn meine eignen Überlegungen, die mir die Haut austrocknen und mich des schönsten Schmucks berauben, nur auch mir und anderen einigermaßen förderlich sein könnten. Wir sind jung, meine Freunde, das ist schön; wir werden älter werden, das ist dumm; wir nehmen uns untereinander wenig übel, das ist hübsch und der Jahreszeit gemäß. Aber bald, meine Freunde, werden die Tage kommen, wo wir uns selbst manches übel zu nehmen haben: da mag denn jeder sehen, wie er mit sich zurechte kommt; aber zugleich werden uns andre manches übel nehmen, und zwar wo wir es gar nicht begreifen; darauf müssen wir uns vorbereiten, und dieses soll nunmehr geschehen.«

Er hatte die ganze Rede, besonders aber die letzte Stelle, mit Ton und Gebärden eines Kapuziners vorgetragen: denn da er katholisch war, so mochte er genugsame Gelegenheit gehabt haben, die Redekunst dieser Väter zu studieren. Nun schien er außer Atem, trocknete sein jung-kahles Haupt, das ihm wirklich das Ansehen eines Pfaffen gab, und setzte durch diese Possen die leichtgesinnte Sozietät in so gute Laune, daß jedermann begierig war ihn weiter zu hören. Allein anstatt fortzufahren, zog er den Beutel und wendete sich zur nächsten Dame: »Es kommt auf einen Versuch an!« rief er aus, »das Werk wird den Meister loben. Wenn es in acht Tagen nicht gefällt, so geben wir es auf und es mag bei dem alten bleiben!«

Halb willig, halb genötigt zogen die Damen ihre Röllchen, und gar leicht bemerkte man, daß bei dieser geringen Handlung mancherlei Leidenschaften im Spiel waren. Glücklicher Weise traf sich's, daß die Heitergesinnten getrennt wurden, die Ernsteren zusammenblieben; und so behielt auch meine Schwester ihren Engländer, welches sie beiderseits dem Gott der Liebe und des Glücks sehr gut aufnahmen. Die neuen Zufallspaare wurden sogleich von dem Antistes zusammengegeben, auf ihre Gesundheit getrunken und allen um so mehr Freude gewünscht, als ihre Dauer nur kurz sein sollte. Gewiß aber war dies der heiterste Moment, den unsere Gesellschaft seit langer Zeit genossen. Die jungen Männer, denen kein Frauenzimmer zu Teil geworden, erhielten nunmehr das Amt, diese Woche über für Geist, Seele und Leib zu sorgen, wie sich unser Redner ausdrückte, besonders aber, meinte er, für die Seele, weil die beiden anderen sich schon eher selbst zu helfen wüßten.

Die Vorsteher, die sich gleich Ehre machen wollten, brachten ganz artige neue Spiele schnell in Gang, bereiteten in einiger Ferne eine Abendkost, auf die man nicht gerechnet hatte, illuminierten bei unserer nächtlichen Rückkehr die Jacht, ob es gleich, bei dem hellen Mondschein, nicht nötig gewesen wäre; sie entschuldigten sich aber damit, daß es der neuen geselligen Einrichtung ganz gemäß sei, die zärtlichen Blicke des himmlischen Mondes durch irdische Lichter zu überscheinen. In dem Augenblick als wir ans Land stiegen, rief unser Solon: »Ite missa est!« Ein jeder führte die ihm durchs Los zugefallene Dame noch aus dem Schiffe und übergab sie alsdann ihrer eigentlichen Hälfte, wogegen er sich wieder die seinige eintauschte.

Bei der nächsten Zusammenkunft ward diese wöchentliche Einrichtung für den Sommer festgesetzt und die Verlosung abermals vorgenommen. Es war keine Frage, daß durch diesen Scherz eine neue und unerwartete Wendung in die Gesellschaft kam, und ein jeder angeregt ward, was ihm von Geist und Anmut beiwohnte an den Tag zu bringen und seiner augenblicklichen Schönen auf das verbindlichste den Hof zu machen, indem er sich wohl zutraute, wenigstens für eine Woche genugsamen Vorrat zu Gefälligkeiten zu haben.

Man hatte sich kaum eingerichtet, als man unserem Redner, statt ihm zu danken, den Vorwurf machte, er habe das Beste seiner Rede, den Schluß, für sich behalten. Er versicherte darauf, das Beste einer Rede sei die Überredung, und wer nicht zu überreden gedenke, müsse gar nicht reden: denn mit der Überzeugung sei es eine mißliche Sache. Als man ihm dem ohngeachtet keine Ruhe ließ, begann er sogleich eine Kapuzinade, fratzenhafter als je, vielleicht gerade darum, weil er die ernsthaftesten Dinge zu sagen gedachte. Er führte nämlich mit Sprüchen aus der Bibel, die nicht zur Sache paßten, mit Gleichnissen, die nicht trafen, mit Anspielungen, die nichts erläuterten, den Satz aus, daß wer seine Leidenschaften, Neigungen, Wünsche, Vorsätze, Plane nicht zu verbergen wisse, in der Welt zu nichts komme, sondern aller Orten und Enden gestört und zum besten gehabt werde; vorzüglich aber, wenn man in der Liebe glücklich sein wolle, habe man sich des tiefsten Geheimnisses zu befleißigen.

Dieser Gedanke schlang sich durch das Ganze durch, ohne daß eigentlich ein Wort davon wäre ausgesprochen worden. Will man sich einen Begriff von diesem seltsamen Menschen machen, so bedenke man, daß er mit viel Anlage geboren, seine Talente und besonders seinen Scharfsinn in Jesuiterschulen ausgebildet und eine große Welt- und Menschenkenntnis, aber nur von der schlimmen Seite, zusammengewonnen hatte. Er war etwa zweiundzwanzig Jahr alt, und hätte mich gern zum Proselyten seiner Menschenverachtung gemacht; aber es wollte nicht bei mir greifen, denn ich hatte noch immer große Lust, gut zu sein und andere gut zu finden. Indessen bin ich durch ihn auf vieles aufmerksam geworden.

Das Personal einer jeden heiteren Gesellschaft vollständig zu machen gehört notwendig ein Acteur, welcher Freude daran hat, wenn die übrigen, um so manchen gleichgültigen Moment zu beleben, die Pfeile des Witzes gegen ihn richten mögen. Ist er nicht bloß ein ausgestopfter Sarazene, wie derjenige, an dem bei Lustkämpfen die Ritter ihre Lanzen übten, sondern versteht er selbst zu scharmuzieren, zu necken und aufzufordern, leicht zu verwunden und sich zurückzuziehen, und, indem er sich preiszugeben scheint, anderen eins zu versetzen, so kann nicht wohl etwas Anmutigeres gefunden werden. Einen solchen besaßen wir an unserem Freund Horn, dessen Name schon zu allerlei Scherzen Anlaß gab und der, wegen seiner kleinen Gestalt, immer nur Hörnchen genannt wurde. Er war wirklich der Kleinste in der Gesellschaft, von derben, aber gefälligen Formen; eine Stumpfnase, ein etwas aufgeworfener Mund, kleine funkelnde Augen bildeten ein schwarzbraunes Gesicht, das immer zum Lachen aufzufordern schien. Sein kleiner gedrungener Schädel war mit krausen schwarzen Haaren reich besetzt, sein Bart frühzeitig blau, den er gar zu gern hätte wachsen lassen, um als komische Maske die Gesellschaft immer im Lachen zu erhalten. Übrigens war er nett und behend, behauptete aber krumme Beine zu haben, welches man ihm zugab, weil er es gern so wollte, worüber denn mancher Scherz entstand: denn weil er als ein sehr guter Tänzer gesucht wurde, so rechnete er es unter die Eigenheiten des Frauenzimmers, daß sie die krummen Beine immer auf dem Plane sehen wollten. Seine Heiterkeit war unverwüstlich und seine Gegenwart bei jeder Zusammenkunft unentbehrlich. Wir beide schlossen uns um so enger aneinander, als er mir auf die Akademie folgen sollte; und er verdient wohl, daß ich seiner in allen Ehren gedenke, da er viele Jahre mit unendlicher Liebe, Treue und Geduld an mir gehalten hat.

Durch meine Leichtigkeit zu reimen und gemeinen Gegenständen eine poetische Seite abzugewinnen, hatte er sich gleichfalls zu solchen Arbeiten verführen lassen. Unsere kleinen geselligen Reisen, Lustpartieen und die dabei vorkommenden Zufälligkeiten stutzten wir poetisch auf, und so entstand durch die Schilderung einer Begebenheit immer eine neue Begebenheit. Weil aber gewöhnlich dergleichen gesellige Scherze auf Verspottung hinauslaufen, und Freund Horn mit seinen burlesken Darstellungen nicht immer in den gehörigen Grenzen blieb; so gab es manchmal Verdruß, der aber bald wieder gemildert und getilgt werden konnte.

So versuchte er sich auch in einer Dichtungsart, welche sehr an der Tagesordnung war, im komischen Heldengedicht. Popes »Lockenraub« hatte viele Nachahmungen erweckt; Zachariä kultivierte diese Dichtart auf deutschem Grund und Boden, und jedermann gefiel sie, weil der gewöhnliche Gegenstand derselben irgend ein täppischer Mensch war, den die Genien zum besten hatten, indem sie den besseren begünstigten.

Es ist nicht wunderbar, aber es erregt doch Verwunderung, wenn man bei Betrachtung einer Literatur, besonders der deutschen, beobachtet, wie eine ganze Nation von einem einmal gegebenen und in einer gewissen Form mit Glück behandelten Gegenstand nicht wieder loskommen kann, sondern ihn auf alle Weise wiederholt haben will; da denn zuletzt, unter den angehäuften Nachahmungen, das Original selbst verdeckt und erstickt wird.

Das Heldengedicht meines Freundes war ein Beleg zu dieser Bemerkung. Bei einer großen Schlittenfahrt wird einem täppischen Menschen ein Frauenzimmer zu Teil, das ihn nicht mag; ihm begegnet neckisch genug ein Unglück nach dem andern, das bei einer solchen Gelegenheit sich ereignen kann, bis er zuletzt, als er sich das Schlittenrecht erbittet, von der Pritsche fällt, wobei ihm denn, wie natürlich, die Geister ein Bein gestellt haben. Die Schöne ergreift die Zügel und fährt allein nach Hause; ein begünstigter Freund empfängt sie und triumphiert über den anmaßlichen Nebenbuhler. Übrigens war es sehr artig ausgedacht, wie ihn die vier verschiedenen Geister nach und nach beschädigen, bis ihn endlich die Gnomen gar aus dem Sattel heben. Das Gedicht, in Alexandrinern geschrieben, auf eine wahre Geschichte gegründet, ergetzte unser kleines Publikum gar sehr, und man war überzeugt, daß es sich mit der »Walpurgisnacht« von Löven, oder dem »Renommisten« von Zachariä gar wohl messen könne.

Indem nun unsere geselligen Freuden nur einen Abend und die Vorbereitungen dazu wenige Stunden erforderten, so hatte ich Zeit genug zu lesen und, wie ich glaubte, zu studieren. Meinem Vater zu Liebe repetierte ich fleißig den »Kleinen Hopp«, und konnte mich vorwärts und rückwärts darin examinieren lassen, wodurch ich mir denn den Hauptinhalt der »Institutionen« vollkommen zu eigen machte. Allein unruhige Wißbegierde trieb mich weiter, ich geriet in die Geschichte der alten Literatur und von da in einen Enzyklopädismus, indem ich Geßners »Isagoge« und Morhovs »Polyhistor« durchlief, und mir dadurch einen allgemeinen Begriff erwarb, wie manches Wunderliche in Lehr' und Leben schon mochte vorgekommen sein. Durch diesen anhaltenden und hastigen, Tag und Nacht fortgesetzten Fleiß verwirrte ich mich eher als ich mich bildete; ich verlor mich aber in ein noch größeres Labyrinth, als ich Baylen in meines Vaters Bibliothek fand und mich in denselben vertiefte.

Eine Hauptüberzeugung aber, die sich immer in mir erneuerte, war die Wichtigkeit der alten Sprachen: denn so viel drängte sich mir aus dem literarischen Wirrwarr immer wieder entgegen, daß in ihnen alle Muster der Redekünste und zugleich alles andere Würdige, was die Welt jemals besessen, aufbewahrt sei. Das Hebräische so wie die biblischen Studien waren in den Hintergrund getreten, das Griechische gleichfalls, da meine Kenntnisse desselben sich nicht über das Neue Testament hinaus erstreckten. Desto ernstlicher hielt ich mich ans Lateinische, dessen Musterwerke uns näher liegen und das uns, nebst so herrlichen Originalproduktionen, auch den übrigen Erwerb aller Zeiten in Übersetzungen und Werken der größten Gelehrten darbietet. Ich las daher viel in dieser Sprache mit großer Leichtigkeit, und durfte glauben die Autoren zu verstehen, weil mir am buchstäblichen Sinne nichts abging. Ja es verdroß mich gar sehr, als ich vernahm, Grotius habe übermütig geäußert, er lese den Terenz anders als die Knaben. Glückliche Beschränkung der Jugend! ja der Menschen überhaupt, daß sie sich in jedem Augenblicke ihres Daseins für vollendet halten können, und weder nach Wahrem noch Falschen, weder nach Hohem noch Tiefen fragen, sondern bloß nach dem, was ihnen gemäß ist.

So hatte ich denn das Lateinische gelernt, wie das Deutsche, das Französische, das Englische, nur aus dem Gebrauch, ohne Regel und ohne Begriff. Wer den damaligen Zustand des Schulunterrichts kennt, wird nicht seltsam finden, daß ich die Grammatik übersprang, so wie die Redekunst: mir schien alles natürlich zuzugehen, ich behielt die Worte, ihre Bildungen und Umbildungen in Ohr und Sinn, und bediente mich der Sprache mit Leichtigkeit zum Schreiben und Schwätzen.

Michael, die Zeit, da ich die Akademie besuchen sollte, rückte heran, und mein Inneres ward ebenso sehr vom Leben als von der Lehre bewegt. Eine Abneigung gegen meine Vaterstadt ward mir immer deutlicher. Durch Gretchens Entfernung war der Knaben- und Jünglingspflanze das Herz ausgebrochen; sie brauchte Zeit, um an den Seiten wieder auszuschlagen und den ersten Schaden durch neues Wachstum zu überwinden. Meine Wanderungen durch die Straßen hatten aufgehört, ich ging nur, wie andere, die notwendigen Wege. Nach Gretchens Viertel kam ich nie wieder, nicht einmal in die Gegend; und wie mir meine alten Mauern und Türme nach und nach verleideten, so mißfiel mir auch die Verfassung der Stadt, alles was mir sonst so ehrwürdig vorkam, erschien mir in verschobenen Bildern. Als Enkel des Schultheißen waren mir die heimlichen Gebrechen einer solchen Republik nicht unbekannt geblieben, um so weniger, als Kinder ein ganz eignes Erstaunen fühlen und zu emsigen Untersuchungen angereizt werden, sobald ihnen etwas, das sie bisher unbedingt verehrt, einigermaßen verdächtig wird. Der vergebliche Verdruß rechtschaffener Männer im Widerstreit mit solchen, die von Parteien zu gewinnen, wohl gar zu bestechen sind, war mir nur zu deutlich geworden, ich haßte jede Ungerechtigkeit über die Maßen: denn die Kinder sind alle moralische Rigoristen. Mein Vater, in die Angelegenheiten der Stadt nur als Privatmann verflochten, äußerte sich im Verdruß über manches Mißlungene sehr lebhaft. Und sah ich ihn nicht, nach so viel Studien, Bemühungen, Reisen und mannigfaltiger Bildung endlich zwischen seinen Brandmauern ein einsames Leben führen, wie ich mir es nicht wünschen konnte? Dies zusammen lag als eine entsetzliche Last auf meinem Gemüte, von der ich mich nur zu befreien wußte, indem ich mir einen ganz anderen Lebensplan, als den mir vorgeschriebenen, zu ersinnen trachtete. Ich warf in Gedanken die juristischen Studien weg und widmete mich allein den Sprachen, den Altertümern, der Geschichte und allem was daraus hervorquillt.

Zwar machte mir jederzeit die poetische Nachbildung dessen was ich an mir selbst, an anderen und an der Natur gewahr geworden, das größte Vergnügen. Ich tat es mit immer wachsender Leichtigkeit, weil es aus Instinkt geschah und keine Kritik mich irre gemacht hatte; und wenn ich auch meinen Produktionen nicht recht traute, so konnte ich sie wohl als fehlerhaft, aber nicht als ganz verwerflich ansehen. Ward mir dieses oder jenes daran getadelt, so blieb es doch im stillen meine Überzeugung, daß es nach und nach immer besser werden müßte, und daß ich wohl einmal neben Hagedorn, Gellert und anderen solchen Männern mit Ehre dürfte genannt werden. Aber eine solche Bestimmung allein schien mir allzuleer und unzulänglich; ich wollte mich mit Ernst zu jenen gründlichen Studien bekennen, und indem ich, bei einer vollständigeren Ansicht des Altertums, in meinen eigenen Werken rascher vorzuschreiten dachte, mich zu einer akademischen Lehrstelle fähig machen, welche mir das Wünschenswerteste schien für einen jungen Mann, der sich selbst auszubilden und zur Bildung anderer beizutragen gedachte.

Bei diesen Gesinnungen hatte ich immer Göttingen im Auge. Auf Männern, wie Heyne, Michaelis und so manchem anderen ruhte mein ganzes Vertrauen; mein sehnlichster Wunsch war, zu ihren Füßen zu sitzen und auf ihre Lehren zu merken. Aber mein Vater blieb unbeweglich. Was auch einige Hausfreunde, die meiner Meinung waren, auf ihn zu wirken suchten; er bestand darauf, daß ich nach Leipzig gehen müsse. Nun hielt ich den Entschluß, daß ich, gegen seine Gesinnungen und Willen, eine eigne Studien- und Lebensweise ergreifen wollte, erst recht für Notwehr. Die Hartnäckigkeit meines Vaters, der, ohne es zu wissen, sich meinen Planen entgegensetzte, bestärkte mich in meiner Impietät, daß ich mir gar kein Gewissen daraus machte, ihm Stunden lang zuzuhören, wenn er mir den Cursus der Studien und des Lebens, wie ich ihn auf Akademieen und in der Welt zu durchlaufen hätte, vorerzählte und wiederholte.

Da mir alle Hoffnung nach Göttingen abgeschnitten war, wendete ich nun meinen Blick nach Leipzig. Dort erschien mir *Ernesti* als ein helles Licht, auch *Morus* erregte schon viel Vertrauen. Ich ersann mir im stillen einen Gegencursus, oder vielmehr ich baute ein Luftschloß auf einen ziemlich soliden Grund; und es schien mir sogar romantisch ehrenvoll, sich seine eigne Lebensbahn vorzuzeichnen, die mir um so weniger phantastisch vorkam, als *Griesbach* auf dem ähnlichen Wege schon große Fortschritte gemacht hatte und deshalb von jedermann gerühmt wurde. Die heimliche Freude eines Gefangenen, wenn er seine Ketten abgelöst und die Kerkergitter bald durchgefeilt hat, kann nicht größer sein, als die meine war, indem ich die Tage schwinden und den Oktober herannahen sah. Die unfreundliche Jahreszeit, die bösen Wege, von denen jedermann zu erzählen wußte, schreckten mich nicht. Der Gedanke, an einem fremden Orte zu Winterszeit Einstand geben zu müssen, machte mich nicht trübe; genug ich sah nur meine gegenwärtigen Verhältnisse düster, und stellte mir die übrige unbekannte Welt licht und heiter vor. So bildete ich mir meine Träume, denen ich ausschließlich nachhing, und versprach mir in der Ferne nichts als Glück und Zufriedenheit.

So sehr ich auch gegen jedermann von diesen meinen Vorsätzen ein Geheimnis machte, so konnte ich sie doch meiner Schwester nicht verbergen, die, nachdem sie anfangs darüber sehr erschrocken war, sich zuletzt beruhigte, als ich ihr versprach sie nachzuholen, damit sie sich meines erworbenen glänzenden Zustandes mit mir erfreuen und an meinem Wohlbehagen teilnehmen könnte.

Michael kam endlich, sehnlich erwartet, heran, da ich denn mit dem Buchhändler Fleischer und dessen Gattin, einer geborenen Triller, welche ihren Vater in Wittenberg besuchen wollte, mit Vergnügen abfuhr, und die werte Stadt, die mich geboren und erzogen, gleichgültig hinter mir ließ, als wenn ich sie nie wieder betreten wollte.

So lösen sich in gewissen Epochen Kinder von Eltern, Diener von Herren, Begünstigte von Gönnern los, und ein solcher Versuch, sich auf seine Füße zu stellen, sich unabhängig zu machen, für sein eigen Selbst zu leben, er gelinge oder nicht, ist immer dem Willen der Natur gemäß.

Wir waren zur Allerheiligen-Pforte hinausgefahren und hatten bald Hanau hinter uns, da ich denn zu Gegenden gelangte, die durch ihre Neuheit meine Aufmerksamkeit erregten, wenn sie auch in der jetzigen Jahrszeit wenig Erfreuliches darboten. Ein anhaltender Regen hatte die Wege äußerst verdorben, welche überhaupt noch nicht in den guten Stand gesetzt waren, in welchem wir sie nachmals finden; und unsere Reise war daher weder angenehm noch glücklich. Doch verdankte ich dieser feuchten Witterung den Anblick eines Naturphänomens, das wohl höchst selten sein mag; denn ich habe nichts Ähnliches jemals wieder gesehen, noch auch von anderen, daß sie es gewahrt hätten, vernommen. Wir fuhren nämlich zwischen Hanau und Gellenhausen bei Nachtzeit eine Anhöhe hinauf, und wollten, ob es gleich finster war, doch lieber zu Fuße gehen, als uns der Gefahr und Beschwerlichkeit dieser Wegstrecke aussetzen. Auf einmal sah ich an der rechten Seite des Wegs, in einer Tiefe eine Art von wundersam erleuchteten Amphitheater. Es blinkten nämlich in einem trichterförmigen Raume unzählige Lichtchen stufenweise übereinander, und leuchteten so lebhaft, daß das Auge davon geblendet wurde. Was aber den Blick noch mehr verwirrte, war, daß sie nicht etwa still saßen, sondern hin und wider hüpften, sowohl von oben nach unten, als umgekehrt und nach allen Seiten. Die meisten jedoch blieben ruhig und flimmerten fort. Nur höchst ungern ließ ich mich von diesem Schauspiel abrufen, das ich genauer zu beobachten gewünscht hätte. Auf Befragen wollte der Postillon zwar von einer solchen Erscheinung nichts wissen, sagte aber, daß in der Nähe sich ein alter Steinbruch befinde, dessen mittlere Vertiefung mit Wasser angefüllt sei. Ob dieses nun ein Pandämonium von Irrlichtern oder eine Gesellschaft von leuchtenden Geschöpfen gewesen, will ich nicht entscheiden.

Durch Thüringen wurden die Wege noch schlimmer, und leider blieb unser Wagen in der Gegend von Auerstädt bei einbrechender Nacht stecken. Wir waren von allen Menschen entfernt, und taten das Mögliche uns los zu arbeiten. Ich ermangelte nicht, mich mit Eifer anzustrengen, und mochte mir dadurch die Bänder der Brust übermäßig ausgedehnt haben; denn ich empfand bald nachher einen Schmerz, der verschwand und wiederkehrte und erst nach vielen Jahren mich völlig verließ.

Doch sollte ich noch in derselbigen Nacht, als wenn sie recht zu abwechselnden Schicksalen bestimmt gewesen wäre, nach einem unerwartet glücklichen Ereignis, einen neckischen Verdruß empfinden. Wir trafen nämlich in Auerstädt ein vornehmes Ehepaar, das, durch ähnliche Schicksale verspätet, eben auch erst angekommen war; einen ansehnlichen würdigen Mann in den besten Jahren mit einer sehr schönen Gemahlin. Zuvorkommend veranlaßten sie uns, in ihrer Gesellschaft zu speisen, und ich fand mich sehr glücklich, als die treffliche Dame ein freundliches Wort an mich wenden wollte. Als ich aber hinausgesandt ward, die gehoffte Suppe zu beschleunigen, überfiel mich, der ich freilich des Wachens und der Reisebeschwerden nicht gewohnt war, eine so unüberwindliche Schlafsucht, daß ich ganz eigentlich im Gehen schlief, mit dem Hut auf dem Kopfe wieder in das Zimmer trat, mich, ohne zu bemerken, daß die anderen ihr Tischgebet verrichteten, bewußtlos gelassen gleichfalls hinter den Stuhl stellte, und mir nicht träumen ließ, daß ich durch mein Betragen ihre Andacht auf eine sehr lustige Weise zu stören gekommen sei. Madame Fleischer, der es weder an Geist und Witz, noch an Zunge fehlte, ersuchte die Fremden, noch ehe man sich setzte, sie möchten nicht auffallend finden, was sie hier mit Augen sähen; der junge Reisegefährte habe große Anlage zum Quäker, welche Gott und den König nicht besser zu verehren glaubten, als mit bedecktem Haupte. Die schöne Dame, die sich des Lachens nicht enthalten konnte, ward dadurch nur noch schöner, und ich hätte alles in der Welt darum gegeben, nicht Ursache an einer Heiterkeit gewesen zu sein, die ihr so fürtrefflich zu Gesicht stand. Ich hatte jedoch den Hut kaum beiseite gebracht, als die Personen, nach ihrer Weltsitte, den Scherz sogleich fallen ließen, und durch den besten Wein aus ihrem Flaschenkeller Schlaf, Mißmut und das Andenken an alle vergangenen Übel völlig auslöschten.

Als ich in Leipzig ankam war es gerade Meßzeit, woraus mir ein besonderes Vergnügen entsprang: denn ich sah hier die Fortsetzung eines vaterländischen Zustandes vor mir, bekannte Waren und Verkäufer, nur an anderen Plätzen und in einer anderen Folge. Ich durchstrich den Markt und die Buden mit vielem Anteil; besonders aber zogen meine Aufmerksamkeit an sich, in ihren seltsamen Kleidern, jene Bewohner der östlichen Gegenden, die Polen und Russen, vor allen aber die Griechen, deren ansehnlichen Gestalten und würdigen Kleidungen ich gar oft zu Gefallen ging.

Diese lebhafte Bewegung war jedoch bald vorüber, und nun trat mir die Stadt selbst, mit ihren schönen, hohen und untereinander gleichen Gebäuden entgegen. Sie machte einen sehr guten Eindruck auf mich, und es ist nicht zu leugnen, daß sie überhaupt, besonders aber in stillen Momenten der Sonn- und Feiertage etwas Imposantes hat, so wie denn auch im Mondschein die Straßen, halb beschattet, halb erleuchtet, mich oft zu nächtlichen Promenaden einluden.

Indessen genügte mir gegen das, was ich bisher gewohnt war, dieser neue Zustand keineswegs. Leipzig ruft dem Beschauer keine altertümliche Zeit zurück; es ist eine neue, kurz vergangene, von Handelstätigkeit, Wohlhabenheit, Reichtum zeugende Epoche, die sich uns in diesen Denkmalen ankündet. Jedoch ganz nach meinem Sinn waren die mir ungeheuer scheinenden Gebäude, die, nach zwei Straßen ihr Gesicht wendend, in großen, himmelhoch umbauten Hofräumen eine bürgerliche Welt umfassend, großen Burgen, ja Halbstädten ähnlich sind. In einem dieser seltsamen Räume quartierte ich mich ein, und zwar in der Feuerkugel zwischen dem alten und neuen Neumarkt. Ein paar artige Zimmer, die in den Hof sahen, der wegen des Durchgangs nicht unbelebt war, bewohnte der Buchhändler Fleischer während der Messe, und ich für die übrige Zeit um einen leidlichen Preis. Als Stubennachbarn fand ich einen Theologen, der in seinem Fache gründlich unterrichtet, wohldenkend, aber arm war, und, was ihm große Sorge für die Zukunft machte, sehr an den Augen litt. Er hatte sich dieses Übel durch übermäßiges Lesen bis in die tiefste Dämmerung, ja sogar, um das wenige Öl zu ersparen, bei Mondschein zugezogen. Unsere alte Wirtin erzeigte sich wohltätig gegen ihn, gegen mich jederzeit freundlich, und gegen beide sorgsam.

Nun eilte ich mit meinem Empfehlungsschreiben zu Hofrat Böhme, der, ein Zögling von Maskow, nunmehr sein Nachfolger, Geschichte und Staatsrecht lehrte. Ein kleiner, untersetzter, lebhafter Mann empfing mich freundlich genug und stellte mich seiner Gattin vor. Beide, so wie die übrigen Personen, denen ich aufwartete, gaben mir die beste Hoffnung wegen meines künftigen Aufenthaltes; doch ließ ich mich anfangs gegen niemand merken, was ich im Schilde führte, ob ich gleich den schicklichen Moment kaum erwarten konnte, wo ich mich von der Jurisprudenz frei und dem

Studium der Alten verbunden erklären wollte. Vorsichtig wartete ich ab, bis Fleischers wieder abgereist waren, damit mein Vorsatz nicht allzugeschwind den Meinigen verraten würde. Sodann aber ging ich ohne Anstand zu Hofrat Böhmen, dem ich vor allen die Sache glaubte vertrauen zu müssen, und erklärte ihm, mit vieler Konsequenz und Parrhesie, meine Absicht. Allein ich fand keineswegs eine gute Aufnahme meines Vortrags. Als Historiker und Staatsrechtler hatte er einen erklärten Haß gegen alles was nach schönen Wissenschaften schmeckte. Unglücklicher Weise stand er mit denen, welche sie kultivierten, nicht im besten Vernehmen, und Gellerten besonders, für den ich, ungeschickt genug, viel Zutrauen geäußert hatte, konnte er nun gar nicht leiden. Jenen Männern also einen treuen Zuhörer zuzuweisen, sich selbst aber einen zu entziehen, und noch dazu unter solchen Umständen, schien ihm ganz und gar unzulässig. Er hielt mir daher aus dem Stegreif eine gewaltige Strafpredigt, worin er beteuerte, daß er ohne Erlaubnis meiner Eltern einen solchen Schritt nicht zugeben könne, wenn er ihn auch, wie hier der Fall nicht sei, selbst billigte. Er verunglimpfte darauf leidenschaftlich Philologie und Sprachstudien, noch mehr aber die poetischen Übungen, die ich freilich im Hintergrunde hatte durchblicken lassen. Er schloß zuletzt, daß wenn ich ja dem Studium der Alten mich nähern wolle, solches viel besser auf dem Wege der Jurisprudenz geschehen könne. Er brachte mir so manchen eleganten Juristen, Eberhard Otto und Heineccius, ins Gedächtnis, versprach mir von den römischen Altertümern und der Rechtsgeschichte goldne Berge, und zeigte mir sonnenklar, daß ich hier nicht einmal einen Umweg mache, wenn ich auch späterhin noch jenen Vorsatz, nach reiferer Überlegung und mit Zustimmung meiner Eltern, auszuführen gedächte. Er ersuchte mich freundlich, die Sache nochmals zu überlegen und ihm meine Gesinnungen bald zu eröffnen, weil es nötig sei, wegen bevorstehenden Anfangs der Collegien, sich zunächst zu entschließen.

Es war noch ganz artig von ihm, nicht auf der Stelle in mich zu dringen. Seine Argumente und das Gewicht, womit er sie vortrug, hatten meine biegsame Jugend schon überzeugt, und ich sah nun erst die Schwierigkeiten und Bedenklichkeiten einer Sache, die ich mir im stillen so tulich ausgebildet hatte. Frau Hofrat Böhme ließ mich kurz darauf zu sich einladen. Ich fand sie allein. Sie war nicht mehr jung und sehr kränklich, unendlich sanft und zart, und machte gegen ihren Mann, dessen Gutmütigkeit sogar polterte, einen entschiedenen Kontrast. Sie brachte mich auf das von ihrem Manne neulich geführte Gespräch, und stellte mir die Sache nochmals so freundlich, liebevoll und verständig im ganzen Umfange vor, daß ich mich nicht enthalten konnte nachzugeben; die wenigen Reservationen, auf denen ich bestand, wurden von jener Seite denn auch bewilligt.

Der Gemahl regulierte darauf meine Stunden: da sollte ich denn Philosophie, Rechtsgeschichte und Institutionen und noch einiges andere hören. Ich ließ mir das gefallen; doch setzte ich durch, Gellerts Literargeschichte über Stockhausen, und außerdem sein Practicum zu frequentieren.

Die Verehrung und Liebe, welche Gellert von allen jungen Leuten genoß, war außerordentlich. Ich hatte ihn schon besucht und war freundlich von ihm aufgenommen worden. Nicht groß von Gestalt, zierlich aber nicht hager, sanfte, eher traurige Augen, eine sehr schöne Stirn, eine nicht übertriebene Habichtsnase, einen feinen Mund, ein gefälliges Oval des Gesichts; alles machte seine Gegenwart angenehm und wünschenswert. Es kostete einige Mühe, zu ihm zu gelangen. Seine zwei Famuli schienen Priester, die ein Heiligtum bewahren, wozu nicht jedem, noch zu jeder Zeit, der Zutritt erlaubt ist; und eine solche Vorsicht war wohl notwendig: denn er würde seinen ganzen Tag aufgeopfert haben, wenn er alle die Menschen, die sich ihm vertraulich zu nähern gedachten, hätte aufnehmen und befriedigen wollen.

Meine Collegia besuchte ich anfangs emsig und treulich; die Philosophie wollte mich jedoch keineswegs aufklären. In der Logik kam es mir wunderlich vor, daß ich diejenigen

Geistesoperationen, die ich von Jugend auf mit der größten Bequemlichkeit verrichtete, so auseinanderzerren, vereinzelnen und gleichsam zerstören sollte, um den rechten Gebrauch derselben einzusehen. Von dem Dinge, von der Welt, von Gott glaubte ich ohngefähr so viel zu wissen als der Lehrer selbst, und es schien mir an mehr als einer Stelle gewaltig zu hapern. Doch ging alles noch in ziemlicher Folge bis gegen Fastnacht, wo in der Nähe des Professor Winkler auf dem Thomasplan, gerade um die Stunde, die köstlichsten Kräpfel heiß aus der Pfanne kamen, welche uns denn dergestalt verspäteten, daß unsere Hefte locker wurden, und das Ende derselben gegen das Frühjahr mit dem Schnee zugleich verschmolz und sich verlor.

Mit den juristischen Collegien ward es bald ebenso schlimm: denn ich wußte gerade schon so viel, als uns der Lehrer zu überliefern für gut fand. Mein erst hartnäckiger Fleiß im Nachschreiben wurde nach und nach gelähmt, indem ich es höchst langweilig fand, dasjenige nochmals aufzuzeichnen, was ich bei meinem Vater, teils fragend, teils antwortend, oft genug wiederholt hatte, um es für immer im Gedächtnis zu behalten. Der Schaden, den man anrichtet, wenn man junge Leute auf Schulen in manchen Dingen zu weit führt, hat sich späterhin noch mehr ergeben, da man den Sprachübungen und der Begründung in dem, was eigentliche Vorkenntnisse sind, Zeit und Aufmerksamkeit abbrach, um sie an sogenannte Realitäten zu wenden, welche mehr zerstreuen als bilden, wenn sie nicht methodisch und vollständig überliefert werden.

Noch ein anderes Übel, wodurch Studierende sehr bedrängt sind, erwähne ich hier beiläufig. Professoren, so gut wie andere in Ämtern angestellte Männer, können nicht alle von Einem Alter sein; da aber die jüngeren eigentlich nur lehren, um zu lernen, und noch dazu, wenn sie gute Köpfe sind, dem Zeitalter voreilen, so erwerben sie ihre Bildung durchaus auf Unkosten der Zuhörer, weil diese nicht in dem unterrichtet werden was sie eigentlich brauchen, sondern in dem was der Lehrer für sich zu bearbeiten nötig findet. Unter den ältesten Professoren dagegen sind manche schon lange Zeit stationär; sie überliefern im Ganzen nur fixe Ansichten, und was das Einzelne betrifft, vieles, was die Zeit schon als unnütz und falsch verurteilt hat. Durch beides entsteht ein trauriger Konflikt, zwischen welchem junge Geister hin und her gezerrt werden, und welcher kaum durch die Lehrer des mittleren Alters, die, obschon genugsam unterrichtet und gebildet, doch immer noch ein tätiges Streben zum Wissen und Nachdenken bei sich empfinden, ins gleiche gebracht werden kann.

Wie ich nun auf diesem Wege viel mehreres kennen als zurechte legen lernte, wodurch sich ein immer wachsendes Mißbehagen in mir hervordrang, so hatte ich auch vom Leben manche kleine Unannehmlichkeiten; wie man denn, wenn man den Ort verändert und in neue Verhältnisse tritt, immer Einstand geben muß. Das erste, was die Frauen an mir tadelten, bezog sich auf die Kleidung; denn ich war vom Hause freilich etwas wunderlich equipiert auf die Akademie gelangt.

Mein Vater, dem nichts so sehr verhaßt war, als wenn etwas vergeblich geschah, wenn jemand seine Zeit nicht zu brauchen wußte, oder sie zu benutzen keine Gelegenheit fand, trieb seine Ökonomie mit Zeit und Kräften so weit, daß ihm nichts mehr Vergnügen machte, als zwei Fliegen mit Einer Klappe zu schlagen. Er hatte deswegen niemals einen Bedienten, der nicht im Hause zu noch etwas nützlich gewesen wäre. Da er nun von jeher alles mit eigener Hand schrieb und später die Bequemlichkeit hatte, jenem jungen Hausgenossen in die Feder zu diktieren; so fand er am vorteilhaftesten, Schneider zu Bedienten zu haben, welche die Stunden gut anwenden mußten, indem sie nicht allein ihre Livreien, sondern auch die Kleider für Vater und Kinder zu fertigen, nicht weniger alles Flickwerk zu besorgen hatten. Mein Vater war selbst um die besten Tücher und Zeuge bemüht, indem er auf den Messen von auswärtigen Handelsherren feine Ware bezog und sie in seinen Vorrat legte; wie ich mich denn noch recht wohl erinnere, daß er die Herrn von Löwenicht von Aachen jederzeit besuchte, und mich von meiner frühesten Jugend an mit diesen und anderen vorzüglichen Handelsherren bekannt machte.

Für die Tüchtigkeit des Zeugs war also gesorgt und genugsamer Vorrat verschiedener Sorten Tücher, Sarschen, Göttinger Zeug, nicht weniger das nötige Unterfutter vorhanden, so daß wir, dem Stoff nach, uns wohl hätten dürfen sehen lassen; aber die Form verdarb meist alles: denn wenn ein solcher Hausschneider allenfalls ein guter Geselle gewesen wäre, um einen meisterhaft zugeschnittenen Rock wohl zu nähen und zu fertigen, so sollte er nun auch das Kleid selbst zuschneiden, und dieses geriet nicht immer zum besten. Hiezu kam noch, daß mein Vater alles, was zu seinem Anzuge gehörte, sehr gut und reinlich hielt und viele Jahre mehr bewahrte als benutzte, daher eine Vorliebe für gewissen alten Zuschnitt und Verzierungen trug, wodurch unser Putz mitunter ein wunderliches Ansehen bekam.

Auf eben diesem Wege hatte man auch meine Garderobe, die ich mit auf die Akademie nahm, zu Stande gebracht; sie war recht vollständig und ansehnlich und sogar ein Tressenkleid darunter. Ich, diese Art von Aufzug schon gewohnt, hielt mich für geputzt genug; allein es währte nicht lange, so überzeugten mich meine Freundinnen, erst durch leichte Neckereien, dann durch vernünftige Vorstellungen, daß ich wie aus einer fremden Welt hereingeschneit aussehe. So viel Verdruß ich auch hierüber empfand, sah ich doch anfangs nicht, wie ich mir helfen sollte. Als aber Herr von Masuren, der so beliebte poetische Dorfjunker, einst auf dem Theater in einer ähnlichen Kleidung auftrat, und mehr wegen seiner äußeren als inneren Abgeschmacktheit herzlich belacht wurde, faßte ich Mut und wagte, meine sämtliche Garderobe gegen eine neumodische, dem Ort gemäße, auf einmal umzutauschen, wodurch sie aber freilich sehr zusammenschrumpfte.

Nach dieser überstandenen Prüfung sollte abermals eine

neue eintreten, welche mir weit unangenehmer auffiel, weil sie eine Sache betraf, die man nicht so leicht ablegt und umtauscht.

Ich war nämlich in dem oberdeutschen Dialekt geboren und erzogen, und obgleich mein Vater sich stets einer gewissen Reinheit der Sprache befliß und uns Kinder auf das, was man wirklich Mängel jenes Idioms nennen kann, von Jugend an aufmerksam gemacht und zu einem besseren Sprechen vorbereitet hatte; so blieben mir doch gar manche tiefer liegende Eigenheiten, die ich, weil sie mir ihrer Naivetät wegen gefielen, mit Behagen hervorhob, und mir dadurch von meinen neuen Mitbürgern jedesmal einen strengen Verweis zuzog. Der Oberdeutsche nämlich, und vielleicht vorzüglich derjenige, welcher dem Rhein und Main anwohnt (denn große Flüsse haben, wie das Meeresufer, immer etwas Belebendes), drückt sich viel in Gleichnissen und Anspielungen aus, und bei einer inneren, menschenverständigen Tüchtigkeit bedient er sich sprüchwörtlicher Redensarten. In beiden Fällen ist er öfters derb, doch, wenn man auf den Zweck des Ausdruckes sieht, immer gehörig; nur mag freilich manchmal etwas mit unterlaufen, was gegen ein zarteres Ohr sich anstößig erweist.

Jede Provinz liebt ihren Dialekt: denn er ist doch eigentlich das Element, in welchem die Seele ihren Atem schöpft. Mit welchem Eigensinn aber die meißnische Mundart die übrigen zu beherrschen, ja eine Zeit lang auszuschließen gewußt hat, ist jedermann bekannt. Wir haben viele Jahre unter diesem pedantischen Regimente gelitten, und nur durch vielfachen Widerstreit haben sich die sämtlichen Provinzen in ihre alten Rechte wieder eingesetzt. Was ein junger lebhafter Mensch unter diesem beständigen Hofmeistern ausgestanden habe, wird derjenige leicht ermessen, der bedenkt, daß nun mit der Aussprache, in deren Veränderung man sich endlich wohl ergäbe, zugleich Denkweise, Einbildungskraft, Gefühl, vaterländischer Charakter sollten aufgeopfert werden. Und diese unerträgliche Forderung wurde von gebildeten Männern und Frauen gemacht, deren Überzeugung ich mir nicht zueignen konnte, deren Unrecht ich zu empfinden glaubte, ohne mir es deutlich machen zu können. Mir sollten die Anspielungen auf biblische Kernstellen untersagt sein, so wie die Benutzung treuzherziger Chronikenausdrücke. Ich sollte vergessen, daß ich den Kaiser von Kaisersberg gelesen hatte und des Gebrauchs der Sprüchwörter entbehren, die doch, statt vieles Hin- und Herfackelns, den Nagel gleich auf den Kopf treffen; alles dies, das ich mir mit jugendlicher Heftigkeit angeeignet, sollte ich missen, ich fühlte mich in meinem Innersten paralysiert und wußte kaum mehr, wie ich mich über die gemeinsten Dinge zu äußern hatte. Daneben hörte ich, man solle reden wie man schreibt und schreiben wie man spricht; da mir Reden und Schreiben ein für allemal zweierlei Dinge schienen, von denen jedes wohl seine eignen Rechte behaupten möchte. Und hatte ich doch auch im Meißner Dialekt manches zu hören, was sich auf dem Papier nicht sonderlich würde ausgenommen haben.

Jedermann, der hier vernimmt, welchen Einfluß auf einen jungen Studierenden gebildete Männer und Frauen, Gelehrte und sonst in einer feinen Sozietät sich gefallende Personen so entschieden ausüben, würde, wenn es auch nicht ausgesprochen wäre, sich sogleich überzeugt halten, daß wir uns in Leipzig befinden. Jede der deutschen Akademieen hat eine besondere Gestalt: denn weil in unserem Vaterlande keine allgemeine Bildung durchdringen kann, so beharrt jeder Ort auf seiner Art und Weise und treibt seine charakteristischen Eigenheiten bis aufs letzte; eben dieses gilt von den Akademieen. In Jena und Halle war die Roheit aufs höchste gestiegen, körperliche Stärke, Fechtergewandtheit, die wildeste Selbsthülfe war dort an der Tagesordnung; und ein solcher Zustand kann sich nur durch den gemeinsten Saus und Braus erhalten und fortpflanzen. Das Verhältnis der Studierenden zu den Einwohnern jener Städte, so verschieden es auch sein mochte, kam doch darin überein, daß der wilde Fremdling keine Achtung vor dem Bürger hatte und sich als ein eignes, zu aller Freiheit und Frechheit privilegiertes Wesen ansah. Dagegen konnte in Leipzig ein Student kaum anders als galant sein, sobald er mit reichen, wohl und genau gesitteten Einwohnern in einigem Bezug stehen wollte.

Alle Galanterie freilich, wenn sie nicht als Blüte einer großen und weiten Lebensweise hervortritt, muß beschränkt, stationär und aus gewissen Gesichtspunkten vielleicht albern erscheinen; und so glaubten jene wilden Jäger von der Saale über die zahmen Schäfer an der Pleiße ein großes Übergewicht zu haben. Zachariäs »Renommist« wird immer ein schätzbares Dokument bleiben, woraus die damalige Lebens- und Sinnesart anschaulich hervortritt; wie überhaupt seine Gedichte jedem willkommen sein müssen, der sich einen Begriff von dem zwar schwachen, aber wegen seiner Unschuld und Kindlichkeit liebenswürdigen Zustande des damaligen geselligen Lebens und Wesens machen will.

Alle Sitten, die aus einem gegebenen Verhältnis eines gemeinen Wesens entspringen, sind unverwüstlich, und zu meiner Zeit erinnerte noch manches an Zachariäs Heldengedicht. Ein einziger unserer akademischen Mitbürger hielt sich für reich und unabhängig genug, der öffentlichen Meinung ein Schnippchen zu schlagen. Er trank Schwägerschaft mit allen Lohnkutschern, die er, als wären's die Herren, sich in die Wagen setzen ließ und selbst vom Bocke fuhr, sie einmal umzuwerfen für einen großen Spaß hielt, die zerbrochenen Halbchaisen, so wie die zufälligen Beulen zu vergüten wußte, übrigens aber niemanden beleidigte, sondern nur das Publikum in Masse zu verhöhnen schien. Einst bemächtigte er und ein Spießgesell sich, am schönsten Promenaden-Tage, der Esel des Thomasmüllers; sie ritten wohl gekleidet, in Schuhen und Strümpfen mit dem größten Ernst um die Stadt, angestaunt von allen Spaziergängern, von denen das Glacis wimmelte. Als ihm einige Wohldenkende hierüber Vorstellungen taten, versicherte er ganz unbefangen, er habe nur sehen wollen, wie sich der Herr Christus in einem ähnlichen Falle möchte ausgenommen haben. Nachahmer fand er jedoch keinen und wenig Gesellen.

Denn der Studierende von einigem Vermögen und Ansehen hatte alle Ursache, sich gegen den Handelsstand ergeben zu erweisen, und sich um so mehr schicklicher äußerer Formen zu befleißigen, als die Kolonie ein Musterbild französischer Sitten darstellte. Die Professoren, wohlhabend durch eignes Vermögen und gute Pfründen, waren von ihren Schülern nicht abhängig, und der Landeskinder mehrere, auf den Fürstenschulen oder sonstigen Gymnasien gebildet und Beförderung hoffend, wagten es nicht, sich von der herkömmlichen Sitte loszusagen. Die Nähe von Dresden, die Aufmerksamkeit von daher, die wahre Frömmigkeit der Oberaufseher des Studienwesens konnte nicht ohne sittlichen, ja religiösen Einfluß bleiben.

Mir war diese Lebensart im Anfange nicht zuwider; meine Empfehlungsbriefe hatten mich in gute Häuser eingeführt, deren verwandte Zirkel mich gleichfalls wohl aufnahmen. Da ich aber bald empfinden mußte, daß die Gesellschaft gar manches an mir auszusetzen hatte, und ich, nachdem ich mich ihrem Sinne gemäß gekleidet, ihr nun auch nach dem Munde reden sollte, und dabei doch deutlich sehen konnte, daß mir dagegen von alle dem wenig geleistet wurde, was ich mir von Unterricht und Sinnesförderung bei meinem akademischen Aufenthalt versprochen hatte; so fing ich an lässig zu werden und die geselligen Pflichten der Besuche und sonstigen Attentionen zu versäumen, und ich wäre noch früher aus allen solchen Verhältnissen herausgetreten, hätte mich nicht an Hofrat Böhmen Scheu und Achtung und an seine Gattin Zutrauen und Neigung festgeknüpft. Der Gemahl hatte leider nicht die glückliche Gabe, mit jungen Leuten umzugehen, sich ihr Vertrauen zu erwerben und sie für den Augenblick nach Bedürfnis zu leiten. Ich fand niemals Gewinn davon, wenn ich ihn besuchte; seine Gattin dagegen zeigte ein aufrichtiges Interesse an mir. Ihre Kränklichkeit hielt sie stets zu Hause. Sie lud mich manchen Abend zu sich und wußte mich, der ich zwar gesittet war, aber doch eigentlich was man Lebensart nennt, nicht besaß, in manchen kleinen Äußerlichkeiten zurecht zu führen und zu verbessern. Nur eine einzige Freundin brachte die Abende bei ihr zu; diese war aber schon herrischer und schulmeisterlicher, deswegen sie mir äußerst mißfiel und ich ihr zum Trutz öfters jene Unarten wieder annahm, welche mir die andere schon abgewöhnt hatte. Sie übten unterdessen noch immer Geduld genug an mir, lehrten mich Piquet, L'hombre und was andere dergleichen Spiele sind, deren Kenntnis und Ausübung in der Gesellschaft für unerläßlich gehalten wird.

Worauf aber Madame Böhme den größten Einfluß bei mir hatte, war auf meinen Geschmack, freilich auf eine negative Weise, worin sie jedoch mit den Kritikern vollkommen übereintraf. Das Gottschedische Gewässer hatte die deutsche Welt mit einer wahren Sündflut überschwemmt, welche sogar über die höchsten Berge hinaufzusteigen drohte. Bis sich eine solche Flut wieder verläuft, bis der Schlamm austrocknet, dazu gehört viele Zeit, und da es der nachäffenden Poeten in jeder Epoche eine Unzahl gibt; so brachte die Nachahmung des Seichten, Wäßrigen einen solchen Wust hervor, von dem gegenwärtig kaum ein Begriff mehr geblieben ist. Das Schlechte schlecht zu finden, war daher der größte Spaß, ja der Triumph damaliger Kritiker. Wer nur einigen Menschenverstand besaß, oberflächlich mit den Alten, etwas näher mit den Neueren bekannt war, glaubte sich schon mit einem Maßstabe versehen, den er überall anlegen könne. Madame Böhme war eine gebildete Frau, welcher das Unbedeutende, Schwache und Gemeine widerstand; sie war noch überdies Gattin eines Mannes, der mit der Poesie überhaupt in Unfrieden lebte und dasjenige nicht gelten ließ, was sie allenfalls noch gebilligt hätte. Nun hörte sie mir zwar einige Zeit mit Geduld zu, wenn ich ihr Verse oder Prose von namhaften, schon in gutem Ansehen stehenden Dichtern zu rezitieren mir herausnahm: denn ich behielt nach wie vor alles auswendig, was mir nur einigermaßen gefallen mochte; allein ihre Nachgiebigkeit war nicht von langer Dauer. Das erste, was sie mir ganz entsetzlich heruntermachte, waren die »Poeten nach der Mode« von Weiße, welche soeben mit großem Beifall öfters wiederholt wurden, und mich ganz besonders ergetzt hatten. Besah ich nun freilich die Sache näher, so konnte ich ihr nicht unrecht geben. Auch einige Mal hatte ich gewagt, ihr etwas von meinen eigenen Gedichten, jedoch anonym vorzutragen, denen es denn nicht besser ging als der übrigen Gesellschaft. Und so waren mir in kurzer Zeit die schönen bunten Wiesen in den Gründen des deutschen Parnasses, wo ich so gern lustwandelte, unbarmherzig niedergemäht und ich sogar genötigt, das trocknende Heu selbst mit umzuwenden und dasjenige als tot zu verspotten, was mir kurz vorher eine so lebendige Freude gemacht hatte.

Diesen ihren Lehren kam, ohne es zu wissen, der Professor Morus zu Hülfe, ein ungemein sanfter und freundlicher Mann, den ich an dem Tische des Hofrats Ludwig kennen lernte und der mich sehr gefällig aufnahm, wenn ich mir die Freiheit ausbat, ihn zu besuchen. Indem ich mich nun bei ihm um das Altertum erkundigte, so verbarg ich ihm nicht, was mich unter den Neuern ergetzte; da er denn mit mehr Ruhe als Madame Böhme, was aber noch schlimmer war, mit mehr Gründlichkeit über solche Dinge sprach und mir, anfangs zum größten Verdruß, nachher aber doch zum Erstaunen und zuletzt zur Erbauung die Augen öffnete.

Hiezu kamen noch die Jeremiaden, mit denen uns Gellert in seinem Practicum von der Poesie abzumahnen pflegte. Er wünschte nur prosaische Aufsätze und beurteilte auch diese immer zuerst. Die Verse behandelte er nur als eine traurige Zugabe, und was das Schlimmste war, selbst meine Prose fand wenig Gnade vor seinen Augen: denn ich pflegte, nach meiner alten Weise, immer einen kleinen Roman zum Grunde zu legen, den ich in Briefen auszuführen liebte. Die Gegenstände waren leidenschaftlich, der Stil ging über die gewöhnliche Prose hinaus, und der Inhalt mochte freilich nicht sehr für eine tiefe Menschenkenntnis des Verfassers zeugen; und so war ich denn von unserem Lehrer sehr wenig begünstigt, ob er gleich meine Arbeiten, so gut als die der andern, genau durchsah, mit roter Dinte korrigierte und hie und da eine sittliche Anmerkung hinzufügte. Mehrere Blätter dieser Art, welche ich lange Zeit mit Vergnügen bewahrte, sind leider endlich auch im Lauf der Jahre aus meinen Papieren verschwunden.

Wenn ältere Personen recht pädagogisch verfahren wollten, so sollten sie einem jungen Manne etwas, was ihm Freude macht, es sei von welcher Art es wolle, weder verbieten noch verleiden, wenn sie nicht zu gleicher Zeit ihm etwas anderes dafür einzusetzen hätten, oder unterzuschieben wüßten. Jedermann protestierte gegen meine Liebhabereien und Neigungen, und das was man mir dagegen anpries, lag teils so weit von mir ab, daß ich seine Vorzüge nicht erkennen konnte, oder es stand mir so nah, daß ich es eben nicht für besser hielt als das Gescholtene. Ich kam darüber durchaus in Verwirrung, und hatte mir aus einer Vorlesung Ernestis über Ciceros »Orator« das Beste versprochen; ich lernte wohl auch etwas in diesem Collegium, jedoch über das, woran mir eigentlich gelegen war, wurde ich nicht aufgeklärt. Ich forderte einen Maßstab des Urteils, und glaubte gewahr zu werden, daß ihn gar niemand besitze: denn keiner war mit dem andern einig, selbst wenn sie Beispiele vorbrachten; und wo sollten wir ein Urteil hernehmen, wenn man einem Manne wie Wieland so manches Tadelhafte in seinen liebenswürdigen, uns Jüngere völlig einnehmenden Schriften aufzuzählen wußte.

In solcher vielfachen Zerstreuung, ja Zerstückelung meines Wesens und meiner Studien traf sich's, daß ich bei Hofrat Ludwig den Mittagstisch hatte. Er war Medicus, Botaniker, und die Gesellschaft bestand, außer Morus, in lauter angehenden oder der Vollendung näheren Ärzten. Ich hörte nun in diesen Stunden gar kein ander Gespräch als von Medizin oder Naturhistorie, und meine Einbildungskraft wurde in ein ganz ander Feld hinübergezogen. Die Namen Haller, Linné, Büffon hörte ich mit großer Verehrung nennen, und wenn auch manchmal wegen Irrtümer, in die sie gefallen sein sollten, ein Streit entstand; so kam doch zuletzt, dem anerkannten Übermaß ihrer Verdienste zu Ehren, alles wieder ins gleiche. Die Gegenstände waren unterhaltend und bedeutend, und spannten meine Aufmerksamkeit. Viele Benennungen und eine weitläuftige Terminologie wurden mir nach und nach bekannt, die ich um so lieber auffaßte, weil ich mich fürchtete einen Reim niederzuschreiben, wenn er sich mir auch noch so freiwillig darbot, oder ein Gedicht zu lesen, indem mir bange war, es möchte mir gegenwärtig gefallen und ich müsse es denn doch, wie so manches andere, vielleicht nächstens für schlecht erklären.

Diese Geschmacks- und Urteilsungewißheit beunruhigte mich täglich mehr, so daß ich zuletzt in Verzweiflung geriet. Ich hatte von meinen Jugendarbeiten was ich für das Beste hielt, mitgenommen, teils weil ich mir denn doch einige Ehre dadurch zu verschaffen hoffte, teils um meine Fortschritte desto sicherer prüfen zu können; aber ich befand mich in dem schlimmen Falle, in den man gesetzt ist, wenn eine vollkommene Sinnesänderung verlangt wird, eine Entsagung alles dessen, was man bisher geliebt und für gut befunden hat. Nach einiger Zeit und nach manchem Kampfe warf ich jedoch eine so große Verachtung auf meine begonnenen und geendigten Arbeiten, daß ich eines Tags Poesie und Prose, Plane, Skizzen und Entwürfe sämtlich zugleich auf dem Küchenherd verbrannte, und durch den das ganze Haus erfüllenden Rauchqualm unsre gute alte Wirtin in nicht geringe Furcht und Angst versetzte.

Siebentes Buch

Über den Zustand der deutschen Literatur jener Zeit ist so Vieles und Ausreichendes geschrieben worden, daß wohl jedermann, der einigen Anteil hieran nimmt, vollkommen unterrichtet sein kann; wie denn auch das Urteil darüber wohl ziemlich übereinstimmen dürfte, und was ich gegenwärtig stück- und sprungweise davon zu sagen gedenke, ist nicht sowohl wie sie an und für sich beschaffen sein mochte, als vielmehr wie sie sich zu mir verhielt. Ich will deshalb zuerst von solchen Dingen sprechen, durch welche das Publikum besonders aufgeregt wird, von den beiden Erbfeinden alles behaglichen Lebens und aller heiteren, selbstgenügsamen, lebendigen Dichtkunst; von der Satire und der Kritik.

In ruhigen Zeiten will jeder nach seiner Weise leben, der Bürger sein Gewerb, sein Geschäft treiben und sich nachher vergnügen: so mag auch der Schriftsteller gern etwas verfassen, seine Arbeiten bekannt machen, und wo nicht Lohn doch Lob dafür hoffen, weil er glaubt, etwas Gutes und Nützliches getan zu haben. In dieser Ruhe wird der Bürger durch den Satiriker, der Autor durch den Kritiker gestört, und so die friedliche Gesellschaft in eine unangenehme Bewegung gesetzt.

Die literarische Epoche, in der ich geboren bin, entwickelte sich aus der vorhergehenden durch Widerspruch. Deutschland, so lange von auswärtigen Völkern überschwemmt, von andern Nationen durchdrungen, in gelehrten und diplomatischen Verhandlungen an fremde Sprachen gewiesen, konnte seine eigne unmöglich ausbilden. Es drangen sich ihr, zu so manchen neuen Begriffen, auch unzählige fremde Worte nötiger und unnötiger Weise mit auf, und auch für schon bekannte Gegenstände ward man veranlaßt, sich ausländischer Ausdrücke und Wendungen zu bedienen. Der Deutsche, seit beinahe zwei Jahrhunderten, in einem unglücklichen, tumultuarischen Zustande verwildert, begab sich bei den Franzosen in die Schule, um lebensartig zu werden, und bei den Römern, um sich würdig auszudrücken. Dies sollte aber auch in der Muttersprache geschehen; da denn die unmittelbare Anwendung jener Idiome und deren Halbverdeutschung sowohl den Welt- als Geschäftsstil lächerlich machte. Überdies faßte man die Gleichnisreden der südlichen Sprachen unmäßig auf und bediente sich derselben höchst übertrieben. Ebenso zog man den vornehmen Anstand der fürstengleichen römischen Bürger auf deutsche kleinstädtische Gelehrten-Verhältnisse herüber, und war eben nirgends, am wenigsten bei sich zu Hause.

Wie aber schon in dieser Epoche genialische Werke entsprangen, so regte sich auch hier der deutsche Frei- und Frohsinn. Dieser, begleitet von einem aufrichtigen Ernste, drang darauf, daß rein und natürlich, ohne Einmischung fremder Worte, und wie es der gemeine, verständliche Sinn gab, geschrieben würde. Durch diese löblichen Bemühungen ward jedoch der vaterländischen breiten Plattheit Tür und Tor geöffnet, ja der Damm durchstochen, durch welchen das große Gewässer zunächst eindringen sollte. Indessen hielt ein steifer Pedantismus in allen vier Fakultäten lange Stand, bis er sich endlich viel später aus einer in die andere flüchtete.

Gute Köpfe, freiaufblickende Naturkinder hatten daher zwei Gegenstände, an denen sie sich üben, gegen die sie wirken und, da die Sache von keiner großen Bedeutung war, ihren Mutwillen auslassen konnten; diese waren eine durch fremde Worte, Wortbildungen und Wendungen verunzierte Sprache, und sodann die Wertlosigkeit solcher Schriften, die sich von jenem Fehler frei zu erhalten besorgt waren; wobei niemanden einfiel, daß, indem man ein Übel bekämpfte, das andere zu Hülfe gerufen ward.

Liskow, ein junger kühner Mensch, wagte zuerst einen seichten, albernen Schriftsteller persönlich anzufallen, dessen ungeschicktes Benehmen ihm bald Gelegenheit gab heftiger zu verfahren. Er griff sodann weiter um sich und richtete seinen Spott immer gegen bestimmte Personen und Gegenstände, die er verachtete und verächtlich zu machen suchte, ja mit leidenschaftlichem Haß verfolgte. Allein seine Laufbahn war kurz; er starb gar bald, verschollen als ein unruhiger, unregelmäßiger Jüngling. In dem was er getan, ob er gleich wenig geleistet, mochte seinen Landsleuten das Talent, der Charakter schätzenswert vorkommen: wie denn die Deutschen immer gegen frühabgeschiedene, gutesversprechende Talente eine besondere Frömmigkeit bewiesen haben; genug, uns ward Liskow sehr früh als ein vorzüglicher Satiriker, der sogar den Rang vor dem allgemein beliebten Rabener verlangen könnte, gepriesen und anempfohlen. Hierbei sahen wir uns freilich nicht gefördert: denn wir konnten in seinen Schriften weiter nichts erkennen, als daß er das Alberne albern gefunden habe, welches uns eine ganz natürliche Sache schien.

Rabener, wohl erzogen, unter gutem Schulunterricht aufgewachsen, von heiterer und keineswegs leidenschaftlicher oder gehässiger Natur, ergriff die allgemeine Satire. Sein Tadel der sogenannten Laster und Torheiten entspringt aus reinen Ansichten des ruhigen Menschenverstandes und aus einem bestimmten sittlichen Begriff, wie die Welt sein sollte. Die Rüge der Fehler und Mängel ist harmlos und heiter; und damit selbst die geringe Kühnheit seiner Schriften entschuldigt werde, so wird vorausgesetzt, daß die Besserung der Toren durchs Lächerliche kein fruchtloses Unternehmen sei.

Rabeners Persönlichkeit wird nicht leicht wieder erscheinen. Als tüchtiger, genauer Geschäftsmann tut er seine Pflicht, und erwirbt sich dadurch die gute Meinung seiner Mitbürger und das Vertrauen seiner Oberen; nebenher überläßt er sich zur Erholung einer heiteren Nichtachtung alles dessen, was ihn zunächst umgibt. Pedantische Gelehrte, eitle Jünglinge, jeder Art von Beschränktheit und Dünkel bescherzt er mehr als daß er sie bespottete, und selbst sein Spott drückt keine Verachtung aus. Ebenso spaßt er über seinen eignen Zustand, über sein Unglück, sein Leben und seinen Tod.

Die Art, wie dieser Schriftsteller seine Gegenstände behandelt, hat wenig Ästhetisches. In den äußeren Formen ist er zwar mannigfaltig genug, aber durchaus bedient er sich der direkten Ironie zu viel, daß er nämlich das Tadelnswürdige lobt und das Lobenswürdige tadelt, welches rednerische Mittel nur höchst selten angewendet werden sollte: denn auf die Dauer fällt es einsichtigen Menschen verdrießlich, die schwachen macht es irre, und behagt freilich der großen Mittelklasse, welche, ohne besondern Geistesaufwand, sich klüger dünken kann als andere. Was er aber und wie er es auch vorbringt zeugt von seiner Rechtlichkeit, Heiterkeit und Gleichmütigkeit, wodurch wir uns immer eingenommen fühlen; der unbegrenzte Beifall seiner Zeit war eine Folge solcher sittlichen Vorzüge.

Daß man zu seinen allgemeinen Schilderungen Musterbilder suchte und fand, war natürlich, daß Einzelne sich über ihn beschwerten, folgte daraus; seine allzulangen Verteidigungen, daß seine Satire keine persönliche sei, zeugen von dem Verdruß, den man ihm erregt hat. Einige seiner Briefe setzen ihm als Menschen und Schriftsteller den Kranz auf. Das vertrauliche Schreiben, worin er die Dresdner Belagerung schildert, wie er sein Haus, seine Habseligkeiten, seine Schriften und Perücken verliert, ohne auch im mindesten seinen Gleichmut erschüttert, seine Heiterkeit getrübt zu sehen, ist höchst schätzenswert, ob ihm gleich seine Zeit- und Stadtgenossen diese glückliche Gemütsart nicht verzeihen konnten. Der Brief, wo er von der Abnahme seiner Kräfte, von seinem nahen Tode spricht, ist äußerst respektabel, und Rabener verdient, von allen heiteren, verständigen, in die irdischen Ereignisse froh ergebenen Menschen als Heiliger verehrt zu werden.

Ungern reiße ich mich von ihm los, nur das bemerke ich noch: seine Satire bezieht sich durchaus auf den Mittelstand; er läßt hie und da vermerken, daß er die höheren auch wohl kenne, es aber nicht für rätlich halte sie zu berühren. Man kann sagen, daß er keinen Nachfolger gehabt, daß sich niemand gefunden, der sich ihm gleich oder ähnlich hätte halten dürfen.

Nun zur Kritik! und zwar vorerst zu den theoretischen Versuchen. Wir holen nicht zu weit aus, wenn wir sagen, daß damals das Ideelle sich aus der Welt in die Religion geflüchtet hatte, ja sogar in der Sittenlehre kaum zum Vorschein kam; von einem höchsten Prinzip der Kunst hatte niemand eine Ahndung. Man gab uns Gottscheds »Kritische Dichtkunst« in die Hände; sie war brauchbar und belehrend genug: denn sie überlieferte von allen Dichtungsarten eine historische Kenntnis, so wie vom Rhythmus und den verschiedenen Bewegungen desselben; das poetische Genie ward vorausgesetzt! Übrigens aber sollte der Dichter Kenntnisse haben, ja gelehrt sein, er sollte Geschmack besitzen, und was dergleichen mehr war. Man wies uns zuletzt auf Horazens »Dichtkunst«, wir staunten einzelne Goldsprüche dieses unschätzbaren Werks mit Ehrfurcht an, wußten aber nicht im geringsten, was wir mit dem Ganzen machen, noch wie wir es nutzen sollten.

Die Schweizer traten auf als Gottscheds Antagonisten; sie mußten doch also etwas anderes tun, etwas Besseres leisten wollen: so hörten wir denn auch, daß sie wirklich vorzüglicher seien. Breitingers »Kritische Dichtkunst« ward vorgenommen. Hier gelangten wir nun in ein weiteres Feld, eigentlich aber nur in einen größeren Irrgarten, der desto ermüdender war, als ein tüchtiger Mann, dem wir vertrauten, uns darin herumtrieb. Eine kurze Übersicht rechtfertige diese Worte.

Für die Dichtkunst an und für sich hatte man keinen Grundsatz finden können; sie war zu geistig und flüchtig. Die Malerei, eine Kunst, die man mit den Augen festhalten, der man mit den äußeren Sinnen Schritt vor Schritt nachgehen konnte, schien zu solchem Ende günstiger; Engländer und Franzosen hatten schon über bildende Kunst theoretisiert, und man glaubte nun durch ein Gleichnis von daher die Poesie zu begründen. Jene stellte Bilder vor die Augen, diese vor die Phantasie; die poetischen Bilder also waren das erste, was in Betrachtung gezogen wurde. Man fing von den Gleichnissen an, Beschreibungen folgten, und was nur immer den äußeren Sinnen darstellbar gewesen wäre, kam zur Sprache.

Bilder also! Wo sollte man nun aber diese Bilder anders hernehmen als aus der Natur? Der Maler ahmte die Natur offenbar nach; warum der Dichter nicht auch? Aber die Natur, wie sie vor uns liegt, kann doch nicht nachgeahmt werden: sie enthält so vieles Unbedeutende, Unwürdige, man muß also wählen; was bestimmt aber die Wahl? man muß das Bedeutende aufsuchen; was ist aber bedeutend?

Hierauf zu antworten mögen sich die Schweizer lange bedacht haben: denn sie kommen auf einen zwar wunderlichen, doch artigen, ja lustigen Einfall, indem sie sagen, am bedeutendsten sei immer das Neue; und nachdem sie dies eine Weile überlegt haben, so finden sie, das Wunderbare sei immer neuer als alles andere.

Nun hatten sie die poetischen Erfordernisse ziemlich beisammen; allein es kam noch zu bedenken, daß ein Wunderbares auch leer sein könne und ohne Bezug auf den Menschen. Ein solcher notwendig geforderter Bezug müsse aber moralisch sein, woraus denn offenbar die Besserung des Menschen folge, und so habe ein Gedicht das letzte Ziel erreicht, wenn es, außer allem anderen Geleisteten, noch nützlich werde. Nach diesen sämtlichen Erfordernissen wollte man nun die verschiedenen Dichtungsarten prüfen, und diejenige, welche die Natur nachahmte, sodann wunderbar und zugleich auch von sittlichem Zweck und Nutzen sei, sollte für die erste und oberste gelten. Und nach vieler Überlegung ward endlich dieser große Vorrang, mit höchster Überzeugung, der Aesopischen Fabel zugeschrieben.

So wunderlich uns jetzt eine solche Ableitung vorkommen mag; so hatte sie doch auf die besten Köpfe den entschiedensten Einfluß. Daß G e l l e r t und nachher L i c h t w e r sich diesem Fache widmeten, daß selbst L e s s i n g darin zu arbeiten versuchte, daß so viele andere ihr Talent dahin wendeten, spricht für das Zutrauen, welches sich diese Gattung erworben hatte. Theorie und Praxis wirken immer aufeinander; aus den Werken kann man sehen, wie es die Menschen meinen, und aus den Meinungen voraussagen, was sie tun werden.

Doch wir dürfen unsere Schweizertheorie nicht verlassen, ohne daß ihr von uns auch Gerechtigkeit widerfahre. Bodmer, soviel er sich auch bemüht, ist theoretisch und praktisch zeitlebens ein Kind geblieben. Breitinger war ein tüchtiger, gelehrter, einsichtsvoller Mann, dem, als er sich recht umsah, die sämtlichen Erfordernisse einer Dichtung nicht entgingen, ja es läßt sich nachweisen, daß er die Mängel seiner Methode dunkel fühlen mochte. Merkwürdig ist z. B. seine Frage: ob ein gewisses beschreibendes Gedicht von König auf das Lustlager Augusts des Zweiten wirklich ein Gedicht sei? so wie die Beantwortung derselben guten Sinn zeigt. Zu seiner völligen Rechtfertigung aber mag dienen, daß er, von einem falschen Punkte ausgehend, nach beinahe schon durchlaufenem Kreise, doch noch auf die Hauptsache stößt, und die Darstellung der Sitten, Charaktere, Leidenschaften, kurz, des inneren Menschen, auf den die Dichtkunst doch wohl vorzüglich angewiesen ist, am Ende seines Buchs gleichsam als Zugabe anzuraten sich genötigt findet.

In welche Verwirrung junge Geister durch solche ausgerenkte Maximen, halb verstandene Gesetze und zersplitterte Lehren sich versetzt fühlten, läßt sich wohl denken. Man hielt sich an Beispiele, und war auch da nicht gebessert; die ausländischen standen zu weit ab, so sehr wie die alten, und aus den besten inländischen blickte jedesmal eine entschiedene Individualität hervor, deren Tugenden man sich nicht anmaßen konnte und in deren Fehler zu fallen man fürchten mußte. Für den, der etwas Produktives in sich fühlte, war es ein verzweiflungsvoller Zustand.

Betrachtet man genau, was der deutschen Poesie fehlte, so war es ein Gehalt, und zwar ein nationeller; an Talenten war niemals Mangel. Hier gedenken wir nur Günthers, der ein

Poet im vollen Sinne des Worts genannt werden darf. Ein entschiedenes Talent, begabt mit Sinnlichkeit, Einbildungskraft, Gedächtnis, Gabe des Fassens und Vergegenwärtigens, fruchtbar im höchsten Grade, rhythmischbequem, geistreich, witzig und dabei vielfach unterrichtet; genug er besaß alles, was dazu gehört, im Leben ein zweites Leben durch Poesie hervorzubringen, und zwar in dem gemeinen wirklichen Leben. Wir bewundern seine große Leichtigkeit, in Gelegenheits-Gedichten alle Zustände durchs Gefühl zu erhöhen und mit passenden Gesinnungen, Bildern, historischen und fabelhaften Überlieferungen zu schmücken. Das Rohe und Wilde daran gehört seiner Zeit, seiner Lebensweise und besonders seinem Charakter oder, wenn man will, seiner Charakterlosigkeit. Er wußte sich nicht zu zähmen, und so zerrann ihm sein Leben wie sein Dichten.

Durch ein unfertiges Betragen hatte sich Günther das Glück verscherzt, an dem Hofe Augusts des Zweiten angestellt zu werden, wo man, zu allem übrigen Prunk, sich auch nach einem Hofpoeten umsah, der den Festlichkeiten Schwung und Zierde geben und eine vorübergehende Pracht verewigen könnte. Von König war gesitteter und glücklicher, er bekleidete diese Stelle mit Würde und Beifall.

In allen souveränen Staaten kommt der Gehalt für die Dichtkunst von oben herunter, und vielleicht war das Lustlager bei Mühlberg der erste würdige, wo nicht nationelle, doch provinzielle Gegenstand, der vor einem Dichter auftrat. Zwei Könige, die sich in Gegenwart eines großen Heers begrüßen, ihr sämtlicher Hof- und Kriegsstaat um sie her, wohlgehaltene Truppen, ein Scheinkrieg, Feste aller Art; Beschäftigung genug für den äußeren Sinn und überfließender Stoff für schildernde und beschreibende Poesie.

Freilich hatte dieser Gegenstand einen inneren Mangel; eben daß es nur Prunk und Schein war, aus dem keine Tat hervortreten konnte. Niemand, außer den Ersten, machte sich bemerkbar, und wenn es ja geschehen wäre, durfte der Dichter den einen nicht hervorheben, um andere nicht zu verletzen. Er mußte den Hof- und Staatskalender zu Rate ziehen, und die Zeichnung der Personen lief daher ziemlich trocken ab; ja schon die Zeitgenossen machten ihm den Vorwurf, er habe die Pferde besser geschildert als die Menschen. Sollte dies aber nicht gerade zu seinem Lobe gereichen? daß er seine Kunst gleich da bewies, wo sich ein Gegenstand für dieselbe darbot. Auch scheint die Hauptschwierigkeit sich ihm bald offenbart zu haben: denn das Gedicht hat sich nicht über den ersten Gesang hinaus erstreckt.

Unter solchen Studien und Betrachtungen überraschte mich ein unvermutetes Ereignis und vereitelte das löbliche Vorhaben, unsere neuere Literatur von vorneherein kennen zu lernen. Mein Landsmann Johann Georg Schlosser hatte, nachdem er seine akademischen Jahre mit Fleiß und Anstrengung zugebracht, sich zwar in Frankfurt am Main auf den gewöhnlichen Weg der Advokatur begeben; allein sein strebender und das Allgemeine suchender Geist konnte sich aus mancherlei Ursachen in diese Verhältnisse nicht finden. Er nahm eine Stelle als Geheimsekretär bei dem Herzog Ludwig von Würtemberg, der sich in Treptow aufhielt, ohne Bedenken an: denn der Fürst war unter denjenigen Großen genannt, die auf eine edle und selbständige Weise sich, die Ihrigen und das Ganze aufzuklären, zu bessern und zu höheren Zwecken zu vereinigen gedachten. Dieser Fürst Ludwig ist es, welcher, um sich wegen der Kinderzucht Rats zu erholen, an Rousseau geschrieben hatte, dessen bekannte Antwort mit der bedenklichen Phrase anfängt: »Si j'avois le malheur d'être né prince.« –

Den Geschäften des Fürsten nicht allein, sondern auch der Erziehung seiner Kinder sollte nun Schlosser wo nicht vorstehen, doch mit Rat und Tat willig zu Handen sein. Dieser junge, edle, den besten Willen hegende Mann, der sich einer vollkommenen Reinigkeit der Sitten befliß, hätte durch eine gewisse trockene Strenge die Menschen leicht von sich entfernt, wenn nicht eine schöne und seltene literarische Bildung, seine Sprachkenntnisse, seine Fertigkeit sich schriftlich, sowohl in Versen als in Prosa, auszudrücken, jedermann angezogen und das Leben mit ihm erleichtert hätte. Daß dieser durch Leipzig kommen würde war mir angekündigt, und ich erwartete ihn mit Sehnsucht. Er kam und trat in einem kleinen Gast- oder Weinhause ab, das im Brühl lag und dessen Wirt Schönkopf hieß. Dieser hatte eine Frankfurterin zur Frau, und ob er gleich die übrige Zeit des Jahres wenig Personen bewirtete, und in das kleine Haus keine Gäste aufnehmen konnte; so war er doch Messenzeits von vielen Frankfurtern besucht, welche dort zu speisen und im Notfall auch wohl Quartier zu nehmen pflegten. Dorthin eilte ich, um Schlossern aufzusuchen, als er mir seine Ankunft melden ließ. Ich erinnerte mich kaum, ihn früher gesehen zu haben, und fand einen jungen, wohlgebauten Mann, mit einem runden zusammengefaßten Gesicht, ohne daß die Züge deshalb stumpf gewesen wären. Die Form seiner gerundeten Stirn, zwischen schwarzen Augenbrauen und Locken, deutete auf Ernst, Strenge und vielleicht Eigensinn. Er war gewissermaßen das Gegenteil von mir, und eben dies begründete wohl unsere dauerhafte Freundschaft. Ich hatte die größte Achtung für seine Talente um so mehr, als ich gar wohl bemerkte, daß er mir in der Sicherheit dessen, was er tat und leistete, durchaus überlegen war. Die Achtung und das Zutrauen, das ich ihm bewies, bestätigten seine Neigung, und vermehrten die Nachsicht, die er mit meinem lebhaften, fahrigen und immer regsamen Wesen, im Gegensatz mit dem seinigen, haben mußte. Er studierte die Engländer fleißig, Pope war, wo nicht sein Muster, doch sein Augenmerk, und er hatte, im Widerstreit mit dem »Versuch über den Menschen« jenes Schriftstellers, ein Gedicht in gleicher Form und Silbenmaß geschrieben, welches der christlichen Religion über jenen Deismus den Triumph verschaffen sollte. Aus dem großen Vorrat von Papieren, die er bei sich führte, ließ er mir sodann poetische und prosaische Aufsätze in allen Sprachen sehen, die, indem sie mich zur Nachahmung aufriefen, mich abermals unendlich beunruhigten. Doch wußte ich mir durch

Tätigkeit sogleich zu helfen. Ich schrieb an ihn gerichtete deutsche, französische, englische, italienische Gedichte, wozu ich den Stoff aus unseren Unterhaltungen nahm, welche durchaus bedeutend und unterrichtend waren.

Schlosser wollte nicht Leipzig verlassen, ohne die Männer, welche Namen hatten, von Angesicht zu Angesicht gesehen zu haben. Ich führte ihn gern zu denen mir bekannten, die von mir noch nicht besuchten lernte ich auf diese Weise ehrenvoll kennen, weil er, als ein unterrichteter, schon charakterisierter Mann mit Auszeichnung empfangen wurde und den Aufwand des Gesprächs recht gut zu bestreiten wußte. Unsern Besuch bei Gottsched darf ich nicht übergehen, indem die Sinnes- und Sittenweise dieses Mannes daraus hervortritt. Er wohnte sehr anständig in dem ersten Stock des Goldenen Bären, wo ihm der ältere Breitkopf, wegen des großen Vorteils, den die Gottschedischen Schriften, Übersetzungen und sonstigen Assistenzen der Handlung gebracht, eine lebenslängliche Wohnung zugesagt hatte.

Wir ließen uns melden. Der Bediente führte uns in ein großes Zimmer, indem er sagte, der Herr werde gleich kommen. Ob wir nun eine Gebärde, die er machte, nicht recht verstanden, wüßte ich nicht zu sagen; genug wir glaubten, er habe uns in das anstoßende Zimmer gewiesen. Wir traten hinein zu einer sonderbaren Szene: denn in dem Augenblick trat Gottsched, der große breite riesenhafte Mann, in einem gründamastnen, mit rotem Taft gefütterten Schlafrock zur entgegengesetzten Türe herein; aber sein ungeheures Haupt war kahl und ohne Bedeckung. Dafür sollte jedoch sogleich gesorgt sein: denn der Bediente sprang mit einer großen Allongeperücke auf der Hand (die Locken fielen bis an den Ellenbogen) zu einer Seitentüre herein und reichte den Hauptschmuck seinem Herrn mit erschrockner Gebärde. Gottsched, ohne den mindesten Verdruß zu äußern, hob mit der linken Hand die Perücke von dem Arme des Dieners, und indem er sie sehr geschickt auf den Kopf schwang, gab er mit seiner rechten Tatze dem armen Menschen eine Ohrfeige, so daß dieser, wie es im Lustspiel zu geschehen pflegt, sich zur Türe hinauswirbelte, worauf der ansehnliche Altvater uns ganz gravitätisch zu sitzen nötigte und einen ziemlich langen Discours mit gutem Anstand durchführte.

Solange Schlosser in Leipzig blieb speiste ich täglich mit ihm, und lernte eine sehr angenehme Tischgesellschaft kennen. Einige Liefländer und der Sohn des Oberhofpredigers Hermann in Dresden, nachheriger Burgemeister zu Leipzig, und ihre Hofmeister, Hofrat Pfeil, Verfasser des »Grafen von P.«, eines Pendants zu Gellerts »Schwedischer Gräfin«, Zachariä, ein Bruder des Dichters, und Krebel, Redakteur geographischer und genealogischer Handbücher, waren gesittete, heitre und freundliche Menschen. Zachariä der stillste, Pfeil ein feiner, beinahe etwas Diplomatisches an sich habender Mann, doch ohne Ziererei und mit großer Gutmütigkeit, Krebel ein wahrer Fallstaff, groß, wohlbeleibt, blond, vorliegende, heitere, himmelhelle Augen, immer froh und guter Dinge. Diese Personen begegneten mir sämtlich, teils wegen Schlossers, teils auch wegen meiner eignen offnen Gutmütigkeit und Zutätigkeit, auf das allerartigste, und es brauchte kein großes Zureden, künftig mit ihnen den Tisch zu teilen. Ich blieb wirklich nach Schlossers Abreise bei ihnen, gab den Ludwigischen Tisch auf, und befand mich in dieser geschlossenen Gesellschaft um so wohler, als mir die Tochter vom Hause, ein gar hübsches, nettes Mädchen, sehr wohl gefiel, und mir Gelegenheit ward freundliche Blicke zu wechseln, ein Behagen, das ich seit dem Unfall mit Gretchen weder gesucht noch zufällig gefunden hatte. Die Stunden des Mittagsessens brachte ich mit meinen Freunden heiter und nützlich zu. Krebel hatte mich wirklich lieb und wußte mich mit Maßen zu necken und anzuregen; Pfeil hingegen bewies mir eine ernste Neigung, indem er mein Urteil über manches zu leiten und zu bestimmen suchte.

Bei diesem Umgange wurde ich durch Gespräche, durch Beispiele und durch eignes Nachdenken gewahr, daß der erste Schritt, um aus der wäßrigen, weitschweifigen, nullen

Epoche sich herauszuretten, nur durch Bestimmtheit, Präzision und Kürze getan werden könne. Bei dem bisherigen Stil konnte man das Gemeine nicht vom Besseren unterscheiden, weil alles untereinander ins Flache gezogen wird. Schon hatten Schriftsteller diesem breiten Unheil zu entgehen gesucht, und es gelang ihnen mehr oder weniger. Haller und Ramler waren von Natur zum Gedrängten geneigt; Lessing und Wieland sind durch Reflexion dazu geführt worden. Der erste wurde nach und nach ganz epigrammatisch in seinen Gedichten, knapp in der »Minna«, lakonisch in »Emilia Galotti«, später kehrte er erst zu einer heiteren Naivetät zurück, die ihn so wohl kleidet im »Nathan«. Wieland, der noch im »Agathon«, »Don Sylvio«, den »Komischen Erzählungen« mitunter prolix gewesen war, wird in »Musarion« und »Idris« auf eine wundersame Weise gefaßt und genau, mit großer Anmut. Klopstock, in den ersten Gesängen der »Messiade«, ist nicht ohne Weitschweifigkeit; in den Oden und anderen kleinen Gedichten erscheint er gedrängt, so auch in seinen Tragödien. Durch seinen Wettstreit mit den Alten, besonders dem Tacitus, sieht er sich immer mehr ins Enge genötigt, wodurch er zuletzt unverständlich und ungenießbar wird. Gerstenberg, ein schönes aber bizarres Talent, nimmt sich auch zusammen, sein Verdienst wird geschätzt, macht aber im Ganzen wenig Freude. Gleim, weitschweifig, behaglich von Natur, wird kaum Einmal konzis in den Kriegsliedern. Ramler ist eigentlich mehr Kritiker als Poet. Er fängt an was Deutsche im Lyrischen geleistet, zu sammeln. Nun findet er, daß ihm kaum Ein Gedicht völlig genug tut; er muß auslassen, redigieren, verändern, damit die Dinge nur einige Gestalt bekommen. Hierdurch macht er sich fast so viel Feinde als es Dichter und Liebhaber gibt; da sich jeder eigentlich nur an seinen Mängeln wiedererkennt, und das Publikum sich eher für ein fehlerhaftes Individuelle interessiert, als für das, was nach einer allgemeinen Geschmacksregel hervorgebracht oder verbessert wird. Die Rhythmik lag damals noch in der Wiege, und niemand wußte ein Mittel ihre

Kindheit zu verkürzen. Die poetische Prosa nahm überhand. Geßner und Klopstock erregten manche Nachahmer; andere wieder forderten doch ein Silbenmaß und übersetzten diese Prose in faßliche Rhythmen. Aber auch diese machten es niemand zu Dank: denn sie mußten auslassen und zusetzen, und das prosaische Original galt immer für das Bessere. Je mehr aber bei allem diesem das Gedrungene gesucht wird, desto mehr wird Beurteilung möglich, weil das Bedeutende, enger zusammengebracht, endlich eine sichere Vergleichung zuläßt. Es ergab sich auch zugleich, daß mehrere Arten von wahrhaft poetischen Formen entstanden: denn indem man von einem jeden Gegenstande, den man nachbilden wollte, nur das Notwendige darzustellen suchte, so mußte man einem jeden Gerechtigkeit widerfahren lassen, und auf diese Weise, ob es gleich niemand mit Bewußtsein tat, vermannigfaltigten sich die Darstellungsweisen, unter welchen es freilich auch fratzenhafte gab, und mancher Versuch unglücklich ablief.

Ganz ohne Frage besaß Wieland unter allen das schönste Naturell. Er hatte sich früh in jenen ideellen Regionen ausgebildet, wo die Jugend so gern verweilt; da ihm aber diese durch das was man Erfahrung nennt, durch Begegnisse an Welt und Weibern verleidet wurden, so warf er sich auf die Seite des Wirklichen, und gefiel sich und andern im Widerstreit beider Welten, wo sich zwischen Scherz und Ernst, im leichten Gefecht, sein Talent am allerschönsten zeigte. Wie manche seiner glänzenden Produktionen fallen in die Zeit meiner akademischen Jahre. »Musarion« wirkte am meisten auf mich, und ich kann mich noch des Ortes und der Stelle erinnern, wo ich den ersten Aushängebogen zu Gesicht bekam, welchen mir Oeser mitteilte. Hier war es, wo ich das Antike lebendig und neu wieder zu sehen glaubte. Alles was in Wielands Genie plastisch ist, zeigte sich hier aufs vollkommenste, und da jener zur unglücklichen Nüchternheit verdammte Phanias-Timon sich zuletzt wieder mit seinem Mädchen und der Welt versöhnt, so mag man die menschenfeindliche Epoche wohl auch mit ihm durchleben. Übrigens gab man diesen Werken sehr gern einen heiteren Widerwillen gegen erhöhte Gesinnungen zu, welche, bei leicht verfehlter Anwendung aufs Leben, öfters der Schwärmerei verdächtig werden. Man verzieh dem Autor, wenn er das, was man für wahr und ehrwürdig hielt, mit Spott verfolgte, um so eher, als er dadurch zu erkennen gab, daß es ihm selbst immerfort zu schaffen mache.

Wie kümmerlich die Kritik solchen Arbeiten damals entgegenkam, läßt sich aus den ersten Bänden der »Allgemeinen deutschen Bibliothek« ersehen. Der »Komischen Erzählungen« geschieht ehrenvolle Erwähnung; aber hier ist keine Spur von Einsicht in den Charakter der Dichtart selbst. Der Rezensent hatte seinen Geschmack, wie damals alle, an Beispielen gebildet. Hier ist nicht bedacht, daß man vor allen Dingen bei Beurteilung solcher parodistischen Werke den originalen edlen, schönen Gegenstand vor Augen haben müsse, um zu sehen, ob der Parodist ihm wirklich eine schwache und komische Seite abgewonnen, ob er ihm etwas geborgt, oder, unter dem Schein einer solchen Nachahmung, vielleicht gar selbst eine treffliche Erfindung geliefert? Von allem dem ahndet man nichts, sondern die Gedichte werden stellenweis gelobt und getadelt. Der Rezensent hat, wie er selbst gesteht, so viel was ihm gefallen angestrichen, daß er nicht einmal im Druck alles anführen kann. Kommt man nun gar der höchst verdienstlichen Übersetzung Shakespeares mit dem Ausruf entgegen: »Von Rechts wegen sollte man einen Mann wie Shakespeare gar nicht übersetzt haben«: so begreift sich ohne weiteres, wie unendlich weit die »Allgemeine deutsche Bibliothek« in Sachen des Geschmacks zurück war, und daß junge Leute, von wahrem Gefühl belebt, sich nach anderen Leitsternen umzusehen hatten.

Den Stoff, der auf diese Weise mehr oder weniger die Form bestimmte, suchten die Deutschen überall auf. Sie hatten wenig oder keine Nationalgegenstände behandelt. Schlegels »Herrmann« deutete nur darauf hin. Die idyllische

Tendenz verbreitete sich unendlich. Das Charakterlose der Geßnerschen, bei großer Anmut und kindlicher Herzlichkeit, machte jeden glauben, daß er etwas Ähnliches vermöge. Ebenso bloß aus dem Allgemeinmenschlichen gegriffen waren jene Gedichte, die ein Fremdnationelles darstellen sollten, z. B. die »Jüdischen Schäfergedichte«, überhaupt die patriarchalischen und was sich sonst auf das Alte Testament bezog. Bodmers »Noachide« war ein vollkommenes Symbol der um den deutschen Parnaß angeschwollenen Wasserflut, die sich nur langsam verlief. Das Anakreontische Gegängel ließ gleichfalls unzählige mittelmäßige Köpfe im Breiten herumschwanken. Die Präzision des Horaz nötigte die Deutschen, doch nur langsam, sich ihm gleichzustellen. Komische Heldengedichte, meist nach dem Vorbild von Popes »Lokkenraub«, dienten auch nicht, eine bessere Zeit herbeizuführen.

Noch muß ich hier eines Wahnes gedenken, der so ernsthaft wirkte als er lächerlich sein muß, wenn man ihn näher beleuchtet. Die Deutschen hatten nunmehr genugsam historische Kenntnis von allen Dichtarten, worinne sich die verschiedenen Nationen ausgezeichnet hatten. Von Gottsched war schon dieses Fächerwerk, welches eigentlich den inneren Begriff von Poesie zu Grunde richtet, in seiner »Kritischen Dichtkunst« ziemlich vollständig zusammengezimmert und zugleich nachgewiesen, daß auch schon deutsche Dichter mit vortrefflichen Werken alle Rubriken auszufüllen gewußt. Und so ging es denn immer fort. Jedes Jahr wurde die Kollektion ansehnlicher, aber auch jedes Jahr vertrieb eine Arbeit die andere aus dem Locat, in dem sie bisher geglänzt hatte. Wir besaßen nunmehr, wo nicht Homere, doch Virgile und Miltone, wo nicht einen Pindar, doch einen Horaz; an Theokriten war kein Mangel; und so wiegte man sich mit Vergleichungen nach außen, indem die Masse poetischer Werke immer wuchs, damit auch endlich eine Vergleichung nach innen stattfinden konnte.

Stand es nun mit den Sachen des Geschmacks auf einem

sehr schwankenden Fuße; so konnte man jener Epoche auf keine Weise streitig machen, daß innerhalb des protestantischen Teils von Deutschland und der Schweiz sich dasjenige gar lebhaft zu regen anfing, was man Menschenverstand zu nennen pflegt. Die Schulphilosophie, welche jederzeit das Verdienst hat, alles dasjenige wornach der Mensch nur fragen kann, nach angenommenen Grundsätzen, in einer beliebten Ordnung, unter bestimmten Rubriken vorzutragen, hatte sich durch das oft Dunkle und Unnützscheinende ihres Inhalts, durch unzeitige Anwendung einer an sich respektabeln Methode und durch die allzugroße Verbreitung über so viele Gegenstände, der Menge fremd, ungenießbar und endlich entbehrlich gemacht. Mancher gelangte zur Überzeugung, daß ihm wohl die Natur so viel guten und geraden Sinn zur Ausstattung gegönnt habe, als er ohngefähr bedürfe, sich von den Gegenständen einen so deutlichen Begriff zu machen, daß er mit ihnen fertig werden, und zu seinem und anderer Nutzen damit gebaren könne, ohne gerade sich um das Allgemeinste mühsam zu bekümmern und zu forschen, wie doch die entferntesten Dinge, die uns nicht sonderlich berühren, wohl zusammenhangen möchten? Man machte den Versuch, man tat die Augen auf, sah gerade vor sich hin, war aufmerksam, fleißig, tätig, und glaubte, wenn man in seinem Kreis richtig urteile und handle, sich auch wohl herausnehmen zu dürfen, über anderes, was entfernter lag, mitzusprechen.

Nach einer solchen Vorstellung war nun jeder berechtiget, nicht allein zu philosophieren, sondern sich auch nach und nach für einen Philosophen zu halten. Die Philosophie war also ein mehr oder weniger gesunder und geübter Menschenverstand, der es wagte, ins Allgemeine zu gehen und über innere und äußere Erfahrungen abzusprechen. Ein heller Scharfsinn und eine besondere Mäßigkeit, indem man durchaus die Mittelstraße und Billigkeit gegen alle Meinungen für das Rechte hielt, verschaffte solchen Schriften und mündlichen Äußerungen Ansehen und Zutrauen, und so fanden sich zuletzt Philosophen in allen Fakultäten, ja in allen Ständen und Hantierungen.

Auf diesem Wege mußten die Theologen sich zu der sogenannten natürlichen Religion hinneigen, und wenn zur Sprache kam, inwiefern das Licht der Natur uns in der Erkenntnis Gottes, der Verbesserung und Veredlung unserer selbst zu fördern hinreichend sei, so wagte man gewöhnlich sich zu dessen Gunsten ohne viel Bedenken zu entscheiden. Aus jenem Mäßigkeitsprinzip gab man sodann sämtlichen positiven Religionen gleiche Rechte, wodurch denn eine mit der andern gleichgültig und unsicher wurde. Übrigens ließ man denn doch aber alles bestehen, und weil die Bibel so voller Gehalt ist, daß sie mehr als jedes andere Buch Stoff zum Nachdenken und Gelegenheit zu Betrachtungen über die menschlichen Dinge darbietet; so konnte sie durchaus nach wie vor bei allen Kanzelreden und sonstigen religiosen Verhandlungen zum Grunde gelegt werden.

Allein diesem Werke stand, so wie den sämtlichen Profanskribenten, noch ein eigenes Schicksal bevor, welches im Laufe der Zeit nicht abzuwenden war. Man hatte nämlich bisher auf Treu und Glauben angenommen, daß dieses Buch der Bücher in Einem Geiste verfaßt, ja daß es von dem göttlichen Geiste eingehaucht und gleichsam diktiert sei. Doch waren schon längst von Gläubigen und Ungläubigen die Ungleichheiten der verschiedenen Teile desselben bald gerügt, bald verteidigt worden. Engländer, Franzosen, Deutsche hatten die Bibel mit mehr oder weniger Heftigkeit, Scharfsinn, Frechheit, Mutwillen angegriffen, und ebenso war sie wieder von ernsthaften, wohldenkenden Menschen einer jeden Nation in Schutz genommen worden. Ich für meine Person hatte sie lieb und wert: denn fast ihr allein war ich meine sittliche Bildung schuldig, und die Begebenheiten, die Lehren, die Symbole, die Gleichnisse, alles hatte sich tief bei mir eingedrückt und war auf eine oder die andere Weise wirksam gewesen. Mir mißfielen daher die ungerechten, spöttlichen und verdrehenden Angriffe; doch war man damals schon so weit, daß man teils als einen Hauptverteidigungsgrund vieler Stellen sehr willig annahm, Gott habe sich nach der Denkweise und Fassungskraft der Menschen gerichtet, ja die vom Geiste Getriebenen hätten doch deswegen nicht ihren Charakter, ihre Individualität verleugnen können, und Amos als Kuhhirte führe nicht die Sprache Jesaias, welcher ein Prinz solle gewesen sein.

Aus solchen Gesinnungen und Überzeugungen entwickelte sich, besonders bei immer wachsenden Sprachkenntnissen, gar natürlich jene Art des Studiums, daß man die orientalischen Lokalitäten, Nationalitäten, Naturprodukte und Erscheinungen genauer zu studieren und sich auf diese Weise jene alte Zeit zu vergegenwärtigen suchte. Michaelis legte die ganze Gewalt seines Talents und seiner Kenntnisse auf diese Seite. Reisebeschreibungen wurden ein kräftiges Hülfsmittel zu Erklärung der heiligen Schriften, und neuere Reisende, mit vielen Fragen ausgerüstet, sollten durch Beantwortung derselben für die Propheten und Apostel zeugen.

Indessen aber man von allen Seiten bemüht war, die heiligen Schriften zu einem natürlichen Anschauen heranzuführen, und die eigentliche Denk- und Vorstellungsweise derselben allgemeiner faßlich zu machen, damit durch diese historisch-kritische Ansicht mancher Einwurf beseitigt, manches Anstößige getilgt und jede schale Spötterei unwirksam gemacht würde; so trat in einigen Männern gerade die entgegengesetzte Sinnesart hervor, indem solche die dunkelsten, geheimnisvollsten Schriften zum Gegenstand ihrer Betrachtungen wählten, und solche aus sich selbst durch Konjekturen, Rechnungen und andere geistreiche und seltsame Kombinationen, zwar nicht aufhellen, aber doch bekräftigen und insofern sie Weissagungen enthielten, durch den Erfolg begründen und dadurch einen Glauben an das Nächstzuerwartende rechtfertigen wollten.

Der ehrwürdige Bengel hatte seinen Bemühungen um die Offenbarung Johannis dadurch einen entschiedenen Eingang verschafft, daß er als ein verständiger, rechtschaffener, gottesfürchtiger, als ein Mann ohne Tadel bekannt war. Tiefe Gemüter sind genötigt, in der Vergangenheit so wie in der Zukunft zu leben. Das gewöhnliche Treiben der Welt kann ihnen von keiner Bedeutung sein, wenn sie nicht in dem Verlauf der Zeiten bis zur Gegenwart, enthüllte Prophezeiungen, und in der nächsten wie in der fernsten Zukunft, verhüllte Weissagungen verehren. Hierdurch entspringt ein Zusammenhang, der in der Geschichte vermißt wird, die uns nur ein zufälliges Hin- und Widerschwanken in einem notwendig geschlossenen Kreise zu überliefern scheint. Doktor Crusius gehörte zu denen, welchen der prophetische Teil der heiligen Schriften am meisten zusagte, indem er die zwei entgegengesetztesten Eigenschaften des menschlichen Wesens zugleich in Tätigkeit setzt, das Gemüt und den Scharfsinn. Dieser Lehre hatten sich viele Jünglinge gewidmet, und bildeten schon eine ansehnliche Masse, die um desto mehr in die Augen fiel, als Ernesti mit den Seinigen das Dunkel, in welchem jene sich gefielen, nicht aufzuhellen, sondern völlig zu vertreiben drohte. Daraus entstanden Händel, Haß und Verfolgung und manches Unannehmliche. Ich hielt mich zur klaren Partei und suchte mir ihre Grundsätze und Vorteile zuzueignen, ob ich mir gleich zu ahnden erlaubte, daß durch diese höchst löbliche, verständige Auslegungsweise zuletzt der poetische Gehalt jener Schriften mit dem prophetischen verloren gehen müsse.

Näher aber lag denen, welche sich mit deutscher Literatur und schönen Wissenschaften abgaben, die Bemühung solcher Männer, die, wie Jerusalem, Zollikoffer, Spalding, in Predigten und Abhandlungen, durch einen guten und reinen Stil, der Religion und der ihr so nah verwandten Sittenlehre, auch bei Personen von einem gewissen Sinn und Geschmack, Beifall und Anhänglichkeit zu erwerben suchten. Eine gefällige Schreibart fing an durchaus nötig zu werden, und weil eine solche vor allen Dingen faßlich sein muß, so standen von vielen Seiten Schriftsteller auf, welche von ihren Studien, ihrem Metier klar, deutlich, eindringlich, und sowohl für die Kenner als für die Menge zu schreiben unternahmen.

Nach dem Vorgange eines Ausländers, Tissot, fingen nunmehr auch die Ärzte mit Eifer an auf die allgemeine Bildung zu wirken. Sehr großen Einfluß hatten Haller, Unzer, Zimmermann, und was man im Einzelnen gegen sie, besonders gegen den letzten auch sagen mag, sie waren zu ihrer Zeit sehr wirksam. Und davon sollte in der Geschichte, vorzüglich aber in der Biographie die Rede sein: denn nicht insofern der Mensch etwas zurückläßt, sondern insofern er wirkt und genießt und andere zu wirken und zu genießen anregt, bleibt er von Bedeutung.

Die Rechtsgelehrten, von Jugend auf gewöhnt an einen abstrusen Stil, welcher sich in allen Expeditionen, von der Kanzelei des unmittelbaren Ritters bis auf den Reichstag zu Regensburg, auf die barockste Weise erhielt, konnten sich nicht leicht zu einer gewissen Freiheit erheben, um so weniger, als die Gegenstände, welche sie zu behandeln hatten, mit der äußeren Form und folglich auch mit dem Stil aufs genaueste zusammenhingen. Doch hatte der jüngere von Moser sich schon als ein freier und eigentümlicher Schriftsteller bewiesen und Pütter durch die Klarheit seines Vortrags auch Klarheit in seinen Gegenstand und den Stil gebracht, womit er behandelt werden sollte. Alles was aus seiner Schule hervorging, zeichnete sich dadurch aus. Und nun fanden die Philosophen selbst sich genötigt, um popular zu sein, auch deutlich und faßlich zu schreiben. Mendelssohn, Garve traten auf und erregten allgemeine Teilnahme und Bewunderung.

Mit der Bildung der deutschen Sprache und des Stils in jedem Fache wuchs auch die Urteilsfähigkeit, und wir bewundern in jener Zeit Rezensionen von Werken über religiose und sittliche Gegenstände, so wie über ärztliche; wenn wir dagegen bemerken, daß die Beurteilungen von Gedichten und was sich sonst auf schöne Literatur beziehen mag, wo nicht erbärmlich, doch wenigstens sehr schwach befunden werden. Dieses gilt sogar von den »Literaturbriefen« und von der »Allgemeinen deutschen Bibliothek«, wie von der »Bibliothek der schönen Wissenschaften«, wovon man gar leicht bedeutende Beispiele anführen könnte.

Dieses alles mochte jedoch so bunt durcheinandergehen als es wollte, so blieb einem jeden, der etwas aus sich zu produzieren gedachte, der nicht seinen Vorgängern die Worte und Phrasen nur aus dem Munde nehmen wollte, nichts weiter übrig, als sich früh und spät nach einem Stoffe umzusehen, den er zu benutzen gedächte. Auch hier wurden wir sehr in der Irre herumgeführt. Man trug sich mit einem Worte von Kleist, das wir oft genug hören mußten. Er hatte nämlich gegen diejenigen, welche ihn wegen seiner öftern einsamen Spaziergänge beriefen, scherzhaft, geistreich und wahrhaft geantwortet: er sei dabei nicht müßig, er gehe auf die Bilderjagd. Einem Edelmann und Soldaten ziemte dies Gleichnis wohl, der sich dadurch Männern seines Standes gegenüberstellte, die mit der Flinte im Arm auf die Hasen- und Hühnerjagd, so oft sich nur Gelegenheit zeigte, auszugehen nicht versäumten. Wir finden daher in Kleistens Gedichten von solchen einzelnen, glücklich aufgehaschten, obgleich nicht immer glücklich verarbeiteten Bildern gar manches, was uns freundlich an die Natur erinnert. Nun aber ermahnte man uns auch ganz ernstlich, auf die Bilderjagd auszugehen, die uns denn doch zuletzt nicht ganz ohne Frucht ließ, obgleich Apels Garten, die Kuchengärten, das Rosental, Golis, Raschwitz und Konnewitz das wunderlichste Revier sein mochte, um poetisches Wildpret darin aufzusuchen. Und doch ward ich aus jenem Anlaß öfters bewogen, meinen Spaziergang einsam anzustellen, und weil weder von schönen, noch erhabenen Gegenständen dem Beschauer viel entgegentrat, und in dem wirklich herrlichen Rosentale zur besten Jahrszeit die Mücken keinen zarten Gedanken aufkommen ließen; so ward ich, bei unermüdet fortgesetzter Bemühung, auf das Kleinleben der Natur (ich möchte dieses Wort nach der Analogie von Stilleben gebrauchen), höchst aufmerksam, und weil die zierlichen Begebenheiten, die man in diesem Kreise gewahr wird, an und für sich wenig vorstellen, so gewöhnte ich mich, in ihnen eine Bedeutung zu sehen, die sich bald gegen die symbolische, bald gegen die allegorische Seite hinneigte, je nachdem Anschauung, Gefühl oder Reflexion das Übergewicht behielt. Ein Ereignis, statt vieler, gedenke ich zu erzählen.

Ich war, nach Menschenweise, in meinen Namen verliebt und schrieb ihn, wie junge und ungebildete Leute zu tun pflegen, überall an. Einst hatte ich ihn auch sehr schön und genau in die glatte Rinde eines Lindenbaums von mäßigem Alter geschnitten. Den Herbst darauf, als meine Neigung zu Annetten in ihrer besten Blüte war, gab ich mir die Mühe, den ihrigen oben darüber zu schneiden. Indessen hatte ich gegen Ende des Winters, als ein launischer Liebender, manche Gelegenheit vom Zaune gebrochen, um sie zu quälen und ihr Verdruß zu machen; Frühjahrs besuchte ich zufällig die Stelle, und der Saft, der mächtig in die Bäume trat, war durch die Einschnitte, die ihren Namen bezeichneten, und die noch nicht verharscht waren, hervorgequollen und benetzte mit unschuldigen Pflanzentränen die schon hart gewordenen Züge des meinigen. Sie also hier über mich weinen zu sehen, der ich oft ihre Tränen durch meine Unarten hervorgerufen hatte, setzte mich in Bestürzung. In Erinnerung meines Unrechts und ihrer Liebe kamen mir selbst die Tränen in die Augen, ich eilte, ihr alles doppelt und dreifach abzubitten, verwandelte dies Ereignis in eine Idylle, die ich niemals ohne Neigung lesen und ohne Rührung anderen vortragen konnte.

Indem ich nun, als ein Schäfer an der Pleiße, mich in solche zarte Gegenstände kindlich genug vertiefte, und immer nur solche wählte, die ich geschwind in meinen Busen zurückführen konnte, so war für deutsche Dichter von einer größeren und wichtigeren Seite her längst gesorgt gewesen.

Der erste wahre und höhere eigentliche Lebensgehalt kam durch Friedrich den Großen und die Taten des Siebenjährigen

Kriegs in die deutsche Poesie. Jede Nationaldichtung muß schal sein oder schal werden, die nicht auf dem Menschlichersten ruht, auf den Ereignissen der Völker und ihrer Hirten, wenn beide für Einen Mann stehn. Könige sind darzustellen in Krieg und Gefahr, wo sie eben dadurch als die Ersten erscheinen, weil sie das Schicksal des Allerletzten bestimmen und teilen, und dadurch viel interessanter werden als die Götter selbst, die, wenn sie Schicksale bestimmt haben, sich der Teilnahme derselben entziehen. In diesem Sinne muß jede Nation, wenn sie für irgend etwas gelten will, eine Epopee besitzen, wozu nicht gerade die Form des epischen Gedichts nötig ist.

Die »Kriegslieder«, von Gleim angestimmt, behaupten deswegen einen so hohen Rang unter den deutschen Gedichten, weil sie mit und in der Tat entsprungen sind, und noch überdies, weil an ihnen die glückliche Form, als hätte sie ein Mitstreitender in den höchsten Augenblicken hervorgebracht, uns die vollkommenste Wirksamkeit empfinden läßt.

Ramler singt auf eine andere, höchst würdige Weise die Taten seines Königs. Alle seine Gedichte sind gehaltvoll, beschäftigen uns mit großen, herzerhebenden Gegenständen und behaupten schon dadurch einen unzerstörlichen Wert.

Denn der innere Gehalt des bearbeiteten Gegenstandes ist der Anfang und das Ende der Kunst. Man wird zwar nicht leugnen, daß das Genie, das ausgebildete Kunsttalent, durch Behandlung aus allem alles machen und den widerspenstigsten Stoff bezwingen könne. Genau besehen entsteht aber alsdann immer mehr ein Kunststück als ein Kunstwerk, welches auf einem würdigen Gegenstande ruhen soll, damit uns zuletzt die Behandlung, durch Geschick, Mühe und Fleiß, die Würde des Stoffes nur desto glücklicher und herrlicher entgegenbringe.

Die Preußen und mit ihnen das protestantische Deutschland gewannen also für ihre Literatur einen Schatz, welcher der Gegenpartei fehlte und dessen Mangel sie durch keine nachherige Bemühung hat ersetzen können. An dem großen

Begriff, den die preußischen Schriftsteller von ihrem König hegen durften, bauten sie sich erst heran, und um desto eifriger, als derjenige, in dessen Namen sie alles taten, ein für allemal nichts von ihnen wissen wollte. Schon früher war durch die französische Kolonie, nachher durch die Vorliebe des Königs für die Bildung dieser Nation und für ihre Finanzanstalten, eine Masse französischer Kultur nach Preußen gekommen, welche den Deutschen höchst förderlich ward, indem sie dadurch zu Widerspruch und Widerstreben aufgefordert wurden; ebenso war die Abneigung Friedrichs gegen das Deutsche für die Bildung des Literarwesens ein Glück. Man tat alles, um sich von dem König bemerken zu machen, nicht etwa, um von ihm geachtet, sondern nur beachtet zu werden; aber man tat's auf deutsche Weise, nach innerer Überzeugung, man tat was man für recht erkannte, und wünschte und wollte, daß der König dieses deutsche Rechte anerkennen und schätzen solle. Dies geschah nicht und konnte nicht geschehen: denn wie kann man von einem König, der geistig leben und genießen will, verlangen, daß er seine Jahre verliere, um das, was er für barbarisch hält, nur allzuspät entwickelt und genießbar zu sehen? In Handwerks- und Fabriksachen mochte er wohl sich, besonders aber seinem Volke, statt fremder vortrefflicher Waren, sehr mäßige Surrogate aufnötigen; aber hier geht alles geschwinder zur Vollkommenheit, und es braucht kein Menschenleben, um solche Dinge zur Reife zu bringen.

Eines Werks aber, der wahrsten Ausgeburt des Siebenjährigen Krieges, von vollkommenem norddeutschen Nationalgehalt muß ich hier vor allen ehrenvoll erwähnen; es ist die erste, aus dem bedeutenden Leben gegriffene Theaterproduktion, von spezifisch temporärem Gehalt, die deswegen auch eine nie zu berechnende Wirkung tat, »Minna von Barnhelm«. L e s s i n g, der, im Gegensatze von Klopstock und Gleim, die persönliche Würde gern wegwarf, weil er sich zutraute, sie jeden Augenblick wieder ergreifen und aufnehmen zu können, gefiel sich in einem zerstreuten Wirtshaus-

und Weltleben, da er gegen sein mächtig arbeitendes Innere stets ein gewaltiges Gegengewicht brauchte, und so hatte er sich auch in das Gefolge des Generals Tauentzien begeben. Man erkennt leicht, wie genanntes Stück zwischen Krieg und Frieden, Haß und Neigung erzeugt ist. Diese Produktion war es, die den Blick in eine höhere, bedeutendere Welt aus der literarischen und bürgerlichen, in welcher sich die Dichtkunst bisher bewegt hatte, glücklich eröffnete.

Die gehässige Spannung, in welcher Preußen und Sachsen sich während dieses Kriegs gegeneinander befanden, konnte durch die Beendigung desselben nicht aufgehoben werden. Der Sachse fühlte nun erst recht schmerzlich die Wunden, die ihm der überstolz gewordene Preuße geschlagen hatte. Durch den politischen Frieden konnte der Friede zwischen den Gemütern nicht sogleich hergestellt werden. Dieses aber sollte gedachtes Schauspiel im Bilde bewirken. Die Anmut und Liebenswürdigkeit der Sächsinnen überwindet den Wert, die Würde, den Starrsinn der Preußen, und sowohl an den Hauptpersonen als den Subalternen wird eine glückliche Vereinigung bizarrer und widerstrebender Elemente kunstgemäß dargestellt.

Habe ich durch diese kursorischen und desultorischen Bemerkungen über deutsche Literatur meine Leser in einige Verwirrung gesetzt, so ist es mir geglückt, eine Vorstellung von jenem chaotischen Zustande zu geben, in welchem sich mein armes Gehirn befand, als, im Konflikt zweier, für das literarische Vaterland so bedeutender Epochen, so viel Neues auf mich eindrängte, ehe ich mich mit dem Alten hatte abfinden können, so viel Altes sein Recht noch über mich gelten machte, da ich schon Ursache zu haben glaubte, ihm völlig entsagen zu dürfen. Welchen Weg ich einschlug, mich aus dieser Not, wenn auch nur Schritt vor Schritt zu retten, will ich gegenwärtig möglichst zu überliefern suchen.

Die weitschweifige Periode, in welche meine Jugend gefallen war, hatte ich treufleißig, in Gesellschaft so vieler würdigen Männer, durchgearbeitet. Die mehreren Quartbände

Manuskript, die ich meinem Vater zurückließ, konnten zum genugsamen Zeugnisse dienen, und welche Masse von Versuchen, Entwürfen, bis zur Hälfte ausgeführten Vorsätzen war mehr aus Mißmut als aus Überzeugung in Rauch aufgegangen. Nun lernte ich durch Unterredung überhaupt, durch Lehre, durch so manche widerstreitende Meinung, besonders aber durch meinen Tischgenossen, den Hofrat Pfeil, das Bedeutende des Stoffs und das Konzise der Behandlung mehr und mehr schätzen, ohne mir jedoch klar machen zu können, wo jenes zu suchen und wie dieses zu erreichen sei. Denn bei der großen Beschränktheit meines Zustandes, bei der Gleichgültigkeit der Gesellen, dem Zurückhalten der Lehrer, der Abgesondertheit gebildeter Einwohner, bei ganz unbedeutenden Naturgegenständen war ich genötigt, alles in mir selbst zu suchen. Verlangte ich nun zu meinen Gedichten eine wahre Unterlage, Empfindung oder Reflexion, so mußte ich in meinen Busen greifen; forderte ich zu poetischer Darstellung eine unmittelbare Anschauung des Gegenstandes, der Begebenheit, so durfte ich nicht aus dem Kreise heraustreten, der mich zu berühren, mir ein Interesse einzuflößen geeignet war. In diesem Sinne schrieb ich zuerst gewisse kleine Gedichte in Liederform oder freierem Silbenmaß; sie entspringen aus Reflexion, handeln vom Vergangenen und nehmen meist eine epigrammatische Wendung.

Und so begann diejenige Richtung, von der ich mein ganzes Leben über nicht abweichen konnte, nämlich dasjenige was mich erfreute oder quälte, oder sonst beschäftigte, in ein Bild, ein Gedicht zu verwandeln und darüber mit mir selbst abzuschließen, um sowohl meine Begriffe von den äußeren Dingen zu berichtigen, als mich im Innern deshalb zu beruhigen. Die Gabe hierzu war wohl niemand nötiger als mir, den seine Natur immerfort aus einem Extreme in das andere warf. Alles was daher von mir bekannt geworden, sind nur Bruchstücke einer großen Konfession, welche vollständig zu machen dieses Büchlein ein gewagter Versuch ist.

Meine frühere Neigung zu Gretchen hatte ich nun auf ein

Ännchen übertragen, von der ich nicht mehr zu sagen wüßte als daß sie jung, hübsch, munter, liebevoll und so angenehm war, daß sie wohl verdiente, in dem Schrein des Herzens eine Zeit lang als eine kleine Heilige aufgestellt zu werden, um ihr jede Verehrung zu widmen, welche zu erteilen oft mehr Behagen erregt als zu empfangen. Ich sah sie täglich ohne Hindernisse, sie half die Speisen bereiten, die ich genoß, sie brachte mir wenigstens abends den Wein, den ich trank, und schon unsere mittägige abgeschlossene Tischgesellschaft war Bürge, daß das kleine, von wenig Gästen außer der Messe besuchte Haus seinen guten Ruf wohl verdiente. Es fand sich zu mancherlei Unterhaltung Gelegenheit und Lust. Da sie sich aber aus dem Hause wenig entfernen konnte noch durfte, so wurde denn doch der Zeitvertreib etwas mager. Wir sangen die Lieder von Zachariä, spielten den »Herzog Michel« von Krüger, wobei ein zusammengeknüpftes Schnupftuch die Stelle der Nachtigall vertreten mußte, und so ging es eine Zeit lang noch ganz leidlich. Weil aber dergleichen Verhältnisse, je unschuldiger sie sind, desto weniger Mannigfaltigkeit auf die Dauer gewähren, so ward ich von jener bösen Sucht befallen, die uns verleitet, aus der Quälerei der Geliebten eine Unterhaltung zu schaffen und die Ergebenheit eines Mädchens mit willkürlichen und tyrannischen Grillen zu beherrschen. Die böse Laune über das Mißlingen meiner poetischen Versuche, über die anscheinende Unmöglichkeit hierüber ins klare zu kommen, und über alles was mich hie und da sonst kneipen mochte, glaubte ich an ihr auslassen zu dürfen, weil sie mich wirklich von Herzen liebte und was sie nur immer konnte, mir zu Gefallen tat. Durch ungegründete und abgeschmackte Eifersüchteleien verdarb ich mir und ihr die schönsten Tage. Sie ertrug es eine Zeit lang mit unglaublicher Geduld, die ich grausam genug war aufs Äußerste zu treiben. Allein zu meiner Beschämung und Verzweiflung mußte ich endlich bemerken, daß sich ihr Gemüt von mir entfernt habe, und daß ich nun wohl zu den Tollheiten berechtigt sein möchte, die ich mir ohne Not und Ursache erlaubt hatte. Es gab auch schreckliche Szenen unter uns, bei welchen ich nichts gewann; und nun fühlte ich erst, daß ich sie wirklich liebte und daß ich sie nicht entbehren könne. Meine Leidenschaft wuchs und nahm alle Formen an, deren sie unter solchen Umständen fähig ist; ja zuletzt trat ich in die bisherige Rolle des Mädchens. Alles Mögliche suchte ich hervor, um ihr gefällig zu sein, ihr sogar durch andere Freude zu verschaffen: denn ich konnte mir die Hoffnung, sie wieder zu gewinnen, nicht versagen. Allein es war zu spät! ich hatte sie wirklich verloren, und die Tollheit, mit der ich meinen Fehler an mir selbst rächte, indem ich auf mancherlei unsinnige Weise in meine physische Natur stürmte, um der sittlichen etwas zu Leide zu tun, hat sehr viel zu den körperlichen Übeln beigetragen, unter denen ich einige der besten Jahre meines Lebens verlor; ja ich wäre vielleicht an diesem Verlust völlig zu Grunde gegangen, hätte sich nicht hier das poetische Talent mit seinen Heilkräften besonders hülfreich erwiesen.

Schon früher hatte ich in manchen Intervallen meine Unart deutlich genug wahrgenommen. Das arme Kind dauerte mich wirklich, wenn ich sie so ganz ohne Not von mir verletzt sah. Ich stellte mir ihre Lage, die meinige und dagegen den zufriedenen Zustand eines anderen Paares aus unserer Gesellschaft so oft und so umständlich vor, daß ich endlich nicht lassen konnte, diese Situation, zu einer quälenden und belehrenden Buße, dramatisch zu behandeln. Daraus entsprang die älteste meiner überbliebenen dramatischen Arbeiten, das kleine Stück: »Die Laune des Verliebten«, an dessen unschuldigem Wesen man zugleich den Drang einer siedenden Leidenschaft gewahr wird.

Allein mich hatte eine tiefe, bedeutende, drangvolle Welt schon früher angesprochen. Bei meiner Geschichte mit Gretchen und an den Folgen derselben hatte ich zeitig in die seltsamen Irrgänge geblickt, mit welchen die bürgerliche Sozietät unterminiert ist. Religion, Sitte, Gesetz, Stand, Verhältnisse, Gewohnheit, alles beherrscht nur die Oberfläche des städtischen Daseins. Die von herrlichen Häusern eingefaßten Straßen werden reinlich gehalten und jedermann beträgt sich daselbst anständig genug; aber im Innern sieht es öfters um desto wüster aus, und ein glattes Äußere übertüncht, als ein schwacher Bewurf, manches morsche Gemäuer, das über Nacht zusammenstürzt, und eine desto schrecklichere Wirkung hervorbringt, als es mitten in den friedlichen Zustand hereinbricht. Wie viele Familien hatte ich nicht schon näher und ferner durch Banqueroute, Ehescheidungen, verführte Töchter, Morde, Hausdiebstähle, Vergiftungen entweder ins Verderben stürzen, oder auf dem Rande kümmerlich erhalten sehen, und hatte, so jung ich war, in solchen Fällen zu Rettung und Hülfe öfters die Hand geboten: denn da meine Offenheit Zutrauen erweckte, meine Verschwiegenheit erprobt war, meine Tätigkeit keine Opfer scheute und in den gefährlichsten Fällen am liebsten wirken mochte; so fand ich oft genug Gelegenheit zu vermitteln, zu vertuschen, den Wetterstrahl abzuleiten, und was sonst nur alles geleistet werden kann; wobei es nicht fehlen konnte, daß ich sowohl an mir selbst, als durch andere zu manchen kränkenden und demütigenden Erfahrungen gelangen mußte. Um mir Luft zu verschaffen entwarf ich mehrere Schauspiele und schrieb die Expositionen von den meisten. Da aber die Verwicklungen jederzeit ängstlich werden mußten, und fast alle diese Stücke mit einem tragischen Ende drohten, ließ ich eins nach dem anderen fallen. »Die Mitschuldigen« sind das einzige fertig gewordene, dessen heiteres und burleskes Wesen auf dem düsteren Familiengrunde als von etwas Bänglichem begleitet erscheint, so daß es bei der Vorstellung im Ganzen ängstiget, wenn es im Einzelnen ergetzt. Die hart ausgesprochenen widergesetzlichen Handlungen verletzen das ästhetische und moralische Gefühl, und deswegen konnte das Stück auf dem deutschen Theater keinen Eingang gewinnen, obgleich die Nachahmungen desselben, welche sich fern von jenen Klippen gehalten, mit Beifall aufgenommen worden.

Beide genannte Stücke jedoch sind, ohne daß ich mir dessen bewußt gewesen wäre, in einem höheren Gesichtspunkt geschrieben. Sie deuten auf eine vorsichtige Duldung bei moralischer Zurechnung, und sprechen in etwas herben und derben Zügen jenes höchst christliche Wort spielend aus: wer sich ohne Sünde fühlt, der hebe den ersten Stein auf.

Über diesen Ernst, der meine ersten Stücke verdüsterte, beging ich den Fehler, sehr günstige Motive zu versäumen, welche ganz entschieden in meiner Natur lagen. Es entwikkelte sich nämlich unter jenen ernsten, für einen jungen Menschen fürchterlichen Erfahrungen in mir ein verwegner Humor, der sich dem Augenblick überlegen fühlt, nicht allein keine Gefahr scheut, sondern sie vielmehr mutwillig herbeilockt. Der Grund davon lag in dem Übermute, in welchem sich das kräftige Alter so sehr gefällt, und der, wenn er sich possenhaft äußert, sowohl im Augenblick, als in der Erinnerung viel Vergnügen macht. Diese Dinge sind so gewöhnlich, daß sie in dem Wörterbuche unserer jungen akademischen Freunde S u i t e n genannt werden, und daß man, wegen der nahen Verwandtschaft, ebenso gut S u i t e n r e i ß e n sagt, als P o s s e n r e i ß e n.

Solche humoristische Kühnheiten, mit Geist und Sinn auf das Theater gebracht, sind von der größten Wirkung. Sie unterscheiden sich von der Intrige dadurch, daß sie momentan sind, und daß ihr Zweck, wenn sie ja einen haben sollten, nicht in der Ferne liegen darf. B e a u m a r c h a i s hat ihren ganzen Wert gefaßt, und die Wirkungen seiner Figaros entspringen vorzüglich daher. Wenn nun solche gutmütige Schalks- und Halbschelmenstreiche zu edlen Zwecken, mit persönlicher Gefahr ausgeübt werden, so sind die daraus entspringenden Situationen, ästhetisch und moralisch betrachtet, für das Theater von dem größten Wert; wie denn z. B. die Oper: »Der Wasserträger«, vielleicht das glücklichste Sujet behandelt, das wir je auf dem Theater gesehen haben.

Um die unendliche Langeweile des täglichen Lebens zu erheitern übte ich unzählige solcher Streiche, teils ganz vergeblich, teils zu Zwecken meiner Freunde, denen ich gern gefällig war. Für mich selbst wüßte ich nicht, daß ich ein einzig Mal hiebei absichtlich gehandelt hätte, auch kam ich niemals darauf, ein Unterfangen dieser Art als einen Gegenstand für die Kunst zu betrachten; hätte ich aber solche Stoffe, die mir so nahe zur Hand lagen, ergriffen und ausgebildet, so wären meine ersten Arbeiten heiterer und brauchbarer gewesen. Einiges, was hierher gehört, kommt zwar später bei mir vor, aber einzeln und absichtlos.

Denn da uns das Herz immer näher liegt als der Geist, und uns dann zu schaffen macht, wenn dieser sich wohl zu helfen weiß; so waren mir die Angelegenheiten des Herzens immer als die wichtigsten erschienen. Ich ermüdete nicht, über Flüchtigkeit der Neigungen, Wandelbarkeit des menschlichen Wesens, sittliche Sinnlichkeit und über alle das Hohe und Tiefe nachzudenken, dessen Verknüpfung in unserer Natur als das Rätsel des Menschenlebens betrachtet werden kann. Auch hier suchte ich das, was mich quälte, in einem Lied, einem Epigramm, in irgend einem Reim los zu werden, die, weil sie sich auf die eigensten Gefühle und auf die besondersten Umstände bezogen, kaum jemand anderes interessieren konnten als mich selbst.

Meine äußeren Verhältnisse hatten sich indessen nach Verlauf weniger Zeit gar sehr verändert. Madame Böhme war nach einer langen und traurigen Krankheit endlich gestorben; sie hatte mich zuletzt nicht mehr vor sich gelassen. Ihr Mann konnte nicht sonderlich mit mir zufrieden sein; ich schien ihm nicht fleißig genug und zu leichtsinnig. Besonders nahm er es mir sehr übel, als ihm verraten wurde, daß ich im deutschen Staatsrechte, anstatt gehörig nachzuschreiben, die darin aufgeführten Personen, als den Kammerrichter, die Präsidenten und Beisitzer, mit seltsamen Perücken an dem Rand meines Heftes abgebildet und durch diese Possen meine aufmerksamen Nachbarn zerstreut und zum Lachen gebracht hatte. Er lebte nach dem Verlust seiner Frau noch eingezogner als vorher, und ich vermied ihn zuletzt, um seinen Vorwürfen auszuweichen. Besonders aber war es ein Unglück, daß Gellert sich nicht der Gewalt bedienen wollte, die er über uns hätte ausüben können. Freilich hatte er nicht Zeit den Beichtvater zu machen, und sich nach der Sinnesart und den Gebrechen eines jeden zu erkundigen; daher nahm er die Sache sehr im Ganzen und glaubte uns mit den kirchlichen Anstalten zu bezwingen; deswegen er gewöhnlich, wenn er uns einmal vor sich ließ, mit gesenktem Köpfchen und der weinerlich angenehmen Stimme zu fragen pflegte, ob wir denn auch fleißig in die Kirche gingen, wer unser Beichtvater sei und ob wir das heilige Abendmahl genössen? Wenn wir nun bei diesem Examen schlecht bestanden, so wurden wir mit Wehklagen entlassen; wir waren mehr verdrießlich als erbaut, konnten aber doch nicht umhin den Mann herzlich lieb zu haben.

Bei dieser Gelegenheit kann ich nicht unterlassen, aus meiner früheren Jugend etwas nachzuholen, um anschaulich zu machen, wie die großen Angelegenheiten der kirchlichen Religion mit Folge und Zusammenhang behandelt werden müssen, wenn sie sich fruchtbar, wie man von ihr erwartet, beweisen soll. Der protestantische Gottesdienst hat zu wenig Fülle und Konsequenz, als daß er die Gemeine zusammenhalten könnte; daher geschieht es leicht, daß Glieder sich von ihr absondern und entweder kleine Gemeinen bilden, oder, ohne kirchlichen Zusammenhang, nebeneinander geruhig ihr bürgerliches Wesen treiben. So klagte man schon vor geraumer Zeit, die Kirchgänger verminderten sich von Jahr zu Jahr und in eben dem Verhältnis die Personen, welche den Genuß des Nachtmahls verlangten. Was beides, besonders aber das letztere betrifft, liegt die Ursache sehr nah; doch wer wagt sie auszusprechen? Wir wollen es versuchen.

In sittlichen und religiosen Dingen, ebenso wohl als in physischen und bürgerlichen, mag der Mensch nicht gern etwas aus dem Stegreife tun; eine Folge, woraus Gewohnheit entspringt, ist ihm nötig; das was er lieben und leisten soll, kann er sich nicht einzeln, nicht abgerissen denken, und um etwas gern zu wiederholen, muß es ihm nicht fremd geworden sein. Fehlt es dem protestantischen Cultus im Ganzen an Fülle, so untersuche man das Einzelne, und man wird finden, der Protestant hat zu wenig Sakramente, ja er hat nur Eins, bei dem er sich tätig erweist, das Abendmahl: denn die Taufe sieht er nur an anderen vollbringen und es wird ihm nicht wohl dabei. Die Sakramente sind das Höchste der Religion, das sinnliche Symbol einer außerordentlichen göttlichen Gunst und Gnade. In dem Abendmahle sollen die irdischen Lippen ein göttliches Wesen verkörpert empfangen und unter der Form irdischer Nahrung einer himmlischen teilhaftig werden. Dieser Sinn ist in allen christlichen Kirchen ebenderselbe, es werde nun das Sakrament mit mehr oder weniger Ergebung in das Geheimnis, mit mehr oder weniger Akkommodation an das, was verständlich ist, genossen; immer bleibt es eine heilige, große Handlung, welche sich in der Wirklichkeit an die Stelle des Möglichen oder Unmöglichen, an die Stelle desjenigen setzt, was der Mensch weder erlangen noch entbehren kann. Ein solches Sakrament dürfte aber nicht allein stehen; kein Christ kann es mit wahrer Freude, wozu es gegeben ist, genießen, wenn nicht der symbolische oder sakramentliche Sinn in ihm genährt ist. Er muß gewohnt sein, die innere Religion des Herzens und die der äußeren Kirche als vollkommen Eins anzusehen, als das große allgemeine Sakrament, das sich wieder in so viel andere zergliedert und diesen Teilen seine Heiligkeit, Unzerstörlichkeit und Ewigkeit mitteilt.

Hier reicht ein jugendliches Paar sich einander die Hände, nicht zum vorübergehenden Gruß oder zum Tanze; der Priester spricht seinen Segen darüber aus, und das Band ist unauflöslich. Es währt nicht lange, so bringen diese Gatten ein Ebenbild an die Schwelle des Altars, es wird mit heiligem Wasser gereinigt und der Kirche dergestalt einverleibt, daß es diese Wohltat nur durch den ungeheuersten Abfall verscherzen kann. Das Kind übt sich im Leben an den irdischen Dingen selbst heran, in himmlischen muß es unterrichtet werden. Zeigt sich bei der Prüfung, daß dies vollständig geschehen sei, so wird es nunmehr als wirklicher Bürger, als wahrhafter und freiwilliger Bekenner in den Schoß der Kirche aufgenommen, nicht ohne äußere Zeichen der Wichtigkeit dieser Handlung. Nun ist er erst entschieden ein Christ, nun kennt er erst die Vorteile, jedoch auch die Pflichten. Aber inzwischen ist ihm als Menschen manches Wunderliche begegnet, durch Lehren und Strafen ist ihm aufgegangen, wie bedenklich es mit seinem Innern aussehe, und immerfort wird noch von Lehren und von Übertretungen die Rede sein; aber die Strafe soll nicht mehr stattfinden. Hier ist ihm nun in der unendlichen Verworrenheit, in die er sich, bei dem Widerstreit natürlicher und religioser Forderungen, verwickeln muß, ein herrliches Auskunftsmittel gegeben, seine Taten und Untaten, seine Gebrechen und seine Zweifel einem würdigen, eigens dazu bestellten Manne zu vertrauen, der ihn zu beruhigen, zu warnen, zu stärken, durch gleichfalls symbolische Strafen zu züchtigen und ihn zuletzt, durch ein völliges Auslöschen seiner Schuld, zu beseligen und ihm rein und abgewaschen die Tafel seiner Menschheit wieder zu übergeben weiß. So, durch mehrere sakramentliche Handlungen, welche sich wieder, bei genauerer Ansicht, in sakramentliche kleinere Züge verzweigen, vorbereitet und rein beruhigt, knieet er hin, die Hostie zu empfangen; und daß ja das Geheimnis dieses hohen Akts noch gesteigert werde, sieht er den Kelch nur in der Ferne, es ist kein gemeines Essen und Trinken, was befriedigt, es ist eine Himmelsspeise, die nach himmlischem Tranke durstig macht.

Jedoch glaube der Jüngling nicht, daß es damit abgetan sei; selbst der Mann glaube es nicht! Denn wohl in irdischen Verhältnissen gewöhnen wir uns zuletzt auf uns selber zu stehen, und auch da wollen nicht immer Kenntnisse, Verstand und Charakter hinreichen; in himmlischen Dingen dagegen lernen wir nie aus. Das höhere Gefühl in uns, das sich oft selbst nicht einmal recht zu Hause findet, wird noch überdies von so viel Äußerem bedrängt, daß unser eignes Vermögen wohl schwerlich alles darreicht, was zu Rat, Trost und Hülfe nötig wäre. Dazu aber verordnet findet sich nun auch jenes Heilmittel für das ganze Leben, und stets harrt ein einsichtiger, frommer Mann, um Irrende zurecht zu weisen und Gequälte zu erledigen.

Und was nun durch das ganze Leben so erprobt worden, soll an der Pforte des Todes alle seine Heilkräfte zehenfach tätig erweisen. Nach einer von Jugend auf eingeleiteten, zutraulichen Gewohnheit nimmt der Hinfällige jene symbolischen, deutsamen Versicherungen mit Inbrunst an, und ihm wird da, wo jede irdische Garantie verschwindet, durch eine himmlische für alle Ewigkeit ein seliges Dasein zugesichert. Er fühlt sich entschieden überzeugt, daß weder ein feindseliges Element, noch ein mißwollender Geist ihn hindern könne, sich mit einem verklärten Leibe zu umgeben, um in unmittelbaren Verhältnissen zur Gottheit an den unermeßlichen Seligkeiten teilzunehmen, die von ihr ausfließen.

Zum Schlusse werden sodann, damit der ganze Mensch geheiligt sei, auch die Füße gesalbt und gesegnet. Sie sollen, selbst bei möglicher Genesung, einen Widerwillen empfinden, diesen irdischen, harten, undurchdringlichen Boden zu berühren. Ihnen soll eine wundersame Schnellkraft mitgeteilt werden, wodurch sie den Erdschollen, der sie bisher anzog, unter sich abstoßen. Und so ist durch einen glänzenden Zirkel gleichwürdig heiliger Handlungen, deren Schönheit von uns nur kurz angedeutet worden, Wiege und Grab, sie mögen zufällig noch so weit auseinandergerückt liegen, in einem stetigen Kreise verbunden.

Aber alle diese geistigen Wunder entsprießen nicht, wie andere Früchte, dem natürlichen Boden, da können sie weder gesäet noch gepflanzt noch gepflegt werden. Aus einer anderen Region muß man sie herüberflehen, welches nicht jedem, noch zu jeder Zeit gelingen würde. Hier entgegnet uns nun das höchste dieser Symbole aus alter frommer Überlieferung. Wir hören, daß ein Mensch vor dem andern von Oben begünstigt, gesegnet und geheiligt werden könne. Damit aber dies ja nicht als Naturgabe erscheine; so muß diese große, mit einer schweren Pflicht verbundene Gunst von einem Berechtigten auf den anderen übergetragen, und das größte Gut, was ein Mensch erlangen kann, ohne daß er jedoch dessen Besitz von sich selbst weder erringen, noch ergreifen könne, durch geistige Erbschaft auf Erden erhalten und verewigt werden. Ja, in der Weihe des Priesters ist alles zusammengefaßt, was nötig ist, um diejenigen heiligen Handlungen wirksam zu begehen, wodurch die Menge begünstigt wird, ohne daß sie irgend eine andere Tätigkeit dabei nötig hätte, als die des Glaubens und des unbedingten Zutrauens. Und so tritt der Priester in der Reihe seiner Vorfahren und Nachfolger, in dem Kreise seiner Mitgesalbten, den höchsten Segnenden darstellend, um so herrlicher auf, als es nicht er ist, den wir verehren, sondern sein Amt, nicht sein Wink, vor dem wir die Kniee beugen, sondern der Segen, den er erteilt, und der um desto heiliger, unmittelbarer vom Himmel zu kommen scheint, weil ihn das irdische Werkzeug nicht einmal durch sündhaftes, ja lasterhaftes Wesen schwächen oder gar entkräften könnte.

Wie ist nicht dieser wahrhaft geistige Zusammenhang im Protestantismus zersplittert! indem ein Teil gedachter Symbole für apokryphisch und nur wenige für kanonisch erklärt werden, und wie will man uns durch das Gleichgültige der einen zu der hohen Würde der anderen vorbereiten?

Ich ward zu meiner Zeit bei einem guten, alten, schwachen Geistlichen, der aber seit vielen Jahren der Beichtvater des Hauses gewesen, in den Religionsunterricht gegeben. Den Katechismus, eine Paraphrase desselben, die Heilsordnung wußte ich an den Fingern herzuerzählen, von den kräftig beweisenden biblischen Sprüchen fehlte mir keiner; aber von alle dem erntete ich keine Frucht; denn als man mir versicherte, daß der brave alte Mann seine Hauptprüfung nach einer alten Formel einrichte, so verlor ich alle Lust und Liebe zur Sache, ließ mich die letzten acht Tage in allerlei Zerstreuungen ein, legte die von einem älteren Freund erborgten, dem

Geistlichen abgewonnenen Blätter in meinen Hut und las gemüt- und sinnlos alles dasjenige her, was ich mit Gemüt und Überzeugung wohl zu äußern gewußt hätte.

Aber ich fand meinen guten Willen und mein Aufstreben in diesem wichtigen Falle durch trocknen, geistlosen Schlendrian noch schlimmer paralysiert, als ich mich nunmehr dem Beichtstuhle nahen sollte. Ich war mir wohl mancher Gebrechen, aber doch keiner großen Fehler bewußt, und gerade das Bewußtsein verringerte sie, weil es mich auf die moralische Kraft wies, die in mir lag und die mit Vorsatz und Beharrlichkeit doch wohl zuletzt über den alten Adam Herr werden sollte. Wir waren belehrt, daß wir eben darum viel besser als die Katholiken seien, weil wir im Beichtstuhl nichts Besonderes zu bekennen brauchten, ja, daß es auch nicht einmal schicklich wäre, selbst wenn wir es tun wollten. Dieses letzte war mir gar nicht recht: denn ich hatte die seltsamsten religiösen Zweifel, die ich gern bei einer solchen Gelegenheit berichtiget hätte. Da nun dieses nicht sein sollte, so verfaßte ich mir eine Beichte, die, indem sie meine Zustände wohl ausdrückte, einem verständigen Manne dasjenige im Allgemeinen bekennen sollte, was mir im Einzelnen zu sagen verboten war. Aber als ich in das alte Barfüßer-Chor hineintrat, mich den wunderlichen vergitterten Schränken näherte, in welchen die geistlichen Herren sich zu diesem Akte einzufinden pflegten, als mir der Glöckner die Türe eröffnete und ich mich nun gegen meinen geistlichen Großvater in dem engen Raume eingesperrt sah, und er mich mit seiner schwachen, näselnden Stimme willkommen hieß, erlosch auf einmal alles Licht meines Geistes und Herzens, die wohlmemorierte Beichtrede wollte mir nicht über die Lippen, ich schlug in der Verlegenheit das Buch auf, das ich in Händen hatte, und las daraus die erste beste kurze Formel, die so allgemein war, daß ein jeder sie ganz geruhig hätte aussprechen können. Ich empfing die Absolution und entfernte mich weder warm noch kalt, ging den andern Tag mit meinen Eltern zu dem Tische des Herrn, und betrug mich ein paar Tage, wie es sich nach einer so heiligen Handlung wohl ziemte.

In der Folge trat jedoch bei mir das Übel hervor, welches aus unserer durch mancherlei Dogmen komplizierten, auf Bibelsprüche, die mehrere Auslegungen zulassen, gegründeten Religion bedenkliche Menschen dergestalt anfällt, daß es hypochondrische Zustände nach sich zieht, und diese bis zu ihrem höchsten Gipfel, zu fixen Ideen steigert. Ich habe mehrere Menschen gekannt, die, bei einer ganz verständigen Sinnes- und Lebensweise, sich von dem Gedanken an die Sünde in den Heiligen Geist und von der Angst solche begangen zu haben nicht losmachen konnten. Ein gleiches Unheil drohte mir in der Materie von dem Abendmahl. Es hatte nämlich schon sehr früh der Spruch, daß einer, der das Sakrament unwürdig genieße, sich selbst das Gericht esse und trinke, einen ungeheueren Eindruck auf mich gemacht. Alles Furchtbare, was ich in den Geschichten der Mittelzeit von Gottesurteilen, den seltsamsten Prüfungen durch glühendes Eisen, flammendes Feuer, schwellendes Wasser gelesen hatte, selbst was uns die Bibel von der Quelle erzählt, die dem Unschuldigen wohl bekommt, den Schuldigen aufbläht und bersten macht, das alles stellte sich meiner Einbildungskraft dar und vereinigte sich zu dem höchsten Furchtbaren, indem falsche Zusage, Heuchelei, Meineid, Gotteslästerung, alles bei der heiligsten Handlung auf dem Unwürdigen zu lasten schien, welches um so schrecklicher war, als ja niemand sich für würdig erklären durfte, und man die Vergebung der Sünden, wodurch zuletzt alles ausgeglichen werden sollte, doch auf so manche Weise bedingt fand, daß man nicht sicher war, sie sich mit Freiheit zueignen zu dürfen.

Dieser düstre Skrupel quälte mich dergestalt, und die Auskunft, die man mir als hinreichend vorstellen wollte, schien mir so kahl und schwach, daß jenes Schreckbild nur an furchtbarem Ansehen dadurch gewann, und ich mich, sobald ich Leipzig erreicht hatte, von der kirchlichen Verbindung ganz und gar loszuwinden suchte. Wie drückend mußten mir daher Gellerts Anmahnungen werden! den ich, bei seiner ohnehin lakonischen Behandlungsart, womit er unsere Zudringlichkeit abzulehnen genötigt war, mit solchen wunderlichen Fragen nicht belästigen wollte, um so weniger, als ich mich derselben in heiteren Stunden selbst schämte, und zuletzt diese seltsame Gewissensangst mit Kirche und Altar völlig hinter mir ließ.

Gellert hatte sich nach seinem frommen Gemüt eine Moral aufgesetzt, welche er von Zeit zu Zeit öffentlich ablas, und sich dadurch gegen das Publikum auf eine ehrenvolle Weise seiner Pflicht entledigte. Gellerts Schriften waren so lange Zeit schon das Fundament der deutschen sittlichen Kultur und jedermann wünschte sehnlich jenes Werk gedruckt zu sehen, und da dieses nur nach des guten Mannes Tode geschehen sollte, so hielt man sich sehr glücklich, es bei seinem Leben von ihm selbst vortragen zu hören. Das philosophische Auditorium war in solchen Stunden gedrängt voll, und die schöne Seele, der reine Wille, die Teilnahme des edlen Mannes an unserem Wohl, seine Ermahnungen, Warnungen und Bitten, in einem etwas hohlen und traurigen Tone vorgebracht, machten wohl einen augenblicklichen Eindruck; allein er hielt nicht lange nach, um so weniger als sich doch manche Spötter fanden, welche diese weiche und, wie sie glaubten, entnervende Manier uns verdächtig zu machen wußten. Ich erinnere mich eines durchreisenden Franzosen, der sich nach den Maximen und Gesinnungen des Mannes erkundigte, welcher einen so ungeheueren Zulauf hatte. Als wir ihm den nötigen Bericht gegeben, schüttelte er den Kopf und sagte lächelnd: »Laissez le faire, il nous forme des dupes.«

Und so wußte denn auch die gute Gesellschaft, die nicht leicht etwas Würdiges in ihrer Nähe dulden kann, den sittlichen Einfluß, welchen Gellert auf uns haben mochte, gelegentlich zu verkümmern. Bald wurde es ihm übel genommen, daß er die vornehmen und reichen Dänen, die ihm besonders empfohlen waren, besser als die übrigen Studierenden unterrichte und eine ausgezeichnete Sorge für sie trage; bald wurde es ihm als Eigennutz und Nepotismus angerechnet, daß er eben für diese jungen Männer einen Mittagstisch bei seinem Bruder einrichten lassen. Dieser, ein großer, ansehnlicher, derber, kurz gebundener, etwas roher Mann sollte Fechtmeister gewesen sein und, bei allzugroßer Nachsicht seines Bruders, die edlen Tischgenossen manchmal hart und rauh behandeln; daher glaubte man nun wieder sich dieser jungen Leute annehmen zu müssen, und zerrte so den guten Namen des trefflichen Gellert dergestalt hin und wider, daß wir zuletzt, um nicht irre an ihm zu werden, gleichgültig gegen ihn wurden und uns nicht mehr vor ihm sehen ließen; doch grüßten wir ihn immer auf das beste, wenn er auf seinem zahmen Schimmel einhergeritten kam. Dieses Pferd hatte ihm der Kurfürst geschenkt, um ihn zu einer seiner Gesundheit so nötigen Bewegung zu verbinden; eine Auszeichnung, die ihm nicht leicht zu verzeihen war.

Und so rückte nach und nach der Zeitpunkt heran, wo mir alle Autorität verschwinden und ich selbst an den größten und besten Individuen, die ich gekannt oder mir gedacht hatte, zweifeln, ja verzweifeln sollte.

Friedrich der Zweite stand noch immer über allen vorzüglichen Männern des Jahrhunderts in meinen Gedanken, und es mußte mir daher sehr befremdend vorkommen, daß ich ihn so wenig vor den Einwohnern von Leipzig als sonst in meinem großväterlichen Hause loben durfte. Sie hatten freilich die Hand des Krieges schwer gefühlt, und es war ihnen deshalb nicht zu verargen, daß sie von demjenigen, der ihn begonnen und fortgesetzt, nicht das Beste dachten. Sie wollten ihn daher wohl für einen vorzüglichen, aber keineswegs für einen großen Mann gelten lassen. Es sei keine Kunst, sagten sie, mit großen Mitteln einiges zu leisten; und wenn man weder Länder, noch Geld, noch Blut schone, so könne man zuletzt schon seinen Vorsatz ausführen. Friedrich habe sich in keinem seiner Plane und in nichts, was er sich eigentlich vorgenommen, groß bewiesen. Solange es von ihm abgehangen, habe er nur immer Fehler gemacht, und das Außerordentliche sei nur alsdann zum Vorschein gekommen, wenn er genötigt gewesen, eben diese Fehler wieder gut zu machen; und bloß daher sei er zu dem großen Rufe gelangt, weil jeder Mensch sich dieselbige Gabe wünsche, die Fehler, die man häufig begeht, auf eine geschickte Weise wieder ins gleiche zu bringen. Man dürfe den Siebenjährigen Krieg nur Schritt vor Schritt durchgehen, so werde man finden, daß der König seine treffliche Armee ganz unnützer Weise aufgeopfert und selbst schuld daran gewesen, daß diese verderbliche Fehde sich so sehr in die Länge gezogen. Ein wahrhaft großer Mann und Heerführer wäre mit seinen Feinden viel geschwinder fertig geworden. Sie hatten, um diese Gesinnungen zu behaupten, ein unendliches Detail anzuführen, welches ich nicht zu leugnen wußte, und nach und nach die unbedingte Verehrung erkalten fühlte, die ich diesem merkwürdigen Fürsten von Jugend auf gewidmet hatte.

Wie mich nun die Einwohner von Leipzig um das angenehme Gefühl brachten, einen großen Mann zu verehren; so verminderte ein neuer Freund, den ich zu der Zeit gewann, gar sehr die Achtung, welche ich für meine gegenwärtigen Mitbürger hegte. Dieser Freund war einer der wunderlichsten Käuze, die es auf der Welt geben kann. Er hieß Behrisch und befand sich als Hofmeister bei dem jungen Grafen Lindenau. Schon sein Äußeres war sonderbar genug. Hager und wohlgebaut, weit in den Dreißigen, eine sehr große Nase und überhaupt markierte Züge; eine Haartour, die man wohl eine Perücke hätte nennen können, trug er vom Morgen bis in die Nacht, kleidete sich sehr nett und ging niemals aus, als den Degen an der Seite und den Hut unter dem Arm. Er war einer von den Menschen, die eine ganz besondere Gabe haben, die Zeit zu verderben, oder vielmehr die aus Nichts Etwas zu machen wissen, um sie zu vertreiben. Alles was er tat, mußte mit Langsamkeit und einem gewissen Anstand geschehen, den man affektiert hätte nennen können, wenn Behrisch nicht schon von Natur etwas Affektiertes in seiner Art gehabt hätte. Er ähnelte einem alten Franzosen, auch sprach und schrieb er sehr gut und leicht Französisch. Seine größte Lust war, sich ernsthaft mit possenhaften Dingen zu beschäftigen und irgend einen albernen Einfall bis ins Unendliche zu verfolgen. So trug er sich beständig grau, und weil die verschiedenen Teile seines Anzugs von verschiedenen Zeugen, und also auch Schattierungen waren; so konnte er Tage lang darauf sinnen, wie er sich noch ein Grau mehr auf den Leib schaffen wollte, und war glücklich, wenn ihm das gelang und er uns beschämen konnte, die wir daran gezweifelt oder es für unmöglich erklärt hatten. Alsdann hielt er uns lange Strafpredigten über unseren Mangel an Erfindungskraft und über unsern Unglauben an seine Talente.

Übrigens hatte er gute Studien, war besonders in den neueren Sprachen und ihren Literaturen bewandert und schrieb eine vortreffliche Hand. Mir war er sehr gewogen, und ich, der ich immer gewohnt und geneigt war mit ältern Personen umzugehen, attachierte mich bald an ihn. Mein Umgang diente auch ihm zur besonderen Unterhaltung, indem er Vergnügen daran fand, meine Unruhe und Ungeduld zu zähmen, womit ich ihm dagegen auch genug zu schaffen machte. In der Dichtkunst hatte er dasjenige, was man Geschmack nannte, ein gewisses allgemeines Urteil über das Gute und Schlechte, das Mittelmäßige und Zulässige; doch war sein Urteil mehr tadelnd, und er zerstörte noch den wenigen Glauben, den ich an gleichzeitige Schriftsteller bei mir hegte, durch lieblose Anmerkungen, die er über die Schriften und Gedichte dieses und jenes mit Witz und Laune vorzubringen wußte. Meine eigenen Sachen nahm er mit Nachsicht auf und ließ mich gewähren; nur unter der Bedingung, daß ich nichts sollte drucken lassen. Er versprach mir dagegen, daß er diejenigen Stücke, die er für gut hielt, selbst abschreiben und in einem schönen Bande mir verehren wolle. Dieses Unternehmen gab nun Gelegenheit zu dem größtmöglichsten Zeitverderb. Denn eh' er das rechte Papier finden, ehe er mit sich über das

Format einig werden konnte, ehe er die Breite des Randes und die innere Form der Schrift bestimmt hatte, ehe die Rabenfedern herbeigeschafft, geschnitten und Tusche eingerieben war, vergingen ganze Wochen, ohne daß auch das mindeste geschehen wäre. Mit eben solchen Umständen begab er sich denn jedesmal ans Schreiben, und brachte wirklich nach und nach ein allerliebstes Manuskript zusammen. Die Titel der Gedichte waren Fraktur, die Verse selbst von einer stehenden sächsischen Handschrift, an dem Ende eines jeden Gedichtes eine analoge Vignette, die er entweder irgendwo ausgewählt oder auch wohl selbst erfunden hatte, wobei er die Schraffuren der Holzschnitte und Druckerstöcke, die man bei solcher Gelegenheit braucht, gar zierlich nachzuahmen wußte. Mir diese Dinge, indem er fortrückte, vorzuzeigen, mir das Glück auf eine komischpathetische Weise vorzurühmen, daß ich mich in so vortrefflicher Handschrift verewigt sahe, und zwar auf eine Art, die keine Druckerpresse zu erreichen im Stande sei, gab abermals Veranlassung, die schönsten Stunden durchzubringen. Indessen war sein Umgang wegen der schönen Kenntnisse, die er besaß, doch immer im stillen lehrreich, und weil er mein unruhiges, heftiges Wesen zu dämpfen wußte, auch im sittlichen Sinne für mich ganz heilsam. Auch hatte er einen ganz besonderen Widerwillen gegen alles Rohe, und seine Späße waren durchaus barock, ohne jemals ins Derbe oder Triviale zu fallen. Gegen seine Landsleute erlaubte er sich eine fratzenhafte Abneigung, und schilderte was sie auch vornehmen mochten, mit lustigen Zügen. Besonders war er unerschöpflich, einzelne Menschen komisch darzustellen; wie er denn an dem Äußeren eines jeden etwas auszusetzen fand. So konnte er sich, wenn wir zusammen am Fenster lagen, Stunden lang beschäftigen, die Vorübergehenden zu rezensieren und, wenn er genugsam an ihnen getadelt, genau und umständlich anzuzeigen, wie sie sich eigentlich hätten kleiden sollen, wie sie gehen, wie sie sich betragen müßten, um als ordentliche Leute zu erscheinen. Dergleichen Vorschläge liefen meistenteils auf etwas

Ungehöriges und Abgeschmacktes hinaus, so daß man nicht sowohl lachte über das, wie der Mensch aussah, sondern darüber, wie er allenfalls hätte aussehen können, wenn er verrückt genug gewesen wäre, sich zu verbilden. In allen solchen Dingen ging er ganz unbarmherzig zu Werk, ohne daß er nur im mindesten boshaft gewesen wäre. Dagegen wußten wir ihn von unserer Seite zu quälen, wenn wir versicherten, daß man ihn nach seinem Äußeren wo nicht für einen französischen Tanzmeister, doch wenigstens für den akademischen Sprachmeister ansehen müsse. Dieser Vorwurf war denn gewöhnlich das Signal zu stundenlangen Abhandlungen, worin er den himmelweiten Unterschied herauszusetzen pflegte, der zwischen ihm und einem alten Franzosen obwalte. Hierbei bürdete er uns gewöhnlich allerlei ungeschickte Vorschläge auf, die wir ihm zu Veränderung und Modifizierung seiner Garderobe hätten tun können.

Die Richtung meines Dichtens, das ich nur um desto eifriger trieb, als die Abschrift schöner und sorgfältiger vorruckte, neigte sich nunmehr gänzlich zum Natürlichen, zum Wahren; und wenn die Gegenstände auch nicht immer bedeutend sein konnten, so suchte ich sie doch immer rein und scharf auszudrücken, um so mehr als mein Freund mir öfters zu bedenken gab, was das heißen wolle, einen Vers mit der Rabenfeder und Tusche auf holländisch Papier schreiben, was dazu für Zeit, Talent und Anstrengung gehöre, die man an nichts Leeres und Überflüssiges verschwenden dürfe. Dabei pflegte er gewöhnlich ein fertiges Heft aufzuschlagen und umständlich auseinanderzusetzen, was an dieser oder jener Stelle nicht stehen dürfe, und uns glücklich zu preisen, daß es wirklich nicht da stehe. Er sprach hierauf mit großer Verachtung von der Buchdruckerei, agierte den Setzer, spottete über dessen Gebärden, über das eilige Hin- und Widergreifen, und leitete aus diesem Manövre alles Unglück der Literatur her. Dagegen erhob er den Anstand und die edle Stellung eines Schreibenden, und setzte sich sogleich hin, um sie uns vorzuzeigen, wobei er uns denn freilich ausschalt, daß wir uns nicht nach seinem Beispiel und Muster ebenso am Schreibtisch betrügen. Nun kam er wieder auf den Kontrast mit dem Setzer zurück, kehrte einen angefangenen Brief das Oberste zu unterst, und zeigte wie unanständig es sei, etwa von unten nach oben, oder von der Rechten zur Linken zu schreiben, und was dergleichen Dinge mehr waren, womit man ganze Bände anfüllen könnte.

Mit solchen unschädlichen Torheiten vergeudeten wir die schöne Zeit, wobei keinem eingefallen wäre, daß aus unserem Kreis zufällig etwas ausgehen würde, welches allgemeine Sensation erregen und uns nicht in den besten Leumund bringen sollte.

Gellert mochte wenig Freude an seinem Practicum haben, und wenn er allenfalls Lust empfand, einige Anleitung im prosaischen und poetischen Stil zu geben, so tat er es privatissime nur wenigen, unter die wir uns nicht zählen durften. Die Lücke, die sich dadurch in dem öffentlichen Unterricht ergab, gedachte Professor C l o d i u s auszufüllen, der sich im Literarischen, Kritischen und Poetischen einigen Ruf erworben hatte und als ein junger, munterer, zutätiger Mann, sowohl bei der Akademie als in der Stadt viel Freunde fand. An die nunmehr von ihm übernommene Stunde wies uns Gellert selbst, und was die Hauptsache betraf, so merkten wir wenig Unterschied. Auch er kritisierte nur das Einzelne, korrigierte gleichfalls mit roter Dinte, und man befand sich in Gesellschaft von lauter Fehlern, ohne eine Aussicht zu haben, worin das Rechte zu suchen sei? Ich hatte ihm einige von meinen kleinen Arbeiten gebracht, die er nicht übel behandelte. Allein gerade zu jener Zeit schrieb man mir von Hause, daß ich auf die Hochzeit meines Oheims notwendig ein Gedicht liefern müsse. Ich fühlte mich so weit von jener leichten und leichtfertigen Periode entfernt, in welcher mir ein Ähnliches Freude gemacht hätte, und da ich der Lage selbst nichts abgewinnen konnte, so dachte ich meine Arbeit mit äußerlichem Schmuck auf das beste herauszustutzen. Ich versammelte daher den ganzen Olymp, um über die Heirat eines

Frankfurter Rechtsgelehrten zu ratschlagen; und zwar ernsthaft genug, wie es sich zum Feste eines solchen Ehrenmanns wohl schickte. Venus und Themis hatten sich um seinetwillen überworfen; doch ein schelmischer Streich, den Amor der letzteren spielte, ließ jene den Prozeß gewinnen, und die Götter entschieden für die Heirat.

Die Arbeit mißfiel mir keineswegs. Ich erhielt von Hause darüber ein schönes Belobungsschreiben, bemühte mich mit einer nochmaligen guten Abschrift und hoffte meinem Lehrer doch auch einigen Beifall abzunötigen. Allein hier hatte ich's schlecht getroffen. Er nahm die Sache streng, und indem er das Parodistische, was denn doch in dem Einfall lag, gar nicht beachtete, so erklärte er den großen Aufwand von göttlichen Mitteln zu einem so geringen menschlichen Zweck für äußerst tadelnswert, verwies den Gebrauch und Mißbrauch solcher mythologischen Figuren als eine falsche, aus pedantischen Zeiten sich herschreibende Gewohnheit, fand den Ausdruck bald zu hoch, bald zu niedrig, und hatte zwar im Einzelnen der roten Dinte nicht geschont, versicherte jedoch, daß er noch zu wenig getan habe.

Solche Stücke wurden zwar anonym vorgelesen und rezensiert; allein man paßte einander auf, und es blieb kein Geheimnis, daß diese verunglückte Götterversammlung mein Werk gewesen sei. Da mir jedoch seine Kritik, wenn ich seinen Standpunkt annahm, ganz richtig zu sein schien, und jene Gottheiten, näher besehen, freilich nur hohle Scheingestalten waren; so verwünschte ich den gesamten Olymp, warf das ganze mythische Pantheon weg, und seit jener Zeit sind Amor und Luna die einzigen Gottheiten, die in meinen kleinen Gedichten allenfalls auftreten.

Unter den Personen, welche sich Behrisch zu Zielscheiben seines Witzes erlesen hatte, stand gerade Clodius obenan; auch war es nicht schwer, ihm eine komische Seite abzugewinnen. Als eine kleine, etwas starke, gedrängte Figur war er in seinen Bewegungen heftig, etwas fahrig in seinen Äußerungen und unstet in seinem Betragen. Durch alles dies unterschied er sich von seinen Mitbürgern, die ihn jedoch, wegen seiner guten Eigenschaften und der schönen Hoffnungen die er gab, recht gern gelten ließen.

Man übertrug ihm gewöhnlich die Gedichte, welche sich bei feierlichen Gelegenheiten notwendig machten. Er folgte in der sogenannten Ode der Art, deren sich Ramler bediente, den sie aber auch ganz allein kleidete. Clodius aber hatte sich als Nachahmer besonders die fremden Worte gemerkt, wodurch jene Ramlerschen Gedichte mit einem majestätischen Pompe auftreten, der, weil er der Größe seines Gegenstandes und der übrigen poetischen Behandlung gemäß ist, auf Ohr, Gemüt und Einbildungskraft eine sehr gute Wirkung tut. Bei Clodius hingegen erschienen diese Ausdrücke fremdartig, indem seine Poesie übrigens nicht geeignet war, den Geist auf irgend eine Weise zu erheben.

Solche Gedichte mußten wir nun oft schön gedruckt und höchlich gelobt vor uns sehen, und wir fanden es höchst anstößig, daß er, der uns die heidnischen Götter verkümmert hatte, sich nun eine andere Leiter auf den Parnaß aus griechischen und römischen Wortsprossen zusammenzimmern wollte. Diese oft wiederkehrenden Ausdrücke prägten sich fest in unser Gedächtnis, und zu lustiger Stunde, da wir in den Kohlgärten den trefflichsten Kuchen verzehrten, fiel mir auf einmal ein, jene Kraft- und Machtworte in ein Gedicht an den Kuchenbäcker Hendel zu versammeln. Gedacht, getan! Und so stehe es denn auch hier, wie es an eine Wand des Hauses mit Bleistift angeschrieben wurde.

O Hendel, dessen Ruhm vom Süd zum Norden reicht,
Vernimm den Päan, der zu deinen Ohren steigt!
Du bäckst, was Gallier und Britten emsig suchen,
Mit schöpfrischem Genie, originelle Kuchen.
Des Kaffees Ozean, der sich vor dir ergießt,
Ist süßer als der Saft, der vom Hymettus fließt.
Dein Haus, ein Monument, wie wir den Künsten lohnen,
Umhangen mit Trophän, erzählt den Nationen:

Auch ohne Diadem fand Hendel hier sein Glück,
Und raubte dem Cothurn gar manch Achtgroschenstück.
Glänzt deine Urn' dereinst in majestät'schem Pompe,
Dann weint der Patriot an deiner Katakombe.
Doch leb! dein Torus sei von edler Brut ein Nest,
Steh' hoch wie der Olymp, wie der Parnassus fest!
Kein Phalanx Griechenlands mit römischen Ballisten
Vermög' Germanien und Hendeln zu verwüsten.
Dein Wohl ist unser Stolz, dein Leiden unser Schmerz
Und Hendels Tempel ist der Musensöhne Herz.

Dieses Gedicht stand lange Zeit unter so vielen anderen, welche die Wände jener Zimmer verunzierten, ohne bemerkt zu werden, und wir, die wir uns genugsam daran ergetzt hatten, vergaßen es ganz und gar über anderen Dingen. Geraume Zeit hernach trat Clodius mit seinem »Medon« hervor, dessen Weisheit, Großmut und Tugend wir unendlich lächerlich fanden, so sehr auch die erste Vorstellung des Stücks beklatscht wurde. Ich machte gleich abends, als wir zusammen in unser Weinhaus kamen, einen Prolog in Knittelversen, wo Arlekin mit zwei großen Säcken auftritt, sie an beide Seiten des Proszeniums stellt und nach verschiedenen vorläufigen Späßen den Zuschauern vertraut, daß in den beiden Säcken moralisch-ästhetischer Sand befindlich sei, den ihnen die Schauspieler sehr häufig in die Augen werfen würden. Der eine sei nämlich mit Wohltaten gefüllt, die nichts kosteten, und der andere mit prächtig ausgedrückten Gesinnungen, die nichts hinter sich hätten. Er entfernte sich ungern und kam einige Mal wieder, ermahnte die Zuschauer ernstlich, sich an seine Warnung zu kehren und die Augen zuzumachen, erinnerte sie, wie er immer ihr Freund gewesen und es gut mit ihnen gemeint, und was dergleichen Dinge mehr waren. Dieser Prolog wurde auf der Stelle von Freund Horn im Zimmer gespielt, doch blieb der Spaß ganz unter uns, es ward nicht einmal eine Abschrift genommen und das Papier verlor sich bald. Horn jedoch, der den Arlekin ganz artig vorgestellt hatte, ließ sich's einfallen, mein Gedicht an Hendel um mehrere Verse zu erweitern und es zunächst auf den »Medon« zu beziehen. Er las es uns vor, und wir konnten keine Freude daran haben, weil wir die Zusätze nicht eben geistreich fanden, und das erste, in einem ganz anderen Sinn geschriebene Gedicht uns entstellt vorkam. Der Freund, unzufrieden über unsere Gleichgültigkeit, ja unseren Tadel, mochte es anderen vorgezeigt haben, die es neu und lustig fanden. Nun machte man Abschriften davon, denen der Ruf des Clodiusischen »Medons« sogleich eine schnelle Publizität verschaffte. Allgemeine Mißbilligung erfolgte hierauf, und die Urheber (man hatte bald erfahren, daß es aus unserer Clique hervorgegangen war) wurden höchlich getadelt: denn seit Cronegks und Rosts Angriffen auf Gottsched war dergleichen nicht wieder vorgekommen. Wir hatten uns ohnehin früher schon zurückgezogen, und nun befanden wir uns gar im Falle der Schuhus gegen die übrigen Vögel. Auch in Dresden mochte man die Sache nicht gut finden, und sie hatte für uns wo nicht unangenehme, doch ernste Folgen. Der Graf Lindenau war schon eine Zeit lang mit dem Hofmeister seines Sohns nicht ganz zufrieden. Denn obgleich der junge Mann keineswegs vernachlässigt wurde und Behrisch sich entweder in dem Zimmer des jungen Grafen oder wenigstens daneben hielt, wenn die Lehrmeister ihre täglichen Stunden gaben, die Collegia mit ihm sehr ordentlich frequentierte, bei Tage nicht ohne ihn ausging, auch denselben auf allen Spaziergängen begleitete; so waren wir andern doch auch immer in Apels Hause zu finden und zogen mit, wenn man lustwandelte; das machte schon einiges Aufsehen. Behrisch gewöhnte sich auch an uns, gab zuletzt meistenteils abends gegen neun Uhr seinen Zögling in die Hände des Kammerdieners und suchte uns im Weinhause auf, wohin er jedoch niemals anders als in Schuhen und Strümpfen, den Degen an der Seite und gewöhnlich den Hut unterm Arm zu kommen pflegte. Die Späße und Torheiten, die er insgemein angab, gingen ins Unendliche. So hatte z. B. einer unserer Freunde die Gewohnheit Punkt zehne wegzugehen, weil er mit einem hübschen Kinde in Verbindung stand, mit welchem er sich nur um diese Zeit unterhalten konnte. Wir vermißten ihn ungern, und Behrisch nahm sich eines Abends, wo wir sehr vergnügt zusammen waren, im stillen vor, ihn diesmal nicht wegzulassen. Mit dem Schlage zehn stand jener auf und empfahl sich. Behrisch rief ihn an und bat, einen Augenblick zu warten, weil er gleich mitgehen wolle. Nun begann er auf die anmutigste Weise erst nach seinem Degen zu suchen, der doch ganz vor den Augen stand, und gebärdete sich beim Anschnallen desselben so ungeschickt, daß er damit niemals zu Stande kommen konnte. Er machte es auch anfangs so natürlich, daß niemand ein Arges dabei hatte. Als er aber, um das Thema zu variieren, zuletzt weiter ging, daß der Degen bald auf die rechte Seite, bald zwischen die Beine kam, so entstand ein allgemeines Gelächter, in das der Forteilende, welcher gleichfalls ein lustiger Geselle war, mit einstimmte, und Behrisch so lange gewähren ließ, bis die Schäferstunde vorüber war, da denn nun erst eine gemeinsame Lust und vergnügliche Unterhaltung bis tief in die Nacht erfolgte.

Unglücklicher Weise hatte Behrisch, und wir durch ihn, noch einen gewissen anderen Hang zu einigen Mädchen, welche besser waren als ihr Ruf; wodurch denn aber unser Ruf nicht gefördert werden konnte. Man hatte uns manchmal in ihrem Garten gesehen, und wir lenkten auch wohl unsern Spaziergang dahin, wenn der junge Graf dabei war. Dieses alles mochte zusammen aufgespart und dem Vater zuletzt berichtet worden sein: genug er suchte auf eine glimpfliche Weise den Hofmeister los zu werden, dem es jedoch zum Glück gereichte. Sein gutes Äußere, seine Kenntnisse und Talente, seine Rechtschaffenheit, an der niemand etwas auszusetzen wußte, hatten ihm die Neigung und Achtung vorzüglicher Personen erworben, auf deren Empfehlung er zu dem Erbprinzen von Dessau als Erzieher berufen wurde, und an dem Hofe eines in jeder Rücksicht trefflichen Fürsten ein solides Glück fand.

Der Verlust eines Freundes, wie Behrisch, war für mich von der größten Bedeutung. Er hatte mich verzogen, indem er mich bildete, und seine Gegenwart war nötig, wenn das einigermaßen für die Sozietät Frucht bringen sollte, was er an mich zu wenden für gut gefunden hatte. Er wußte mich zu allerlei Artigem und Schicklichem zu bewegen, was gerade am Platz war, und meine geselligen Talente herauszusetzen. Weil ich aber in solchen Dingen keine Selbstständigkeit erworben hatte; so fiel ich gleich, da ich wieder allein war, in mein wirriges, störrisches Wesen zurück, welches immer zunahm je unzufriedener ich über meine Umgebung war, indem ich mir einbildete, daß sie nicht mit mir zufrieden sei. Mit der willkürlichsten Laune nahm ich übel auf, was ich mir hätte zum Vorteil rechnen können, entfernte manchen dadurch, mit dem ich bisher in leidlichem Verhältnis gestanden hatte, und mußte bei mancherlei Widerwärtigkeiten, die ich mir und anderen, es sei nun im Tun oder Unterlassen, im Zuviel oder Zuwenig zugezogen hatte, von Wohlwollenden die Bemerkung hören, daß es mir an Erfahrung fehle. Das gleiche sagte mir wohl irgend ein Gutdenkender, der meine Produktionen sah, besonders wenn sie sich auf die Außenwelt bezogen. Ich beobachtete diese so gut ich konnte, fand aber daran wenig Erbauliches, und mußte noch immer genug von dem Meinigen hinzutun, um sie nur erträglich zu finden. Auch meinem Freunde Behrisch hatte ich manchmal zugesetzt, er solle mir deutlich machen, was Erfahrung sei? Weil er aber voller Torheiten steckte, so vertröstete er mich von einem Tage zum anderen und eröffnete mir zuletzt, nach großen Vorbereitungen: die wahre Erfahrung sei ganz eigentlich, wenn man erfahre, wie ein Erfahrner die Erfahrung erfahrend erfahren müsse. Wenn wir ihn nun hierüber äußerst ausschalten und zur Rede setzten, so versicherte er, hinter diesen Worten stecke ein großes Geheimnis, das wir alsdenn erst begreifen würden, wenn wir erfahren hätten, – und immer so weiter: denn es kostete ihm nichts, Viertelstunden lang so fortzusprechen; da denn das Erfahren immer erfahrner und zuletzt zur wahrhaften Erfahrung werden würde. Wollten wir über solche Possen verzweifeln, so beteuerte er, daß er diese Art sich deutlich und eindrücklich zu machen, von den neusten und größten Schriftstellern gelernt, welche uns aufmerksam gemacht, wie man eine ruhige Ruhe ruhen und wie die Stille im Stillen immer stiller werden könnte.

Zufälliger Weise rühmte man in guter Gesellschaft einen Offizier, der sich unter uns auf Urlaub befand, als einen vorzüglich wohldenkenden und erfahrnen Mann, der den Siebenjährigen Krieg mitgefochten und sich ein allgemeines Zutrauen erworben habe. Es fiel nicht schwer, mich ihm zu nähern, und wir spazierten öfters miteinander. Der Begriff von Erfahrung war beinah fix in meinem Gehirne geworden, und das Bedürfnis, mir ihn klar zu machen, leidenschaftlich. Offenmütig wie ich war, entdeckte ich ihm die Unruhe, in der ich mich befand. Er lächelte und war freundlich genug, mir, im Gefolg meiner Fragen, etwas von seinem Leben und von der nächsten Welt überhaupt zu erzählen, wobei freilich zuletzt wenig Besseres herauskam als, daß die Erfahrung uns überzeuge, daß unsere besten Gedanken, Wünsche und Vorsätze unerreichbar seien, und daß man denjenigen, welcher dergleichen Grillen hege und sie mit Lebhaftigkeit äußere, vornehmlich für einen unerfahrnen Menschen halte.

Da er jedoch ein wackerer, tüchtiger Mann war, so versicherte er mir, er habe diese Grillen selbst noch nicht ganz aufgegeben, und befinde sich bei dem wenigen Glaube, Liebe und Hoffnung, was ihm übrig geblieben, noch ganz leidlich. Er mußte mir darauf vieles vom Krieg erzählen, von der Lebensweise im Feld, von Scharmützeln und Schlachten, besonders insofern er Anteil daran genommen; da denn diese ungeheueren Ereignisse, indem sie auf ein einzelnes Individuum bezogen wurden, ein gar wunderliches Ansehen gewannen. Ich bewog ihn alsdann zu einer offenen Erzählung der kurz vorher bestandenen Hofverhältnisse, welche ganz märchenhaft zu sein schienen. Ich hörte von der körperlichen Stärke Augusts des Zweiten, den vielen Kindern desselben und seinem ungeheueren Aufwand, sodann von des Nachfolgers Kunst- und Sammlungslust, vom Grafen Brühl und dessen grenzenloser Prunkliebe, deren Einzelnes beinahe abgeschmackt erschien, von so viel Festen und Prachtergetzungen, welche sämtlich durch den Einfall Friedrichs in Sachsen abgeschnitten worden. Nun lagen die königlichen Schlösser zerstört, die Brühlschen Herrlichkeiten vernichtet, und es war von allem nur ein sehr beschädigtes herrliches Land übrig geblieben.

Als er mich über jenen unsinnigen Genuß des Glücks verwundert, und sodann über das erfolgte Unglück betrübt sah, und mich bedeutete, wie man von einem erfahrnen Manne geradezu verlange, daß er über keins von beiden erstaunen, noch daran einen zu lebhaften Anteil nehmen solle; so fühlte ich große Lust, in meiner bisherigen Unerfahrenheit noch eine Weile zu verharren, worin er mich denn bestärkte und recht angelegentlich bat, ich möchte mich, bis auf weiteres, immer an die angenehmen Erfahrungen halten und die unangenehmen soviel als möglich abzulehnen suchen, wenn sie sich mir aufdringen sollten. Einst aber, als wieder im Allgemeinen die Rede von Erfahrung war und ich ihm jene possenhaften Phrasen des Freundes Behrisch erzählte, schüttelte er lächelnd den Kopf und sagte: »Da sieht man, wie es mit Worten geht, die nur einmal ausgesprochen sind! Diese da klingen so neckisch, ja so albern, daß es fast unmöglich scheinen dürfte, einen vernünftigen Sinn hineinzulegen; und doch ließ sich vielleicht ein Versuch machen.«

Und als ich in ihn drang, versetzte er mit seiner verständig heiteren Weise: »Wenn Sie mir erlauben, indem ich Ihren Freund kommentiere und suppliere, in seiner Art fortzufahren, so dünkt mich, er habe sagen wollen, daß die Erfahrung nichts anderes sei, als daß man erfährt, was man nicht zu erfahren wünscht, worauf es wenigstens in dieser Welt meistens hinausläuft.«

Achtes Buch

Ein anderer Mann, obgleich in jedem Betracht von Behrisch unendlich verschieden, konnte doch in einem gewissen Sinne mit ihm verglichen werden; ich meine Oesern, welcher auch unter diejenigen Menschen gehörte, die ihr Leben in einer bequemen Geschäftigkeit hinträumen. Seine Freunde selbst bekannten im stillen, daß er, bei einem sehr schönen Naturell, seine jungen Jahre nicht in genugsamer Tätigkeit verwendet, deswegen er auch nie dahin gelangt sei, die Kunst mit vollkommner Technik auszuüben. Doch schien ein gewisser Fleiß seinem Alter vorbehalten zu sein, und es fehlte ihm die vielen Jahre, die ich ihn kannte, niemals an Erfindung noch Arbeitsamkeit. Er hatte mich gleich den ersten Augenblick sehr an sich gezogen; schon seine Wohnung, wundersam und ahndungsvoll, war für mich höchst reizend. In dem alten Schlosse Pleißenburg ging man rechts in der Ecke eine erneute heitre Wendeltreppe hinauf. Die Säle der Zeichenakademie, deren Direktor er war, fand man sodann links, hell und geräumig; aber zu ihm selbst gelangte man nur durch einen engen dunklen Gang, an dessen Ende man erst den Eintritt zu seinen Zimmern suchte, zwischen deren Reihe und einem weitläuftigen Kornboden man soeben hergegangen war. Das erste Gemach war mit Bildern geschmückt aus der späteren italienischen Schule, von Meistern, deren Anmut er höchlich zu preisen pflegte. Da ich Privatstunden mit einigen Edelleuten bei ihm genommen hatte, so war uns erlaubt, hier zu zeichnen, und wir gelangten auch manchmal in sein daranstoßendes inneres Kabinett, welches zugleich seine wenigen Bücher, Kunst- und Naturaliensammlungen und was ihn sonst zunächst interessieren mochte, enthielt. Alles war mit Geschmack, einfach und dergestalt geordnet, daß der kleine Raum sehr vieles umfaßte. Die Möbeln, Schränke, Portefeuilles elegant ohne Ziererei oder Überfluß. So war auch das erste was er uns empfahl und worauf er immer wieder zurückkam, die Einfalt in allem, was Kunst und Handwerk vereint hervorzubringen berufen sind. Als ein abgesagter Feind des Schnörkel- und Muschelwesens und des ganzen barocken Geschmacks zeigte er uns dergleichen in Kupfer gestochne und gezeichnete alte Muster im Gegensatz mit besseren Verzierungen und einfacheren Formen der Möbel sowohl als anderer Zimmerumgebungen, und weil alles um ihn her mit diesen Maximen übereinstimmte; so machten die Worte und Lehren auf uns einen guten und dauernden Eindruck. Auch außerdem hatte er Gelegenheit, uns seine Gesinnungen praktisch sehen zu lassen, indem er sowohl bei Privat- als Regimentspersonen in gutem Ansehen stand und bei neuen Bauten und Veränderungen um Rat gefragt wurde. Überhaupt schien er geneigter zu sein, etwas gelegentlich, zu einem gewissen Zweck und Gebrauch zu verfertigen, als daß er für sich bestehende Dinge, welche eine größere Vollendung verlangen, unternommen und ausgearbeitet hätte: deshalb er auch immer bereit und zur Hand war, wenn die Buchhändler größere und kleinere Kupfer zu irgend einem Werk verlangten; wie denn die Vignetten zu Winkelmanns ersten Schriften von ihm radiert sind. Oft aber machte er nur sehr skizzenhafte Zeichnungen, in welche sich Geyser ganz gut zu schicken verstand. Seine Figuren hatten durchaus etwas Allgemeines, um nicht zu sagen Ideelles. Seine Frauen waren angenehm und gefällig, seine Kinder naiv genug; nur mit den Männern wollte es nicht fort, die, bei seiner zwar geistreichen, aber doch immer nebulistischen und zugleich abbrevierenden Manier, meistenteils das Ansehn von Lazzaroni erhielten. Da er seine Kompositionen überhaupt weniger auf

Form, als auf Licht, Schatten und Massen berechnete, so nahmen sie sich im Ganzen gut aus; wie denn alles, was er tat und hervorbrachte, von einer eignen Grazie begleitet war. Weil er nun dabei eine eingewurzelte Neigung zum Bedeutenden, Allegorischen, einen Nebengedanken Erregenden nicht bezwingen konnte noch wollte; so gaben seine Werke immer etwas zu sinnen und wurden vollständig durch einen Begriff, da sie es der Kunst und der Ausführung nach nicht sein konnten. Diese Richtung, welche immer gefährlich ist, führte ihn manchmal bis an die Grenze des guten Geschmacks, wo nicht gar darüber hinaus. Seine Absichten suchte er oft durch die wunderlichsten Einfälle und durch grillenhafte Scherze zu erreichen; ja seinen besten Arbeiten ist stets ein humoristischer Anstrich verliehen. War das Publikum mit solchen Dingen nicht immer zufrieden, so rächte er sich durch eine neue, noch wunderlichere Schnurre. So stellte er später in dem Vorzimmer des großen Konzertsaales eine ideale Frauenfigur seiner Art vor, die eine Lichtschere nach einer Kerze hinbewegte, und er freute sich außerordentlich, wenn er veranlassen konnte, daß man über die Frage stritt, ob diese seltsame Muse das Licht zu putzen oder auszulöschen gedenke? wo er denn allerlei neckische Beigedanken schelmisch hervorblikken ließ.

Doch machte die Erbauung des neuen Theaters zu meiner Zeit das größte Aufsehen, in welchem sein Vorhang, da er noch ganz neu war, gewiß eine außerordentlich liebliche Wirkung tat. Oeser hatte die Musen aus den Wolken, auf denen sie bei solchen Gelegenheiten gewöhnlich schweben, auf die Erde versetzt. Einen Vorhof zum Tempel des Ruhms schmückten die Statuen des Sophokles und Aristophanes, um welche sich alle neuere Schauspieldichter versammelten. Hier nun waren die Göttinnen der Künste gleichfalls gegenwärtig und alles würdig und schön. Nun aber kommt das Wunderliche! Durch die freie Mitte sah man das Portal des fernstehenden Tempels, und ein Mann in leichter Jacke ging zwischen beiden obgedachten Gruppen, ohne sich um sie zu bekümmern, hindurch, gerade auf den Tempel los; man sah ihn daher im Rücken, er war nicht besonders ausgezeichnet. Dieser nun sollte Shakespearen bedeuten, der ohne Vorgänger und Nachfolger, ohne sich um die Muster zu bekümmern, auf seine eigne Hand der Unsterblichkeit entgegengehe. Auf dem großen Boden über dem neuen Theater ward dieses Werk vollbracht. Wir versammelten uns dort oft um ihn, und ich habe ihm daselbst die Aushängebogen von »Musarion« vorgelesen.

Was mich betraf, so rückte ich in Ausübung der Kunst keineswegs weiter. Seine Lehre wirkte auf unsern Geist und unsern Geschmack; aber seine eigne Zeichnung war zu unbestimmt, als daß sie mich, der ich an den Gegenständen der Kunst und Natur auch nur hindämmerte, hätte zu einer strengen und entschiedenen Ausübung anleiten sollen. Von den Gesichtern und Körpern selbst überlieferte er uns mehr die Ansichten als die Formen, mehr die Gebärden als die Proportionen. Er gab uns die Begriffe von den Gestalten, und verlangte, wir sollten sie in uns lebendig werden lassen. Das wäre denn auch schön und recht gewesen, wenn er nicht bloß Anfänger vor sich gehabt hätte. Konnte man ihm daher ein vorzügliches Talent zum Unterricht wohl absprechen; so mußte man dagegen bekennen, daß er sehr gescheit und weltklug sei, und daß eine glückliche Gewandtheit des Geistes ihn, in einem höhern Sinne, recht eigentlich zum Lehrer qualifiziere. Die Mängel, an denen jeder litt, sah er recht gut ein; er verschmähte jedoch, sie direkt zu rügen, und deutete vielmehr Lob und Tadel indirekt sehr lakonisch an. Nun mußte man über die Sache denken und kam in der Einsicht schnell um vieles weiter. So hatte ich z. B. auf blaues Papier einen Blumenstrauß, nach einer vorhandenen Vorschrift, mit schwarzer und weißer Kreide sehr sorgfältig ausgeführt, und teils mit Wischen, teils mit Schraffieren das kleine Bild hervorzuheben gesucht. Nachdem ich mich lange dergestalt bemüht, trat er einstens hinter mich und sagte: »Mehr Papier!« worauf er sich sogleich entfernte. Mein Nachbar und ich zerbrachen uns den Kopf, was das heißen könne: denn mein Bouquet hatte auf einem großen halben Bogen Raum genug um sich her. Nachdem wir lange nachgedacht, glaubten wir endlich seinen Sinn zu treffen, wenn wir bemerkten, daß ich durch das Ineinanderarbeiten des Schwarzen und Weißen den blauen Grund ganz zugedeckt, die Mitteltinte zerstört und wirklich eine unangenehme Zeichnung mit großem Fleiß hervorgebracht hatte. Übrigens ermangelte er nicht, uns von der Perspektive, von Licht und Schatten zwar genugsam, doch immer nur so zu unterrichten, daß wir uns anzustrengen und zu quälen hatten, um eine Anwendung der überlieferten Grundsätze zu treffen. Wahrscheinlich war seine Absicht, an uns, die wir doch nicht Künstler werden sollten, nur die Einsicht und den Geschmack zu bilden, und uns mit den Erfordernissen eines Kunstwerks bekannt zu machen, ohne gerade zu verlangen, daß wir es hervorbringen sollten. Da nun der Fleiß ohnehin meine Sache nicht war: denn es machte mir nichts Vergnügen als was mich anflog; so wurde ich nach und nach wo nicht lässig doch mißmutig, und weil die Kenntnis bequemer ist als das Tun, so ließ ich mir gefallen, wohin er uns nach seiner Weise zu führen gedachte.

Zu jener Zeit war das »Leben der Maler« von D'Argenville ins Deutsche übersetzt, ich erhielt es ganz frisch und studierte es emsig genug. Dies schien Oesern zu gefallen, und er verschaffte uns Gelegenheit, aus den großen Leipziger Sammlungen manches Portefeuille zu sehen, und leitete uns dadurch zur Geschichte der Kunst ein. Aber auch diese Übungen brachten bei mir eine andere Wirkung hervor, als er im Sinn haben mochte. Die mancherlei Gegenstände, welche ich von den Künstlern behandelt sah, erweckten das poetische Talent in mir, und wie man ja wohl ein Kupfer zu einem Gedicht macht, so machte ich nun Gedichte zu den Kupfern und Zeichnungen, indem ich mir die darauf vorgestellten Personen in ihrem vorhergehenden und nachfolgenden Zustande zu vergegenwärtigen, bald auch ein kleines Lied, das ihnen wohl geziemt hätte, zu dichten wußte, und so mich gewöhnte, die Künste in Verbindung miteinander zu betrachten. Ja selbst die Fehlgriffe, die ich tat, daß meine Gedichte manchmal beschreibend wurden, waren mir in der Folge, als ich zu mehrerer Besinnung kam, nützlich, indem sie mich auf den Unterschied der Künste aufmerksam machten. Von solchen kleinen Dingen standen mehrere in der Sammlung, welche Behrisch veranstaltet hatte; es ist aber nichts davon übrig geblieben.

Das Kunst- und Geschmackselement, worin Oeser lebte, und auf welchem man selbst, insofern man ihn fleißig besuchte, getragen wurde, ward auch dadurch immer würdiger und erfreulicher, daß er sich gern abgeschiedener oder abwesender Männer erinnerte, mit denen er in Verhältnis gestanden hatte, oder solches noch immerfort erhielt; wie er denn, wenn er jemanden einmal seine Achtung geschenkt, unveränderlich in dem Betragen gegen denselben blieb, und sich immer gleich geneigt erwies.

Nachdem wir unter den Franzosen vorzüglich Caylus hatten rühmen hören, machte er uns auch mit deutschen, in diesem Fache tätigen Männern bekannt. So erfuhren wir, daß Professor Christ als Liebhaber, Sammler, Kenner, Mitarbeiter, der Kunst schöne Dienste geleistet, und seine Gelehrsamkeit zu wahrer Förderung derselben angewendet habe. Heinecke dagegen durfte nicht wohl genannt werden, teils weil er sich mit den allzukindlichen Anfängen der deutschen Kunst, welche Oeser wenig schätzte, gar zu emsig abgab, teils weil er einmal mit Winkelmann unsäuberlich verfahren war, welches ihm denn niemals verziehen werden konnte. Auf Lipperts Bemühungen jedoch ward unsere Aufmerksamkeit kräftig hingeleitet, indem unser Lehrer das Verdienst derselben genugsam herauszusetzen wußte. Denn obgleich, sagte er, die Statuen und größeren Bildwerke Grund und Gipfel aller Kunstkenntnis blieben, so seien sie doch sowohl im Original, als Abguß selten zu sehen, dahingegen durch Lippert eine kleine Welt von Gemmen bekannt werde, in welcher der Alten faßlicheres Verdienst, glückliche Erfindung, zweckmäßige Zusammenstellung, geschmackvolle Behandlung, auffallender und begreiflicher werde, auch bei so großer Menge die Vergleichung eher möglich sei. Indem wir uns nun damit soviel als erlaubt war beschäftigten, so wurde auf das hohe Kunstleben Winkelmanns in Italien hingedeutet, und wir nahmen dessen erste Schriften mit Andacht in die Hände; denn Oeser hatte eine leidenschaftliche Verehrung für ihn, die er uns gar leicht einzuflößen vermochte. Das Problematische jener kleinen Aufsätze, die sich noch dazu durch Ironie selbst verwirren und sich auf ganz spezielle Meinungen und Ereignisse beziehen, vermochten wir zwar nicht zu entziffern; allein weil Oeser viel Einfluß darauf gehabt, und er das Evangelium des Schönen, mehr noch des Geschmackvollen und Angenehmen auch uns unablässig überlieferte, so fanden wir den Sinn im Allgemeinen wieder und dünkten uns bei solchen Auslegungen um desto sicherer zu gehen, als wir es für kein geringes Glück achteten, aus derselben Quelle zu schöpfen, aus der Winkelmann seinen ersten Durst gestillt hatte.

Einer Stadt kann kein größeres Glück begegnen, als wenn mehrere, im Guten und Rechten gleichgesinnte, schon gebildete Männer daselbst nebeneinander wohnen. Diesen Vorzug hatte Leipzig und genoß ihn um so friedlicher, als sich noch nicht so manche Entzweiungen des Urteils hervorgetan hatten. Huber, Kupferstichsammler und wohlgeübter Kenner, hatte noch außerdem das dankbar anerkannte Verdienst, daß er den Wert der deutschen Literatur auch den Franzosen bekannt zu machen gedachte; Kreuchauf, Liebhaber mit geübtem Blick, der, als Freund der ganzen Kunstsozietät, alle Sammlungen für die seinigen ansehen konnte; Winkler, der die einsichtsvolle Freude, die er an seinen Schätzen hegte, sehr gern mit anderen teilte; mancher andere, der sich anschloß, alle lebten und wirkten nur in Einem Sinne, und ich wüßte mich nicht zu erinnern, so oft ich auch wenn sie Kunstwerke durchsahen beiwohnen durfte, daß jemals ein Zwiespalt entstanden wäre: immer kam, billiger Weise, die Schule in Betracht, aus welcher der Künstler hervorgegangen, die Zeit, in der er gelebt, das besondere Talent, das ihm die Natur verliehen und der Grad, auf welchen er es in der Ausführung gebracht. Da war keine Vorliebe weder für geistliche noch für weltliche Gegenstände, für ländliche oder für städtische, lebendige oder leblose; die Frage war immer nach dem Kunstgemäßen.

Ob sich nun gleich diese Liebhaber und Sammler, nach ihrer Lage, Sinnesart, Vermögen und Gelegenheit, mehr gegen die niederländische Schule richteten; so ward doch, indem man sein Auge an den unendlichen Verdiensten der nordwestlichen Künstler übte, ein sehnsuchtsvoll verehrender Blick nach Südosten immer offen gehalten.

Und so mußte die Universität, wo ich die Zwecke meiner Familie, ja meine eignen versäumte, mich in demjenigen begründen, worin ich die größte Zufriedenheit meines Lebens finden sollte; auch ist mir der Eindruck jener Lokalitäten, in welchen ich so bedeutende Anregungen empfangen, immer höchst lieb und wert geblieben. Die alte Pleißenburg, die Zimmer der Akademie, vor allen aber Oesers Wohnung, nicht weniger die Winklersche und Richtersche Sammlungen habe ich noch immer lebhaft gegenwärtig.

Ein junger Mann jedoch, der, indem sich ältere untereinander von schon bekannten Dingen unterhalten, nur beiläufig unterrichtet wird, und welchem das schwerste Geschäft, das alles zurecht zu legen, dabei überlassen bleibt, muß sich in einer sehr peinlichen Lage befinden. Ich sah mich daher mit anderen sehnsuchtsvoll nach einer neuen Erleuchtung um, die uns denn auch durch einen Mann kommen sollte, dem wir schon so viel schuldig waren.

Auf zweierlei Weise kann der Geist höchlich erfreut werden, durch Anschauung und Begriff. Aber jenes erfordert einen würdigen Gegenstand, der nicht immer bereit, und eine verhältnismäßige Bildung, zu der man nicht gerade gelangt ist. Der Begriff hingegen will nur Empfänglichkeit, er bringt den Inhalt mit, und ist selbst das Werkzeug der Bildung.

Daher war uns jener Lichtstrahl höchst willkommen, den der vortrefflichste Denker durch düstre Wolken auf uns herableitete. Man muß Jüngling sein, um sich zu vergegenwärtigen, welche Wirkung Lessings »Laokoon« auf uns ausübte, indem dieses Werk uns aus der Region eines kümmerlichen Anschauens in die freien Gefilde des Gedankens hinriß. Das so lange mißverstandene: ut pictura poesis, war auf einmal beseitigt, der Unterschied der bildenden und Redekünste klar, die Gipfel beider erschienen nun getrennt, wie nah ihre Basen auch zusammenstoßen mochten. Der bildende Künstler sollte sich innerhalb der Grenze des Schönen halten, wenn dem redenden, der die Bedeutung jeder Art nicht entbehren kann, auch darüber hinauszuschweifen vergönnt wäre. Jener arbeitet für den äußeren Sinn, der nur durch das Schöne befriedigt wird, dieser für die Einbildungskraft, die sich wohl mit dem Häßlichen noch abfinden mag. Wie vor einem Blitz erleuchteten sich uns alle Folgen dieses herrlichen Gedankens, alle bisherige anleitende und urteilende Kritik ward, wie ein abgetragener Rock, weggeworfen, wir hielten uns von allem Übel erlöst, und glaubten mit einigem Mitleid auf das sonst so herrliche sechszehnte Jahrhundert herabblicken zu dürfen, wo man in deutschen Bildwerken und Gedichten das Leben nur unter der Form eines schellenbehangenen Narren, den Tod unter der Unform eines klappernden Gerippes, so wie die notwendigen und zufälligen Übel der Welt unter dem Bilde des fratzenhaften Teufels zu vergegenwärtigen wußte.

Am meisten entzückte uns die Schönheit jenes Gedankens, daß die Alten den Tod als den Bruder des Schlafs anerkannt, und beide, wie es Menächmen geziemt, zum Verwechseln gleich gebildet. Hier konnten wir nun erst den Triumph des Schönen höchlich feiern, und das Häßliche jeder Art, da es doch einmal aus der Welt nicht zu vertreiben ist, im Reiche der Kunst nur in den niedrigen Kreis des Lächerlichen verweisen.

Die Herrlichkeit solcher Haupt- und Grundbegriffe erscheint nur dem Gemüt, auf welches sie ihre unendliche

Wirksamkeit ausüben, erscheint nur der Zeit, in welcher sie ersehnt, im rechten Augenblick hervortreten. Da beschäftigen sich die, welchen mit solcher Nahrung gedient ist, liebevoll ganze Epochen ihres Lebens damit und erfreuen sich eines überschwenglichen Wachstums, indessen es nicht an Menschen fehlt, die sich auf der Stelle einer solchen Wirkung widersetzen, und nicht an andern, die in der Folge an dem hohen Sinne markten und mäkeln.

Wie sich aber Begriff und Anschauung wechselsweise fordern, so konnte ich diese neuen Gedanken nicht lange verarbeiten, ohne daß ein unendliches Verlangen bei mir entstanden wäre, doch einmal bedeutende Kunstwerke in größerer Masse zu erblicken. Ich entschied mich daher, Dresden ohne Aufenthalt zu besuchen. An der nötigen Barschaft fehlte es mir nicht; aber es waren andere Schwierigkeiten zu überwinden, die ich durch mein grillenhaftes Wesen noch ohne Not vermehrte: denn ich hielt meinen Vorsatz vor jedermann geheim, weil ich die dortigen Kunstschätze ganz nach eigner Art zu betrachten wünschte und, wie ich meinte, mich von niemand wollte irre machen lassen. Außer diesem ward durch noch eine andre Wunderlichkeit eine so einfache Sache verwickelter.

Wir haben angeborne und anerzogene Schwächen, und es möchte noch die Frage sein, welche von beiden uns am meisten zu schaffen geben. So gern ich mich mit jeder Art von Zuständen bekannt machte und dazu manchen Anlaß gehabt hatte, war mir doch von meinem Vater eine äußerste Abneigung gegen alle Gasthöfe eingeflößt worden. Auf seinen Reisen durch Italien, Frankreich und Deutschland hatte sich diese Gesinnung fest bei ihm eingewurzelt. Ob er gleich selten in Bildern sprach, und dieselben nur wenn er sehr heiter war zu Hülfe rief; so pflegte er doch manchmal zu wiederholen: in dem Tore eines Gasthofs glaube er immer ein großes Spinnengewebe ausgespannt zu sehen, so künstlich, daß die Insekten zwar hineinwärts, aber selbst die privilegierten Wespen nicht ungerupft herausfliegen könnten. Es schien ihm etwas Erschreckliches, dafür, daß man seinen Gewohnheiten und allem, was einem lieb im Leben wäre, entsagte und nach der Weise des Wirts und der Kellner lebte, noch übermäßig bezahlen zu müssen. Er pries die Hospitalität alter Zeiten, und so ungern er sonst auch etwas Ungewohntes im Hause duldete, so übte er doch Gastfreundschaft, besonders an Künstlern und Virtuosen; wie denn Gevatter Seekaz immer sein Quartier bei uns behielt, und Abel, der letzte Musiker, welcher die Gambe mit Glück und Beifall behandelte, wohl aufgenommen und bewirtet wurde. Wie hätte ich mich nun mit solchen Jugendeindrücken, die bisher durch nichts ausgelöscht worden, entschließen können, in einer fremden Stadt einen Gasthof zu betreten? Nichts wäre leichter gewesen als bei guten Freunden ein Quartier zu finden; Hofrat Krebel, Assessor Hermann und andere hatten mir schon oft davon gesprochen: allein auch diesen sollte meine Reise ein Geheimnis bleiben, und ich geriet auf den wunderlichsten Einfall. Mein Stubennachbar, der fleißige Theolog, dem seine Augen leider immer mehr ablegten, hatte einen Verwandten in Dresden, einen Schuster, mit dem er von Zeit zu Zeit Briefe wechselte. Dieser Mann war mir wegen seiner Äußerungen schon längst höchst merkwürdig geworden, und die Ankunft eines seiner Briefe ward von uns immer festlich gefeiert. Die Art, womit er die Klagen seines, die Blindheit befürchtenden Vetters erwiderte, war ganz eigen: denn er bemühte sich nicht um Trostgründe, welche immer schwer zu finden sind; aber die heitere Art, womit er sein eignes enges, armes, mühseliges Leben betrachtete, der Scherz, den er selbst den Übeln und Unbequemlichkeiten abgewann, die unverwüstliche Überzeugung, daß das Leben an und für sich ein Gut sei, teilte sich demjenigen mit, der den Brief las, und versetzte ihn, wenigstens für Augenblicke, in eine gleiche Stimmung. Enthusiastisch wie ich war, hatte ich diesen Mann öfters verbindlich grüßen lassen, seine glückliche Naturgabe gerühmt und den Wunsch, ihn kennen zu lernen, geäußert. Dieses alles vorausgesetzt, schien mir nichts natürlicher als ihn aufzusuchen, mich mit ihm zu unterhalten, ja bei ihm zu wohnen und ihn recht genau kennen zu lernen. Mein guter Kandidat gab mir, nach einigem Widerstreben, einen mühsam geschriebenen Brief mit, und ich fuhr, meine Matrikel in der Tasche, mit der gelben Kutsche sehnsuchtsvoll nach Dresden.

Ich suchte nach meinem Schuster und fand ihn bald in der Vorstadt. Auf seinem Schemel sitzend empfing er mich freundlich und sagte lächelnd, nachdem er den Brief gelesen: »Ich sehe hieraus, junger Herr, daß Ihr ein wunderlicher Christ seid.« »Wie das, Meister?« versetzte ich. »Wunderlich ist nicht übel gemeint«, fuhr er fort, »man nennt jemand so, der sich nicht gleich ist, und ich nenne Sie einen wunderlichen Christen, weil Sie sich in einem Stück als den Nachfolger des Herrn bekennen, in dem anderen aber nicht.« Auf meine Bitte, mich aufzuklären, sagte er weiter: »Es scheint, daß Ihre Absicht ist, eine fröhliche Botschaft den Armen und Niedrigen zu verkündigen; das ist schön, und diese Nachahmung des Herrn ist löblich; Sie sollten aber dabei bedenken, daß er lieber bei wohlhabenden und reichen Leuten zu Tische saß, wo es gut herging, und daß er selbst den Wohlgeruch des Balsams nicht verschmähte, wovon Sie wohl bei mir das Gegenteil finden könnten.«

Dieser lustige Anfang setzte mich gleich in guten Humor und wir neckten einander eine ziemliche Weile herum. Die Frau stand bedenklich, wie sie einen solchen Gast unterbringen und bewirten solle? Auch hierüber hatte er sehr artige Einfälle, die sich nicht allein auf die Bibel, sondern auch auf Gottfrieds »Chronik« bezogen, und als wir einig waren, daß ich bleiben solle, so gab ich meinen Beutel, wie er war, der Wirtin zum Aufheben und ersuchte sie, wenn etwas nötig sei, sich daraus zu versehen. Da er es ablehnen wollte und mit einiger Schalkheit zu verstehen gab, daß er nicht so abgebrannt sei als es aussehen möchte, so entwaffnete ich ihn dadurch, daß ich sagte: »Und wenn es auch nur wäre, um das Wasser in Wein zu verwandeln, so würde wohl, da heutzutage keine Wunder mehr geschehen, ein solches probates

Hausmittel nicht am unrechten Orte sein.« Die Wirtin schien mein Reden und Handeln immer weniger seltsam zu finden, wir hatten uns bald ineinander geschickt und brachten einen sehr heiteren Abend zu. Er blieb sich immer gleich, weil alles aus Einer Quelle floß. Sein Eigentum war ein tüchtiger Menschenverstand, der auf einem heiteren Gemüt ruhte und sich in der gleichmäßigen hergebrachten Tätigkeit gefiel. Daß er unablässig arbeitete, war sein Erstes und Notwendigstes, daß er alles übrige als zufällig ansah, dies bewahrte sein Behagen; und ich mußte ihn vor vielen andern in die Klasse derjenigen rechnen, welche praktische Philosophen, bewußtlose Weltweisen genannt wurden.

Die Stunde, wo die Galerie eröffnet werden sollte, mit Ungeduld erwartet, erschien. Ich trat in dieses Heiligtum, und meine Verwunderung überstieg jeden Begriff, den ich mir gemacht hatte. Dieser in sich selbst wiederkehrende Saal, in welchem Pracht und Reinlichkeit bei der größten Stille herrschten, die blendenden Rahmen, alle der Zeit noch näher, in der sie verguldet wurden, der gebohnte Fußboden, die mehr von Schauenden betretenen als von Arbeitenden benutzten Räume gaben ein Gefühl von Feierlichkeit, einzig in seiner Art, das um so mehr der Empfindung ähnelte, womit man ein Gotteshaus betritt, als der Schmuck so manches Tempels, der Gegenstand so mancher Anbetung hier abermals, nur zu heiligen Kunstzwecken aufgestellt erschien. Ich ließ mir die kursorische Demonstration meines Führers gar wohl gefallen, nur erbat ich mir, in der äußeren Galerie bleiben zu dürfen. Hier fand ich mich, zu meinem Behagen, wirklich zu Hause. Schon hatte ich Werke mehrerer Künstler gesehn, andere kannte ich durch Kupferstiche, andere dem Namen nach; ich verhehlte es nicht und flößte meinem Führer dadurch einiges Vertrauen ein, ja ihn ergetzte das Entzükken, das ich bei Stücken äußerte, wo der Pinsel über die Natur den Sieg davontrug: denn solche Dinge waren es vorzüglich, die mich an sich zogen, wo die Vergleichung mit der bekannten Natur den Wert der Kunst notwendig erhöhen mußte.

Als ich bei meinem Schuster wieder eintrat, um das Mittagsmahl zu genießen, trauete ich meinen Augen kaum: denn ich glaubte ein Bild von Ostade vor mir zu sehen, so vollkommen, daß man es nur auf die Galerie hätte hängen dürfen. Stellung der Gegenstände, Licht, Schatten, bräunlicher Teint des Ganzen, magische Haltung, alles was man in jenen Bildern bewundert, sah ich hier in der Wirklichkeit. Es war das erste Mal, daß ich auf einen so hohen Grad die Gabe gewahr wurde, die ich nachher mit mehrerem Bewußtsein übte, die Natur nämlich mit den Augen dieses oder jenes Künstlers zu sehen, dessen Werken ich soeben eine besondere Aufmerksamkeit gewidmet hatte. Diese Fähigkeit hat mir viel Genuß gewährt, aber auch die Begierde vermehrt, der Ausübung eines Talents, das mir die Natur versagt zu haben schien, von Zeit zu Zeit eifrig nachzuhängen.

Ich besuchte die Galerie zu allen vergönnten Stunden, und fuhr fort mein Entzücken über manche köstliche Werke vorlaut auszusprechen. Ich vereitelte dadurch meinen löblichen Vorsatz, unbekannt und unbemerkt zu bleiben; und da sich bisher nur ein Unteraufseher mit mir abgegeben hatte, nahm nun auch der Galerieinspektor, Rat Riedel, von mir Notiz und machte mich auf gar manches aufmerksam, welches vorzüglich in meiner Sphäre zu liegen schien. Ich fand diesen trefflichen Mann damals ebenso tätig und gefällig, als ich ihn nachher mehrere Jahre hindurch gesehen und wie er sich noch heute erweist. Sein Bild hat sich mir mit jenen Kunstschätzen so in Eins verwoben, daß ich beide niemals gesondert erblicke, ja sein Andenken hat mich nach Italien begleitet, wo mir seine Gegenwart in manchen großen und reichen Sammlungen sehr wünschenswert gewesen wäre.

Da man auch mit Fremden und Unbekannten solche Werke nicht stumm und ohne wechselseitige Teilnahme betrachten kann, ihr Anblick vielmehr am ersten geeignet ist, die Gemüter gegeneinander zu eröffnen; so kam ich auch daselbst mit einem jungen Manne ins Gespräch, der sich in Dresden aufzuhalten und einer Legation anzugehören schien.

Er lud mich ein, abends in einen Gasthof zu kommen, wo sich eine muntere Gesellschaft versammle, und wo man, indem jeder eine mäßige Zeche bezahlte, einige ganz vergnügte Stunden zubringen könne.

Ich fand mich ein, ohne die Gesellschaft anzutreffen, und der Kellner setzte mich einigermaßen in Verwunderung, als er mir von dem Herrn, der mich bestellt, ein Kompliment ausrichtete, wodurch dieser eine Entschuldigung, daß er etwas später kommen werde, an mich gelangen ließ, mit dem Zusatze, ich sollte mich an nichts stoßen was vorgehe, auch werde ich nichts weiter als meine eigne Zeche zu bezahlen haben. Ich wußte nicht, was ich aus diesen Worten machen sollte, aber die Spinneweben meines Vaters fielen mir ein, und ich faßte mich, um zu erwarten, was da kommen möchte. Die Gesellschaft versammelte sich, mein Bekannter stellte mich vor und ich durfte nicht lange aufmerken, so fand ich, daß es auf Mystifikation eines jungen Menschen hinausgehe, der als ein Neuling sich durch ein vorlautes, anmaßliches Wesen auszeichnete: ich nahm mich daher gar sehr in Acht, daß man nicht etwa Lust finden möchte, mich zu seinem Gefährten auszuersehen. Bei Tische ward jene Absicht jedermann deutlicher, nur nicht ihm. Man zechte immer stärker, und als man zuletzt seiner Geliebten zu Ehren gleichfalls ein Vivat angestimmt; so schwur jeder hoch und teuer, aus diesen Gläsern dürfe nun weiter kein Trunk geschehen; man warf sie hinter sich, und dies war das Signal zu weit größeren Torheiten. Endlich entzog ich mich ganz sachte, und der Kellner, indem er mir eine sehr billige Zeche abforderte, ersuchte mich wiederzukommen, da es nicht alle Abende so bunt hergehe. Ich hatte weit in mein Quartier, und es war nah an Mitternacht als ich es erreichte. Die Türen fand ich unverschlossen, alles war zu Bette und eine Lampe erleuchtete den enghäuslichen Zustand, wo denn mein immer mehr geübtes Auge sogleich das schönste Bild von Schalken erblickte, von dem ich mich nicht losmachen konnte, so daß es mir allen Schlaf vertrieb.

Die wenigen Tage meines Aufenthalts in Dresden waren allein der Gemäldegalerie gewidmet. Die Antiken standen noch in den Pavillons des großen Gartens, ich lehnte ab sie zu sehen, so wie alles übrige was Dresden Köstliches enthielt; nur zu voll von der Überzeugung, daß in und an der Gemäldesammlung selbst mir noch vieles verborgen bleiben müsse. So nahm ich den Wert der italienischen Meister mehr auf Treu und Glauben an, als daß ich mir eine Einsicht in denselben hätte anmaßen können. Was ich nicht als Natur ansehen, an die Stelle der Natur setzen, mit einem bekannten Gegenstand vergleichen konnte, war auf mich nicht wirksam. Der materielle Eindruck ist es, der den Anfang selbst zu jeder höheren Liebhaberei macht.

Mit meinem Schuster vertrug ich mich ganz gut. Er war geistreich und mannigfaltig genug, und wir überboten uns manchmal an neckischen Einfällen; jedoch ein Mensch der sich glücklich preist, und von andern verlangt, daß sie das gleiche tun sollen, versetzt uns in ein Mißbehagen, ja die Wiederholung solcher Gesinnungen macht uns Langeweile. Ich fand mich wohl beschäftigt, unterhalten, aufgeregt, aber keineswegs glücklich, und die Schuhe nach seinem Leisten wollten mir nicht passen. Wir schieden jedoch als die besten Freunde, und auch meine Wirtin war beim Abschiede nicht unzufrieden mit mir.

So sollte mir denn auch, noch kurz vor meiner Abreise, etwas sehr Angenehmes begegnen. Durch die Vermittelung jenes jungen Mannes, der sich wieder bei mir in einigen Kredit zu setzen wünschte, ward ich dem Direktor von Hagedorn vorgestellt, der mir seine Sammlung mit großer Güte vorwies, und sich an dem Enthusiasmus des jungen Kunstfreundes höchlich ergetzte. Er war, wie es einem Kenner geziemt, in die Bilder, die er besaß, ganz eigentlich verliebt, und fand daher selten an anderen eine Teilnahme, wie er sie wünschte. Besonders machte es ihm Freude, daß mir ein Bild von Schwanefeld ganz übermäßig gefiel, daß ich dasselbe in jedem einzelnen Teile zu preisen und zu erheben nicht müde ward: denn gerade Landschaften, die mich an den schönen heiteren Himmel, unter welchem ich herangewachsen, wieder erinnerten, die Pflanzenfülle jener Gegenden, und was sonst für Gunst ein wärmeres Klima den Menschen gewährt, rührten mich in der Nachbildung am meisten, indem sie eine sehnsüchtige Erinnerung in mir aufregten.

Diese köstlichen, Geist und Sinn zur wahren Kunst vorbereitenden Erfahrungen wurden jedoch durch einen der traurigsten Anblicke unterbrochen und gedämpft, durch den zerstörten und verödeten Zustand so mancher Straße Dresdens, durch die ich meinen Weg nahm. Die Mohrenstraße im Schutt, so wie die Kreuzkirche mit ihrem geborstenen Turm drückten sich mir tief ein und stehen noch wie ein dunkler Fleck in meiner Einbildungskraft. Von der Kuppel der Frauenkirche sah ich diese leidigen Trümmern zwischen die schöne städtische Ordnung hineingesät; da rühmte mir der Küster die Kunst des Baumeisters, welcher Kirche und Kuppel auf einen so unerwünschten Fall schon eingerichtet und bombenfest erbaut hatte. Der gute Sakristan deutete mir alsdann auf Ruinen nach allen Seiten und sagte bedenklich lakonisch: »Das hat der Feind getan!«

So kehrte ich nun zuletzt, obgleich ungern, nach Leipzig zurück, und fand meine Freunde, die solche Abschweifungen von mir nicht gewohnt waren, in großer Verwunderung, beschäftigt mit allerlei Konjekturen, was meine geheimnisvolle Reise wohl habe bedeuten sollen. Wenn ich ihnen darauf meine Geschichte ganz ordentlich erzählte, erklärten sie mir solche für ein Märchen und suchten scharfsinnig hinter das Rätsel zu kommen, das ich unter der Schusterherberge zu verhüllen mutwillig genug sei.

Hätten sie mir aber ins Herz sehen können, so würden sie keinen Mutwillen darin entdeckt haben: denn die Wahrheit jenes alten Worts, Zuwachs an Kenntnis ist Zuwachs an Unruhe, hatte mich mit ganzer Gewalt getroffen, und je mehr ich mich anstrengte, dasjenige was ich gesehn, zu ordnen und mir zuzueignen, je weniger gelang es mir; ich mußte mir zuletzt ein stilles Nachwirken gefallen lassen. Das gewöhnliche Leben ergriff mich wieder, und ich fühlte mich zuletzt ganz behaglich, wenn ein freundschaftlicher Umgang, Zunahme an Kenntnissen, die mir gemäß waren, und eine gewisse Übung der Hand mich auf eine weniger bedeutende, aber meinen Kräften mehr proportionierte Weise beschäftigten.

Eine sehr angenehme und für mich heilsame Verbindung, zu der ich gelangte, war die mit dem Breitkopfischen Hause. Bernhard Christoph Breitkopf, der eigentliche Stifter der Familie, der als ein armer Buchdruckergesell nach Leipzig gekommen war, lebte noch und bewohnte den Goldenen Bären, ein ansehnliches Gebäude auf dem neuen Neumarkt, mit Gottsched als Hausgenossen. Der Sohn, Joh. Gottlob Immanuel, war auch schon längst verheiratet und Vater mehrerer Kinder. Einen Teil ihres ansehnlichen Vermögens glaubten sie nicht besser anwenden zu können, als indem sie ein großes neues Haus, Zum silbernen Bären, dem ersten gegenüber errichteten, welches höher und weitläuftiger als das Stammhaus selbst angelegt ward. Gerade zu der Zeit des Baues ward ich mit der Familie bekannt. Der älteste Sohn mochte einige Jahre mehr haben als ich, ein wohlgestalteter junger Mann, der Musik ergeben und geübt sowohl den Flügel als die Violine fertig zu behandeln. Der zweite, eine treue gute Seele, gleichfalls musikalisch, belebte nicht weniger als der älteste die Konzerte, die öfters veranstaltet wurden. Sie waren mir beide, so wie auch Eltern und Schwestern, gewogen; ich ging ihnen beim Auf- und Ausbau, beim Möblieren und Einziehen zur Hand, und begriff dadurch manches, was sich auf ein solches Geschäft bezieht; auch hatte ich Gelegenheit, die Oeserischen Lehren angewendet zu sehn. In dem neuen Hause, das ich also entstehen sah, war ich oft zum Besuch. Wir trieben manches gemeinschaftlich, und der Älteste komponierte einige meiner Lieder, die, gedruckt, seinen Namen, aber nicht den meinigen führten und wenig bekannt geworden sind. Ich habe die besseren ausgezogen und zwischen meine übrigen kleinen Poesien eingeschaltet. Der Vater hatte den Notendruck erfunden oder vervollkommnet. Von einer schönen Bibliothek, die sich meistens auf den Ursprung der Buchdruckerei und ihr Wachstum bezog, erlaubte er mir den Gebrauch, wodurch ich mir in diesem Fache einige Kenntnis erwarb. Ingleichen fand ich daselbst gute Kupferwerke, die das Altertum darstellten, und setzte meine Studien auch von dieser Seite fort, welche dadurch noch mehr gefördert wurden, daß eine ansehnliche Schwefelsammlung beim Umziehen in Unordnung geraten war. Ich brachte sie, so gut ich konnte, wieder zurechte und war genötigt dabei mich im Lippert und anderen umzusehen. Einen Arzt, Doktor Reichel, gleichfalls einen Hausgenossen, konsultierte ich von Zeit zu Zeit, da ich mich wo nicht krank, doch unmustern fühlte, und so führten wir zusammen ein stilles anmutiges Leben.

Nun sollte ich in diesem Hause noch eine andere Art von Verbindung eingehen. Es zog nämlich in die Mansarde der Kupferstecher Stock. Er war aus Nürnberg gebürtig, ein sehr fleißiger und in seinen Arbeiten genauer und ordentlicher Mann. Auch Er stach, wie Geyser, nach Oeserischen Zeichnungen größere und kleinere Platten, die zu Romanen und Gedichten immer mehr in Schwung kamen. Er radierte sehr sauber, so daß die Arbeit aus dem Ätzwasser beinahe vollendet herauskam, und mit dem Grabstichel, den er sehr gut führte, nur weniges nachzuhelfen blieb. Er machte einen genauen Überschlag, wie lange ihn eine Platte beschäftigen würde, und nichts war vermögend ihn von seiner Arbeit abzurufen, wenn er nicht sein täglich vorgesetztes Pensum vollbracht hatte. So saß er an einem breiten Arbeitstisch am großen Giebelfenster, in einer sehr ordentlichen und reinlichen Stube, wo ihm Frau und zwei Töchter häusliche Gesellschaft leisteten. Von diesen letzten ist die eine glücklich verheiratet und die andere eine vorzügliche Künstlerin; sie sind lebenslänglich meine Freundinnen geblieben. Ich teilte nun meine Zeit zwischen den obern und untern Stockwerken und attachierte mich sehr an den Mann, der bei seinem anhaltenden Fleiße einen herrlichen Humor besaß und die Gutmütigkeit selbst war.

Mich reizte die reinliche Technik dieser Kunstart, und ich gesellte mich zu ihm, um auch etwas dergleichen zu verfertigen. Meine Neigung hatte sich wieder auf die Landschaft gelenkt, die mir bei einsamen Spaziergängen unterhaltend, an sich erreichbar und in den Kunstwerken faßlicher erschien als die menschliche Figur, die mich abschreckte. Ich radierte daher unter seiner Anleitung verschiedene Landschaften nach Thiele und andern, die, obgleich von einer ungeübten Hand verfertigt, doch einigen Effekt machten und gut aufgenommen wurden. Das Grundieren der Platten, das Weißanstreichen derselben, das Radieren selbst und zuletzt das Ätzen, gab mannigfaltige Beschäftigung, und ich war bald dahin gelangt, daß ich meinem Meister in manchen Dingen beistehen konnte. Mir fehlte nicht die beim Ätzen nötige Aufmerksamkeit, und selten daß mir etwas mißlang; aber ich hatte nicht Vorsicht genug, mich gegen die schädlichen Dünste zu verwahren, die sich bei solcher Gelegenheit zu entwickeln pflegen, und sie mögen wohl zu den Übeln beigetragen haben, die mich nachher eine Zeit lang quälten. Zwischen solchen Arbeiten wurde auch manchmal, damit ja alles versucht würde, in Holz geschnitten. Ich verfertigte verschiedene kleine Druckerstöcke, nach französischen Mustern, und manches davon ward brauchbar gefunden.

Man lasse mich hier noch einiger Männer gedenken, welche sich in Leipzig aufhielten, oder daselbst auf kurze Zeit verweilten. Kreissteuereinnehmer Weiße, in seinen besten Jahren, heiter, freundlich und zuvorkommend, ward von uns geliebt und geschätzt. Zwar wollten wir seine Theaterstücke nicht durchaus für musterhaft gelten lassen, ließen uns aber doch davon hinreißen, und seine Opern, durch Hillern auf eine leichte Weise belebt, machten uns viel Vergnügen. Schiebler, von Hamburg, betrat dieselbige Bahn, und dessen »Lisuard und Dariolette« ward von uns gleichfalls begünstigt. Eschenburg, ein schöner junger Mann, nur um weniges älter als wir, zeichnete sich unter den Studierenden vorteilhaft aus. Zachariä ließ sich's einige Wochen bei uns gefallen und speiste, durch seinen Bruder eingeleitet, mit uns an Einem Tische. Wir schätzten es, wie billig, für eine Ehre, wechselsweise durch ein paar außerordentliche Gerichte, reichlicheren Nachtisch und ausgesuchteren Wein unserm Gast zu willfahren, der, als ein großer, wohlgestalteter, behaglicher Mann, seine Neigung zu einer guten Tafel nicht verhehlte. Lessing traf zu einer Zeit ein, wo wir ich weiß nicht was im Kopf hatten: es beliebte uns, ihm nirgends zu Gefallen zu gehen, ja die Orte, wo er hinkam, zu vermeiden, wahrscheinlich weil wir uns zu gut dünkten, von ferne zu stehen, und keinen Anspruch machen konnten, in ein näheres Verhältnis mit ihm zu gelangen. Diese augenblickliche Albernheit, die aber bei einer anmaßlichen und grillenhaften Jugend nichts Seltenes ist, bestrafte sich freilich in der Folge, indem ich diesen so vorzüglichen und von mir aufs höchste geschätzten Mann niemals mit Augen gesehen.

Bei allen Bemühungen jedoch, welche sich auf Kunst und Altertum bezogen, hatte jeder stets Winkelmann vor Augen, dessen Tüchtigkeit im Vaterlande mit Enthusiasmus anerkannt wurde. Wir lasen fleißig seine Schriften, und suchten uns die Umstände bekannt zu machen, unter welchen er die ersten geschrieben hatte. Wir fanden darin manche Ansichten, die sich von Oesern herzuschreiben schienen, ja sogar Scherz und Grillen nach seiner Art, und ließen nicht nach, bis wir uns einen ungefähren Begriff von der Gelegenheit gemacht hatten, bei welcher diese merkwürdigen und doch mitunter so rätselhaften Schriften entstanden waren; ob wir es gleich dabei nicht sehr genau nahmen: denn die Jugend will lieber angeregt als unterrichtet sein, und es war nicht das letzte Mal, daß ich eine bedeutende Bildungsstufe sibyllinischen Blättern verdanken sollte.

Es war damals in der Literatur eine schöne Zeit, wo vorzüglichen Menschen noch mit Achtung begegnet wurde, obgleich die Klotzischen Händel und Lessings Kontroversen schon darauf hindeuteten, daß diese Epoche sich bald schließen werde. Winkelmann genoß einer solchen allgemeinen, unangetasteten Verehrung, und man weiß, wie empfindlich er war gegen irgend etwas Öffentliches, das seiner wohlgefühlten Würde nicht gemäß schien. Alle Zeitschriften stimmten zu seinem Ruhme überein, die besseren Reisenden kamen belehrt und entzückt von ihm zurück, und die neuen Ansichten, die er gab, verbreiteten sich über Wissenschaft und Leben. Der Fürst von Dessau hatte sich zu einer gleichen Achtung emporgeschwungen. Jung, wohl- und edeldenkend, hatte er sich auf seinen Reisen und sonst recht wünschenswert erwiesen. Winkelmann war im höchsten Grade von ihm entzückt und belegte ihn, wo er seiner gedachte, mit den schönsten Beinamen. Die Anlage eines damals einzigen Parks, der Geschmack zur Baukunst, welchen von Erdmannsdorf durch seine Tätigkeit unterstützte, alles sprach zu Gunsten eines Fürsten, der, indem er durch sein Beispiel den übrigen vorleuchtete, Dienern und Untertanen ein goldnes Zeitalter versprach. Nun vernahmen wir jungen Leute mit Jubel, daß Winkelmann aus Italien zurückkehren, seinen fürstlichen Freund besuchen, unterwegs bei Oesern eintreten und also auch in unsern Gesichtskreis kommen würde. Wir machten keinen Anspruch mit ihm zu reden; aber wir hofften ihn zu sehen, und weil man in solchen Jahren einen jeden Anlaß gern in eine Lustpartie verwandelt, so hatten wir schon Ritt und Fahrt nach Dessau verabredet, wo wir in einer schönen, durch Kunst verherrlichten Gegend, in einem wohladministrierten und zugleich äußerlich geschmückten Lande, bald da bald dort aufzupassen dachten, um die über uns so weit erhabenen Männer mit eigenen Augen umherwandeln zu sehen. Oeser war selbst ganz exaltiert, wenn er daran nur dachte, und wie ein Donnerschlag bei klarem Himmel fiel die Nachricht von Winkelmanns Tode zwischen uns nieder. Ich erinnere mich noch der Stelle, wo ich sie zuerst vernahm; es war in dem Hofe der Pleißenburg, nicht weit von der kleinen

Pforte, durch die man zu Oeser hinaufzusteigen pflegte. Es kam mir ein Mitschüler entgegen, sagte mir, daß Oeser nicht zu sprechen sei, und die Ursache warum. Dieser ungeheuere Vorfall tat eine ungeheuere Wirkung; es war ein allgemeines Jammern und Wehklagen, und sein frühzeitiger Tod schärfte die Aufmerksamkeit auf den Wert seines Lebens. Ja vielleicht wäre die Wirkung seiner Tätigkeit, wenn er sie auch bis in ein höheres Alter fortgesetzt hätte, nicht so groß gewesen, als sie jetzt werden mußte, da er, wie mehrere außerordentliche Menschen, auch noch durch ein seltsames und widerwärtiges Ende vom Schicksal ausgezeichnet worden.

Indem ich nun aber Winkelmanns Abscheiden grenzenlos beklagte, so dachte ich nicht, daß ich mich bald in dem Falle befinden würde, für mein eignes Leben besorgt zu sein: denn unter allem diesen hatten meine körperlichen Zustände nicht die beste Wendung genommen. Schon von Hause hatte ich einen gewissen hypochondrischen Zug mitgebracht, der sich in dem neuen sitzenden und schleichenden Leben eher verstärkte als verschwächte. Der Schmerz auf der Brust, den ich seit dem Auerstädter Unfall von Zeit zu Zeit empfand und der, nach einem Sturz mit dem Pferde, merklich gewachsen war, machte mich mißmutig. Durch eine unglückliche Diät verdarb ich mir die Kräfte der Verdauung; das schwere Merseburger Bier verdüsterte mein Gehirn, der Kaffee, der mir eine ganz eigne triste Stimmung gab, besonders mit Milch nach Tische genossen, paralysierte meine Eingeweide und schien ihre Funktionen völlig aufzuheben, so daß ich deshalb große Beängstigungen empfand, ohne jedoch den Entschluß zu einer vernünftigeren Lebensart fassen zu können. Meine Natur, von hinlänglichen Kräften der Jugend unterstützt, schwankte zwischen den Extremen von ausgelassener Lustigkeit und melancholischem Unbehagen. Ferner war damals die Epoche des Kaltbadens eingetreten, welches unbedingt empfohlen ward. Man sollte auf hartem Lager schlafen, nur leicht zugedeckt, wodurch denn alle gewohnte Ausdünstung unterdrückt wurde. Diese und andere Torheiten, in Gefolg von mißverstandenen Anregungen Rousseaus, würden uns, wie man versprach, der Natur näher führen und uns aus dem Verderbnisse der Sitten retten. Alles Obige nun, ohne Unterscheidung, mit unvernünftigem Wechsel angewendet, empfanden mehrere als das Schädlichste, und ich verhetzte meinen glücklichen Organismus dergestalt, daß die darin enthaltenen besondern Systeme zuletzt in eine Verschwörung und Revolution ausbrechen mußten, um das Ganze zu retten.

Eines Nachts wachte ich mit einem heftigen Blutsturz auf, und hatte noch so viel Kraft und Besinnung, meinen Stubennachbar zu wecken. Doktor Reichel wurde gerufen, der mir aufs freundlichste hülfreich ward, und so schwankte ich mehrere Tage zwischen Leben und Tod, und selbst die Freude an einer erfolgenden Besserung wurde dadurch vergällt, daß sich, bei jener Eruption, zugleich ein Geschwulst an der linken Seite des Halses gebildet hatte, den man jetzt erst, nach vorübergegangner Gefahr, zu bemerken Zeit fand. Genesung ist jedoch immer angenehm und erfreulich, wenn sie auch langsam und kümmerlich vonstatten geht, und da bei mir sich die Natur geholfen, so schien ich auch nunmehr ein anderer Mensch geworden zu sein: denn ich hatte eine größere Heiterkeit des Geistes gewonnen, als ich mir lange nicht gekannt, ich war froh mein Inneres frei zu fühlen, wenn mich gleich äußerlich ein langwieriges Leiden bedrohte.

Was mich aber in dieser Zeit besonders aufrichtete, war zu sehen, wie viel vorzügliche Männer mir unverdient ihre Neigung zugewendet hatten. Unverdient, sage ich: denn es war keiner darunter, dem ich nicht, durch widerliche Launen, beschwerlich gewesen wäre, keiner, den ich nicht durch krankhaften Widersinn mehr als einmal verletzt, ja den ich nicht, im Gefühl meines eignen Unrechts, eine Zeit lang störrisch gemieden hätte. Dies alles war vergessen, sie behandelten mich aufs liebreichste und suchten mich teils auf meinem Zimmer, teils sobald ich es verlassen konnte, zu unterhalten und zu zerstreuen. Sie fuhren mit mir aus, bewirteten mich auf ihren Landhäusern, und ich schien mich bald zu erholen.

Unter diesen Freunden nenne ich wohl zuvörderst den damaligen Ratsherrn, nachherigen Burgemeister von Leipzig, Doktor Hermann. Er war unter denen Tischgenossen, die ich durch Schlosser kennen lernte, derjenige, zu dem sich ein immer gleiches und dauerndes Verhältnis bewährte. Man konnte ihn wohl zu den fleißigsten der akademischen Mitbürger rechnen. Er besuchte seine Kollegien auf das regelmäßigste und sein Privatfleiß blieb sich immer gleich. Schritt vor Schritt, ohne die mindeste Abweichung, sah ich ihn den Doktorgrad erreichen, dann sich zur Assessur emporheben, ohne daß ihm hiebei etwas mühsam geschienen, daß er im mindesten etwas übereilt oder verspätet hätte. Die Sanftheit seines Charakters zog mich an, seine lehrreiche Unterhaltung hielt mich fest; ja ich glaube wirklich, daß ich mich an seinem geregelten Fleiß vorzüglich deswegen erfreute, weil ich mir von einem Verdienste, dessen ich mich keineswegs rühmen konnte, durch Anerkennung und Hochschätzung, wenigstens einen Teil zuzueignen meinte.

Ebenso regelmäßig als in seinen Geschäften, war er in Ausübung seiner Talente und im Genuß seiner Vergnügungen. Er spielte den Flügel mit großer Fertigkeit, zeichnete mit Gefühl nach der Natur, und regte mich an das gleiche zu tun; da ich denn in seiner Art auf grau Papier mit schwarzer und weißer Kreide gar manches Weidicht der Pleiße und manchen lieblichen Winkel dieser stillen Wasser nachzubilden und dabei immer sehnsüchtig meinen Grillen nachzuhängen pflegte. Er wußte mein mitunter komisches Wesen durch heitere Scherze zu erwidern, und ich erinnere mich mancher vergnügten Stunde, die wir zusammen zubrachten, wenn er mich mit scherzhafter Feierlichkeit zu einem Abendessen unter vier Augen einlud, wo wir mit eignem Anstand, bei angezündeten Wachslichtern, einen sogenannten Ratshasen, der ihm als Deputat seiner Stelle in die Küche gelaufen war, verzehrten, und mit gar manchen Späßen, in Behrischens Manier, das Essen zu würzen und den Geist des Weines zu erhöhen beliebten. Daß dieser treffliche und noch jetzt in seinem ansehnlichen Amte immerfort wirksame Mann mir bei meinem zwar geahndeten, aber in seiner ganzen Größe nicht vorausgesehenen Übel den treulichsten Beistand leistete, mir jede freie Stunde schenkte, und durch Erinnerung an frühere Heiterkeiten den trüben Augenblick zu erhellen wußte, erkenne ich noch immer mit dem aufrichtigsten Dank, und freue mich nach so langer Zeit ihn öffentlich abstatten zu können.

Außer diesem werten Freunde nahm sich Gröning von Bremen besonders meiner an. Ich hatte erst kurz vorher seine Bekanntschaft gemacht, und sein Wohlwollen gegen mich ward ich erst bei dem Unfalle gewahr; ich fühlte den Wert dieser Gunst um so lebhafter, als niemand leicht eine nähere Verbindung mit Leidenden sucht. Er sparte nichts, um mich zu ergetzen, mich aus dem Nachsinnen über meinen Zustand herauszuziehen und mir Genesung und gesunde Tätigkeit in der nächsten Zeit vorzuzeigen und zu versprechen. Wie oft habe ich mich gefreut, in dem Fortgange des Lebens zu hören, wie sich dieser vorzügliche Mann, in den wichtigsten Geschäften, seiner Vaterstadt nützlich und heilbringend erwiesen.

Hier war es auch, wo Freund Horn seine Liebe und Aufmerksamkeit ununterbrochen wirken ließ. Das ganze Breitkopfische Haus, die Stockische Familie, manche andere behandelten mich als einen nahen Verwandten; und so wurde mir durch das Wohlwollen so vieler freundlicher Menschen das Gefühl meines Zustandes auf das zarteste gelindert.

Umständlicher muß ich jedoch hier eines Mannes erwähnen, den ich erst in dieser Zeit kennen lernte und dessen lehrreicher Umgang mich über die traurige Lage, in der ich mich befand, dergestalt verblendete, daß ich sie wirklich vergaß. Es war Langer, nachheriger Bibliothekar in Wolfenbüttel. Vorzüglich gelehrt und unterrichtet freute er sich an meinem

Heißhunger nach Kenntnissen, der sich nun bei der krankhaften Reizbarkeit völlig fieberhaft äußerte. Er suchte mich durch deutliche Übersichten zu beruhigen, und ich bin seinem, obwohl kurzen Umgange sehr viel schuldig geworden, indem er mich auf mancherlei Weise zu leiten verstand und mich aufmerksam machte, wohin ich mich gerade gegenwärtig zu richten hätte. Ich fand mich diesem bedeutenden Manne um so mehr verpflichtet, als mein Umgang ihn einiger Gefahr aussetzte: denn als er nach Behrischen die Hofmeisterstelle bei dem jungen Grafen Lindenau erhielt, machte der Vater dem neuen Mentor ausdrücklich zur Bedingung, keinen Umgang mit mir zu pflegen. Neugierig, ein so gefährliches Subjekt kennen zu lernen, wußte er mich mehrmals am dritten Orte zu sehen. Ich gewann bald seine Neigung, und er, klüger als Behrisch, holte mich bei Nachtszeit ab, wir gingen zusammen spazieren, unterhielten uns von interessanten Dingen, und ich begleitete ihn endlich bis an die Türe seiner Geliebten: denn auch dieser äußerlich streng scheinende, ernste, wissenschaftliche Mann war nicht frei von den Netzen eines sehr liebenswürdigen Frauenzimmers geblieben.

Die deutsche Literatur und mit ihr meine eignen poetischen Unternehmungen waren mir schon seit einiger Zeit fremd geworden, und ich wendete mich wieder, wie es bei einem solchen autodidaktischen Kreisgange zu erfolgen pflegt, gegen die geliebten Alten, die noch immer, wie ferne blaue Berge, deutlich in ihren Umrissen und Massen, aber unkenntlich in ihren Teilen und inneren Beziehungen, den Horizont meiner geistigen Wünsche begrenzten. Ich machte einen Tausch mit Langer, wobei ich zugleich den Glaucus und Diomedes spielte; ich überließ ihm ganze Körbe deutscher Dichter und Kritiker und erhielt dagegen eine Anzahl griechischer Autoren, deren Benutzung mich, selbst bei dem langsamsten Genesen, erquicken sollte.

Das Vertrauen, welches neue Freunde sich einander schenken, pflegt sich stufenweise zu entwickeln. Gemeinsame Beschäftigungen und Liebhabereien sind das erste, worin sich eine wechselseitige Übereinstimmung hervortut; sodann pflegt die Mitteilung sich über vergangene und gegenwärtige Leidenschaften, besonders über Liebesabenteuer zu erstrekken; es ist aber noch ein Tieferes, das sich aufschließt, wenn das Verhältnis sich vollenden will, es sind die religiosen Gesinnungen, die Angelegenheiten des Herzens, die auf das Unvergängliche Bezug haben, und welche sowohl den Grund einer Freundschaft befestigen als ihren Gipfel zieren.

Die christliche Religion schwankte zwischen ihrem eignen Historischpositiven und einem reinen Deismus, der, auf Sittlichkeit gegründet, wiederum die Moral begründen sollte. Die Verschiedenheit der Charaktere und Denkweisen zeigte sich hier in unendlichen Abstufungen, besonders da noch ein Hauptunterschied mit einwirkte, indem die Frage entstand, wieviel Anteil die Vernunft, wieviel die Empfindung an solchen Überzeugungen haben könne und dürfe. Die lebhaftesten und geistreichsten Männer erwiesen sich in diesem Falle als Schmetterlinge, welche ganz uneingedenk ihres Raupenstandes die Puppenhülle wegwerfen, in der sie zu ihrer organischen Vollkommenheit gediehen sind. Andere, treuer und bescheidner gesinnt, konnte man den Blumen vergleichen, die ob sie sich gleich zur schönsten Blüte entfalten, sich doch von der Wurzel, von dem Mutterstamme nicht losreißen, ja vielmehr durch diesen Familienzusammenhang die gewünschte Frucht erst zur Reife bringen. Von dieser letztern Art war Langer; denn obgleich Gelehrter und vorzüglicher Bücherkenner, so mochte er doch der Bibel vor anderen überlieferten Schriften einen besondern Vorzug gönnen und sie als ein Dokument ansehen, woraus wir allein unsern sittlichen und geistigen Stammbaum dartun könnten. Er gehörte unter diejenigen, denen ein unmittelbares Verhältnis zu dem großen Weltgotte nicht in den Sinn will; ihm war daher eine Vermittelung notwendig, deren Analogon er überall in irdischen und himmlischen Dingen zu finden glaubte. Sein Vortrag, angenehm und konsequent, fand bei einem jungen Menschen leicht Gehör, der durch eine verdrießliche Krankheit von irdischen Dingen abgesondert, die Lebhaftigkeit seines Geistes gegen die himmlischen zu wenden höchst erwünscht fand. Bibelfest wie ich war kam es bloß auf den Glauben an, das was ich menschlicher Weise zeither geschätzt, nunmehr für göttlich zu erklären, welches mir um so leichter fiel, da ich die erste Bekanntschaft mit diesem Buche als einem göttlichen gemacht hatte. Einem Duldenden, zart, ja schwächlich Fühlenden war daher das Evangelium willkommen, und wenn auch Langer bei seinem Glauben zugleich ein sehr verständiger Mann war und fest darauf hielt, daß man die Empfindung nicht solle vorherrschen, sich nicht zur Schwärmerei solle verleiten lassen; so hätte ich doch nicht recht gewußt, mich ohne Gefühl und Enthusiasmus mit dem Neuen Testament zu beschäftigen.

Mit solchen Unterhaltungen verbrachten wir manche Zeit, und er gewann mich als einen getreuen und wohlvorbereiteten Proselyten dergestalt lieb, daß er manche seiner Schönen zugedachte Stunde mir aufzuopfern nicht anstand, ja sogar Gefahr lief verraten und, wie Behrisch, von seinem Patron übel angesehen zu werden. Ich erwiderte seine Neigung auf das dankbarste, und wenn dasjenige was er für mich tat, zu jeder Zeit wäre schätzenswert gewesen, so mußte es mir in meiner gegenwärtigen Lage höchst verehrlich sein.

Da nun aber gewöhnlich, wenn unser Seelenconcent am geistigsten gestimmt ist, die rohen, kreischenden Töne des Weltwesens am gewaltsamsten und ungestümsten einfallen, und der ingeheim immer fortwaltende Kontrast, auf einmal hervortretend, nur desto empfindlicher wirkt, so sollte ich auch nicht aus der peripatetischen Schule meines Langers entlassen werden, ohne vorher noch ein, für Leipzig wenigstens, seltsames Ereignis erlebt zu haben, einen Tumult nämlich, den die Studierenden erregten und zwar aus folgendem Anlasse. Mit den Stadtsoldaten hatten sich junge Leute veruneinigt, es war nicht ohne Tätlichkeiten abgelaufen. Mehrere Studierende verbanden sich, die zugefügten Beleidigungen zu rächen. Die Soldaten widerstanden hartnäckig und der Vorteil war nicht auf der Seite der sehr unzufriedenen akademischen Bürger. Nun ward erzählt, es hätten angesehene Personen wegen tapferen Widerstands die Obsiegenden gelobt und belohnt, und hierdurch ward nun das jugendliche Ehr- und Rachgefühl mächtig aufgefordert. Man erzählte sich öffentlich, daß den nächsten Abend Fenster eingeworfen werden sollten, und einige Freunde, welche mir die Nachricht brachten, daß es wirklich geschehe, mußten mich hinführen, da Jugend und Menge wohl immer durch Gefahr und Tumult angezogen wird. Es begann wirklich ein seltsames Schauspiel. Die übrigens freie Straße war an der einen Seite von Menschen besetzt, welche ganz ruhig, ohne Lärm und Bewegung abwarteten, was geschehen solle. Auf der leeren Bahn gingen etwa ein Dutzend junge Leute einzeln hin und wider, in anscheinender größter Gelassenheit; sobald sie aber gegen das bezeichnete Haus kamen, so warfen sie im Vorbeigehn Steine nach den Fenstern, und dies zu wiederholten Malen hin und wider kehrend, solange die Scheiben noch klirren wollten. Ebenso ruhig, wie dieses vorging, verlief sich auch endlich alles und die Sache hatte keine weiteren Folgen.

Mit einem so gellenden Nachklange akademischer Großtaten fuhr ich im September 1768 von Leipzig ab, in dem bequemen Wagen eines Hauderers und in Gesellschaft einiger mir bekannten zuverlässigen Personen. In der Gegend von Auerstädt gedachte ich jenes früheren Unfalls; aber ich konnte nicht ahnden, was viele Jahre nachher mich von dorther mit größerer Gefahr bedrohen würde, ebenso wenig, als in Gotha, wo wir uns das Schloß zeigen ließen, ich, in dem großen mit Stukkaturbildern verzierten Saale, denken durfte, daß mir an eben der Stelle so viel Gnädiges und Liebes widerfahren sollte.

Je mehr ich mich nun meiner Vaterstadt näherte, desto mehr rief ich mir, bedenklicher Weise, zurück, in welchen Zuständen, Aussichten, Hoffnungen ich von Hause weggegangen, und es war ein sehr niederschlagendes Gefühl, daß ich nunmehr gleichsam als ein Schiffbrüchiger zurückkehrte. Da ich mir jedoch nicht sonderlich viel vorzuwerfen hatte, so wußte ich mich ziemlich zu beruhigen; indessen war der Willkommen nicht ohne Bewegung. Die große Lebhaftigkeit meiner Natur durch Krankheit gereizt und erhöht, verursachte eine leidenschaftliche Szene. Ich mochte übler aussehen als ich selbst wußte: denn ich hatte lange keinen Spiegel zu Rat gezogen; und wer wird sich denn nicht selbst gewohnt: genug man kam stillschweigend überein, mancherlei Mitteilungen erst nach und nach zu bewirken und vor allen Dingen sowohl körperlich als geistig einige Beruhigung eintreten zu lassen.

Meine Schwester gesellte sich gleich zu mir, und wie vorläufig aus ihren Briefen, so konnte ich nunmehr umständlicher und genauer die Verhältnisse und die Lage der Familie vernehmen. Mein Vater hatte nach meiner Abreise seine ganze didaktische Liebhaberei der Schwester zugewendet, und ihr bei einem völlig geschlossenen, durch den Frieden gesicherten und selbst von Mietleuten geräumten Hause fast alle Mittel abgeschnitten, sich auswärts einigermaßen umzutun und zu erholen. Das Französische, Italienische, Englische mußte sie abwechselnd treiben und bearbeiten, wobei er sie einen großen Teil des Tags sich an dem Klaviere zu üben nötigte. Das Schreiben durfte auch nicht versäumt werden, und ich hatte wohl schon früher gemerkt, daß er ihre Korrespondenz mit mir dirigiert und seine Lehren durch ihre Feder mir hatte zukommen lassen. Meine Schwester war und blieb ein indefinibels Wesen, das sonderbarste Gemisch von Strenge und Weichheit, von Eigensinn und Nachgiebigkeit, welche Eigenschaften bald vereint, bald durch Willen und Neigung vereinzelt wirkten. So hatte sie auf eine Weise, die mir fürchterlich erschien, ihre Härte gegen den Vater gewendet, dem sie nicht verzieh, daß er ihr diese drei Jahre lang so manche unschuldige Freude verhindert oder vergällt, und von dessen guten und trefflichen Eigenschaften sie auch ganz und gar keine anerkennen wollte. Sie tat alles was er befahl oder anordnete, aber auf die unlieblichste Weise von der

Welt. Sie tat es in hergebrachter Ordnung, aber auch nichts drüber und nichts drunter. Aus Liebe oder Gefälligkeit bequemte sie sich zu nichts, so daß dies eins der ersten Dinge war, über die sich die Mutter in einem geheimen Gespräch mit mir beklagte. Da nun aber meine Schwester so liebebedürftig war, als irgend ein menschliches Wesen; so wendete sie nun ihre Neigung ganz auf mich. Ihre Sorge für meine Pflege und Unterhaltung verschlang alle ihre Zeit; ihre Gespielinnen, die von ihr beherrscht wurden, ohne daß sie daran dachte, mußten gleichfalls allerlei aussinnen, um mir gefällig und trostreich zu sein. Sie war erfinderisch mich zu erheitern, und entwickelte sogar einige Keime von possenhaftem Humor, den ich an ihr nie gekannt hatte, und der ihr sehr gut ließ. Es entspann sich bald unter uns eine Coterie-Sprache, wodurch wir vor allen Menschen reden konnten, ohne daß sie uns verstanden, und sie bediente sich dieses Rotwelsches öfters mit vieler Keckheit in Gegenwart der Eltern.

Persönlich war mein Vater in ziemlicher Behaglichkeit. Er befand sich wohl, brachte einen großen Teil des Tags mit dem Unterrichte meiner Schwester zu, schrieb an seiner Reisebeschreibung, und stimmte seine Laute länger als er darauf spielte. Er verhehlte dabei so gut er konnte den Verdruß, anstatt eines rüstigen, tätigen Sohns, der nun promovieren und jene vorgeschriebene Lebensbahn durchlaufen sollte, einen Kränkling zu finden, der noch mehr an der Seele als am Körper zu leiden schien. Er verbarg nicht seinen Wunsch, daß man sich mit der Kur expedieren möge; besonders aber mußte man sich mit hypochondrischen Äußerungen in seiner Gegenwart in Acht nehmen, weil er alsdann heftig und bitter werden konnte.

Meine Mutter, von Natur sehr lebhaft und heiter, brachte unter diesen Umständen sehr langweilige Tage zu. Die kleine Haushaltung war bald besorgt. Das Gemüt der guten, innerlich niemals unbeschäftigten Frau wollte auch einiges Interesse finden, und das nächste begegnete ihr in der Religion, das sie um so lieber ergriff, als ihre vorzüglichsten Freundinnen gebildete und herzliche Gottesverehrerinnen waren. Unter diesen stand Fräulein von Klettenberg obenan. Es ist dieselbe, aus deren Unterhaltungen und Briefen die »Bekenntnisse der schönen Seele« entstanden sind, die man in »Wilhelm Meister« eingeschaltet findet. Sie war zart gebaut, von mittlerer Größe; ein herzliches natürliches Betragen war durch Welt- und Hofart noch gefälliger geworden. Ihr sehr netter Anzug erinnerte an die Kleidung herrnhutischer Frauen. Heiterkeit und Gemütsruhe verließen sie niemals. Sie betrachtete ihre Krankheit als einen notwendigen Bestandteil ihres vorübergehenden irdischen Seins; sie litt mit der größten Geduld, und in schmerzlosen Intervallen war sie lebhaft und gesprächig. Ihre liebste, ja vielleicht einzige Unterhaltung waren die sittlichen Erfahrungen, die der Mensch, der sich beobachtet, an sich selbst machen kann; woran sich denn die religiosen Gesinnungen anschlossen, die auf eine sehr anmutige, ja geniale Weise bei ihr als natürlich und übernatürlich in Betracht kamen. Mehr bedarf es kaum, um jene ausführliche, in ihre Seele verfaßte Schilderung den Freunden solcher Darstellungen wieder ins Gedächtnis zu rufen. Bei dem ganz eignen Gange, den sie von Jugend auf genommen hatte, und bei dem vornehmeren Stande, in dem sie geboren und erzogen war, bei der Lebhaftigkeit und Eigenheit ihres Geistes vertrug sie sich nicht zum besten mit den übrigen Frauen, welche den gleichen Weg zum Heil eingeschlagen hatten. Frau Griesbach, die vorzüglichste, schien zu streng, zu trocken, zu gelehrt; sie wußte, dachte, umfaßte mehr als die andern, die sich mit der Entwickelung ihres Gefühls begnügten, und war ihnen daher lästig, weil nicht jede einen so großen Apparat auf dem Wege zur Seligkeit mit sich führen konnte noch wollte. Dafür aber wurden denn die meisten freilich etwas eintönig, indem sie sich an eine gewisse Terminologie hielten, die man mit jener der späteren Empfindsamen wohl verglichen hätte. Fräulein von Klettenberg führte ihren Weg zwischen beiden Extremen durch, und schien sich mit einiger Selbstgefälligkeit in dem Bilde des Grafen Zinzendorf zu spiegeln, dessen Gesinnungen und Wirkungen Zeugnis einer höheren Geburt und eines vornehmeren Standes ablegten. Nun fand sie an mir was sie bedurfte, ein junges lebhaftes, auch nach einem unbekannten Heile strebendes Wesen, das, ob es sich gleich nicht für außerordentlich sündhaft halten konnte, sich doch in keinem behaglichen Zustand befand, und weder an Leib noch Seele ganz gesund war. Sie erfreute sich an dem, was mir die Natur gegeben, so wie an manchem, was ich mir erworben hatte. Und wenn sie mir viele Vorzüge zugestand, so war es keineswegs demütigend für sie: denn erstlich gedachte sie nicht mit einer Mannsperson zu wetteifern, und zweitens glaubte sie, in Absicht auf religiose Bildung sehr viel vor mir voraus zu haben. Meine Unruhe, meine Ungeduld, mein Streben, mein Suchen, Forschen, Sinnen und Schwanken, legte sie auf ihre Weise aus, und verhehlte mir ihre Überzeugung nicht, sondern versicherte mir unbewunden, das alles komme daher, weil ich keinen versöhnten Gott habe. Nun hatte ich von Jugend auf geglaubt, mit meinem Gott ganz gut zu stehen, ja ich bildete mir, nach mancherlei Erfahrungen, wohl ein, daß er gegen mich sogar im Rest stehen könne, und ich war kühn genug zu glauben, daß ich ihm einiges zu verzeihen hätte. Dieser Dünkel gründete sich auf meinen unendlich guten Willen, dem er, wie mir schien, besser hätte zu Hülfe kommen sollen. Es läßt sich denken, wie oft ich und meine Freundin hierüber in Streit gerieten, der sich doch immer auf die freundlichste Weise und manchmal, wie meine Unterhaltung mit dem alten Rektor, damit endigte: daß ich ein närrischer Bursche sei, dem man manches nachsehen müsse.

Da ich mit der Geschwulst am Halse sehr geplagt war, indem Arzt und Chirurgus diese Excrescens erst vertreiben, hernach, wie sie sagten, zeitigen wollten, und sie zuletzt aufzuschneiden für gut befanden; so hatte ich eine geraume Zeit mehr an Unbequemlichkeit als an Schmerzen zu leiden, obgleich gegen das Ende der Heilung das immer fortdauernde

Betupfen mit Höllenstein und andern ätzenden Dingen höchst verdrießliche Aussichten auf jeden neuen Tag geben mußte. Arzt und Chirurgus gehörten auch unter die abgesonderten Frommen, obgleich beide von höchst verschiedenem Naturell waren. Der Chirurgus, ein schlanker wohlgebildeter Mann von leichter und geschickter Hand, der, leider etwas hektisch, seinen Zustand mit wahrhaft christlicher Geduld ertrug, und sich in seinem Berufe durch sein Übel nicht irre machen ließ. Der Arzt, ein unerklärlicher, schlaublickender, freundlich sprechender, übrigens abstruser Mann, der sich in dem frommen Kreise ein ganz besonderes Zutrauen erworben hatte. Tätig und aufmerksam war er den Kranken tröstlich; mehr aber als durch alles erweiterte er seine Kundschaft durch die Gabe, einige geheimnisvolle selbstbereitete Arzneien im Hintergrunde zu zeigen, von denen niemand sprechen durfte, weil bei uns den Ärzten die eigene Dispensation streng verboten war. Mit gewissen Pulvern, die irgend ein Digestiv sein mochten, tat er nicht so geheim; aber von jenem wichtigen Salze, das nur in den größten Gefahren angewendet werden durfte, war nur unter den Gläubigen die Rede, ob es gleich noch niemand gesehen, oder die Wirkung davon gespürt hatte. Um den Glauben an die Möglichkeit eines solchen Universalmittels zu erregen und zu stärken, hatte der Arzt seinen Patienten, wo er nur einige Empfänglichkeit fand, gewisse mystische chemisch-alchemische Bücher empfohlen, und zu verstehen gegeben, daß man durch eignes Studium derselben gar wohl dahin gelangen könne, jenes Kleinod sich selbst zu erwerben; welches um so notwendiger sei, als die Bereitung sich sowohl aus physischen, als besonders aus moralischen Gründen nicht wohl überliefern lasse, ja daß man, um jenes große Werk einzusehen, hervorzubringen und zu benutzen, die Geheimnisse der Natur im Zusammenhang kennen müsse, weil es nichts Einzelnes sondern etwas Universelles sei, und auch wohl gar unter verschiedenen Formen und Gestalten hervorgebracht werden könne. Meine Freundin hatte auf diese lockenden Worte gehorcht. Das Heil des

Körpers war zu nahe mit dem Heil der Seele verwandt; und könnte je eine größere Wohltat, eine größere Barmherzigkeit auch an andern ausgeübt werden, als wenn man sich ein Mittel zu eigen machte, wodurch so manches Leiden gestillt, so manche Gefahr abgelehnt werden könnte? Sie hatte schon insgeheim Wellings »Opus mago-cabbalisticum« studiert, wobei sie jedoch, weil der Autor das Licht was er mitteilt sogleich wieder selbst verfinstert und aufhebt, sich nach einem Freunde umsah, der ihr in diesem Wechsel von Licht und Finsternis Gesellschaft leistete. Es bedurfte nur einer geringen Anregung, um auch mir diese Krankheit zu inokulieren. Ich schaffte das Werk an, das, wie alle Schriften dieser Art, seinen Stammbaum in gerader Linie bis zur Neuplatonischen Schule verfolgen konnte. Meine vorzüglichste Bemühung an diesem Buche war, die dunklen Hinweisungen, wo der Verfasser von einer Stelle auf die andere deutet, und dadurch das was er verbirgt, zu enthüllen verspricht, aufs genauste zu bemerken und am Rande die Seitenzahlen solcher sich einander aufklären sollenden Stellen zu bezeichnen. Aber auch so blieb das Buch noch dunkel und unverständlich genug; außer daß man sich zuletzt in eine gewisse Terminologie hineinstudierte, und indem man mit derselben nach eignem Belieben gebarte, etwas wo nicht zu verstehen, doch wenigstens zu sagen glaubte. Gedachtes Werk erwähnt seiner Vorgänger mit vielen Ehren, und wir wurden daher angeregt jene Quellen selbst aufzusuchen. Wir wendeten uns nun an die Werke des Theophrastus Paracelsus und Basilius Valentinus; nicht weniger an Helmont, Starkey und andere, deren mehr oder weniger auf Natur und Einbildung beruhende Lehren und Vorschriften wir einzusehen und zu befolgen suchten. Mir wollte besonders die »Aurea Catena Homeri« gefallen, wodurch die Natur, wenn auch vielleicht auf phantastische Weise, in einer schönen Verknüpfung dargestellt wird; und so verwendeten wir teils einzeln, teils zusammen, viele Zeit an diese Seltsamkeiten, und brachten die Abende eines langen Winters, während dessen ich die

Stube hüten mußte, sehr vergnügt zu, indem wir zu dreien, meine Mutter mit eingeschlossen, uns an diesen Geheimnissen mehr ergetzten, als die Offenbarung derselben hätte tun können.

Mir war indes noch eine sehr harte Prüfung vorbereitet: denn eine gestörte und man dürfte wohl sagen für gewisse Momente vernichtete Verdauung brachte solche Symptome hervor, daß ich unter großen Beängstigungen das Leben zu verlieren glaubte und keine angewandten Mittel weiter etwas fruchten wollten. In diesen letzten Nöten zwang meine bedrängte Mutter mit dem größten Ungestüm den verlegnen Arzt, mit seiner Universal-Medizin hervorzurücken; nach langem Widerstande eilte er tief in der Nacht nach Hause und kam mit einem Gläschen kristallisierten trocknen Salzes zurück, welches in Wasser aufgelöst von dem Patienten verschluckt wurde und einen entschieden alkalischen Geschmack hatte. Das Salz war kaum genommen, so zeigte sich eine Erleichterung des Zustandes, und von dem Augenblick an nahm die Krankheit eine Wendung, die stufenweise zur Besserung führte. Ich darf nicht sagen, wie sehr dieses den Glauben an unsern Arzt, und den Fleiß uns eines solchen Schatzes teilhaftig zu machen, stärkte und erhöhte.

Meine Freundin, welche eltern- und geschwisterlos in einem großen wohlgelegnen Hause wohnte, hatte schon früher angefangen, sich einen kleinen Windofen, Kolben und Retorten von mäßiger Größe anzuschaffen, und operierte nach Wellingischen Fingerzeigen und nach bedeutenden Winken des Arztes und Meisters, besonders auf Eisen, in welchem die heilsamsten Kräfte verborgen sein sollten, wenn man es aufzuschließen wisse, und weil in allen uns bekannten Schriften das Luftsalz, welches herbeigezogen werden mußte, eine große Rolle spielte; so wurden zu diesen Operationen Alkalien erfordert, welche indem sie an der Luft zerfließen sich mit jenen überirdischen Dingen verbinden und zuletzt ein geheimnisvolles treffliches Mittelsalz per se hervorbringen sollten.

Kaum war ich einigermaßen wieder hergestellt und konnte mich, durch eine bessere Jahrszeit begünstigt, wieder in meinem alten Giebelzimmer aufhalten; so fing auch ich an, mir einen kleinen Apparat zuzulegen; ein Windöfchen mit einem Sandbade war zubereitet, ich lernte sehr geschwind mit einer brennenden Lunte die Glaskolben in Schalen verwandeln, in welchen die verschiedenen Mischungen abgeraucht werden sollten. Nun wurden sonderbare Ingredienzien des Makrokosmus und Mikrokosmus auf eine geheimnisvolle wunderliche Weise behandelt, und vor allem suchte man Mittelsalze auf eine unerhörte Art hervorzubringen. Was mich aber eine ganze Weile am meisten beschäftigte, war der sogenannte Liquor Silicum (Kieselsaft), welcher entsteht, wenn man reine Quarzkiesel mit einem gehörigen Anteil Alkali schmilzt, woraus ein durchsichtiges Glas entspringt, welches an der Luft zerschmilzt und eine schöne klare Flüssigkeit darstellt. Wer dieses einmal selbst verfertigt und mit Augen gesehen hat, der wird diejenigen nicht tadeln, welche an eine jungfräuliche Erde und an die Möglichkeit glauben, auf und durch dieselbe weiterzuwirken. Diesen Kieselsaft zu bereiten hatte ich eine besondere Fertigkeit erlangt; die schönen weißen Kiesel, welche sich im Main finden, gaben dazu ein vollkommenes Material; und an dem übrigen so wie an Fleiß ließ ich es nicht fehlen: nur ermüdete ich doch zuletzt, indem ich bemerken mußte, daß das Kieselhafte keineswegs mit dem Salze so innig vereint sei, wie ich philosophischer Weise geglaubt hatte: denn es schied sich gar leicht wieder aus, und die schönste mineralische Flüssigkeit, die mir einige Mal zu meiner größten Verwunderung in Form einer animalischen Gallert erschienen war, ließ doch immer ein Pulver fallen, das ich für den feinsten Kieselstaub ansprechen mußte, der aber keineswegs irgend etwas Produktives in seiner Natur spüren ließ, woran man hätte hoffen können diese jungfräuliche Erde in den Mutterstand übergehen zu sehen.

So wunderlich und unzusammenhängend auch diese Operationen waren, so lernte ich doch dabei mancherlei. Ich gab genau auf alle Kristallisationen Acht, welche sich zeigen mochten, und ward mit den äußern Formen mancher natürlichen Dinge bekannt, und indem mir wohl bewußt war, daß man in der neueren Zeit die chemischen Gegenstände methodischer aufgeführt; so wollte ich mir im Allgemeinen davon einen Begriff machen, ob ich gleich als Halbadept vor den Apothekern und allen denjenigen, die mit dem gemeinen Feuer operierten, sehr wenig Respekt hatte. Indessen zog mich doch das chemische Compendium des Boerhaave gewaltig an, und verleitete mich mehrere Schriften dieses Mannes zu lesen, wodurch ich denn, da ohnehin meine langwierige Krankheit mich dem Ärztlichen näher gebracht hatte, eine Anleitung fand, auch die »Aphorismen« dieses trefflichen Mannes zu studieren, die ich mir gern in den Sinn und ins Gedächtnis einprägen mochte.

Eine andere, etwas menschlichere und bei weitem für die augenblickliche Bildung nützlichere Beschäftigung war, daß ich die Briefe durchsah, welche ich von Leipzig aus nach Hause geschrieben hatte. Nichts gibt uns mehr Aufschluß über uns selbst, als wenn wir das, was vor einigen Jahren von uns ausgegangen ist, wieder vor uns sehen, so daß wir uns selbst nunmehr als Gegenstand betrachten können. Allein freilich war ich damals noch zu jung und die Epoche noch zu nahe, welche durch diese Papiere dargestellt ward. Überhaupt, da man in jungen Jahren einen gewissen selbstgefälligen Dünkel nicht leicht ablegt; so äußert sich dieser besonders darin, daß man sich im kurz Vorhergegangenen verachtet: denn indem man freilich von Stufe zu Stufe gewahr wird, daß dasjenige was man an sich so wie an andern für gut und vortrefflich achtet, nicht Stich hält; so glaubt man über diese Verlegenheit am besten hinauszukommen, wenn man das selbst wegwirft, was man nicht retten kann. So ging es auch mir. Denn wie ich in Leipzig nach und nach meine kindlichen Bemühungen geringschätzen lernte, so kam mir nun meine akademische Laufbahn gleichfalls geringschätzig vor, und ich sah nicht ein, daß sie eben darum vielen Wert für mich haben müßte, weil sie mich auf eine höhere Stufe der Betrachtung und Einsicht gehoben. Der Vater hatte meine Briefe sowohl an ihn als an meine Schwester sorgfältig gesammlet und geheftet; ja er hatte sie sogar mit Aufmerksamkeit korrigiert und sowohl Schreib- als Sprachfehler verbessert.

Was mir zuerst an diesen Briefen auffiel, war das Äußere; ich erschrak vor einer unglaublichen Vernachlässigung der Handschrift, die sich vom Oktober 1765 bis in die Hälfte des folgenden Januars erstreckte. Dann erschien aber auf einmal in der Hälfte des Märzes eine ganz gefaßte, geordnete Hand, wie ich sie sonst bei Preisbewerbungen anzuwenden pflegte. Meine Verwunderung darüber löste sich in Dank gegen den guten Gellert auf, welcher wie ich mich nun wohl erinnerte, uns bei den Aufsätzen, die wir ihm einreichten, mit seinem herzlichen Tone zur heiligen Pflicht machte, unsere Hand so sehr, ja mehr als unsern Stil, zu üben. Dieses wiederholte er so oft, als ihm eine kritzliche, nachlässige Schrift zu Gesicht kam; wobei er mehrmals äußerte, daß er sehr gern die schöne Handschrift seiner Schüler zum Hauptzweck seines Unterrichts machen möchte, um so mehr, weil er oft genug bemerkt habe, daß eine gute Hand einen guten Stil nach sich ziehe.

Sonst konnte ich auch bemerken, daß die französischen und englischen Stellen meiner Briefe obgleich nicht fehlerlos, doch mit Leichtigkeit und Freiheit geschrieben waren. Diese Sprachen hatte ich auch in meiner Korrespondenz mit Georg Schlosser, der sich noch immer in Treptow befand, zu üben fortgefahren, und war mit ihm in beständigem Zusammenhang geblieben; wodurch ich denn von manchen weltlichen Zuständen (denn immer ging es ihm nicht ganz so wie er gehofft hatte) unterrichtet wurde und zu seiner ernsten, edlen Denkweise immer mehr Zutrauen faßte.

Eine andre Betrachtung, die mir beim Durchsehen jener Briefe nicht entgehen konnte, war daß der gute Vater mit der besten Absicht mir einen besondern Schaden zugefügt und mich zu der wunderlichen Lebensart veranlaßt hatte, in die ich zuletzt geraten war. Er hatte mich nämlich wiederholt vom Kartenspiel abgemahnt; allein Frau Hofrat Böhme, solange sie lebte, wußte mich nach ihrer Weise zu bestimmen, indem sie die Abmahnung meines Vaters nur von dem Mißbrauch erklärte. Da ich nun auch die Vorteile davon in der Sozietät einsah, so ließ ich mich gern durch sie regieren. Ich hatte wohl den Spiel-Sinn, aber nicht den Spiel-Geist; ich lernte alle Spiele leicht und geschwind, aber niemals konnte ich die gehörige Aufmerksamkeit einen ganzen Abend zusammenhalten. Wenn ich also recht gut anfing, so verfehlte ich's doch immer am Ende und machte mich und andre verlieren; wodurch ich denn jederzeit verdrießlich entweder zur Abendtafel, oder aus der Gesellschaft ging. Kaum war Madame Böhme verschieden, die mich ohnedem während ihrer langwierigen Krankheit nicht mehr zum Spiel angehalten hatte; so gewann die Lehre meines Vaters Kraft, ich entschuldigte mich erst von den Partieen, und weil man nun nichts mehr mit mir anzufangen wußte, so ward ich mir noch mehr als andern lästig, schlug die Einladungen aus, die denn sparsamer erfolgten, und zuletzt ganz aufhörten. Das Spiel, das jungen Leuten, besonders denen die einen praktischen Sinn haben und sich in der Welt umtun wollen, sehr zu empfehlen ist, konnte freilich bei mir niemals zur Liebhaberei werden, weil ich nicht weiter kam, ich mochte spielen so lange ich wollte. Hätte mir jemand einen allgemeinen Blick darüber gegeben und mich bemerken lassen, wie hier gewisse Zeichen und mehr oder weniger Zufall eine Art von Stoff bilden, woran sich Urteilskraft und Tätigkeit üben können; hätte man mich mehrere Spiele auf einmal einsehen lassen, so hätte ich mich wohl eher damit befreunden können. Bei alle dem war ich durch jene Betrachtungen in der Epoche, von welcher ich hier spreche, zu der Überzeugung gekommen, daß man die gesellschaftlichen Spiele nicht meiden, sondern sich eher nach einer Gewandtheit in denselben bestreben müsse. Die Zeit ist unendlich lang und ein jeder Tag ein Gefäß, in das sich sehr viel eingießen läßt, wenn man es wirklich ausfüllen will.

So vielfach war ich in meiner Einsamkeit beschäftigt, um so mehr als die verschiedenen Geister der mancherlei Liebhabereien, denen ich mich nach und nach gewidmet, Gelegenheit hatten wieder hervorzutreten. So kam es auch wieder ans Zeichnen, und da ich immer unmittelbar an der Natur oder vielmehr am Wirklichen arbeiten wollte; so bildete ich mein Zimmer nach, mit seinen Möbeln, die Personen die sich darin befanden, und wenn mich das nicht mehr unterhielt, stellte ich allerlei Stadtgeschichten dar, die man sich eben erzählte und woran man Interesse fand. Das alles war nicht ohne Charakter und nicht ohne einen gewissen Geschmack, aber leider fehlte den Figuren die Proportion und das eigentliche Mark, so wie denn auch die Ausführung höchst nebulistisch war. Mein Vater, dem diese Dinge Vergnügen zu machen fortfuhren, wollte sie deutlicher haben; auch sollte alles fertig und abgeschlossen sein. Er ließ sie daher aufziehen und mit Linien einfassen; ja der Maler Morgenstern, sein Hauskünstler – es ist derselbe, der sich später durch Kirchenprospekte bekannt, ja berühmt gemacht – mußte die perspektivischen Linien der Zimmer und Räume hineinziehen, die sich denn freilich ziemlich grell gegen die nebulistisch angedeuteten Figuren verhielten. Er glaubte mich dadurch immer mehr zur Bestimmtheit zu nötigen, und um ihm gefällig zu sein zeichnete ich mancherlei Stilleben, wo ich, indem das Wirkliche als Muster vor mir stand, deutlicher und entschiedener arbeiten konnte. Endlich fiel mir auch wieder einmal das Radieren ein. Ich hatte mir eine ziemlich interessante Landschaft komponiert, und fühlte mich sehr glücklich, als ich meine alten von Stock überlieferten Rezepte vorsuchen, und mich jener vergnüglichen Zeiten bei der Arbeit erinnern konnte. Ich ätzte die Platte bald und ließ mir Probeabdrücke machen. Unglücklicher Weise war die Komposition ohne Licht und Schatten, und ich quälte mich nun beides hineinzubringen; weil es mir aber nicht ganz deutlich war, worauf es ankam, so konnte ich nicht fertig werden. Ich befand mich zu der Zeit nach meiner Art ganz wohl; allein in diesen Tagen befiel mich ein Übel, das mich noch nie gequält hatte. Die Kehle nämlich war mir ganz wund geworden, und besonders das was man den Zapfen nennt, sehr entzündet; ich konnte nur mit großen Schmerzen etwas schlingen, und die Ärzte wußten nicht was sie daraus machen sollten. Man quälte mich mit Gurgeln und Pinseln, und konnte mich von dieser Not nicht befreien. Endlich ward ich wie durch eine Eingebung gewahr, daß ich bei dem Ätzen nicht vorsichtig genug gewesen und daß ich, indem ich es öfters und leidenschaftlich wiederholt, mir dieses Übel zugezogen und solches immer wieder erneuert und vermehrt. Den Ärzten war die Sache plausibel und gar bald gewiß, indem ich das Radieren und Ätzen um so mehr unterließ, als der Versuch keineswegs gut ausgefallen war, und ich eher Ursache hatte meine Arbeit zu verbergen als vorzuzeigen, worüber ich mich um so leichter tröstete, als ich mich von dem beschwerlichen Übel sehr bald befreit sah. Dabei konnte ich mich doch der Betrachtung nicht enthalten, daß wohl die ähnlichen Beschäftigungen in Leipzig manches möchten zu jenen Übeln beigetragen haben, an denen ich so viel gelitten hatte. Freilich ist es eine langweilige und mitunter traurige Sache, zu sehr auf uns selbst und was uns schadet und nutzt Acht zu haben; allein es ist keine Frage, daß bei der wunderlichen Idiosynkrasie der menschlichen Natur von der einen, und bei der unendlichen Verschiedenheit der Lebensart und Genüsse von der andern Seite, es noch ein Wunder ist, daß das menschliche Geschlecht sich nicht schon lange aufgerieben hat. Es scheint die menschliche Natur eine eigne Art von Zähigkeit und Vielseitigkeit zu besitzen, da sie alles was an sie herankommt oder was sie in sich aufnimmt überwindet, und wenn sie sich es nicht assimilieren kann, wenigstens gleichgültig macht. Freilich muß sie bei einem großen Exzeß trotz alles Widerstandes den Elementen nachgeben, wie uns so viele endemische Krankheiten und die Wirkungen des Branntweins überzeugen. Könnten wir, ohne ängstlich zu werden, auf uns Acht geben, was in unserem komplizierten bürgerlichen und geselligen Leben auf uns günstig oder ungünstig wirkt, und möchten wir das was uns als Genuß freilich behaglich ist, um der üblen Folgen willen unterlassen; so würden wir gar manche Unbequemlichkeit, die uns bei sonst gesunden Konstitutionen oft mehr als eine Krankheit selbst quält, leicht zu entfernen wissen. Leider ist es im Diätetischen wie im Moralischen: wir können einen Fehler nicht eher einsehen, als bis wir ihn los sind; wobei denn nichts gewonnen wird, weil der nächste Fehler dem vorhergehenden nicht ähnlich sieht und also unter derselben Form nicht erkannt werden kann.

Beim Durchlesen jener Briefe, die von Leipzig aus an meine Schwester geschrieben waren, konnte mir unter andern auch diese Bemerkung nicht entgehen, daß ich mich sogleich bei dem ersten akademischen Unterricht für sehr klug und weise gehalten, indem ich mich, sobald ich etwas gelernt, dem Professor substituierte und daher auch auf der Stelle didaktisch ward. Mir war es lustig genug zu sehen, wie ich dasjenige was Gellert uns im Collegium überliefert oder geraten, sogleich wieder gegen meine Schwester gewendet, ohne einzusehen, daß sowohl im Leben als im Lesen etwas dem Jüngling gemäß sein könne, ohne sich für ein Frauenzimmer zu schicken; und wir scherzten gemeinschaftlich über diese Nachäfferei. Auch waren mir die Gedichte, die ich in Leipzig verfaßt hatte, schon zu gering, und sie schienen mir kalt, trocken und in Absicht dessen was die Zustände des menschlichen Herzens oder Geistes ausdrücken sollte, allzu oberflächlich. Dieses bewog mich, als ich nun abermals das väterliche Haus verlassen und auf eine zweite Akademie ziehen sollte, wieder ein großes Haupt-Autodafé über meine Arbeiten zu verhängen. Mehrere angefangene Stücke, deren einige bis zum dritten oder vierten Akt, andere aber nur bis zu vollendeter Exposition gelangt waren, nebst vielen andern Gedichten, Briefen und Papieren wurden dem Feuer übergeben, und kaum blieb etwas verschont außer dem Manuskript von Behrisch, die »Laune des Verliebten« und die »Mitschuldigen«, an welchem letzteren ich immerfort mit besonderer Liebe besserte, und da das Stück schon fertig war, die Exposition nochmals durcharbeitete, um sie zugleich bewegter und klarer zu machen. Lessing hatte in den zwei ersten Akten der »Minna« ein unerreichbares Muster aufgestellt, wie ein Drama zu exponieren sei, und es war mir nichts angelegner, als in seinen Sinn und seine Absichten einzudringen.

Umständlich genug ist zwar schon die Erzählung von dem was mich in diesen Tagen berührt, aufgeregt und beschäftigt; allein ich muß dem ohngeachtet wieder zu jenem Interesse zurückkehren, das mir die übersinnlichen Dinge eingeflößt hatten, von denen ich ein für allemal, insofern es möglich wäre, mir einen Begriff zu bilden unternahm.

Einen großen Einfluß erfuhr ich dabei von einem wichtigen Buche, das mir in die Hände geriet, es war Arnolds »Kirchen- und Ketzergeschichte«. Dieser Mann ist nicht ein bloß reflektierender Historiker, sondern zugleich fromm und fühlend. Seine Gesinnungen stimmten sehr zu den meinigen, und was mich an seinem Werk besonders ergetzte war, daß ich von manchen Ketzern, die man mir bisher als toll oder gottlos vorgestellt hatte, einen vorteilhaftern Begriff erhielt. Der Geist des Widerspruchs und die Lust zum Paradoxen steckt in uns allen. Ich studierte fleißig die verschiedenen Meinungen, und da ich oft genug hatte sagen hören, jeder Mensch habe am Ende doch seine eigene Religion; so kam mir nichts natürlicher vor, als daß ich mir auch meine eigene bilden könne, und dieses tat ich mit vieler Behaglichkeit. Der neue Platonismus lag zum Grunde; das Hermetische, Mystische, Cabbalistische gab auch seinen Beitrag her, und so erbaute ich mir eine Welt, die seltsam genug aussah.

Ich mochte mir wohl eine Gottheit vorstellen, die sich von Ewigkeit her selbst produziert; da sich aber Produktion nicht ohne Mannigfaltigkeit denken läßt, so mußte sie sich notwendig sogleich als ein Zweites erscheinen, welches wir unter dem Namen des Sohns anerkennen; diese beiden mußten nun den Akt des Hervorbringens fortsetzen, und erschienen sich selbst wieder im Dritten, welches nun ebenso bestehend lebendig und ewig als das Ganze war. Hiermit war jedoch der Kreis der Gottheit geschlossen, und es wäre ihnen selbst nicht möglich gewesen, abermals ein ihnen völlig Gleiches hervorzubringen. Da jedoch der Produktionstrieb immer fortging, so erschufen sie ein Viertes, das aber schon in sich einen Widerspruch hegte, indem es, wie sie, unbedingt und doch zugleich in ihnen enthalten und durch sie begrenzt sein sollte. Dieses war nun Lucifer, welchem von nun an die ganze Schöpfungskraft übertragen war, und von dem alles übrige Sein ausgehen sollte. Er bewies sogleich seine unendliche Tätigkeit, indem er die sämtlichen Engel erschuf, alle wieder nach seinem Gleichnis, unbedingt, aber in ihm enthalten und durch ihn begrenzt. Umgeben von einer solchen Glorie vergaß er seines höhern Ursprungs und glaubte ihn in sich selbst zu finden, und aus diesem ersten Undank entsprang alles was uns nicht mit dem Sinne und den Absichten der Gottheit übereinzustimmen scheint. Je mehr er sich nun in sich selbst konzentrierte, je unwohler mußte es ihm werden, so wie allen den Geistern, denen er die süße Erhebung zu ihrem Ursprung verkümmerte. Und so ereignete sich das, was uns unter der Form des Abfalls der Engel bezeichnet wird. Ein Teil derselben konzentrierte sich mit Lucifer, der andere wendete sich wieder gegen seinen Ursprung. Aus dieser Konzentration der ganzen Schöpfung, denn sie war von Lucifer ausgegangen und mußte ihm folgen, entsprang nun alles das, was wir unter der Gestalt der Materie gewahr werden, was wir uns als schwer, fest und finster vorstellen, welches aber, indem es wenn auch nicht unmittelbar, doch durch Filiation vom göttlichen Wesen herstammt, ebenso unbedingt mächtig und ewig ist, als der Vater und die Großeltern. Da nun das ganze Unheil, wenn wir es so nennen dürfen, bloß durch die einseitige Richtung Lucifers entstand; so fehlte freilich dieser Schöpfung die bessere Hälfte: denn alles was durch Konzentration gewonnen wird, besaß sie, aber es fehlte ihr alles was durch Expansion allein bewirkt werden kann; und so hätte die sämtliche Schöpfung durch immerwährende Konzentration sich selbst aufreiben, sich mit ihrem Vater Lucifer vernichten und alle ihre Ansprüche an eine gleiche Ewigkeit mit der Gottheit verlieren können. Diesem Zustand sahen die Elohim eine Weile zu, und sie hatten die Wahl jene Äonen abzuwarten, in welchen das Feld wieder rein geworden und ihnen Raum zu einer neuen Schöpfung geblieben wäre, oder ob sie in das Gegenwärtige eingreifen und dem Mangel nach ihrer Unendlichkeit zu Hülfe kommen wollten. Sie erwählten nun das letztere, und supplierten durch ihren bloßen Willen in einem Augenblick den ganzen Mangel, den der Erfolg von Lucifers Beginnen an sich trug. Sie gaben dem unendlichen Sein die Fähigkeit sich auszudehnen, sich gegen sie zu bewegen; der eigentliche Puls des Lebens war wieder hergestellt und Lucifer selbst konnte sich dieser Einwirkung nicht entziehen. Dieses ist die Epoche, wo dasjenige hervortrat, was wir als Licht kennen, und wo dasjenige begann, was wir mit dem Worte Schöpfung zu bezeichnen pflegen. So sehr sich auch nun diese durch die immer fortwirkende Lebenskraft der Elohim stufenweise vermannigfaltigte; so fehlte es doch noch an einem Wesen, welches die ursprüngliche Verbindung mit der Gottheit wiederherzustellen geschickt wäre, und so wurde der Mensch hervorgebracht, der in allem der Gottheit ähnlich, ja gleich sein sollte, sich aber freilich dadurch abermals in dem Falle Lucifers befand, zugleich unbedingt und beschränkt zu sein, und da dieser Widerspruch durch alle Kategorieen des Daseins sich an ihm manifestieren und ein vollkommenes Bewußtsein so wie ein entschiedener Wille seine Zustände begleiten sollte; so war vorauszusehen, daß er zugleich das Vollkommenste und Unvollkommenste, das glücklichste und unglücklichste Geschöpf werden müsse. Es währte nicht lange, so spielte er auch völlig die Rolle des Lucifer. Die Absonderung vom Wohltäter ist der eigentliche Undank, und so ward jener Abfall zum zweiten Mal eminent, obgleich die ganze Schöpfung nichts ist und nichts war, als ein Abfallen und Zurückkehren zum Ursprünglichen.

Man sieht leicht, wie hier die Erlösung nicht allein von

Ewigkeit her beschlossen, sondern als ewig notwendig gedacht wird, ja daß sie durch die ganze Zeit des Werdens und Seins sich immer wieder erneuern muß. Nichts ist in diesem Sinne natürlicher, als daß die Gottheit selbst die Gestalt des Menschen annimmt, die sie sich zu einer Hülle schon vorbereitet hatte, und daß sie die Schicksale desselben auf kurze Zeit teilt, um durch diese Verähnlichung das Erfreuliche zu erhöhen und das Schmerzliche zu mildern. Die Geschichte aller Religionen und Philosophieen lehrt uns, daß diese große, den Menschen unentbehrliche Wahrheit von verschiedenen Nationen in verschiedenen Zeiten auf mancherlei Weise, ja in seltsamen Fabeln und Bildern der Beschränktheit gemäß überliefert worden; genug wenn nur anerkannt wird, daß wir uns in einem Zustande befinden, der, wenn er uns auch niederzuziehen und zu drücken scheint, dennoch Gelegenheit gibt, ja zur Pflicht macht, uns zu erheben und die Absichten der Gottheit dadurch zu erfüllen, daß wir, indem wir von einer Seite uns zu verselbsten genötiget sind, von der andern in regelmäßigen Pulsen uns zu entselbstigen nicht versäumen.

Neuntes Buch

»Das Herz wird ferner öfters zum Vorteil verschiedener, besonders geselliger und feiner Tugenden gerührt, und die zarteren Empfindungen werden in ihm erregt und entwickelt werden. Besonders werden sich viele Züge eindrücken, welche dem jungen Leser eine Einsicht in den verborgenern Winkel des menschlichen Herzens und seiner Leidenschaften geben, eine Kenntnis, die mehr als alles Latein und Griechisch wert ist, und von welcher Ovid ein gar vortrefflicher Meister war. Aber dies ist es noch nicht, warum man eigentlich der Jugend die alten Dichter und also auch den Ovid in die Hände gibt. Wir haben von dem gütigen Schöpfer eine Menge Seelenkräfte, welchen man ihre gehörige Kultur, und zwar in den ersten Jahren gleich, zu geben nicht verabsäumen muß, und die man doch weder mit Logik noch Metaphysik, Latein oder Griechisch kultivieren kann: wir haben eine Einbildungskraft, der wir, wofern sie sich nicht der ersten besten Vorstellungen selbst bemächtigen soll, die schicklichsten und schönsten Bilder vorlegen und dadurch das Gemüt gewöhnen und üben müssen, das Schöne überall und in der Natur selbst, unter seinen bestimmten, wahren und auch in den feineren Zügen zu erkennen und zu lieben. Wir haben eine Menge Begriffe und allgemeine Kenntnisse nötig, sowohl für die Wissenschaften als für das tägliche Leben, die sich aus keinem Compendio erlernen lassen. Unsere Empfindungen, Neigungen, Leidenschaften sollen mit Vorteil entwickelt und gereinigt werden.«

Diese bedeutende Stelle, welche sich in der »Allgemeinen deutschen Bibliothek« vorfand, war nicht die einzige in ihrer Art. Von gar vielen Seiten her offenbarten sich ähnliche Grundsätze und gleiche Gesinnungen. Sie machten auf uns rege Jünglinge sehr großen Eindruck, der um desto entschiedener wirkte, als er durch Wielands Beispiel noch verstärkt wurde: denn die Werke seiner zweiten glänzenden Epoche bewiesen klärlich, daß er sich nach solchen Maximen gebildet hatte. Und was konnten wir mehr verlangen? Die Philosophie mit ihren abstrusen Forderungen war beseitigt, die alten Sprachen, deren Erlernung mit so viel Mühseligkeit verknüpft ist, sah man in den Hintergrund gerückt, die Compendien, über deren Zulänglichkeit uns Hamlet schon ein bedenkliches Wort ins Ohr geraunt hatte, wurden immer verdächtiger, man wies uns auf die Betrachtung eines bewegten Lebens hin, das wir so gerne führten, und auf die Kenntnis der Leidenschaften, die wir in unserem Busen teils empfanden, teils ahndeten, und die, wenn man sie sonst gescholten hatte, uns nunmehr als etwas Wichtiges und Würdiges vorkommen mußten, weil sie der Hauptgegenstand unserer Studien sein sollten, und die Kenntnis derselben als das vorzüglichste Bildungsmittel unserer Geisteskräfte angerühmt ward. Überdies war eine solche Denkweise meiner eignen Überzeugung, ja meinem poetischen Tun und Treiben ganz angemessen. Ich fügte mich daher ohne Widerstreben, nachdem ich so manchen guten Vorsatz vereitelt, so manche redliche Hoffnung verschwinden sehn, in die Absicht meines Vaters, mich nach Straßburg zu schicken, wo man mir ein heiteres lustiges Leben versprach, indessen ich meine Studien weiter fortsetzen und am Ende promovieren sollte.

Im Frühjahre fühlte ich meine Gesundheit, noch mehr aber meinen jugendlichen Mut wieder hergestellt, und sehnte mich abermals aus meinem väterlichen Hause, obgleich aus ganz andern Ursachen als das erste Mal: denn es waren mir diese hübschen Zimmer und Räume, wo ich so viel gelitten hatte, unerfreulich geworden, und mit dem Vater selbst konnte sich kein angenehmes Verhältnis anknüpfen; ich konnte ihm nicht ganz verzeihen, daß er, bei den Rezidiven meiner Krankheit und bei dem langsamen Genesen, mehr Ungeduld als billig sehen lassen, ja daß er, anstatt durch Nachsicht mich zu trösten, sich oft auf eine grausame Weise über das was in keines Menschen Hand lag, geäußert, als wenn es nur vom Willen abhinge. Aber auch er ward auf mancherlei Weise durch mich verletzt und beleidigt.

Denn junge Leute bringen von Akademieen allgemeine Begriffe zurück, welches zwar ganz recht und gut ist; allein weil sie sich darin sehr weise dünken, so legen sie solche als Maßstab an die vorkommenden Gegenstände, welche denn meistens dabei verlieren müssen. So hatte ich von der Baukunst, der Einrichtung und Verzierung der Häuser eine allgemeine Vorstellung gewonnen, und wendete diese nun unvorsichtig im Gespräch auf unser eigen Haus an. Mein Vater hatte die ganze Einrichtung desselben ersonnen und den Bau mit großer Standhaftigkeit durchgeführt, und es ließ sich auch, insofern es eine Wohnung für ihn und seine Familie ausschließlich sein sollte, nichts dagegen einwenden; auch waren in diesem Sinne sehr viele Häuser von Frankfurt gebaut. Die Treppe ging frei hinauf und berührte große Vorsäle, die selbst recht gut hätten Zimmer sein können; wie wir denn auch die gute Jahreszeit immer daselbst zubrachten. Allein dieses anmutige heitere Dasein einer einzelnen Familie, diese Kommunikation von oben bis unten ward zur größten Unbequemlichkeit, sobald mehrere Partieen das Haus bewohnten, wie wir bei Gelegenheit der französischen Einquartierung nur zu sehr erfahren hatten. Denn jene ängstliche Szene mit dem Königs-Lieutenant wäre nicht vorgefallen, ja mein Vater hätte weniger von allen Unannehmlichkeiten empfunden, wenn unsere Treppe, nach der Leipziger Art, an die Seite gedrängt, und jedem Stockwerk eine abgeschlossene Türe zugeteilt gewesen wäre. Diese Bauart rühmte ich einst höchlich und setzte ihre Vorteile heraus, zeigte dem Vater die Möglichkeit, auch seine Treppe zu verlegen, worüber er in einen unglaublichen Zorn geriet, der um so heftiger war, als ich kurz vorher einige schnörkelhafte Spiegelrahmen getadelt und gewisse chinesische Tapeten verworfen hatte. Es gab eine Szene, welche, zwar wieder getuscht und ausgeglichen, doch meine Reise nach dem schönen Elsaß beschleunigte, die ich denn auch, auf der neu eingerichteten bequemen Diligence, ohne Aufhalt und in kurzer Zeit vollbrachte.

Ich war im Wirtshaus Zum Geist abgestiegen und eilte sogleich, das sehnlichste Verlangen zu befriedigen und mich dem Münster zu nähern, welcher durch Mitreisende mir schon lange gezeigt und eine ganze Strecke her im Auge geblieben war. Als ich nun erst durch die schmale Gasse diesen Koloß gewahrte, sodann aber auf dem freilich sehr engen Platz allzunah vor ihm stand, machte derselbe auf mich einen Eindruck ganz eigner Art, den ich aber auf der Stelle zu entwickeln unfähig, für diesmal nur dunkel mit mir nahm, indem ich das Gebäude eilig bestieg, um nicht den schönen Augenblick einer hohen und heitern Sonne zu versäumen, welche mir das weite reiche Land auf einmal offenbaren sollte.

Und so sah ich denn von der Platt-Form die schöne Gegend vor mir, in welcher ich eine Zeit lang wohnen und hausen durfte: die ansehnliche Stadt, die weitumherliegenden, mit herrlichen dichten Bäumen besetzten und durchflochtenen Auen, diesen auffallenden Reichtum der Vegetation, der dem Laufe des Rheins folgend, die Ufer, Inseln und Werder bezeichnet. Nicht weniger mit mannigfaltigem Grün geschmückt ist der von Süden herab sich ziehende flache Grund, welchen die Iller bewässert; selbst westwärts, nach dem Gebirge zu, finden sich manche Niederungen, die einen ebenso reizenden Anblick von Wald und Wiesenwuchs gewähren, so wie der nördliche mehr hügelige Teil von unendlichen kleinen Bächen durchschnitten ist, die überall ein schnelles Wachstum begünstigen. Denkt man sich nun zwischen diesen üppig ausgestreckten Matten, zwischen diesen fröhlich ausgesäeten Hainen alles zum Fruchtbau schickliche Land trefflich bearbeitet, grünend und reifend, und die besten und reichsten Stellen desselben durch Dörfer und Meierhöfe bezeichnet, und eine solche große und unübersehliche, wie ein neues Paradies für den Menschen recht vorbereitete Fläche, näher und ferner von teils angebauten, teils waldbewachsenen Bergen begrenzt; so wird man das Entzücken begreifen, mit dem ich mein Schicksal segnete, das mir für einige Zeit einen so schönen Wohnplatz bestimmt hatte.

Ein solcher frischer Anblick in ein neues Land, in welchem wir uns eine Zeit lang aufhalten sollen, hat noch das Eigne, so Angenehme als Ahndungsvolle, daß das Ganze wie eine unbeschriebene Tafel vor uns liegt. Noch sind keine Leiden und Freuden, die sich auf uns beziehen, darauf verzeichnet; diese heitre, bunte, belebte Fläche ist noch stumm für uns; das Auge haftet nur an den Gegenständen insofern sie an und für sich bedeutend sind, und noch haben weder Neigung noch Leidenschaft diese oder jene Stelle besonders herauszuheben; aber eine Ahndung dessen was kommen wird, beunruhigt schon das junge Herz, und ein unbefriedigtes Bedürfnis fordert im stillen dasjenige, was kommen soll und mag, und welches auf alle Fälle, es sei nun Wohl oder Weh, unmerklich den Charakter der Gegend, in der wir uns befinden, annehmen wird.

Herabgestiegen von der Höhe verweilte ich noch eine Zeit lang vor dem Angesicht des ehrwürdigen Gebäudes; aber was ich mir weder das erste Mal, noch in der nächsten Zeit ganz deutlich machen konnte, war, daß ich dieses Wunderwerk als ein Ungeheures gewahrte, das mich hätte erschrecken müssen, wenn es mir nicht zugleich als ein Geregeltes faßlich und als ein Ausgearbeitetes sogar angenehm vorgekommen wäre. Ich beschäftigte mich doch keineswegs diesem Widerspruch nachzudenken, sondern ließ ein so erstaunliches Denkmal durch seine Gegenwart ruhig auf mich fortwirken.

Ich bezog ein kleines aber wohlgelegenes und anmutiges Quartier an der Sommerseite des Fischmarkts, einer schönen langen Straße, wo immerwährende Bewegung jedem unbeschäftigten Augenblick zu Hülfe kam. Dann gab ich meine Empfehlungsschreiben ab, und fand unter meinen Gönnern einen Handelsmann, der mit seiner Familie jenen frommen, mir genugsam bekannten Gesinnungen ergeben war, ob er sich gleich, was den äußeren Gottesdienst betrifft, nicht von der Kirche getrennt hatte. Er war dabei ein verständiger Mann und keineswegs kopfhängerisch in seinem Tun und Lassen. Die Tischgesellschaft, die man mir und der man mich empfahl, war sehr angenehm und unterhaltend. Ein Paar alte Jungfrauen hatten diese Pension schon lange mit Ordnung und gutem Erfolg geführt; es konnten ohngefähr zehen Personen sein, ältere und jüngere. Von diesen letztern ist mir am gegenwärtigsten einer, genannt Meyer, von Lindau gebürtig. Man hätte ihn, seiner Gestalt und seinem Gesicht nach, für den schönsten Menschen halten können, wenn er nicht zugleich etwas Schlottriges in seinem ganzen Wesen gehabt hätte. Ebenso wurden seine herrlichen Naturgaben durch einen unglaublichen Leichtsinn, und sein köstliches Gemüt durch eine unbändige Liederlichkeit verunstaltet. Er hatte ein mehr rundes als ovales, offnes, frohes Gesicht; die Werkzeuge der Sinne, Augen, Nase, Mund, Ohren, konnte man reich nennen, sie zeugten von einer entschiedenen Fülle, ohne übertrieben groß zu sein. Der Mund besonders war allerliebst durch übergeschlagene Lippen, und seiner ganzen Physiognomie gab es einen eigenen Ausdruck, daß er ein Rätzel war, d. h. daß seine Augenbrauen über der Nase zusammenstießen, welches bei einem schönen Gesichte immer einen angenehmen Ausdruck von Sinnlichkeit hervorbringt. Durch Jovialität, Aufrichtigkeit und Gutmütigkeit machte er sich bei allen Menschen beliebt; sein Gedächtnis war unglaublich, die Aufmerksamkeit in den Collegien kostete ihm nichts; er behielt alles was er hörte und war geistreich genug, an allem einiges Interesse zu finden, und um so leichter, da er Medizin studierte. Alle Eindrücke blieben ihm lebhaft, und sein Mutwille in Wiederholung der Collegien und Nachäffen der Professoren ging manchmal so weit, daß wenn er drei verschiedene Stunden des Morgens gehört hatte, er mittags bei Tische paragraphenweis, ja manchmal noch abgebrochener, die Professoren miteinander abwechseln ließ: welche buntscheckige Vorlesung uns oft unterhielt, oft aber auch beschwerlich fiel.

Die übrigen waren mehr oder weniger feine, gesetzte, ernsthafte Leute. Ein pensionierter Ludwigsritter befand sich unter denselben; doch waren Studierende die Überzahl, alle wirklich gut und wohlgesinnt, nur mußten sie ihr gewöhnliches Weindeputat nicht überschreiten. Daß dieses nicht leicht geschah, war die Sorge unseres Präsidenten, eines Doktor Salzmann. Schon in den Sechzigen, unverheuratet, hatte er diesen Mittagstisch seit vielen Jahren besucht und in Ordnung und Ansehen erhalten. Er besaß ein schönes Vermögen; in seinem Äußeren hielt er sich knapp und nett, ja er gehörte zu denen, die immer in Schuh und Strümpfen und den Hut unter dem Arm gehen. Den Hut aufzusetzen war bei ihm eine außerordentliche Handlung. Einen Regenschirm führte er gewöhnlich mit sich, wohl eingedenk, daß die schönsten Sommertage oft Gewitter und Streifschauer über das Land bringen.

Mit diesem Manne beredete ich meinen Vorsatz, mich hier in Straßburg der Rechtswissenschaft ferner zu befleißigen, um baldmöglichst promovieren zu können. Da er von allem genau unterrichtet war, so befragte ich ihn über die Collegia, die ich zu hören hätte, und was er allenfalls von der Sache denke? Darauf erwiderte er mir, daß es sich in Straßburg nicht etwa wie auf deutschen Akademieen verhalte, wo man wohl Juristen im weiten und gelehrten Sinne zu bilden suche. Hier sei alles, dem Verhältnis gegen Frankreich gemäß, eigentlich auf das Praktische gerichtet und nach dem Sinne der Franzosen eingeleitet, welche gern bei dem Gegebnen verharren. Gewisse allgemeine Grundsätze, gewisse Vorkenntnisse suche man einem jeden beizubringen, man fasse sich so kurz wie möglich und überliefere nur das Notwendigste. Er machte mich darauf mit einem Manne bekannt, zu dem man, als Repetenten, ein großes Vertrauen hegte; welches dieser sich auch bei mir sehr bald zu erwerben wußte. Ich fing an mit ihm zur Einleitung über Gegenstände der Rechtswissenschaft zu sprechen, und er wunderte sich nicht wenig über mein Schwadronieren: denn mehr als ich in meiner bisherigen Darstellung aufzuführen Gelegenheit nahm, hatte ich bei meinem Aufenthalte in Leipzig an Einsicht in die Rechtserfordernisse gewonnen, obgleich mein ganzer Erwerb nur als ein allgemeiner enzyklopädischer Überblick, und nicht als eigentliche bestimmte Kenntnis gelten konnte. Das akademische Leben, wenn wir uns auch bei demselben des eigentlichen Fleißes nicht zu rühmen haben, gewährt doch in jeder Art von Ausbildung unendliche Vorteile, weil wir stets von Menschen umgeben sind, welche die Wissenschaft besitzen oder suchen, so daß wir aus einer solchen Atmosphäre, wenn auch unbewußt, immer einige Nahrung ziehen.

Mein Repetent, nachdem er mit meinem Umhervagieren im Diskurse einige Zeit Geduld gehabt, machte mir zuletzt begreiflich, daß ich vor allen Dingen meine nächste Absicht im Auge behalten müsse, die nämlich, mich examinieren zu lassen, zu promovieren und alsdann allenfalls in die Praxis überzugehen. »Um bei dem ersten stehen zu bleiben«, sagte er, »so wird die Sache keineswegs im Weiten gesucht. Es wird nicht nachgefragt, wie und wo ein Gesetz entsprungen, was die innere oder äußere Veranlassung dazu gegeben; man untersucht nicht, wie es sich durch Zeit und Gewohnheit abgeändert, so wenig als inwiefern es sich durch falsche Auslegung oder verkehrten Gerichtsbrauch vielleicht gar umgewendet. In solchen Forschungen bringen gelehrte Männer ganz eigens ihr Leben zu; wir aber fragen nach dem was gegenwärtig besteht, dies prägen wir unserm Gedächtnis fest ein, daß es uns stets gegenwärtig sei, wenn wir uns dessen zu Nutz und Schutz unsrer Klienten bedienen wollen. So statten wir unsre jungen Leute fürs nächste Leben aus, und das Weitere findet sich nach Verhältnis ihrer Talente und ihrer Tätigkeit.« Er übergab mir hierauf seine Hefte, welche in Fragen und Antworten geschrieben waren und woraus ich mich sogleich ziemlich konnte examinieren lassen, weil Hopps kleiner juristischer Katechismus mir noch vollkommen im Gedächtnis stand; das übrige supplierte ich mit einigem Fleiße und qualifizierte mich, wider meinen Willen, auf die leichteste Art zum Kandidaten.

Da mir aber auf diesem Wege jede eigne Tätigkeit in dem Studium abgeschnitten ward; denn ich hatte für nichts Positives einen Sinn, sondern wollte alles wo nicht verständig, doch historisch erklärt haben; so fand ich für meine Kräfte einen größern Spielraum, den ich auf die wunderlichste Weise benutzte, indem ich einem Interesse nachgab, das mir zufällig von außen gebracht wurde.

Die meisten meiner Tischgenossen waren Mediziner. Diese sind, wie bekannt, die einzigen Studierenden, die sich von ihrer Wissenschaft, ihrem Metier, auch außer den Lehrstunden mit Lebhaftigkeit unterhalten. Es liegt dieses in der Natur der Sache. Die Gegenstände ihrer Bemühungen sind die sinnlichsten und zugleich die höchsten, die einfachsten und die kompliziertesten. Die Medizin beschäftigt den ganzen Menschen, weil sie sich mit dem ganzen Menschen beschäftigt.

Alles was der Jüngling lernt, deutet sogleich auf eine wichtige, zwar gefährliche, aber doch in manchem Sinn belohnende Praxis. Er wirft sich daher mit Leidenschaft auf das, was zu erkennen und zu tun ist, teils weil es ihn an sich interessiert, teils weil es ihm die frohe Aussicht von Selbstständigkeit und Wohlhaben eröffnet.

Bei Tische also hörte ich nichts anderes als medizinische Gespräche, eben wie vormals in der Pension des Hofrats Ludwig. Auf Spaziergängen und bei Lustpartieen kam auch nicht viel anderes zur Sprache: denn meine Tischgesellen, als gute Kumpane, waren mir auch Gesellen für die übrige Zeit geworden, und an sie schlossen sich jedesmal Gleichgesinnte und Gleiches Studierende von allen Seiten an. Die medizinische Fakultät glänzte überhaupt vor den übrigen, sowohl in Absicht auf die Berühmtheit der Lehrer als die Frequenz der Lernenden, und so zog mich der Strom dahin, um so leichter, als ich von allen diesen Dingen gerade so viel Kenntnis hatte, daß meine Wissenslust bald vermehrt und angefeuert werden konnte. Beim Eintritt des zweiten Semesters besuchte ich daher Chemie bei Spielmann, Anatomie bei Lobstein, und nahm mir vor, recht fleißig zu sein, weil ich bei unserer Sozietät, durch meine wunderlichen Vor- oder vielmehr Überkenntnisse, schon einiges Ansehen und Zutrauen erworben hatte.

Doch es war an dieser Zerstreuung und Zerstückelung meiner Studien nicht genug, sie sollten abermals bedeutend gestört werden: denn eine merkwürdige Staatsbegebenheit setzte alles in Bewegung und verschaffte uns eine ziemliche Reihe Feiertage. Marie Antoinette, Erzherzogin von Österreich, Königin von Frankreich, sollte auf ihrem Wege nach Paris über Straßburg gehen. Die Feierlichkeiten, durch welche das Volk aufmerksam gemacht wird, daß es Große in der Welt gibt, wurden emsig und häufig vorbereitet, und mir besonders war dabei das Gebäude merkwürdig, das zu ihrem Empfang und zur Übergabe in die Hände der Abgesandten ihres Gemahls, auf einer Rheininsel zwischen den beiden

Brücken aufgerichtet stand. Es war nur wenig über den Boden erhoben, hatte in der Mitte einen großen Saal, an beiden Seiten kleinere, dann folgten andere Zimmer, die sich noch etwas hinterwärts erstreckten; genug es hätte, dauerhafter gebaut, gar wohl für ein Lusthaus hoher Personen gelten können. Was mich aber daran besonders interessierte, und weswegen ich manches Büsel (ein kleines damals kurrentes Silberstück) nicht schonte, um mir von dem Pförtner einen wiederholten Eintritt zu verschaffen, waren die gewirkten Tapeten, mit denen man das Ganze inwendig ausgeschlagen hatte. Hier sah ich zum ersten Mal ein Exemplar jener nach Raphaels Kartonen gewirkten Teppiche, und dieser Anblick war für mich von ganz entschiedener Wirkung, indem ich das Rechte und Vollkommene, obgleich nur nachgebildet, in Masse kennen lernte. Ich ging und kam und kam und ging, und konnte mich nicht satt sehen; ja ein vergebliches Streben quälte mich, weil ich das was mich so außerordentlich ansprach auch gern begriffen hätte. Höchst erfreulich und erquicklich fand ich diese Nebensäle, desto schrecklicher aber den Hauptsaal. Diesen hatte man mit viel größern, glänzendern, reichern und von gedrängten Zieraten umgebenen Hautelissen behängt, die nach Gemälden neuerer Franzosen gewirkt waren.

Nun hätte ich mich wohl auch mit dieser Manier befreundet, weil meine Empfindung wie mein Urteil nicht leicht etwas völlig ausschloß; aber äußerst empörte mich der Gegenstand. Diese Bilder enthielten die Geschichte von Jason, Medea und Creusa, und also ein Beispiel der unglücklichsten Heirat. Zur Linken des Throns sah man die mit dem grausamsten Tode ringende Braut, umgeben von jammervollen Teilnehmenden; zur Rechten entsetzte sich der Vater über die ermordeten Kinder zu seinen Füßen, während die Furie auf dem Drachenwagen in die Luft zog. Und damit ja dem Grausamen und Abscheulichen nicht auch ein Abgeschmacktes fehle, so ringelte sich, hinter dem roten Samt des goldgestickten Thronrückens, rechter Hand der weiße Schweif jenes

Zauberstiers hervor, inzwischen die feuerspeiende Bestie selbst und der sie bekämpfende Jason von jener kostbaren Draperie gänzlich bedeckt waren.

Hier nun wurden alle Maximen, welche ich in Oesers Schule mir zu eigen gemacht, in meinem Busen rege. Daß man Christum und die Apostel in die Seitensäle eines Hochzeitgebäudes gebracht, war schon ohne Wahl und Einsicht geschehen, und ohne Zweifel hatte das Maß der Zimmer den königlichen Teppichverwahrer geleitet; allein das verzieh ich gern, weil es mir zu so großem Vorteil gereichte: nun aber ein Mißgriff wie der im großen Saale brachte mich ganz aus der Fassung, und ich forderte, lebhaft und heftig, meine Gefährten zu Zeugen auf eines solchen Verbrechens gegen Geschmack und Gefühl. – »Was!« rief ich aus, ohne mich um die Umstehenden zu bekümmern: »ist es erlaubt, einer jungen Königin das Beispiel der gräßlichsten Hochzeit, die vielleicht jemals vollzogen worden, bei dem ersten Schritt in ihr Land so unbesonnen vors Auge zu bringen! Gibt es denn unter den französischen Architekten, Dekorateuren, Tapezierern gar keinen Menschen, der begreift, daß Bilder etwas vorstellen, daß Bilder auf Sinn und Gefühl wirken, daß sie Eindrücke machen, daß sie Ahndungen erregen! Ist es doch nicht anders, als hätte man dieser schönen und, wie man hört, lebenslustigen Dame das abscheulichste Gespenst bis an die Grenze entgegengeschickt.« Ich weiß nicht was ich noch alles weiter sagte, genug meine Gefährten suchten mich zu beschwichtigen und aus dem Hause zu schaffen, damit es nicht Verdruß setzen möchte. Alsdann versicherten sie mir, es wäre nicht jedermanns Sache, Bedeutung in den Bildern zu suchen; ihnen wenigstens wäre nichts dabei eingefallen, und auf dergleichen Grillen würde die ganze Population Straßburgs und der Gegend, wie sie auch herbeiströmen sollte, so wenig als die Königin selbst mit ihrem Hofe jemals geraten.

Der schönen und vornehmen, so heitren als imposanten Miene dieser jungen Dame erinnere ich mich noch recht wohl. Sie schien in ihrem Glaswagen, uns allen vollkommen sichtbar, mit ihren Begleiterinnen in vertraulicher Unterhaltung über die Menge, die ihrem Zug entgegenströmte, zu scherzen. Abends zogen wir durch die Straßen, um die verschiedenen illuminierten Gebäude, besonders aber den brennenden Gipfel des Münsters zu sehen, an dem wir, sowohl in der Nähe als in der Ferne, unsere Augen nicht genugsam weiden konnten.

Die Königin verfolgte ihren Weg; das Landvolk verlief sich, und die Stadt war bald ruhig wie vorher. Vor Ankunft der Königin hatte man die ganz vernünftige Anordnung gemacht, daß sich keine mißgestalteten Personen, keine Krüppel und ekelhafte Kranke auf ihrem Wege zeigen sollten. Man scherzte hierüber, und ich machte ein kleines französisches Gedicht, worin ich die Ankunft Christi, welcher besonders der Kranken und Lahmen wegen auf der Welt zu wandeln schien, und die Ankunft der Königin, welche diese Unglücklichen verscheuchte, in Vergleichung brachte. Meine Freunde ließen es passieren; ein Franzose hingegen, der mit uns lebte, kritisierte sehr unbarmherzig Sprache und Versmaß, obgleich, wie es schien, nur allzugründlich, und ich erinnere mich nicht, nachher je wieder ein französisches Gedicht gemacht zu haben.

Kaum erscholl aus der Hauptstadt die Nachricht von der glücklichen Ankunft der Königin, als eine Schreckenspost ihr folgte, bei dem festlichen Feuerwerke sei, durch ein Polizeiversehen, in einer von Baumaterialien versperrten Straße eine Unzahl Menschen mit Pferden und Wagen zu Grunde gegangen, und die Stadt bei diesen Hochzeitfeierlichkeiten in Trauer und Leid versetzt worden. Die Größe des Unglücks suchte man sowohl dem jungen königlichen Paare als der Welt zu verbergen, indem man die umgekommenen Personen heimlich begrub, so daß viele Familien nur durch das völlige Außenbleiben der Ihrigen überzeugt wurden, daß auch diese von dem schrecklichen Ereignis mit hingerafft seien. Daß mir lebhaft bei dieser Gelegenheit jene gräßlichen Bilder des Hauptsaales wieder vor die Seele traten, brauche ich kaum zu erwähnen: denn jedem ist bekannt, wie mächtig gewisse sittliche Eindrücke sind, wenn sie sich an sinnlichen gleichsam verkörpern.

Diese Begebenheit sollte jedoch auch die Meinigen durch eine Posse, die ich mir erlaubte, in Angst und Not versetzen. Unter uns jungen Leuten, die wir in Leipzig zusammen waren, hatte sich auch nachher ein gewisser Kitzel erhalten, einander etwas aufzubinden und wechselsweise zu mystifizieren. In solchem frevelhaften Mutwillen schrieb ich an einen Freund in Frankfurt (es war derselbe, der mein Gedicht an den Kuchenbäcker Hendel amplifiziert auf »Medon« angewendet und dessen allgemeine Verbreitung verursacht hatte) einen Brief von Versailles aus datiert, worin ich ihm meine glückliche Ankunft daselbst, meine Teilnahme an den Feierlichkeiten und was dergleichen mehr war vermeldete, ihm zugleich aber das strengste Stillschweigen gebot. Dabei muß ich noch bemerken, daß unsere kleine Leipziger Sozietät von jenem Streich an, der uns so manchen Verdruß gemacht, sich angewöhnt hatte, ihn von Zeit zu Zeit mit Mystifikationen zu verfolgen, und das um so mehr, da er der drolligste Mensch von der Welt war, und niemals liebenswürdiger als wenn er den Irrtum entdeckte, in den man ihn vorsätzlich hineingeführt hatte. Kurz darauf als ich diesen Brief geschrieben, machte ich eine kleine Reise und blieb wohl vierzehn Tage aus. Indessen war die Nachricht jenes Unglücks nach Frankfurt gekommen; mein Freund glaubte mich in Paris, und seine Neigung ließ ihn besorgen, ich sei in jenes Unglück mit verwickelt. Er erkundigte sich bei meinen Eltern und andern Personen, an die ich zu schreiben pflegte, ob keine Briefe angekommen, und weil eben jene Reise mich verhinderte dergleichen abzulassen, so fehlten sie überall. Er ging in großer Angst umher und vertraute es zuletzt unsern nächsten Freunden, die sich nun in gleicher Sorge befanden. Glücklicher Weise gelangte diese Vermutung nicht eher zu meinen Eltern, als bis ein Brief angekommen war, der meine Rückkehr nach Straßburg meldete. Meine jungen Freunde waren zufrieden, mich lebendig zu wissen, blieben aber völlig überzeugt, daß ich in der Zwischenzeit in Paris gewesen. Die herzlichen Nachrichten von den Sorgen, die sie um meinetwillen gehabt, rührten mich dermaßen, daß ich dergleichen Possen auf ewig verschwor, mir aber doch leider in der Folge manchmal etwas Ähnliches habe zu Schulden kommen lassen. Das wirkliche Leben verliert oft dergestalt seinen Glanz, daß man es manchmal mit dem Firnis der Fiktion wieder auffrischen muß.

Jener gewaltige Hof- und Prachtstrom war nunmehr vorübergeronnen und hatte mir keine andre Sehnsucht zurückgelassen, als nach jenen Raphaelschen Teppichen, welche ich gern jeden Tag und Stunde betrachtet, verehrt, ja angebetet hätte. Glücklicher Weise gelang es meinen leidenschaftlichen Bemühungen, mehrere Personen von Bedeutung dafür zu interessieren, so daß sie erst so spät als möglich abgenommen und eingepackt wurden. Wir überließen uns nunmehr wieder unserm stillen gemächlichen Universitäts- und Gesellschaftsgang, und bei dem letzten blieb Actuarius Salzmann, unser Tischpräsident, der allgemeine Pädagog. Sein Verstand, seine Nachgiebigkeit, seine Würde, die er bei allem Scherz und selbst manchmal bei kleinen Ausschweifungen, die er uns erlaubte, immer zu erhalten wußte, machten ihn der ganzen Gesellschaft lieb und wert, und ich wüßte nur wenige Fälle, wo er sein ernstliches Mißfallen bezeigt, oder mit Autorität zwischen kleine Händel und Streitigkeiten eingetreten wäre. Unter allen jedoch war ich derjenige, der sich am meisten an ihn anschloß, und er nicht weniger geneigt sich mit mir zu unterhalten, weil er mich mannigfaltiger gebildet fand als die übrigen und nicht so einseitig im Urteil. Auch richtete ich mich im Äußern nach ihm, damit er mich für seinen Gesellen und Genossen öffentlich ohne Verlegenheit erklären konnte: denn ob er gleich nur eine Stelle bekleidete, die von geringem Einfluß zu sein scheint, so versah er sie doch auf eine Weise, die ihm zur größten Ehre gereichte. Er war Actuarius beim Pupillen-Collegium und hatte freilich daselbst, wie der perpetuierliche Sekretär einer Akademie, eigentlich das Heft in Händen. Indem er nun dieses Geschäft viele Jahre lang auf das genauste besorgte, so gab es keine Familie von der ersten bis zu der letzten, die ihm nicht Dank schuldig gewesen wäre; wie denn beinahe in der ganzen Staatsverwaltung kaum jemand mehr Segen oder Fluch ernten kann, als einer der für die Waisen sorgt, oder ihr Hab und Gut vergeudet, oder vergeuden läßt.

Die Straßburger sind leidenschaftliche Spaziergänger und sie haben wohl recht es zu sein. Man mag seine Schritte hinwenden, wohin man will, so findet man teils natürliche, teils in alten und neuern Zeiten künstlich angelegte Lustörter, einen wie den andern besucht und von einem heitern lustigen Völkchen genossen. Was aber hier den Anblick einer großen Masse Spazierender noch erfreulicher machte als an andern Orten, war die verschiedene Tracht des weiblichen Geschlechts. Die Mittelklasse der Bürgermädchen behielt noch die aufgewundenen mit einer großen Nadel festgesteckten Zöpfe bei; nicht weniger eine gewisse knappe Kleidungsart, woran jede Schleppe ein Mißstand gewesen wäre; und was das Angenehme war, diese Tracht schnitt sich nicht mit den Ständen scharf ab: denn es gab noch einige wohlhabende vornehme Häuser, welche den Töchtern sich von diesem Kostüm zu entfernen nicht erlauben wollten. Die übrigen gingen französisch, und diese Partie machte jedes Jahr einige Proselyten. Salzmann hatte viel Bekanntschaften und überall Zutritt; eine große Annehmlichkeit für seinen Begleitenden, besonders im Sommer, weil man überall in Gärten nah und fern gute Aufnahme, gute Gesellschaft und Erfrischung fand, auch zugleich mehr als eine Einladung zu diesem oder jenem frohen Tage erhielt. In einem solchen Falle traf ich Gelegenheit, mich einer Familie, die ich erst zum zweiten Male besuchte, sehr schnell zu empfehlen. Wir waren eingeladen und stellten uns zur bestimmten Zeit ein. Die Gesellschaft war nicht groß, einige spielten und einige spazierten wie gewöhnlich. Späterhin, als es zu Tische gehen sollte, sah ich die Wirtin und ihre Schwester lebhaft und wie in einer großen Verlegenheit miteinander sprechen. Ich begegnete ihnen eben und sagte: »Zwar habe ich kein Recht, meine Frauenzimmer, in Ihre Geheimnisse einzudringen; vielleicht bin ich aber im Stande einen guten Rat zu geben, oder wohl gar zu dienen.« Sie eröffneten mir hierauf ihre peinliche Lage: daß sie nämlich zwölf Personen zu Tische gebeten, und in diesem Augenblick sei ein Verwandter von der Reise zurückgekommen, der nun als der dreizehnte, wo nicht sich selbst, doch gewiß einigen der Gäste ein fatales Memento mori werden würde. – »Der Sache ist sehr leicht abzuhelfen«, versetzte ich: »Sie erlauben mir, daß ich mich entferne und mir die Entschädigung vorbehalte.« Da es Personen von Ansehen und guter Lebensart waren, so wollten sie es keinesweges zugeben, sondern schickten in der Nachbarschaft umher, um den vierzehnten aufzufinden. Ich ließ es geschehen, doch da ich den Bedienten unverrichteter Sache zur Gartentüre hereinkommen sah, entwischte ich, und brachte meinen Abend vergnügt unter den alten Linden der Wanzenau hin. Daß mir diese Entsagung reichlich vergolten worden, war wohl eine natürliche Folge.

Eine gewisse allgemeine Geselligkeit läßt sich ohne das Kartenspiel nicht mehr denken. Salzmann erneuerte die guten Lehren der Madame Böhme, und ich war um so folgsamer, als ich wirklich eingesehen hatte, daß man sich durch diese kleine Aufopferung, wenn es ja eine sein sollte, manches Vergnügen, ja sogar eine größere Freiheit in der Sozietät verschaffen könne, als man sonst genießen würde. Das alte eingeschlafene Piquet wurde daher hervorgesucht; ich lernte Whist, richtete mir nach Anleitung meines Mentors einen Spielbeutel ein, welcher unter allen Umständen unantastbar sein sollte; und nun fand ich Gelegenheit, mit meinem Freunde die meisten Abende in den besten Zirkeln zuzubringen, wo man mir meistens wohlwollte, und manche kleine Unregelmäßigkeit verzieh, auf die mich jedoch der Freund, wiewohl milde genug, aufmerksam zu machen pflegte.

Damit ich aber dabei symbolisch erführe, wie sehr man sich auch im Äußern in die Gesellschaft zu schicken und nach ihr zu richten hat, so ward ich zu etwas genötigt, welches mir das Unangenehmste von der Welt schien. Ich hatte zwar sehr schöne Haare, aber mein Straßburger Friseur versicherte mir sogleich, daß sie viel zu tief nach hinten hin verschnitten seien und daß es ihm unmöglich werde, daraus eine Frisur zu bilden, in welcher ich mich produzieren dürfe, weil nur wenig kurze und gekrauste Vorderhaare statuiert würden, alles übrige vom Scheitel an in den Zopf oder Haarbeutel gebunden werden müsse. Hierbei bleibe nun nichts übrig, als mir eine Haartour gefallen zu lassen, bis der natürliche Wachstum sich wieder nach den Erfordernissen der Zeit hergestellt habe. Er versprach mir, daß niemand diesen unschuldigen Betrug, gegen den ich mich erst sehr ernstlich wehrte, jemals bemerken solle, wenn ich mich sogleich dazu entschließen könnte. Er hielt Wort und ich galt immer für den bestfrisierten und bestbehaarten jungen Mann. Da ich aber vom frühen Morgen an so aufgestutzt und gepudert bleiben und mich zugleich in Acht nehmen mußte, nicht durch Erhitzung und heftige Bewegung den falschen Schmuck zu verraten; so trug dieser Zwang wirklich viel bei, daß ich mich eine Zeit lang ruhiger und gesitteter benahm, mir angewöhnte, mit dem Hut unterm Arm und folglich auch in Schuh und Strümpfen zu gehen; doch durfte ich nicht versäumen, feinlederne Unter-Strümpfe zu tragen, um mich gegen die Rheinschnaken zu sichern, welche sich an schönen Sommerabenden über die Auen und Gärten zu verbreiten pflegen. War mir nun unter diesen Umständen eine heftige körperliche Bewegung versagt, so entfalteten sich unsere geselligen Gespräche immer lebhafter und leidenschaftlicher, ja sie waren die interessantesten, die ich bis dahin jemals geführt hatte.

Bei meiner Art zu empfinden und zu denken kostete es mich gar nichts, einen jeden gelten zu lassen für das was er war, ja sogar für das was er gelten wollte, und so machte die Offenheit eines frischen jugendlichen Mutes, der sich fast zum ersten Mal in seiner vollen Blüte hervortat, mir sehr viele Freunde und Anhänger. Unsere Tischgesellschaft vermehrte sich wohl auf zwanzig Personen, und weil unser Salzmann bei seiner hergebrachten Methode beharrte; so blieb alles im alten Gange, ja die Unterhaltung ward beinahe schicklicher, indem sich ein jeder vor mehreren in Acht zu nehmen hatte. Unter den neuen Ankömmlingen befand sich ein Mann, der mich besonders interessierte; er hieß Jung, und ist derselbe, der nachher unter dem Namen Stilling zuerst bekannt geworden. Seine Gestalt, ungeachtet einer veralteten Kleidungsart, hatte, bei einer gewissen Derbheit, etwas Zartes. Eine Haarbeutel-Perücke entstellte nicht sein bedeutendes und gefälliges Gesicht. Seine Stimme war sanft, ohne weich und schwach zu sein, ja sie wurde wohltönend und stark, sobald er in Eifer geriet, welches sehr leicht geschah. Wenn man ihn näher kennen lernte, so fand man an ihm einen gesunden Menschenverstand, der auf dem Gemüt ruhte, und sich deswegen von Neigungen und Leidenschaften bestimmen ließ, und aus eben diesem Gemüt entsprang ein Enthusiasmus für das Gute, Wahre, Rechte in möglichster Reinheit. Denn der Lebensgang dieses Mannes war sehr einfach gewesen und doch gedrängt an Begebenheiten und mannigfaltiger Tätigkeit. Das Element seiner Energie war ein unverwüstlicher Glaube an Gott und an eine unmittelbar von daher fließende Hülfe, die sich in einer ununterbrochenen Vorsorge und in einer unfehlbaren Rettung aus aller Not, von jedem Übel augenscheinlich bestätige. Jung hatte dergleichen Erfahrungen in seinem Leben so viele gemacht, sie hatten sich selbst in der neuern Zeit, in Straßburg, öfters wiederholt, so daß er mit der größten Freudigkeit ein zwar mäßiges aber doch sorgloses Leben führte und seinen Studien aufs ernstlichste oblag, wiewohl er auf kein sicheres Auskommen von einem Vierteljahre zum andern rechnen konnte. In seiner Jugend, auf dem Wege Kohlenbrenner zu werden, ergriff er das Schneiderhandwerk, und nachdem er sich nebenher von höheren Dingen selbst belehrt, so trieb ihn sein lehrlustiger Sinn zu einer

Schulmeisterstelle. Dieser Versuch mißlang, und er kehrte zum Handwerk zurück, von dem er jedoch zu wiederholten Malen, weil jedermann für ihn leicht Zutrauen und Neigung faßte, abgerufen ward, um abermals eine Stelle als Hauslehrer zu übernehmen. Seine innerlichste und eigentlichste Bildung aber hatte er jener ausgebreiteten Menschenart zu danken, welche auf ihre eigne Hand ihr Heil suchten, und indem sie sich durch Lesung der Schrift und wohlgemeinter Bücher, durch wechselseitiges Ermahnen und Bekennen zu erbauen trachteten, dadurch einen Grad von Kultur erhielten, der Bewunderung erregen mußte. Denn indem das Interesse, das sie stets begleitete und das sie in Gesellschaft unterhielt, auf dem einfachsten Grunde der Sittlichkeit, des Wohlwollens und Wohltuns ruhte, auch die Abweichungen, welche bei Menschen von so beschränkten Zuständen vorkommen können, von geringer Bedeutung sind, und daher ihr Gewissen meistens rein und ihr Geist gewöhnlich heiter blieb: so entstand keine künstliche, sondern eine wahrhaft natürliche Kultur, die noch darin vor andern den Vorzug hatte, daß sie allen Altern und Ständen gemäß und ihrer Natur nach allgemein gesellig war; deshalb auch diese Personen, in ihrem Kreise, wirklich beredt und fähig waren, über alle Herzensangelegenheiten, die zartesten und tüchtigsten, sich gehörig und gefällig auszudrücken. In demselben Falle nun war der gute Jung. Unter wenigen, wenn auch nicht gerade Gleichgesinnten, doch solchen, die sich seiner Denkweise nicht abgeneigt erklärten, fand man ihn nicht allein redselig, sondern beredt; besonders erzählte er seine Lebensgeschichte auf das anmutigste, und wußte dem Zuhörer alle Zustände deutlich und lebendig zu vergegenwärtigen. Ich trieb ihn, solche aufzuschreiben, und er versprach's. Weil er aber in seiner Art sich zu äußern einem Nachtwandler glich, den man nicht anrufen darf, wenn er nicht von seiner Höhe herabfallen, einem sanften Strom, dem man nichts entgegenstellen darf, wenn er nicht brausen soll; so mußte er sich in größerer Gesellschaft oft unbehaglich fühlen. Sein Glaube duldete keinen Zweifel und seine Überzeugung keinen Spott. Und wenn er in freundlicher Mitteilung unerschöpflich war; so stockte gleich alles bei ihm, wenn er Widerspruch erlitt. Ich half ihm in solchen Fällen gewöhnlich über, wofür er mich mit aufrichtiger Neigung belohnte. Da mir seine Sinnesweise nichts Fremdes war und ich dieselbe vielmehr an meinen besten Freunden und Freundinnen schon genau hatte kennen lernen, sie mir auch in ihrer Natürlichkeit und Naivetät überhaupt wohl zusagte; so konnte er sich mit mir durchaus am besten finden. Die Richtung seines Geistes war mir angenehm und seinen Wunderglauben, der ihm so wohl zustatten kam, ließ ich unangetastet. Auch Salzmann betrug sich schonend gegen ihn; schonend, sage ich, weil Salzmann, seinem Charakter, Wesen, Alter und Zuständen nach, auf der Seite der vernünftigen, oder vielmehr verständigen Christen stehen und halten mußte, deren Religion eigentlich auf der Rechtschaffenheit des Charakters und auf einer männlichen Selbstständigkeit beruhte, und die sich daher nicht gern mit Empfindungen, die sie leicht ins Trübe, und Schwärmerei, die sie bald ins Dunkle hätte führen können, abgaben und vermengten. Auch diese Klasse war respektabel und zahlreich; alle ehrliche tüchtige Leute verstanden sich und waren von gleicher Überzeugung wie von gleichem Lebensgang.

L e r s e, ebenmäßig unser Tischgeselle, gehörte auch zu dieser Zahl; ein vollkommen rechtlicher und bei beschränkten Glücksgütern mäßiger und genauer junger Mann. Seine Lebens- und Haushaltungsweise war die knappste, die ich unter Studierenden je kannte. Er trug sich am saubersten von uns allen, und doch erschien er immer in denselben Kleidern; aber er behandelte auch seine Garderobe mit der größten Sorgfalt, er hielt seine Umgebung reinlich und so verlangte er auch nach seinem Beispiel alles im gemeinen Leben. Es begegnete ihm nicht, daß er sich irgendwo angelehnt oder seinen Ellbogen auf den Tisch gestemmt hätte; niemals vergaß er seine Serviette zu zeichnen, und der Magd geriet es immer zum Unheil, wenn die Stühle nicht höchst sauber gefunden wurden. Bei allem diesen hatte er nichts Steifes in seinem Äußeren. Er sprach treuherzig, bestimmt und trocken lebhaft, wobei ein leichter ironischer Scherz ihn gar wohl kleidete. An Gestalt war er gut gebildet, schlank und von ziemlicher Größe, sein Gesicht pockennarbig und unscheinbar, seine kleinen blauen Augen heiter und durchdringend. Wenn er uns nun von so mancher Seite zu hofmeistern Ursache hatte, so ließen wir ihn auch noch außerdem für unsern Fechtmeister gelten: denn er führte ein sehr gutes Rapier, und es schien ihm Spaß zu machen, bei dieser Gelegenheit alle Pedanterie dieses Metiers an uns auszuüben. Auch profitierten wir bei ihm wirklich und mußten ihm dankbar sein für manche gesellige Stunde, die er uns in guter Bewegung und Übung verbringen hieß.

Durch alle diese Eigenschaften qualifizierte sich nun Lerse völlig zu der Stelle eines Schieds- und Kampfrichters bei allen kleinen und größern Händeln, die in unserm Kreise, wiewohl selten, vorfielen, und welche Salzmann auf seine väterliche Art nicht beschwichtigen konnte. Ohne die äußeren Formen, welche auf Akademieen so viel Unheil anrichten, stellten wir eine durch Umstände und guten Willen geschlossene Gesellschaft vor, die wohl mancher andere zufällig berühren, aber sich nicht in dieselbe eindrängen konnte. Bei Beurteilung nun innerer Verdrießlichkeiten zeigte Lerse stets die größte Unparteilichkeit, und wußte, wenn der Handel nicht mehr mit Worten und Erklärungen ausgemacht werden konnte, die zu erwartende Genugtuung auf ehrenvolle Weise ins Unschädliche zu leiten. Hiezu war wirklich kein Mensch geschickter als er; auch pflegte er oft zu sagen, da ihn der Himmel weder zu einem Kriegs- noch Liebeshelden bestimmt habe, so wolle er sich, im Romanen- und Fechtersinn, mit der Rolle des Sekundanten begnügen. Da er sich nun durchaus gleich blieb und als ein rechtes Muster einer guten und beständigen Sinnesart angesehen werden konnte; so prägte sich der Begriff von ihm so tief als liebenswürdig bei mir ein, und als ich den »Götz von Berlichingen« schrieb, fühlte ich mich veranlaßt, unserer Freundschaft ein Denkmal zu setzen und der wackern Figur, die sich auf so eine würdige Art zu subordinieren weiß, den Namen Franz Lerse zu geben.

Indes er nun mit seiner fortgesetzten humoristischen Trokkenheit uns immer zu erinnern wußte, was man sich und andern schuldig sei, und wie man sich einzurichten habe, um mit den Menschen so lange als möglich in Frieden zu leben, und sich deshalb gegen sie in einige Positur zu setzen; so hatte ich innerlich und äußerlich mit ganz andern Verhältnissen und Gegnern zu kämpfen, indem ich mit mir selbst, mit den Gegenständen, ja mit den Elementen im Streit lag. Ich befand mich in einem Gesundheitszustand, der mich bei allem was ich unternehmen wollte und sollte hinreichend förderte; nur war mir noch eine gewisse Reizbarkeit übrig geblieben, die mich nicht immer im Gleichgewicht ließ. Ein starker Schall war mir zuwider, krankhafte Gegenstände erregten mir Ekel und Abscheu. Besonders aber ängstigte mich ein Schwindel, der mich jedesmal befiel, wenn ich von einer Höhe herunterblickte. Allen diesen Mängeln suchte ich abzuhelfen, und zwar, weil ich keine Zeit verlieren wollte, auf eine etwas heftige Weise. Abends beim Zapfenstreich ging ich neben der Menge Trommeln her, deren gewaltsame Wirbel und Schläge das Herz im Busen hätten zersprengen mögen. Ich erstieg ganz allein den höchsten Gipfel des Münsterturms, und saß in dem sogenannten Hals, unter dem Knopf oder der Krone, wie man's nennt, wohl eine Viertelstunde lang, bis ich es wagte wieder heraus in die freie Luft zu treten, wo man auf einer Platte, die kaum eine Elle ins Gevierte haben wird, ohne sich sonderlich anhalten zu können, stehend das unendliche Land vor sich sieht, indessen die nächsten Umgebungen und Zieraten die Kirche und alles, worauf und worüber man steht, verbergen. Es ist völlig als wenn man sich auf einer Montgolfiere in die Luft erhoben sähe. Dergleichen Angst und Qual wiederholte ich so oft, bis der Eindruck mir ganz gleichgültig ward, und ich habe nachher bei Bergreisen und geologischen

Studien, bei großen Bauten, wo ich mit den Zimmerleuten um die Wette über die freiliegenden Balken und über die Gesimse des Gebäudes herlief, ja in Rom, wo man eben dergleichen Wagstücke ausüben muß, um bedeutende Kunstwerke näher zu sehen, von jenen Vorübungen großen Vorteil gezogen. Die Anatomie war mir auch deshalb doppelt wert, weil sie mich den widerwärtigsten Anblick ertragen lehrte, indem sie meine Wißbegierde befriedigte. Und so besuchte ich auch das Clinicum des ältern Doktor Ehrmann, so wie die Lektionen der Entbindungskunst seines Sohns, in der doppelten Absicht, alle Zustände kennen zu lernen und mich von aller Apprehension gegen widerwärtige Dinge zu befreien. Ich habe es auch wirklich darin so weit gebracht, daß nichts dergleichen mich jemals aus der Fassung setzen konnte. Aber nicht allein gegen diese sinnlichen Eindrücke, sondern auch gegen die Anfechtungen der Einbildungskraft suchte ich mich zu stählen. Die ahndungs- und schauervollen Eindrücke der Finsternis, der Kirchhöfe, einsamer Örter, nächtlicher Kirchen und Kapellen und was hiemit verwandt sein mag, wußte ich mir ebenfalls gleichgültig zu machen; und auch darin brachte ich es so weit, daß mir Tag und Nacht und jedes Lokal völlig gleich war, ja daß, als in später Zeit mich die Lust ankam, wieder einmal in solcher Umgebung die angenehmen Schauer der Jugend zu fühlen, ich diese in mir kaum durch die seltsamsten und fürchterlichsten Bilder, die ich hervorrief, wieder einigermaßen erzwingen konnte.

Dieser Bemühung, mich von dem Drang und Druck des Allzuernsten und Mächtigen zu befreien, was in mir fortwaltete, und mir bald als Kraft bald als Schwäche erschien, kam durchaus jene freie, gesellige, bewegliche Lebensart zu Hülfe, welche mich immer mehr anzog, an die ich mich gewöhnte, und zuletzt derselben mit voller Freiheit genießen lernte. Es ist in der Welt nicht schwer zu bemerken, daß sich der Mensch am freisten und am völligsten von seinen Gebrechen los und ledig fühlt, wenn er sich die Mängel anderer vergegenwärtigt und sich darüber mit behaglichem Tadel verbreitet. Es ist schon eine ziemlich angenehme Empfindung, uns durch Mißbilligung und Mißreden über unsersgleichen hinauszusetzen, weswegen auch hierin die gute Gesellschaft, sie bestehe aus wenigen oder mehrern, sich am liebsten ergeht. Nichts aber gleicht der behaglichen Selbstgefälligkeit, wenn wir uns zu Richtern der Obern und Vorgesetzten, der Fürsten und Staatsmänner erheben, öffentliche Anstalten ungeschickt und zweckwidrig finden, nur die möglichen und wirklichen Hindernisse beachten, und weder die Größe der Intention noch die Mitwirkung anerkennen, die bei jedem Unternehmen von Zeit und Umständen zu erwarten ist.

Wer sich der Lage des französischen Reichs erinnert und sie aus späteren Schriften genau und umständlich kennt, wird sich leicht vergegenwärtigen, wie man damals in dem elsassischen Halbfrankreich über König und Minister, über Hof und Günstlinge sprach. Für meine Lust mich zu unterrichten, waren es neue, und für Naseweisheit und jugendlichen Dünkel sehr willkommne Gegenstände; ich merkte mir alles genau, schrieb fleißig auf, und sehe jetzt an dem wenigen Übriggebliebenen, daß solche Nachrichten, wenngleich nur aus Fabeln und unzuverlässigen allgemeinen Gerüchten im Augenblick aufgefaßt, doch immer in der Folge einen gewissen Wert haben, weil sie dazu dienen, das endlich bekanntgewordne Geheime mit dem damals schon Aufgedeckten und Öffentlichen, das von Zeitgenossen richtig oder falsch Geurteilte mit den Überzeugungen der Nachwelt zusammenzuhalten und zu vergleichen.

Auffallend und uns Pflastertretern täglich vor Augen war das Projekt zu Verschönerung der Stadt, dessen Ausführung von den Rissen und Planen auf die seltsamste Weise in die Wirklichkeit überzugehen anfing. Intendant Gayot hatte sich vorgenommen, die winkligen und ungleichen Gassen Straßburgs umzuschaffen und eine wohl nach der Schnur geregelte, ansehnliche, schöne Stadt zu gründen. Blondel, ein Pariser Baumeister, zeichnete darauf einen Vorschlag, durch welchen hundertundvierzig Hausbesitzer an Raum gewannen, achtzig verloren und die übrigen in ihrem vorigen Zustande blieben. Dieser genehmigte, aber nicht auf einmal in Ausführung zu bringende Plan sollte nun durch die Zeit seiner Vollständigkeit entgegenwachsen, indessen die Stadt, wunderlich genug, zwischen Form und Unform schwankte. Sollte z. B. eine eingebogene Straßenseite gerad werden, so rückte der erste Baulustige auf die bestimmte Linie vor; vielleicht sein nächster Nachbar, vielleicht aber auch der dritte, vierte Besitzer von da, durch welche Vorsprünge die ungeschicktesten Vertiefungen als Vorhöfe der hinterliegenden Häuser zurückblieben. Gewalt wollte man nicht brauchen, aber ohne Nötigung wäre man gar nicht vorwärts gekommen, deswegen durfte niemand an seinem einmal verurteilten Hause etwas bessern oder herstellen, was sich auf die Straße bezog. Alle die seltsamen zufälligen Unschicklichkeiten gaben uns wandelnden Müßiggängern den willkommensten Anlaß unsern Spott zu üben, Vorschläge zu Beschleunigung der Vollendung nach Behrischens Art zu tun, und die Möglichkeit derselben immer zu bezweifeln, ob uns gleich manches neu entstehende schöne Gebäude hätte auf andere Gedanken bringen sollen. Inwieweit jener Vorsatz durch die lange Zeit begünstigt worden, wüßte ich nicht zu sagen.

Ein anderer Gegenstand, wovon sich die protestantischen Straßburger gern unterhielten, war die Vertreibung der Jesuiten. Diese Väter hatten, sobald als die Stadt den Franzosen zu Teil geworden, sich gleichfalls eingefunden und um ein Domicilium nachgesucht. Bald breiteten sie sich aber aus und bauten ein herrliches Collegium, das an den Münster dergestalt anstößt, daß das Hinterteil der Kirche ein Dritteil seiner Face bedeckt. Es sollte ein völliges Viereck werden und in der Mitte einen Garten haben; drei Seiten davon waren fertig geworden. Es ist von Steinen, solid, wie alle Gebäude dieser Väter. Daß die Protestanten von ihnen gedrängt, wo nicht bedrängt wurden, lag in dem Plane der Gesellschaft, welche die alte Religion in ihrem ganzen Umfange wieder herzustellen sich zur Pflicht machte. Ihr Fall erregte daher die größte

Zufriedenheit des Gegenteils, und man sah nicht ohne Behagen, wie sie ihre Weine verkauften, ihre Bücher wegschafften und das Gebäude einem andern, vielleicht weniger tätigen Orden bestimmt ward. Wie froh sind die Menschen, wenn sie einen Widersacher, ja nur einen Hüter los sind, und die Herde bedenkt nicht, daß da, wo der Rüde fehlt, sie den Wölfen ausgesetzt ist.

Weil denn nun auch jede Stadt ihre Tragödie haben muß, wovor sich Kinder und Kindeskinder entsetzen, so ward in Straßburg oft des unglücklichen Prätors Klingling gedacht, der, nachdem er die höchste Stufe irdischer Glückseligkeit erstiegen, Stadt und Land fast unumschränkt beherrscht und alles genossen, was Vermögen, Rang und Einfluß nur gewähren können, endlich die Hofgunst verloren habe, und wegen alles dessen, was man ihm bisher nachgesehn, zur Verantwortung gezogen worden, ja sogar in den Kerker gebracht, wo er, über siebenzig Jahre alt, eines zweideutigen Todes verblichen.

Diese und andere Geschichten wußte jener Ludwigsritter, unser Tischgenosse, mit Leidenschaft und Lebhaftigkeit zu erzählen, deswegen ich auch gern auf Spaziergängen mich zu ihm gesellte, anders als die übrigen, die solchen Einladungen auswichen und mich mit ihm allein ließen. Da ich mich bei neuen Bekanntschaften meistenteils eine Zeit lang gehn ließ, ohne viel über sie, noch über die Wirkung zu denken, die sie auf mich ausübten, so merkte ich erst nach und nach, daß seine Erzählungen und Urteile mich mehr beunruhigten und verwirrten als unterrichteten und aufklärten. Ich wußte niemals woran ich mit ihm war, obgleich das Rätsel sich leicht hätte entziffern lassen. Er gehörte zu den vielen, denen das Leben keine Resultate gibt, und die sich daher im Einzelnen, vor wie nach, abmühen. Unglücklicher Weise hatte er dabei eine entschiedne Lust, ja Leidenschaft zum Nachdenken, ohne zum Denken geschickt zu sein, und in solchen Menschen setzt sich leicht ein gewisser Begriff fest, den man als eine Gemütskrankheit ansehen kann. Auf eine solche fixe

Ansicht kam auch er immer wieder zurück, und ward dadurch auf die Dauer höchst lästig. Er pflegte sich nämlich bitter über die Abnahme seines Gedächtnisses zu beklagen, besonders was die nächsten Ereignisse betraf, und behauptete, nach einer eignen Schlußfolge, alle Tugend komme von dem guten Gedächtnis her, alle Laster hingegen aus der Vergessenheit. Diese Lehre wußte er mit vielem Scharfsinn durchzusetzen; wie sich denn alles behaupten läßt, wenn man sich erlaubt, die Worte ganz unbestimmt, bald in weiterem, bald engerm, in einem näher oder ferner verwandten Sinne zu gebrauchen und anzuwenden.

Die ersten Male unterhielt es wohl ihn zu hören, ja seine Suade setzte in Verwunderung. Man glaubte vor einem rednerischen Sophisten zu stehen, der, zu Scherz und Übung, den seltsamsten Dingen einen Schein zu verleihen weiß. Leider stumpfte sich dieser erste Eindruck nur allzubald ab: denn am Ende jedes Gesprächs kam der Mann wieder auf dasselbe Thema, ich mochte mich auch anstellen wie ich wollte. Er war bei älteren Begebenheiten nicht festzuhalten, ob sie ihn gleich selbst interessierten, ob er sie schon mit den kleinsten Umständen gegenwärtig hatte. Vielmehr ward er öfters, durch einen geringen Umstand, mitten aus einer weltgeschichtlichen Erzählung herausgerissen und auf seinen feindseligen Lieblingsgedanken hingestoßen.

Einer unserer nachmittägigen Spaziergänge war hierin besonders unglücklich; die Geschichte desselben stehe hier statt ähnlicher Fälle, welche den Leser ermüden, wo nicht gar betrüben könnten.

Auf dem Wege durch die Stadt begegnete uns eine bejahrte Bettlerin, die ihn, durch Bitten und Andringen, in seiner Erzählung störte. – »Pack dich, alte Hexe!« sagte er, und ging vorüber. Sie rief ihm den bekannten Spruch hinterdrein, nur etwas verändert, da sie wohl bemerkte, daß der unfreundliche Mann selbst alt sei: »Wenn Ihr nicht alt werden wolltet, so hättet Ihr Euch in der Jugend sollen hängen lassen!« Er kehrte sich heftig herum, und ich fürchtete einen Auftritt. – »Hängen lassen!« rief er, »mich hängen lassen! Nein das wäre nicht gegangen, dazu war ich ein zu braver Kerl; aber mich hängen, mich selbst aufhängen, das ist wahr, das hätte ich tun sollen; einen Schuß Pulver sollt' ich an mich wenden, um nicht zu erleben, daß ich keinen mehr wert bin.« Die Frau stand wie versteinert, er aber fuhr fort: »Du hast eine große Wahrheit gesagt, Hexenmutter! und weil man dich noch nicht ersäuft oder verbrannt hat, so sollst du für dein Sprüchlein belohnt werden.« Er reichte ihr ein Büsel, das man nicht leicht an einen Bettler zu wenden pflegte.

Wir waren über die erste Rheinbrücke gekommen und gingen nach dem Wirtshause, wo wir einzukehren gedachten, und ich suchte ihn auf das vorige Gespräch zurückzuführen, als unerwartet auf dem angenehmen Fußpfad ein sehr hübsches Mädchen uns entgegen kam, vor uns stehen blieb, sich artig verneigte und ausrief: »Ei ei, Herr Hauptmann, wohin?« und was man sonst bei solcher Gelegenheit zu sagen pflegt. – »Mademoiselle«, versetzte er, etwas verlegen, »ich weiß nicht...« »Wie?« sagte sie, mit anmutiger Verwunderung, »vergessen Sie Ihre Freunde so bald?« Das Wort Vergessen machte ihn verdrießlich, er schüttelte den Kopf und erwiderte mürrisch genug: »Wahrhaftig, Mademoiselle, ich wüßte nicht!« – Nun versetzte sie mit einigem Humor, doch sehr gemäßigt: »Nehmen Sie sich in Acht, Herr Hauptmann, ich dürfte Sie ein andermal auch verkennen!« Und so eilte sie an uns vorbei, stark zuschreitend, ohne sich umzusehen. Auf einmal schlug sich mein Weggesell mit den beiden Fäusten heftig vor den Kopf: »O ich Esel!« rief er aus; »ich alter Esel! da seht Ihr's nun, ob ich recht habe oder nicht.« Und nun erging er sich auf eine sehr heftige Weise in seinem gewohnten Reden und Meinen, in welchem ihn dieser Fall nur noch mehr bestärkte. Ich kann und mag nicht wiederholen, was er für eine philippische Rede wider sich selbst hielt. Zuletzt wendete er sich zu mir und sagte: »Ich rufe Euch zum Zeugen an! Erinnert Ihr Euch jener Krämerin, an der Ecke, die weder jung noch hübsch ist? Jedesmal grüße ich sie, wenn wir vorbeigehen, und rede manchmal ein paar freundliche Worte mit ihr; und doch sind schon dreißig Jahre vorbei, daß sie mir günstig war. Nun aber, nicht vier Wochen, schwör' ich, sind's, da erzeigte sich dieses Mädchen gegen mich gefälliger als billig, und nun will ich sie nicht kennen und beleidige sie für ihre Artigkeit! Sage ich es nicht immer, Undank ist das größte Laster, und kein Mensch wäre undankbar, wenn er nicht vergeßlich wäre!«

Wir traten ins Wirtshaus, und nur die zechende, schwärmende Menge in den Vorsälen hemmte die Invektiven, die er gegen sich und seine Altersgenossen ausstieß. Er war still und ich hoffte ihn begütigt, als wir in ein oberes Zimmer traten, wo wir einen jungen Mann allein auf und ab gehend fanden, den der Hauptmann mit Namen begrüßte. Es war mir angenehm ihn kennen zu lernen: denn der alte Gesell hatte mir viel Gutes von ihm gesagt und mir erzählt, daß dieser, beim Kriegsbureau angestellt, ihm schon manchmal, wenn die Pensionen gestockt, uneigennützig sehr gute Dienste geleistet habe. Ich war froh, daß das Gespräch sich ins Allgemeine lenkte, und wir tranken eine Flasche Wein, indem wir es fortsetzten. Hier entwickelte sich aber zum Unglück ein anderer Fehler, den mein Ritter mit starrsinnigen Menschen gemein hatte. Denn wie er im Ganzen von jenem fixen Begriff nicht loskommen konnte, ebenso sehr hielt er an einem augenblicklichen unangenehmen Eindruck fest, und ließ seine Empfindungen dabei ohne Mäßigung abschnurren. Der letzte Verdruß über sich selbst war noch nicht verklungen und nun trat abermals etwas Neues hinzu, freilich von ganz anderer Art. Er hatte nämlich nicht lange die Augen hin und her gewandt, so bemerkte er auf dem Tische eine doppelte Portion Kaffee und zwei Tassen; daneben mochte er auch, er der selbst ein feiner Zeisig war, irgend sonst eine Andeutung aufgespürt haben, daß dieser junge Mann sich nicht eben immer so allein befunden. Und kaum war die Vermutung in ihm aufgestiegen und zur Wahrscheinlichkeit geworden, das hübsche Mädchen habe einen Besuch hier abgestattet; so gesellte sich zu jenem ersten Verdruß noch die wunderlichste Eifersucht, um ihn vollends zu verwirren.

Ehe ich nun irgend etwas ahnden konnte, denn ich hatte mich bisher ganz harmlos mit dem jungen Mann unterhalten, so fing der Hauptmann, mit einem unangenehmen Ton, den ich an ihm wohl kannte, zu sticheln an, auf das Tassenpaar und auf dieses und jenes. Der Jüngere, betroffen, suchte heiter und verständig auszuweichen, wie es unter Menschen von Lebensart die Gewohnheit ist; allein der Alte fuhr fort schonungslos unartig zu sein, daß dem andern nichts übrig blieb, als Hut und Stock zu ergreifen, und beim Abschiede eine ziemlich unzweideutige Ausforderung zurückzulassen. Nun brach die Furie des Hauptmanns und um desto heftiger los, als er in der Zwischenzeit noch eine Flasche Wein beinahe ganz allein ausgetrunken hatte. Er schlug mit der Faust auf den Tisch und rief mehr als einmal: »Den schlag' ich tot.« Es war aber eigentlich so bös nicht gemeint, denn er gebrauchte diese Phrase mehrmals, wenn ihm jemand widerstand, oder sonst mißfiel. Ebenso unerwartet verschlimmerte sich die Sache auf dem Rückweg: denn ich hatte die Unvorsichtigkeit, ihm seinen Undank gegen den jungen Mann vorzuhalten und ihn zu erinnern, wie sehr er mir die zuvorkommende Dienstfertigkeit dieses Angestellten gerühmt habe. Nein! solche Wut eines Menschen gegen sich selbst ist mir nie wieder vorgekommen; es war die leidenschaftlichste Schlußrede zu jenen Anfängen, wozu das hübsche Mädchen Anlaß gegeben hatte. Hier sah ich Reue und Buße bis zur Karikatur getrieben, und, wie alle Leidenschaft das Genie ersetzt, wirklich genialisch. Denn er nahm die sämtlichen Vorfallenheiten unserer Nachmittagswanderung wieder auf, benutzte sie rednerisch zur Selbstscheltung, ließ zuletzt die Hexe nochmals gegen sich auftreten, und verwirrte sich dergestalt, daß ich fürchten mußte, er werde sich in den Rhein stürzen. Wäre ich sicher gewesen, ihn, wie Mentor seinen Telemach, schnell wieder aufzufischen, so mochte er springen, und ich hätte ihn für diesmal abgekühlt nach Hause gebracht.

Ich vertraute sogleich die Sache Lersen, und wir gingen des andern Morgens zu dem jungen Manne, den mein Freund, mit seiner Trockenheit, zum Lachen brachte. Wir wurden eins, ein ohngefähres Zusammentreffen einzuleiten, wo eine Ausgleichung vor sich gehen sollte. Das Lustigste dabei war, daß der Hauptmann auch diesmal seine Unart verschlafen hatte, und zur Begütigung des jungen Mannes, dem auch an keinen Händeln gelegen war, sich bereit finden ließ. Alles war an einem Morgen abgetan, und da die Begebenheit nicht ganz verschwiegen blieb, so entging ich nicht den Scherzen meiner Freunde, die mir aus eigner Erfahrung hätten voraussagen können, wie lästig mir gelegentlich die Freundschaft des Hauptmanns werden dürfte.

Indem ich nun aber darauf sinne, was wohl zunächst weiter mitzuteilen wäre, so kommt mir, durch ein seltsames Spiel der Erinnerung, das ehrwürdige Münstergebäude wieder in die Gedanken, dem ich gerade in jenen Tagen eine besondere Aufmerksamkeit widmete und welches überhaupt in der Stadt sowohl als auf dem Lande sich den Augen beständig darbietet.

Je mehr ich die Façade desselben betrachtete, desto mehr bestärkte und entwickelte sich jener erste Eindruck, daß hier das Erhabene mit dem Gefälligen in Bund getreten sei. Soll das Ungeheuere, wenn es uns als Masse entgegentritt, nicht erschrecken, soll es nicht verwirren, wenn wir sein Einzelnes zu erforschen suchen: so muß es eine unnatürliche, scheinbar unmögliche Verbindung eingehen, es muß sich das Angenehme zugesellen. Da uns nun aber allein möglich wird den Eindruck des Münsters auszusprechen, wenn wir uns jene beiden unverträglichen Eigenschaften vereinigt denken; so sehen wir schon hieraus, in welchem hohen Wert wir dieses alte Denkmal zu halten haben, und beginnen mit Ernst eine Darstellung, wie so widersprechende Elemente sich friedlich durchdringen und verbinden konnten.

Vor allem widmen wir unsere Betrachtungen, ohne noch an die Türme zu denken, allein der Façade, die als ein aufrecht gestelltes längliches Viereck unsern Augen mächtig entgegnet. Nähern wir uns derselben in der Dämmerung, bei Mondschein, bei sternheller Nacht, wo die Teile mehr oder weniger undeutlich werden und zuletzt verschwinden; so sehen wir nur eine kolossale Wand, deren Höhe zur Breite ein wohltätiges Verhältnis hat. Betrachten wir sie bei Tage und abstrahieren durch Kraft unseres Geistes vom Einzelnen; so erkennen wir die Vorderseite eines Gebäudes, welche dessen innere Räume nicht allein zuschließt, sondern auch manches Danebenliegende verdeckt. Die Öffnungen dieser ungeheueren Fläche deuten auf innere Bedürfnisse, und nach diesen können wir sie sogleich in neun Felder abteilen. Die große Mitteltüre, die auf das Schiff der Kirche gerichtet ist, fällt uns zuerst in die Augen. Zu beiden Seiten derselben liegen zwei kleinere, den Kreuzgängen angehörig. Über der Haupttüre trifft unser Blick auf das radförmige Fenster, das in die Kirche und deren Gewölbe ein ahndungsvolles Licht verbreiten soll. An den Seiten zeigen sich zwei große senkrechte, länglichviereckte Öffnungen, welche mit der mittelsten bedeutend kontrastieren und darauf hindeuten, daß sie zu der Base emporstrebender Türme gehören. In dem dritten Stockwerke reihen sich drei Öffnungen aneinander, welche zu Glockenstühlen und sonstigen kirchlichen Bedürfnissen bestimmt sind. Zu oberst sieht man das Ganze durch die Balustrade der Galerie, anstatt eines Gesimses, horizontal abgeschlossen. Jene beschriebenen neun Räume werden durch vier vom Boden aufstrebende Pfeiler gestützt, eingefaßt und in drei große perpendikulare Abteilungen getrennt.

Wie man nun der ganzen Masse ein schönes Verhältnis der Höhe zur Breite nicht absprechen kann, so erhält sie auch durch diese Pfeiler, durch die schlanken Einteilungen dazwischen, im Einzelnen etwas gleichmäßig Leichtes.

Verharren wir aber bei unserer Abstraktion und denken uns diese ungeheuere Wand ohne Zieraten mit festen Strebepfeilern, in derselben die nötigen Öffnungen, aber auch nur insofern sie das Bedürfnis fordert; gestehn wir auch diesen

Hauptabteilungen gute Verhältnisse zu: so wird das Ganze zwar ernst und würdig, aber doch immer noch lästig unerfreulich und als zierdelos unkünstlich erscheinen. Denn ein Kunstwerk, dessen Ganzes in großen, einfachen, harmonischen Teilen begriffen wird, macht wohl einen edlen und würdigen Eindruck, aber der eigentliche Genuß, den das Gefallen erzeugt, kann nur bei Übereinstimmung aller entwickelten Einzelnheiten stattfinden.

Hierin aber gerade befriedigt uns das Gebäude, das wir betrachten, im höchsten Grade: denn wir sehen alle und jede Zieraten jedem Teil, den sie schmücken, völlig angemessen, sie sind ihm untergeordnet, sie scheinen aus ihm entsprungen. Eine solche Mannigfaltigkeit gibt immer ein großes Behagen, indem sie sich aus dem Gehörigen herleitet und deshalb zugleich das Gefühl der Einheit erregt, und nur in solchem Falle wird die Ausführung als Gipfel der Kunst gepriesen.

Durch solche Mittel sollte nun eine feste Mauer, eine undurchdringliche Wand, die sich noch dazu als Base zweier himmelhohen Türme anzukündigen hatte, dem Auge zwar als auf sich selbst ruhend, in sich selbst bestehend, aber auch dabei leicht und zierlich erscheinen, und, obgleich tausendfach durchbrochen, den Begriff von unerschütterlicher Festigkeit geben.

Dieses Rätsel ist auf das glücklichste gelöst. Die Öffnungen der Mauer, die soliden Stellen derselben, die Pfeiler, jedes hat seinen besonderen Charakter, der aus der eignen Bestimmung hervortritt; dieser kommuniziert sich stufenweis den Unterabteilungen, daher alles im gemäßen Sinne verziert ist, das Große wie das Kleine sich an der rechten Stelle befindet, leicht gefaßt werden kann, und so das Angenehme im Ungeheueren sich darstellt. Ich erinnere nur an die perspektivisch in die Mauerdicke sich einsenkenden, bis ins Unendliche an ihren Pfeilern und Spitzbogen verzierten Türen, an das Fenster und dessen aus der runden Form entspringende Kunstrose, an das Profil ihrer Stäbe, so wie an die schlanken Rohrsäulen der perpendikularen Abteilungen. Man vergegenwärtige sich die stufenweis zurücktretenden Pfeiler, von schlanken, gleichfalls in die Höhe strebenden, zum Schutz der Heiligenbilder baldachinartig bestimmten, leichtsäuligen Spitzgebäudchen begleitet, und wie zuletzt jede Rippe, jeder Knopf als Blumenknauf und Blattreihe, oder als irgend ein anderes im Steinsinn umgeformtes Naturgebilde erscheint. Man vergleiche das Gebäude, wo nicht selbst, doch Abbildungen des Ganzen und des Einzelnen, zu Beurteilung und Belebung meiner Aussage. Sie könnte manchem übertrieben scheinen: denn ich selbst, zwar im ersten Anblicke zur Neigung gegen dieses Werk hingerissen, brauchte doch lange Zeit, mich mit seinem Wert innig bekannt zu machen.

Unter Tadlern der gotischen Baukunst aufgewachsen, nährte ich meine Abneigung gegen die vielfach überladenen, verworrenen Zieraten, die durch ihre Willkürlichkeit einen religios düsteren Charakter höchst widerwärtig machten; ich bestärkte mich in diesem Unwillen, da mir nur geistlose Werke dieser Art, an denen man weder gute Verhältnisse, noch eine reine Konsequenz gewahr wird, vors Gesicht gekommen waren. Hier aber glaubte ich eine neue Offenbarung zu erblicken, indem mir jenes Tadelnswerte keineswegs erschien, sondern vielmehr das Gegenteil davon sich aufdrang.

Wie ich nun aber immer länger sah und überlegte, glaubte ich über das Vorgesagte noch größere Verdienste zu entdekken. Herausgefunden war das richtige Verhältnis der größeren Abteilungen, die so sinnige als reiche Verzierung bis ins Kleinste; nun aber erkannte ich noch die Verknüpfung dieser mannigfaltigen Zieraten untereinander, die Hinleitung von einem Hauptteile zum andern, die Verschränkung zwar gleichartiger, aber doch an Gestalt höchst abwechselnder Einzelnheiten, vom Heiligen bis zum Ungeheuer, vom Blatt bis zum Zacken. Je mehr ich untersuchte, desto mehr geriet ich in Erstaunen; je mehr ich mich mit Messen und Zeichnen unterhielt und abmüdete, desto mehr wuchs meine Anhänglichkeit, so daß ich viele Zeit darauf verwendete, teils das Vorhandene zu studieren, teils das Fehlende, Unvollendete, besonders der Türme, in Gedanken und auf dem Blatte wiederherzustellen.

Da ich nun an alter deutscher Stätte dieses Gebäude gegründet und in echter deutscher Zeit so weit gediehen fand, auch der Name des Meisters auf dem bescheidenen Grabstein gleichfalls vaterländischen Klanges und Ursprungs war; so wagte ich, die bisher verrufene Benennung Gotische Bauart, aufgefordert durch den Wert dieses Kunstwerks, abzuändern und sie als deutsche Baukunst unserer Nation zu vindizieren, sodann aber verfehlte ich nicht, erst mündlich, und hernach in einem kleinen Aufsatz D. M. Erwini a Steinbach gewidmet, meine patriotischen Gesinnungen an den Tag zu legen.

Gelangt meine biographische Erzählung zu der Epoche, in welcher gedachter Bogen im Druck erschien, den Herder sodann in sein Heft, »Von deutscher Art und Kunst«, aufnahm, so wird noch manches über diesen wichtigen Gegenstand zur Sprache kommen. Ehe ich mich aber diesmal von demselben abwende, so will ich die Gelegenheit benutzen, um das dem gegenwärtigen Bande vorgesetzte Motto bei denjenigen zu rechtfertigen, welche einigen Zweifel daran hegen sollten. Ich weiß zwar recht gut, daß gegen das brave und hoffnungsreiche altdeutsche Wort: Was einer in der Jugend wünscht, hat er im Alter genug! manche umgekehrte Erfahrung anzuführen, manches daran zu deuteln sein möchte; aber auch viel Günstiges spricht dafür, und ich erkläre was ich dabei denke.

Unsere Wünsche sind Vorgefühle der Fähigkeiten, die in uns liegen, Vorboten desjenigen, was wir zu leisten im Stande sein werden. Was wir können und möchten, stellt sich unserer Einbildungskraft außer uns und in der Zukunft dar; wir fühlen eine Sehnsucht nach dem, was wir schon im stillen besitzen. So verwandelt ein leidenschaftliches Vorausergreifen das wahrhaft Mögliche in ein erträumtes Wirkliche. Liegt nun eine solche Richtung entschieden in unserer Natur, so wird mit jedem Schritt unserer Entwickelung ein Teil des ersten Wunsches erfüllt, bei günstigen Umständen auf dem geraden Wege, bei ungünstigen auf einem Umwege, von dem wir immer wieder nach jenem einlenken. So sieht man Menschen durch Beharrlichkeit zu irdischen Gütern gelangen, sie umgeben sich mit Reichtum, Glanz und äußerer Ehre. Andere streben noch sicherer nach geistigen Vorteilen, erwerben sich eine klare Übersicht der Dinge, eine Beruhigung des Gemüts und eine Sicherheit für die Gegenwart und Zukunft.

Nun gibt es aber eine dritte Richtung, die aus beiden gemischt ist und deren Erfolg am sichersten gelingen muß. Wenn nämlich die Jugend des Menschen in eine prägnante Zeit trifft, wo das Hervorbringen das Zerstören überwiegt, und in ihm das Vorgefühl beizeiten erwacht, was eine solche Epoche fordre und verspreche; so wird er, durch äußere Anlässe zu tätiger Teilnahme gedrängt, bald da- bald dorthin greifen, und der Wunsch nach vielen Seiten wirksam zu sein wird in ihm lebendig werden. Nun gesellen sich aber zur menschlichen Beschränktheit noch so viele zufällige Hindernisse, daß hier ein Begonnenes liegen bleibt, dort ein Ergriffenes aus der Hand fällt, und ein Wunsch nach dem andern sich verzettelt. Waren aber diese Wünsche aus einem reinen Herzen entsprungen, dem Bedürfnis der Zeit gemäß; so darf man ruhig rechts und links liegen und fallen lassen, und kann versichert sein, daß nicht allein dieses wieder aufgefunden und aufgehoben werden muß, sondern daß auch noch gar manches Verwandte, das man nie berührt, ja woran man nie gedacht hat, zum Vorschein kommen werde. Sehen wir nun während unseres Lebensganges dasjenige von andern geleistet, wozu wir selbst früher einen Beruf fühlten, ihn aber, mit manchem andern, aufgeben mußten; dann tritt das schöne Gefühl ein, daß die Menschheit zusammen erst der wahre Mensch ist, und daß der Einzelne nur froh und glücklich sein kann, wenn er den Mut hat, sich im Ganzen zu fühlen.

Diese Betrachtung ist hier recht am Platze; denn wenn ich

die Neigung bedenke, die mich zu jenen alten Bauwerken hinzog, wenn ich die Zeit berechne, die ich allein dem Straßburger Münster gewidmet, die Aufmerksamkeit, mit der ich späterhin den Dom zu Köln und den zu Freyburg betrachtet und den Wert dieser Gebäude immer mehr empfunden; so könnte ich mich tadeln, daß ich sie nachher ganz aus den Augen verloren, ja, durch eine entwickeltere Kunst angezogen, völlig im Hintergrunde gelassen. Sehe ich nun aber in der neusten Zeit die Aufmerksamkeit wieder auf jene Gegenstände hingelenkt, Neigung, ja Leidenschaft gegen sie hervortreten und blühen, sehe ich tüchtige junge Leute, von ihr ergriffen, Kräfte, Zeit, Sorgfalt, Vermögen diesen Denkmalen einer vergangenen Welt rücksichtslos widmen; so werde ich mit Vergnügen erinnert, daß das was ich sonst wollte und wünschte einen Wert hatte. Mit Zufriedenheit sehe ich, wie man nicht allein das von unsern Vorvordern Geleistete zu schätzen weiß, sondern wie man sogar aus vorhandenen unausgeführten Anfängen, wenigstens im Bilde, die erste Absicht darzustellen sucht, um uns dadurch mit dem Gedanken, welcher doch das Erste und Letzte alles Vornehmens bleibt, bekannt zu machen, und eine verworren scheinende Vergangenheit mit besonnenem Ernst aufzuklären und zu beleben strebt. Vorzüglich belobe ich hier den wackern Sulpiz Boisserée, der unermüdet beschäftigt ist, in einem prächtigen Kupferwerke, den Kölnischen Dom aufzustellen als Musterbild jener ungeheuren Konzeptionen, deren Sinn babylonisch in den Himmel strebte, und die zu den irdischen Mitteln dergestalt außer Verhältnis waren, daß sie notwendig in der Ausführung stocken mußten. Haben wir bisher gestaunt, daß solche Bauwerke nur so weit gediehen, so werden wir mit der größten Bewunderung erfahren, was eigentlich zu leisten die Absicht war.

Möchten doch literarisch-artistische Unternehmungen dieser Art durch alle, welche Kraft, Vermögen und Einfluß haben, gebührend befördert werden, damit uns die große und riesenmäßige Gesinnung unserer Vorfahren zur Anschauung gelange und wir uns einen Begriff machen können von dem was sie wollen durften. Die hieraus entspringende Einsicht wird nicht unfruchtbar bleiben und das Urteil sich endlich einmal mit Gerechtigkeit an jenen Werken zu üben im Stande sein. Ja dieses wird auf das gründlichste geschehen, wenn unser tätiger junger Freund, außer der dem Kölnischen Dome gewidmeten Monographie, die Geschichte der Baukunst unserer Mittelzeit bis ins Einzelne verfolgt. Wird ferner an den Tag gefördert was irgend über werkmäßige Ausübung dieser Kunst zu erfahren ist, wird sie durch Vergleichung mit der griechisch-römischen und der orientalisch-ägyptischen in allen Grundzügen dargestellt; so kann in diesem Fache wenig zu tun übrig bleiben. Ich aber werde, wenn die Resultate solcher vaterländischen Bemühungen öffentlich vorliegen, so wie jetzt bei freundlichen Privatmitteilungen, mit wahrer Zufriedenheit jenes Wort im besten Sinne wiederholen können: Was man in der Jugend wünscht, hat man im Alter genug.

Kann man aber bei solchen Wirkungen, welche Jahrhunderten angehören, sich auf die Zeit verlassen und die Gelegenheit erharren; so gibt es dagegen andere Dinge, die in der Jugend, frisch, wie reife Früchte, weggenossen werden müssen. Es sei mir erlaubt, mit dieser raschen Wendung, des Tanzes zu erwähnen, an den das Ohr, so wie das Auge an den Münster, jeden Tag, jede Stunde in Straßburg, im Elsaß erinnert wird. Von früher Jugend an hatte mir und meiner Schwester der Vater selbst im Tanzen Unterricht gegeben, welches einen so ernsthaften Mann wunderlich genug hätte kleiden sollen; allein er ließ sich auch dabei nicht aus der Fassung bringen, unterwies uns auf das bestimmteste in den Positionen und Schritten, und als er uns weit genug gebracht hatte, um eine Menuet zu tanzen, so blies er auf einer Flute-douce uns etwas Faßliches im Dreiviertel-Takt vor, und wir bewegten uns darnach so gut wir konnten. Auf dem französischen Theater hatte ich gleichfalls von Jugend auf wo nicht Ballette, doch Solos und Pas-de-deux gesehn und mir davon mancherlei wunderliche Bewegungen der Füße und allerlei Sprünge gemerkt. Wenn wir nun der Menuet genug hatten, so ersuchte ich den Vater um andere Tanzmusiken, dergleichen die Notenbücher in ihren Giguen und Murkis reichlich darboten; und ich erfand mir sogleich die Schritte und übrigen Bewegungen dazu, indem der Takt meinen Gliedern ganz gemäß und mit denselben geboren war. Dies belustigte meinen Vater bis auf einen gewissen Grad, ja er machte sich und uns manchmal den Spaß, die Affen auf diese Weise tanzen zu lassen. Nach meinem Unfall mit Gretchen und während meines ganzen Aufenthalts in Leipzig kam ich nicht wieder auf den Plan; vielmehr weiß ich noch, daß, als man mich auf einem Balle zu einer Menuet nötigte, Takt und Bewegung aus meinen Gliedern gewichen schien, und ich mich weder der Schritte noch der Figuren mehr erinnerte; so daß ich mit Schimpf und Schanden bestanden wäre, wenn nicht der größere Teil der Zuschauer behauptet hätte, mein ungeschicktes Betragen sei bloßer Eigensinn, in der Absicht den Frauenzimmern alle Lust zu benehmen, mich wider Willen aufzufordern und in ihre Reihen zu ziehen.

Während meines Aufenthalts in Frankfurt war ich von solchen Freuden ganz abgeschnitten; aber in Straßburg regte sich bald, mit der übrigen Lebenslust, die Taktfähigkeit meiner Glieder. An Sonn- und Werkeltagen schlenderte man keinen Lustort vorbei, ohne daselbst einen fröhlichen Haufen zum Tanze versammelt, und zwar meistens im Kreise drehend zu finden. Ingleichen waren auf den Landhäusern Privat-Bälle, und man sprach schon von den brillanten Redouten des zukommenden Winters. Hier wäre ich nun freilich nicht an meinem Platz und der Gesellschaft unnütz gewesen; da riet mir ein Freund, der sehr gut walzte, mich erst in minder guten Gesellschaften zu üben, damit ich hernach in der besten etwas gelten könnte. Er brachte mich zu einem Tanzmeister, der für geschickt bekannt war; dieser versprach mir, wenn ich nur einigermaßen die ersten Anfangsgründe wiederholt und mir zu eigen gemacht hätte, mich dann weiter zu leiten. Er war eine von den trockenen gewandten französischen Naturen, und nahm mich freundlich auf. Ich zahlte ihm den Monat voraus, und erhielt zwölf Billette, gegen die er mir gewisse Stunden Unterricht zusagte. Der Mann war streng, genau, aber nicht pedantisch; und da ich schon einige Vorübung hatte, so machte ich es ihm bald zu Danke und erhielt seinen Beifall.

Den Unterricht dieses Lehrers erleichterte jedoch ein Umstand gar sehr: er hatte nämlich zwei Töchter, beide hübsch und noch unter zwanzig Jahren. Von Jugend auf in dieser Kunst unterrichtet zeigten sie sich darin sehr gewandt und hätten als Moitié auch dem ungeschicktesten Scholaren bald zu einiger Bildung verhelfen können. Sie waren beide sehr artig, sprachen nur Französisch, und ich nahm mich von meiner Seite zusammen, um vor ihnen nicht linkisch und lächerlich zu erscheinen. Ich hatte das Glück, daß auch sie mich lobten, immer willig waren, nach der kleinen Geige des Vaters eine Menuet zu tanzen, ja sogar, was ihnen freilich beschwerlicher ward, mir nach und nach das Walzen und Drehen einzulernen. Übrigens schien der Vater nicht viele Kunden zu haben, und sie führten ein einsames Leben. Deshalb ersuchten sie mich manchmal nach der Stunde bei ihnen zu bleiben und die Zeit ein wenig zu verschwätzen; das ich denn auch ganz gerne tat, um so mehr als die jüngere mir wohl gefiel und sie sich überhaupt sehr anständig betrugen. Ich las manchmal aus einem Roman etwas vor, und sie taten das gleiche. Die ältere, die so hübsch, vielleicht noch hübscher war als die zweite, mir aber nicht so gut wie diese zusagte, betrug sich durchaus gegen mich verbindlicher und in allem gefälliger. Sie war in der Stunde immer bei der Hand und zog sie manchmal in die Länge; daher ich mich einige Mal verpflichtet glaubte, dem Vater zwei Billette anzubieten, die er jedoch nicht annahm. Die jüngere hingegen, ob sie gleich nicht unfreundlich gegen mich tat, war doch eher still für sich, und ließ sich durch den Vater herbeirufen, um die ältere abzulösen.

Die Ursache davon ward mir eines Abends deutlich. Denn als ich mit der ältesten, nach vollendetem Tanz, in das Wohnzimmer gehen wollte, hielt sie mich zurück und sagte: »Bleiben wir noch ein wenig hier; denn ich will es Ihnen nur gestehen, meine Schwester hat eine Kartenschlägerin bei sich, die ihr offenbaren soll, wie es mit einem auswärtigen Freund beschaffen ist, an dem ihr ganzes Herz hängt, auf den sie alle ihre Hoffnung gesetzt hat. Das meinige ist frei«, fuhr sie fort, »und ich werde mich gewöhnen müssen, es verschmäht zu sehen.« Ich sagte ihr darauf einige Artigkeiten, indem ich versetzte, daß sie sich, wie es damit stehe, am ersten überzeugen könne, wenn sie die weise Frau gleichfalls befragte; ich wolle es auch tun, denn ich hätte schon längst so etwas zu erfahren gewünscht, woran mir bisher der Glaube gefehlt habe. Sie tadelte mich deshalb und beteuerte, daß nichts in der Welt sichrer sei, als die Aussprüche dieses Orakels, nur müsse man es nicht aus Scherz und Frevel, sondern nur in wahren Anliegenheiten befragen. Ich nötigte sie jedoch zuletzt mit mir in jenes Zimmer zu gehen, sobald sie sich versichert hatte, daß die Funktion vorbei sei. Wir fanden die Schwester sehr aufgeräumt und auch gegen mich war sie zutulicher als sonst, scherzhaft und beinahe geistreich: denn da sie eines abwesenden Freundes sicher geworden zu sein schien, so mochte sie es für unverfänglich halten, mit einem gegenwärtigen Freund ihrer Schwester, denn dafür hielt sie mich, ein wenig artig zu tun.

Der Alten wurde nun geschmeichelt und ihr gute Bezahlung zugesagt, wenn sie der älteren Schwester und auch mir das Wahrhafte sagen wollte. Mit den gewöhnlichen Vorbereitungen und Zeremonien legte sie nun ihren Kram aus, und zwar, um der Schönen zuerst zu weissagen. Sie betrachtete die Lage der Karten sorgfältig, schien aber zu stocken und wollte mit der Sprache nicht heraus. – »Ich sehe schon«, sagte die jüngere, die mit der Auslegung einer solchen magischen Tafel schon näher bekannt war, »Ihr zaudert und wollt meiner Schwester nichts Unangenehmes eröffnen; aber das ist eine verwünschte Karte!« Die ältere wurde blaß, doch faßte sie sich und sagte: »So sprecht nur; es wird ja den Kopf nicht kosten!« Die Alte, nach einem tiefen Seufzer, zeigte ihr nun an, daß sie liebe, daß sie nicht geliebt werde, daß eine andere Person dazwischen stehe und was dergleichen Dinge mehr waren. Man sah dem guten Mädchen die Verlegenheit an. Die Alte glaubte die Sache wieder etwas zu verbessern, indem sie auf Briefe und Geld Hoffnung machte. – »Briefe«, sagte das schöne Kind, »erwarte ich nicht und Geld mag ich nicht. Wenn es wahr ist, wie Ihr sagt, daß ich liebe, so verdiene ich ein Herz das mich wieder liebt.« – »Wir wollen sehen, ob es nicht besser wird«, versetzte die Alte, indem sie die Karten mischte und zum zweiten Mal auflegte; allein es war vor unser aller Augen nur noch schlimmer geworden. Die Schöne stand nicht allein einsamer, sondern auch mit mancherlei Verdruß umgeben; der Freund war etwas weiter und die Zwischenfiguren näher gerückt. Die Alte wollte zum dritten Mal auslegen, in Hoffnung einer bessern Ansicht; allein das schöne Kind hielt sich nicht länger, sie brach in unbändiges Weinen aus, ihr holder Busen bewegte sich auf eine gewaltsame Weise, sie wandte sich um und rannte zum Zimmer hinaus. Ich wußte nicht was ich tun sollte. Die Neigung hielt mich bei der Gegenwärtigen, das Mitleid trieb mich zu jener; meine Lage war peinlich genug. – »Trösten Sie Lucinden«, sagte die jüngere, »gehen Sie ihr nach.« Ich zauderte; wie durfte ich sie trösten, ohne sie wenigstens einer Art von Neigung zu versichern, und konnte ich das wohl in einem solchen Augenblick auf eine kalte mäßige Weise! – »Lassen Sie uns zusammen gehn«, sagte ich zu Emilien. – »Ich weiß nicht, ob ihr meine Gegenwart wohltun wird«, versetzte diese. Doch gingen wir, fanden aber die Tür verriegelt. Lucinde antwortete nicht, wir mochten pochen, rufen, bitten wie wir wollten. – »Wir müssen sie gewähren lassen«, sagte Emilie, »sie will nun nicht anders!« Und wenn ich mir freilich ihr Wesen von unserer ersten Bekanntschaft an erinnerte, so hatte sie immer etwas

Heftiges und Ungleiches, und ihre Neigung zu mir zeigte sie am meisten dadurch, daß sie ihre Unart nicht an mir bewies. Was wollte ich tun! Ich zahlte die Alte reichlich für das Unheil, das sie gestiftet hatte, und wollte gehen, als Emilie sagte: »Ich bedinge mir, daß die Karte nun auch auf Sie geschlagen werde.« Die Alte war bereit. – »Lassen Sie mich nicht dabei sein!« rief ich, und eilte die Treppe hinunter.

Den andern Tag hatte ich nicht Mut hinzugehen. Den dritten ließ mir Emilie durch einen Knaben, der mir schon manche Botschaft von den Schwestern gebracht und Blumen und Früchte dagegen an sie getragen hatte, in aller Frühe sagen, ich möchte heute ja nicht fehlen. Ich kam zur gewöhnlichen Stunde und fand den Vater allein, der an meinen Tritten und Schritten, an meinem Gehen und Kommen, an meinem Tragen und Behaben noch manches ausbesserte und übrigens mit mir zufrieden schien. Die jüngste kam gegen das Ende der Stunde und tanzte mit mir eine sehr graziöse Menuet, in der sie sich außerordentlich angenehm bewegte, und der Vater versicherte, nicht leicht ein hübscheres und gewandteres Paar auf seinem Plane gesehen zu haben. Nach der Stunde ging ich wie gewöhnlich ins Wohnzimmer; der Vater ließ uns allein, ich vermißte Lucinden. – »Sie liegt im Bette«, sagte Emilie, »und ich sehe es gern: haben Sie deshalb keine Sorge. Ihre Seelenkrankheit lindert sich am ersten, wenn sie sich körperlich für krank hält; sterben mag sie nicht gern, und so tut sie alsdann was wir wollen. Wir haben gewisse Hausmittel, die sie zu sich nimmt und ausruht; und so legen sich nach und nach die tobenden Wellen. Sie ist gar zu gut und liebenswürdig bei so einer eingebildeten Krankheit, und da sie sich im Grunde recht wohl befindet und nur von Leidenschaft angegriffen ist, so sinnt sie sich allerhand romanenhafte Todesarten aus, vor denen sie sich auf eine angenehme Weise fürchtet, wie Kinder, denen man von Gespenstern erzählt. So hat sie mir gestern abend noch mit großer Heftigkeit erklärt, daß sie diesmal gewiß sterben würde, und man sollte den undankbaren falschen Freund, der ihr erst so schön getan und sie nun so übel behandle, nur dann wieder zu ihr führen, wenn sie wirklich ganz nahe am Tode sei: sie wolle ihm recht bittre Vorwürfe machen und auch sogleich den Geist aufgeben.« – »Ich weiß mich nicht schuldig!« rief ich aus, »daß ich irgend eine Neigung zu ihr geäußert. Ich kenne jemand, der mir dieses Zeugnis am besten erteilen kann.« Emilie lächelte und versetzte: »Ich verstehe Sie, und wenn wir nicht klug und entschlossen sind, so kommen wir alle zusammen in eine üble Lage. Was werden Sie sagen, wenn ich Sie ersuche, Ihre Stunden nicht weiter fortzusetzen? Sie haben von dem letzten Monat allenfalls noch vier Billette, und mein Vater äußerte schon, daß er es unverantwortlich finde, Ihnen noch länger Geld abzunehmen: es müßte denn sein, daß Sie sich der Tanzkunst auf eine ernstlichere Weise widmen wollten; was ein junger Mann in der Welt brauchte, besäßen Sie nun.« – »Und diesen Rat, Ihr Haus zu meiden, geben Sie mir, Emilie?« versetzte ich. – »Eben ich«, sagte sie, »aber nicht aus mir selbst. Hören Sie nur. Als Sie vorgestern wegeilten, ließ ich die Karte auf Sie schlagen, und derselbe Ausspruch wiederholte sich dreimal und immer stärker. Sie waren umgeben von allerlei Gutem und Vergnüglichen, von Freunden und großen Herren, an Geld fehlte es auch nicht. Die Frauen hielten sich in einiger Entfernung. Meine arme Schwester besonders stand immer am weitesten; eine andere rückte Ihnen immer näher, kam aber nie an Ihre Seite: denn es stellte sich ein Dritter dazwischen. Ich will Ihnen nur gestehen, daß ich mich unter der zweiten Dame gedacht hatte, und nach diesem Bekenntnisse werden Sie meinen wohlmeinenden Rat am besten begreifen. Einem entfernten Freund habe ich mein Herz und meine Hand zugesagt, und bis jetzt liebt' ich ihn über alles; doch es wäre möglich, daß Ihre Gegenwart mir bedeutender würde als bisher, und was würden Sie für einen Stand zwischen zwei Schwestern haben, davon Sie die eine durch Neigung und die andere durch Kälte unglücklich gemacht hätten, und alle diese Qual um nichts und auf kurze Zeit. Denn wenn wir nicht schon wüßten, wer Sie sind und was Sie zu hoffen haben, so hätte mir es die Karte aufs deutlichste vor Augen gestellt. Leben Sie wohl«, sagte sie, und reichte mir die Hand. Ich zauderte. – »Nun«, sagte sie, indem sie mich gegen die Türe führte, »damit es wirklich das letzte Mal sei, daß wir uns sprechen, so nehmen Sie, was ich Ihnen sonst versagen würde.« Sie fiel mir um den Hals und küßte mich aufs zärtlichste. Ich umfaßte sie und drückte sie an mich.

In diesem Augenblicke flog die Seitentür auf, und die Schwester sprang in einem leichten aber anständigen Nachtkleide hervor und rief: »Du sollst nicht allein von ihm Abschied nehmen!« Emilie ließ mich fahren und Lucinde ergriff mich, schloß sich fest an mein Herz, drückte ihre schwarzen Locken an meine Wangen und blieb eine Zeit lang in dieser Lage. Und so fand ich mich denn in der Klemme zwischen beiden Schwestern, wie mir's Emilie einen Augenblick vorher geweissagt hatte. Lucinde ließ mich los und sah mir ernst ins Gesicht. Ich wollte ihre Hand ergreifen und ihr etwas Freundliches sagen; allein sie wandte sich weg, ging mit starken Schritten einige Mal im Zimmer auf und ab und warf sich dann in die Ecke des Sofas. Emilie trat zu ihr, ward aber sogleich weggewiesen, und hier entstand eine Szene, die mir noch in der Erinnerung peinlich ist, und die, ob sie gleich in der Wirklichkeit nichts Theatralisches hatte, sondern einer lebhaften jungen Französin ganz angemessen war, dennoch nur von einer guten empfindenden Schauspielerin auf dem Theater würdig wiederholt werden könnte.

Lucinde überhäufte ihre Schwester mit tausend Vorwürfen. »Es ist nicht das erste Herz«, rief sie aus, »das sich zu mir neigt, und das du mir entwendest. War es doch mit dem Abwesenden ebenso, der sich zuletzt unter meinen Augen mit dir verlobte. Ich mußte es ansehen, ich ertrug's; ich weiß aber wie viele tausend Tränen es mich gekostet hat. Diesen hast du mir nun auch weggefangen, ohne jenen fahren zu lassen, und wie viele verstehst du nicht auf einmal zu halten. Ich bin offen und gutmütig, und jedermann glaubt mich bald zu kennen und mich vernachlässigen zu dürfen; du bist versteckt und still, und die Leute glauben wunder was hinter dir verborgen sei. Aber es ist nichts dahinter als ein kaltes, selbstisches Herz, das sich alles aufzuopfern weiß; das aber kennt niemand so leicht, weil es tief in deiner Brust verborgen liegt, so wenig als mein warmes treues Herz, das ich offen trage, wie mein Gesicht.«

Emilie schwieg und hatte sich neben ihre Schwester gesetzt, die sich im Reden immer mehr erhitzte, und sich über gewisse besondere Dinge herausließ, die mir zu wissen eigentlich nicht frommte. Emilie dagegen, die ihre Schwester zu begütigen suchte, gab mir hinterwärts ein Zeichen, daß ich mich entfernen sollte; aber wie Eifersucht und Argwohn mit tausend Augen sehen, so schien auch Lucinde es bemerkt zu haben. Sie sprang auf und ging auf mich los, aber nicht mit Heftigkeit. Sie stand vor mir und schien auf etwas zu sinnen. Drauf sagte sie: »Ich weiß, daß ich Sie verloren habe; ich mache keine weitern Ansprüche auf Sie. Aber du sollst ihn auch nicht haben, Schwester!« Sie faßte mich mit diesen Worten ganz eigentlich beim Kopf, indem sie mir mit beiden Händen in die Locken fuhr, mein Gesicht an das ihre drückte und mich zu wiederholten Malen auf den Mund küßte. »Nun«, rief sie aus, »fürchte meine Verwünschung. Unglück über Unglück für immer und immer auf diejenige, die zum ersten Male nach mir diese Lippen küßt! Wage es nun wieder mit ihm anzubinden; ich weiß, der Himmel erhört mich diesmal. Und Sie, mein Herr, eilen Sie nun, eilen Sie was Sie können!«

Ich flog die Treppe hinunter mit dem festen Vorsatze, das Haus nie wieder zu betreten.

Zehntes Buch

Die deutschen Dichter, da sie nicht mehr als Gildeglieder für Einen Mann standen, genossen in der bürgerlichen Welt nicht der mindesten Vorteile. Sie hatten weder Halt, Stand noch Ansehn, als insofern sonst ein Verhältnis ihnen günstig war, und es kam daher bloß auf den Zufall an, ob das Talent zu Ehren oder Schanden geboren sein sollte. Ein armer Erdensohn, im Gefühl von Geist und Fähigkeiten, mußte sich kümmerlich ins Leben hineinschleppen und die Gabe, die er allenfalls von den Musen erhalten hatte, von dem augenblicklichen Bedürfnis gedrängt, vergeuden. Das Gelegenheits-Gedicht, die erste und echteste aller Dichtarten, ward verächtlich auf einen Grad, daß die Nation noch jetzt nicht zu einem Begriff des hohen Wertes desselben gelangen kann, und ein Poet, wenn er nicht gar den Weg Günthers einschlug, erschien in der Welt auf die traurigste Weise subordiniert, als Spaßmacher und Schmarutzer, so daß er sowohl auf dem Theater als auf der Lebensbühne eine Figur vorstellte, der man nach Belieben mitspielen konnte.

Gesellte sich hingegen die Muse zu Männern von Ansehen, so erhielten diese dadurch einen Glanz, der auf die Geberin zurückfiel. Lebensgewandte Edelleute, wie Hagedorn, stattliche Bürger, wie Brockes, entschiedene Gelehrte, wie Haller, erschienen unter den Ersten der Nation, den Vornehmsten und Geschätztesten gleich. Besonders wurden auch solche Personen verehrt, die, neben jenem angenehmen Talente, sich noch als emsige, treue Geschäftsmänner auszeichneten. Deshalb erfreuten sich Uz, Rabener, Weiße einer Achtung ganz eigner Art, weil man die heterogensten, selten miteinander verbundenen Eigenschaften hier vereint zu schätzen hatte.

Nun sollte aber die Zeit kommen, wo das Dichtergenie sich selbst gewahr würde, sich seine eignen Verhältnisse selbst schüfe und den Grund zu einer unabhängigen Würde zu legen verstünde. Alles traf in Klopstock zusammen, um eine solche Epoche zu begründen. Er war, von der sinnlichen wie von der sittlichen Seite betrachtet, ein reiner Jüngling. Ernst und gründlich erzogen legt er, von Jugend an, einen großen Wert auf sich selbst und auf alles was er tut, und indem er die Schritte seines Lebens bedächtig vorausmißt, wendet er sich, im Vorgefühl der ganzen Kraft seines Innern, gegen den höchsten denkbaren Gegenstand. Der Messias, ein Name, der unendliche Eigenschaften bezeichnet, sollte durch ihn aufs neue verherrlicht werden. Der Erlöser sollte der Held sein, den er, durch irdische Gemeinheit und Leiden, zu den höchsten himmlischen Triumphen zu begleiten gedachte. Alles was Göttliches, Englisches, Menschliches in der jungen Seele lag, ward hier in Anspruch genommen. Er, an der Bibel erzogen und durch ihre Kraft genährt, lebt nun mit Erzvätern, Propheten und Vorläufern als Gegenwärtigen; doch alle sind seit Jahrhunderten nur dazu berufen, einen lichten Kreis um den Einen zu ziehn, dessen Erniedrigung sie mit Staunen beschauen, und an dessen Verherrlichung sie glorreich teilnehmen sollen. Denn endlich, nach trüben und schrecklichen Stunden, wird der ewige Richter sein Antlitz entwölken, seinen Sohn und Mitgott wieder anerkennen, und dieser wird ihm dagegen die abgewendeten Menschen, ja sogar einen abgefallenen Geist wieder zuführen. Die lebendigen Himmel jauchzen in tausend Engelstimmen um den Thron, und ein Liebesglanz übergießt das Weltall, das seinen Blick kurz vorher auf eine greuliche Opferstätte gesammelt hielt. Der himmlische Friede, welchen Klopstock bei Konzeption und Ausführung dieses Gedichtes empfunden, teilt sich noch jetzt einem jeden mit, der die ersten zehn Gesänge liest, ohne die Forderungen bei sich laut werden zu lassen, auf die eine fortruckende Bildung nicht gerne Verzicht tut.

Die Würde des Gegenstands erhöhte dem Dichter das Gefühl eigner Persönlichkeit. Daß er selbst dereinst zu diesen Chören eintreten, daß der Gottmensch ihn auszeichnen, ihm von Angesicht zu Angesicht den Dank für seine Bemühungen abtragen würde, den ihm schon hier jedes gefühlvolle, fromme Herz, durch manche reine Zähre, lieblich genug entrichtet hatte: dies waren so unschuldige kindliche Gesinnungen und Hoffnungen, als sie nur ein wohlgeschaffenes Gemüt haben und hegen kann. So erwarb nun Klopstock das völlige Recht, sich als eine geheiligte Person anzusehn, und so befliß er sich auch in seinem Tun der aufmerksamsten Reinigkeit. Noch in spätem Alter beunruhigte es ihn ungemein, daß er seine erste Liebe einem Frauenzimmer zugewendet hatte, die ihn, da sie einen andern heiratete, in Ungewißheit ließ, ob sie ihn wirklich geliebt habe, ob sie seiner wert gewesen sei. Die Gesinnungen, die ihn mit Meta verbanden, diese innige, ruhige Neigung, der kurze, heilige Ehestand, des überbliebenen Gatten Abneigung vor einer zweiten Verbindung, alles ist von der Art, um sich desselben einst im Kreise der Seligen wohl wieder erinnern zu dürfen.

Dieses ehrenhafte Verfahren gegen sich selbst ward noch dadurch erhöht, daß er in dem wohlgesinnten Dänemark, in dem Hause eines großen, und auch menschlich betrachtet, fürtrefflichen Staatsmanns eine Zeit lang wohl aufgenommen war. Hier, in einem höheren Kreise, der zwar in sich abgeschlossen, aber auch zugleich der äußeren Sitte, der Aufmerksamkeit gegen die Welt gewidmet war, entschied sich seine Richtung noch mehr. Ein gefaßtes Betragen, eine abgemessene Rede, ein Lakonismus, selbst wenn er offen und entscheidend sprach, gaben ihm durch sein ganzes Leben ein gewisses diplomatisches, ministerielles Ansehn, das mit jenen zarten Naturgesinnungen im Widerstreit zu liegen schien, obgleich beide aus Einer Quelle entsprangen. Von allem diesen geben seine ersten Werke ein reines Ab- und Vorbild, und sie mußten daher einen unglaublichen Einfluß gewinnen. Daß er jedoch persönlich andere Strebende im Leben und Dichten gefördert, ist kaum als eine seiner entschiedenen Eigenschaften zur Sprache gekommen.

Aber eben ein solches Fördernis junger Leute im literarischen Tun und Treiben, eine Lust, hoffnungsvolle, vom Glück nicht begünstigte Menschen vorwärts zu bringen und ihnen den Weg zu erleichtern, hat einen deutschen Mann verherrlicht, der, in Absicht auf Würde die er sich selbst gab, wohl als der Zweite, in Absicht aber auf lebendige Wirkung, als der Erste genannt werden darf. Niemanden wird entgehen, daß hier Gleim gemeint sei. Im Besitz einer zwar dunkeln, aber einträglichen Stelle, wohnhaft an einem wohlgelegenen, nicht allzugroßen, durch militarische, bürgerliche, literarische Betriebsamkeit belebten Orte, von wo die Einkünfte einer großen und reichen Stiftung ausgingen, nicht ohne daß ein Teil derselben zum Vorteil des Platzes zurückblieb, fühlte er einen lebhaften produktiven Trieb in sich, der jedoch bei aller Stärke ihm nicht ganz genügte, deswegen er sich einem andern vielleicht mächtigern Triebe hingab, dem nämlich, andere etwas hervorbringen zu machen. Beide Tätigkeiten flochten sich während seines ganzen langen Lebens unablässig durcheinander. Er hätte ebensowohl des Atemholens entbehrt als des Dichtens und Schenkens, und, indem er bedürftigen Talenten aller Art über frühere oder spätere Verlegenheiten hinaus und dadurch wirklich der Literatur zu Ehren half, gewann er sich so viele Freunde, Schuldner und Abhängige, daß man ihm seine breite Poesie gerne gelten ließ, weil man ihm für die reichlichen Wohltaten nichts zu erwidern vermochte als Duldung seiner Gedichte.

Jener hohe Begriff nun, den sich beide Männer von ihrem Wert bilden durften, und wodurch andere veranlaßt wurden, sich auch für etwas zu halten, hat im Öffentlichen und Geheimen sehr große und schöne Wirkungen hervorgebracht. Allein dieses Bewußtsein, so ehrwürdig es ist, führte für sie selbst, für ihre Umgebungen, ihre Zeit ein eignes

Übel herbei. Darf man beide Männer, nach ihren geistigen Wirkungen, unbedenklich groß nennen, so blieben sie gegen die Welt doch nur klein, und gegen ein bewegteres Leben betrachtet, waren ihre äußeren Verhältnisse nichtig. Der Tag ist lang und die Nacht dazu; man kann nicht immer dichten, tun oder geben; ihre Zeit konnte nicht ausgefüllt werden, wie die der Weltleute, Vornehmen und Reichen; sie legten daher auf ihre besondern engen Zustände einen zu hohen Wert, in ihr tägliches Tun und Treiben eine Wichtigkeit, die sie sich nur untereinander zugestehn mochten; sie freuten sich mehr als billig ihrer Scherze, die, wenn sie den Augenblick anmutig machten, doch in der Folge keineswegs für bedeutend gelten konnten. Sie empfingen von andern Lob und Ehre wie sie verdienten, sie gaben solche zurück, wohl mit Maß, aber doch immer zu reichlich, und eben weil sie fühlten, daß ihre Neigung viel wert sei, so gefielen sie sich, dieselbe wiederholt auszudrücken, und schonten hierbei weder Papier noch Dinte. So entstanden jene Briefwechsel, über deren Gehaltsmangel die neuere Welt sich verwundert, der man nicht verargen kann, wenn sie kaum die Möglichkeit einsieht, wie vorzügliche Menschen sich an einer solchen Wechselnichtigkeit ergetzen konnten, wenn sie den Wunsch laut werden läßt, dergleichen Blätter möchten ungedruckt geblieben sein. Allein man lasse jene wenigen Bände doch immer neben so viel andern auf dem Bücherbrette stehn, wenn man sich daran belehrt hat, daß der vorzüglichste Mensch auch nur vom Tage lebt und nur kümmerlichen Unterhalt genießt, wenn er sich zu sehr auf sich selbst zurückwirft und in die Fülle der äußeren Welt zu greifen versäumt, wo er allein Nahrung für sein Wachstum und zugleich einen Maßstab desselben finden kann.

Die Tätigkeit jener Männer stand in ihrer schönsten Blüte, als wir jungen Leute uns auch in unserem Kreise zu regen anfingen, und ich war so ziemlich auf dem Wege mit jüngeren Freunden, wo nicht auch mit älteren Personen, in ein solches wechselseitiges Schönetun, Geltenlassen, Heben und Tragen zu geraten. In meiner Sphäre konnte das was ich hervorbrachte immer für gut gehalten werden. Frauenzimmer, Freunde, Gönner werden nicht schlecht finden was man ihnen zu Liebe unternimmt und dichtet; aus solchen Verbindlichkeiten entspringt zuletzt der Ausdruck eines leeren Behagens aneinander, in dessen Phrasen sich ein Charakter leicht verliert, wenn er nicht von Zeit zu Zeit zu höherer Tüchtigkeit gestählt wird.

Und so hatte ich von Glück zu sagen, daß, durch eine unerwartete Bekanntschaft, alles was in mir von Selbstgefälligkeit, Bespiegelungslust, Eitelkeit, Stolz und Hochmut ruhen oder wirken mochte, einer sehr harten Prüfung ausgesetzt ward, die in ihrer Art einzig, der Zeit keineswegs gemäß, und nur desto eindringender und empfindlicher war.

Denn das bedeutendste Ereignis, was die wichtigsten Folgen für mich haben sollte, war die Bekanntschaft und die daran sich knüpfende nähere Verbindung mit Herder. Er hatte den Prinzen von Holstein-Eutin, der sich in traurigen Gemütszuständen befand, auf Reisen begleitet und war mit ihm bis Straßburg gekommen. Unsere Sozietät, sobald sie seine Gegenwart vernahm, trug ein großes Verlangen sich ihm zu nähern, und mir begegnete dies Glück zuerst ganz unvermutet und zufällig. Ich war nämlich in den Gasthof Zum Geist gegangen, ich weiß nicht welchen bedeutenden Fremden aufzusuchen. Gleich unten an der Treppe fand ich einen Mann, der eben auch hinaufzusteigen im Begriff war, und den ich für einen Geistlichen halten konnte. Sein gepudertes Haar war in eine runde Locke aufgesteckt, das schwarze Kleid bezeichnete ihn gleichfalls, mehr noch aber ein langer schwarzer seidner Mantel, dessen Ende er zusammengenommen und in die Tasche gesteckt hatte. Dieses einigermaßen auffallende, aber doch im Ganzen galante und gefällige Wesen, wovon ich schon hatte sprechen hören, ließ mich keineswegs zweifeln, daß er der berühmte Ankömmling sei, und meine Anrede mußte ihn sogleich überzeugen, daß ich ihn kenne. Er fragte nach meinem Namen, der ihm von keiner Bedeutung sein konnte; allein meine Offenheit schien ihm zu gefallen, indem er sie mit großer Freundlichkeit erwiderte, und als wir die Treppe hinaufstiegen, sich sogleich zu einer lebhaften Mitteilung bereit finden ließ. Es ist mir entfallen, wen wir damals besuchten; genug, beim Scheiden bat ich mir die Erlaubnis aus, ihn bei sich zu sehen, die er mir denn auch freundlich genug erteilte. Ich versäumte nicht, mich dieser Vergünstigung wiederholt zu bedienen, und ward immer mehr von ihm angezogen. Er hatte etwas Weiches in seinem Betragen, das sehr schicklich und anständig war, ohne daß es eigentlich adrett gewesen wäre. Ein rundes Gesicht, eine bedeutende Stirn, eine etwas stumpfe Nase, einen etwas aufgeworfenen, aber höchst individuell angenehmen, liebenswürdigen Mund. Unter schwarzen Augenbrauen ein Paar kohlschwarze Augen, die ihre Wirkung nicht verfehlten, obgleich das eine rot und entzündet zu sein pflegte. Durch mannigfaltige Fragen suchte er sich mit mir und meinem Zustande bekannt zu machen, und seine Anziehungskraft wirkte immer stärker auf mich. Ich war überhaupt sehr zutraulicher Natur, und vor ihm besonders hatte ich gar kein Geheimnis. Es währte jedoch nicht lange, als der abstoßende Puls seines Wesens eintrat und mich in nicht geringes Mißbehagen versetzte. Ich erzählte ihm mancherlei von meinen Jugendbeschäftigungen und Liebhabereien, unter andern von einer Siegelsammlung, die ich hauptsächlich durch des korrespondenzreichen Hausfreundes Teilnahme zusammengebracht. Ich hatte sie nach dem Staats-Kalender eingerichtet, und war bei dieser Gelegenheit mit sämtlichen Potentaten, größern und geringern Mächten und Gewalten, bis auf den Adel herunter wohl bekannt geworden, und meinem Gedächtnis waren diese heraldischen Zeichen gar oft, und vorzüglich bei der Krönungsfeierlichkeit zustatten gekommen. Ich sprach von diesen Dingen mit einiger Behaglichkeit; allein er war anderer Meinung, verwarf nicht allein dieses ganze Interesse, sondern wußte es mir auch lächerlich zu machen, ja beinahe zu verleiden.

Von diesem seinen Widersprechungsgeiste sollte ich noch gar manches ausstehen: denn er entschloß sich, teils weil er sich vom Prinzen abzusondern gedachte, teils eines Augenübels wegen, in Straßburg zu verweilen. Dieses Übel ist eins der beschwerlichsten und unangenehmsten, und um desto lästiger, als es nur durch eine schmerzliche, höchst verdrießliche und unsichere Operation geheilt werden kann. Das Tränensäckchen nämlich ist nach unten zu verschlossen, so daß die darin enthaltene Feuchtigkeit nicht nach der Nase hin und um so weniger abfließen kann als auch dem benachbarten Knochen die Öffnung fehlt, wodurch diese Sekretion naturgemäß erfolgen sollte. Der Boden des Säckchens muß daher aufgeschnitten und der Knochen durchbohrt werden; da denn ein Pferdehaar durch den Tränenpunkt, ferner durch das eröffnete Säckchen und durch den damit in Verbindung gesetzten neuen Kanal gezogen und täglich hin und wider bewegt wird, um die Kommunikation zwischen beiden Teilen herzustellen, welches alles nicht getan noch erreicht werden kann, wenn nicht erst in jener Gegend äußerlich ein Einschnitt gemacht worden.

Herder war nun vom Prinzen getrennt, in ein eignes Quartier gezogen, der Entschluß war gefaßt, sich durch Lobstein operieren zu lassen. Hier kamen mir jene Übungen gut zustatten, durch die ich meine Empfindlichkeit abzustumpfen versucht hatte; ich konnte der Operation beiwohnen und einem so werten Manne auf mancherlei Weise dienstlich und behülflich sein. Hier fand ich nun alle Ursache, seine große Standhaftigkeit und Geduld zu bewundern: denn weder bei den vielfachen chirurgischen Verwundungen, noch bei dem oftmals wiederholten schmerzlichen Verbande bewies er sich im mindesten verdrießlich, und er schien derjenige von uns zu sein, der am wenigsten litt; aber in der Zwischenzeit hatten wir freilich den Wechsel seiner Laune vielfach zu ertragen. Ich sage wir: denn es war außer mir ein behaglicher Russe, namens Peglow, meistens um ihn. Dieser war ein früherer Bekannter von Herder in Riga gewesen, und suchte sich, obgleich kein Jüngling mehr, noch in der Chirurgie unter Lobsteins Anleitung zu vervollkommnen. Herder konnte allerliebst einnehmend und geistreich sein, aber ebenso leicht eine verdrießliche Seite hervorkehren. Dieses Anziehen und Abstoßen haben zwar alle Menschen ihrer Natur nach, einige mehr, einige weniger, einige in langsamern, andere in schnelleren Pulsen; wenige können ihre Eigenheiten hierin wirklich bezwingen, viele zum Schein. Was Herdern betrifft, so schrieb sich das Übergewicht seines widersprechenden, bittern, bissigen Humors gewiß von seinem Übel und den daraus entspringenden Leiden her. Dieser Fall kommt im Leben öfters vor, und man beachtet nicht genug die moralische Wirkung krankhafter Zustände, und beurteilt daher manche Charaktere sehr ungerecht, weil man alle Menschen für gesund nimmt und von ihnen verlangt, daß sie sich auch in solcher Maße betragen sollen.

Die ganze Zeit dieser Kur besuchte ich Herdern morgens und abends; ich blieb auch wohl ganze Tage bei ihm und gewöhnte mich in kurzem um so mehr an sein Schelten und Tadeln, als ich seine schönen und großen Eigenschaften, seine ausgebreiteten Kenntnisse, seine tiefen Einsichten täglich mehr schätzen lernte. Die Einwirkung dieses gutmütigen Polterers war groß und bedeutend. Er hatte fünf Jahre mehr als ich, welches in jüngeren Tagen schon einen großen Unterschied macht; und da ich ihn für das anerkannte was er war, da ich dasjenige zu schätzen suchte was er schon geleistet hatte, so mußte er eine große Superiorität über mich gewinnen. Aber behaglich war der Zustand nicht: denn ältere Personen, mit denen ich bisher umgegangen, hatten mich mit Schonung zu bilden gesucht, vielleicht auch durch Nachgiebigkeit verzogen; von Herdern aber konnte man niemals eine Billigung erwarten, man mochte sich anstellen wie man wollte. Indem nun also auf der einen Seite meine große Neigung und Verehrung für ihn, und auf der andern das Mißbehagen, das er in mir erweckte, beständig miteinander im Streit lagen; so entstand ein Zwiespalt in mir, der erste in seiner Art, den ich in meinem Leben empfunden hatte. Da seine Gespräche jederzeit bedeutend waren, er mochte fragen, antworten oder sich sonst auf eine Weise mitteilen; so mußte er mich zu neuen Ansichten täglich, ja stündlich befördern. In Leipzig hatte ich mir eher ein enges und abgezirkeltes Wesen angewöhnt, und meine allgemeinen Kenntnisse der deutschen Literatur konnten durch meinen Frankfurter Zustand nicht erweitert werden; ja mich hatten jene mystisch-religiösen chemischen Beschäftigungen in dunkle Regionen geführt, und was seit einigen Jahren in der weiten literarischen Welt vorgegangen, war mir meistens fremd geblieben. Nun wurde ich auf einmal durch Herder mit allem neuen Streben und mit allen den Richtungen bekannt, welche dasselbe zu nehmen schien. Er selbst hatte sich schon genugsam berühmt gemacht, und durch seine »Fragmente«, die »Kritischen Wälder« und anderes unmittelbar an die Seite der vorzüglichsten Männer gesetzt, welche seit längerer Zeit die Augen des Vaterlands auf sich zogen. Was in einem solchen Geiste für eine Bewegung, was in einer solchen Natur für eine Gärung müsse gewesen sein, läßt sich weder fassen noch darstellen. Groß aber war gewiß das eingehüllte Streben, wie man leicht eingestehn wird, wenn man bedenkt, wie viele Jahre nachher, und was er alles gewirkt und geleistet hat.

Wir hatten nicht lange auf diese Weise zusammengelebt, als er mir vertraute, daß er sich um den Preis, welcher auf die beste Schrift über den Ursprung der Sprachen von Berlin ausgesetzt war, mit zu bewerben gedenke. Seine Arbeit war schon ihrer Vollendung nahe, und wie er eine sehr reinliche Hand schrieb, so konnte er mir bald ein lesbares Manuskript heftweise mitteilen. Ich hatte über solche Gegenstände niemals nachgedacht; ich war noch zu sehr in der Mitte der Dinge befangen, als daß ich hätte an Anfang und Ende denken sollen. Auch schien mir die Frage einigermaßen müßig: denn wenn Gott den Menschen als Menschen erschaffen hatte, so war ihm ja so gut die Sprache als der aufrechte Gang anerschaffen; so gut er gleich merken mußte, daß er gehen und greifen könne, so gut mußte er auch gewahr werden, daß er mit der Kehle zu singen, und diese Töne durch Zunge, Gaumen und Lippen noch auf verschiedene Weise zu modifizieren vermöge. War der Mensch göttlichen Ursprungs, so war es ja auch die Sprache selbst, und war der Mensch in dem Umkreis der Natur betrachtet, ein natürliches Wesen, so war die Sprache gleichfalls natürlich. Diese beiden Dinge konnte ich wie Seel' und Leib niemals auseinander bringen. Silberschlag, bei einem kruden Realismus doch etwas phantastisch gesinnt, hatte sich für den göttlichen Ursprung entschieden, das heißt, daß Gott den Schulmeister bei den ersten Menschen gespielt habe. Herders Abhandlung ging darauf hinaus, zu zeigen, wie der Mensch als Mensch wohl aus eignen Kräften zu einer Sprache gelangen könne und müsse. Ich las die Abhandlung mit großem Vergnügen und zu meiner besondern Kräftigung; allein ich stand nicht hoch genug, weder im Wissen noch im Denken, um ein Urteil darüber zu begründen. Ich bezeigte dem Verfasser daher meinen Beifall, indem ich nur wenige Bemerkungen, die aus meiner Sinnesweise herflossen, hinzufügte. Eins aber wurde wie das andre aufgenommen; man wurde gescholten und getadelt, man mochte nun bedingt oder unbedingt zustimmen. Der dicke Chirurgus hatte weniger Geduld als ich; er lehnte die Mitteilung dieser Preisschrift humoristisch ab, und versicherte, daß er gar nicht eingerichtet sei, über so abstrakte Materien zu denken. Er drang vielmehr aufs L'hombre, welches wir gewöhnlich abends zusammen spielten.

Bei einer so verdrießlichen und schmerzhaften Kur verlor unser Herder nicht an seiner Lebhaftigkeit; sie ward aber immer weniger wohltätig. Er konnte nicht ein Billett schreiben, um etwas zu verlangen, das nicht mit irgend einer Verhöhnung gewürzt gewesen wäre. So schrieb er mir zum Beispiel einmal:

Wenn des Brutus Briefe dir sind in Ciceros Briefen,
Dir, den die Tröster der Schulen von wohlgehobelten Brettern,
Prachtgerüstete, trösten, doch mehr von außen als innen,
Der von Göttern du stammst, von Goten oder vom Kote,
Goethe, sende mir sie.

Es war freilich nicht fein, daß er sich mit meinem Namen diesen Spaß erlaubte: denn der Eigenname eines Menschen ist nicht etwa wie ein Mantel, der bloß um ihn her hängt und an dem man allenfalls noch zupfen und zerren kann, sondern ein vollkommen passendes Kleid, ja wie die Haut selbst ihm über und über angewachsen, an der man nicht schaben und schinden darf, ohne ihn selbst zu verletzen.

Der erste Vorwurf hingegen war gegründeter. Ich hatte nämlich die von Langern eingetauschten Autoren, und dazu noch verschiedene schöne Ausgaben aus meines Vaters Sammlung, mit nach Straßburg genommen und sie auf einem reinlichen Bücherbrett aufgestellt, mit dem besten Willen, sie zu benutzen. Wie sollte aber die Zeit zureichen, die ich in hunderterlei Tätigkeiten zersplitterte. Herder, der auf Bücher höchst aufmerksam war, weil er deren jeden Augenblick bedurfte, gewahrte beim ersten Besuch meine schöne Sammlung, aber auch bald, daß ich mich derselben gar nicht bediente; deswegen er, als der größte Feind alles Scheins und aller Ostentation, bei Gelegenheit mich damit aufzuziehen pflegte.

Noch ein anderes Spottgedicht fällt mir ein, das er mir abends nachsendete, als ich ihm von der Dresdner Galerie viel erzählt hatte. Freilich war ich in den höhern Sinn der italienischen Schule nicht eingedrungen, aber Dominico Feti, ein trefflicher Künstler, wiewohl Humorist und also nicht vom ersten Range, hatte mich sehr angesprochen. Geistliche Gegenstände mußten gemalt werden. Er hielt sich an die neutestamentlichen Parabeln und stellte sie gern dar, mit viel Eigenheit, Geschmack und guter Laune. Er führte sie dadurch ganz ans gemeine Leben heran, und die so geistreichen als naiven Einzelnheiten seiner Kompositionen, durch einen freien Pinsel empfohlen, hatten sich mir lebendig eingedrückt. Über diesen meinen kindlichen Kunstenthusiasmus spottete Herder folgendergestalt:

Aus Sympathie
Behagt mir besonders ein Meister,
Dominico Feti heißt er.
Der parodiert die biblische Parabel
So hübsch zu einer Narrenfabel,
Aus Sympathie. – Du närrische Parabel!

Dergleichen mehr oder weniger heitre oder abstruse, muntre oder bittre Späße könnte ich noch manche anführen. Sie verdrossen mich nicht, waren mir aber unbequem. Da ich jedoch alles, was zu meiner Bildung beitrug, höchlich zu schätzen wußte, und ich ja mehrmals frühere Meinungen und Neigungen aufgegeben hatte; so fand ich mich gar bald darein und suchte nur, soviel mir auf meinem damaligen Standpunkte möglich war, gerechten Tadel von ungerechten Invektiven zu unterscheiden. Und so war denn auch kein Tag, der nicht auf das fruchtbarste lehrreich für mich gewesen wäre.

Ich ward mit der Poesie von einer ganz andern Seite, in einem andern Sinne bekannt als bisher, und zwar in einem solchen, der mir sehr zusagte. Die hebräische Dichtkunst, welche er nach seinem Vorgänger Lowth geistreich behandelte, die Volkspoesie, deren Überlieferungen im Elsaß aufzusuchen er uns antrieb, die ältesten Urkunden als Poesie, gaben das Zeugnis, daß die Dichtkunst überhaupt eine Welt- und Völkergabe sei, nicht ein Privaterbteil einiger feinen, gebildeten Männer. Ich verschlang das alles, und je heftiger ich im Empfangen, desto freigebiger war er im Geben, und wir brachten die interessantesten Stunden zusammen zu. Meine übrigen angefangenen Naturstudien suchte ich fortzusetzen, und da man immer Zeit genug hat, wenn man sie gut anwenden will; so gelang mir mitunter das Doppelte und Dreifache. Was die Fülle dieser wenigen Wochen betrifft, welche wir zusammen lebten, kann ich wohl sagen, daß alles, was Herder nachher allmählich ausgeführt hat, im Keim angedeutet ward, und daß ich dadurch in die glückliche Lage geriet, alles was ich bisher gedacht, gelernt, mir zugeeignet hatte, zu komplettieren, an ein Höheres anzuknüpfen, zu erweitern. Wäre Herder methodischer gewesen, so hätte ich auch für eine dauerhafte Richtung meiner Bildung die köstlichste Anleitung gefunden; aber er war mehr geneigt zu prüfen und anzuregen, als zu führen und zu leiten. So machte er mich zuerst mit Hamanns Schriften bekannt, auf die er einen sehr großen Wert setzte. Anstatt mich aber über dieselben zu belehren und mir den Hang und Gang dieses außerordentlichen Geistes begreiflich zu machen; so diente es ihm gewöhnlich nur zur Belustigung, wenn ich mich, um zu dem Verständnis solcher sibyllischen Blätter zu gelangen, freilich wunderlich genug gebärdete. Indessen fühlte ich wohl, daß mir in Hamanns Schriften etwas zusagte, dem ich mich überließ, ohne zu wissen, woher es komme und wohin es führe.

Nachdem die Kur länger als billig gedauert, Lobstein in seiner Behandlung zu schwanken und sich zu wiederholen anfing, so daß die Sache kein Ende nehmen wollte, auch Peglow mir schon heimlich anvertraut hatte, daß wohl schwerlich ein guter Ausgang zu hoffen sei; so trübte sich das ganze Verhältnis: Herder ward ungeduldig und mißmutig, es wollte ihm nicht gelingen, seine Tätigkeit wie bisher fortzusetzen, und er mußte sich um so mehr einschränken, als man die Schuld des mißratenen chirurgischen Unternehmens auf Herders allzugroße geistige Anstrengung und seinen ununterbrochenen lebhaften, ja lustigen Umgang mit uns zu schieben anfing. Genug, nach so viel Qual und Leiden wollte die künstliche Tränenrinne sich nicht bilden und die beabsichtigte Kommunikation nicht zu Stande kommen. Man sah sich genötigt, damit das Übel nicht ärger würde, die Wunde zugehn zu lassen. Wenn man nun bei der Operation Herders Standhaftigkeit unter solchen Schmerzen bewundern mußte, so hatte seine melancholische, ja grimmige Resignation in den Gedanken, zeitlebens einen solchen Makel tragen zu müssen, etwas wahrhaft Erhabenes, wodurch er sich die Verehrung derer, die ihn schauten und liebten, für immer zu eigen machte. Dieses Übel, das ein so bedeutendes Angesicht entstellte, mußte ihm um so ärgerlicher sein, als er ein vorzügliches Frauenzimmer in Darmstadt kennen gelernt und sich ihre Neigung erworben hatte. Hauptsächlich in diesem Sinne mochte er sich jener Kur unterwerfen, um bei der Rückreise freier, fröhlicher, wohlgebildeter vor seine Halbverlobte zu treten, und sich gewisser und unverbrüchlicher mit ihr zu verbinden. Er eilte jedoch, so bald als möglich von Straßburg wegzukommen, und weil sein bisheriger Aufenthalt so kostbar als unangenehm gewesen, erborgte ich eine Summe Geldes für ihn, die er auf einen bestimmten Termin zu erstatten versprach. Die Zeit verstrich, ohne daß das Geld ankam. Mein Gläubiger mahnte mich zwar nicht, aber ich war doch mehrere Wochen in Verlegenheit. Endlich kam Brief und Geld, und auch hier verleugnete er sich nicht: denn anstatt eines Dankes, einer Entschuldigung, enthielt sein Schreiben lauter spöttische Dinge in Knittelversen, die einen andern irre, oder gar abwendig gemacht hätten; mich aber rührte das nicht weiter, da ich von seinem Wert einen so großen und mächtigen Begriff gefaßt hatte, der alles Widerwärtige verschlang, was ihm hätte schaden können.

Man soll jedoch von eignen und fremden Fehlern niemals, am wenigsten öffentlich reden, wenn man nicht dadurch etwas Nützliches zu bewirken denkt; deshalb will ich hier gewisse zudringende Bemerkungen einschalten.

Dank und Undank gehören zu denen, in der moralischen Welt jeden Augenblick hervortretenden Ereignissen, worüber die Menschen sich untereinander niemals beruhigen können. Ich pflege einen Unterschied zu machen zwischen Nichtdankbarkeit, Undank und Widerwillen gegen den

Dank. Jene erste ist dem Menschen angeboren, ja anerschaffen: denn sie entspringt aus einer glücklichen, leichtsinnigen Vergessenheit des Widerwärtigen wie des Erfreulichen, wodurch ganz allein die Fortsetzung des Lebens möglich wird. Der Mensch bedarf so unendlich vieler äußeren Vor- und Mitwirkungen zu einem leidlichen Dasein, daß wenn er der Sonne und der Erde, Gott und der Natur, Vorvordern und Eltern, Freunden und Gesellen immer den gebührenden Dank abtragen wollte, ihm weder Zeit noch Gefühl übrig bliebe, um neue Wohltaten zu empfangen und zu genießen. Läßt nun freilich der natürliche Mensch jenen Leichtsinn in und über sich walten, so nimmt eine kalte Gleichgültigkeit immer mehr überhand, und man sieht den Wohltäter zuletzt als einen Fremden an, zu dessen Schaden man allenfalls, wenn es uns nützlich wäre, auch etwas unternehmen dürfte. Dies allein kann eigentlich Undank genannt werden, der aus der Roheit entspringt, worin die ungebildete Natur sich am Ende notwendig verlieren muß. Widerwille gegen das Danken jedoch, Erwiderung einer Wohltat durch unmutiges und verdrießliches Wesen ist sehr selten und kommt nur bei vorzüglichen Menschen vor: solchen, die mit großen Anlagen und dem Vorgefühl derselben, in einem niederen Stande oder in einer hülflosen Lage geboren, sich von Jugend auf Schritt vor Schritt durchdrängen und von allen Orten her Hülfe und Beistand annehmen müssen, die ihnen denn manchmal durch Plumpheit der Wohltäter vergällt und widerwärtig werden, indem das, was sie empfangen, irdisch und das, was sie dagegen leisten, höherer Art ist, so daß eine eigentliche Kompensation nicht gedacht werden kann. Lessing hat bei dem schönen Bewußtsein, das ihm, in seiner besten Lebenszeit, über irdische Dinge zu Teil ward, sich hierüber einmal derb aber heiter ausgesprochen. Herder hingegen vergällte sich und andern immerfort die schönsten Tage, da er jenen Unmut, der ihn in der Jugend notwendig ergriffen hatte, in der Folgezeit durch Geisteskraft nicht zu mäßigen wußte.

Diese Forderung kann man gar wohl an sich machen: denn

der Bildungsfähigkeit eines Menschen kommt das Licht der Natur, welches immer tätig ist, ihn über seine Zustände aufzuklären, auch hier gar freundlich zustatten; und überhaupt sollte man in manchen sittlichen Bildungsfällen die Mängel nicht zu schwer nehmen, und sich nicht nach allzuernsten, weitliegenden Mitteln umsehen, da sich gewisse Fehler sehr leicht, ja spielend abtun lassen. So können wir zum Beispiel die Dankbarkeit in uns durch bloße Gewohnheit erregen, lebendig erhalten, ja zum Bedürfnis machen.

In einem biographischen Versuch ziemt es wohl, von sich selbst zu reden. Ich bin von Natur so wenig dankbar als irgend ein Mensch, und beim Vergessen empfangenes Guten konnte das heftige Gefühl eines augenblicklichen Mißverhältnisses mich sehr leicht zum Undank verleiten.

Diesem zu begegnen, gewöhnte ich mich zuvörderst, bei allem was ich besitze, mich gern zu erinnern, wie ich dazu gelangt, von wem ich es erhalten, es sei durch Geschenk, Tausch oder Kauf, oder auf irgend eine andre Art. Ich habe mich gewöhnt, beim Vorzeigen meiner Sammlungen der Personen zu gedenken, durch deren Vermittelung ich das Einzelne erhielt, ja der Gelegenheit, dem Zufall, der entferntesten Veranlassung und Mitwirkung, wodurch mir Dinge geworden, die mir lieb und wert sind, Gerechtigkeit widerfahren zu lassen. Das was uns umgibt erhält dadurch ein Leben, wir sehen es in geistiger, liebevoller, genetischer Verknüpfung, und durch das Vergegenwärtigen vergangener Zustände wird das augenblickliche Dasein erhöht und bereichert, die Urheber der Gaben steigen wiederholt vor der Einbildungskraft hervor, man verknüpft mit ihrem Bilde eine angenehme Erinnerung, macht sich den Undank unmöglich und ein gelegentliches Erwidern leicht und wünschenswert. Zugleich wird man auf die Betrachtung desjenigen geführt, was nicht sinnlicher Besitz ist, und man rekapituliert gar gern, woher sich unsere höheren Güter schreiben und datieren.

Ehe ich nun von jenem für mich so bedeutenden und folgereichen Verhältnisse zu Herdern den Blick hinwegwende, finde ich noch einiges nachzubringen. Es war nichts natürlicher, als daß ich nach und nach in Mitteilung dessen, was bisher zu meiner Bildung beigetragen, besonders aber solcher Dinge, die mich noch in dem Augenblicke ernstlich beschäftigten, gegen Herdern immer karger und karger ward. Er hatte mir den Spaß an so manchem, was ich früher geliebt, verdorben und mich besonders wegen der Freude, die ich an Ovids »Metamorphosen« gehabt, aufs strengste getadelt. Ich mochte meinen Liebling in Schutz nehmen wie ich wollte, ich mochte sagen, daß für eine jugendliche Phantasie nichts erfreulicher sein könne, als in jenen heitern und herrlichen Gegenden mit Göttern und Halbgöttern zu verweilen und ein Zeuge ihres Tuns und ihrer Leidenschaften zu sein; ich mochte jenes oben erwähnte Gutachten eines ernsthaften Mannes umständlich beibringen und solches durch meine eigne Erfahrung bekräftigen: das alles sollte nicht gelten, es sollte sich keine eigentliche unmittelbare Wahrheit in diesen Gedichten finden; hier sei weder Griechenland noch Italien, weder eine Urwelt noch eine gebildete, alles vielmehr sei Nachahmung des schon Dagewesenen und eine manierierte Darstellung, wie sie sich nur von einem Überkultivierten erwarten lasse. Und wenn ich denn zuletzt behaupten wollte: was ein vorzügliches Individuum hervorbringe, sei doch auch Natur, und unter allen Völkern, frühern und spätern, sei doch immer nur der Dichter Dichter gewesen; so wurde mir dies nun gar nicht gut gehalten, und ich mußte manches deswegen ausstehen, ja mein Ovid war mir beinah dadurch verleidet: denn es ist keine Neigung, keine Gewohnheit so stark, daß sie gegen die Mißreden vorzüglicher Menschen, in die man Vertrauen setzt, auf die Länge sich erhalten könnte. Immer bleibt etwas hängen, und wenn man nicht unbedingt lieben darf, sieht es mit der Liebe schon mißlich aus.

Am sorgfältigsten verbarg ich ihm das Interesse an gewissen Gegenständen, die sich bei mir eingewurzelt hatten und sich nach und nach zu poetischen Gestalten ausbilden wollten. Es war Götz von Berlichingen und Faust. Die Lebensbeschreibung des erstern hatte mich im Innersten ergriffen. Die Gestalt eines rohen, wohlmeinenden Selbsthelfers in wilder anarchischer Zeit erregte meinen tiefsten Anteil. Die bedeutende Puppenspielfabel des andern klang und summte gar vieltönig in mir wider. Auch ich hatte mich in allem Wissen umhergetrieben und war früh genug auf die Eitelkeit desselben hingewiesen worden. Ich hatte es auch im Leben auf allerlei Weise versucht, und war immer unbefriedigter und gequälter zurückgekommen. Nun trug ich diese Dinge, so wie manche andre, mit mir herum und ergetzte mich daran in einsamen Stunden, ohne jedoch etwas davon aufzuschreiben. Am meisten aber verbarg ich vor Herdern meine mystisch-cabbalistische Chemie und was sich darauf bezog, ob ich mich gleich noch sehr gern heimlich beschäftigte, sie konsequenter auszubilden, als man sie mir überliefert hatte. Von poetischen Arbeiten glaube ich ihm »Die Mitschuldigen« vorgelegt zu haben, doch erinnere ich mich nicht, daß mir irgend eine Zurechtweisung oder Aufmunterung von seiner Seite hierüber zu Teil geworden wäre. Aber bei diesem allen blieb er der er war; was von ihm ausging wirkte, wenn auch nicht erfreulich, doch bedeutend; ja seine Handschrift sogar übte auf mich eine magische Gewalt aus. Ich erinnere mich nicht, daß ich eins seiner Blätter, ja nur ein Couvert von seiner Hand, zerrissen oder verschleudert hätte; dennoch ist mir, bei den so mannigfaltigen Ort- und Zeitwechseln, kein Dokument jener wunderbaren, ahndungsvollen und glücklichen Tage übrig geblieben.

Daß übrigens Herders Anziehungskraft sich so gut auf andre als auf mich wirksam erwies, würde ich kaum erwähnen, hätte ich nicht zu bemerken, daß sie sich besonders auf Jung, genannt Stilling, erstreckt habe. Das treue redliche Streben dieses Mannes mußte jeden, der nur irgend Gemüt hatte, höchlich interessieren, und seine Empfänglichkeit jeden, der etwas mitzuteilen im Stande war, zur Offenheit reizen. Auch betrug sich Herder gegen ihn nachsichtiger als gegen uns andre: denn seine Gegenwirkung schien jederzeit mit der Wirkung, die auf ihn geschah, im Verhältnis zu stehn. Jungs Umschränktheit war von so viel gutem Willen, sein Vordringen von so viel Sanftheit und Ernst begleitet, daß ein Verständiger gewiß nicht hart gegen ihn sein, und ein Wohlwollender ihn nicht verhöhnen noch zum besten haben konnte. Auch war Jung durch Herdern dergestalt exaltiert, daß er sich in allem seinen Tun gestärkt und gefördert fühlte, ja seine Neigung gegen mich schien in eben diesem Maße abzunehmen; doch blieben wir immer gute Gesellen, wir trugen einander vor wie nach und erzeigten uns wechselseitig die freundlichsten Dienste.

Entfernen wir uns jedoch nunmehr von der freundschaftlichen Krankenstube und von den allgemeinen Betrachtungen, welche eher auf Krankheit als auf Gesundheit des Geistes deuten; begeben wir uns in die freie Luft, auf den hohen und breiten Altan des Münsters, als wäre die Zeit noch da, wo wir junge Gesellen uns öfters dorthin auf den Abend beschieden, um mit gefüllten Römern die scheidende Sonne zu begrüßen. Hier verlor sich alles Gespräch in die Betrachtung der Gegend, alsdann wurde die Schärfe der Augen geprüft, und jeder bestrebte sich die entferntesten Gegenstände gewahr zu werden, ja deutlich zu unterscheiden. Gute Fernröhre wurden zu Hülfe genommen, und ein Freund nach dem andern bezeichnete genau die Stelle, die ihm die liebste und werteste geworden; und schon fehlte es auch mir nicht an einem solchen Plätzchen, das, ob es gleich nicht bedeutend in der Landschaft hervortrat, mich doch mehr als alles andere mit einem lieblichen Zauber an sich zog. Bei solchen Gelegenheiten ward nun durch Erzählung die Einbildungskraft angeregt und manche kleine Reise verabredet, ja oft aus dem Stegreife unternommen, von denen ich nur eine statt vieler umständlich erzählen will, da sie in manchem Sinne für mich folgereich gewesen.

Mit zwei werten Freunden und Tischgenossen, Engelbach und Weyland, beide aus dem untern Elsaß gebürtig, begab ich mich zu Pferde nach Zabern, wo uns, bei schönem Wetter, der kleine freundliche Ort gar anmutig anlachte. Der Anblick des bischöflichen Schlosses erregte unsere Bewunderung; eines neuen Stalles Weitläuftigkeit, Größe und Pracht zeugten von dem übrigen Wohlbehagen des Besitzers. Die Herrlichkeit der Treppe überraschte uns, die Zimmer und Säle betraten wir mit Ehrfurcht, nur kontrastierte die Person des Kardinals, ein kleiner zusammengefallener Mann, den wir speisen sahen. Der Blick in den Garten ist herrlich, und ein Kanal drei Viertelstunden lang, schnurgerade auf die Mitte des Schlosses gerichtet, gibt einen hohen Begriff von dem Sinn und den Kräften der vorigen Besitzer. Wir spazierten darin hin und wider und genossen mancher Partieen dieses schön gelegenen Ganzen, zu Ende der herrlichen Elsasser Ebene, am Fuße der Vogesen.

Nachdem wir uns nun an diesem geistlichen Vorposten einer königlichen Macht erfreut, und es uns in seiner Region wohl sein lassen, gelangten wir früh den andern Morgen zu einem öffentlichen Werk, das höchst würdig den Eingang in ein mächtiges Königreich eröffnet. Von der aufgehenden Sonne beschienen erhob sich vor uns die berühmte Zaberner Steige, ein Werk von unüberdenklicher Arbeit. Schlangenweis, über die fürchterlichsten Felsen aufgemauert, führt eine Chaussee, für drei Wagen nebeneinander breit genug, so leise bergauf, daß man es kaum empfindet. Die Härte und Glätte des Wegs, die geplatteten Erhöhungen an beiden Seiten für die Fußgänger, die steinernen Rinnen zum Ableiten der Bergwasser, alles ist so reinlich als künstlich und dauerhaft hergerichtet, daß es einen genügenden Anblick gewährt. So gelangt man allmählich nach Pfalzburg, einer neueren Festung. Sie liegt auf einem mäßigen Hügel; die Werke sind elegant auf schwärzlichen Felsen von gleichem Gestein erbaut, die mit Kalk weiß ausgestrichenen Fugen bezeichnen genau die Größe der Quadern und geben von der reinlichen Arbeit ein auffallendes Zeugnis. Den Ort selbst fanden wir, wie sich's für eine Festung geziemt, regelmäßig, von Steinen gebaut, die

Kirche geschmackvoll. Als wir durch die Straßen wandelten – es war Sonntags früh um neun – hörten wir Musik; man walzte schon im Wirtshause nach Herzenslust, und da sich die Einwohner durch die große Teurung, ja durch die drohende Hungersnot, in ihrem Vergnügen nicht irre machen ließen, so ward auch unser jugendlicher Frohsinn keineswegs getrübt, als uns der Bäcker einiges Brot auf die Reise versagte und uns in den Gasthof verwies, wo wir es allenfalls an Ort und Stelle verzehren dürften.

Sehr gern ritten wir nun wieder die Steige hinab, um dieses architektonische Wunder zum zweiten Male anzustaunen, und uns der erquickenden Aussicht über das Elsaß nochmals zu erfreuen. Wir gelangten bald nach Buchsweiler, wo uns Freund Weyland eine gute Aufnahme vorbereitet hatte. Dem frischen jugendlichen Sinne ist der Zustand einer kleinen Stadt sehr gemäß; die Familienverhältnisse sind näher und fühlbarer, das Hauswesen, das zwischen läßlicher Amtsbeschäftigung, städtischem Gewerb, Feld- und Gartenbau, mit mäßiger Tätigkeit sich hin und wider bewegt, lädt uns ein zu freundlicher Teilnahme, die Geselligkeit ist notwendig, und der Fremde befindet sich in den beschränkten Kreisen sehr angenehm, wenn ihn nicht etwa die Mißhelligkeiten der Einwohner, die an solchen Orten fühlbarer sind, irgendwo berühren. Dieses Städtchen war der Hauptplatz der Grafschaft Hanau-Lichtenberg, dem Landgrafen von Darmstadt unter französischer Hoheit gehörig. Eine daselbst angestellte Regierung und Kammer machten den Ort zum bedeutenden Mittelpunkt eines sehr schönen und wünschenswerten fürstlichen Besitzes. Wir vergaßen leicht die ungleichen Straßen, die unregelmäßige Bauart des Orts, wenn wir heraustraten, um das alte Schloß und die an einem Hügel vortrefflich angelegten Gärten zu beschauen. Mancherlei Lustwäldchen, eine zahme und wilde Fasanerie und die Reste mancher ähnlichen Anstalten zeigten, wie angenehm diese kleine Residenz ehemals müsse gewesen sein.

Doch alle diese Betrachtungen übertraf der Anblick, wenn

man von dem nahgelegenen Baschberg die völlig paradiesische Gegend überschaute. Diese Höhe, ganz aus verschiedenen Muscheln zusammengehäuft, machte mich zum ersten Male auf solche Dokumente der Vorwelt aufmerksam; ich hatte sie noch niemals in so großer Masse beisammen gesehn. Doch wendete sich der schaulustige Blick bald ausschließlich in die Gegend. Man steht auf dem letzten Vorgebirge nach dem Lande zu; gegen Norden liegt eine fruchtbare, mit kleinen Wäldchen durchzogene Fläche, von einem ernsten Gebirge begrenzt, das sich gegen Abend nach Zabern hinerstreckt, wo man den bischöflichen Palast und die eine Stunde davon liegende Abtei St. Johann deutlich erkennen mag. Von da verfolgt das Auge die immer mehr schwindende Bergkette der Vogesen bis nach Süden hin. Wendet man sich gegen Nordost, so sieht man das Schloß Lichtenberg auf einem Felsen, und gegen Südost hat das Auge die unendliche Fläche des Elsasses zu durchforschen, die sich in immer mehr abduftenden Landschaftsgründen dem Gesicht entzieht, bis zuletzt die schwäbischen Gebirge schattenweis in den Horizont verfließen.

Schon bei meinen wenigen Wanderungen durch die Welt hatte ich bemerkt, wie bedeutend es sei, sich auf Reisen nach dem Laufe der Wasser zu erkundigen, ja bei dem kleinsten Bache zu fragen, wohin er denn eigentlich laufe. Man erlangt dadurch eine Übersicht von jeder Flußregion, in der man eben befangen ist, einen Begriff von den Höhen und Tiefen, die aufeinander Bezug haben, und windet sich am sichersten an diesen Leitfäden, welche sowohl dem Anschauen als dem Gedächtnis zu Hülfe kommen, aus geologischem und politischem Ländergewirre. In dieser Betrachtung nahm ich feierlichen Abschied von dem teuren Elsaß, da wir uns den andern Morgen nach Lothringen zu wenden gedachten.

Der Abend ging hin in vertraulichen Gesprächen, wo man sich über eine unerfreuliche Gegenwart durch Erinnerung an eine bessere Vergangenheit zu erheitern suchte. Vor allem andern war hier, wie im ganzen Ländchen, der Name des letzten Grafen Reinhard von Hanau in Segen, dessen großer Verstand und Tüchtigkeit in allem seinen Tun und Lassen hervortrat, und von dessen Dasein noch manches schöne Denkmal übrig geblieben war. Solche Männer haben den Vorzug doppelte Wohltäter zu sein, einmal für die Gegenwart, die sie beglücken, und sodann für die Zukunft, deren Gefühl und Mut sie nähren und aufrecht erhalten.

Als wir nun uns nordwestwärts in das Gebirg wendeten und bei Lützelstein, einem alten Bergschloß in einer sehr hügelvollen Gegend, vorbeizogen, und in die Region der Saar und Mosel hinabstiegen, fing der Himmel an sich zu trüben, als wollte er uns den Zustand des rauheren Westreiches noch fühlbarer machen. Das Tal der Saar, wo wir zuerst Bockenheim, einen kleinen Ort, antrafen, und gegenüber Neusaarwerden, gut gebaut, mit einem Lustschloß, erblickten, ist zu beiden Seiten von Bergen begleitet, die traurig heißen könnten, wenn nicht an ihrem Fuß eine unendliche Folge von Wiesen und Matten, die Huhnau genannt, sich bis Saaralbe und weiter hin unübersehlich erstreckte. Große Gebäude eines ehmaligen Gestütes der Herzoge von Lothringen ziehen hier den Blick an; sie dienen gegenwärtig, zu solchen Zwecken freilich sehr wohl gelegen, als Meierei. Wir gelangten über Saargemünd nach Saarbrück, und diese kleine Residenz war ein lichter Punkt in einem so felsig waldigen Lande. Die Stadt, klein und hüglig, aber durch den letzten Fürsten wohl ausgeziert, macht sogleich einen angenehmen Eindruck, weil die Häuser alle grauweiß angestrichen sind und die verschiedene Höhe derselben einen mannigfaltigen Anblick gewährt. Mitten auf einem schönen mit ansehnlichen Gebäuden umgebenen Platze steht die lutherische Kirche, in einem kleinen, aber dem Ganzen entsprechenden Maßstabe. Die Vorderseite des Schlosses liegt mit der Stadt auf ebenem Boden, die Hinterseite dagegen am Abhange eines steilen Felsens. Diesen hat man nicht allein terrassenweis abgearbeitet, um bequem in das Tal zu gelangen, sondern man hat sich auch unten einen länglich viereckten Gartenplatz, durch Verdrängung des Flusses an der einen und durch Abschroten des Felsens an der andern Seite, verschafft, worauf denn dieser ganze Raum erst mit Erde ausgefüllt und bepflanzt worden. Die Zeit dieser Unternehmung fiel in die Epoche, da man bei Gartenanlagen den Architekten zu Rate zog, wie man gegenwärtig das Auge des Landschaftsmalers zu Hülfe nimmt. Die ganze Einrichtung des Schlosses, das Kostbare und Angenehme, das Reiche und Zierliche, deuteten auf einen lebenslustigen Besitzer, wie der verstorbene Fürst gewesen war; der gegenwärtige befand sich nicht am Orte. Präsident von Günderode empfing uns aufs verbindlichste und bewirtete uns drei Tage besser als wir es erwarten durften. Ich benutzte die mancherlei Bekanntschaften, zu denen wir gelangten, um mich vielseitig zu unterrichten. Das genußreiche Leben des vorigen Fürsten gab Stoff genug zur Unterhaltung, nicht weniger die mannigfaltigen Anstalten, die er getroffen, um Vorteile, die ihm die Natur seines Landes darbot, zu benutzen. Hier wurde ich nun eigentlich in das Interesse der Berggegenden eingeweiht, und die Lust zu ökonomischen und technischen Betrachtungen, welche mich einen großen Teil meines Lebens beschäftigt haben, zuerst erregt. Wir hörten von den reichen Dutweiler Steinkohlengruben, von Eisen- und Alaunwerken, ja sogar von einem brennenden Berge, und rüsteten uns, diese Wunder in der Nähe zu beschauen.

Nun zogen wir durch waldige Gebirge, die demjenigen, der aus einem herrlichen fruchtbaren Lande kommt, wüst und traurig erscheinen müssen, und die nur durch den innern Gehalt ihres Schoßes uns anziehen können. Kurz hintereinander wurden wir mit einem einfachen und einem komplizierten Maschinenwerke bekannt, mit einer Sensenschmiede und einem Drahtzug. Wenn man sich an jener schon erfreut, daß sie sich an die Stelle gemeiner Hände setzt, so kann man diesen nicht genug bewundern, indem er in einem höheren organischen Sinne wirkt, von dem Verstand und Bewußtsein kaum zu trennen sind. In der Alaunhütte erkundigten wir uns genau nach der Gewinnung und Reinigung dieses so nötigen Materials, und als wir große Haufen eines weißen, fetten, lockeren, erdigen Wesens bemerkten und dessen Nutzen erforschten, antworteten die Arbeiter lächelnd, es sei der Schaum, der sich beim Alaunsieden obenauf werfe, und den Herr Stauf sammeln lasse, weil er denselben gleichfalls hoffe zu Gute zu machen. – »Lebt Herr Stauf noch?« rief mein Begleiter verwundert aus. Man bejahte es und versicherte, daß wir, nach unserm Reiseplan, nicht weit von seiner einsamen Wohnung vorbeikommen würden.

Unser Weg ging nunmehr an den Rinnen hinauf, in welchen das Alaunwasser heruntergeleitet wird, und an dem vornehmsten Stollen vorbei, den sie die Landgrube nennen, woraus die berühmten Dutweiler Steinkohlen gezogen werden. Sie haben, wenn sie trocken sind, die blaue Farbe eines dunkel angelaufenen Stahls, und die schönste Irisfolge spielt bei jeder Bewegung über die Oberfläche hin. Die finsteren Stollenschlünde zogen uns jedoch um so weniger an, als der Gehalt derselben reichlich um uns her ausgeschüttet lag. Nun gelangten wir zu offnen Gruben, in welchen die gerösteten Alaunschiefer ausgelaugt werden, und bald darauf überraschte uns, obgleich vorbereitet, ein seltsames Begegnis. Wir traten in eine Klamme und fanden uns in der Region des brennenden Berges. Ein starker Schwefelgeruch umzog uns; die eine Seite der Hohle war nahezu glühend, mit rötlichem, weißgebrannten Stein bedeckt; ein dicker Dampf stieg aus den Klunsen hervor, und man fühlte die Hitze des Bodens auch durch die starken Sohlen. Ein so zufälliges Ereignis, denn man weiß nicht wie diese Strecke sich entzündete, gewährt der Alaunfabrikation den großen Vorteil, daß die Schiefer, woraus die Oberfläche des Berges besteht, vollkommen geröstet daliegen und nur kurz und gut ausgelaugt werden dürfen. Die ganze Klamme war entstanden, daß man nach und nach die kalzinierten Schiefer abgeräumt und verbraucht hatte. Wir kletterten aus dieser Tiefe hervor und waren auf dem Gipfel des Berges. Ein anmutiger Buchenwald umgab den Platz, der auf die Hohle folgte und sich ihr zu beiden Seiten verbreitete. Mehrere Bäume standen schon verdorrt, andere welkten in der Nähe von andern, die, noch ganz frisch, jene Glut nicht ahndeten, welche sich auch ihren Wurzeln bedrohend näherte.

Auf dem Platze dampften verschiedene Öffnungen, andere hatten schon ausgeraucht, und so glomm dieses Feuer bereits zehen Jahre durch alte verbrochene Stollen und Schächte, mit welchen der Berg unterminiert ist. Es mag sich auch auf Klüften durch frische Kohlenlager durchziehn: denn einige hundert Schritte weiter in den Wald gedachte man bedeutende Merkmale von ergiebigen Steinkohlen zu verfolgen; man war aber nicht weit gelangt, als ein starker Dampf den Arbeitern entgegendrang und sie vertrieb. Die Öffnung ward wieder zugeworfen; allein wir fanden die Stelle noch rauchend, als wir daran vorbei den Weg zur Residenz unseres einsiedlerischen Chemikers verfolgten. Sie liegt zwischen Bergen und Wäldern; die Täler nehmen daselbst sehr mannigfaltige und angenehme Krümmungen, rings umher ist der Boden schwarz und kohlenartig, die Lager gehen häufig zu Tage aus. Ein Kohlenphilosoph – Philosophus per ignem, wie man sonst sagte – hätte sich wohl nicht schicklicher ansiedeln können.

Wir traten vor ein kleines, zur Wohnung nicht übel dienliches Haus und fanden Herrn Stauf, der meinen Freund sogleich erkannte und mit Klagen über die neue Regierung empfing. Freilich konnten wir aus seinen Reden vermerken, daß das Alaunwerk, so wie manche andre wohlgemeinte Anstalt, wegen äußerer, vielleicht auch innerer Umstände, die Unkosten nicht trage, und was dergleichen mehr war. Er gehörte unter die Chemiker jener Zeit, die, bei einem innigen Gefühl dessen was mit Naturprodukten alles zu leisten wäre, sich in einer abstrusen Betrachtung von Kleinigkeiten und Nebensachen gefielen, und bei unzulänglichen Kenntnissen, nicht fertig genug dasjenige zu leisten verstanden, woraus eigentlich ökonomischer und merkantilischer Vorteil zu ziehn ist. So lag der Nutzen, den er sich von jenem Schaum versprach, sehr im Weiten; so zeigte er nichts als einen Kuchen Salmiak, den ihm der brennende Berg geliefert hatte.

Bereitwillig und froh, seine Klagen einem menschlichen Ohre mitzuteilen, schleppte sich das hagere, abgelebte Männchen in Einem Schuh und Einem Pantoffel, mit herabhängenden, vergebens wiederholt von ihm heraufgezogenen Strümpfen, den Berg hinauf, wo die Harzhütte steht, die er selbst errichtet hat und nun mit großem Leidwesen verfallen sieht. Hier fand sich eine zusammenhangende Ofenreihe, wo Steinkohlen abgeschwefelt und zum Gebrauch bei Eisenwerken tauglich gemacht werden sollten; allein zu gleicher Zeit wollte man Öl und Harz auch zu Gute machen, ja sogar den Ruß nicht missen, und so unterlag den vielfachen Absichten alles zusammen. Bei Lebzeiten des vorigen Fürsten trieb man das Geschäft aus Liebhaberei, auf Hoffnung; jetzt fragte man nach dem unmittelbaren Nutzen, der nicht nachzuweisen war.

Nachdem wir unsern Adepten seiner Einsamkeit überlassen, eilten wir – denn es war schon spät geworden – der Friedrichsthaler Glashütte zu, wo wir eine der wichtigsten und wunderbarsten Werktätigkeiten des menschlichen Kunstgeschickes im Vorübergehen kennen lernten.

Doch fast mehr als diese bedeutenden Erfahrungen interessierten uns junge Bursche einige lustige Abenteuer, und bei einbrechender Finsternis, ohnweit Neukirch, ein überraschendes Feuerwerk. Denn wie vor einigen Nächten, an den Ufern der Saar, leuchtende Wolken Johanniswürmer zwischen Fels und Busch um uns schwebten, so spielten uns nun die funkenwerfenden Essen ihr lustiges Feuerwerk entgegen. Wir betraten bei tiefer Nacht die im Talgrunde liegenden Schmelzhütten, und vergnügten uns an dem seltsamen Halbdunkel dieser Bretter-Höhlen, die nur durch des glühenden Ofens geringe Öffnung kümmerlich erleuchtet werden. Das Geräusch des Wassers und der von ihm getriebenen Blasbälge, das fürchterliche Sausen und Pfeifen des Windstroms, der, in das geschmolzene Erz wütend, die Ohren betäubt und die Sinne verwirrt, trieb uns endlich hinweg, um in Neukirch einzukehren, das an dem Berg hinaufgebaut ist.

Aber ungeachtet aller Mannigfaltigkeit und Unruhe des Tags konnte ich hier noch keine Rast finden. Ich überließ meinen Freund einem glücklichen Schlafe und suchte das höher gelegene Jagdschloß. Es blickt weit über Berg und Wälder hin, deren Umrisse nur an dem heitern Nachthimmel zu erkennen, deren Seiten und Tiefen aber meinem Blick undurchdringlich waren. So leer als einsam stand das wohlerhaltene Gebäude; kein Kastellan, kein Jäger war zu finden. Ich saß vor den großen Glastüren auf den Stufen, die um die ganze Terrasse hergehn. Hier, mitten im Gebirg, über einer waldbewachsenen finsteren Erde, die gegen den heitern Horizont einer Sommernacht nur noch finsterer erschien, das brennende Sterngewölbe über mir, saß ich an der verlassenen Stätte lange mit mir selbst und glaubte niemals eine solche Einsamkeit empfunden zu haben. Wie lieblich überraschte mich daher aus der Ferne der Ton von ein paar Waldhörnern, der auf einmal wie ein Balsamduft die ruhige Atmosphäre belebte. Da erwachte in mir das Bild eines holden Wesens, das vor den bunten Gestalten dieser Reisetage in den Hintergrund gewichen war, es enthüllte sich immer mehr und mehr, und trieb mich von meinem Platze nach der Herberge, wo ich Anstalten traf, mit dem frühsten abzureisen.

Der Rückweg wurde nicht benutzt wie der Herweg. So eilten wir durch Zweybrücken, das, als eine schöne und merkwürdige Residenz, wohl auch unsere Aufmerksamkeit verdient hätte. Wir warfen einen Blick auf das große, einfache Schloß, auf die weitläuftigen, regelmäßig mit Lindenstämmen bepflanzten, zum Dressieren der Parforcepferde wohleingerichteten Esplanaden, auf die großen Ställe, auf die Bürgerhäuser, welche der Fürst baute, um sie ausspielen zu lassen. Alles dieses, so wie Kleidung und Betragen der Einwohner, besonders der Frauen und Mädchen, deutete auf ein Verhältnis in die Ferne, und machte den Bezug auf Paris anschaulich, dem alles Überrheinische seit geraumer Zeit sich nicht entziehen konnte. Wir besuchten auch den vor der Stadt liegenden herzoglichen Keller, der weitläuftig ist, mit großen und künstlichen Fässern versehn. Wir zogen weiter und fanden das Land zuletzt wie im Saarbrückischen. Zwischen wilden und rauhen Bergen wenig Dörfer; man verlernt hier sich nach Getreide umzusehn. Den Hornbach zur Seite stiegen wir nach Bitsch, das an dem bedeutenden Platze liegt, wo die Gewässer sich scheiden, und ein Teil in die Saar, ein Teil dem Rheine zufällt; diese letztern sollten uns bald nach sich ziehn. Doch konnten wir dem Städtchen Bitsch, das sich sehr malerisch um einen Berg herumschlingt, und der oben liegenden Festung unsere Aufmerksamkeit nicht versagen. Diese ist teils auf Felsen gebaut, teils in Felsen gehauen. Die unterirdischen Räume sind besonders merkwürdig; hier ist nicht allein hinreichender Platz zum Aufenthalt einer Menge Menschen und Vieh, sondern man trifft sogar große Gewölbe zum Exerzieren, eine Mühle, eine Kapelle und was man unter der Erde sonst fordern könnte, wenn die Oberfläche beunruhigt würde.

Den hinabstürzenden Bächen folgten wir nunmehr durchs Bärental. Die dicken Wälder auf beiden Höhen sind unbenutzt. Hier faulen Stämme zu Tausenden übereinander, und junge Sprößlinge keimen in Unzahl auf halbvermoderten Vorfahren. Hier kam uns durch Gespräche einiger Fußbegleiter der Name von Dieterich wieder in die Ohren, den wir schon öfter in diesen Waldgegenden ehrenvoll hatten aussprechen hören. Die Tätigkeit und Gewandtheit dieses Mannes, sein Reichtum, die Benutzung und Anwendung desselben, alles erschien im Gleichgewicht; er konnte sich mit Recht des Erworbenen erfreuen, das er vermehrte, und das Verdiente genießen, das er sicherte. Je mehr ich die Welt sah, je mehr erfreute ich mich, außer den allgemein berühmten Namen, auch besonders an denen, die in einzelnen Gegenden mit Achtung und Liebe genannt wurden; und so erfuhr ich auch hier bei einiger Nachfrage gar leicht, daß von Dieterich früher als andre sich der Gebirgsschätze, des Eisens, der Kohlen und des Holzes, mit gutem Erfolg zu bedienen gewußt und sich zu einem immer wachsenden Wohlhaben herangearbeitet habe.

Niederbrunn, wohin wir gelangten, war ein neues Zeugnis hiervon. Er hatte diesen kleinen Ort den Grafen von Leiningen und andern Teilbesitzern abgekauft, um in der Gegend bedeutende Eisenwerke einzurichten.

Hier in diesen von den Römern schon angelegten Bädern umspülte mich der Geist des Altertums, dessen ehrwürdige Trümmer in Resten von Basreliefs und Inschriften, Säulenknäufen und Schäften mir aus Bauerhöfen, zwischen wirtschaftlichem Wust und Geräte, gar wundersam entgegenleuchteten.

So verehrte ich auch, als wir die nahe gelegene Wasenburg bestiegen, an der großen Felsmasse, die den Grund der einen Seite ausmacht, eine gut erhaltene Inschrift, die dem Merkur ein dankbares Gelübd abstattet. Die Burg selbst liegt auf dem letzten Berge von Bitsch her gegen das Land zu. Es sind Ruinen eines deutschen, auf römische Reste gebauten Schlosses. Von dem Turm übersah man abermals das ganze Elsaß, und des Münsters deutliche Spitze bezeichnete die Lage von Straßburg. Zunächst jedoch verbreitete sich der große Hagenauer Forst, und die Türme dieser Stadt ragten dahinter ganz deutlich hervor. Dorthin wurde ich gezogen. Wir ritten durch Reichshofen, wo von Dieterich ein bedeutendes Schloß erbauen ließ, und nachdem wir, von den Hügeln bei Niedermodern, den angenehmen Lauf des Moderflüßchens am Hagenauer Wald her betrachtet hatten, ließ ich meinen Freund bei einer lächerlichen Steinkohlengruben-Visitation, die zu Dutweiler freilich etwas ernsthafter würde gewesen sein, und ritt durch Hagenau, auf Richtwegen, welche mir die Neigung schon andeutete, nach dem geliebten Sesenheim.

Denn jene sämtlichen Aussichten in eine wilde Gebirgsgegend und sodann wieder in ein heiteres, fruchtbares, fröhliches Land konnten meinen innern Blick nicht fesseln, der auf einen liebenswürdigen anziehenden Gegenstand gerichtet war. Auch diesmal erschien mir der Herweg reizender als der Hinweg, weil er mich wieder in die Nähe eines Frauenzimmers brachte, der ich von Herzen ergeben war und welche so viel Achtung als Liebe verdiente. Mir sei jedoch, ehe ich meine Freunde zu ihrer ländlichen Wohnung führe, vergönnt, eines Umstandes zu erwähnen, der sehr viel beitrug, meine Neigung und die Zufriedenheit, welche sie mir gewährte, zu beleben und zu erhöhen.

Wie sehr ich in der neuern Literatur zurück sein mußte, läßt sich aus der Lebensart schließen, die ich in Frankfurt geführt, aus den Studien, denen ich mich gewidmet hatte, und mein Aufenthalt in Straßburg konnte mich darin nicht fördern. Nun kam Herder und brachte neben seinen großen Kenntnissen noch manche Hülfsmittel und überdies auch neuere Schriften mit. Unter diesen kündigte er uns den »Landpriester von Wakefield« als ein fürtreffliches Werk an, von dem er uns die deutsche Übersetzung durch selbsteigne Vorlesung bekannt machen wolle.

Seine Art zu lesen war ganz eigen; wer ihn predigen gehört hat, wird sich davon einen Begriff machen können. Er trug alles, und so auch diesen Roman, ernst und schlicht vor; völlig entfernt von aller dramatischmimischen Darstellung, vermied er sogar jene Mannigfaltigkeit, die bei einem epischen Vortrag nicht allein erlaubt ist, sondern wohl gefordert wird: eine geringe Abwechselung des Tons, wenn verschiedene Personen sprechen, wodurch das was eine jede sagt, herausgehoben und der Handelnde von dem Erzählenden abgesondert wird. Ohne monoton zu sein ließ Herder alles in Einem Ton hintereinander folgen, eben als wenn nichts gegenwärtig, sondern alles nur historisch wäre, als wenn die Schatten dieser poetischen Wesen nicht lebhaft vor ihm wirkten, sondern nur sanft vorübergleiteten. Doch hatte diese Art des Vortrags, aus seinem Munde, einen unendlichen Reiz: denn weil er alles aufs tiefste empfand, und die Mannigfaltigkeit eines solchen Werks hochzuschätzen wußte, so trat das ganze Verdienst einer Produktion rein und um so deutlicher hervor, als man nicht durch scharf ausgesprochene Einzelnheiten gestört und aus der Empfindung gerissen wurde, welche das Ganze gewähren sollte.

Ein protestantischer Landgeistlicher ist vielleicht der schönste Gegenstand einer modernen Idylle; er erscheint, wie Melchisedech, als Priester und König in Einer Person. An den unschuldigsten Zustand, der sich auf Erden denken läßt, an den des Ackermanns, ist er meistens durch gleiche Beschäftigung, so wie durch gleiche Familienverhältnisse geknüpft; er ist Vater, Hausherr, Landmann und so vollkommen ein Glied der Gemeine. Auf diesem reinen, schönen, irdischen Grunde ruht sein höherer Beruf; ihm ist übergeben, die Menschen ins Leben zu führen, für ihre geistige Erziehung zu sorgen, sie bei allen Hauptepochen ihres Daseins zu segnen, sie zu belehren, zu kräftigen, zu trösten, und, wenn der Trost für die Gegenwart nicht ausreicht, die Hoffnung einer glücklicheren Zukunft heranzurufen und zu verbürgen. Denke man sich einen solchen Mann, mit rein menschlichen Gesinnungen, stark genug, um unter keinen Umständen davon zu weichen, und schon dadurch über die Menge erhaben, von der man Reinheit und Festigkeit nicht erwarten kann; gebe man ihm die zu seinem Amte nötigen Kenntnisse, so wie eine heitere, gleiche Tätigkeit, welche sogar leidenschaftlich ist, indem sie keinen Augenblick versäumt das Gute zu wirken – und man wird ihn wohl ausgestattet haben. Zugleich aber füge man die nötige Beschränktheit hinzu, daß er nicht allein in einem kleinen Kreise verharren, sondern auch allenfalls in einen kleineren übergehen möge; man verleihe ihm Gutmütigkeit, Versöhnlichkeit, Standhaftigkeit und was sonst noch aus einem entschiedenen Charakter Löbliches hervorspringt, und über dies alles eine heitere Nachgiebigkeit und lächelnde Duldung eigner und fremder Fehler: so hat man das Bild unseres trefflichen Wakefield so ziemlich beisammen.

Die Darstellung dieses Charakters auf seinem Lebensgange

durch Freuden und Leiden, das immer wachsende Interesse der Fabel, durch Verbindung des ganz Natürlichen mit dem Sonderbaren und Seltsamen, macht diesen Roman zu einem der besten, die je geschrieben worden; der noch überdies den großen Vorzug hat, daß er ganz sittlich, ja im reinen Sinne christlich ist, die Belohnung des guten Willens, des Beharrens bei dem Rechten darstellt, das unbedingte Zutrauen auf Gott bestätigt und den endlichen Triumph des Guten über das Böse beglaubigt, und dies alles ohne eine Spur von Frömmelei oder Pedantismus. Vor beiden hatte den Verfasser der hohe Sinn bewahrt, der sich hier durchgängig als Ironie zeigt, wodurch dieses Werkchen uns ebenso weise als liebenswürdig entgegenkommen muß. Der Verfasser, Doktor Goldsmith, hat ohne Frage große Einsicht in die moralische Welt, in ihren Wert und in ihre Gebrechen; aber zugleich mag er nur dankbar anerkennen, daß er ein Engländer ist, und die Vorteile, die ihm sein Land, seine Nation darbietet, hoch anrechnen. Die Familie, mit deren Schilderung er sich beschäftigt, steht auf einer der letzten Stufen des bürgerlichen Behagens, und doch kommt sie mit dem Höchsten in Berührung; ihr enger Kreis, der sich noch mehr verengt, greift, durch den natürlichen und bürgerlichen Lauf der Dinge, in die große Welt mit ein; auf der reichen bewegten Woge des englischen Lebens schwimmt dieser kleine Kahn, und in Wohl und Weh hat er Schaden oder Hülfe von der ungeheueren Flotte zu erwarten, die um ihn hersegelt.

Ich kann voraussetzen, daß meine Leser dieses Werk kennen und im Gedächtnis haben; wer es zuerst hier nennen hört, so wie der, welcher aufgeregt wird, es wieder zu lesen, beide werden mir danken. Für jene bemerke ich nur im Vorübergehn, daß des Landgeistlichen Hausfrau von der tätigen, guten Art ist, die es sich und den Ihrigen an nichts fehlen läßt, aber auch dafür auf sich und die Ihrigen etwas einbildisch ist. Zwei Töchter, Olivie, schön und mehr nach außen, Sophie, reizend und mehr nach innen gesinnt; einen fleißigen, dem Vater nacheifernden etwas herben Sohn, Moses, will ich zu nennen nicht unterlassen.

Wenn Herder bei seiner Vorlesung eines Fehlers beschuldigt werden konnte, so war es der Ungeduld; er wartete nicht ab, bis der Zuhörer einen gewissen Teil des Verlaufs vernommen und gefaßt hätte, um richtig dabei empfinden und gehörig denken zu können: voreilig wollte er sogleich Wirkungen sehen, und doch war er auch mit diesen unzufrieden, wenn sie hervortraten. Er tadelte das Übermaß von Gefühl, das bei mir von Schritt zu Schritt mehr überfloß. Ich empfand als Mensch, als junger Mensch; mir war alles lebendig, wahr, gegenwärtig. Er, der bloß Gehalt und Form beachtete, sah freilich wohl, daß ich vom Stoff überwältigt ward, und das wollte er nicht gelten lassen. Peglows Reflexionen zunächst, die nicht von den feinsten waren, wurden noch übler aufgenommen; besonders aber erzürnte er sich über unsern Mangel an Scharfsinn, daß wir die Kontraste, deren sich der Verfasser oft bedient, nicht voraussahen, uns davon rühren und hinreißen ließen, ohne den öfters wiederkehrenden Kunstgriff zu merken. Daß wir aber gleich zu Anfang, wo Burchel, indem er bei einer Erzählung aus der dritten Person in die erste übergeht, sich zu verraten im Begriff ist, daß wir nicht gleich eingesehn oder wenigstens gemutmaßt hatten, daß er der Lord, von dem er spricht, selbst sei, verzieh er uns nicht, und als wir zuletzt, bei Entdeckung und Verwandlung des armen kümmerlichen Wanderers in einen reichen, mächtigen Herrn, uns kindlich freuten, rief er erst jene Stelle zurück, die wir nach der Absicht des Autors überhört hatten, und hielt über unsern Stumpfsinn eine gewaltige Strafpredigt. Man sieht hieraus, daß er das Werk bloß als Kunstprodukt ansah und von uns das gleiche verlangte, die wir noch in jenen Zuständen wandelten, wo es wohl erlaubt ist, Kunstwerke wie Naturerzeugnisse auf sich wirken zu lassen.

Ich ließ mich durch Herders Invektiven keineswegs irre machen; wie denn junge Leute das Glück oder Unglück haben, daß, wenn einmal etwas auf sie gewirkt hat, diese Wirkung in ihnen selbst verarbeitet werden muß, woraus denn manches Gute, so wie manches Unheil entsteht. Gedachtes Werk hatte bei mir einen großen Eindruck zurückgelassen, von dem ich mir selbst nicht Rechenschaft geben konnte; eigentlich fühlte ich mich aber in Übereinstimmung mit jener ironischen Gesinnung, die sich über die Gegenstände, über Glück und Unglück, Gutes und Böses, Tod und Leben erhebt, und so zum Besitz einer wahrhaft poetischen Welt gelangt. Freilich konnte dieses nur später bei mir zum Bewußtsein kommen, genug, es machte mir für den Augenblick viel zu schaffen; keineswegs aber hätte ich erwartet alsobald aus dieser fingierten Welt in eine ähnliche wirkliche versetzt zu werden.

Mein Tischgenosse Weyland, der sein stilles fleißiges Leben dadurch erheiterte, daß er, aus dem Elsaß gebürtig, bei Freunden und Verwandten in der Gegend von Zeit zu Zeit einsprach, leistete mir auf meinen kleinen Exkursionen manchen Dienst, indem er mich in verschiedenen Ortschaften und Familien teils persönlich, teils durch Empfehlungen einführte. Dieser hatte mir öfters von einem Landgeistlichen gesprochen, der nahe bei Drusenheim, sechs Stunden von Straßburg, im Besitz einer guten Pfarre mit einer verständigen Frau und ein paar liebenswürdigen Töchtern lebe. Die Gastfreiheit und Anmut dieses Hauses ward immer dabei höchlich gerühmt. So viel bedurfte es kaum, um einen jungen Ritter anzureizen, der sich schon angewöhnt hatte, alle abzumüßigenden Tage und Stunden zu Pferde und in freier Luft zuzubringen. Also entschlossen wir uns auch zu dieser Partie, wobei mir mein Freund versprechen mußte, daß er bei der Einführung weder Gutes noch Böses von mir sagen, überhaupt aber mich gleichgültig behandeln wolle, sogar erlauben, wo nicht schlecht, doch etwas ärmlich und nachlässig gekleidet zu erscheinen. Er willigte darauf ein und versprach sich selbst einigen Spaß davon.

Es ist eine verzeihliche Grille bedeutender Menschen, gelegentlich einmal äußere Vorzüge ins Verborgene zu stellen, um den eignen innern menschlichen Gehalt desto reiner wirken zu lassen; deswegen hat das Incognito der Fürsten und die daraus entspringenden Abenteuer immer etwas höchst Angenehmes: es erscheinen verkleidete Gottheiten, die alles Gute, was man ihrer Persönlichkeit erweist, doppelt hoch anrechnen dürfen und im Fall sind, das Unerfreuliche entweder leicht zu nehmen, oder ihm ausweichen zu können. Daß Jupiter bei Philemon und Baucis, Heinrich der Vierte, nach einer Jagdpartie, unter seinen Bauern sich in ihrem Incognito wohlgefallen, ist ganz der Natur gemäß, und man mag es gern; daß aber ein junger Mensch ohne Bedeutung und Namen sich einfallen läßt, aus dem Incognito einiges Vergnügen zu ziehen, möchte mancher für einen unverzeihlichen Hochmut auslegen. Da aber hier die Rede nicht ist von Gesinnungen und Handlungen, inwiefern sie lobens- oder tadelnswürdig, sondern wiefern sie sich offenbaren und ereignen können; so wollen wir für diesmal, unserer Unterhaltung zu Liebe, dem Jüngling seinen Dünkel verzeihen, um so mehr, als ich hier anführen muß, daß von Jugend auf in mir eine Lust mich zu verkleiden selbst durch den ernsten Vater erregt worden.

Auch diesmal hatte ich mich, teils durch eigne ältere, teils durch einige geborgte Kleidungsstücke und durch die Art die Haare zu kämmen, wo nicht entstellt, doch wenigstens so wunderlich zugestutzt, daß mein Freund unterwegs sich des Lachens nicht erwehren konnte, besonders wenn ich Haltung und Gebärde solcher Figuren, wenn sie zu Pferde sitzen, und die man lateinische Reiter nennt, vollkommen nachzuahmen wußte. Die schöne Chaussee, das herrlichste Wetter und die Nähe des Rheins gaben uns den besten Humor. In Drusenheim hielten wir einen Augenblick an, er, um sich nett zu machen, und ich, um mir meine Rolle zurückzurufen, aus der ich gelegentlich zu fallen fürchtete. Die Gegend hier hat den Charakter des ganz freien ebenen Elsasses. Wir ritten einen anmutigen Fußpfad über Wiesen, gelangten bald nach Sesenheim, ließen unsere Pferde im Wirtshause und gingen gelassen nach dem Pfarrhofe. – »Laß dich«, sagte Weyland, indem er mir das Haus von weitem zeigte, »nicht irren, daß es einem alten und schlechten Bauerhause ähnlich sieht; inwendig ist es desto jünger.« – Wir traten in den Hof; das Ganze gefiel mir wohl: denn es hatte gerade das, was man malerisch nennt, und was mich in der niederländischen Kunst so zauberisch angesprochen hatte. Jene Wirkung war gewaltig sichtbar, welche die Zeit über alles Menschenwerk ausübt. Haus und Scheune und Stall befanden sich in dem Zustande des Verfalls gerade auf dem Punkte, wo man unschlüssig, zwischen Erhalten und Neuaufrichten zweifelhaft, das eine unterläßt, ohne zu dem andern gelangen zu können.

Alles war still und menschenleer, wie im Dorfe so im Hofe. Wir fanden den Vater, einen kleinen, in sich gekehrten aber doch freundlichen Mann, ganz allein: denn die Familie war auf dem Felde. Er hieß uns willkommen, bot uns eine Erfrischung an, die wir ablehnten. Mein Freund eilte die Frauenzimmer aufzusuchen, und ich blieb mit unserem Wirt allein. – »Sie wundern sich vielleicht«, sagte er, »daß Sie mich in einem reichen Dorfe und bei einer einträglichen Stelle so schlecht quartiert finden; das kommt aber«, fuhr er fort, »von der Unentschlossenheit. Schon lange ist mir's von der Gemeine, ja von den oberen Stellen zugesagt, daß das Haus neu aufgerichtet werden soll; mehrere Risse sind schon gemacht, geprüft, verändert, keiner ganz verworfen und keiner ausgeführt worden. Es hat so viele Jahre gedauert, daß ich mich vor Ungeduld kaum zu fassen weiß.« – Ich erwiderte ihm, was ich für schicklich hielt, um seine Hoffnung zu nähren und ihn aufzumuntern, daß er die Sache stärker betreiben möchte. Er fuhr darauf fort, mit Vertrauen die Personen zu schildern, von denen solche Sachen abhingen, und obgleich er kein sonderlicher Charakterzeichner war, so konnte ich doch recht gut begreifen, wie das ganze Geschäft stocken mußte. Die Zutraulichkeit des Mannes hatte was Eignes; er sprach zu mir als wenn er mich zehen Jahre gekannt hätte, ohne daß irgend etwas in seinem Blick gewesen wäre, woraus ich einige Aufmerksamkeit auf mich hätte mutmaßen können. Endlich trat mein Freund mit der Mutter herein. Diese schien mich mit ganz andern Augen anzusehn. Ihr Gesicht war regelmäßig und der Ausdruck desselben verständig; sie mußte in ihrer Jugend schön gewesen sein. Ihre Gestalt war lang und hager, doch nicht mehr als solchen Jahren geziemt; sie hatte vom Rücken her noch ein ganz jugendliches, angenehmes Ansehen. Die älteste Tochter kam darauf lebhaft hereingestürmt; sie fragte nach Friedriken, so wie die andern beiden auch nach ihr gefragt hatten. Der Vater versicherte, sie nicht gesehen zu haben, seitdem alle drei fortgegangen. Die Tochter fuhr wieder zur Türe hinaus, um die Schwester zu suchen; die Mutter brachte uns einige Erfrischungen, und Weyland setzte mit den beiden Gatten das Gespräch fort, das sich auf lauter bewußte Personen und Verhältnisse bezog, wie es zu geschehn pflegt, wenn Bekannte nach einiger Zeit zusammenkommen, von den Gliedern eines großen Zirkels Erkundigung einziehn und sich wechselsweise berichten. Ich hörte zu und erfuhr nunmehr, wieviel ich mir von diesem Kreise zu versprechen hatte.

Die älteste Tochter kam wieder hastig in die Stube, unruhig, ihre Schwester nicht gefunden zu haben. Man war besorgt um sie und schalt auf diese oder jene böse Gewohnheit, nur der Vater sagte ganz ruhig: »Laßt sie immer gehn, sie kommt schon wieder!« In diesem Augenblick trat sie wirklich in die Türe; und da ging fürwahr an diesem ländlichen Himmel ein allerliebster Stern auf. Beide Töchter trugen sich noch deutsch, wie man es zu nennen pflegte, und diese fast verdrängte Nationaltracht kleidete Friedriken besonders gut. Ein kurzes weißes rundes Röckchen mit einer Falbel, nicht länger als daß die nettsten Füßchen bis an die Knöchel sichtbar blieben; ein knappes weißes Mieder und eine schwarze Taffetschürze – so stand sie auf der Grenze zwischen Bäuerin und Städterin. Schlank und leicht, als wenn sie nichts an sich zu tragen hätte, schritt sie, und beinahe schien für die gewaltigen blonden Zöpfe des niedlichen Köpfchens der Hals zu zart. Aus heiteren blauen Augen blickte sie sehr deutlich umher, und das artige Stumpfnäschen forschte so frei in die Luft, als wenn es in der Welt keine Sorge geben könnte; der Strohhut hing ihr am Arm, und so hatte ich das Vergnügen, sie beim ersten Blick auf einmal in ihrer ganzen Anmut und Lieblichkeit zu sehn und zu erkennen.

Ich fing nun an meine Rolle mit Mäßigung zu spielen, halb beschämt, so gute Menschen zum besten zu haben, die zu beobachten es mir nicht an Zeit fehlte: denn die Mädchen setzten jenes Gespräch fort und zwar mit Leidenschaft und Laune. Sämtliche Nachbarn und Verwandte wurden abermals vorgeführt, und es erschien meiner Einbildungskraft ein solcher Schwarm von Onklen und Tanten, Vettern, Basen, Kommenden, Gehenden, Gevattern und Gästen, daß ich in der belebtesten Welt zu hausen glaubte. Alle Familienglieder hatten einige Worte mit mir gesprochen, die Mutter betrachtete mich jedesmal, so oft sie kam oder ging, aber Friedrike ließ sich zuerst mit mir in ein Gespräch ein, und indem ich umherliegende Noten aufnahm und durchsah, fragte sie, ob ich auch spiele. Als ich es bejahte, ersuchte sie mich etwas vorzutragen; aber der Vater ließ mich nicht dazu kommen: denn er behauptete, es sei schicklich, dem Gaste zuerst mit irgend einem Musikstück oder einem Liede zu dienen.

Sie spielte verschiedenes mit einiger Fertigkeit, in der Art, wie man es auf dem Lande zu hören pflegt, und zwar auf einem Klavier, das der Schulmeister schon längst hätte stimmen sollen, wenn er Zeit gehabt hätte. Nun sollte sie auch ein Lied singen, ein gewisses zärtlich-trauriges; das gelang ihr nun gar nicht. Sie stand auf und sagte lächelnd, oder vielmehr mit dem auf ihrem Gesicht immerfort ruhenden Zuge von heiterer Freude: »Wenn ich schlecht singe, so kann ich die Schuld nicht auf das Klavier und den Schulmeister werfen; lassen Sie uns aber nur hinauskommen, dann sollen Sie meine Elsasser- und Schweizerliedchen hören, die klingen schon besser.«

Beim Abendessen beschäftigte mich eine Vorstellung, die mich schon früher überfallen hatte, dergestalt, daß ich nachdenklich und stumm wurde, obgleich die Lebhaftigkeit der älteren Schwester und die Anmut der jüngern mich oft genug aus meinen Betrachtungen schüttelten. Meine Verwunderung war über allen Ausdruck, mich so ganz leibhaftig in der Wakefieldschen Familie zu finden. Der Vater konnte freilich nicht mit jenem trefflichen Manne verglichen werden; allein wo gäbe es auch seinesgleichen! Dagegen stellte sich alle Würde, welche jenem Ehegatten eigen ist, hier in der Gattin dar. Man konnte sie nicht ansehen, ohne sie zugleich zu ehren und zu scheuen. Man bemerkte bei ihr die Folgen einer guten Erziehung; ihr Betragen war ruhig, frei, heiter und einladend.

Hatte die ältere Tochter nicht die gerühmte Schönheit Oliviens, so war sie doch wohl gebaut, lebhaft und eher heftig; sie zeigte sich überall tätig und ging der Mutter in allem an Handen. Friedriken an die Stelle von Primrosens Sophie zu setzen, war nicht schwer: denn von jener ist wenig gesagt, man gibt nur zu, daß sie liebenswürdig sei; diese war es wirklich. Wie nun dasselbe Geschäft, derselbe Zustand überall, wo er vorkommen mag, ähnliche, wo nicht gleiche Wirkungen hervorbringt; so kam auch hier manches zur Sprache, es geschah gar manches, was in der Wakefieldschen Familie sich auch schon ereignet hatte. Als nun aber gar zuletzt ein längst angekündigter und von dem Vater mit Ungeduld erwarteter jüngerer Sohn ins Zimmer sprang und sich dreust zu uns setzte, indem er von den Gästen wenig Notiz nahm, so enthielt ich mich kaum auszurufen: Moses, bist du auch da!

Die Unterhaltung bei Tische erweiterte die Ansicht jenes Land- und Familienkreises, indem von mancherlei lustigen Begebenheiten, die bald da bald dort vorgefallen, die Rede war. Friedrike, die neben mir saß, nahm daher Gelegenheit, mir verschiedene Ortschaften zu beschreiben, die es wohl zu besuchen der Mühe wert sei. Da immer ein Geschichtchen das andere hervorruft, so konnte ich nun auch mich desto besser in das Gespräch mischen und ähnliche Begebenheiten erzählen, und weil hiebei ein guter Landwein keineswegs geschont wurde, so stand ich in Gefahr, aus meiner Rolle zu fallen, weshalb der vorsichtigere Freund den schönen Mondschein zum Vorwand nahm und auf einen Spaziergang antrug, welcher denn auch sogleich beliebt wurde. Er bot der Ältesten den Arm, ich der Jüngsten, und so zogen wir durch die weiten Fluren, mehr den Himmel über uns zum Gegenstande habend, als die Erde, die sich neben uns in der Breite verlor. Friedrikens Reden jedoch hatten nichts Mondscheinhaftes; durch die Klarheit, womit sie sprach, machte sie die Nacht zum Tage, und es war nichts darin was eine Empfindung angedeutet oder erweckt hätte, nur bezogen sich ihre Äußerungen mehr als bisher auf mich, indem sie sowohl ihren Zustand als die Gegend und ihre Bekannten mir von der Seite vorstellte, wiefern ich sie würde kennen lernen: denn sie hoffe, setzte sie hinzu, daß ich keine Ausnahme machen und sie wieder besuchen würde, wie jeder Fremde gern getan, der einmal bei ihnen eingekehrt sei.

Es war mir sehr angenehm, stillschweigend der Schilderung zuzuhören, die sie von der kleinen Welt machte, in der sie sich bewegte, und von denen Menschen, die sie besonders schätzte. Sie brachte mir dadurch einen klaren und zugleich so liebenswürdigen Begriff von ihrem Zustande bei, der sehr wunderlich auf mich wirkte: denn ich empfand auf einmal einen tiefen Verdruß, nicht früher mit ihr gelebt zu haben, und zugleich ein recht peinliches, neidisches Gefühl gegen alle, welche das Glück gehabt hatten, sie bisher zu umgeben. Ich paßte sogleich, als wenn ich ein Recht dazu gehabt hätte, genau auf alle ihre Schilderungen von Männern, sie mochten unter den Namen von Nachbarn, Vettern oder Gevattern auftreten, und lenkte bald da- bald dorthin meine Vermutung; allein wie hätte ich etwas entdecken sollen in der völligen Unbekanntschaft aller Verhältnisse. Sie wurde zuletzt immer redseliger und ich immer stiller. Es hörte sich ihr gar so gut zu, und da ich nur ihre Stimme vernahm, ihre Gesichtsbildung aber so wie die übrige Welt in Dämmerung schwebte, so war es mir, als ob ich in ihr Herz sähe, das ich höchst rein finden mußte, da es sich in so unbefangener Geschwätzigkeit vor mir eröffnete.

Als mein Gefährte mit mir in das für uns zubereitete Gastzimmer gelangte, brach er sogleich mit Selbstgefälligkeit in behaglichen Scherz aus und tat sich viel darauf zu Gute, mich mit der Ähnlichkeit der Primrosischen Familie so sehr überrascht zu haben. Ich stimmte mit ein, indem ich mich dankbar erwies. – »Fürwahr!« rief er aus, »das Märchen ist ganz beisammen. Diese Familie vergleicht sich jener sehr gut, und der verkappte Herr da mag sich die Ehre antun, für Herrn Burchel gelten zu wollen; ferner, weil wir im gemeinen Leben die Bösewichter nicht so nötig haben als in Romanen, so will ich für diesmal die Rolle des Neffen übernehmen und mich besser aufführen als er.« Ich verließ jedoch sogleich dieses Gespräch, so angenehm es mir auch sein mochte, und fragte ihn vor allen Dingen auf sein Gewissen, ob er mich wirklich nicht verraten habe. Er beteuerte nein! und ich durfte ihm glauben. Sie hätten sich vielmehr, sagte er, nach dem lustigen Tischgesellen erkundigt, der in Straßburg mit ihm in Einer Pension speise und von dem man ihnen allerlei verkehrtes Zeug erzählt habe. Ich schritt nun zu andern Fragen: ob sie geliebt habe? ob sie liebe? ob sie versprochen sei? Er verneinte das alles. – »Fürwahr!« versetzte ich, »eine solche Heiterkeit von Natur aus ist mir unbegreiflich. Hätte sie geliebt und verloren und sich wieder gefaßt, oder wäre sie Braut, in beiden Fällen wollte ich es gelten lassen.«

So schwatzten wir zusammen tief in die Nacht, und ich war schon wieder munter als es tagte. Das Verlangen sie wieder zu sehen schien unüberwindlich; allein indem ich mich anzog, erschrak ich über die verwünschte Garderobe, die ich mir so freventlich ausgesucht hatte. Je weiter ich kam, meine Kleidungsstücke anzulegen, desto niederträchtiger erschien ich mir: denn alles war ja auf diesen Effekt berechnet. Mit meinen Haaren wäre ich allenfalls noch fertig geworden; aber wie ich mich zuletzt in den geborgten, abgetragenen grauen Rock einzwängte und die kurzen Ärmel mir das abgeschmackteste Ansehen gaben, fiel ich desto entschiedener in Verzweifelung, als ich mich in einem kleinen Spiegel nur teilweise betrachten konnte; da denn immer ein Teil lächerlicher aussah als der andre.

Über dieser Toilette war mein Freund aufgewacht und blickte, mit der Zufriedenheit eines guten Gewissens und im Gefühl einer freudigen Hoffnung für den Tag, aus der gestopften seidenen Decke. Ich hatte schon seine hübschen Kleider, wie sie über den Stuhl hingen, längst beneidet, und wäre er von meiner Taille gewesen, ich hätte sie ihm vor den Augen weggetragen, mich draußen umgezogen und ihm meine verwünschte Hülle, in den Garten eilend, zurückgelassen; er hätte guten Humor genug gehabt, sich in meine Kleider zu stecken, und das Märchen wäre bei frühem Morgen zu einem lustigen Ende gelangt. Daran war aber nun gar nicht zu denken, so wenig als wie an irgend eine schickliche Vermittelung. In der Figur, in der mich mein Freund für einen zwar fleißigen und geschickten aber armen Studiosen der Theologie ausgeben konnte, wieder vor Friedriken hinzutreten, die gestern abend an mein verkleidetes Selbst so freundlich gesprochen hatte, das war mir ganz unmöglich. Ärgerlich und sinnend stand ich da und bot all mein Erfindungsvermögen auf; allein es verließ mich. Als nun aber gar der behaglich Ausgestreckte, nachdem er mich eine Weile fixiert hatte, auf einmal in ein lautes Lachen ausbrach und ausrief: »Nein! es ist wahr, du siehst ganz verwünscht aus!« versetzte ich heftig: »Und ich weiß was ich tue, leb wohl und entschuldige mich!« – »Bist du toll!« rief er, indem er aus dem Bette sprang und mich aufhalten wollte. Ich war aber schon zur Türe hinaus, die Treppe hinunter, aus Haus und Hof, nach der Schenke; im Nu war mein Pferd gesattelt und ich eilte in rasendem Unmut galoppierend nach Drusenheim, den Ort hindurch und immer weiter.

Da ich mich nun in Sicherheit glaubte, ritt ich langsamer und fühlte nun erst, wie unendlich ungern ich mich entfernte.

Ich ergab mich aber in mein Schicksal, vergegenwärtigte mir den Spaziergang von gestern abend mit der größten Ruhe und nährte die stille Hoffnung, Sie bald wieder zu sehn. Doch verwandelte sich dieses stille Gefühl bald wieder in Ungeduld, und nun beschloß ich, schnell in die Stadt zu reiten, mich umzuziehen, ein gutes frisches Pferd zu nehmen; da ich denn wohl allenfalls, wie mir die Leidenschaft vorspiegelte, noch vor Tische, oder, wie es wahrscheinlicher war, zum Nachtische oder gegen Abend gewiß wieder eintreffen und meine Vergebung erbitten konnte.

Eben wollte ich meinem Pferde die Sporen geben, um diesen Vorsatz auszuführen, als mir ein anderer und, wie mich deuchte, sehr glücklicher Gedanke durch den Geist fuhr. Schon gestern hatte ich im Gasthofe zu Drusenheim einen sehr sauber gekleideten Wirtssohn bemerkt, der auch heute früh, mit ländlichen Anordnungen beschäftigt, mich aus seinem Hofe begrüßte. Er war von meiner Gestalt und hatte mich flüchtig an mich selbst erinnert. Gedacht, getan! Mein Pferd war kaum umgewendet, so befand ich mich in Drusenheim; ich brachte es in den Stall und machte dem Burschen kurz und gut den Vortrag: er solle mir seine Kleider borgen, weil ich in Sesenheim etwas Lustiges vorhabe. Da brauchte ich nicht auszureden; er nahm den Vorschlag mit Freuden an und lobte mich, daß ich den Mamsells einen Spaß machen wolle; sie wären so brav und gut, besonders Mamsell Riekchen, und auch die Eltern sähen gerne, daß es immer lustig und vergnügt zuginge. Er betrachtete mich aufmerksam, und da er mich nach meinem Aufzug für einen armen Schlucker halten mochte, so sagte er: »Wenn Sie sich insinuieren wollen, so ist das der rechte Weg.« Wir waren indessen schon weit in unserer Umkleidung gekommen, und eigentlich sollte er mir seine Festtagskleider gegen die meinigen nicht anvertrauen; doch er war treuherzig und hatte ja mein Pferd im Stalle. Ich stand bald und recht schmuck da, warf mich in die Brust, und mein Freund schien sein Ebenbild mit Behaglichkeit zu betrachten. – »Topp Herr Bruder!« sagte er, indem er mir die Hand hinreichte, in die ich wacker einschlug, »komme Er meinem Mädel nicht zu nah, sie möchte sich vergreifen.«

Meine Haare, die nunmehr wieder ihren völligen Wuchs hatten, konnte ich ohngefähr wie die seinigen scheiteln, und da ich ihn wiederholt betrachtete, so fand ich's lustig, seine dichteren Augenbrauen mit einem gebrannten Korkstöpsel mäßig nachzuahmen und sie in der Mitte näher zusammenzuziehen, um mich bei meinem rätselhaften Vornehmen auch äußerlich zum Rätsel zu bilden. »Habt Ihr nun«, sagte ich, als er mir den bebänderten Hut reichte, »nicht irgend etwas in der Pfarre auszurichten, daß ich mich auf eine natürliche Weise dort anmelden könnte?« – »Gut!« versetzte er, »aber da müssen Sie noch zwei Stunden warten. Bei uns ist eine Wöchnerin; ich will mich erbieten, den Kuchen der Frau Pfarrin zu bringen, den mögen Sie dann hinübertragen. Hoffart muß Not leiden und der Spaß denn auch.« – Ich entschloß mich zu warten, aber diese zwei Stunden wurden mir unendlich lang und ich verging vor Ungeduld, als die dritte verfloß, ehe der Kuchen aus dem Ofen kam. Ich empfing ihn endlich ganz warm, und eilte, bei dem schönsten Sonnenschein, mit meinem Kreditiv davon, noch eine Strecke von meinem Ebenbild begleitet, welches gegen Abend nachzukommen und mir meine Kleider zu bringen versprach, die ich aber lebhaft ablehnte und mir vorbehielt, ihm die seinigen wieder zuzustellen.

Ich war nicht weit mit meiner Gabe gesprungen, die ich in einer sauberen zusammengeknüpften Serviette trug, als ich in der Ferne meinen Freund mit den beiden Frauenzimmern mir entgegen kommen sah. Mein Herz war beklommen, wie sich's eigentlich unter dieser Jacke nicht ziemte. Ich blieb stehen, holte Atem und suchte zu überlegen, was ich beginnen solle; und nun bemerkte ich erst, daß das Terrain mir sehr zustatten kam: denn sie gingen auf der andern Seite des Baches, der, so wie die Wiesenstreifen, durch die er hinlief, zwei Fußpfade ziemlich auseinander hielt. Als sie gegen mir über waren rief Friedrike, die mich schon lange gewahrt hatte: »Georges, was bringst du?« Ich war klug genug, das Gesicht mit dem Hute, den ich abnahm, zu bedecken, indem ich die beladene Serviette hoch in die Höhe hielt. – »Ein Kindtaufkuchen!« rief sie dagegen; »wie geht's der Schwester?« – »Guet«, sagte ich, indem ich, wo nicht Elsassisch, doch fremd zu reden suchte. – »Trag ihn nach Hause!« sagte die Älteste, »und wenn du die Mutter nicht findest, gib ihn der Magd; aber wart auf uns, wir kommen bald wieder, hörst du!« – Ich eilte meinen Pfad hin, im Frohgefühl der besten Hoffnung, daß alles gut ablaufen müsse, da der Anfang glücklich war, und hatte bald die Pfarrwohnung erreicht. Ich fand niemand weder im Haus noch in der Küche; den Herrn, den ich beschäftigt in der Studierstube vermuten konnte, wollte ich nicht aufregen, ich setzte mich deshalb auf die Bank vor der Türe, den Kuchen neben mich und drückte den Hut ins Gesicht.

Ich erinnere mich nicht leicht einer angenehmern Empfindung. Hier an dieser Schwelle wieder zu sitzen, über die ich vor kurzem in Verzweiflung hinausgestolpert war; sie schon wieder gesehn, ihre liebe Stimme schon wieder gehört zu haben, kurz nachdem mein Unmut mir eine lange Trennung vorgespiegelt hatte; jeden Augenblick sie selbst und eine Entdeckung zu erwarten, vor der mir das Herz klopfte, und doch, in diesem zweideutigen Falle, eine Entdeckung ohne Beschämung; dann, gleich zum Eintritt einen so lustigen Streich, als keiner derjenigen, die gestern belacht worden waren! Liebe und Not sind doch die besten Meister, hier wirkten sie zusammen und der Lehrling war ihrer nicht unwert geblieben.

Die Magd kam aber aus der Scheune getreten. – »Nun! sind die Kuchen geraten?« rief sie mich an, »wie geht's der Schwester?« – »Alles guet«, sagte ich und deutete auf den Kuchen, ohne aufzusehen. Sie faßte die Serviette und murrte: »Nun was hast du heute wieder? hat Bärbchen wieder einmal einen andern angesehn? Laß es uns nicht entgelten! Das wird eine saubere Ehe werden, wenn's so fort geht.« Da sie ziemlich laut sprach, kam der Pfarrer ans Fenster und fragte, was es gebe? Sie bedeutete ihn; ich stand auf und kehrte mich nach ihm zu, doch hielt ich den Hut wieder übers Gesicht. Als er etwas Freundliches gesprochen und mich zu bleiben geheißen hatte, ging ich nach dem Garten und wollte eben hineintreten, als die Pfarrin, die zum Hoftore hereinkam, mich anrief. Da mir die Sonne gerade ins Gesicht schien, so bediente ich mich abermals des Vorteils, den mir der Hut gewährte, grüßte sie mit einem Scharrfuß, sie aber ging in das Haus, nachdem sie mir zugesprochen hatte, ich möchte nicht weggehen, ohne etwas genossen zu haben. Ich ging nunmehr in dem Garten auf und ab; alles hatte bisher den besten Erfolg gehabt, doch holte ich tief Atem, wenn ich dachte, daß die jungen Leute nun bald herankommen würden. Aber unvermutet trat die Mutter zu mir und wollte eben eine Frage an mich tun, als sie mir ins Gesicht sah, das ich nicht mehr verbergen konnte, und ihr das Wort im Munde stockte. – »Ich suche Georgen«, sagte sie nach einer Pause, »und wen finde ich! Sind Sie es, junger Herr? wieviel Gestalten haben Sie denn?« – »Im Ernst nur Eine«, versetzte ich, »zum Scherz soviel Sie wollen.« – »Den will ich nicht verderben«, lächelte sie; »gehen Sie hinten zum Garten hinaus und auf der Wiese hin, bis es Mittag schlägt, dann kehren Sie zurück und ich will den Spaß schon eingeleitet haben.« Ich tat's; allein da ich aus den Hecken der Dorfgärten heraus war und die Wiesen hingehen wollte, kamen gerade einige Landleute den Fußpfad her, die mich in Verlegenheit setzten. Ich lenkte deshalb nach einem Wäldchen, das ganz nah eine Erderhöhung bekrönte, um mich darin bis zur bestimmten Zeit zu verbergen. Doch wie wunderlich ward mir zu Mute als ich hineintrat: denn es zeigte sich mir ein reinlicher Platz mit Bänken, von deren jeder man eine hübsche Aussicht in die Gegend gewann. Hier war das Dorf und der Kirchturm, hier Drusenheim und dahinter die waldigen Rheininseln, gegenüber die Vogesischen Gebirge und zuletzt der Straßburger Münster. Diese verschiedenen himmelhellen Gemälde waren durch buschige Rahmen eingefaßt, so daß man nichts Erfreulicheres und Angenehmeres sehen konnte. Ich setzte mich auf eine der Bänke und bemerkte an dem stärksten Baum ein kleines längliches Brett mit der Inschrift: Friedrikens Ruhe. Es fiel mir nicht ein, daß ich gekommen sein könnte, diese Ruhe zu stören: denn eine aufkeimende Leidenschaft hat das Schöne, daß, wie sie sich ihres Ursprungs unbewußt ist, sie auch keinen Gedanken eines Endes haben, und wie sie sich froh und heiter fühlt, nicht ahnden kann, daß sie wohl auch Unheil stiften dürfte.

Kaum hatte ich Zeit gehabt mich umzusehn, und verlor mich eben in süße Träumereien, als ich jemand kommen hörte; es war Friedrike selbst. – »Georges, was machst du hier?« rief sie von weitem. – »Nicht Georges!« rief ich, indem ich ihr entgegenlief; »aber einer, der tausendmal um Verzeihung bittet.« Sie betrachtete mich mit Erstaunen, nahm sich aber gleich zusammen und sagte nach einem tieferen Atemholen: »Garstiger Mensch, wie erschrecken Sie mich!« – »Die erste Masque hat mich in die zweite getrieben«, rief ich aus; »jene wäre unverzeihlich gewesen, wenn ich nur einigermaßen gewußt hätte, zu wem ich ging, diese vergeben Sie gewiß: denn es ist die Gestalt von Menschen, denen Sie so freundlich begegnen.« – Ihre bläßlichen Wangen hatten sich mit dem schönsten Rosenrote gefärbt. – »Schlimmer sollen Sie's wenigstens nicht haben als Georges! Aber lassen Sie uns sitzen! Ich gestehe es, der Schreck ist mir in die Glieder gefahren.« – Ich setzte mich zu ihr, äußerst bewegt. – »Wir wissen alles bis heute früh durch Ihren Freund«, sagte sie, »nun erzählen Sie mir das Weitere.« Ich ließ mir das nicht zweimal sagen, sondern beschrieb ihr meinen Abscheu vor der gestrigen Figur, mein Fortstürmen aus dem Hause so komisch, daß sie herzlich und anmutig lachte; dann ließ ich das übrige folgen, mit aller Bescheidenheit zwar, doch leidenschaftlich genug, daß es gar wohl für eine Liebeserklärung in historischer Form hätte gelten können. Das Vergnügen sie wieder zu finden, feierte ich zuletzt mit einem Kusse auf ihre Hand, die sie in den meinigen ließ. Hatte sie bei dem gestrigen Mondscheingang die Unkosten des Gesprächs übernommen, so erstattete ich die Schuld nun reichlich von meiner Seite. Das Vergnügen, sie wiederzusehn und ihr alles sagen zu können, was ich gestern zurückhielt, war so groß, daß ich in meiner Redseligkeit nicht bemerkte, wie sie selbst nachdenkend und schweigend war. Sie holte einige Mal tief Atem, und ich bat sie aber- und abermal um Verzeihung wegen des Schrecks, den ich ihr verursacht hatte. Wie lange wir mögen gesessen haben, weiß ich nicht; aber auf einmal hörten wir »Riekchen! Riekchen!« rufen. Es war die Stimme der Schwester. – »Das wird eine schöne Geschichte geben«, sagte das liebe Mädchen, zu ihrer völligen Heiterkeit wieder hergestellt. »Sie kommt an meiner Seite her«, fügte sie hinzu, indem sie sich vorbog, mich halb zu verbergen: »wenden Sie sich weg, damit man Sie nicht gleich erkennt.« Die Schwester trat in den Platz, aber nicht allein, Weyland ging mit ihr, und beide, da sie uns erblickten, blieben wie versteinert.

Wenn wir auf einmal aus einem ruhigen Dache eine Flamme gewaltsam ausbrechen sähen, oder einem Ungeheuer begegneten, dessen Mißgestalt zugleich empörend und fürchterlich wäre, so würden wir von keinem so grimmigen Entsetzen befallen werden als dasjenige ist, das uns ergreift, wenn wir etwas unerwartet mit Augen sehen, das wir moralisch unmöglich glaubten. – »Was heißt das?« rief jene mit der Hastigkeit eines Erschrockenen: »was ist das? Du mit Georgen! Hand in Hand! Wie begreif' ich das?« – »Liebe Schwester«, versetzte Friedrike ganz bedenklich, »der arme Mensch, er bittet mir was ab, er hat dir auch was abzubitten, du mußt ihm aber zum voraus verzeihen.« – »Ich verstehe nicht, ich begreife nicht«, sagte die Schwester, indem sie den Kopf schüttelte und Weylanden ansah, der, nach seiner stillen Art, ganz ruhig dastand und die Szene ohne irgend eine Äußerung betrachtete. Friedrike stand auf und zog mich nach sich. »Nicht gezaudert!« rief sie, »Pardon gebeten und gegeben!« »Nun ja!« sagte ich, indem ich der Ältesten ziemlich nahe trat: »Pardon habe ich vonnöten!« Sie fuhr zurück, tat einen lauten Schrei und wurde rot über und über; dann warf sie sich aufs Gras, lachte überlaut und wollte sich gar nicht zufrieden geben. Weyland lächelte behaglich und rief: »Du bist ein exzellenter Junge!« Dann schüttelte er meine Hand in der seinigen. Gewöhnlich war er mit Liebkosungen nicht freigebig, aber sein Händedruck hatte etwas Herzliches und Belebendes; doch war er auch mit diesem sparsam.

Nach einiger Erholung und Sammlung traten wir unsern Rückweg nach dem Dorfe an. Unterwegs erfuhr ich, wie dieses wunderbare Zusammentreffen veranlaßt worden. Friedrike hatte sich von dem Spaziergange zuletzt abgesondert, um auf ihrem Plätzchen noch einen Augenblick vor Tische zu ruhen, und als jene beiden nach Hause gekommen, hatte die Mutter sie abgeschickt, Friedriken eiligst zu holen, weil das Mittagsessen bereit sei.

Die Schwester zeigte den ausgelassensten Humor, und als sie erfuhr, daß die Mutter das Geheimnis schon entdeckt habe, rief sie aus: »Nun ist noch übrig, daß Vater, Bruder, Knecht und Magd gleichfalls angeführt werden.« Als wir uns an dem Gartenzaun befanden, mußte Friedrike mit dem Freund voraus nach dem Hause gehen. Die Magd war im Hausgarten beschäftigt und Olivie (so mag auch hier die ältere Schwester heißen) rief ihr zu: »Warte, ich habe dir was zu sagen!« Mich ließ sie an der Hecke stehn und ging zu dem Mädchen. Ich sah, daß sie sehr ernsthaft sprachen. Olivie bildete ihr ein, George habe sich mit Bärben überworfen und schien Lust zu haben sie zu heiraten. Das gefiel der Dirne nicht übel; nun ward ich gerufen und sollte das Gesagte bekräftigen. Das hübsche derbe Kind senkte die Augen nieder und blieb so, bis ich ganz nahe vor ihr stand. Als sie aber auf einmal das fremde Gesicht erblickte, tat auch sie einen lauten Schrei und lief davon. Olivie hieß mich ihr nachlaufen und sie festhalten, daß sie nicht ins Haus geriet und Lärm machte; sie aber wolle selbst hingehen und sehen, wie es mit dem Vater stehe. Unterwegs traf Olivie auf den Knecht, welcher der Magd gut war; ich hatte indessen das Mädchen ereilt und hielt sie fest. – »Denk einmal! welch ein Glück«, rief Olivie, »mit Bärben ist's aus, und George heiratet Liesen.« – »Das habe ich lange gedacht«, sagte der gute Kerl und blieb verdrießlich stehen.

Ich hatte dem Mädchen begreiflich gemacht, daß es nur darauf ankomme, den Papa anzuführen. Wir gingen auf den Burschen los, der sich umkehrte und sich zu entfernen suchte; aber Liese holte ihn herbei und auch er machte, indem er enttäuscht ward, die wunderlichsten Gebärden. Wir gingen zusammen nach dem Hause. Der Tisch war gedeckt und der Vater schon im Zimmer. Olivie, die mich hinter sich hielt, trat an die Schwelle und sagte: »Vater, es ist dir doch recht, daß Georges heute mit uns ißt? Du mußt ihm aber erlauben, daß er den Hut aufbehält.« – »Meinetwegen!« sagte der Alte, »aber warum so was Ungewöhnliches? Hat er sich beschädigt?« Sie zog mich vor wie ich stand und den Hut aufhatte. »Nein!« sagte sie, indem sie mich in die Stube führte, »aber er hat eine Vogelhecke darunter, die möchten hervorfliegen und einen verteufelten Spuk machen: denn es sind lauter lose Vögel.« Der Vater ließ sich den Scherz gefallen, ohne daß er recht wußte was es heißen sollte. In dem Augenblick nahm sie mir den Hut ab, machte einen Scharrfuß und verlangte von mir das gleiche. Der Alte sah mich an, erkannte mich, kam aber nicht aus seiner priesterlichen Fassung. »Ei ei! Herr Kandidat!« rief er aus, indem er einen drohenden Finger aufhob: »Sie haben geschwind umgesattelt, und ich verliere über Nacht einen Gehülfen, der mir erst gestern so treulich zusagte, manchmal die Wochenkanzel für mich zu besteigen.« Darauf lachte er von Herzen, hieß mich willkommen, und wir setzten uns zu Tische. Moses kam um vieles später; denn er hatte sich, als der verzogene Jüngste, angewöhnt, die Mittagsglocke zu verhören. Außerdem gab er wenig Acht auf die Gesellschaft, auch kaum wenn er widersprach. Man hatte mich, um ihn sicherer zu machen, nicht zwischen die Schwestern, sondern an das Ende des Tisches gesetzt, wo Georges manchmal zu sitzen pflegte. Als er, mir im Rücken, zur Tür hereingekommen war, schlug er mir derb auf die Achsel und sagte: »Georges, gesegnete Mahlzeit!« – »Schönen Dank, Junker!« erwiderte ich. – Die fremde Stimme, das fremde Gesicht erschreckten ihn. – »Was sagst du?« rief Olivie, »sieht er seinem Bruder nicht recht ähnlich?« – »Ja wohl, von hinten«, versetzte Moses, der sich gleich wieder zu fassen wußte, »wie allen Leuten.« Er sah mich gar nicht wieder an und beschäftigte sich bloß, die Gerichte, die er nachzuholen hatte, eifrig hinunterzuschlingen. Dann beliebte es ihm auch, gelegentlich aufzustehen und sich in Hof und Garten etwas zu schaffen zu machen. Zum Nachtische trat der wahrhafte Georges herein und belebte die ganze Szene noch mehr. Man wollte ihn wegen seiner Eifersucht aufziehen und nicht billigen, daß er sich an mir einen Rival geschaffen hätte; allein er war bescheiden und gewandt genug und mischte auf eine halb dusselige Weise sich, seine Braut, sein Ebenbild und die Mamsells dergestalt durcheinander, daß man zuletzt nicht mehr wußte, von wem die Rede war, und daß man ihn das Glas Wein und ein Stück von seinem eignen Kuchen in Ruhe gar zu gern verzehren ließ.

Nach Tische war die Rede, daß man spazieren gehen wolle; welches doch in meinen Bauerkleidern nicht wohl anging. Die Frauenzimmer aber hatten schon heute früh, als sie erfuhren, wer so übereilt fortgelaufen war, sich erinnert, daß eine schöne Pekesche eines Vettern im Schrank hänge, mit der er, bei seinem Hiersein, auf die Jagd zu gehen pflege. Allein ich lehnte es ab, äußerlich zwar mit allerlei Späßen, aber innerlich mit dem eitlen Gefühl, daß ich den guten Eindruck, den ich als Bauer gemacht, nicht wieder durch den Vetter zerstören wolle. Der Vater hatte sich entfernt, sein Mittagsschläfchen zu halten, die Mutter war in der Haushaltung beschäftigt wie immer. Der Freund aber tat den Vorschlag, ich solle etwas erzählen, worein ich sogleich willigte. Wir begaben uns in eine geräumige Laube, und ich trug ein Märchen vor, das ich hernach unter dem Titel, »Die neue Melusine« aufgeschrieben habe. Es verhält sich zum »Neuen Paris« wie ohngefähr der Jüngling zum Knaben, und ich würde es hier einrücken, wenn ich nicht der ländlichen Wirklichkeit und Einfalt, die uns hier gefällig umgibt, durch wunderliche Spiele der Phantasie zu schaden fürchtete. Genug mir gelang, was den Erfinder und Erzähler solcher Produktionen belohnt, die Neugierde zu erregen, die Aufmerksamkeit zu fesseln, zu voreiliger Auflösung undurchdringlicher Rätsel zu reizen, die Erwartungen zu täuschen, durch das Seltsamere, das an die Stelle des Seltsamen tritt, zu verwirren, Mitleid und Furcht zu erregen, besorgt zu machen, zu rühren und endlich durch Umwendung eines scheinbaren Ernstes in geistreichen und heitern Scherz das Gemüt zu befriedigen, der Einbildungskraft Stoff zu neuen Bildern und dem Verstande zu fernerm Nachdenken zu hinterlassen.

Sollte jemand künftig dieses Märchen gedruckt lesen und zweifeln, ob es eine solche Wirkung habe hervorbringen können; so bedenke derselbe, daß der Mensch eigentlich nur berufen ist, in der Gegenwart zu wirken. Schreiben ist ein Mißbrauch der Sprache, stille für sich lesen ein trauriges Surrogat der Rede. Der Mensch wirkt alles was er vermag auf den Menschen durch seine Persönlichkeit, die Jugend am stärksten auf die Jugend, und hier entspringen auch die reinsten Wirkungen. Diese sind es, welche die Welt beleben und weder moralisch noch physisch aussterben lassen. Mir war von meinem Vater eine gewisse lehrhafte Redseligkeit angeerbt; von meiner Mutter die Gabe, alles was die Einbildungskraft hervorbringen, fassen kann, heiter und kräftig darzustellen, bekannte Märchen aufzufrischen, andere zu erfinden und zu erzählen, ja im Erzählen zu erfinden. Durch jene väterliche Mitgift wurde ich der Gesellschaft mehrenteils unbequem: denn wer mag gern die Meinungen und Gesinnungen des andern hören, besonders eines Jünglings, dessen Urteil, bei lückenhafter Erfahrung, immer unzulänglich erscheint. Meine Mutter hingegen hatte mich zur gesellschaftlichen Unterhaltung eigentlich recht ausgestattet. Das leerste Märchen hat für die Einbildungskraft schon einen hohen Reiz und der geringste Gehalt wird vom Verstande dankbar aufgenommen.

Durch solche Darstellungen, die mich gar nichts kosteten, machte ich mich bei Kindern beliebt, erregte und ergetzte die Jugend und zog die Aufmerksamkeit älterer Personen auf mich. Nur mußte ich in der Sozietät, wie sie gewöhnlich ist, solche Übungen gar bald einstellen, und ich habe nur zu sehr an Lebensgenuß und freier Geistesförderung dadurch verloren; doch begleiteten mich jene beiden elterlichen Gaben durchs ganze Leben, mit einer dritten verbunden, mit dem Bedürfnis, mich figürlich und gleichnisweise auszudrücken. In Rücksicht dieser Eigenschaften, welche der so einsichtige als geistreiche Doktor Gall, nach seiner Lehre, an mir anerkannte, beteuerte derselbe, ich sei eigentlich zum Volksredner geboren. Über diese Eröffnung erschrak ich nicht wenig: denn hätte sie wirklich Grund, so wäre, da sich bei meiner Nation nichts zu reden fand, alles übrige, was ich vornehmen konnte, leider ein verfehlter Beruf gewesen.

Aus meinem Leben

Dichtung und Wahrheit.

Von

Goethe.

Dritter Theil.

Es ist dafür gesorgt, daß die Bäume nicht in den Himmel wachsen.

Tübingen,

in der J. G. Cottaischen Buchhandlung.

1814.

Eilftes Buch

Nachdem ich in jener Laube zu Sesenheim meine Erzählung vollendet, in welcher das Gemeine mit dem Unmöglichen anmutig genug wechselte, sah ich meine Hörerinnen, die sich schon bisher ganz eigen teilnehmend erwiesen hatten, von meiner seltsamen Darstellung aufs äußerste verzaubert. Sie baten mich inständig, ihnen das Märchen aufzuschreiben, damit sie es öfters unter sich und vorlesend mit andern wiederholen könnten. Ich versprach es um so lieber, als ich dadurch einen Vorwand zu Wiederholung des Besuchs und Gelegenheit zu näherer Verbindung mir zu gewinnen hoffte. Die Gesellschaft trennte sich einen Augenblick und alle mochten fühlen, daß, nach einem so lebhaft vollbrachten Tag, der Abend einigermaßen matt werden könnte. Von dieser Sorge befreite mich mein Freund, der sich für uns die Erlaubnis erbat, sogleich Abschied nehmen zu dürfen, weil er, als ein fleißiger und in seinen Studien folgerechter akademischer Bürger, diese Nacht in Drusenheim zuzubringen und morgen zeitig in Straßburg zu sein wünsche.

Unser Nachtquartier erreichten wir beide schweigend; ich, weil ich einen Widerhaken im Herzen fühlte, der mich zurückzog, er, weil er etwas anderes im Sinne hatte, das er mir, als wir angelangt waren, sogleich mitteilte. – »Es ist doch wunderlich«, fing er an, »daß du gerade auf dieses Märchen verfallen bist. Hast du nicht bemerkt, daß es einen ganz besondern Eindruck machte?« – »Freilich«, versetzte ich darauf; »wie hätte ich nicht bemerken sollen, daß die Ältere bei einigen Stellen, mehr als billig, lachte, die Jüngere den Kopf schüttelte, daß ihr euch bedeutend ansaht, und daß du selbst beinah aus deiner Fassung gekommen wärest. Ich leugne nicht, es hätte mich fast irre gemacht: denn es fuhr mir durch den Kopf, daß es vielleicht unschicklich sei, den guten Kindern solche Fratzen zu erzählen, die ihnen besser unbekannt blieben, und ihnen von den Männern so schlechte Begriffe zu geben, als sie von der Figur des Abenteurers sich notwendig bilden müssen.« – »Keineswegs!« versetzte jener: »du errätst es nicht, und wie solltest du's erraten? Die guten Kinder sind mit solchen Dingen gar nicht so unbekannt als du glaubst: denn die große Gesellschaft um sie her gibt ihnen zu manchem Nachdenken Anlaß, und so ist überrhein gerade ein solches Ehepaar, wie du es, nur übertrieben und märchenhaft, schilderst. Er gerade so groß, derb und plump, sie niedlich und zierlich genug, daß er sie wohl auf der Hand tragen könnte. Ihr übriges Verhältnis, ihre Geschichte paßt ebenfalls so genau zu deiner Erzählung, daß die Mädchen mich ernstlich fragten, ob du die Personen kenntest und sie schalkhaft dargestellt hättest? Ich versicherte nein! und du wirst wohltun, das Märchen ungeschrieben zu lassen. Durch Zögern und Vorwände wollen wir schon eine Entschuldigung finden.«

Ich verwunderte mich sehr: denn ich hatte weder an ein diesrheinisches noch an ein überrheinisches Paar gedacht, ja ich hätte gar nicht anzugeben gewußt, wie ich auf den Einfall gekommen. In Gedanken mochte ich mich gern mit solchen Späßen, ohne weitere Beziehung, beschäftigen, und so, glaubte ich, sollte es auch andern sein, wenn ich sie erzählte.

Als ich in der Stadt wieder an meine Geschäfte kam, fühlte ich die Beschwerlichkeit derselben mehr als sonst: denn der zur Tätigkeit geborene Mensch übernimmt sich in Planen und überladet sich mit Arbeiten. Das gelingt denn auch ganz gut, bis irgend ein physisches oder moralisches Hindernis dazutritt, um das Unverhältnismäßige der Kräfte zu dem Unternehmen ins klare zu bringen.

Das Juristische trieb ich mit so viel Fleiß als nötig war, um die Promotion mit einigen Ehren zu absolvieren; das Medizinische reizte mich, weil es mir die Natur nach allen Seiten wo nicht aufschloß, doch gewahr werden ließ, und ich war daran durch Umgang und Gewohnheit gebunden; der Gesellschaft mußte ich auch einige Zeit und Aufmerksamkeit widmen: denn in manchen Familien war mir mehreres zu Lieb und zu

Ehren geschehn. Aber alles dies wäre zu tragen und fortzuführen gewesen, hätte nicht das was Herder mir auferlegt, unendlich auf mir gelastet. Er hatte den Vorhang zerrissen, der mir die Armut der deutschen Literatur bedeckte; er hatte mir so manches Vorurteil mit Grausamkeit zerstört; an dem vaterländischen Himmel blieben nur wenige bedeutende Sterne, indem er die übrigen alle nur als vorüberfahrende Schnuppen behandelte; ja was ich von mir selbst hoffen und wähnen konnte, hatte er mir dermaßen verkümmert, daß ich an meinen eignen Fähigkeiten zu verzweifeln anfing. Zu gleicher Zeit jedoch riß er mich fort auf den herrlichen breiten Weg, den er selbst zu durchwandern geneigt war, machte mich aufmerksam auf seine Lieblingsschriftsteller, unter denen Swift und Hamann obenan standen, und schüttelte mich kräftiger auf als er mich gebeugt hatte. Zu dieser vielfachen Verwirrung nunmehr eine angehende Leidenschaft, die, indem sie mich zu verschlingen drohte, zwar von jenen Zuständen mich abziehn, aber wohl schwerlich darüber erheben konnte. Dazu kam noch ein körperliches Übel, daß mir nämlich nach Tische die Kehle wie zugeschnürt war; welches ich erst später sehr leicht los wurde, als ich einem roten Wein, den wir in der Pension gewöhnlich und sehr gern tranken, entsagte. Diese unerträgliche Unbequemlichkeit hatte mich auch in Sesenheim verlassen, so daß ich mich dort doppelt vergnügt befand; als ich aber zu meiner städtischen Diät zurückkehrte, stellte sie sich zu meinem großen Verdruß sogleich wieder ein. Alles dies machte mich nachdenklich und mürrisch, und mein Äußeres mochte mit dem Innern übereinstimmen.

Verdrießlicher als jemals, weil eben nach Tische jenes Übel sich heftig eingefunden hatte, wohnte ich dem Clinicum bei. Die große Heiterkeit und Behaglichkeit womit der verehrte Lehrer uns von Bett zu Bett führte, die genaue Bemerkung bedeutender Symptome, die Beurteilung des Gangs der Krankheit überhaupt, die schöne hippocratische Verfahrungsart, wodurch sich, ohne Theorie, aus einer eignen Erfahrung, die Gestalten des Wissens heraufgaben, die Schlußreden mit denen er gewöhnlich seine Stunden zu krönen pflegte, das alles zog mich zu ihm und machte mir ein fremdes Fach, in das ich nur wie durch eine Ritze hineinsah, um desto reizender und lieber. Mein Abscheu gegen die Kranken nahm immer mehr ab, je mehr ich diese Zustände in Begriffe verwandeln lernte, durch welche die Heilung, die Wiederherstellung menschlicher Gestalt und Wesens als möglich erschien. Er mochte mich wohl, als einen seltsamen jungen Menschen, besonders ins Auge gefaßt und mir die wunderliche Anomalie, die mich zu seinen Stunden hinführte, verziehn haben. Diesmal schloß er seinen Vortrag nicht, wie sonst, mit einer Lehre, die sich auf irgend eine beobachtete Krankheit bezogen hätte, sondern sagte mit Heiterkeit: »Meine Herren! wir sehen einige Ferien vor uns. Benutzen Sie dieselben sich aufzumuntern; die Studien wollen nicht allein ernst und fleißig, sie wollen auch heiter und mit Geistesfreiheit behandelt werden. Geben Sie Ihrem Körper Bewegung, durchwandern Sie zu Fuß und zu Pferde das schöne Land; der Einheimische wird sich an dem Gewohnten erfreuen, und dem Fremden wird es neue Eindrücke geben und eine angenehme Erinnerung zurücklassen.«

Es waren unser eigentlich nur zwei, an welche diese Ermahnung gerichtet sein konnte; möge dem andern dieses Rezept ebenso eingeleuchtet haben als mir! Ich glaubte eine Stimme vom Himmel zu hören, und eilte was ich konnte, ein Pferd zu bestellen und mich sauber herauszuputzen. Ich schickte nach Weyland, er war nicht zu finden. Dies hielt meinen Entschluß nicht auf, aber leider verzogen sich die Anstalten und ich kam nicht so früh weg als ich gehofft hatte. So stark ich auch ritt, überfiel mich doch die Nacht. Der Weg war nicht zu verfehlen und der Mond beleuchtete mein leidenschaftliches Unternehmen. Die Nacht war windig und schauerlich, ich sprengte zu, um nicht bis morgen früh auf ihren Anblick warten zu müssen.

Es war schon spät, als ich in Sesenheim mein Pferd einstellte. Der Wirt, auf meine Frage, ob wohl in der Pfarre noch Licht sei, versicherte mich, die Frauenzimmer seien eben erst nach Hause gegangen; er glaube gehört zu haben, daß sie noch einen Fremden erwarteten. Das war mir nicht recht; denn ich hätte gewünscht der Einzige zu sein. Ich eilte nach, um wenigstens, so spät noch, als der erste zu erscheinen. Ich fand die beiden Schwestern vor der Türe sitzend; sie schienen nicht sehr verwundert, aber ich war es, als Friedrike Olivien ins Ohr sagte, so jedoch daß ich's hörte: »Hab' ich's nicht gesagt? da ist er!« Sie führten mich ins Zimmer und ich fand eine kleine Kollation aufgestellt. Die Mutter begrüßte mich als einen alten Bekannten; wie mich aber die Ältere bei Licht besah, brach sie in ein lautes Gelächter aus: denn sie konnte wenig an sich halten.

Nach diesem ersten etwas wunderlichen Empfang ward sogleich die Unterredung frei und heiter, und was mir diesen Abend verborgen blieb, erfuhr ich den andern Morgen. Friedrike hatte vorausgesagt, daß ich kommen würde; und wer fühlt nicht einiges Behagen beim Eintreffen einer Ahndung, selbst einer traurigen? Alle Vorgefühle, wenn sie durch das Ereignis bestätigt werden, geben dem Menschen einen höheren Begriff von sich selbst, es sei nun, daß er sich so zart fühlend glauben kann, um einen Bezug in der Ferne zu tasten, oder so scharfsinnig, um notwendige aber doch ungewisse Verknüpfungen gewahr zu werden. – Oliviens Lachen blieb auch kein Geheimnis; sie gestand, daß es ihr sehr lustig vorgekommen, mich diesmal geputzt und wohl ausstaffiert zu sehn; Friedrike hingegen fand es vorteilhaft, eine solche Erscheinung mir nicht als Eitelkeit auszulegen, vielmehr den Wunsch, ihr zu gefallen, darin zu erblicken.

Früh beizeiten rief mich Friedrike zum Spazierengehn; Mutter und Schwester waren beschäftigt, alles zum Empfang mehrerer Gäste vorzubereiten. Ich genoß an der Seite des lieben Mädchens der herrlichen Sonntagsfrühe auf dem Lande, wie sie uns der unschätzbare Hebel vergegenwärtigt hat. Sie schilderte mir die erwartete Gesellschaft und bat mich, ihr beizustehn, daß alle Vergnügungen wo möglich gemeinsam und in einer gewissen Ordnung möchten genossen werden. »Gewöhnlich«, sagte sie, »zerstreut man sich einzeln, Scherz und Spiel wird nur obenhin gekostet, so daß zuletzt für den einen Teil nichts übrig bleibt, als die Karten zu ergreifen, und für den andern, im Tanze sich auszurasen.«

Wir entwarfen demnach unsern Plan, was vor und nach Tische geschehn sollte, machten einander wechselseitig mit neuen geselligen Spielen bekannt, waren einig und vergnügt, als uns die Glocke nach der Kirche rief, wo ich denn, an ihrer Seite, eine etwas trockene Predigt des Vaters nicht zu lang fand.

Zeitverkürzend ist immer die Nähe der Geliebten, doch verging mir diese Stunde auch unter besonderem Nachdenken. Ich wiederholte mir die Vorzüge, die sie soeben aufs freiste vor mir entwickelte: besonnene Heiterkeit, Naivetät mit Bewußtsein, Frohsinn mit Voraussehn; Eigenschaften, die unverträglich scheinen, die sich aber bei ihr zusammenfanden und ihr Äußeres gar hold bezeichneten. Nun hatte ich aber auch ernstere Betrachtungen über mich selbst anzustellen, die einer freien Heiterkeit eher Eintrag taten.

Seitdem jenes leidenschaftliche Mädchen meine Lippen verwünscht und geheiligt (denn jede Weihe enthält ja beides), hatte ich mich, abergläubisch genug, in Acht genommen, irgend ein Mädchen zu küssen, weil ich solches auf eine unerhörte geistige Weise zu beschädigen fürchtete. Ich überwand daher jede Lüsternheit, durch die sich der Jüngling gedrungen fühlt, diese viel oder wenig sagende Gunst einem reizenden Mädchen abzugewinnen. Aber selbst in der sittigsten Gesellschaft erwartete mich eine lästige Prüfung. Eben jene, mehr oder minder geistreichen, sogenannten kleinen Spiele, durch welche ein munterer jugendlicher Kreis gesammelt und vereinigt wird, sind großenteils auf Pfänder gegründet, bei deren Einforderung die Küsse keinen unbedeutenden Lösewert haben. Ich hatte mir nun ein für allemal vorgenommen, nicht zu küssen, und wie uns irgend ein Mangel oder Hindernis zu

Tätigkeiten aufregt, zu denen man sich sonst nicht hingeneigt hätte, so bot ich alles auf, was an mir von Talent und Humor war, mich durchzuwinden und dabei vor der Gesellschaft und für die Gesellschaft eher zu gewinnen als zu verlieren. Wenn zu Einlösung eines Pfandes ein Vers verlangt werden sollte, so richtete man die Forderung meist an mich. Nun war ich immer vorbereitet und wußte bei solcher Gelegenheit etwas zum Lobe der Wirtin, oder eines Frauenzimmers, die sich am artigsten gegen mich erwiesen hatte, vorzubringen. Traf es sich, daß mir allenfalls ein Kuß auferlegt wurde, so suchte ich mich mit einer Wendung herauszuziehn, mit der man gleichfalls zufrieden war; und da ich Zeit gehabt hatte, vorher darüber nachzudenken, so fehlte es mir nicht an mannigfaltigen Zierlichkeiten; doch gelangen die aus dem Stegreife immer am besten.

Als wir nach Hause kamen, schwirrten die von mehreren Seiten angekommenen Gäste schon lustig durcheinander, bis Friedrike sie sammelte und zu einem Spaziergang nach jenem schönen Platze lud und führte. Dort fand man eine reichliche Kollation und wollte mit geselligen Spielen die Stunde des Mittagessens erwarten. Hier wußte ich, in Einstimmung mit Friedriken, ob sie gleich mein Geheimnis nicht ahndete, Spiele ohne Pfänder und Pfänderlösungen ohne Küsse zu bereiten und durchzuführen.

Meine Kunstfertigkeit und Gewandtheit war um so nötiger, als die mir sonst ganz fremde Gesellschaft geschwind ein Verhältnis zwischen mir und dem lieben Mädchen mochte geahndet haben, und sich nun schalkhaft alle Mühe gab, mir dasjenige aufzudringen, was ich heimlich zu vermeiden suchte. Denn bemerkt man in solchen Zirkeln eine angehende Neigung junger Personen, so sucht man sie verlegen zu machen oder näher zusammenzubringen, ebenso wie man in der Folge, wenn sich eine Leidenschaft erklärt hat, bemüht ist, sie wieder auseinanderzuziehen; wie es denn dem geselligen Menschen ganz gleichgültig ist, ob er nutzt oder schadet, wenn er nur unterhalten wird.

Ich konnte mit einiger Aufmerksamkeit an diesem Morgen Friedrikens ganzes Wesen gewahr werden, dergestalt, daß sie mir für die ganze Zeit immer dieselbe blieb. Schon die freundlichen, vorzüglich an sie gerichteten Grüße der Bauern gaben zu verstehn, daß sie ihnen wohltätig sei und ihr Behagen errege. Zu Hause stand die Ältere der Mutter bei; alles was körperliche Anstrengung erforderte, ward nicht von Friedriken verlangt, man schonte sie, wie man sagte, ihrer Brust wegen.

Es gibt Frauenspersonen die uns im Zimmer besonders wohl gefallen, andere die sich besser im Freien ausnehmen; Friedrike gehörte zu den letztern. Ihr Wesen, ihre Gestalt trat niemals reizender hervor, als wenn sie sich auf einem erhöhten Fußpfad hinbewegte; die Anmut ihres Betragens schien mit der beblümten Erde, und die unverwüstliche Heiterkeit ihres Antlitzes mit dem blauen Himmel zu wetteifern. Diesen erquicklichen Äther der sie umgab, brachte sie auch mit nach Hause und es ließ sich bald bemerken, daß sie Verwirrungen auszugleichen und die Eindrücke kleiner unangenehmer Zufälligkeiten leicht wegzulöschen verstand.

Die reinste Freude die man an einer geliebten Person finden kann, ist die, zu sehen, daß sie andere erfreut. Friedrikens Betragen in der Gesellschaft war allgemein wohltätig. Auf Spaziergängen schwebte sie, ein belebender Geist, hin und wider und wußte die Lücken auszufüllen, welche hier und da entstehn mochten. Die Leichtigkeit ihrer Bewegungen haben wir schon gerühmt, und am allerzierlichsten war sie, wenn sie lief. So wie das Reh seine Bestimmung ganz zu erfüllen scheint, wenn es leicht über die keimenden Saaten wegfliegt, so schien auch sie ihre Art und Weise am deutlichsten auszudrücken, wenn sie, etwas Vergessenes zu holen, etwas Verlorenes zu suchen, ein entferntes Paar herbeizurufen, etwas Notwendiges zu bestellen, über Rain und Matten leichten Laufes hineilte. Dabei kam sie niemals außer Atem, und blieb völlig im Gleichgewicht; daher mußte die allzu große Sorge der Eltern für ihre Brust manchem übertrieben scheinen.

Der Vater, der uns manchmal durch Wiesen und Felder begleitete, war öfters nicht günstig gepaart. Ich gesellte mich deshalb zu ihm, und er verfehlte nicht, sein Lieblingsthema wieder anzustimmen und mich von dem vorgeschlagenen Bau des Pfarrhauses umständlich zu unterhalten. Er beklagte sich besonders, daß er die sorgfältig gefertigten Risse nicht wieder erhalten könne, um darüber nachzudenken und eine und die andere Verbesserung zu überlegen. Ich erwiderte darauf, es sei leicht sie zu ersetzen, und erbot mich zur Fertigung eines Grundrisses, auf welchen doch vorerst alles ankomme. Er war es wohl zufrieden, und bei der nötigen Ausmessung sollte der Schulmeister an die Hand gehen, welchen aufzuregen er denn auch sogleich forteilte, damit ja der Fuß- und Zollstab morgen früh bereit wäre.

Als er hinweggegangen war, sagte Friedrike: »Sie sind recht gut, die schwache Seite des lieben Vaters zu hegen und nicht, wie die andern, die dieses Gespräch schon überdrüssig sind, ihn zu meiden oder davon abzubrechen. Freilich muß ich Ihnen bekennen, daß wir übrigen den Bau nicht wünschen; er würde der Gemeine zu hoch zu stehn kommen und uns auch. Neues Haus, neues Hausgeräte! Unsern Gästen würde es bei uns nicht wohler sein, sie sind nun einmal das alte Gebäude gewohnt. Hier können wir sie reichlich bewirten, dort fänden wir uns in einem weitern Raume beengt. So steht die Sache; aber unterlassen Sie nicht, gefällig zu sein, ich danke es Ihnen von Herzen.«

Ein anderes Frauenzimmer, das sich zu uns gesellte, fragte nach einigen Romanen, ob Friedrike solche gelesen habe. Sie verneinte es: denn sie hatte überhaupt wenig gelesen; sie war in einem heitern sittlichen Lebensgenuß aufgewachsen und dem gemäß gebildet. Ich hatte den »Wakefield« auf der Zunge, allein ich wagte nicht, ihr ihn anzubieten; die Ähnlichkeit der Zustände war zu auffallend und zu bedeutend. – »Ich lese sehr gern Romane«, sagte sie; »man findet darin so hübsche Leute, denen man wohl ähnlich sehen möchte.«

Die Ausmessung des Hauses geschah des andern Morgens.

Sie ging ziemlich langsam vonstatten, da ich in solchen Künsten so wenig gewandt war, als der Schulmeister. Endlich kam ein leidlicher Entwurf zu Stande. Der gute Vater sagte mir seine Absicht und war nicht unzufrieden, als ich Urlaub nahm, um den Riß in der Stadt mit mehr Bequemlichkeit zu verfertigen. Friedrike entließ mich froh; sie war von meiner Neigung überzeugt, wie ich von der ihrigen, und die sechs Stunden schienen keine Entfernung mehr. Es war so leicht, mit der Diligence nach Drusenheim zu fahren und sich durch dieses Fuhrwerk, so wie durch ordentliche und außerordentliche Boten, in Verbindung zu erhalten, wobei Georges den Spediteur machen sollte.

In der Stadt angelangt, beschäftigte ich mich in den frühesten Stunden – denn an langen Schlaf war nicht mehr zu denken – mit dem Risse, den ich so sauber als möglich zeichnete. Indessen hatte ich ihr Bücher geschickt und ein kurzes freundliches Wort dazu geschrieben. Ich erhielt sogleich Antwort und erfreute mich ihrer leichten, hübschen, herzlichen Hand. Ebenso war Inhalt und Stil natürlich, gut, liebevoll, von innen heraus, und so wurde der angenehme Eindruck, den sie auf mich gemacht, immer erhalten und erneuert. Ich wiederholte mir die Vorzüge ihres holden Wesens nur gar zu gern, und nährte die Hoffnung, sie bald und auf längere Zeit wiederzusehn.

Es bedurfte nun nicht mehr eines Zurufs von Seiten des braven Lehrers; er hatte mich durch jene Worte zur rechten Zeit so aus dem Grunde kuriert, daß ich ihn und seine Kranken nicht leicht wiederzusehen Lust hatte. Der Briefwechsel mit Friedriken wurde lebhafter. Sie lud mich ein zu einem Feste, wozu auch überrheinische Freunde kommen würden; ich sollte mich auf längere Zeit einrichten. Ich tat es, indem ich einen tüchtigen Mantelsack auf die Diligence packte, und in wenig Stunden befand ich mich in ihrer Nähe. Ich traf eine große und lustige Gesellschaft, nahm den Vater bei Seite, überreichte ihm den Riß, über den er große Freude bezeigte; ich besprach mit ihm, was ich bei der Ausarbeitung gedacht hatte; er war außer sich vor Vergnügen, besonders lobte er die Reinlichkeit der Zeichnung: die hatte ich von Jugend auf geübt und mir diesmal auf dem schönsten Papier noch besondere Mühe gegeben. Allein dieses Vergnügen wurde unserm guten Wirte gar bald verkümmert, da er, gegen meinen Rat, in der Freude seines Herzens, den Riß der Gesellschaft vorlegte. Weit entfernt, daran die erwünschte Teilnahme zu äußern, achteten die einen diese köstliche Arbeit gar nicht; andere, die etwas von der Sache zu verstehn glaubten, machten es noch schlimmer; sie tadelten den Entwurf als nicht kunstgerecht, und als der Alte einen Augenblick nicht aufmerkte, handhabten sie diese saubern Blätter als Brouillons, und einer zog mit harten Bleistiftstrichen seine Verbesserungsvorschläge dergestalt derb über das zarte Papier, daß an Wiederherstellung der ersten Reinheit nicht zu denken war.

Den höchst verdrießlichen Mann, dem sein Vergnügen so schmählich vereitelt worden, vermochte ich kaum zu trösten, so sehr ich ihm auch versicherte, daß ich sie selbst nur für Entwürfe gehalten, worüber wir sprechen und neue Zeichnungen darauf bauen wollten. Er ging dem allen ungeachtet höchst verdrießlich weg, und Friedrike dankte mir für die Aufmerksamkeit gegen den Vater ebenso sehr als für die Geduld bei der Unart der Mitgäste.

Ich aber kannte keinen Schmerz noch Verdruß in ihrer Nähe. Die Gesellschaft bestand aus jungen, ziemlich lärmenden Freunden, die ein alter Herr noch zu überbieten trachtete und noch wunderlicheres Zeug angab als sie ausübten. Man hatte schon beim Frühstück den Wein nicht gespart; bei einem sehr wohl besetzten Mittagstische ließ man sich's an keinem Genuß ermangeln und allen schmeckte es, nach der angreifenden Leibesübung bei ziemlicher Wärme, um so besser, und wenn der alte Amtmann des Guten ein wenig zuviel getan hatte, so war die Jugend nicht weit hinter ihm zurückgeblieben.

Ich war grenzenlos glücklich an Friedrikens Seite; gesprächig, lustig, geistreich, vorlaut, und doch durch Gefühl, Achtung und Anhänglichkeit gemäßigt. Sie in gleichem Falle, offen, heiter, teilnehmend und mitteilend. Wir schienen allein für die Gesellschaft zu leben und lebten bloß wechselseitig für uns.

Nach Tische suchte man den Schatten, gesellschaftliche Spiele wurden vorgenommen und Pfänderspiele kamen an die Reihe. Bei Lösung der Pfänder ging alles jeder Art ins Übertriebene: Gebärden die man verlangte, Handlungen die man ausüben, Aufgaben die man lösen sollte, alles zeigte von einer verwegenen Lust, die keine Grenzen kennt. Ich selbst steigerte diese wilden Scherze durch manchen Schwank, Friedrike glänzte durch manchen neckischen Einfall; sie erschien mir lieblicher als je; alle hypochondrischen abergläubischen Grillen waren mir verschwunden und als sich die Gelegenheit gab, meine so zärtlich Geliebte recht herzlich zu küssen, versäumte ich's nicht, und noch weniger versagte ich mir die Wiederholung dieser Freude.

Die Hoffnung der Gesellschaft auf Musik wurde endlich befriedigt, sie ließ sich hören und alles eilte zum Tanz. Die Allemanden, das Walzen und Drehen war Anfang, Mittel und Ende. Alle waren zu diesem Nationaltanz aufgewachsen; auch ich machte meinen geheimen Lehrmeisterinnen Ehre genug, und Friedrike, welche tanzte wie sie ging, sprang und lief, war sehr erfreut, an mir einen geübten Partner zu finden. Wir hielten meist zusammen, mußten aber bald Schicht machen, weil man ihr von allen Seiten zuredete, nicht weiter fortzurasen. Wir entschädigten uns durch einen einsamen Spaziergang Hand in Hand, und an jenem stillen Platze durch die herzlichste Umarmung und die treulichste Versicherung, daß wir uns von Grund aus liebten.

Ältere Personen die vom Spiel aufgestanden waren, zogen uns mit sich fort. Bei der Abend-Kollation kam man ebenso wenig zu sich selbst; es ward bis tief in die Nacht getanzt, und an Gesundheiten so wie an andern Aufmunterungen zum Trinken fehlte es so wenig als am Mittag.

Ich hatte kaum einige Stunden sehr tief geschlafen, als ein

erhitztes und in Aufruhr gebrachtes Blut mich aufweckte. In solchen Stunden und Lagen ist es, wo die Sorge, die Reue den wehrlos hingestreckten Menschen zu überfallen pflegen. Meine Einbildungskraft stellte mir zugleich die lebhaftesten Bilder dar; ich sehe Lucinden, wie sie, nach dem heftigen Kusse, leidenschaftlich von mir zurücktritt, mit glühender Wange, mit funkelnden Augen jene Verwünschung ausspricht, wodurch nur ihre Schwester bedroht werden soll, und wodurch sie unwissend fremde Schuldlose bedroht. Ich sehe Friedriken gegen ihr über stehn, erstarrt vor dem Anblick, bleich und die Folgen jener Verwünschung fühlend, von der sie nichts weiß. Ich finde mich in der Mitte, so wenig im Stande, die geistigen Wirkungen jenes Abenteuers abzulehnen als jenen Unglück weissagenden Kuß zu vermeiden. Die zarte Gesundheit Friedrikens schien den gedrohten Unfall zu beschleunigen, und nun kam mir ihre Liebe zu mir recht unselig vor; ich wünschte über alle Berge zu sein.

Was aber noch Schmerzlicheres für mich im Hintergrunde lag, will ich nicht verhehlen. Ein gewisser Dünkel unterhielt bei mir jenen Aberglauben; meine Lippen – geweiht oder verwünscht – kamen mir bedeutender vor als sonst, und mit nicht geringer Selbstgefälligkeit war ich mir meines enthaltsamen Betragens bewußt, indem ich mir manche unschuldige Freude versagte, teils um jenen magischen Vorzug zu bewahren, teils um ein harmloses Wesen nicht zu verletzen, wenn ich ihn aufgäbe.

Nunmehr aber war alles verloren und unwiederbringlich; ich war in einen gemeinen Zustand zurückgekehrt, ich glaubte das liebste Wesen verletzt, ihr unwiederbringlich geschadet zu haben; und so war jene Verwünschung, anstatt daß ich sie hätte los werden sollen, von meinen Lippen in mein eignes Herz zurückgeschlagen.

Das alles raste zusammen in meinem durch Liebe und Leidenschaft, Wein und Tanz aufgeregten Blute, verwirrte mein Denken, peinigte mein Gefühl, so daß ich, besonders im Gegensatz mit den gestrigen behaglichen Freuden, mich in einer Verzweiflung fühlte, die ohne Grenzen schien. Glücklicher Weise blickte durch eine Spalte im Laden das Tagslicht mich an, und alle Mächte der Nacht überwindend stellte mich die hervortretende Sonne wieder auf meine Füße; ich war bald im Freien und schnell erquickt, wo nicht hergestellt.

Der Aberglaube, so wie manches andre Wähnen, verliert sehr leicht an seiner Gewalt, wenn er, statt unserer Eitelkeit zu schmeicheln, ihr in den Weg tritt, und diesem zarten Wesen eine böse Stunde machen will; wir sehen alsdann recht gut, daß wir ihn los werden können, sobald wir wollen; wir entsagen ihm um so leichter, je mehr alles was wir ihm entziehn, zu unserm Vorteil gereicht. Der Anblick Friedrikens, das Gefühl ihrer Liebe, die Heiterkeit der Umgebung, alles machte mir Vorwürfe, daß ich in der Mitte der glücklichsten Tage so traurige Nachtvögel bei mir beherbergen mögen; ich glaubte sie auf ewig verscheucht zu haben. Des lieben Mädchens immer mehr annäherndes zutrauliches Betragen machte mich durch und durch froh und ich fand mich recht glücklich, daß sie mir diesmal beim Abschied öffentlich, wie andern Freunden und Verwandten, einen Kuß gab.

In der Stadt erwarteten mich gar manche Geschäfte und Zerstreuungen, aus denen ich mich oft, durch einen jetzt regelmäßig eingeleiteten Briefwechsel mit meiner Geliebten, zu ihr sammelte. Auch in Briefen blieb sie immer dieselbe; sie mochte etwas Neues erzählen, oder auf bekannte Begebenheiten anspielen, leicht schildern, vorübergehend reflektieren, immer war es, als wenn sie auch mit der Feder gehend, kommend, laufend, springend, so leicht aufträte als sicher. Auch ich schrieb sehr gern an sie: denn die Vergegenwärtigung ihrer Vorzüge vermehrte meine Neigung auch in der Abwesenheit, so daß diese Unterhaltung einer persönlichen wenig nachgab, ja in der Folge mir sogar angenehmer, teurer wurde.

Denn jener Aberglaube hatte völlig weichen müssen. Er gründete sich zwar auf Eindrücke früherer Jahre, allein der Geist des Tags, das Rasche der Jugend, der Umgang mit kalten, verständigen Männern, alles war ihm ungünstig, so daß sich nicht leicht jemand in meiner ganzen Umgebung gefunden hätte, dem nicht ein Bekenntnis meiner Grille vollkommen lächerlich gewesen wäre. Allein das Schlimmste war, daß jener Wahn, indem er floh, eine wahre Betrachtung über den Zustand zurückließ, in welchem sich immer junge Leute befinden, deren frühzeitige Neigungen sich keinen dauerhaften Erfolg versprechen dürfen. So wenig war mir geholfen, den Irrtum los zu sein, daß Verstand und Überlegung mir nur noch schlimmer in diesem Falle mitspielten. Meine Leidenschaft wuchs, je mehr ich den Wert des trefflichen Mädchens kennen lernte, und die Zeit rückte heran, da ich so viel Liebes und Gutes, vielleicht auf immer, verlieren sollte.

Wir hatten eine Zeit lang zusammen still und anmutig fortgelebt, als Freund Weyland die Schalkheit beging, den »Landpriester von Wakefield« nach Sesenheim mitzubringen und mir ihn, da vom Vorlesen die Rede war, unvermutet zu überreichen, als hätte es weiter gar nichts zu sagen. Ich wußte mich zu fassen und las so heiter und freimütig als ich nur konnte. Auch die Gesichter meiner Zuhörer erheiterten sich sogleich, und es schien ihnen gar nicht unangenehm, abermals zu einer Vergleichung genötigt zu sein. Hatten sie zu Raymond und Melusine komische Gegenbilder gefunden, so erblickten sie hier sich selbst in einem Spiegel, der keineswegs verhäßlichte. Man gestand sich's nicht ausdrücklich, aber man verleugnete es nicht, daß man sich unter Geistes- und Gefühlsverwandten bewege.

Alle Menschen guter Art empfinden bei zunehmender Bildung, daß sie auf der Welt eine doppelte Rolle zu spielen haben, eine wirkliche und eine ideelle, und in diesem Gefühl ist der Grund alles Edlen aufzusuchen. Was uns für eine wirkliche zugeteilt sei, erfahren wir nur allzu deutlich; was die zweite betrifft, darüber können wir selten ins klare kommen. Der Mensch mag seine höhere Bestimmung auf Erden oder im Himmel, in der Gegenwart oder in der Zukunft suchen, so bleibt er deshalb doch innerlich einem ewigen Schwanken, von außen einer immer störenden Einwirkung ausgesetzt, bis er ein für allemal den Entschluß faßt, zu erklären, das Rechte sei das was ihm gemäß ist.

Unter die läßlichsten Versuche, sich etwas Höheres anzubilden, sich einem Höheren gleichzustellen, gehört wohl der jugendliche Trieb, sich mit Romanenfiguren zu vergleichen. Er ist höchst unschuldig, und, was man auch dagegen eifern mag, höchst unschädlich. Er unterhält uns in Zeiten, wo wir vor Langerweile umkommen oder zu leidenschaftlicher Unterhaltung greifen müßten.

Wie oft wiederholt man nicht die Litanei vom Schaden der Romane, und was ist es denn für ein Unglück, wenn ein artiges Mädchen, ein hübscher junger Mann sich an die Stelle der Person setzt, der es besser und schlechter geht als ihm selbst? Ist denn das bürgerliche Leben so viel wert, oder verschlingen die Bedürfnisse des Tags den Menschen so ganz, daß er jede schöne Forderung von sich ablehnen soll?

So sind als kleine Nebenzweige der romantisch-poetischen Fiktionen, die historisch-poetischen Taufnamen, die sich an die Stelle der heiligen, nicht selten zum Ärgernis der taufenden Geistlichen, in die deutsche Kirche eingedrungen, ohne Zweifel anzusehn. Auch dieser Trieb, sein Kind durch einen wohlklingenden Namen, wenn er auch sonst nichts weiter hinter sich hätte, zu adeln, ist löblich, und diese Verknüpfung einer eingebildeten Welt mit der wirklichen verbreitet sogar über das ganze Leben der Person einen anmutigen Schimmer. Ein schönes Kind, welches wir mit Wohlgefallen Bertha nennen, würden wir zu beleidigen glauben, wenn wir es Urselblandine nennen sollten. Gewiß, einem gebildeten Menschen, geschweige denn einem Liebhaber, würde ein solcher Name auf den Lippen stocken. Der kalt und einseitig urteilenden Welt ist nicht zu verargen, wenn sie alles was phantastisch hervortritt, für lächerlich und verwerflich achtet; der denkende Kenner der Menschheit aber muß es nach seinem Werte zu würdigen wissen.

Für den Zustand der Liebenden an dem schönen Ufer des

Rheins war diese Vergleichung, zu der sie ein Schalk genötigt hatte, von den anmutigsten Folgen. Man denkt nicht über sich, wenn man sich im Spiegel betrachtet, aber man fühlt sich und läßt sich gelten. So ist es auch mit jenen moralischen Nachbildern, an denen man seine Sitten und Neigungen, seine Gewohnheiten und Eigenheiten, wie im Schattenriß erkennt und mit brüderlicher Innigkeit zu fassen und zu umarmen strebt.

Die Gewohnheit zusammen zu sein, befestigte sich immer mehr; man wußte nicht anders als daß ich diesem Kreis angehöre. Man ließ es geschehn und gehn, ohne gerade zu fragen, was daraus werden sollte. Und welche Eltern finden sich nicht genötigt, Töchter und Söhne in so schwebenden Zuständen eine Weile hinwalten zu lassen, bis sich etwas zufällig fürs Leben bestätigt, besser als es ein lange angelegter Plan hätte hervorbringen können.

Man glaubte sowohl auf Friedrikens Gesinnungen als auch auf meine Rechtlichkeit, für die man, wegen jenes wunderlichen Enthaltens selbst von unschuldigen Liebkosungen, ein günstiges Vorurteil gefaßt hatte, völlig vertrauen zu können. Man ließ uns unbeobachtet, wie es überhaupt dort und damals Sitte war, und es hing von uns ab, in kleinerer oder größerer Gesellschaft, die Gegend zu durchstreifen und die Freunde der Nachbarschaft zu besuchen. Diesseits und jenseits des Rheins, in Hagenau, Fort-Louis, Philippsburg, der Ortenau, fand ich die Personen zerstreut, die ich in Sesenheim vereinigt gesehn, jeden bei sich, als freundlichen Wirt, gastfrei und so gern Küche und Keller als Gärten und Weinberge, ja die ganze Gegend aufschließend. Die Rheininseln waren denn auch öfters ein Ziel unserer Wasserfahrten. Dort brachten wir ohne Barmherzigkeit die kühlen Bewohner des klaren Rheines in den Kessel, auf den Rost, in das siedende Fett, und hätten uns hier, in den traulichen Fischerhütten, vielleicht mehr als billig angesiedelt, hätten uns nicht die entsetzlichen Rheinschnaken nach einigen Stunden wieder weggetrieben. Über diese unerträgliche Störung einer der schönsten Lustpartieen, wo sonst alles glückte, wo die Neigung der Liebenden mit dem guten Erfolge des Unternehmens nur zu wachsen schien, brach ich wirklich, als wir zu früh, ungeschickt und ungelegen nach Hause kamen, in Gegenwart des guten geistlichen Vaters, in gotteslästerliche Reden aus und versicherte, daß diese Schnaken allein mich von dem Gedanken abbringen könnten, als habe ein guter und weiser Gott die Welt erschaffen. Der alte fromme Herr rief mich dagegen ernstlich zur Ordnung und verständigte mich, daß diese Mücken und anderes Ungeziefer erst nach dem Falle unserer ersten Eltern entstanden, oder wenn deren im Paradiese gewesen, daselbst nur angenehm gesummet und nicht gestochen hätten. Ich fühlte mich zwar sogleich besänftigt: denn ein Zorniger ist wohl zu begütigen, wenn es uns glückt, ihn zum Lächeln zu bringen; ich versicherte jedoch, es habe des Engels mit dem flammenden Schwerte gar nicht bedurft, um das sündige Ehepaar aus dem Garten zu treiben; er müsse mir vielmehr erlauben, mir vorzustellen, daß dies durch große Schnaken des Tigris und Euphrat geschehn sei. Und so hatte ich ihn wieder zum Lachen gebracht; denn der gute Mann verstand Spaß, oder ließ ihn wenigstens vorübergehn.

Ernsthafter jedoch und herzerhebender war der Genuß der Tags- und Jahreszeiten in diesem herrlichen Lande. Man durfte sich nur der Gegenwart hingeben, um diese Klarheit des reinen Himmels, diesen Glanz der reichen Erde, diese lauen Abende, diese warmen Nächte an der Seite der Geliebten oder in ihrer Nähe zu genießen. Monate lang beglückten uns reine ätherische Morgen, wo der Himmel sich in seiner ganzen Pracht wies, indem er die Erde mit überflüssigem Tau getränkt hatte; und damit dieses Schauspiel nicht zu einfach werde, türmten sich oft Wolken über die entfernten Berge, bald in dieser, bald in jener Gegend. Sie standen Tage, ja Wochen lang, ohne den reinen Himmel zu trüben, und selbst die vorübergehenden Gewitter erquickten das Land und verherrlichten das Grün, das schon wieder im Sonnenschein glänzte, ehe es noch abtrocknen konnte. Der doppelte Regenbogen, zweifarbige Säume eines dunkelgrauen, beinah schwarzen himmlischen Bandstreifens waren herrlicher, farbiger, entschiedener, aber auch flüchtiger als ich sie irgend beobachtet.

Unter diesen Umgebungen trat unversehens die Lust zu dichten, die ich lange nicht gefühlt hatte, wieder hervor. Ich legte für Friedriken manche Lieder bekannten Melodieen unter. Sie hätten ein artiges Bändchen gegeben, wenige davon sind übrig geblieben, man wird sie leicht aus meinen übrigen herausfinden.

Da ich meiner wunderlichen Studien und übrigen Verhältnisse wegen doch öfters nach der Stadt zurückzukehren genötigt war, so entsprang dadurch für unsere Neigung ein neues Leben, das uns vor allem Unangenehmen bewahrte, was an solche kleine Liebeshändel als verdrießliche Folge sich gewöhnlich zu schließen pflegt. Entfernt von mir arbeitete sie für mich, und dachte auf irgend eine neue Unterhaltung, wenn ich zurückkäme; entfernt von ihr beschäftigte ich mich für sie, um durch eine neue Gabe, einen neuen Einfall ihr wieder neu zu sein. Gemalte Bänder waren damals eben erst Mode geworden; ich malte ihr gleich ein paar Stücke und sendete sie mit einem kleinen Gedicht voraus, da ich diesmal länger als ich gedacht ausbleiben mußte. Um auch die dem Vater getane Zusage eines neuen und ausgearbeiteten Baurisses noch über Versprechen zu halten, beredete ich einen jungen Bauverständigen, statt meiner zu arbeiten. Dieser hatte so viel Lust an der Aufgabe als Gefälligkeit gegen mich, und ward noch mehr durch die Hoffnung eines guten Empfangs in einer so angenehmen Familie belebt. Er verfertigte Grundriß, Aufriß und Durchschnitt des Hauses; Hof und Garten war nicht vergessen; auch ein detaillierter aber sehr mäßiger Anschlag war hinzugefügt, um die Möglichkeit der Ausführung eines weitläuftigen und kostspieligen Unternehmens als leicht und tulich vorzuspiegeln.

Diese Zeugnisse unserer freundschaftlichen Bemühungen verschafften uns den liebreichsten Empfang; und da der gute

Vater sah, daß wir den besten Willen hatten, ihm zu dienen, so trat er mit noch einem Wunsche hervor; es war der, seine zwar hübsche aber einfarbige Chaise mit Blumen und Zieraten staffiert zu sehn. Wir ließen uns bereitwillig finden. Farben, Pinsel und sonstige Bedürfnisse wurden von den Krämern und Apothekern der nächsten Städte herbeigeholt. Damit es aber auch an einem Wakefieldschen Mißlingen nicht fehlen möchte, so bemerkten wir nur erst, als alles auf das fleißigste und bunteste gemalt war, daß wir einen falschen Firnis genommen hatten, der nicht trocknen wollte: Sonnenschein und Zugluft, reines und feuchtes Wetter, nichts wollte fruchten. Man mußte sich indessen eines alten Rumpelkastens bedienen, und es blieb uns nichts übrig, als die Verzierung mit mehr Mühe wieder abzureiben als wir sie aufgemalt hatten. Die Unlust bei dieser Arbeit vergößerte sich noch, als uns die Mädchen ums Himmels willen baten, langsam und vorsichtig zu verfahren, um den Grund zu schonen; welcher denn doch, nach dieser Operation, zu seinem ursprünglichen Glanze nicht wieder zurückzubringen war.

Durch solche unangenehme kleine Zwischenfälligkeiten wurden wir jedoch so wenig als Doktor Primrose und seine liebenswürdige Familie in unserm heitern Leben gestört: denn es begegnete manches unerwartete Glück sowohl uns als auch Freunden und Nachbarn: Hochzeiten und Kindtaufen, Richtung eines Gebäudes, Erbschaft, Lotteriegewinn wurden wechselseitig verkündigt und mitgenossen. Wir trugen alle Freude, wie ein Gemeingut, zusammen und wußten sie durch Geist und Liebe zu steigern. Es war nicht das erste und letzte Mal, daß ich mich in Familien, in geselligen Kreisen befand gerade im Augenblick ihrer höchsten Blüte, und wenn ich mir schmeicheln darf, etwas zu dem Glanz solcher Epochen beigetragen zu haben, so muß ich mir dagegen vorwerfen, daß solche Zeiten uns eben deshalb schneller vorübergeeilt und früher verschwunden.

Nun sollte aber unsere Liebe noch eine sonderbare Prüfung ausstehn. Ich will es Prüfung nennen, obgleich dies nicht das rechte Wort ist. Die ländliche Familie, der ich befreundet war, hatte verwandte Häuser in der Stadt, von gutem Ansehn und Ruf und in behaglichen Vermögensumständen. Die jungen Städter waren öfters in Sesenheim. Die ältern Personen, Mütter und Tanten, weniger beweglich, hörten so mancherlei von dem dortigen Leben, von der wachsenden Anmut der Töchter, selbst von meinem Einfluß, daß sie mich erst wollten kennen lernen, und nachdem ich sie öfters besucht und auch bei ihnen wohl empfangen war, uns auch alle einmal beisammen zu sehen verlangten, zumal als sie jenen auch eine freundliche Gegenaufnahme schuldig zu sein glaubten.

Lange ward hierüber hin und her gehandelt. Die Mutter konnte sich schwer von der Haushaltung trennen, Olivie hatte einen Abscheu vor der Stadt, in die sie nicht paßte, Friedrike keine Neigung dahin; und so verzögerte sich die Sache, bis sie endlich dadurch entschieden ward, daß es mir unmöglich fiel, innerhalb vierzehn Tagen aufs Land zu kommen, da man sich denn lieber in der Stadt und mit einigem Zwange als gar nicht sehen wollte. Und so fand ich nun meine Freundinnen, die ich nur auf ländlicher Szene zu sehen gewohnt war, deren Bild mir nur auf einem Hintergrunde von schwankenden Baumzweigen, beweglichen Bächen, nikkenden Blumenwiesen und einem meilenweit freien Horizonte bisher erschien – ich sah sie nun zum ersten Mal in städtischen zwar weiten Zimmern, aber doch in der Enge, in Bezug auf Tapeten, Spiegel, Stand-Uhren und Porzellanpuppen.

Das Verhältnis zu dem was man liebt, ist so entschieden, daß die Umgebung wenig sagen will; aber daß es die gehörige, natürliche, gewohnte Umgebung sei, dies verlangt das Gemüt. Bei meinem lebhaften Gefühl für alles Gegenwärtige konnte ich mich nicht gleich in den Widerspruch des Augenblicks finden. Das anständige ruhig-edle Betragen der Mutter paßte vollkommen in diesen Kreis, sie unterschied sich nicht von den übrigen Frauen; Olivie dagegen bewies sich ungeduldig, wie ein Fisch auf dem Strande. Wie sie mich sonst in dem

Garten anrief oder auf dem Felde bei Seite winkte, wenn sie mir etwas Besonderes zu sagen hatte, so tat sie auch hier, indem sie mich in eine Fenstertiefe zog; sie tat es mit Verlegenheit und ungeschickt, weil sie fühlte, daß es nicht paßte und es doch tat. Sie hatte mir das Unwichtigste von der Welt zu sagen, nichts als was ich schon wußte: daß es ihr entsetzlich weh sei, daß sie sich an den Rhein, über den Rhein, ja in die Türkey wünsche. Friedrike hingegen war in dieser Lage höchst merkwürdig. Eigentlich genommen paßte sie auch nicht hinein; aber dies zeugte für ihren Charakter, daß sie, anstatt sich in diesen Zustand zu finden, unbewußt den Zustand nach sich modelte. Wie sie auf dem Lande mit der Gesellschaft gebarte, so tat sie es auch hier. Jeden Augenblick wußte sie zu beleben. Ohne zu beunruhigen setzte sie alles in Bewegung und beruhigte gerade dadurch die Gesellschaft, die eigentlich nur von der Langenweile beunruhigt wird. Sie erfüllte damit vollkommen den Wunsch der städtischen Tanten, welche ja auch einmal, von ihrem Kanapee aus, Zeugen jener ländlichen Spiele und Unterhaltungen sein wollten. War dieses zur Gnüge geschehn, so wurde die Garderobe, der Schmuck und was die städtischen, französisch gekleideten Nichten besonders auszeichnete, betrachtet und ohne Neid bewundert. Auch mit mir machte Friedrike sich's leicht, indem sie mich behandelte wie immer. Sie schien mir keinen andern Vorzug zu geben, als den, daß sie ihr Begehren, ihre Wünsche eher an mich als an einen andern richtete und mich dadurch als ihren Diener anerkannte.

Diese Dienerschaft nahm sie einen der folgenden Tage mit Zuversicht in Anspruch, als sie mir vertraute, die Damen wünschten mich lesen zu hören. Die Töchter des Hauses hatten viel davon erzählt: denn in Sesenheim las ich was und wann man's verlangte. Ich war sogleich bereit, nur bat ich um Ruhe und Aufmerksamkeit auf mehrere Stunden. Dies ging man ein und ich las an einem Abend den ganzen »Hamlet« ununterbrochen, in den Sinn des Stücks eindringend wie ich es nur vermochte, mit Lebhaftigkeit und Leidenschaft mich ausdrückend, wie es der Jugend gegeben ist. Ich erntete großen Beifall. Friedrike hatte von Zeit zu Zeit tief geatmet und ihre Wangen eine fliegende Röte überzogen. Diese beiden Symptome eines bewegten zärtlichen Herzens, bei scheinbarer Heiterkeit und Ruhe von außen, waren mir nicht unbekannt und der einzige Lohn nach dem ich strebte. Sie sammelte den Dank, daß sie mich veranlaßt hatte, mit Freuden ein und versagte sich, nach ihrer zierlichen Weise, den kleinen Stolz nicht, in mir und durch mich geglänzt zu haben.

Dieser Stadtbesuch sollte nicht lange dauern, aber die Abreise verzögerte sich. Friedrike tat das Ihrige zur geselligen Unterhaltung, ich ließ es auch nicht fehlen; aber die reichen Hülfsquellen, die auf dem Lande so ergiebig sind, versiegten bald in der Stadt und der Zustand ward um so peinlicher als die Ältere nach und nach ganz aus der Fassung kam. Die beiden Schwestern waren die einzigen in der Gesellschaft, welche sich deutsch trugen. Friedrike hatte sich niemals anders gedacht und glaubte überall so recht zu sein, sie verglich sich nicht; aber Olivien war es ganz unerträglich, so mägdehaft ausgezeichnet in dieser vornehm erscheinenden Gesellschaft einherzugehn. Auf dem Lande bemerkte sie kaum die städtische Tracht an andern, sie verlangte sie nicht; in der Stadt konnte sie die ländliche nicht ertragen. Dies alles zu dem übrigen Geschicke städtischer Frauenzimmer, zu den hundert Kleinigkeiten einer ganz entgegengesetzten Umgebung, wühlte einige Tage so in dem leidenschaftlichen Busen, daß ich alle schmeichelnde Aufmerksamkeit auf sie zu wenden hatte, um sie, nach dem Wunsche Friedrikens, zu begütigen. Ich fürchtete eine leidenschaftliche Szene. Ich sah den Augenblick, da sie sich mir zu Füßen werfen und mich bei allem Heiligen beschwören werde, sie aus diesem Zustande zu retten. Sie war himmlisch gut, wenn sie sich nach ihrer Weise behaben konnte, aber ein solcher Zwang setzte sie gleich in Mißbehagen und konnte sie zuletzt bis zur Verzweiflung treiben. Nun suchte ich zu beschleunigen was die Mutter mit Olivien wünschte und was Friedriken nicht zuwider war. Diese im Gegensatze mit ihrer Schwester zu loben, enthielt ich mich nicht; ich sagte ihr, wie sehr ich mich freue, sie unverändert und auch in diesen Umgebungen so frei wie den Vogel auf den Zweigen zu finden. Sie war artig genug zu erwidern, daß ich ja da sei, sie wolle weder hinaus noch herein, wenn ich bei ihr wäre.

Endlich sah ich sie abfahren und es fiel mir wie ein Stein vom Herzen: denn meine Empfindung hatte den Zustand von Friedriken und Olivien geteilt; ich war zwar nicht leidenschaftlich geängstigt wie diese, aber ich fühlte mich doch keineswegs wie jene behaglich.

Da ich eigentlich nach Straßburg gegangen war, um zu promovieren, so gehörte es freilich unter die Unregelmäßigkeiten meines Lebens, daß ich ein solches Hauptgeschäft als eine Nebensache betrachtete. Die Sorge wegen des Examens hatte ich mir auf eine sehr leichte Weise bei Seite geschafft; es war nun aber auch an die Disputation zu denken: denn von Frankfurt abreisend hatte ich meinem Vater versprochen und mir selbst fest vorgesetzt, eine solche zu schreiben. Es ist der Fehler derjenigen die manches, ja viel vermögen, daß sie sich alles zutrauen, und die Jugend muß sogar in diesem Falle sein, damit nur etwas aus ihr werde. Eine Übersicht der Rechtswissenschaft und ihres ganzen Fachwerks hatte ich mir so ziemlich verschafft, einzelne rechtliche Gegenstände interessierten mich hinlänglich und ich glaubte, da ich mir den braven Leyser zum Vorbild genommen hatte, mit meinem kleinen Menschenverstand ziemlich durchzukommen. Es zeigten sich große Bewegungen in der Jurisprudenz; es sollte mehr nach Billigkeit geurteilt werden; alle Gewohnheitsrechte sah man täglich gefährdet und besonders dem Kriminalwesen stand eine große Veränderung bevor. Was mich selbst betraf, so fühlte ich wohl, daß mir zur Ausfüllung jener Rechts-Topik, die ich mir gemacht hatte, unendlich vieles fehle; das eigentliche Wissen ging mir ab, und keine innere Richtung drängte mich zu diesen Gegenständen. Auch mangelte der Anstoß von außen, ja mich hatte eine ganz andere Fakultät mit fortgerissen. Überhaupt, wenn ich Interesse finden sollte, so mußte ich einer Sache irgend etwas abgewinnen, ich mußte etwas an ihr gewahr werden, das mir fruchtbar schien und Aussichten gab. So hatte ich mir einige Materien wohl gemerkt, auch sogar darauf gesammelt, und nahm auch meine Kollektaneen vor, überlegte das was ich behaupten, das Schema, wonach ich die einzelnen Elemente ordnen wollte, nochmals, und arbeitete so eine Zeit lang; allein ich war klug genug, bald zu sehen, daß ich nicht fortkommen könne und daß, um eine besondere Materie abzuhandeln, auch ein besonderer und lang anhaltender Fleiß erforderlich sei, ja daß man nicht einmal ein solches Besondere mit Glück vollführen werde, wenn man nicht im Ganzen wo nicht Meister, doch wenigstens Altgeselle sei.

Die Freunde, denen ich meine Verlegenheit mitteilte, fanden mich lächerlich, weil man über Theses ebenso gut, ja noch besser als über einen Traktat disputieren könne; in Straßburg sei das gar nicht ungewöhnlich. Ich ließ mich zu einem solchen Ausweg sehr geneigt finden, allein mein Vater, dem ich deshalb schrieb, verlangte ein ordentliches Werk, das ich, wie er meinte, sehr wohl ausfertigen könnte, wenn ich nur wollte und mir die gehörige Zeit dazu nähme. Ich war nun genötigt, mich auf irgend ein Allgemeines zu werfen, und etwas zu wählen, was mir geläufig wäre. Die Kirchengeschichte war mir fast noch bekannter als die Weltgeschichte, und mich hatte von jeher der Konflikt, in welchem sich die Kirche, der öffentlich anerkannte Gottesdienst, nach zwei Seiten hin befindet und immer befinden wird, höchlich interessiert. Denn einmal liegt sie in ewigem Streit mit dem Staat, über den sie sich erheben, und sodann mit den Einzelnen, die sie alle zu sich versammeln will. Der Staat von seiner Seite will ihr die Oberherrschaft nicht zugestehn, und die Einzelnen widersetzen sich ihrem Zwangsrechte. Der Staat will alles zu öffentlichen, allgemeinen Zwecken, der Einzelne zu häuslichen, herzlichen, gemütlichen. Ich war von Kindheit auf Zeuge solcher Bewegungen gewesen, wo die Geistlichkeit es bald mit ihren Oberen, bald mit der Gemeine verdarb. Ich hatte mir daher in meinem jugendlichen Sinne festgesetzt, daß der Staat, der Gesetzgeber, das Recht habe, einen Cultus zu bestimmen, nach welchem die Geistlichkeit lehren und sich benehmen solle, die Laien hingegen sich äußerlich und öffentlich genau zu richten hätten; übrigens sollte die Frage nicht sein, was jeder bei sich denke, fühle oder sinne. Dadurch glaubte ich alle Kollisionen auf einmal gehoben zu haben. Ich wählte deshalb zu meiner Disputation die erste Hälfte dieses Themas: daß nämlich der Gesetzgeber nicht allein berechtigt, sondern verpflichtet sei, einen gewissen Cultus festzusetzen, von welchem weder die Geistlichkeit noch die Laien sich lossagen dürften. Ich führte dieses Thema teils historisch, teils räsonierend aus, indem ich zeigte, daß alle öffentlichen Religionen durch Heerführer, Könige und mächtige Männer eingeführt worden, ja daß dieses sogar der Fall mit der christlichen sei. Das Beispiel des Protestantismus lag ja ganz nahe. Ich ging bei dieser Arbeit um so kühner zu Werke, als ich sie eigentlich nur meinen Vater zu befriedigen schrieb, und nichts sehnlicher wünschte und hoffte, als daß sie die Zensur nicht passieren möchte. Ich hatte noch von Behrisch her eine unüberwindliche Abneigung, etwas von mir gedruckt zu sehn, und mein Umgang mit Herdern hatte mir meine Unzulänglichkeit nur allzudeutlich aufgedeckt, ja ein gewisses Mißtraun gegen mich selbst war dadurch völlig zur Reife gekommen.

Da ich diese Arbeit fast ganz aus mir selbst schöpfte, und das Latein geläufig sprach und schrieb, so verfloß mir die Zeit, die ich auf die Abhandlung verwendete, sehr angenehm. Die Sache hatte wenigstens einigen Grund; die Darstellung war, rednerisch genommen, nicht übel, das Ganze hatte eine ziemliche Rundung. Sobald ich damit zu Rande war, ging ich sie mit einem guten Lateiner durch, der, ob er gleich meinen Stil im Ganzen nicht verbessern konnte, doch alle auffallenden Mängel mit leichter Hand vertilgte, so daß etwas zu Stande kam, das sich aufzeigen ließ. Eine reinliche Abschrift wurde meinem Vater sogleich zugeschickt, welcher zwar nicht billigte, daß keiner von den früher vorgenommenen Gegenständen ausgeführt worden sei; jedoch mit der Kühnheit des Unternehmens als ein völlig protestantisch Gesinnter wohl zufrieden war. Mein Seltsames wurde geduldet, meine Anstrengung gelobt, und er versprach sich von der Bekanntmachung dieses Werkchens eine vorzügliche Wirkung.

Ich überreichte nun meine Hefte der Fakultät, und diese betrug sich glücklicher Weise so klug als artig. Der Dekan, ein lebhafter gescheiter Mann, fing mit vielen Lobeserhebungen meiner Arbeit an, ging dann zum Bedenklichen derselben über, welches er nach und nach in ein Gefährliches zu verwandeln wußte und damit schloß, daß es nicht rätlich sein möchte, diese Arbeit als akademische Dissertation bekannt zu machen. Der Aspirant habe sich der Fakultät als einen denkenden jungen Mann gezeigt, von dem sie das Beste hoffen dürfe; sie wolle mich gern, um die Sache nicht aufzuhalten, über Theses disputieren lassen. Ich könne ja in der Folge meine Abhandlung, wie sie vorliege oder weiter ausgearbeitet, lateinisch oder in einer andern Sprache herausgeben; dies würde mir, als einem Privatmann und Protestanten, überall leicht werden, und ich hätte mich des Beifalls um desto reiner und allgemeiner alsdann zu erfreuen. Kaum verbarg ich dem guten Manne, welchen Stein mir sein Zureden vom Herzen wälzte; bei jedem neuen Argument das er vorbrachte, um mich durch seine Weigerung nicht zu betrüben oder zu erzürnen, ward es mir immer leichter im Gemüt, und ihm zuletzt auch, als ich ganz unerwartet seinen Gründen nichts entgegensetzte, sie vielmehr höchst einleuchtend fand und versprach, mich in allem nach seinem Rat und nach seiner Anleitung zu benehmen. Ich setzte mich nun wieder mit meinem Repetenten zusammen. Theses wurden ausgewählt und gedruckt, und die Disputation ging, unter Opposition meiner Tischgenossen, mit großer Lustigkeit ja Leichtfertigkeit vorüber; da mir denn meine alte Übung, im Corpus juris aufzuschlagen, gar sehr zustatten kam, und ich für einen wohlunterrichteten Menschen gelten konnte. Ein guter herkömmlicher Schmaus beschloß die Feierlichkeit.

Mein Vater war indessen sehr unzufrieden, daß dieses Werkchen nicht als Disputation ordentlich gedruckt worden war, weil er gehofft hatte, ich sollte bei meinem Einzuge in Frankfurt Ehre damit einlegen. Er wollte es daher besonders herausgegeben wissen; ich stellte ihm aber vor, daß die Materie, die nur skizziert sei, künftig weiter ausgeführt werden müßte. Er hob zu diesem Zwecke das Manuskript sorgfältig auf und ich habe es nach mehreren Jahren noch unter seinen Papieren gesehn.

Meine Promotion war am 6. August 1771 geschehn; den Tag darauf starb Schöpflin im fünfundsiebenzigsten Jahre. Auch ohne nähere Berührung hatte derselbe bedeutend auf mich eingewirkt: denn vorzügliche mitlebende Männer sind den größeren Sternen zu vergleichen, nach denen, solange sie nur über dem Horizont stehen, unser Auge sich wendet, und sich gestärkt und gebildet fühlt, wenn es ihm vergönnt ist, solche Vollkommenheiten in sich aufzunehmen. Die freigebige Natur hatte Schöpflinen ein vorteilhaftes Äußere verliehn, schlanke Gestalt, freundliche Augen, redseligen Mund, eine durchaus angenehme Gegenwart. Auch Geistesgaben erteilte sie ihrem Liebling nicht kärglich, und sein Glück war, ohne daß er sich mühsam angestrengt hätte, die Folge angeborner und ruhig ausgebildeter Verdienste. Er gehörte zu den glücklichen Menschen, welche Vergangenheit und Gegenwart zu vereinigen geneigt sind, die dem Lebensinteresse das historische Wissen anzuknüpfen verstehn. Im Badenschen geboren, in Basel und Straßburg erzogen, gehörte er dem paradiesischen Rheintal ganz eigentlich an, als einem ausgebreiteten wohlgelegenen Vaterlande. Auf historische und antiquarische Gegenstände hingewiesen, ergriff er sie munter durch eine glückliche Vorstellungskraft, und erhielt sie sich durch das bequemste Gedächtnis. Lern- und lehrbegierig wie er war, ging er einen gleich vorschreitenden Studien- und Lebensgang. Nun emergiert und eminiert er bald ohne Unterbrechung irgend einer Art; er verbreitet sich mit Leichtigkeit in der literarischen und bürgerlichen Welt: denn historische Kenntnisse reichen überall hin, und Leutseligkeit schließt sich überall an. Er reist durch Deutschland, Holland, Frankreich, Italien; kommt in Berührung mit allen Gelehrten seiner Zeit; er unterhält die Fürsten, und nur, wenn durch seine lebhafte Redseligkeit die Stunden der Tafel, der Audienz verlängert werden, ist er den Hofleuten lästig. Dagegen erwirbt er sich das Vertrauen der Staatsmänner, arbeitet für sie die gründlichsten Deduktionen und findet so überall einen Schauplatz für seine Talente. Man wünscht ihn an gar manchem Orte festzuhalten; allein er beharrt bei seiner Treue für Straßburg und den französischen Hof. Seine unverrückte deutsche Redlichkeit wird auch dort anerkannt, man schützt ihn sogar gegen den mächtigen Prätor Klingling, der ihn heimlich anfeindet. Gesellig und gesprächig von Natur, verbreitet er sich wie im Wissen und Geschäften, so auch im Umgange, und man begriffe kaum, wo er alle Zeit hergenommen, wüßten wir nicht, daß eine Abneigung gegen die Frauen ihn durch sein ganzes Leben begleitet, wodurch er so manche Tage und Stunden gewann, welche von frauenhaft Gesinnten glücklich vergeudet werden.

Übrigens gehört er auch als Autor dem gemeinen Wesen und als Redner der Menge. Seine Programme, seine Reden und Anreden sind dem besondern Tag, der eintretenden Feierlichkeit gewidmet, ja sein großes Werk »Alsatia illustrata« gehört dem Leben an, indem er die Vergangenheit wieder hervorruft, verblichene Gestalten auffrischt, den behauenen, den gebildeten Stein wieder belebt, erloschene, zerstückte Inschriften zum zweiten Mal vor die Augen, vor den Sinn des Lesers bringt. Auf solche Weise erfüllt seine Tätigkeit das Elsaß und die Nachbarschaft; in Baden und der Pfalz behält er bis ins höchste Alter einen ununterbrochenen Einfluß; in Mannheim stiftet er die Akademie der Wissenschaften und erhält sich als Präsident derselben bis an seinen Tod.

Genähert habe ich mich diesem vorzüglichen Manne niemals als in einer Nacht, da wir ihm ein Fackelständchen brachten. Den mit Linden überwölbten Hof des alten Stiftgebäudes erfüllten unsere Pechfeuer mehr mit Rauch als daß sie ihn erleuchtet hätten. Nach geendigtem Musikgeräusch kam er herab und trat unter uns; und hier war er recht an seinem Platze. Der schlank- und wohlgewachsene heitere Greis stand mit leichtem freien Wesen würdig vor uns und hielt uns wert genug eine wohlgedachte Rede, ohne Spur von Zwang und Pedantismus, väterlich liebevoll auszusprechen, so daß wir uns in dem Augenblick etwas dünkten, da er uns wie die Könige und Fürsten behandelte, die er öffentlich anzureden so oft berufen war. Wir ließen unsere Zufriedenheit überlaut vernehmen, Trompeten- und Paukenschall erklang wiederholt, und die allerliebste, hoffnungsvolle akademische Plebs verlor sich mit innigem Behagen nach Hause.

Seine Schüler und Studienverwandten, Koch und Oberlin, fanden zu mir schon ein näheres Verhältnis. Meine Liebhaberei zu altertümlichen Resten war leidenschaftlich. Sie ließen mich das Museum wiederholt betrachten, welches die Belege zu seinem großen Werke über Elsaß vielfach enthielt. Eben dieses Werk hatte ich erst nach jener Reise, wo ich noch Altertümer an Ort und Stelle gefunden, näher kennen gelernt, und nunmehr vollkommen gefördert, konnte ich mir, bei größern und kleinern Exkursionen, das Rheintal als römische Besitzung vergegenwärtigen und gar manchen Traum der Vorzeit mir wachend ausmalen.

Kaum hatte ich mir hierin einigermaßen aufgeholfen, als mich Oberlin zu den Denkmalen der Mittelzeit hinwies und mit den daher noch übrigen Ruinen und Resten, Siegeln und Dokumenten bekannt machte, ja eine Neigung zu den sogenannten Minnesingern und Heldendichtern einzuflößen suchte. Diesem wackeren Manne, so wie Herrn Koch, bin ich viel schuldig geworden, und wenn es ihrem Willen und Wunsche nach gegangen wäre, so hätte ich ihnen das Glück meines Lebens verdanken müssen. Damit verhielt es sich aber folgendergestalt.

Schöpflin, der sich in der höheren Sphäre des Staatsrechts zeitlebens bewegt hatte und den großen Einfluß wohl kannte, welchen solche und verwandte Studien bei Höfen und in Kabinetten einem fähigen Kopfe zu verschaffen geeignet sind, fühlte eine unüberwindliche ja ungerechte Abneigung gegen den Zustand des Zivilisten, und hatte die gleiche Gesinnung den Seinigen eingeflößt. Obgenannte beide Männer, Freunde von Salzmann, hatten auf eine liebreiche Weise von mir Kenntnis genommen. Das leidenschaftliche Ergreifen äußerer Gegenstände, die Darstellungsart, womit ich die Vorzüge derselben herauszuheben und ihnen ein besonderes Interesse zu verleihen wußte, schätzten sie höher als ich selbst. Meine geringe, ich kann wohl sagen notdürftige Beschäftigung mit dem Zivilrechte war ihnen nicht unbemerkt geblieben; sie kannten mich genug, um zu wissen, wie leicht ich bestimmbar sei; aus meiner Lust zum akademischen Leben hatte ich auch kein Geheimnis gemacht, und sie dachten mich daher für Geschichte, Staatsrecht, Redekunst, erst nur im Vorübergehn, dann aber entschiedener, zu erwerben. Straßburg selbst bot Vorteile genug. Eine Aussicht auf die deutsche Kanzlei in Versailles, der Vorgang von Schöpflin, dessen Verdienst mir freilich unerreichbar schien, sollte zwar nicht zur Nachahmung, doch zur Nacheiferung reizen und vielleicht dadurch ein ähnliches Talent zur Ausbildung gelangen, welches sowohl dem, der sich dessen rühmen dürfte, ersprießlich, als andern, die es für sich zu gebrauchen dächten, nützlich sein könnte. Diese meine Gönner, und Salzmann mit ihnen, legten auf mein Gedächtnis und auf meine Fähigkeit, den Sinn der Sprachen zu fassen, einen großen Wert und suchten hauptsächlich dadurch ihre Absichten und Vorschläge zu motivieren.

Wie nun aus allem diesem nichts geworden, und wie es gekommen, daß ich wieder von der französischen Seite auf die deutsche herübergetreten, gedenk' ich hier zu entwickeln. Man erlaube mir, wie bisher, zum Übergange einige allgemeine Betrachtungen.

Es sind wenig Biographieen, welche einen reinen, ruhigen, steten Fortschritt des Individuums darstellen können. Unser Leben ist, wie das Ganze in dem wir enthalten sind, auf eine unbegreifliche Weise aus Freiheit und Notwendigkeit zusammengesetzt. Unser Wollen ist ein Vorausverkünden dessen, was wir unter allen Umständen tun werden. Diese Umstände aber ergreifen uns auf ihre eigne Weise. Das W a s liegt in uns, das W i e hängt selten von uns ab, nach dem W a r u m dürfen wir nicht fragen, und deshalb verweist man uns mit Recht aufs Q u i a.

Die französische Sprache war mir von Jugend auf lieb; ich hatte sie in einem bewegteren Leben, und ein bewegteres Leben durch sie kennen gelernt. Sie war mir ohne Grammatik und Unterricht, durch Umgang und Übung, wie eine zweite Muttersprache zu eigen geworden. Nun wünschte ich mich derselben mit größerer Leichtigkeit zu bedienen, und zog deswegen Straßburg zum abermaligen akademischen Aufenthalt andern hohen Schulen vor; aber leider sollte ich dort gerade das Umgekehrte von meinen Hoffnungen erfahren, und von dieser Sprache, diesen Sitten eher ab- als ihnen zugewendet werden.

Die Franzosen, welche sich überhaupt eines guten Betragens befleißigen, sind gegen Fremde die ihre Sprache zu reden anfangen, nachsichtig, sie werden niemanden über irgend einen Fehler auslachen, oder ihn deshalb ohne Umschweif tadeln. Da sie jedoch nicht wohl ertragen mögen, daß in ihrer Sprache gesündigt wird, so haben sie die Art, eben dasselbe was man gesagt hat, mit einer anderen Wendung zu wiederholen und gleichsam höflich zu bekräftigen, sich dabei aber des eigentlichen Ausdrucks, den man hätte gebrauchen sollen, zu bedienen, und auf diese Weise den Verständigen und Aufmerksamen auf das Rechte und Gehörige zu führen.

So sehr man nun, wenn es einem Ernst ist, wenn man Selbstverleugnung genug hat, sich für einen Schüler zu geben, hiebei gewinnt und gefördert wird, so fühlt man sich doch immer einigermaßen gedemütiget, und da man doch auch um der Sache willen redet, oft allzu sehr unterbrochen ja abgelenkt, und man läßt ungeduldig das Gespräch fallen. Dies begegnete besonders mir vor andern, indem ich immer etwas Interessantes zu sagen glaubte, dagegen aber auch etwas Bedeutendes vernehmen, und nicht immer bloß auf den Ausdruck zurückgewiesen sein wollte; ein Fall der bei mir öfter eintrat, weil mein Französisch viel buntscheckiger war als das irgend eines andern Fremden. Von Bedienten, Kammerdienern und Schildwachen, jungen und alten Schauspielern, theatralischen Liebhabern, Bauern und Helden hatte ich mir die Redensarten, so wie die Akzentuationen gemerkt, und dieses babylonische Idiom sollte sich durch ein wunderliches Ingrediens noch mehr verwirren, indem ich den französischen reformierten Geistlichen gern zuhörte und ihre Kirchen um so lieber besuchte, als ein sonntägiger Spaziergang nach Bockenheim, dadurch nicht allein erlaubt sondern geboten war. Aber auch hiermit sollte es noch nicht genug sein: denn als ich in den Jünglingsjahren immer mehr auf die Deutschheit des sechzehnten Jahrhundert gewiesen ward, so schloß ich gar bald auch die Franzosen jener herrlichen Epoche in diese Neigung mit ein. Montaigne, Amyot, Rabelais, Marot waren meine Freunde, und erregten in mir Anteil und Bewunderung. Alle diese verschiedenen Elemente bewegten sich nun in meiner Rede chaotisch durcheinander, so daß für den Zuhörer die Intention über dem wunderlichen Ausdruck meist verloren ging, ja daß ein gebildeter Franzose mich nicht mehr höflich zurechtweisen, sondern geradezu tadeln und schulmeistern mußte. Abermals ging es mir also hier wie vordem in Leipzig, nur daß ich mich diesmal nicht auf das Recht meiner Vatergegend, so gut als andere Provinzen idiotisch zu sprechen, zurückziehn konnte, sondern hier, auf fremdem Grund und Boden, mich einmal hergebrachten Gesetzen fügen sollte.

Vielleicht hätten wir uns auch wohl hierein ergeben, wenn uns nicht ein böser Genius in die Ohren geraunt hätte, alle Bemühungen eines Fremden, Französisch zu reden, würden immer ohne Erfolg bleiben: denn ein geübtes Ohr höre den Deutschen, den Italiener, den Engländer unter seiner französischen Maske gar wohl heraus; geduldet werde man, aber keineswegs in den Schoß der einzig sprachseligen Kirche aufgenommen.

Nur wenige Ausnahmen gab man zu. Man nannte uns einen Herrn von Grimm, aber selbst Schöpflin sollte den Gipfel nicht erreicht haben. Sie ließen gelten, daß er früh die Notwendigkeit, sich vollkommen französisch auszudrücken, wohl eingesehn; sie billigten seine Neigung, sich jedermann mitzuteilen, besonders aber die Großen und Vornehmen zu unterhalten; lobten sogar, daß er, auf dem Schauplatz wo er stand, die Landessprache zu der seinigen zu machen und sich möglichst zum französischen Gesellschafter und Redner auszubilden gesucht. Was hilft ihm aber das Verleugnen seiner Muttersprache, das Bemühen um eine fremde? Niemand kann er es recht machen. In der Gesellschaft will man ihn eitel finden: als wenn sich jemand ohne Selbstgefühl und Selbstgefälligkeit andern mitteilen möchte und könnte! Sodann versichern die feinen Welt- und Sprachkenner, er disseriere und dialogiere mehr, als daß er eigentlich konversiere. Jenes ward als Erb- und Grundfehler der Deutschen, dieses als die Kardinaltugend der Franzosen allgemein anerkannt. Als öffentlichem Redner geht es ihm nicht besser. Läßt er eine wohlausgearbeitete Rede an den König oder die Fürsten drucken, so passen die Jesuiten auf, die ihm, als einem Protestanten, gram sind, und zeigen das Unfranzösische seiner Wendungen.

Anstatt uns nun hieran zu trösten und, als grünes Holz, dasjenige zu ertragen, was dem dürren auflag, so ärgerte uns dagegen diese pedantische Ungerechtigkeit; wir verzweifeln und überzeugen uns vielmehr an diesem auffallenden Beispiele, daß die Bemühung vergebens sei, den Franzosen durch die Sache genug zu tun, da sie an die äußern Bedingungen, unter welchen alles erscheinen soll, allzu genau gebunden sind. Wir fassen daher den umgekehrten Entschluß, die französische Sprache gänzlich abzulehnen und uns mehr als bisher mit Gewalt und Ernst der Muttersprache zu widmen.

Auch hiezu fanden wir im Leben Gelegenheit und Teilnahme. Elsaß war noch nicht lange genug mit Frankreich verbunden, als daß nicht noch bei alt und jung eine liebevolle Anhänglichkeit an alte Verfassung, Sitte, Sprache, Tracht sollte übrig geblieben sein. Wenn der Überwundene die Hälfte seines Daseins notgedrungen verliert, so rechnet er sich's zur Schmach, die andere Hälfte freiwillig aufzugeben. Er hält daher an allem fest, was ihm die vergangene gute Zeit zurückrufen und die Hoffnung der Wiederkehr einer glücklichen Epoche nähren kann. Gar manche Einwohner von Straßburg bildeten zwar abgesonderte, aber doch dem Sinne nach verbundene kleine Kreise, welche durch die vielen Untertanen deutscher Fürsten, die unter französischer Hoheit ansehnliche Strecken Landes besaßen, stets vermehrt und rekrutiert wurden: denn Väter und Söhne hielten sich, Studierens oder Geschäfts wegen länger oder kürzer in Straßburg auf.

An unserm Tische ward gleichfalls nichts wie Deutsch gesprochen. Salzmann drückte sich im Französischen mit vieler Leichtigkeit und Eleganz aus, war aber unstreitig dem Streben und der Tat nach ein vollkommener Deutscher; Lersen hätte man als Muster eines deutschen Jünglings aufstellen können; Meyer von Lindau schlenderte lieber auf gut deutsch, als daß er sich auf gut französisch hätte zusammennehmen sollen, und wenn unter den übrigen auch mancher zu gallischer Sprache und Sitte hinneigte, so ließen sie doch, solange sie bei uns waren, den allgemeinen Ton auch über sich schalten und walten.

Von der Sprache wendeten wir uns zu den Staatsverhältnissen. Zwar wußten wir von unserer Reichsverfassung nicht viel Löbliches zu sagen; wir gaben zu, daß sie aus lauter gesetzlichen Mißbräuchen bestehe, erhuben uns aber um desto höher über die französische gegenwärtige Verfassung, die sich in lauter gesetzlosen Mißbräuchen verwirre, deren Regierung ihre Energie nur am falschen Orte sehen lasse, und gestatten müsse, daß eine gänzliche Veränderung der Dinge schon in schwarzen Aussichten öffentlich prophezeit werde.

Blickten wir hingegen nach Norden, so leuchtete uns von dort Friedrich, der Polarstern, her, um den sich Deutschland, Europa, ja die Welt zu drehen schien. Sein Übergewicht in allem offenbarte sich am stärksten, als in der französischen Armee das preußische Exercitium und sogar der preußische Stock eingeführt werden sollte. Wir verziehen ihm übrigens seine Vorliebe für eine fremde Sprache, da wir ja die Genugtuung empfanden, daß ihm seine französischen Poeten, Philosophen und Literatoren Verdruß zu machen fortfuhren und wiederholt erklärten, er sei nur als Eindringling anzusehn und zu behandeln.

Was uns aber von den Franzosen gewaltiger als alles andere entfernte, war die wiederholte unhöfliche Behauptung, daß es den Deutschen überhaupt, so wie dem nach französischer Kultur strebenden Könige, an Geschmack fehle. Über diese Redensart, die, wie ein Refrain, sich an jedes Urteil anschloß, suchten wir uns durch Nichtachtung zu beruhigen, aufklären darüber konnten wir uns aber um so weniger, als man uns versichern wollte, schon Menage habe gesagt, die französischen Schriftsteller besäßen alles, nur nicht Geschmack; so wie wir denn auch aus dem jetzt lebenden Paris zu erfahren hatten, daß die neusten Autoren sämtlich des Geschmacks ermangelten, und Voltaire selbst diesem höchsten Tadel nicht ganz entgehen könne. Schon früher und wiederholt auf die Natur gewiesen, wollten wir daher nichts gelten lassen als Wahrheit und Aufrichtigkeit des Gefühls, und den raschen derben Ausdruck desselben.

Freundschaft, Liebe, Brüderschaft,
Trägt die sich nicht von selber vor?

war Losung und Feldgeschrei, woran sich die Glieder unserer kleinen akademischen Horde zu erkennen und zu erquicken pflegten. Diese Maxime lag zum Grunde allen unsern geselligen Gelagen, bei welchen uns denn freilich manchen Abend Vetter Michel in seiner wohlbekannten Deutschheit zu besuchen nicht verfehlte.

Will man in dem bisher Erzählten nur äußere zufällige Anlässe und persönliche Eigenheiten finden, so hatte die französische Literatur an sich selbst gewisse Eigenschaften, welche den strebenden Jüngling mehr abstoßen als anziehn mußten. Sie war nämlich b e j a h r t und v o r n e h m, und durch beides kann die nach Lebensgenuß und Freiheit umschauende Jugend nicht ergetzt werden.

Seit dem sechzehnten Jahrhundert hatte man den Gang der französischen Literatur niemals völlig unterbrochen gesehn, ja die innern politischen und religiosen Unruhen sowohl als die äußeren Kriege beschleunigten ihre Fortschritte; schon vor hundert Jahren aber, so hörte man allgemein behaupten, solle sie in ihrer vollen Blüte gestanden haben. Durch günstige Umstände sei auf einmal eine reichliche Ernte gereift und glücklich eingebracht worden, dergestalt, daß die größten Talente des achtzehnten Jahrhunderts sich nur bescheidentlich mit einer Nachlese begnügen müssen.

Indessen war aber doch auch gar manches veraltet, das Lustspiel am ersten, welches immer wieder aufgefrischt werden mußte, um sich, zwar minder vollkommen, aber doch mit neuem Interesse, dem Leben und den Sitten anzuschmiegen. Der Tragödien waren viele vom Theater verschwunden, und Voltaire ließ die jetzt dargebotene bedeutende Gelegenheit nicht aus den Händen, Corneilles Werke herauszugeben, um zu zeigen, wie mangelhaft sein Vorgänger gewesen sei, den er, der allgemeinen Stimme nach, nicht erreicht haben sollte.

Und eben dieser Voltaire, das Wunder seiner Zeit, war nun selbst bejahrt wie die Literatur, die er beinah ein Jahrhundert hindurch belebt und beherrscht hatte. Neben ihm existierten und vegetierten noch, in mehr oder weniger tätigem und glücklichem Alter, viele Literatoren, die nach und nach verschwanden. Der Einfluß der Sozietät auf die Schriftsteller nahm immer mehr überhand: denn die beste Gesellschaft, bestehend aus Personen von Geburt, Rang und Vermögen, wählte zu einer ihrer Hauptunterhaltungen die Literatur, und diese ward dadurch ganz gesellschaftlich und vornehm. Standespersonen und Literatoren bildeten sich wechselsweise, und mußten sich wechselsweise verbilden: denn alles Vornehme ist eigentlich ablehnend, und ablehnend ward auch die französische Kritik, verneinend, herunterziehend, mißredend. Die höhere Klasse bediente sich solcher Urteile gegen die Schriftsteller, die Schriftsteller, mit etwas weniger Anstand, verfuhren so untereinander, ja gegen ihre Gönner. Konnte man dem Publikum nicht imponieren, so suchte man es zu überraschen, oder durch Demut zu gewinnen; und so entsprang, abgesehn davon was Kirche und Staat im Innersten bewegte, eine solche literarische Gärung, daß Voltaire selbst seiner vollen Tätigkeit, seines ganzen Übergewichts bedurfte, um sich über dem Strome der allgemeinen Nichtachtung empor zu halten. Schon hieß er laut ein altes eigenwilliges Kind; seine unermüdet fortgesetzten Bemühungen betrachtete man als eitles Bestreben eines abgelebten Alters; gewisse Grundsätze auf denen er seine ganze Lebenszeit bestanden, deren Ausbreitung er seine Tage gewidmet, wollte man nicht mehr schätzen und ehren; ja seinen Gott, durch dessen Bekenntnis er sich von allem atheistischen Wesen loszusagen fortfuhr, ließ man ihm nicht mehr gelten; und so mußte er selbst, der Altvater und Patriarch, gerade wie sein jüngster Mitbewerber, auf den Augenblick merken, nach neuer Gunst haschen, seinen Freunden zu viel Gutes, seinen Feinden zu viel Übles erzeigen, und, unter dem Schein eines leidenschaftlich wahrheitsliebenden Strebens, unwahr und falsch handeln. War es denn wohl der Mühe wert, ein so tätiges großes Leben geführt zu haben, wenn es abhängiger enden sollte als es angefangen hatte? Wie unerträglich ein solcher Zustand sei, entging seinem hohen Geiste, seiner zarten Reizbarkeit nicht; er machte sich manchmal sprung- und stoßweise Luft, ließ seiner Laune den Zügel schießen und hieb mit ein paar Fechterstreichen über die Schnur, wobei sich meist Freunde und Feinde unwillig gebärdeten: denn jedermann glaubte ihn zu übersehn, obschon niemand es ihm gleich tun konnte. Ein Publikum, das immer nur die Urteile alter Männer hört, wird gar zu leicht altklug, und nichts ist unzulänglicher als ein reifes Urteil, von einem unreifen Geiste aufgenommen.

Uns Jünglingen, denen, bei einer deutschen Natur- und Wahrheitsliebe, als beste Führerin im Leben und Lernen, die Redlichkeit gegen uns selbst und andere immer vor Augen schwebte, ward die parteiische Unredlichkeit Voltaires und die Verbildung so vieler würdigen Gegenstände immer mehr zum Verdruß, und wir bestärkten uns täglich in der Abneigung gegen ihn. Er hatte die Religion und die heiligen Bücher worauf sie gegründet ist, um den sogenannten Pfaffen zu schaden, niemals genug herabsetzen können und mir dadurch manche unangenehme Empfindung erregt. Da ich nun aber gar vernahm, daß er, um die Überlieferung einer Sündflut zu entkräften, alle versteinte Muscheln leugnete, und solche nur für Naturspiele gelten ließ, so verlor er gänzlich mein Vertrauen: denn der Augenschein hatte mir auf dem Baschberge deutlich genug gezeigt, daß ich mich auf altem abgetrockneten Meeresgrund, unter den Exuvien seiner Ureinwohner befinde. Ja! diese Berge waren einstmals von Wellen bedeckt; ob vor oder während der Sündflut, das konnte mich nicht rühren, genug, das Rheintal war ein ungeheuerer See, eine unübersehliche Bucht gewesen; das konnte man mir nicht ausreden. Ich gedachte vielmehr in Kenntnis der Länder und Gebirge vorzuschreiten, es möchte sich daraus ergeben was da wollte.

Bejahrt also und vornehm war an sich selbst und durch Voltairen die französische Literatur. Lasset uns diesem merkwürdigen Manne noch einige Betrachtung widmen!

Auf tätiges und geselliges Leben, auf Politik, auf Erwerb im Großen, auf das Verhältnis zu den Herren der Erde und Benutzung dieses Verhältnisses, damit er selbst zu den Herren der Erde gehöre, dahin war von Jugend auf Voltaires Wunsch und Bemühung gewendet. Nicht leicht hat sich jemand so abhängig gemacht, um unabhängig zu sein. Auch gelang es ihm, die Geister zu unterjochen; die Nation fiel ihm zu. Vergebens entwickelten seine Gegner mäßige Talente und einen ungeheueren Haß; nichts gereichte zu seinem Schaden. Den Hof zwar konnte er nie mit sich versöhnen, aber dafür waren ihm fremde Könige zinsbar. Katharina und Friedrich die Großen, Gustav von Schweden, Christian von Dänemark, Poniatowsky von Pohlen, Heinrich von Preußen, Carl von Braunschweig bekannten sich als seine Vasallen; sogar Päpste glaubten ihn durch einige Nachgiebigkeit kirren zu müssen. Daß Joseph der Zweite sich von ihm abhielt, gereichte diesem Fürsten nicht einmal zum Ruhme: denn es hätte ihm und seinen Unternehmungen nicht geschadet, wenn er, bei so schönem Verstande, bei so herrlichen Gesinnungen, etwas geistreicher, ein besserer Schätzer des Geistes gewesen wäre.

Das was ich hier gedrängt und in einigem Zusammenhange vortrage, tönte zu jener Zeit, als Ruf des Augenblicks, als ewig zwiespältiger Mißklang, unzusammenhängend und unbelehrend in unseren Ohren. Immer hörte man nur das Lob der Vorfahren. Man forderte etwas Gutes, Neues; aber immer das Neuste wollte man nicht. Kaum hatte auf dem längst erstarrten Theater ein Patriot nationalfranzösische, herzerhebende Gegenstände dargestellt, kaum hatte die »Belagerung von Calais« sich einen enthusiastischen Beifall gewonnen, so sollte schon dieses Stück, mitsamt seinen vaterländischen Gesellen, hohl und in jedem Sinne verwerflich sein. Die Sittenschilderungen des Destouches, an denen ich mich als Knabe so oft ergetzt, hieß man schwach, der Name dieses Ehrenmanns war verschollen, und wieviel andere Schriftsteller müßte ich nicht nennen, um derentwillen ich den Vorwurf, als urteile ich wie ein Provinzler, habe erdulden müssen, wenn ich gegen jemand, der mit dem neusten literarischen Strome dahinfuhr, irgend einen Anteil an solchen Männern und ihren Werken gezeigt hatte.

So wurden wir andern deutschen Gesellen denn immer verdrießlicher. Nach unsern Gesinnungen, nach unserer Natureigenheit liebten wir die Eindrücke der Gegenstände festzuhalten, sie nur langsam zu verarbeiten, und wenn es ja sein sollte, sie so spät als möglich fahren zu lassen. Wir waren überzeugt, durch treues Aufmerken, durch fortgesetzte Beschäftigung lasse sich allen Dingen etwas abgewinnen, und man müsse durch beharrlichen Eifer doch endlich auf einen Punkt gelangen, wo sich mit dem Urteil zugleich der Grund desselben aussprechen lasse. Auch verkannten wir nicht, daß die große und herrliche französische Welt uns manchen Vorteil und Gewinn darbiete: denn Rousseau hatte uns wahrhaft zugesagt. Betrachteten wir aber sein Leben und sein Schicksal, so war er doch genötigt, den größten Lohn für alles was er geleistet, darin zu finden, daß er unerkannt und vergessen in Paris leben durfte.

Wenn wir von den Enzyklopädisten reden hörten, oder einen Band ihres ungeheuren Werks aufschlugen, so war es uns zu Mute, als wenn man zwischen den unzähligen bewegten Spulen und Weberstühlen einer großen Fabrik hingeht, und vor lauter Schnarren und Rasseln, vor allem Aug' und Sinne verwirrenden Mechanismus, vor lauter Unbegreiflichkeit einer auf das mannigfaltigste ineinander greifenden Anstalt, in Betrachtung dessen, was alles dazu gehört, um ein Stück Tuch zu fertigen, sich den eignen Rock selbst verleidet fühlt, den man auf dem Leibe trägt.

Diderot war nahe genug mit uns verwandt; wie er denn in alle dem, weshalb ihn die Franzosen tadeln, ein wahrer Deutscher ist. Aber auch sein Standpunkt war schon zu hoch, sein Gesichtskreis zu weit, als daß wir uns hätten zu ihm stellen und an seine Seite setzen können. Seine Naturkinder jedoch, die er mit großer rednerischer Kunst herauszuheben und zu adeln wußte, behagten uns gar sehr, seine wackeren Wilddiebe und Schleichhändler entzückten uns, und dieses Gesindel hat in der Folge auf dem deutschen Parnaß nur allzu sehr gewuchert. So war er es denn auch, der, wie Rousseau, von dem geselligen Leben einen Ekelbegriff verbreitete, eine stille Einleitung zu jenen ungeheueren Weltveränderungen, in welchen alles Bestehende unterzugehen schien.

Uns ziemt jedoch, diese Betrachtungen noch an die Seite zu lehnen und zu bemerken, was genannte beide Männer auf Kunst gewirkt. Auch hier wiesen sie, auch von ihr drängten sie uns zur Natur.

Die höchste Aufgabe einer jeden Kunst ist, durch den Schein die Täuschung einer höheren Wirklichkeit zu geben. Ein falsches Bestreben aber ist, den Schein so lange zu verwirklichen, bis endlich nur ein gemeines Wirkliche übrig bleibt.

Als ein ideelles Lokal hatte die Bühne, durch Anwendung der perspektivischen Gesetze auf hintereinander gestellten Kulissen, den höchsten Vorteil erlangt, und nun wollte man diesen Gewinn mutwillig aufgeben, die Seiten des Theaters zuschließen und wirkliche Stubenwände formieren. Mit einem solchen Bühnenlokal sollte denn auch das Stück selbst, die Art zu spielen der Acteurs, kurz alles zusammentreffen, und ein ganz neues Theater dadurch entspringen.

Die französischen Schauspieler hatten im Lustspiel den Gipfel des Kunstwahren erreicht. Der Aufenthalt in Paris, die Beobachtung des Äußern der Hofleute, die Verbindung der Acteurs und Actricen durch Liebeshändel mit den höheren Ständen, alles trug dazu bei, die höchste Gewandtheit und Schicklichkeit des geselligen Lebens gleichfalls auf die Bühne zu verpflanzen, und hieran hatten die Naturfreunde wenig auszusetzen; doch glaubten sie einen großen Vorschritt zu tun, wenn sie ernsthafte und tragische Gegenstände, deren das bürgerliche Leben auch nicht ermangelt, zu ihren Stücken erwählten, sich der Prosa gleichfalls zu höherem Ausdruck bedienten, und so die unnatürlichen Verse zugleich mit der unnatürlichen Deklamation und Gestikulation allmählich verbannten.

Höchst merkwürdig ist es und nicht so allgemein beachtet, daß zu dieser Zeit selbst der alten strengen, rhythmischen, kunstreichen Tragödie mit einer Revolution gedroht ward, die nur durch große Talente und die Macht des Herkommens abgelenkt werden konnte.

Es stellte sich nämlich dem Schauspieler Le Cain, der seine Helden mit besondrem theatralischen Anstand, mit Erholung, Erhebung und Kraft spielte, und sich vom Natürlichen und Gewöhnlichen entfernt hielt, ein Mann gegenüber, mit Namen Aufresne, der aller Unnatur den Krieg erklärte und in seinem tragischen Spiel die höchste Wahrheit auszudrücken suchte. Dieses Verfahren mochte zu dem des übrigen Pariser Theaterpersonals nicht passen. Er stand allein, jene hielten sich aneinander geschlossen, und er, hartnäckig genug auf seinem Sinne bestehend, verließ lieber Paris und kam durch Straßburg. Dort sahen wir ihn die Rolle des August im »Cinna«, des Mithridat und andere dergleichen, mit der wahrsten natürlichsten Würde spielen. Als ein schöner großer Mann trat er auf, mehr schlank als stark, nicht eigentlich von imposantem, aber von edlem gefälligem Wesen. Sein Spiel war überlegt und ruhig, ohne kalt zu sein, und kräftig genug, wo es erfordert wurde. Er war ein sehr geübter Künstler, und von den wenigen, die das Künstliche ganz in die Natur und die Natur ganz in die Kunst zu verwandeln wissen. Diese sind es eigentlich, deren mißverstandene Vorzüge die Lehre von der falschen Natürlichkeit jederzeit veranlassen.

Und so will ich denn auch noch eines kleinen aber merkwürdig Epoche machenden Werks gedenken, es ist Rousseaus »Pygmalion«. Viel könnte man darüber sagen: denn diese wunderliche Produktion schwankt gleichfalls zwischen Natur und Kunst, mit dem falschen Bestreben, diese in jene aufzulösen. Wir sehen einen Künstler, der das Vollkommenste geleistet hat, und doch nicht Befriedigung darin findet, seine Idee außer sich, kunstgemäß dargestellt und ihr ein höheres Leben verliehen zu haben; nein! sie soll auch in das irdische Leben zu ihm herabgezogen werden. Er will das Höchste was Geist und Tat hervorgebracht, durch den gemeinsten Akt der Sinnlichkeit zerstören.

Alles dieses und manches andere, recht und töricht, wahr und halbwahr, das auf uns einwirkte, trug noch mehr bei, die Begriffe zu verwirren; wir trieben uns auf mancherlei Abwegen und Umwegen herum, und so ward von vielen Seiten auch jene deutsche literarische Revolution vorbereitet, von der wir Zeugen waren, und wozu wir, bewußt und unbewußt, willig oder unwillig, unaufhaltsam mitwirkten.

Auf philosophische Weise erleuchtet und gefördert zu werden, hatten wir keinen Trieb noch Hang, über religiose Gegenstände glaubten wir uns selbst aufgeklärt zu haben, und so war der heftige Streit französischer Philosophen mit dem Pfafftum uns ziemlich gleichgültig. Verbotene, zum Feuer verdammte Bücher, welche damals großen Lärmen machten, übten keine Wirkung auf uns. Ich gedenke statt aller des »Système de la nature«, das wir aus Neugier in die Hand nahmen. Wir begriffen nicht, wie ein solches Buch gefährlich sein könnte. Es kam uns so grau, so cimmerisch, so totenhaft vor, daß wir Mühe hatten, seine Gegenwart auszuhalten, daß wir davor wie vor einem Gespenste schauderten. Der Verfasser glaubt sein Buch ganz eigens zu empfehlen, wenn er in der Vorrede versichert, daß er, als ein abgelebter Greis, soeben in die Grube steigend, der Mit- und Nachwelt die Wahrheit verkünden wolle.

Wir lachten ihn aus: denn wir glaubten bemerkt zu haben, daß von alten Leuten eigentlich an der Welt nichts geschätzt werde, was liebenswürdig und gut an ihr ist. »Alte Kirchen haben dunkle Gläser! – Wie Kirschen und Beeren schmecken, muß man Kinder und Sperlinge fragen!« dies waren unsere Lust- und Leibworte; und so schien uns jenes Buch, als die rechte Quintessenz der Greisenheit, unschmackhaft, ja abgeschmackt. Alles sollte notwendig sein und deswegen kein Gott. Könnte es denn aber nicht auch notwendig einen Gott geben? fragten wir. Dabei gestanden wir freilich, daß wir uns den Notwendigkeiten der Tage und Nächte, der Jahreszeiten, der klimatischen Einflüsse, der physischen und animalischen Zustände nicht wohl entziehn könnten; doch fühlten wir etwas in uns das als vollkommene Willkür erschien, und wieder etwas das sich mit dieser Willkür ins Gleichgewicht zu setzen suchte.

Die Hoffnung immer vernünftiger zu werden, uns von den äußeren Dingen, ja von uns selbst immer unabhängiger zu machen, konnten wir nicht aufgeben. Das Wort Freiheit klingt so schön, daß man es nicht entbehren könnte, und wenn es einen Irrtum bezeichnete.

Keiner von uns hatte das Buch hinausgelesen: denn wir fanden uns in der Erwartung getäuscht, in der wir es aufgeschlagen hatten. System der Natur ward angekündigt, und wir hofften also wirklich etwas von der Natur, unserer Abgöttin, zu erfahren. Physik und Chemie, Himmels- und Erdbeschreibung, Naturgeschichte und Anatomie und so manches andere hatte nun seit Jahren und bis auf den letzten Tag uns immer auf die geschmückte große Welt hingewiesen, und wir hätten gern von Sonnen und Sternen, von Planeten und Monden, von Bergen, Tälern, Flüssen und Meeren und von allem was darin lebt und webt, das Nähere so wie das Allgemeinere erfahren. Daß hierbei wohl manches vorkommen müßte, was dem gemeinen Menschen als schädlich, der Geistlichkeit als gefährlich, dem Staat als unzuläßlich erscheinen möchte, daran hatten wir keinen Zweifel, und wir hofften, dieses Büchlein sollte nicht unwürdig die Feuerprobe bestanden haben. Allein wie hohl und leer ward uns in dieser tristen atheistischen Halbnacht zu Mute, in welcher die Erde mit allen ihren Gebilden, der Himmel mit allen seinen Gestirnen verschwand. Eine Materie sollte sein von Ewigkeit, und von Ewigkeit her bewegt, und sollte nun mit dieser Bewegung rechts und links und nach allen Seiten, ohne weiteres, die unendlichen Phänomene des Daseins hervorbringen. Dies alles wären wir sogar zufrieden gewesen, wenn der Verfasser wirklich aus seiner bewegten Materie die Welt vor unsern Augen aufgebaut hätte. Aber er mochte von der Natur so wenig wissen als wir: denn indem er einige allgemeine Begriffe hingepfahlt, verläßt er sie sogleich, um dasjenige was höher als die Natur, oder als höhere Natur in der Natur erscheint, zur materiellen, schweren, zwar bewegten aber doch richtungs- und gestaltlosen Natur zu verwandeln, und glaubt dadurch recht viel gewonnen zu haben.

Wenn uns jedoch dieses Buch einigen Schaden gebracht hat, so war es der, daß wir aller Philosophie, besonders aber der Metaphysik, recht herzlich gram wurden und blieben, dagegen aber aufs lebendige Wissen, Erfahren, Tun und Dichten uns nur desto lebhafter und leidenschaftlicher hinwarfen.

So waren wir denn an der Grenze von Frankreich alles französischen Wesens auf einmal bar und ledig. Ihre Lebensweise fanden wir zu bestimmt und zu vornehm, ihre Dichtung kalt, ihre Kritik vernichtend, ihre Philosophie abstrus und doch unzulänglich, so daß wir auf dem Punkte standen, uns der rohen Natur wenigstens versuchsweise hinzugeben, wenn uns nicht ein anderer Einfluß schon seit langer Zeit zu höheren, freieren und ebenso wahren als dichterischen Weltansichten und Geistesgenüssen vorbereitet und uns erst heimlich und mäßig, dann aber immer offenbarer und gewaltiger beherrscht hätte.

Ich brauche kaum zu sagen, daß hier Shakespeare gemeint sei, und nachdem ich dieses ausgesprochen, bedarf es keiner weitern Ausführung. Shakespeare ist von den Deutschen mehr als von allen anderen Nationen, ja vielleicht mehr als von seiner eignen erkannt. Wir haben ihm alle Gerechtigkeit, Billigkeit und Schonung, die wir uns untereinander selbst versagen, reichlich zugewendet; vorzügliche Männer beschäftigten sich, seine Geistesgaben im günstigsten Lichte zu zeigen, und ich habe jederzeit was man zu seiner Ehre, zu seinen Gunsten, ja ihn zu entschuldigen gesagt, gern unterschrieben. Die Einwirkung dieses außerordentlichen Geistes auf mich ist früher dargestellt, und über seine Arbeiten einiges versucht worden, welches Zustimmung gefunden hat; und so mag es hier an dieser allgemeinen Erklärung genug sein, bis ich eine Nachlese von Betrachtungen über so große Verdienste, die ich an dieser Stelle einzuschalten in Versuchung geriet, Freunden die mich hören mögen, mitzuteilen im Falle bin.

Gegenwärtig will ich nur die Art, wie ich mit ihm bekannt geworden, näher anzeigen. Es geschah ziemlich früh, in Leipzig, durch Dodds »Beauties of Shakespeare«. Was man auch gegen solche Sammlungen sagen kann, welche die Autoren zerstückelt mitteilen, sie bringen doch manche gute Wirkung hervor. Sind wir doch nicht immer so gefaßt und so geistreich, daß wir ein ganzes Werk nach seinem Wert in uns aufzunehmen vermöchten. Streichen wir nicht in einem Buche Stellen an, die sich unmittelbar auf uns beziehen. Junge Leute besonders, denen es an durchgreifender Bildung fehlt, werden von glänzenden Stellen gar löblich aufgeregt, und so erinnere ich mich noch als einer der schönsten Epochen meines Lebens derjenigen, welche gedachtes Werk bei mir bezeichnete. Jene herrlichen Eigenheiten, die großen Sprüche, die treffenden Schilderungen, die humoristischen Züge, alles traf mich einzeln und gewaltig.

Nun erschien Wielands Übersetzung. Sie ward verschlungen, Freunden und Bekannten mitgeteilt und empfohlen. Wir Deutsche hatten den Vorteil, daß mehrere bedeutende Werke fremder Nationen, auf eine leichte und heitere Weise zuerst herüber gebracht wurden. Shakespeare prosaisch übersetzt, erst durch Wieland, dann durch Eschenburg, konnte als eine allgemein verständliche und jedem Leser gemäße Lektüre sich schnell verbreiten, und große Wirkung hervorbringen. Ich ehre den Rhythmus wie den Reim, wodurch Poesie erst zur Poesie wird, aber das eigentlich tief und gründlich Wirksame, das wahrhaft Ausbildende und Fördernde ist dasjenige was vom Dichter übrig bleibt, wenn er in Prose übersetzt wird. Dann bleibt der reine vollkommene Gehalt, den uns ein blendendes Äußere oft, wenn er fehlt, vorzuspiegeln weiß, und wenn er gegenwärtig ist, verdeckt. Ich halte daher, zum Anfang jugendlicher Bildung, prosaische Übersetzungen für vorteilhafter als die poetischen; denn es läßt sich bemerken, daß Knaben, denen ja doch alles zum Scherze dienen muß, sich am Schall der Worte, am Fall der Silben ergetzen, und durch eine Art von parodistischem Mutwillen den tiefen Gehalt des edelsten Werks zerstören. Deshalb gebe ich zu bedenken, ob nicht zunächst eine prosaische Übersetzung des Homer zu unternehmen wäre; aber freilich müßte sie der Stufe würdig sein, auf der sich die deutsche Literatur gegenwärtig befindet. Ich überlasse dies und das Vorgesagte unsern würdigen Pädagogen zur Betrachtung, denen ausgebreitete Erfahrung hierüber am besten zu Gebote steht. Nur will ich noch, zu Gunsten meines Vorschlags, an Luthers Bibelübersetzung erinnern: denn daß dieser treffliche Mann ein in dem verschiedensten Stile verfaßtes Werk und dessen dichterischen, geschichtlichen, gebietenden, lehrenden Ton uns in der Muttersprache, wie aus einem Gusse überlieferte, hat die Religion mehr gefördert, als wenn er die Eigentümlichkeiten des Originals im Einzelnen hätte nachbilden wollen. Vergebens hat man nachher sich mit dem Buche Hiob, den Psalmen und andern Gesängen bemüht, sie uns in ihrer poetischen Form genießbar zu machen. Für die Menge, auf die gewirkt werden soll, bleibt eine schlichte Übertragung immer die beste. Jene kritischen Übersetzungen, die mit dem Original wetteifern, dienen eigentlich nur zur Unterhaltung der Gelehrten untereinander.

Und so wirkte in unserer Straßburger Sozietät Shakespeare, übersetzt und im Original, stückweise und im Ganzen, stellen- und auszugsweise, dergestalt, daß, wie man bibelfeste Männer hat, wir uns nach und nach in Shakespeare befestigten, die Tugenden und Mängel seiner Zeit, mit denen er uns bekannt macht, in unseren Gesprächen nachbildeten, an seinen Quibbles die größte Freude hatten, und durch Übersetzung derselben, ja durch originalen Mutwillen mit ihm wetteiferten. Hiezu trug nicht wenig bei, daß ich ihn vor allen mit großem Enthusiasmus ergriffen hatte. Ein freudiges Bekennen, daß etwas Höheres über mir schwebe, war anstekkend für meine Freunde, die sich alle dieser Sinnesart hingaben. Wir leugneten die Möglichkeit nicht, solche Verdienste näher zu erkennen, sie zu begreifen, mit Einsicht zu beurteilen; aber dies behielten wir uns für spätere Epochen vor: gegenwärtig wollten wir nur freudig teilnehmen, lebendig nachbilden, und bei so großem Genuß, an dem Manne, der ihn uns gab, nicht forschen und mäkeln, vielmehr tat es uns wohl, ihn unbedingt zu verehren.

Will jemand unmittelbar erfahren, was damals in dieser lebendigen Gesellschaft gedacht, gesprochen und verhandelt worden, der lese den Aufsatz Herders über Shakespeare, in dem Hefte »Von deutscher Art und Kunst«; ferner Lenzens »Anmerkungen übers Theater«, denen eine Übersetzung von »Love's Labour's Lost« hinzugefügt war. Herder dringt in das Tiefere von Shakespeares Wesen und stellt es herrlich dar; Lenz beträgt sich mehr bilderstürmerisch gegen die Herkömmlichkeit des Theaters, und will denn eben all und überall nach Shakespearescher Weise gehandelt haben. Da ich diesen so talentvollen als seltsamen Menschen hier zu erwähnen veranlaßt werde, so ist wohl der Ort, versuchsweise einiges über ihn zu sagen. Ich lernte ihn erst gegen das Ende meines Straßburger Aufenthalts kennen. Wir sahen uns selten; seine Gesellschaft war nicht die meine, aber wir suchten doch Gelegenheit uns zu treffen, und teilten uns einander gern mit, weil wir, als gleichzeitige Jünglinge, ähnliche Gesinnungen hegten. Klein, aber nett von Gestalt, ein allerliebstes Köpfchen, dessen zierlicher Form niedliche etwas abgestumpfte Züge vollkommen entsprachen; blaue Augen, blonde Haare, kurz ein Persönchen, wie mir unter nordischen Jünglingen von Zeit zu Zeit eins begegnet ist; einen sanften, gleichsam vorsichtigen Schritt, eine angenehme nicht ganz fließende Sprache, und ein Betragen, das zwischen Zurückhaltung und Schüchternheit sich bewegend, einem jungen Manne gar wohl anstand. Kleinere Gedichte, besonders seine eignen, las er sehr gut vor, und schrieb eine fließende Hand. Für seine Sinnesart wüßte ich nur das englische Wort whimsical, welches, wie das Wörterbuch ausweist, gar manche Seltsamkeiten in einem Begriff zusammenfaßt. Niemand war vielleicht eben deswegen fähiger als er, die Ausschweifungen und Auswüchse des Shakespeareschen Genies zu empfinden und nachzubilden. Die obengedachte Übersetzung gibt ein Zeugnis hievon. Er behandelt seinen Autor mit großer Freiheit, ist nichts weniger als knapp und treu, aber er weiß sich die Rüstung oder vielmehr die Possenjacke seines Vorgängers so gut anzupassen, sich seinen Gebärden so humoristisch gleichzustellen, daß er demjenigen, den solche Dinge anmuteten, gewiß Beifall abgewann.

Die Absurditäten der Clowns machten besonders unsere ganze Glückseligkeit und wir priesen Lenzen, als einen begünstigten Menschen, da ihm jenes Epitaphium des von der Prinzessin geschossenen Wildes folgendermaßen gelungen war:

Die schöne Prinzessin schoß und traf
Eines jungen Hirschleins Leben;
Es fiel dahin in schweren Schlaf,
Und wird ein Brätlein geben.
Der Jagdhund boll! – Ein L zu Hirsch
So wird es denn ein Hirschel;
Doch setzt ein römisch L zu Hirsch,
So macht es funfzig Hirschel.
Ich mache hundert Hirsche draus,
Schreib' Hirschell mit zwei LLen.

Die Neigung zum Absurden, die sich frei und unbewunden bei der Jugend zu Tage zeigt, nachher aber immer mehr in die Tiefe zurücktritt, ohne sich deshalb gänzlich zu verlieren, war bei uns in voller Blüte, und wir suchten auch durch Originalspäße unsern großen Meister zu feiern. Wir waren sehr glorios, wenn wir der Gesellschaft etwas der Art vorlegen konnten, welches einigermaßen gebilligt wurde, wie z. B. folgendes auf einen Rittmeister, der auf einem wilden Pferde zu Schaden gekommen war:

Ein Ritter wohnt in diesem Haus,
Ein Meister auch daneben;
Macht man davon einen Blumenstrauß,
So wird's einen Rittmeister geben.
Ist er nun Meister von dem Ritt,
Führt er mit Recht den Namen;
Doch nimmt der Ritt den Meister mit,
Weh ihm und seinem Samen!

Über solche Dinge ward sehr ernsthaft gestritten, ob sie des Clowns würdig oder nicht, und ob sie aus der wahrhaften reinen Narrenquelle geflossen, oder ob etwa Sinn und Verstand sich auf eine ungehörige und unzulässige Weise mit eingemischt hätten. Überhaupt aber konnten sich diese seltsamen Gesinnungen um so heftiger verbreiten und so mehrere waren im Falle, daran teilzunehmen, als Lessing, der das große Vertrauen besaß, in seiner »Dramaturgie« eigentlich das erste Signal dazu gegeben hatte.

In so gestimmter und aufgeregter Gesellschaft gelang mir manche angenehme Fahrt nach dem oberen Elsaß, woher ich aber eben deshalb keine sonderliche Belehrung zurückbrachte. Die vielen kleinen Verse, die uns bei jeder Gelegenheit entquollen, und die wohl eine muntere Reisebeschreibung ausstatten konnten, sind verloren gegangen. In dem Kreuzgange der Abtei Molsheim bewunderten wir die farbigen Scheibengemälde; in der fruchtbaren Gegend zwischen Colmar und Schlettstadt ertönten possierliche Hymnen an Ceres, indem der Verbrauch so vieler Früchte umständlich auseinandergesetzt und angepriesen, auch die wichtige Streitfrage über den freien oder beschränkten Handel derselben sehr lustig genommen wurde. In Ensisheim sahen wir den ungeheuren Aërolithen in der Kirche aufgehangen, und spotteten, der Zweifelsucht jener Zeit gemäß, über die Leichtgläubigkeit der Menschen, nicht vorahndend, daß dergleichen luftgeborene Wesen wo nicht auf unsern eignen Acker herabfallen, doch wenigstens in unsern Kabinetten sollten verwahrt werden.

Einer mit hundert, ja tausend Gläubigen auf den Ottilienberg begangenen Wallfahrt denk' ich noch immer gern. Hier, wo das Grundgemäuer eines römischen Kastells noch übrig, sollte sich in Ruinen und Steinritzen eine schöne Grafentochter, aus frommer Neigung aufgehalten haben. Ohnfern der Kapelle, wo sich die Wanderer erbauen, zeigt man ihren Brunnen und erzählt gar manches Anmutige. Das Bild das ich mir von ihr machte, und ihr Name, prägte sich tief bei mir ein. Beide trug ich lange mit mir herum, bis ich endlich eine meiner zwar spätern, aber darum nicht minder geliebten Töchter damit ausstattete, die von frommen und reinen Herzen so günstig aufgenommen wurde.

Auch auf dieser Höhe wiederholt sich dem Auge das herrliche Elsaß, immer dasselbe und immer neu; ebenso wie man im Amphitheater, man nehme Platz wo man wolle, das ganze Volk übersieht, nur seine Nachbarn am deutlichsten, so ist es auch hier mit Büschen, Felsen, Hügeln, Wäldern, Feldern, Wiesen und Ortschaften in der Nähe und in der Ferne. Am Horizont wollte man uns sogar Basel zeigen; daß wir es gesehen, will ich nicht beschwören, aber das entfernte Blau der Schweizergebirge übte auch hier sein Recht über uns aus, indem es uns zu sich forderte, und da wir nicht diesem Triebe folgen konnten, ein schmerzliches Gefühl zurückließ.

Solchen Zerstreuungen und Heiterkeiten gab ich mich um so lieber und zwar bis zur Trunkenheit hin, als mich mein leidenschaftliches Verhältnis zu Friedriken nunmehr zu ängstigen anfing. Eine solche jugendliche, aufs Geratewohl gehegte Neigung ist der nächtlich geworfenen Bombe zu vergleichen, die in einer sanften, glänzenden Linie aufsteigt, sich unter die Sterne mischt, ja einen Augenblick unter ihnen zu verweilen scheint, alsdann aber abwärts, zwar wieder dieselbe Bahn, nur umgekehrt, bezeichnet, und zuletzt da, wo sie ihren Lauf geendet, Verderben hinbringt. Friedrike blieb sich immer gleich; sie schien nicht zu denken noch denken zu wollen, daß dieses Verhältnis sich so bald endigen könne. Olivie hingegen, die mich zwar auch ungern vermißte, aber doch nicht so viel als jene verlor, war voraussehender oder offener. Sie sprach manchmal mit mir über meinen vermutlichen Abschied und suchte über sich selbst und ihre Schwester sich zu trösten. Ein Mädchen das einem Manne entsagt, dem sie ihre Gewogenheit nicht verleugnet, ist lange nicht in der peinlichen Lage, in der sich ein Jüngling befindet, der mit Erklärungen ebenso weit gegen ein Frauenzimmer herausgegangen ist. Er spielt immer eine leidige Figur: denn von ihm, als einem werdenden Manne, erwartet man schon eine gewisse Übersicht seines Zustandes, und ein entschiedener Leichtsinn will ihn nicht kleiden. Die Ursachen eines Mädchens, das sich zurückzieht, scheinen immer gültig, die des Mannes niemals.

Allein wie soll eine schmeichelnde Leidenschaft uns voraussehn lassen, wohin sie uns führen kann? Denn auch selbst alsdann, wenn wir schon ganz verständig auf sie Verzicht getan, können wir sie noch nicht loslassen; wir ergetzen uns an der lieblichen Gewohnheit, und sollte es auch auf eine veränderte Weise sein. So ging es auch mir. Wenngleich die Gegenwart Friedrikens mich ängstigte, so wußte ich doch nichts Angenehmeres, als abwesend an sie zu denken und mich mit ihr zu unterhalten. Ich kam seltner hinaus, aber unsere Briefe wechselten desto lebhafter. Sie wußte mir ihre Zustände mit Heiterkeit, ihre Gefühle mit Anmut zu vergegenwärtigen, so wie ich mir ihre Verdienste mit Gunst und Leidenschaft vor die Seele rief. Die Abwesenheit machte mich frei, und meine ganze Zuneigung blühte erst recht auf durch die Unterhaltung in der Ferne. Ich konnte mich in solchen Augenblicken ganz eigentlich über die Zukunft verblenden;

zerstreut war ich genug durch das Fortrollen der Zeit und dringender Geschäfte. Ich hatte bisher möglich gemacht, das Mannigfaltigste zu leisten, durch immer lebhafte Teilnahme am Gegenwärtigen und Augenblicklichen; allein gegen das Ende drängte sich alles gar gewaltsam übereinander, wie es immer zu gehn pflegt, wenn man sich von einem Orte loslösen soll.

Noch ein Zwischenereignis nahm mir die letzten Tage weg. Ich befand mich nämlich in ansehnlicher Gesellschaft auf einem Landhause, von wo man die Vorderseite des Münsters und den darüber emporsteigenden Turm gar herrlich sehn konnte. »Es ist schade«, sagte jemand, »daß das Ganze nicht fertig geworden und daß wir nur den einen Turm haben.« Ich versetzte dagegen: »Es ist mir ebenso leid, diesen einen Turm nicht ganz ausgeführt zu sehn; denn die vier Schnecken setzen viel zu stumpf ab, es hätten darauf noch vier leichte Turmspitzen gesollt, so wie eine höhere auf die Mitte, wo das plumpe Kreuz steht.«

Als ich diese Behauptung mit gewöhnlicher Lebhaftigkeit aussprach, redete mich ein kleiner muntrer Mann an und fragte: »Wer hat Ihnen das gesagt?« – »Der Turm selbst«, versetzte ich. »Ich habe ihn so lange und aufmerksam betrachtet, und ihm so viel Neigung erwiesen, daß er sich zuletzt entschloß, mir dieses offenbare Geheimnis zu gestehn.« – »Er hat Sie nicht mit Unwahrheit berichtet«, versetzte jener; »ich kann es am besten wissen, denn ich bin der Schaffner, der über die Baulichkeiten gesetzt ist. Wir haben in unserem Archiv noch die Originalrisse, welche dasselbe besagen, und die ich Ihnen zeigen kann.« – Wegen meiner nahen Abreise drang ich auf Beschleunigung dieser Gefälligkeit. Er ließ mich die unschätzbaren Rollen sehn; ich zeichnete geschwind die in der Ausführung fehlenden Spitzen durch ölgetränktes Papier und bedauerte, nicht früher von diesem Schatz unterrichtet gewesen zu sein. Aber so sollte es mir immer ergehn, daß ich durch Anschaun und Betrachten der Dinge erst mühsam zu einem Begriffe gelangen mußte, der mir vielleicht nicht so auffallend und fruchtbar gewesen wäre, wenn man mir ihn überliefert hätte.

In solchem Drang und Verwirrung konnte ich doch nicht unterlassen, Friedriken noch einmal zu sehn. Es waren peinliche Tage, deren Erinnerung mir nicht geblieben ist. Als ich ihr die Hand noch vom Pferde reichte, standen ihr die Tränen in den Augen, und mir war sehr übel zu Mute. Nun ritt ich auf dem Fußpfade gegen Drusenheim, und da überfiel mich eine der sonderbarsten Ahndungen. Ich sah nämlich, nicht mit den Augen des Leibes, sondern des Geistes, mich mir selbst, denselben Weg, zu Pferde wieder entgegen kommen, und zwar in einem Kleide wie ich es nie getragen: es war hechtgrau mit etwas Gold. Sobald ich mich aus diesem Traum aufschüttelte, war die Gestalt ganz hinweg. Sonderbar ist es jedoch, daß ich nach acht Jahren, in dem Kleide das mir geträumt hatte, und das ich nicht aus Wahl sondern aus Zufall gerade trug, mich auf demselben Wege fand, um Friedriken noch einmal zu besuchen. Es mag sich übrigens mit diesen Dingen wie es will verhalten, das wunderliche Trugbild gab mir in jenen Augenblicken des Scheidens einige Beruhigung. Der Schmerz das herrliche Elsaß, mit allem was ich darin erworben, auf immer zu verlassen, war gemildert, und ich fand mich, dem Taumel des Lebewohls endlich entflohn, auf einer friedlichen und erheiternden Reise so ziemlich wieder.

In Mannheim angelangt, eilte ich mit größter Begierde, den Antikensaal zu sehn, von dem man viel Rühmens machte. Schon in Leipzig, bei Gelegenheit der Winkelmannschen und Lessingschen Schriften, hatte ich viel von diesen bedeutenden Kunstwerken reden hören, desto weniger aber gesehn: denn außer Laokoon, dem Vater, und dem Faun mit den Crotalen befanden sich keine Abgüsse auf der Akademie, und was uns Oeser bei Gelegenheit dieser Bildnisse zu sagen beliebte, war freilich rätselhaft genug. Wie will man aber auch Anfängern von dem Ende der Kunst einen Begriff geben?

Direktor Verschaffels Empfang war freundlich. Zu dem Saale führte mich einer seiner Gesellen, der, nachdem er mir aufgeschlossen, mich meinen Neigungen und Betrachtungen überließ. Hier stand ich nun, den wundersamsten Eindrükken ausgesetzt, in einem geräumigen, viereckten, bei außerordentlicher Höhe fast kubischen Saal, in einem durch Fenster unter dem Gesims von oben wohlerleuchteten Raum: die herrlichsten Statuen des Altertums nicht allein an den Wänden gereiht, sondern auch innerhalb der ganzen Fläche durcheinander aufgestellt; ein Wald von Statuen, durch den man sich durchwinden, eine große ideale Volksgesellschaft, zwischen der man sich durchdrängen mußte. Alle diese herrlichen Gebilde konnten durch Auf- und Zuziehn der Vorhänge in das vorteilhafteste Licht gestellt werden; überdies waren sie auf ihren Postamenten beweglich und nach Belieben zu wenden und zu drehen.

Nachdem ich die erste Wirkung dieser unwiderstehlichen Masse eine Zeit lang geduldet hatte, wendete ich mich zu denen Gestalten, die mich am meisten anzogen, und wer kann leugnen, daß Apoll von Belvedere, durch seine mäßige Kolossalgröße, den schlanken Bau, die freie Bewegung, den siegenden Blick, auch über unsere Empfindung vor allen andern den Sieg davontrage? Sodann wendete ich mich zu Laokoon, den ich hier zuerst mit seinen Söhnen in Verbindung sah. Ich vergegenwärtigte mir so gut als möglich das, was über ihn verhandelt und gestritten worden war, und suchte mir einen eignen Gesichtspunkt; allein ich ward bald da- bald dorthin gezogen. Der sterbende Fechter hielt mich lange fest, besonders aber hatte ich der Gruppe von Castor und Pollux, diesen kostbaren, obgleich problematischen Resten, die seligsten Augenblicke zu danken. Ich wußte noch nicht, wie unmöglich es sei, sich von einem genießenden Anschaun sogleich Rechenschaft zu geben. Ich zwang mich zu reflektieren, und so wenig es mir gelingen wollte, zu irgend einer Art von Klarheit zu gelangen, so fühlte ich doch, daß jedes Einzelne dieser großen versammelten Masse faßlich, ein jeder Gegenstand natürlich und in sich selbst bedeutend sei.

Auf Laokoon jedoch war meine größte Aufmerksamkeit gerichtet, und ich entschied mir die berühmte Frage, warum er nicht schreie, dadurch, daß ich mir aussprach, er könne nicht schreien. Alle Handlungen und Bewegungen der drei Figuren gingen mir aus der ersten Konzeption der Gruppe hervor. Die ganze so gewaltsame als kunstreiche Stellung des Hauptkörpers war aus zwei Anlässen zusammengesetzt, aus dem Streben gegen die Schlangen, und aus dem Fliehn vor dem augenblicklichen Biß. Um diesen Schmerz zu mildern, mußte der Unterleib eingezogen und das Schreien unmöglich gemacht werden. So entschied ich mich auch, daß der jüngere Sohn nicht gebissen sei, und wie ich mir sonst noch das Kunstreiche dieser Gruppe auszulegen suchte. Ich schrieb hierüber einen Brief an Oesern, der aber nicht sonderlich auf meine Auslegung achtete, sondern nur meinen guten Willen mit einer allgemeinen Aufmunterung erwiderte. Ich aber war glücklich genug, jenen Gedanken festzuhalten und bei mir mehrere Jahre ruhen zu lassen, bis er sich zuletzt an meine sämtlichen Erfahrungen und Überzeugungen anschloß, in welchem Sinne ich ihn sodann bei Herausgabe der »Propyläen« mitteilte.

Nach eifriger Betrachtung so vieler erhabenen plastischen Werke, sollte es mir auch an einem Vorschmack antiker Architektur nicht fehlen. Ich fand den Abguß eines Kapitells der Rotonde, und ich leugne nicht, daß beim Anblick jener so ungeheuren als eleganten Acanthblätter mein Glaube an die nordische Baukunst etwas zu wanken anfing.

Dieses große und bei mir durchs ganze Leben wirksame frühzeitige Schauen war dennoch für die nächste Zeit von geringen Folgen. Wie gern hätte ich mit dieser Darstellung ein Buch angefangen, anstatt daß ich's damit ende: denn kaum war die Türe des herrlichen Saals hinter mir zugeschlossen, so wünschte ich mich selbst wieder zu finden, ja ich suchte jene Gestalten eher, als lästig, aus meiner Einbildungskraft zu entfernen, und nur erst durch einen großen Umweg sollte ich in diesen Kreis zurückgeführt werden. Indessen ist die stille

Fruchtbarkeit solcher Eindrücke ganz unschätzbar, die man genießend, ohne zersplitterndes Urteil, in sich aufnimmt. Die Jugend ist dieses höchsten Glücks fähig, wenn sie nicht kritisch sein will, sondern das Vortreffliche und Gute, ohne Untersuchung und Sonderung, auf sich wirken läßt.

Zwölftes Buch

Der Wanderer war nun endlich gesünder und froher nach Hause gelangt als das erste Mal, aber in seinem ganzen Wesen zeigte sich doch etwas Überspanntes, welches nicht völlig auf geistige Gesundheit deutete. Gleich zu Anfang brachte ich meine Mutter in den Fall, daß sie zwischen meines Vaters rechtlichem Ordnungsgeist und meiner vielfachen Exzentrizität die Vorfälle in ein gewisses Mittel zu richten und zu schlichten beschäftigt sein mußte. In Mainz hatte mir ein harfespielender Knabe so wohl gefallen, daß ich ihn, weil die Messe gerade vor der Türe war, nach Frankfurt einlud, ihm Wohnung zu geben und ihn zu befördern versprach. In diesem Ereignis trat wieder einmal diejenige Eigenheit hervor, die mich in meinem Leben so viel gekostet hat, daß ich nämlich gern sehe, wenn jüngere Wesen sich um mich versammeln und an mich anknüpfen, wodurch ich denn freilich zuletzt mit ihrem Schicksal belastet werde. Eine unangenehme Erfahrung nach der andern konnte mich von dem angebornen Trieb nicht zurückbringen, der noch gegenwärtig, bei der deutlichsten Überzeugung, von Zeit zu Zeit mich irre zu führen droht. Meine Mutter, klärer als ich, sah wohl voraus, wie sonderbar es meinem Vater vorkommen müßte, wenn ein musikalischer Meßläufer, von einem so ansehnlichen Hause her, zu Gasthöfen und Schenken ginge, sein Brot zu verdienen; daher sorgte sie in der Nachbarschaft für Herberge und Kost desselben; ich empfahl ihn meinen Freunden, und so befand sich das Kind nicht übel. Nach mehreren Jahren sah ich ihn wieder, wo er größer und tölpischer geworden war, ohne in seiner Kunst viel zugenommen zu haben. Die wackere Frau, mit dem ersten Probestück des Ausgleichens und Vertuschens wohl zufrieden, dachte nicht, daß sie diese Kunst in der nächsten Zeit durchaus nötig haben würde. Der Vater, in seinen verjährten Liebhabereien und Beschäftigungen ein zufriedenes Leben führend, war behaglich, wie einer, der trotz allen Hindernissen und Verspätungen, seine Plane durchsetzt. Ich hatte nun promoviert, der erste Schritt zu dem fernern bürgerlichen, stufenweisen Lebensgange war getan. Meine Disputation hatte seinen Beifall, ihn beschäftigte die nähere Betrachtung derselben und manche Vorbereitung zu einer künftigen Herausgabe. Während meines Aufenthalts im Elsaß hatte ich viel kleine Gedichte, Aufsätze, Reisebemerkungen und manches fliegende Blatt geschrieben. Diese zu rubrizieren, zu ordnen, die Vollendung zu verlangen unterhielt ihn, und so war er froh in der Erwartung, daß meine bisher unüberwundene Abneigung, etwas dieser Dinge gedruckt zu sehn, sich nächstens verlieren werde. Die Schwester hatte einen Kreis von verständigen und liebenswürdigen Frauenzimmern um sich versammelt. Ohne herrisch zu sein, herrschte sie über alle, indem ihr Verstand gar manches übersehn und ihr guter Wille vieles ausgleichen konnte, sie auch überdies in dem Fall war, eher die Vertraute als die Rivalin zu spielen. Von ältern Freunden und Bekannten fand ich an Horn den unveränderlich treuen Freund und heiteren Gesellschafter; mit Riese ward ich auch vertraut, der meinen Scharfsinn zu üben und zu prüfen nicht verfehlte, indem er, durch anhaltenden Widerspruch, einem dogmatischen Enthusiasmus, in welchen ich nur gar zu gern verfiel, Zweifel und Verneinung entgegensetzte. Andere traten nach und nach zu diesem Kreis, deren ich künftig gedenke; jedoch standen unter den Personen, die mir den neuen Aufenthalt in meiner Vaterstadt angenehm und fruchtbar machten, die Gebrüder Schlosser allerdings oben an. Der ältere, Hieronymus, ein gründlicher und eleganter Rechtsgelehrter, hatte als Sachwalter ein allgemeines Vertrauen. Unter seinen Büchern und Akten, in Zimmern wo die größte Ordnung herrschte, war sein liebster Aufenthalt; dort hab' ich ihn niemals anders als heiter und teilnehmend gefunden. Auch in größerer Gesellschaft erwies er sich angenehm und unterhaltend: denn sein Geist war, durch eine ausgebreitete Lektüre, mit allem Schönen der Vorwelt geziert. Er verschmähte nicht, bei Gelegenheit, durch geistreiche lateinische Gedichte die geselligen Freuden zu vermehren; wie ich denn noch verschiedene scherzhafte Distichen von ihm besitze, die er unter einige von mir gezeichnete Porträte seltsamer, allgemein bekannter Frankfurter Karikaturen geschrieben hatte. Öfters beriet ich mich mit ihm über meinen einzuleitenden Lebens- und Geschäftsgang, und hätten mich nicht hundertfältige Neigungen, Leidenschaften und Zerstreuungen von diesem Wege fortgerissen, er würde mir der sicherste Führer geworden sein.

Näher an Alter stand mir sein Bruder Georg, der sich von Treptow, aus den Diensten des Herzogs Eugen von Würtemberg wieder zurückgezogen hatte. An Weltkenntnis, an praktischem Geschick vorgeschritten, war er in seiner Übersicht der deutschen und auswärtigen Literatur auch nicht zurückgeblieben. Er schrieb, wie vormals, gern in allen Sprachen, regte mich aber dadurch nicht weiter an, da ich mich dem Deutschen ausschließlich widmend, die übrigen nur insoweit kultivierte, daß ich die besten Autoren im Original einigermaßen zu lesen im Stande war. Seine Rechtschaffenheit zeigte sich immer als dieselbe, ja die Bekanntschaft mit der Welt mochte ihn veranlaßt haben, strenger, sogar starrer auf seinen wohlmeinenden Gesinnungen zu beharren.

Durch diese beiden Freunde ward ich denn auch gar bald mit Merk bekannt, dem ich durch Herdern, von Straßburg aus, nicht ungünstig angekündigt war. Dieser eigne Mann, der auf mein Leben den größten Einfluß gehabt, war von Geburt ein Darmstädter. Von seiner früheren Bildung wüßte ich wenig zu sagen. Nach vollendeten Studien führte er einen Jüngling nach der Schweiz, wo er eine Zeit lang blieb, und beweibt zurückkam. Als ich ihn kennen lernte, war er Kriegszahlmeister in Darmstadt. Mit Verstand und Geist geboren, hatte er sich sehr schöne Kenntnisse, besonders der neueren Literaturen, erworben, und sich in der Welt- und Menschengeschichte nach allen Zeiten und Gegenden umgesehn. Treffend und scharf zu urteilen war ihm gegeben. Man schätzte ihn als einen wackern entschlossenen Geschäftsmann und fertigen Rechner. Mit Leichtigkeit trat er überall ein, als ein sehr angenehmer Gesellschafter für die, denen er sich durch beißende Züge nicht furchtbar gemacht hatte. Er war lang und hager von Gestalt, eine hervordringende spitze Nase zeichnete sich aus, hellblaue, vielleicht graue Augen gaben seinem Blick, der aufmerkend hin und wider ging, etwas Tigerartiges. Lavaters »Physiognomik« hat uns sein Profil aufbewahrt. In seinem Charakter lag ein wunderbares Mißverhältnis: von Natur ein braver, edler, zuverlässiger Mann, hatte er sich gegen die Welt erbittert, und ließ diesen grillenkranken Zug dergestalt in sich walten, daß er eine unüberwindliche Neigung fühlte, vorsätzlich ein Schalk, ja ein Schelm zu sein. Verständig, ruhig, gut in einem Augenblick, konnte es ihm in dem andern einfallen, wie die Schnecke ihre Hörner hervorstreckt, irgend etwas zu tun, was einen andern kränkte, verletzte, ja was ihm schädlich ward. Doch wie man gern mit etwas Gefährlichem umgeht, wenn man selbst davor sicher zu sein glaubt, so hatte ich eine desto größere Neigung mit ihm zu leben und seiner guten Eigenschaften zu genießen, da ein zuversichtliches Gefühl mich ahnden ließ, daß er seine schlimme Seite nicht gegen mich kehren werde. Wie er sich nun, durch diesen sittlich unruhigen Geist, durch dieses Bedürfnis, die Menschen hämisch und tückisch zu behandeln, von einer Seite das gesellige Leben verdarb, so widersprach eine andere Unruhe, die er auch recht sorgfältig in sich nährte, seinem innern Behagen. Er fühlte nämlich einen gewissen dilettantischen Produktionstrieb, dem er um so mehr nachhing, als er sich in Prosa und Versen leicht und glücklich ausdrückte, und unter den schönen Geistern jener Zeit eine Rolle zu spielen gar wohl wagen durfte. Ich besitze selbst noch poetische Episteln von ungemeiner Kühnheit, Derbheit und swiftischer Galle, die sich durch originelle Ansichten der Personen und Sachen höchlich auszeichnen, aber zugleich mit so verletzender Kraft geschrieben sind, daß ich sie nicht einmal gegenwärtig publizieren möchte, sondern sie entweder vertilgen, oder als auffallende Dokumente des geheimen Zwiespalts in unserer Literatur der Nachwelt aufbewahren muß. Daß er jedoch bei allen seinen Arbeiten verneinend und zerstörend zu Werke ging, war ihm selbst unangenehm, und er sprach es oft aus, er beneide mich um meine unschuldige Darstellungslust, welche aus der Freude an dem Vorbild und dem Nachgebildeten entspringe.

Übrigens hätte ihm sein literarischer Dilettantismus eher Nutzen als Schaden gebracht, wenn er nicht den unwiderstehlichen Trieb gefühlt hätte, auch im technischen und merkantilischen Fach aufzutreten. Denn wenn er einmal seine Fähigkeiten zur verwünschen anfing, und außer sich war, die Ansprüche an ein ausübendes Talent nicht genialisch genug befriedigen zu können, so ließ er bald die bildende, bald die Dichtkunst fahren und sann auf fabrikmäßige kaufmännische Unternehmungen, welche Geld einbringen sollten, indem sie ihm Spaß machten.

In Darmstadt befand sich übrigens eine Gesellschaft von sehr gebildeten Männern. Geheimerat von Heß, Minister des Landgrafen, Professor Petersen, Rektor Wenk und andere waren die Einheimischen, zu deren Wert sich manche fremde Benachbarte und viele Durchreisende abwechselnd gesellten. Die Geheimerätin von Heß und ihre Schwester, Demoiselle Flachsland, waren Frauenzimmer von seltenen Verdiensten und Anlagen, die letztre, Herders Braut, doppelt interessant durch ihre Eigenschaften und ihre Neigung zu einem so vortrefflichen Manne.

Wie sehr dieser Kreis mich belebte und förderte, wäre nicht

auszusprechen. Man hörte gern die Vorlesung meiner gefertigten oder angefangenen Arbeiten, man munterte mich auf, wenn ich offen und umständlich erzählte, was ich eben vorhatte, und schalt mich, wenn ich bei jedem neuen Anlaß das Früherbegonnene zurücksetzte. »Faust« war schon vorgeruckt, »Götz von Berlichingen« baute sich nach und nach in meinem Geiste zusammen, das Studium des funfzehnten und sechzehnten Jahrhunderts beschäftigte mich, und jenes Münstergebäude hatte einen sehr ernsten Eindruck in mir zurückgelassen, der als Hintergrund zu solchen Dichtungen gar wohl dastehn konnte.

Was ich über jene Baukunst gedacht und gewähnt hatte, schrieb ich zusammen. Das erste worauf ich drang war, daß man sie deutsch und nicht gotisch nennen, nicht für ausländisch, sondern für vaterländisch halten solle; das zweite, daß man sie nicht mit der Baukunst der Griechen und Römer vergleichen dürfe, weil sie aus einem ganz anderen Prinzip entsprungen sei. Wenn jene, unter einem glücklicheren Himmel, ihr Dach auf Säulen ruhen ließen, so entstand ja schon an und für sich eine durchbrochene Wand. Wir aber, die wir uns durchaus gegen die Witterung schützen, und mit Mauern überall umgeben müssen, haben den Genius zu verehren, der Mittel fand, massiven Wänden Mannigfaltigkeit zu geben, sie dem Scheine nach zu durchbrechen und das Auge würdig und erfreulich auf der großen Fläche zu beschäftigen. Dasselbe galt von den Türmen, welche nicht, wie die Kuppeln, nach innen einen Himmel bilden, sondern außen gen Himmel streben, und das Dasein des Heiligtums, das sich an ihre Base gelagert, weit umher den Ländern verkünden sollten. Das Innere dieser würdigen Gebäude wagte ich nur durch poetisches Anschauen und durch fromme Stimmung zu berühren.

Hätte ich diese Ansichten, denen ich ihren Wert nicht absprechen will, klar und deutlich, in vernehmlichem Stil abzufassen beliebt, so hätte der Druckbogen »Von deutscher Baukunst D. M. Erwini a Steinbach« schon damals als ich ihn herausgab, mehr Wirkung getan und die vaterländischen

Freunde der Kunst früher aufmerksam gemacht; so aber verhüllte ich, durch Hamanns und Herders Beispiel verführt, diese ganz einfachen Gedanken und Betrachtungen in eine Staubwolke von seltsamen Worten und Phrasen, und verfinsterte das Licht das mir aufgegangen war, für mich und andere. Dem ungeachtet wurden diese Blätter gut aufgenommen und in dem Herderschen Heft »Von deutscher Art und Kunst« nochmals abgedruckt.

Wenn ich mich nun, teils aus Neigung, teils zu dichterischen und andern Zwecken, mit vaterländischen Altertümern sehr gern beschäftigte und sie mir zu vergegenwärtigen suchte; so ward ich durch die biblischen Studien und durch religiöse Anklänge von Zeit zu Zeit wieder abgelenkt, da ja Luthers Leben und Taten, die in dem sechzehnten Jahrhundert so herrlich hervorglänzen, mich immer wieder zu den heiligen Schriften und zu Betrachtung religiöser Gefühle und Meinungen hinleiten mußten. Die Bibel als ein zusammengetragenes, nach und nach entstandenes, zu verschiedenen Zeiten überarbeitetes Werk anzusehn, schmeichelte meinem kleinen Dünkel, indem diese Vorstellungsart noch keineswegs herrschend, viel weniger in dem Kreis aufgenommen war, in welchem ich lebte. Was den Hauptsinn betraf, hielt ich mich an Luthers Ausdruck, im Einzelnen ging ich wohl zur Schmidtischen wörtlichen Übersetzung, und suchte mein weniges Hebräisch dabei so gut als möglich zu benutzen. Daß in der Bibel sich Widersprüche finden, wird jetzt niemand in Abrede sein. Diese suchte man dadurch auszugleichen, daß man die deutlichste Stelle zum Grunde legte, und die widersprechende, weniger klare jener anzuähnlichen bemüht war. Ich dagegen wollte durch Prüfung herausfinden, welche Stelle den Sinn der Sache am meisten ausspräche; an diese hielt ich mich und verwarf die anderen als untergeschoben.

Denn schon damals hatte sich bei mir eine Grundmeinung festgesetzt, ohne daß ich zu sagen wüßte, ob sie mir eingeflößt, ob sie bei mir angeregt worden, oder ob sie aus eignem Nachdenken entsprungen sei. Es war nämlich die: bei allem was uns überliefert, besonders aber schriftlich überliefert werde, komme es auf den Grund, auf das Innere, den Sinn, die Richtung des Werks an; hier liege das Ursprüngliche, Göttliche, Wirksame, Unantastbare, Unverwüstliche, und keine Zeit, keine äußere Einwirkung noch Bedingung könne diesem innern Urwesen etwas anhaben, wenigstens nicht mehr als die Krankheit des Körpers einer wohlgebildeten Seele. So sei nun Sprache, Dialekt, Eigentümlichkeit, Stil und zuletzt die Schrift als Körper eines jeden geistigen Werks anzusehn; dieser, zwar nah genug mit dem Innern verwandt, sei jedoch der Verschlimmerung, dem Verderbnis ausgesetzt: wie denn überhaupt keine Überlieferung ihrer Natur nach ganz rein gegeben, und wenn sie auch rein gegeben würde, in der Folge jederzeit vollkommen verständlich sein könnte, jenes wegen Unzulänglichkeit der Organe, durch welche überliefert wird, dieses wegen des Unterschieds der Zeiten, der Orte, besonders aber wegen der Verschiedenheit menschlicher Fähigkeiten und Denkweisen; weshalb denn ja auch die Ausleger sich niemals vergleichen werden.

Das Innere, Eigentliche einer Schrift, die uns besonders zusagt, zu erforschen, sei daher eines jeden Sache, und dabei vor allen Dingen zu erwägen, wie sie sich zu unserm eignen Innern verhalte, und inwiefern durch jene Lebenskraft die unsrige erregt und befruchtet werde; alles Äußere hingegen, was auf uns unwirksam, oder einem Zweifel unterworfen sei, habe man der Kritik zu überlassen, welche, wenn sie auch im Stande sein sollte, das Ganze zu zerstückeln und zu zersplittern, dennoch niemals dahin gelangen würde, uns den eigentlichen Grund, an dem wir festhalten, zu rauben, ja uns nicht einen Augenblick an der einmal gefaßten Zuversicht irre zu machen.

Diese aus Glauben und Schauen entsprungene Überzeugung, welche in allen Fällen, die wir für die wichtigsten erkennen, anwendbar und stärkend ist, liegt zum Grunde meinem sittlichen sowohl als literarischen Lebensbau, und ist als ein wohlangelegtes und reichlich wucherndes Kapital anzusehn, ob wir gleich in einzelnen Fällen zu fehlerhafter Anwendung verleitet werden können. Durch diesen Begriff ward mir denn die Bibel erst recht zugänglich. Ich hatte sie, wie bei dem Religionsunterricht der Protestanten geschieht, mehrmals durchlaufen, ja mich mit derselben sprungweise, von vorn nach hinten und umgekehrt, bekannt gemacht. Die derbe Natürlichkeit des Alten Testaments und die zarte Naivetät des Neuen hatte mich im Einzelnen angezogen; als ein Ganzes wollte sie mir zwar niemals recht entgegentreten, aber die verschiedenen Charakter der verschiedenen Bücher machten mich nun nicht mehr irre: ich wußte mir ihre Bedeutung der Reihe nach treulich zu vergegenwärtigen und hatte überhaupt zu viel Gemüt an dieses Buch verwandt, als daß ich es jemals wieder hätte entbehren sollen. Eben von dieser gemütlichen Seite war ich gegen alle Spöttereien geschützt, weil ich deren Unredlichkeit sogleich einsah. Ich verabscheute sie nicht nur, sondern ich konnte darüber in Wut geraten, und ich erinnere mich noch genau, daß ich in kindlich fanatischem Eifer, Voltairen, wenn ich ihn hätte habhaft werden können, wegen seines »Sauls« gar wohl erdrosselt hätte. Jede Art von redlicher Forschung dagegen sagte mir höchlich zu, die Aufklärungen über des Orients Lokalität und Kostüm, welche immer mehr Licht verbreiteten, nahm ich mit Freuden auf, und fuhr fort, allen meinen Scharfsinn an den so werten Überlieferungen zu üben.

Man weiß, wie ich schon früher mich in den Zustand der Urwelt, die uns das erste Buch Mosis schildert, einzuweihen suchte. Weil ich nun schrittweise und ordentlich zu verfahren dachte, so griff ich, nach einer langen Unterbrechung, das zweite Buch an. Allein welch ein Unterschied! Gerade wie die kindliche Fülle aus meinem Leben verschwunden war, so fand ich auch das zweite Buch von dem ersten durch eine ungeheure Kluft getrennt. Das völlige Vergessen vergangener Zeit spricht sich schon aus in den wenigen bedeutenden Worten: »Da kam ein neuer König auf in Ägypten, der wußte nichts von Joseph.« Aber auch das Volk, wie die Sterne des

Himmels unzählbar, hatte beinah den Ahnherrn vergessen, dem Jehovah gerade dieses nunmehr erfüllte Versprechen unter dem Sternenhimmel getan hatte. Ich arbeitete mich mit unsäglicher Mühe, mit unzulänglichen Hülfsmitteln und Kräften durch die fünf Bücher und geriet dabei auf die wunderlichsten Einfälle. Ich glaubte gefunden zu haben, daß nicht unsere Zehn Gebote auf den Tafeln gestanden, daß die Israeliten keine vierzig Jahre, sondern nur kurze Zeit durch die Wüste gewandert, und ebenso bildete ich mir ein, über den Charakter Mosis ganz neue Aufschlüsse geben zu können.

Auch das Neue Testament war vor meinen Untersuchungen nicht sicher; ich verschonte es nicht mit meiner Sonderungslust, aber aus Liebe und Neigung stimmte ich doch in jenes heilsame Wort mit ein: »Die Evangelisten mögen sich widersprechen, wenn sich nur das Evangelium nicht widerspricht.« – Auch in dieser Region glaubte ich allerhand Entdeckungen zu machen. Jene Gabe der Sprachen, am Pfingstfeste in Glanz und Klarheit erteilt, deutete ich mir auf eine etwas abstruse Weise, nicht geeignet sich viele Teilnehmer zu verschaffen.

In eine der Hauptlehren des Luthertums, welche die Brüdergemeine noch geschärft hatte, das Sündhafte im Menschen als vorwaltend anzusehn, versuchte ich mich zu schicken, obgleich nicht mit sonderlichem Glück. Doch hatte ich mir die Terminologie dieser Lehre so ziemlich zu eigen gemacht, und bediente mich derselben in einem Briefe, den ich unter der Maske eines Landgeistlichen an einen neuen Amtsbruder zu erlassen beliebte. Das Hauptthema desselbigen Schreibens war jedoch die Losung der damaligen Zeit, sie hieß Toleranz, und galt unter den besseren Köpfen und Geistern.

Solche Dinge, die nach und nach entstanden, ließ ich, um mich an dem Publikum zu versuchen, im folgenden Jahre auf meine Kosten drucken, verschenkte sie, oder gab sie der Eichenbergischen Buchhandlung, um sie so gut als möglich zu verhöcken, ohne daß mir dadurch einiger Vorteil zugewachsen wäre. Hier und da gedenkt eine Rezension derselben, bald günstig, bald ungünstig, doch gleich waren sie verschollen. Mein Vater bewahrte sie sorgfältig in seinem Archiv, sonst würde ich kein Exemplar davon besitzen. Ich werde sie, so wie einiges Ungedruckte der Art, was ich noch vorgefunden, der neuen Ausgabe meiner Werke hinzufügen.

Da ich mich nun sowohl zu dem sibyllinischen Stil solcher Blätter als zu der Herausgabe derselben eigentlich durch Hamann hatte verleiten lassen, so scheint mir hier eine schickliche Stelle, dieses würdigen einflußreichen Mannes zu gedenken, der uns damals ein ebenso großes Geheimnis war, als er es immer dem Vaterlande geblieben ist. Seine »Sokratischen Denkwürdigkeiten« erregten Aufsehen, und waren solchen Personen besonders lieb, die sich mit dem blendenden Zeitgeiste nicht vertragen konnten. Man ahndete hier einen tiefdenkenden gründlichen Mann, der mit der offenbaren Welt und Literatur genau bekannt, doch auch noch etwas Geheimes, Unerforschliches gelten ließ, und sich darüber auf eine ganz eigne Weise aussprach. Von denen die damals die Literatur des Tags beherrschten, ward er freilich für einen abstrusen Schwärmer gehalten, eine aufstrebende Jugend aber ließ sich wohl von ihm anziehn. Sogar die Stillen im Lande, wie sie halb im Scherz, halb im Ernst genannt wurden, jene frommen Seelen, welche, ohne sich zu irgend einer Gesellschaft zu bekennen, eine unsichtbare Kirche bildeten, wendeten ihm ihre Aufmerksamkeit zu, und meiner Klettenberg, nicht weniger ihrem Freunde Moser, war der Magus aus Norden eine willkommene Erscheinung. Man setzte sich um so mehr mit ihm in Verhältnis, als man erfahren hatte, daß er von knappen häuslichen Umständen gepeinigt, sich dennoch diese schöne und hohe Sinnesweise zu erhalten verstand. Bei dem großen Einflusse des Präsidenten von Moser wäre es leicht gewesen, einem so genügsamen Manne ein leidliches und bequemes Dasein zu verschaffen. Die Sache war auch eingeleitet, ja man hatte sich so weit schon verständigt und genähert, daß Hamann die weite Reise von Königsberg nach Darmstadt unternahm. Als aber der Präsident zufällig abwesend war, kehrte jener wunderliche Mann, aus welchem Anlaß weiß man nicht, sogleich wieder zurück; man blieb jedoch in einem freundlichen Briefverhältnis. Ich besitze noch zwei Schreiben des Königsbergers an seinen Gönner, die von der wundersamen Großheit und Innigkeit ihres Verfassers Zeugnis ablegen.

Aber ein so gutes Verständnis sollte nicht lange dauern. Diese frommen Menschen hatten sich jenen auch nach ihrer Weise fromm gedacht, sie hatten ihn als den Magus aus Norden mit Ehrfurcht behandelt, und glaubten daß er sich auch sofort in ehrwürdigem Betragen darstellen würde. Allein er hatte schon durch die »Wolken, ein Nachspiel Sokratischer Denkwürdigkeiten«, einigen Anstoß gegeben, und da er nun gar die »Kreuzzüge des Philologen« herausgab, auf deren Titelblatt nicht allein das Ziegenprofil eines gehörnten Pans zu sehen war, sondern auch auf einer der ersten Seiten ein großer in Holz geschnittener Hahn, taktgebend jungen Hähnchen, die mit Noten in den Krallen vor ihm dastanden, sich höchst lächerlich zeigte, wodurch gewisse Kirchenmusiken, die der Verfasser nicht billigen mochte, scherzhaft durchgezogen werden sollten; so entstand unter den Wohl- und Zartgesinnten ein Mißbehagen, welches man dem Verfasser merken ließ, der denn auch dadurch nicht erbaut, einer engeren Vereinigung sich entzog. Unsere Aufmerksamkeit auf diesen Mann hielt jedoch Herder immer lebendig, der mit seiner Braut und uns in Korrespondenz bleibend, alles was von jenem merkwürdigen Geiste nur ausging, sogleich mitteilte. Darunter gehörten denn auch seine Rezensionen und Anzeigen, eingerückt in die »Königsberger Zeitung«, die alle einen höchst sonderbaren Charakter trugen. Ich besitze eine meist vollständige Sammlung seiner Schriften und einen sehr bedeutenden handschriftlichen Aufsatz über Herders Preisschrift, den Ursprung der Sprache betreffend, worin er dieses Herdersche Probestück, auf die eigenste Art, mit wunderlichen Schlaglichtern beleuchtet.

Ich gebe die Hoffnung nicht auf, eine Herausgabe der Hamannschen Werke entweder selbst zu besorgen, oder wenigstens zu befördern, und alsdann, wenn diese wichtigen Dokumente wieder vor den Augen des Publikums liegen, möchte es Zeit sein, über den Verfasser, dessen Natur und Wesen das Nähere zu besprechen; inzwischen will ich doch einiges hier schon beibringen, um so mehr als noch vorzügliche Männer leben, die ihm auch ihre Neigung geschenkt, und deren Beistimmung oder Zurechtweisung mir sehr willkommen sein würde. Das Prinzip, auf welches die sämtlichen Äußerungen Hamanns sich zurückführen lassen, ist dieses: »Alles was der Mensch zu leisten unternimmt, es werde nun durch Tat oder Wort oder sonst hervorgebracht, muß aus sämtlichen vereinigten Kräften entspringen; alles Vereinzelte ist verwerflich.« Eine herrliche Maxime! aber schwer zu befolgen. Von Leben und Kunst mag sie freilich gelten; bei jeder Überlieferung durchs Wort hingegen, die nicht gerade poetisch ist, findet sich eine große Schwierigkeit: denn das Wort muß sich ablösen, es muß sich vereinzeln, um etwas zu sagen, zu bedeuten. Der Mensch, indem er spricht, muß für den Augenblick einseitig werden; es gibt keine Mitteilung, keine Lehre, ohne Sonderung. Da nun aber Hamann ein für allemal dieser Trennung widerstrebte, und wie er in einer Einheit empfand, imaginierte, dachte, so auch sprechen wollte, und das gleiche von andern verlangte; so trat er mit seinem eignen Stil und mit allem was die andern hervorbringen konnten, in Widerstreit. Um das Unmögliche zu leisten, greift er daher nach allen Elementen; die tiefsten geheimsten Anschauungen, wo sich Natur und Geist im Verborgenen begegnen, erleuchtende Verstandesblitze, die aus einem solchen Zusammentreffen hervorstrahlen, bedeutende Bilder, die in diesen Regionen schweben, andringende Sprüche der heiligen und Profanskribenten, und was sich sonst noch humoristisch hinzufügen mag, alles dieses bildet die wunderbare Gesamtheit seines Stils, seiner Mitteilungen. Kann man sich nun in der Tiefe nicht zu ihm gesellen, auf den Höhen nicht mit ihm wandeln, der Gestalten, die ihm vorschweben, sich nicht bemächtigen, aus einer unendlich ausgebreiteten Literatur nicht gerade den Sinn einer nur angedeuteten Stelle herausfinden; so wird es um uns nur trüber und dunkler je mehr wir ihn studieren, und diese Finsternis wird mit den Jahren immer zunehmen, weil seine Anspielungen auf bestimmte, im Leben und in der Literatur augenblicklich herrschende Eigenheiten vorzüglich gerichtet waren. Unter meiner Sammlung befinden sich einige seiner gedruckten Bogen, wo er an dem Rande eigenhändig die Stellen zitiert hat, auf die sich seine Andeutungen beziehn. Schlägt man sie auf, so gibt es abermals ein zweideutiges Doppellicht, das uns höchst angenehm erscheint, nur muß man durchaus auf das Verzicht tun, was man gewöhnlich Verstehen nennt. Solche Blätter verdienen auch deswegen sibyllinisch genannt zu werden, weil man sie nicht an und für sich betrachten kann, sondern auf Gelegenheit warten muß, wo man etwa zu ihren Orakeln seine Zuflucht nähme. Jedesmal wenn man sie aufschlägt, glaubt man etwas Neues zu finden, weil der einer jeden Stelle inwohnende Sinn uns auf eine vielfache Weise berührt und aufregt.

Persönlich habe ich ihn nie gesehn, auch kein unmittelbares Verhältnis zu ihm durch Briefe gehabt. Mir scheint er in Lebens- und Freudschaftsverhältnissen höchst klar gewesen zu sein und die Bezüge der Menschen untereinander und auf ihn sehr richtig gefühlt zu haben. Alle Briefe die ich von ihm sah, waren vortrefflich und viel deutlicher als seine Schriften, weil hier der Bezug auf Zeit und Umstände so wie auf persönliche Verhältnisse klarer hervortrat. So viel glaubte ich jedoch durchaus zu ersehn, daß er die Überlegenheit seiner Geistesgaben aufs naivste fühlend, sich jederzeit für etwas weiser und klüger gehalten als seine Korrespondenten, denen er mehr ironisch als herzlich begegnete. Gälte dies auch nur von einzelnen Fällen, so war es für mich doch die Mehrzahl und Ursache, daß ich mich ihm zu nähern niemals Verlangen trug.

Zwischen Herdern und uns waltete dagegen ein gemütlich

literarisches Verkehr höchst lebhaft fort, nur schade, daß es sich niemals ruhig und rein erhalten konnte. Aber Herder unterließ sein Necken und Schelten nicht; Merken brauchte man nicht viel zu reizen, der mich denn auch zur Ungeduld aufzuregen wußte. Weil nun Herder unter allen Schriftstellern und Menschen Swiften am meisten zu ehren schien, so hieß er unter uns gleichfalls der Dechant, und dieses gab abermals zu mancherlei Irrungen und Verdrießlichkeiten Anlaß.

Dem ungeachtet freuten wir uns höchlich, als wir vernahmen, daß er in Bückeburg sollte angestellt werden, welches ihm doppelt Ehre brachte: denn sein neuer Patron hatte den höchsten Ruf als ein einsichtiger, tapferer, obwohl sonderbarer Mann gewonnen. Thomas Abt war in diesen Diensten bekannt und berühmt geworden, dem Verstorbenen klagte das Vaterland nach und freute sich an dem Denkmal, das ihm sein Gönner gestiftet. Nun sollte Herder an der Stelle des zu früh Verblichenen alle diejenigen Hoffnungen erfüllen, welche sein Vorgänger so würdig erregt hatte.

Die Epoche worin dieses geschah, gab einer solchen Anstellung doppelten Glanz und Wert; denn mehrere deutsche Fürsten folgten schon dem Beispiel des Grafen von der Lippe, daß sie nicht bloß gelehrte und eigentlich geschäftsfähige, sondern auch geistreiche und vielversprechende Männer in ihre Dienste aufnahmen. Es hieß: Klopstock sei von dem Markgrafen Carl von Baden berufen worden, nicht zu eigentlichem Geschäftsdienst, sondern um, durch seine Gegenwart, Anmut und Nutzen der höheren Gesellschaft mitzuteilen. So wie nun hierdurch das Ansehn auch dieses vortrefflichen Fürsten wuchs, der allem Nützlichen und Schönen seine Aufmerksamkeit schenkte, so mußte die Verehrung für Klopstock gleichfalls nicht wenig zunehmen. Lieb und wert war alles was von ihm ausging; sorgfältig schrieben wir die Oden ab und die Elegieen, wie sie ein jeder habhaft werden konnte. Höchst vergnügt waren wir daher, als die große Landgräfin Caroline von Hessen-Darmstadt eine Sammlung derselben veranstaltete, und eins der wenigen Exemplare in unsere Hände kam, das uns in Stand setzte, die eignen handschriftlichen Sammlungen zu vervollzähligen. Daher sind uns jene ersten Lesarten lange Zeit die liebsten geblieben, ja wir haben uns noch oft an Gedichten, die der Verfasser nachher verworfen, erquickt und erfreut. So wahr ist, daß das aus einer schönen Seele hervordringende Leben nur um desto freier wirkt, je weniger es durch Kritik in das Kunstfach herübergezogen erscheint.

Klopstock hatte sich und andern talentvollen Männern, durch seinen Charakter und sein Betragen, Ansehn und Würde zu verschaffen gewußt; nun sollten sie ihm aber auch wo möglich die Sicherung und Verbesserung ihres häuslichen Bestandes verdanken. Der Buchhandel nämlich bezog sich in früherer Zeit mehr auf bedeutende, wissenschaftliche Fakultätswerke, auf stehende Verlagsartikel, welche mäßig honoriert wurden. Die Produktion von poetischen Schriften aber wurde als etwas Heiliges angesehn, und man hielt es beinah für Simonie, ein Honorar zu nehmen oder zu steigern. Autoren und Verleger standen in dem wunderlichsten Wechselverhältnis. Beide erschienen, wie man es nehmen wollte, als Patrone und als Klienten. Jene, die neben ihrem Talent, gewöhnlich als höchst sittliche Menschen vom Publikum betrachtet und verehrt wurden, hatten einen geistigen Rang und fühlten sich durch das Glück der Arbeit belohnt; diese begnügten sich gern mit der zweiten Stelle und genossen eines ansehnlichen Vorteils: nun aber setzte die Wohlhabenheit den reichen Buchhändler wieder über den armen Poeten, und so stand alles in dem schönsten Gleichgewicht. Wechselseitige Großmut und Dankbarkeit war nicht selten: Breitkopf und Gottsched blieben lebenslang Hausgenossen; Knickerei und Niederträchtigkeit, besonders der Nachdrucker, waren noch nicht im Schwange.

Dem ungeachtet war unter den deutschen Autoren eine allgemeine Bewegung entstanden. Sie verglichen ihren eignen, sehr mäßigen, wo nicht ärmlichen Zustand mit dem Reichtum der angesehenen Buchhändler, sie betrachteten, wie groß der Ruhm eines Gellert, eines Rabener sei, und in welcher häuslichen Enge ein allgemein beliebter deutscher Schriftsteller sich behelfen müsse, wenn er sich nicht durch sonst irgend einen Erwerb das Leben erleichterte. Auch die mittleren und geringern Geister fühlten ein lebhaftes Verlangen, ihre Lage verbessert zu sehn, sich von Verlegern unabhängig zu machen.

Nun trat Klopstock hervor und bot seine »Gelehrtenrepublik« auf Subskription an. Obgleich die spätern Gesänge des »Messias«, teils ihres Inhalts, teils der Behandlung wegen, nicht die Wirkung tun konnten wie die frühern, die, selbst rein und unschuldig, in eine reine und unschuldige Zeit kamen; so blieb doch die Achtung gegen den Dichter immer gleich, der sich, durch die Herausgabe seiner Oden, die Herzen, Geister und Gemüter vieler Menschen zugewendet hatte. Viele wohldenkende Männer, darunter mehrere von großem Einfluß, erboten sich, Vorausbezahlung anzunehmen, die auf einen Louisd'or gesetzt war, weil es hieß, daß man nicht sowohl das Buch bezahlen, als den Verfasser, bei dieser Gelegenheit, für seine Verdienste um das Vaterland belohnen sollte. Hier drängte sich nun jedermann hinzu, selbst Jünglinge und Mädchen, die nicht viel aufzuwenden hatten, eröffneten ihre Sparbüchsen; Männer und Frauen, der obere, der mittlere Stand trugen zu dieser heiligen Spende bei, und es kamen vielleicht tausend Pränumeranten zusammen. Die Erwartung war aufs höchste gespannt, das Zutrauen so groß als möglich.

Hiernach mußte das Werk, bei seiner Erscheinung, den seltsamsten Erfolg von der Welt haben; zwar immer von bedeutendem Wert, aber nichts weniger als allgemein ansprechend. Wie Klopstock über Poesie und Literatur dachte, war in Form einer alten deutschen Druidenrepublik dargestellt, seine Maximen über das Echte und Falsche in lakonischen Kernsprüchen angedeutet, wobei jedoch manches Lehrreiche der seltsamen Form aufgeopfert wurde. Für Schriftsteller und Literatoren war und ist das Buch unschätzbar, konnte aber auch nur in diesem Kreise wirksam und nützlich sein. Wer selbst gedacht hatte, folgte dem Denker, wer das Echte zu suchen und zu schätzen wußte, fand sich durch den gründlichen braven Mann belehrt; aber der Liebhaber, der Leser ward nicht aufgeklärt, ihm blieb das Buch versiegelt, und doch hatte man es in alle Hände gegeben, und indem jedermann ein vollkommen brauchbares Werk erwartete, erhielten die meisten ein solches, dem sie auch nicht den mindesten Geschmack abgewinnen konnten. Die Bestürzung war allgemein, die Achtung gegen den Mann aber so groß, daß kein Murren, kaum ein leises Murmeln entstand. Die junge schöne Welt verschmerzte den Verlust und verschenkte nun scherzend die teuer erworbenen Exemplare. Ich erhielt selbst mehrere von guten Freundinnen, deren keines aber mir geblieben ist.

Diese dem Autor gelungene, dem Publikum aber mißlungene Unternehmung hatte die böse Folge, daß nun so bald nicht mehr an Subskription und Pränumeration zu denken war; doch hatte sich jener Wunsch zu allgemein verbreitet, als daß der Versuch nicht hätte erneuert werden sollen. Dieses nun im Großen und Ganzen zu tun, erbot sich die Dessauische Verlagshandlung. Hier sollten Gelehrte und Verleger, in geschlossenem Bund, des zu hoffenden Vorteils beide verhältnismäßig genießen. Das so lange peinlich empfundene Bedürfnis erweckte hier abermals ein großes Zutrauen, das sich aber nicht lange erhalten konnte, und leider schieden die Teilhaber nach kurzen Bemühungen mit wechselseitigem Schaden auseinander.

Eine rasche Mitteilung war jedoch unter den Literaturfreunden schon eingeleitet; die Musenalmanache verbanden alle jungen Dichter, die Journale den Dichter mit den übrigen Schriftstellern. Meine Lust am Hervorbringen war grenzenlos; gegen mein Hervorgebrachtes verhielt ich mich gleichgültig; nur wenn ich es mir und andern in geselligem Kreise froh wieder vergegenwärtigte, erneute sich die Neigung daran. Auch nahmen viele gern an meinen größern und kleinern Arbeiten teil, weil ich einen jeden, der sich nur einigermaßen zum Hervorbringen geneigt und geschickt fühlte, etwas in seiner eignen Art unabhängig zu leisten, dringend nötigte, und von allen gleichfalls wieder zu neuem Dichten und Schreiben aufgefordert wurde. Dieses wechselseitige, bis zur Ausschweifung gehende Hetzen und Treiben gab jedem nach seiner Art einen fröhlichen Einfluß, und aus diesem Quirlen und Schaffen, aus diesem Leben und Lebenlassen, aus diesem Nehmen und Geben, welches mit freier Brust, ohne irgend einen theoretischen Leitstern, von so viel Jünglingen, nach eines jeden angebornem Charakter, ohne Rücksichten getrieben wurde, entsprang jene berühmte, berufene und verrufene Literarepoche, in welcher eine Masse junger genialer Männer, mit aller Mutigkeit und aller Anmaßung, wie sie nur einer solchen Jahreszeit eigen sein mag, hervorbrachen, durch Anwendung ihrer Kräfte manche Freude, manches Gute, durch den Mißbrauch derselben manchen Verdruß und manches Übel stifteten; und gerade die aus dieser Quelle entspringenden Wirkungen und Gegenwirkungen sind das Hauptthema dieses Bandes.

Woran sollen aber junge Leute das höchste Interesse finden, wie sollen sie unter ihresgleichen Interesse erregen, wenn die Liebe sie nicht beseelt, und wenn nicht Herzensangelegenheiten, von welcher Art sie auch sein mögen, in ihnen lebendig sind? Ich hatte im stillen eine verlorene Liebe zu beklagen; dies machte mich mild und nachgiebig, und der Gesellschaft angenehmer als in glänzenden Zeiten, wo mich nichts an einen Mangel oder einen Fehltritt erinnerte, und ich ganz ungebunden vor mich hinstürmte.

Die Antwort Friedrikens auf einen schriftlichen Abschied zerriß mir das Herz. Es war dieselbe Hand, derselbe Sinn, dasselbe Gefühl, die sich zu mir, die sich an mir herangebildet hatten. Ich fühlte nun erst den Verlust den sie erlitt, und sah keine Möglichkeit ihn zu ersetzen, ja nur ihn zu lindern. Sie war mir ganz gegenwärtig; stets empfand ich, daß sie mir fehlte, und was das Schlimmste war, ich konnte mir mein eignes Unglück nicht verzeihen. Gretchen hatte man mir genommen, Annette mich verlassen, hier war ich zum ersten Mal schuldig; ich hatte das schönste Herz in seinem Tiefsten verwundet, und so war die Epoche einer düsteren Reue, bei dem Mangel einer gewohnten erquicklichen Liebe, höchst peinlich, ja unerträglich. Aber der Mensch will leben; daher nahm ich aufrichtigen Teil an andern, ich suchte ihre Verlegenheiten zu entwirren, und was sich trennen wollte zu verbinden, damit es ihnen nicht ergehen möchte wie mir. Man pflegte mich daher den Vertrauten zu nennen, auch, wegen meines Umherschweifens in der Gegend, den Wanderer. Dieser Beruhigung für mein Gemüt, die mir nur unter freiem Himmel, in Tälern, auf Höhen, in Gefilden und Wäldern zu Teil ward, kam die Lage von Frankfurt zustatten, das zwischen Darmstadt und Homburg mitten inne lag, zwei angenehmen Orten, die durch Verwandtschaft beider Höfe in gutem Verhältnis standen. Ich gewöhnte mich, auf der Straße zu leben, und wie ein Bote zwischen dem Gebirg und dem flachen Lande hin und her zu wandern. Oft ging ich allein oder in Gesellschaft durch meine Vaterstadt, als wenn sie mich nichts anginge, speiste in einem der großen Gasthöfe in der Fahrgasse und zog nach Tische meines Wegs weiter fort. Mehr als jemals war ich gegen offene Welt und freie Natur gerichtet. Unterwegs sang ich mir seltsame Hymnen und Dithyramben, wovon noch eine, unter dem Titel »Wanderers Sturmlied«, übrig ist. Ich sang diesen Halbunsinn leidenschaftlich vor mich hin, da mich ein schreckliches Wetter unterweges traf, dem ich entgegen gehn mußte.

Mein Herz war ungerührt und unbeschäftigt: ich vermied gewissenhaft alles nähere Verhältnis zu Frauenzimmern, und so blieb mir verborgen, daß mich Unaufmerksamen und Unwissenden ein liebevoller Genius heimlich umschwebe. Eine zarte liebenswürdige Frau hegte im stillen eine Neigung zu mir, die ich nicht gewahrte, und mich eben deswegen in ihrer wohltätigen Gesellschaft desto heiterer und anmutiger zeigte. Erst mehrere Jahre nachher, ja erst nach ihrem Tode, erfuhr ich das geheime himmlische Lieben, auf eine Weise, die mich erschüttern mußte; aber ich war schuldlos und konnte ein schuldloses Wesen rein und redlich betrauren, und um so schöner, als die Entdeckung gerade in eine Epoche fiel, wo ich, ganz ohne Leidenschaft, mir und meinen geistigen Neigungen zu leben das Glück hatte.

Aber zu der Zeit, als der Schmerz über Friedrikens Lage mich beängstigte, suchte ich, nach meiner alten Art, abermals Hülfe bei der Dichtkunst. Ich setzte die hergebrachte poetische Beichte wieder fort, um durch diese selbstquälerische Büßung einer innern Absolution würdig zu werden. Die beiden Marieen in »Götz von Berlichingen« und »Clavigo«, und die beiden schlechten Figuren, die ihre Liebhaber spielen, möchten wohl Resultate solcher reuigen Betrachtungen gewesen sein.

Wie man aber Verletzungen und Krankheiten in der Jugend rasch überwindet, weil ein gesundes System des organischen Lebens für ein krankes einstehen und ihm Zeit lassen kann auch wieder zu gesunden, so traten körperliche Übungen glücklicher Weise, bei mancher günstigen Gelegenheit, gar vorteilhaft hervor, und ich ward zu frischem Ermannen, zu neuen Lebensfreuden und Genüssen vielfältig aufgeregt. Das Reiten verdrängte nach und nach jene schlendernden, melancholischen, beschwerlichen und doch langsamen und zwecklosen Fußwanderungen; man kam schneller, lustiger und bequemer zum Zweck. Die jüngern Gesellen führten das Fechten wieder ein; besonders aber tat sich, bei eintretendem Winter, eine neue Welt vor uns auf, indem ich mich zum Schlittschuhfahren, welches ich nie versucht hatte, rasch entschloß, und es in kurzer Zeit, durch Übung, Nachdenken und Beharrlichkeit, so weit brachte, als nötig ist, um eine frohe und belebte Eisbahn mitzugenießen, ohne sich gerade auszeichnen zu wollen.

Diese neue frohe Tätigkeit waren wir denn auch Klopstokken schuldig, seinem Enthusiasmus für diese glückliche Bewegung, den Privatnachrichten bestätigten, wenn seine Oden davon ein unverwerfliches Zeugnis ablegen. Ich erinnere mich ganz genau, daß an einem heiteren Frostmorgen, ich aus dem Bette springend mir jene Stellen zurief:

Schon von dem Gefühle der Gesundheit froh,
Hab' ich, weit hinab, weiß an dem Gestade gemacht
Den bedeckenden Kristall.

Wie erhellt des Winters werdender Tag
Sanft den See? Glänzenden Reif, Sternen gleich,
Streute die Nacht über ihn aus!

Mein zaudernder und schwankender Entschluß war sogleich bestimmt, und ich flog sträcklings dem Orte zu, wo ein so alter Anfänger mit einiger Schicklichkeit seine ersten Übungen anstellen konnte. Und fürwahr! diese Kraftäußerung verdiente wohl von Klopstock empfohlen zu werden, die uns mit der frischesten Kindheit in Berührung setzt, den Jüngling seiner Gelenkheit ganz zu genießen aufruft, und ein stockendes Alter abzuwehren geeignet ist. Auch hingen wir dieser Lust unmäßig nach. Einen herrlichen Sonnentag so auf dem Eise zu verbringen, genügte uns nicht; wir setzten unsere Bewegung bis spät in die Nacht fort. Denn wie andere Anstrengungen den Leib ermüden, so verleiht ihm diese eine immer neue Schwungkraft. Der über den nächtlichen, weiten, zu Eisfeldern überfrorenen Wiesen aus den Wolken hervortretende Vollmond, die unserm Lauf entgegensäuselnde Nachtluft, des bei abnehmendem Wasser sich senkenden Eises ernsthafter Donner, unserer eigenen Bewegungen sonderbarer Nachhall, vergegenwärtigten uns Ossiansche Szenen ganz vollkommen. Bald dieser bald jener Freund ließ in deklamatorischem Halbgesange eine Klopstockische Ode ertönen, und wenn wir uns im Dämmerlichte zusammenfanden, erscholl das ungeheuchelte Lob des Stifters unserer Freuden.

Und sollte der unsterblich nicht sein,
Der Gesundheit uns und Freuden erfand,
Die das Roß mutig im Lauf niemals gab,
Welche der Ball selber nicht hat?

Solchen Dank verdient sich ein Mann, der irgend ein irdisches Tun durch geistige Anregung zu veredeln und würdig zu verbreiten weiß!

Und so wie talentreiche Kinder, deren Geistesgaben schon früh wundersam ausgebildet sind, sich, wenn sie nur dürfen, den einfachsten Knabenspielen wieder zuwenden, vergaßen wir nur allzu leicht unseren Beruf zu ernsteren Dingen; doch regte gerade diese oft einsame Bewegung, dieses gemächliche Schweben im Unbestimmten, gar manche meiner innern Bedürfnisse wieder auf, die eine Zeit lang geschlafen hatten, und ich bin solchen Stunden die schnellere Ausbildung älterer Vorsätze schuldig geworden.

Die dunkleren Jahrhunderte der deutschen Geschichte hatten von jeher meine Wißbegierde und Einbildungskraft beschäftigt. Der Gedanke, den Götz von Berlichingen in seiner Zeitumgebung zu dramatisieren, war mir höchlich lieb und wert. Ich las die Hauptschriftsteller fleißig; dem Werke »De pace publica« von Datt widmete ich alle Aufmerksamkeit; ich hatte es emsig durchstudiert, und mir jene seltsamen Einzelnheiten möglichst veranschaulicht. Diese zu sittlichen und poetischen Absichten hingerichteten Bemühungen konnte ich auch nach einer anderen Seite brauchen, und da ich nunmehr Wetzlar besuchen sollte, war ich geschichtlich vorbereitet genug: denn das Kammergericht war doch auch in Gefolge des Landfriedens entstanden, und die Geschichte desselben konnte für einen bedeutenden Leitfaden durch die verworrenen deutschen Ereignisse gelten. Gibt doch die Beschaffenheit der Gerichte und der Heere die genauste Einsicht in die Beschaffenheit irgend eines Reichs. Die Finanzen selbst, deren Einfluß man für so wichtig hält, kommen viel weniger in Betracht: denn wenn es dem Ganzen fehlt, so darf man dem Einzelnen nur abnehmen, was er mühsam zusammengescharrt und -gehalten hat, und so ist der Staat immer reich genug.

Was mir in Wetzlar begegnete, ist von keiner großen Bedeutung, aber es kann ein höheres Interesse einflößen, wenn man eine flüchtige Geschichte des Kammergerichts nicht verschmähen will, um sich den ungünstigen Augenblick zu vergegenwärtigen, in welchem ich daselbst anlangte.

Die Herren der Erde sind es vorzüglich dadurch, daß sie, wie im Kriege die Tapfersten und Entschlossensten, so im Frieden die Weisesten und Gerechtesten um sich versammeln können. Auch zu dem Hofstaat eines deutschen Kaisers gehörte ein solches Gericht, das ihn, bei seinen Zügen durch das Reich, immer begleitete. Aber weder diese Sorgfalt noch das Schwabenrecht, welches im südlichen Deutschland, das Sachsenrecht, welches im nördlichen galt, weder die zu Aufrechthaltung derselben bestellten Richter, noch die Austräge der Ebenbürtigen, weder die Schiedsrichter, durch Vertrag anerkannt, noch gütliche Vergleiche, durch die Geistlichen gestiftet, nichts konnte den aufgereizten ritterlichen Fehdegeist stillen, der bei den Deutschen durch innern Zwist, durch fremde Feldzüge, besonders aber durch die Kreuzfahrten, ja durch Gerichtsgebräuche selbst aufgeregt, genährt und zur Sitte geworden. Dem Kaiser so wie den mächtigern Ständen waren die Plackereien höchst verdrießlich, wodurch die Kleinen einander selbst, und wenn sie sich verbanden, auch den Größern lästig wurden. Gelähmt war alle Kraft nach außen, wie die Ordnung nach innen gestört; überdies lastete noch das Femgericht auf einem großen Teile des Vaterlands, von dessen Schrecknissen man sich einen Begriff machen kann, wenn man denkt, daß es in eine geheime Polizei ausartete, die sogar zuletzt in die Hände von Privatleuten gelangte.

Diesen Unbilden einigermaßen zu steuern, ward vieles umsonst versucht, bis endlich die Stände ein Gericht aus eignen Mitteln dringend in Vorschlag brachten. Dieser, so wohl gemeint er auch sein mochte, deutete doch immer auf Erweiterung der ständischen Befugnisse, auf eine Beschränkung der kaiserlichen Macht. Unter Friedrich dem Dritten verzögert sich die Sache; sein Sohn Maximilian, von außen gedrängt, gibt nach. Er bestellt den Oberrichter, die Stände senden die Beisitzer. Es sollten ihrer vierundzwanzig sein, anfangs begnügt man sich mit zwölfen.

Ein allgemeiner Fehler, dessen sich die Menschen bei ihren Unternehmungen schuldig machen, war auch der erste und ewige Grundmangel des Kammergerichts: zu einem großen Zwecke wurden unzulängliche Mittel angewendet. Die Zahl der Assessoren war zu klein; wie sollte von ihnen die schwere und weitläuftige Aufgabe gelöst werden! Allein wer sollte auf eine hinlängliche Einrichtung dringen? Der Kaiser konnte eine Anstalt nicht begünstigen, die mehr wider als für ihn zu wirken schien; weit größere Ursache hatte er sein eignes Gericht, seinen eignen Hofrat auszubilden. Betrachtet man dagegen das Interesse der Stände, so konnte es ihnen eigentlich nur um Stillung des Bluts zu tun sein, ob die Wunde geheilt würde, lag ihnen nicht so nah; und nun noch gar ein neuer Kostenaufwand! Man mochte sich's nicht ganz deutlich gemacht haben, daß durch diese Anstalt jeder Fürst seine Dienerschaft vermehre, freilich zu einem entschiedenen Zwecke, aber wer gibt gern Geld fürs Notwendige? Jedermann wäre zufrieden, wenn er das Nützliche um Gottes willen haben könnte.

Anfangs sollten die Beisitzer von Sporteln leben, dann erfolgte eine mäßige Bewilligung der Stände; beides war kümmerlich. Aber dem großen und auffallenden Bedürfnis abzuhelfen, fanden sich willige, tüchtige, arbeitsame Männer, und das Gericht ward eingesetzt. Ob man einsah, daß hier nur von Linderung, nicht von Heilung des Übels die Rede sei, oder ob man sich, wie in ähnlichen Fällen, mit der Hoffnung schmeichelte, mit wenigem vieles zu leisten, ist nicht zu entscheiden; genug das Gericht diente mehr zum Vorwande, die Unruhstifter zu bestrafen, als daß es gründlich dem Unrecht vorgebeugt hätte. Allein es ist kaum beisammen, so erwächst ihm eine Kraft aus sich selbst, es fühlt die Höhe auf die es gestellt ist, es erkennt seine große politische Wichtigkeit. Nun sucht es sich durch auffallende Tätigkeit ein entschiedneres Ansehn zu erwerben; frisch arbeiten sie weg alles was kurz abgetan werden kann und muß, was über den Augenblick entscheidet, oder was sonst leicht beurteilt werden kann, und so erscheinen sie im ganzen Reiche wirksam und würdig. Die Sachen von schwererem Gehalt hingegen, die eigentlichen Rechtshändel, blieben im Rückstand, und es war kein Unglück. Dem Staate liegt nur daran, daß der Besitz gewiß und sicher sei; ob man mit Recht besitze, kann ihn weniger kümmern. Deswegen erwuchs aus der nach und nach aufschwellenden ungeheuren Anzahl von verspäteten Prozessen dem Reiche kein Schade. Gegen Leute die Gewalt brauchten war ja vorgesehn, und mit diesen konnte man fertig werden; die übrigen, die rechtlich um den Besitz stritten, sie lebten, genossen oder darbten wie sie konnten; sie starben, verdarben, verglichen sich; das alles war aber nur Heil oder Unheil einzelner Familien, das Reich ward nach und nach beruhigt. Denn dem Kammergericht war ein gesetzliches Faustrecht gegen die Ungehorsamen in die Hände gegeben; hätte man den Bannstrahl schleudern können, dieser wäre wirksamer gewesen.

Jetzo aber, bei der bald vermehrten, bald verminderten Anzahl der Assessoren, bei manchen Unterbrechungen, bei Verlegung des Gerichts von einem Ort an den andern, mußten diese Reste, diese Akten ins Unendliche anwachsen. Nun flüchtete man in Kriegsnot einen Teil des Archivs von Speyer nach Aschaffenburg, einen Teil nach Worms, der dritte fiel in die Hände der Franzosen, welche ein Staatsarchiv erobert zu haben glaubten, und hernach geneigt gewesen wären, sich dieses Papierwusts zu entledigen, wenn nur jemand die Fuhren hätte daran wenden wollen.

Bei den westphälischen Friedensunterhandlungen sahen die versammelten tüchtigen Männer wohl ein, was für ein Hebel erfordert werde, um jene sisyphische Last vom Platze zu bewegen. Nun sollten funfzig Assessoren angestellt werden, diese Zahl ist aber nie erreicht worden: man begnügte sich abermals mit der Hälfte, weil der Aufwand zu groß schien; allein hätten die Interessenten sämtlich ihren Vorteil bei der Sache gesehn, so wäre das Ganze gar wohl zu leisten gewesen. Um fünfundzwanzig Beisitzer zu besolden, waren ohngefähr einhunderttausend Gulden nötig; wie leicht hätte Deutschland das Doppelte herbeigeschafft. Der Vorschlag, das Kammergericht mit eingezogenen geistlichen Gütern auszustatten, konnte nicht durchgehn: denn wie sollten sich beide Religionsteile zu dieser Aufopferung verstehn? Die Katholiken wollten nicht noch mehr verlieren, und die Protestanten das Gewonnene jeder zu innern Zwecken verwenden. Die Spaltung des Reichs in zwei Religionsparteien hatte auch hier, in mehrerem Betracht, den schlimmsten Einfluß. Nun verminderte sich der Anteil der Stände an diesem ihren Gericht immer mehr: die mächtigern suchten sich von dem Verbande loszulösen; Freibriefe, vor keinem obern Gerichtshofe belangt zu werden, wurden immer lebhafter gesucht; die größeren blieben mit den Zahlungen zurück, und die kleineren, die sich in der Matrikel ohnehin bevorteilt glaubten, säumten so lange sie konnten.

Wie schwer war es daher, den zahltägigen Bedarf zu den Besoldungen aufzubringen. Hieraus entsprang ein neues Geschäft, ein neuer Zeitverlust für das Kammergericht; früher hatten die jährlichen sogenannten Visitationen dafür gesorgt. Fürsten in Person, oder ihre Räte, begaben sich nur auf Wochen oder Monate an den Ort des Gerichts, untersuchten die Kassen, erforschten die Reste und übernahmen das Geschäft, sie beizutreiben. Zugleich, wenn etwas in dem Rechts- und Gerichtsgange stocken, irgend ein Mißbrauch einschleichen wollte, waren sie befugt, dem abzuhelfen. Gebrechen der Anstalt sollten sie entdecken und heben, aber persönliche Verbrechen der Glieder zu untersuchen und zu bestrafen, ward erst später ein Teil ihrer Pflicht. Weil aber Prozessierende den Lebenshauch ihrer Hoffnungen immer noch einen Augenblick verlängern wollen, und deshalb immer höhere Instanzen suchen und hervorrufen; so wurden diese Visitatoren auch ein Revisionsgericht, vor dem man erst in bestimmten, offenbaren Fällen Wiederherstellung, zuletzt aber in allen Aufschub und Verewigung des Zwists zu finden hoffte: wozu denn auch die Berufung an den Reichstag, und das Bestreben beider Religionsparteien, sich einander wo nicht aufzuwiegen, doch im Gleichgewicht zu erhalten, das Ihrige beitrugen.

Denkt man sich aber was dieses Gericht ohne solche Hindernisse, ohne so störende und zerstörende Bedingungen, hätte sein können; so kann man es sich nicht merkwürdig und wichtig genug ausbilden. Wäre es gleich anfangs mit einer hinreichenden Anzahl von Männern besetzt gewesen, hätte man diesen einen zulänglichen Unterhalt gesichert; unübersehbar wäre bei der Tüchtigkeit deutscher Männer, der ungeheure Einfluß geworden, zu dem diese Gesellschaft hätte gelangen können. Den Ehrentitel Amphictyonen, den man ihnen nur rednerisch zuteilte, würden sie wirklich verdient haben; ja sie konnten sich zu einer Zwischenmacht erheben, beides dem Oberhaupt und den Gliedern ehrwürdig.

Aber weit entfernt von so großen Wirkungen, schleppte das Gericht, außer etwa eine kurze Zeit unter Carl dem Fünften und vor dem Dreißigjährigen Kriege, sich nur kümmerlich hin. Man begreift oft nicht, wie sich nur Männer finden konnten zu diesem undankbaren und traurigen Geschäft. Aber was der Mensch täglich treibt, läßt er sich, wenn er Geschick dazu hat, gefallen, sollte er auch nicht gerade sehen, daß etwas dabei herauskomme. Der Deutsche besonders ist von einer solchen ausharrenden Sinnesart, und so haben sich drei Jahrhunderte hindurch die würdigsten Männer mit diesen Arbeiten und Gegenständen beschäftigt. Eine charakteristische Galerie solcher Bilder würde noch jetzt Anteil erregen und Mut einflößen.

Denn gerade in solchen anarchischen Zeiten tritt der tüchtige Mann am festesten auf, und der das Gute will, findet sich recht an seinem Platze. So stand z. B. das Direktorium Fürstenbergs noch immer in gesegnetem Andenken, und mit dem Tode dieses vortrefflichen Manns beginnt die Epoche vieler verderblichen Mißbräuche.

Aber alle diese späteren und früheren Gebrechen entsprangen aus der ersten, einzigen Quelle, aus der geringen Personenzahl. Verordnet war, daß die Beisitzer in einer entschiedenen Folge und nach bestimmter Ordnung vortragen sollten. Ein jeder konnte wissen, wann die Reihe ihn treffen werde, und welchen seiner ihm obliegenden Prozesse; er konnte darauf hinarbeiten, er konnte sich vorbereiten. Nun häuften sich aber die unseligen Reste; man mußte sich entschließen, wichtigere Rechtshändel auszuheben und außer der Reihe vorzutragen. Die Beurteilung der Wichtigkeit einer Sache vor der andern ist, bei dem Zudrang von bedeutenden Fällen, schwer, und die Auswahl läßt schon Gunst zu; aber nun trat noch ein anderer bedenklicher Fall ein. Der Referent quälte sich und das Gericht mit einem schweren verwickelten Handel, und zuletzt fand sich niemand der das Urteil einlösen wollte. Die Parteien hatten sich verglichen, auseinandergesetzt, waren gestorben, hatten den Sinn geändert. Daher beschloß man nur diejenigen Gegenstände vorzunehmen, welche erinnert wurden. Man wollte von der fortdauernden Beharrlichkeit der Parteien überzeugt sein, und hiedurch ward den größten Gebrechen die Einleitung gegeben: denn wer seine Sache empfiehlt, muß sie doch jemand empfehlen, und wem empföhle man sie besser, als dem der sie unter Händen hat. Diesen, ordnungsgemäß, geheim zu halten ward unmöglich: denn bei so viel mitwissenden Subalternen, wie sollte derselbe verborgen bleiben? Bittet man um Beschleunigung, so darf man ja wohl auch um Gunst bitten: denn eben daß man seine Sache betreibt, zeigt ja an, daß man sie für gerecht hält. Geradezu wird man es vielleicht nicht tun, gewiß aber am ersten durch Untergeordnete; diese müssen gewonnen werden, und so ist die Einleitung zu allen Intrigen und Bestechungen gegeben.

Kaiser Joseph, nach eignem Antriebe und in Nachahmung Friedrichs, richtete zuerst seine Aufmerksamkeit auf die Waffen und die Justiz. Er faßte das Kammergericht ins Auge; herkömmliche Ungerechtigkeiten, eingeführte Mißbräuche waren ihm nicht unbekannt geblieben. Auch hier sollte aufgeregt, gerüttelt und getan sein. Ohne zu fragen, ob es sein kaiserlicher Vorteil sei, ohne die Möglichkeit eines glücklichen Erfolgs vorauszusehn, brachte er die Visitation in Vorschlag, und übereilte ihre Eröffnung. Seit hundertundsechsundsechzig Jahren hatte man keine ordentliche Visitation zu Stande gebracht; ein ungeheurer Wust von Akten lag aufgeschwollen und wuchs jährlich, da die siebzehn Assessoren nicht einmal im Stande waren, das Laufende wegzuarbeiten. Zwanzigtausend Prozesse hatten sich aufgehäuft, jährlich konnten sechzig abgetan werden, und das Doppelte kam hinzu. Auch auf die Visitatoren wartete keine geringe Anzahl von Revisionen, man wollte ihrer funfzigtausend zählen. Überdies hinderte so mancher Mißbrauch den Gerichtsgang; als das Bedenklichste aber von allem erschienen im Hintergrunde die persönlichen Verbrechen einiger Assessoren.

Als ich nach Wetzlar gehn sollte, war die Visitation schon einige Jahre im Gange, die Beschuldigten suspendiert, die Untersuchung weit vorgerückt; und weil nun die Kenner und Meister des deutschen Staatsrechts diese Gelegenheit nicht vorbeilassen durften, ihre Einsichten zu zeigen und sie dem gemeinen Besten zu widmen, so waren mehrere gründliche wohlgesinnte Schriften erschienen, aus denen sich, wer nur einige Vorkenntnisse besaß, gründlich unterrichten konnte. Ging man bei dieser Gelegenheit in die Reichsverfassung und die von derselben handelnden Schriften zurück, so war es auffallend, wie der monstrose Zustand dieses durchaus kranken Körpers, der nur durch ein Wunder am Leben erhalten ward, gerade den Gelehrten am meisten zusagte. Denn der ehrwürdige deutsche Fleiß, der mehr auf Sammlung und Entwickelung von Einzelnheiten als auf Resultate losging, fand hier einen unversiegenden Anlaß zu immer neuer Beschäftigung, und man mochte nun das Reich dem Kaiser, die kleinern den größern Ständen, die Katholiken den Protestanten entgegensetzen, immer gab es, nach dem verschiedenen Interesse, notwendig verschiedene Meinungen, und immer Gelegenheit zu neuen Kämpfen und Gegenreden.

Da ich mir alle diese ältern und neuern Zustände möglichst vergegenwärtigt hatte, konnte ich mir von meinem Wetzlarschen Aufenthalt unmöglich viel Freude versprechen. Die Aussicht war nicht reizend, in einer zwar wohlgelegenen, aber kleinen und übelgebauten Stadt eine doppelte Welt zu finden: erst die einheimische alte hergebrachte, dann eine fremde neue, jene scharf zu prüfen beauftragt, ein richtendes und ein gerichtetes Gericht; manchen Bewohner in Furcht und Sorge, er möchte auch noch mit in die verhängte Untersuchung gezogen werden; angesehene, so lange für würdig geltende Personen der schändlichsten Missetaten überwiesen und zu schimpflicher Bestrafung bezeichnet: das alles zusammen machte das traurigste Bild und konnte nicht anreizen tiefer in ein Geschäft einzugehen, das an sich selbst verwickelt nun gar durch Untaten so verworren erschien.

Daß mir, außer dem deutschen Zivil- und Staatsrechte, hier nichts Wissenschaftliches sonderlich begegnen, daß ich aller poetischen Mitteilung entbehren würde, glaubte ich vorauszusehn, als mich, nach einigem Zögern, die Lust meinen Zustand zu verändern, mehr als der Trieb nach Kenntnissen, in diese Gegend hinführte. Allein wie verwundert war ich, als mir anstatt einer sauertöpfischen Gesellschaft, ein drittes akademisches Leben entgegensprang. An einer großen Wirtstafel traf ich beinah sämtliche Gesandtschaftsuntergeordnete, junge muntere Leute, beisammen; sie nahmen mich freundlich auf, und es blieb mir schon den ersten Tag kein Geheimnis, daß sie ihr mittägiges Beisammensein durch eine romantische Fiktion erheitert hatten. Sie stellten nämlich, mit Geist und Munterkeit, eine Rittertafel vor. Obenan saß der Heermeister, zur Seite desselben der Kanzler, sodann die wichtigsten Staatsbeamten; nun folgten die Ritter, nach ihrer

Anciennetät; Fremde hingegen die zusprachen, mußten mit den untersten Plätzen vorlieb nehmen, und für sie war das Gespräch meist unverständlich, weil sich in der Gesellschaft die Sprache, außer den Ritterausdrücken, noch mit manchen Anspielungen bereichert hatte. Einem jeden war ein Rittername zugelegt, mit einem Beiworte. Mich nannten sie Götz von Berlichingen, den Redlichen. Jenen verdiente ich mir durch meine Aufmerksamkeit für den biedern deutschen Altvater, und diesen durch die aufrichtige Neigung und Ergebenheit gegen die vorzüglichen Männer die ich kennen lernte. Dem Grafen von Kielmannsegg bin ich bei diesem Aufenthalt vielen Dank schuldig geworden. Er war der Ernsteste von allen, höchst tüchtig und zuverlässig. Von Goué, ein schwer zu entziffernder und zu beschreibender Mann, eine derbe, breite, hannövrische Figur, still in sich gekehrt. Es fehlte ihm nicht an Talenten mancher Art. Man hegte von ihm die Vermutung, daß er ein natürlicher Sohn sei; auch liebte er ein gewisses geheimnisvolles Wesen, und verbarg seine eigensten Wünsche und Vorsätze unter mancherlei Seltsamkeiten, wie er denn die eigentliche Seele des wunderlichen Ritterbundes war, ohne daß er nach der Stelle des Heermeisters gestrebt hätte. Vielmehr ließ er, da gerade zu der Zeit dies Haupt der Ritterschaft abging, einen andern wählen und übte durch diesen seinen Einfluß. So wußte er auch manche kleine Zufälligkeiten dahin zu lenken, daß sie bedeutend erschienen und in fabelhaften Formen durchgeführt werden konnten. Bei diesem allen aber konnte man keinen ernsten Zweck bemerken; es war ihm bloß zu tun, die Langeweile, die er und seine Kollegen bei dem verzögerten Geschäft empfinden mußten, zu erheitern, und den leeren Raum, wäre es auch nur mit Spinnegewebe, auszufüllen. Übrigens wurde dieses fabelhafte Fratzenspiel mit äußerlichem großen Ernst betrieben, ohne daß jemand lächerlich finden durfte, wenn eine gewisse Mühle als Schloß, der Müller als Burgherr behandelt wurde, wenn man »Die vier Haimons-Kinder« für ein kanonisches Buch erklärte und Abschnitte daraus, bei Zeremonien, mit

Ehrfurcht vorlas. Der Ritterschlag selbst geschah mit hergebrachten, von mehreren Ritterorden entlehnten Symbolen. Ein Hauptanlaß zum Scherze war ferner der, daß man das Offenbare als ein Geheimnis behandelte; man trieb die Sache öffentlich, und es sollte nicht davon gesprochen werden. Die Liste der sämtlichen Ritter ward gedruckt, mit so viel Anstand als ein Reichstagskalender; und wenn Familien darüber zu spotten, und die ganze Sache für absurd und lächerlich zu erklären wagten, so ward, zu ihrer Bestrafung, so lange intrigiert, bis man einen ernsthaften Ehemann, oder nahen Verwandten, beizutreten und den Ritterschlag anzunehmen bewogen hatte; da denn über den Verdruß der Angehörigen eine herrliche Schadenfreude entstand.

In dieses Ritterwesen verschlang sich noch ein seltsamer Orden, welcher philosophisch und mystisch sein sollte, und keinen eigentlichen Namen hatte. Der erste Grad hieß der Übergang, der zweite des Übergangs Übergang, der dritte des Übergangs Übergang zum Übergang, und der vierte des Übergangs Übergang zu des Übergangs Übergang. Den hohen Sinn dieser Stufenfolge auszulegen, war nun die Pflicht der Eingeweihten, und dieses geschah nach Maßgabe eines gedruckten Büchelchens, in welchem jene seltsamen Worte auf eine noch seltsamere Weise erklärt, oder vielmehr amplifiziert waren. Die Beschäftigung mit diesen Dingen war der erwünschteste Zeitverderb. Behrischens Torheit und Lenzens Verkehrtheit schienen sich hier vereinigt zu haben; nur wiederhole ich, daß auch nicht eine Spur von Zweck hinter diesen Hüllen zu finden war.

Ob ich nun gleich zu solchen Possen sehr gern beiriet, auch zuerst die Pericopen aus den »Vier Haimons-Kindern« in Ordnung brachte, und Vorschläge tat, wie sie bei Festen und Feierlichkeiten vorgelesen werden sollten, auch selbst sie mit großer Emphase vorzutragen verstand; so hatte ich mich doch schon früher an solchen Dingen müde getrieben, und als ich daher meine Frankfurter und Darmstädter Umgebung vermißte, war es mir höchst lieb, Gottern gefunden zu haben, der sich mit aufrichtiger Neigung an mich schloß, und dem ich ein herzliches Wohlwollen erwiderte. Sein Sinn war zart, klar und heiter, sein Talent geübt und geregelt; er befleißigte sich der französischen Eleganz und freute sich des Teils der englischen Literatur, der sich mit sittlichen und angenehmen Gegenständen beschäftigt. Wir brachten viele vergnügte Stunden zusammen zu, in denen wir uns wechselseitig unsere Kenntnisse, Vorsätze und Neigungen mitteilten. Er regte mich zu manchen kleinen Arbeiten an, zumal da er, mit den Göttingern in Verhältnis stehend, für Boies Almanach auch von meinen Gedichten etwas verlangte.

Dadurch kam ich mit jenen in einige Berührung, die sich, jung und talentvoll, zusammenhielten, und nachher so viel und mannigfaltig wirkten. Die beiden Grafen Stolberg, Bürger, Voß, Hölty und andere waren im Glauben und Geiste um Klopstock versammelt, dessen Wirkung sich nach allen Seiten hin erstreckte. In einem solchen, sich immer mehr erweiternden deutschen Dichterkreise entwickelte sich zugleich, mit so mannigfaltigen poetischen Verdiensten, auch noch ein anderer Sinn, dem ich keinen ganz eigentlichen Namen zu geben wüßte. Man könnte ihn das Bedürfnis der Unabhängigkeit nennen, welches immer im Frieden entspringt, und gerade da, wo man eigentlich nicht abhängig ist. Im Kriege erträgt man die rohe Gewalt so gut man kann, man fühlt sich wohl physisch und ökonomisch verletzt, aber nicht moralisch; der Zwang beschämt niemanden, und es ist kein schimpflicher Dienst, der Zeit zu dienen; man gewöhnt sich, von Feind und Freund zu leiden, man hat Wünsche und keine Gesinnungen. Im Frieden hingegen tut sich der Freiheitssinn der Menschen immer mehr hervor, und je freier man ist, desto freier will man sein. Man will nichts über sich dulden; wir wollen nicht beengt sein, niemand soll beengt sein, und dies zarte ja kranke Gefühl erscheint in schönen Seelen unter der Form der Gerechtigkeit. Dieser Geist und Sinn zeigte sich damals überall, und gerade da nur wenige bedruckt waren, wollte man auch diese von zufälligem Druck befrein, und so entstand eine gewisse sittliche Befehdung, Einmischung der Einzelnen ins Regiment, die mit löblichen Anfängen, zu unabsehbar unglücklichen Folgen hinführte.

Voltaire hatte durch den Schutz, den er der Familie Calas angedeihen ließ, großes Aufsehn erregt und sich ehrwürdig gemacht. Für Deutschland fast noch auffallender und wichtiger war das Unternehmen Lavaters gegen den Landvogt gewesen. Der ästhetische Sinn, mit dem jugendlichen Mut verbunden, strebte vorwärts, und da man noch vor kurzem studierte, um zu Ämtern zu gelangen, so fing man nun an den Aufseher der Beamten zu machen, und die Zeit war nah, wo der Theater- und Romanendichter seine Bösewichter am liebsten unter Ministern und Amtleuten aufsuchte. Hieraus entstand eine halb eingebildete halb wirkliche Welt von Wirkung und Gegenwirkung, in der wir späterhin die heftigsten Angebereien und Verhetzungen erlebt haben, welche sich die Verfasser von Zeitschriften und Tagblättern, mit einer Art von Wut, unter dem Schein der Gerechtigkeit erlaubten, und um so unwiderstehlicher dabei zu Werke gingen, als sie das Publikum glauben machten, vor ihm sei der wahre Gerichtshof: töricht! da kein Publikum eine exekutive Gewalt hat, und in dem zerstückten Deutschland die öffentliche Meinung niemanden nutzte oder schadete.

Unter uns jungen Leuten ließ sich zwar nichts von jener Art spüren, welche tadelnswert gewesen wäre; aber eine gewisse ähnliche Vorstellung hatte sich unsrer bemächtigt, die aus Poesie, Sittlichkeit und einem edlen Bestreben zusammengeflossen, zwar unschädlich aber doch fruchtlos war.

Durch die »Hermanns-Schlacht« und die Zueignung derselben an Joseph den Zweiten hatte Klopstock eine wunderbare Anregung gegeben. Die Deutschen, die sich vom Druck der Römer befreiten, waren herrlich und mächtig dargestellt, und dieses Bild gar wohl geeignet, das Selbstgefühl der Nation zu erwecken. Weil aber im Frieden der Patriotismus eigentlich nur darin besteht, daß jeder vor seiner Türe kehre, seines Amts warte, auch seine Lektion lerne, damit es wohl im Hause stehe; so fand das von Klopstock erregte Vaterlandsgefühl keinen Gegenstand, an dem es sich hätte üben können. Friedrich hatte die Ehre eines Teils der Deutschen gegen eine verbundene Welt gerettet, und es war jedem Gliede der Nation erlaubt, durch Beifall und Verehrung dieses großen Fürsten, teil an seinem Siege zu nehmen; aber wo denn nun hin mit jenem erregten kriegerischen Trotzgefühl? welche Richtung sollte es nehmen, und welche Wirkung hervorbringen? Zuerst war es bloß poetische Form, und die nachher so oft gescholtenen, ja lächerlich gefundenen Bardenlieder häuften sich durch diesen Trieb, durch diesen Anstoß. Keine äußeren Feinde waren zu bekämpfen; nun bildete man sich Tyrannen, und dazu mußten die Fürsten und ihre Diener ihre Gestalten erst im Allgemeinen, sodann nach und nach im Besondern hergeben; und hier schloß sich die Poesie an jene oben gerügte Einmischung in die Rechtspflege mit Heftigkeit an, und es ist merkwürdig, Gedichte aus jener Zeit zu sehn, die ganz in einem Sinne geschrieben sind, wodurch alles Obere, es sei nun monarchisch oder aristokratisch, aufgehoben wird.

Was mich betraf, so fuhr ich fort, die Dichtkunst zum Ausdruck meiner Gefühle und Grillen zu benutzen. Kleine Gedichte, wie »Der Wanderer«, fallen in diese Zeit; sie wurden in den »Göttinger Musenalmanach« aufgenommen. Was aber von jener Sucht in mich eingedrungen sein mochte, davon strebte ich mich kurz nachher im »Götz von Berlichingen« zu befrein, indem ich schilderte, wie in wüsten Zeiten der wohldenkende brave Mann allenfalls an die Stelle des Gesetzes und der ausübenden Gewalt zu treten sich entschließt, aber in Verzweiflung ist, wenn er dem anerkannten verehrten Oberhaupt zweideutig, ja abtrünnig erscheint.

Durch Klopstocks Oden war denn auch in die deutsche Dichtkunst nicht sowohl die nordische Mythologie, als vielmehr die Nomenklatur ihrer Gottheiten eingeleitet, und ob ich gleich mich sonst gern alles dessen bediente, was mir gereicht ward; so konnte ich es doch nicht von mir gewinnen, mich derselben zu bedienen, und zwar aus folgenden Ursachen. Ich hatte die Fabeln der »Edda« schon längst aus der Vorrede zu Mallets »Dänischer Geschichte« kennen gelernt, und mich derselben sogleich bemächtigt; sie gehörten unter diejenigen Märchen, die ich, von einer Gesellschaft aufgefordert, am liebsten erzählte. Herder gab mir den Resenius in die Hände, und machte mich mit den Heldensagen mehr bekannt. Aber alle diese Dinge, wie wert ich sie hielt, konnte ich nicht in den Kreis meines Dichtungsvermögens aufnehmen; wie herrlich sie mir auch die Einbildungskraft anregten, entzogen sie sich doch ganz dem sinnlichen Anschaun, indessen die Mythologie der Griechen, durch die größten Künstler der Welt in sichtliche leicht einzubildende Gestalten verwandelt, noch vor unsern Augen in Menge dastand. Götter ließ ich überhaupt nicht viel auftreten, weil sie mir noch außerhalb der Natur, die ich nachzubilden verstand, ihren Wohnsitz hatten. Was hätte mich nun gar bewegen sollen, Wodan für Jupiter, und Thor für Mars zu setzen, und statt der südlichen genau umschriebenen Figuren, Nebelbilder, ja bloße Wortklänge in meine Dichtungen einzuführen? Von einer Seite schlossen sie sich vielmehr an die Ossianschen gleichfalls formlosen Helden, nur derber und riesenhafter an, von der andern lenkte ich sie nach dem heiteren Märchen hin: denn der humoristische Zug, der durch die ganze nordische Mythe durchgeht, war mir höchst lieb und bemerkenswert. Sie schien mir die einzige, welche durchaus mit sich selbst scherzt, einer wunderlichen Dynastie von Göttern abenteuerliche Riesen, Zauberer und Ungeheuer entgegensetzt, die nur beschäftigt sind, die höchsten Personen während ihres Regiments zu irren, zum besten zu haben, und hinterdrein mit einem schmählichen, unvermeidlichen Untergang zu bedrohen.

Ein ähnliches wo nicht gleiches Interesse gewannen mir die indischen Fabeln ab, die ich aus Dappers Reisen zuerst kennen lernte, und gleichfalls mit großer Lust in meinen Märchenvorrat hineinzog. Der Altar des Ram gelang mir vorzüglich im Nacherzählen, und ungeachtet der großen Mannigfaltigkeit der Personen dieses Märchens, blieb doch der Affe *Hannemann* der Liebling meines Publikums. Aber auch diese unförmlichen und überförmlichen Ungeheuer konnten mich nicht eigentlich poetisch befriedigen; sie lagen zu weit von dem Wahren ab, nach welchem mein Sinn unablässig hinstrebte.

Doch gegen alle diese kunstwidrigen Gespenster sollte mein Sinn für das Schöne durch die herrlichste Kraft geschützt werden. Glücklich ist immer die Epoche einer Literatur, wenn große Werke der Vergangenheit wieder einmal auftauen und an die Tagesordnung kommen, weil sie alsdann eine vollkommen frische Wirkung hervorbringen. Auch das Homerische Licht ging uns neu wieder auf, und zwar recht im Sinne der Zeit, die ein solches Erscheinen höchst begünstigte: denn das beständige Hinweisen auf Natur bewirkte zuletzt, daß man auch die Werke der Alten von dieser Seite betrachten lernte. Was mehrere Reisende zu Aufklärung der heiligen Schriften getan, leisteten andere für den Homer. Durch *Guys* ward man eingeleitet, *Wood* gab der Sache den Schwung. Eine Göttinger Rezension des anfangs sehr seltenen Originals machte uns mit der Absicht bekannt, und belehrte uns, wie weit sie ausgeführt worden. Wir sahen nun nicht mehr in jenen Gedichten ein angespanntes und aufgedunsenes Heldenwesen, sondern die abgespiegelte Wahrheit einer uralten Gegenwart, und suchten uns dieselbe möglichst heranzuziehen. Zwar wollte uns zu gleicher Zeit nicht völlig in den Sinn, wenn behauptet wurde, daß, um die Homerischen Naturen recht zu verstehn, man sich mit den wilden Völkern und ihren Sitten bekannt machen müsse, wie sie uns die Reisebeschreiber der neuen Welten schildern: denn es ließ sich doch nicht leugnen, daß sowohl Europäer als Asiaten, in den Homerischen Gedichten schon auf einem hohen Grade der Kultur dargestellt worden, vielleicht auf einem höhern, als die Zeiten des Trojanischen Kriegs mochten genossen haben. Aber jene Maxime war doch mit dem herrschenden

Naturbekenntnis übereinstimmend, und insofern mochten wir sie gelten lassen.

Bei allen diesen Beschäftigungen, die sich auf Menschenkunde im höheren Sinne, so wie auf Dichtkunst im nächsten und lieblichsten bezogen, mußte ich doch jeden Tag erfahren, daß ich mich in Wetzlar aufhielt. Das Gespräch über den Zustand des Visitations-Geschäftes, und seiner immer wachsenden Hindernisse, die Entdeckung neuer Gebrechen klang stündlich durch. Hier war nun abermals das Heilige Römische Reich versammelt, nicht bloß zu äußerlichen Feierlichkeiten, sondern zu einem ins Allertiefste greifenden Geschäfte. Aber auch hier mußte mir jener halbleere Speisesaal am Krönungstage einfallen, wo die geladenen Gäste außen blieben, weil sie zu vornehm waren. Hier hatten sie sich zwar eingefunden, aber man mußte noch schlimmere Symptome gewahr werden. Der Unzusammenhalt des Ganzen, das Widerspiel der Teile kamen fortwährend zum Vorschein, und es war kein Geheimnis geblieben, daß Fürsten untereinander sich die Absicht vertraulich mitgeteilt hatten: man müsse sehn, ob man nicht, bei dieser Gelegenheit, dem Oberhaupt etwas abgewinnen könne?

Welchen üblen Eindruck das kleine Detail aller Anekdoten von Nachlässigkeiten und Versäumnissen, Ungerechtigkeiten und Bestechungen, auf einen jungen Menschen machen mußte, der das Gute wollte, und sein Inneres in diesem Sinne bearbeitete, wird jeder Redliche mitfühlen. Wo soll unter solchen Umständen Ehrfurcht vor dem Gesetz und dem Richter entspringen? Aber hätte man auch auf die Wirkungen der Visitation das größte Zutrauen gesetzt, hätte man glauben können, daß sie völlig ihre hohe Bestimmung erfüllen werde; für einen frohen vorwärts schreitenden Jüngling war doch hier kein Heil zu finden. Die Förmlichkeiten dieses Prozesses an sich gingen alle auf ein Verschleifen; wollte man einigermaßen wirken und etwas bedeuten, so mußte man nur immer demjenigen dienen, der unrecht hatte, stets dem Beklagten, und in der Fechtkunst der verdrehenden und ausweichenden Streiche recht gewandt sein.

Ich verlor mich daher einmal über das andre, da mir, in dieser Zerstreuung, keine ästhetischen Arbeiten gelingen wollten, in ästhetische Spekulationen; wie denn alles Theoretisieren auf Mangel oder Stockung von Produktionskraft hindeutet. Früher mit Merken, nunmehr manchmal mit Gottern, machte ich den Versuch, Maximen auszufinden, wonach man beim Hervorbringen zu Werke gehn könnte. Aber weder mir noch ihnen wollte es gelingen. Merk war Zweifler und Eklektiker, Gotter hielt sich an solche Beispiele, die ihm am meisten zusagten. Die Sulzersche Theorie war angekündigt, mehr für den Liebhaber als für den Künstler. In diesem Gesichtskreise werden vor allem sittliche Wirkungen gefordert, und hier entsteht sogleich ein Zwiespalt zwischen der hervorbringenden und benutzenden Klasse; denn ein gutes Kunstwerk kann und wird zwar moralische Folgen haben, aber moralische Zwecke vom Künstler fordern, heißt ihm sein Handwerk verderben.

Was die Alten über diese wichtigen Gegenstände gesagt, hatte ich seit einigen Jahren fleißig, wo nicht in einer Folge studiert, doch sprungweise gelesen. Aristoteles, Cicero, Quinctilian, Longin, keiner blieb unbeachtet, aber das half mir nichts: denn alle diese Männer setzten eine Erfahrung voraus, die mir abging. Sie führten mich in eine an Kunstwerken unendlich reiche Welt, sie entwickelten die Verdienste vortrefflicher Dichter und Redner, von deren meisten uns nur die Namen übrig geblieben sind, und überzeugten mich nur allzu lebhaft, daß erst eine große Fülle von Gegenständen vor uns liegen müsse, ehe man darüber denken könne, daß man erst selbst etwas leisten, ja daß man fehlen müsse, um seine eignen Fähigkeiten und die der andern kennen zu lernen. Meine Bekanntschaft mit so vielem Guten jener alten Zeiten war doch immer nur schul- und buchmäßig und keineswegs lebendig, da es doch, besonders bei den gerühmtesten Rednern, auffiel, daß sie sich durchaus im Leben gebildet hatten, und daß man von den Eigenschaften ihres Kunstcharakters niemals sprechen konnte, ohne ihren persönlichen Gemütscharakter zugleich mitzuerwähnen. Bei Dichtern schien dies weniger der Fall; überall aber trat Natur und Kunst nur durch Leben in Berührung, und so blieb das Resultat von allem meinen Sinnen und Trachten jener alte Vorsatz, die innere und äußere Natur zu erforschen, und in liebevoller Nachahmung sie eben selbst walten zu lassen.

Zu diesen Wirkungen, welche weder Tag noch Nacht in mir ruhten, lagen zwei große, ja ungeheure Stoffe vor mir, deren Reichtum ich nur einigermaßen zu schätzen brauchte, um etwas Bedeutendes hervorzubringen. Es war die ältere Epoche, in welche das Leben Götzens von Berlichingen fällt, und die neuere, deren unglückliche Blüte im »Werther« geschildert ist.

Von der historischen Vorbereitung zu der ersten Arbeit habe ich bereits gesprochen; die ethischen Anlässe zu der zweiten sollen gegenwärtig eingeleitet werden.

Jener Vorsatz, meine innere Natur nach ihren Eigenheiten gewähren, und die äußere nach ihren Eigenschaften auf mich einfließen zu lassen, trieb mich an das wunderliche Element, in welchem »Werther« ersonnen und geschrieben ist. Ich suchte mich innerlich von allem Fremden zu entbinden, das Äußere liebevoll zu betrachten, und alle Wesen, vom menschlichen an, so tief hinab als sie nur faßlich sein möchten, jedes in seiner Art auf mich wirken zu lassen. Dadurch entstand eine wundersame Verwandtschaft mit den einzelnen Gegenständen der Natur, und ein inniges Anklingen, ein Mitstimmen ins Ganze, so daß ein jeder Wechsel, es sei der Ortschaften und Gegenden, oder der Tags- und Jahreszeiten, oder was sonst sich ereignen konnte, mich aufs innigste berührte. Der malerische Blick gesellte sich zu dem dichterischen, die schöne ländliche, durch den freundlichen Fluß belebte Landschaft vermehrte meine Neigung zur Einsamkeit, und begünstigte meine stillen nach allen Seiten hin sich ausbreitenden Betrachtungen.

Aber seitdem ich jenen Familienkreis zu Sesenheim und nun wieder meinen Freundeszirkel zu Frankfurt und Darmstadt verlassen, war mir eine Leere im Busen geblieben, die ich auszufüllen nicht vermochte; ich befand mich daher in einer Lage, wo uns die Neigung, sobald sie nur einigermaßen verhüllt auftritt, unversehens überschleichen und alle guten Vorsätze vereiteln kann.

Und indem nun der Verfasser zu dieser Stufe seines Unternehmens gelangt, fühlt er sich zum ersten Mal bei der Arbeit leicht ums Herz: denn von nun an wird dieses Buch erst was es eigentlich sein soll. Es hat sich nicht als selbständig angekündigt; es ist vielmehr bestimmt die Lücken eines Autorlebens auszufüllen, manches Bruchstück zu ergänzen und das Andenken verlorner und verschollener Wagnisse zu erhalten. Was aber schon getan ist, soll und kann nicht wiederholt werden; auch würde der Dichter jetzt die verdüsterten Seelenkräfte vergebens aufrufen, umsonst von ihnen fordern, daß sie jene lieblichen Verhältnisse wieder vergegenwärtigen möchten, welche ihm den Aufenthalt im Lahntale so hoch verschönten. Glücklicher Weise hatte der Genius schon früher dafür gesorgt, und ihn angetrieben, in vermögender Jugendzeit das nächst Vergangene festzuhalten, zu schildern und kühn genug zur günstigen Stunde öffentlich aufzustellen. Daß hier das Büchlein »Werther« gemeint sei, bedarf wohl keiner nähern Bezeichnung; von den darin aufgeführten Personen aber, so wie von den dargestellten Gesinnungen wird nach und nach einiges zu eröffnen sein.

Unter den jungen Männern, welche der Gesandtschaft zugegeben, sich zu ihrem künftigen Dienstlauf vorüben sollten, fand sich einer den wir kurz und gut den Bräutigam zu nennen pflegten. Er zeichnete sich aus durch ein ruhiges gleiches Betragen, Klarheit der Ansichten, Bestimmtheit im Handeln und Reden. Seine heitere Tätigkeit, sein anhaltender

Fleiß empfahl ihn dergestalt den Vorgesetzten, daß man ihm eine baldige Anstellung versprach. Hiedurch berechtigt, unternahm er sich mit einem Frauenzimmer zu verloben, das seiner Gemütsart und seinen Wünschen völlig zusagte. Nach dem Tode ihrer Mutter, hatte sie sich als Haupt einer zahlreichen jüngeren Familie höchst tätig erwiesen und den Vater in seinem Witwerstand allein aufrecht erhalten, so daß ein künftiger Gatte von ihr das gleiche für sich und seine Nachkommenschaft hoffen und ein entschiedenes häusliches Glück erwarten konnte. Ein jeder gestand, auch ohne diese Lebenszwecke eigennützig für sich im Auge zu haben, daß sie ein wünschenswertes Frauenzimmer sei. Sie gehörte zu denen, die, wenn sie nicht heftige Leidenschaften einflößen, doch ein allgemeines Gefallen zu erregen geschaffen sind. Eine leicht aufgebaute, nett gebildete Gestalt, eine reine gesunde Natur und die daraus entspringende frohe Lebenstätigkeit, eine unbefangene Behandlung des täglich Notwendigen, das alles war ihr zusammen gegeben. In der Betrachtung solcher Eigenschaften ward auch mir immer wohl, und ich gesellte mich gern zu denen die sie besaßen; und wenn ich nicht immer Gelegenheit fand ihnen wirkliche Dienste zu leisten, so teilte ich mit ihnen lieber als mit andern den Genuß jener unschuldigen Freuden, die der Jugend immer zur Hand sind und ohne große Bemühung und Aufwand ergriffen werden. Da es nun ferner ausgemacht ist, daß die Frauen sich nur füreinander putzen und untereinander den Putz zu steigern unermüdet sind; so waren mir diejenigen die liebsten, welche mit einfacher Reinlichkeit dem Freunde, dem Bräutigam, die stille Versicherung geben, daß es eigentlich nur für ihn geschehen, und daß ohne viel Umstände und Aufwand ein ganzes Leben so fortgeführt werden könne.

Solche Personen sind nicht allzu sehr mit sich selbst beschäftigt: sie haben Zeit die Außenwelt zu betrachten, und Gelassenheit genug sich nach ihr zu richten, sich ihr gleichzustellen; sie werden klug und verständig ohne Anstrengung, und bedürfen zu ihrer Bildung wenig Bücher. So war die

Braut. Der Bräutigam, bei seiner durchaus rechtlichen und zutraulichen Sinnesart, machte jeden, den er schätzte, bald mit ihr bekannt, und sah gern, weil er den größten Teil des Tages den Geschäften eifrig oblag, wenn seine Verlobte, nach vollbrachten häuslichen Bemühungen, sich sonst unterhielt und sich gesellig auf Spaziergängen und Landpartieen mit Freunden und Freundinnen ergetzte. Lotte – denn so wird sie denn doch wohl heißen – war anspruchslos in doppeltem Sinne: erst ihrer Natur nach, die mehr auf ein allgemeines Wohlwollen als auf besondere Neigungen gerichtet war, und dann hatte sie sich ja für einen Mann bestimmt, der, ihrer wert, sein Schicksal an das ihrige fürs Leben zu knüpfen sich bereit erklären mochte. Die heiterste Luft wehte in ihrer Umgebung. Ja, wenn es schon ein angenehmer Anblick ist, zu sehen, daß Eltern ihren Kindern eine ununterbrochene Sorgfalt widmen, so hat es noch etwas Schöneres, wenn Geschwister Geschwistern das gleiche leisten. Dort glauben wir mehr Naturtrieb und bürgerliches Herkommen, hier mehr Wahl und freies Gemüt zu erblicken.

Der neue Ankömmling, völlig frei von allen Banden, sorglos in der Gegenwart eines Mädchens, das, schon versagt, den gefälligsten Dienst nicht als Bewerbung auslegen und sich desto eher daran erfreuen konnte, ließ sich ruhig gehen, war aber bald dergestalt eingesponnen und gefesselt, und zugleich von dem jungen Paare so zutraulich und freundlich behandelt, daß er sich selbst nicht mehr kannte. Müßig und träumerisch, weil ihm keine Gegenwart genügte, fand er das was ihm abging in einer Freundin, die, indem sie fürs ganze Jahr lebte, nur für den Augenblick zu leben schien. Sie mochte ihn gern zu ihrem Begleiter; er konnte bald ihre Nähe nicht missen, denn sie vermittelte ihm die Alltagswelt, und so waren sie, bei einer ausgedehnten Wirtschaft, auf dem Acker und den Wiesen, auf dem Krautland wie im Garten, bald unzertrennliche Gefährten. Erlaubten es dem Bräutigam seine Geschäfte, so war er an seinem Teil dabei; sie hatten sich alle drei aneinander gewöhnt ohne es zu wollen, und wußten nicht, wie sie dazu kamen, sich nicht entbehren zu können. So lebten sie, den herrlichen Sommer hin, eine echt deutsche Idylle, wozu das fruchtbare Land die Prosa, und eine reine Neigung die Poesie hergab. Durch reife Kornfelder wandernd erquickten sie sich am taureichen Morgen; das Lied der Lerche, der Schlag der Wachtel waren ergetzliche Töne; heiße Stunden folgten, ungeheure Gewitter brachen herein, man schloß sich nur desto mehr aneinander, und mancher kleine Familien-Verdruß war leicht ausgelöscht durch fortdauernde Liebe. Und so nahm ein gemeiner Tag den andern auf, und alle schienen Festtage zu sein; der ganze Kalender hätte müssen rot gedruckt werden. Verstehen wird mich, wer sich erinnert, was von dem glücklich-unglücklichen Freunde der neuen Heloise geweissagt worden: »Und zu den Füßen seiner Geliebten sitzend, wird er Hanf brechen, und er wird wünschen Hanf zu brechen, heute, morgen und übermorgen, ja sein ganzes Leben.«

Nur wenig, aber gerade so viel als nötig sein mag, kann ich nunmehr von einem jungen Manne sagen, dessen Name in der Folgezeit nur allzu oft genannt worden. Es war J e r u s a l e m, der Sohn des frei und zart denkenden Gottesgelehrten. Auch er war bei einer Gesandtschaft angestellt: seine Gestalt gefällig, mittlerer Größe, wohlgebaut; ein mehr rundes als längliches Gesicht; weiche ruhige Züge und was sonst noch einem hübschen blonden Jüngling zukommen mag; blaue Augen sodann, mehr anziehend als sprechend zu nennen. Seine Kleidung war die unter den Niederdeutschen, in Nachahmung der Engländer, hergebrachte: blauer Frack, ledergelbe Weste und Unterkleider, und Stiefeln mit braunen Stolpen. Der Verfasser hat ihn nie besucht, auch nicht bei sich gesehen; manchmal traf er ihn bei Freunden. Die Äußerungen des jungen Mannes waren mäßig, aber wohlwollend. Er nahm an den verschiedensten Produktionen teil; besonders liebte er solche Zeichnungen und Skizzen, in welchen man einsamen Gegenden ihren stillen Charakter abgewonnen hatte. Er teilte bei solchen Gelegenheiten Geßnersche Radierungen mit, und munterte die Liebhaber auf, darnach zu studieren. An allem jenen Ritterwesen und Mummenspiel nahm er wenig oder keinen Anteil, lebte sich und seinen Gesinnungen. Man sprach von einer entschiedenen Leidenschaft zu der Gattin eines Freundes. Öffentlich sah man sie nie miteinander. Überhaupt wußte man wenig von ihm zu sagen, außer daß er sich mit der englischen Literatur beschäftige. Als der Sohn eines wohlhabenden Mannes brauchte er sich weder ängstlich Geschäften zu widmen, noch um baldige Anstellung dringend zu bewerben.

Jene Geßnerschen Radierungen vermehrten die Lust und den Anteil an ländlichen Gegenständen, und ein kleines Gedicht, welches wir in unsern engern Kreis mit Leidenschaft aufnahmen, ließ uns von nun an nichts anders mehr beachten. Das »Deserted Village« von Goldsmith, mußte jedermann auf jener Bildungsstufe, in jenem Gesinnungskreise, höchlich zusagen. Nicht als lebendig oder wirksam, sondern als ein vergangenes verschwundenes Dasein, ward alles das geschildert was man so gern mit Augen sah, was man liebte, schätzte, in der Gegenwart leidenschaftlich aufsuchte, um jugendlich munter teil daran zu nehmen. Fest- und Feiertage auf dem Lande, Kirchweihen und Jahrmärkte, dabei unter der Dorflinde erst die ernste Versammlung der Ältesten, verdrängt von der heftigern Tanzlust der Jüngern, und wohl gar die Teilnahme gebildeter Stände. Wie schicklich erschienen diese Vergnügungen, gemäßigt durch einen braven Landgeistlichen, der auch dasjenige was allenfalls übergriff, was zu Händeln und Zwist Anlaß geben konnte, gleich zu schlichten und abzutun verstand. Auch hier fanden wir unsern ehrlichen Wakefield wieder, in seinem wohlbekannten Kreise, aber nicht mehr wie er leibte und lebte, sondern als Schatten, zurückgerufen durch des elegischen Dichters leise Klagetöne. Schon der Gedanke dieser Darstellung ist einer der glücklichsten, sobald einmal der Vorsatz gefaßt ist, ein unschuldiges Vergangene mit anmutiger Trauer wieder heranzufordern. Und wie gelungen ist in jedem Sinne dem Engländer dieses gemütliche Vorhaben! Ich teilte den Enthusiasmus für dieses allerliebste Gedicht mit Gottern, dem die von uns beiden unternommene Übersetzung besser als mir geglückt ist: denn ich hatte allzu ängstlich die zarte Bedeutsamkeit des Originals in unserer Sprache nachzubilden getrachtet, und war daher wohl mit einzelnen Stellen, nicht aber mit dem Ganzen übereingekommen.

Ruht nun, wie man sagt, in der Sehnsucht das größte Glück, und darf die wahre Sehnsucht nur auf ein Unerreichbares gerichtet sein; so traf wohl alles zusammen, um den Jüngling, den wir gegenwärtig auf seinen Irrgängen begleiten, zum glücklichsten Sterblichen zu machen. Die Neigung zu einer versagten Braut, das Bestreben Meisterstücke fremder Literatur der unsrigen zu erwerben und anzueignen, die Bemühung Naturgegenstände nicht nur mit Worten, sondern auch mit Griffel und Pinsel, ohne eigentliche Technik, nachzuahmen: jedes einzeln wäre schon hinreichend gewesen, das Herz zu schwellen und die Brust zu beklemmen. Damit aber der so süß Leidende aus diesen Zuständen gerissen und ihm zu neuer Unruhe neue Verhältnisse bereitet würden, so ergab sich folgendes.

In G i e ß e n befand sich H ö p f n e r, Professor der Rechte. Er war als tüchtig in seinem Fach, als denkender und wackerer Mann, von Merken und Schlossern anerkannt und höchlich geehrt. Schon längst hatte ich seine Bekanntschaft gewünscht, und nun, als jene beiden Freunde bei ihm einen Besuch abzustatten gedachten, um über literarische Gegenstände zu unterhandeln, ward beliebt, daß ich, bei dieser Gelegenheit, mich gleichfalls nach Gießen begeben sollte. Weil wir aber, wie es in dem Übermut froher und friedlicher Zeiten zu geschehn pflegt, nicht leicht etwas auf geradem Wege vollbringen konnten, sondern, wie wahrhafte Kinder, auch dem Notwendigen irgend einen Scherz abzugewinnen suchten; so sollte ich, als der Unbekannte, in fremder Gestalt erscheinen, und meiner Lust verkleidet aufzutreten, hier abermals Genüge tun. An einem heiteren Morgen, vor Sonnenaufgang, schritt ich daher von Wetzlar an der Lahn hin, das liebliche Tal hinauf; solche Wanderungen machten wieder mein größtes Glück. Ich erfand, verknüpfte, arbeitete durch, und war in der Stille mit mir selbst heiter und froh; ich legte mir zurecht, was die ewig widersprechende Welt mir ungeschickt und verworren aufgedrungen hatte. Am Ziele meines Weges angelangt, suchte ich Höpfners Wohnung und pochte an seine Studierstube. Als er mir herein! gerufen hatte, trat ich bescheidentlich vor ihn, als ein Studierender, der von Akademieen sich nach Hause verfügen und unterwegs die würdigsten Männer wollte kennen lernen. Auf seine Fragen nach meinen näheren Verhältnissen war ich vorbereitet; ich erzählte ein glaubliches prosaisches Märchen, womit er zufrieden schien, und als ich mich hierauf für einen Juristen angab, bestand ich nicht übel: denn ich kannte sein Verdienst in diesem Fach und wußte, daß er sich eben mit dem Naturrecht beschäftigte. Doch stockte das Gespräch einige Mal, und es schien, als wenn er einem Stammbuch oder meiner Beurlaubung entgegensähe. Ich wußte jedoch immer zu zaudern, indem ich Schlossern gewiß erwartete, dessen Pünktlichkeit mir bekannt war. Dieser kam auch wirklich, ward von seinem Freund bewillkommnet, und nahm, als er mich von der Seite angesehn, wenig Notiz von mir. Höpfner aber zog mich ins Gespräch und zeigte sich durchaus als einen humanen wohlwollenden Mann. Endlich empfahl ich mich und eilte nach dem Wirtshause, wo ich mit Merken einige flüchtige Worte wechselte und das Weitere verabredete.

Die Freunde hatten sich vorgenommen, Höpfnern zu Tische zu bitten und zugleich jenen Philipp Heinrich Schmidt, der in dem deutschen Literarwesen zwar eine sehr untergeordnete, aber doch eine Rolle spielte. Auf diesen war der Handel eigentlich angelegt, und er sollte für manches was er gesündigt hatte, auf eine lustige Weise bestraft werden. Als die Gäste sich in dem Speisesaale versammelt hatten, ließ ich durch den Kellner fragen, ob die Herren mir erlauben wollten mitzuspeisen? Schlosser, dem ein gewisser Ernst gar wohl zu Gesicht stand, widersetzte sich, weil sie ihre freundschaftliche Unterhaltung nicht durch einen Dritten wollten gestört wissen. Auf das Andringen des Kellners aber und die Fürsprache Höpfners, der versicherte, daß ich ein leidlicher Mensch sei, wurde ich eingelassen, und betrug mich zu Anfang der Tafel bescheiden und verschämt. Schlosser und Merk taten sich keinen Zwang an, und ergingen sich über manches so offen, als wenn kein Fremder dabei wäre. Die wichtigsten literarischen Angelegenheiten so wie die bedeutendsten Männer kamen zur Sprache. Ich erwies mich nun etwas kühner, und ließ mich nicht stören, wenn Schlosser mir manchmal ernstlich, Merk spöttisch etwas abgab; doch richtete ich auf Schmidten alle meine Pfeile, die seine mir wohlbekannten Blößen scharf und sicher trafen.

Ich hatte mich bei meinem Nößel Tischwein mäßig verhalten; die Herren aber ließen sich besseren reichen, und ermangelten nicht, auch mir davon mitzuteilen. Nachdem viele Angelegenheiten des Tags durchgesprochen waren, zog sich die Unterhaltung ins Allgemeine, und man behandelte die Frage, die, solange es Schriftsteller gibt, sich immer wiederholen wird, ob nämlich die Literatur im Auf- oder Absteigen, im Vor- oder Rückschritt begriffen sei? Diese Frage, worüber sich besonders Alte und Junge, Angehende und Abtretende selten vergleichen, sprach man mit Heiterkeit durch, ohne daß man gerade die Absicht gehabt hätte, sich darüber entschieden zu verständigen. Zuletzt nahm ich das Wort und sagte: »Die Literaturen, scheint es mir, haben Jahrszeiten, die miteinander abwechselnd, wie in der Natur, gewisse Phänomene hervorbringen, und sich der Reihe nach wiederholen. Ich glaube daher nicht, daß man irgend eine Epoche einer Literatur im Ganzen loben oder tadeln könne; besonders sehe ich nicht gerne, wenn man gewisse Talente, die von der Zeit hervorgerufen werden, so hoch erhebt und rühmt, andere dagegen schilt und niederdrückt. Die Kehle der Nachtigall wird durch das Frühjahr aufgeregt, zugleich aber auch die Gurgel des Guckucks. Die Schmetterlinge, die dem Auge so wohl tun, und die Mücken, welche dem Gefühl so verdrießlich fallen, werden durch eben die Sonnenwärme hervorgerufen; beherzigte man dies, so würde man dieselbigen Klagen nicht alle zehn Jahre wieder erneuert hören, und die vergebliche Mühe, dieses und jenes Mißfällige auszurotten, würde nicht so oft verschwendet werden.« Die Gesellschaft sah mich mit Verwunderung an, woher mir so viele Weisheit und so viele Toleranz käme? Ich aber fuhr ganz gelassen fort, die literarischen Erscheinungen mit Naturprodukten zu vergleichen, und ich weiß nicht, wie ich sogar auf die Mollusken kam, und allerlei Wunderliches von ihnen herauszusetzen wußte. Ich sagte, es seien dies Geschöpfe, denen man zwar eine Art von Körper, ja sogar eine gewisse Gestalt, nicht ableugnen könne; da sie aber keine Knochen hätten, so wüßte man doch nichts Rechts mit ihnen anzufangen, und sie seien nichts Besseres als ein lebendiger Schleim; jedoch müsse das Meer auch solche Bewohner haben. Da ich das Gleichnis über die Gebühr fortsetzte, um den gegenwärtigen Schmidt und diese Art der charakterlosen Literatoren zu bezeichnen, so ließ man mich bemerken, daß ein zu weit ausgedehntes Gleichnis zuletzt gar nichts mehr sei. – »So will ich auf die Erde zurückkehren!« versetzte ich, »und vom Efeu sprechen. Wie jene keine Knochen, so hat dieser keinen Stamm, mag aber gern überall, wo er sich anschmiegt, die Hauptrolle spielen. An alte Mauern gehört er hin, an denen ohnehin nichts mehr zu verderben ist, von neuen Gebäuden entfernt man ihn billig; die Bäume saugt er aus, und am aller unerträglichsten ist er mir, wenn er an einem Pfahl hinaufklettert und versichert, hier sei ein lebendiger Stamm, weil er ihn umlaubt habe.«

Ungeachtet man mir abermals die Dunkelheit und Unanwendbarkeit meiner Gleichnisse vorwarf, ward ich immer lebhafter gegen alle parasitische Kreaturen, und machte, so weit meine damaligen Naturkenntnisse reichten, meine Sachen noch ziemlich artig. Ich sang zuletzt ein Vivat allen selbständigen Männern, ein Pereat den Andringlingen, ergriff nach Tische Höpfners Hand, schüttelte sie derb, erklärte ihn für den bravsten Mann von der Welt, und umarmte ihn so wie die andern zuletzt recht herzlich. Der wackere neue Freund glaubte wirklich zu träumen, bis endlich Schlosser und Merk das Rätsel auflösten, und der entdeckte Scherz eine allgemeine Heiterkeit verbreitete, in welche Schmidt selbst mit einstimmte, der durch Anerkennung seiner wirklichen Verdienste, und durch unsere Teilnahme an seinen Liebhabereien, wieder begütigt wurde.

Diese geistreiche Einleitung konnte nicht anders als den literarischen Kongreß beleben und begünstigen, auf den es eigentlich angesehn war. Merk, bald ästhetisch, bald literarisch, bald kaufmännisch tätig, hatte den wohldenkenden, unterrichteten, in so vielen Fächern kenntnisreichen Schlosser angeregt, die »Frankfurter gelehrten Anzeigen« in diesem Jahr herauszugeben. Sie hatten sich Höpfnern und andere Akademiker in Gießen, in Darmstadt einen verdienten Schulmann, den Rektor Wenk, und sonst manchen wackeren Mann zugesellt. Jeder hatte in seinem Fach historische und theoretische Kenntnisse genug, und der Zeitsinn ließ diese Männer nach Einem Sinne wirken. Die zwei ersten Jahrgänge dieser Zeitung (denn nachher kam sie in andere Hände) geben ein wundersames Zeugnis, wie ausgebreitet die Einsicht, wie rein die Übersicht, wie redlich der Wille der Mitarbeiter gewesen. Das Humane und Weltbürgerliche wird befördert; wackere und mit Recht berühmte Männer werden gegen Zudringlichkeit aller Art geschützt; man nimmt sich ihrer an gegen Feinde, besonders auch gegen Schüler, die das Überlieferte nun zum Schaden ihrer Lehrer mißbrauchen. Am interessantesten sind beinah die Rezensionen über andere Zeitschriften, die Berliner »Bibliothek«, den »Deutschen Merkur«; wo man die Gewandtheit in so vielen Fächern, die Einsicht so wie die Billigkeit mit Recht bewundert.

Was mich betrifft, so sahen sie wohl ein, daß mir nicht mehr als alles zum eigentlichen Rezensenten fehle. Mein historisches Wissen hing nicht zusammen, die Geschichte der

Welt, der Wissenschaften, der Literatur hatte mich nur epochenweis, die Gegenstände selbst aber nur teil- und massenweis angezogen. Die Möglichkeit, mir die Dinge auch außer ihrem Zusammenhange lebendig zu machen und zu vergegenwärtigen, setzte mich in den Fall, in einem Jahrhundert, in einer Abteilung der Wissenschaft völlig zu Hause zu sein, ohne daß ich weder von dem Vorhergehenden noch von dem Nachfolgenden irgend unterrichtet gewesen wäre. Ebenso war ein gewisser theoretisch-praktischer Sinn in mir aufgegangen, daß ich von den Dingen, mehr wie sie sein sollten als wie sie waren, Rechenschaft geben konnte, ohne eigentlichen philosophischen Zusammenhang, aber sprungweise treffend. Hiezu kam eine sehr leichte Fassungskraft und ein freundliches Aufnehmen der Meinungen anderer, wenn sie nur nicht mit meinen Überzeugungen in geradem Widerspruch standen.

Jener literarische Verein ward überdies durch eine lebhafte Korrespondenz und, bei der Nähe der Ortschaften, durch öftere persönliche Unterhandlungen begünstigt. Wer das Buch zuerst gelesen hatte, der referierte, manchmal fand sich ein Korreferent; die Angelegenheit ward besprochen, an verwandte angeknüpft, und hatte sich zuletzt ein gewisses Resultat ergeben, so übernahm Einer die Redaktion. Dadurch sind mehrere Rezensionen so tüchtig als lebhaft, so angenehm als befriedigend. Mir fiel sehr oft die Rolle des Protokollführers zu; meine Freunde erlaubten mir auch innerhalb ihrer Arbeiten zu scherzen, und sodann bei Gegenständen, denen ich mich gewachsen fühlte, die mir besonders am Herzen lagen, selbständig aufzutreten. Vergebens würde ich unternehmen, darstellend oder betrachtend, den eigentlichen Geist und Sinn jener Tage wieder hervorzurufen, wenn nicht die beiden Jahrgänge gedachter Zeitung mir die entschiedensten Dokumente selbst anböten. Auszüge von Stellen, an denen ich mich wieder erkenne, mögen mit ähnlichen Aufsätzen künftig am schicklichen Orte erscheinen.

Bei einem so lebhaften Austausch von Kenntnissen, Meinungen, Überzeugungen, lernte ich Höpfnern sehr bald näher kennen und gewann ihn lieb. Sobald wir allein waren, sprach ich mit ihm über Gegenstände seines Fachs, welches ja auch mein Fach sein sollte, und fand eine sehr natürlich zusammenhängende Aufklärung und Belehrung. Ich war mir damals noch nicht deutlich bewußt, daß ich wohl aus Büchern und im Gespräch, nicht aber durch den zusammenhängenden Katheder-Vortrag etwas lernen konnte. Das Buch erlaubte mir, bei einer Stelle zu verweilen, ja rückwärts zu sehen, welches der mündliche Vortrag und der Lehrer nicht gestatten konnte. Manchmal ergriff mich zu Anfang der Stunde ein Gedanke dem ich nachhing, darüber das Folgende verlor und ganz aus dem Zusammenhang geriet. Und so war es mir auch in den juristischen Collegien ergangen, weshalb ich gar manchen Anlaß nehmen konnte, mich mit Höpfnern zu besprechen, der denn sehr gern in meine Zweifel und Bedenken einging, auch manche Lücken ausglich, so daß in mir der Wunsch entstand, in Gießen bei ihm zu verweilen, um mich an ihm zu unterrichten, ohne mich doch von meinen wetzlarischen Neigungen allzu weit zu entfernen. Gegen diesen meinen Wunsch arbeiteten die beiden Freunde erst unwissend, sodann wissentlich: denn beide eilten nicht allein selbst von hier wegzukommen, sondern beide hatten sogar ein Interesse, mich aus dieser Gegend wegzubringen.

Schlosser entdeckte mir, daß er erst in ein freundschaftliches, dann in ein näheres Verhältnis zu meiner Schwester gekommen sei, und daß er sich nach einer baldigen Anstellung umsehe, um sich mit ihr zu verbinden. Diese Erklärung machte mich einigermaßen betroffen, ob ich sie gleich in meiner Schwester Briefen schon längst hätte finden sollen; aber wir gehen leicht über das hinweg, was die gute Meinung, die wir von uns selbst hegen, verletzen könnte, und ich bemerkte nun erst, daß ich wirklich auf meine Schwester eifersüchtig sei: eine Empfindung, die ich mir um so weniger verbarg, als seit meiner Rückkehr von Straßburg unser Verhältnis noch viel inniger geworden war. Wie viel Zeit hatten wir nicht gebraucht, um uns wechselseitig die kleinen Herzensangelegenheiten, Liebes- und andere Händel mitzuteilen, die in der Zwischenzeit vorgefallen waren! und hatte sich nicht auch im Felde der Einbildungskraft vor mir eine neue Welt aufgetan, in die ich sie doch auch einführen mußte? Meine eignen kleinen Machwerke, eine weit ausgebreitete Weltpoesie, mußten ihr nach und nach bekannt werden. So übersetzte ich ihr aus dem Stegreife solche Homerische Stellen, an denen sie zunächst Anteil nehmen konnte. Die Clarkesche wörtliche Übersetzung las ich deutsch, so gut es gehen wollte, herunter, mein Vortrag verwandelte sich gewöhnlich in metrische Wendungen und Endungen, und die Lebhaftigkeit, womit ich die Bilder gefaßt hatte, die Gewalt womit ich sie aussprach, hoben alle Hindernisse einer verschränkten Wortstellung; dem was ich geistreich hingab, folgte sie mit dem Geiste. Manche Stunden des Tags unterhielten wir uns auf diese Weise; versammelte sich hingegen ihre Gesellschaft, so wurden der Wolf Fenris und der Affe Hannemann einstimmig hervorgerufen, und wie oft habe ich nicht die berühmte Geschichte, wie Thor und seine Begleiter von den zauberischen Riesen geäfft werden, umständlich wiederholen müssen! Daher ist mir auch von allen diesen Dichtungen ein so angenehmer Eindruck geblieben, daß sie noch immer unter das Werteste gehören, was meine Einbildungskraft sich hervorrufen mag. In mein Verhältnis zu den Darmstädtern hatte ich meine Schwester auch hineingezogen, und sogar meine Wanderungen und Entfernungen mußten unser Band fester knüpfen, da ich mich von allem was mir begegnete, brieflich mit ihr unterhielt, ihr jedes kleine Gedicht, wenn es auch nur ein Ausrufungszeichen gewesen wäre, sogleich mitteilte, und ihr zunächst alle Briefe die ich erhielt, und alle Antworten die ich darauf erteilte, sehen ließ. Alle diese lebhafte Regung hatte seit meiner Abreise von Frankfurt gestockt, mein Aufenthalt zu Wetzlar war zu einer solchen Unterhaltung nicht ausgiebig genug, und dann mochte die Neigung zu Lotten den Aufmerksamkeiten gegen meine Schwester Eintrag tun;

genug, sie fühlte sich allein, vielleicht vernachlässigt, und gab um so eher den redlichen Bemühungen eines Ehrenmanns Gehör, welcher ernst und verschlossen, zuverlässig und schätzenswert, ihr seine Neigung, mit der er sonst sehr kargte, leidenschaftlich zugewendet hatte. Ich mußte mich nun wohl darein ergeben, und meinem Freunde sein Glück gönnen, indem ich mir jedoch heimlich mit Selbstvertrauen zu sagen nicht unterließ, daß wenn der Bruder nicht abwesend gewesen wäre, es mit dem Freunde so weit nicht hätte gedeihen können.

Meinem Freund und vermutlichen Schwager war nun freilich sehr daran gelegen, daß ich nach Hause zurückkehrte, weil durch meine Vermittelung ein freierer Umgang möglich ward, dessen das Gefühl dieses von zärtlicher Neigung unvermutet getroffenen Mannes äußerst zu bedürfen schien. Er nahm daher, als er sich bald entfernte, von mir das Versprechen, daß ich ihm zunächst folgen wollte.

Von Merken, der eben freie Zeit hatte, hoffte ich nun, daß er seinen Aufenthalt in Gießen verlängern würde, damit ich einige Stunden des Tags mit meinem guten Höpfner zubringen könnte, indessen der Freund seine Zeit an die »Frankfurter gelehrten Anzeigen« wendete; allein er war nicht zu bewegen, und wie meinen Schwager die Liebe, so trieb diesen der Haß von der Universität hinweg. Denn wie es angeborene Antipathieen gibt, so wie gewisse Menschen die Katzen nicht leiden können, andern dieses oder jenes in der Seele zuwider ist, so war Merk ein Todfeind aller akademischen Bürger, die nun freilich zu jener Zeit in Gießen sich in der tiefsten Roheit gefielen. Mir waren sie ganz recht: ich hätte sie wohl auch als Masken in eins meiner Fastnachtsspiele brauchen können; aber ihm verdarb ihr Anblick bei Tage, und des Nachts ihr Gebrüll, jede Art von gutem Humor. Er hatte die schönste Zeit seiner jungen Tage in der französischen Schweiz zugebracht und nachher den erfreulichen Umgang von Hof-, Welt- und Geschäftsleuten und gebildeten Literatoren genossen; mehrere Militärpersonen, in denen ein Streben nach Geisteskultur rege geworden, suchten ihn auf, und so bewegte er sein Leben in einem sehr gebildeten Zirkel. Daß ihn daher jenes Unwesen ärgerte, war nicht zu verwundern; allein seine Abneigung gegen die Studiosen war wirklich leidenschaftlicher als es einem gesetzten Mann geziemte, wiewohl er mich durch seine geistreichen Schilderungen ihres ungeheuerlichen Aussehns und Betragens sehr oft zum Lachen brachte. Höpfners Einladungen und mein Zureden halfen nichts, ich mußte baldmöglichst mit ihm nach Wetzlar wandern.

Kaum konnte ich erwarten, bis ich ihn bei Lotten eingeführt; allein seine Gegenwart in diesem Kreise geriet mir nicht zum Gedeihen: denn wie Mephistopheles, er mag hintreten wohin er will, wohl schwerlich Segen mitbringt; so machte er mir, durch seine Gleichgültigkeit gegen diese geliebte Person, wenn er mich auch nicht zum Wanken brachte, doch wenigstens keine Freude. Ich konnte es wohl voraussehen, wenn ich mich erinnert hätte, daß gerade solche schlanke zierliche Personen, die eine lebendige Heiterkeit um sich her verbreiten, ohne weitere Ansprüche zu machen, ihm nicht sonderlich gefielen. Er zog sehr schnell die junonische Gestalt einer ihrer Freundinnen vor, und da es ihm an Zeit gebrach, ein näheres Verhältnis anzuknüpfen; so schalt er mich recht bitter aus, daß ich mich nicht um diese prächtige Gestalt bemüht, um so mehr, da sie frei, ohne irgend ein Verhältnis sich befinde. Ich verstehe eben meinen Vorteil nicht, meinte er, und er sehe höchst ungern auch hier meine besondere Liebhaberei, die Zeit zu verderben.

Wenn es gefährlich ist, einen Freund mit den Vorzügen seiner Geliebten bekannt zu machen, weil er sie wohl auch reizend und begehrenswürdig finden möchte; so ist die umgekehrte Gefahr nicht geringer, daß er uns durch seine Abstimmung irre machen kann. Dieses war zwar hier der Fall nicht: denn ich hatte mir das Bild ihrer Liebenswürdigkeit tief genug eingedruckt, als daß es so leicht auszulöschen gewesen wäre; aber seine Gegenwart, sein Zureden beschleunigte doch den Entschluß, den Ort zu verlassen. Er stellte mir eine Rheinreise, die er eben mit Frau und Sohn zu machen im Begriff sei, so reizend vor, und erregte die Sehnsucht, diejenigen Gegenstände endlich mit Augen zu sehn, von denen ich so oft mit Neid hatte erzählen hören. Nun, als er sich entfernt hatte, trennte ich mich von Charlotten zwar mit reinerem Gewissen als von Friedriken, aber doch nicht ohne Schmerz. Auch dieses Verhältnis war durch Gewohnheit und Nachsicht leidenschaftlicher als billig von meiner Seite geworden; sie dagegen und ihr Bräutigam hielten sich mit Heiterkeit in einem Maße, das nicht schöner und liebenswürdiger sein konnte, und die eben hieraus entspringende Sicherheit ließ mich jede Gefahr vergessen. Indessen konnte ich mir nicht verbergen, daß diesem Abenteuer sein Ende bevorstehe: denn von der zunächst erwarteten Beförderung des jungen Mannes hing die Verbindung mit dem liebenswürdigen Mädchen ab; und da der Mensch, wenn er einigermaßen resolut ist, auch das Notwendige selbst zu wollen übernimmt, so faßte ich den Entschluß, mich freiwillig zu entfernen, ehe ich durch das Unerträgliche vertrieben würde.

Dreizehntes Buch

Mit Merk war verabredet, daß wir uns zur schönen Jahrszeit in Coblenz bei Frau von Laroche treffen wollten. Ich hatte mein Gepäck nach Frankfurt, und was ich unterwegs brauchen könnte, durch eine Gelegenheit die Lahn hinunter gesendet, und wanderte nun diesen schönen, durch seine Krümmungen lieblichen, in seinen Ufern so mannigfaltigen Fluß hinunter, dem Entschluß nach frei, dem Gefühle nach befangen, in einem Zustande, in welchem uns die Gegenwart der stummlebendigen Natur so wohltätig ist. Mein Auge, geübt die malerischen und übermalerischen Schönheiten der Landschaft zu entdecken, schwelgte in Betrachtung der Nähen und Fernen, der bebuschten Felsen, der sonnigen Wipfel, der feuchten Gründe, der thronenden Schlösser und der aus der Ferne lockenden blauen Bergreihen.

Ich wanderte auf dem rechten Ufer des Flusses, der in einiger Tiefe und Entfernung unter mir, von reichem Weidengebüsch zum Teil verdeckt, im Sonnenlicht hingleitete. Da stieg in mir der alte Wunsch wieder auf, solche Gegenstände würdig nachahmen zu können. Zufällig hatte ich ein schönes Taschenmesser in der linken Hand, und in dem Augenblicke trat aus dem tiefen Grunde der Seele gleichsam befehlshaberisch hervor: ich sollte dies Messer ungesäumt in den Fluß schleudern. Sähe ich es hineinfallen, so würde mein künstlerischer Wunsch erfüllt werden; würde aber das Eintauchen des Messers durch die überhängenden Weidenbüsche verdeckt, so sollte ich Wunsch und Bemühung fahren lassen. So schnell als diese Grille in mir aufstieg, war sie auch ausgeführt. Denn ohne auf die Brauchbarkeit des Messers zu sehn, das gar manche Gerätschaften in sich vereinigte, schleuderte ich es mit der Linken, wie ich es hielt, gewaltsam nach dem Flusse hin. Aber auch hier mußte ich die trügliche Zweideutigkeit der Orakel, über die man sich im Altertum so bitter beklagt, erfahren. Des Messers Eintauchen in den Fluß ward mir durch die letzten Weidenzweige verborgen, aber das dem Sturz entgegenwirkende Wasser sprang wie eine starke Fontäne in die Höhe, und war mir vollkommen sichtbar. Ich legte diese Erscheinung nicht zu meinen Gunsten aus, und der durch sie in mir erregte Zweifel war in der Folge schuld, daß ich diese Übungen unterbrochner und fahrlässiger anstellte, und dadurch selbst Anlaß gab, daß die Deutung des Orakels sich erfüllte. Wenigstens war mir für den Augenblick die Außenwelt verleidet, ich ergab mich meinen Einbildungen und Empfindungen, und ließ die wohlgelegenen Schlösser und Ortschaften Weilburg, Limburg, Diez und Nassau nach und nach hinter mir, meistens allein, nur manchmal auf kurze Zeit mich zu einem andern gesellend.

Nach einer so angenehmen Wanderung von einigen Tagen,

gelangte ich nach Ems, wo ich einige Male des sanften Bades genoß, und sodann auf einem Kahne den Fluß hinabwärts fuhr. Da eröffnete sich mir der alte Rhein, die schöne Lage von Oberlahnstein entzückte mich; über alles aber herrlich und majestätisch erschien das Schloß Ehrenbreitstein, welches in seiner Kraft und Macht, vollkommen gerüstet dastand. In höchst lieblichem Kontrast lag an seinem Fuß das wohlgebaute Örtchen Thal genannt, wo ich mich leicht zu der Wohnung des Geheimenrats von Laroche finden konnte. Angekündigt von Merk, ward ich von dieser edlen Familie sehr freundlich empfangen, und geschwind als ein Glied derselben betrachtet. Mit der Mutter verband mich mein belletristisches und sentimentales Streben, mit dem Vater ein heiterer Weltsinn, und mit den Töchtern meine Jugend.

Das Haus, ganz am Ende des Tals, wenig erhöht über dem Fluß gelegen, hatte die freie Aussicht den Strom hinabwärts. Die Zimmer waren hoch und geräumig, und die Wände galerieartig mit aneinanderstoßenden Gemälden behangen. Jedes Fenster, nach allen Seiten hin, machte den Rahmen zu einem natürlichen Bilde, das durch den Glanz einer milden Sonne sehr lebhaft hervortrat; ich glaubte nie so heitere Morgen und so herrliche Abende gesehn zu haben.

Nicht lange war ich allein der Gast im Hause. Zu dem Kongreß, der hier teils im artistischen, teils im empfindsamen Sinne gehalten werden sollte, war auch Leuchsenring beschieden, der von Düsseldorf heraufkam. Dieser Mann, von schönen Kenntnissen in der neuern Literatur, hatte sich auf verschiedenen Reisen, besonders aber bei einem Aufenthalte in der Schweiz, viele Bekanntschaften, und da er angenehm und einschmeichelnd war, viele Gunst erworben. Er führte mehrere Schatullen bei sich, welche den vertrauten Briefwechsel mit mehreren Freunden enthielten: denn es war überhaupt eine so allgemeine Offenherzigkeit unter den Menschen, daß man mit keinem Einzelnen sprechen, oder an ihn schreiben konnte, ohne es zugleich als an mehrere gerichtet zu betrachten. Man spähte sein eigen Herz aus und das Herz der andern, und bei der Gleichgültigkeit der Regierungen gegen eine solche Mitteilung, bei der durchgreifenden Schnelligkeit der Taxischen Posten, der Sicherheit des Siegels, dem leidlichen Porto, griff dieser sittliche und literarische Verkehr bald weiter um sich.

Solche Korrespondenzen, besonders mit bedeutenden Personen, wurden sorgfältig gesammelt und alsdann, bei freundschaftlichen Zusammenkünften, auszugsweise vorgelesen; und so ward man, da politische Diskurse wenig Interesse hatten, mit der Breite der moralischen Welt ziemlich bekannt.

Leuchsenrings Schatullen enthielten in diesem Sinne manche Schätze. Die Briefe einer Julie Bondeli wurden sehr hochgeachtet; sie war, als Frauenzimmer von Sinn und Verdienst, und als Rousseaus Freundin, berühmt. Wer mit diesem außerordentlichen Manne nur irgend in Verhältnis gestanden hatte, genoß Teil an der Glorie, die von ihm ausging, und in seinem Namen war eine stille Gemeinde weit und breit ausgesäet.

Ich wohnte diesen Vorlesungen gerne bei, indem ich dadurch in eine unbekannte Welt versetzt wurde, und das Innere mancher kurz vergangenen Begebenheit kennen lernte. Freilich war nicht alles gehaltreich; und Herr von Laroche, ein heiterer Welt- und Geschäftsmann, der sich, obgleich Katholik, schon in Schriften über das Mönch- und Pfafftum lustig gemacht hatte, glaubte auch hier eine Verbrüderung zu sehen, wo mancher Einzelne ohne Wert, sich durch Verbindung mit bedeutenden Menschen aufstutze, wobei am Ende wohl er, aber nicht jene gefördert würden. Meistens entzog sich dieser wackere Mann der Gesellschaft, wenn die Schatullen eröffnet wurden. Hörte er auch wohl einmal einige Briefe mit an, so konnte man eine schalkhafte Bemerkung erwarten. Unter andern sagte er einstens, er überzeuge sich bei dieser Korrespondenz noch mehr von dem was er immer geglaubt habe, daß Frauenzimmer alles Siegellack sparen könnten, sie sollten nur ihre Briefe mit Stecknadeln zustecken und dürften versichert sein, daß sie uneröffnet an Ort und Stelle kämen. Auf gleiche Weise pflegte er mit allem was außer dem Lebens- und Tätigkeitskreise lag, zu scherzen und folgte hierin der Sinnesart seines Herrn und Meisters, des Grafen Stadion, kurmainzischen Ministers, welcher gewiß nicht geeignet war, den Welt- und Kaltsinn des Knaben durch Ehrfurcht vor irgend einem Ahndungsvollen ins Gleichgewicht zu setzen.

Eine Anekdote von dem großen praktischen Sinne des Grafen hingegen möge hier Platz finden. Als er den verwaisten Laroche lieb gewann und zu seinem Zögling erkor, forderte er von dem Knaben gleich die Dienste eines Sekretärs. Er gab ihm Briefe zu beantworten, Depeschen auszuarbeiten, die denn auch von ihm mundiert, öfter chiffriert, gesiegelt und überschrieben werden mußten. Dieses dauerte mehrere Jahre. Als der Knabe zum Jüngling herangereift war und dasjenige wirklich leistete, was er sich bisher nur eingebildet hatte, führte ihn der Graf an einen großen Schreibtisch, in welchem sämtliche Briefe und Pakete, unerbrochen, als Exerzitien der ersten Zeit, aufbewahrt lagen.

Eine andere Übung die der Graf seinem Zögling zumutete, wird nicht so allgemeinen Beifall finden. Laroche nämlich hatte sich üben müssen, die Hand seines Herrn und Meisters aufs genauste nachzuahmen, um ihn dadurch der Qual des Selbstschreibens zu überheben. Allein nicht nur in Geschäften sollte dieses Talent genutzt werden, auch in Liebeshändeln hatte der junge Mann die Stelle seines Lehrers zu vertreten. Der Graf war leidenschaftlich einer hohen und geistreichen Dame verbunden. Wenn er in deren Gesellschaft bis tief in die Nacht verweilte, saß indessen sein Sekretär zu Hause und schmiedete die heißesten Liebesbriefe; darunter wählte der Graf und sendete noch gleich zur Nachtzeit das Blatt an seine Geliebte, welche sich denn doch wohl daran von dem unverwüstlichen Feuer ihres leidenschaftlichen Anbeters überzeugen mußte. Dergleichen frühe Erfahrungen mochten denn freilich dem Jüngling nicht den besten Begriff von schriftlichen Liebesunterhaltungen gegeben haben.

Ein unversöhnlicher Haß gegen das Pfafftum hatte sich bei diesem Manne, der zwei geistlichen Kurfürsten diente, festgesetzt, wahrscheinlich entsprungen aus der Betrachtung des rohen, geschmacklosen, geistverderblichen Fratzenwesens, welches die Mönche in Deutschland an manchen Orten zu treiben pflegten, und dadurch eine jede Art von Bildung hinderten und zerstörten. Seine »Briefe über das Mönchswesen« machten großes Aufsehen; sie wurden von allen Protestanten und von vielen Katholiken mit großem Beifall aufgenommen.

Wenn sich aber Herr von Laroche gegen alles was man Empfindung nennen könnte, auflehnte, und wenn er selbst den Schein derselben entschieden von sich abhielt, so verhehlte er doch nicht eine väterlich zarte Neigung zu seiner ältesten Tochter, welche freilich nicht anders als liebenswürdig war: eher klein als groß von Gestalt, niedlich gebaut; eine freie anmutige Bildung, die schwärzesten Augen und eine Gesichtsfarbe, die nicht reiner und blühender gedacht werden konnte. Auch sie liebte ihren Vater und neigte sich zu seinen Gesinnungen. Ihm, als tätigem Geschäftsmann, war die meiste Zeit durch Berufsarbeiten weggenommen, und weil die einkehrenden Gäste eigentlich durch seine Frau und nicht durch ihn angezogen wurden, so konnte ihm die Gesellschaft wenig Freude geben. Bei Tische war er heiter, unterhaltend, und suchte wenigstens seine Tafel von der empfindsamen Würze frei zu halten.

Wer die Gesinnungen und die Denkweise der Frau von Laroche kennt – und sie ist durch ein langes Leben und viele Schriften einem jeden Deutschen ehrwürdig bekannt geworden –, der möchte vielleicht vermuten, daß hieraus ein häusliches Mißverhältnis hätte entstehn müssen. Aber keineswegs! Sie war die wunderbarste Frau, und ich wüßte ihr keine andre zu vergleichen. Schlank und zart gebaut, eher groß als klein, hatte sie bis in ihre höheren Jahre eine gewisse Eleganz der Gestalt sowohl als des Betragens zu erhalten gewußt, die zwischen dem Benehmen einer Edeldame und einer würdigen bürgerlichen Frau gar anmutig schwebte. Im Anzuge war sie sich mehrere Jahre gleich geblieben. Ein nettes Flügelhäubchen stand dem kleinen Kopfe und dem feinen Gesichte gar wohl, und die braune oder graue Kleidung gab ihrer Gegenwart Ruhe und Würde. Sie sprach gut, und wußte dem was sie sagte durch Empfindung immer Bedeutung zu geben. Ihr Betragen war gegen jedermann vollkommen gleich. Allein durch dieses alles ist noch nicht das Eigenste ihres Wesens ausgesprochen; es zu bezeichnen ist schwer. Sie schien an allem teilzunehmen, aber im Grunde wirkte nichts auf sie. Sie war mild gegen alles und konnte alles dulden ohne zu leiden; den Scherz ihres Mannes, die Zärtlichkeit ihrer Freunde, die Anmut ihrer Kinder, alles erwiderte sie auf gleiche Weise, und so blieb sie immer sie selbst, ohne daß ihr in der Welt durch Gutes und Böses, oder in der Literatur durch Vortreffliches und Schwaches wäre beizukommen gewesen. Dieser Sinnesart verdankt sie ihre Selbständigkeit bis in ein hohes Alter, bei manchen traurigen, ja kümmerlichen Schicksalen. Doch um nicht ungerecht zu sein, muß ich erwähnen, daß ihre beiden Söhne, damals Kinder von blendender Schönheit, ihr manchmal einen Ausdruck ablockten, der sich von demjenigen unterschied, dessen sie sich zum täglichen Gebrauch bediente.

So lebte ich in einer neuen wundersam angenehmen Umgebung eine Zeit lang fort, bis Merk mit seiner Familie herankam. Hier entstanden sogleich neue Wahlverwandtschaften: denn indem die beiden Frauen sich einander näherten, hatte Merk mit Herrn von Laroche als Welt- und Geschäftskenner, als unterrichtet und gereist, nähere Berührung. Der Knabe gesellte sich zu den Knaben, und die Töchter fielen mir zu, von denen die älteste mich gar bald besonders anzog. Es ist eine sehr angenehme Empfindung, wenn sich eine neue Leidenschaft in uns zu regen anfängt, ehe die alte noch ganz verklungen ist. So sieht man bei untergehender Sonne gern auf der entgegengesetzten Seite den Mond aufgehn und erfreut sich an dem Doppelglanze der beiden Himmelslichter.

Nun fehlte es nicht an reicher Unterhaltung in und außer dem Hause. Man durchstrich die Gegend; Ehrenbreitstein diesseits, die Kartause jenseits wurden bestiegen. Die Stadt, die Moselbrücke, die Fähre die uns über den Rhein brachte, alles gewährte das mannigfachste Vergnügen. Noch nicht erbaut war das neue Schloß; man führte uns an den Platz wo es stehn sollte, man ließ uns die vorschlägigen Risse davon sehen.

In diesem heitren Zustande entwickelte sich jedoch innerlich der Stoff der Unverträglichkeit, der in gebildeten wie in ungebildeten Gesellschaften gewöhnlich seine unfreundlichen Wirkungen zeigt. Merk, zugleich kalt und unruhig, hatte nicht lange jene Briefwechsel mit angehört, als er über die Dinge von denen die Rede war, so wie über die Personen und ihre Verhältnisse, gar manchen schalkhaften Einfall laut werden ließ, mir aber im stillen die wunderlichsten Dinge eröffnete, die eigentlich darunter verborgen sein sollten. Von politischen Geheimnissen war zwar keineswegs die Rede, auch nicht von irgend etwas, das einen gewissen Zusammenhang gehabt hätte; er machte mich nur auf Menschen aufmerksam, die, ohne sonderliche Talente, mit einem gewissen Geschick, sich persönlichen Einfluß zu verschaffen wissen, und durch die Bekanntschaft mit vielen, aus sich selbst etwas zu bilden suchen; und von dieser Zeit an hatte ich Gelegenheit dergleichen mehr zu bemerken. Da solche Personen gewöhnlich den Ort verändern, und als Reisende bald hier bald da eintreffen, so kommt ihnen die Gunst der Neuheit zu Gute, die man ihnen nicht beneiden noch verkümmern sollte: denn es ist dieses eine herkömmliche Sache, die jeder Reisende zu seinem Vorteil, jeder Bleibende zu seinem Nachteil öfters erfahren hat.

Dem sei nun wie ihm wolle, genug wir nährten von jener Zeit an eine gewisse unruhige, ja neidische Aufmerksamkeit auf dergleichen Leute, die auf ihre eigne Hand hin und wider zogen, sich in jeder Stadt vor Anker legten, und wenigstens in einigen Familien Einfluß zu gewinnen suchten. Einen zarten und weichen dieser Zunftgenossen habe ich im »Pater Brey«, einen andern, tüchtigern und derbern, in einem künftig mitzuteilenden Fastnachtsspiele, das den Titel führt: »Satyros, oder der vergötterte Waldteufel«, wo nicht mit Billigkeit, doch wenigstens mit gutem Humor dargestellt.

Indessen wirkten die wunderlichen Elemente unserer kleinen Gesellschaft noch so ganz leidlich aufeinander; wir waren teils durch eigne Sitte und Lebensart gebändigt, teils aber auch durch jene besondere Weise der Hausfrau gemildert, welche von dem was um sie vorging, nur leicht berührt, sich immer gewissen ideellen Vorstellungen hingab, und indem sie solche freundlich und wohlwollend zu äußern verstand, alles Scharfe was in der Gesellschaft hervortreten mochte, zu mildern und das Unebne auszugleichen wußte.

Merk hatte noch eben zur rechten Zeit zum Aufbruch geblasen, so daß die Gesellschaft in dem besten Verhältnis auseinanderging. Ich fuhr mit ihm und den Seinigen auf einer nach Mainz rückkehrenden Jacht den Rhein aufwärts, und obschon dieses an sich sehr langsam ging, so ersuchten wir noch überdies den Schiffer, sich ja nicht zu übereilen. So genossen wir mit Muße der unendlich mannigfaltigen Gegenstände, die bei dem herrlichsten Wetter, jede Stunde an Schönheit zuzunehmen und sowohl an Größe als an Gefälligkeit immer neu zu wechseln scheinen; und ich wünsche nur, indem ich die Namen Rheinfels und St. Goar, Bacharach, Bingen, Elfeld und Biberich ausspreche, daß jeder meiner Leser im Stande sei, sich diese Gegenden in der Erinnerung hervorzurufen.

Wir hatten fleißig gezeichnet, und uns wenigstens dadurch die tausendfältige Abwechselung jenes herrlichen Ufers fester eingedruckt; aber auch unser Verhältnis verinnigte sich durch dieses längere Zusammensein, durch die vertrauliche Mitteilung über so mancherlei Dinge, dergestalt, daß Merk einen großen Einfluß über mich gewann, und ich ihm als ein guter

Gesell zu einem behaglichen Dasein unentbehrlich ward. Mein durch die Natur geschärfter Blick warf sich wieder auf die Kunstbeschauung, wozu mir die schönen Frankfurter Sammlungen an Gemälden und Kupferstichen die beste Gelegenheit gaben, und ich bin der Neigung der Herren Etling, Ehrenreich, besonders aber dem braven Nothnagel sehr viel schuldig geworden. Die Natur in der Kunst zu sehen, ward bei mir zu einer Leidenschaft, die in ihren höchsten Augenblicken andern, selbst passionierten Liebhabern fast wie Wahnsinn erscheinen mußte; und wie konnte eine solche Neigung besser gehegt werden, als durch eine fortdauernde Betrachtung der trefflichen Werke der Niederländer. Damit ich mich aber auch mit diesen Dingen werktätig bekannt machen möchte, räumte mir Nothnagel ein Kabinett ein, wo ich alles fand, was zur Ölmalerei nötig war, und ich malte einige einfache Stilleben nach dem Wirklichen, auf deren einem ein Messerstiel von Schildpatt mit Silber eingelegt, meinen Meister, der mich erst vor einer Stunde besucht hatte, dergestalt überraschte, daß er behauptete, es müsse während der Zeit einer von seinen untergeordneten Künstlern bei mir gewesen sein.

Hätte ich geduldig fortgefahren mich an solchen Gegenständen zu üben, ihnen Licht und Schatten und die Eigenheiten ihrer Oberfläche abzugewinnen, ich hätte mir eine gewisse Praxis bilden und zum Höheren den Weg bahnen können; so aber verfolgte mich der Fehler aller Dilettanten, mit dem Schwersten anzufangen, ja sogar das Unmögliche leisten zu wollen, und ich verwickelte mich bald in größere Unternehmungen, in denen ich stecken blieb, sowohl weil sie weit über meine technischen Fähigkeiten hinauslagen, als weil ich die liebevolle Aufmerksamkeit und den gelassenen Fleiß, durch den auch schon der Anfänger etwas leistet, nicht immer rein und wirksam erhalten konnte.

Auch wurde ich zu gleicher Zeit abermals in eine höhere Sphäre gerissen, indem ich einige schöne Gipsabgüsse antiker Köpfe anzuschaffen Gelegenheit fand. Die Italiener nämlich, welche die Messen beziehn, brachten manchmal dergleichen gute Exemplare mit, und verkauften sie auch wohl, nachdem sie eine Form darüber genommen. Auf diesem Wege stellte ich mir ein kleines Museum auf, indem ich die Köpfe des Laokoon, seiner Söhne, der Niobe Töchter allmählich zusammenbrachte, nicht weniger die Nachbildungen der bedeutendsten Werke des Altertums im Kleinen, aus der Verlassenschaft eines Kunstfreundes ankaufte, und so mir jenen großen Eindruck, den ich in Mannheim gewonnen hatte, möglichst wieder zu beleben suchte.

Indem ich nun alles was von Talent, Liebhaberei, oder sonst irgend einer Neigung in mir leben mochte, auszubilden, zu nähren und zu unterhalten suchte, verwendete ich eine gute Zeit des Tages, nach dem Wunsch meines Vaters, auf die Advokatur, zu deren Ausübung ich zufälliger Weise die beste Gelegenheit fand. Nach dem Tode des Großvaters war mein Oheim Textor in den Rat gekommen, und übergab mir die kleineren Sachen, denen ich gewachsen war; welches die Gebrüder Schlosser auch taten. Ich machte mich mit den Akten bekannt, mein Vater las sie ebenfalls mit vielem Vergnügen, da er sich, durch Veranlassung des Sohns, wieder in einer Tätigkeit sah, die er lange entbehrt hatte. Wir besprachen uns darüber, und mit großer Leichtigkeit machte ich alsdann die nötigen Aufsätze. Wir hatten einen trefflichen Kopisten zur Hand, auf den man sich zugleich wegen aller Kanzleiförmlichkeiten verlassen konnte; und so war mir dieses Geschäft eine um so angenehmere Unterhaltung, als es mich dem Vater näher brachte, der mit meinem Benehmen in diesem Punkte völlig zufrieden, allem übrigen was ich trieb, gerne nachsah, in der sehnlichen Erwartung, daß ich nun bald auch schriftstellerischen Ruhm einernten würde.

Weil nun in jeder Zeitepoche alles zusammenhängt, indem die herrschenden Meinungen und Gesinnungen sich auf die vielfachste Weise verzweigen, so befolgte man in der Rechtslehre nunmehr auch nach und nach alle diejenigen Maximen, nach welchen man Religion und Moral behandelte. Unter den

Sachwaltern als den Jüngern, sodann unter den Richtern als den Ältern, verbreitete sich der Humanismus, und alles wetteiferte, auch in rechtlichen Verhältnissen höchst menschlich zu sein. Gefängnisse wurden gebessert, Verbrechen entschuldigt, Strafen gelindert, die Legitimationen erleichtert, Scheidungen und Mißheiraten befördert, und einer unserer vorzüglichen Sachwalter erwarb sich den höchsten Ruhm, als er einem Scharfrichtersohne den Eingang in das Collegium der Ärzte zu erfechten wußte. Vergebens widersetzten sich Gilden und Körperschaften; ein Damm nach dem andern ward durchbrochen. Die Duldsamkeit der Religionsparteien gegeneinander ward nicht bloß gelehrt, sondern ausgeübt, und mit einem noch größern Einflusse ward die bürgerliche Verfassung bedroht, als man Duldsamkeit gegen die Juden, mit Verstand, Scharfsinn und Kraft, der gutmütigen Zeit anzuempfehlen bemüht war. Diese neuen Gegenstände rechtlicher Behandlung, welche außerhalb des Gesetzes und des Herkommens lagen und nur an billige Beurteilung, an gemütliche Teilnahme Anspruch machten, forderten zugleich einen natürlicheren und lebhafteren Stil. Hier war uns, den Jüngsten, ein heiteres Feld eröffnet, in welchem wir uns mit Lust herumtummelten, und ich erinnere mich noch gar wohl, daß ein Reichshofratsagent mir, in einem solchen Falle, ein sehr artiges Belobungsschreiben zusendete. Die französischen plaidoyers dienten uns zu Mustern und zur Anregung.

Und somit waren wir auf dem Wege, bessere Redner als Juristen zu werden, worauf mich der solide Georg Schlosser einstmals tadelnd aufmerksam machte. Ich hatte ihm erzählt, daß ich meiner Partei eine mit vieler Energie zu ihren Gunsten abgefaßte Streitschrift vorgelesen, worüber sie mir große Zufriedenheit bezeigt. Hierauf erwiderte er mir: »Du hast dich in diesem Fall mehr als Schriftsteller, denn als Advokat bewiesen. Man muß niemals fragen wie eine solche Schrift dem Klienten, sondern wie sie dem Richter gefallen könne.«

Wie nun aber niemand noch so ernste und dringende

Geschäfte haben mag, denen er seinen Tag widmet, daß er nicht dem ungeachtet abends so viel Zeit fände, das Schauspiel zu besuchen; so ging es auch mir, der ich, in Ermangelung einer vorzüglichen Bühne, über das deutsche Theater zu denken nicht aufhörte, um zu erforschen, wie man auf demselben allenfalls tätig mitwirken könnte. Der Zustand desselben in der zweiten Hälfte des vorigen Jahrhunderts ist bekannt genug, und jedermann, der sich davon zu unterrichten verlangt, findet überall bereite Hülfsmittel. Ich denke deswegen hier nur einige allgemeine Bemerkungen einzuschalten.

Das Glück der Bühne beruhte mehr auf der Persönlichkeit der Schauspieler als auf dem Werte der Stücke. Dies war besonders bei halb oder ganz extemporierten Stücken der Fall, wo alles auf den Humor und das Talent der komischen Schauspieler ankam. Der Stoff solcher Stücke muß aus dem gemeinsten Leben genommen sein, den Sitten des Volks gemäß, vor welchem man spielt. Aus dieser unmittelbaren Anwendbarkeit entspringt der große Beifall, dessen sie sich jederzeit zu erfreuen haben. Diese waren immer im südlichen Deutschland zu Hause, wo man sie bis auf den heutigen Tag beibehält, und nur von Zeit zu Zeit dem Charakter der possenhaften Masken einige Veränderung zu geben, durch den Personenwechsel genötigt ist. Doch nahm das deutsche Theater, dem ernsten Charakter der Nation gemäß, sehr bald eine Wendung nach dem Sittlichen, welche durch eine äußere Veranlassung noch mehr beschleunigt ward. Unter den strengen Christen entstand nämlich die Frage, ob das Theater zu den sündlichen und auf alle Fälle zu vermeidenden Dingen gehöre, oder zu den gleichgültigen, welche dem Guten gut, und nur dem Bösen bös werden könnten. Strenge Eiferer verneinten das letztere, und hielten fest darüber, daß kein Geistlicher je ins Theater gehen solle. Nun konnte die Gegenrede nicht mit Nachdruck geführt werden, als wenn man das Theater nicht allein für unschädlich, sondern sogar für nützlich angab. Um nützlich zu sein, mußte es sittlich sein, und dazu bildete es sich im nördlichen Deutschland um so mehr aus, als durch einen gewissen Halbgeschmack die lustige Person vertrieben ward, und obgleich geistreiche Köpfe für sie einsprachen, dennoch weichen mußte, da sie sich bereits von der Derbheit des deutschen Hanswursts gegen die Niedlichkeit und Zierlichkeit der italienischen und französischen Harlekine gewendet hatte. Selbst Scapin und Crispin verschwanden nach und nach; den letztern habe ich zum letzten Mal von Koch, in seinem hohen Alter spielen sehn.

Schon die Richardsonschen Romane hatten die bürgerliche Welt auf eine zartere Sittlichkeit aufmerksam gemacht. Die strengen und unausbleiblichen Folgen eines weiblichen Fehltritts waren in der »Clarisse« auf eine grausame Weise zergliedert. Lessings »Miß Sara Sampson« behandelte dasselbe Thema. Nun ließ der »Kaufmann von London« einen verführten Jüngling in der schrecklichsten Lage sehen. Die französischen Dramen hatten denselben Zweck, verfuhren aber mäßiger und wußten durch Vermittelung am Ende zu gefallen. Diderots »Hausvater«, der »Ehrliche Verbrecher«, der »Essighändler«, der »Philosoph ohne es zu wissen«, »Eugenie« und mehr dergleichen Werke waren dem ehrbaren Bürger- und Familiensinn gemäß, der immer mehr obzuwalten anfing. Bei uns gingen der »Dankbare Sohn«, der »Deserteur aus Kindesliebe« und ihre Sippschaft denselben Weg. Der »Minister«, »Clementine« und die übrigen Geblerischen Stücke, der »Deutsche Hausvater« von Gemmingen, alle brachten den Wert des mittleren ja des unteren Standes zu einer gemütlichen Anschauung, und entzückten das große Publikum. Eckhoff durch seine edle Persönlichkeit, die dem Schauspielerstand eine gewisse Würde mitteilte, deren er bisher entbehrte, hob die ersten Figuren solcher Stücke ungemein, indem der Ausdruck von Rechtlichkeit ihm, als einem rechtlichen Manne, vollkommen gelang.

Indem nun das deutsche Theater sich völlig zur Verweichlichung hinneigte, stand Schröder als Schriftsteller und Schauspieler auf, und bearbeitete, durch die Verbindung

Hamburgs mit England veranlaßt, englische Lustspiele. Er konnte dabei den Stoff derselben nur im Allgemeinsten brauchen: denn die Originale sind meistens formlos, und wenn sie auch gut und planmäßig anfangen, so verlieren sie sich doch zuletzt ins Weite. Es scheint ihren Verfassern nur darum zu tun, die wunderlichsten Szenen anzubringen, und wer an ein gehaltenes Kunstwerk gewöhnt ist, sieht sich zuletzt ungern ins Grenzenlose getrieben. Überdies geht ein wildes und unsittliches, gemein-wüstes Wesen bis zum Unerträglichen so entschieden durch, daß es schwer sein möchte, dem Plan und den Charaktern alle ihre Unarten zu benehmen. Sie sind eine derbe und dabei gefährliche Speise, die bloß einer großen und halbverdorbenen Volksmasse zu einer gewissen Zeit genießbar und verdaulich gewesen sein mag. Schröder hat an diesen Dingen mehr getan als man gewöhnlich weiß; er hat sie von Grund aus verändert, dem deutschen Sinne angeähnlicht, und sie möglichst gemildert. Es bleibt ihnen aber immer ein herber Kern, weil der Scherz gar oft auf Mißhandlung von Personen beruht, sie mögen es verdienen oder nicht. In diesen Darstellungen, welche sich gleichfalls auf dem Theater verbreiteten, lag also ein heimliches Gegengewicht jener allzu zarten Sittlichkeit, und die Wirkung beider Arten gegeneinander hinderte glücklicher Weise die Eintönigkeit, in die man sonst verfallen wäre.

Der Deutsche, gut und großmütig von Natur, will niemand gemißhandelt wissen. Weil aber kein Mensch, wenn er auch noch so gut denkt, sicher ist, daß man ihm nicht etwas gegen seine Neigung unterschiebe, auch das Lustspiel überhaupt immer etwas Schadenfreude bei dem Zuschauer voraussetzt oder erweckt, wenn es behagen soll; so geriet man, auf einem natürlichen Wege, zu einem bisher für unnatürlich gehaltenen Benehmen: dieses war, die höheren Stände herabzusetzen und sie mehr oder weniger anzutasten. Die prosaische und poetische Satire hatte sich bisher immer gehütet, Hof und Adel zu berühren. Rabener enthielt sich nach jener Seite hin alles Spottes, und blieb in einem niederen Kreise.

Zachariä beschäftigt sich viel mit Landedelleuten, stellt ihre Liebhabereien und Eigenheiten komisch dar, aber ohne Mißachtung. Thümmels »Wilhelmine«, eine kleine geistreiche Komposition, so angenehm als kühn, erwarb sich großen Beifall, vielleicht auch mit deswegen, weil der Verfasser, ein Edelmann und Hofgenosse, die eigne Klasse nicht eben schonend behandelte. Den entschiedensten Schritt jedoch tat Lessing in der »Emilia Galotti«, wo die Leidenschaften und ränkevollen Verhältnisse der höheren Regionen schneidend und bitter geschildert sind. Alle diese Dinge sagten dem aufgeregten Zeitsinne vollkommen zu, und Menschen von weniger Geist und Talent glaubten das gleiche, ja noch mehr tun zu dürfen; wie denn Großmann in sechs unappetitlichen Schüsseln alle Leckerspeisen seiner Pöbelküche dem schadenfrohen Publikum auftischte. Ein redlicher Mann, Hofrat Reinhard, machte bei dieser unerfreulichen Tafel den Haushofmeister, zu Trost und Erbauung sämtlicher Gäste. Von dieser Zeit an wählte man die theatralischen Bösewichter immer aus den höheren Ständen; doch mußte die Person Kammerjunker oder wenigstens Geheimsekretär sein, um sich einer solchen Auszeichnung würdig zu machen. Zu den allergottlosesten Schaubildern aber erkor man die obersten Chargen und Stellen des Hof- und Ziviletats im Adreßkalender, in welcher vornehmen Gesellschaft denn doch noch die Justiziarien, als Bösewichter der ersten Instanz, ihren Platz fanden.

Doch indem ich schon fürchten muß, über die Zeit hinausgegriffen zu haben, von der hier die Rede sein kann, kehre ich auf mich selbst zurück, um des Dranges zu erwähnen, den ich empfand, mich in freien Stunden mit den einmal ausgesonnenen theatralischen Planen zu beschäftigen.

Durch die fortdauernde Teilnahme an Shakespeares Werken hatte ich mir den Geist so ausgeweitet, daß mir der enge Bühnenraum und die kurze, einer Vorstellung zugemessene Zeit keineswegs hinlänglich schienen, um etwas Bedeutendes vorzutragen. Das Leben des biedern Götz von Berlichingen, von ihm selbst geschrieben, trieb mich in die historische Behandlungsart, und meine Einbildungskraft dehnte sich dergestalt aus, daß auch meine dramatische Form alle Theatergrenzen überschritt, und sich den lebendigen Ereignissen mehr und mehr zu nähern suchte. Ich hatte mich davon, so wie ich vorwärts ging, mit meiner Schwester umständlich unterhalten, die an solchen Dingen mit Geist und Gemüt teilnahm, und ich erneuerte diese Unterhaltung so oft, ohne nur irgend zum Werke zu schreiten, daß sie zuletzt ungeduldig und wohlwollend dringend bat, mich nur nicht immer mit Worten in die Luft zu ergehn, sondern endlich einmal das was mir so gegenwärtig wäre, auf das Papier festzubringen. Durch diesen Antrieb bestimmt, fing ich eines Morgens zu schreiben an, ohne daß ich einen Entwurf oder Plan vorher aufgesetzt hätte. Ich schrieb die ersten Szenen, und abends wurden sie Cornelien vorgelesen. Sie schenkte ihnen vielen Beifall, jedoch nur bedingt, indem sie zweifelte, daß ich so fortfahren würde, ja sie äußerte sogar einen entschiedenen Unglauben an meine Beharrlichkeit. Dieses reizte mich nur um so mehr, ich fuhr den nächsten Tag fort, und so den dritten; die Hoffnung wuchs bei den täglichen Mitteilungen, auch mir ward alles von Schritt zu Schritt lebendiger, indem mir ohnehin der Stoff durchaus eigen geworden; und so hielt ich mich ununterbrochen ans Werk, das ich geradeswegs verfolgte, ohne weder rückwärts, noch rechts, noch links zu sehn, und in etwa sechs Wochen hatte ich das Vergnügen, das Manuskript geheftet zu erblicken. Ich teilte es Merken mit, der verständig und wohlwollend darüber sprach; ich sendete es Herdern zu, der sich unfreundlich und hart dagegen äußerte, und nicht ermangelte, in einigen gelegentlichen Schmähgedichten mich deshalb mit spöttischen Namen zu bezeichnen. Ich ließ mich dadurch nicht irre machen, sondern faßte meinen Gegenstand scharf ins Auge, der Wurf war einmal getan, und es fragte sich nur, wie man die Steine im Brett vorteilhaft setzte. Ich sah wohl, daß mir auch hier niemand raten würde, und als ich nach einiger Zeit mein Werk wie ein fremdes betrachten konnte, so erkannte ich freilich daß ich, bei dem Versuch auf die Einheit der Zeit und des Orts Verzicht zu tun, auch der höheren Einheit, die um desto mehr gefordert wird, Eintrag getan hatte. Da ich mich, ohne Plan und Entwurf, bloß der Einbildungskraft und einem innern Trieb überließ, so war ich von vorneherein ziemlich bei der Klinge geblieben, und die ersten Akte konnten für das was sie sein sollten, gar füglich gelten; in den folgenden aber, und besonders gegen das Ende, riß mich eine wundersame Leidenschaft unbewußt hin. Ich hatte mich, indem ich Adelheid liebenswürdig zu schildern trachtete, selbst in sie verliebt, unwillkürlich war meine Feder nur ihr gewidmet, das Interesse an ihrem Schicksal nahm überhand, und wie ohnehin gegen das Ende Götz außer Tätigkeit gesetzt ist, und dann nur zu einer unglücklichen Teilnahme am Bauernkriege zurückkehrt, so war nichts natürlicher, als daß eine reizende Frau ihn bei dem Autor ausstach, der die Kunstfesseln abschüttelnd, in einem neuen Felde sich zu versuchen dachte. Diesen Mangel, oder vielmehr diesen tadelhaften Überfluß, erkannte ich gar bald, da die Natur meiner Poesie mich immer zur Einheit hindrängte. Ich hegte nun, anstatt der Lebensbeschreibung Götzens und der deutschen Altertümer, mein eignes Werk im Sinne, und suchte ihm immer mehr historischen und nationalen Gehalt zu geben, und das was daran fabelhaft oder bloß leidenschaftlich war, auszulöschen; wobei ich freilich manches aufopferte, indem die menschliche Neigung der künstlerischen Überzeugung weichen mußte. So hatte ich mir z. B. etwas Rechts zu Gute getan, indem ich in einer grauserlich nächtlichen Zigeunerszene Adelheid auftreten und ihre schöne Gegenwart Wunder tun ließ. Eine nähere Prüfung verbannte sie, so wie auch der im vierten und fünften Akte umständlich ausgeführte Liebeshandel zwischen Franzen und seiner gnädigen Frau sich ins Enge zog, und nur in seinen Hauptmomenten hervorleuchten durfte.

Ohne also an dem ersten Manuskript irgend etwas zu verändern, welches ich wirklich noch in seiner Urgestalt besitze, nahm ich mir vor, das Ganze umzuschreiben, und leistete dies auch mit solcher Tätigkeit, daß in wenigen Wochen ein ganz erneutes Stück vor mir lag. Ich ging damit um so rascher zu Werke, je weniger ich die Absicht hatte, diese zweite Bearbeitung jemals drucken zu lassen, sondern sie gleichfalls nur als Vorübung ansah, die ich künftig, bei einer mit mehrerem Fleiß und Überlegung anzustellenden neuen Behandlung, abermals zum Grunde legen wollte.

Als ich nun mancherlei Vorschläge, wie ich dies anzufangen gedächte, Merken vorzutragen anfing, spottete er mein und fragte, was denn das ewige Arbeiten und Umarbeiten heißen solle? Die Sache werde dadurch nur anders und selten besser; man müsse sehn, was das Eine für Wirkung tue, und dann immer wieder was Neues unternehmen. – »Bei Zeit auf die Zäun', so trocknen die Windeln!« rief er sprüchwörtlich aus; das Säumen und Zaudern mache nur unsichere Menschen. Ich erwiderte ihm dagegen, daß es mir unangenehm sein würde, eine Arbeit, an die ich so viele Neigung verwendet, einem Buchhändler anzubieten, und mir vielleicht gar eine abschlägliche Antwort zu holen: denn wie sollten sie einen jungen, namenlosen und noch dazu verwegenen Schriftsteller beurteilen? Schon meine »Mitschuldigen«, auf die ich etwas hielt, hätte ich, als meine Scheu vor der Presse nach und nach verschwand, gern gedruckt gesehn; allein ich fand keinen geneigten Verleger.

Hier ward nun meines Freundes technisch-merkantilische Lust auf einmal rege. Durch die Frankfurter Zeitung hatte er sich schon mit Gelehrten und Buchhändlern in Verbindung gesetzt, wir sollten daher, wie er meinte, dieses seltsame und gewiß auffallende Werk auf eigne Kosten herausgeben, und es werde davon ein guter Vorteil zu ziehen sein; wie er denn, mit so vielen andern, öfters den Buchhändlern ihren Gewinn nachzurechnen pflegte, der bei manchen Werken freilich groß war, besonders wenn man außer Acht ließ, wie viel wieder an anderen Schriften und durch sonstige Handelsverhältnisse verloren geht. Genug, es ward ausgemacht, daß ich das Papier anschaffen, er aber für den Druck sorgen solle; und somit ging es frisch ans Werk, und mir gefiel es gar nicht übel, meine wilde dramatische Skizze nach und nach in saubern Aushängebogen zu sehen: sie nahm sich wirklich reinlicher aus, als ich selbst gedacht. Wir vollendeten das Werk, und es ward in vielen Paketen versendet. Nun dauerte es nicht lange, so entstand überall eine große Bewegung; das Aufsehn das es machte, ward allgemein. Weil wir aber, bei unsern beschränkten Verhältnissen, die Exemplare nicht schnell genug nach allen Orten zu verteilen vermochten, so erschien plötzlich ein Nachdruck; und da überdies gegen unsere Aussendungen freilich so bald keine Erstattung, am allerwenigsten eine bare, zurückerfolgen konnte: so war ich, als Haussohn, dessen Kasse nicht in reichlichen Umständen sein konnte, zu einer Zeit, wo man mir von allen Seiten her viel Aufmerksamkeit, ja sogar vielen Beifall erwies, höchst verlegen, wie ich nur das Papier bezahlen sollte, auf welchem ich die Welt mit meinem Talent bekannt gemacht hatte. Merk, der sich schon eher zu helfen wußte, hegte dagegen die besten Hoffnungen, daß sich nächstens alles wieder ins gleiche stellen würde; ich bin aber nichts davon gewahr worden.

Schon bei den kleinen Flugschriften, die ich ungenannt herausgab, hatte ich das Publikum und die Rezensenten auf meine eignen Kosten kennen lernen, und ich war auf Lob und Tadel so ziemlich vorbereitet, besonders da ich seit mehreren Jahren immer nachging und beobachtete, wie man die Schriftsteller behandle, denen ich eine vorzügliche Aufmerksamkeit gewidmet hatte.

Hier konnte ich selbst in meiner Unsicherheit deutlich bemerken, wie doch so vieles grundlos, einseitig und willkürlich in den Tag hinein gesagt wurde. Mir begegnete nun dasselbe, und wenn ich nicht schon einigen Grund gehabt hätte, wie irre hätten mich die Widersprüche gebildeter Menschen machen müssen! So stand z. B. im »Deutschen Merkur« eine weitläuftige wohlgemeinte Rezension, verfaßt von irgend einem beschränkten Geiste. Wo er tadelte, konnte ich nicht mit ihm einstimmen, noch weniger wenn er angab, wie die Sache hätte können anders gemacht werden. Erfreulich war es mir daher, wenn ich unmittelbar hinterdrein eine heitere Erklärung Wielands antraf, der im Allgemeinen dem Rezensenten widersprach und sich meiner gegen ihn annahm. Indessen war doch jenes auch gedruckt, ich sah ein Beispiel von der dumpfen Sinnesart unterrichteter und gebildeter Männer, wie mochte es erst im großen Publikum aussehn!

Das Vergnügen, mich mit Merken über solche Dinge zu besprechen und aufzuklären, war von kurzer Dauer: denn die einsichtsvolle Landgräfin von Hessen-Darmstadt nahm ihn, auf ihrer Reise nach Petersburg, in ihr Gefolge. Die ausführlichen Briefe die er mir schrieb, gaben mir eine weitere Aussicht in die Welt, die ich mir um so mehr zu eigen machen konnte, als die Schilderungen von einer bekannten und befreundeten Hand gezeichnet waren. Allein ich blieb dem ungeachtet dadurch auf längere Zeit sehr einsam, und entbehrte gerade in dieser wichtigen Epoche seiner aufklärenden Teilnahme, deren ich denn doch so sehr bedurfte.

Denn wie man wohl den Entschluß faßt Soldat zu werden und in den Krieg zu gehen, sich auch mutig vorsetzt, Gefahr und Beschwerlichkeiten zu ertragen, so wie auch Wunden und Schmerzen, ja den Tod zu erdulden, aber sich dabei keineswegs die besonderen Fälle vorstellt, unter welchen diese im Allgemeinen erwarteten Übel uns äußerst unangenehm überraschen können: so ergeht es einem jeden der sich in die Welt wagt, und besonders dem Autor, und so ging es auch mir. Da der größte Teil des Publikums mehr durch den Stoff als durch die Behandlung angeregt wird, so war die Teilnahme junger Männer an meinen Stücken meistens stoffartig. Sie glaubten daran ein Panier zu sehn, unter dessen Vorschritt alles was in der Jugend Wildes und Ungeschlachtes lebt, sich wohl Raum machen dürfte, und gerade die besten Köpfe, in denen schon vorläufig etwas Ähnliches spukte, wurden davon hingerissen. Ich besitze noch von dem trefflichen und in manchem Betracht einzigen Bürger einen Brief, ich weiß nicht an wen, der als wichtiger Beleg dessen gelten kann, was jene Erscheinung damals gewirkt und aufgeregt hat. Von der Gegenseite tadelten mich gesetzte Männer, daß ich das Faustrecht mit zu günstigen Farben geschildert habe, ja sie legten mir die Absicht unter, daß ich jene unregelmäßigen Zeiten wieder einzuführen gedächte. Noch andere hielten mich für einen grundgelehrten Mann, und verlangten, ich sollte die Originalerzählung des guten Götz neu mit Noten herausgeben; wozu ich mich keineswegs geschickt fühlte, ob ich es mir gleich gefallen ließ, daß man meinen Namen auf den Titel des frischen Abdrucks zu setzen beliebte. Man hatte, weil ich die Blumen eines großen Daseins abzupflücken verstand, mich für einen sorgfältigen Kunstgärtner gehalten. Diese meine Gelahrtheit und gründliche Sachkenntnis wurde jedoch wieder von andern in Zweifel gezogen. Ein angesehener Geschäftsmann macht mir ganz unvermutet die Visite. Ich sehe mich dadurch höchst geehrt, und um so mehr, als er sein Gespräch mit dem Lobe meines »Götz von Berlichingen« und meiner guten Einsichten in die deutsche Geschichte anfängt; allein ich finde mich doch betroffen als ich bemerke, er sei eigentlich nur gekommen um mich zu belehren, daß Götz von Berlichingen kein Schwager von Franz von Sickingen gewesen sei, und daß ich also durch dieses poetische Ehebündnis gar sehr gegen die Geschichte verstoßen habe. Ich suchte mich dadurch zu entschuldigen, daß Götz ihn selber so nenne; allein mir ward erwidert, daß dieses eine Redensart sei, welche nur ein näheres freundschaftliches Verhältnis ausdrücke, wie man ja in der neueren Zeit die Postillone auch Schwager nenne, ohne daß ein Familienband sie an uns knüpfe. Ich dankte so gut ich konnte für diese Belehrung und bedauerte nur, daß dem Übel nicht mehr abzuhelfen sei. Dieses ward von seiner Seite gleichfalls bedauert, wobei er mich freundlichst zu fernerem Studium der deutschen Geschichte und Verfassung ermahnte, und mir dazu seine Bibliothek anbot, von der ich auch in der Folge guten Gebrauch machte.

Das Lustigste jedoch, was mir in dieser Art begegnete, war

der Besuch eines Buchhändlers, der mit einer heiteren Freimütigkeit, sich ein Dutzend solcher Stücke ausbat, und sie gut zu honorieren versprach. Daß wir uns darüber sehr lustig machten, läßt sich denken, und doch hatte er im Grunde so unrecht nicht: denn ich war schon im stillen beschäftigt, von diesem Wendepunkt der deutschen Geschichte mich vor- und rückwärts zu bewegen und die Hauptereignisse in gleichem Sinn zu bearbeiten. Ein löblicher Vorsatz, der, wie so manche andere, durch die flüchtig vorbeirauschende Zeit vereitelt worden.

Jenes Schauspiel jedoch beschäftigte bisher den Verfasser nicht allein, sondern, während es ersonnen, geschrieben, umgeschrieben, gedruckt und verbreitet wurde, bewegten sich noch viele andere Bilder und Vorschläge in seinem Geiste. Diejenigen welche dramatisch zu behandeln waren, erhielten den Vorzug am öftersten durchgedacht und der Vollendung angenähert zu werden; allein zu gleicher Zeit entwickelte sich ein Übergang zu einer andern Darstellungsart, welche nicht zu den dramatischen gerechnet zu werden pflegt und doch mit ihnen große Verwandtschaft hat. Dieser Übergang geschah hauptsächlich durch eine Eigenheit des Verfassers, die sogar das Selbstgespräch zum Zwiegespräch umbildete.

Gewöhnt am liebsten seine Zeit in Gesellschaft zuzubringen, verwandelte er auch das einsame Denken zur geselligen Unterhaltung, und zwar auf folgende Weise. Er pflegte nämlich, wenn er sich allein sah, irgend eine Person seiner Bekanntschaft im Geiste zu sich zu rufen. Er bat sie, niederzusitzen, ging an ihr auf und ab, blieb vor ihr stehen, und verhandelte mit ihr den Gegenstand, der ihm eben im Sinne lag. Hierauf antwortete sie gelegentlich, oder gab durch die gewöhnliche Mimik ihr Zu- oder Abstimmen zu erkennen; wie denn jeder Mensch hierin etwas Eignes hat. Sodann fuhr der Sprechende fort, dasjenige was dem Gaste zu gefallen schien, weiter auszuführen, oder was derselbe mißbilligte, zu bedingen, näher zu bestimmen, und gab auch wohl zuletzt seine These gefällig auf. Das Wunderlichste war dabei, daß er niemals Personen seiner näheren Bekanntschaft wählte, sondern solche die er nur selten sah, ja mehrere, die weit in der Welt entfernt lebten, und mit denen er nur in einem vorübergehenden Verhältnis gestanden; aber es waren meist Personen, die, mehr empfänglicher als ausgebender Natur, mit reinem Sinne einen ruhigen Anteil an Dingen zu nehmen bereit sind, die in ihrem Gesichtskreise liegen, ob er sich gleich manchmal zu diesen dialektischen Übungen widersprechende Geister herbeirief. Hiezu bequemten sich nun Personen beiderlei Geschlechts, jedes Alters und Standes, und erwiesen sich gefällig und anmutig, da man sich nur von Gegenständen unterhielt, die ihnen deutlich und lieb waren. Höchst wunderbar würde es jedoch manchen vorgekommen sein, wenn sie hätten erfahren können, wie oft sie zu dieser ideellen Unterhaltung berufen wurden, da sich manche zu einer wirklichen wohl schwerlich eingefunden hätten.

Wie nahe ein solches Gespräch im Geiste mit dem Briefwechsel verwandt sei, ist klar genug, nur daß man hier ein hergebrachtes Vertrauen erwidert sieht, und dort ein neues, immer wechselndes, unerwidertes sich selbst zu schaffen weiß. Als daher jener Überdruß zu schildern war, mit welchem die Menschen, ohne durch Not gedrungen zu sein, das Leben empfinden, mußte der Verfasser sogleich darauf fallen, seine Gesinnung in Briefen darzustellen: denn jeder Unmut ist eine Geburt, ein Zögling der Einsamkeit; wer sich ihm ergibt, flieht allen Widerspruch, und was widerspricht ihm mehr, als jede heitere Gesellschaft? Der Lebensgenuß anderer ist ihm ein peinlicher Vorwurf, und so wird er durch das was ihn aus sich selbst herauslocken sollte, in sein Innerstes zurückgewiesen. Mag er sich allenfalls darüber äußern, so wird es durch Briefe geschehn: denn einem schriftlichen Erguß, er sei fröhlich oder verdrießlich, setzt sich doch niemand unmittelbar entgegen; eine mit Gegengründen verfaßte Antwort aber gibt dem Einsamen Gelegenheit, sich in seinen Grillen zu befestigen, einen Anlaß, sich noch mehr zu verstocken. Jene in diesem Sinne geschriebenen Wertherischen Briefe haben nun wohl deshalb einen so mannigfaltigen Reiz, weil ihr verschiedener Inhalt erst in solchen ideellen Dialogen mit mehreren Individuen durchgesprochen worden, sie sodann aber in der Komposition selbst, nur an einen Freund und Teilnehmer gerichtet erscheinen. Mehr über die Behandlung des so viel besprochenen Werkleins zu sagen, möchte kaum rätlich sein; über den Inhalt jedoch läßt sich noch einiges hinzufügen.

Jener Ekel vor dem Leben hat seine physischen und seine sittlichen Ursachen, jene wollen wir dem Arzt, diese dem Moralisten zu erforschen überlassen, und bei einer so oft durchgearbeiteten Materie, nur den Hauptpunkt beachten, wo sich jene Erscheinung am deutlichsten ausspricht. Alles Behagen am Leben ist auf eine regelmäßige Wiederkehr der äußeren Dinge gegründet. Der Wechsel von Tag und Nacht, der Jahreszeiten, der Blüten und Früchte, und was uns sonst von Epoche zu Epoche entgegentritt, damit wir es genießen können und sollen, diese sind die eigentlichen Triebfedern des irdischen Lebens. Je offener wir für diese Genüsse sind, desto glücklicher fühlen wir uns; wälzt sich aber die Verschiedenheit dieser Erscheinungen vor uns auf und nieder, ohne daß wir daran teilnehmen, sind wir gegen so holde Anerbietungen unempfänglich: dann tritt das größte Übel, die schwerste Krankheit ein, man betrachtet das Leben als eine ekelhafte Last. Von einem Engländer wird erzählt, er habe sich aufgehangen, um nicht mehr täglich sich aus- und anzuziehn. Ich kannte einen wackeren Gärtner, den Aufseher einer großen Parkanlage, der einmal mit Verdruß ausrief: »Soll ich denn immer diese Regenwolken von Abend gegen Morgen ziehen sehn!« Man erzählt von einem unserer trefflichsten Männer, er habe mit Verdruß das Frühjahr wieder aufgrünen gesehn, und gewünscht, es möchte zur Abwechselung einmal rot erscheinen. Dieses sind eigentlich die Symptome des Lebensüberdrusses, der nicht selten in den Selbstmord ausläuft, und bei denkenden in sich gekehrten Menschen häufiger war als man glauben kann.

Nichts aber veranlaßt mehr diesen Überdruß, als die Wiederkehr der Liebe. Die erste Liebe, sagt man mit Recht, sei die Einzige: denn in der zweiten und durch die zweite geht schon der höchste Sinn der Liebe verloren. Der Begriff des Ewigen und Unendlichen, der sie eigentlich hebt und trägt, ist zerstört, sie erscheint vergänglich wie alles Wiederkehrende. Die Absonderung des Sinnlichen vom Sittlichen, die in der verflochtenen kultivierten Welt die liebenden und begehrenden Empfindungen spaltet, bringt auch hier eine Übertriebenheit hervor, die nichts Gutes stiften kann.

Ferner wird ein junger Mann, wo nicht gerade an sich selbst, doch an andern bald gewahr, daß moralische Epochen ebenso gut wie die Jahreszeiten wechseln. Die Gnade der Großen, die Gunst der Gewaltigen, die Förderung der Tätigen, die Neigung der Menge, die Liebe der Einzelnen, alles wandelt auf und nieder, ohne daß wir es festhalten können, so wenig als Sonne, Mond und Sterne; und doch sind diese Dinge nicht bloße Naturereignisse: sie entgehen uns durch eigne oder fremde Schuld, durch Zufall oder Geschick, aber sie wechseln, und wir sind ihrer niemals sicher.

Was aber den fühlenden Jüngling am meisten ängstigt, ist die unaufhaltsame Wiederkehr unserer Fehler: denn wie spät lernen wir einsehen, daß wir, indem wir unsere Tugenden ausbilden, unsere Fehler zugleich mit anbauen. Jene ruhen auf diesen wie auf ihrer Wurzel, und diese verzweigen sich insgeheim ebenso stark und so mannigfaltig als jene im offenbaren Lichte. Weil wir nun unsere Tugenden meist mit Willen und Bewußtsein ausüben, von unseren Fehlern aber unbewußt überrascht werden, so machen uns jene selten einige Freude, diese hingegen beständig Not und Qual. Hier liegt der schwerste Punkt der Selbsterkenntnis, der sie beinah unmöglich macht. Denke man sich nun hiezu ein siedend jugendliches Blut, eine durch einzelne Gegenstände leicht zu paralysierende Einbildungskraft, hiezu die schwankenden Bewegungen des Tags, und man wird ein ungeduldiges Streben, sich aus einer solchen Klemme zu befreien, nicht unnatürlich finden.

Solche düstere Betrachtungen jedoch, welche denjenigen, der sich ihnen überläßt, ins Unendliche führen, hätten sich in den Gemütern deutscher Jünglinge nicht so entschieden entwickeln können, hätte sie nicht eine äußere Veranlassung zu diesem traurigen Geschäft angeregt und gefördert. Es geschah dieses durch die englische Literatur, besonders durch die poetische, deren große Vorzüge ein ernster Trübsinn begleitet, welchen sie einem jeden mitteilt, der sich mit ihr beschäftigt. Der geistreiche Britte sieht sich von Jugend auf von einer bedeutenden Welt umgeben, die alle seine Kräfte anregt; er wird früher oder später gewahr, daß er allen seinen Verstand zusammennehmen muß, um sich mit ihr abzufinden. Wie viele ihrer Dichter haben nicht in der Jugend ein loses und rauschendes Leben geführt, und sich früh berechtigt gefunden, die irdischen Dinge der Eitelkeit anzuklagen! Wie viele derselben haben sich in den Weltgeschäften versucht, und im Parlament, bei Hofe, im Ministerium, auf Gesandtschaftsposten, teils die ersten, teils untere Rollen gespielt, und sich bei inneren Unruhen, Staats- und Regierungsveränderungen mitwirkend erwiesen, und wo nicht an sich selbst, doch an ihren Freunden und Gönnern öfter traurige als erfreuliche Erfahrungen gemacht! Wie viele sind verbannt, vertrieben, im Gefängnis gehalten, an ihren Gütern beschädigt worden!

Aber auch nur Zuschauer von so großen Ereignissen zu sein, fordert den Menschen zum Ernst auf, und wohin kann der Ernst weiter führen, als zur Betrachtung der Vergänglichkeit und des Unwerts aller irdischen Dinge. Ernsthaft ist auch der Deutsche, und so war ihm die englische Poesie höchst gemäß, und, weil sie sich aus einem höheren Zustande herschrieb, imposant. Man findet in ihr durchaus einen großen, tüchtigen, weltgeübten Verstand, ein tiefes, zartes Gemüt, ein vortreffliches Wollen, ein leidenschaftliches Wirken: die herrlichsten Eigenschaften, die man von geistreichen gebildeten Menschen rühmen kann; aber das alles zusammengenommen macht noch keinen Poeten. Die wahre Poesie kündet sich dadurch an, daß sie, als ein weltliches Evangelium, durch innere Heiterkeit, durch äußeres Behagen, uns von den irdischen Lasten zu befreien weiß, die auf uns drücken. Wie ein Luftballon hebt sie uns mit dem Ballast der uns anhängt, in höhere Regionen, und läßt die verwirrten Irrgänge der Erde in Vogelperspektive vor uns entwickelt daliegen. Die muntersten wie die ernstesten Werke haben den gleichen Zweck, durch eine glückliche geistreiche Darstellung so Lust als Schmerz zu mäßigen. Man betrachte nun in diesem Sinne die Mehrzahl der englischen meist moralisch-didaktischen Gedichte, und sie werden im Durchschnitt nur einen düstern Überdruß des Lebens zeigen. Nicht Youngs »Nachtgedanken« allein, wo dieses Thema vorzüglich durchgeführt ist, sondern auch die übrigen betrachtenden Gedichte, schweifen, eh' man sich's versieht, in dieses traurige Gebiet, wo dem Verstande eine Aufgabe zugewiesen ist, die er zu lösen nicht hinreicht, da ihn ja selbst die Religion, wie er sich solche allenfalls erbauen kann, im Stiche läßt. Ganze Bände könnte man zusammendrucken, welche als ein Kommentar zu jenem schrecklichen Texte gelten können:

Then old Age and Experience, hand in hand,
Lead him to death, and make him understand,
After a search so painfull and so long,
That all his life he has been in the wrong.

Was ferner die englischen Dichter noch zu Menschenhassern vollendet und das unangenehme Gefühl von Widerwillen gegen alles über ihre Schriften verbreitet, ist, daß sie sämtlich, bei den vielfachen Spaltungen ihres Gemeinwesens, wo nicht ihr ganzes Leben, doch den besten Teil desselben, einer oder der andern Partei widmen müssen. Da nun ein solcher

Schriftsteller die Seinigen denen er ergeben ist, die Sache der er anhängt, nicht loben und herausstreichen darf, weil er sonst nur Neid und Widerwillen erregen würde; so übt er sein Talent, indem er von den Gegnern so übel und schlecht als möglich spricht, und die satirischen Waffen, so sehr er nur vermag, schärft ja vergiftet. Geschieht dieses nun von beiden Teilen, so wird die dazwischen liegende Welt zerstört und rein aufgehoben, so daß man in einem großen, verständig tätigen Volksverein zum allergelindesten nichts als Torheit und Wahnsinn entdecken kann. Selbst ihre zärtlichen Gedichte beschäftigen sich mit traurigen Gegenständen. Hier stirbt ein verlassenes Mädchen, dort ertrinkt ein getreuer Liebhaber, oder wird, ehe er voreilig schwimmend seine Geliebte erreicht, von einem Haifische gefressen; und wenn ein Dichter wie Gray sich auf einem Dorfkirchhofe lagert, und jene bekannten Melodieen wieder anstimmt, so kann er versichert sein, eine Anzahl Freunde der Melancholie um sich zu versammeln. Miltons »Allegro« muß erst in heftigen Versen den Unmut verscheuchen, ehe er zu einer sehr mäßigen Lust gelangen kann, und selbst der heitere Goldsmith verliert sich in elegische Empfindungen, wenn uns sein »Deserted Village« ein verlorenes Paradies, das sein »Traveller« auf der ganzen Erde wiedersucht, so lieblich als traurig darstellt.

Ich zweifle nicht, daß man mir auch muntre Werke, heitere Gedichte werde vorzeigen und entgegensetzen können; allein die meisten und besten derselben gehören gewiß in die ältere Epoche, und die neueren die man dahin rechnen könnte, neigen sich gleichfalls gegen die Satire, sind bitter und besonders die Frauen verachtend.

Genug, jene oben im Allgemeinen erwähnten, ernsten und die menschliche Natur untergrabenden Gedichte waren die Lieblinge, die wir uns vor allen andern aussuchten, der eine, nach seiner Gemütsart, die leichtere elegische Trauer, der andere die schwer lastende, alles aufgebende Verzweiflung suchend. Sonderbar genug bestärkte unser Vater und Lehrer Shakespeare, der so reine Heiterkeit zu verbreiten weiß, selbst diesen Unwillen. Hamlet und seine Monologen blieben Gespenster, die durch alle jungen Gemüter ihren Spuk trieben. Die Hauptstellen wußte ein jeder auswendig und rezitierte sie gern, und jedermann glaubte, er dürfe ebenso melancholisch sein, als der Prinz von Dänemark, ob er gleich keinen Geist gesehn und keinen königlichen Vater zu rächen hatte.

Damit aber ja allem diesem Trübsinn nicht ein vollkommen passendes Lokal abgehe, so hatte uns Ossian bis ans letzte Thule gelockt, wo wir denn auf grauer, unendlicher Heide, unter vorstarrenden bemoosten Grabsteinen wandelnd, das durch einen schauerlichen Wind bewegte Gras um uns, und einen schwer bewölkten Himmel über uns erblickten. Bei Mondenschein ward dann erst diese caledonische Nacht zum Tage; untergegangene Helden, verblühte Mädchen umschwebten uns, bis wir zuletzt den Geist von Loda wirklich in seiner furchtbaren Gestalt zu erblicken glaubten.

In einem solchen Element, bei solcher Umgebung, bei Liebhabereien und Studien dieser Art, von unbefriedigten Leidenschaften gepeinigt, von außen zu bedeutenden Handlungen keineswegs angeregt, in der einzigen Aussicht, uns in einem schleppenden, geistlosen, bürgerlichen Leben hinhalten zu müssen, befreundete man sich, in unmutigem Übermut, mit dem Gedanken, das Leben, wenn es einem nicht mehr anstehe, nach eignem Belieben allenfalls verlassen zu können, und half sich damit über die Unbilden und Langeweile der Tage notdürftig genug hin. Diese Gesinnung war so allgemein, daß eben »Werther« deswegen die große Wirkung tat, weil er überall anschlug und das Innere eines kranken jugendlichen Wahns öffentlich und faßlich darstellte. Wie genau die Engländer mit diesem Jammer bekannt waren, beweisen die wenigen bedeutenden, vor dem Erscheinen »Werthers« geschriebenen Zeilen:

To griefs congenial prone,
More wounds than nature gave he knew,
While misery's form his fancy drew
In dark ideal hues and horrors not its own.

Der Selbstmord ist ein Ereignis der menschlichen Natur, welches, mag auch darüber schon so viel gesprochen und gehandelt sein als da will, doch einen jeden Menschen zur Teilnahme fordert, in jeder Zeitepoche wieder einmal verhandelt werden muß. Montesquieu erteilt seinen Helden und großen Männern das Recht, sich nach Befinden den Tod zu geben, indem er sagt, es müsse doch einem jeden freistehen, den fünften Akt seiner Tragödie da zu schließen, wo es ihm beliebe. Hier aber ist von solchen Personen nicht die Rede, die ein bedeutendes Leben tätig geführt, für irgend ein großes Reich oder für die Sache der Freiheit ihre Tage verwendet, und denen man wohl nicht verargen wird, wenn sie die Idee die sie beseelt, sobald dieselbe von der Erde verschwindet, auch noch jenseits zu verfolgen denken. Wir haben es hier mit solchen zu tun, denen eigentlich aus Mangel von Taten, in dem friedlichsten Zustande von der Welt, durch übertriebene Forderungen an sich selbst das Leben verleidet. Da ich selbst in dem Fall war, und am besten weiß, was für Pein ich darin erlitten, was für Anstrengung es mir gekostet, ihr zu entgehn; so will ich die Betrachtungen nicht verbergen, die ich über die verschiedenen Todesarten, die man wählen könnte, wohlbedächtig angestellt.

Es ist etwas so Unnatürliches, daß der Mensch sich von sich selbst losreiße, sich nicht allein beschädige, sondern vernichte, daß er meistenteils zu mechanischen Mitteln greift, um seinen Vorsatz ins Werk zu richten. Wenn Ajax in sein Schwert fällt, so ist es die Last seines Körpers, die ihm den letzten Dienst erweiset. Wenn der Krieger seinen Schildträger verpflichtet, ihn nicht in die Hände der Feinde geraten zu lassen, so ist es auch eine äußere Kraft, deren er sich versichert, nur eine moralische statt einer physischen. Frauen suchen im Wasser die Kühlung ihres Verzweifelns, und das höchst mechanische Mittel des Schießgewehrs sichert eine schnelle Tat mit der geringsten Anstrengung. Des Erhängens erwähnt man nicht gern, weil es ein unedler Tod ist. In England kann es am ersten begegnen, weil man dort von Jugend auf so manchen hängen sieht, ohne daß die Strafe gerade entehrend ist. Durch Gift, durch Öffnung der Adern gedenkt man nur langsam vom Leben zu scheiden, und der raffinierteste, schnellste, schmerzenloseste Tod durch eine Natter war einer Königin würdig, die ihr Leben in Glanz und Lust zugebracht hatte. Alles dieses aber sind äußere Behelfe, sind Feinde, mit denen der Mensch gegen sich selbst einen Bund schließt.

Wenn ich nun alle diese Mittel überlegte, und mich sonst in der Geschichte weiter umsah, so fand ich unter allen denen die sich selbst entleibt, keinen, der diese Tat mit solcher Großheit und Freiheit des Geistes verrichtet, als Kaiser Otto. Dieser, zwar als Feldherr im Nachteil, aber doch keineswegs aufs Äußerste gebracht, entschließt sich zum Besten des Reichs, das ihm gewissermaßen schon angehörte, und zur Schonung so vieler Tausende, die Welt zu verlassen. Er begeht mit seinen Freunden ein heiteres Nachtmahl, und man findet am anderen Morgen, daß er sich einen scharfen Dolch mit eigner Hand in das Herz gestoßen. Diese einzige Tat schien mir nachahmungswürdig und ich überzeugte mich, daß wer nicht hierin handeln könne wie Otto, sich nicht erlauben dürfe, freiwillig aus der Welt zu gehn. Durch diese Überzeugung rettete ich mich nicht sowohl von dem Vorsatz als von der Grille des Selbstmords, welche sich in jenen herrlichen Friedenszeiten bei einer müßigen Jugend eingeschlichen hatte. Unter einer ansehnlichen Waffensammlung, besaß ich auch einen kostbaren wohlgeschliffenen Dolch. Diesen legte ich mir jederzeit neben das Bette, und ehe ich das Licht auslöschte, versuchte ich, ob es mir wohl gelingen möchte, die scharfe Spitze ein paar Zoll tief in die Brust zu senken. Da dieses aber niemals gelingen wollte, so lachte ich mich zuletzt selbst aus, warf alle hypochondrische Fratzen hinweg, und beschloß zu leben. Um dies aber mit Heiterkeit tun zu können, mußte ich eine dichterische Aufgabe zur Ausführung bringen, wo alles was ich über diesen wichtigen Punkt empfunden, gedacht und gewähnt, zur Sprache kommen sollte. Ich versammelte hierzu die Elemente, die sich schon ein paar Jahre in mir herumtrieben, ich vergegenwärtigte mir die Fälle, die mich am meisten gedrängt und geängstigt; aber es wollte sich nichts gestalten: es fehlte mir eine Begebenheit, eine Fabel, in welcher sie sich verkörpern könnten.

Auf einmal erfahre ich die Nachricht von Jerusalems Tode, und unmittelbar nach dem allgemeinen Gerüchte, sogleich die genauste und umständlichste Beschreibung des Vorgangs, und in diesem Augenblick war der Plan zu »Werthern« gefunden, das Ganze schoß von allen Seiten zusammen und ward eine solide Masse, wie das Wasser im Gefäß, das eben auf dem Punkte des Gefrierens steht, durch die geringste Erschütterung sogleich in ein festes Eis verwandelt wird. Diesen seltsamen Gewinn festzuhalten, ein Werk von so bedeutendem und mannigfaltigem Inhalt mir zu vergegenwärtigen, und in allen seinen Teilen auszuführen war mir um so angelegener, als ich schon wieder in eine peinliche Lage geraten war, die noch weniger Hoffnung ließ als die vorigen, und nichts als Unmut, wo nicht Verdruß weissagte.

Es ist immer ein Unglück in neue Verhältnisse zu treten, in denen man nicht hergekommen ist; wir werden oft wider unsern Willen zu einer falschen Teilnahme gelockt, uns peinigt die Halbheit solcher Zustände, und doch sehen wir weder ein Mittel sie zu ergänzen noch ihnen zu entsagen.

Frau von Laroche hatte ihre älteste Tochter nach Frankfurt verheiratet, kam oft sie zu besuchen, und konnte sich nicht recht in den Zustand finden, den sie doch selbst ausgewählt hatte. Anstatt sich darin behaglich zu fühlen, oder zu irgend einer Veränderung Anlaß zu geben, erging sie sich in Klagen, so daß man wirklich denken mußte, ihre Tochter sei unglücklich, ob man gleich, da ihr nichts abging, und ihr Gemahl ihr nichts verwehrte, nicht wohl einsah, worin das Unglück eigentlich bestünde. Ich war indessen in dem Hause gut aufgenommen und kam mit dem ganzen Zirkel in Berührung, der aus Personen bestand, die teils zur Heirat beigetragen, teils derselben einen glücklichen Erfolg wünschten. Der Dechant von St. Leonhard Dumeix faßte Vertrauen ja Freundschaft zu mir. Er war der erste katholische Geistliche, mit dem ich in nähere Berührung trat, und der, weil er ein sehr hellsehender Mann war, mir über den Glauben, die Gebräuche, die äußern und innern Verhältnisse der ältesten Kirche schöne und hinreichende Aufschlüsse gab. Der Gestalt einer wohlgebildeten obgleich nicht jungen Frau, mit Namen Servières, erinnere ich mich noch genau. Ich kam mit der Alosino-Schweizerischen und andern Familien gleichfalls in Berührung, und mit den Söhnen in Verhältnisse, die sich lange freundschaftlich fortsetzten, und sah mich auf einmal in einem fremden Zirkel einheimisch, an dessen Beschäftigungen, Vergnügungen, selbst Religionsübungen ich Anteil zu nehmen veranlaßt, ja genötigt wurde. Mein früheres Verhältnis zur jungen Frau, eigentlich ein geschwisterliches, ward nach der Heirat fortgesetzt; meine Jahre sagten den ihrigen zu, ich war der einzige in dem ganzen Kreise, an dem sie noch einen Widerklang jener geistigen Töne vernahm, an die sie von Jugend auf gewöhnt war. Wir lebten in einem kindlichen Vertrauen zusammen fort, und ob sich gleich nichts Leidenschaftliches in unsern Umgang mischte, so war er doch peinigend genug, weil sie sich auch in ihre neue Umgebung nicht zu finden wußte und, obwohl mit Glücksgütern gesegnet, aus dem heiteren Thal-Ehrenbreitstein und einer fröhlichen Jugend in ein düster gelegenes Handelshaus versetzt, sich schon als Mutter von einigen Stiefkindern benehmen sollte. In so viel neue Familienverhältnisse war ich ohne wirklichen Anteil, ohne Mitwirkung eingeklemmt. War man miteinander zufrieden, so schien sich das von selbst zu verstehn; aber die meisten Teilnehmer wendeten sich in verdrießlichen Fällen an mich, die ich durch eine lebhafte Teilnahme mehr zu verschlimmern als zu verbessern pflegte. Es dauerte nicht lange, so wurde mir dieser Zustand ganz unerträglich, aller Lebensverdruß der aus solchen Halbverhältnissen hervorzugehn pflegt, schien doppelt und dreifach auf mir zu lasten, und es bedurfte eines neuen gewaltsamen Entschlusses, mich auch hiervon zu befreien.

Jerusalems Tod, der durch die unglückliche Neigung zu der Gattin eines Freundes verursacht ward, schüttelte mich aus dem Traum, und weil ich nicht bloß mit Beschaulichkeit das was ihm und mir begegnet, betrachtete, sondern das Ähnliche was mir im Augenblicke selbst widerfuhr, mich in leidenschaftliche Bewegung setzte; so konnte es nicht fehlen, daß ich jener Produktion die ich eben unternahm, alle die Glut einhauchte, welche keine Unterscheidung zwischen dem Dichterischen und dem Wirklichen zuläßt. Ich hatte mich äußerlich völlig isoliert, ja die Besuche meiner Freunde verbeten, und so legte ich auch innerlich alles bei Seite, was nicht unmittelbar hierher gehörte. Dagegen faßte ich alles zusammen, was einigen Bezug auf meinen Vorsatz hatte, und wiederholte mir mein nächstes Leben, von dessen Inhalt ich noch keinen dichterischen Gebrauch gemacht hatte. Unter solchen Umständen, nach so langen und vielen geheimen Vorbereitungen, schrieb ich den »Werther« in vier Wochen, ohne daß ein Schema des Ganzen, oder die Behandlung eines Teils irgend vorher wäre zu Papier gebracht gewesen.

Das nunmehr fertige Manuskript lag im Konzept, mit wenigen Korrekturen und Abänderungen, vor mir. Es ward sogleich geheftet: denn der Band dient der Schrift ungefähr wie der Rahmen einem Bilde: man sieht viel eher, ob sie denn auch in sich wirklich bestehe. Da ich dieses Werklein ziemlich unbewußt, einem Nachtwandler ähnlich, geschrieben hatte, so verwunderte ich mich selbst darüber, als ich es nun durchging, um daran etwas zu ändern und zu bessern. Doch in Erwartung daß nach einiger Zeit, wenn ich es in gewisser Entfernung besähe, mir manches beigehen würde, das noch zu seinem Vorteil gereichen könnte, gab ich es meinen jüngeren Freunden zu lesen, auf die es eine desto größere Wirkung tat, als ich, gegen meine Gewohnheit, vorher niemanden davon erzählt, noch meine Absicht entdeckt hatte. Freilich war es hier abermals der Stoff, der eigentlich die Wirkung hervorbrachte, und so waren sie gerade in einer der meinigen entgegengesetzten Stimmung: denn ich hatte mich durch diese Komposition, mehr als durch jede andere, aus einem stürmischen Elemente gerettet, auf dem ich durch eigne und fremde Schuld, durch zufällige und gewählte Lebensweise, durch Vorsatz und Übereilung, durch Hartnäckigkeit und Nachgeben, auf die gewaltsamste Art hin und wider getrieben worden. Ich fühlte mich, wie nach einer Generalbeichte, wieder froh und frei, und zu einem neuen Leben berechtigt. Das alte Hausmittel war mir diesmal vortrefflich zustatten gekommen. Wie ich mich nun aber dadurch erleichtert und aufgeklärt fühlte, die Wirklichkeit in Poesie verwandelt zu haben, so verwirrten sich meine Freunde daran, indem sie glaubten, man müsse die Poesie in Wirklichkeit verwandeln, einen solchen Roman nachspielen und sich allenfalls selbst erschießen; und was hier im Anfang unter wenigen vorging, ereignete sich nachher im großen Publikum, und dieses Büchlein, was mir so viel genützt hatte, ward als höchst schädlich verrufen.

Allen den Übeln jedoch und dem Unglück, das es hervorgebracht haben soll, wäre zufälliger Weise beinahe vorgebeugt worden, als es, bald nach seiner Entstehung, Gefahr lief vernichtet zu werden; und damit verhielt sich's also. Merk war seit kurzem von Petersburg zurückgekommen. Ich hatte ihn, weil er immer beschäftigt war, nur wenig gesprochen, und ihm von diesem »Werther«, der mir am Herzen lag, nur das Allgemeinste eröffnen können. Einst besuchte er mich, und als er nicht sehr gesprächig schien, bat ich ihn, mir zuzuhören. Er setzte sich aufs Kanapee, und ich begann, Brief vor Brief, das Abenteuer vorzutragen. Nachdem ich eine Weile so fortgefahren hatte, ohne ihm ein Beifallszeichen abzulokken, griff ich mich noch pathetischer an, und wie ward mir zu

Mute, als er mich, da ich eine Pause machte, mit einem: »Nun ja! es ist ganz hübsch«, auf das schrecklichste niederschlug, und sich, ohne etwas weiter hinzuzufügen, entfernte. Ich war ganz außer mir: denn wie ich wohl Freude an meinen Sachen, aber in der ersten Zeit kein Urteil über sie hatte, so glaubte ich ganz sicher, ich habe mich im Sujet, im Ton, im Stil, die denn freilich alle bedenklich waren, vergriffen, und etwas ganz Unzulässiges verfertigt. Wäre ein Kaminfeuer zur Hand gewesen, ich hätte das Werk sogleich hineingeworfen; aber ich ermannte mich wieder und verbrachte schmerzliche Tage, bis er mir endlich vertraute, daß er in jenem Moment sich in der schrecklichsten Lage befunden, in die ein Mensch geraten kann. Er habe deswegen nichts gesehn noch gehört, und wisse gar nicht wovon in meinem Manuskripte die Rede sei. Die Sache hatte sich indessen, insofern sie sich herstellen ließ, wieder hergestellt, und Merk war in den Zeiten seiner Energie der Mann, sich ins Ungeheure zu schicken; sein Humor fand sich wieder ein, nur war er noch bitterer geworden als vorher. Er schalt meinen Vorsatz den »Werther« umzuarbeiten mit derben Ausdrücken, und verlangte ihn gedruckt zu sehn wie er lag. Es ward ein sauberes Manuskript davon besorgt, das nicht lange in meinen Händen blieb: denn zufälliger Weise an demselben Tage, an dem meine Schwester sich mit Georg Schlosser verheiratete, und das Haus, von einer freudigen Festlichkeit bewegt, glänzte, traf ein Brief von Weygand aus Leipzig ein, mich um ein Manuskript zu ersuchen. Ein solches Zusammentreffen hielt ich für ein günstiges Omen, ich sendete den »Werther« ab, und war sehr zufrieden, als das Honorar das ich dafür erhielt, nicht ganz durch die Schulden verschlungen wurde, die ich um des »Götz von Berlichingen« willen zu machen genötigt gewesen.

Die Wirkung dieses Büchleins war groß, ja ungeheuer, und vorzüglich deshalb, weil es genau in die rechte Zeit traf. Denn wie es nur eines geringen Zündkrauts bedarf, um eine gewaltige Mine zu entschleudern, so war auch die Explosion welche sich hierauf im Publikum ereignete, deshalb so mächtig, weil die junge Welt sich schon selbst untergraben hatte, und die Erschütterung deswegen so groß, weil ein jeder mit seinen übertriebenen Forderungen, unbefriedigten Leidenschaften und eingebildeten Leiden zum Ausbruch kam. Man kann von dem Publikum nicht verlangen, daß es ein geistiges Werk geistig aufnehmen solle. Eigentlich ward nur der Inhalt, der Stoff beachtet, wie ich schon an meinen Freunden erfahren hatte, und daneben trat das alte Vorurteil wieder ein, entspringend aus der Würde eines gedruckten Buchs, daß es nämlich einen didaktischen Zweck haben müsse. Die wahre Darstellung aber hat keinen. Sie billigt nicht, sie tadelt nicht, sondern sie entwickelt die Gesinnungen und Handlungen in ihrer Folge und dadurch erleuchtet und belehrt sie.

Von Rezensionen nahm ich wenig Notiz. Die Sache war für mich völlig abgetan, jene guten Leute mochten nun auch sehn, wie sie damit fertig wurden. Doch verfehlten meine Freunde nicht, diese Dinge zu sammeln, und weil sie in meine Ansichten schon mehr eingeweiht waren, sich darüber lustig zu machen. Die »Freuden des jungen Werther«, mit welchen Nicolai sich hervortat, gaben uns zu mancherlei Scherzen Gelegenheit. Dieser übrigens brave, verdienst- und kenntnisreiche Mann hatte schon angefangen, alles niederzuhalten und zu beseitigen, was nicht zu seiner Sinnesart paßte, die er, geistig sehr beschränkt, für die echte und einzige hielt. Auch gegen mich mußte er sich sogleich versuchen, und jene Broschüre kam uns bald in die Hände. Die höchst zarte Vignette von Chodowiecki machte mir viel Vergnügen; wie ich denn diesen Künstler über die Maßen verehrte. Das Machwerk selbst war aus der rohen Hausleinwand zugeschnitten, welche recht derb zu bereiten der Menschenverstand in seinem Familienkreise sich viel zu schaffen macht. Ohne Gefühl, daß hier nichts zu vermitteln sei, daß Werthers Jugendblüte schon von vornherein als vom tödlichen Wurm gestochen erscheine, läßt der Verfasser meine Behandlung bis Seite 214 gelten, und als der wüste Mensch sich zum tödlichen Schritte vorbereitet, weiß der einsichtige psychische Arzt seinem Patienten eine mit Hühnerblut geladene Pistole unterzuschieben, woraus denn ein schmutziger Spektakel, aber glücklicher Weise kein Unheil hervorgeht. Lotte wird Werthers Gattin, und die ganze Sache endigt sich zu jedermanns Zufriedenheit.

So viel wüßte ich mich davon zu erinnern: denn es ist mir nie wieder unter die Augen gekommen. Die Vignette hatte ich ausgeschnitten und unter meine liebsten Kupfer gelegt. Dann verfaßte ich, zur stillen und unverfänglichen Rache, ein kleines Spottgedicht, »Nicolai auf Werthers Grabe«, welches sich jedoch nicht mitteilen läßt. Auch die Lust alles zu dramatisieren, ward bei dieser Gelegenheit abermals rege. Ich schrieb einen prosaischen Dialog zwischen Lotte und Werther, der ziemlich neckisch ausfiel. Werther beschwert sich bitterlich, daß die Erlösung durch Hühnerblut so schlecht abgelaufen. Er ist zwar am Leben geblieben, hat sich aber die Augen ausgeschossen. Nun ist er in Verzweiflung, ihr Gatte zu sein und sie nicht sehen zu können, da ihm der Anblick ihres Gesamtwesens fast lieber wäre, als die süßen Einzelnheiten, deren er sich durchs Gefühl versichern darf. Lotten, wie man sie kennt, ist mit einem blinden Manne auch nicht sonderlich geholfen, und so findet sich Gelegenheit, Nicolais Beginnen höchlich zu schelten, daß er sich ganz unberufen in fremde Angelegenheiten mische. Das Ganze war mit gutem Humor geschrieben, und schilderte mit freier Vorahndung jenes unglückliche dünkelhafte Bestreben Nicolais, sich mit Dingen zu befassen, denen er nicht gewachsen war, wodurch er sich und andern in der Folge viel Verdruß machte, und darüber zuletzt, bei so entschiedenen Verdiensten, seine literarische Achtung völlig verlor. Das Originalblatt dieses Scherzes ist niemals abgeschrieben worden und seit vielen Jahren verstoben. Ich hatte für die kleine Produktion eine besondere Vorliebe. Die reine heiße Neigung der beiden jungen Personen war durch die komisch tragische Lage, in die sie sich versetzt fanden, mehr erhöht als geschwächt. Die größte Zärtlichkeit waltete durchaus, und auch der Gegner war nicht bitter, nur humoristisch behandelt. Nicht ganz so höflich ließ ich das Büchlein selber sprechen, welches, einen alten Reim nachahmend, sich also ausdrückte:

Mag jener dünkelhafte Mann
Mich als gefährlich preisen;
Der plumpe, der nicht schwimmen kann,
Er will's dem Wasser verweisen!
Was schiert mich der Berliner Bann,
Geschmäcklerpfaffenwesen!
Und wer mich nicht verstehen kann,
Der lerne besser lesen.

Vorbereitet auf alles was man gegen den »Werther« vorbringen würde, fand ich so viele Widerreden keineswegs verdrießlich; aber daran hatte ich nicht gedacht, daß mir durch teilnehmende, wohlwollende Seelen eine unleidliche Qual bereitet sei: denn anstatt daß mir jemand über mein Büchlein wie es lag, etwas Verbindliches gesagt hätte, so wollten sie sämtlich ein für allemal wissen, was denn eigentlich an der Sache wahr sei? worüber ich denn sehr ärgerlich wurde, und mich meistens höchst unartig dagegen äußerte. Denn diese Frage zu beantworten, hätte ich mein Werkchen, an dem ich so lange gesonnen, um so manchen Elementen eine poetische Einheit zu geben, wieder zerrupfen und die Form zerstören müssen, wodurch ja die wahrhaften Bestandteile selbst wo nicht vernichtet, wenigstens zerstreut und verzettelt worden wären. Näher betrachtet konnte ich jedoch dem Publikum die Forderung nicht verübeln. Jerusalems Schicksal hatte großes Aufsehen gemacht. Ein gebildeter, liebenswerter, unbescholtener junger Mann, der Sohn eines der ersten Gottesgelahrten und Schriftstellers, gesund und wohlhabend, ging auf einmal, ohne bekannte Veranlassung, aus der Welt. Jedermann fragte nun, wie das möglich gewesen? und als man von einer unglücklichen Liebe vernahm, war die ganze Jugend, als man von kleinen Verdrießlichkeiten, die ihm in vornehmerer

Gesellschaft begegnet, sprach, der ganze Mittelstand aufgeregt, und jedermann wünschte das Genauere zu erfahren. Nun erschien im »Werther« eine ausführliche Schilderung, in der man das Leben und die Sinnesart des genannten Jünglings wieder zu finden meinte. Lokalität und Persönlichkeit trafen zu, und bei der großen Natürlichkeit der Darstellung glaubte man sich nun vollkommen unterrichtet und befriedigt. Dagegen aber, bei näherer Betrachtung, paßte wieder so vieles nicht, und es entstand für die welche das Wahre suchten, ein unerträgliches Geschäft, indem eine sondernde Kritik hundert Zweifel erregen muß. Auf den Grund der Sache war aber gar nicht zu kommen: denn was ich von meinem Leben und Leiden der Komposition zugewendet hatte, ließ sich nicht entziffern, indem ich, als ein unbemerkter junger Mensch, mein Wesen zwar nicht heimlich, aber doch im stillen getrieben hatte.

Bei meiner Arbeit war mir nicht unbekannt, wie sehr begünstigt jener Künstler gewesen, dem man Gelegenheit gab, eine Venus aus mehreren Schönheiten herauszustudieren, und so nahm ich mir auch die Erlaubnis, an der Gestalt und den Eigenschaften mehrerer hübschen Kinder meine Lotte zu bilden, obgleich die Hauptzüge von der geliebtesten genommen waren. Das forschende Publikum konnte daher Ähnlichkeiten von verschiedenen Frauenzimmern entdekken, und den Damen war es auch nicht ganz gleichgültig, für die rechte zu gelten. Diese mehreren Lotten aber brachten mir unendliche Qual, weil jedermann der mich nur ansah, entschieden zu wissen verlangte, wo denn die eigentliche wohnhaft sei? Ich suchte mir wie Nathan mit den drei Ringen durchzuhelfen, auf einem Auswege, der freilich höheren Wesen zukommen mag, wodurch sich aber weder das gläubige, noch das lesende Publikum will befriedigen lassen. Dergleichen peinliche Forschungen hoffte ich in einiger Zeit los zu werden; allein sie begleiteten mich durchs ganze Leben. Ich suchte mich davor auf Reisen durchs Incognito zu retten, aber auch dieses Hülfsmittel wurde mir unversehens vereitelt, und so war der Verfasser jenes Werkleins, wenn er ja etwas Unrechtes und Schädliches getan, dafür genugsam, ja übermäßig durch solche unausweichliche Zudringlichkeiten bestraft.

Auf diese Weise bedrängt, ward er nur allzu sehr gewahr, daß Autoren und Publikum durch eine ungeheuere Kluft getrennt sind, wovon sie, zu ihrem Glück, beiderseits keinen Begriff haben. Wie vergeblich daher alle Vorreden seien, hatte er schon längst eingesehen: denn je mehr man seine Absicht klar zu machen gedenkt, zu desto mehr Verwirrung gibt man Anlaß. Ferner mag ein Autor bevorworten so viel er will, das Publikum wird immer fortfahren, die Forderungen an ihn zu machen, die er schon abzulehnen suchte. Mit einer verwandten Eigenheit der Leser, die uns besonders bei denen welche ihr Urteil drucken lassen, ganz komisch auffällt, ward ich gleichfalls früh bekannt. Sie leben nämlich in dem Wahn, man werde, indem man etwas leistet, ihr Schuldner, und bleibe jederzeit noch weit zurück hinter dem was sie eigentlich wollten und wünschten, ob sie gleich kurz vorher, ehe sie unsere Arbeit gesehn, noch gar keinen Begriff hatten, daß so etwas vorhanden oder nur möglich sein könnte. Alles dieses bei Seite gesetzt, so war nun das größte Glück oder Unglück, daß jedermann von diesem seltsamen jungen Autor, der so unvermutet und so kühn hervorgetreten, Kenntnis gewinnen wollte. Man verlangte ihn zu sehen, zu sprechen, auch in der Ferne etwas von ihm zu vernehmen, und so hatte er einen höchst bedeutenden, bald erfreulichen, bald unerquicklichen, immer aber zerstreuenden Zudrang zu erfahren. Denn es lagen angefangene Arbeiten genug vor ihm, ja es wäre für einige Jahre hinreichend zu tun gewesen, wenn er mit hergebrachter Liebe sich daran hätte halten können; aber er war aus der Stille, der Dämmerung, der Dunkelheit, welche ganz allein die reinen Produktionen begünstigen kann, in den Lärmen des Tageslichts hervorgezogen, wo man sich in anderen verliert, wo man irre gemacht wird durch Teilnahme wie durch Kälte, durch Lob und durch Tadel, weil diese äußern

Berührungen niemals mit der Epoche unserer innern Kultur zusammentreffen, und uns daher, da sie nicht fördern können, notwendig schaden müssen.

Doch mehr als alle Zerstreuungen des Tags, hielt den Verfasser von Bearbeitung und Vollendung größerer Werke die Lust ab, die über jene Gesellschaft gekommen war, alles was im Leben einigermaßen Bedeutendes vorging, zu dramatisieren. Was dieses Kunstwort (denn ein solches war es, in jener produktiven Gesellschaft) eigentlich bedeutete, ist hier auseinanderzusetzen. Durch ein geistreiches Zusammensein an den heitersten Tagen aufgeregt, gewöhnte man sich, in augenblicklichen kurzen Darstellungen alles dasjenige zu zersplittern, was man sonst zusammengehalten hatte, um größere Kompositionen daraus zu erbauen. Ein einzelner einfacher Vorfall, ein glücklich naives, ja ein albernes Wort, ein Mißverstand, eine Paradoxie, eine geistreiche Bemerkung, persönliche Eigenheiten oder Angewohnheiten, ja eine bedeutende Miene, und was nur immer in einem bunten rauschenden Leben vorkommen mag, alles ward in Form des Dialogs, der Katechisation, einer bewegten Handlung, eines Schauspiels dargestellt, manchmal in Prosa, öfters in Versen.

An dieser genialisch-leidenschaftlich durchgesetzten Übung bestätigte sich jene eigentlich poetische Denkweise. Man ließ nämlich Gegenstände, Begebenheiten, Personen an und für sich, so wie in allen Verhältnissen bestehen, man suchte sie nur deutlich zu fassen und lebhaft abzubilden. Alles Urteil, billigend oder mißbilligend, sollte sich vor den Augen des Beschauers in lebendigen Formen bewegen. Man könnte diese Produktionen belebte Sinngedichte nennen, die ohne Schärfe und Spitzen, mit treffenden und entscheidenden Zügen reichlich ausgestattet waren. Das »Jahrmarktsfest« ist ein solches, oder vielmehr eine Sammlung solcher Epigramme. Unter allen dort auftretenden Masken sind wirkliche, in jener Sozietät lebende Glieder, oder ihr wenigstens verbundene und einigermaßen bekannte Personen gemeint;

aber der Sinn des Rätsels blieb den meisten verborgen, alle lachten, und wenige wußten, daß ihnen ihre eigensten Eigenheiten zum Scherze dienten. Der »Prolog« zu Bahrdts »Neuesten Offenbarungen« gilt für einen Beleg anderer Art; die kleinsten finden sich unter den gemischten Gedichten, sehr viele sind zerstoben und verloren gegangen, manche noch übrige lassen sich nicht wohl mitteilen. Was hiervon im Druck erschienen, vermehrte nur die Bewegung im Publikum, und die Neugierde auf den Verfasser; was handschriftlich mitgeteilt wurde, belebte den nächsten Kreis, der sich immer erweiterte. Doktor Bahrdt, damals in Gießen, besuchte mich, scheinbar höflich und zutraulich; er scherzte über den »Prolog«, und wünschte ein freundliches Verhältnis. Wir jungen Leute aber fuhren fort kein geselliges Fest zu begehen, ohne mit stiller Schadenfreude uns der Eigenheiten zu erfreuen, die wir an andern bemerkt und glücklich dargestellt hatten.

Mißfiel es nun dem jungen Autor keineswegs, als ein literarisches Meteor angestaunt zu werden; so suchte er mit freudiger Bescheidenheit den bewährtesten Männern des Vaterlands seine Achtung zu bezeigen, unter denen vor allen andern der herrliche Justus Möser zu nennen ist. Dieses unvergleichlichen Mannes kleine Aufsätze, staatsbürgerlichen Inhalts, waren schon seit einigen Jahren in den Osnabrücker Intelligenzblättern abgedruckt, und mir durch Herder bekannt geworden, der nichts ablehnte was irgend würdig, zu seiner Zeit, besonders aber im Druck sich hervortat. Mösers Tochter, Frau von Voigt, war beschäftigt, diese zerstreuten Blätter zu sammeln. Wir konnten die Herausgabe kaum erwarten, und ich setzte mich mit ihr in Verbindung, um mit aufrichtiger Teilnahme zu versichern, daß die für einen bestimmten Kreis berechneten wirksamen Aufsätze, sowohl der Materie als der Form nach, überall zum Nutzen und Frommen dienen würden. Sie und ihr Vater nahmen diese Äußerung eines nicht ganz unbekannten Fremdlings gar wohl auf, indem eine Besorgnis die sie gehegt, durch diese Erklärung vorläufig gehoben worden.

An diesen kleinen Aufsätzen, welche, sämtlich in Einem Sinne verfaßt, ein wahrhaft Ganzes ausmachen, ist die innigste Kenntnis des bürgerlichen Wesens im höchsten Grade merkwürdig und rühmenswert. Wir sehen eine Verfassung auf der Vergangenheit ruhn, und noch als lebendig bestehn. Von der einen Seite hält man am Herkommen fest, von der andern kann man die Bewegung und Veränderung der Dinge nicht hindern. Hier fürchtet man sich vor einer nützlichen Neuerung, dort hat man Lust und Freude am Neuen, auch wenn es unnütz ja schädlich wäre. Wie vorurteilsfrei setzt der Verfasser die Verhältnisse der Stände auseinander, so wie den Bezug, in welchem die Städte, Flecken und Dörfer wechselseitig stehn. Man erfährt ihre Gerechtsame zugleich mit den rechtlichen Gründen, es wird uns bekannt, wo das Grundkapital des Staats liegt und was es für Interessen bringt. Wir sehen den Besitz und seine Vorteile, dagegen aber auch die Abgaben und Nachteile verschiedener Art, sodann den mannigfaltigen Erwerb; hier wird gleichfalls die ältere und neuere Zeit einander entgegengesetzt.

Osnabrück, als Glied der Hanse, finden wir in der ältern Epoche in großer Handelstätigkeit. Nach jenen Zeitverhältnissen hat es eine merkwürdige und schöne Lage; es kann sich die Produkte des Landes zueignen, und ist nicht allzu weit von der See entfernt, um auch dort selbst mitzuwirken. Nun aber, in der späteren Zeit, liegt es schon tief in der Mitte des Landes, es wird nach und nach vom Seehandel entfernt und ausgeschlossen. Wie dies zugegangen, wird von vielen Seiten dargestellt. Zur Sprache kommt der Konflikt Englands und der Küsten, der Häfen und des Mittellandes; hier werden die großen Vorteile derer welche der See anwohnen herausgesetzt, und ernstliche Vorschläge getan, wie die Bewohner des Mittellandes sich dieselben gleichfalls zueignen könnten. Sodann erfahren wir gar manches von Gewerben und Handwerken, und wie solche durch Fabriken überflügelt, durch

Krämerei untergraben werden; wir sehen den Verfall, als den Erfolg von mancherlei Ursachen, und diesen Erfolg wieder als die Ursache neuen Verfalls, in einem ewigen schwer zu lösenden Zirkel; doch zeichnet ihn der wackere Staatsbürger auf eine so deutliche Weise hin, daß man noch glaubt, sich daraus retten zu können. Durchaus läßt der Verfasser die gründlichste Einsicht in die besondersten Umstände sehen. Seine Vorschläge, sein Rat, nichts ist aus der Luft gegriffen, und doch so oft nicht ausführbar, deswegen er auch die Sammlung »Patriotische Phantasieen« genannt, obgleich alles sich darin an das Wirkliche und Mögliche hält.

Da nun aber alles Öffentliche auf dem Familienwesen ruht, so wendet er auch dahin vorzüglich seinen Blick. Als Gegenstände seiner ernsten und scherzhaften Betrachtungen finden wir die Veränderung der Sitten und Gewohnheiten, der Kleidungen, der Diät, des häuslichen Lebens, der Erziehung. Man müßte eben alles was in der bürgerlichen und sittlichen Welt vorgeht, rubrizieren, wenn man die Gegenstände erschöpfen wollte, die er behandelt. Und diese Behandlung ist bewundernswürdig. Ein vollkommener Geschäftsmann spricht zum Volke in Wochenblättern, um dasjenige, was eine einsichtige wohlwollende Regierung sich vornimmt oder ausführt, einem jeden von der rechten Seite faßlich zu machen; keineswegs aber lehrhaft, sondern in den mannigfaltigsten Formen, die man poetisch nennen könnte, und die gewiß in dem besten Sinn für rhetorisch gelten müssen. Immer ist er über seinen Gegenstand erhaben, und weiß uns eine heitere Ansicht des Ernstesten zu geben; bald hinter dieser bald hinter jener Maske halb versteckt, bald in eigner Person sprechend, immer vollständig und erschöpfend, dabei immer froh, mehr oder weniger ironisch, durchaus tüchtig, rechtschaffen, wohlmeinend, ja manchmal derb und heftig, und dieses alles so abgemessen, daß man zugleich den Geist, den Verstand, die Leichtigkeit, Gewandtheit, den Geschmack und Charakter des Schriftstellers bewundern muß. In Absicht auf Wahl gemeinnütziger Gegenstände, auf tiefste Einsicht, freie Übersicht, glückliche Behandlung, so gründlichen als frohen Humor, wüßte ich ihm niemand als Franklin zu vergleichen.

Ein solcher Mann imponierte uns unendlich und hatte den größten Einfluß auf eine Jugend, die auch etwas Tüchtiges wollte, und im Begriff stand, es zu erfassen. In die Formen seines Vortrags glaubten wir uns wohl auch finden zu können; aber wer durfte hoffen, sich eines so reichen Gehalts zu bemächtigen, und die widerspenstigsten Gegenstände mit so viel Freiheit zu handhaben?

Doch das ist unser schönster und süßester Wahn, den wir nicht aufgeben dürfen, ob er uns gleich viel Pein im Leben verursacht, daß wir das was wir schätzen und verehren, uns auch wo möglich zueignen, ja aus uns selbst hervorbringen und darstellen möchten.

Vierzehntes Buch

Mit jener Bewegung nun, welche sich im Publikum verbreitete, ergab sich eine andere, für den Verfasser vielleicht von größerer Bedeutung, indem sie sich in seiner nächsten Umgebung ereignete. Ältere Freunde, welche jene Dichtungen, die nun so großes Aufsehen machten, schon im Manuskript gekannt hatten, und sie deshalb zum Teil als die ihrigen ansahen, triumphierten über den guten Erfolg, den sie, kühn genug, zum voraus geweissagt. Zu ihnen fanden sich neue Teilnehmer, besonders solche, welche selbst eine produktive Kraft in sich spürten, oder zu erregen und zu hegen wünschten.

Unter den erstern tat sich Lenz am lebhaftesten und gar sonderbar hervor. Das Äußerliche dieses merkwürdigen Menschen ist schon umrissen, seines humoristischen Talents mit Liebe gedacht; nun will ich von seinem Charakter mehr in

Resultaten als schildernd sprechen, weil es unmöglich wäre, ihn durch die Umschweife seines Lebensganges zu begleiten, und seine Eigenheiten darstellend zu überliefern.

Man kennt jene Selbstquälerei, welche, da man von außen und von andern keine Not hatte, an der Tagesordnung war, und gerade die vorzüglichsten Geister beunruhigte. Was gewöhnliche Menschen, die sich nicht selbst beobachten, nur vorübergehend quält, was sie sich aus dem Sinne zu schlagen suchen, das ward von den bessern scharf bemerkt, beachtet, in Schriften, Briefen und Tagebüchern aufbewahrt. Nun aber gesellten sich die strengsten sittlichen Forderungen an sich und andere zu der größten Fahrlässigkeit im Tun, und ein aus dieser halben Selbstkenntnis entspringender Dünkel verführte zu den seltsamsten Angewohnheiten und Unarten. Zu einem solchen Abarbeiten in der Selbstbeobachtung berechtigte jedoch die aufwachende empirische Psychologie, die nicht gerade alles was uns innerlich beunruhigt, für bös und verwerflich erklären wollte, aber doch auch nicht alles billigen konnte; und so war ein ewiger nie beizulegender Streit erregt. Diesen zu führen und zu unterhalten übertraf nun Lenz alle übrigen Un- oder Halbbeschäftigten, welche ihr Inneres untergruben, und so litt er im Allgemeinen von der Zeitgesinnung, welche durch die Schilderung Werthers abgeschlossen sein sollte; aber ein individueller Zuschnitt unterschied ihn von allen übrigen, die man durchaus für offene redliche Seelen anerkennen mußte. Er hatte nämlich einen entschiedenen Hang zur Intrige, und zwar zur Intrige an sich, ohne daß er eigentliche Zwecke, verständige, selbstische, erreichbare Zwecke dabei gehabt hätte; vielmehr pflegte er sich immer etwas Fratzenhaftes vorzusetzen, und eben deswegen diente es ihm zur beständigen Unterhaltung. Auf diese Weise war er zeitlebens ein Schelm in der Einbildung, seine Liebe wie sein Haß waren imaginär, mit seinen Vorstellungen und Gefühlen verfuhr er willkürlich, damit er immerfort etwas zu tun haben möchte. Durch die verkehrtesten Mittel suchte er seinen Neigungen und Abneigungen Realität zu geben, und vernichtete sein Werk immer wieder selbst; und so hat er niemanden den er liebte, jemals genützt, niemanden den er haßte, jemals geschadet, und im Ganzen schien er nur zu sündigen, um sich strafen, nur zu intrigieren, um eine neue Fabel auf eine alte pfropfen zu können.

Aus wahrhafter Tiefe, aus unerschöpflicher Produktivität ging sein Talent hervor, in welchem Zartheit, Beweglichkeit und Spitzfindigkeit miteinander wetteiferten, das aber, bei aller seiner Schönheit, durchaus kränkelte, und gerade diese Talente sind am schwersten zu beurteilen. Man konnte in seinen Arbeiten große Züge nicht verkennen; eine liebliche Zärtlichkeit schleicht sich durch zwischen den albernsten und barockesten Fratzen, die man selbst einem so gründlichen und anspruchlosen Humor, einer wahrhaft komischen Gabe kaum verzeihen kann. Seine Tage waren aus lauter Nichts zusammengesetzt, dem er durch seine Rührigkeit eine Bedeutung zu geben wußte, und er konnte um so mehr viele Stunden verschlendern, als die Zeit die er zum Lesen anwendete, ihm, bei einem glücklichen Gedächtnis, immer viel Frucht brachte, und seine originelle Denkweise mit mannigfaltigem Stoff bereicherte.

Man hatte ihn mit liefländischen Kavalieren nach Straßburg gesendet, und einen Mentor nicht leicht unglücklicher wählen können. Der ältere Baron ging für einige Zeit ins Vaterland zurück, und hinterließ eine Geliebte, an die er fest geknüpft war. Lenz, um den zweiten Bruder, der auch um dieses Frauenzimmer warb, und andere Liebhaber zurückzudrängen, und das kostbare Herz seinem abwesenden Freunde zu erhalten, beschloß nun selbst sich in die Schöne verliebt zu stellen, oder, wenn man will, zu verlieben. Er setzte diese seine These mit der hartnäckigsten Anhänglichkeit an das Ideal, das er sich von ihr gemacht hatte, durch, ohne gewahr werden zu wollen, daß er so gut als die übrigen ihr nur zum Scherz und zur Unterhaltung diene. Desto besser für ihn! denn bei ihm war es auch nur Spiel, welches desto länger dauern konnte als sie es ihm gleichfalls spielend erwiderte, ihn bald anzog, bald abstieß, bald hervorrief, bald hintansetzte. Man sei überzeugt, daß wenn er zum Bewußtsein kam, wie ihm denn das zuweilen zu geschehen pflegte, er sich zu einem solchen Fund recht behaglich Glück gewünscht habe.

Übrigens lebte er, wie seine Zöglinge, meistens mit Offizieren der Garnison, wobei ihm die wundersamen Anschauungen, die er später in dem Lustspiel »Die Soldaten« aufstellte, mögen geworden sein. Indessen hatte diese frühe Bekanntschaft mit dem Militär die eigene Folge für ihn, daß er sich für einen großen Kenner des Waffenwesens hielt; auch hatte er wirklich dieses Fach nach und nach so im Detail studiert, daß er, einige Jahre später, ein großes Memoire an den französischen Kriegsminister aufsetzte, wovon er sich den besten Erfolg versprach. Die Gebrechen jenes Zustandes waren ziemlich gut gesehn, die Heilmittel dagegen lächerlich und unausführbar. Er aber hielt sich überzeugt, daß er dadurch bei Hofe großen Einfluß gewinnen könne, und wußte es den Freunden schlechten Dank, die ihn, teils durch Gründe, teils durch tätigen Widerstand, abhielten, dieses phantastische Werk, das schon sauber abgeschrieben, mit einem Briefe begleitet, couvertiert und förmlich adressiert war, zurückzuhalten, und in der Folge zu verbrennen.

Mündlich und nachher schriftlich hatte er mir die sämtlichen Irrgänge seiner Kreuz- und Querbewegungen, in Bezug auf jenes Frauenzimmer vertraut. Die Poesie die er in das Gemeinste zu legen wußte, setzte mich oft in Erstaunen, so daß ich ihn dringend bat, den Kern dieses weitschweifigen Abenteuers geistreich zu befruchten, und einen kleinen Roman daraus zu bilden; aber es war nicht seine Sache, ihm konnte nicht wohl werden, als wenn er sich grenzenlos im Einzelnen verfloß und sich an einem unendlichen Faden ohne Absicht hinspann. Vielleicht wird es dereinst möglich, nach diesen Prämissen, seinen Lebensgang, bis zu der Zeit da er sich in Wahnsinn verlor, auf irgend eine Weise anschaulich zu machen; gegenwärtig halte ich mich an das Nächste, was eigentlich hierher gehört.

Kaum war »Götz von Berlichingen« erschienen, als mir Lenz einen weitläuftigen Aufsatz zusendete, auf geringes Konzeptpapier geschrieben, dessen er sich gewöhnlich bediente, ohne den mindesten Rand weder oben noch unten, noch an den Seiten zu lassen. Diese Blätter waren betitelt: »Über unsere Ehe«, und sie würden, wären sie noch vorhanden, uns gegenwärtig mehr aufklären als mich damals, da ich über ihn und sein Wesen noch sehr im dunkeln schwebte. Das Hauptabsehen dieser weitläuftigen Schrift war, mein Talent und das seinige nebeneinanderzustellen; bald schien er sich mir zu subordinieren, bald sich mir gleichzusetzen; das alles aber geschah mit so humoristischen und zierlichen Wendungen, daß ich die Ansicht, die er mir dadurch geben wollte, um so lieber aufnahm, als ich seine Gaben wirklich sehr hoch schätzte und immer nur darauf drang, daß er aus dem formlosen Schweifen sich zusammenziehen, und die Bildungsgabe, die ihm angeboren war, mit kunstgemäßer Fassung benutzen möchte. Ich erwiderte sein Vertrauen freundlichst, und weil er in seinen Blättern auf die innigste Verbindung drang (wie denn auch schon der wunderliche Titel andeutete), so teilte ich ihm von nun an alles mit, sowohl das schon Gearbeitete als was ich vorhatte; er sendete mir dagegen nach und nach seine Manuskripte, den »Hofmeister«, den »Neuen Menoza«, die »Soldaten«, Nachbildungen des Plautus, und jene Übersetzung des englischen Stücks als Zugabe zu den »Anmerkungen über das Theater«.

Bei diesen war es mir einigermaßen auffallend, daß er in einem lakonischen Vorberichte sich dahin äußerte, als sei der Inhalt dieses Aufsatzes, der mit Heftigkeit gegen das regelmäßige Theater gerichtet war, schon vor einigen Jahren, als Vorlesung, einer Gesellschaft von Literaturfreunden bekannt geworden, zu der Zeit also, wo »Götz« noch nicht geschrieben gewesen. In Lenzens Straßburger Verhältnissen schien ein literarischer Zirkel den ich nicht kennen sollte, etwas problematisch; allein ich ließ es hingehen, und verschaffte ihm zu dieser wie zu seinen übrigen Schriften bald Verleger, ohne auch nur im mindesten zu ahnden, daß er mich zum vorzüglichsten Gegenstande seines imaginären Hasses, und zum Ziel einer abenteuerlichen und grillenhaften Verfolgung ausersehn hatte.

Vorübergehend will ich nur, der Folge wegen, noch eines guten Gesellen gedenken, der, obgleich von keinen außerordentlichen Gaben, doch auch mitzählte. Er hieß Wagner, erst ein Glied der Straßburger, dann der Frankfurter Gesellschaft; nicht ohne Geist, Talent und Unterricht. Er zeigte sich als ein Strebender, und so war er willkommen. Auch hielt er treulich an mir, und weil ich aus allem was ich vorhatte kein Geheimnis machte, so erzählte ich ihm wie andern meine Absicht mit »Faust«, besonders die Katastrophe von Gretchen. Er faßte das Sujet auf, und benutzte es für ein Trauerspiel, »Die Kindesmörderin«. Es war das erste Mal, daß mir jemand etwas von meinen Vorsätzen wegschnappte; es verdroß mich, ohne daß ich's ihm nachgetragen hätte. Ich habe dergleichen Gedankenraub und Vorwegnahmen nachher noch oft genug erlebt, und hatte mich, bei meinem Zaudern und Beschwätzen so manches Vorgesetzten und Eingebildeten, nicht mit Recht zu beschweren.

Wenn Redner und Schriftsteller, in Betracht der großen Wirkung welche dadurch hervorzubringen ist, sich gern der Kontraste bedienen, und sollten sie auch erst aufgesucht und herbeigeholt werden; so muß es dem Verfasser um so angenehmer sein, daß ein entschiedener Gegensatz sich ihm anbietet, indem er nach Lenzen von Klingern zu sprechen hat. Beide waren gleichzeitig, bestrebten sich in ihrer Jugend mit- und nebeneinander. Lenz jedoch, als ein vorübergehendes Meteor, zog nur augenblicklich über den Horizont der deutschen Literatur hin und verschwand plötzlich, ohne im Leben eine Spur zurückzulassen; Klinger hingegen, als einflußreicher Schriftsteller, als tätiger Geschäftsmann, erhält sich noch bis auf diese Zeit. Von ihm werde ich nun ohne weitere Vergleichung, die sich von selbst ergibt, sprechen, insofern es nötig ist, da er nicht im Verborgenen so manches geleistet und so vieles gewirkt, sondern beides, in weiterem und näherem Kreise, noch in gutem Andenken und Ansehn steht.

Klingers Äußeres – denn von diesem beginne ich immer am liebsten – war sehr vorteilhaft. Die Natur hatte ihm eine große, schlanke, wohlgebaute Gestalt und eine regelmäßige Gesichtsbildung gegeben; er hielt auf seine Person, trug sich nett, und man konnte ihn für das hübscheste Mitglied der ganzen kleinen Gesellschaft ansprechen. Sein Betragen war weder zuvorkommend noch abstoßend, und, wenn es nicht innerlich stürmte, gemäßigt.

Man liebt an dem Mädchen was es ist, und an dem Jüngling was er ankündigt, und so war ich Klingers Freund, sobald ich ihn kennen lernte. Er empfahl sich durch eine reine Gemütlichkeit, und ein unverkennbar entschiedener Charakter erwarb ihm Zutrauen. Auf ein ernstes Wesen war er von Jugend auf hingewiesen; er, nebst einer ebenso schönen und wackern Schwester, hatte für eine Mutter zu sorgen, die, als Witwe, solcher Kinder bedurfte, um sich aufrecht zu erhalten. Alles was an ihm war, hatte er sich selbst verschafft und geschaffen, so daß man ihm einen Zug von stolzer Unabhängigkeit, der durch sein Betragen durchging, nicht verargte. Entschiedene natürliche Anlagen, welche allen wohlbegabten Menschen gemein sind, leichte Fassungskraft, vortreffliches Gedächtnis, Sprachengabe besaß er in hohem Grade; aber alles schien er weniger zu achten als die Festigkeit und Beharrlichkeit, die sich ihm, gleichfalls angeboren, durch Umstände völlig bestätigt hatten.

Einem solchen Jüngling mußten Rousseaus Werke vorzüglich zusagen. »Emil« war sein Haupt- und Grundbuch, und jene Gesinnungen fruchteten um so mehr bei ihm, als sie über die ganze gebildete Welt allgemeine Wirkung ausübten, ja bei ihm mehr als bei andern. Denn auch er war ein Kind der Natur, auch er hatte von unten auf angefangen; das was andere wegwerfen sollten, hatte er nie besessen, Verhältnisse, aus welchen sie sich retten sollten, hatten ihn nie beengt; und so konnte er für einen der reinsten Jünger jenes Naturevangeliums angesehen werden, und in Betracht seines ernsten Bestrebens, seines Betragens als Mensch und Sohn, recht wohl ausrufen: alles ist gut, wie es aus den Händen der Natur kommt! – Aber auch den Nachsatz: alles verschlimmert sich unter den Händen der Menschen! drängte ihm eine widerwärtige Erfahrung auf. Er hatte nicht mit sich selbst, aber außer sich mit der Welt des Herkommens zu kämpfen, von deren Fesseln der Bürger von Genf uns zu erlösen gedachte. Weil nun, in des Jünglings Lage, dieser Kampf oft schwer und sauer ward, so fühlte er sich gewaltsamer in sich zurückgetrieben, als daß er durchaus zu einer frohen und freudigen Ausbildung hätte gelangen können: vielmehr mußte er sich durchstürmen, durchdrängen; daher sich ein bitterer Zug in sein Wesen schlich, den er in der Folge zum Teil gehegt und genährt, mehr aber bekämpft und besiegt hat.

In seinen Produktionen, insofern sie mir gegenwärtig sind, zeigt sich ein strenger Verstand, ein biederer Sinn, eine rege Einbildungskraft, eine glückliche Beobachtung der menschlichen Mannigfaltigkeit, und eine charakteristische Nachbildung der generischen Unterschiede. Seine Mädchen und Knaben sind frei und lieblich, seine Jünglinge glühend, seine Männer schlicht und verständig, die Figuren die er ungünstig darstellt, nicht zu sehr übertrieben; ihm fehlt es nicht an Heiterkeit und guter Laune, Witz und glücklichen Einfällen; Allegorieen und Symbole stehen ihm zu Gebot; er weiß uns zu unterhalten und zu vergnügen, und der Genuß würde noch reiner sein, wenn er sich und uns den heitern bedeutenden Scherz nicht durch ein bitteres Mißwollen hier und da verkümmerte. Doch dies macht ihn eben zu dem was er ist, und dadurch wird ja die Gattung der Lebenden und Schreibenden so mannigfaltig, daß ein jeder, theoretisch, zwischen Erkennen und Irren, praktisch, zwischen Beleben und Vernichten hin und wider wogt.

Klinger gehört unter die, welche sich aus sich selbst, aus ihrem Gemüte und Verstande heraus zur Welt gebildet hatten. Weil nun dieses mit und in einer größeren Masse geschah, und sie sich untereinander einer verständlichen, aus der allgemeinen Natur und aus der Volks-Eigentümlichkeit herfließenden Sprache mit Kraft und Wirkung bedienten; so waren ihnen früher und später alle Schulformen äußerst zuwider, besonders wenn sie, von ihrem lebendigen Ursprung getrennt, in Phrasen ausarteten, und so ihre erste frische Bedeutung gänzlich verloren. Wie nun gegen neue Meinungen, Ansichten, Systeme, so erklären sich solche Männer auch gegen neue Ereignisse, hervortretende bedeutende Menschen, welche große Veränderungen ankündigen oder bewirken: ein Verfahren, das ihnen keineswegs zu verargen ist, weil sie dasjenige von Grund aus gefährdet sehen, dem sie ihr eignes Dasein und Bildung schuldig geworden.

Jenes Beharren eines tüchtigen Charakters aber, wird um desto würdiger, wenn es sich durch das Welt- und Geschäftsleben durcherhält, und wenn eine Behandlungsart des Vorkömmlichen, welche manchem schroff, ja gewaltsam scheinen möchte, zur rechten Zeit angewandt, am sichersten zum Ziele führt. Dies geschah bei ihm, da er ohne Biegsamkeit (welches ohnedem die Tugend der geborenen Reichsbürger niemals gewesen), aber desto tüchtiger, fester und redlicher, sich zu bedeutenden Posten erhob, sich darauf zu erhalten wußte, und mit Beifall und Gnade seiner höchsten Gönner fortwirkte, dabei aber niemals weder seine alten Freunde, noch den Weg den er zurückgelegt, vergaß. Ja er suchte die vollkommenste Stetigkeit des Andenkens, durch alle Grade der Abwesenheit und Trennung, hartnäckig zu erhalten; wie es denn gewiß angemerkt zu werden verdient, daß er, als ein anderer Willigis, in seinem durch Ordenszeichen geschmückten Wappen, Merkmale seiner frühesten Zeit zu verewigen nicht verschmähte.

Es dauerte nicht lange, so kam ich auch mit Lavatern in Verbindung. Der Brief des Pastors an seinen Kollegen hatte ihm stellenweise sehr eingeleuchtet: denn manches traf mit seinen Gesinnungen vollkommen überein. Bei seinem unablässigen Treiben ward unser Briefwechsel bald sehr lebhaft.

Er machte soeben ernstliche Anstalten zu seiner größern Physiognomik, deren Einleitung schon früher in das Publikum gelangt war. Er forderte alle Welt auf, ihm Zeichnungen, Schattenrisse, besonders aber Christusbilder zu schicken, und ob ich gleich so gut wie gar nichts leisten konnte, so wollte er doch von mir ein für allemal auch einen Heiland gezeichnet haben, wie ich mir ihn vorstellte. Dergleichen Forderungen des Unmöglichen gaben mir zu mancherlei Scherzen Anlaß, und ich wußte mir gegen seine Eigenheiten nicht anders zu helfen, als daß ich die meinigen hervorkehrte.

Die Anzahl derer, welche keinen Glauben an die Physiognomik hatten, oder doch wenigstens sie für ungewiß und trüglich hielten, war sehr groß, und sogar viele die es mit Lavatern gut meinten, fühlten einen Kitzel, ihn zu versuchen und ihm wo möglich einen Streich zu spielen. Er hatte sich in Frankfurt, bei einem nicht ungeschickten Maler, die Profile mehrerer namhaften Menschen bestellt. Der Absender erlaubte sich den Scherz, Bahrdts Porträt zuerst statt des meinigen abzuschicken, wogegen eine zwar muntere aber donnernde Epistel zurückkam, mit allen Trümpfen und Beteurungen, daß dies mein Bild nicht sei, und was Lavater sonst alles, zu Bestätigung der physiognomischen Lehre, bei dieser Gelegenheit mochte zu sagen haben. Mein wirkliches nachgesendetes ließ er eher gelten; aber auch hier schon tat sich der Widerstreit hervor, in welchem er sich sowohl mit den Malern als mit den Individuen befand. Jene konnten ihm niemals wahr und genau genug arbeiten, diese, bei allen Vorzügen welche sie haben mochten, blieben doch immer zu weit hinter der Idee zurück, die er von der Menschheit und den Menschen hegte, als daß er nicht durch das Besondere, wodurch der Einzelne zur Person wird, einigermaßen hätte abgestoßen werden sollen.

Der Begriff von der Menschheit, der sich in ihm und an seiner Menschheit herangebildet hatte, war so genau mit der Vorstellung verwandt, die er von Christo lebendig in sich trug, daß es ihm unbegreiflich schien, wie ein Mensch leben und atmen könne, ohne zugleich ein Christ zu sein. Mein Verhältnis zu der christlichen Religion lag bloß in Sinn und Gemüt, und ich hatte von jener physischen Verwandtschaft, zu welcher Lavater sich hinneigte, nicht den mindesten Begriff. Ärgerlich war mir daher die heftige Zudringlichkeit eines so geist- als herzvollen Mannes, mit der er auf mich so wie auf Mendelssohn und andere losging, und behauptete, man müsse entweder mit ihm ein Christ, ein Christ nach seiner Art werden, oder man müsse ihn zu sich hinüberziehn, man müsse ihn gleichfalls von demjenigen überzeugen, worin man seine Beruhigung finde. Diese Forderung, so unmittelbar dem liberalen Weltsinn, zu dem ich mich nach und nach auch bekannte, entgegen stehend, tat auf mich nicht die beste Wirkung. Alle Bekehrungsversuche, wenn sie nicht gelingen, machen denjenigen, den man zum Proselyten ausersah, starr und verstockt, und dieses war um so mehr mein Fall, als Lavater zuletzt mit dem harten Dilemma hervortrat: »Entweder Christ, oder Atheist!« Ich erklärte darauf, daß wenn er mir mein Christentum nicht lassen wollte, wie ich es bisher gehegt hätte, so könnte ich mich auch wohl zum Atheismus entschließen, zumal da ich sähe, daß niemand recht wisse, was beides eigentlich heißen solle.

Dieses Hin- und Widerschreiben, so heftig es auch war, störte das gute Verhältnis nicht. Lavater hatte eine unglaubliche Geduld, Beharrlichkeit, Ausdauer; er war seiner Lehre gewiß, und bei dem entschiedenen Vorsatz, seine Überzeugung in der Welt auszubreiten, ließ er sich's gefallen, was nicht durch Kraft geschehen konnte, durch Abwarten und Milde durchzuführen. Überhaupt gehörte er zu den wenigen glücklichen Menschen, deren äußerer Beruf mit dem innern vollkommen übereinstimmt, und deren früheste Bildung, stetig zusammenhängend mit der spätern, ihre Fähigkeiten naturgemäß entwickelt. Mit den zartesten sittlichen Anlagen geboren, bestimmte er sich zum Geistlichen. Er genoß des nötigen Unterrichts und zeigte viele Fähigkeiten, ohne sich jedoch zu jener Ausbildung hinzuneigen, die man eigentlich gelehrt nennt. Denn auch er, um so viel früher geboren als wir, ward von dem Freiheits- und Naturgeist der Zeit ergriffen, der jedem sehr schmeichlerisch in die Ohren raunte: man habe, ohne viele äußere Hülfsmittel, Stoff und Gehalt genug in sich selbst, alles komme nur darauf an, daß man ihn gehörig entfalte. Die Pflicht des Geistlichen, sittlich im täglichen Sinne, religiös im höheren, auf die Menschen zu wirken, traf mit seiner Denkweise vollkommen überein. Redliche und fromme Gesinnungen, wie er sie fühlte, den Menschen mitzuteilen, sie in ihnen zu erregen, war des Jünglings entschiedenster Trieb, und seine liebste Beschäftigung, wie auf sich selbst, so auf andere zu merken. Jenes ward ihm durch ein inneres Zartgefühl, dieses durch einen scharfen Blick auf das Äußere erleichtert, ja aufgedrungen. Zur Beschaulichkeit war er jedoch nicht geboren, zur Darstellung im eigentlichen Sinne hatte er keine Gabe; er fühlte sich vielmehr mit allen seinen Kräften zur Tätigkeit, zur Wirksamkeit gedrängt, so daß ich niemand gekannt habe, der ununterbrochener handelte als er. Weil nun aber unser inneres sittliches Wesen in äußeren Bedingungen verkörpert ist, es sei nun daß wir einer Familie, einem Stande, einer Gilde, einer Stadt, oder einem Staate angehören; so mußte er zugleich, insofern er wirken wollte, alle diese Äußerlichkeiten berühren und in Bewegung setzen, wodurch denn freilich mancher Anstoß, manche Verwickelung entsprang, besonders, da das Gemeinwesen, als dessen Glied er geboren war, in der genausten und bestimmtesten Beschränkung einer löblichen hergebrachten Freiheit genoß. Schon der republikanische Knabe gewöhnt sich, über das öffentliche Wesen zu denken und mitzusprechen. In der ersten Blüte seiner Tage sieht sich der Jüngling, als Zunftgenosse, bald in dem Fall, seine Stimme zu geben und zu versagen. Will er gerecht und selbständig urteilen, so muß er sich von dem Wert seiner Mitbürger vor allen Dingen überzeugen, er muß sie kennen lernen, er muß sich nach ihren Gesinnungen, nach ihren Kräften umtun, und so, indem er andere zu erforschen trachtet, immer in seinen eignen Busen zurückkehren.

In solchen Verhältnissen übte sich Lavater früh, und eben diese Lebenstätigkeit scheint ihn mehr beschäftigt zu haben als Sprachstudien, als jene sondernde Kritik, die mit ihnen verwandt, ihr Grund so wie ihr Ziel ist. In späteren Jahren, da sich seine Kenntnisse, seine Einsichten unendlich weit ausgebreitet hatten, sprach er doch im Ernst und Scherz oft genug aus, daß er nicht gelehrt sei; und gerade einem solchen Mangel von eindringendem Studium muß man zuschreiben, daß er sich an den Buchstaben der Bibel ja der Bibelübersetzung hielt, und freilich für das was er suchte und beabsichtigte, hier genugsame Nahrung und Hülfsmittel fand.

Aber gar bald ward jener zunft- und gildemäßig langsam bewegte Wirkungskreis dem lebhaften Naturell zu enge. Gerecht zu sein wird dem Jüngling nicht schwer, und ein reines Gemüt verabscheut die Ungerechtigkeit, deren es sich selbst noch nicht schuldig gemacht hat. Die Bedrückungen eines Landvogts lagen offenbar vor den Augen der Bürger, schwerer waren sie vor Gericht zu bringen. Lavater gesellt sich einen Freund zu, und beide bedrohen, ohne sich zu nennen, jenen strafwürdigen Mann. Die Sache wird ruchbar, man sieht sich genötigt, sie zu untersuchen. Der Schuldige wird bestraft, aber die Veranlasser dieser Gerechtigkeit werden getadelt, wo nicht gescholten. In einem wohleingerichteten Staate soll das Rechte selbst nicht auf unrechte Weise geschehn.

Auf einer Reise die Lavater durch Deutschland macht, setzt er sich mit gelehrten und wohldenkenden Männern in Berührung; allein er befestigt sich dabei nur mehr in seinen eignen Gedanken und Überzeugungen; nach Hause zurückgekommen, wirkt er immer freier aus sich selbst. Als ein edler guter Mensch, fühlt er in sich einen herrlichen Begriff von der Menschheit, und was diesem allenfalls in der Erfahrung widerspricht, alle die unleugbaren Mängel, die einen jeden von der Vollkommenheit ablenken, sollen ausgeglichen werden durch den Begriff der Gottheit, die sich, in der Mitte der Zeiten, in die menschliche Natur herabgesenkt, um ihr früheres Ebenbild vollkommen wiederherzustellen.

Soviel vorerst von den Anfängen dieses merkwürdigen Mannes, und nun vor allen Dingen eine heitere Schilderung unseres persönlichen Zusammentreffens und Beisammenseins. Denn unser Briefwechsel hatte nicht lange gedauert, als er mir und andern ankündigte, er werde bald, auf einer vorzunehmenden Rheinreise, in Frankfurt einsprechen. Sogleich entstand im Publikum die größte Bewegung; alle waren neugierig, einen so merkwürdigen Mann zu sehn; viele hofften für ihre sittliche und religiöse Bildung zu gewinnen; die Zweifler dachten sich mit bedeutenden Einwendungen hervorzutun, die Einbildischen waren gewiß, ihn durch Argumente, in denen sie sich selbst bestärkt hatten, zu verwirren und zu beschämen, und was sonst alles Williges und Unwilliges einen bemerkten Menschen erwartet, der sich mit dieser gemischten Welt abzugeben gedenkt.

Unser erstes Begegnen war herzlich; wir umarmten uns aufs freundlichste, und ich fand ihn gleich wie mir ihn so manche Bilder schon überliefert hatten. Ein Individuum, einzig, ausgezeichnet wie man es nicht gesehn hat und nicht wieder sehn wird, sah ich lebendig und wirksam vor mir. Er hingegen verriet im ersten Augenblick durch einige sonderbare Ausrufungen, daß er mich anders erwartet habe. Ich versicherte ihm dagegen, nach meinem angeborenen und angebildeten Realismus, daß, da es Gott und der Natur nun einmal gefallen habe, mich so zu machen, wir es auch dabei wollten bewenden lassen. Nun kamen zwar sogleich die bedeutendsten Punkte zur Sprache, über die wir uns in Briefen am wenigsten vereinigen konnten; allein dieselben ausführlich zu behandeln ward uns nicht Raum gelassen, und ich erfuhr was mir noch nie vorgekommen.

Wir andern, wenn wir uns über Angelegenheiten des Geistes und Herzens unterhalten wollten, pflegten uns von der

Menge, ja von der Gesellschaft zu entfernen, weil es, bei der vielfachen Denkweise und den verschiedenen Bildungsstufen, schon schwer fällt sich auch nur mit wenigen zu verständigen. Allein Lavater war ganz anders gesinnt; er liebte seine Wirkungen ins Weite und Breite auszudehnen, ihm ward nicht wohl als in der Gemeine, für deren Belehrung und Unterhaltung er ein besonderes Talent besaß, welches auf jener großen physiognomischen Gabe ruhte. Ihm war eine richtige Unterscheidung der Personen und Geister verliehen, so daß er einem jeden geschwind ansah, wie ihm allenfalls zu Mute sein möchte. Fügte sich hiezu nun ein aufrichtiges Bekenntnis, eine treuherzige Frage, so wußte er aus der großen Fülle innerer und äußerer Erfahrung, zu jedermanns Befriedigung, das Gehörige zu erwidern. Die tiefe Sanftmut seines Blicks, die bestimmte Lieblichkeit seiner Lippen, selbst der durch sein Hochdeutsch durchtönende treuherzige Schweizerdialekt, und wie manches andere was ihn auszeichnete, gab allen zu denen er sprach, die angenehmste Sinnesberuhigung; ja seine, bei flacher Brust, etwas vorgebogene Körperhaltung, trug nicht wenig dazu bei, die Übergewalt seiner Gegenwart mit der übrigen Gesellschaft auszugleichen. Gegen Anmaßung und Dünkel wußte er sich sehr ruhig und geschickt zu benehmen: denn indem er auszuweichen schien, wendete er auf einmal eine große Ansicht, auf welche der beschränkte Gegner niemals denken konnte, wie einen diamantnen Schild hervor, und wußte denn doch das daher entspringende Licht so angenehm zu mäßigen, daß dergleichen Menschen, wenigstens in seiner Gegenwart, sich belehrt und überzeugt fühlten. Vielleicht hat der Eindruck bei manchen fortgewirkt: denn selbstische Menschen sind wohl zugleich auch gut; es kommt nur darauf an, daß die harte Schale, die den fruchtbaren Kern umschließt, durch gelinde Einwirkung aufgelöst werde.

Was ihm dagegen die größte Pein verursachte, war die Gegenwart solcher Personen, deren äußere Häßlichkeit sie zu entschiedenen Feinden jener Lehre von der Bedeutsamkeit der Gestalten unwiderruflich stempeln mußte. Sie wendeten gewöhnlich einen hinreichenden Menschenverstand, ja sonstige Gaben und Talente, leidenschaftlich mißwollend und kleinlich zweifelnd an, um eine Lehre zu entkräften, die für ihre Persönlichkeit beleidigend schien: denn es fand sich nicht leicht jemand so großdenkend wie Sokrates, der gerade seine faunische Hülle zu Gunsten einer erworbenen Sittlichkeit gedeutet hätte. Die Härte, die Verstockung solcher Gegner war ihm fürchterlich, sein Gegenstreben nicht ohne Leidenschaft, so wie das Schmelzfeuer die widerstrebenden Erze als lästig und feindselig anfauchen muß.

Unter solchen Umständen war an ein vertrauliches Gespräch, an ein solches das Bezug auf uns selbst gehabt hätte, nicht zu denken, ob ich mich gleich durch Beobachtung der Art, wie er die Menschen behandelte, sehr belehrt, jedoch nicht gebildet fand: denn meine Lage war ganz von der seinigen verschieden. Wer sittlich wirkt, verliert keine seiner Bemühungen: denn es gedeiht davon weit mehr, als das Evangelium vom Sämanne allzu bescheiden eingesteht; wer aber künstlerisch verfährt, der hat in jedem Werke alles verloren, wenn es nicht als ein solches anerkannt wird. Nun weiß man, wie ungeduldig meine lieben teilnehmenden Leser mich zu machen pflegten, und aus welchen Ursachen ich höchst abgeneigt war, mich mit ihnen zu verständigen. Nun fühlte ich den Abstand zwischen meiner und der Lavaterschen Wirksamkeit nur allzu sehr: die seine galt in der Gegenwart, die meine in der Abwesenheit; wer mit ihm in der Ferne unzufrieden war, befreundete sich ihm in der Nähe; und wer mich nach meinen Werken für liebenswürdig hielt, fand sich sehr getäuscht, wenn er an einen starren ablehnenden Menschen anstieß.

Merk, der von Darmstadt sogleich herübergekommen war, spielte den Mephistopheles, spottete besonders über das Zudringen der Weiblein, und als einige derselben die Zimmer die man dem Propheten eingeräumt, und besonders auch das Schlafzimmer, mit Aufmerksamkeit untersuchten, sagte der Schalk: die frommen Seelen wollten doch sehen, wo man den

Herrn hingelegt habe. – Mit alle dem mußte er sich so gut wie die andern exorzisieren lassen: denn Lips, der Lavatern begleitete, zeichnete sein Profil so ausführlich und brav, wie die Bildnisse bedeutender und unbedeutender Menschen, welche dereinst in dem großen Werke der Physiognomik angehäuft werden sollten.

Für mich war der Umgang mit Lavatern höchst wichtig und lehrreich: denn seine dringenden Anregungen brachten mein ruhiges künstlerisch beschauliches Wesen in Umtrieb; freilich nicht zu meinem augenblicklichen Vorteil, indem die Zerstreuung die mich schon ergriffen hatte, sich nur vermehrte; allein es war so viel unter uns zur Sprache gekommen, daß in mir die größte Sehnsucht entstand, diese Unterhaltung fortzusetzen. Daher entschloß ich mich, ihn, wenn er nach Ems gehen würde, zu begleiten, um unterwegs, im Wagen eingeschlossen und von der Welt abgesondert, diejenigen Gegenstände, die uns wechselseitig am Herzen lagen, frei abzuhandeln.

Sehr merkwürdig und folgereich waren mir indessen die Unterhaltungen Lavaters und der Fräulein von Klettenberg. Hier standen nun zwei entschiedene Christen gegen einander über, und es war ganz deutlich zu sehen, wie sich eben dasselbe Bekenntnis nach den Gesinnungen verschiedener Personen umbildet. Man wiederholte so oft in jenen toleranten Zeiten, jeder Mensch habe seine eigne Religion, seine eigne Art der Gottesverehrung. Ob ich nun gleich dies nicht geradezu behauptete, so konnte ich doch im gegenwärtigen Fall bemerken, daß Männer und Frauen einen verschiedenen Heiland bedürfen. Fräulein von Klettenberg verhielt sich zu dem ihrigen wie zu einem Geliebten, dem man sich unbedingt hingibt, alle Freude und Hoffnung auf seine Person legt, und ihm ohne Zweifel und Bedenken das Schicksal des Lebens anvertraut. Lavater hingegen behandelte den seinigen als einen Freund, dem man neidlos und liebevoll nacheifert, seine Verdienste anerkennt, sie hochpreist, und eben deswegen ihm ähnlich ja gleich zu werden bemüht ist. Welch ein

Unterschied zwischen beiderlei Richtung! wodurch im Allgemeinen die geistigen Bedürfnisse der zwei Geschlechter ausgesprochen werden. Daraus mag es auch zu erklären sein, daß zärtere Männer sich an die Mutter Gottes gewendet, ihr, als einem Ausbund weiblicher Schönheit und Tugend, wie Sannazar getan, Leben und Talente gewidmet, und allenfalls nebenher mit dem göttlichen Knaben gespielt haben.

Wie meine beiden Freunde zueinander standen, wie sie gegeneinander gesinnt waren, erfuhr ich nicht allein aus Gesprächen, denen ich beiwohnte, sondern auch aus Eröffnungen, welche mir beide ingeheim taten. Ich konnte weder dem einen noch dem andern völlig zustimmen: denn mein Christus hatte auch seine eigne Gestalt nach meinem Sinne angenommen. Weil sie mir aber den meinigen gar nicht wollten gelten lassen, so quälte ich sie mit allerlei Paradoxien und Extremen, und wenn sie ungeduldig werden wollten, entfernte ich mich mit einem Scherze.

Der Streit zwischen Wissen und Glauben war noch nicht an der Tagesordnung, allein die beiden Worte und die Begriffe die man damit verknüpft, kamen wohl auch gelegentlich vor, und die wahren Weltverächter behaupteten, eins sei so unzuverlässig als das andere. Daher beliebte es mir, mich zu Gunsten beider zu erklären, ohne jedoch den Beifall meiner Freunde gewinnen zu können. Beim Glauben, sagte ich, komme alles darauf an, daß man glaube; was man glaube, sei völlig gleichgültig. Der Glaube sei ein großes Gefühl von Sicherheit für die Gegenwart und Zukunft, und diese Sicherheit entspringe aus dem Zutrauen auf ein übergroßes, übermächtiges und unerforschliches Wesen. Auf die Unerschütterlichkeit dieses Zutrauens komme alles an; wie wir uns aber dieses Wesen denken, dies hänge von unsern übrigen Fähigkeiten, ja von den Umständen ab, und sei ganz gleichgültig. Der Glaube sei ein heiliges Gefäß, in welches ein jeder sein Gefühl, seinen Verstand, seine Einbildungskraft, so gut als er vermöge, zu opfern bereit stehe. Mit dem Wissen sei es gerade das Gegenteil; es komme gar nicht darauf an, daß man wisse, sondern *was* man wisse, wie *gut* und wie *viel* man wisse. Daher könne man über das Wissen streiten, weil es sich berichtigen, sich erweitern und verengern lasse. Das Wissen fange vom Einzelnen an, sei endlos und gestaltlos, und könne niemals, höchstens nur träumerisch, zusammengefaßt werden, und bleibe also dem Glauben geradezu entgegengesetzt.

Dergleichen Halbwahrheiten und die daraus entspringenden Irrsale mögen, poetisch dargestellt, aufregend und unterhaltend sein, im Leben aber stören und verwirren sie das Gespräch. Ich ließ daher Lavatern gern mit allen denjenigen allein, die sich an ihm und mit ihm erbauen wollten, und fand mich für diese Entbehrung genugsam entschädigt durch die Reise, die wir zusammen nach Ems antraten. Ein schönes Sommerwetter begleitete uns, Lavater war heiter und allerliebst. Denn bei einer religiösen und sittlichen, keineswegs ängstlichen Richtung seines Geistes, blieb er nicht unempfindlich, wenn durch Lebensvorfälle die Gemüter munter und lustig aufgeregt wurden. Er war teilnehmend, geistreich, witzig, und mochte das gleiche gern an andern, nur daß es innerhalb der Grenzen bliebe, die seine zarten Gesinnungen ihm vorschrieben. Wagte man sich allenfalls darüber hinaus, so pflegte er einem auf die Achsel zu klopfen, und den Verwegenen durch ein treuherziges »*Bisch guet!*« zur Sitte aufzufordern. Diese Reise gereichte mir zu mancherlei Belehrung und Belebung, die mir aber mehr in der Kenntnis seines Charakters als in der Reglung und Bildung des meinigen zu Teil ward. In Ems sah ich ihn gleich wieder von Gesellschaft aller Art umringt, und kehrte nach Frankfurt zurück, weil meine kleinen Geschäfte gerade auf der Bahn waren, so daß ich sie kaum verlassen durfte.

Aber ich sollte so bald nicht wieder zur Ruhe kommen: denn *Basedow* traf ein, berührte und ergriff mich von einer andern Seite. Einen entschiednern Kontrast konnte man nicht sehen als diese beiden Männer. Schon der Anblick Basedows deutete auf das Gegenteil. Wenn Lavaters Gesichtszüge sich dem Beschauenden frei hergaben, so waren die Basedowischen zusammengepackt und wie nach innen gezogen. Lavaters Auge klar und fromm, unter sehr breiten Augenlidern, Basedows aber tief im Kopfe, klein, schwarz, scharf, unter struppigen Augenbrauen hervorblinkend, dahingegen Lavaters Stirnknochen von den sanftesten braunen Haarbogen eingefaßt erschien. Basedows heftige rauhe Stimme, seine schnellen und scharfen Äußerungen, ein gewisses höhnisches Lachen, ein schnelles Herumwerfen des Gesprächs, und was ihn sonst noch bezeichnen mochte, alles war den Eigenschaften und dem Betragen entgegengesetzt, durch die uns Lavater verwöhnt hatte. Auch Basedow ward in Frankfurt sehr gesucht, und seine großen Geistesgaben bewundert; allein er war nicht der Mann, weder die Gemüter zu erbauen, noch zu lenken. Ihm war einzig darum zu tun, jenes große Feld, das er sich bezeichnet hatte, besser anzubauen, damit die Menschheit künftig bequemer und naturgemäßer darin ihre Wohnung nehmen sollte; und auf diesen Zweck eilte er nur allzu gerade los.

Mit seinen Planen konnte ich mich nicht befreunden, ja mir nicht einmal seine Absichten deutlich machen. Daß er allen Unterricht lebendig und naturgemäß verlangte, konnte mir wohl gefallen; daß die alten Sprachen an der Gegenwart geübt werden sollten, schien mir lobenswürdig, und gern erkannte ich an, was in seinem Vorhaben, zu Beförderung der Tätigkeit und einer frischeren Weltanschauung lag: allein mir mißfiel, daß die Zeichnungen seines »Elementarwerks« noch mehr als die Gegenstände selbst zerstreuten, da in der wirklichen Welt doch immer nur das Mögliche beisammensteht, und sie deshalb, ungeachtet aller Mannigfaltigkeit und scheinbarer Verwirrung, immer noch in allen ihren Teilen etwas Geregeltes hat. Jenes »Elementarwerk« hingegen zersplittert sie ganz und gar, indem das was in der Weltanschauung keineswegs zusammentrifft, um der Verwandtschaft der Begriffe willen nebeneinander steht; weswegen es auch jener sinnlich-methodischen Vorzüge ermangelt, die wir ähnlichen Arbeiten des Amos Comenius zuerkennen müssen.

Viel wunderbarer jedoch, und schwerer zu begreifen als seine Lehre, war Basedows Betragen. Er hatte bei dieser Reise die Absicht, das Publikum durch seine Persönlichkeit für sein philanthropisches Unternehmen zu gewinnen, und zwar nicht etwa die Gemüter, sondern geradezu die Beutel aufzuschließen. Er wußte von seinem Vorhaben groß und überzeugend zu sprechen, und jedermann gab ihm gern zu was er behauptete. Aber auf die unbegreiflichste Weise verletzte er die Gemüter der Menschen, denen er eine Beisteuer abgewinnen wollte, ja er beleidigte sie ohne Not, indem er seine Meinungen und Grillen über religiöse Gegenstände nicht zurückhalten konnte. Auch hierin erschien Basedow als das Gegenstück von Lavatern. Wenn dieser die Bibel buchstäblich und mit ihrem ganzen Inhalte, ja Wort vor Wort, bis auf den heutigen Tag für geltend annahm und für anwendbar hielt, so fühlte jener den unruhigsten Kitzel alles zu verneuen, und sowohl die Glaubenslehren als die äußerlichen kirchlichen Handlungen nach eignen einmal gefaßten Grillen umzumodeln. Am unbarmherzigsten jedoch, und am unvorsichtigsten verfuhr er mit denjenigen Vorstellungen, die sich nicht unmittelbar aus der Bibel, sondern von ihrer Auslegung herschreiben, mit jenen Ausdrücken, philosophischen Kunstworten, oder sinnlichen Gleichnissen, womit die Kirchenväter und Konzilien sich das Unaussprechliche zu verdeutlichen, oder die Ketzer zu bestreiten gesucht haben. Auf eine harte und unverantwortliche Weise erklärte er sich vor jedermann als den abgesagtesten Feind der Dreieinigkeit, und konnte gar nicht fertig werden, gegen dies allgemein zugestandene Geheimnis zu argumentieren. Auch ich hatte im Privatgespräch von dieser Unterhaltung sehr viel zu leiden, und mußte mir die Hypostasis und Ousia, so wie das Prosopon immer wieder vorführen lassen. Dagegen griff ich zu den Waffen der Paradoxie, überflügelte seine Meinungen und wagte, das Verwegne mit Verwegnerem zu bekämpfen. Dies gab meinem Geiste wieder neue Anregung, und weil Basedow viel belesener war, auch die Fechterstreiche des Disputierens gewandter als ich Naturalist zu führen wußte, so hatte ich mich immer mehr anzustrengen, je wichtigere Punkte unter uns abgehandelt wurden.

Eine so herrliche Gelegenheit mich wo nicht aufzuklären, doch gewiß zu üben, konnte ich nicht kurz vorübergehen lassen. Ich vermochte Vater und Freunde, die notwendigsten Geschäfte zu übernehmen, und fuhr nun, Basedow begleitend, abermals von Frankfurt ab. Welchen Unterschied empfand ich aber, wenn ich der Anmut gedachte, die von Lavatern ausging! Reinlich wie er war, verschaffte er sich auch eine reinliche Umgebung. Man ward jungfräulich an seiner Seite, um ihn nicht mit etwas Widrigem zu berühren. Basedow hingegen, viel zu sehr in sich gedrängt, konnte nicht auf sein Äußeres merken. Schon daß er ununterbrochen schlechten Tabak rauchte, fiel äußerst lästig, um so mehr als er einen unreinlich bereiteten, schnell Feuer fangenden, aber häßlich dunstenden Schwamm, nach ausgerauchter Pfeife, sogleich wieder aufschlug, und jedesmal mit den ersten Zügen die Luft unerträglich verpestete. Ich nannte dieses Präparat Basedowschen Stinkschwamm, und wollte ihn unter diesem Titel in der Naturgeschichte eingeführt wissen; woran er großen Spaß hatte, mir die widerliche Bereitung, recht zum Ekel, umständlich auseinandersetzte, und mit großer Schadenfreude sich an meinem Abscheu behagte. Denn dieses war eine von den tiefgewurzelten üblen Eigenheiten des so trefflich begabten Mannes, daß er gern zu necken und die Unbefangensten tückisch anzustechen beliebte. Ruhen konnte er niemand sehn; durch grinsenden Spott mit heiserer Stimme reizte er auf, durch eine überraschende Frage setzte er in Verlegenheit, und lachte bitter, wenn er seinen Zweck erreicht hatte, war es aber wohl zufrieden, wenn man, schnell gefaßt, ihm etwas dagegen abgab.

Um wie viel größer war nun meine Sehnsucht nach Lavatern. Auch er schien sich zu freuen, als er mich wieder sah, vertraute mir manches bisher Erfahrne, besonders was sich auf den verschiedenen Charakter der Mitgäste bezog, unter denen er sich schon viele Freunde und Anhänger zu verschaffen gewußt. Nun fand ich selbst manchen alten Bekannten, und an denen die ich in Jahren nicht gesehn, fing ich an die Bemerkung zu machen, die uns in der Jugend lange verborgen bleibt, daß die Männer altern, und die Frauen sich verändern. Die Gesellschaft nahm täglich zu. Es ward unmäßig getanzt, und weil man sich in den beiden großen Badehäusern ziemlich nahe berührte, bei guter und genauer Bekanntschaft, mancherlei Scherz getrieben. Einst verkleidete ich mich in einen Dorfgeistlichen, und ein namhafter Freund in dessen Gattin; wir fielen der vornehmen Gesellschaft durch allzu große Höflichkeit ziemlich zur Last, wodurch denn jedermann in guten Humor versetzt wurde. An Abend-, Mitternacht- und Morgenständchen fehlte es auch nicht, und wir Jüngeren genossen des Schlafs sehr wenig.

Im Gegensatze zu diesen Zerstreuungen, brachte ich immer einen Teil der Nacht mit Basedow zu. Dieser legte sich nie zu Bette, sondern diktierte unaufhörlich. Manchmal warf er sich aufs Lager und schlummerte, indessen sein Tiro, die Feder in der Hand, ganz ruhig sitzen blieb, und sogleich bereit war fortzuschreiben, wenn der Halberwachte seinen Gedanken wieder freien Lauf gab. Dies alles geschah in einem dichtverschlossenen, von Tabaks- und Schwammdampf erfüllten Zimmer. So oft ich nun einen Tanz aussetzte, sprang ich zu Basedow hinauf, der gleich über jedes Problem zu sprechen und zu disputieren geneigt war, und, wenn ich nach Verlauf einiger Zeit wieder zum Tanze hineilte, noch eh' ich die Türe hinter mir anzog, den Faden seiner Abhandlung so ruhig diktierend aufnahm, als wenn weiter nichts gewesen wäre.

Wir machten dann zusammen auch manche Fahrt in die Nachbarschaft, besuchten die Schlösser, besonders adliger Frauen, welche durchaus mehr als die Männer geneigt waren, etwas Geistiges und Geistliches aufzunehmen. Zu Nassau, bei Frau von Stein, einer höchstehrwürdigen Dame, die der allgemeinsten Achtung genoß, fanden wir große Gesellschaft. Frau von Laroche war gleichfalls gegenwärtig, an jungen Frauenzimmern und Kindern fehlte es auch nicht. Hier sollte nun Lavater in physiognomische Versuchung geführt werden, welche meist darin bestand, daß man ihn verleiten wollte, Zufälligkeiten der Bildung für Grundform zu halten; er war aber beaugt genug, um sich nicht täuschen zu lassen. Ich sollte nach wie vor die Wahrhaftigkeit der Leiden Werthers und den Wohnort Lottens bezeugen, welchem Ansinnen ich mich nicht auf die artigste Weise entzog, dagegen die Kinder um mich versammelte, um ihnen recht seltsame Märchen zu erzählen, welche aus lauter bekannten Gegenständen zusammengesonnen waren; wobei ich den großen Vorteil hatte, daß kein Glied meines Hörkreises mich etwa zudringlich gefragt hätte, was denn wohl daran für Wahrheit oder Dichtung zu halten sein möchte.

Basedow brachte das einzige vor das not sei, nämlich eine bessere Erziehung der Jugend; weshalb er die Vornehmen und Begüterten zu ansehnlichen Beiträgen aufforderte. Kaum aber hatte er, durch Gründe sowohl als durch leidenschaftliche Beredsamkeit, die Gemüter wo nicht sich zugewendet, doch zum guten Willen vorbereitet, als ihn der böse antitrinitarische Geist ergriff, und er, ohne das mindeste Gefühl wo er sich befinde, in die wunderlichsten Reden ausbrach, in seinem Sinne höchst religiös, nach Überzeugung der Gesellschaft höchst lästerlich. Lavater, durch sanften Ernst, ich, durch ableitende Scherze, die Frauen, durch zerstreuende Spaziergänge, suchten Mittel gegen dieses Unheil; die Verstimmung jedoch konnte nicht geheilt werden. Eine christliche Unterhaltung, die man sich von Lavaters Gegenwart versprochen, eine pädagogische, wie man sie von Basedow erwartete, eine sentimentale, zu der ich mich bereit finden sollte, alles war auf einmal gestört und aufgehoben. Auf dem Heimwege machte Lavater ihm Vorwürfe, ich aber bestrafte ihn auf eine lustige Weise. Es war heiße Zeit, und der Tabaksdampf mochte Basedows Gaumen noch mehr getrocknet haben; sehnlichst verlangte er nach einem Glase Bier, und als er an der Landstraße von weitem ein Wirtshaus erblickte, befahl er höchst gierig dem Kutscher, dort stille zu halten. Ich aber, im Augenblicke daß derselbe anfahren wollte, rufe ihm mit Gewalt gebieterisch zu, er solle weiterfahren! Basedow, überrascht, konnte kaum mit heiserer Stimme das Gegenteil hervorbringen. Ich trieb den Kutscher nur heftiger an, der mir gehorchte. Basedow verwünschte mich, und hätte gern mit Fäusten zugeschlagen; ich aber erwiderte ihm mit der größten Gelassenheit: »Vater, seid ruhig! Ihr habt mir großen Dank zu sagen. Glücklicher Weise saht Ihr das Bierzeichen nicht! Es ist aus zwei verschränkten Triangeln zusammengesetzt. Nun werdet Ihr über Einen Triangel gewöhnlich schon toll; wären Euch die beiden zu Gesicht gekommen, man hätte Euch müssen an Ketten legen.« Dieser Spaß brachte ihn zu einem unmäßigen Gelächter, zwischendurch schalt und verwünschte er mich, und Lavater übte seine Geduld an dem alten und jungen Toren.

Als nun in der Hälfte des Juli Lavater sich zur Abreise bereitete, fand Basedow seinen Vorteil, sich anzuschließen, und ich hatte mich in diese bedeutende Gesellschaft schon so eingewohnt, daß ich es nicht über mich gewinnen konnte, sie zu verlassen. Eine sehr angenehme, Herz und Sinn erfreuende Fahrt hatten wir die Lahn hinab. Beim Anblick einer merkwürdigen Burgruine schrieb ich jenes Lied: »Hoch auf dem alten Turme steht« in Lipsens Stammbuch, und als es wohl aufgenommen wurde, um, nach meiner bösen Art, den Eindruck wieder zu verderben, allerlei Knittelreime und Possen auf die nächsten Blätter. Ich freute mich den herrlichen Rhein wiederzusehn, und ergetzte mich an der Überraschung derer, die dieses Schauspiel noch nicht genossen hatten. Nun landeten wir in Coblenz; wohin wir traten, war der Zudrang sehr groß, und jeder von uns dreien erregte nach seiner Art Anteil und Neugierde. Basedow und ich schienen zu wetteifern, wer am unartigsten sein könnte; Lavater benahm sich vernünftig und klug, nur daß er seine Herzensmeinungen nicht verbergen konnte, und dadurch, mit dem reinsten Willen, allen Menschen vom Mittelschlag höchst auffallend erschien.

Das Andenken an einen wunderlichen Wirtstisch in Coblenz habe ich in Knittelversen aufbewahrt, die nun auch, mit ihrer Sippschaft, in meiner neuen Ausgabe stehn mögen. Ich saß zwischen Lavater und Basedow; der erste belehrte einen Landgeistlichen über die Geheimnisse der Offenbarung Johannis, und der andere bemühte sich vergebens, einem hartnäckigen Tanzmeister zu beweisen, daß die Taufe ein veralteter und für unsere Zeiten gar nicht berechneter Gebrauch sei. Und wie wir nun fürder nach Köln zogen, schrieb ich in irgend ein Album:

Und, wie nach Emmaus, weiter ging's
Mit Sturm- und Feuerschritten:
Prophete rechts, Prophete links,
Das Weltkind in der Mitten.

Glücklicher Weise hatte dieses Weltkind auch eine Seite die nach dem Himmlischen deutete, welche nun auf eine ganz eigne Weise berührt werden sollte. Schon in Ems hatte ich mich gefreut, als ich vernahm, daß wir in Köln die Gebrüder Jacobi treffen sollten, welche mit andern vorzüglichen und aufmerksamen Männern sich jenen beiden merkwürdigen Reisenden entgegen bewegten. Ich an meinem Teile hoffte von ihnen Vergebung wegen kleiner Unarten zu erhalten, die aus unserer großen, durch Herders scharfen Humor veranlaßten Unart entsprungen waren. Jene Briefe und Gedichte, worin Gleim und Georg Jacobi sich öffentlich aneinander erfreuten, hatten uns zu mancherlei Scherzen Gelegenheit gegeben, und wir bedachten nicht, daß ebenso viel Selbstgefälligkeit dazu gehöre, andern die sich behaglich fühlen, wehe zu tun, als sich selbst oder seinen Freunden überflüssiges Gute zu erzeigen. Es war dadurch eine gewisse Mißhelligkeit zwischen dem Ober- und Unterrhein entstanden, aber von so geringer Bedeutung, daß sie leicht vermittelt werden konnte, und hierzu waren die Frauen vorzüglich geeignet. Schon Sophie Laroche gab uns den besten Begriff von diesen edlen Brüdern; Demoiselle Fahlmer, von Düsseldorf nach Frankfurt gezogen, und jenem Kreise innig verwandt, gab durch die große Zartheit ihres Gemüts, durch die ungemeine Bildung des Geistes, ein Zeugnis von dem Wert der Gesellschaft in der sie herangewachsen. Sie beschämte uns nach und nach durch ihre Geduld mit unserer grellen oberdeutschen Manier, sie lehrte uns Schonung, indem sie uns fühlen ließ, daß wir derselben auch wohl bedürften. Die Treuherzigkeit der jüngern Jacobischen Schwester, die große Heiterkeit der Gattin von Fritz Jacobi, leiteten unsern Geist und Sinn immer mehr und mehr nach jenen Gegenden. Die letztgedachte war geeignet, mich völlig einzunehmen: ohne eine Spur von Sentimentalität richtig fühlend, sich munter ausdrückend, eine herrliche Niederländerin, die, ohne Ausdruck von Sinnlichkeit, durch ihr tüchtiges Wesen an die Rubensischen Frauen erinnerte. Genannte Damen hatten, bei längerem und kürzerem Aufenthalt in Frankfurt, mit meiner Schwester die engste Verbindung geknüpft, und das ernste, starre, gewissermaßen lieblose Wesen Corneliens aufgeschlossen und erheitert, und so war uns denn ein Düsseldorf, ein Pempelfort, dem Geist und Herzen nach in Frankfurt zu Teil geworden.

Unser erstes Begegnen in Köln konnte daher sogleich offen und zutraulich sein: denn jener Frauen gute Meinung von uns hatte gleichfalls nach Hause gewirkt; man behandelte mich nicht, wie bisher auf der Reise, bloß als den Dunstschweif jener beiden großen Wandelsterne, sondern man wendete sich auch besonders an mich, um mir manches Gute zu erteilen, und schien geneigt, auch von mir zu empfangen. Ich war meiner bisherigen Torheiten und Frechheiten müde, hinter denen ich doch eigentlich nur den Unmut verbarg, daß für mein Herz, für mein Gemüt auf dieser Reise so wenig gesorgt werde; es brach daher mein Inneres mit Gewalt hervor, und dies mag die Ursache sein, warum ich mich der einzelnen Vorgänge wenig erinnere. Das was man gedacht, die Bilder die man gesehn, lassen sich in dem Verstand und in der Einbildungskraft wieder hervorrufen; aber das Herz ist nicht so gefällig, es wiederholt uns nicht die schönen Gefühle, und am wenigsten sind wir vermögend, uns enthusiastische Momente wieder zu vergegenwärtigen; man wird unvorbereitet davon überfallen und überläßt sich ihnen unbewußt. Andere die uns in solchen Augenblicken beobachten, haben deshalb davon eine klarere und reinere Ansicht als wir selbst.

Religiöse Gespräche hatte ich bisher sachte abgelehnt, und verständige Anfragen selten mit Bescheidenheit erwidert, weil sie mir gegen das was ich suchte, nur allzu beschränkt schienen. Wenn man mir seine Gefühle, seine Meinungen über meine eignen Produktionen aufdringen wollte, besonders aber wenn man mich mit den Forderungen des Alltagsverstandes peinigte und mir sehr entschieden vortrug, was ich hätte tun und lassen sollen, dann zerriß der Geduldsfaden, und das Gespräch zerbrach oder zerbröckelte sich, so daß niemand mit einer sonderlich günstigen Meinung von mir scheiden konnte. Viel natürlicher wäre mir gewesen, mich freundlich und zart zu erweisen; aber mein Gemüt wollte nicht geschulmeistert, sondern durch freies Wohlwollen aufgeschlossen, und durch wahre Teilnahme zur Hingebung angeregt sein. Ein Gefühl aber, das bei mir gewaltig überhand nahm, und sich nicht wundersam genug äußern konnte, war die Empfindung der Vergangenheit und Gegenwart in Eins: eine Anschauung, die etwas Gespenstermäßiges in die Gegenwart brachte. Sie ist in vielen meiner größern und kleinern Arbeiten ausgedrückt, und wirkt im Gedicht immer wohltätig, ob sie gleich im Augenblick, wo sie sich unmittelbar am Leben und im Leben selbst ausdrückte, jedermann seltsam, unerklärlich, vielleicht unerfreulich scheinen mußte.

Köln war der Ort, wo das Altertum eine solche unzuberechnende Wirkung auf mich ausüben konnte. Die Ruine des Doms (denn ein nichtfertiges Werk ist einem zerstörten gleich) erregte die von Straßburg her gewohnten Gefühle. Kunstbetrachtungen konnte ich nicht anstellen, mir war zu viel und zu wenig gegeben, und niemand fand sich, der mir aus dem Labyrinth des Geleisteten und Beabsichtigten, der Tat und des Vorsatzes, des Erbauten und Angedeuteten hätte heraushelfen können, wie es jetzt wohl durch unsere fleißigen beharrlichen Freunde geschieht. In Gesellschaft bewunderte ich zwar diese merkwürdigen Hallen und Pfeiler, aber einsam versenkte ich mich in dieses, mitten in seiner Erschaffung, fern von der Vollendung schon erstarrte Weltgebäude, immer mißmutig. Hier war abermals ein ungeheuerer Gedanke nicht zur Ausführung gekommen! Scheint es doch, als wäre die Architektur nur da, um uns zu überzeugen, daß durch mehrere Menschen, in einer Folge von Zeit, nichts zu leisten ist, und daß in Künsten und Taten nur dasjenige zu Stande kommt, was, wie Minerva, erwachsen und gerüstet aus des Erfinders Haupt hervorspringt.

In diesen mehr drückenden als herzerhebenden Augenblicken ahndete ich nicht, daß mich das zarteste und schönste Gefühl so ganz nah erwartete. Man führte mich in J a p p a c h s Wohnung, wo mir das was ich sonst nur innerlich zu bilden pflegte, wirklich und sinnlich entgegentrat. Diese Familie mochte längst ausgestorben sein, aber in dem Untergeschoß, das an einen Garten stieß, fanden wir nichts verändert. Ein durch braunrote Ziegelrauten regelmäßig verziertes Estrich, hohe geschnitzte Sessel mit ausgenähten Sitzen und Rücken, Tischblätter, künstlich eingelegt, auf schweren Füßen, metallene Hängeleuchter, ein ungeheueres Kamin und dem angemessenes Feuergeräte, alles mit jenen früheren Tagen übereinstimmend und in dem ganzen Raume nichts neu, nichts heutig als wir selber. Was nun aber die hiedurch wundersam aufgeregten Empfindungen überschwenglich vermehrte und vollendete, war ein großes Familiengemälde über dem Kamin. Der ehmalige reiche Inhaber dieser Wohnung saß mit seiner Frau, von Kindern umgeben, abgebildet: alle gegenwärtig, frisch und lebendig wie von gestern, ja von heute, und doch waren sie schon alle vorübergegangen. Auch diese frischen rundbäckigen Kinder hatten gealtert, und ohne diese kunstreiche Abbildung wäre kein Gedächtnis von ihnen übrig geblieben. Wie ich, überwältigt von diesen Eindrücken, mich verhielt und benahm, wüßte ich nicht zu sagen. Der tiefste Grund meiner menschlichen Anlagen und dichterischen Fähigkeiten ward durch die unendliche Herzensbewegung aufgedeckt, und alles Gute und Liebevolle was in meinem Gemüte lag, mochte sich aufschließen und hervorbrechen: denn von dem Augenblick an ward ich, ohne weitere Untersuchung und Verhandlung, der Neigung, des Vertrauens jener vorzüglichen Männer für mein Leben teilhaft.

In Gefolg von diesem Seelen- und Geistesverein, wo alles was in einem jeden lebte zur Sprache kam, erbot ich mich, meine neusten und liebsten Balladen zu rezitieren. »Der König von Thule«, und »Es war ein Bube frech genung« taten gute Wirkung, und ich trug sie um so gemütlicher vor, als meine Gedichte mir noch ans Herz geknüpft waren, und nur selten über die Lippen kamen. Denn mich hinderten leicht gewisse gegenwärtige Personen, denen mein überzartes Gefühl vielleicht unrecht tun mochte; ich ward manchmal mitten im Rezitieren irre und konnte mich nicht wieder zurecht finden. Wie oft bin ich nicht deshalb des Eigensinns und eines wunderlichen grillenhaften Wesens angeklagt worden!

Ob mich nun gleich die dichterische Darstellungsweise am meisten beschäftigte, und meinem Naturell eigentlich zusagte, so war mir doch auch das Nachdenken über Gegenstände aller Art nicht fremd, und Jacobis originelle, seiner Natur gemäße Richtung gegen das Unerforschliche höchst willkommen und gemütlich. Hier tat sich kein Widerstreit hervor, nicht ein christlicher wie mit Lavater, nicht ein didaktischer wie mit Basedow. Die Gedanken die mir Jacobi mitteilte, entsprangen unmittelbar aus seinem Gefühl, und wie eigen war ich durchdrungen, als er mir, mit unbedingtem Vertrauen, die tiefsten Seelenforderungen nicht verhehlte. Aus einer so wundersamen Vereinigung von Bedürfnis, Leidenschaft und Ideen, konnten auch für mich nur Vorahndungen entspringen dessen, was mir vielleicht künftig deutlicher werden sollte. Glücklicher Weise hatte ich mich auch schon von dieser Seite wo nicht gebildet, doch bearbeitet und in mich das Dasein und die Denkweise eines außerordentlichen Mannes aufgenommen, zwar nur unvollständig und wie auf den Raub, aber ich empfand davon doch schon bedeutende Wirkungen. Dieser Geist, der so entschieden auf mich wirkte, und der auf meine ganze Denkweise so großen Einfluß haben sollte, war Spinoza. Nachdem ich mich nämlich in aller Welt um ein Bildungsmittel meines wunderlichen Wesens vergebens umgesehn hatte, geriet ich endlich an die »Ethik« dieses Mannes. Was ich mir aus dem Werke mag herausgelesen, was ich in dasselbe mag hineingelesen haben, davon wüßte ich keine Rechenschaft zu geben, genug ich fand hier eine Beruhigung meiner Leidenschaften, es schien sich mir eine große und freie Aussicht über die sinnliche und sittliche Welt aufzutun. Was mich aber besonders an ihn fesselte, war die grenzenlose Uneigennützigkeit, die aus jedem Satze hervorleuchtete. Jenes wunderliche Wort: »Wer Gott recht liebt, muß nicht verlangen, daß Gott ihn wieder liebe« mit allen den Vordersätzen worauf es ruht, mit allen den Folgen die daraus entspringen, erfüllte mein ganzes Nachdenken. Uneigennützig zu sein in allem, am uneigennützigsten in Liebe und Freundschaft, war meine höchste Lust, meine Maxime, meine Ausübung, so daß jenes freche spätere Wort »Wenn ich dich liebe, was geht's dich an?« mir recht aus dem Herzen gesprochen ist. Übrigens möge auch hier nicht verkannt werden, daß eigentlich die innigsten Verbindungen nur aus dem Entgegengesetzten folgen. Die alles ausgleichende Ruhe Spinozas kontrastierte mit meinem alles aufregenden Streben, seine mathematische Methode war das Widerspiel meiner poetischen Sinnes- und Darstellungsweise, und eben jene geregelte Behandlungsart, die man sittlichen Gegenständen nicht angemessen finden wollte, machte mich zu seinem leidenschaftlichen Schüler, zu seinem entschiedensten Verehrer. Geist und Herz, Verstand und Sinn suchten sich mit notwendiger Wahlverwandtschaft, und durch diese kam die Vereinigung der verschiedensten Wesen zu Stande.

Noch war aber alles in der ersten Wirkung und Gegenwirkung, gärend und siedend. Fritz Jacobi, der erste, den ich in dieses Chaos hineinblicken ließ, er, dessen Natur gleichfalls im Tiefsten arbeitete, nahm mein Vertrauen herzlich auf, erwiderte dasselbe und suchte mich in seinen Sinn einzuleiten. Auch er empfand ein unaussprechliches geistiges Bedürfnis, auch er wollte es nicht durch fremde Hülfe beschwichtigt, sondern aus sich selbst herausgebildet und aufgeklärt haben. Was er mir von dem Zustande seines Gemütes mitteilte, konnte ich nicht fassen, um so weniger, als ich mir keinen Begriff von meinem eignen machen konnte. Doch er, der in philosophischem Denken, selbst in Betrachtung des Spinoza, mir weit vorgeschritten war, suchte mein dunkles Bestreben zu leiten und aufzuklären. Eine solche reine Geistesverwandtschaft war mir neu, und erregte ein leidenschaftliches Verlangen fernerer Mitteilung. Nachts, als wir uns schon getrennt und in die Schlafzimmer zurückgezogen hatten, suchte ich ihn nochmals auf. Der Mondschein zitterte über dem breiten Rheine, und wir, am Fenster stehend, schwelgten in der Fülle des Hin- und Wiedergebens, das in jener herrlichen Zeit der Entfaltung so reichlich aufquillt.

Doch wüßte ich von jenem Unaussprechlichen gegenwärtig keine Rechenschaft zu liefern; deutlicher ist mir eine Fahrt nach dem Jagdschlosse Bensberg, das, auf der rechten Seite des Rheins gelegen, der herrlichsten Aussicht genoß. Was mich daselbst über die Maßen entzückte, waren die Wandverzierungen durch Weenix. Wohlgeordnet lagen alle Tiere, welche die Jagd nur liefern kann, rings umher wie auf dem Sockel einer großen Säulenhalle; über sie hinaus sah man in eine weite Landschaft. Jene entlebten Geschöpfe zu beleben, hatte der außerordentliche Mann sein ganzes Talent erschöpft, und in Darstellung des mannigfaltigsten tierischen Überkleides, der Borsten, der Haare, der Federn, des Geweihes, der Klauen, sich der Natur gleichgestellt, in Absicht auf

Wirkung sie übertroffen. Hatte man die Kunstwerke im Ganzen genugsam bewundert, so ward man genötigt, über die Handgriffe nachzudenken, wodurch solche Bilder so geistreich als mechanisch hervorgebracht werden konnten. Man begriff nicht, wie sie durch Menschenhände entstanden seien und durch was für Instrumente. Der Pinsel war nicht hinreichend; man mußte ganz eigne Vorrichtungen annehmen, durch welche ein so Mannigfaltiges möglich geworden. Man näherte, man entfernte sich mit gleichem Erstaunen: die Ursache war so bewundernswert als die Wirkung.

Die weitere Fahrt rheinabwärts ging froh und glücklich vonstatten. Die Ausbreitung des Flusses ladet auch das Gemüt ein, sich auszubreiten und nach der Ferne zu sehen. Wir gelangten nach Düsseldorf und von da nach Pempelfort, dem angenehmsten und heitersten Aufenthalt, wo ein geräumiges Wohngebäude an weite wohlunterhaltene Gärten stoßend, einen sinnlichen und sittigen Kreis versammelte. Die Familienglieder waren zahlreich und an Fremden fehlte es nie, die sich in diesen reichlichen und angenehmen Verhältnissen gar wohl gefielen.

In der Düsseldorfer Galerie konnte meine Vorliebe für die niederländische Schule reichliche Nahrung finden. Der tüchtigen, derben, von Naturfülle glänzenden Bilder fanden sich ganze Säle, und wenn auch nicht eben meine Einsicht vermehrt wurde, meine Kenntnis ward doch bereichert und meine Liebhaberei bestärkt.

Die schöne Ruhe, Behaglichkeit und Beharrlichkeit, welche den Hauptcharakter dieses Familienvereins bezeichneten, belebten sich gar bald vor den Augen des Gastes, indem er wohl bemerken konnte, daß ein weiter Wirkungskreis von hier ausging und anderwärts eingriff. Die Tätigkeit und Wohlhabenheit benachbarter Städte und Ortschaften trug nicht wenig bei, das Gefühl einer inneren Zufriedenheit zu erhöhen. Wir besuchten Elberfeld und erfreuten uns an der Rührigkeit so mancher wohlbestellten Fabriken. Hier fanden wir unsern Jung, genannt Stilling, wieder, der uns schon in

Coblenz entgegengekommen war, und der den Glauben an Gott und die Treue gegen die Menschen immer zu seinem köstlichen Geleit hatte. Hier sahen wir ihn in seinem Kreise und freuten uns des Zutrauens, das ihm seine Mitbürger schenkten, die mit irdischem Erwerb beschäftigt, die himmlischen Güter nicht außer Acht ließen. Die betriebsame Gegend gab einen beruhigenden Anblick, weil das Nützliche hier aus Ordnung und Reinlichkeit hervortrat. Wir verlebten in diesen Betrachtungen glückliche Tage.

Kehrte ich dann wieder zu meinem Freunde Jacobi zurück, so genoß ich des entzückenden Gefühls einer Verbindung durch das innerste Gemüt. Wir waren beide von der lebendigsten Hoffnung gemeinsamer Wirkung belebt, dringend forderte ich ihn auf, alles was in ihm sich rege und bewege, in irgend einer Form kräftig darzustellen. Es war das Mittel, wodurch ich mich aus so viel Verwirrungen herausgerissen hatte, ich hoffte, es solle auch ihm zusagen. Er säumte nicht, es mit Mut zu ergreifen, und wie viel Gutes, Schönes, Herzerfreuendes hat er nicht geleistet! Und so schieden wir endlich in der seligen Empfindung ewiger Vereinigung, ganz ohne Vorgefühl, daß unser Streben eine entgegengesetzte Richtung nehmen werde, wie es sich im Laufe des Lebens nur allzu sehr offenbarte.

Was mir ferner auf dem Rückwege rheinaufwärts begegnet, ist mir ganz aus der Erinnerung verschwunden, teils weil der zweite Anblick der Gegenstände in Gedanken mit dem ersten zu verfließen pflegt, teils auch, weil ich, in mich gekehrt, das Viele was ich erfahren hatte, zurecht zu legen, das was auf mich gewirkt, zu verarbeiten trachtete. Von einem wichtigen Resultat, das mir eine Zeit lang viel Beschäftigung gab, indem es mich zum Hervorbringen aufforderte, gedenke ich gegenwärtig zu reden.

Bei meiner überfreien Gesinnung, bei meinem völlig zweck- und planlosen Leben und Handeln, konnte mir nicht verborgen bleiben, daß Lavater und Basedow geistige, ja geistliche Mittel zu irdischen Zwecken gebrauchten. Mir, der ich mein Talent und meine Tage absichtslos vergeudete, mußte schnell auffallen, daß beide Männer, jeder auf seine Art, indem sie zu lehren, zu unterrichten und zu überzeugen bemüht waren, doch auch gewisse Absichten im Hinterhalte verbargen, an deren Beförderung ihnen sehr gelegen war. Lavater ging zart und klug, Basedow heftig, frevelhaft, sogar plump zu Werke; auch waren beide von ihren Liebhabereien, Unternehmungen und von der Vortrefflichkeit ihres Treibens so überzeugt, daß man sie für redliche Männer halten, sie lieben und verehren mußte. Lavatern besonders konnte man zum Ruhme nachsagen, daß er wirklich höhere Zwecke hatte und, wenn er weltklug handelte, wohl glauben durfte, der Zweck heilige die Mittel. Indem ich nun beide beobachtete, ja ihnen frei heraus meine Meinung gestand, und die ihrige dagegen vernahm, so wurde der Gedanke rege, daß freilich der vorzügliche Mensch das Göttliche was in ihm ist, auch außer sich verbreiten möchte. Dann aber trifft er auf die rohe Welt, und um auf sie zu wirken, muß er sich ihr gleichstellen; hierdurch aber vergibt er jenen hohen Vorzügen gar sehr, und am Ende begibt er sich ihrer gänzlich. Das Himmlische, Ewige wird in den Körper irdischer Absichten eingesenkt und zu vergänglichen Schicksalen mit fortgerissen. Nun betrachtete ich den Lebensgang beider Männer aus diesem Gesichtspunkt, und sie schienen mir ebenso ehrwürdig als bedauernswert: denn ich glaubte vorauszusehn, daß beide sich genötigt finden könnten, das Obere dem Unteren aufzuopfern. Weil ich nun aber alle Betrachtungen dieser Art bis aufs Äußerste verfolgte, und über meine enge Erfahrung hinaus, nach ähnlichen Fällen in der Geschichte mich umsah; so entwickelte sich bei mir der Vorsatz, an dem Leben Mahomets, den ich nie als einen Betrüger hatte ansehn können, jene von mir in der Wirklichkeit so lebhaft angeschauten Wege, die anstatt zum Heil, vielmehr zum Verderben führen, dramatisch darzustellen. Ich hatte kurz vorher das Leben des orientalischen Propheten mit großem Interesse gelesen und studiert, und war daher, als der Gedanke mir aufging, ziemlich vorbereitet. Das Ganze näherte sich mehr der regelmäßigen Form, zu der ich mich schon wieder hinneigte, ob ich mich gleich der dem Theater einmal errungenen Freiheit, mit Zeit und Ort nach Belieben schalten zu dürfen, mäßig bediente. Das Stück fing mit einer Hymne an, welche Mahomet allein unter dem heiteren Nachthimmel anstimmt. Erst verehrt er die unendlichen Gestirne als ebenso viele Götter; dann steigt der freundliche Stern Gad (unser Jupiter) hervor, und nun wird diesem, als dem König der Gestirne, ausschließliche Verehrung gewidmet. Nicht lange, so bewegt sich der Mond herauf und gewinnt Aug' und Herz des Anbetenden, der sodann, durch die hervortretende Sonne herrlich erquickt und gestärkt, zu neuem Preise aufgerufen wird. Aber dieser Wechsel, wie erfreulich er auch sein mag, ist dennoch beunruhigend, das Gemüt empfindet, daß es sich nochmals überbieten muß; es erhebt sich zu Gott, dem Einzigen, Ewigen, Unbegrenzten, dem alle diese begrenzten herrlichen Wesen ihr Dasein zu verdanken haben. Diese Hymne hatte ich mit viel Liebe gedichtet; sie ist verloren gegangen, würde sich aber zum Zweck einer Kantate wohl wiederherstellen lassen, und sich dem Musiker durch die Mannigfaltigkeit des Ausdrucks empfehlen. Man müßte sich aber, wie es auch damals schon die Absicht war, den Anführer einer Karawane mit seiner Familie und dem ganzen Stamme denken, und so würde für die Abwechselung der Stimmen und die Macht der Chöre wohl gesorgt sein.

Nachdem sich also Mahomet selbst bekehrt, teilt er diese Gefühle und Gesinnungen den Seinigen mit; seine Frau und Ali fallen ihm unbedingt zu. Im zweiten Akt versucht er selbst, heftiger aber Ali, diesen Glauben in dem Stamme weiter auszubreiten. Hier zeigt sich Beistimmung und Widersetzlichkeit, nach Verschiedenheit der Charakter. Der Zwist beginnt, der Streit wird gewaltsam, und Mahomet muß entfliehn. Im dritten Akt bezwingt er seine Gegner, macht seine Religion zur öffentlichen, reinigt die Kaaba von den Götzenbildern; weil aber doch nicht alles durch Kraft zu tun ist, so muß er auch zur List seine Zuflucht nehmen. Das Irdische wächst und breitet sich aus, das Göttliche tritt zurück und wird getrübt. Im vierten Akte verfolgt Mahomet seine Eroberungen, die Lehre wird mehr Vorwand als Zweck, alle denkbaren Mittel müssen benutzt werden; es fehlt nicht an Grausamkeiten. Eine Frau, deren Mann er hat hinrichten lassen, vergiftet ihn. Im fünften fühlt er sich vergiftet. Seine große Fassung, die Wiederkehr zu sich selbst, zum höheren Sinne, machen ihn der Bewunderung würdig. Er reinigt seine Lehre, befestigt sein Reich und stirbt.

So war der Entwurf einer Arbeit, die mich lange im Geist beschäftigte: denn gewöhnlich mußte ich erst etwas im Sinne beisammen haben, eh' ich zur Ausführung schritt. Alles was das Genie durch Charakter und Geist über die Menschen vermag, sollte dargestellt werden, und wie es dabei gewinnt und verliert. Mehrere einzuschaltende Gesänge wurden vorläufig gedichtet, von denen ist allein noch übrig, was überschrieben »Mahomets Gesang«, unter meinen Gedichten steht. Im Stücke sollte Ali, zu Ehren seines Meisters, auf dem höchsten Punkte des Gelingens diesen Gesang vortragen, kurz vor der Umwendung, die durch das Gift geschieht. Ich erinnere mich auch noch der Intentionen einzelner Stellen, doch würde mich die Entwickelung derselben hier zu weit führen.

Funfzehntes Buch

Von so vielfachen Zerstreuungen, die doch meist zu ernsten, ja religiösen Betrachtungen Anlaß gaben, kehrte ich immer wieder zu meiner edlen Freundin von Klettenberg zurück, deren Gegenwart meine stürmischen, nach allen Seiten hinstrebenden Neigungen und Leidenschaften, wenigstens für einen Augenblick beschwichtigte, und der ich von solchen

Vorsätzen, nach meiner Schwester, am liebsten Rechenschaft gab. Ich hätte wohl bemerken können, daß von Zeit zu Zeit ihre Gesundheit abnahm, allein ich verhehlte mir's, und durfte dies um so eher, als ihre Heiterkeit mit der Krankheit zunahm. Sie pflegte nett und reinlich am Fenster in ihrem Sessel zu sitzen, vernahm die Erzählungen meiner Ausflüge mit Wohlwollen, so wie dasjenige was ich ihr vorlas. Manchmal zeichnete ich ihr auch etwas hin, um die Gegenden leichter zu beschreiben, die ich gesehn hatte. Eines Abends, als ich mir eben mancherlei Bilder wieder hervorgerufen, kam, bei untergehender Sonne, sie und ihre Umgebung mir wie verklärt vor, und ich konnte mich nicht enthalten, so gut es meine Unfähigkeit zuließ, ihre Person und die Gegenstände des Zimmers in ein Bild zu bringen, das unter den Händen eines kunstfertigen Malers, wie Kersting, höchst anmutig geworden wäre. Ich sendete es an eine auswärtige Freundin und legte als Kommentar und Supplement ein Lied hinzu.

Sieh in diesem Zauberspiegel
Einen Traum, wie lieb und gut,
Unter ihres Gottes Flügel,
Unsre Freundin leidend ruht.

Schaue, wie sie sich hinüber
Aus des Lebens Woge stritt;
Sieh Dein Bild ihr gegenüber
Und den Gott der für Euch litt.

Fühle, was ich in dem Weben
Dieser Himmelsluft gefühlt,
Als mit ungeduld'gem Streben
Ich die Zeichnung hingewühlt.

Wenn ich mich in diesen Strophen, wie auch sonst wohl manchmal geschah, als einen Auswärtigen, Fremden, sogar als einen Heiden gab, war ihr dieses nicht zuwider, vielmehr versicherte sie mir, daß ich ihr so lieber sei als früher, da ich mich der christlichen Terminologie bedient, deren Anwendung mir nie recht habe glücken wollen; ja es war schon hergebracht, wenn ich ihr Missionsberichte vorlas, welche zu hören ihr immer sehr angenehm war, daß ich mich der Völker gegen die Missionarien annehmen, und ihren früheren Zustand dem neuern vorziehen durfte. Sie blieb immer freundlich und sanft, und schien meiner und meines Heils wegen nicht in der mindesten Sorge zu sein.

Daß ich mich aber nach und nach immer mehr von jenem Bekenntnis entfernte, kam daher, weil ich dasselbe mit allzu großem Ernst, mit leidenschaftlicher Liebe zu ergreifen gesucht hatte. Seit meiner Annäherung an die Brüdergemeine hatte meine Neigung zu dieser Gesellschaft, die sich unter der Siegesfahne Christi versammelte, immer zugenommen. Jede positive Religion hat ihren größten Reiz wenn sie im Werden begriffen ist; deswegen ist es so angenehm, sich in die Zeiten der Apostel zu denken, wo sich alles noch frisch und unmittelbar geistig darstellt, und die Brüdergemeine hatte hierin etwas Magisches, daß sie jenen ersten Zustand fortzusetzen, ja zu verewigen schien. Sie knüpfte ihren Ursprung an die frühsten Zeiten an, sie war niemals fertig geworden, sie hatte sich nur in unbemerkten Ranken durch die rohe Welt hindurchgewunden; nun schlug ein einzelnes Auge, unter dem Schutz eines frommen vorzüglichen Mannes, Wurzel, um sich abermals aus unmerklichen, zufälligscheinenden Anfängen, weit über die Welt auszubreiten. Der wichtigste Punkt hierbei war der, daß man die religiöse und bürgerliche Verfassung unzertrennlich in eins zusammenschlang, daß der Lehrer zugleich als Gebieter, der Vater zugleich als Richter dastand; ja, was noch mehr war, das göttliche Oberhaupt, dem man in geistlichen Dingen einen unbedingten Glauben geschenkt hatte, ward auch zu Lenkung weltlicher Angelegenheiten angerufen, und seine Antwort, sowohl was die Verwaltung im Ganzen, als auch was jeden Einzelnen bestimmen sollte, durch den Ausspruch des Loses mit Ergebenheit vernommen. Die schöne Ruhe, wie sie wenigstens das Äußere bezeugte, war höchst einladend, indem von der andern Seite, durch den Missions-Beruf, alle Tatkraft die in dem Menschen liegt, in Anspruch genommen wurde. Die trefflichen Männer die ich auf dem Synodus zu Marienborn, wohin mich Legationsrat Moritz, Geschäftsträger der Grafen von Isenburg, mitnahm, kennen lernte, hatten meine ganze Verehrung gewonnen, und es wäre nur auf sie angekommen, mich zu dem Ihrigen zu machen. Ich beschäftigte mich mit ihrer Geschichte, mit ihrer Lehre, der Herkunft und Ausbildung derselben, und fand mich in dem Fall, davon Rechenschaft zu geben, und mich mit Teilnehmenden darüber zu unterhalten. Ich mußte jedoch bemerken, daß die Brüder so wenig als Fräulein von Klettenberg, mich für einen Christen wollten gelten lassen, welches mich anfangs beunruhigte, nachher aber meine Neigung einigermaßen erkältete. Lange konnte ich jedoch den eigentlichen Unterscheidungsgrund nicht auffinden, ob er gleich ziemlich am Tage lag, bis er mir mehr zufällig als durch Forschung entgegendrang. Was mich nämlich von der Brüdergemeine so wie von andern werten Christenseelen absonderte, war dasselbige, worüber die Kirche schon mehr als einmal in Spaltung geraten war. Ein Teil behauptete, daß die menschliche Natur durch den Sündenfall dergestalt verdorben sei, daß auch bis in ihren innersten Kern nicht das mindeste Gute an ihr zu finden, deshalb der Mensch auf seine eignen Kräfte durchaus Verzicht zu tun, und alles von der Gnade und ihrer Einwirkung zu erwarten habe. Der andere Teil gab zwar die erblichen Mängel der Menschen sehr gern zu, wollte aber der Natur inwendig noch einen gewissen Keim zugestehn, welcher, durch göttliche Gnade belebt, zu einem frohen Baume geistiger Glückseligkeit emporwachsen könne. Von dieser letztern Überzeugung war ich aufs innigste durchdrungen, ohne es selbst zu wissen, obwohl ich mich mit Mund und Feder zu dem Gegenteile bekannt hatte; aber ich dämmerte so hin, das eigentliche Dilemma hatte ich mir nie ausgesprochen. Aus diesem Traume wurde ich jedoch einst ganz unvermutet gerissen, als ich diese meine, wie mir schien, höchst unschuldige Meinung, in einem geistlichen Gespräch ganz unbewunden eröffnete, und deshalb eine große Strafpredigt erdulden mußte. Dies sei eben, behauptete man mir entgegen, der wahre Pelagianismus, und gerade zum Unglück der neueren Zeit, wolle diese verderbliche Lehre wieder um sich greifen. Ich war hierüber erstaunt, ja erschrocken. Ich ging in die Kirchengeschichte zurück, betrachtete die Lehre und die Schicksale des Pelagius näher, und sah nun deutlich, wie diese beiden unvereinbaren Meinungen durch Jahrhunderte hin und her gewogt, und von den Menschen, je nachdem sie mehr tätiger oder leidender Natur gewesen, aufgenommen und bekannt worden.

Mich hatte der Lauf der vergangenen Jahre unablässig zu Übung eigner Kraft aufgefordert, in mir arbeitete eine rastlose Tätigkeit, mit dem besten Willen, zu moralischer Ausbildung. Die Außenwelt forderte, daß diese Tätigkeit geregelt und zum Nutzen anderer gebraucht werden sollte, und ich hatte diese große Forderung in mir selbst zu verarbeiten. Nach allen Seiten hin war ich an die Natur gewiesen, sie war mir in ihrer Herrlichkeit erschienen; ich hatte so viel wackere und brave Menschen kennen gelernt, die sich's in ihrer Pflicht, um der Pflicht willen, sauer werden ließen; ihnen, ja mir selbst zu entsagen, schien mir unmöglich; die Kluft die mich von jener Lehre trennte ward mir deutlich, ich mußte also auch aus dieser Gesellschaft scheiden, und da mir meine Neigung zu den heiligen Schriften so wie zu dem Stifter und den früheren Bekennern nicht geraubt werden konnte, so bildete ich mir ein Christentum zu meinem Privatgebrauch, und suchte dieses durch fleißiges Studium der Geschichte, und durch genaue Bemerkung derjenigen die sich zu meinem Sinne hingeneigt hatten, zu begründen und aufzubauen.

Weil nun aber alles was ich mit Liebe in mich aufnahm, sich sogleich zu einer dichterischen Form anlegte, so ergriff ich den wunderlichen Einfall, die Geschichte des ewigen Juden, die sich schon früh durch die Volksbücher bei mir eingedrückt hatte, episch zu behandeln, um an diesem Leitfaden die hervorstehenden Punkte der Religions- und Kirchengeschichte nach Befinden darzustellen. Wie ich mir aber die Fabel gebildet, und welchen Sinn ich ihr untergelegt, gedenke ich nunmehr zu erzählen.

In Jerusalem befand sich ein Schuster, dem die Legende den Namen Ahasverus gibt. Zu diesem hatte mir mein Dresdner Schuster die Grundzüge geliefert. Ich hatte ihn mit eines Handwerksgenossen, mit Hans Sachsens Geist und Humor bestens ausgestattet, und ihn durch eine Neigung zu Christo veredelt. Weil er nun, bei offener Werkstatt, sich gern mit den Vorbeigehenden unterhielt, sie neckte und, auf Sokratische Weise, jeden nach seiner Art anregte; so verweilten die Nachbarn und andre vom Volk gern bei ihm, auch Pharisäer und Sadduzäer sprachen zu, und, begleitet von seinen Jüngern, mochte der Heiland selbst wohl auch manchmal bei ihm verweilen. Der Schuster, dessen Sinn bloß auf die Welt gerichtet war, faßte doch zu unserem Herrn eine besondere Neigung, die sich hauptsächlich dadurch äußerte, daß er den hohen Mann, dessen Sinn er nicht faßte, zu seiner eignen Denk- und Handelsweise bekehren wollte. Er lag daher Christo sehr inständig an, doch aus der Beschaulichkeit hervorzutreten, nicht mit solchen Müßiggängern im Lande herumzuziehn, nicht das Volk von der Arbeit hinweg an sich in die Einöde zu locken: ein versammeltes Volk sei immer ein aufgeregtes, und es werde nichts Gutes daraus entstehn.

Dagegen suchte ihn der Herr von seinen höheren Ansichten und Zwecken sinnbildlich zu belehren, die aber bei dem derben Manne nicht fruchten wollten. Daher, als Christus immer bedeutender, ja eine öffentliche Person ward, ließ sich der wohlwollende Handwerker immer schärfer und heftiger vernehmen, stellte vor, daß hieraus notwendig Unruhen und Aufstände erfolgen, und Christus selbst genötigt sein würde, sich als Parteihaupt zu erklären, welches doch unmöglich seine Absicht sei. Da nun der Verlauf der Sache wie wir wissen erfolgt, Christus gefangen und verurteilt ist, so wird

Ahasverus noch heftiger aufgeregt, als Judas, der scheinbar den Herrn verraten, verzweifelnd in die Werkstatt tritt, und jammernd seine mißlungene Tat erzählt. Er sei nämlich, so gut als die klügsten der übrigen Anhänger, fest überzeugt gewesen, daß Christus sich als Regent und Volkshaupt erklären werde, und habe das bisher unüberwindliche Zaudern des Herrn mit Gewalt zur Tat nötigen wollen, und deswegen die Priesterschaft zu Tätlichkeiten aufgereizt, welche auch diese bisher nicht gewagt. Von der Jünger Seite sei man auch nicht unbewaffnet gewesen, und wahrscheinlicher Weise wäre alles gut abgelaufen, wenn der Herr sich nicht selbst ergeben und sie in den traurigsten Zuständen zurückgelassen hätte. Ahasverus, durch diese Erzählung keineswegs zur Milde gestimmt, verbittert vielmehr noch den Zustand des armen Exapostels, so daß diesem nichts übrig bleibt, als in der Eile sich aufzuhängen.

Als nun Jesus vor der Werkstatt des Schusters vorbei zum Tode geführt wird, ereignet sich gerade dort die bekannte Szene, daß der Leidende unter der Last des Kreuzes erliegt, und Simon von Cyrene dasselbe weiter zu tragen gezwungen wird. Hier tritt Ahasverus hervor, nach hartverständiger Menschen Art, die, wenn sie jemand durch eigne Schuld unglücklich sehn, kein Mitleid fühlen, ja vielmehr durch unzeitige Gerechtigkeit gedrungen, das Übel durch Vorwürfe vermehren; er tritt heraus und wiederholt alle früheren Warnungen, die er in heftige Beschuldigungen verwandelt, wozu ihn seine Neigung für den Leidenden zu berechtigen scheint. Dieser antwortet nicht, aber im Augenblicke bedeckt die liebende Veronika des Heilands Gesicht mit dem Tuche, und da sie es wegnimmt, und in die Höhe hält, erblickt Ahasverus darauf das Antlitz des Herrn, aber keineswegs des in Gegenwart leidenden, sondern eines herrlich Verklärten, und himmlisches Leben Ausstrahlenden. Geblendet von dieser Erscheinung wendet er die Augen weg, und vernimmt die Worte: »Du wandelst auf Erden, bis du mich in dieser Gestalt wieder erblickst.« Der Betroffene kommt erst einige Zeit nachher zu sich selbst zurück, findet, da alles sich zum Gerichtsplatz gedrängt hat, die Straßen Jerusalems öde, Unruhe und Sehnsucht treiben ihn fort, und er beginnt seine Wanderung.

Von dieser und von dem Ereignis, wodurch das Gedicht zwar geendigt, aber nicht abgeschlossen wird, vielleicht ein andermal. Der Anfang, zerstreute Stellen, und der Schluß waren geschrieben; aber mir fehlte die Sammlung, mir fehlte die Zeit, die nötigen Studien zu machen, daß ich ihm hätte den Gehalt den ich wünschte, geben können, und es blieben die wenigen Blätter um desto eher liegen, als sich eine Epoche in mir entwickelte, die sich schon als ich den »Werther« schrieb, und nachher dessen Wirkungen sah, notwendig anspinnen mußte.

Das gemeine Menschenschicksal, an welchem wir alle zu tragen haben, muß denjenigen am schwersten aufliegen, deren Geisteskräfte sich früher und breiter entwickeln. Wir mögen unter dem Schutz von Eltern und Verwandten emporkommen, wir mögen uns an Geschwister und Freunde anlehnen, durch Bekannte unterhalten, durch geliebte Personen beglückt werden; so ist doch immer das Final, daß der Mensch auf sich zurückgewiesen wird, und es scheint, es habe sogar die Gottheit sich so zu dem Menschen gestellt, daß sie dessen Ehrfurcht, Zutrauen und Liebe nicht immer, wenigstens nicht grade im dringenden Augenblick, erwidern kann. Ich hatte jung genug gar oft erfahren, daß in den hülfsbedürftigsten Momenten uns zugerufen wird: »Arzt hilf dir selber!« und wie oft hatte ich nicht schmerzlich ausseufzen müssen: »Ich trete die Kelter allein!« Indem ich mich also nach Bestätigung der Selbständigkeit umsah, fand ich als die sicherste Base derselben mein produktives Talent. Es verließ mich seit einigen Jahren keinen Augenblick; was ich wachend am Tage gewahr wurde, bildete sich sogar öfters nachts in regelmäßige Träume, und wie ich die Augen auftat, erschien mir entweder ein wunderliches neues Ganze, oder der Teil eines schon Vorhandenen. Gewöhnlich schrieb ich alles zur frühsten Tageszeit;

aber auch abends, ja tief in die Nacht, wenn Wein und Geselligkeit die Lebensgeister erhöhten, konnte man von mir fordern was man wollte; es kam nur auf eine Gelegenheit an, die einigen Charakter hatte, so war ich bereit und fertig. Wie ich nun über diese Naturgabe nachdachte und fand, daß sie mir ganz eigen angehöre und durch nichts Fremdes weder begünstigt noch gehindert werden könne, so mochte ich gern hierauf mein ganzes Dasein in Gedanken gründen. Diese Vorstellung verwandelte sich in ein Bild, die alte mythologische Figur des Prometheus fiel mir auf, der, abgesondert von den Göttern, von seiner Werkstätte aus eine Welt bevölkerte. Ich fühlte recht gut, daß sich etwas Bedeutendes nur produzieren lasse, wenn man sich isoliere. Meine Sachen, die so viel Beifall gefunden hatten, waren Kinder der Einsamkeit, und seitdem ich zu der Welt in einem breitern Verhältnis stand, fehlte es nicht an Kraft und Lust der Erfindung, aber die Ausführung stockte, weil ich weder in Prosa noch in Versen eigentlich einen Stil hatte, und bei einer jeden neuen Arbeit, je nachdem der Gegenstand war, immer wieder von vorne tasten und versuchen mußte. Indem ich nun hierbei die Hülfe der Menschen abzulehnen ja auszuschließen hatte, so sonderte ich mich, nach Prometheischer Weise, auch von den Göttern ab, um so natürlicher, als bei meinem Charakter und meiner Denkweise Eine Gesinnung jederzeit die übrigen verschlang und abstieß.

Die Fabel des Prometheus ward in mir lebendig. Das alte Titanengewand schnitt ich mir nach meinem Wuchse zu, und fing, ohne weiter nachgedacht zu haben, ein Stück zu schreiben an, worin das Mißverhältnis dargestellt ist, in welches Prometheus zu dem Zeus und den neuen Göttern gerät, indem er auf eigne Hand Menschen bildet, sie durch Gunst der Minerva belebt, und eine dritte Dynastie stiftet. Und wirklich hatten die jetzt regierenden Götter sich zu beschweren völlig Ursache, weil man sie als unrechtmäßig zwischen die Titanen und Menschen eingeschobene Wesen betrachten konnte. Zu dieser seltsamen Komposition gehört als Monolog jenes Gedicht, das in der deutschen Literatur bedeutend geworden, weil dadurch veranlaßt, Lessing über wichtige Punkte des Denkens und Empfindens sich gegen Jacobi erklärte. Es diente zum Zündkraut einer Explosion, welche die geheimsten Verhältnisse würdiger Männer aufdeckte und zur Sprache brachte: Verhältnisse, die ihnen selbst unbewußt, in einer sonst höchst aufgeklärten Gesellschaft schlummerten. Der Riß war so gewaltsam, daß wir darüber, bei eintretenden Zufälligkeiten, einen unserer würdigsten Männer, Mendelssohn, verloren.

Ob man nun wohl, wie auch geschehn, bei diesem Gegenstande philosophische, ja religiöse Betrachtungen anstellen kann, so gehört er doch ganz eigentlich der Poesie. Die Titanen sind die Folie des Polytheismus, so wie man als Folie des Monotheismus den Teufel betrachten kann; doch ist dieser so wie der einzige Gott, dem er entgegensteht, keine poetische Figur. Der Satan Miltons, brav genug gezeichnet, bleibt immer in dem Nachteil der Subalternität, indem er die herrliche Schöpfung eines oberen Wesens zu zerstören sucht, Prometheus hingegen im Vorteil, der, zum Trutz höherer Wesen, zu schaffen und zu bilden vermag. Auch ist es ein schöner, der Poesie zusagender Gedanke, die Menschen nicht durch den obersten Weltherrscher, sondern durch eine Mittelfigur hervorbringen zu lassen, die aber doch, als Abkömmling der ältesten Dynastie, hierzu würdig und wichtig genug ist; wie denn überhaupt die griechische Mythologie einen unerschöpflichen Reichtum göttlicher und menschlicher Symbole darbietet.

Der titanisch-gigantische, himmelstürmende Sinn jedoch verlieh meiner Dichtungsart keinen Stoff. Eher ziemte sich mir, darzustellen jenes friedliche, plastische, allenfalls duldende Widerstreben, das die Obergewalt anerkannt, aber sich ihr gleichsetzen möchte. Doch auch die kühneren jenes Geschlechts, Tantalus, Ixion, Sisyphus, waren meine Heiligen. In die Gesellschaft der Götter aufgenommen, mochten sie sich nicht untergeordnet genug betragen, als übermütige

Gäste ihres wirtlichen Gönners Zorn verdient und sich eine traurige Verbannung zugezogen haben. Ich bemitleidete sie, ihr Zustand war von den Alten schon als wahrhaft tragisch anerkannt, und wenn ich sie als Glieder einer ungeheuren Opposition im Hintergrunde meiner »Iphigenie« zeigte, so bin ich ihnen wohl einen Teil der Wirkung schuldig, welche dieses Stück hervorzubringen das Glück hatte.

Zu jener Zeit aber ging bei mir das Dichten und Bilden unaufhaltsam miteinander. Ich zeichnete die Porträte meiner Freunde im Profil auf grau Papier mit weißer und schwarzer Kreide. Wenn ich diktierte oder mir vorlesen ließ, entwarf ich die Stellungen der Schreibenden und Lesenden, mit ihrer Umgebung; die Ähnlichkeit war nicht zu verkennen und die Blätter wurden gut aufgenommen. Diesen Vorteil haben Dilettanten immer, weil sie ihre Arbeit umsonst geben. Das Unzulängliche dieses Abbildens jedoch fühlend, griff ich wieder zu Sprache und Rhythmus, die mir besser zu Gebote standen. Wie munter, froh und rasch ich dabei zu Werke ging, davon zeugen manche Gedichte, welche die Kunstnatur und die Naturkunst enthusiastisch verkündend, im Augenblicke des Entstehens sowohl mir als meinen Freunden immer neuen Mut beförderten.

Als ich nun einst in dieser Epoche und so beschäftigt, bei gesperrtem Lichte in meinem Zimmer saß, dem wenigstens der Schein einer Künstlerwerkstatt hierdurch verliehen war, überdies auch die Wände mit halbfertigen Arbeiten besteckt und behangen das Vorurteil einer großen Tätigkeit gaben; so trat ein wohlgebildeter schlanker Mann bei mir ein, den ich zuerst in der Halbdämmerung für Fritz Jacobi hielt, bald aber meinen Irrtum erkennend als einen Fremden begrüßte. An seinem freien anständigen Betragen war eine gewisse militärische Haltung nicht zu verkennen. Er nannte mir seinen Namen von Knebel, und aus einer kurzen Eröffnung vernahm ich, daß er, im preußischen Dienste, bei einem längern Aufenthalt in Berlin und Potzdam, mit den dortigen Literatoren und der deutschen Literatur überhaupt ein gutes und tätiges Verhältnis angeknüpft habe. An Ramlern hatte er sich vorzüglich gehalten und dessen Art, Gedichte zu rezitieren, angenommen. Auch war er genau mit allem bekannt, was Götz geschrieben, der unter den Deutschen damals noch keinen Namen hatte. Durch seine Veranstaltung war die »Mädchen-Insel« dieses Dichters in Potzdam abgedruckt worden und sogar dem König in die Hände gekommen, welcher sich günstig darüber geäußert haben soll.

Kaum hatten wir diese allgemein deutschen literarischen Gegenstände durchgesprochen, als ich zu meinem Vergnügen erfuhr, daß er gegenwärtig in Weimar angestellt und zwar dem Prinzen Constantin zum Begleiter bestimmt sei. Von den dortigen Verhältnissen hatte ich schon manches Günstige vernommen: denn es kamen viele Fremde von daher zu uns, die Zeugen gewesen waren, wie die Herzogin Amalia zu Erziehung ihrer Prinzen die vorzüglichsten Männer berufen; wie die Akademie Jena durch ihre bedeutenden Lehrer zu diesem schönen Zweck gleichfalls das Ihrige beigetragen; wie die Künste nicht nur von gedachter Fürstin geschützt, sondern selbst von ihr gründlich und eifrig getrieben würden. Auch vernahm man, daß Wieland in vorzüglicher Gunst stehe; wie denn auch der »Deutsche Merkur«, der die Arbeiten so mancher auswärtigen Gelehrten versammelte, nicht wenig zu dem Rufe der Stadt beitrug, wo er herausgegeben wurde. Eins der besten deutschen Theater war dort eingerichtet, und berühmt durch Schauspieler sowohl als Autoren, die dafür arbeiteten. Diese schönen Anstalten und Anlagen schienen jedoch durch den schrecklichen Schloßbrand, der im Mai desselben Jahres sich ereignet hatte, gestört und mit einer langen Stockung bedroht; allein das Zutrauen auf den Erbprinzen war so groß, daß jedermann sich überzeugt hielt, dieser Schade werde nicht allein bald ersetzt, sondern auch dessen ungeachtet jede andere Hoffnung reichlich erfüllt werden. Wie ich mich nun, gleichsam als ein alter Bekannter, nach diesen Personen und Gegenständen erkundigte und den Wunsch äußerte, mit den dortigen Verhältnissen näher bekannt zu sein; so versetzte der Ankömmling gar freundlich: es sei nichts leichter als dieses, denn soeben lange der Erbprinz mit seinem Herrn Bruder, dem Prinzen Constantin, in Frankfurt an, welche mich zu sprechen und zu kennen wünschten. Ich zeigte sogleich die größte Bereitwilligkeit ihnen aufzuwarten, und der neue Freund versetzte, daß ich damit nicht säumen solle, weil der Aufenthalt nicht lange dauern werde. Um mich hiezu anzuschicken, führte ich ihn zu meinen Eltern, die über seine Ankunft und Botschaft höchst verwundert, mit ihm sich ganz vergnüglich unterhielten. Ich eilte nunmehr mit demselben zu den jungen Fürsten, die mich sehr frei und freundlich empfingen, so wie auch der Führer des Erbprinzen, Graf Görtz, mich nicht ungern zu sehen schien. Ob es nun gleich an literarischer Unterhaltung nicht fehlte, so machte doch ein Zufall die beste Einleitung, daß sie gar bald bedeutend und fruchtbar werden konnte.

Es lagen nämlich Mösers »Patriotische Phantasieen« und zwar der erste Teil, frisch geheftet und unaufgeschnitten, auf dem Tische. Da ich sie nun sehr gut, die Gesellschaft sie aber wenig kannte, so hatte ich den Vorteil, davon eine ausführliche Relation liefern zu können; und hier fand sich der schicklichste Anlaß zu einem Gespräch mit einem jungen Fürsten, der den besten Willen und den festen Vorsatz hatte, an seiner Stelle entschieden Gutes zu wirken. Mösers Darstellung, so dem Inhalt als dem Sinne nach, muß einem jeden Deutschen höchst interessant sein. Wenn man sonst dem Deutschen Reiche Zersplitterung, Anarchie und Ohnmacht vorwarf, so erschien aus dem Möserischen Standpunkte gerade die Menge kleiner Staaten als höchst erwünscht zu Ausbreitung der Kultur im Einzelnen, nach den Befürfnissen welche aus der Lage und Beschaffenheit der verschiedensten Provinzen hervorgehn; und wenn Möser von der Stadt, vom Stift Osnabrück ausgehend und über den westphälischen Kreis sich verbreitend, nunmehr dessen Verhältnis zu dem ganzen Reiche zu schildern wußte, und bei Beurteilung der Lage, das Vergangene mit dem Gegenwärtigen zusammenknüpfend, dieses aus jenem ableitete und dadurch, ob eine Veränderung lobens- oder tadelnswürdig sei, gar deutlich auseinandersetzte: so durfte nur jeder Staatsverweser, an seinem Ort, auf gleiche Weise verfahren, um die Verfassung seines Umkreises und deren Verknüpfung mit Nachbarn und mit dem Ganzen aufs beste kennen zu lernen, und sowohl Gegenwart als Zukunft zu beurteilen.

Bei dieser Gelegenheit kam manches aufs Tapet, was den Unterschied der ober- und niedersächsischen Staaten betraf, und wie sowohl die Naturprodukte als die Sitten, Gesetze und Gewohnheiten sich von den frühesten Zeiten her anders gebildet und, nach der Regierungsform und der Religion, bald auf die eine bald auf die andere Weise gelenkt hatten. Man versuchte die Unterschiede von beiden etwas genauer herauszusetzen, und es zeigte sich gerade daran, wie vorteilhaft es sei, ein gutes Muster vor sich zu haben, welches, wenn man nicht dessen Einzelnheiten, sondern die Methode betrachtet nach welcher es angelegt ist, auf die verschiedensten Fälle angewendet und eben dadurch dem Urteil höchst ersprießlich werden kann.

Bei Tafel wurden diese Gespräche fortgesetzt, und sie erregten für mich ein besseres Vorurteil als ich vielleicht verdiente. Denn anstatt daß ich diejenigen Arbeiten, die ich selbst zu liefern vermochte, zum Gegenstand des Gesprächs gemacht, für das Schauspiel, für den Roman eine ungeteilte Aufmerksamkeit gefordert hätte; so schien ich vielmehr in Mösern solche Schriftsteller vorzuziehen, deren Talent aus dem tätigen Leben ausging und in dasselbe unmittelbar nützlich sogleich wieder zurückkehrte, während eigentlich poetische Arbeiten, die über dem Sittlichen und Sinnlichen schweben, erst durch einen Umschweif und gleichsam nur zufällig nützen können. Bei diesen Gesprächen ging es nun wie bei den Märchen der »Tausend und einen Nacht«: es schob sich eine bedeutende Materie in und über die andere, manches Thema klang nur an, ohne daß man es hätte verfolgen können; und so ward, weil der Aufenthalt der jungen Herrschaften in Frankfurt nur kurz sein konnte, mir das Versprechen abgenommen, daß ich nach Mainz folgen und dort einige Tage zubringen sollte, welches ich denn herzlich gern ablegte und mit dieser vergnügten Nachricht nach Hause eilte, um solche meinen Eltern mitzuteilen.

Meinem Vater wollte es jedoch keineswegs gefallen: denn nach seinen reichsbürgerlichen Gesinnungen hatte er sich jederzeit von den Großen entfernt gehalten, und obgleich mit den Geschäftsträgern der umliegenden Fürsten und Herren in Verbindung, stand er doch keineswegs in persönlichen Verhältnissen zu ihnen; ja es gehörten die Höfe unter die Gegenstände, worüber er zu scherzen pflegte, auch wohl gern sah, wenn man ihm etwas entgegensetzte, nur mußte man sich dabei, nach seinem Bedünken, geistreich und witzig verhalten. Hatten wir ihm das Procul a Jove procul a fulmine gelten lassen, doch aber bemerkt, daß beim Blitze nicht sowohl vom W o h e r als vom W o h i n die Rede sei; so brachte er das alte Sprüchlein, mit großen Herren sei Kirschessen nicht gut, auf die Bahn. Wir erwiderten, es sei noch schlimmer, mit genäschigen Leuten aus Einem Korbe speisen. Das wollte er nicht leugnen, hatte aber schnell einen anderen Spruchreim zur Hand, der uns in Verlegenheit setzen sollte. Denn da Sprüchworte und Denkreime vom Volke ausgehn, welches, weil es gehorchen muß, doch wenigstens gern reden mag, die Oberen dagegen durch die Tat sich zu entschädigen wissen; da ferner die Poesie des sechzehnten Jahrhunderts fast durchaus kräftig didaktisch ist: so kann es in unserer Sprache an Ernst und Scherz nicht fehlen, den man von unten nach oben hinauf ausgeübt hat. Und so übten wir Jüngeren uns nun auch von oben herunter, indem wir uns was Großes einbildend, auch die Partei der Großen zu nehmen beliebten; von welchen Reden und Gegenreden ich einiges einschalte.

A.

Lang bei Hofe, lang bei Höll'!

B.

Dort wärmt sich mancher gute Gesell!

A.

So wie ich bin, bin ich mein eigen;
Mir soll niemand eine Gunst erzeigen.

B.

Was willst du dich der Gunst denn schämen?
Willst du sie geben, mußt du sie nehmen.

A.

Willst du die Not des Hofes schauen:
Da wo dich's juckt, darfst du nicht krauen!

B.

Wenn der Redner zum Volke spricht,
Da wo er kraut, da juckt's ihn nicht.

A.

Hat einer Knechtschaft sich erkoren,
Ist gleich die Hälfte des Lebens verloren;
Ergeb' sich was da will, so denk' er
Die andere Hälft' geht auch zum Henker.

B.

Wer sich in Fürsten weiß zu schicken,
Dem wird's heut oder morgen glücken;
Wer sich in den Pöbel zu schicken sucht,
Der hat sein ganzes Jahr verflucht.

A.

Wenn dir der Weizen bei Hofe blüht,
So denke nur, daß nichts geschieht;
Und wenn du denkst, du hättest's in der Scheuer,
Da eben ist es nicht geheuer.

B.

Und blüht der Weizen, so reift er auch,
Das ist immer so ein alter Brauch;
Und schlägt der Hagel die Ernte nieder,
's andre Jahr trägt der Boden wieder.

A.

Wer ganz will sein eigen sein,
Schließe sich ins Häuschen ein,
Geselle sich zu Frau und Kindern,
Genieße leichten Rebenmost
Und überdies frugale Kost,
Und nichts wird ihn am Leben hindern.

B.

Du willst dem Herrscher dich entziehn?
So sag, wohin willst du denn fliehn?
O nimm es nur nicht so genau!
Denn es beherrscht dich deine Frau,
Und die beherrscht ihr dummer Bube,
So bist du Knecht in deiner Stube.

Soeben da ich aus alten Denkblättchen die vorstehenden Reime zusammensuche, fallen mir mehr solche lustige Übungen in die Hände, wo wir alte deutsche Kernworte amplifiziert und ihnen sodann andere Sprüchlein, welche sich in der Erfahrung ebenso gut bewahrheiten, entgegengesetzt hatten. Eine Auswahl derselben mag dereinst als Epilog der Puppenspiele zu einem heiteren Denken Anlaß geben.

Durch alle solche Erwiderungen ließ sich jedoch mein Vater von seinen Gesinnungen nicht abwendig machen. Er pflegte gewöhnlich sein stärkstes Argument bis zum Schlusse der Unterhaltung aufzusparen, da er denn Voltaires Abenteuer mit Friedrich dem Zweiten umständlich ausmalte: wie die übergroße Gunst, die Familiarität, die wechselseitigen Verbindlichkeiten auf einmal aufgehoben und verschwunden, und wir das Schauspiel erlebt, daß jener außerordentliche Dichter und Schriftsteller, durch Frankfurter Stadtsoldaten, auf Requisition des Residenten Freytag und nach Befehl des Burgemeisters von Fichard, arretiert und eine ziemliche Zeit im Gasthof Zur Rose auf der Zeil gefänglich angehalten worden. Hierauf hätte sich zwar manches einwenden lassen, unter andern, daß Voltaire selbst nicht ohne Schuld gewesen; aber wir gaben uns aus kindlicher Achtung jedesmal gefangen.

Da nun auch bei dieser Gelegenheit, auf solche und ähnliche Dinge angespielt wurde, so wußte ich kaum, wie ich mich benehmen sollte: denn er warnte mich unbewunden und behauptete, die Einladung sei nur, um mich in eine Falle zu locken, und wegen jenes gegen den begünstigten Wieland verübten Mutwillens Rache an mir zu nehmen. Wie sehr ich nun auch vom Gegenteil überzeugt war, indem ich nur allzu deutlich sah, daß eine vorgefaßte Meinung durch hypochondrische Traumbilder aufgeregt, den würdigen Mann beängstige; so wollte ich gleichwohl nicht gerade wider seine Überzeugung handeln, und konnte doch auch keinen Vorwand finden, unter dem ich, ohne undankbar und unartig zu erscheinen, mein Versprechen wieder zurücknehmen durfte. Leider war unsere Freundin von Klettenberg bettlägrig, auf die wir in ähnlichen Fällen uns zu berufen pflegten. An ihr und meiner Mutter hatte ich zwei vortreffliche Begleiterinnen; ich nannte sie nur immer Rat und Tat: denn wenn jene einen heitern ja seligen Blick über die irdischen Dinge warf, so entwirrte sich vor ihr gar leicht was uns andere Erdenkinder verwirrte, und sie wußte den rechten Weg gewöhnlich anzudeuten, eben weil sie ins Labyrinth von oben herabsah und nicht selbst darin befangen war; hatte man sich aber entschieden, so konnte man sich auf die Bereitwilligkeit und auf die Tatkraft meiner Mutter verlassen. Wie jener das Schauen, so kam dieser der Glaube zu Hülfe, und weil sie in allen Fällen ihre Heiterkeit behielt, fehlte es ihr auch niemals an Hülfsmitteln, das Vorgesetzte oder Gewünschte zu bewerkstelligen. Gegenwärtig wurde sie nun an die kranke Freundin abgesendet, um deren Gutachten einzuholen, und da dieses für meine Seite günstig ausfiel, sodann ersucht, die Einwilligung des Vaters zu erlangen, der denn auch, obgleich ungläubig und ungern, nachgab.

Ich gelangte also in sehr kalter Jahreszeit zur bestimmten Stunde nach Mainz, und wurde von den jungen Herrschaften und ihren Begleitern, der Einladung gemäß, gar freundlich aufgenommen. Der in Frankfurt geführten Gespräche erinnerte man sich, die begonnenen wurden fortgesetzt, und als von der neuesten deutschen Literatur und von ihren Kühnheiten die Rede war, fügte es sich ganz natürlich, daß auch jenes famose Stück, »Götter, Helden und Wieland«, zur Sprache kam; wobei ich gleich anfangs mit Vergnügen bemerkte, daß man die Sache heiter und lustig betrachtete. Wie es aber mit dieser Posse, welche so großes Aufsehn erregt, eigentlich zugegangen, war ich zu erzählen veranlaßt, und so konnte ich nicht umhin, vor allen Dingen einzugestehn, daß wir, als wahrhaft oberrheinische Gesellen, sowohl der Neigung als Abneigung keine Grenzen kannten. Die Verehrung Shakespeares ging bei uns bis zur Anbetung. Wieland hatte hingegen, bei der entschiedenen Eigenheit sich und seinen Lesern das Interesse zu verderben und den Enthusiasmus zu verkümmern, in den Noten zu seiner Übersetzung gar manches an dem großen Autor getadelt, und zwar auf eine Weise, die uns äußerst verdroß und in unsern Augen das Verdienst dieser Arbeit schmälerte. Wir sahen Wielanden, den wir als Dichter so hoch verehrten, der uns als Übersetzer so großen Vorteil gebracht, nunmehr als Kritiker, launisch, einseitig und ungerecht. Hiezu kam noch, daß er sich auch gegen unsere Abgötter, die Griechen, erklärte und dadurch unsern bösen Willen gegen ihn noch schärfte. Es ist genugsam bekannt, daß die griechischen Götter und Helden nicht auf moralischen, sondern auf verklärten physischen Eigenschaften ruhen, weshalb sie auch dem Künstler so herrliche Gestalten anbieten. Nun hatte Wieland in der »Alceste« Helden und Halbgötter nach moderner Art gebildet; wogegen denn auch nichts wäre zu sagen gewesen, weil ja einem jeden freisteht, die poetischen Traditionen nach seinen Zwecken und seiner Denkweise umzuformen. Allein in den Briefen, die er über gedachte Oper in den »Merkur« einrückte, schien er uns diese Behandlungsart allzu parteiisch hervorzuheben und sich an den trefflichen Alten und ihrem höhern Stil unverantwortlich zu versündigen, indem er die derbe gesunde Natur, die jenen Produktionen zum Grunde liegt, keinesweges anerkennen wollte. Diese Beschwerden hatten wir kaum in unserer kleinen Sozietät leidenschaftlich durchgesprochen, als die gewöhnliche Wut alles zu dramatisieren mich eines Sonntags Nachmittags anwandelte, und ich bei einer Flasche guten Burgunders, das ganze Stück wie es jetzt daliegt, in Einer Sitzung niederschrieb. Es war nicht so bald meinen gegenwärtigen Mitgenossen vorgelesen und von ihnen mit großem Jubel aufgenommen worden, als ich die Handschrift an Lenz nach Straßburg schickte, welcher gleichfalls davon entzückt schien und behauptete, es müsse auf der Stelle gedruckt werden. Nach einigem Hin- und Widerschreiben gestand ich es zu, und er gab es in Straßburg eilig unter die Presse. Erst lange nachher erfuhr ich, daß dieses einer von Lenzens ersten Schritten gewesen, wodurch er mir zu schaden und mich beim Publikum in üblen Ruf zu setzen die Absicht hatte; wovon ich aber zu jener Zeit nichts spürte noch ahndete.

Und so hatte ich meinen neuen Gönnern mit aller Naivetät diesen arglosen Ursprung des Stücks, so gut wie ich ihn selbst wußte, vorerzählt und, um sie völlig zu überzeugen, daß hiebei keine Persönlichkeit noch eine andere Absicht obwalte, auch die lustige und verwegene Art mitgeteilt, wie wir uns untereinander zu necken und zu verspotten pflegten. Hierauf sah ich die Gemüter völlig erheitert, und man bewunderte uns beinah, daß wir eine so große Furcht hatten, es möge irgend jemand auf seinen Lorbeern einschlafen. Man verglich eine solche Gesellschaft jenen Flibustiers, welche sich in jedem Augenblick der Ruhe zu verweichlichen fürchteten, weshalb der Anführer, wenn es keine Feinde und nichts zu rauben gab, unter den Gelagtisch eine Pistole losschoß, damit es auch im Frieden nicht an Wunden und Schmerzen fehlen möge. Nach manchen Hin- und Widerreden über diesen Gegenstand ward ich endlich veranlaßt, Wielanden einen freundlichen Brief zu schreiben, wozu ich die Gelegenheit sehr gern ergriff, da er sich schon im »Merkur« über diesen Jugendstreich sehr liberal erklärt und, wie er es in literarischen Fehden meist getan, geistreich abschließend benommen hatte.

Die wenigen Tage des Mainzer Aufenthalts verstrichen sehr angenehm: denn wenn die neuen Gönner durch Visiten und Gastmähler außer dem Hause gehalten wurden, blieb ich bei den Ihrigen, porträtierte manchen und fuhr auch wohl Schlittschuh, wozu die eingefrornen Festungsgraben die beste Gelegenheit verschafften. Voll von dem Guten was mir dort begegnet war, kehrte ich nach Hause zurück und stand im Begriff beim Eintreten mir durch umständliche Erzählung das Herz zu erleichtern; aber ich sah nur verstörte Gesichter und es blieb mir nicht lange verborgen, daß unsere Freundin Klettenberg von uns geschieden sei. Ich war hierüber sehr betroffen, weil ich ihrer grade in meiner gegenwärtigen Lage mehr als jemals bedurfte. Man erzählte mir zu meiner Beruhigung, daß ein frommer Tod sich an ein seliges Leben angeschlossen und ihre gläubige Heiterkeit sich bis ans Ende ungetrübt erhalten habe. Noch ein anderes Hindernis stellte sich einer freien Mitteilung entgegen: mein Vater, anstatt sich über den guten Ausgang dieses kleinen Abenteuers zu freuen, verharrte auf seinem Sinne und behauptete, dieses alles sei von jener Seite nur Verstellung, und man gedenke vielleicht in der Folge etwas Schlimmeres gegen mich auszuführen. Ich war daher mit meiner Erzählung zu den jüngern Freunden hingedrängt, denen ich denn freilich die Sache nicht umständlich genug überliefern konnte. Aber auch hier entsprang aus Neigung und gutem Willen eine mir höchst unangenehme Folge: denn kurz darauf erschien eine Flugschrift, »Prometheus und seine Rezensenten«, gleichfalls in dramatischer Form. Man hatte darin den neckischen Einfall ausgeführt, anstatt der Personen-Namen, kleine Holzschnitt-Figuren zwischen den Dialog zu setzen, und durch allerlei satirische Bilder diejenigen Kritiker zu bezeichnen, die sich über meine Arbeiten und was ihnen verwandt war, öffentlich hatten vernehmen lassen. Hier stieß der Altonaer Postreiter ohne Kopf ins Horn, hier brummte ein Bär, dort schnatterte eine Gans; der Merkur war auch nicht vergessen, und manches wilde und zahme Geschöpf suchte den Bildner in seiner Werkstatt irre zu machen, welcher aber, ohne sonderlich Notiz zu nehmen, seine Arbeit eifrig fortsetzte und dabei nicht verschwieg, wie er es überhaupt zu halten denke. Dieser unerwartet hervorbrechende Scherz fiel mir sehr auf, weil er dem Stil und Ton nach von jemand aus unserer Gesellschaft sein mußte, ja man hätte das Werklein für meine eigene Arbeit halten sollen. Am unangenehmsten aber war mir, daß Prometheus einiges verlauten ließ, was sich auf den Mainzer Aufenthalt und die dortigen Äußerungen bezog, und was eigentlich niemand als ich wissen sollte. Mir aber bewies es, daß der Verfasser von denjenigen sei, die meinen engsten Kreis bildeten und mich jene Ereignisse und Umstände weitläuftig hatten erzählen hören. Wer sahen einer den andern an, und jeder hatte die übrigen im Verdacht; der unbekannte Verfasser wußte sich gut zu verstellen. Ich schalt sehr heftig auf ihn, weil es mir äußerst verdrießlich war, nach einer so günstigen Aufnahme und so bedeutender Unterhaltung, nach meinem an Wieland geschriebenen zutraulichen Briefe hier wieder Anlässe zu neuem Mißtrauen und frische Unannehmlichkeiten zu sehen. Die Ungewißheit hierüber dauerte jedoch nicht lange: denn als ich in meiner Stube auf und ab gehend mir das Büchlein laut vorlas, hörte ich an den Einfällen und Wendungen ganz deutlich die Stimme Wagners, und er war es auch. Wie ich nämlich zur Mutter hinuntersprang, ihr meine Entdeckung mitzuteilen, gestand sie mir, daß sie es schon wisse. Der Autor, beängstigt über den schlimmen Erfolg bei einer, wie ihm deuchte, so guten und löblichen Absicht, hatte sich ihr entdeckt und um Fürsprache gebeten, damit meine ausgestoßene Drohung, ich würde mit dem Verfasser, wegen mißbrauchten Vertrauens, keinen Umgang mehr haben, an ihm nicht erfüllt werden möchte. Hier kam ihm nun sehr zustatten, daß ich es selbst entdeckt hatte und durch das Behagen, wovon ein jedes eigene Gewahrwerden begleitet wird, zur Versöhnung gestimmt war. Der Fehler war verziehen, der zu einem solchen Beweis meiner Spürkraft Gelegenheit gegeben hatte. Indessen war das Publikum so leicht nicht zu überzeugen, daß Wagner der Verfasser sei, und daß ich keine Hand mit im Spiel gehabt habe. Man traute ihm diese Vielseitigkeit nicht zu, weil man nicht bedachte, daß er alles was in einer geistreichen Gesellschaft seit geraumer Zeit bescherzt und verhandelt worden, aufzufassen, zu merken und in einer bekannten Manier wohl darzustellen vermochte, ohne deshalb ein ausgezeichnetes Talent zu besitzen. Und so hatte ich nicht allein meine eigenen Torheiten, sondern auch den Leichtsinn, die Übereilung meiner Freunde diesmal und in der Folge sehr oft zu büßen.

Erinnert durch mehrere zusammentreffende Umstände, will ich noch einiger bedeutenden Männer gedenken, die zu verschiedener Zeit vorüber reisend, teils in unserm Hause gewohnt, teils freundliche Bewirtung angenommen haben. Klopstock steht hier billig abermals obenan. Ich hatte schon mehrere Briefe mit ihm gewechselt, als er mir anzeigte, daß er nach Karlsruh zu gehen und daselbst zu wohnen eingeladen sei; er werde zur bestimmten Zeit in Friedberg eintreffen, und wünsche, daß ich ihn daselbst abhole. Ich verfehlte nicht, zur rechten Stunde mich einzufinden; allein er war auf seinem Wege zufällig aufgehalten worden, und nachdem ich einige Tage vergebens gewartet, kehrte ich nach Hause zurück, wo er denn erst nach einiger Zeit eintraf, sein Außenbleiben entschuldigte und meine Bereitwilligkeit ihm entgegen zu kommen sehr wohl aufnahm. Er war klein von Person, aber gut gebaut, sein Betragen ernst und abgemessen, ohne steif zu sein, seine Unterhaltung bestimmt und angenehm. Im Ganzen hatte seine Gegenwart etwas von der eines Diplomaten. Ein solcher Mann unterwindet sich der schweren Aufgabe, zugleich seine eigene Würde und die Würde eines Höheren, dem er Rechenschaft schuldig ist, durchzuführen, seinen eigenen Vorteil neben dem viel wichtigern eines Fürsten, ja ganzer Staaten zu befördern, und sich in dieser bedenklichen Lage vor allen Dingen den Menschen gefällig zu machen. Und so schien sich auch Klopstock als Mann von Wert und als Stellvertreter höherer Wesen, der Religion, der Sittlichkeit und Freiheit, zu betragen. Eine andere Eigenheit der Weltleute hatte er auch angenommen, nämlich nicht leicht von Gegenständen zu reden, über die man gerade ein Gespräch erwartet und wünscht. Von poetischen und literarischen Dingen hörte man ihn selten sprechen. Da er aber an mir und meinen Freunden leidenschaftliche Schlittschuhfahrer fand, so unterhielt er sich mit uns weitläuftig über diese edle Kunst, die er gründlich durchgedacht und was dabei zu suchen und zu meiden sei, sich wohl überlegt hatte. Ehe wir jedoch seiner geneigten Belehrung teilhaft werden konnten, mußten wir uns gefallen lassen, über den Ausdruck selbst, den wir verfehlten, zurecht gewiesen zu werden. Wir sprachen nämlich auf gut oberdeutsch von Schlittschuhen, welches er durchaus nicht wollte gelten lassen: denn das Wort komme keinesweges von Schlitten, als wenn man auf kleinen Kufen dahinführe, sondern von Schreiten, indem man, den Homerischen Göttern gleich, auf diesen geflügelten Sohlen über das zum Boden gewordene Meer hinschritte. Nun kam es an das Werkzeug selbst; er wollte von den hohen hohlgeschliffenen Schrittschuhen nichts wissen, sondern empfahl die niedrigen breiten flachgeschliffenen Friesländischen Stähle, als welche zum Schnellaufen die dienlichsten seien. Von Kunststücken, die man bei dieser Übung zu machen pflegt, war er kein Freund. Ich schaffte mir nach seinem Gebot so ein Paar flache Schuhe mit langen Schnäbeln, und habe solche, obschon mit einiger Unbequemlichkeit, viele Jahre geführt. Auch vom Kunst-Reiten, und sogar vom Bereiten der Pferde wußte er Rechenschaft zu geben und tat es gern; und so lehnte er, wie es schien vorsätzlich, das Gespräch über sein eigen Metier gewöhnlich ab, um über fremde Künste, die er als Liebhaberei trieb, desto unbefangener zu sprechen. Von diesen und andern Eigentümlichkeiten des außerordentlichen Mannes würde ich noch manches erwähnen können, wenn nicht Personen, die länger mit ihm gelebt, uns bereits genugsam hievon unterrichtet hätten; aber einer Betrachtung kann ich mich nicht erwehren, daß nämlich Menschen, denen die Natur außerordentliche Vorzüge gegeben, sie aber in einen engen oder wenigstens nicht verhältnismäßigen Wirkungskreis gesetzt, gewöhnlich auf Sonderbarkeiten verfallen, und weil sie von ihren Gaben keinen direkten Gebrauch zu machen wissen, sie auf außerordentlichen und wunderlichen Wegen geltend zu machen versuchen.

Zimmermann war gleichfalls eine Zeit lang unser Gast. Dieser, groß und stark gebaut, von Natur heftig und gerade vor sich hin, hatte doch sein Äußeres und sein Betragen völlig in der Gewalt, so daß er im Umgang als ein gewandter weltmännischer Arzt erschien, und seinem innerlich ungebändigten Charakter nur in Schriften und im vertrautesten Umgang einen ungeregelten Lauf ließ. Seine Unterhaltung war mannigfaltig und höchst unterrichtend; und konnte man ihm nachsehen, daß er sich, seine Persönlichkeit, seine Verdienste, sehr lebhaft vorempfand, so war kein Umgang wünschenswerter zu finden. Da mich nun überhaupt das was man

Eitelkeit nennt, niemals verletzte, und ich mir dagegen auch wieder eitel zu sein erlaubte, das heißt, dasjenige unbedenklich hervorkehrte, was mir an mir selbst Freude machte; so kam ich mit ihm gar wohl überein, wir ließen uns wechselsweise gelten und schalten, und weil er sich durchaus offen und mitteilend erwies, so lernte ich in kurzer Zeit sehr viel von ihm.

Beurteil' ich nun aber einen solchen Mann, dankbar, wohlwollend und gründlich, so darf ich nicht einmal sagen, daß er eitel gewesen. Wir Deutschen mißbrauchen das Wort eitel nur allzu oft: denn eigentlich führt es den Begriff von Leerheit mit sich, und man bezeichnet damit billiger Weise nur einen der die Freude an seinem Nichts, die Zufriedenheit mit einer hohlen Existenz nicht verbergen kann. Bei Zimmermann war gerade das Gegenteil, er hatte große Verdienste und kein inneres Behagen; wer sich aber an seinen Naturgaben nicht im stillen erfreuen kann, wer sich bei Ausübung derselben nicht selbst seinen Lohn dahinnimmt, sondern erst darauf wartet und hofft, daß andere das Geleistete anerkennen und es gehörig würdigen sollen, der findet sich in einer übeln Lage; weil es nur allzu bekannt ist, daß die Menschen den Beifall sehr spärlich austeilen, daß sie das Lob verkümmern, ja wenn es nur einigermaßen tunlich ist, in Tadel verwandeln. Wer ohne hierauf vorbereitet zu sein, öffentlich auftritt, der kann nichts als Verdruß erwarten: denn wenn er das was von ihm ausgeht, auch nicht überschätzt, so schätzt er es doch unbedingt, und jede Aufnahme die wir in der Welt erfahren, wird bedingt sein; und sodann gehört ja für Lob und Beifall auch eine Empfänglichkeit, wie für jedes Vergnügen. Man wende dieses auf Zimmermann an, und man wird auch hier gestehen müssen: was einer nicht schon mitbringt, kann er nicht erhalten.

Will man diese Entschuldigung nicht gelten lassen, so werden wir diesen merkwürdigen Mann wegen eines andern Fehlers noch weniger rechtfertigen können, weil das Glück anderer dadurch gestört, ja vernichtet worden. Es war das Betragen gegen seine Kinder. Eine Tochter die mit ihm reiste, war, als er sich in der Nachbarschaft umsah, bei uns geblieben. Sie konnte etwa sechszehn Jahr alt sein. Schlank und wohlgewachsen, trat sie auf ohne Zierlichkeit; ihr regelmäßiges Gesicht wäre angenehm gewesen, wenn sich ein Zug von Teilnahme darin aufgetan hätte; aber sie sah immer so ruhig aus wie ein Bild, sie äußerte sich selten, in der Gegenwart ihres Vaters nie. Kaum aber war sie einige Tage mit meiner Mutter allein, und hatte die heitere liebevolle Gegenwart dieser teilnehmenden Frau in sich aufgenommen, als sie sich ihr mit aufgeschlossenem Herzen zu Füßen warf und unter tausend Tränen bat, sie dazubehalten. Mit dem leidenschaftlichsten Ausdruck erklärte sie: als Magd, als Sklavin wolle sie zeitlebens im Hause bleiben, nur um nicht zu ihrem Vater zurückzukehren, von dessen Härte und Tyrannei man sich keinen Begriff machen könne. Ihr Bruder sei über diese Behandlung wahnsinnig geworden; sie habe es mit Not so lange getragen, weil sie geglaubt, es sei in jeder Familie nicht anders, oder nicht viel besser; da sie aber nun eine so liebevolle, heitere, zwanglose Behandlung erfahren, so werde ihr Zustand zu einer wahren Hölle. Meine Mutter war sehr bewegt, als sie mir diesen leidenschaftlichen Erguß hinterbrachte, ja sie ging in ihrem Mitleiden so weit, daß sie nicht undeutlich zu verstehen gab, sie würde es wohl zufrieden sein das Kind im Hause zu behalten, wenn ich mich entschließen könnte, sie zu heiraten. – »Wenn es eine Waise wäre«, versetzt' ich, »so ließe sich darüber denken und unterhandeln, aber Gott bewahre mich vor einem Schwiegervater, der ein solcher Vater ist!« Meine Mutter gab sich noch viel Mühe mit dem guten Kinde, aber es ward dadurch nur immer unglücklicher. Man fand zuletzt noch einen Ausweg, sie in eine Pension zu tun. Sie hat übrigens ihr Leben nicht hoch gebracht.

Dieser tadelnswürdigen Eigenheit eines so verdienstvollen Mannes würde ich kaum erwähnen, wenn dieselbe nicht schon öffentlich wäre zur Sprache gekommen, und zwar als man nach seinem Tode der unseligen Hypochondrie gedachte, womit er sich und andere in seinen letzten Stunden gequält. Denn auch jene Härte gegen seine Kinder war Hypochondrie, ein partieller Wahnsinn, ein fortdauerndes moralisches Morden, das er, nachdem er seine Kinder aufgeopfert hatte, zuletzt gegen sich selbst kehrte. Wir wollen aber bedenken, daß dieser so rüstig scheinende Mann in seinen besten Jahren leidend war, daß ein Leibesschaden unheilbar den geschickten Arzt quälte, ihn der so manchem Kranken geholfen hatte und half. Ja dieser brave Mann führte bei äußerem Ansehen, Ruhm, Ehre, Rang und Vermögen, das traurigste Leben, und wer sich davon, aus vorhandenen Druckschriften, noch weiter unterrichten will, der wird ihn nicht verdammen, sondern bedauern.

Erwartet man nun aber, daß ich von der Wirkung dieses bedeutenden Mannes auf mich nähere Rechenschaft gebe, so muß ich im Allgemeinen jener Zeit abermals gedenken. Die Epoche in der wir lebten, kann man die *fordernde* nennen: denn man machte, an sich und andere, Forderungen, auf das was noch kein Mensch geleistet hatte. Es war nämlich vorzüglichen, denkenden und fühlenden Geistern ein Licht aufgegangen, daß die unmittelbare originelle Ansicht der Natur und ein darauf gegründetes Handeln das Beste sei, was der Mensch sich wünschen könne, und nicht einmal schwer zu erlangen. Erfahrung war also abermals das allgemeine Losungswort, und jedermann tat die Augen auf so gut er konnte; eigentlich aber waren es die Ärzte, die am meisten Ursache hatten, darauf zu dringen und Gelegenheit sich darnach umzutun. Hier leuchtete ihnen nun aus alter Zeit ein Gestirn entgegen, welches als Beispiel alles Wünschenswerten gelten konnte. Die Schriften die uns unter dem Namen *Hippocrates* zugekommen waren, gaben das Muster, wie der Mensch die Welt anschauen und das Gesehene, ohne sich selbst hineinzumischen, überliefern sollte. Allein niemand bedachte, daß wir nicht sehen können wie die Griechen, und daß wir niemals wie sie dichten, bilden und heilen werden. Zugegeben aber auch, daß man von ihnen lernen könne, so war unterdessen unendlich viel und nicht immer so rein erfahren worden, und gar oft hatten sich die Erfahrungen nach den Meinungen gebildet. Dieses aber sollte man auch wissen, unterscheiden und sichten; abermals eine ungeheure Forderung; dann sollte man auch persönlich umherblickend und handelnd, die gesunde Natur selbst kennen lernen, eben als wenn sie zum ersten Mal beachtet und behandelt würde; hiebei sollte denn nur das Echte und Rechte geschehen. Allein weil sich die Gelahrtheit überhaupt nicht wohl ohne Polyhistorie und Pedanterie, die Praxis aber wohl schwerlich ohne Empirie und Scharlatanerie denken läßt; so entstand ein gewaltiger Konflikt, indem man den Mißbrauch vom Gebrauch sondern und der Kern die Oberhand über die Schale gewinnen sollte. Wie man nun auch hier zur Ausübung schritt, so sah man, am kürzesten sei zuletzt aus der Sache zu kommen, wenn man das Genie zu Hülfe riefe, das durch seine magische Gabe den Streit schlichten und die Forderungen leisten würde. Der Verstand mischte sich indessen auch in die Sache, alles sollte auf klare Begriffe gebracht und in logischer Form dargelegt werden, damit jedes Vorurteil beseitigt und aller Aberglaube zerstört werde. Weil nun wirklich einige außerordentliche Menschen, wie Boerhaave und Haller, das Unglaubliche geleistet, so schien man sich berechtigt, von ihren Schülern und Nachkömmlingen noch mehr zu fordern. Man behauptete, die Bahn sei gebrochen, da doch in allen irdischen Dingen selten von Bahn die Rede sein kann: denn wie das Wasser das durch ein Schiff verdrängt wird, gleich hinter ihm wieder zusammenstürzt, so schließt sich auch der Irrtum, wenn vorzügliche Geister ihn bei Seite gedrängt und sich Platz gemacht haben, hinter ihnen sehr geschwind wieder naturgemäß zusammen.

Aber hievon wollte sich der brave Zimmermann ein für allemal keinen Begriff machen; er wollte nicht eingestehen, daß das Absurde eigentlich die Welt erfülle. Bis zur Wut ungeduldig schlug er auf alles los, was er für unrecht erkannte und hielt. Ob er sich mit dem Krankenwärter oder mit Paracelsus, mit einem Harnpropheten oder Chymisten balgte, war ihm gleich; er hieb ein wie das andre Mal zu, und wenn er sich außer Atem gearbeitet hatte, war er höchlich erstaunt, daß die sämtlichen Köpfe dieser Hydra, die er mit Füßen zu treten geglaubt, ihm schon wieder ganz frisch von unzähligen Hälsen die Zähne wiesen.

Wer seine Schriften, besonders sein tüchtiges Werk »Über die Erfahrung« liest, wird bestimmter einsehen, was zwischen diesem trefflichen Manne und mir verhandelt worden; welches auf mich um so kräftiger wirken mußte, da er zwanzig Jahr älter war denn ich. Als berühmter Arzt war er vorzüglich in den höhern Ständen beschäftigt, und hier kam die Verderbnis der Zeit, durch Verweichlichung und Übergenuß, jeden Augenblick zur Sprache; und so drängten auch seine ärztlichen Reden, wie die der Philosophen und meiner dichterischen Freunde, mich wieder auf die Natur zurück. Seine leidenschaftliche Verbesserungswut konnte ich vollends nicht mit ihm teilen. Ich zog mich vielmehr, nachdem wir uns getrennt, gar bald wieder in mein eigentümliches Fach zurück und suchte die von der Natur mir verliehenen Gaben mit mäßiger Anstrengung anzuwenden, und in heiterem Widerstreit gegen das was ich mißbilligte, mir einigen Raum zu verschaffen, unbesorgt wie weit meine Wirkungen reichen und wohin sie mich führen könnten.

Von Salis, der in Marschlins die große Pensionsanstalt errichtete, ging ebenfalls bei uns vorüber, ein ernster verständiger Mann, der über die genialischtolle Lebensweise unserer kleinen Gesellschaft gar wunderliche Anmerkungen im stillen wird gemacht haben. Ein gleiches mag Sulzern, der uns auf seiner Reise nach dem südlichen Frankreich berührte, begegnet sein; wenigstens scheint eine Stelle seiner Reisebeschreibung, worin er mein gedenkt, dahin zu deuten.

Diese so angenehmen als förderlichen Besuche waren aber auch mit solchen durchwebt, die man lieber abgelehnt hätte. Wahrhaft Dürftige und unverschämte Abenteurer wendeten sich an den zutraulichen Jüngling, ihre dringenden Forderungen durch wirkliche wie durch vorgebliche Verwandtschaften oder Schicksale unterstützend. Sie borgten mir Geld ab, und setzten mich in den Fall wieder borgen zu müssen, so daß ich mit begüterten und wohlwollenden Freunden darüber in das unangenehmste Verhältnis geriet. Wünschte ich nun solche Zudringlinge allen Raben zur Beute, so fühlte sich mein Vater gleichfalls in der Lage des Zauberlehrlings, der wohl sein Haus gerne rein gewaschen sähe, sich aber entsetzt, wenn die Flut über Schwellen und Stufen unaufhaltsam einhergestürzt kommt. Denn es ward durch das allzu viele Gute der mäßige Lebensplan, den sich mein Vater für mich ausgedacht hatte, Schritt für Schritt verrückt, verschoben und von einem Tag zum andern wider Erwarten umgestaltet. Der Aufenthalt zu Regensburg und Wien war so gut als aufgegeben, aber doch sollte auf dem Wege nach Italien eine Durchreise stattfinden, damit man wenigstens eine allgemeine Übersicht gewönne. Dagegen aber waren andere Freunde, die einen so großen Umweg ins tätige Leben zu gelangen, nicht billigen konnten, der Meinung, man solle den Augenblick, wo so manche Gunst sich auftat, benutzen und an eine bleibende Einrichtung in der Vaterstadt denken. Denn ob ich gleich erst durch den Großvater, sodann aber durch den Oheim, von dem Rate ausgeschlossen war; so gab es doch noch manche bürgerliche Stellen, an die man Anspruch machen, sich einstweilen festsetzen und die Zukunft erwarten konnte. Manche Agentschaften gaben zu tun genug, und ehrenvoll waren die Residenten-Stellen. Ich ließ mir davon vorreden und glaubte wohl auch, daß ich mich dazu schicke, ohne mich geprüft zu haben, ob eine solche Lebens- und Geschäftsweise, welche fordert, daß man am liebsten in der Zerstreuung zweckmäßig tätig sei, für mich passen möchte; und nun gesellte sich zu diesen Vorschlägen und Vorsätzen noch eine zarte Neigung, welche zu bestimmter Häuslichkeit aufzufordern und jenen Entschluß zu beschleunigen schien.

Die früher erwähnte Gesellschaft nämlich von jungen Männern und Frauenzimmern, welche meiner Schwester wo nicht den Ursprung doch die Konsistenz verdankte, war nach ihrer Verheiratung und Abreise noch immer bestanden, weil man sich einmal aneinander gewöhnt hatte, und einen Abend in der Woche nicht besser als in diesem freundschaftlichen Zirkel zuzubringen wußte. Auch jener wunderliche Redner, den wir schon aus dem sechsten Buche kennen, war nach mancherlei Schicksalen gescheiter und verkehrter zu uns zurückgewandert, und spielte abermals den Gesetzgeber des kleinen Staats. Er hatte sich in Gefolg von jenen frühern Scherzen etwas Ähnliches ausgedacht: es sollte nämlich alle acht Tage gelost werden, nicht um, wie vormals, liebende Paare, sondern wahrhafte Ehegatten zu bestimmen. Wie man sich gegen Geliebte betrage, das sei uns bekannt genug; aber wie sich Gatte und Gattin in Gesellschaft zu nehmen hätten, das sei uns unbewußt und müsse nun, bei zunehmenden Jahren, vor allen Dingen gelernt werden. Er gab die Regeln an im Allgemeinen, welche bekanntlich darin bestehen, daß man tun müsse, als wenn man einander nicht angehöre; man dürfe nicht nebeneinander sitzen, nicht viel miteinander sprechen, viel weniger sich Liebkosungen erlauben: dabei aber habe man nicht allein alles zu vermeiden, was wechselseitig Verdacht und Unannehmlichkeit erregen könnte, ja man würde im Gegenteil das größte Lob verdienen, wenn man seine Gattin auf eine ungezwungene Weise zu verbinden wisse.

Das Los wurde hierauf zur Entscheidung herbeigeholt, über einige barocke Paarungen, die es beliebt, gelacht und gescherzt, und die allgemeine Ehestands-Komödie mit gutem Humor begonnen und jedesmal am achten Tage wiederum erneuert.

Hier traf es sich nun wunderbar genug, daß mir das Los gleich von Anfang eben dasselbe Frauenzimmer zweimal bestimmte, ein sehr gutes Wesen, gerade von der Art, die man sich als Frau gerne denken mag. Ihre Gestalt war schön und regelmäßig, ihr Gesicht angenehm, und in ihrem Betragen waltete eine Ruhe, die von der Gesundheit ihres Körpers und ihres Geistes zeugte. Sie war sich zu allen Tagen und Stunden völlig gleich. Ihre häusliche Tätigkeit wurde höchlich gerühmt. Ohne daß sie gesprächig gewesen wäre, konnte man an ihren Äußerungen einen geraden Verstand und eine natürliche Bildung erkennen. Nun war es leicht einer solchen Person mit Freundlichkeit und Achtung zu begegnen; schon vorher war ich gewohnt es aus allgemeinem Gefühl zu tun, jetzt wirkte bei mir ein herkömmliches Wohlwollen als gesellige Pflicht. Wie uns nun aber das Los zum dritten Male zusammenbrachte, so erklärte der neckische Gesetzgeber feierlichst: der Himmel habe gesprochen, und wir könnten nunmehr nicht geschieden werden. Wir ließen es uns beiderseits gefallen, und fügten uns wechselsweise so hübsch in die offenbaren Ehestands-Pflichten, daß wir wirklich für ein Muster gelten konnten. Da nun, nach der allgemeinen Verfassung, die sämtlichen für den Abend vereinten Paare sich auf die wenigen Stunden mit Du anreden mußten; so waren wir dieser traulichen Anrede durch eine Reihe von Wochen so gewohnt, daß auch in der Zwischenzeit, wenn wir uns begegneten, das Du gemütlich hervorsprang. Die Gewohnheit ist aber ein wunderliches Ding: wir beide fanden nach und nach nichts natürlicher als dieses Verhältnis; sie ward mir immer werter, und ihre Art mit mir zu sein zeugte von einem schönen ruhigen Vertrauen, so daß wir uns wohl gelegentlich, wenn ein Priester zugegen gewesen wäre, ohne vieles Bedenken auf der Stelle hätten zusammengeben lassen.

Weil nun bei jeder unserer geselligen Zusammenkünfte etwas Neues vorgelesen werden mußte, so brachte ich eines Abends, als ganz frische Neuigkeit, das Memoire des Beaumarchais gegen Clavigo im Original mit. Es erwarb sich sehr vielen Beifall; die Bemerkungen zu denen es auffordert, blieben nicht aus, und nachdem man viel darüber hin und wider gesprochen hatte, sagte mein lieber Partner: »Wenn ich deine Gebieterin und nicht deine Frau wäre, so würde ich dich ersuchen, dieses Memoire in ein Schauspiel zu verwandeln, es scheint mir ganz dazu geeignet zu sein.« – »Damit du siehst, meine Liebe«, antwortete ich, »daß Gebieterin und Frau auch in Einer Person vereinigt sein können; so verspreche ich, heute über acht Tage den Gegenstand dieses Heftes als Theaterstück vorzulesen, wie es jetzt mit diesen Blättern geschehen.« Man verwunderte sich über ein so kühnes Versprechen, und ich säumte nicht es zu erfüllen. Denn was man in solchen Fällen Erfindung nennt, war bei mir augenblicklich; und gleich, als ich meine Titular-Gattin nach Hause führte, war ich still; sie fragte, was mir sei. – »Ich sinne«, versetzte ich, »schon das Stück aus und bin mitten drin; ich wünsche dir zu zeigen, daß ich dir gerne etwas zu Liebe tue.« Sie drückte mir die Hand, und als ich sie dagegen eifrig küßte, sagte sie: »Du mußt nicht aus der Rolle fallen! Zärtlich zu sein, meinen die Leute, schicke sich nicht für Ehegatten.« – »Laß sie meinen«, versetzte ich, »wir wollen es auf unsere Weise halten.«

Ehe ich, freilich durch einen großen Umweg, nach Hause kam, war das Stück schon ziemlich heran gedacht; damit dies aber nicht gar zu großsprecherisch scheine, so will ich gestehen, daß schon beim ersten und zweiten Lesen, der Gegenstand mir dramatisch ja theatralisch vorgekommen, aber ohne eine solche Anregung wäre das Stück, wie so viele andere, auch bloß unter den möglichen Geburten geblieben. Wie ich dabei verfahren, ist bekannt genug. Der Bösewichter müde, die aus Rache, Haß oder kleinlichen Absichten sich einer edlen Natur entgegensetzen und sie zu Grunde richten, wollt' ich in Carlos den reinen Weltverstand mit wahrer Freundschaft gegen Leidenschaft, Neigung und äußere Bedrängnis wirken lassen, um auch einmal auf diese Weise eine Tragödie zu motivieren. Berechtigt durch unsern Altvater Shakespeare, nahm ich nicht einen Augenblick Anstand die Hauptszene und die eigentlich theatralische Darstellung wörtlich zu übersetzen. Um zuletzt abzuschließen, entlehnt' ich den Schluß einer englischen Ballade, und so war ich immer noch eher fertig als der Freitag herankam. Die gute Wirkung, die ich beim Vorlesen erreichte, wird man mir leicht zugestehen. Meine gebietende Gattin erfreute sich nicht wenig daran, und es war, als wenn unser Verhältnis, wie durch eine geistige

Nachkommenschaft, durch diese Produktion sich enger zusammenzöge und befestigte.

Mephistopheles Merk aber tat mir zum ersten Mal hier einen großen Schaden. Denn als ich ihm das Stück mitteilte, erwiderte er: »Solch einen Quark mußt du mir künftig nicht mehr schreiben; das können die andern auch.« Und doch hatt' er hierin Unrecht. Muß ja doch nicht alles über alle Begriffe hinausgehen die man nun einmal gefaßt hat; es ist auch gut, wenn manches sich an den gewöhnlichen Sinn anschließt. Hätte ich damals ein Dutzend Stücke der Art geschrieben, welches mir bei einiger Aufmunterung ein leichtes gewesen wäre; so hätten sich vielleicht drei oder vier davon auf dem Theater erhalten. Jede Direktion, die ihr Repertorium zu schätzen weiß, kann sagen, was das für ein Vorteil wäre.

Durch solche und andre geistreiche Scherze ward unser wunderliches Mariage-Spiel wo nicht zum Stadt- doch zum Familien-Märchen, das den Müttern unserer Schönen gar nicht unangenehm in die Ohren klang. Auch meiner Mutter war ein solcher Zufall nicht zuwider: sie begünstigte schon früher das Frauenzimmer, mit dem ich in ein so seltsames Verhältnis gekommen war, und mochte ihr zutrauen, daß sie eine ebenso gute Schwiegertochter als Gattin werden könnte. Jenes unbestimmte Rumoren, in welchem ich mich schon seit geraumer Zeit herumtrieb, wollte ihr nicht behagen, und wirklich hatte sie auch die größte Beschwerde davon. Sie war es, welche die zuströmenden Gäste reichlich bewirten mußte, ohne sich für die literarische Einquartierung anders als durch die Ehre, die man ihrem Sohne antat ihn zu beschmausen, entschädigt zu sehen. Ferner war es ihr klar, daß so viele junge Leute, sämtlich ohne Vermögen, nicht allein zum Wissen und Dichten, sondern auch zum lustigen Leben versammelt, sich untereinander und zuletzt am sichersten mir, dessen leichtsinnige Freigebigkeit und Verbürgungslust sie kannte, zur Last und zum Schaden gereichen würden.

Sie hielt daher die schon längst bezweckte italienische Reise, die der Vater wieder in Anregung brachte, für das sicherste Mittel alle diese Verhältnisse auf einmal durchzuschneiden. Damit aber ja nicht wieder in der weiten Welt sich neues Gefährliche anschließen möge, so dachte sie vorher die schon eingeleitete Verbindung zu befestigen, damit eine Rückkehr ins Vaterland wünschenswerter und eine endliche Bestimmung entschieden werde. Ob ich ihr diesen Plan nur unterlege, oder ob sie ihn deutlich, vielleicht mit der seligen Freundin, entworfen, möchte ich nicht entscheiden: genug, ihre Handlungen schienen auf einen bedachten Vorsatz gegründet. Denn ich hatte manchmal zu vernehmen, unser Familienkreis sei nach Verheiratung Corneliens doch gar zu eng; man wollte finden, daß mir eine Schwester, der Mutter eine Gehülfin, dem Vater ein Lehrling abgehe; und bei diesen Reden blieb es nicht. Es ergab sich wie von ungefähr, daß meine Eltern jenem Frauenzimmer auf einem Spaziergang begegneten, sie in den Garten einluden und sich mit ihr längere Zeit unterhielten. Hierüber ward nun beim Abendtische gescherzt, und mit einem gewissen Behagen bemerkt, daß sie dem Vater wohlgefallen, indem sie die Haupteigenschaften, die er als ein Kenner von einem Frauenzimmer fordere, sämtlich besitze.

Hierauf ward im ersten Stock eins und das andere veranstaltet, eben als wenn man Gäste zu erwarten habe, das Leinwandgeräte gemustert, und auch an einigen bisher vernachlässigten Hausrat gedacht. Da überraschte ich nun einst meine Mutter, als sie in einer Bodenkammer die alten Wiegen betrachtete, worunter eine übergroße von Nußbaum, mit Elfenbein und Ebenholz eingelegt, die mich ehmals geschwenkt hatte, besonders hervorstach. Sie schien nicht ganz zufrieden, als ich ihr bemerkte, daß solche Schaukelkasten nunmehr völlig aus der Mode seien, und daß man die Kinder mit freien Gliedern in einem artigen Körbchen, an einem Bande über die Schulter, wie andre kurze Ware, zur Schau trage.

Genug, dergleichen Vorboten zu erneuernder Häuslichkeit zeigten sich öfter, und da ich mich dabei ganz leidend verhielt; so verbreitete sich, durch den Gedanken an einen Zustand der fürs Leben dauern sollte, ein solcher Friede über unser Haus und dessen Bewohner, dergleichen es lange nicht genossen hatte.

Aus meinem Leben

Dichtung und Wahrheit

Vierter Teil

Vorwort

Bei Behandlung einer mannigfaltig vorschreitenden Lebensgeschichte, wie die ist die wir zu unternehmen gewagt haben, ergeben sich Umstände die uns einigermaßen hinderlich in den Weg treten. So kommen wir, um dergleichen Ereignisse faßlich und lesbar zu machen, in den Fall, einiges was in der Zeit sich verschlingt, notwendig zu trennen, anderes was nur durch eine Folge begriffen werden kann in sich selbst zusammenzuziehn und so das Ganze in Teile zusammenzustellen, die man sinnig überschauend beurteilen kann und sich davon manches zueignen mag.

Mit dieser Betrachtung eröffnen wir den gegenwärtigen Band, damit sie zu Rechtfertigung unsres Verfahrens beitrage und fügen die Bitte hinzu unsre Leser möchten bedenken daß sich diese hier fortgesetzte Erzählung nicht gerade ans Ende des vorigen Buches anschließt sondern daß sie die Hauptfäden sämtlich nach und nach wieder aufzunehmen und sowohl Personen als Gesinnungen und Handlungen in einer redlich gründlichen Folge vorzuführen beabsichtigt.

Sechzehntes Buch

Wie man zu sagen pflegt: daß kein Unglück allein komme, so läßt sich auch wohl bemerken, daß es mit dem Glück ähnlicher Weise beschaffen sei; ja auch mit andern Umständen, die sich auf eine harmonische Weise um uns versammeln; es sei nun, daß ein Schicksal dergleichen auf uns lege, oder daß der Mensch die Kraft habe, das was zusammengehört an sich heranzuziehen; wenigstens machte ich diesmal die Erfahrung daß alles übereinstimmte um einen äußeren und inneren Frieden hervorzubringen. Jener ward mir zu Teil, indem ich den

Ausgang dessen gelassen abwartete was man für mich im Sinne hegte und vornahm; zu diesem aber sollte ich durch erneute Studien gelangen.

Ich hatte lange nicht an Spinoza gedacht und nun ward ich durch Widerrede zu ihm getrieben. In unsrer Bibliothek fand ich ein Büchlein, dessen Autor heftig gegen jenen eigenen Denker kämpfte, und, um dabei recht wirksam zu Werke zu gehen, Spinozas Bildnis dem Titel gegenüber gesetzt hatte, mit der Unterschrift: Signum reprobationis in vultu gerens, daß er nämlich das Zeichen der Verwerfung und Verworfenheit im Angesicht trage. Dieses konnte man freilich bei Erblickung des Bildes nicht leugnen: denn der Kupferstich war erbärmlich schlecht und eine vollkommne Fratze, wobei mir denn jene Gegner einfallen mußten, die irgend jemand dem sie mißwollen, zuvörderst entstellen und dann als ein Ungeheuer bekämpfen.

Dieses Büchlein jedoch machte keinen Eindruck auf mich, weil ich überhaupt Kontroversen nicht liebte; weil ich immer lieber von dem Menschen erfahren mochte wie er dachte, als von einem andern hören wie er hätte denken sollen. Doch führte mich die Neugierde auf den Artikel »Spinoza« in Bayles Wörterbuch, einem Werke, das wegen Gelehrsamkeit und Scharfsinn ebenso schätzbar und nützlich, als wegen Klätscherei und Salbaderei lächerlich und schädlich ist. Der Artikel »Spinoza« erregte in mir Mißbehagen und Mißtrauen; zuerst wird der Mann als Atheist, und seine Meinungen als höchst verwerflich angegeben; sodann aber zugestanden, daß er ein ruhig nachdenkender und seinen Studien obliegender Mann, ein guter Staatsbürger, ein mitteilender Mensch, ein ruhiger Particulier gewesen; und so schien man ganz das evangelische Wort vergessen zu haben: an ihren Früchten sollt ihr sie erkennen! denn wie will doch ein menschen- und gottgefälliges Leben aus verderblichen Grundsätzen entspringen? Ich erinnerte mich noch gar wohl welche Beruhigung und Klarheit über mich gekommen als ich einst die nachgelassenen Werke jenes merkwürdigen Mannes durchblättert. Diese Wirkung war mir noch ganz deutlich ohne daß ich mich des Einzelnen hätte erinnern können; ich eilte daher abermals zu den Werken, denen ich so viel schuldig geworden, und dieselbe Friedensluft wehte mich wieder an. Ich ergab mich dieser Lektüre und glaubte, indem ich in mich selbst schaute, die Welt niemals so deutlich erblickt zu haben.

Da über diesen Gegenstand so viel und auch in der neuern Zeit gestritten worden, so wünschte ich nicht mißverstanden zu werden und will hier einiges über jene so gefürchtete, ja verabscheute Vorstellungsart einzurücken nicht unterlassen. Unser physisches sowohl als geselliges Leben, Sitten, Gewohnheiten, Weltklugheit, Philosophie, Religion, ja so manches zufällige Ereignis, alles ruft uns zu daß wir entsagen sollen; so manches was uns innerlich eigenst angehört sollen wir nicht nach außen hervorbilden, was wir von außen zu Ergänzung unsres Wesens bedürfen, wird uns entzogen, dagegen aber so vieles aufgedrungen das uns so fremd als lästig ist. Man beraubt uns des mühsam Erworbenen, des freundlich Gestatteten, und ehe wir hierüber recht ins klare sind finden wir uns genötigt unsere Persönlichkeit erst stückweis und dann völlig aufzugeben. Dabei ist es aber hergebracht daß man denjenigen nicht achtet der sich deshalb ungebärdig stellt, vielmehr soll man, je bittrer der Kelch ist, eine desto süßere Miene machen, damit ja der gelassene Zuschauer nicht durch irgend eine Grimasse beleidigt werde.

Diese schwere Aufgabe jedoch zu lösen, hat die Natur den Menschen mit reichlicher Kraft, Tätigkeit und Zähigkeit ausgestattet. Besonders aber kommt ihm der Leichtsinn zu Hülfe, der ihm unzerstörlich verliehen ist. Hiedurch wird er fähig dem Einzelnen in jedem Augenblick zu entsagen, wenn er nur in dem andern nach etwas Neuem greifen darf; und so stellen wir uns unbewußt unser ganzes Leben immer wieder her. Wir setzen eine Leidenschaft an die Stelle der andern; Beschäftigungen, Neigungen, Liebhabereien, Steckenpferde, alles probieren wir durch, um zuletzt auszurufen, daß alles eitel sei. Niemand entsetzt sich vor diesem falschen, ja gotteslästerlichen Spruch, ja man glaubt etwas Weises und Unwiderlegliches gesagt zu haben. Nur wenige Menschen gibt es die diese unerträgliche Empfindung vorausahnden, und, um allen partiellen Resignationen auszuweichen, sich ein für allemal im Ganzen resignieren. Diese überzeugen sich von dem Ewigen, Notwendigen, Gesetzlichen und suchen sich solche Begriffe zu bilden, welche unverwüstlich sind, ja durch die Betrachtung des Vergänglichen nicht aufgehoben sondern vielmehr bestätigt werden. Weil aber hierin wirklich etwas Übermenschliches liegt, so werden solche Personen gewöhnlich für Unmenschen gehalten, für Gott- und Weltlose; ja man weiß nicht was man ihnen alles für Hörner und Klauen andichten soll.

Mein Zutrauen auf Spinoza ruhte auf der friedlichen Wirkung, die er in mir hervorbrachte, und es vermehrte sich nur, da man meine werten Mystiker des Spinozismus anklagte; als ich erfuhr daß Leibnitz selbst diesem Vorwurf nicht entgehen können, ja daß Boerhaave, wegen gleicher Gesinnungen verdächtig, von der Theologie zur Medizin übergehen müssen.

Denke man aber nicht daß ich seine Schriften hätte unterschreiben und mich dazu buchstäblich bekennen mögen. Denn daß niemand den andern versteht, daß keiner bei denselben Worten dasselbe was der andere denkt, daß ein Gespräch eine Lektüre bei verschiedenen Personen verschiedene Gedankenfolgen aufregt, hatte ich schon allzudeutlich eingesehn, und man wird dem Verfasser von »Werther« und »Faust« wohl zutrauen, daß er von solchen Mißverständnissen tief durchdrungen, nicht selbst den Dünkel gehegt, einen Mann vollkommen zu verstehen, der als Schüler von Descartes, durch mathematische und rabbinische Kultur sich zu dem Gipfel des Denkens hervorgehoben, der bis auf den heutigen Tag noch das Ziel aller spekulativen Bemühungen zu sein scheint.

Was ich mir aber aus ihm zugeeignet, würde sich deutlich genug darstellen, wenn der Besuch, den der ewige Jude bei Spinoza abgelegt, und den ich als ein wertes Ingrediens zu jenem Gedichte mir ausgedacht hatte, niedergeschrieben übrig geblieben wäre. Ich gefiel mir aber in dem Gedanken so wohl und beschäftigte mich im stillen so gern damit, daß ich nicht dazu gelangte etwas aufzuschreiben; dadurch erweiterte sich aber der Einfall, der als vorübergehender Scherz nicht ohne Verdienst gewesen wäre, dergestalt daß er seine Anmut verlor und ich ihn als lästig aus dem Sinne schlug. Insofern mir aber die Hauptpunkte jenes Verhältnisses unvergeßlich geblieben sind, indem sie eine große Wirkung auf die Folge meines Lebens ausübten, will ich so kurz und bündig als möglich, eröffnen und darstellen.

Die Natur wirkt nach ewigen, notwendigen dergestalt göttlichen Gesetzen, daß die Gottheit selbst daran nichts ändern könnte. Alle Menschen sind hierin unbewußt, vollkommen einig. Man bedenke wie eine Naturerscheinung, die auf Verstand, Vernunft, ja auch nur auf Willkür deutet, uns Erstaunen, ja Entsetzen bringt. Wenn sich in Tieren etwas Vernunftähnliches hervortut, so können wir uns von unserer Verwunderung nicht erholen: denn ob sie uns gleich so nahe stehen, so scheinen sie doch durch eine unendliche Kluft von uns getrennt und in das Reich der Notwendigkeit verwiesen. Man kann es daher jenen Denkern nicht übelnehmen, welche die unendlich kunstreiche aber doch genau beschrankte Technik jener Geschöpfe für ganz maschinenmäßig erklärten. Wenden wir uns zu den Pflanzen so wird unsre Behauptung noch auffallender bestätigt. Man gebe sich Rechenschaft von der Empfindung, die uns ergreift, wenn die berührte Mimosa ihre gefiederten Blätter paarweise zusammenfaltet, und endlich das Stielchen wie an einem Gewerbe niederklappt. Noch höher steigt jene Empfindung, der ich keinen Namen geben will, bei Betrachtung des Hedysarum gyrans, das seine Blättchen, ohne sichtlich äußere Veranlassung, auf und nieder senkt und mit sich selbst, wie mit unsern Begriffen, zu spielen scheint. Denke man sich einen Pisang, dem diese Gabe zugeteilt wäre, so daß er die ungeheuren Blätterschirme, für sich selbst, wechselsweise niedersenkte und aufhübe, jedermann, der es zum ersten Mal sähe, würde vor Entsetzen zurücktreten. So eingewurzelt ist bei uns der Begriff unsrer eignen Vorzüge, daß wir ein für allemal der Außenwelt keinen Teil daran gönnen mögen, ja daß wir dieselben, wenn es nur anginge, sogar unsresgleichen gerne verkümmerten.

Ein gleiches Entsetzen überfällt uns dagegen, wenn wir den Menschen unvernünftig gegen allgemein anerkannte sittliche Gesetze, unverständig gegen seinen eignen und fremden Vorteil handeln sehen. Um das Grauen los zu werden, das wir dabei empfinden, verwandeln wir es sogleich in Tadel, in Abscheu, und wir suchen ihn entweder wirklich oder in Gedanken los zu werden. Dieser Punkt wird von allen eingesehen und zugegeben, so daß es unnötig sein würde hierauf weiter zu bestehen.

Diesen Gegensatz welchen Spinoza so kräftig heraushebt, wendete ich aber auf mein eignes Wesen sehr wunderlich an, und das vorher Gesagte soll eigentlich nur dazu dienen, um das was folgt begreiflich zu machen. Ich war dazu gelangt das mir inwohnende dichterische Talent ganz als Natur zu betrachten, um so mehr als ich darauf gewiesen war, die äußere Natur als den Gegenstand desselben anzusehen. Die Ausübung dieser Dichtergabe konnte zwar durch Veranlassung erregt und bestimmt werden; aber am freudigsten und reichlichsten trat sie unwillkürlich, ja wider Willen hervor.

Durch Feld und Wald zu schweifen
Mein Liedchen weg zu pfeifen,
So ging's den ganzen Tag.

Auch beim nächtlichen Erwachen trat derselbe Fall ein, und ich hatte oft Lust, wie einer meiner Vorgänger, mir ein ledernes Wams machen zu lassen, und mich zu gewöhnen im Finstern, durchs Gefühl, das was unvermutet hervorbrach, zu fixieren. Ich war so gewohnt mir ein Liedchen vorzusagen, ohne es wieder zusammenfinden zu können, daß ich einige Mal an den Pult rannte und mir nicht die Zeit nahm einen quer liegenden Bogen zurecht zu rücken, sondern das Gedicht von Anfang bis zu Ende, ohne mich von der Stelle zu rühren, in der Diagonale herunterschrieb. In eben diesem Sinne griff ich weit lieber zu dem Bleistift, welcher williger die Züge hergab; denn es war mir einige Mal begegnet, daß das Schnarren und Spritzen der Feder mich aus meinem nachtwandlerischen Dichten aufweckte, mich zerstreute und ein kleines Produkt in der Geburt erstickte. Für solche Poesien hatte ich eine besondere Ehrfurcht, weil ich mich doch ohngefähr gegen dieselben verhielt, wie die Henne gegen die Küchlein, die sie ausgebrütet um sich her piepsen sieht. Meine frühere Lust diese Dinge nur durch Vorlesungen mitzuteilen erneute sich wieder, sie aber gegen Geld umzutauschen schien mir abscheulich. Hiebei will ich eines Falles gedenken, der zwar später eintrat. Als nämlich meinen Arbeiten immer mehr nachgefragt, ja eine Sammlung derselben verlangt wurde, jene Gesinnungen aber mich abhielten eine solche selbst zu veranstalten; so benutzte Himburg mein Zaudern und ich erhielt unerwartet einige Exemplare meiner zusammengedruckten Werke. Mit großer Frechheit wußte sich dieser unberufene Verleger dieses dem Publikum erzeigten Dienstes gegen mich zu rühmen und erbot sich mir dagegen, wenn ich es verlangte, etwas Berliner Porzellan zu senden. Bei dieser Gelegenheit mußte mir einfallen, daß die Berliner Juden, wenn sie sich verheurateten, eine gewisse Partie Porzellan nehmen mußten, damit die königliche Fabrik einen sichern Absatz hätte. Die Verachtung welche daraus gegen den unverschämten Nachdrucker entstand, ließ mich den Verdruß übertragen, den ich bei diesem Raub empfinden mußte. Ich antwortete ihm nicht, und indessen er sich, an meinem Eigentum gar wohl behaben mochte, rächte ich mich im stillen mit folgenden Versen:

Holde Zeugen süß verträumter Jahre
Falbe Blumen, abgeweihte Haare,
Schleier, leicht geknickt, verblichne Bänder,
Abgeklungener Liebe Trauerpfänder,

Schon gewidmet meines Herdes Flammen,
Rafft der freche Sosias zusammen,
Eben als wenn Dichterwerk und Ehre
Ihm durch Erbschaft zugefallen wäre;
Und mir Lebenden soll sein Betragen
Wohl am Tee- und Kaffeetisch behagen?
Weg das Porzellan, das Zuckerbrot!
Für die Himburgs bin ich tot.

Da jedoch eben die Natur, die dergleichen größere und kleinere Werke unaufgefordert in mir hervorbrachte, manchmal in großen Pausen ruhte und ich in einer großen Zeitstrecke selbst mit Willen nichts hervorzubringen im Stande war, und ich daher öfters Langeweile empfand; so trat mir bei jenem strengen Gegensatz der Gedanke entgegen, ob ich nicht von der andern Seite das was Menschlich, Vernünftig und Verständig an mir sei, zu meinem und anderer Nutzen und Vorteil gebrauchen und die Zwischenzeit, wie ich es ja auch schon getan und wie ich immer stärker aufgefordert wurde, den Weltgeschäften widmen und dergestalt nichts von meinen Kräften ungebraucht lassen sollte? Ich fand dieses, was aus jenen allgemeinen Begriffen hervorzugehen schien, mit meinem Wesen, mit meiner Lage so übereinstimmend, daß ich den Entschluß faßte auf diese Weise zu handeln und mein bisheriges Schwanken und Zaudern dadurch zu bestimmen. Sehr angenehm war mir zu denken, daß ich für wirkliche Dienste von den Menschen auch reellen Lohn fordern; jene liebliche Naturgabe dagegen als ein Heiliges uneigennützig auszuspenden fortfahren dürfte. Durch diese Betrachtung rettete ich mich von der Bitterkeit, die sich in mir hätte erzeugen können, wenn ich bemerken mußte, daß gerade das so sehr gesuchte und bewunderte Talent in Deutschland als außer dem Gesetz und vogelfrei behandelt werde. Denn nicht allein in Berlin hielt man den Nachdruck für etwas Zulässiges, ja Lustiges, sondern der ehrwürdige, wegen seiner Regententugenden gepriesene Markgraf von Baden, der zu so vielen

Hoffnungen berechtigende Kaiser Joseph, begünstigten, jener seinen Macklot, dieser seinen Edlen von Trattner, und es war ausgesprochen, daß die Rechte, so wie das Eigentum des Genies dem Handwerker und Fabrikanten unbedingt preisgegeben seien.

Als wir uns einst hierüber bei einem besuchenden Badnischen beklagten, erzählte er uns folgende Geschichte. Die Frau Markgräfin, als eine tätige Dame, habe auch eine Papier-Fabrik angelegt, die Ware sei aber so schlecht geworden, daß man sie nirgends habe unterbringen können. Darauf habe Buchhändler Macklot den Vorschlag getan, die deutschen Dichter und Prosaisten auf dieses Papier abzudrucken um dadurch seinen Wert in etwas zu erhöhen. Mit beiden Händen habe man dieses angenommen.

Wir erklärten zwar diese böse Nachrede für ein Märchen, ergötzten uns aber doch daran. Der Name Macklot ward zu gleicher Zeit für einen Schimpfnamen erklärt und bei schlechten Begebenheiten wiederholt gebraucht. Und so fand sich eine leichtsinnige Jugend, welche gar manchmal borgen mußte, indes die Niederträchtigkeit sich an ihren Talenten bereicherte, durch ein paar glückliche Einfälle hinreichend entschädigt.

Glückliche Kinder und Jünglinge wandeln in einer Art von Trunkenheit vor sich hin die sich dadurch besonders bemerklich macht daß die Guten, Unschuldigen das Verhältnis der jedesmaligen Umgebung kaum zu bemerken, noch weniger anzuerkennen wissen. Sie sehen die Welt als einen Stoff an den sie bilden, als einen Vorrat dessen sie sich bemächtigen sollen. Alles gehört ihnen an, ihrem Willen scheint alles durchdringlich; gar oft verlieren sie sich deshalb in einem wilden wüsten Wesen. Bei den Bessern jedoch entfaltet sich diese Richtung zu einem sittlichen Enthusiasmus, der sich nach Gelegenheit zu irgend einem wirklichen oder scheinbaren Guten aus eignem Triebe hinbewegt, sich aber auch öfters leiten, führen und verführen läßt.

Der Jüngling von dem wir uns unterhalten war in einem solchen Falle und wenn er den Menschen auch seltsam vorkam so erschien er doch gar manchem willkommen. Gleich bei dem ersten Zusammentreten fand man einen unbedingten Freisinn, eine heitere Offenherzigkeit im Gespräch, und ein gelegentliches Handeln ohne Bedenken, von letzterem einige Geschichtchen.

In der sehr eng ineinander gebauten Judengasse war ein heftiger Brand entstanden. Mein allgemeines Wohlwollen, die daraus entspringende Lust zu tätiger Hülfe, trieb mich, gut angekleidet wie ich ging und stand dahin. Man hatte von der Allerheiligen-Gasse her durchgebrochen, an diesen Zugang verfügt' ich mich; ich fand daselbst eine große Anzahl Menschen mit Wassertragen beschäftigt, mit vollen Eimern sich hin drängend mit leeren herwärts. Ich sah gar bald daß, wenn man eine Gasse bildete wo man die Eimer herauf- und herabreichte, die Hülfe die doppelte sein würde. Ich ergriff zwei volle Eimer und blieb stehen, rief andere an mich heran, den Kommenden wurde die Last abgenommen und die Rückkehrenden reihten sich auf der andern Seite. Die Anstalt fand Beifall, mein Zureden und persönliche Teilnahme ward begünstigt und die Gasse vom Eintritt bis zum brennenden Ziele war bald vollendet und geschlossen. Kaum aber hatte die Heiterkeit womit dieses geschehen, eine frohe man kann sagen eine lustige Stimmung in dieser lebendigen zweckmäßig wirkenden Maschine aufgeregt, als der Mutwille sich schon hervortat und der Schadenfreude Raum gab. Armselige Flüchtende, ihre jammervolle Habe auf dem Rücken schleppend, mußten, einmal in die bequeme Gasse geraten, unausweichlich hindurch und blieben nicht unangefochten. Mutwillige Knaben-Jünglinge spritzten sie an und fügten Verachtung und Unart noch dem Elend hinzu. Gleich aber, durch mäßiges Zureden und rednerische Strafworte mit Rücksicht wahrscheinlich auf meine reinlichen Kleider, die ich vernachlässigte, ward der Frevel eingestellt.

Neugierige meiner Freunde waren herangetreten den Unfall zu beschauen, und waren verwundert, ihren Gesellen in Schuhen und seidenen Strümpfen – denn anders ging man damals nicht – in diesen feuchten Geschäfte zu sehen. Wenige konnt' ich heranziehen, andere lachten und schüttelten die Köpfe. Wir hielten lange Stand, denn bei manchen Abtretenden verstanden sich auch manche zur Anfuge; viele Schaulustige folgten aufeinander und so ward mein unschuldiges Wagnis vielen bekannt, und die wunderliche Lizenz mußte zur Stadtgeschichte des Tags werden.

Ein solcher Leichtsinn im Handeln nach irgend einer gutmütigen heitern Grille, hervortretend aus einem glücklichen Selbstgefühl, was von den Menschen leicht als Eitelkeit getadelt wird, machte unsern Freund durch mancherlei Wunderlichkeiten bemerklich. In diesem Sinne scheint nachstehendes Ereignis bemerkenswert.

Ein sehr harter Winter hatte den Main völlig mit Eis bedeckt und in einen festen Boden verwandelt. Der lebhafteste, notwendige und lustig gesellige Verkehr regte sich auf dem Eise. Grenzenlose Schrittschuhbahnen, glattgefrorne weite Stellen wimmelten von bewegter Versammlung. Ich fehlte nicht vom frühen Morgen an und war also wie späterhin meine Mutter, dem Schauspiel zuzusehen, angefahren kam, als leichtgekleidet wirklich durchgefroren. Sie saß im Wagen in ihrem roten Sammetpelze, der auf der Brust mit starken goldnen Schnüren und Quasten zusammengehalten, ganz stattlich aussah. »Geben Sie mir, liebe Mutter, Ihren Pelz!« rief ich aus dem Stegreife, ohne mich weiter besonnen zu haben, »mich friert grimmig.« Auch sie bedachte nichts weiter, im Augenblicke hatte ich den Pelz an, der purpurfarb bis an die Waden reichend, mit Zobel verbrämt mit Gold geschmückt zu der braunen Pelzmütze die ich trug, gar nicht übel kleidete. So fuhr ich sorglos auf und ab, auch war das

Gedränge so groß, daß man die seltene Erscheinung nicht einmal sonderlich bemerkte, obschon einigermaßen: denn man rechnete mir sie später unter meinen Anomalien im Ernst und Scherze wohl einmal wieder vor.

Ein geistreicher Franzos hat schon gesagt: »Wenn irgend ein guter Kopf die Aufmerksamkeit des Publikums durch ein verdienstliches Werk auf sich gezogen hat, so tut man das Möglichste um zu verhindern, daß er jemals dergleichen wieder hervorbringt.«

Es ist so wahr irgend etwas Gutes, Geistreiches wird in stiller abgesonderter Jugend hervorgebracht, der Beifall wird erworben aber die Unabhängigkeit verloren, man zerrt das konzentrierte Talent in die Zerstreuung, weil man denkt man könne von seiner Persönlichkeit etwas abzupfen und sich zueignen.

In diesem Sinne erhielt ich manche Einladungen, oder nicht sowohl Einladungen; ein Freund, ein Bekannter schlug mir vor, gar oft mehr als dringend, mich da oder dort einzuführen das hieß aber doch weiter nichts als die augenblickliche Neugierde irgend einer Coterie, einer Familie zu befriedigen.

Der quasi Fremde, angekündigt als Bär, wegen oftmaligen unfreundlichen Abweisens, dann wieder als Hurone Voltaires, Clevelands Westindier, als Naturkind bei so vielen Talenten erregte eine unwiderstehliche Neugierde. Und so beschäftigte man sich in verschiedenen Häusern mit schicklichen Negotationen ihn zu sehen.

Unter andern ersuchte mich ein Freund eines Abends mit ihm ein kleines Konzert zu besuchen, welches in einem angesehnen reformierten Handelshause gegeben wurde. Es war schon spät doch weil ich alles aus dem Stegreife liebte, folgte ich ihm wie gewöhnlich anständig angezogen. Wir treten in ein Zimmer gleicher Erde und in das eigentliche geräumige Wohnzimmer. Die Gesellschaft war zahlreich, ein Flügel stand in der Mitte an den sich sogleich die einzige Tochter des Hauses niedersetzte und mit bedeutender Fertigkeit und Anmut spielte, ich stand am unteren Ende des Flügels um ihre Gestalt und Wesen nahe genug bemerken zu können, sie hatte etwas Kindartiges in ihrem Betragen, die Bewegungen wozu das Spiel sie nötigte waren ungezwungen und leicht.

Nach geendigter Sonate trat sie ans Ende des Pianos gegen mir über, wir begrüßten uns ohne weitere Rede, denn ein Quartett war schon angegangen. Am Schluß trat ich etwas näher und sagte einiges Verbindliche: wie sehr es mich freue daß die erste Bekanntschaft mich auch zugleich mit ihrem Talent bekannt gemacht habe. Sie wußte gar artig meine Worte zu erwidern, behielt ihre Stellung und ich die meinige. Ich konnte bemerken, daß sie mich aufmerksam betrachtete und daß ich ganz eigentlich zur Schau stand, welches ich mir gar wohl konnte gefallen lassen, da man mir auch etwas gar Anmutiges zu schauen gab. Indessen blickten wir einander an, und ich will nicht leugnen daß ich eine Anziehungskraft von der sanftesten Art zu empfinden glaubte. Das Hin- und Herwogen der Gesellschaft und ihrer Leistungen verhinderte jede andere Art von Annäherung diesen Abend. Bekennen muß ich jedoch eine angenehme Empfindung, als die Mutter beim Abschied zu erkennen gab, sie hofften mich bald wieder zu sehen, und die Tochter mit einiger Freundlichkeit einzustimmen schien. Ich verfehlte nicht, nach schicklichen Pausen, meinen Besuch zu wiederholen da sich denn ein heiteres verständiges Gespräch bildete, welches kein leidenschaftliches Verhältnis zu weissagen schien.

Indessen brachte die einmal eingeleitete Gastfreiheit unsres Hauses den guten Eltern und mir selbst manche Unbequemlichkeit, meine Richtung, die immer darauf hinging das Höhere gewahr zu werden, es zu erkennen, es zu fördern und wo möglich solches nachbildend zu gestalten, war dadurch in nichts gefördert. Die Menschen insofern sie gut waren, waren fromm, und insofern sie tätig waren unklug und oft ungeschickt. Jenes konnte mir nichts helfen und dieses verwirrte mich; einen merkwürdigen Fall habe ich sorgfältig niedergeschrieben.

Im Anfang des Jahres 1775 meldete Jung, nachher Stilling genannt vom Niederrhein daß er nach Frankfurt komme, berufen eine bedeutende Augenkur daselbst vorzunehmen; er war mir und meinen Eltern willkommen und wir boten ihm das Quartier an.

Herr von Lersner ein würdiger Mann in Jahren, durch Erziehung und Führung fürstlicher Kinder, verständiges Betragen bei Hof und auf Reisen überall geschätzt, erduldete schon lange das Unglück einer völligen Blindheit, doch konnte seine Sehnsucht nach Hülfe nicht ganz erlöschen. Nun hatte Jung seit einigen Jahren mit gutem Mut und frommer Dreistigkeit viele Staroperationen am Niederrhein vollbracht und sich dadurch einen ausgebreiteten Ruf erworben; Redlichkeit seiner Seele, Zuverlässigkeit des Charakters und reine Gottesfurcht bewirkten ihm ein allgemeines Zutrauen, dieses verbreitete sich stromaufwärts auf dem Wege vielfacher Handelsverbindungen. Herr von Lersner und die Seinigen beraten von einem einsichtigen Arzte entschlossen sich den glücklichen Augenarzt kommen zu lassen wenn schon ein Frankfurter Kaufmann an dem die Kur mißglückt war, ernstlich abriet; aber was bewies auch ein einzelner Fall gegen so viele gelungene! Doch Jung kam nunmehr angelockt durch eine bedeutende Belohnung deren er gewöhnlich bisher entbehrt hatte; er kam seinen Ruf zu vermehren getrost und freudig, und wir wünschten uns Glück zu einem so wackern und heitern Tischgenossen.

Nach mehreren ärztlichen Vorbereitungen ward nun endlich der Star auf beiden Augen gestochen; wir waren höchst gespannt es hieß der Patient habe nach der Operation sogleich gesehen, bis der Verband das Tageslicht wieder abgehalten.

Allein es ließ sich bemerken daß Jung nicht heiter war und daß ihm etwas auf den Herzen lag; wie er mir denn auch auf weiteres Nachforschen bekannte, daß er wegen Ausgang der Kur in Sorgen sei. Gewöhnlich, und ich hatte selbst in Straßburg mehrmals zugesehen schien nichts leichter in der Welt zu sein, wie es denn auch Stillingen hundertmal gelungen war. Nach vollbrachtem schmerzlosen Schnitt durch die unempfindliche Hornhaut sprang bei dem gelindesten Druck die trübe Linse von selbst heraus, der Patient erblickte sogleich die Gegenstände und mußte sich nur mit verbundenen Augen gedulden, bis eine vollbrachte Kur ihm erlaubte sich des köstlichen Organs nach Willen und Bequemlichkeit zu bedienen. Wie mancher Arme, dem Jung dieses Glück verschafft, hatte dem Wohltäter Gottessegen und Belohnung von oben herabgewünscht welche nun durch diesen reichen Mann abgetragen werden sollte.

Jung bekannte daß es diesmal so leicht und glücklich nicht hergegangen: die Linse sei nicht herausgesprungen, er habe sie holen und zwar, weil sie angewachsen, ablösen müssen, dies sei nun nicht ohne einige Gewalt geschehen. Nun machte er sich Vorwürfe daß er das andere Auge operiert habe. Allein man hatte sich so fest vorgesetzt beide zugleich vorzunehmen, an eine solche Zufälligkeit hatte man nicht gedacht und da sie eingetreten, sich nicht sogleich erholt und besonnen. Genug die zweite Linse kam nicht von selbst, sie mußte auch mit Unstatten abgelöst und herausgeholt werden.

Wie übel ein so gutmütiger wohlgesinnter gottesfürchtiger Mann in einem solchen Falle dran sei, läßt keine Beschreibung noch Entwicklung zu; etwas Allgemeines über eine solche Sinnesart steht vielleicht hier am rechten Platze. Nun finde ich unter meinen Papieren folgende Bemerkungen über solche Zustände, die ich also weiterer Prüfung anheimgebend hier unbedenklich einrücke.

Auf eigene moralische Bildung loszuarbeiten ist das einfachste und tulichste was der Mensch vornehmen kann; der

Trieb dazu ist ihm angeboren; er wird durch Menschenverstand und Liebe dazu im bürgerlichen Leben geleitet, ja gedrängt.

Stilling lebte in einem sittlich religiosen Liebesgefühl; ohne Mitteilung, ohne guten Gegenwillen konnte er nicht existieren, er forderte wechselseitige Neigung; wo man ihn nicht kannte war er still, wo man den Bekannten nicht liebte, war er traurig; deswegen befand er sich am besten mit solchen wohlgesinnten Menschen, die in einem beschränkten ruhigen Berufskreise mit einiger Bequemlichkeit sich zu vollenden beschäftigt sind.

Diesen gelingt nun wohl die Eitelkeit abzutun, dem Bestreben nach äußerer Ehre zu entsagen, Behutsamkeit im Sprechen sich anzueignen, gegen Genossen und Nachbarn ein freundliches gleiches Betragen auszuüben.

Oft liegt nun eine dunkle Geistesform zum Grunde, durch Individualität modifiziert; solche Personen, zufällig angeregt, legen große Wichtigkeit auf ihre empirische Laufbahn, man hält alles für übernatürliche Bestimmung, mit der Überzeugung, daß Gott unmittelbar einwirke.

Nun ist im Menschen eine gewisse Neigung in seinem Zustand zu verharren, zugleich aber auch sich stoßen und führen zu lassen und eine gewisse Unentschlossenheit selbst zu handeln; diese vermehrt sich, bei Mißlingen der verständigsten Plane, durch zufälliges Gelingen günstig zusammentreffender unvorgesehener Umstände.

Wie nun durch eine solche Lebensweise ein aufmerksames männliches Betragen verkümmert wird, so ist die Art in einen solchen Zustand zu gelangen gleichfalls gefährlich.

Wovon sich nun solche Sinnesverwandten am liebsten unterhalten sind die sogenannten Erweckungen, Sinnesänderungen, denen wir ihren psychologischen Wert nicht absprechen. Es sind eigentlich was wir in wissenschaftlichen und poetischen Angelegenheiten aperçus nennen: das Gewahrwerden einer großen Maxime, welches immer eine genialische Geistesoperation ist; man kommt durch Anschauen dazu, weder durch Nachdenken noch durch Lehre oder Überlieferung. Hier ist es das Gewahrwerden der moralischen Kraft, die im Glauben ankert und so in stolzer Sicherheit mitten auf den Wogen sich empfinden wird.

Ein solches aperçu gibt dem Entdecker die größte Freude weil es auf originelle Weise nach dem Unendlichen hindeutet, es bedarf keiner Zeitfolge zur Überzeugung, es entspringt ganz und vollendet im Augenblick; daher das gutmütige altfranzösche Reimwort:

En peu d'heure
Dieu labeure.

Äußere Anstöße bewirken oft das gewaltsame Losbrechen solcher Sinnesänderung, man glaubt Zeichen und Wunder zu schauen.

Zutrauen und Liebe verband mich aufs herzlichste mit Stilling; ich hatte doch auch gut und glücklich auf seinen Lebensgang eingewirkt und es war ganz seiner Natur gemäß alles was für ihn geschah in einem dankbaren feinen Herzen zu behalten; aber sein Umgang war mir in meinem damaligen Lebensgange weder erfreulich noch förderlich. Zwar überließ ich gern einem jeden wie er sich das Rätsel seiner Tage zurechtlegen und ausbilden wollte, aber die Art auf einem abenteuerlichen Lebensgange alles, was uns vernünftiger Weise Gutes begegnet, einer unmittelbaren göttlichen Einwirkung zuzuschreiben schien mir doch zu anmaßlich so wie die Vorstellungsart, daß Alles was aus unserm Leichtsinn und Dünkel, übereilt oder vernachlässigt, schlimme schwer zu übertragende Folgen hat, gleichfalls für eine göttliche Pädagogik zu halten wollte mir auch nicht in den Sinn. Ich konnte also den guten Freund nur anhören, ihm aber nichts Erfreuliches erwidern; doch ließ ich ihn, wie so viele andere, gern gewähren und schützte ihn später wie früher, wenn man, gar zu weltlich gesinnt, sein zartes Wesen zu verletzen sich nicht scheute. Daher ich ihm auch den Einfall eines schalkischen Mannes nicht zu Ohren kommen ließ, der einmal ganz ernsthaft ausrief: »Nein! fürwahr wenn ich mit Gott so gut stünde wie Jung, so würde ich das höchste Wesen nicht um Geld bitten, sondern um Weisheit und guten Rat, damit ich nicht so viel dumme Streiche machte, die Geld kosten und elende Schulden-Jahre nach sich ziehen.«

Denn freilich war zu solchem Scherz und Frevel jetzt nicht die Zeit. Zwischen Furcht und Hoffnung gingen mehrere Tage hin; jene wuchs, diese schwand und verlor sich gänzlich; die Augen des braven geduldigen Mannes entzündeten sich und es blieb kein Zweifel daß die Kur mißlungen sei.

Der Zustand in den unser Freund dadurch geriet läßt keine Schilderung zu; er wehrte sich gegen die innerste tiefste Verzweiflung von der schlimmsten Art. Hier war alles verloren, zuvörderst der größte Dank des zum Lichte wieder Genesenen, das Herrlichste dessen sich der Arzt nur erfreuen kann, das Zutrauen so vieler andern Hülfsbedürftigen, der Kredit, indem die gestörte Ausübung dieser Kunst eine Familie in hilflosem Zustande zurückließ; genug, wir spielten das unerfreuliche Drama Hiobs von Anfang bis zu Ende durch, da denn der treue Mann sich die Rolle der scheltenden Freunde selbst übernahm. Er wollte diesen Vorfall als Strafe bisheriger Fehler ansehen; es schien ihm als habe er die ihm zufällig überkommenen Augenmittel frevelhaft als göttlichen Beruf zu diesem Geschäft betrachtet; er warf sich vor, dieses höchst wichtige Fach nicht durch und durch studiert, sondern seine Kuren nur so obenhin auf gut Glück behandelt zu haben; ihm kam augenblicklich vor die Seele was Mißwollende ihm nachgeredet, er geriet in Zweifel ob dies auch nicht Wahrheit sei und dergleichen schmerzte um so tiefer als er sich den für fromme Menschen so gefährlichen Leichtsinn leider auch wohl Dünkel und Eitelkeit in seinem Lebensgange mußte zu Schulden kommen lassen. In solchen Augenblicken verlor er sich selbst, und wie wir uns auch verständigen mochten, wir gelangten doch nur zuletzt auf das vernünftig notwendige Resultat daß Gottes Ratschlüsse unerforschlich seien.

In meinem vorstrebend heitern Sinne wäre ich noch mehr verletzt gewesen, hätte ich nicht, nach herkömmlicher Weise, diese Seelenzustände ernster freundlicher Betrachtung unterworfen und sie mir nach meiner Weise zurechtgelegt. Für ihre Sorgfalt und häusliche Bemühung war meine Mutter übel belohnt, sie empfand es nicht bei ihrer unablässigen tätigen Gleichmut, der Vater dauerte mich am meisten, um meinetwillen hatte er einen strenggeschlossenen Haushalt mit Anstand erweitert und genoß besonders bei Tisch, wo die Gegenwart von Fremden auch einheimische Freunde, auch sonstige Durchreisende heranzog, sehr gern eines muntern ja paradoxen Gespräches, da ich ihn denn, durch allerlei dialektisches Klopffechten, großes Behagen und ein freundliches Lächeln bereitete: denn ich hatte die gottlose Art alles zu bestreiten, aber nur insofern hartnäckig, daß derjenige der recht behielt auf alle Fälle lächerlich wurde. Hieran war nun in den letzten Wochen gar nicht zu denken, denn die glücklichsten heitersten Ereignisse, veranlaßt durch wohlgelungene Nebenkuren des durch die Hauptkur so unglücklichen Freundes, konnten nicht greifen, viel weniger der traurigen Stimmung eine andere Wendung geben.

Denn so machte uns im Einzelnen ein alter blinder Betteljude aus dem Isenburgischen zu lachen, der, in dem höchsten Elend nach Frankfurt geführt, kaum ein Obdach, kaum eine kümmerliche Nahrung und Wartung finden konnte dem aber die zähe orientalische Natur so gut nachhalf, daß er vollkommen und ohne die mindeste Beschwerde sich mit Entzücken geheilt sah. Als man ihn fragte: ob die Operation ihn geschmerzt habe? so sagte er nach der hyperbolischen Weise: »Wenn ich eine Million Augen hätte, so wollte ich sie jedesmal für ein halb Kopfstück, sämtlich, nach und nach operieren lassen.« Bei seinem Abwandern betrug er sich in der Fahrgasse ebenso exzentrisch, er dankte Gott auf gut alttestamentlich, pries den Herren und den Wundermann seinen Gesandten. So schritt er, in dieser langen gewerbreichen Straße, langsam der Brücke zu. Verkäufer und Käufer traten aus den Läden heraus, überrascht durch einen so seltenen frommen, leidenschaftlich vor aller Welt ausgesprochenen Enthusiasmus; alle waren angeregt zur Teilnahme, dergestalt daß er, ohne irgend zu fordern oder zu heischen, mit reichlichen Gaben zur Wegezehrung beglückt wurde.

Eines solchen heitern Vorfalls durfte man in unserm Kreise aber kaum erwähnen; denn, wenn der Ärmste, in seiner sandigen Heimat über Main, in häuslichem Elend höchst glücklich gedacht werden konnte, so vermißte dagegen ein wohlhabender, würdiger diesseits das unschätzbare, zunächst gehoffte Behagen.

Kränkend war daher für unsern guten Jung der Empfang der tausend Gulden, die auf jedem Fall bedungen waren und von großmütigen Menschen edel bezahlt wurden. Diese Barschaft sollte bei seiner Rückkehr einen Teil der Schulden auslöschen die auf traurigen ja unseligen Zuständen lasteten.

Und so schieden wir trostlos auseinander, denn er sah zurückkehrend nach Hause den traurigen Empfang einer sorglichen Frau, das veränderte Begegnen von wohldenkenden Schwiegereltern, die sich, als Bürgen für so manche andere Schulden des allzu zuversichtlichen Mannes, in der Wahl eines Lebensgefährten für ihre Tochter vergriffen zu haben glauben konnten. Hohn und Spott der ohnehin im Glücke schon Mißwollenden konnte er in diesem und jenem Hause aus diesem und jenem Fenster schon voraussehen; eine durch seine Abwesenheit schon verkümmerte, durch diesen Unfall in ihren Wurzeln bedrohte Praxis mußte ihn äußerst ängstigen.

So entließen wir ihn, von unserer Seite jedoch nicht ganz ohne Hoffnung; denn seine tüchtige Natur gestützt auf den Glauben an übernatürliche Hülfe mußte seinen Freunden eine stillbescheidene Zuversicht einflößen.

Siebzehntes Buch

Wenn ich die Geschichte meines Verhältnisses zu Lili wieder aufnehme, so hab' ich mich zu erinnern daß ich die angenehmsten Stunden, teils in Gegenwart ihrer Mutter, teils allein mit ihr zubrachte. Man traute mir aus meinen Schriften Kenntnis des menschlichen Herzens, wie man es damals nannte, zu, und in diesem Sinne waren unsre Gespräche sittlich interessant auf jede Weise.

Wie wollte man sich von dem Innern unterhalten, ohne es aufzuschließen, und das Herz schließt sich nicht nach und nach auf. Deshalb währte es nicht lange als sie mir in ruhiger Stunde die Geschichte ihrer Jugend erzählte, sie war im Genuß aller geselligen Vorteile und Weltvergnügen. Von frühem an ward ihre Eitelkeit aufgeregt und befriedigt; es ist schade daß das Einzelne nicht aufbewahrt ist. Mitteilungen wurden fortgesetzt, Brüder Verwandte, die nächsten Zustände aufgeklärt, nur die Mutter blieb in einem ehrwürdigen Dunkel. Wie kann man sich aber einem solchen Vertrauen hingeben ohne sich seiner Fehler zu erinnern die wären sie auch nicht scheltenswert doch von der Welt getadelt und wenn es gleich nur Schatten sind doch für Flecken gerechnet werden. Sie konnte nicht leugnen daß sie eine gewisse Gabe anzuziehen an sich habe bemerken müssen womit auch eine gewisse Eigenschaft fahren zu lassen verbunden sei. Hiedurch gelangten wir durch Hin- und Widerreden auf den bedenklichen Punkt daß sie diese Gabe auch an mir geübt habe dadurch aber bestraft sei daß sie auch von mir angezogen worden.

Diese Geständnisse gingen aus einer so reinen kindhaften Natur hervor, daß sie mich dadurch aufs allerstrengste sich zu eigen machte.

Ein wechselseitiges Bedürfnis, eine Gewohnheit sich zu sehen trat nun ein, wie wollt' ich manchen Tag manchen Abend bis in die Nacht hinein entbehren wenn ich mich nicht in ihre Zirkel fände. Diese Qual war für mich höchst peinlich; mein Verhältnis zu ihr war von Person zu Person zu einer schönen liebenswürdigen gebildeten Tochter; es glich meinen früheren Verhältnissen und sogar noch in höherm Sinne. Aber wie hatte ich an die Äußerlichkeiten an das Mischen und Wiedermischen eines geselligen Zustandes denken können. Ein unbezwingliches Verlangen war eingetreten, ich konnte nicht ohne sie, sie nicht ohne mich sein; aber was ergaben sich da für Mißtage und Stunden.

Die Geschichte von Lustpartieen die zur Unlust ausliefen; ein retardierender Bruder mit dem ich nachfahren sollte, welcher seine Geschäfte erst mit der größten Gelassenheit, ich weiß nicht ob mit Schadenfreude, langsamst vollendete und dadurch die ganze wohldurchdachte Verabredung verdarb, auch sonstiges Antreffen und Verfehlen, Ungeduld und Entbehrung, alle diese Peinen, die in irgend einem Roman, umständlicher mitgeteilt, gewiß teilnehmende Leser finden würden, muß ich hier beseitigen. Um aber doch diese betrachtende Darstellung, einer lebendigen Anschauung, einem jugendlichen Mitgefühl anzunähern, mögen einige Lieder zwar bekannt, aber vielleicht besonders hier eindrücklich, eingeschaltet stehen.

Herz, mein Herz, was soll das geben?
Was bedranget dich so sehr?
Welch ein fremdes neues Leben!
Ich erkenne dich nicht mehr.
Weg ist Alles, was du liebtest,
Weg warum du dich betrübtest,
Weg dein Fleiß und deine Ruh' –
Ach wie kamst du nur dazu.

Fesselt dich die Jugendblüte,
Diese liebliche Gestalt,
Dieser Blick voll Treu' und Güte
Mit unendlicher Gewalt?

Will ich rasch mich ihr entziehen,
Mich ermannen, ihr entfliehen,
Führet mich im Augenblick
Ach mein Weg zu ihr zurück.

Und an diesem Zauberfädchen,
Das sich nicht zerreißen läßt,
Hält das liebe lose Mädchen,
Mich so wider Willen fest;
Muß in ihrem Zauberkreise
Leben nun auf ihre Weise.
Die Verändrung ach wie groß!
Liebe! Liebe! laß mich los!

Warum ziehst du mich unwiderstehlich
Ach in jene Pracht?
War ich guter Junge nicht so selig
In der öden Nacht.

Heimlich in mein Zimmerchen verschlossen
Lag im Mondenschein
Ganz von seinem Schauerlicht umflossen,
Und ich dämmert' ein.

Träumte da von vollen goldnen Stunden
Ungemischter Lust
Hatte schon das liebe Kind empfunden
Tief in meiner Brust.

Bin ich's noch den du bei so viel Lichtern
An dem Spieltisch hältst?
Oft so unerträglichen Gesichtern
Gegenüber stellst?

Reizender ist mir des Frühlings Blüte
Nun nicht auf der Flur;
Wo du, Engel, bist, ist Lieb' und Güte
Wo du bist, Natur.

Hat man sich diese Lieder aufmerksam vorgelesen lieber noch mit Gefühl vorgesungen, so wird ein Hauch jener Fülle glücklicher Stunden gewiß vorüber wehen. Denn sobald von Offenbarung des Innern von Überlieferung desselben die Rede kommt wird Poesie durch Musik vollendet immer die sicherste Vermittlerin sein.

Doch wollen wir aus jener größeren glänzenden Gesellschaft nicht eilig abscheiden ohne vorher noch einige Bemerkungen hinzuzufügen; besonders den Schluß des zweiten Gedichtes zu erläutern. Diejenige die ich nur im einfachen selten gewechselten Hauskleide zu sehen gewohnt war, trat mir im eleganten Modeputz nun glänzend entgegen und doch war es ganz dieselbe, ihre Anmut, ihre Freundlichkeit blieb sich gleich nur möcht' ich sagen, ihre Anziehungsgabe tat sich mehr hervor; es sei nun weil sie hier gegen viele Menschen stand, daß sie sich lebhafter zu äußern, sich von mehreren Seiten je nachdem ihr dieser oder jener entgegen kam, zu vermannigfaltigen Ursache fand. Genug ich konnte mir nicht leugnen daß diese Fremden mir zwar einerseits unbequem fielen, daß ich aber doch um vieles der Freude nicht entbehrt hätte ihre geselligen Tugenden kennen zu lernen und einzusehen, sie sei auch weiteren und allgemeineren Zuständen gewachsen.

War es doch derselbige nun durch Putz verhüllte Busen der sein Innres mir geöffnet hatte und in den ich so klar wie in den meinigen hineinsah; waren es doch dieselben Lippen, die mir so früh den Zustand schilderten in dem Sie herangewachsen, in dem Sie ihre Jahre verbracht hatte. Jeder wechselseitige Blick jedes begleitende Lächeln sprach ein verborgnes edles Verständnis aus, und ich staunte selbst hier in der

Menge über die geheime unschuldige Verabredung, die sich auf das menschlichste auf das natürlichste gefunden hatte.

Doch sollte bei eintretendem Frühling eine anständige ländliche Freiheit dergleichen Verhältnisse enger knüpfen. Offenbach am Main zeigte schon damals bedeutende Anfänge einer Stadt die sich in der Folge zu bilden versprach. Schöne für die damalige Zeit prächtige Gebäude hatten sich schon hervorgetan; Onkel Bernhard wie ich ihn gleich mit seinem Familientitel nennen will bewohnte das größte; weitläufige Fabrikgebäude schlossen sich an; d'Orville ein jüngerer lebhafter Mann von liebenswürdigen Eigenheiten, wohnte gegenüber. Anstoßende Gärten, Terrassen bis an den Main reichend überall freien Ausgang nach der holden Umgegend erlaubend, setzten den Eintretenden und Verweilenden in ein stattliches Behagen. Der Liebende konnte für seine Gefühle keinen erwünschtern Raum finden.

Ich wohnte bei Johann André und indem ich diesen Mann, der sich nachher genugsam bekannt gemacht, hier zu nennen habe, muß ich mir eine kleine Abschweifung erlauben um von dem damaligen Opernwesen einigen Begriff zu geben.

In Frankfurt dirigierte damals Marchand das Theater und suchte durch seine eigne Person das Mögliche zu leisten. Es war ein schöner groß- und wohlgestalteter Mann in den schönsten Jahren, das Behagliche, Weichliche erschien bei ihm vorwaltend; seine Gegenwart auf dem Theater war daher angenehm genug. Er mochte so viel Stimme haben als man damals zu Ausführung musikalischer Werke wohl allenfalls bedurfte, deshalb er denn die kleineren und größern französischen Opern herüber zu bequemen bemüht war.

Der Vater in der Gretryschen Oper: »Die Schöne bei dem Ungeheuer«, gelang ihm besonders wohl, wo er sich in der hinter dem Flor veranstalteten Vision gar ausdrücklich zu gebärden wußte.

Diese, in ihrer Art wohlgelungene Oper näherte sich jedoch dem edlen Stil und war geeignet die zartesten Gefühle zu erregen. Dagegen hatte sich ein realistischer Dämon des Operntheaters bemächtigt; Zustands- und Handwerksopern taten sich hervor. »Die Jäger«, »Der Faßbinder« und ich weiß nicht alles, waren vorausgegangen, André wählte sich den »Töpfer«. Er hatte sich das Gedicht selbst geschrieben und in den Text der ihm angehörte sein ganzes musikalisches Talent verwendet.

Ich war bei ihm einquartiert und will von diesem allzeit fertigen Dichter und Komponisten nur so viel sagen als hier gefordert wird.

Er war ein Mann von angeborenen lebhaften Talente, eigentlich als Techniker und Fabrikant in Offenbach ansässig; er schwebte zwischen dem Kapellmeister und Dilettanten; in Hoffnung jenes Verdienst zu erreichen bemühte er sich ernstlich in der Musik gründlichen Fuß zu fassen. Als letzterer war er geneigt seine Kompositionen ins Unendliche zu wiederholen.

Unter den Personen welche damals den Kreis zu füllen und zu beleben sich höchst tätig erwiesen ist der Pfarrer Ewald zu nennen, der geistreich heiter in Gesellschaft die Studien seiner Pflichten, seines Standes in stillen für sich durchzuführen wußte, wie er denn auch in der Folge innerhalb des theologischen Kreises sich ehrenvoll bekannt gemacht; er muß in dem damaligen Kreise als unentbehrlich, auffassend und erwidernd, mitgedacht werden.

Lilis Flügelspiel fesselte unsern guten André vollkommen an unsre Gesellschaft; als unterrichtend, meisternd, ausführend, waren wenige Stunden des Tags und der Nacht, wo er nicht in das Familienwesen in die gesellige Tagesreihe mit eingriff.

Bürgers »Leonore«, damals ganz frisch bekannt und mit Enthusiasmus von den Deutschen aufgenommen, war von ihm komponiert; er trug sie gern und wiederholt vor.

Auch ich, der viel und lebhaft vortrug, war sie zu deklamieren bereit. Man langweilte sich damals noch nicht an wiederholtem Einerlei. War der Gesellschaft die Wahl gelassen, welchen von uns beiden sie hören wolle, so fiel die Entscheidung oft zu meinen Gunsten.

Dieses alles aber, wie es auch sei, diente den Liebenden nur zur Verlängerung des Zusammenseins; sie wissen kein Ende zu finden und der gute Johann André war durch wechselsweise Verführung der beiden gar leicht in ununterbrochene Bewegung zu setzen um bis Nachmitternacht seine Musik wiederholend zu verlängern. Die beiden versicherten sich dadurch einer werten unentbehrlichen Gegenwart.

Trat man am Morgen in aller Frühe aus dem Hause, so fand man sich in der freisten Luft aber nicht eigentlich auf dem Lande. Ansehnliche Gebäude die zu jener Zeit einer Stadt Ehre gemacht hätten, Gärten parterreartig übersehbar, mit flachen Blumen- und sonstigen Prunkbeeten, freie Übersicht über den Fluß bis ans jenseitige Ufer, oft schon früh eine tätige Schiffahrt von Flößen und gelenken Marktschiffen und Kähnen, eine sanft hingleitende lebendige Welt, mit liebevollen zarten Empfindungen im Einklang. Selbst das einsame Vorüberwogen eines leise bewegten Stromes ward höchst erquicklich und verfehlte nicht einen entschieden beruhigenden Zauber über den Herantretenden zu verbreiten. Ein heiterer Himmel der schönsten Jahrszeit überwölbte das Ganze und wie angenehm mußte sich eine traute Gesellschaft, von solchen Szenen umgeben, morgendlich wiederfinden.

Sollte jedoch einem ernsten Leser eine solche Lebensweise gar zu lose zu leichtfertig erscheinen, so möge er bedenken daß zwischen dasjenige war hier des Vortrags halben wie im Zusammenhange geschildert ist sich Tage und Wochen des Entbehrens andere Bestimmungen und Tätigkeiten, sogar unerträgliche Langeweile widerwärtig einstellten.

Männer und Frauen waren in ihrem Pflichtkreise eifrig beschäftigt. Auch ich versäumte nicht, in Betracht der Gegenwart und Zukunft, das mir Obliegende zu besorgen und fand noch Zeit genug dasjenige zu vollbringen wohin mich Talent und Leidenschaft unwiderstehlich hindrängten. Die frühsten Morgenstunden war ich der Dichtkunst schuldig, der wachsende Tag gehörte den weltlichen Geschäften, die auf eine ganz eigene Art behandelt wurden. Mein Vater, ein gründlicher ja eleganter Jurist, führte seine Geschäfte selbst, die ihm sowohl die Verwaltung seines Vermögens als die Verbindung mit wertgeschätzten Freunden auferlegte, und ob ihm gleich sein Charakter als kaiserlicher Rat zu praktizieren nicht erlaubte, so war er doch manchen Vertrauten als Rechtsfreund zur Hand, indem die ausgefertigten Schriften von einem ordinierten Advokaten unterzeichnet wurden dem denn eine dergleichen Signatur ein Billiges einbrachte.

Diese seine Tätigkeit war nur lebhafter geworden durch mein Herantreten, und ich konnte gar wohl bemerken daß er mein Talent höher schätzte als meine Praxis und deswegen alles tat um mir Zeit genug zu meinen Studien und Arbeiten der Art zu lassen. Gründlich und tüchtig aber von langsamer Konzeption und Ausführung, studierte er die Akten als geheimer Referendar und wenn wir zusammentraten legte er mir die Sache vor und die Ausfertigung ward von mir mit solcher Leichtigkeit vollbracht, daß es ihm zur höchsten Vaterfreude gedieh, und er auch wohl einmal auszusprechen nicht unterließ: wenn ich ihm fremd wäre, er würde mich beneiden.

Diese Angelegenheiten noch mehr zu erleichtern hatte sich ein Schreiber zu uns gesellt, dessen Charakter und Wesen wohl durchgeführt leicht einen Roman fördern und schmükken könnte. Nach wohlgenutzten Schuljahren, worin er des Lateins völlig mächtig geworden auch sonstige gute Kenntnisse erlangt hatte, unterbrach ein allzuleichtfertiges akademisches Leben den übrigen Gang seiner Tage; er schleppte sich eine Weile mit siechem Körper in Dürftigkeit hin, und kam erst nach und nach in bessere Umstände durch Hülfe einer sehr schönen Handschrift und Rechnungsfertigkeit. Von einigen Advokaten unterhalten ward er nach und nach mit den Förmlichkeiten des Rechtsganges genau bekannt, und erwarb sich alle denen er diente durch Rechtlichkeit und Pünktlichkeit zu Gönnern. Auch unserm Hause hatte er sich verpflichtet und war in allen Rechts- und Rechnungssachen bei der Hand.

Dieser hielt nun von seiner Seite unser sich immer mehr ausdehnendes Geschäft, das sich sowohl auf Rechtsangelegenheiten, als auf mancherlei Aufträge Bestellungen und Speditionen bezog. Auf dem Rathause wußte er alle Wege und Schliche, in den beiden burgemeisterlichen Audienzen war er auf seine Weise gelitten, und da er manchen neuen Ratsherrn worunter einige gar bald zu Schöffen herangestiegen waren, von seinem ersten Eintritt ins Amt in seinen noch unsichern Benehmen in dem Geschäfte gar wohl kannte, so hatte er sich ein gewisses Vertrauen erworben das man gar wohl eine Art von Einfluß nennen konnte. Das alles wußte er zum Nutzen seiner Gönner zu verwenden und da ihn seine Gesundheit nötigte seine Tätigkeit mit Maß zu üben so fand man ihn immer bereit jeden Auftrag, jede Bestellung sorgfältig auszurichten. Seine Gegenwart war nicht unangenehm, von Körper schlank und regelmäßiger Gesichtsbildung; sein Betragen nicht zu dringlich aber doch mit einem Ausdruck von Sicherheit seiner Überzeugung was zu tun sei, auch wohl heiter und gewandt bei wegzuräumenden Hindernissen. Er mochte stark in den Vierzigen sein und es reut mich noch (ich darf das Obengesagte wiederholen), daß ich ihn nicht als Triebrad in den Mechanismus irgend einer Novelle mit eingefügt habe.

In Hoffnung meine ernsten Leser durch das Vorgetragene einigermaßen befriedigt zu haben darf ich mich wohl wieder zu denen glänzenden Tagespunkten hinwenden, wo Freundschaft und Liebe sich in ihrem schönsten Lichte zeigten. Daß Geburtstäge sorgfältig, froh und mit mancher Abwechselung gefeiert wurden liegt in der Natur solcher Verbindungen; dem Geburtstage des Pfarrers Ewald zu Gunsten ward das Lied gedichtet:

In allen guten Stunden
Erhöht von Lieb' und Wein,
Soll dieses Lied verbunden
Von uns gesungen sein!
Uns hält der Gott zusammen,
Der uns hierher gebracht.
Erneuert unsre Flammen,
Er hat sie angefacht.

Da dies Lied sich bis auf den heutigen Tag erhalten hat und nicht leicht eine muntere Gesellschaft beim Gastmahl sich versammelt ohne daß es freudig wieder aufgefrischt werde so empfehlen wir es auch unsern Nachkommen und wünschen allen die es aussprechen und singen gleiche Lust und Behagen von innen heraus wie wir damals, ohne irgend einer weitern Welt zu gedenken, uns im beschränkten Kreise zu einer Welt ausgedehnt empfanden.

Nun aber wird man erwarten daß Lilis Geburtstag welcher den 23. Juni 1775 sich zum 17. Mal wiederholte besonders sollte gefeiert werden; sie hatte versprochen am Mittag nach Offenbach zu kommen und ich muß gestehen daß die Freunde mit glücklicher Übereinkunft von diesem Feste alle herkömmlichen Verzierungsphrasen abgelehnt und sich nur allein mit Herzlichkeiten die ihrer würdig wären zu Empfang und Unterhaltung vorbereitet hatten.

Mit solchen angenehmen Pflichten beschäftigt sah ich die Sonne untergehen, die einen folgenden heitern Tag verkündigte und unserm Fest ihre frohe glänzende Gegenwart versprach, als George, der sich nicht verstellen konnte, ziemlich ungebärdig ins Zimmer trat, und ohne Schonung zu erkennen gab daß unser morgendes Fest gestört sei, er wisse selbst weder wie noch wodurch, aber die Schwester lasse sagen, daß es ihr völlig unmöglich sei morgen mittag nach Offenbach zu kommen und an dem ihr zugedachten Feste teilzunehmen; erst gegen Abend hoffe sie ihre Ankunft bewirken zu können. Nun fühle und wisse sie recht gut wie unangenehm es mir und unsern Freunden fallen müsse, bitte mich aber so herzlich dringend als sie könne, etwas zu erfinden, wodurch das Unangenehme dieser Nachricht die sie mir überlasse hinauszumelden, gemildert ja versöhnt werde; sie wolle mir's zum allerbesten danken.

Ich schwieg einen Augenblick, hatte mich auch sogleich gefaßt und wie durch himmlische Eingebung gefunden was zu tun war. »Eile«, rief ich, »George! sag ihr, sie solle sich ganz beruhigen, möglich machen, daß sie gegen Abend komme, ich verspräche: gerade dieses Unheil solle zum Fest werden.« Der Knabe war neugierig und wünschte zu wissen wie; dies wurde ihm standhaft verweigert, ob er gleich alle Künste und Gewalt zu Hülfe rief, die ein Bruder unserer Geliebten auszuüben pflegt.

Kaum war er weg, so ging ich mit sonderbarer Selbstgefälligkeit in meiner Stube auf und ab, und mit dem frohen, freien Gefühl, daß hier Gelegenheit sei mich als ihren Diener auf eine glänzende Weise zu zeigen, heftete ich mehrere Bogen mit schöner Seide, wie es dem Gelegenheits-Gedicht ziemt, zusammen und eilte den Titel zu schreiben

»Sie kommt nicht!

ein jammervolles Familienstück welches, geklagt sei es Gott den 23. Juni 1775 in Offenbach am Main auf das allernatürlichste wird aufgeführt werden. Die Handlung dauert vom Morgen bis auf'n Abend.«

Da von diesem Scherze weder Konzept noch Abschrift vorhanden, habe ich mich oft darnach erkundigt, aber nie etwas davon wieder erfahren können; ich muß daher es wieder aufs neue zusammendichten, welches im allgemeinen nicht schwer fällt.

Der Schauplatz ist d'Orvilles Haus und Garten in Offenbach; die Handlung eröffnet sich durch die Domestiken, wobei jedes genau seine Rolle spielt und die Anstalten zum Fest vollkommen deutlich werden. Die Kinder mischen sich drein nach dem Leben gebildet, dann der Herr, die Frau mit eigentümlichen Tätigkeiten und Einwirkungen; dann kommt, indem alles sich in einer gewissen hastigen Geschäftigkeit durcheinandertreibt, der unermüdliche Nachbar Komponist Hans André, er setzt sich an den Flügel und ruft alles zusammen, sein eben fertig gewordenes Festlied anzuhören und durchzuprobieren. Das ganze Haus zieht er heran, aber alles macht sich wieder fort, dringenden Geschäften nachzugehen, eins wird vom andern abgerufen, eins bedarf des andern und die Dazwischenkunft des Gärtners macht aufmerksam auf die Garten- und Wasserszenen; Kränze Banderolen mit Inschriften zierlichster Art, nichts ist vergessen. Als man sich nun eben um die erfreulichsten Gegenstände versammelt tritt ein Bote herein, der als eine Art von lustigen Hin- und Widerträger berechtigt war auch eine Charakterrolle mitzuspielen und der durch manches allzugute Trinkgeld wohl ungefähr merken konnte was für Verhältnisse obwalteten; er tut sich auf sein Paket etwas zu Gute, hofft ein Glas Wein und Semmelbrot, und übergibt nun, nach einigem schalkhaften Weigern, die Depesche. Dem Hausherrn sinken die Arme die Papiere fallen zu Boden er ruft: »Laßt mich zum Tisch! laßt mich zur Kommode, damit ich nur streichen kann.«

Das geistreiche Zusammensein lebelustiger Menschen zeichnet sich vor allem aus durch eine Sprach- und Gebärden-Symbolik. Es entsteht eine Art Gauneridiom welches indem es die Innern höchst glücklich macht, den Äußern unbemerkt bleibt oder bemerkt verdrießlich wird.

Es gehörte zu Lilis anmutigsten Eigenheiten eine die hier durch Wort und Gebärde als Streichen ausgedrückt ist, wenn nämlich etwas gesagt oder gesprochen wurde, besonders indem man bei Tische saß, oder in der Nähe von einer Fläche sich befand.

Es hatte dieses seinen Ursprung von einer unendlich lieblichen Unart, die sie einmal begangen als ein Fremder bei Tafel neben ihr sitzend etwas Unziemliches vorbrachte. Ohne das holde Gesicht zu verändern, strich sie mit ihrer rechten Hand gar lieblich über das Tischtuch weg und schob alles was sie mit dieser sanften Bewegung erreichte gelassen auf den Boden. Ich weiß nicht was alles, Messer, Gabel, Brot, Salzfaß auch etwas zum Gebrauch ihres Nachbars gehörig; es war jedermann erschreckt, die Bedienten liefen zu, niemand wußte was das heißen sollte, als die Umsichtigen die sich erfreuten, daß sie eine Unschicklichkeit auf eine so zierliche Weise erwidert und ausgelöscht.

Hier war nun also ein Symbol gefunden für das Ablehnen eines Widerwärtigen was doch manchmal in tüchtiger, braver, schätzenswerter, wohlgesinnter aber nicht durch und durch gebildeter Gesellschaft vorzukommen pflegt. Die Bewegung mit der rechten Hand als ablehnend erlaubten wir uns alle, das wirkliche Wegstreichen der Gegenstände hatte sie sich in der Folge nur mäßig und mit Geschmack erlaubt.

Wenn der Dichter nun also dem Hausherrn diese Begierde zu streichen, eine uns zur Natur gewordene Gewohnheit als Mimik aufgibt; so sieht man das Bedeutende das Effektvolle: denn indem er alles von allen Flächen herunterzustreichen droht, so hält ihn alles ab, man sucht ihn zu beruhigen, bis er sich endlich ganz ermattet in den Sessel wirft. »Was ist begegnet!« ruft man aus. »Ist sie krank? Ist jemand gestorben?« »Lest! lest!« ruft d'Orville, »dort liegt's auf der Erde.« Die Depesche wird aufgehoben, man liest, man ruft: »Sie kommt nicht!« Der große Schreck hatte auf einen größern vorbereitet; – aber sie war doch wohl! – war ihr nichts begegnet? Niemand von der Familie hatte Schaden genommen; Hoffnung blieb auf den Abend.

André, der indessen immerfort musiziert hatte, kam doch endlich auch herbeigelaufen, tröstete und suchte sich zu trösten. Pfarrer Ewald und seine Gattin traten auch charakteristisch ein, mit Verdruß und Verstand, mit unwilligem Entbehren und gemäßigtem Zurechtlegen. Alles ging aber noch bunt durcheinander, bis der musterhaft ruhige Onkel Bernhard endlich herankommt, ein gutes Frühstück, ein löblich Mittagsfest erwartend und der Einzige ist, der die Sache aus dem rechten Gesichtspunkte ansieht, beschwichtigende, vernünftige Reden äußert und alles ins gleiche bringt, völlig wie in der griechischen Tragödie ein Gott die Verworrenheiten der größten Helden mit wenigen Worten aufzulösen weiß.

Dies alles war mit laufender Feder niedergeschrieben der Bote schon bestellt, der seine Rolle diesmal und doppelt zu spielen hatte, alles war fertig, die Nacht war Null, und er sollte genau morgens um 10 Uhr eintreffen.

Den hellsten Morgen erblickend wacht' ich auf, mit Vorsatz und Einrichtung genau mittags in Offenbach anzulangen.

Ich ward empfangen mit dem wunderlichsten Charivari von Entgegnungen; das gestörte Fest verlautete kaum, sie schalten und schimpften, daß ich sie so gut getroffen hätte; die Dienerschaft war zufrieden mit der Herrschaft auf gleichem Theater aufgetreten zu sein; nur die Kinder, als die entschiedensten unbestechbarsten Realisten versicherten hartnäckig: so hätten sie nicht gesprochen und es sei überhaupt alles ganz anders gewesen als wie es hier geschrieben stünde. Ich beschwichtigte sie mit einigen Vorgaben des Nachtisches, und sie hatten mich wie immer lieb. Ein fröhliches Mittagsmahl, eine Mäßigung aller Feierlichkeiten gab uns die Stimmung Lili ohne Prunk, aber vielleicht um desto lieblicher zu empfangen. Sie kam und ward von heiteren ja lustigen Gesichtern bewillkommt beinah betroffen, daß ihr Außenbleiben so viel Heiterkeit erlaube. Man erzählte ihr alles, man trug ihr alles vor und sie nach ihrer lieben und süßen Art, dankte mir, wie sie allein nur konnte.

Es bedurfte keines sonderlichen Scharfsinns um zu bemerken daß ihr Ausbleiben von dem ihr gewidmeten Feste nicht zufällig, sondern durch Hin- und Herreden über unser Verhältnis verursacht war. Indessen hatte dies weder auf unsre Gesinnungen noch auf unser Betragen den mindesten Einfluß. Ein vielfacher geselliger Zufluß aus der Stadt konnte in dieser Jahrszeit nicht fehlen. Oft kam ich nur spät des Abends zur Gesellschaft und fand sie dem Scheine nach teilnehmend, eigentlich aber sich wundernd und da ich nur oft auf wenige Stunden erschien so mocht' ich ihr gern in irgend etwas nützlich sein, indem ich ihr Größeres oder Kleineres besorgt hatte, oder irgend einen Auftrag zu übernehmen kam. Und es ist wohl diese Dienstschaft das Erfreulichste was einem Menschen begegnen kann; wie uns die alten Ritter-Romane dergleichen zwar auf eine dunkle aber kräftige Weise zu überliefern verstehen; daß sie mich beherrsche, war nicht zu verbergen und sie durfte sich diesen Stolz gar wohl erlauben; hier triumphieren Überwinder und Überwundene und beide behagen sich in gleichem Stolze.

Dies mein wiederholtes oft nur kurzes Einwirken war aber immer desto kräftiger. Johann André hatte immer Musik-Vorrat; auch ich brachte fremdes und eignes Neue; poetische und musikalische Blüten regneten herab. Es war eine durchaus glänzende Zeit; eine gewisse Exaltation waltete in der Gesellschaft, man traf niemals auf nüchterne Momente. Ganz ohne Frage teilte sich dies den übrigen aus unserm Verhältnisse mit. Denn wo Neigung und Leidenschaft in ihrer eignen kühnen Natur hervortreten, geben sie andern verschüchterten Gemütern Mut, die nunmehr nicht begreifen warum sie ihre gleichen Rechte verheimlichen sollten. Daher gewahrte man andere mehr oder weniger versteckte Verhältnisse, die sich nun mehr ohne Scheu durchschlangen. Andere, die sich nicht gut bekennen ließen, schlichen doch behaglich unter der Decke mit durch.

Konnt' ich denn auch wegen vermannigfaltigter Geschäfte die Tage dort draußen bei ihr nicht zubringen so gaben die heiteren Nächte Gelegenheit zu verlängertem Zusammensein im Freien. Liebende Seelen werden nachstehendes Ereignis mit Wohlgefallen aufnehmen.

Es war ein Zustand von welchem geschrieben steht: »Ich schlafe aber mein Herz wacht«; die hellen wie die dunklen

Stunden waren einander gleich, das Licht des Tages konnte das Licht der Liebe nicht überscheinen und die Nacht wurde durch den Glanz der Neigung zum hellsten Tage.

Wir waren beim klarsten Sternhimmel bis spät in der freien Gegend umherspaziert und nachdem ich sie und die Gesellschaft von Türe zu Türe nach Hause begleitet und von ihr zuletzt Abschied genommen hatte, fühlte ich mir so wenig Schlaf daß ich eine frische Spazierwanderung anzutreten nicht säumte. Ich ging die Landstraße nach Frankfurt zu mich meinen Gedanken und Hoffnungen zu überlassen; ich setzte mich auf eine Bank, in der reinsten Nachtstille, unter den blendenden Sternhimmel, mir selbst und ihr anzugehören.

Bemerkenswert schien mir ein schwer zu erklärender Ton, ganz nahe bei mir; es war kein Rascheln, kein Rauschen und bei näherer Aufmerksamkeit entdeckte ich daß es unter der Erde und das Arbeiten von kleinem Getier sei. Es mochten Igel oder Wieseln sein, oder was in solcher Stunde dergleichen Geschäft vornimmt.

Ich war darauf weiter nach der Stadt zu gegangen und an den Röderberg gelangt, wo ich die Stufen welche nach den Weingärten hinaufführen an ihrem kalkweißen Scheine erkennen konnte. Ich stieg hinauf setzte mich nieder und schlief ein.

Als ich wieder aufwachte, hatte die Dämmerung sich schon verbreitet ich sah mich gegen dem hohen Wall über, welcher in früheren Zeiten als Schutzwehr wider die hüben stehenden Berge aufgerichtet war. Sachsenhausen lag vor mir, leichte Nebel deuteten den Weg des Flusses an; es war frisch, mir willkommen.

Da verharrt' ich bis die Sonne nach und nach hinter mir aufgehend das Gegenüber erleuchtete. Es war die Gegend wo ich die Geliebte wieder sehen sollte, und ich kehrte langsam in das Paradies zurück, das sie, die noch Schlafende, umgab.

Je mehr aber, um des wachsenden Geschäftskreises willen, den ich aus Liebe zu ihr erweitern und zu beherrschen trachtete, meine Besuche in Offenbach sparsamer werden und dadurch eine gewisse peinliche Verlegenheit hervorbringen mußten, so ließ sich gar wohl bemerken daß man eigentlich um der Zukunft willen das Gegenwärtige hintansetze und verliere.

Wie sich nun meine Aussichten nach und nach verbesserten, hielt ich sie für bedeutender als sie wirklich waren und dachte um so mehr auf eine baldige Entscheidung, als ein so öffentliches Verhältnis nicht länger ohne Mißbehagen fortzuführen war. Und wie es in solchen Fällen zu gehen pflegt sprachen wir es nicht ausdrücklich gegeneinander aus; aber das Gefühl eines wechselseitigen unbedingten Behagens, die volle Überzeugung eine Trennung sei unmöglich, das ineinander gleichmäßig gesetzte Vertrauen, das alles brachte einen solchen Ernst hervor, daß ich, der ich mir fest vorgenommen hatte, kein schleppendes Verhältnis wieder anzuknüpfen, und mich doch in dieses ohne Sicherheit eines günstigen Erfolges wieder verwickelt fand wirklich von einem Stumpfsinn befangen war von dem ich mich zu retten, mich immer mehr in gleichgültige weltliche Geschäfte verwickelte, aus denen ich auch nur wieder Vorteil und Zufriedenheit an der Hand der Geliebten zu gewinnen hoffen durfte.

In diesem wunderlichen Zustande, dergleichen doch auch mancher peinlich empfunden haben mag, kam uns eine Hausfreundin zu Hülfe, welche die sämtlichen Bezüge der Personen und Zustände gar wohl durchsah. Man nannte sie Demoiselle Delf, sie stand mit ihrer ältern Schwester einem kleinen Handelshaus in Heidelberg vor und war der größern Frankfurter Wechselhandlung bei verschiedenen Vorfällen vielen Dank schuldig geworden. Sie kannte, und liebte Lili von Jugend auf; es war eine eigne Person, ernsten männlichen Ansehns und gleichen derben hastigen Schrittes vor sich hin. Sie hatte sich in die Welt besonders zu fügen Ursache gehabt und kannte sie daher wenigstens in gewissem Sinne. Man konnte sie nicht intrigant nennen, sie konnte den Verhältnissen lange zusehen und ihre Absichten stille mit sich forttragen; dann aber hatte sie die Gabe die Gelegenheit zu ersehen, und wenn sie die Gesinnungen der Personen zwischen Zweifel und Entschluß schwanken sah, wenn alles auf Entschiedenheit ankam, so wußte sie eine solche Kraft der Charaktertüchtigkeit einzusetzen, daß es ihr nicht leicht mißlang ihr Vorhaben auszuführen. Eigentlich hatte sie keine egoistischen Zwecke, etwas getan, etwas vollbracht besonders eine Heirat gestiftet zu haben, war schon Belohnung. Unsern Zustand hatte sie längst durchblickt, bei wiederholtem Hiersein durchforscht, als sie sich endlich überzeugte diese Neigung sei zu begünstigen, diese redlichen Vorsätze, redlich aber nicht genugsam verfolgt und angegriffen, müßten unterstützt und dieser kleine Roman fördersamst abgeschlossen werden.

Seit vielen Jahren hatte sie das Vertrauen von Lilis Mutter; in meinem Hause durch mich eingeführt hatte sie sich den Eltern angenehm zu machen gewußt; denn gerade dieses barsche Wesen ist in einer Reichsstadt nicht widerwärtig und mit Verstand im Hintergrunde, sogar willkommen. Sie kannte sehr wohl unsre Wünsche, unsre Hoffnungen, ihre Lust zu wirken sah darin einen Auftrag; kurz sie unterhandelte mit den Eltern. Wie sie es begonnen, wie sie die Schwierigkeiten die sich ihr entgegenstellen mochten, beseitigt, genug sie tritt eines Abends zu uns und bringt die Einwilligung. »Gebt euch die Hände!« rief sie, mit ihrem pathetisch gebieterischen Wesen. Ich stand gegen Lili über und reichte meine Hand dar, sie legte die ihre zwar nicht zaudernd aber doch langsam, hinein, nach einem tiefen Atemholen fielen wir einander lebhaft bewegt in die Arme.

Es war ein seltsamer Beschluß des hohen über uns Waltenden daß ich in dem Verlaufe meines wundersamen Lebensganges doch auch erfahren sollte wie es einem Bräutigam zu Mute sei.

Ich darf wohl sagen daß es für einen gesitteten Mann die angenehmste aller Erinnerungen sei; es ist erfreulich sich jene Gefühle zu wiederholen die sich schwer aussprechen und kaum erklären lassen. Der vorhergehende Zustand ist durchaus verändert; die schroffsten Gegenstände sind gehoben, der hartnäckigste Zwiespalt geschlichtet; die vordringliche Natur, die ewig warnende Vernunft, die tyrannisierenden Triebe, das verständige Gesetz welche sonst in immerwährendem Zwist uns bestritten, alle diese treten nunmehr in freundlicher Einigkeit heran und bei allgemein gefeiertem frommen Feste wird das Verbotene gefordert und das Verpönte zur unerläßlichen Pflicht erhoben.

Mit sittlichem Beifall aber, wird man vernehmen daß von dem Augenblick an eine gewisse Sinnes-Veränderung in mir vorging; war sie mir bisher schön, anmutig, anziehend vorgekommen, so erschien sie mir nun als würdig und bedeutend. Sie war eine doppelte Person, ihre Anmut und Liebenswürdigkeit gehörten mein das fühlt' ich wie sonst, aber der Wert ihres Charakters, die Sicherheit in sich selbst, ihre Zuverlässigkeit in allem, das blieb ihr eigen; ich schaute es, ich durchblickte es und freute mich dessen als eines Kapitals von dem ich zeitlebens die Zinsen mit zu genießen hätte.

Es ist schon längst mit Grund und Bedeutung ausgesprochen: auf dem Gipfel der Zustände hält man sich nicht lange. Die ganz eigentlich durch Demoiselle Delf eroberte Zustimmung beiderseitiger Eltern ward nunmehr als obwaltend anerkannt, stillschweigend und ohne weitere Förmlichkeit. Denn sobald etwas Ideelles, wie man ein solches Verlöbnis wirklich nennen kann, in die Wirklichkeit eintritt so entsteht, wenn man völlig abgeschlossen zu haben glaubt, eine Krise. Die Außenwelt ist durchaus unbarmherzig und sie hat recht denn sie muß sich ein für allemal selbst behaupten; die Zuversicht der Leidenschaft ist groß, aber wir sehen sie doch gar oft an dem ihr entgegenstehenden Wirklichen scheitern. Junge Gatten, die besonders in der späteren Zeit mit nicht genugsamen Gütern versehen in diese Zustände sich einlassen mögen ja sich keine Honigmonde versprechen; unmittelbar droht ihnen eine Welt mit unverträglichen Forderungen, welche, nicht befriedigt ein junges Ehepaar absurd erscheinen lassen.

Die Unzulänglichkeit der Mittel, die ich zur Erreichung meines Zweckes mit Ernst ergriffen hatte, konnte ich früher nicht gewahr werden, weil sie bis auf einen gewissen Punkt zugereicht hätten; nun der Zweck näher heranrückte, wollte es hüben und drüben nicht vollkommen passen.

Der Trugschluß, den die Leidenschaft so bequem findet, trat nun in seiner völligen Inkongruenz nach und nach hervor. Mit einiger Nüchternheit mußte mein Haus, meine häusliche Lage, in ihrem ganz Besondern betrachtet werden. Das Bewußtsein, das Ganze sei auf eine Schwiegertochter eingerichtet lag freilich zu Grunde; aber auf ein Frauenzimmer welcher Art war dabei gerechnet? Wir haben die mäßige, liebe, verständige, schöne, tüchtige sich immer gleiche neigungsvolle und leidenschaftlose zu Ende des dritten Bandes kennen lernen, sie war der passende Schlußstein zu einem schon aufgemauerten zugerundeten Gewölbe, aber hier hatte man bei ruhiger unbefangener Betrachtung sich nicht leugnen können, daß um diese neue geworbene in solche Funktion gleichfalls einzusetzen, man ein neues Gewölbe hätte zurichten müssen.

Indessen war mir dies noch nicht deutlich geworden und ihr ebenso wenig. Betrachtete ich nun aber mich in meinem Hause, und gedacht' ich sie hereinzuführen, so schien sie mir nicht zu passen, wie ich ja schon in ihren Zirkeln zu erscheinen, um gegen die Tags- und Modemenschen nicht abzustechen, meine Kleidung von Zeit zu Zeit verändern ja wieder verändern mußte. Das konnte aber doch mit einer häuslichen Einrichtung nicht geschehen, wo in einem neugebauten stattlichen Bürgerhause ein nunmehr veralteter Prunk gleichsam rückwärts die Einrichtung geleitet hatte.

So hatte sich auch selbst nach dieser gewonnenen Einwilligung, kein Verhältnis der Eltern untereinander bilden und einleiten können; kein Familienzusammenhang, andere Religionsgebräuche, andere Sitten! und wollte die Liebenswürdige einigermaßen ihre Lebensweise fortsetzen, so fand sie in dem anständig geräumigen Hause keine Gelegenheit keinen Raum.

Hatte ich bisher von allem diesen abgesehen, so waren mir zur Beruhigung und Stärkung von außen her schöne Ansichten eröffnet, zu irgend einer gedeihlichen Anstellung zu gelangen. Ein rühriger Geist faßt überall Fuß; Fähigkeiten, Talente erregen Vertrauen; jedermann denkt es komme ja nur auf eine veränderte Richtung an. Zudringliche Jugend findet Gunst, dem Genie traut man alles zu, da es doch nur ein Gewisses vermag. Der deutsche geistig literarische Boden war damals ganz eigentlich als ein Neubruch anzusehen, es fanden sich unter den Geschäftsleuten kluge Menschen, die für den neu aufzuwühlenden Boden tüchtige Anbauer und kluge Haushälter wünschten. Selbst die angesehne wohlgegründete Freimaurer-Loge mit deren vornehmsten Gliedern ich eben durch mein Verhältnis zu Lili bekannt geworden war, wußte auf schickliche Weise meine Annäherung einzuleiten; ich aber, aus einem Unabhängigkeitsgefühl welches mir später als Verrücktheit erschien, lehnte jede nähere Verknüpfung ab, nicht gewahrend daß diese Männer wenn schon in höherem Sinne verbunden, mir doch bei meinen, den ihrigen so nah verwandten Zwecken hätten förderlich sein müssen.

Ich gehe zu dem Besondersten zurück.

In solchen Städten gibt es kollektive Stellen, Residentschaften, Agentschaften, die sich durch Tätigkeit grenzenlos erweitern lassen. Dergleichen bot sich auch mir dar beim ersten Anblick vorteilhaft und ehrenhaft zugleich. Man setzte voraus, daß ich für sie passe, es wäre auch gegangen unter der Bedingung jener geschilderten Kanzleitreuheit. Man verschweigt sich die Zweifel, man teilt sich das Günstige mit; man überwindet jedes Schwanken, durch gewaltsame Tätigkeit; es kommt dadurch etwas Unwahres in den Zustand, ohne daß die Leidenschaft deshalb gemildert werde.

In Friedenszeiten ist für die Menge wohl kein erfreulicheres Lesen als die öffentlichen Blätter, welche uns von den neusten Weltereignissen eilige Nachricht geben; der ruhige wohlbehaltene Bürger übt daran auf eine unschuldige Weise den Parteigeist den wir in unsrer Beschränktheit weder los werden können noch sollen. Jeder behagliche Mensch erschafft sich alsdann, wie bei einer Wette, ein willkürliches Interesse, unwesentlichen Gewinn und Verlust und nimmt, wie im Theater, einen sehr lebhaften, jedoch nur imaginären Teil an fremdem Glück und Unglück. Diese Teilnahme erscheint oft willkürlich jedoch beruht sie auf sittlichen Gründen denn bald geben wir löblichen Absichten einen verdienten Beifall, bald aber von glänzendem Erfolg hingerissen, wenden wir uns zu demjenigen dessen Vorsätze wir würden getadelt haben. Zu allen diesen verschaffte uns jene Zeit reichlichen Stoff.

Friedrich der Zweite, auf seiner Kraft ruhend, schien noch immer das Schicksal Europens und der Welt abzuwiegen; Catharine, eine große Frau, die sich selbst des Throns würdig gehalten, gab tüchtigten hochbegünstigten Männern einen großen Spielraum der Herrscherin Macht immer weiter auszubreiten, und da dies über die Türken geschah, denen wir die Verachtung mit welcher sie auf uns herniederblicken reichlich zu vergelten gewohnt sind, so schien es als wenn keine Menschen aufgeopfert würden, indem diese Unchristen zu Tausenden fielen. Die brennende Flotte in dem Hafen von Tschesme verursachte ein allgemeines Freudenfest über die gebildete Welt und jedermann nahm teil an dem siegerischen Übermut, als man, um ein wahrhaftes Bild jener großen Begebenheit übrig zu behalten, zum Behuf eines künstlerischen Studiums, auf der Reede von Livorne sogar ein Kriegsschiff in die Luft sprengte. Nicht lange darauf ergreift ein junger nordischer König gleichfalls aus eigner Gewalt die Zügel des Regiments; die Aristokraten die er unterdrückt werden nicht bedauert, denn die Aristokratie überhaupt hatte keine Gunst bei dem Publikum, weil sie ihrer Natur nach im stillen wirkt und um desto sicherer ist je weniger sie von sich reden macht, und in diesem Falle dachte man von dem jungen König um desto besser weil er um den obersten Stande das Gleichgewicht zu halten die Unteren begünstigen und an sich knüpfen mußte.

Noch lebhafter aber war die Welt interessiert als ein ganzes Volk sich zu befreien Miene machte. Schon früher hatte man demselben Schauspiel im Kleinen gern zugesehn; Corsica war lange der Punkt gewesen auf den sich aller Augen richteten; Paoli, als er sein patriotisches Vorhaben nicht weiter durchzusetzen im Stande durch Deutschland nach England ging zog aller Herzen an sich; es war ein schöner schlanker blonder Mann voll Anmut und Freundlichkeit, ich sah ihn in den Bethmannischen Hause wo er kurze Zeit verweilte und den Neugierigen, die sich zu ihm drängten mit heiterer Gefälligkeit begegnete. Nun aber sollten sich in dem entfernteren Weltteil ähnliche Auftritte wiederholen, man wünschte den Amerikanern alles Glück und die Namen Franklin und Washington fingen an am politischen und kriegerischen Himmel zu glänzen und zu funkeln. Manches zu Erleichterung der Menschheit war geschehen, und als nun gar ein neuer wohlwollender König von Frankreich die besten Absichten zeigte, sich selbst zu Beseitigung so mancher Mißbräuche und zu den edelsten Zwecken zu beschränken eine regelmäßig auslangende Staatswirtschaft einzuführen, sich aller willkürlichen Gewalt zu begeben, und durch Ordnung wie durch Recht allein zu herrschen, so verbreitete sich die heiterste Hoffnung über die ganze Welt und die zutrauliche Jugend, glaubte sich und ihren ganzen Zeitgeschlechte eine schöne ja herrliche Zukunft versprechen zu dürfen. An allen diesen Ereignissen nahm ich jedoch nur insofern teil als sie die größere Gesellschaft interessierten, ich selbst und mein engerer Kreis befaßten uns nicht mit Zeitungen und Neuigkeiten; uns war darum zu tun den Menschen kennen zu lernen, die Menschen überhaupt ließen wir gern gewähren.

Der beruhigte Zustand des deutschen Vaterlandes in welchem sich auch meine Vaterstadt schon über hundert Jahre eingefügt sah hatte sich trotz manchen Kriegen und Erschütterungen in seiner Gestalt vollkommen erhalten. Einem gewissen Behagen günstig war, daß von dem Höchsten bis zu dem Tiefsten, von dem Kaiser bis zu dem Juden herunter die mannigfaltigste Abstufung alle Persönlichkeiten anstatt sie zu trennen zu verbinden schien. Wenn dem Kaiser sich Könige subordinierten so gab diesen ihr Wahlrecht und die dabei erworbenen und behaupteten Gerechtsame ein entschiedenes Gleichgewicht. Nun aber, war der hohe Adel in die erste königliche Reihe verschränkt, so daß er seiner bedeutenden Vorrechte gedenkend sich ebenbürtig mit dem Höchsten achten konnte ja im gewissen Sinne noch höher indem ja die geistlichen Kurfürsten allen andern vorangingen und als Sprößlinge der Hierarchie einen unangefochtenen ehrwürdigen Raum behaupteten.

Bedenke man nun der außerordentlichen Vorteile welche diese altgegründeten Familien zugleich und außerdem in Stiftern, Ritterorden, Ministerien, Vereinigungen und Verbrüderungen genossen haben so wird man leicht denken können daß diese große Masse von bedeutenden Menschen, welche sich zugleich als subordiniert und als koordiniert fühlten in höchster Zufriedenheit und geregelter Welttätigkeit ihre Tage zubrachten, und ein gleiches Behagen ihren Nachkommen ohne besondere Mühe vorbereiteten und überließen. Auch fehlte es dieser Klasse nicht an geistiger Kultur; denn schon seit hundert Jahren hatte sich erst die hohe Militär- und Geschäftsbildung bedeutend hervorgetan und sich des ganzen vornehmen so wie des diplomatischen Gleises bemächtigt zugleich aber auch durch Literatur und Philosophie die Geister zu gewinnen und auf einen hohen der Gegenwart nicht allzugünstigen Standpunkt zu versetzen gewußt.

In Deutschland war es noch kaum jemand eingefallen jene ungeheure privilegierte Masse zu beneiden oder ihr die glücklichen Weltvorzüge zu mißgönnen; der Mittelstand hatte sich ungestört dem Handel und den Wissenschaften gewidmet und hatte freilich dadurch so wie durch die nahverwandte Technik sich zu einem bedeutenden Gegengewicht erhoben; ganz oder halb freie Städte begünstigten diese Tätigkeit so wie die Menschen darin ein gewisses ruhiges Behagen empfanden. Wer seinen Reichtum vermehrt, seine geistige Tätigkeit besonders im juristischen und Staatsfache gesteigert sah, der konnte sich überall eines bedeutenden Einflusses erfreuen. Setzte man doch bei den höchsten Reichsgerichten und auch wohl sonst, der adligen Bank eine Gelehrten-Bank gegenüber; die freiere Übersicht der einen mochte sich mit der tieferen Einsicht der andern gerne befreunden und man hatte im Leben durchaus keine Spur von Rivalität; der Adel war sicher in seinen unerreichbaren durch die Zeit geheiligten Vorrechten und der Bürger hielt es unter seiner Würde durch eine seinem Namen vorgesetzte Partikel nach dem Schein derselben zu streben. Der Handelsmann, der Techniker, hatte genug zu tun um mit den schneller vorschreitenden Nationen einigermaßen zu wetteifern. Wenn man die gewöhnlichen Schwankungen des Tages nicht beachten will so durfte man wohl sagen, es war in Ganzen eine Zeit eines reinen Bestrebens, wie sie früher nicht erschienen noch auch in der Folge wegen äußern und innern Steigerungen sich lange erhalten konnte.

In dieser Zeit war meine Stellung gegen die oberen Stände sehr günstig, wenn auch im »Werther« die Unannehmlichkeiten an der Grenze zweier bestimmter Verhältnisse mit Ungeduld ausgesprochen sind, so ließ man das in Betracht der übrigen Leidenschaftlichkeiten gelten indem jedermann wohl fühlte daß es hier auf keine unmittelbare Wirkung angesehen sei.

Durch »Götz von Berlichingen« aber war ich gegen die obern Stände sehr gut gestellt; was auch an Schicklichkeiten bisheriger Literatur mochte verletzt sein, so war doch auf eine kenntnisreiche und tüchtige Weise das altdeutsche Verhältnis, den unverletzbaren Kaiser an der Spitze, mit manchen andern Stufen und ein Ritter dargestellt der im allgemein gesetzlosen Zustande als einzelner Privatmann, wo nicht gesetzlich, doch rechtlich zu handeln dachte und dadurch in sehr schlimme Lagen gerät. Dieser Komplex aber war nicht aus der Luft gegriffen, sondern durchaus heiter lebendig und deshalb auch wohl hie und da ein wenig modern aber doch immer in dem Sinne vorgeführt wie der wackere tüchtige Mann sich selbst, und also wohl zu leidlichen Gunsten, in eigner Erzählung dargestellt hatte.

Die Familie blühte noch ihr Verhältnis zu der fränkischen Ritterschaft war in ihrer Integrität geblieben, wenn diese Verhältnisse, wie anderes jener Zeit bleicher und unwirksamer mochten geworden sein.

Nun erhielt auf einmal das Flüßlein Jaxd die Burg Jaxdhausen eine poetische Bedeutung sie wurden besucht, so wie das Rathaus zu Heilbronn. Man wußte daß ich noch andere Punkte jener Zeitgeschichte mir in den Sinn genommen hatte und manche Familie die sich aus jener Zeit noch tüchtig herschrieb hatte die Aussicht ihren Ältervater gleichsam ans Tageslicht hervorgezogen zu sehen.

Es entsteht ein eigenes allgemeines Behagen, wenn man einer Nation ihre Geschichte auf eine geistreiche Weise wieder zur Erinnerung bringt; sie erfreut sich der Tugenden ihrer Vorfahren belächelt die Mängel derselben welche sie längst überwunden zu haben glaubt. Teilnahme und Beifall kann daher einer solchen Darstellung nicht fehlen, und ich hatte mich in diesem Sinne einer vielfachen Wirkung zu erfreuen.

Merkwürdig möchte es jedoch sein daß unter den zahlreichen Annäherungen und in der Zahl der jungen Leute die sich an mich anschlossen kein Edelmann war, aber dagegen waren manche die schon in die Dreißig gelangt mich aufsuchten, besuchten und in deren Wollen und Bestreben eine freudige Hoffnung sich durchzog sich in vaterländischen und allgemein menschlicheren Sinne ernstlich auszubilden.

Zu dieser Zeit war denn überhaupt die Richtung nach der Epoche zwischen dem 15. und 16. Jahrhundert eröffnet und lebendig. Die Werke Ulrichs von Hutten kamen mir in die Hände und es schien wundersam genug daß in unsern neuern Tagen sich das Ähnliche, was dort hervorgetreten hier sich gleichfalls wieder zu manifestieren schien. Unter solchen Männern die ich kennen lernte ging durch ihr Bestreben und Handeln ein ernster hoffnungsvoller Zug durch sich in vaterländischen und allgemein sittlichen Sinne möglichst auszubilden.

Ulrich von Hutten an Billibald Pyrkheymer:

»Was uns das Glück gegeben nimmt es meist wieder weg und das nicht allein, auch alles andere was sich an den Menschen von außen anschließt, sehen wir dem Zufall unterworfen. Nun aber streb' ich nach Ehren, die ich ohne Mißgunst zu erlangen wünschte, ja welcher Weise es auch sei; denn es besitzt mich ein heftiger Durst nach dem Ruhm daß ich soviel als möglich geadelt zu sein wünschte. Es würde schlecht mit mir stehen, teurer Billibald, wenn ich mich schon jetzt für einen Edelmann hielte ob ich gleich in diesem Rang, dieser Familie, von solchen Eltern geboren worden, wenn ich mich nicht durch eigenes Bestreben geadelt hätte. Ein so großes Werk hab' ich im Sinne! ich denke höher, nicht etwa daß ich mich in einen vornehmeren glänzenden Stand versetzt sehen möchte, sondern anderwärts möcht' ich eine Quelle suchen, aus der ich einen besondern Adel schöpfte und nicht unter die wahnhaften Edelleute gezählt würde, zufrieden mit dem was ich von meinen Voreltern empfangen, sondern daß ich zu jenen Gütern noch etwas selbst hinzugefügt hätte was von mir auf meine Nachkommen hinüberginge.

Hiebei hängt zwar nicht alles vom Glück ab, aber es hat Teil daran, wieviel, wüßt' ich nicht zu sagen. So will ich denn gestehen, daß ich auch wohl Glücksfälle erleben möchte, die mich durch einen günstigen Umschwung in die Höhe brächten. Daher ich denn mit meinen Studien und Bemühungen mich dahin wende und bestrebe entgegengesetzt in Meinung denenjenigen die alles dasjenige was ist, für genug achten; denn mir ist nichts dergleichen genug, wie ich Dir denn meinen Ehrgeiz dieser Art, nicht gefordert ja nicht einmal gebeten bekannt habe. Und so gesteh' ich denn daß ich diejenigen nicht beneide die, von den untersten Ständen ausgegangen, über meine Zustände hinausgeschritten sind, und hier bin ich mit den Männern meines Standes keineswegs übereindenkend welche diejenigen die, eines niedrigen Ursprungs, sich durch Tüchtigkeit hervorgetan haben, zu schimpfen pflegen. Denn mit vollkommenem Rechte werden diejenigen uns vorgezogen welche den Stoff des Ruhms, den wir selbst vernachlässigt, für sich ergriffen und in Besitz genommen; sie mögen Söhne von Walkern oder Gerbern sein, haben sie doch mit mehr Schwierigkeit, als wir gefunden hätten, dergleichen zu erlangen gewußt.

Nicht allein ein Tor ist der Ungelehrte zu nennen, welcher denjenigen beneidet der durch Kenntnisse sich hervorgetan, sondern unter die Elenden, ja unter die Elendesten zu zählen; und an diesem Fehler kranket unser Adel ganz besonders daß er solche Zieraten quer ansehe. Denn was bei Gott heißt es, den beneiden der das besitzt was wir vernachlässigten, warum haben wir uns der Gesetze nicht befleißigt? die schöne Gelahrheit, die besten Künste warum nicht selbst gelernt, da sind uns nun Schuster, Walker und Wagner vorgelaufen. Warum haben wir die Stellung verlassen, warum die freisten Studien den Dienstleuten und, schändlich für uns! ihrem Schmutz überlassen. Ganz rechtmäßig hat das Erbteil des Adels, das wir verschmähten ein jeder Gewandter Fleißiger in Besitz nehmen und durch Tätigkeit benutzen können. Wir Elenden! die dasjenige vernachlässigen was einen jeden Untersten sich über uns zu erheben genügt, hören wir doch auf zu beneiden und suchen dasjenige auch zu erlangen was zu unsrer schimpflichen Beschämung, andere sich anmaßen.

Was man hintansetzt gehört allen; und wollen wir nicht jene Zugänge, die allen offenstehen, die uns zu besetzen leichter als jenen geworden wäre, völlig aufgeben wenn wir nicht uns hervorzutun völlig Verzicht täten, und da wir uns mit viel geringeren Dingen abgeben es nur durch Düsterheit und Faulheit verlangten.

Jedes Verlangen nach Ruhm ist ehrbar, aller Kampf um das Tüchtige lobenswürdig; mag doch jedem Stand seine eigene Ehre bleiben ihm eine eigene Zierde gewährt sein; jene Ahnenbilder will ich nicht verachten so wenig als die wohlausgestatteten Stammbäume, aber was auch deren Wert sei, ist nicht unser eigen wenn wir es nicht durch Verdienste erst eigen machen auch kann es nicht bestehen wenn der Adel nicht Sitten, die ihm geziemen, annimmt. Vergebens wird ein fetter und beleibter jener Hausväter die Standbilder seiner Vorfahren Dir aufzeigen, indes er selbst untätig eher einen Klotz ähnlich, als daß er jenen die ihm mit Tüchtigkeit voranleuchteten zu vergleichen wäre.

So viel hab' ich Dir von meinem Ehrgeiz und meiner Beschaffenheit so weitläufig als aufrichtig vertrauen wollen.«

Wenn auch nicht in solchem Flusse des Zusammenhangs so hatte ich doch von meinen vornehmeren Freunden und Bekannten dergleichen tüchtige und kräftige Gesinnungen zu vernehmen, von welchen der Erfolg sich in einer redlichen Tätigkeit erwies. Es war zum Credo geworden, man müsse sich einen persönlichen Adel erwerben und zeigte sich in jenen schönen Tagen irgend eine Rivalität so war es von oben herunter.

Wir andern dagegen hatten was wir wollten: freien und gebilligten Gebrauch unsrer von der Natur verliehenen Talente, wie er wohl allenfalls mit unsern bürgerlichen Verhältnissen bestehen konnte.

Denn meine Vaterstadt hatte darin eine ganz eigene nicht genugsam beachtete Lage, wenn die nordischen freien

Reichsstädte auf einen ausgebreiteten Handel, und die südlichern, bei zurücktretenden Handelsverhältnissen, auf Kunst und Technik gegründet standen, so war in Frankfurt am Main ein gewisser Komplex zu bemerken, welcher aus Handel, Kapitalvermögen, Haus- und Grundbesitz aus Wissen- und Sammlerlust zusammengeflochten schien. Die lutherische Konfession führte das Regiment, die alte Ganerbschaft vom Hause Limburg den Namen führend, das Haus Frauenstein, mit seinen Anfängen nur ein Club, bei den Erschütterungen durch die untern Stände herbeigeführt dem Verständigen getreu, der Jurist, der sonstige Wohlhabende und Wohldenkende, niemand war von der Magistratur ausgeschlossen; selbst diejenigen Handwerker, welche zu bedenklicher Zeit an der Ordnung gehalten, waren ratsfähig, wenn auch nur stationär auf ihrem Platze. Die andern verfassungsmäßigen Gegengewichte, formelle Einrichtungen und was sich alles an eine solche Verfassung anschließt gaben vielen Menschen einen Spielraum zur Tätigkeit indem Handel und Technik bei einer glücklich örtlichen Lage, sich auszubreiten in keinem Sinne gehindert waren.

Der höhere Adel wirkte für sich unbeneidet und fast unbemerkt; ein zweiter sich annähernder Stand mußte sonst strebsamer sein und, auf alten vermögenden Familienfundamenten beruhend, suchte er sich durch rechtliche und Staatsgelehrsamkeit bemerklich zu machen.

Die sogenannten Reformierten bildeten wie auch an andern Orten die Refugiés, eine ausgezeichnete Klasse und selbst wenn sie zu ihrem Gottesdienst in Bockenheim sonntags in schönen Equipagen hinausfuhren, war es immer eine Art von Triumph über die Bürgerabteilung welche berechtigt war bei gutem wie bei schlechten Wetter in die Kirche zu Fuße zu gehen.

Die Katholiken bemerkte man kaum; aber auch sie waren die Vorteile gewahr geworden, welche die beiden andern Konfessionen sich zugeeignet hatten.

Achtzehntes Buch

Da es doch auch wohl nun schicklich ist zu literarischen Angelegenheiten zurückzukehren muß ich einen Umstand hervorheben, der auf die deutsche Poesie der damaligen Epoche großen Einfluß hatte, und besonders zu beachten ist, weil eben diese Einwirkung in den ganzen Verlauf unsrer Dichtkunst bis zum heutigen Tag gedauert hat und auch in der Zukunft sich nicht verlieren kann.

Die Deutschen waren von den älteren Zeiten her an den Reim gewöhnt, er brachte den Vorteil daß man auf eine sehr naive Weise verfahren und fast nur die Silben zählen durfte. Achtete man bei fortschreitender Bildung mehr oder weniger, instinktmäßig, auch auf Sinn und Bedeutung der Silben; so verdiente man Lob, welches sich manche Dichter anzueignen wußten. Der Reim zeigte den Abschluß des poetischen Satzes, bei kürzeren Zeilen waren sogar die kleineren Einschnitte merklich, und ein natürlich wohlgebildetes Ohr sorgte für Abwechselung und Anmut. Nun aber nahm man auf einmal den Reim weg, ohne zu bedenken daß über den Silbenwert noch nicht entschieden, ja schwer zu entscheiden war. Klopstock ging voran, wie sehr er sich bemüht und was er geleistet, ist bekannt. Jedermann fühlte die Unsicherheit der Sache, man wollte sich nicht gerne wagen, und aufgefordert durch jene Naturtendenz griff man nach einer poetischen Prosa. Geßners höchst liebliche Idyllen öffneten eine unendliche Bahn. Klopstock schrieb den Dialog von »Hermanns Schlacht« in Prosa, so wie den »Tod Adams«. Durch die bürgerlichen Trauerspiele so wie durch die Dramen bemächtigte sich ein empfindungsvoller höherer Stil des Theaters, und umgekehrt zog der fünffüßige Jambus, der sich durch Einfluß der Engländer bei uns verbreitete, die Poesie zur Prosa herunter; allein die Forderungen an Rhythmus und Reim konnte man im Allgemeinen nicht aufgeben. Ramler, obgleich nach unsichern Grundsätzen, streng gegen seine eigenen Sachen, konnte nicht unterlassen diese Strenge auch gegen fremde Werke geltend zu machen. Er verwandelte Prosa in Verse, veränderte und verbesserte die Arbeit anderer, wodurch er sich wenig Dank verdiente und die Sache noch mehr verwirrte. Am besten aber gelang es denen die sich des herkömmlichen Reims mit einer gewissen Beobachtung des Silbenwertes bedienten und, durch natürlichen Geschmack geleitet, unausgesprochene und unentschiedene Gesetze beobachteten, wie z. B. Wieland, der, obgleich unnachahmlich, eine lange Zeit mäßigern Talenten zum Muster diente. Unsicher aber blieb die Ausübung auf jeden Fall und es war keiner, auch der Besten, der nicht augenblicklich irre geworden wäre. Daher entstand das Unglück daß die eigentliche geniale Epoche unsrer Poesie weniges hervorbrachte was man in seiner Art korrekt nennen könnte, denn auch hier war die Zeit strömend, fordernd und tätig, aber nicht betrachtend und sich selbst genugtuend.

Um einen Boden zu finden worauf man poetisch fußen um ein Element zu entdecken in dem man freisinnig atmen könnte, war man einige Jahrhunderte zurückgegangen wo sich aus einem chaotischen Zustande ernste Tüchtigkeiten glänzend hervortaten und so befreundete man sich auch mit der Dichtkunst jener Zeiten. Die Minnesänger lagen zu weit von uns ab, die Sprache hätte man erst studieren müssen und das war nicht unsre Sache wir wollten leben und nicht lernen.

Hans Sachs, der wirklich meisterliche Dichter, lag uns am nächsten; ein wahres Talent, freilich nicht wie jene Ritter und Hofmänner, sondern ein schlichter Bürger, wie wir uns auch zu sein rühmten. Ein didaktischer Realism sagte uns zu, und wir benutzten den leichten Rhythmus, den sich bequem anbietenden Reim bei manchen Gelegenheiten. Es schien diese Art so bequem zur Poesie des Tages und deren bedurften wir jede Stunde.

Wenn nun bedeutende Werke, wie manche der schon gemeldeten, welche eine jahrelange ja eine lebenslängliche Aufmerksamkeit und Arbeit erforderten, auf so verwegenem Grunde, bei leichtsinnigen Anlässen mehr oder weniger aufgebaut wurden, so kann man sich denken, wie freventlich mitunter andere vorübergehende Produktionen sich gestalteten, z. B. die poetischen Episteln, Parabeln und Invektiven aller Formen, womit wir fortfuhren uns innerlich zu bekriegen und nach außen Händel zu suchen.

Außer dem schon Abgedruckten ist nur weniges davon übrig; es mag erhalten bleiben, kurze Notizen mögen Ursprung und Absicht denkenden Männern etwas deutlicher enthüllen.

Tiefer Eindringende, denen diese Dinge künftig zu Gesicht kommen, werden doch geneigt bemerken daß allen solchen Exzentrizitäten ein redliches Bestreben zu Grunde lag. Aufrichtiges Wollen streitet mit Anmaßung, Natur gegen Herkömmlichkeiten, Talent gegen Formen, Genie mit sich selbst, Kraft gegen Weichlichkeit, unentwickeltes Tüchtiges gegen entfaltete Mittelmäßigkeit, so daß man jenes ganze Betragen als ein Vorpostengefecht ansehen kann, das auf eine Kriegserklärung folgt und eine gewaltsame Fehde verkündigt. Denn genau besehen, so ist der Kampf in diesen funfzig Jahren noch nicht ausgekämpft, er setzt sich noch immer fort, nur in einer höhern Region.

Jene überprosaischen Handwerksopern waren mir, nachdem ich sie eine Zeit lang geduldet hatte doch endlich ganz zuwider. Ich erwählte mir einen romantischen Gegenstand in »Claudine von Villabella«, indem ich die Verknüpfung edler Gesinnungen mit vagabundischen Handlungen als ein glückliches Motiv für die Bühne betrachtete, das zwar in spanischen Gedichten nicht neu war, aber uns zu jener Zeit. Jetzt ist es freilich oft gebraucht ja verbraucht worden.

Ich hatte, nach Anleitung eines ältern deutschen Puppen- und Budenspiels, ein tolles Fratzenwesen ersonnen, welches den Titel: »Hanswursts Hochzeit« führen sollte; das Schema war folgendes: Hanswurst, ein reicher elternloser Bauerssohn, welcher soeben mündig geworden, will ein reiches Mädchen, namens Ursel Blandine, heiraten. Sein Vormund Kilian Brustfleck, und ihre Mutter Ursel pp. sind es höchlich zufrieden. Ihr vieljähriger Plan ihre höchsten Wünsche werden dadurch endlich erreicht und erfüllt; hier findet sich nicht das mindeste Hindernis und das Ganze beruht eigentlich nur darauf, daß das Verlangen der jungen Leute, sich zu besitzen, durch die Anstalten der Hochzeit und dabei vorwaltenden unerläßlichen Umständlichkeiten hingehalten wird. Als Prologus tritt der Hochzeitbitter auf, hält seine herkömmliche banale Rede und endiget mit den Reimen:

Bei dem Wirt zur goldnen Laus
Da wird sein der Hochzeitschmaus.

Um dem Vorwurf der verletzten Einheit des Orts zu entgehen war im Hintergrunde des Theaters gedachtes Wirtshaus mit seinen Insignien glänzend zu sehen, aber so, als wenn es auf einem Zapfen umgedreht nach allen vier Seiten könnte vorgestellt werden, wobei sich jedoch die vordern Kulissen des Theaters schicklich zu verändern hatten.

Im ersten Akt stand die Vorderseite nach der Straße zu, mit der goldnen nach dem Sonnenmikroskop gearbeiteten Insigne; im zweiten Akt, die Seite nach dem Hausgarten, die dritte nach einem Wäldchen die vierte nach einem nahe liegenden See, wodurch denn geweissagt war, daß in folgenden Zeiten, es dem Decorateur geringe Mühe machen werde einen Wellenschlag über das ganze Theater bis an das Souffleurloch zu führen.

Durch alles dieses aber ist das eigentliche Interesse des Stücks noch nicht ausgesprochen; denn der gründliche Scherz ward bis zur Tollheit gesteigert, daß das sämtliche Personal des Schauspiels aus lauter deutschherkömmlichen Schimpf- und Ekelnamen bestand wodurch ihr Charakter sogleich ausgesprochen und das Verhältnis zueinander gegeben war.

Da wir hoffen dürfen daß Gegenwärtiges in guter Gesellschaft auch wohl im anständigen Familienkreise vorgelesen werde, so dürfen wir nicht einmal wie doch auf jedem Theater-Anschlag Sitte ist, unsre Personen hier der Reihe nach nennen, noch auch die Stellen wo sie sich am klarsten und eminentesten beweisen hier am Ort aufführen, obgleich auf dem einfachsten Wege, heitere, neckische, unverfängliche Beziehungen und geistreiche Scherze sich hervortun müßten.

Zum Versuch legen wir ein Blatt bei, unsern Herausgebern die Zulässigkeit, zu beurteilen anheim stellend.

Vetter Schuft hatte das Recht, durch sein Verhältnis zur Familie, zu dem Fest geladen zu werden, niemand hatte dabei etwas zu erinnern; denn wenn er auch gleich durchaus im Leben untauglich war, so war er doch da, und weil er da war konnte man ihn schicklich nicht verleugnen; auch durfte man an so einem Festtage sich nicht erinnern daß man zuweilen unzufrieden mit ihm gewesen wäre.

Mit Herrn Schurke war es schon eine bedenklichere Sache; er hatte der Familie wohl genutzt, wenn es ihm gerade auch nutzte, dagegen ihr auch wieder geschadet, vielleicht zu seinem eignen Vorteil, vielleicht auch weil er es eben gelegen fand. Die mehr oder minder Klugen stimmten für seine Zulässigkeit, die wenigen die ihn wollten ausgeschlossen haben wurden überstimmt.

Nun aber war noch eine dritte Person über die sich schwerer entscheiden ließ; in der Gesellschaft ein ordentlicher Mensch, nicht weniger als andere, nachgiebig, gefällig und zu mancherlei zu gebrauchen; er hatte den einzigen Fehler daß er seinen Namen nicht hören konnte und sobald er ihn vernahm in eine Heldenwut, wie der Norde sie Berseckerwut benennt, augenblicklich geriet, alles rechts oder links totzuschlagen drohte und in solchem Raptus teils beschädigte teils beschädigt ward: wie denn auch der zweite Akt des Stücks durch ihn ein sehr verworrenes Ende nahm.

Hier konnte nun der Anlaß unmöglich versäumt werden den räuberischen Macklot zu züchtigen. Er geht nämlich hausieren, mit seiner Maklotur, und wie er die Anstalten zur Hochzeit gewahr wird, kann er dem Trieb nicht widerstehen auch hier zu schmarutzen und auf anderer Leute Kosten seine ausgehungerten Gedärme zu erquicken. Er meldet sich, Kilian Brustfleck untersucht seine Ansprüche muß ihn aber abweisen, denn alle Gäste, heißt es, seien anerkannte öffentliche Charaktere woran der Supplikant doch keinen Anspruch machen könne. Macklot versucht sein möglichstes um zu beweisen daß er ebenso berühmt sei als jene. Da aber Kilian Brustfleck, als strenger Zermonienmeister, sich nicht will bewegen lassen, nimmt sich jener Nicht-Genannte, der von seiner Berseckerwut am Schlusse des zweiten Akts sich wieder erholt hat, des ihm so nahe verwandten Nachdruckers so nachdrücklich an, daß dieser unter die übrigen Gäste schließlich aufgenommen wird.

Um diese Zeit meldeten sich die Grafen Stolberg an die auf einer Schweizerreise begriffen bei uns einsprechen wollten. Ich war durch das frühste Auftauchen meines Talents im »Göttinger Musenalmanach« mit ihnen und sämtlichen jungen Männern, deren Wesen und Wirken bekannt genug ist, in ein gar freundliches Verhältnis geraten. Zu der damaligen Zeit hatte man sich ziemlich wunderliche Begriffe von Freundschaft und Liebe gemacht. Eigentlich war es eine lebhafte Jugend, die sich gegeneinander aufknöpfte und ein talentvolles aber ungebildetes Innere hervorkehrte. Einen solchen Bezug gegeneinander, der freilich wie Vertrauen aussah hielt man für Liebe für wahrhafte Neigung; ich betrog mich darin so gut wie die andern und habe davon viele Jahre auf mehr als eine Weise gelitten. Es ist noch ein Brief von Bürgern aus jener Zeit vorhanden, woraus zu ersehen ist daß vom Sittlich-Ästhetischen unter diesen Gesellen keineswegs die Rede war. Jeder fühlte sich aufgeregt und glaubte gar wohl hiernach handeln und dichten zu dürfen. Die Gebrüder kamen an, Baron Haugwitz mit ihnen; von mir wurden sie mit offener Brust empfangen, mit gemütlicher Schicklichkeit. Sie wohnten im Gasthofe, waren zu Tische jedoch meistens bei uns. Das erste heitere Zusammensein zeigte sich höchst erfreulich, allein gar bald traten exzentrische Äußerungen hervor.

Zu meiner Mutter machte sich ein eigenes Verhältnis; sie wußte in ihrer tüchtigen graden Art sich gleich ins Mittelalter zurückzusetzen um als Aja bei irgend einer lombardischen oder byzantinischen Prinzessin angestellt zu sein. Nicht anders als Frau Aja ward sie genannt und sie gefiel sich in dem Scherze und ging so eher in die Phantastereien der Jugend mit ein, als sie schon in Götz von Berlichingens Hausfrau ihr Ebenbild zu erblicken glaubte.

Doch hiebei sollte es nicht lange bleiben, denn man hatte nur einige Male zusammen getafelt als schon nach ein und der andern genossenen Flasche Wein der poetische Tyrannenhaß zum Vorschein kam, und man nach dem Blute solcher Wütriche lechzend sich erwies. Mein Vater schüttelte lächelnd den Kopf; meine Mutter hatte in ihrem Leben kaum von Tyrannen gehört, doch erinnerte sie sich in Gottfrieds »Chronik« dergleichen Unmenschen in Kupfer abgebildet gesehen zu haben: den König, der in Gegenwart des Vaters das Herz des Söhnchens mit dem Pfeil getroffen zu haben triumphiert, wie ihr solches noch im Gedächtnis geblieben war. Diese und ähnliche aber immer heftiger werdende Äußerungen ins Heitere zu wenden, verfügte sie sich in ihren Keller, wo ihr von den ältesten Weinen wohl unterhalten große Fässer verwahrt lagen. Nicht geringere befanden sich daselbst als die Jahrgänge 1706, 19, 26, 48 von ihr selbst gewartet und gepflegt, selten und nur bei feierlichen bedeutenden Gelegenheiten angesprochen.

Indem sie nun in geschliffener Flasche den hochfarbigen Wein hinsetzte, rief sie aus: »Hier ist das wahre Tyrannenblut! Daran ergötzt euch, aber alle Mordgedanken laßt mir aus dem Hause!« So fanden sie sich auf die anmutigste Weise gelenkt und auf mäßige menschliche Wege geleitet.

»Ja wohl Tyrannenblut!« rief ich aus; »keinen größern Tyrannen gibt es, als den dessen Herzblut man euch vorsetzt. Labt euch daran, aber mäßig! denn ihr müßt befürchten daß er euch durch Wohlgeschmack und Geist unterjoche. Der Weinstock ist der Universaltyrann, der ausgerottet werden sollte; zum Patron sollten wir deshalb den heiligen Lykurgus den Thracier wählen und verehren; er griff das fromme Werk kräftig an aber vom betörenden Dämon Bachus verblendet und verderbt verdient er in der Zahl der Märtyrer obenan zu stehen.

Dieser Weinstock ist der allerschlimmste Tyrann, zugleich Heuchler, Schmeichler und Gewaltsamer. Die ersten Züge seines Blutes munden euch aber ein Tropfen lockt den andern unaufhaltsam nach; sie folgen sich wie eine Perlenschnur die man zu zerreißen fürchtet.«

Wenn ich hier, wie die besten Historiker getan, eine fingierte Rede jener Unterhaltung einzuschieben in Verdacht geraten könnte, so darf ich den Wunsch aussprechen es möchte gleich ein Geschwindschreiber diese Peroration aufgefaßt und uns überliefert haben. Man würde die Motive genau dieselbigen und den Fluß der Rede vielleicht anmutiger und einladender finden. Überhaupt fehlt dieser gegenwärtigen Darstellung im Ganzen die weitläufige Redseligkeit und Fülle einer Jugend, die sich fühlt und nicht weiß wo sie mit Kraft und Vermögen hinaus soll.

In einer Stadt wie Frankfurt befindet man sich in einer wunderlichen Lage; immer sich kreuzende Fremde deuten nach allen Weltgegenden hin; früher war ich schon bei manchem Anlaß mobil geworden und gerade jetzt, im Augenblicke wo es drauf ankam einen Versuch zu machen ob man Lili entbehren könne, wo eine gewisse peinliche Unruhe mich zu allem bestimmten Geschäft unfähig machte, schien mir ein solcher Anlaß, ein solcher Ruf willkommen. Ich entschloß mich, begünstigt durch das Zureden meines Vaters, welcher eine Reise nach der Schweiz sehr gerne sah und mir empfahl einen Übergang nach Italien, wie es sich fügen und schicken wollte nicht zu versäumen. Gepackt war bald; mit einiger Andeutung, aber ohne Abschied, trennt' ich mich von Lili; sie war mir so ins Herz gewachsen daß ich mich gar nicht von ihr zu entfernen glaubte. In wenigen Stunden war ich mit meinen lustigen Gefährten in Darmstadt. Bei Hofe daselbst sollte man sich noch ganz schicklich betragen, hier hatte Graf Haugwitz eigentlich die Führung und Leitung, als der Jüngste von uns, wohlgestaltet, von zartem edlem Ansehn, weichen freundlichen Zügen sich immer gleich, teilnehmend, aber mit solchem Maße daß er gegen die andern als inpassibel abstach. Er mußte deshalb von ihnen allerlei Spottreden und Benamsungen erdulden. Dies mochte gelten solange sie glaubten als Naturkinder sich zeigen zu können, wo es aber denn doch auf Schicklichkeit ankam und man, nicht ungern, genötigt war wieder einmal als Graf aufzutreten, da wußte Er alles einzuleiten, und zu schlichten daß wir, wenn nicht mit dem besten doch mit leidlichen Rufe davon kamen.

Ich brachte unterdessen meine Zeit bei Merk zu, welcher meine vorgenommene Reise mephistophelisch querblickend ansah und meine Gefährten mit schonungsloser Verständigkeit zu schildern wußte. Er kannte mich nach seiner Art durchaus; die unüberwindliche naive Gutmütigkeit meines Wesens war ihm schmerzlich, das ewige Geltenlassen, das Leben und Lebenlassen war ihm ein Greuel. »Daß du mit diesen Burschen ziehst, ist ein dummer Streich«; rief er, und er schilderte sie, denn sie hatten ihn auch besucht, treffend aber nicht ganz richtig. Durchaus fehlte ein Wohlwollen, daher ich glauben konnte ihn zu übersehen, obschon ich ihn nicht sowohl übersah als die Seiten zu schätzen wußte, die außer seinem Gesichtskreise lagen.

»Du wirst nicht lange bei ihnen bleiben!« das war das Resultat seiner Unterhaltungen. Dabei erinnere ich mich eines merkwürdigen Wortes, das er mir später wiederholte, das ich mir selbst wiederholte und oft im Leben bedeutend fand. »Dein Bestreben«, sagte er, »deine unablenkbare Richtung ist, dem Wirklichen eine poetische Gestalt zu geben; die andern suchen das sogenannte Poetische, das Imaginative, zu verwirklichen und das gibt nichts wie dummes Zeug.« Faßt man die ungeheure Differenz dieser beiden Handlungsweisen, hält man sie fest und wendet sie an; so erlangt man viel Aufschluß über tausend andere Dinge.

Unglücklicherweise, eh' sich die Gesellschaft von Darmstadt loslöste gab es noch Anlaß Merks Meinung unumstößlich zu bekräftigen.

Unter die damaligen Verrücktheiten, die aus dem Begriff entstanden: man müsse sich in einen Naturzustand zu versetzen suchen, gehörte denn auch das Baden im freien Wasser, unter offnem Himmel; und unsre Freunde konnten auch hier, nach allenfalls überstandener Schicklichkeit, auch dieses Unschickliche nicht unterlassen. Darmstadt, ohne fließendes Gewässer in einer sandigen Fläche gelegen, mag doch einen Teich in der Nähe haben, von dem ich nur bei dieser Gelegenheit gehört. Die heiß genaturten und sich immer mehr erhitzenden Freunde suchten Labsal in diesem Weiher; nackte Jünglinge bei hellem Sonnenschein zu sehen, mochte wohl in dieser Gegend als etwas Besonderes erscheinen es gab Skandal auf alle Fälle. Merk schärfte seine Konklusionen, und ich leugne nicht ich beeilte unsre Abreise.

Schon auf dem Wege nach Mannheim zeigte sich, ohngeachtet aller guten und edlen gemeinsamen Gefühle, doch schon eine gewisse Differenz in Gesinnung und Betragen.

Leopold Stolberg äußerte mit Leidenschaft: wie er genötigt worden ein herzliches Liebesverhältnis mit einer schönen Engländerin aufzugeben, und deswegen eine so weite Reise unternommen habe. Wenn man ihm nun dagegen teilnehmend entdeckte, daß man solchen Empfindungen auch nicht fremd sei, so brach bei ihm das grenzenlose Gefühl der Jugend heraus, seiner Leidenschaft, seinen Schmerzen, so wie der Schönheit und Liebenswürdigkeit seiner Geliebten dürfe sich in der Welt nichts gleichstellen. Wollte man solche Behauptung, wie es sich unter guten Gesellen wohl ziemt, durch mäßige Rede ins Gleichgewicht bringen, so schien sich die Sache nur zu verschlimmern, und Graf Haugwitz wie auch ich mußten zuletzt geneigt werden dieses Thema fallen zu lassen. Angelangt in Mannheim bezogen wir schöne Zimmer eines anständigen Gasthofes und beim Dessert des ersten Mittagessens, wo der Wein nicht war geschont worden, forderte uns Leopold auf, seiner Schönen Gesundheit zu trinken, welches denn auch unter ziemlichem Getöse geschah. Nach geleerten Gläsern rief er aus: »Nun aber ist aus solchen geheiligten Bechern kein Trunk mehr erlaubt, eine zweite Gesundheit wäre Entweihung, deshalb vernichten wir diese Gefäße!« und warf sogleich sein Stengelglas hinter sich wider die Wand. Wir andern folgten und ich bildete mir denn doch ein als wenn mich Merk am Kragen zupfte.

Allein die Jugend nimmt das aus der Kindheit mit herüber, daß sie guten Gesellen nichts nachträgt, daß eine unbefangene Wohlgewogenheit zwar unangenehm berührt werden kann, aber nicht zu verletzen ist.

Nachdem die nunmehr als englisch angesprochenen Gläser unsre Zeche verstärkt hatten, eilten wir nach Karlsruhe getrost und heiter, um uns zutraulich und sorglos in einen neuen Kreis zu begeben. Wir fanden Klopstock daselbst, welcher seine alte sittliche Herrschaft über die ihn so hoch verehrenden Schüler gar anständig ausübte, dem ich denn auch mich gern unterwarf, so daß ich, mit den andern nach Hof gebeten, mich für einen Neuling ganz leidlich mag betragen haben. Auch ward man gewissermaßen aufgefordert natürlich und doch bedeutend zu sein. Der regierende Herr Markgraf, als einer der fürstlichen Senioren, besonders aber wegen seiner vortrefflichen Regierungszwecke unter den deutschen Regenten hochverehrt, unterhielt sich gern von staatswirtlichen Angelegenheiten. Die Frau Markgräfin, in Künsten und mancherlei guten Kenntnissen tätig und bewandert, wollte auch mit anmutigen Reden eine gewisse Teilnahme beweisen, wogegen wir uns zwar dankbar verhielten, konnten aber doch zu Hause, ihre schlechte Papierfabrikation und Begünstigung des Nachdruckers Macklot nicht ungeneckt lassen.

Am bedeutendsten war für mich daß der junge Herzog von Sachsen-Weimar, mit seiner edlen Braut, der Prinzessin Louise von Hessen-Darmstadt hier zusammenkamen um ein förmliches Ehebündnis einzugehen; wie denn auch deshalb Präsident von Moser bereits hier angelangt war um so bedeutende Verhältnisse ins klare zu setzen und mit dem Oberhofmeister Grafen Görz völlig abzuschließen. Meine Gespräche mit beiden hohen Personen waren die gemütlichsten, und sie schlossen sich, bei der Abschieds-Audienz, wiederholt mit der Versicherung: es würde ihnen beiderseits angenehm sein mich bald in Weimar zu sehn. Einige besondere Gespräche mit Klopstock erregten gegen ihn, bei der Freundlichkeit die er mir erwies, Offenheit und Vertrauen; ich teilte ihm die neusten Szenen des »Faust« mit, die er wohl aufzunehmen schien, sie auch wie ich nachher vernahm, gegen andere Personen, mit entschiedenem Beifall, der sonst nicht leicht in seiner Art war, beehrt und die Vollendung des Stücks gewünscht hatte.

Jenes ungebildete, damals mitunter genial genannte Betragen ward in Karlsruhe, auf einem anständigen, gleichsam heiligen Boden, einigermaßen beschwichtigt; ich trennte mich von meinen Gesellen indem ich einen Seitenweg einzuschlagen hatte, um nach Emmendingen zu gehen, wo mein Schwager Oberamtmann war. Ich achtete diesen Schritt, meine Schwester zu sehen, für eine wahrhafte Prüfung, ich wußte sie lebte nicht glücklich, ohne daß man es ihr, ihrem Gatten oder den Zuständen hätte schuld geben können. Sie war ein eignes Wesen, von dem schwer zu sprechen ist; wir wollen suchen das Mitteilbare hier zusammenzufassen.

Ein schöner Körperbau begünstigte sie, nicht so die Gesichtszüge, welche, obgleich Güte, Verstand, Teilnahme deutlich genug ausdrückend, doch einer gewissen Regelmäßigkeit und Anmut ermangelten.

Dazu kam noch daß eine hohe stark gewölbte Stirne, durch die leidige Mode die Haare aus dem Gesicht zu streichen und zu zwängen, einen gewissen unangenehmen Eindruck machte wenn sie gleich für die sittlichen und geistigen Eigenschaften das beste Zeugnis gab. Ich kann mir denken, daß wenn sie wie es die neuere Zeit eingeführt hat, den oberen Teil ihres Gesichtes mit Locken umwölken, ihre Schläfe und Wangen mit gleichen Ringeln hätte bekleiden können, sie vor dem Spiegel sich angenehmer würde gefunden haben, ohne Besorgnis andern zu mißfallen wie sich selbst. Rechne man hiezu noch das Unheil daß ihre Haut selten rein war, ein Übel das sich, durch ein dämonisches Mißgeschick, schon von Jugend auf gewöhnlich an Festtagen einzufinden pflegte, an Tagen von Konzerten Bällen und sonstigen Einladungen.

Diese Zustände hatte sie nach und nach durchgekämpft, indes ihre übrigen herrlichen Eigenschaften sich immer mehr und mehr ausbildeten.

Ein fester nicht leicht bezwinglicher Charakter, eine teilnehmende, Teilnahme bedürfende Seele, vorzügliche Geistesbildung, schöne Kenntnisse, so wie Talente, einige Sprachen, eine gewandte Feder daß, wäre sie von außen begünstigt worden, sie unter den gesuchtesten Frauen ihrer Zeit würde gegolten haben.

Zu allem diesem ist noch ein Wundersames zu offenbaren: in ihrem Wesen lag nicht die mindeste Sinnlichkeit. Sie war neben mir heraufgewachsen und wünschte ihr Leben in dieser geschwisterlichen Harmonie fortzusetzen und zuzubringen. Wir waren, nach meiner Rückkunft von der Akademie, unzertrennlich geblieben, im innersten Vertrauen hatten wir Gedanken, Empfindungen und Grillen, die Eindrücke alles Zufälligen in Gemeinschaft. Als ich nach Wetzlar ging schien ihr die Einsamkeit unerträglich; mein Freund Schlosser, der Guten weder unbekannt noch zuwider, trat in meine Stelle. Leider verwandelte sich bei ihm die Brüderlichkeit in eine entschiedene und, bei seinem strengen gewissenhaften Wesen, vielleicht erste Leidenschaft. Hier fand sich, wie man zu sagen pflegt, eine sehr gätliche, erwünschte Partie, welche sie nachdem sie verschiedene bedeutende Anträge, aber von unbedeutenden Männern, von solchen die sie verabscheute standhaft ausgeschlagen hatte, endlich anzunehmen sich, ich darf wohl sagen, bereden ließ.

Aufrichtig habe ich zu gestehen, daß ich in mir, wenn ich manchmal über ihr Schicksal phantasierte sie nicht gern als Hausfrau, wohl aber als Äbtissin, als Vorsteherin einer edlen Gemeine gar gern denken mochte. Sie besaß alles was ein solcher höherer Zustand verlangt, ihr fehlte was die Welt unerläßlich fordert. Über weibliche Seelen übte sie durchaus eine unwiderstehliche Gewalt; junge Gemüter zog sie liebevoll an und beherrschte sie durch den Geist innerer Vorzüge. Wie sie nun die allgemeine Duldung des Guten, Menschlichen, mit allen seinen Wunderlichkeiten, wenn es nur nicht ins Verkehrte ging, mit mir gemein hatte, so brauchte nichts Eigentümliches wodurch irgend ein bedeutendes Naturell ausgezeichnet war, sich vor ihr zu verbergen, oder sich vor ihr zu genieren; weswegen unsre Geselligkeiten, wie wir schon früher gesehn, immer mannigfaltig, frei, artig, wenn auch gleich manchmal ans Kühne heran sich bewegen mochten. Die Gewohnheit mit jungen Frauenzimmern anständig und verbindlich umzugehn, ohne daß sogleich eine entscheidende Beschränkung und Aneignung erfolgt wäre, hatte ich nur ihr zu danken. Nun aber wird der einsichtige Leser, welcher fähig ist zwischen diese Zeilen hineinzulesen was nicht geschrieben steht, aber angedeutet ist, sich eine Ahnung der ernsten Gefühle gewinnen, mit welchen ich damals Emmendingen verließ.

Allein noch schwerer lag mir auf dem Herzen, daß meine Schwester mir auf das ernsteste eine Trennung von Lili empfohlen ja befohlen hatte. Sie selbst hatte an einem langwierigen Brautstande viel gelitten; Schlosser, nach seiner Redlichkeit, verlobte sich nicht eher mit ihr als bis er seiner Anstellung im Großherzogtum Baden gewiß, ja, wenn man es so nehmen wollte, schon angestellt war. Die eigentliche Bestimmung aber verzögerte sich auf eine undenkliche Weise. Soll ich meine Vermutung hierüber eröffnen so war der wackere Schlosser, wie tüchtig er zum Geschäft sein mochte, doch wegen seiner schroffen Rechtlichkeit dem Fürsten als unmittelbar berührender Diener, noch weniger den Ministern als naher Mitarbeiter wünschenswert. Seine gehoffte und dringend gewünschte Anstellung in Karlsruhe kam nicht zu Stande. Mir aber klärte sich diese Zögerung auf, als die Stelle eines Oberamtmanns in Emmendingen ledig ward, und man ihn alsobald dahin versetzte. Es war ein stattliches einträgliches Amt nunmehr ihm übertragen, dem er sich völlig gewachsen zeigte. Seinem Sinn seiner Handlungsweise deuchte es ganz gemäß hier allein zu stehen, nach Überzeugung zu handeln und über alles, man mochte ihn loben oder tadeln, Rechenschaft zu geben.

Dagegen ließ sich nichts einwenden; meine Schwester mußte ihm folgen; freilich nicht in eine Residenz, wie sie gehofft hatte, sondern an einen Ort der ihr eine Einsamkeit, eine Einöde scheinen mußte; in eine Wohnung zwar geräumig, amtsherrlich, stattlich, aber aller Geselligkeit entbehrend. Einige junge Frauenzimmer, mit denen sie früher

Freundschaft gepflogen, folgten ihr nach und da die Familie Gerock mit Töchtern gesegnet war, wechselten diese ab, so daß sie wenigstens, bei so vieler Entbehrung, eines längstvertrauten Umgangs genoß.

Diese Zustände, diese Erfahrungen waren es wodurch sie sich berechtigt glaubte mir aufs ernsteste eine Trennung von Lili zu befehlen. Es schien ihr hart ein solches Frauenzimmer, von dem sie sich die höchsten Begriffe gemacht hatte, aus einer wo nicht glänzenden doch lebhaft bewegten Existenz herauszuzerren, in unser zwar löbliches aber doch nicht zu bedeutenden Gesellschaften eingerichtetes Haus, zwischen einen wohlwollenden ungesprächen aber gern didaktischen Vater, und eine in ihrer Art höchst häuslich-tätige Mutter, welche doch, nach vollbrachtem Geschäft, bei einer bequemen Handarbeit nicht gestört sein wollte, in einem gemütlichen Gespräch mit jungen herangezogenen und auserwählten Persönlichkeiten.

Dagegen setzte sie mir Lilis Verhältnisse lebhaft ins klare, denn ich hatte ihr teils schon in Briefen, teils aber in leidenschaftlich geschwätziger Vertraulichkeit alles haarklein vorgetragen.

Leider war ihre Schilderung nur eine umständliche wohlgesinnte Ausführung dessen, was ein Ohrenbläser von Freund, dem man nach und nach nichts Gutes zutraute, mit wenigen charakteristischen Zügen vor Augen zu stellen bemüht gewesen.

Versprechen konnt' ich ihr nichts, ob ich gleich gestehen mußte sie habe mich überzeugt; ich ging mit dem rätselhaften Gefühl im Herzen, woran die Leidenschaft sich fortnährt; denn Amor das Kind hält sich noch hartnäckig fest am Kleide der Hoffnung, eben als sie schon, starken Schrittes sich zu entfernen den Anlauf nimmt.

Das Einzige was ich mir zwischen da und Zürch noch deutlich erinnere ist der Rheinfall bei Schafhausen. Hier wird durch einen mächtigen Stromsturz merklich die erste Stufe bezeichnet die ein Bergland andeutet in das wir zu treten gewillet sind; wo wir denn nach und nach, Stufe für Stufe, immer im wachsenden Verhältnis die Höhen mühsam erreichen sollen.

Der Anblick des Zürcher Sees, von dem Tore des Schwertes genossen, ist mir auch noch gegenwärtig; ich sage von dem Tore des Gasthauses, denn ich trat nicht hinein sondern ich eilte zu Lavatern. Der Empfang war heiter und herzlich, und man muß gestehen anmutig ohnegleichen; zutraulich, schonend, segnend, erhebend, anders konnte man sich seine Gegenwart nicht denken. Seine Gattin, mit etwas sonderbaren, aber friedlichen zartfrommen Zügen, stimmte völlig, wie alles andere um ihn her, in seine Sinnes- und Lebensweise. Unsre nächste, und fast ununterbrochene Unterhaltung war seine »Physiognomik«. Der erste Teil dieses seltsamen Werkes war, wenn ich nicht irre, schon völlig abgedruckt, oder wenigstens seiner Vollständigkeit nahe. Man darf es wohl als genial empirisch, als methodisch-kollektiv ansprechen; ich hatte dazu das sonderbarste Verhältnis. Lavater wollte die ganze Welt zu Mitarbeitern und Teilnehmern; schon hatte er auf seiner Rheinreise so viel bedeutende Menschen porträtieren lassen um durch ihre Persönlichkeit sie in das Interesse eines Werks zu ziehen, in welchem sie selbst auftreten sollten. Ebenso verfuhr er mit Künstlern; er rief einen jeden auf ihm für seine Zwecke Zeichnungen zu senden. Sie kamen an und taugten nicht entschieden zu ihrer Bestimmung. Ebenso ließ er rechts und links in Kupfer stechen und auch dieses gelang selten charakteristisch. Eine große Arbeit war von seiner Seite geleistet, mit Geld und Anstrengung aller Art ein bedeutendes Werk vorgearbeitet, der Physiognomik alle Ehre geboten; und wie nun daraus ein Band werden sollte, die Physiognomik, durch Lehre gegründet, durch Beispiele belegt sich der Würde einer Wissenschaft nähern sollte, so sagte keine Tafel was sie zu sagen hatte; alle Platten mußten getadelt, bedingt, nicht einmal gelobt nur zugegeben, manche gar durch die Erklärung weggelöscht werden. Es war für mich, der, eh' er fortschritt, immer Fuß zu fassen suchte, eine der penibelsten Aufgaben die meiner Tätigkeit auferlegt werden konnte. Man urteile selbst. Das Manuskript mit den zum Text eingeschobenen Plattenabdrücken, ging an mich nach Frankfurt. Ich hatte das Recht alles zu tilgen was mir mißfiel, zu ändern und einzuschalten was mir beliebte, wovon ich freilich sehr mäßig Gebrauch machte. Ein einzig Mal hatte er eine gewisse leidenschaftliche Kontrovers gegen einen ungerechten Tadler eingeschoben, die ich wegließ und ein heiteres Naturgedicht dafür einlegte, weswegen er mich schalt, jedoch später als er abgekühlt war mein Verfahren billigte.

Wer die vier Bände »Physiognomik« durchblättert und, was ihn nicht reuen wird durchliest, mag bedenken welches Interesse unser Zusammensein gehabt habe, indem die meisten der darin vorkommenden Blätter schon gezeichnet und ein Teil gestochen waren, vorgelegt und beurteilt wurden und man die geistreichen Mittel überlegte womit selbst das Untaugliche in diesem Falle lehrreich und also tauglich gemacht werden könnte.

Geh' ich das Lavaterische Werk nochmals durch, so macht es mir eine komisch heitere Empfindung; es ist mir als sähe ich die Schatten mir ehemals sehr bekannter Menschen vor mir, über die ich mich schon einmal geärgert und über die ich mich jetzt nicht erfreuen sollte.

Die Möglichkeit aber so vieles unschicklich Gebildete, einigermaßen zusammenzuhalten lag in dem schönen und entschiedenen Talente des Zeichners und Kupferstechers Lips; er war in der Tat zur freien prosaischen Darstellung des Wirklichen geboren, worauf es denn doch eigentlich hier ankam. Er arbeitete unter dem wunderlich fordernden Physiognomisten, und mußte deshalb genau aufpassen um sich den Forderungen seines Meisters anzunähern; der talentreiche Bauernknabe fühlte die ganze Verpflichtung die er einem geistlichen Herrn aus der so hoch privilegierten Stadt schuldig war, und besorgte sein Geschäft aufs beste.

In getrennter Wohnung von meinen Gesellen lebend ward ich täglich, ohne daß wir im geringsten Arges daran gehabt hätten, denselben immer fremder; unsre Landpartien paßten nicht mehr zusammen, obgleich in der Stadt noch einiges Verkehr übrig geblieben war. Sie hatten sich mit allem jugendlich gräflichen Übermut auch bei Lavatern gemeldet, welchem gewandten Physiognomisten sie freilich etwas anders vorkamen als der übrigen Welt; er äußerte sich gegen mich darüber und ich erinnere mich ganz deutlich daß er von Leopold Stolberg sprechend ausrief: »Ich weiß nicht was ihr alle wollt; es ist ein edler, trefflicher, talentvoller Jüngling, aber sie haben mir ihn als einen Heroen als einen Herkules beschrieben und ich habe in meinem Leben keinen weicheren zarteren, und wenn es darauf ankommt, bestimmbareren Jüngling gesehen. Ich bin noch weit von sicherer physiognomischer Einsicht entfernt, aber wie es mit euch und der Menge aussieht, ist doch gar zu betrübt.«

Seit der Reise Lavaters an den Niederrhein hatte sich das Interesse an ihm und seinen physiognomischen Studien sehr lebhaft gesteigert; vielfache Gegenbesuche drängten sich zu ihm, so daß er sich einigermaßen in Verlegenheit fühlte, als der Erste geistlicher und geistreicher Männer angesehen und als einer betrachtet zu werden der die Fremden allein nach sich hinzöge; daher er denn um allen Neid und Mißgunst auszuweichen alle diejenigen die ihn besuchten zu erinnern und anzutreiben wußte, auch die übrigen bedeutenden Männer freundlich und ehrerbietig anzugehen.

Der alte Bodmer ward hiebei vorzüglich geachtet und wir mußten uns auf den Weg machen ihn zu besuchen und jugendlich zu verehren. Er wohnte in einer Höhe über der am rechten Ufer, wo der See seine Wasser als Limat zusammendrängt, gelegenen größern oder alten Stadt; diese durchkreuzten wir, und erstiegen zuletzt auf immer steilern Pfaden, die Höhe hinter den Wällen wo sich zwischen den Festungswerken und der alten Stadtmauer gar anmutig eine Vorstadt, teils in aneinandergeschlossenen teils einzelnen Häusern halb ländlich gebildet hatte. Hier nun stand Bodmers Haus, der Aufenthalt seines ganzen Lebens, in der freisten heitersten Umgebung, die wir bei der Schönheit und Klarheit des Tages schon vor dem Eintritt höchst vergnüglich zu überschauen hatten. Wir wurden eine Stiege hoch in ein ringsgetäfeltes Zimmer geführt, wo uns ein munterer Greis von mittlerer Statur entgegen kam. Er empfing uns mit einem Gruße mit dem er die besuchenden Jüngeren anzusprechen pflegte: wir würden es ihm als eine Artigkeit anrechnen daß er mit seinem Abscheiden aus dieser Zeitlichkeit so lange gezögert habe, um uns noch freundlich aufzunehmen, uns kennen zu lernen, sich an unsern Talenten zu erfreuen und Glück auf unsern fernern Lebensgang zu wünschen.

Wir dagegen priesen ihn glücklich, daß er als Dichter der patriarchalischen Welt angehörig und doch in der Nähe der höchst gebildeten Stadt, eine wahrhaft idyllische Wohnung zeitlebens besessen und in hoher freier Luft sich einer solchen Fernsicht mit stetem Wohlbehagen der Augen so lange Jahre erfreut habe.

Es schien ihm nicht unangenehm, daß wir eine Übersicht aus seinem Fenster zu nehmen uns ausbaten, welche denn wirklich bei heitren Sonnenschein in der besten Jahrszeit ganz unvergleichlich erschien. Man übersah vieles von dem was sich von der großen Stadt nach der Tiefe senkte, die kleinere Stadt über der Limat so wie die Fruchtbarkeit des Sihl-Feldes gegen Abend. Rückwärts links, einen Teil des Zürchsees mit seiner glänzend bewegten Fläche und seiner unendlichen Mannigfaltigkeit von abwechselnden Berg- und Tal-Ufern, Erhöhungen, dem Auge unfaßlichen Mannigfaltigkeiten; worauf man denn geblendet von allem diesem in der Ferne die blaue Reihe der höheren Gebirgsrücken, deren Gipfel zu benamsen man sich getraute, mit größter Sehnsucht zu schauen hatte.

Die Entzückung junger Männer über das Außerordentliche was ihm so viele Jahre her täglich geworden war, schien ihm zu behagen; er ward, wenn man so sagen darf ironisch teilnehmend und wir schieden als die besten Freunde, wenn schon in unsern Geistern die Sehnsucht nach jenen blauen Gebirgshöhen die Überhand gewonnen hatte.

Indem ich nun im Begriff stehe mich von unseren würdigen Patriarchen zu beurlauben, so merk' ich erst daß ich von seiner Gestalt und Gesichtsbildung, von seinen Bewegungen und seiner Art sich zu benehmen noch nichts ausgesprochen.

Überhaupt zwar finde ich nicht ganz schicklich, daß Reisende einen bedeutenden Mann den sie besuchen gleichsam signalisieren, als wenn sie Stoff zu einem Steckbriefe geben wollten. Niemand bedenkt daß es eigentlich nur ein Augenblick ist wo er vorgetreten neugierig beobachtet und doch nur auf seine eigne Weise; und so kann der Besuchte bald wirklich, bald scheinbar als stolz oder demütig, als schweigsam oder gesprächig, als heiter oder verdrießlich erscheinen. In diesem besondern Falle aber möcht' ich mich damit entschuldigen, daß Bodmers ehrwürdige Person in Worten geschildert keinen gleich günstigen Eindruck machen dürfte. Glücklicher Weise existiert das Bild nach Graff von Bause, welches vollkommen den Mann darstellt wie er auch uns erschienen und zwar mit seinem Blick der Beschauung und Betrachtung.

Ein besonderes, zwar nicht unerwartetes, aber höchst erwünschtes Vergnügen empfing mich in Zürch, als ich meinen jungen Freund Passavant daselbst antraf. Sohn eines angesehnen reformierten Hauses meiner Vaterstadt, lebte er in der Schweiz, an der Quelle derjenigen Lehre die er dereinst als Prediger verkündigen sollte. Nicht von großer aber gewandter Gestalt, versprach sein Gesicht und sein ganzes Wesen eine anmutige rasche Entschlossenheit; schwarzes

Haar und Bart, lebhafte Augen, im ganzen eine teilnehmende mäßige Geschäftigkeit.

Kaum hatten wir, uns umarmend, die ersten Grüße gewechselt, als er mir gleich den Vorschlag tat die kleinen Kantone zu besuchen, die er schon mit großem Entzücken durchwandert habe und mit deren Anblick er mich nun ergötzen und entzücken wolle.

Indes ich mit Lavatern die nächsten und wichtigsten Gegenstände durchgesprochen und wir unsre gemeinschaftlichen Angelegenheiten beinah erschöpft hatten, waren meine muntern Reisegesellen schon auf mancherlei Wegen ausgezogen und hatten nach ihrer Weise sich in der Gegend umgetan. Passavant mich mit herzlicher Freundschaft umfangend, glaubte dadurch ein Recht zu dem ausschließenden Besitz meines Umganges erworben zu haben und wußte daher, in Abwesenheit jener, mich um so eher in die Gebirge zu lokken, als ich selbst entschieden geneigt war, in größter Ruhe und auf meine eigne Weise, diese längst ersehnte Wanderung zu vollbringen. Wir schifften uns ein, und fuhren an einem glänzenden Morgen den herrlichen See hinauf.

Möge ein eingeschaltetes Gedicht von jenen glücklichen Momenten einige Ahnung herüberbringen:

Und frische Nahrung, neues Blut
Saug' ich aus freier Welt;
Wie ist Natur so hold und gut,
Die mich am Busen hält!
Die Welle wieget unsern Kahn
Im Rudertakt hinauf,
Und Berge, wolkig himmelan,
Begegnen unserm Lauf.

Aug' mein Aug', was sinkst du nieder?
Goldne Träume kommt ihr wieder?
Weg, du Traum! so Gold du bist;
Hier auch Lieb' und Leben ist.

Auf der Welle blinken
Tausend schwebende Sterne;
Weiche Nebel trinken
Rings die türmende Ferne,
Morgenwind umflügelt
Die beschattete Bucht
Und im See bespiegelt
Sich die reifende Frucht.

Wir landeten in Richters Weyher, wo wir an Doktor Hotze durch Lavater empfohlen waren. Er besaß als Arzt, als höchst verständiger wohlwollender Mann ein ehrwürdiges Ansehn an seinem Orte und in der ganzen Gegend, und wir glauben sein Andenken nicht besser zu ehren als wenn wir die Stelle aus Lavaters »Physiognomik« die ihn bezeichnet hier einrücken.

»Viel feiner, aber nicht weniger heiter, treu, redlich, zuverlässig, ergeben ist das untere schattierte Profil von einem trefflichen Landmann unsers Kantons. Der äußere Umriß, obgleich er viel verloren haben muß, ist eines würklich großen Mannes.

Der innere Teil der Nase ist auf eine mit dem äußern kontrastierende Weise verkleinert.

Im Aug' ist heiterer, edler, hinzielender, aber freier Sinn, beratschlagende Güte.

Die Wangen zu schlecht gezeichnet, um ein Urteil darüber fällen zu dürfen.

In dem Munde, und um den Mund herum natürliche Heiterkeit und wohlwollende Gutherzigkeit ohn' alle schlaffe Weichlichkeit.

Auch gefällt mir der eckigte sichtbare Kiefer, wie er durch den Schatten in die Augen fällt; er hilft den Eindruck des Verstandes mit bestätigen, obgleich er der männlichen Festigkeit nicht ganz günstig ist.

Heitere, fröhliche, wohlgebaute, kräftige, selbständige

Menschen ohne Schlaffheit und Härte in ihrer Zeichnung – verbreiten immer Zutrauen zu ihrer Ehrlichkeit.«

Aufs beste bewirtet aufs anmutigste und nützlichste auch über die nächsten Stationen unsrer Wanderung unterhalten, erstiegen wir die dahinter liegenden Berge. Als wir in das Tal von Schindelegge wieder hinabsteigen sollten, kehrten wir uns nochmals um, die entzückende Aussicht über den Zürcher See in uns aufzunehmen.

Wie mir zu Mute gewesen, deuten folgende Zeilen an, wie sie damals geschrieben noch in einem Gedenkheftchen aufbewahrt sind:

> Wenn ich liebe Lili dich nicht liebte,
> Welche Wonne gäb' mir dieser Blick!
> Und doch, wenn ich liebe Lili dich nicht liebte,
> Wär', was wär' mein Glück?

Ausdrucksvoller find' ich hier diese kleine Interjektion als wie sie in der Sammlung meiner Gedichte abgedruckt ist.

Die rauhen Wege die von da nach Maria Einsiedeln führten konnten unserm guten Mut nichts anhaben. Eine Anzahl von Wallfahrern, die schon unten am See von uns bemerkt mit Gebet und Gesang regelmäßig fortschritten, hatten uns eingeholt; wir ließen sie begrüßend vorbei und sie belebten, indem sie uns zur Einstimmung in ihre frommen Zwecke beriefen diese öden Höhen anmutig charakteristisch. Wir sahen lebendig den schlängelnden Pfad bezeichnet, den auch wir zu wandern hatten und schienen freudiger zu folgen; wie denn die Gebräuche der römischen Kirche dem Protestanten durchaus bedeutend und imposant sind, indem er nur das Erste, Innere wodurch sie hervorgerufen, das Menschliche wodurch sie sich von Geschlecht zu Geschlecht fortpflanzen, und also auf den Kern dringend, anerkennt, ohne sich gerade in dem Augenblick mit der Schale, der Frucht-Hülle, ja dem Baume selbst, seinen Zweigen, Blättern, seiner Rinde und seinen Wurzeln zu befassen.

Nun sahen wir in einem öden baumlosen Tale die prächtige Kirche hervorsteigen; das Kloster von weitem ansehnlichen Umfang, in der Mitte von reinlicher Ansiedelung, um so eine große und mannigfaltige Anzahl von Gästen einigermaßen schicklich aufzunehmen.

Das Kirchlein in der Kirche, die ehmalige Einsiedler-Wohnung des Heiligen, mit Marmor inkrustiert und soviel als möglich zu einer anständigen Kapelle verwandelt, es war etwas Neues von mir noch nie Gesehenes, dieses kleine Gefäß, umbaut und überbaut von Pfeilern und Gewölben. Es mußte ernste Betrachtungen erregen, daß ein einzelner Funke von Sittlichkeit und Gottesfurcht hier ein immer brennendes leuchtendes Flämmchen angezündet, zu welchem gläubige Scharen mit großer Beschwerlichkeit heranpilgern sollten, um an dieser heiligen Flamme auch ihr Kerzlein anzuzünden. Wie dem auch sei, so deutet es auf ein grenzenloses Bedürfnis der Menschheit nach gleichem Licht, gleicher Wärme, wie es jener erste im tiefsten Gefühl und sicherster Überzeugung gehegt und genossen. Man führte uns in die Schatzkammer, welche reich und imposant genug, vor allen lebensgroße wohl gar kolossale Büsten von Heiligen und Ordensstiftern dem staunenden Auge darbot.

Doch ganz andere Aufmerksamkeit erregte der Anblick eines darauf eröffneten Schrankes; er enthielt altertümliche Kostbarkeiten, hierher gewidmet und verehrt. Verschiedene Kronen von merkwürdiger Goldschmidtsarbeit hielten meinen Blick fest, unter denen wieder eine ausschließlich betrachtet wurde. Eine Zackenkrone im Kunstsinne der Vorzeit, wie man wohl ähnliche auf den Häuptern altertümlicher Königinnen gesehen, aber von so geschmackvoller Zeichnung von solcher Ausführung einer unermüdeten Arbeit, selbst die eingefugten farbigen Steine mit solcher Wahl und Geschicklichkeit verteilt und gegeneinander gestellt – genug ein Werk der Art, daß man es bei dem ersten Anblick für vollkommen erklärte, ohne diesen Eindruck kunstmäßig entwickeln zu können.

Auch ist in solchen Fällen, wo die Kunst nicht erkannt sondern gefühlt wird, Geist und Gemüt zur Anwendung geneigt, man möchte das Kleinod besitzen um damit Freude zu machen. Ich erbat mir die Erlaubnis das Krönchen hervorzunehmen; und als ich solches in der Hand anständig haltend in die Höhe hob, dacht' ich mir nicht anders als ich müßte es Lili auf die hellglänzenden Locken aufdrücken, sie vor den Spiegel führen und ihre Freude über sich selbst und das Glück das sie verbreitet gewahr werden. Ich habe mir nachher oft gedacht, diese Szene, durch einen talentvollen Maler verwirklicht, müßte einen höchst sinn- und gemütvollen Anblick geben. Da wäre es wohl der Mühe wert der junge König zu sein, der sich auf diese Weise eine Braut und ein neues Reich erwürbe.

Um uns die Besitztümer des Klosters vollständig sehen zu lassen, führte man uns in ein Kunst- Kuriositäten- und Naturalien-Kabinett. Ich hatte damals von dem Wert solcher Dinge wenig Begriff; noch hatte mich die zwar höchst löbliche aber doch den Eindruck der schönen Erd-Oberfläche vor dem Anschauen des Geistes zerstückelnde Geognosie nicht angelockt, noch weniger eine phantastische Geologie mich in ihre Irrsale verschlungen; jedoch nötigte mich der herumführende Geistliche einem fossilen von Kennern, wie er sagte, höchst geschätzten, in einem blauen Schieferton wohlerhaltenen kleinen wilden Schweinskopf einige Aufmerksamkeit zu schenken, der auch, schwarz wie er war, für alle Folgezeit in der Einbildungskraft geblieben ist. Man hatte ihn in der Gegend von Rapperswyl gefunden, in einer Gegend die, morastig von Ur-Zeiten her, gar wohl dergleichen Mumien für die Nachwelt aufnehmen und bewahren konnte.

Ganz anders aber zog mich, unter Rahmen und Glas, ein Kupferstich von Martin Schön an, das Abscheiden der Maria vorstellend. Freilich kann nur ein vollkommenes Exemplar uns einen Begriff von der Kunst eines solchen Meisters geben, aber alsdann werden wir auch, wie von dem Vollkommenen in jeder Art, dergestalt ergriffen, daß wir die Begierde das gleiche zu besitzen den Anblick immer wiederholen zu können – es mag noch so viel Zeit dazwischen verfließen – nicht wieder los werden. Warum sollt' ich nicht vorgreifen und hier gestehen, daß ich später nicht eher nachließ als bis ich ebenfalls zu einem trefflichen Abdruck dieses Blattes gelangt war.

Am 16. Juni 1775, denn hier find' ich zuerst das Datum verzeichnet, traten wir einen beschwerlichen Weg an; wilde steinige Höhen mußten überstiegen werden und zwar in vollkommener Einsamkeit und Öde. Abends ¾ auf achte standen wir den Schwytzer Hocken gegenüber, zweien Berggipfeln, die nebeneinander mächtig in die Luft ragen. Wir fanden auf unsern Wegen zum ersten Mal Schnee, und an jenen zackigen Felsgipfeln hing er noch vom Winter her. Ernsthaft und fürchterlich füllte ein uralter Fichtenwald die unabsehlichen Schluchten in die wir hinab sollten. Nach kurzer Rast, frisch und mit mutwilliger Behendigkeit, sprangen wir den von Klippe zu Klippe, von Platte zu Platte in die Tiefe sich stürzenden Fußpfad hinab und gelangten um 10 Uhr nach Schwytz. Wir waren zugleich müde und munter geworden, hinfällig und aufgeregt, wir löschten gähling unsern heftigen Durst und fühlten uns noch mehr begeistert. Man denke sich den jungen Mann, der etwa vor zwei Jahren den »Werther« schrieb, einen jüngeren Freund der sich schon an dem Manuskript jenes wunderbaren Werks entzündet hatte, beide ohne Wissen und Wollen gewissermaßen in einen Naturzustand versetzt, lebhaft gedenkend vorübergegangener Leidenschaften, nachhängend den gegenwärtigen, folgelose Plane bildend, im Gefühl behaglicher Kraft das Reich der Phantasie durchschwelgend, – dann nähert man sich der Vorstellung jenes Zustandes, den ich nicht zu schildern wüßte stünde nicht im Tagebuche: »Lachen und Jauchzen dauerte bis um Mitternacht.«

Den 17. morgens sahen wir die Schwytzer Hocken vor unsern Fenstern. An diesen ungeheuern unregelmäßigen Naturpyramiden, stiegen Wolken nach Wolken hinauf. Um 1 Uhr nachmittags von Schwytz weg, gegen den Rigi zu, um

2 Uhr auf dem Lauwerzer See, herrlicher Sonnenschein. Vor lauter Wonne sah man gar nichts; zwei tüchtige Mädchen führten das Schiff, das war anmutig, wir ließen es geschehen. Auf der Insel langten wir an, wo sie sagen: hier habe der ehemalige Zwingherr gehaust; wie ihm auch sei, jetzt zwischen die Ruinen hat sich die Hütte des Waldbruders eingeschoben.

Wir bestiegen den Rigi, um halb achte standen wir bei der Mutter Gottes im Schnee; an der Kapelle, am Kloster vorbei, im Wirtshaus Zum Ochsen.

Den 18. sonntags früh die Kapelle vom Ochsen aus gezeichnet. Um 12 Uhr nach dem Kaltenbad oder zum Dreischwestern-Brunnen. Ein Viertel nach zwei hatten wir die Höhe erstiegen; wir fanden uns in Wolken, diesmal uns doppelt unangenehm, als die Aussicht hindernd und als niedergehender Nebel netzend. Aber als sie hie und da auseinanderrissen und uns von wallenden Rahmen umgeben eine klare herrliche sonnenbeschienene Welt als vortretende und wechselnde Bilder sehen ließen, bedauerten wir nicht mehr diese Zufälligkeiten; denn es war ein niegesehner, nie wieder zu schauender Anblick, und wir verharrten lange in dieser gewissermaßen unbequemen Lage um durch die Ritzen und Klüfte, der immer bewegten Wolkenballen einen kleinen Zipfel besonnter Erde, einen schmalen Uferzug und ein Endchen See zu gewinnen.

Um 8 Uhr waren wir wieder vor der Wirtshaustüre zurück und stellten uns an gebackenen Fischen und Eiern und genugsamen Wein wieder her.

Wie es denn nun dämmerte und allmählich nachtete, beschäftigten ahnungsvoll zusammenstimmende Töne unser Ohr; das Glockengebimmel der Kapelle, das Plätschern des Brunnens, das Säuseln wechselnder Lüftchen, in der Ferne Waldhörner; – es waren wohltätige, beruhigende, einlullende Momente.

Am 19. früh halb sieben erst aufwärts, dann hinab an den

Waldstädter See, nach Itznach, von da zu Wasser nach Gersau. Mittags im Wirtshaus am See. Gegen 2 Uhr dem Grüdli gegenüber, wo die drei Tellen schwuren, darauf an der Platte, wo der Held aussprang und wo ihm zu Ehren die Legende seines Daseins und seiner Taten durch Malerei verewigt ist. Um 3 Uhr in Flüelle, wo er eingeschifft ward um 4 Uhr in Altorf, wo er den Apfel abschoß.

An diesem poetischen Faden schlingt man sich billig durch das Labyrinth dieser Felsenwände, die steil bis in das Wasser hinabreichend uns nichts zu sagen haben. Sie, die unerschütterlichen stehen so ruhig da, wie die Kulissen eines Theaters; Glück oder Unglück Lust oder Trauer ist bloß den Personen zugedacht die heute auf dem Zettel stehen.

Dergleichen Betrachtungen jedoch waren gänzlich außer dem Gesichtskreis jener Jünglinge, das Kurzvergangene hatten sie aus dem Sinne geschlagen und die Zukunft lag so wunderbar unerforschlich vor ihnen wie das Gebirg in das sie hineinstrebten.

Am 20. Juni brachen wir nach dem Stege auf wo man uns gebackene Fische gar schmackhaft bereitete. Hier nun an diesem schon genugsam wilden Angebirge, wo die Reuß aus schrofferen Felsklüften hervordrang und das frische Schneewasser über die reinlichen Kiesbänke hinspielte, enthielt ich mich nicht die gewünschte Gelegenheit zu nutzen und mich in den rauschenden Wellen zu erquicken.

Um 3 Uhr brachen wir von da auf; eine Reihe Saumrosse zog vor uns her, wir schritten mit ihr über eine breite Schneemasse und erfuhren erst nachher daß sie unten hohl sei. Hier hatte sich der Winterschnee in eine Bergschlucht eingelegt, um die man sonst herumziehen mußte, und diente nunmehr zu einem graden verkürzten Wege. Die unten durchströmenden Wasser hatten sie nach und nach ausgehöhlt, durch die milde Sommerluft war das Gewölb' immer mehr abgeschmolzen, so daß sie nunmehr als ein breiter Brückenbogen das Hüben und Drüben natürlich zusammenhielt. Wir überzeugten uns von diesen wundersamen Naturereignis indem wir uns etwas oberhalb hinunter in die breitere Schlucht wagten.

Wie wir uns nun immer weiter erhuben, blieben Fichtenwälder im Abgrund, durch welche die schäumende Reuß über Felsenstürze sich von Zeit zu Zeit sehen ließ.

Um ½ 8 Uhr gelangten wir nach Wasen, wo wir, uns mit dem roten schweren sauern lombardischen Wein zu erquikken, erst mit Wasser nachhelfen und mit vielem Zucker das Ingrediens ersetzen mußten was die Natur in der Traube auszukochen versagt hatte. Der Wirt zeigte schöne Kristalle vor; ich war aber damals so entfernt von solchen Naturstudien daß ich mich nicht einmal für den geringen Preis mit diesen Bergerzeugnissen beschweren mochte.

Den 21. halb 7 Uhr aufwärts; die Felsen wurden immer mächtiger und schrecklicher, der Weg bis zum Teufelsstein, bis zum Anblick der Teufelsbrücke immer mühseliger. Meinem Gefährten beliebte es hier auszuruhen; er munterte mich auf die bedeutenden Gegenstände zu zeichnen. Die Umrisse mochten mir gelingen, aber es trat nichts hervor, nichts zurück; für dergleichen Gegenstände hatte ich keine Sprache. Wir mühten uns weiter, das ungeheure Wilde schien sich immer zu steigern, Platten wurden zu Gebirgen, und Vertiefungen zu Abgründen. So geleitete mich mein Führer bis ans Urnerloch, durch welches ich gewissermaßen verdrießlich hindurchging; was man bisher gesehen war doch erhaben, diese Finsternis hob alles auf.

Aber freilich hatte sich der schelmische Führer das freudige Erstaunen voraus vorgestellt das mich beim Austritt überraschen mußte. Der mäßig scheinende Fluß schlängelte sich hier milde durch ein flaches, von Bergen zwar umschlossenes, aber doch genugsam weites, zur Bewohnung einladendes Tal; über dem reinlichen Örtchen Urseren und seiner Kirche, die uns auf ebenem Boden entgegen standen, erhob sich ein Fichtenwäldchen, heilig geachtet: weil es die am Fuße Angesiedelten vor höher herabrollenden Schneelawinen schützte. Die grünenden Wiesen des Tales waren wieder am Fluß her mit kurzen Weiden geschmückt; man erfreute sich hier einer lange vermißten Vegetation. Die Beruhigung war groß, man fühlte auf flachen Pfaden die Kräfte wieder belebt, und mein Reisegefährte tat sich nicht wenig zu Gute auf die Überraschung, die er so schicklich eingeleitet hatte.

An der Matte fand sich der berühmte Ursener Käse und die exaltierten jungen Leute ließen sich einen leidlichen Wein trefflich schmecken um ihr Behagen noch mehr zu erhöhen und ihren Projekten einen phantastischern Schwung zu verleihen.

Den 22. halb 4 Uhr verließen wir unsre Herberge, um aus dem glatten Ursener Tal ins steinigte Liviner Tal einzutreten. Auch hier ward sogleich alle Fruchtbarkeit vermißt; nackte, wie bemooste Felsen, mit Schnee bedeckt, ruckweiser Sturmwind, Wolken heran- und vorbeiführend, Geräusch der Wasserfälle, das Klingeln der Saumrosse in der höchsten Öde, wo man weder die Herankommenden noch die Scheidenden erblickte. Hier kostet es der Einbildungskraft nicht viel sich Drachennester in den Klüften zu denken. Aber doch erheitert und erhoben fühlte man sich durch einen der schönsten, am meisten zum Bilde sich eignenden, in allen Abstufungen grandios mannigfaltigen Wasserfall, der gerade in dieser Jahrszeit vom geschmolzenen Schnee überreich begabt, von Wolken bald verhüllt bald enthüllt, uns geraume Zeit an die Stelle fesselte.

Endlich gelangten wir an kleine Nebelseen, wie ich sie nennen möchte, weil sie von den atmosphärischen Streifen kaum zu unterscheiden waren. Nicht lange so trat aus dem Dunste ein Gebäude entgegen, es war das Hospiz, und wir fühlten große Zufriedenheit uns zunächst unter seinem gastlichen Dache schirmen zu können.

Neunzehntes Buch

Durch das leichte Kläffen eines uns entgegen kommenden Hündchens angemeldet wurden wir von einer ältlichen aber rüstigen Frauensperson an der Türe freundlich empfangen; sie entschuldigte den Herrn Pater, welcher nach Mayland gegangen sei, jedoch diesen Abend wieder erwartet werde; alsdann aber sorgte sie, ohne viel Worte zu machen, für Bequemlichkeit und Bedürfnis. Eine warme geräumige Stube nahm uns auf; Brot, Käse und trinkbarer Wein wurden aufgesetzt, auch ein hinreichendes Abendessen versprochen. Nun wurden die Überraschungen des Tags wieder aufgenommen und der Freund tat sich höchlich darauf zu Gute daß alles so wohl gelungen und ein Tag zurückgelegt sei dessen Eindrücke weder Poesie noch Prose wieder herzustellen im Stande. Bei spät einbrechender Dämmerung trat endlich der ansehnliche Pater herein, begrüßte mit freundlich vertraulicher Würde seine Gäste und empfahl mit wenigen Worten der Köchin alle mögliche Aufmerksamkeit. Als wir unsre Bewunderung nicht zurückhielten daß er hier oben, in so völliger Wüste, entfernt von aller Gesellschaft, sein Leben zubringen gewollt, versicherte er: an Gesellschaft fehle es ihm nie, wie wir denn ja auch gekommen wären ihn mit unserm Besuche zu erfreuen. Gar stark sei der wechselseitige Waren-Transport zwischen Italien und Deutschland; dieser immerfortwährende Speditionswechsel setze ihn mit den ersten Handelshäusern in Verhältnis. Er steige oft nach Mayland hinab komme seltener nach Luzern, von woher ihm aber aus den Häusern, welche das Postgeschäft dieser Hauptstraße zu besorgen hätten, zum öftern junge Leute zugeschickt würden, die hier oben auf dem Scheidepunkt mit allen in diese Angelegenheiten eingreifenden Umständen und Vorfallenheiten bekannt werden sollten.

Unter solchen mannigfaltigen Gesprächen ging der Abend hin, und wir schliefen eine ruhige Nacht in etwas kurzen, an der Wand befestigten, eher an Repositorien als Bettstellen erinnernden Schlafstätten.

Früh aufgestanden befand ich mich bald zwar unter freiem Himmel jedoch in engen von hohen Gebirgskuppen umschlossenen Räumen. Ich hatte mich an den Fußpfad, der nach Italien hinunterging, niedergelassen und zeichnete, nach Art der Dilettanten, was nicht zu zeichnen war und was noch weniger ein Bild geben konnte: die nächsten Gebirgskuppen, deren Seiten der herabschmelzende Schnee mit weißen Furchen und schwarzen Rücken sehen ließ; indessen ist mir durch diese fruchtlose Bemühung jenes Bild im Gedächtnis unauslöschlich geblieben.

Mein Gefährte trat mutig zu mir und begann: »Was sagst du zu der Erzählung unsres geistlichen Wirts von gestern abend? Hast du nicht, wie ich, Lust bekommen dich von diesem Drachengipfel hinab in jene entzückenden Gegenden zu begeben? Die Wanderung durch diese Schluchten hinab muß herrlich sein und mühelos, und wann sich's dann bei Bellinzona öffnen mag, was würde das für eine Lust sein! Die Inseln des großen Sees sind mir durch die Worte des Paters wieder lebendig in die Seele getreten. Man hat seit Keyßlers Reisen so viel davon gehört und gesehen, daß ich der Versuchung nicht widerstehen kann. Ist dir's nicht auch so?« fuhr er fort; »du sitzest gerade am rechten Fleck, schon einmal stand ich hier und hatte nicht den Mut hinabzuspringen. Geh voran ohne weiteres, in Airolo wartest du auf mich, ich komme mit den Boten nach, wenn ich vom guten Pater Abschied genommen und alles berichtigt habe.«

»So ganz aus dem Stegreife ein solches Unternehmen, will mir doch nicht gefallen –« »Was soll da viel Bedenken!« rief jener, »Geld haben wir genug nach Mayland zu kommen, Kredit wird sich finden, mir sind von unsern Messen her dort mehr als ein Handelsfreund bekannt.« Er ward noch dringender. »Geh!« sagte ich, »mach alles zum Abschied fertig, entschließen wollen wir uns alsdann.«

Mir kommt vor als wenn der Mensch, in solchen Augenblicken, keine Entschiedenheit in sich fühlte, vielmehr von früheren Eindrücken regiert und bestimmt werde. Die Lombardie und Italien lag als ein ganz Fremdes vor mir; Deutschland als ein Bekanntes Liebwertes, voller freundlichen einheimischen Aussichten und, sei es nur gestanden: das was mich so lange ganz umfangen, meine Existenz getragen hatte, blieb auch jetzt das unentbehrlichste Element, aus dessen Grenzen zu treten ich mich nicht getraute. Ein goldnes Herzchen, das ich in schönsten Stunden von ihr erhalten hatte, hing noch an demselben Bändchen, an welchem sie es umknüpfte, liebwarmt an meinem Halse. Ich faßte es an und küßte es; mag ein dadurch veranlaßtes Gedicht auch hier eingeschaltet sein:

Angedenken du verklungner Freude,
Das ich immer noch am Halse trage,
Hältst du länger als das Seelenband uns beide?
Verlängerst du der Liebe kurze Tage?

Flieh' ich, Lili, vor dir! Muß noch an deinem Bande
Durch fremde Lande
Durch ferne Täler und Wälder wallen!
Ach, Lilis Herz konnte so bald nicht
Von meinem Herzen fallen.

Wie ein Vogel, der den Faden bricht
Und zum Walde kehrt,
Er schleppt, des Gefängnisses Schmach,
Noch ein Stückchen des Fadens nach,
Er ist der alte freigeborne Vogel nicht,
Er hat schon jemand angehört.

Schnell stand ich auf, damit ich von der schroffen Stelle wegkäme und der mit dem refftragenden Boten heranstürmende Freund mich in den Abgrund nicht mit fortrisse. Auch ich begrüßte den frommen Pater und wendete mich, ohne ein Wort zu verlieren, dem Pfade zu woher wir gekommen waren. Etwas zaudernd folgte mir der Freund und ohngeachtet seiner Liebe und Anhänglichkeit an mich blieb er eine Zeit lang eine Strecke zurück, bis uns endlich jener herrliche Wasserfall wieder zusammenbrachte, zusammenhielt und das einmal Beschlossene endlich auch für gut und heilsam gelten sollte.

Von dem Herabstieg sag' ich nichts weiter, als daß wir jene Schneebrücke, über die wir in schwerbeladener Gesellschaft vor wenig Tagen ruhig hinzogen, völlig zusammengestürzt fanden und nun, da wir einen Umweg durch die eröffnete Bucht machen mußten, die kolossalen Trümmer einer natürlichen Baukunst anzustaunen und zu bewundern hatten.

Ganz konnte mein Freund die rückgängige Wanderung nach Italien nicht verschmerzen; er mochte sich solche früher ausgedacht und mit liebevoller Arglist mich an Ort und Stelle zu überraschen gehofft haben. Deshalb ließ sich die Rückkehr nicht so heiter vollführen; ich aber war auf meinen stummen Pfaden um desto anhaltender beschäftigt das Ungeheure, das sich in unserem Geiste mit der Zeit zusammenzuziehen pflegt, wenigstens in seinen faßlichen charakteristischen Einzelnheiten festzuhalten.

Nicht ohne manche neue wie erneuerte Empfindungen und Gedanken gelangten wir durch die bedeutenden Höhen des Vierwaldstädter Sees nach Küßnacht, wo wir landend und unsre Wanderung fortsetzend, die am Wege stehende Tellen-Kapelle zu begrüßen und jenen der ganzen Welt als heroisch-patriotisch rühmlich geltenden Meuchelmord zu gedenken hatten. Ebenso fuhren wir über den Zugersee, den wir schon vom Rigi herab aus der Ferne hatten kennen lernen. In Zug erinnre ich mich nur einiger, im Gasthofzimmer nicht gar großer aber in ihrer Art vorzüglicher in die Fensterflügel eingefügter gemalter Scheiben. Dann ging unser Weg über den Albis in das Sihltal, wo wir einen jungen in der Einsamkeit sich gefallenden Hannoveraner, von Lindau, besuchten um seinen Verdruß zu beschwichtigen, den er bei einer von mir früher gleich zuerst in Zürch nicht aufs freundlichste und schicklichste abgelehnten Begegnung empfunden hatte. Die eifersüchtige Freundschaft des trefflichen Passavant war eigentlich Ursach an dem Ablehnen einer zwar lieben aber doch unbequemen Gegenwart.

Ehe wir aber von diesen herrlichen Höhen wieder zum See und zur freundlich liegenden Stadt hinabsteigen, muß ich noch eine Bemerkung machen über meine Versuche durch Zeichnen und Skizzieren der Gegend etwas abzugewinnen. Die Gewohnheit von Jugend auf die Landschaft als Bild zu sehen, verführte mich zu dem Unternehmen, wenn ich in der Natur die Gegend als Bild erblickte, sie fixieren mir ein sichres Andenken von solchen Augenblicken festhalten zu wollen. Sonst nur an beschränkten Gegenständen mich einigermaßen übend fühlt' ich in einer solchen Welt gar bald meine Unzulänglichkeit. Drang und Eile zugleich nötigten mich zu einem wunderbaren Hülfsmittel: kaum hatte ich einen interessanten Gegenstand gefaßt, und ihn mit wenigen Strichen im allgemeinsten auf dem Papier angedeutet, so führte ich das Detail, das ich mit dem Bleistift nicht erreichen noch durchführen konnte, in Worten gleich darneben aus und gewann mir auf diese Weise eine solche innere Gegenwart von dergleichen Ansichten, daß eine jede Lokalität wie ich sie nachher in Gedicht oder Erzählung nur etwa brauchen mochte, mir alsobald vorschwebte und zu Gebote stand.

Nach meiner Rückkehr fand ich die Stolberge nicht mehr; ihr Aufenthalt in Zürch hatte sich auf eine wunderliche Weise verkürzt.

Gestehen wir überhaupt daß Reisende, die sich aus ihrer häuslichen Beschränkung entfernen, gewissermaßen in eine nicht nur fremde sondern völlig freie Natur einzutreten glauben; welchen Wahn man damals um so eher hegen konnte, als man noch nicht durch polizeiliche Untersuchung der Pässe, durch Zollabgaben und andere dergleichen Hindernisse, jeden Augenblick erinnert wurde, es sei draußen noch bedingter und schlimmer als zu Hause. Vergegenwärtige man sich zunächst jene unbedingte Richtung nach einer verwirklichten Naturfreiheit, so wird man den jungen Gemütern verzeihen, welche die Schweiz gerade als das rechte Lokal ansahen, ihre frische Jünglingsnatur zu idyllisieren. Hatten doch Geßners zarte Gedichte, so wie seine allerliebsten Radierungen hiezu am entschiedensten berechtigt.

In der Wirklichkeit nun scheint sich für solche poetische Äußerungen das Baden in unbeengten Gewässern am allerersten zu qualifizieren. Schon unterwegs wollten dergleichen Naturübungen nicht gut zu den modernen Sitten paßlich erscheinen; man hatte sich ihrer auch einigermaßen enthalten. In der Schweiz aber, beim Anblick und Feuchtgefühl des rinnenden, laufenden, stürzenden, in der Fläche sich sammelnden, nach und nach zum See sich ausbreitenden Gewässers war der Versuchung nicht zu widerstehen. Ich selbst will nicht leugnen daß ich mich im klaren See zu baden mit meinen Gesellen vereinte und, wie es schien, weit genug von allen menschlichen Blicken. Nackte Körper jedoch leuchten weit, und wer es auch mochte gesehen haben nahm Ärgernis daran.

Ich hatte indessen mit Passavant meine Wanderschaft auf den Gotthard vollendet; ich fand meine Gesellen nicht mehr in Zürch. Ihre Abreise war widerwärtig beschleunigt worden.

Die guten harmlosen Jünglinge, welche gar nichts Anstößiges fanden halb nackt wie ein poetischer Schäfer, oder ganz nackt wie eine heidnische Gottheit sich zu sehen, wurden von Freunden erinnert dergleichen zu unterlassen. Man machte ihnen begreiflich: sie weseten nicht in der uranfänglichen Natur, sondern in einem Lande das für gut und nützlich erachtet habe an älteren, aus der Mittelzeit sich herschreibenden Einrichtungen und Sitten festzuhalten. Sie waren nicht abgeneigt dies einzusehen, besonders da vom Mittelalter die Rede war, welches ihnen als eine zweite Natur verehrlich schien. Sie verließen daher die allzu taghaften Seeufer und fanden auf ihren Spaziergängen durch das Gebirg so klare rauschende erfrischende Gewässer, daß in der Mitte Juni es ihnen unmöglich schien einer solchen Erquickung zu widerstehen. So waren sie auf ihren weitschweifenden Spaziergängen in das düstere Tal gelangt, wo hinter dem Albis die Sihl strömend herabschießt um sich unterhalb Zürch in die Limat zu ergießen. Entfernt von aller Wohnung, ja von allem betretenen Fußpfad, fanden sie es hier ganz unverfänglich die Kleider abzuwerfen und sich kühnlich den schäumenden Stromwellen entgegenzusetzen; dies geschah freilich nicht ohne Geschrei, nicht ohne ein wildes teils von der Kühlung teils von dem Behagen aufgeregten Lustjauchzen, wodurch sie diese düster bewaldeten Felsen zur idyllischen Szene einzuweihen den Begriff hatten.

Allein, ob ihnen frühere Mißwollende nachgeschlichen, oder ob sie sich durch diesen dichterischen Tumult in der Einsamkeit selbst Gegner aufgerufen, ist nicht zu bestimmen. Genug sie mußten aus dem oberen stummen Gebüsch herab Steinwurf auf Steinwurf erfahren, ungewiß ob von wenigen oder mehrern, ob zufällig oder absichtlich, und sie fanden daher für das klügste das erquickende Element zu verlassen und ihre Kleider zu suchen.

Keiner war getroffen; Überraschung und Verdruß war die geistige Beschädigung die sie erlitten hatten, und sie wußten als lebenslustige Jünglinge die Erinnerung daran leicht abzuschütteln.

Auf Lavatern jedoch erstreckten sich die unangenehmsten Folgen, daß er junge Leute von dieser Frechheit bei sich freundlich aufgenommen, mit ihnen Spazierfahrten angestellt und sie sonst begünstigt, deren wildes, unbändiges, unchristliches ja heidnisches Naturell einen solchen Skandal in einer gesitteten, wohlgeregelten Gegend anrichte.

Der geistliche Freund jedoch, wohl verstehend solche Vorkommenheiten zu beschwichtigen, wußte dies auch beizulegen, und nach Abzug dieser meteorisch Reisenden war schon bei unsrer Rückkehr alles ins gleiche gebracht.

In dem Fragment von Werthers Reisen, welches in dem XVI. Bande meiner Werke neuerlich wieder mit abgedruckt ist, habe ich diesen Gegensatz der schweizerischen löblichen Ordnung und gesetzlichen Beschränkung mit einem solchen im jugendlichen Wahn geforderten Naturleben zu schildern gesucht. Weil man aber alles was der Dichter unbewunden darstellt gleich als entschiedene Meinung, als didaktischen Tadel aufzunehmen pflegt; so waren die Schweizer deshalb sehr unwillig und ich unterließ die intentionierte Fortsetzung, welche das Herankommen Werthers bis zur Epoche, wo seine Leiden geschildert sind, einigermaßen darstellen und dadurch gewiß den Menschenkenner willkommen sein sollten.

In Zürch angelangt gehörte ich Lavatern, dessen Gastfreundschaft ich wieder ansprach, die meiste Zeit ganz allein. Die »Physiognomik« lag mit allen ihren Gebilden und Unbilden dem trefflichen Manne mit immer sich vermehrenden Lasten auf den Schultern. Wir verhandelten alles den Umständen nach gründlich genug, und ich versprach ihm dabei nach meiner Rückkehr die bisherige Teilnahme.

Hiezu verleitete mich das jugendlich unbedingte Vertrauen auf ein schnelle Fassungskraft, mehr noch das Gefühl der willigsten Bildsamkeit; denn eigentlich war die Art womit Lavater die Physiognomien zergliederte nicht in meinem Wesen. Der Eindruck den der Mensch beim ersten Begegnen auf mich machte, bestimmte gewissermaßen mein Verhältnis zu ihm, obgleich das allgemeine Wohlwollen das in mir wirkte gesellt zu dem Leichtsinn der Jugend, eigentlich immer vorwaltete und mich die Gegenstände in einer gewissen dämmernden Atmosphäre schauen ließ.

Lavaters Geist war durchaus imposant; in seiner Nähe konnte man sich einer entscheidenden Einwirkung nicht erwehren, und so mußt' ich mir denn gefallen lassen, Stirn und Nase, Augen und Mund einzeln zu betrachten, und ebenso ihre Verhältnisse und Bezüge zu erwägen. Jener Seher tat dies notgedrungen um sich von dem was er so klar anschaute vollkommene Rechenschaft zu geben; mir kam es immer als eine Tücke, als ein Spionieren vor, wenn ich einen gegenwärtigen Menschen in seine Elemente zerlegen und seinen sittlichen Eigenschaften dadurch auf die Spur kommen wollte. Lieber hielt ich mich an sein Gespräch, in welchem er nach Belieben sich selbst enthüllte. Hiernach will ich denn nicht leugnen daß es in Lavaters Nähe gewissermaßen bänglich war: denn indem er sich auf physiognomischem Wege unsrer Eigenschaften bemächtigte, so war er in der Unterredung Herr unsrer Gedanken, die er im Wechsel des Gespräches mit einigem Scharfsinn gar leicht erraten konnte.

Gleich nach dem ersten Besuche der Stolbergischen Brüder, sagte er: »Ich weiß nicht was ich von den physiognomischen Fähigkeiten des Publikums denken soll, jedermann hat mir den Grafen Leopold als einen kräftigen, starken, festen Jüngling beschrieben, es fehlte wenig sie hätten einen Herkules aus ihm gemacht, und ich habe nicht leicht einen zwar edlen und von der Seite höchstschätzenswerten jungen Mann gesehen, aber auch keinen weicheren mehr determinablen.« Und in eben dem Sinne führte er den werten Mann in seiner »Physiognomik« auf.

Wer eine Synthese recht prägnant in sich fühlt, der hat eigentlich das Recht zu analysieren, weil er am äußeren Einzelnen sein inneres Ganze prüft und legitimiert. Wie Lavater sich hiebei benommen, sei nur ein Beispiel gegeben.

Sonntags, nach der Predigt, hatte er als Geistlicher die Verpflichtung, den kurzgestielten Sammetbeutel jedem Heraustretenden vorzuhalten und die milde Gabe segnend zu empfangen. Nun setzte er sich z. B. diesen Sonntag die Aufgabe, keine Person anzusehen, sondern nur auf die Hände zu achten und ihre Gestalt sich auszulegen. Aber nicht allein die Form der Finger, sondern auch die Miene derselben beim Niederlassen der Gabe, entging nicht seiner Aufmerksamkeit, und er hatte mir viel davon zu eröffnen. Wie belehrend und aufregend mußten mir solche Unterhaltungen werden, mir, der ich doch auch auf dem Wege war mich zum Menschenmaler zu qualifizieren?

Manche Epoche meines nachherigen Lebens ward ich veranlaßt über diesen Mann zu denken, welcher unter die Vorzüglichsten gehört mit denen ich zu einem so vertrauten Verhältnis gelangte. Und so sind nachstehende Äußerungen über ihn zu verschiedenen Zeiten geschrieben. Nach unsern auseinander strebenden Richtungen mußten wir uns allmählich ganz und gar fremd werden, und doch wollt' ich mir den Begriff von seinem vorzüglichen Wesen nicht verkümmern lassen. Ich vergegenwärtigte mir ihn mehrmals, und so entstanden diese Blätter ganz unabhängig voneinander, in denen man Wiederholung, aber hoffentlich keinen Widerspruch finden wird.

Lavater war eigentlich ganz real gesinnt und kannte nichts Ideelles als unter der moralischen Form; wenn man diesen Begriff festhält, wird man sich über einen seltenen und seltsamen Mann am ersten aufklären.

Seine »Aussichten in die Ewigkeit« sind eigentlich nur Fortsetzungen des gegenwärtigen Daseins, unter leichteren Bedingungen als die sind welche wir hier zu erdulden haben. Seine »Physiognomik« ruht auf der Überzeugung daß die sinnliche Gegenwart mit der geistigen durchaus zusammenfalle, ein Zeugnis von ihr ablege, ja sie selbst vorstelle.

Mit den Kunstidealen konnte er sich nicht leicht befreunden, weil er, bei seinem scharfen Blick, solchen Wesen die Unmöglichkeit lebendig organisiert zu sein, nur allzusehr ansah, und sie daher ins Fabelreich, ja in das Reich des Monstrosen verwies. Seine unaufhaltsame Neigung das Ideelle verwirklichen zu wollen, brachte ihn in den Ruf eines Schwärmers, ob er sich gleich überzeugt fühlte, daß niemand mehr auf das Wirkliche dringe als er; deswegen er denn auch den Mißgriff in seiner Denk- und Handelsweise niemals entdecken konnte.

Nicht leicht war jemand leidenschaftlicher bemüht anerkannt zu werden als er, und vorzüglich dadurch eignete er sich zum Lehrer; gingen aber seine Bemühungen auch wohl auf Sinnes- und Sitten-Besserung anderer, so war doch dies keineswegs das letzte worauf er hinarbeitete.

Um die Verwirklichung der Person Christi war es ihm am meisten zu tun; daher jenes beinahe unsinnige Treiben ein Christusbild nach dem andern fertigen, kopieren, nachbilden zu lassen, wovon ihm denn, wie natürlich, keines genug tat.

Seine Schriften sind schon jetzt schwer zu verstehen, denn nicht leicht kann jemand eindringen in das was er eigentlich will. Niemand hat so viel aus der Zeit und in die Zeit geschrieben als er, seine Schriften sind wahre Tagesblätter, welche die eigentlichste Erläuterung aus der Zeitgeschichte fordern; sie sind in einer Coteriesprache geschrieben, die man kennen muß um gerecht gegen sie zu sein, sonst wird dem verständigen Leser manches ganz toll und abgeschmackt erscheinen, wie denn auch dem Manne schon bei seinem Leben und nach demselben hierüber genugsame Vorwürfe gemacht wurden.

So hatten wir ihm z. B. mit unserm Dramatisieren den Kopf so warm gemacht, indem wir alles Vorkömmliche nur unter dieser Form darstellten und keine andere wollten gelten lassen, daß er, hiedurch aufgeregt, in seinem »Pontius Pilatus« mit Heftigkeit zu zeigen bemüht ist: es gebe doch kein dramatischeres Werk als die Bibel; besonders aber die Leidensgeschichte Christi sei für das Drama aller Dramen zu erklären.

In diesem Kapitel des Büchleins, ja in dem ganzen Werke überhaupt, erscheint Lavater dem Pater Abraham von Santa Clara sehr ähnlich; denn in diese Manier muß jeder Geistreiche verfallen, der auf den Augenblick wirken will. Er hat sich nach den gegenwärtigen Neigungen, Leidenschaften, nach

Sprache und Terminologie zu erkundigen, um solche alsdann zu seinen Zwecken zu brauchen, und sich der Masse anzunähern die er an sich heranziehen will.

Da er nun Christum buchstäblich auffaßte, wie ihn die Schrift, wie ihn manche Ausleger geben, so diente ihm diese Vorstellung dergestalt zum Supplement seines eignen Wesens, daß er den Gottmenschen seiner individuellen Menschheit so lange ideell einverleibte, bis er zuletzt mit demselben wirklich in eins zusammengeschmolzen, mit ihm vereinigt, ja eben derselbe zu sein wähnen durfte.

Durch diesen entschiedenen bibelbuchstäblichen Glauben mußte er auch eine völlige Überzeugung gewinnen, daß man ebenso gut noch heutzutage als zu jener Zeit Wunder müsse ausüben können, und da es ihm vollends schon früh gelungen war, in bedeutenden und dringenden Angelegenheiten, durch brünstiges ja gewaltsames Gebet, im Augenblick eine günstige Umwendung schwer bedrohender Unfälle zu erzwingen; so konnte ihn keine kalte Verstandseinwendung im mindesten irre machen. Durchdrungen ferner von dem großen Werte, der durch Christum wiederhergestellten und einer glücklichen Ewigkeit gewidmeten Menschheit, aber zugleich auch bekannt mit den mannigfaltigen Bedürfnissen des Geistes und Herzens, mit dem grenzenlosen Verlangen nach Wissen, selbst fühlend jene Lust, sich ins Unendliche auszudehnen, wozu uns der gestirnte Himmel so gar sinnlich einlädt, entwarf er seine »Aussichten in die Ewigkeit«, welche indes dem größten Teil der Zeitgenossen sehr wunderlich vorkommen mochten.

Alles dieses Streben jedoch, alle Wünsche, alles Unternehmen ward von dem physiognomischen Genie überwogen, das ihm die Natur zugeteilt hatte. Denn wie der Probierstein, durch Schwärze und rauchglatte Eigenschaft seiner Oberfläche, den Unterschied der aufgestrichenen Metalle anzuzeigen am geschicktesten ist, so war auch er, durch den reinen Begriff der Menschheit den er in sich trug, und durch die scharfzarte Bemerkungsgabe, die er erst aus Naturtrieb, nur obenhin, zufällig, dann mit Überlegung, vorsätzlich und geregelt ausübte, im höchsten Grade geeignet, die Besonderheiten einzelner Menschen zu gewahren, zu kennen, zu unterscheiden, ja auszusprechen. Jedes Talent das sich auf eine entschiedene Naturanlage gründet, scheint uns etwas Magisches zu haben, weil wir weder es selbst, noch seine Wirkungen einem Begriffe unterordnen können. Und wirklich ging seine Einsicht in die einzelnen Menschen über alle Begriffe; man erstaunte, wenn man über diesen oder jenen vertraulich sprach, ja es war furchtbar in der Nähe des Mannes zu leben, dem jede Grenze deutlich erschien, in welche die Natur uns Individuen einzuschränken beliebt hat.

Jedermann glaubt dasjenige mitteilbar was er selbst besitzt, und so wollte Lavater nicht nur für sich von dieser großen Gabe Gebrauch machen, sondern sie sollte auch in andern aufgefunden, angeregt, sie sollte sogar auf die Menge übertragen werden. Zu welchen dunklen und boshaften Mißdeutungen, zu welchen albernen Späßen und niederträchtigen Verspottungen diese auffallende Lehre reichlichen Anlaß gegeben, ist wohl noch in einiger Menschen Gedächtnis, und es geschah dieses nicht ganz ohne Schuld des vorzüglichen Mannes selbst: denn ob zwar die Einheit seines inneren Wesens auf einer hohen Sittlichkeit ruhte, so konnte er doch mit seinen mannigfaltigen Bestrebungen, nicht zur äußern Einheit gelangen, weil in ihm sich weder Anlage zur philosophischen Sinnesweise noch zum Kunsttalent finden wollte. Er war weder Denker noch Dichter, ja nicht einmal Redner im eigentlichen Sinne. Keineswegs im Stande etwas methodisch anzufassen, griff er das Einzelne einzeln sicher auf, und so stellte er es auch kühn nebeneinander. Sein großes physiognomisches Werk ist hiervon ein auffallendes Beispiel und Zeugnis. In ihm selbst mochte wohl der Begriff des sittlichen und sinnlichen Menschen ein Ganzes bilden, aber außer sich wußte er ihn nicht darzustellen, als nur wieder praktisch im Einzelnen, so wie er das Einzelne im Leben aufgefaßt hatte. Eben jenes Werk zeigt uns zum Bedauern, wie ein so scharfsinniger Mann in der gemeinsten Erfahrung umhertappt, alle lebenden Künstler und Pfuscher anruft, für charakterlose Zeichnungen und Kupfer ein unglaubliches Geld ausgibt, um hinterdrein im Buche zu sagen, daß diese und jene Platte mehr oder weniger mißlungen, unbedeutend und unnütz sei. Freilich schärft er dadurch sein Urteil und das Urteil anderer, allein es beweist auch, daß ihn seine Neigung trieb, Erfahrungen mehr aufzuhäufen als sich in ihnen Luft und Licht zu machen. Eben daher konnte er niemals auf Resultate losgehn, um die ich ihn öfters und dringend bat. Was er als solche in späterer Zeit Freunden vertraulich mitteilte, waren für mich keine: denn sie bestanden aus einer Sammlung von gewissen Linien und Zügen, ja Warzen und Leberflecken, mit denen er bestimmte sittliche öfters unsittliche Eigenschaften verbunden gesehn. Es waren darunter Bemerkungen zum Entsetzen; allein es machte keine Reihe, alles stand vielmehr zufällig durcheinander, nirgends war eine Anleitung zu sehn, oder eine Rückweisung zu finden. Ebenso wenig schriftstellerische Methode oder Künstlersinn herrschte in seinen übrigen Schriften, welche vielmehr stets eine leidenschaftlich heftige Darstellung seines Denkens und Wollens enthielten, und das was sie im Ganzen nicht leisteten, durch die herzlichsten geistreichsten Einzelnheiten jederzeit ersetzten.

Nachfolgende Betrachtungen möchten wohl gleichfalls auf jene Zustände bezüglich, hier am rechten Orte eingeschaltet stehen.

Niemand gesteht gern andern einen Vorzug ein, solang er ihn nur einigermaßen leugnen kann; Natur-Vorzüge aller Art sind am wenigsten zu leugnen und doch gestand der gemeine Redegebrauch damaliger Zeit nur dem Dichter Genie zu. Nun aber schien auf einmal eine andere Welt aufzugehn, man verlangte Genie vom Arzt, vom Feldherrn, vom Staatsmann und bald von allen Menschen die sich theoretisch oder praktisch hervorzutun dachten. Zimmermann vorzüglich hatte diese Forderungen zur Sprache gebracht. Lavater in seiner »Physiognomik« mußte notwendig auf eine allgemeinere Verteilung der Geistesgaben aller Art hinweisen; das Wort Genie ward eine allgemeine Losung, und weil man es so oft aussprechen hörte, so dachte man auch, das was es bedeuten sollte, sei gewöhnlich vorhanden. Da nun aber jedermann Genie von anderen zu fordern berechtigt war, so glaubte er es auch endlich selbst besitzen zu müssen. Es war noch lange hin bis zu der Zeit wo ausgesprochen werden konnte, daß Genie diejenige Kraft des Menschen sei, welche durch Handeln und Tun, Gesetze und Regel gibt, damals manifestierte sich's nur indem es die vorhandenen Gesetze überschritt, die eingeführten Regeln umwarf und sich für grenzenlos erklärte. Daher war es leicht genialisch zu sein, und nichts natürlicher, als daß der Mißbrauch in Wort und Tat alle geregelte Menschen aufrief, sich einem solchen Unwesen zu widersetzen.

Wenn einer zu Fuße, ohne recht zu wissen warum und wohin, in die Welt lief, so hieß dies eine Geniereise, und wenn einer etwas Verkehrtes ohne Zweck und Nutzen unternahm, ein Geniestreich. Jüngere lebhafte, oft wahrhaft begabte Menschen verloren sich ins Grenzenlose; ältere Verständige, vielleicht aber Talent- und Geistlose, wußten dann mit höchster Schadenfreude ein gar mannigfaltiges Mißlingen vor den Augen des Publikums lächerlich darzustellen.

Und so fand ich mich in der Mitte, fast mehr gehindert mich zu entwickeln und zu äußern, durch falsche Mit- und Einwirkung der Sinnesverwandten, als durch den Widerstand der Entgegengesinnten. Worte, Beiworte, Phrasen zu Ungunsten der höchsten Geistesgaben, verbreiteten sich unter der geistlos-nachsprechenden Menge dergestalt, daß man sie noch jetzt im gemeinen Leben hie und da von Ungebildeten vernimmt, ja daß sie sogar in die Wörterbücher eindrangen, und das Wort Genie eine solche Mißdeutung erlitt, aus der man die Notwendigkeit ableiten wollte es gänzlich aus der deutschen Sprache verbannen zu müssen.

Und so hätten sich die Deutschen, bei denen überhaupt das Gemeine weit mehr überhand zu nehmen Gelegenheit findet als bei anderen Nationen, um die schönste Blüte der Sprache, um das nur scheinbar fremde, aber allen Völkern gleich angehörige Wort vielleicht gebracht, wenn nicht der, durch eine tiefere Philosophie wieder neugegründete Sinn fürs Höchste und Beste, sich wieder glücklich hergestellt hätte.

In dem Vorhergehenden ist von dem Jünglingsalter zweier Männer die Rede gewesen, deren Andenken aus der deutschen Literatur- und Sittengeschichte sich nimmer verlieren wird. In gemeldeter Epoche jedoch lernen wir sie gewissermaßen nur aus ihren Irrschritten kennen, zu denen sie durch eine falsche Tagsmaxime in Gesellschaft ihrer gleichjährigen Zeitgenossen verleitet worden. Nunmehr aber ist nichts billiger als daß wir ihre natürliche Gestalt, ihr eigentliches Wesen geschätzt und geehrt vorführen, wie solches eben damals in unmittelbarer Gegenwart von dem durchdringenden Lavater geschehen, deshalb wir denn, weil die schweren und teuren Bände des großen physiognomischen Werkes nur wenigen unsrer Leser gleich zur Hand sein möchten, die merkwürdigen Stellen welche sich auf beide beziehen, aus dem zweiten Teile gedachten Werkes, und dessen dreißigstem Fragmente, Seite 244 hier einzurücken kein Bedenken tragen.

»Die Jünglinge, deren Bilder und Silhouetten wir hier vor uns haben, sind die ersten Menschen die mir zur physiognomischen Beschreibung saßen und standen, wie, wer sich malen läßt, dem Maler sitzt.«

»Ich kannte sie sonst, die edeln – und ich machte den ersten Versuch, nach der Natur und mit aller sonstigen Kenntnis, ihren Charakter zu beobachten und zu beschreiben. –

Hier ist die Beschreibung des ganzen Menschen – erstlich des jüngeren.

Siehe den blühenden Jüngling von 25 Jahren! das leichtschwebende, schwimmende, elastische Geschöpfe! es liegt nicht; es steht nicht; es stemmt sich nicht; es fliegt nicht; es schwebt oder schwimmt. Zu lebendig, um zu ruhen; zu lokker, um festzustehen; zu schwer und zu weich, um zu fliegen.

Ein schwebendes also, das die Erde nicht berührt! In seinem ganzen Umrisse keine völlig schlaffe Linie, aber auch keine gerade, keine gespannte, keine fest gewölbte, hart gebogene; – kein eckigter Einschnitt; kein felsiges Vorgebürge der Stirn; keine Härte, keine Steifigkeit; keine zürnende Rohigkeit; keine drohende Obermacht; kein eiserner Mut – elastisch reizbarer wohl, aber kein eiserner; kein fester, forschender Tiefsinn; keine langsame Überlegung, oder kluge Bedächtlichkeit; nirgends der Raisonneur mit der festgehaltenen Waagschale in der einen, dem Schwerte in der andern Hand, und doch auch nicht die mindeste Steifheit im Blicke und Urteile! und doch die völligste Geradheit des Verstandes, oder vielmehr der unbefleckteste Wahrheitssinn! Immer der innige Empfinder, nie der tiefe Ausdenker; nie der Erfinder, nie der prüfende Entwickler der so schnellerblickten, schnellerkannten, schnellgeliebten, schnellergriffenen Wahrheit. ... Ewiger Schweber; Seher; Idealisierer; Verschönerer. Gestalter aller seiner Ideen! Immer halbtrunkener Dichter, der sieht, was er sehen will; – nicht der trübsinnig schmachtende – nicht der hartzermalmende; – aber der hohe, edle, gewaltige! der mit gemäßigtem ›Sonnendurst‹ in den Regionen der Luft hin- und herwallt, über sich strebt, und wieder – nicht zur Erde sinkt! zur Erde sich stürzt, in des ›Felsenstromes‹ Fluten sich taucht und sich wiegt ›im Donner der hallenden Felsen umher‹ – Sein Blick nicht Flammenblick des Adlers! Seine Stirn und Nase nicht Mut des Löwen! seine Brust – nicht Festigkeit des Streit wiehernden Pferdes! Im Ganzen aber viel von der schwebenden Gelenksamkeit des Elefanten. ...

Die Aufgezogenheit seiner vorragenden Oberlippe gegen die unbeschnittene, uneckige, vorhängende Nase zeigt, bei dieser Beschlossenheit des Mundes, viel Geschmack und feine Empfindsamkeit; der untere Teil des Gesichtes viel

Sinnlichkeit, Trägheit, Achtlosigkeit. Der ganze Umriß des Halbgesichtes Offenheit, Redlichkeit, Menschlichkeit, aber zugleich leichte Verführbarkeit und einen hohen Grad von gutherziger Unbedachtsamkeit, die niemanden als ihm selber schadet. Die Mittellinie des Mundes ist in seiner Ruhe eines geraden, planlosen, weichgeschaffenen, guten; in seiner Bewegung eines zärtlichen, feinfühlenden, äußerst reizbaren, gütigen, edeln Menschen. Im Bogen der Augenlider und im Glanze der Augen sitzt nicht Homer, aber der tiefste, innigste, schnelleste Empfinder, Ergreifer Homers; nicht der epische, aber der Odendichter; Genie, das quillt, umschafft, veredelt, bildet, schwebt, alles in Heldengestalt zaubert, alles vergöttlicht – Die halbsichtbaren Augenlider, von einem solchen Bogen, sind immer mehr feinfühlender Dichter, als nach Plan schaffender, als langsam arbeitender Künstler; mehr der verliebten, als der strengen. – Das ganze Angesicht des Jünglings ist viel einnehmender und anziehender, als das um etwas zu lockere, zu gedehnte Halbgesicht; das Vordergesicht zeigt bei der geringsten Bewegung von empfindsamer, sorgfältiger, erfindender, ungelernter, innerer Güte, und sanft zitternder, Unrecht verabscheuender, Freiheit-dürstender Lebendigkeit. Es kann nicht den geringsten Eindruck von den vielen verbergen, die es auf einmal, die es unaufhörlich empfängt – Jeder Gegenstand, der ein nahes Verhältnis zu ihm hat, treibt das Geblüt in die Wangen und Nase; die jungfräulichste Schamhaftigkeit in dem Punkte der Ehre, verbreitet sich mit der Schnelle des Blitzes über die zart bewegliche Haut. –

Die Gesichtsfarbe, sie ist nicht die blasse des alles erschaffenden und alles verzehrenden Genius; nicht die wildglühende des verachtenden Zertreters; nicht die milchweiße des blöden, nicht die gelbe des harten, und zähen; nicht die bräunliche des langsam fleißigen Arbeiters; aber die weißrötlichte, violette, so sprechend und so untereinander wallend, so glücklich gemischt, wie die Stärke und Schwäche des ganzen Charakters. – Die Seele des Ganzen und eines jeden besonderen Zuges ist Freiheit, ist elastische Betriebsamkeit, die leicht fortstößt und zurückgestoßen wird. Großmut und aufrichtige Heiterkeit leuchten aus dem ganzen Vordergesichte und der Stellung des Kopfes. – Unverderblichkeit der Empfindung, Feinheit des Geschmacks, Reinheit des Geistes, Güte und Adel der Seele, betriebsame Kraft, Gefühl von Kraft und Schwäche, scheinen so allzudurchdringend im ganzen Gesichte durch, daß das sonst mutige Selbstgefühl sich dadurch in edle Bescheidenheit auflöst, und der natürliche Stolz und die Jünglingseitelkeit sich ohne Zwang und Kunst in diesem herrlich spielenden All liebenswürdig verdämmert. – Das weißliche Haar, die Länge und Unbehaglichkeit der Gestalt, die sanfte Leichtigkeit des Auftritts, das Hin- und Herschweben des Ganges, die Fläche der Brust, die weiße faltenlose Stirn, und noch verschiedene andere Ausdrücke verbreiten über den ganzen Menschen eine gewisse Weiblichkeit, wodurch die innere Schnellkraft gemäßigt, und dem Herzen jede vorsätzliche Beleidigung und Niederträchtigkeit ewig unmöglich gemacht, zugleich aber auch offenbar wird, daß der mut- und feuervolle Poet, mit allem seinem unaffektierten Durste nach Freiheit und Befreiung, nicht bestimmt ist, für sich allein ein fester, Plan durchsetzender, ausharrender Geschäftsmann, oder in der blutigen Schlacht unsterblich zu werden. Und nun erst am Ende merk' ich, daß ich von dem Auffallendsten noch nichts gesagt; nichts von der edlen, von aller Affektation reinen Simplizität! Nichts von der Kindheit des Herzens! Nichts von dem gänzlichen Nichtgefühle seines äußerlichen Adels! Nichts von der unaussprechlichen Bonhomie, mit welcher er Warnung und Tadel, sogar Vorwürfe und Unrecht, annimmt und duldet. –«

»Doch, wer will ein Ende finden, von einem guten Menschen, in dem so viel reine Menschheit ist, alles zu sagen, was an ihm wahrgenommen oder empfunden wird! …

Der Bruder des vorigen.

Was ich von dem jüngern Bruder gesagt – wie viel davon kann auch von diesem gesagt werden! Das Vornehmste, das ich anmerken kann, ist dies: Diese Figur und dieser Charakter sind mehr gepackt und weniger gedehnt, als die vorige. Dort alles länger und flächer; hier alles kürzer, breiter, gewölbter, gebogener; dort alles lockerer, hier beschnittener. So die Stirn; so die Nase; so die Brust; zusammengedrängter, lebendiger, weniger verbreitete, mehr zielende Kraft und Lebendigkeit! Sonst dieselbe Liebenswürdigkeit und Bonhomie! Nicht die auffallende Offenheit; mehr Verschlagenheit, aber im Grunde, oder vielmehr in der Tat, eben dieselbe Ehrlichkeit. Derselbe unbezwingbare Abscheu gegen Unrecht und Bosheit; dieselbe Unversöhnlichkeit mit allem, was Ränk' und Tücke heißt; dieselbe Unerbittlichkeit gegen Tyrannei und Despotisme; dasselbe reine, unbestechliche Gefühl für alles Edle, Gute, Große; dasselbe Bedürfnis der Freundschaft und Freiheit; dieselbe Empfindsamkeit und edle Ruhmbegierde; dieselbe Allgemeinheit des Herzens für alle gute, weise, einfältige, kraftvolle, berühmte oder unberühmte, gekannte oder mißkannte Menschen; – und – dieselbe leichtsinnige Unbedachtsamkeit. Nein! nicht gerade dieselbe. Das Gesicht ist beschnittener, angezogener, fester; hat mehr innere, sich leicht entwickelnde Geschicklichkeit zu Geschäften und praktischen Beratschlagungen; mehr durchsetzenden Mut, der sich besonders in den stark vordringenden, stumpf abgerundeten Knochen der Augen zeigt. Nicht das aufquillende, reiche, reine, hohe Dichtergefühl; nicht die schnelle Leichtigkeit der produktiven Kraft des andern. Aber dennoch, wiewohl in tiefern Regionen, lebendig, richtig, innig. Nicht das luftige, in morgenrötlichem Himmel dahinschwebende, Gestalten bildende Lichtgenie – Mehr innere Kraft, vielleicht, weniger Ausdruck! mehr gewaltig und furchtbar – weniger prächtig und rund; obgleich seinem Pinsel weder Färbung noch Zauber fehlt. – Mehr Witz und rasende Laune; drolligter Satyr; Stirn, Nase, Blick – alles so herab, so vorhängend; recht entscheidend für originellen, allbelebenden Witz, der nicht von außen her einsammelt, sondern von innen heraus wirft. Überhaupt ist alles an diesem Charakter vordringender, eckiger, angreifender, stürmender! – Nirgends Plattheit, nirgends Erschlaffung, ausgenommen im zusinkenden Auge, wo Wollust, wie in Stirn und Nase – hervorspringt. Sonst selbst in dieser Stirne, dieser Gedrängtheit von allem – diesem Blicke sogar – untrügbarer Ausdruck von ungelernter Größe; Stärke; Drang der Menschheit; Ständigkeit; Einfachheit; Bestimmtheit! –«

Nachdem ich sodann in Darmstadt Merken seinen Triumph gönnen müssen, daß er die baldige Trennung von der fröhlichen Gesellschaft vorausgesagt hatte, fand ich mich wieder in Frankfurt, wohl empfangen von jedermann, auch von meinem Vater, ob dieser gleich seine Mißbilligung, daß ich nicht nach Airolo hinabgestiegen, ihm meine Ankunft in Mayland gemeldet habe, zwar nicht ausdrücklich aber stillschweigend merken ließ; besonders auch keine Teilnahme an jenen wilden Felsen Nebelseen und Drachennestern im mindesten beweisen konnte. Nicht im Gegensatz aber gelegentlich ließ er doch merken was denn eigentlich an allen dem zu haben sei; wer Neapel nicht gesehn, habe nicht gelebt.

Ich vermied nicht und konnte nicht vermeiden Lili zu sehen, es war ein schonender zarter Zustand zwischen uns beiden. Ich war unterrichtet man habe sie in meiner Abwesenheit völlig überzeugt sie müsse sich von mir trennen, und dieses sei um so notwendiger, ja tunlicher, weil ich durch meine Reise und eine ganz willkürliche Abwesenheit mich genugsam selbst erklärt habe. Dieselben Lokalitäten jedoch in Stadt und auf dem Land, dieselben Personen, mit allem Bisherigen vertraut, ließen denn doch kaum die beiden noch immer Liebenden, obgleich auf eine wundersame Weise auseinandergezogen, ohne Berührung. Es war ein verwünschter Zustand, der sich in einem gewissen Sinne dem Hades, dem Zusammensein jener glücklich unglücklichen Abgeschiedenen, verglich.

Es waren Augenblicke wo die vergangenen Tage sich wieder herzustellen schienen, aber gleich, wie wetterleuchtende Gespenster verschwanden.

Wohlwollende hatten mir vertraut, Lili habe geäußert, indem alle die Hindernisse unsrer Verbindung ihr vorgetragen worden: sie unternehme wohl aus Neigung zu mir alle dermaligen Zustände und Verhältnisse aufzugeben und mit nach Amerika zu gehen. Amerika war damals vielleicht noch mehr als jetzt das Eldorado derjenigen die in ihrer augenblicklichen Lage sich bedrängt fanden.

Aber eben das was meine Hoffnungen hätte beleben sollen, drückte sie nieder. Mein schönes väterliches Haus, nur wenig hundert Schritte von dem ihrigen, war doch immer ein leidlicher zu gewinnender Zustand als die über das Meer entfernte ungewisse Umgebung; aber ich leugne nicht in ihrer Gegenwart traten alle Hoffnungen alle Wünsche wieder hervor und neue Unsicherheiten bewegten sich in mir.

Freilich sehr verbietend und bestimmt waren die Gebote meiner Schwester; sie hatte mir mit allem verständigem Gefühl dessen sie fähig war die Lage nicht nur ins Klare gesetzt, sondern ihre wahrhaft schmerzlich mächtigen Briefe verfolgten immer mit kräftiger Ausführung den selbigen Text. »Gut«, sagte sie, »wenn ihr's nicht vermeiden könntet, so müßtet ihr's ertragen; dergleichen muß man dulden aber nicht wählen.« Einige Monate gingen hin in dieser unseligsten aller Lagen; alle Umgebungen hatten sich gegen diese Verbindung gestimmt; in Ihr allein glaubt' ich wußt' ich, lag eine Kraft die das alles überwältigt hätte.

Beide Liebende, sich ihres Zustandes bewußt, vermieden sich allein zu begegnen; aber herkömmlicher Weise konnte man nicht umgehen sich in Gesellschaft zu finden. Da war mir denn die stärkste Prüfung auferlegt, wie eine edel fühlende Seele einstimmen wird, wenn ich mich näher erkläre. Gestehen wir im Allgemeinen, daß bei einer neuen Bekanntschaft, einer neu sich anknüpfenden Neigung über das Vorhergehende der Liebende gern einen Schleier zieht; die Neigung kümmert sich um keine Antezedenzien, und wie sie blitzschnell genialisch hervortritt, so mag sie weder von Vergangenheit noch Zukunft wissen. Zwar hatte sich meine nähere Vertraulichkeit zu Lili gerade dadurch eingeleitet daß sie mir von ihrer frühern Jugend erzählte: wie sie von Kind auf durchaus manche Neigung und Anhänglichkeit, besonders auch in Fremden ihr lebhaftes Haus Besuchenden, erregt und sich daran ergötzt habe, obgleich ohne weitere Folge und Verknüpfung.

Wahrhaft Liebende betrachten alles was sie bisher empfunden nur als Vorbereitung zu ihrem gegenwärtigen Glück, nur als Base worauf sich erst ihr Lebensgebäude erheben soll. Vergangene Neigungen erscheinen wie Nachtgespenster die sich vor dem anbrechenden Tage wegschleichen. Aber was ereignete sich! Die Messe kam heran, und so erschien der Schwarm jener Gespenster in ihrer Wirklichkeit; alle Handelsfreunde des bedeutenden Hauses kamen nach und nach heran, und es offenbarte sich schnell daß keiner einen gewissen Anteil an der liebenswürdigen Tochter völlig aufgeben wollte noch konnte. Die Jüngeren, ohne zudringlich zu sein, erschienen doch als Wohlbekannte, die Mittleren mit einem gewissen verbindlichen Anstand, wie solche die sich beliebt machen und allenfalls mit höheren Ansprüchen hervortreten möchten. Es waren schöne Männer darunter, mit dem Behagen eines gründlichen Wohlstandes.

Nun aber die alten Herren waren ganz unerträglich mit ihren Onkelsmanieren, die ihre Hände nicht im Zaum hielten und bei widerwärtigem Tätscheln sogar einen Kuß verlangten, welchem die Wange nicht versagt wurde; Ihr war so natürlich dem allen anständig zu genügen. Allein auch die Gespräche erregten manches bedenkliche Erinnern; von jenen Lustfahrten wurde gesprochen zu Wasser und zu Lande, von mancherlei Fährlichkeiten mit heiterem Ausgang, von Bällen und Abendpromenaden, von Verspottung lächerlicher Werber und was nur eifersüchtigen Ärger in dem Herzen des trostlos Liebenden aufregen konnte, der gleichsam das Fazit so vieler Jahre auf eine Zeit lang an sich gerissen hatte. Aber unter diesem Zudrang, in dieser Bewegung versäumte sie den Freund nicht, und wenn sie sich zu ihm wendete, so wußte sie mit wenigem das Zarteste zu äußern was der gegenseitigen Lage völlig geeignet schien.

Doch! Wenden wir uns von dieser noch in der Erinnerung beinahe unerträglichen Qual zur Poesie, wodurch einige geistreich herzliche Linderung in den Zustand eingeleitet wurde.

»Lilis Park« mag ohngefähr in diese Epoche gehören; ich füge das Gedicht hier nicht ein, weil es jenen zarten empfindlichen Zustand nicht ausdrückt sondern nur, mit genialer Heftigkeit, das Widerwärtige zu erhöhen und durch komisch ärgerliche Bilder das Entsagen in Verzweiflung umzuwandeln trachtet.

Nachstehendes Lied druckt eher die Anmut jenes Unglücks aus, und sei deshalb hier eingeschaltet:

Ihr verblühet süße Rosen,
Meine Liebe trug euch nicht;
Blühet, ach, dem Hoffnungslosen,
Dem der Gram die Seele bricht!

Jener Tage denk' ich trauernd,
Als ich, Engel, an dir hing,
Auf das erste Knöspchen lauernd
Früh zu meinem Garten ging.

Alle Blüten, alle Früchte
Noch zu deinen Füßen trug,
Und vor deinem Angesichte
Hoffnung in dem Herzen schlug.

Ihr verblühet süße Rosen,
Meine Liebe trug euch nicht;
Blühtet, ach, dem Hoffnungslosen,
Dem der Gram die Seele bricht!

Die Oper, »Erwin und Elmire«, war aus Goldsmiths liebenswürdiger, im »Landprediger von Wakefield« eingefügten Romanze entstanden, die uns in den besten Zeiten vergnügt hatte, wo wir nicht ahneten daß uns etwas Ähnliches bevorstehe.

Schon früher hab' ich einige poetische Erzeugnisse jener Epoche eingeschaltet und wünschte nur es hätten sich alle zusammen erhalten. Eine fortwährende Aufregung in glücklicher Liebeszeit, gesteigert, durch eintretende Sorge, gab Anlaß zu Liedern die durchaus nichts Überspanntes sondern immer das Gefühl des Augenblicks aussprachen. Von geselligen Festliedern bis zur kleinsten Geschenksgabe alles war lebendig, mitgefühlt von einer gebildeten Gesellschaft; erst froh, dann schmerzlich, und zuletzt kein Gipfel des Glücks, kein Abgrund des Wehes dem nicht ein Laut wäre gewidmet gewesen.

Alle diese innern und äußern Ereignisse, insofern sie meinen Vater hätten unangenehm berühren können, welcher jene erste ihm anmutig zusagende Schwiegertochter, immer weniger hoffen konnte in sein Haus eingeführt zu sehen; wußte meine Mutter auf das klügste und tätigste abzuwenden. Diese Staatsdame aber, wie er sie im Vertrauen gegen seine Gattin zu nennen pflegte, wollte ihn keineswegs anmuten.

Indessen ließ er dem Handel seinen Gang und setzte seine kleine Kanzlei recht emsig fort. Der junge Rechtsfreund, so wie der gewandte Schreiber gewannen unter seiner Firma immer mehr Ausdehnung des Bodens. Da nun, wie bekannt, der Abwesende nicht vermißt wird, so gönnten sie mir meine Pfade und suchten sich immer mehr auf einem Boden festzusetzen auf dem ich nicht gedeihen sollte.

Glücklicher Weise trafen sie mit des Vaters Gesinnungen und Wünschen zusammen. Er hatte einen so großen Begriff von meinem dichterischen Talent, so viel eigene Freude an der Gunst die meine ersten Arbeiten erworben hatten, daß er mich oft unterhielt über Neues und fernerhin Vorzunehmendes. Hingegen von diesen geselligen Scherzen, leidenschaftlichen Dichtungen, durft' ich ihn nichts merken lassen.

Nachdem ich im »Götz von Berlichingen« das Symbol einer bedeutenden Weltepoche nach meiner Art abgespiegelt hatte, sah ich mich nach einem ähnlichen Wendepunkt der Staatengeschichte sorgfältig um. Der Aufstand der Niederlande gewann meine Aufmerksamkeit; im »Götz« war es ein tüchtiger Mann der untergeht, in dem Wahn: zu Zeiten der Anarchie sei der wohlwollende Kräftige von einiger Bedeutung. In »Egmont« waren es festgegründete Zustände die sich vor strenger gutberechneter Despotie nicht halten können. Meinen Vater hatte ich davon auf das lebhafteste unterhalten, was zu tun sei; was ich tun wolle, daß ihm dies so unüberwindliches Verlangen gab, dieses in meinem Kopf schon fertige Stück auf dem Papiere, es gedruckt, es bewundert zu sehen.

Hatt' ich in den frühern Zeiten, da ich noch hoffte Lili mir zuzueignen, meine ganze Tätigkeit auf Einsicht und Ausübung bürgerlicher Geschäfte gewendet, so traf es gerade jetzt, daß ich die fürchterliche Lücke die mich von ihr trennte durch Geistreiches und Seelenvolles auszufüllen hatte. Ich fing also wirklich »Egmont« zu schreiben an, und zwar nicht wie den ersten »Götz von Berlichingen« in Reih und Folge, sondern ich griff nach der ersten Einleitung gleich die Hauptszenen an, ohne mich um die allenfallsigen Verbindungen zu bekümmern. Damit gelangte ich weit, indem ich bei meiner läßlichen Art zu arbeiten von meinem Vater, es ist nicht übertrieben, Tag und Nacht angespornt wurde, da er das so leicht Entstehende auch leicht vollendet zu sehen glaubte.

Zwanzigstes Buch

In diesen Tagen leidenschaftlicher Unruhe und innerlicher Entzweiung half mir die Gegenwart eines wackern Künstlers über manche böse Stunden hinweg, und ich verdankte hier, wie schon so oft, einem unsichern Streben nach praktischer Ausbildung einen heimlichen Frieden der Seele, in Tagen wo er sonst nicht wäre zu hoffen gewesen.

Johann Melchior Krause, in Frankfurt geboren, in Paris gebildet, kam eben von einer kleinen Reise ins nördliche Deutschland zurück, er suchte mich auf und ich fühlte sogleich Trieb und Bedürfnis mich ihm anzuschließen. Er war ein heiterer Lebemann, dessen leichtes erfreuliches Talent in Paris die rechte Schule gefunden hatte.

Für den Deutschen gab es zu jener Zeit daselbst ein angenehmes Unterkommen; Philipp Hackert lebte dort in gutem Ansehen und Wohlstand; das treue deutsche Verfahren womit er Landschaften nach der Natur, zeichnend in Gouache und Ölfarbe glücklich ausführte, war als Gegensatz einer praktischen Manier, der sich die Franzosen hingegeben hatten, sehr willkommen. Wille, hochgeehrt als Kupferstecher, gab dem Deutschen Verdienste Grund und Boden; Grimm, schon einflußreich, nützte seinen Landsleuten nicht wenig. Angenehme Fußreisen, um unmittelbar nach der Natur zu zeichnen, wurden unternommen und so manches Gute geleistet und vorbereitet.

Boucher und Watteau, zwei wahrhaft geborene Künstler, deren Werke, wenn schon verflatternd im Geist und Sinn der Zeit, doch immer noch höchst respektabel gefunden werden, waren der neuen Erscheinung geneigt, und selbst, obgleich nur zu Scherz und Versuch, tätig eingreifend. Greuze, im Familienkreise still für sich hinlebend, dergleichen bürgerliche Szenen gerne darstellend, von seinen eigenen Werken entzückt, erfreute sich eines ehrenhaften leichten Pinsels.

Alles dergleichen konnte unser Kraus in sein Talent gar

wohl aufnehmen; er bildete sich an der Gesellschaft zur Gesellschaft und wußte gar zierlich häusliche freundschaftliche Vereine porträtmäßig darzustellen; nicht weniger glückten ihm landschaftliche Zeichnungen, die sich durch reinliche Umrisse, massenhafte Tusche, angenehmes Kolorit dem Auge freundlich empfahlen; dem innern Sinn genügte eine gewisse naive Wahrheit und besonders dem Kunstfreund sein Geschick: alles was er selbst nach der Natur zeichnete sogleich zum Tableau einzuleiten und einzurichten.

Er selbst war der angenehmste Gesellschafter: gleichmütige Heiterkeit begleitete ihn durchaus; dienstfertig ohne Demut, gehalten ohne Stolz, fand er sich überall zu Hause, überall beliebt, der tätigste und zugleich der bequemste aller Sterblichen. Mit solchem Talent und Charakter begabt empfahl er sich gar bald in höhern Kreisen und war besonders in dem freiherrlichen von Steinischen Schlosse zu Nassau an der Lahn wohl aufgenommen, eine talentvolle höchst liebenswürdige Tochter in ihrem künstlerischen Bestreben unterstützend und zugleich die Geselligkeit auf mancherlei Weise belebend.

Nach Verheiratung dieser vorzüglichen jungen Dame an den Grafen von Werther nahm das neue Ehepaar den Künstler mit auf ihre bedeutenden Güter in Thüringen und so gelangte er auch nach Weimar; hier ward er bekannt, anerkannt und von dem dasigen hochgebildeten Kreise sein Bleiben gewünscht.

Wie er nun überall zutätig war, so förderte er bei seiner nunmehrigen Rückkehr nach Frankfurt meine bisher nur sammelnde Kunstliebe zu praktischer Übung. Dem Dilettanten ist die Nähe des Künstlers unerläßlich denn er sieht in diesem das Komplement seines eigenen Daseins, die Wünsche des Liebhabers erfüllen sich im Artisten.

Durch eine gewisse Natur-Anlage und Übung gelang mir wohl ein Umriß; auch gestaltete sich leicht zum Bilde was ich in der Natur vor mir sah; allein es fehlte mir die eigentliche plastische Kraft, das tüchtige Bestreben dem Umriß Körper zu verleihen, durch wohlabgestuftes Hell und Dunkel. Meine Nachbildungen waren mehr ferne Ahnungen irgend einer Gestalt, und meine Figuren glichen den leichten Luftwesen in Dantes Purgatorio, die keine Schatten werfend vor dem Schatten wirklicher Körper sich entsetzen.

Durch Lavaters physiognomische Hetzerei, – denn so darf man die ungestüme Anregung wohl nennen, womit er alle Menschen, nicht allein zur Kontemplation der Physiognomien, sondern auch zur künstlerischen oder pfuscherhaften praktischen Nachbildung der Gesichtsformen zu nötigen bemüht war – hatte ich mir eine Übung verschafft die Porträte von Freunden auf grau Papier mit schwarzer und weißer Kreide darzustellen. Die Ähnlichkeit war nicht zu verkennen aber es bedurfte die Hand meines künstlerischen Freundes um sie aus dem düstern Grunde hervortreten zu machen.

Beim Durchblättern und Durchschauen der reichlichen Portefeuilles, welche der gute Kraus von seinen Reisen mitgebracht hatte, war die liebste Unterhaltung, wenn er landschaftliche oder persönliche Darstellungen vorlegte, der weimarische Kreis und dessen Umgebung. Auch ich verweilte sehr gerne dabei, weil es dem Jüngling schmeicheln mußte so viele Bilder nur als Text zu betrachten von einer umständlichen wiederholten Ausführung daß man mich dort zu sehen wünsche. Gar anmutig wußte er seine Grüße, seine Einladungen durch nachgebildete Persönlichkeit zu beleben. Ein wohlgelungenes Ölbild stellte den Kapellmeister Wolf am Flügel und seine Frau hinter ihm zum Singen sich bereitend vor, der Künstler selbst wußte zugleich gar dringend auszulegen wie freundlich dieses werte Paar mich empfangen würde. Unter seinen Zeichnungen fanden sich mehrere, bezüglich auf die Wald- und Berggegend um Bürgel. Ein wackerer Forstmann hatte daselbst, vielleicht mehr seinen anmutigen Töchtern als sich selbst zu Liebe, rauhgestaltete Felspartien, Gebüsch und Waldstrecken, durch Brücken, Geländer und sanfte Pfade gesellig wandelbar gemacht; man sah die Frauenzimmer in weißen Kleidern auf anmutigen Wegen, nicht ohne

Begleitung. An dem einen jungen Manne sollte man Bertuch erkennen, dessen ernste Absichten auf die Älteste nicht geleugnet wurden und Kraus nahm nicht übel wenn man einen zweiten jungen Mann auf ihn und seine aufkeimende Neigung für die Schwester zu beziehen wagte.

Bertuch als Zögling Wielands hatte sich in Kenntnissen und Tätigkeit dergestalt hervorgetan, daß er als Geheimsekretär des Herzogs schon angestellt das Allerbeste für die Zukunft erwarten ließ. Von Wielands Rechtlichkeit, Heiterkeit, Gutmütigkeit war durchaus die Rede; auf seine schönen literarischen und poetischen Vorsätze ward schon ausführlich hingedeutet und die Wirkung des »Merkur« durch Deutschland besprochen; gar manche Namen in literarischer staatsgeschäftlicher und geselliger Hinsicht hervorgehoben und in solchem Sinne Musäus, Kirms, Berendis und Ludecus genannt. Von Frauen war Wolfs Gattin und eine Witwe Kotzebue, mit einer liebenswürdigen Tochter und einem heitern Knaben, nebst manchen andern rühmlich und charakteristisch bezeichnet. Alles deutete auf ein frisch tätiges literarisches und Künstlerleben.

Und so schilderte sich nach und nach das Element worauf der junge Herzog nach seiner Rückkehr wirken sollte; einen solchen Zustand hatte die Frau Ober-Vormünderin vorbereitet; was aber die Ausführung wichtiger Geschäfte betraf, war, wie es unter solchen provisorischen Verwaltungen Pflicht ist, der Überzeugung, der Tatkraft des künftigen Regenten überlassen. Die durch den Schloßbrand gewirkten greulichen Ruinen betrachtete man schon als Anlaß zu neuen Tätigkeiten. Das in Stocken geratene Bergwerk zu Ilmenau dem man durch kostspielige Unterhaltung des tiefen Stollens eine mögliche Wiederaufnahme zu sichern gewußt, die Akademie Jena, die hinter dem Zeitsinn einigermaßen zurückgeblieben und mit dem Verlust gerade sehr tüchtiger Lehrer bedroht war, wie so vieles andere regte einen edlen Gemeinsinn auf. Man blickte nach Persönlichkeiten umher, die in dem aufstrebenden Deutschland so mannigfaches Gute zu fördern berufen sein könnten, und so zeigte sich durchaus eine frische Aussicht wie eine kräftige und lebhafte Jugend sie nur wünschen konnte. Und schien es traurig zu sein, eine junge Fürstin ohne die Würde eines schicklichen Gebäudes in eine sehr mäßige zu ganz andern Zwecken erbaute Wohnung einzuladen, so gaben die schön gelegenen wohleingerichteten Landhäuser, Ettersburg, Belvedere und andere vorteilhafte Lustsitze Genuß des Gegenwärtigen und Hoffnung auch in diesem damals zur Notwendigkeit gewordenen Naturleben sich produktiv und angenehm tätig zu erweisen.

Man hat im Verlaufe dieses biographischen Vortrags umständlich gesehn, wie das Kind, der Knabe, der Jüngling sich auf verschiedenen Wegen dem Übersinnlichen zu nähern gesucht, erst mit Neigung nach einer natürlichen Religion hingeblickt, dann mit Liebe sich an eine positive festgeschlossen, ferner durch Zusammenziehung in sich selbst seine eignen Kräfte versucht und sich endlich dem allgemeinen Glauben freudig hingegeben. Als er in den Zwischenräumen dieser Regionen hin und wider wanderte, suchte, sich umsah, begegnete ihm manches was zu keiner von allen gehören mochte, und er glaubte mehr und mehr einzusehn, daß es besser sei den Gedanken von dem Ungeheuren, Unfaßlichen abzuwenden. Er glaubte in der Natur, der belebten und unbelebten, der beseelten und unbeseelten etwas zu entdekken, das sich nur in Widersprüchen manifestierte und deshalb unter keinen Begriff noch viel weniger unter ein Wort gefaßt werden könnte. Es war nicht göttlich, denn es schien unvernünftig, nicht menschlich, denn es hatte keinen Verstand, nicht teuflisch, denn es war wohltätig, nicht englisch, denn es ließ oft Schadenfreude merken. Es glich dem Zufall, denn es bewies keine Folge, es ähnelte der Vorsehung, denn es deutete auf Zusammenhang. Alles was uns begrenzt schien für dasselbe durchdringbar, es schien mit den notwendigen Elementen unsres Daseins willkürlich zu schalten, es zog die Zeit zusammen und dehnte den Raum aus. Nur im Unmöglichen schien es sich zu gefallen und das Mögliche mit Verachtung von sich zu stoßen. Dieses Wesen, das zwischen alle übrigen hineinzutreten, sie zu sondern, sie zu verbinden schien, nannte ich dämonisch nach dem Beispiel der Alten und derer die etwas Ähnliches gewahrt hatten. Ich suchte mich vor diesem furchtbaren Wesen zu retten, indem ich mich, nach meiner Gewohnheit, hinter ein Bild flüchtete.

Unter die einzelnen Teile der Weltgeschichte die ich sorgfältiger studierte, gehörten auch die Ereignisse welche die nachher vereinigten Niederlande so berühmt gemacht. Ich erforschte die Quellen fleißig und suchte mich möglichst unmittelbar zu unterrichten und mir alles lebendig zu vergegenwärtigen. Höchst dramatisch erschienen mir die Situationen, und als Hauptfigur, um welche sich die übrigen am glücklichsten versammeln ließen, fiel mir Graf Egmont auf, dessen menschlich ritterliche Größe mir am meisten behagte. Allein zu meinem Gebrauche mußte ich ihn in einen solchen Charakter umwandeln, der solche Eigenschaften besaß, die einen Jüngling besser zieren als einen Mann in Jahren, einen Unbeweibten besser als einen Hausvater, einen Unabhängigen mehr als einen, der, noch so frei gesinnt, durch mancherlei Verhältnisse begrenzt ist. Als ich ihn nun so in meinen Gedanken verjüngt und von allen Bedingungen losgebunden hatte, gab ich ihm die ungemeßne Lebenslust, das grenzenlose Zutrauen zu sich selbst, die Gabe alle Menschen an sich zu ziehn (attrativa) und so die Gunst des Volks, die stille Neigung einer Fürstin, die ausgesprochene eines Naturmädchens, die Teilnahme eines Staatsklugen zu gewinnen; ja selbst den Sohn seines größten Widersachers für sich einzunehmen.

Die persönliche Tapferkeit, die den Helden auszeichnet, ist die Base auf der sein ganzes Wesen ruht, der Grund und Boden aus dem es hervorsproßt. Er kennt keine Gefahr, und verblendet sich über die größte die sich ihm nähert. Durch Feinde die uns umzingeln schlagen wir uns allenfalls durch; die Netze der Staatsklugheit sind schwerer zu durchbrechen. Das Dämonische was von beiden Seiten im Spiel ist, in welchem Konflikt das Liebenswürdige untergeht und das Gehaßte triumphiert, sodann die Aussicht, daß hieraus ein Drittes hervorgehe das dem Wunsch aller Menschen entsprechen werde. Dieses ist es wohl, was dem Stücke, freilich nicht gleich bei seiner Erscheinung, aber doch später und zur rechten Zeit die Gunst verschafft hat, deren es noch jetzt genießt. Und so will ich denn auch hier, um mancher geliebten Leser willen, mir selbst vorgreifen und weil ich nicht weiß, ob ich so bald wieder zur Rede gelange, etwas aussprechen, wovon ich mich erst viel später überzeugte. Obgleich jenes Dämonische sich in allem Körperlichen und Unkörperlichen manifestieren kann, ja bei den Tieren sich aufs merkwürdigste ausspricht; so steht es vorzüglich mit dem Menschen im wunderbarsten Zusammenhang und bildet eine der moralischen Weltordnung wo nicht entgegengesetzte, doch sie durchkreuzende Macht, so daß man die eine für den Zettel, die andere für den Einschlag könnte gelten lassen. Für die Phänomene welche hiedurch hervorgebracht werden, gibt es unzählige Namen: denn alle Philosophieen und Religionen haben prosaisch und poetisch dieses Rätsel zu lösen und die Sache schließlich abzutun gesucht, welches ihnen noch fernerhin unbenommen bleibe. Am furchtbarsten aber erscheint dieses Dämonische, wenn es in irgend einem Menschen überwiegend hervortritt. Während meines Lebensganges habe ich mehrere teils in der Nähe, teils in der Ferne beobachten können. Es sind nicht immer die vorzüglichsten Menschen, weder an Geist noch an Talenten, selten durch Herzensgüte sich empfehlend; aber eine ungeheure Kraft geht von ihnen aus, und sie üben eine unglaubliche Gewalt über alle Geschöpfe, ja sogar über die Elemente, und wer kann sagen wie weit sich eine solche Wirkung erstrecken wird? Alle vereinten sittlichen Kräfte vermögen nichts gegen sie; vergebens, daß der hellere Teil der Menschen sie als Betrogene oder als Betrüger verdächtig machen will, die Masse wird von ihnen angezogen. Selten oder nie finden sich Gleichzeitige ihresgleichen, und sie sind durch nichts zu überwinden als durch das Universum selbst, mit dem sie den Kampf begonnen; und aus solchen Bemerkungen mag wohl jener sonderbare aber ungeheure Spruch entstanden sein, nemo contra deum nisi deus ipse.

Von diesen höheren Betrachtungen, kehre ich wieder in mein kleines Leben zurück, dem aber doch auch seltsame Ereignisse, wenigstens mit einem dämonischen Schein bekleidet, bevorstanden. Ich war von dem Gipfel des Gotthardt, Italien den Rücken wendend nach Hause gekehrt, weil ich Lili nicht entbehren konnte. Eine Neigung, die auf die Hoffnung eines wechselseitigen Besitzes, eines dauernden Zusammenlebens gegründet ist, stirbt nicht auf einmal ab, ja sie nährt sich an der Betrachtung rechtmäßiger Wünsche und redlicher Hoffnungen die man hegt. Es liegt in der Natur der Sache, daß sich in solchen Fällen das Mädchen eher bescheidet als der Jüngling. Als Abkömmlingen Pandorens ist den schönen Kindern die wünschenswerte Gabe verliehen, anzureizen, anzulocken und mehr durch Natur mit Halbvorsatz, als durch Neigung, ja mit Frevel um sich zu versammeln, wobei sie denn oft in Gefahr kommen, wie jener Zauberlehrling, vor dem Schwall der Verehrer zu erschrecken. Und dann soll zuletzt denn doch hier gewählt sein, einer soll ausschließlich vorgezogen werden, einer die Braut nach Hause führen.

Und wie zufällig ist es, was hier der Wahl eine Richtung gibt, die Auswählende bestimmt! Ich hatte auf Lili mit Überzeugung Verzicht getan, aber die Liebe machte mir diese Überzeugung verdächtig. Lili hatte in gleichem Sinne von mir Abschied genommen und ich hatte die schöne zerstreuende Reise angetreten aber sie bewirkte gerade das Umgekehrte. Solange ich abwesend war glaubte ich an die Trennung, glaubte nicht an die Scheidung. Alle Erinnerungen, Hoffnungen und Wünsche hatten ein freies Spiel. Nun kam ich zurück und wie das Wiedersehn der frei und freudig Liebenden ein Himmel ist, so ist das Wiedersehn von zwei nur durch Vernunftgründe getrennten Personen ein unleidliches Fegefeuer, ein Vorhof der Hölle. Als ich in die Umgebung Lilis zurückkam, fühlte ich alle jene Mißhelligkeiten doppelt, die unser Verhältnis gestört hatten; als ich wieder vor sie selbst hintrat, fiel mir's hart aufs Herz, daß sie für mich verloren sei. Ich entschloß mich daher abermals zur Flucht, und es konnte mir deshalb nichts erwünschter sein, als daß das junge herzoglich weimarische Paar von Karlsruhe nach Frankfurt kommen und ich, früheren und späteren Einladungen gemäß, ihnen nach Weimar folgen sollte. Von Seiten jener Herrschaften hatte sich ein gnädiges, ja zutrauliches Betragen immer gleich erhalten, das ich von meiner Seite mit leidenschaftlichen Danke erwiderte. Meine Anhänglichkeit an den Herzog von dem ersten Augenblicke an, meine Verehrung gegen die Prinzessin, die ich schon so lange, obgleich nur von Ansehn kannte, mein Wunsch Wielanden, der sich so liberal gegen mich betragen hatte, persönlich etwas Freundliches zu erzeigen und an Ort und Stelle meine halb mutwilligen halb zufälligen Unarten wieder gut zu machen, waren Beweggründe genug, die auch einen leidenschaftslosen Jüngling hätten aufreizen, ja antreiben sollen. Nun kam aber noch hinzu daß ich, auf welchem Wege es wolle, vor Lili flüchten mußte, es sei nun nach Süden, wo mir die täglichen Erzählungen meines Vaters den herrlichsten Kunst- und Naturhimmel vorbildeten, oder nach Norden, wo mich ein so bedeutender Kreis vorzüglicher Menschen einlud.

Das junge fürstliche Paar erreichte nunmehr auf seinem Rückwege Frankfurt. Der herzoglich meiningische Hof war zu gleicher Zeit daselbst, und auch von diesem und dem die jungen Prinzen geleitenden Geheimenrat von Dürkheim ward ich aufs freundlichste aufgenommen. Damit aber ja, nach jugendlicher Weise, es nicht an einem seltsamen Ereignis fehlen möchte, so setzte mich ein Mißverständnis in eine unglaubliche, obgleich ziemlich heitere Verlegenheit. Die weimarischen und meiningischen Herrschaften wohnten in einem Gasthof. Ich ward zur Tafel gebeten. Der weimarische Hof lag mir dergestalt im Sinne, daß mir nicht einfiel mich näher zu erkundigen, weil ich auch nicht einmal einbildisch genug war zu glauben, man wolle von meiningischer Seite auch einige Notiz von mir nehmen. Ich gehe wohlangezogen in den Römischen Kaiser, finde die Zimmer der weimarischen Herrschaften leer, und da es heißt, sie wären bei den Meiningischen, verfüge ich mich dorthin und werde freundlich empfangen. Ich denke dies sei ein Besuch vor Tafel oder man speise vielleicht zusammen, und erwarte den Ausgang. Allein auf einmal setzt sich die weimarische Suite in Bewegung, der ich denn auch folge; allein sie geht nicht etwa in ihre Gemächer, sondern gerade die Treppe hinunter in ihre Wägen und ich finde mich eben allein auf der Straße. Anstatt mich nun gewandt und klug nach der Sache umzutun und irgend einen Aufschluß zu suchen, ging ich, nach meiner entschlossenen Weise, sogleich meinen Weg nach Hause, wo ich meine Eltern beim Nachtische fand. Mein Vater schüttelte den Kopf, indem meine Mutter mich so gut als möglich zu entschädigen suchte. Sie vertraute mir abends: als ich weggegangen, habe mein Vater sich geäußert, er wundre sich höchlich wie ich, doch sonst nicht auf den Kopf gefallen, nicht einsehen wollte, daß man nur von jener Seite mich zu necken und mich zu beschämen gedächte. Aber dieses konnte mich nicht rühren: denn ich war schon Herrn von Dürkheim begegnet, der mich, nach seiner milden Art, mit anmutigen scherzhaften Vorwürfen zur Rede stellte. Nun war ich aus meinem Traum erwacht und hatte Gelegenheit, für die mir gegen mein Hoffen und Erwarten zugedachte Gnade recht artig zu danken und mir Verzeihung zu erbitten.

Nachdem ich daher so freundlichen Anträgen aus guten Gründen nachgegeben hatte, so ward folgendes verabredet. Ein in Karlsruhe zurückgebliebener Kavalier, welcher einen in Straßburg verfertigten Landauer Wagen erwarte, werde an einem bestimmten Tage in Frankfurt eintreffen, ich solle mich bereit halten, mit ihm nach Weimar sogleich abzureisen. Der heitere und gnädige Abschied den ich von den jungen

Herrschaften erfuhr, das freundliche Betragen der Hofleute machten mir diese Reise höchst wünschenswert, wozu sich der Weg so angenehm zu ebnen schien. Aber auch hier sollte durch Zufälligkeiten eine so einfache Angelegenheit verwikkelt, durch Leidenschaftlichkeit verwirrt und nahezu völlig vernichtet werden: denn nachdem ich überall Abschied genommen und den Tag meiner Abreise verkündet, sodann aber eilig eingepackt und dabei meiner ungedruckten Schriften nicht vergessen, erwartete ich die Stunde, die den gedachten Freund im neuen Wagen herbeiführen und mich in eine neue Gegend, in neue Verhältnisse bringen sollte. Die Stunde verging, der Tag auch und da ich, um nicht zweimal Abschied zu nehmen und überhaupt um nicht durch Zulauf und Besuch überhäuft zu sein, mich seit dem besagten Morgen als abwesend angegeben hatte; so mußte ich mich im Hause, ja in meinem Zimmer still halten und befand mich daher in einer sonderbaren Lage. Weil aber die Einsamkeit und Enge jederzeit für mich etwas sehr Günstiges hatte, indem ich solche Stunden zu nutzen gedrängt war, so schrieb ich an meinem »Egmont« fort und brachte ihn beinahe zu Stande. Ich las ihn meinem Vater vor, der eine ganz eigne Neigung zu diesem Stück gewann, und nichts mehr wünschte, als es fertig und gedruckt zu sehn, weil er hoffte daß der gute Ruf seines Sohns dadurch sollte vermehrt weden. Eine solche Beruhigung und neue Zufriedenheit war ihm aber auch nötig: denn er machte über das Außenbleiben des Wagens die bedenklichsten Glossen. Er hielt das Ganze abermals nur für eine Erfindung, glaubte an keinen neuen Landauer, hielt den zurückgebliebenen Kavalier für ein Luftgespenst; welches er mir zwar nur indirekt zu verstehen gab, dagegen aber sich und meine Mutter desto ausführlicher quälte, indem er das Ganze als einen lustigen Hofstreich ansah, den man in Gefolg meiner Unarten habe ausgehn lassen, um mich zu kränken und zu beschämen, wenn ich nunmehr statt jener gehofften Ehre schimpflich sitzen geblieben. Ich selbst hielt zwar anfangs am Glauben fest, freute mich über die eingezogenen Stunden, die mir weder von Freunden, noch Fremden, noch sonst einer geselligen Zerstreuung verkümmert wurden, und schrieb, wenn auch nicht ohne innere Agitation, am »Egmont« rüstig fort. Und diese Gemütsstimmung mochte wohl dem Stück selbst zu Gute kommen, das von so viel Leidenschaft bewegt nicht wohl von einem ganz Leidenschaftslosen hätte geschrieben werden können. So vergingen acht Tage und ich weiß nicht wie viel drüber, und diese völlige Einkerkerung fing an mir beschwerlich zu werden. Seit mehreren Jahren gewohnt unter freiem Himmel zu leben, gesellt zu Freunden, mit denen ich in dem aufrichtigsten, geschäftigsten Wechselverhältnisse stand, in der Nähe einer Geliebten, von der ich zwar mich zu trennen den Vorsatz gefaßt, die mich aber doch, solange noch die Möglichkeit war mich ihr zu nähern, gewaltsam zu sich forderte, – alles dieses fing an mich dergestalt zu beunruhigen, daß die Anziehungskraft meiner Tragödie sich zu vermindern und die poetische Produktionskraft durch Ungeduld aufgehoben zu werden drohte. Schon einige Abende war es mir nicht möglich gewesen zu Haus zu bleiben. In einen großen Mantel gehüllt schlich ich in der Stadt umher, an den Häusern meiner Freunde und Bekannten vorbei, und versäumte nicht auch an Lilis Fenster zu treten. Sie wohnte im Erdgeschoß eines Eckhauses, die grünen Rouleaux waren niedergelassen, ich konnte aber recht gut bemerken, daß die Lichter am gewöhnlichen Platze standen. Bald hörte ich sie zum Klaviere singen, es war das Lied: »Ach wie ziehst du mich unwiderstehlich!« das nicht ganz vor einem Jahr an sie gedichtet ward. Es mußte mir scheinen daß sie es ausdrucksvoller sänge als jemals, ich konnte es deutlich Wort vor Wort verstehn, ich hatte das Ohr so nahe angedrückt wie nur das auswärts gebogene Gitter erlaubte. Nachdem sie es zu Ende gesungen, sah ich an dem Schatten, der auf die Rouleaux fiel, daß sie aufgestanden war; sie ging hin und wider, aber vergebens suchte ich den Umriß ihres lieblichen Wesens durch das dichte Gewebe zu erhaschen. Nur der feste Vorsatz mich wegzubegeben, ihr nicht durch meine Gegenwart beschwerlich zu sein, ihr wirklich zu entsagen, und die Vorstellung, was für ein seltsames Aufsehen mein Wiedererscheinen machen müßte, konnte mich entscheiden die so liebe Nähe zu verlassen. Noch einige Tage verstrichen und die Hypothese meines Vaters gewann immer mehr Wahrscheinlichkeit, da auch nicht einmal ein Brief von Karlsruhe kam, welcher die Ursachen der Verzögerung des Wagens angegeben hätte. Meine Dichtung geriet ins Stocken und nun hatte mein Vater gutes Spiel bei der Unruhe von der ich innerlich zerarbeitet war. Er stellte mir vor: die Sache sei nun einmal nicht zu ändern, mein Koffer sei gepackt, er wolle mir Geld und Kredit geben nach Italien zu gehn, ich müsse mich aber gleich entschließen aufzubrechen. In einer so wichtigen Sache zweifelnd und zaudernd, ging ich endlich darauf ein, daß wenn zu einer bestimmten Stunde weder Wagen noch Nachricht eingelaufen sei, ich abreisen, und zwar zuerst nach Heidelberg, von dannen aber nicht wieder durch die Schweiz sondern nunmehr durch Graubündten oder Tyrol über die Alpen gehen wolle.

Wunderbare Dinge müssen freilich entstehn, wenn eine planlose Jugend, die sich selbst so leicht mißleitet, noch durch einen leidenschaftlichen Irrtum des Alters auf einen falschen Weg getrieben wird. Doch darum ist es Jugend und Leben überhaupt, daß wir die Strategie gewöhnlich erst einsehn lernen, wenn der Feldzug vorbei ist. Im reinen Geschäftsgang wär' ein solches Zufälliges leicht aufzuklären gewesen, aber wir verschwören uns gar zu gern mit dem Irrtum gegen das Natürlichwahre, so wie wir die Karten mischen eh' wir sie herumgeben, damit ja dem Zufall sein Anteil an der Tat nicht verkümmert werde; und so entsteht gerade das Element, worin und worauf das Dämonische so gern wirkt und uns nur desto schlimmer mitspielt, je mehr wir Ahndung von seiner Nähe haben.

Der letzte Tag war verstrichen, den andern Morgen sollte ich abreisen, und nun drängte es mich unendlich, meinen Freund Passavant der eben aus der Schweiz zurückgekehrt war noch einmal zu sehn, weil er wirklich Ursache gehabt hätte zu zürnen, wenn ich unser inniges Vertrauen durch völlige Geheimhaltung verletzt hätte. Ich beschied ihn daher durch einen Unbekannten nachts an einen gewissen Platz, wo ich, in meinen Mantel gewickelt, eher eintraf als er, der auch nicht ausblieb und, wenn er schon verwundert über die Bestellung gewesen war, sich noch mehr über den verwunderte, den er am Platze fand. Die Freude war dem Erstaunen gleich, an Beredung und Beratung war nicht zu denken, er wünschte mir Glück zur italienischen Reise, wir schieden und den andern Tag sah ich mich schon bei guter Zeit an der Bergstraße. Daß ich mich nach Heidelberg begab, dazu hatte ich mehrere Ursachen: eine verständige; denn ich hatte gehört der Freund würde von Karlsruhe über Heidelberg kommen, und sogleich gab ich, angelangt auf der Post, ein Billett ab, das man einem auf bezeichnete Weise durchreisenden Kavalier einhändigen sollte; die zweite Ursache war leidenschaftlich und bezog sich auf mein früheres Verhältnis zu Lili. Demoiselle Delf nämlich welche die Vertraute unserer Neigung, ja die Vermittlerin einer ernstlichen Verbindung bei den Eltern gewesen war, wohnte daselbst, und ich schätzte mir es für das größte Glück, ehe ich Deutschland verließ, noch einmal jene glücklichen Zeiten mit einer werten geduldigen und nachsichtigen Freundin durchschwätzen zu können. Ich ward wohl empfangen und in manche Familie eingeführt wie ich mir denn in dem Hause des Oberforstmeisters von Wrede sehr wohl gefiel. Die Eltern waren anständig behagliche Personen, die eine Tochter ähnelte Friederiken. Es war gerade die Zeit der Weinlese, das Wetter schön und alle die elsassischen Gefühle lebten in dem schönen Rhein- und Neckartale in mir wieder auf. Ich hatte diese Zeit an mir und andern Wunderliches erlebt, aber es war noch alles im Werden, kein Resultat des Lebens hatte sich in mir hervorgetan und das Unendliche was ich gewahrt hatte, verwirrte mich vielmehr. Aber in Gesellschaft war ich noch wie sonst, ja vielleicht gefälliger und unterhaltender. Hier unter diesem freien Himmel, unter den frohen Menschen, suchte ich die alten Spiele wieder auf, die der Jugend immer neu und reizend bleiben. Eine frühere noch nicht erloschene Liebe im Herzen, erregte ich Anteil ohne es zu wollen, auch wenn ich sie verschwieg, und so ward ich auch in diesem Kreise bald einheimisch, ja notwendig und vergaß, daß ich nach ein paar verschwätzten Abenden meine Reise fortzusetzen den Plan hatte. Demoiselle Delf war eine von den Personen, die ohne gerade intrigant zu sein, immer ein Geschäft haben, andere beschäftigen und bald diese bald jene Zwecke durchführen wollen. Sie hatte eine tüchtige Freundschaft zu mir gefaßt, und konnte mich um so eher verleiten länger zu verweilen da ich in ihrem Hause wohnte, wo sie meinem Dableiben allerlei Vergnügliches vorhalten, und meiner Abreise allerlei Hindernisse in den Weg legen konnte. Wenn ich das Gespräch auf Lili lenken wollte, war sie nicht so gefällig und teilnehmend wie ich gehofft hatte. Sie lobte vielmehr unsern beiderseitigen Vorsatz, uns unter den bewandten Umständen zu trennen, und behauptete, man müsse sich in das Unvermeidliche ergeben, das Unmögliche aus dem Sinne schlagen, und sich nach einem neuen Lebensinteresse umsehn. Planvoll, wie sie war, hatte sie dies nicht dem Zufall überlassen wollen, sondern sich schon zu meinem künftigen Unterkommen einen Entwurf gebildet, aus dem ich nun wohl sah, daß ihre letzte Einladung nach Heidelberg nicht so absichtslos gewesen, als es schien. Kurfürst Carl Theodor nämlich, der für die Künste und Wissenschaften so viel getan, residierte noch zu Mannheim, und gerade weil der Hof katholisch, das Land aber protestantisch war, so hatte die letztre Partei alle Ursache, sich durch rüstige und hoffnungsvolle Männer zu verstärken. Nun sollte ich in Gottes Namen nach Italien gehn und dort meine Einsicht in dem Kunstfach ausbilden, indessen wolle man für mich arbeiten, es werde sich bei meiner Rückkunft ausweisen, ob die aufkeimende Neigung der Fräulein von Wrede gewachsen oder erloschen, und ob es rätlich sei durch die Verbindung mit einer angesehnen Familie, mich und mein Glück in einem neuen Vaterlande zu begründen.

Dieses alles lehnte ich zwar nicht ab, allein mein planloses Wesen konnte sich mit der Planmäßigkeit meiner Freundin nicht ganz vereinigen, ich genoß das Wohlwollen des Augenblicks, Lilis Bild schwebte mir wachend und träumend vor und mischte sich in alles andre, was mir hätte gefallen oder mich zerstreuen können. Nun rief ich mir aber den Ernst meines großen Reiseunternehmens vor die Seele und beschloß, auf eine sanfte und artige Weise mich loszulösen und in einigen Tagen meinen Weg weiter fortzusetzen.

Bis tief in die Nacht hinein hatte Demoiselle Delf mir ihre Plane und was man für mich zu tun willens war, im Einzelnen dargestellt, und ich konnte nicht anders als dankbar solche Gesinnungen verehren, obgleich die Absicht eines gewissen Kreises, sich durch mich und meine mögliche Gunst bei Hofe zu verstärken, nicht ganz zu verkennen war. Wir trennten uns erst gegen eins. Ich hatte nicht lange aber tief geschlafen, als das Horn eines Postillons mich weckte, der reitend vor dem Hause hielt. Bald darauf erschien Demoiselle Delf mit einem Licht und Brief in den Händen und trat vor mein Lager. »Da haben wir's!« rief sie aus. »Lesen Sie, sagen Sie mir was es ist. Gewiß kommt es von den Weimarischen. Ist es eine Einladung, so folgen Sie ihr nicht, und erinnern sich an unsre Gespräche.« Ich bat sie um das Licht und um eine Viertelstunde Einsamkeit. Sie verließ mich ungern. Ohne den Brief zu eröffnen, sah ich eine Weile vor mich hin. Die Stafette kam von Frankfurt, ich kannte Siegel und Hand, der Freund war also dort angekommen, er lud mich ein, und der Unglaube und Ungewißheit hatten uns übereilt. Warum sollte man nicht in einem ruhigen bürgerlichen Zustande auf einen sicher angekündigten Mann warten, dessen Reise durch so manche Zufälle verspätet werden konnte? Es fiel mir wie Schuppen von den Augen. Alle vorhergegangene Güte, Gnade, Zutrauen, stellte sich mir lebhaft wieder vor, ich schämte mich fast meines wunderlichen Seitensprungs. Nun eröffnete ich den Brief und alles war ganz natürlich zugegangen. Mein ausgebliebener Geleitsmann hatte auf den neuen Wagen, der von Straßburg kommen sollte, Tag für Tag, Stunde für Stunde, wie wir auf ihn geharrt, war alsdann Geschäfts wegen über Mannheim nach Frankfurt gegangen, und hatte dort zu seinem Schreck mich nicht gefunden. Durch eine Stafette sendete er gleich das eilige Blatt ab, worin er voraussetzte, daß ich sofort nach aufgeklärtem Irrtume zurückkehren und ihm nicht die Beschämung bereiten wolle, ohne mich in Weimar anzukommen. So sehr sich auch mein Verstand und Gemüt gleich auf diese Seite neigte, so fehlte es doch meiner neuen Richtung auch nicht an einem bedeutenden Gegengewicht. Mein Vater hatte mir einen gar hübschen Reiseplan aufgesetzt und mir eine kleine Bibliothek mitgegeben, durch die ich mich vorbereiten und an Ort und Stelle leiten könnte. In müßigen Stunden hatte ich bisher keine andere Unterhaltung gehabt, sogar auf meiner letzten kleinen Reise im Wagen nichts anders gedacht. Jene herrlichen Gegenstände, die ich von Jugend auf durch Erzählung und Nachbildung aller Art kennen gelernt, sammelten sich vor meiner Seele und ich kannte nichts Erwünschteres als mich ihnen zu nähern, indem ich mich entschieden von Lili entfernte. Ich hatte mich indes angezogen und ging in der Stube auf und ab. Meine ernste Wirtin trat herein. »Was soll ich hoffen?« rief sie aus. »Meine Beste«, sagte ich, »reden Sie mir nichts ein, ich bin entschlossen zurückzukehren, die Gründe habe ich selbst bei mir abgewogen, sie zu wiederholen würde nichts fruchten. Der Entschluß am Ende muß gefaßt werden und wer soll ihn fassen als der den er zuletzt angeht?« Ich war bewegt, sie auch, und es gab eine heftige Szene, die ich dadurch endigte, daß ich meinem Burschen befahl, Post zu bestellen. Vergebens bat ich meine Wirtin sich zu beruhigen und den scherzhaften Abschied, den ich gestern abend bei der Gesellschaft genommen hatte, in eine wahren zu verwandeln, zu bedenken, daß es nur auf einen Besuch auf eine Aufwartung für kurze Zeit angesehn sei, daß meine italienische Reise nicht aufgehoben, meine Rückkehr hierher nicht abgeschnitten sei. Sie wollte von nichts wissen und beunruhigte den schon Bewegten noch immer mehr. Der Wagen stand vor der Tür, aufgepackt war, der Postillon ließ das gewöhnliche Zeichen der Ungeduld erschallen, ich riß mich los, sie wollte mich noch nicht fahren lassen, und brachte künstlich genug die Argumente der Gegenwart alle vor, so daß ich endlich leidenschaftlich und begeistert die Worte Egmonts ausrief:

»Kind, Kind! nicht weiter! Wie von unsichtbaren Geistern gepeitscht gehen die Sonnenpferde der Zeit mit unsers Schicksals leichtem Wagen durch, und uns bleibt nichts, als mutig gefaßt, die Zügel festzuhalten, und bald rechts, bald links, vom Steine hier, vom Sturze da die Räder abzulenken. Wohin es geht, wer weiß es? Erinnert er sich doch kaum, woher er kam.«

Anhang

Zu dieser Ausgabe

Der Text der vorliegenden Ausgabe folgt der Akademie-Ausgabe:

> Goethe: Aus meinem Leben. Dichtung und Wahrheit. Hist.-krit. Ausg. bearb. von Siegfried Scheibe. Bd. 1: Text. Berlin: Akademie-Verlag, 1970.

Diese legt für die Teile 1–3 die Erstdrucke zugrunde:

> Aus meinem Leben. Dichtung und Wahrheit. Von Goethe. Erster Theil. Tübingen: Cotta, 1811. – Zweyter Theil. Ebd. 1812. – Dritter Theil. Ebd. 1814.

Die (nicht erhaltenen) handschriftlichen Vorlagen, auf denen diese Drucke beruhen, hat Goethe selbst kontrolliert und autorisiert.
Der Erstdruck von Teil 4 erfolgte erst nach Goethes Tod:

> Goethe's Werke. Vollständige Ausgabe letzter Hand. Bd. 48. Stuttgart/Tübingen: Cotta, 1833.

Druckvorlage der Akademie-Ausgabe für diesen Teil ist eine von Goethes Nachlaßverwaltern (u. a. Eckermann und Riemer) kollationierte und überarbeitete Handschrift. Im Gegensatz etwa zur Weimarer oder Hamburger Ausgabe legt die Akademie-Ausgabe (und somit auch die vorliegende Ausgabe) für diesen 4. Teil nicht den Erstdruck mit den glättenden, nicht selten auch entstellenden Eingriffen der Bearbeiter, sondern die Handschrift zugrunde. Härten und Inkonsequenzen des Goetheschen Altersstils bleiben unberührt (so in der Interpunktion, die oft nur noch sehr spärlich vorhanden ist, oder im Gebrauch von Dativ und Akkusativ, der stellenweise auch vom zeitgenössisch Üblichen abweicht).

Die Orthographie der vorliegenden Edition wurde unter Wahrung des Lautstandes und sprachlich-stilistischer Eigenheiten behutsam dem heutigen Gebrauch angeglichen, wobei in der Groß- und Klein-, in der Zusammen- und Getrenntschreibung, in der Schreibung von Nominalkomposita (mit oder ohne Bindestrich) die Fassung des Originals nicht selten bevorzugt wurde.

Schwankende Schreibungen wurden normalisiert. So kommen *aus einander, zu einander* usw. neben *auseinander, zueinander* usw. vor und wurden zur Zusammenschreibung vereinheitlicht. Verbkomposita besonders der Richtung, also Verbindungen mit *heraus-, herein-, hinunter-, vorbei-, zusammen-, entgegen-* usw., wurden, dem überwiegenden Gebrauch des Originals folgend, meist zusammengeschrieben. Getrenntschreibung wurde belassen in Fällen wie *glücklicher Weise, zum ersten Mal, einige Mal, irgend ein, zu Mute, zu Stande, zu Gute, zu Grunde, bei Seite, Acht geben, kennen lernen, los werden, dem gemäß, alle dem* u. a. m.; gelegentliche Zusammenschreibungen wurden an die überwiegende Getrenntschreibung angeglichen.

Die Schreibung fremdsprachiger Ausdrücke wurde belassen, die der Fremdwörter – wo der Kontext nicht die Erhaltung einer älteren Form nahelegte – modernisiert (z. B. *Collegium, Clinicum, Practicum, Cultus, Acteur,* aber *Kommunikation, Kultur, Akademie, Kostüm, Fiktion, Lektion, Fontäne*).

Eigennamen wurden nicht modernisiert; wechselnde Schreibweisen (z. B. *Friedericke/Friederike, Lilli/Lili, Shakspeare/Shakespear/Shakespeare, Maynz/Mayntz/Mainz*) wurden jedoch wiederum vereinheitlicht, wobei die heutige Schreibung gewählt wurde.

Die Hervorhebung durch Sperrung und durch Großschreibung (gelegentliches *Ein, Alles* u. a.) blieb erhalten. Bei direkter Rede wurden durchgehend Anführungszeichen gesetzt. Werktitel, die in der Vorlage gelegentlich gesperrt erscheinen, wurden ebenfalls mit Anführungszeichen gekennzeichnet.

Die Interpunktion des Originals blieb bewahrt. In einigen Fällen wurden vor der direkten Rede ein Doppelpunkt ergänzt und ein Komma vor einer Klammer in ein Komma nach der Klammer korrigiert.

Einige wenige offensichtliche Druckfehler der Akademie-Ausgabe wurden stillschweigend verbessert. Auf die dort verwendeten kritischen Zeichen wurde verzichtet, z. B. bei aufgelösten Abkürzungen und bei der Zählung der Bücher des 4. Teils, die in der Handschrift fehlt und die die Akademie-Ausgabe mit eckigen Klammern versieht. Die Leerräume in der Handschrift des 4. Teils, die Goethe vermutlich noch ausfüllen wollte und deren ungefähres Ausmaß die Akademie-Ausgabe in runden Klammern angibt, wurden durch jeweils zwei Leerzeilen im Text kenntlich gemacht.

Alle übrigen Abweichungen von der Druckvorlage, die über die erwähnten Eingriffe hinausgehen, sind im folgenden verzeichnet.

Textabweichungen von der Akademie-Ausgabe

298,33 in dem] in den 364,15 f. Forschen,] Forschen 423,5 »Nun«, sagte] Nun sagte 452,20 wir] wir, 521,8 Natur-] Natur 563,2 -gehalten] gehalten 664,13 Abend-,] Abend- 725,34 f. scheinbaren] scheinbarem 730,10 Kinder,] Kinder 731,28 einem solchen] einen solchem 733,28 hat,] hat; 734,18 indem] in dem 734,18 f. in hilflosem] im hilflosem 745,35 gedichtet:] gedichtet. 746,27 f. versprach, als] versprach. Als 756,31 stattlichen] stattlichem 777 *nach Zl. 28 zwei Leerzeilen*] Ich hatte pp. 784,28 entschiedenen] entschiedenem 802,1 empfunden hatte.] wieder zu beschwichtigen suchten. 805,7 im jugendlichen] im jugendlichem 816,10 spielenden] spielendem 822,3 Zeiten] Zeiten, 834,14 f. abwesend] abwesend,

Problematische Textstellen

Die von der Akademie-Ausgabe verwendeten kritischen Zeichen für problematische Textstellen wurden hier weggelassen. Problematisch sind die folgenden Stellen, wobei die Zeichen bedeuten: [ ] Ergänzung des Editors, auch Ergänzungen der Editoren früherer kritischer Ausgaben; { } Streichung des Editors; * * * Bezeichnung der vom Editor erkannten oder erschlossenen Lücken.

229,14 von der] von [der] 373,25 andern Seite] andern [Seite] 408,6 ich an] ich [an] 491,12 an die] an [die] 718,7 kämpfte] {heftig} kämpfte 718,26 wird] {sogleich} wird 720,14 ruhte] ruht[e] 733,3 so] {sich} so 734,14 Hier war alles verloren] *in* [ ] 736,20 nach Hause] [nach] Hause 740,21 zu] {sich} zu 742,23 in dem] [in] dem 745,30 hinwenden] {wohl} hinwenden 750,29 ihr gewidmeten] [ihr] gewidmeten 754,10 redlichen Vorsätze] {redlichen} Vorsätze 759,33 schöne] * * * 760,19 der Hierarchie] [der] Hierarchie 761,35 es hier] [es] hier 762,10 durchaus] [durch]aus 763,12 möglichst] {sich} möglichst 764,1 mich durch] [mich] durch 764,26 nicht] [n]ich[t] 766,28 Gottesdienst] Gottes[dienst] 768,29 sagte] sagt[e] 779 *nach Zl. 34 zwei Leerzeilen*] * * * 789,9–790,2 Wir landeten *bis* Ehrlichkeit.«] *in* [ ] 793,18 hinab und] [hinab] und 816,30–818,6 »Doch *bis* Bestimmtheit!« –] *in* [ ]

»Altes Fundament ehrt man, darf aber das Recht nicht aufgeben, irgendwo wieder einmal von vorn zu gründen«, heißt es in den *Maximen und Reflexionen*: Unter den »alten Fundamenten«, auf denen der vorliegende neue Kommentar zu *Dichtung und Wahrheit* aufbaut, ist vor allem die Edition von Erich Trunz in den Bänden 9 und 10 der *Hamburger Ausgabe* zu nennen; in Zweifelsfällen wurden auch die Ausgaben von

Siegfried Seidel (Leipzig 1977) und Peter Sprengel (München 1985) dankbar benutzt. Wenn es galt, »von vorn zu gründen«, sind dem Herausgeber die Bibliothek und die Handschriftenabteilung des Freien Deutschen Hochstifts / Frankfurter Goethe-Museum von ihren jeweiligen Leitern, Frau Doris Hopp und Herrn Dr. Jürgen Behrens, stets mit freundlichster Bereitwilligkeit eröffnet worden; Dr. Jürgen Behrens hat darüber hinaus viele Detailfragen mit großer Geduld und Hilfsbereitschaft beantwortet. Der Direktor des Freien Deutschen Hochstifts, Herr Prof. Dr. Christoph Perels, hat die Erlaubnis zur Veröffentlichung ungedruckter Dokumente aus dem Frankfurter Goethe-Museum gegeben. Für all das sei an dieser Stelle herzlich gedankt. Nicht zuletzt danke ich Herrn Dr. Johannes John, München, für viele Ratschläge und kluge Kommentare zum neuen Kommentar.

Kommentar

Häufig vorkommende Wörter und Wendungen, die seit dem frühen 19. Jahrhundert ihre Bedeutung verändert haben:

abstoßend	abweisend
artig	von der rechten Art, passend
aufregen	anregen
behaben	i. S. v. engl. *behave* ›verhalten, benehmen‹
bequem	häufig i. S. v. ›gefällig, umgänglich‹, auch ›geläufig‹
bewußtlos	unbewußt
dürfen	häufig i. S. v. ›brauchen, müssen‹
durchaus	ganz und gar
englisch	engelhaft
gegen mir über	mir gegenüber (auch in anderen Verbindungen, z. B. *gegeneinander über*)
gemein	allgemein, alltäglich
gemütlich	mit dem Gemüt, auf das Gemüt bezogen, gemüthaft
Geschäftsmann	Diplomat, Politiker; auch *Geschäftsstil*: politischer Stil
gut lassen	gut stehen, gut aussehen (von Kleidung oder Verhaltensweisen)
künstlich	kunstvoll
läßlich	bequem, unangestrengt; häufig auch: annehmbar, duldbar, verzeihlich; von Personen: tolerant
leichtsinnig	heiteren, leichten Sinnes
merkwürdig	bemerkenswert, bedeutend
peinlich	häufig i. S. v. ›schmerzhaft, peinigend‹
Plane	Pläne
Schelm	Schurke, Bösewicht
sentimental	empfindsam
übertragen	ertragen

umständlich	genau, ausführlich
vorzüglich	häufig i. S. v. ›in erster Linie, vor allem‹
witzig	geistreich
zwar	häufig i. S. v. mhd. *zewâre* ›wirklich, freilich‹

Erster Teil

5,1 [Titel] *Aus meinem Leben:* Obertitel für Goethes autobiographische Schriften; als »Zweite Abteilung« folgten 1816–17 die *Italienische Reise* (Tl. 1 und 2), 1822 die *Campagne in Frankreich* und *Belagerung von Mainz*. – Zur Bedeutung des Titels *Dichtung und Wahrheit* vgl. Goethes Brief an König Ludwig I. von Bayern vom 17. Dezember 1829: »Was den freilich einigermaßen paradoxen Titel der Vertraulichkeiten aus meinem Leben Wahrheit und Dichtung betrifft, so ward derselbige durch die Erfahrung veranlaßt, daß das Publikum immer an der Wahrhaftigkeit solcher biographischen Versuche einigen Zweifel hegte. Diesem zu begegnen, bekannte ich mich zu einer Art von Fiktion [...], denn es war mein ernstestes Bestreben das eigentliche Grundwahre, das, insofern ich es einsah, in meinem Leben obgewaltet hatte, möglichst darzustellen und auszudrucken. Wenn aber ein solches in späteren Jahren nicht möglich ist, ohne die Rückerinnerung, und also die Einbildungskraft wirken zu lassen, und man also immer in den Fall kommt, gewissermaßen das dichterische Vermögen auszuüben, so ist es klar daß man mehr die Resultate und, wie wir uns das Vergangene jetzt denken, als die Einzelnheiten, wie sie sich damals ereigneten, aufstellen und hervorheben werde. [...] Dieses alles was dem Erzählenden und der Erzählung angehört habe ich hier unter dem Worte: Dichtung begriffen, um mich des Wahren, dessen ich mir bewußt war, zu meinem Zweck bedienen zu können.« – Im Gespräch mit Eckermann vom 30. März 1831 heißt es: »Es sind lauter Resultate meines Lebens [...], und die erzählten einzelnen Fakta dienen bloß, um eine allgemeine Beobachtung, eine höhere Wahrheit, zu bestätigen. [...] Ich dächte [...], es steckten darin einige Symbole des Menschenlebens. Ich nannte das Buch Wahrheit und Dichtung, weil es sich durch höhere Tendenzen aus der Region einer niedern Realität erhebt. [...] Ein Faktum unseres Lebens gilt nicht, insofern es wahr ist, sondern insofern es etwas zu bedeuten hatte.«

5,6 *Ὁ μὴ [...] παιδεύεται:* »Der nicht geschundene Mensch wird nicht erzogen.« Spruch aus den *Monostichen* des griechischen Dichters Menandros (um 342–292 v. Chr.). Goethe notierte ihn am 30. April 1809 im Tagebuch.

7,3 *Brief eines Freundes:* Den Brief hat Goethe selbst verfaßt, wie an für ihn typischen Begriffen und Formulierungen deutlich wird (»angefrischt«, »Bildungsstufen«, »verjährtes Verhältnis«, »in die Ferne zu unterhalten«).

7,5 *zwölf Teile:* die Ausgabe der *Werke* (Tübingen: Cotta, 1806–08), der 1810 als 13. Band *Die Wahlverwandtschaften* beigefügt wurden.

8,1 *warum:* worum.

8,30 *auszuzeichnen:* die Titel abzuschreiben.

9,28 *kaum Erreichbares:* Vgl. *Maximen und Reflexionen*: »Innerhalb einer Epoche gibt es keinen Standpunkt, eine Epoche zu betrachten« (1023).

Erstes Buch

10,10 *mit dem Glockenschlage zwölf:* Schon im »Biographischen Schema« von 1809 notiert Goethe die Formulierung »mit dem Schlage 12 Mittag«. Bereits in dieser Wendung ist das Formprinzip der »Dichtung« erkennbar (vgl. Anm. zu 5,1): Das Frankfurter Taufbuch (Stadtarchiv Frankfurt) verzeichnet am folgenden Tag die Erteilung des Sakramentes an »einen, gestrigen Donnerstags Mittags zwischen 12. und 1. Uhr gebohrnen Sohn, und 1tes Kind, Johann Wolfgang«. Einziger Pate war der Großvater Johann Wolfgang Textor, auf dessen Namen der Enkel getauft wurde. Die Taufe wurde vom Senior der Barfüßerkirche, Johann Philipp Fresenius, vollzogen, und zwar »privatim«, d. h. mit großer Wahrscheinlichkeit im Pfarrhaus. Die Familie Goethe gehörte der lutherischen Konfession an. – In der Nr. 71 der *Ordentlichen wochentlichen Frag- und Anzeigungs-Nachrichten* vom 2. September 1749 wird unter der Rubrik »Getauffte hierüben in Franckfurt« als Goethes Taufdatum der 20. August angegeben – ein Druckfehler gleich zu Beginn des »offiziellen Lebens« (vgl. Estermann, S. 4).

10,10 f. *Die Konstellation war glücklich:* Die Bezeichnung des Sternstandes bei der Geburt entspricht alter biographischer Tradition.

10,16 *Gegenscheins:* »der stand eines planeten gegen einen anderen im thierkreise, wenn er 180 grad von demselben entfernt ist« (DWB IV,1.2, Sp. 2257, nach Adelung).

10,23 *Hebamme:* Antonia Elisabetha de Held, geb. Müller (vgl. *Portraits um Goethe*, S. 20, mit Abb.).

10,28 *Schultheiß Johann Wolfgang Textor:* Goethes Großvater mütterlicherseits (1693–1771) war von 1747 bis 1770 als Schultheiß oberster kaiserlicher Beamter der Stadt.

10,29 *Geburtshelfer:* ein Wundarzt namens Georg Schlicht. *Hebammen-Unterricht:* Die Reformbedürftigkeit des Hebammenwesens ergibt sich allein aus der für die Mitte des 18. Jh.s festgestellten Zahl von nur neun Hebammen für ganz Frankfurt. Textor erließ 1757 eine *Verordnung, nach welcher der Stadt-Accoucheur [Geburtshelfer], die Hebammen und die Beyläuferinnen sich in ihren Verrichtungen zu achten haben*; sie erschien 1767 im Druck.

11,7 *in einem alten Hause:* eigentlich zwei aus der Zeit um 1600 stammende Häuser, die Goethes Großmutter väterlicherseits (vgl. Anm. zu 12,22) im Jahre 1733 erworben hatte und die bei dem Umbau von 1755 in eines verwandelt wurden (vgl. Anm. zu 16,8). Noch heute kann man an den beiden deutlich voneinander getrennten Kellern des Frankfurter Goethehauses erkennen, daß es sich ursprünglich um zwei Häuser handelte.

11,11 *jüngere Schwester:* Cornelia Friederike Christiana, geb. am 7. Dezember 1750.

11,16 *Geräms:* Auf eine Anfrage des Grafen Reinhard vom 4. Dezember 1811 – kurz nach dem Erscheinen des 1. Bandes von *Dichtung und Wahrheit* –, »ob der gegitterte Verschlag an der Haustür, woraus der kleine Goethe die Töpfchen und Töpfe zerschmiß, in oder außer dem Hause gewesen sei?«, antwortete Goethe am 13. Februar 1812: »Was das Geräms betrifft, wornach Sie fragen, so kann man, wie Sie schon vermuten, sich den Ursprung desselben am ersten denken, wenn man sich vorstellt, wie zur Sommerszeit Bürgersleute Stühle und Bänke vor ihre Häuser setzten, wo sie unter den weit vorspringenden Überhängen der obern Stockwerke, sogar bei einem mäßigen Regen, ruhig sitzen konnten. Hatte man so durch gedachte Überhänge und durch das oben vorspringende Dach schon in die Rechte der Straße gleichsam Eingriffe getan; so lag es, besonders in weniger polizeilichen Zeiten, ganz nahe, sich einen hölzernen Käfig herauszubauen, um nicht den Augen jedes Vorübergehenden ausgesetzt zu sein. Dieses Geräms war wirklich meistenteils oben offen weil es von jenen Überhängen genugsam bedeckt war. Es hing durch eine besondre Türe mit dem Hausflur zusammen, welche nachts ebenso sorgfältig als die Haustüre selbst verschlossen wurde.« In diesen Worten Goethes spiegelt sich auch die Gepflogenheit, die im Frankfurt des 18. Jh.s teilweise recht strengen Bauvorschriften durch halblegale Um- und Anbauten zu umgehen (vgl. Voelcker, 1932, S. 21–24, und vor allem Goethes Schilderung des Umbaus seines Elternhauses, 16,8 ff.). – Vgl. auch DWB IV,1.2, Sp. 3561 f.

11,19 f. *die Straßen gewannen … ein südliches Ansehen:* Damit ist sicher nicht nur ein besonders angenehmes Aussehen der Straßenzüge gemeint. Bis weit in die Mitte des 18. Jh.s gab es in Frankfurt keinerlei geregelte Straßenreinigung; Küchenabfälle und Hausmüll wurden einfach in die Straße geschüttet. Berücksichtigt man ferner, daß erst in den sechziger Jahren des 18. Jh.s mit der Straßenpflasterung begonnen wurde, bekommt man einen Eindruck davon, was mit dem Wort vom »südlichen Ansehen« auch gemeint ist. Die Erfahrungen der Italien-Reise spielen hier sicher mit hinein. (Vgl. etwa die Frage »nach einer gewissen Gelegenheit« im 1. Teil der *Italienischen Reise*, Torbole, 12. September 1786.)

11,23 f. *Brüder von Ochsenstein:* Die Familie des Johann Christoph Ochs von O. (1674–1747), Vorgänger Johann Wolfgang Textors im Amt des Stadtschultheißen, wohnte gegenüber dem Goethehaus im Haus »Zum roten Engel«. Die drei Brüder waren der Rechtsanwalt Johann Sebastian (1700–56), der Senator Heinrich Wilhelm (1702–51) und der Geheimrat Heinrich Christoph (1715–73).

11,30 *Topfmarkt:* die noch heute zweimal jährlich stattfindende Frankfurter »Dippemess«, auf der neben dem üblichen Jahrmarktstreiben viel einfaches, meist aus dem Westerwald stammendes Tongeschirr angeboten wird.

11,33–12,16 *An einem schönen Nachmittag … Verderben:* Diese Episode hat u. a. Sigmund Freud einer psychologischen Deutung unterzogen (*Eine Kindheitserinnerung in »Dichtung und Wahrheit«*, 1917). Danach habe Goethe mit dem Zertrümmern des Geschirrs seinen Wunsch dokumentieren wollen, den kleinen Bruder Hermann Jakob zu beseitigen. Wenn man indessen davon ausgeht, daß tatsächlich alle drei Brüder von Ochsenstein an der »Eulenspiegelei« teilgenommen haben, erscheint Freuds Deutung unhaltbar: Der Senator Heinrich Wilhelm von Ochsenstein starb 1751, Goethes Bruder Hermann Jakob wurde aber erst im November 1752 geboren.

12,22 *Meines Vaters Mutter:* Cornelia Göthé, geb. Walther, verw. Schelhorn (1668–1754). Goethes Großvater väterlicherseits, Friedrich Georg Göthé (1657–1730), war zunächst Schneidermeister. Im Jahre 1705 hatte er in zweiter Ehe – seine erste Frau war fünf Jahre zuvor gestorben – die 37jährige Cornelia Schelhorn geheiratet. Sie war die Witwe des Gasthalters Schelhorn, dem das Hotel »Weidenhof« an der Zeil gehört hatte. Friedrich Georg Göthé führte das Haus mit dem dazugehörigen Weinhandel bis zu seinem Tod 1730; seine Witwe blieb noch bis 1735 Wirtin des »Weidenhofs«. – Der Arzt Johann Christian Senckenberg hat nach ihrem Tod notiert: »Sie lebte sanft und so starb sie ruhig, wie wenn sie anderes thue, immer die nämliche [. . .]. Betrübte und erfreute sich über nichts. Immer dieselbe, von etwas langsamer, aber im Arbeiten fleißiger Natur« (Jung, S. 233).

12,23 *in einem großen Zimmer hinten hinaus:* Das Zimmer der Großmutter hat man sich an der Stelle zu denken, an der sich nach dem Umbau des Hauses die Küche befand. Die Küche lag damals wie in den meisten Häusern zur Straße hin, vor allem wegen der oben geschilderten Gepflogenheiten der Abfallbeseitigung. Da man bei der Geburt eines Kindes stets mit Heilkräutern angereichertes heißes Wasser zur Hand haben mußte, brachte man die Wöchnerinnen in ein möglichst nahe bei der Küche gelegenes Zimmer. Es ist denkbar, daß Goethe im Zimmer seiner Großmutter geboren wurde, also in dem Raum, den man nach dem Umbau zur Küche umfunktionierte. Die Anwesenheit der Großmutter bei der Geburt Johann Wolfgangs (vgl. den Brief Bettine Brentanos an Goethe vom 4. November 1810) spricht jedenfalls für diese Annahme. Noch 1863 schrieb Otto Volger, der Gründer des Freien Deutschen Hochstifts, Goethes Geburtszimmer habe sich »der Sage nach« an der Stelle im zweiten Stock befunden, an der man es bis in unsere Tage vermutet hat. Im Laufe der Jahre hat sich diese »Sage« verfestigt, und erst in jüngster Zeit ist sie zugunsten der wahrscheinlicheren Auffassung aufgegeben worden (vgl. Jürgen Behrens, in: *museum*, S. 28–31).

12,31 *Hirschgraben:* Der Große und der Kleine Hirschgraben wurden 1583 aufgefüllt und zu Straßen umgewandelt. Bis zu dieser Zeit war die Gegend des Großen Hirschgrabens als Wildgehege erhalten geblieben, in dem auch Hirsche gehalten und zu bestimmten Zeiten zum Abschuß mit der Armbrust freigegeben wurden.

13,10 *Hinterseite des Hauses:* Vom »oberen Stock« war zwar die Aussicht frei und weit (vgl. das Aquarell von Reiffenstein, in: Heckmann/Michel, S. 51), aber das Grundstück selbst war auf den kleinen gepflasterten Hof beschränkt, den der Besucher heute durch ein schmiedeeisernes Tor betritt, das allerdings erst im 19. Jh. an diese Stelle kam.

13,23–30 *Gewächse ... Gewitter ... untergehenden Sonne:* Goethe legt hier aus der Rückschau die Ursprünge seiner späteren naturwissenschaftlichen Interessen – Botanik, Meteorologie und Optik (Farbenlehre) – in die früheste Kindheit, wie er es auch später wiederholt tut. So findet sich eine späte Spiegelung des vor allem nach Westen gerichteten Fernblicks in seinem 1817 entstandenen und 1820 erschienenen Aufsatz *Wolkengestalt nach Howard:* »Mit kindlichem, jugendlich frischem Sinn, bei einer städtisch häuslichen Erziehung blieb dem sehnsuchtsvollen Blick kaum eine andere Ausflucht als gegen die Atmosphäre. Der Sonnenaufgang war durch die Nachbarshäuser beschränkt, desto freier die Abendseite [...]. Das Abglimmen des Lichtes bei heiteren Abenden, der farbige Rückzug der nach und nach versinkenden Helle, das Andringen der Nacht beschäftigte gar oft den einsamen Müßiggänger. Bedeutende Gewitterregen und Hagelstürme, die auch meist von der Westseite heranziehen, erregten entschiedene Aufmerksamkeit.«

14,4 f. *Die alte, winkelhafte ... Beschaffenheit:* Vgl. dagegen das »lustige« Ansehen des Hauses nach dem Umbau (28,33).

14,9 *das Schauderhafte:* »Schauder und Furcht« erregende.

14,14/18 *der Vater / Meine Mutter:* Die Einführung der

Eltern in den Lebensbericht bringt sie zugleich in schroffen Gegensatz: der Vater, »verkleidet genug«, bringt »üble Wirkung« hervor, meine Mutter – erst hier das Possessivpronomen –, »stets heiter und froh«, schafft Zufriedenheit und Geborgenheit. Johann Caspar Goethe (29. Juli 1710 – 25. Mai 1782) hatte am 20. August 1748 Katharina Elisabeth Textor (19. Februar 1731 – 13. September 1808) geheiratet. Zu den Eltern und Goethes Verhältnis zu ihnen vgl. das Nachwort.

14,21 *Pfirschen:* Pfirsiche.

14,25 f. *eine Reihe römischer Prospekte:* vor allem von Alessandro Specchi (1668–1729) und Giovanni Battista Falda (gest. 1678). Die zum Teil erhaltenen Stiche befinden sich heute zumeist im Weimarer Goethe-Museum.

14,28 *Piranese:* Giovanni Battista Piranesi (1720–78), italienischer Kupferstecher und Architekt.

15,4 f. *italienisch verfaßte Reisebeschreibung: Viaggio per l'Italia, fatto nel anno MDCCXL.* Rat Goethe hat wahrscheinlich von 1762 bis 1768 daran gearbeitet. Die Handschrift befindet sich heute im Besitz der Nationalen Forschungs- und Gedenkstätten der klassischen deutschen Literatur in Weimar. Die erste vollständige deutsche Übertragung dieses Werks ist 1986 erschienen (*Reise durch Italien im Jahre 1740*, hrsg. von der Deutsch-Italienischen Vereinigung, Frankfurt a. M., übers. und komm. von Albert Meier).

15,7 *Giovinazzi:* Domenico G. (1693 – um 1762), konvertierter Dominikanermönch aus Neapel, seit Ende 1723 oder Anfang 1724 in Frankfurt. Wie das Haushaltungsbuch Johann Caspar Goethes belegt, war er schon seit 1753 in der Familie Goethe beschäftigt. Er ging Johann Caspar Goethe bei der Abfassung seines *Viaggio per l'Italia* zur Hand. 1760–62 erteilte er den Kindern Italienischunterricht.

15,11 *»Solitario bosco ombroso«:* italienische Arie (»Einsamer schattiger Hain ...«); Text von Paolo Rolli (1687 bis 1765), Vertonung (1727) wahrscheinlich von Willem de Fesch (1687–1755). Vgl. Siegmund Levarie, »›Solitario bosco ombroso‹ – eine musikalische Kindheitserinnerung Goethes«, in: GJb 19 (1957) S. 196–202.

15,14 *Entfernung von Geschäften:* Johann Caspar Goethe hatte sich von Kaiser Karl VII. den Titel eines »Wirklichen Kaiserlichen Rates« im Mai 1742 für eine Gebühr von 313 Gulden und 30 Kreuzern erworben (vgl. dazu GA Erg.-Bd. 1, S. 103–108; dort sind auch die Texte des Gesuches und der Verleihungsurkunde abgedruckt). Ein städtisches Amt war mit dem Erwerb des Titels nicht verbunden. Johann Caspar Goethes Halbbruder, der Zinngießermeister Hermann Jakob Goethe, war Ratsherr der dritten Bank; schon damit war Goethes Vater der Weg in den Rat der Stadt versperrt, ohne daß er sich ein solches Hindernis durch die Heirat mit der Tochter des Stadtschultheißen selbst hätte schaffen müssen, wie sein Sohn vermutet (s. 78,24–33 mit Anm.). Goethe war es vor allem darum gegangen, mit dem Titel eine gesellschaftlich geachtete Position in Frankfurt zu erlangen. Ein städtisches Amt war nicht sein Ziel.

15,27 *ein Puppenspiel:* Es war mit einiger Sicherheit k e i n Weihnachtsgeschenk. Erst am 30. Juni 1754, also drei Monate nach dem Tod der Großmutter, erscheint im Haushaltungsbuch des Vaters ein Eintrag »pro theatro et puppis commoedis«. Dafür und für eine Probevorstellung gab Rat Goethe über vier Gulden aus, eine Summe, die etwa für eine bloße Reparatur des Theaters viel zu hoch angesetzt wäre. Wahrscheinlich wollte, wie Beutler vermutet, Goethe auf die Großmutter »noch ein besonderes, freundlich bedeutsames Licht fallen« lassen (GA X, S. 899).

16,1 *unsern Augen ... entzogen:* Auch als Erwachsener hat sich Goethe von Sterbenden, selbst im engsten Familienkreis, stets ferngehalten. Die Großmutter starb am 26. März 1754.

16,8 *Hauptbau:* Der Umbau, bei dem die beiden aus dem

Anfang des 17. Jh.s stammenden Häuser in eines verwandelt wurden, so daß praktisch ein Neubau entstand, zog sich von April 1755 bis Januar 1756 hin. Über die Kosten für die verschiedenen Baumaßnahmen gibt das Haushaltungsbuch Johann Caspar Goethes vielfältige Auskünfte. Insgesamt hat Johann Caspar Goethe etwa 14000 Gulden dafür ausgegeben – eine stattliche Summe, wenn man bedenkt, daß z. B. der Stadtschultheiß als höchster und bestbezahlter Beamter der Stadt ein Jahreseinkommen von 1800 Gulden bezog.

16,15 *ein Gesetz:* Die von Goethe erwähnten Bestimmungen sind in den Bauverordnungen von 1708 und 1719 enthalten.

16,22–27 *Ausflucht ... gelten konnte:* Im 18. Jh. zählte man in Frankfurt 180 größere Hausumbauten wie denjenigen des Goethehauses, die meisten zwischen 1741 und 1770.

16,31 *aufs Technische des Baues:* Goethe wurde vor allem von Johann Friedrich von Uffenbach (vgl. Anm. zu 79,1) beraten; vgl. dessen Brief an Johann Caspar Goethe vom 17. April 1755 (GA Erg.-Bd. 1, S. 141).

17,15 f. *Wachstuches ... Tapeten:* Von diesen mit Gemälden verzierten Wachstapeten haben sich Teile erhalten; sie sind heute in die Wand des »Blauen Zimmers« im Frankfurter Goethehaus einmontiert.

17,20 *öffentliche Schule:* Gemeint ist keine städtische oder staatliche Schule; vielmehr bedeutet »öffentlich« hier, daß jedermann seine Kinder in solche Schulen schicken konnte, deren es in Frankfurt zu Beginn des 18. Jh.s 28, später 24 und schließlich nur noch 20 gab. Das Gymnasium war die einzige nach heutigen Vorstellungen »öffentliche« Schule Frankfurts. Die Lehrer der »öffentlichen« Schulen, die »Schul-, Sprach- und Rechenmeister«, waren ähnlich wie die Handwerker zunftmäßig organisiert und achteten streng darauf, daß die Zahl der zugelassenen Lehrer in Frankfurt nicht überhand nahm. – Goethe besuchte seit Mai 1755 die Schule Johann Tobias Schellhaffers, unweit des Hirschgrabens an der Ecke der Goldfeder- und Schüppengasse.

17,28 *meine Vaterstadt:* Das Frankfurt Goethes hat man sich in jeder Beziehung weit näher dem Mittelalter als der Neuzeit vorzustellen. Zur Mitte des 18. Jh.s hatte die Stadt etwa 25000 Einwohner.

17,36 *Mainbrücke:* die im Jahre 1222 erstmals erwähnte, um 1030 entstandene Sandsteinbrücke. Sie wurde mehrfach erneuert, so nach dem Hochwasser von 1342 und zuletzt nach einem Teileinsturz im Jahre 1740 und war bis ins 19. Jh. die einzige feste Verbindung zwischen Frankfurt und Sachsenhausen, daher auch einfach »Mainbrücke« genannt. Heute befindet sich an ihrer Stelle die »Alte Brükke«. Goethe schreibt am 18. August 1797: »man kann fast sagen, daß die Mainbrücke das einzig schöne und einer so großen Stadt würdige Monument aus der frühern Zeit sei« (*Reise in die Schweiz 1797*).

18,5 f. *auf dem Brückenkreuz der goldene Hahn:* Auch der »Brickegiggel«, der den Schiffern die tiefste Stelle des Mains wies, wurde 1740 erneuert. An ihn rankt sich eine Version der bekannten Legende vom Teufel als Baumeister, der von den Bürgern der Stadt als Lohn für seine Hilfe die Seele des ersten Lebewesens verlangte, das die neue Brücke überquerte. Das Opfer wurde ein Hahn, dem daraufhin das Denkmal gesetzt wurde.

18,10 *diesseits:* Zum Marktwesen in Frankfurt vgl. Voelcker, 1932, S. 105–132. Einen bildlichen Eindruck vom Treiben an der Schiffslände vermittelt die Radierung von Friedrich Wilhelm Delkeskamp nach einer Zeichnung von Johann Friederich Morgenstern, abgebildet in Heckmann/Michel, S. 231.

18,10 f. *Weinmarkte:* am Mainufer gelegen. Die zu ihm gehörenden Gebäude waren 1744 neu aufgebaut worden.

18,15 *Saalhof:* alte karolingische Kaiserpfalz, in den Jahren 1714–17 von der reichen Familie Bernus durch einen Barockpalast an der Mainseite erweitert. Vgl. 222,4 mit Anm.

18,19 f. *Bartholomäus-Kirche:* der Dom.

18,25 *Pfarreisen:* Fußweg über den Domfriedhof, durch ein Gitter davon abgegrenzt. Zu den »Buden« vgl. die Abbildung in Heckmann/Michel, S. 26.

18,26 f. *farbige ... Bogen:* Ein solcher Bogen mit goldenen Vögeln auf rotem Grund ist faksimiliert in Wülkers Ausgabe von *Dichtung und Wahrheit*, Leipzig 1903, nach S. 32.

18,31 *Fleischbänken:* Goethe schreibt in der *Reise in die Schweiz 1797*: »Die Fleischbänke sind das Häßlichste, was vielleicht dieser Art sich in der Welt befindet; sie sind auf keine Weise zu verbessern« (18. August 1797). Vgl. auch die Darstellungen von Reiffenstein und Jules Noël, in: Heckmann/Michel, S. 27, 232.

18,33 *neue Kräm:* Straße zwischen Römerberg und Liebfrauenberg. Heute stellt die Liebfrauenstraße die von Goethe gewünschte Verbindung zur Zeil her. Vgl. *Reise in die Schweiz 1797*, 18. August 1797: »Was wäre nicht eine Straße, die vom Liebfrauenberg auf die Zeil durchgegangen wäre, für eine Wohltat fürs Publikum gewesen!«

18,35 *Zeile:* Die Zeil, zwischen der Innenstadt und der südlichen Neustadt, war ursprünglich ein Viehmarkt; im 18. Jh. war sie mit 25–27 Metern die breiteste und zugleich vornehmste Straße Frankfurts. Vgl. das Gemälde von Morgenstern, in: Heckmann/Michel, S. 158.

19,6 *Nürnberger Hof:* im Besitz der Familie Glauburg; oft Herberge der Nürnberger Kaufleute.

19,6 f. *Kompostell:* Quartier des Kurfürsten von Mainz während der Kaiserwahl und -krönung. Vgl. 198,20.

19,7 *Braunfels:* am Liebfrauenberg, erbaut von der Familie Br(a)unfels; bei den Kaiserkrönungen böhmisches Quartier.

Stammhaus derer von Stallburg: schon 1790–92 beim Neubau der deutsch-reformierten Kirche abgerissen.

19,9 f. *Nichts architektonisch Erhebendes:* Die mittelalterlichen Städte wurden in ihrer Eigenart erst von den Romantikern gewürdigt. Goethes Einschätzung geht auf seinen

Besuch in Frankfurt 1797 zurück; vgl. die entsprechenden Passagen in der *Reise in die Schweiz 1797*, besonders im Brief vom 18. August 1797. Das Wort vom »regelnden Geiste« im Gegensatz zu »Zufall und Willkür« ist Ausdruck dieser ›klassischen‹ Sichtweise.

19,22f. *Holzschnitte ... den Graveschen: Belagerungsplan der Stadt Frankfurt am Main*, Holzschnitt von Hans Grav nach Conrad Faber aus dem Jahr 1552; Abb. in Michel, 1982, S. 28/29.

19,31 *Zwinger:* Bereich zwischen der Stadtmauer und den dahinterliegenden Häusern.

19,36 *Gottesacker:* der Peterskirchhof, 1828 geschlossen.

20,5 *hinkende Teufel:* Im gleichnamigen Roman (1707) von Alain René Lesage (1668–1747) deckt der Teufel Asmodeus die Dächer der Stadt Madrid ab, um seinen Freund in die Wohnungen der Menschen sehen zu lassen.

20,14 *Römer:* im Jahre 1405 zusammen mit dem Haus »Goldener Schwan« vom Rat der Stadt zum Ersatz des alten Rathauses erworben. Im Laufe der Jahre kamen noch mehrere Nebengebäude hinzu; bis weit ins 18. Jh. wurde das Rathaus immer wieder umgebaut, nicht zuletzt auch aus Anlaß der Kaiserkrönungen von 1742 und 1745. Näheres vgl. *Wahl und Krönung* II, S. 123.

20,22–24 *Eines Manns ... beede:* Die Inschrift aus dem 15. Jh. in der Rotunde des Hauses »Goldner Schwan« lautet: »Eyns mans redde ein halbe redde / Man sal sie billich verhören bede.«

20,28 *Rangordnung unsres Senats:* Vgl. vor allem Voelcker, 1932, S. 51–56, und *Wahl und Krönung* II, S. 36f.

20,30–36 *ersten Bank ... zweiten Bank:* von Adligen und Gelehrten besetzt. Die Ratsmitglieder und die Mitglieder der kontrollierenden Bürgerkollegien »werden wohl a u s, aber nicht v o n den Standesgenossen gewählt [...]. Nicht s i e wählen ihre Obrigkeit, sondern diese selbst bestimmt ihren Ersatz« (Voelcker, 1932, S. 51).

21,5 f. *Wahl und Krönung der Kaiser:* ausführlich im 5. Buch dargestellt.

21,8 *Kaisertreppe:* Sie war 1741 zur Kaiserwahl im folgenden Jahr erbaut worden. Die neue, große Treppe im umgebauten Goethehaus (vgl. 28,32 f.) ist, mit ihren kunstvollen schmiedeeisernen Geländern, ein deutliches Zitat der Treppe im Römer; sie dokumentiert das bürgerliche Selbstbewußtsein Johann Caspar Goethes. Noch die Treppe im Goethehaus am Frauenplan in Weimar setzt diese Traditionslinie fort.

21,13 *Reichs-Insignien:* vgl. Anm. zu 196,30.

21,19 f. *Brustbilder der ... Kaiser:* Gemälde von Johann Conrad Unsinger (Unsin) aus dem Jahre 1711. Unsinger kam 1683 nach Frankfurt, wo er 1717 starb.

21,22 *Carl dem Großen:* Karl I. (742–814), fränkischer König und Kaiser (Krönung 800, Anerkennung durch Ostrom erst 812); 1165 heiliggesprochen.

21,24 f. *Rudolph von Habsburg ... großen Verwirrungen:* Rudolf I. von Habsburg (1218–91). Seine Wahl zum deutschen König 1273 in Frankfurt beendete das seit dem Tode Konrads IV. (1256) währende Interregnum, »die kaiserlose, die schreckliche Zeit«, wie es in Schillers Ballade »Der Graf von Habsburg« (1803) heißt.

21,25–27 *Carl der Vierte ... Goldnen Bulle ... Halsgerichtsordnung:* Kaiser Karl IV. (1316–78, Kaiser seit 1346) hatte 1356 auf dem Nürnberger Reichstag das in der *Goldenen Bulle* festgehaltene Gesetz über die Königswahl durch die sieben Kurfürsten verkündet. Gleichzeitig bestimmt die *Goldene Bulle* Frankfurt zur Krönungsstadt. – Die »peinliche Halsgerichtsordnung«, das als *Carolina* bekannte Strafgesetzbuch, wurde erst 1532 von Karl V. erlassen.

21,29 *Günther von Schwarzburg:* geb. 1304; 1349 von einem Teil der Kurfürsten gegen Karl IV. zum Kaiser gewählt. Er starb im gleichen Jahr, nachdem er auf den Thron verzichtet hatte.

21,30 *Maximilianen:* Maximilian I. (1459–1519), Sohn Kaiser Friedrichs III., König seit 1486, ab 1493 deutscher Kaiser.

21,35 *Carl dem Fünften:* Karl V. (1500–58), 1516 König von Spanien, erhielt 1519 die habsburgischen Erblande als Kaiser Karl V. (»Reich, in dem die Sonne nicht untergeht«).

21,35 f. *Franz dem Ersten:* Franz I. (1494–1547), seit 1515 König von Frankreich.

22,11 *Konklave:* die Wahlkapelle an der Südseite des Domchores. Hier versammelten sich die Kurfürsten zur Kaiserwahl. Das »Konklave« ist eigentlich die Bezeichnung für diese Versammlung, sie wurde jedoch auch auf den Versammlungsort übertragen.

22,32 *Krönung Carls des Siebenten:* Kurfürst Karl Albrecht von Bayern (1697–1745) wurde am 12. Februar 1742 zum Kaiser gekrönt.

22,32 f. *der französische Gesandte:* Charles Louis Auguste Fouquet, Duc de Belle-Isle (1684–1761). Ein besonders prächtiges, drei Tage dauerndes Fest veranstaltete er zum Namenstag Ludwigs XV. am 25. August 1741.

23,3 *Krönung Franz' des Ersten:* Franz I. Stephan (1708–65), seit 1729 Herzog von Lothringen, wurde am 4. Oktober 1745 nach dem Tod Karls VII. zum Kaiser gekrönt.

23,5 *Maria Theresia:* M. Th. (1717–80) war seit 1736 mit Franz Stephan von Lothringen verheiratet; Kaiserin seit 1740.

23,13 *Aachner Friede:* Der Aachener Friede vom 18. Oktober 1748 beendete den Österreichischen Erbfolgekrieg.

23,16 *Schlacht bei Dettingen:* Sieg des mit Maria Theresia verbündeten Georg II. von England über die Franzosen und Bayern am 27. Juni 1743.

24,17 *geplackt:* placken: »eine intensivbildung zu *plagen*, hart, lästig und kleinlich plagen« (DWB VII, Sp. 1873).

24,31 *Rezesse:* Vergleiche, Verträge.

25,2 f. *an jenen Tagen:* Die Geleitstage waren zur Ostermesse der Mittwoch, zur Herbstmesse (»Bartholomäi-

Messe«) der Donnerstag der Woche vor dem Messebeginn. Eine Beschreibung dieser Feierlichkeiten ist von Hieronymus Peter Schlosser, dem Bruder Johann Georg Schlossers, überliefert; vgl. Voelcker, 1932, S. 349 f.

25,24 *Pfeifergericht:* Goethes genaue Kenntnis dieser symbolischen Handlung, die zum letzten Mal 1802 stattgefunden hatte, beruht vor allem auf der Lektüre der *Abhandlung vom sogenannten Pfeiffergericht* (Frankfurt a. M. 1752) von Johann Heinrich Fries, die er am 23. April 1811 aus der Weimarer Bibliothek entlieh und die sich auch in der Bibliothek seines Vaters befand. Von Johann Friedrich Heinrich (Fritz) Schlosser, dem Sohn des 1797 verstorbenen Frankfurter Schöffen Hieronymus Peter Schlosser (Bruder von Goethes Schwager), erbat sich Goethe am 10. Juli 1811 »einen hölzernen Becher und Stäbchen, wie sie dem Schultheiß beym Pfeifergericht [. . .] überreicht wurden. [. . .] Vielleicht finden sich auch noch ein paar Handschuhe von dieser Ceremonie.« Am 28. Oktober 1811 bedankt er sich für die übersandten Gegenstände.

26,6 *Tag vor Mariä Geburt:* 7. September.

26,10 *Prokuratoren:* Bevollmächtigte; »bevollmächtigte Prokuratoren« ist ein Pleonasmus.

26,11 *Actuarius:* (lat.) Gerichtsangestellter.

26,13 *appellieren:* Berufung einlegen.

26,18 *Pommer:* Bomhart, fagottähnliches Blasinstrument.

27,24 *Räder-Albus:* Weißpfennig (Silber) mit einem eingeprägten Rad, dem Wappen des Bistums Mainz.

28,1–3 *Schwefelbrunnen . . . Hof zu den guten Leuten:* In der Nähe des sogenannten Grindbrunnens und des 1801 abgebrannten Gutleuthofes befand sich seit 1283 das Siechen- und Aussätzigenhaus Frankfurts.

28,12 f. *Waisenkinder aus ihren Mauern:* Das Waisenhaus befand sich, wie auch das Garnisonslazarett, auf dem »Klapperfeld« zwischen der Friedberger Gasse und der Stadtmauer.

28,25 *Haus . . . fertig geworden:* im Frühjahr 1756.

28,32 f. *hell und heiter ... lustig:* Im Gegensatz zur »winkelhaften« Düsternis des alten Hauses (vgl. 14,4 f.). – Von Loeper (WA) und Düntzer lesen »luftig«, »doch ist lustig hier als ›den Sinnen angenehm, angenehme Empfindung erweckend, reitzend‹ gebraucht, das Adelung (2, S. 2138) als ›eine im Hochdeutschen veraltete Bedeutung, in welcher dieses Wort im Oberdeutschen sehr häufig ist‹ bezeichnet« (HKA II, S. 270).

29,3 f. *Büchersammlung des Vaters:* in ihrer Vielseitigkeit eine der bedeutendsten Privatbibliotheken im Frankfurt des 18. Jh.s. Sie umfaßte, als sie 1795 von Goethes Mutter veräußert wurde, gegen 2000 Bände aus nahezu allen Wissensgebieten. Teile davon – etwa 400 Bände – haben Johann Wolfgang Goethe und sein Schwager Johann Georg Schlosser für sich behalten, der Rest wurde versteigert. Goethe selbst hatte 1794 seiner Mutter zum Verkauf der Sammlungen geraten, hielt aber den Zeitpunkt wegen der französischen Besetzung Frankfurts für ungeeignet (*Tag- und Jahreshefte 1794*). Daraus erklärt sich die Bitterkeit, mit der er sich in den *Tag- und Jahresheften 1795* über den Verkauf äußert: »In dem Laufe dieser Jahre hatte meine Mutter den wohlbestellten Weinkeller, die in manchen Fächern wohlausgerüstete Bibliothek, eine Gemäldesammlung, das Beste damaliger Künstler enthaltend, und was sonst nicht alles verkauft, und ich sah, indem sie dabei nur eine Bürde los zu sein froh war, die ernste Umgebung meines Vaters zerstückt und verschleudert.« – Auf der Grundlage des erhalten gebliebenen handschriftlichen Verzeichnisses und des gedruckten Auktionskataloges arbeitet das Freie Deutsche Hochstift in Frankfurt an der Wiederherstellung der Sammlung; die Erfolge verzeichnen regelmäßig die Berichte im Jahrbuch des Instituts. Über die Bibliothek Johann Caspar Goethes unterrichtet umfassend Franz Götting, »Die Bibliothek von Goethes Vater«, in: *Nassauische Annalen* 64 (1953) S. 23–69.

29,4 f. *Franz- oder Halb-Franzband:* Ganz- bzw. Halbleder-Einband ›nach französischer Art‹, mit erhabenen, d. h. nicht im Buchblock versenkten Bünden.

29,9 *in Quart:* im Quartformat: Buchformat (4 Blätter pro Bogen).

29,12 *Tasso:* Torquato T. (1544–95), italienischer Dichter der Renaissance, Hauptwerk: *La Gerusalemme liberata* (»Das befreite Jerusalem«, 1576).

29,15 *Keyßler und Nemeiz:* Johann Georg Keyssler (1693 bis 1743), *Neueste Reisen durch Teutschland, Böhmen, Ungarn, die Schweiz, Italien und Lothringen* (2 Bde., Hannover 1751); Joachim Christoph Nemeitz (1679 bis 1753), *Nachlese besonderer Nachrichten von Italien* (Leipzig 1726), und *Inscriptionum singularium maximam partem novissimarum fasciculus [...]* (»Bändchen einzigartiger, zum größten Teil neuester Inschriften«, Leipzig 1726). Beide Autoren werden in Johann Caspar Goethes *Viaggio* mehrfach erwähnt. Von Keyssler sagt er: »sein Reisebericht befindet sich ja in allen Händen« (*Reise* [s. Anm. zu 15,4 f.] S. 398), und lobt besonders dessen Genauigkeit, während er in den Werken von Nemeitz »zahllose Schreib- und Druckfehler« zu beklagen findet (*Reise*, S. 8).

29,30–34 *Gemälde ... symmetrisch angebracht:* Die Hängung der Bilder nach dem Format ist eine alte barocke Tradition. Ein erhaltenes Beispiel ist die Gemäldegalerie im Palais Schwarzenberg in Wien.

30,1 *die lebenden Meister beschäftigen:* Diese Praxis unterscheidet Johann Caspar Goethe von anderen Kunstsammlern Frankfurts. – Das Wort *Meister* deutet, wenn vom 18. Jh. die Rede ist, auf einen Künstlerbegriff hin, der sich von dem heutigen stark unterscheidet. Die Frankfurter Maler verstanden sich »weniger als hohe Künstler denn vielmehr als biedere und tüchtige, solide Handwerker« (*Frankfurter Malerei*, S. 25). – Die Frankfurter Maler werden im 3. Buch ausführlich vorgestellt.

30,20 *Hirt:* Friedrich Wilhelm H. (1721–72); vgl. *Gemälde*,

S. 53. Einige seiner Werke sind reproduziert in *Frankfurter Malerei*, S. 86–89, und *Gemälde*, S. 54.

30,21 *mit Vieh zu staffieren:* Diese Stelle folgt fast wörtlich Henrich Sebastian Hüsgens *Artistischem Magazin* (Frankfurt a. M. / Leipzig 1790, S. 329), das der Verfasser Goethe gewidmet hatte: »Oefters mahlte auch der berühmte alte Schütz die Landschaften, und Hirt staffirte sie mit seinem schönen Vieh.« Vgl. auch 118,1–34.

30,22 *Trautmann:* Johann Georg T. (1713–69); vgl. auch Anm. zu 94,33. Von ihm stammt der Joseph-Zyklus, der Goethe zu seinem nicht erhalten gebliebenen Jugendwerk inspirierte (vgl. Anm. zu 95,25 f.). Farbwiedergaben zweier seiner »effektvollen Feuersbrünste« in *Frankfurter Malerei*, S. 40. – Auch an dieser Stelle zitiert Goethe aus Hüsgens *Artistischem Magazin*. Dort heißt es: »Sein hauptsächlichstes Talent bestund in Vorstellung nächtlicher Feuersbrünste« (S. 348).

30,27 *Schütz:* Christian Georg Sch. d. Ä. (1718–91). Das Freie Deutsche Hochstift besitzt 19 Gemälde von ihm. Eine besonders charakteristische Rheinlandschaft dieses Malers ist im Katalog *Frankfurter Malerei*, S. 41, farbig abgebildet.

Sachtleben: Herman Zaftleeven (1609–85), auch Sachtleven, Saftleben, Zachtleven, holländischer Radierer und Maler aus einer weitverzweigten Malerfamilie. Der Einfluß Zaftleevens auf Schütz wird ebenfalls in Hüsgens *Artistischem Magazin* (S. 372) beschrieben.

30,28 *Junkern:* Justus Juncker (1703–67). Von ihm befinden sich 18 Gemälde im Freien Deutschen Hochstift, darunter die beiden Blumenstücke, von denen Goethe im 4. Buch berichtet (vgl. Anm. zu 164,22).

30,34 *Seekaz:* Johann Conrad Seekatz (1719–68); vgl. Anm. zu 94,3.

30,35 *Brinkmann:* Philipp Hieronymus Brinckmann (1709 bis 1761), kurpfälzischer Hofmaler.

31,7 *Helligkeit:* Die Schaffung günstiger Lichtverhältnisse war auch der Grund für den Einbau des seitlichen Fensters in der Bibliothek des Vaters im zweiten Stock, das man im Aquarell von Reiffenstein (1863; s. Heckmann/Michel, S. 36) gut erkennen kann. Vgl. auch Anm. zu 211,5.

31,19 *Erdbeben von Lissabon:* Die Naturkatastrophe vom 1. November 1755, bei der viele tausend Menschen ums Leben kamen, hat die europäische Geistesgeschichte grundlegend beeinflußt und verändert. Die Vorstellung, in der »besten aller Welten« zu leben (Leibniz), wurde nachhaltig erschüttert. Goethe hat im »Biographischen Schema« von 1809 den großen »Effect in der cultivirten Welt« betont und auf die Diskussion zwischen Voltaire und Rousseau über das Erdbeben hingewiesen. In *Dichtung und Wahrheit* ist jedoch die Perspektive des gerade Sechsjährigen dominierend. – Das Erdbeben von Lissabon leitete einen bedeutenden Säkularisationsschub in der zweiten Hälfte des 18. Jh.s ein. In der Bedeutung für die Geistesgeschichte des 18. Jh.s wird dieses Naturereignis nur von der Französischen Revolution übertroffen. Goethe selbst stellt in einem Brief an Wilhelm von Humboldt vom 19. Oktober 1830 eine Beziehung zwischen dem Erdbeben, der Französischen Revolution von 1789 und der Julirevolution von 1830 her: »Wie das Erdbeben von Lissabon fast im Augenblick seine Wirkungen auf die entferntesten Seen und Quellen spüren ließ, so sind auch wir von jener westlichen Explosion, wie vor vierzig Jahren, unmittelbar erschüttert worden.« – Goethes wichtigste Quelle war die Schrift *Beschreibung des Erdbebens, welches die Hauptstadt Lissabon und viele andere Städte in Portugall und Spanien theils ganz umgeworfen, theils sehr beschädigt hat. Mit Kupfern. Erstes Stück* (Danzig 1756). Sein Vater besaß das Werk *Die traurige Verwandlung von Lissabon in Schutt und Asche* (1.–3. Stück, Frankfurt a. M. 1756); in den *Frankfurter Meß-Relationen*, die Johann Caspar Goethe abonniert hatte, erschienen zur Ostermesse 1756 Kupferstiche von Johann Michael Eben, dem ersten Zeichenlehrer Goethes, die Lissabon vor und nach dem Erdbeben zeigten.

32,11 f. *Trostgründen ... Strafpredigten:* Vgl. die von Bettine Brentano überlieferte Äußerung der Mutter Goethes: »Nachdem er [Johann Wolfgang] mit dem Großvater aus einer Predigt kam, in welcher die Weisheit des Schöpfers gleichsam gegen die betroffene Menschheit verteidigt wurde, und der Vater ihn fragte, wie er die Predigt verstanden habe, sagte er: Am End' mag alles noch viel einfacher sein, als der Prediger meint; Gott wird wohl wissen, daß der unsterblichen Seele durch böses Schicksal kein Schaden geschehen kann« (Brief an Goethe, 24. November 1810). Möglicherweise handelte es sich dabei um die Predigt des Pfarrers der Barfüßerkirche, Johann Philipp Fresenius, die unter dem Titel *Bus-Gedancken bey den grosen Erschütterungen, die Gott im Reich der Natur entstehen lässet, an dem außerordentlichen Bus- und Bet-Tage wegen des grosen Erdbebens den 16. Jan. 1756 vorgetragen* auch im Druck erschienen war. Wie alle Überlieferungen Bettines ist indessen auch diese mit Vorbehalt zu bewerten.

33,17 f. *Coburger Gymnasium:* das 1605 vom Wettinerherzog Johann Casimir gegründete Casimirianum.

33,23 *promoviert ... hereditatis«:* Johann Caspar Goethe hat von September 1730 bis 1731 in Gießen studiert, von 1731 bis 1735 in Leipzig, dann wieder in Gießen. Am 18. Dezember 1738 fand dort die Disputation statt, am 30. Dezember wurde Goethe promoviert. Der vollständige Titel seiner 176 Seiten und 79 Paragraphen umfassenden Dissertation lautet: *Electa de aditione hereditatis ex iure Romano et patrio illustrata* (»Über römischen und deutschen Erbvollzug«). Näheres zu Johann Caspar Goethes Promotion in GA Erg.-Bd. 1, S. 29–36.

33,32 *seine Kinder selbst zu unterrichten:* Der väterliche Unterricht hat sich wahrscheinlich auf die bloße Anwesenheit bei den Übungen der Kinder beschränkt; einen »Unterricht« im eigentlichen Sinne hat Johann Caspar Goethe den Kindern wohl nicht erteilt. Dagegen sprechen schon die hohen Summen, die für die Hauslehrer der Kinder aufgewendet wurden.

34,21 f. *der gereimte angehende Lateiner:* Johann Gottfried Gross, *Der angehende Lateiner, d. i. erste Übungen der lateinischen Sprache nach der Langeschen Grammatik* (Halle a. d. S. 1747). Das Haushaltungsbuch Johann Caspar Goethes verzeichnet am 2. März 1756 den Erwerb dieses Buches zum Preis von einem Gulden.

34,27 f. *Ober-Yssel … verhaßt:* Eine ähnliche, allerdings nicht gereimte Formulierung findet sich in Johann Hübners Lehrbuch *Kurtze Fragen aus der alten und neuen Geographie*.

34,31 *Chrieen:* (griech.) wörtl.: Gemeinplätze; Schemata zur Abhandlung eines Themas.

35,4 *Cellarius:* Gemeint ist die Grammatik von Christoph C., *Latinitatis probatae et exercitatae liber memorialis* (»Erleichterte lateinische Grammatik«, deutsch 1724; die lateinische Ausgabe von 1755 in der Bibliothek des Rats Goethe). Johann Caspar Goethe besaß auch einen *Cellarius françois*.

35,23–25 *Paris voraus sehen … ergetze:* Diese Erfahrung hat Johann Caspar Goethe aus seiner eigenen Reise gezogen; Paris hatte ihm nach seinem langen Italien-Aufenthalt nichts mehr bieten können. Vgl. GA Erg.-Bd. 1, S. 76.

35,26–32 *Dieses Märchen meines künftigen Jugendganges … teilhaft zu werden:* Deutung der Kinderjahre aus der Rückschau; mit dem Begriff »Märchen« wird ein deutlicher Hinweis auf die »Dichtung«, das ordnende und deutende Prinzip der Autobiographie, gegeben.

35,34 f. *Unterricht förderte mich nicht:* ein hartes Urteil angesichts der Fülle von Wissen, die dem jungen Goethe gerade in den »Privat-Stunden« vermittelt wurde.

35,36–36,1 *Unarten … meiner Gesellen:* Johann Isaak von Gerning erinnert sich: »So war er in einer gemeinschaftlichen Zeichenstunde der Fleißigste. [Henrich Sebastian]

Hüsgen aber [...] war immer unfleißig und aß Wecken. Da rief Goethe immer: Der Hüschen frißt Wecken. Auch war er Schiedsrichter, wenn sich die andern bei den Perücken [...] zerrten« (*Gespräche* I, S. 23 f.).

36,2 *Chrestomathieen:* literarische Anthologien zu Unterrichtszwecken.

36,4 f. *Cornelius Nepos:* römischer Geschichtsschreiber (um 100 – 24 v. Chr.). Gemeint ist dessen Sammlung von Biographien.

36,6 f. *Cellarius und Pasor:* Christoph C., *Historia universalis* (Jena 1716); Georg P., *Manuale novi Testamenti.* Johann Caspar Goethe besaß die Ausgaben Amsterdam 1600 und Leipzig 1748. Im Unterricht für die Kinder wurde wahrscheinlich die neuere Edition benutzt.

36,8 *Reim- und Versewut:* Vgl. dagegen den Streit um die reimlosen Werke Klopstocks im 2. Buch (85,12 f. »mein Vater hielt den Reim für [...] unerläßlich«).

36,16 *Meine Gedichte:* Die frühesten erhaltenen Gedichte Goethes sind die beiden gereimten Neujahrsglückwünsche an seine Großeltern (1757). Sie werden hier kaum gemeint sein. – Der ganze Abschnitt, der um die Begriffe »Irrtum« und »Wahrheit« kreist, ist deutlich vom Blickwinkel des alten Goethe geprägt.

36,22 f. *Hofmeister:* Hauslehrer.

37,6 f. *»Orbis pictus« des Amos Comenius:* Johann A. C. (d. i. Komensky, 1592–1670), Theologe und Pädagoge, war Bischof der »Böhmischen Brüder«. Sein *Orbis pictus* war seinerzeit eines der verbreitetsten Lehrbücher. In der Bibliothek Johann Caspar Goethes befanden sich zwei Ausgaben: *Orbis sensualium Picti oder der sichtbaren Welt 2. Theil, darinnen eine Abbildung und Benennung aller vornehmsten Weltdinge und menschlichen Handlungen zu finden, Lateinisch und Deutsch* (Nürnberg 1746) und der *Orbis pictus trilinguis* (Nürnberg 1755). Im »Colloquium Wolfgang et Maximilian« in den *Labores juveniles* heißt es: »W. Wilstu etwa des Comenii seine sichtbare Welt aufschlagen und ein Paar Capitel mit mir wiederholen. M. Auch diesen nicht, wens auch die erneüerte Viersprächige wäre.«

37,8 *Folio-Bibel ... Merian:* erstmals 1630 im Druck erschienen. In Johann Caspar Goethes Bibliothek war nach Auskunft der erhaltenen Verzeichnisse keine Merian-Bibel vorhanden. Goethe könnte die Ausgabe von 1703 gekannt haben, die sein Onkel Hermann Jakob Goethe besaß (der in der Anm. zu 15,14 erwähnte Ratsherr).

37,9 *Gottfrieds »Chronik«:* Johann Ludwig Gottfried (d. i. Johann Philipp Abelin, um 1581–1633), *Chronica oder Beschreibung der Geschichte vom Anfang der Welt bis auf das Jahr 1619*, zuerst 1633 erschienen, in 5. Auflage 1750 in Frankfurt a. M.

37,11 f. *»Acerra philologica«:* »Philologisches Weihrauchkästchen«; immer wieder neu aufgelegte und erweiterte Sammlung von Anekdoten und Geschichten griechischer und lateinischer Autoren zur Einführung in das klassische Altertum. Zuerst 1637 von Peter Lauremberg (1585–1639) veröffentlicht.

37,13 f. *die Ovidischen »Verwandlungen«:* die *Metamorphosen* von Publius Ovidius Naso (43 v. – 18 n. Chr.); Goethes Vater besaß drei Bände einer Ovid-Ausgabe (Amsterdam 1713), und – für den kleinen Johann Wolfgang freilich noch tabu – eine französische *Traduction des elegies amoureuses d'Ovide*.

37,22 f. *Fenelons »Telemach«:* François de Salignac de la Mothe Fénelon (1651–1715), *Les Aventures de Télémaque* (1699). Neben der erwähnten Versübertragung von Benjamin Neukirch (1665–1729), *Die Begebenheiten des Prinzen von Ithaca, oder der seinen Vater Ulysses suchende Telemach* (Nürnberg 1743), besaß Johann Caspar Goethe noch drei französische Editionen dieses pädagogischen Romans (sämtlich in entsprechenden Ausgaben wieder in der Bibliothek des Frankfurter Goethehauses) sowie von G. P. Platt den *Ausleger des Telemachs* (Frankfurt a. M.

1732) und von Johann Georg Meintel die *Kleine Sitten- und Sprachenschule aus dem Télémaque* (Nürnberg 1732).

37,26 *»Robinson Crusoe«:* Die erste deutsche Übersetzung des 1719 erschienenen Romans von Daniel Defoe (d. i. Foe, 1660/61–1731) wurde 1720 veröffentlicht (*Das Leben und die gantz ungemeinen Begebenheiten des berühmten Engelländers, Mr. Robinson Crusoe*).

37,27 *»Insel Felsenburg«:* Johann Gottfried Schnabels (1692 bis 1752) Roman *Wunderliche Fata einiger See-Fahrer [. . .]* (1731–43) ist eine der bedeutendsten deutschen Robinsonaden. Den Titel *Die Insel Felsenburg*, mit dem man den Roman schon bald nach seinem Erscheinen bezeichnete, erhielt er öffentlich erst in Ludwig Tiecks Bearbeitung von 1828.

37,28 f. *Lord Ansons »Reise um die Welt«:* Johann Caspar Goethe besaß die deutsche Übersetzung des vom Schiffsprediger Walter Richard verfaßten Reisewerks: *[George] Lord Ansons Reise um die Welt, welche in den Jahren 1740–1744 verrichtet [. . .]* (Leipzig/Göttingen 1749).

38,4 f. *Volksschriften, Volksbücher:* erschienen im Frankfurter Verlag Spies. Die Bezeichnung »Volksbücher« wurde erst durch die Sammlung von Joseph Görres geprägt (*Die teutschen Volksbücher*, 1807).

38,7 *mit stehenden Lettern:* mit immer wieder bis zur völligen Abnutzung verwendeten Typen.

38,27 *die Pocken:* Bis in die Mitte des 18. Jh.s waren die Pocken, an denen Goethe 1758 erkrankte, eine der Hauptursachen für die hohe Kindersterblichkeit. Man versuchte sie zunächst durch die Impfung mit echten Pocken zu bekämpfen. Diese gefährliche Methode kannte man in Mitteleuropa durch die Schriften des Arztes Emanuel Timoni (1713) und der Ehefrau des englischen Gesandten in Konstantinopel, Lady Mary Wortley Montagu (1718). Erst die Impfung mit Kuhpocken, die der englische Arzt Edward Jenner 1796 einführte, brachte den Durchbruch in der Bekämpfung der Krankheit.

39,14 f. *ohne ... eine sichtbare Spur:* Auf der 1807 von Karl Gottlob Weißer abgenommenen Gesichtsmaske Goethes sind noch deutliche Pockennarben zu erkennen.

39,20 *sehr lebhafte Tante:* Johanna Maria Jakobäa Melber, geb. Textor (1734–1823), Schwester von Goethes Mutter, verheiratet mit dem Frankfurter Kaufmann Georg Adolf Melber (1725–80).

40,1 *Stoikern:* vgl. Anm. zu 238,8.

40,6 *eines Bruders:* Der am 26. November 1752 geborene Hermann Jakob starb am 10. Januar 1759 an der damals in Frankfurt grassierenden Ruhr (»jener Ansteckung«, 40,7).

40,11 *Geschwistern:* Katharina Elisabetha (1754–56), Johanna Maria (1757–59) – das »sehr schöne und angenehme Mädchen« – und Georg Adolf (1760–61).

40,27 *Großeltern ... Wohnung:* Das Gebäude wurde 1863 abgerissen. Den Zustand zu Goethes Zeit zeigt das Aquarell von Reiffenstein, in: Heckmann/Michel, S. 44.

41,14 *Seidenwürmer:* vgl. Anm. zu 128,32 f.

41,30 *in Triplo:* in drei Exemplaren.

41,34 *Alcinous und Laertes:* Alkinoos ist der König der Phäaken auf Scheria, der einen Garten von ewiger Fruchtbarkeit besitzt (*Odyssee* VII,112–132). Von Laertes, dem Vater des Odysseus, heißt es in der *Odyssee*: »Ihn hüllt' ein schmutziger Leibrock, / Grob und häufig geflickt; auch ein Paar stierlederne Schienen / Trug er geflickt um die Beine, dem ritzenden Dorne zur Abwehr, / Handschuh' auch an den Händen, vor Stachelgewächs, und von oben / Deckt' er das Haupt mit der Kappe von Geißfell« (XXIV,227–231, Voßsche Übersetzung).

42,2 *Registrande seiner Proponenden:* Verzeichnisse der zu stellenden Anträge (nicht Antragsteller).

42,9 *niemals irgend eine Neuerung:* Die Schilderung der auf Kontinuität und gleichförmiger Ruhe gegründeten Lebensweise des Großvaters steht in deutlichem Kontrast zum unruhigeren und abwechslungsreichen Leben in Goethes Elternhaus.

42,10 *Seine Bibliothek:* Auch im Vergleich der Bibliotheken Johann Caspar Goethes und seines Schwiegervaters zeigt sich die Vielseitigkeit und ›Modernität‹ in den Auffassungen des Kaiserlichen Rates.

42,17 *Gabe der Weissagung:* Goethes ambivalentes, jedenfalls nicht eindeutig ablehnendes Verhältnis zum Glauben an solche ›Gaben‹ tritt hier besonders in der Verbindung des Wortes »Überzeugung« mit dem Konjunktiv zutage.

42,25 *erledigten:* freigewordenen.

42,27 *Kugelung:* Dieses komplizierte System der Schöffenwahl durch die Ballotage, die Ziehung von silbernen und goldenen Kugeln, ist eine Mischung aus Wahl der drei Kandidaten und Losentscheid zugunsten eines der drei Vorgeschlagenen. Der Vorgang wird im Katalog *Wahl und Krönung* II, S. 36, anschaulich erläutert.

43,3 *Etwas Ähnliches:* nach einer Aufzeichnung der »lebhaften Tante« Melber. – Der Schultheiß ist Johann Christoph Ochs von Ochsenstein (vgl. Anm. zu 11,23 f.)

43,23 *Schreibkalendern:* Der Titel dieser Kalender lautet *Des H. R. Reichs Freyen Wahl- und Handels-Stadt Franckfurt am Mayn Verbesserter Raths- und Stadt-Calender [...] Worinnen Alle Ehren-Aemter und Bedienungen / Taxa, Zoll-Rollen und Ordnungen, Decreta publica, Gerichts-Ferien, Posten und alles andere so die Stadt Franckfurt betrifft, nebst denen Jetztlebenden Häusern von Europa, wie auch einem Juden-Calender befindlich*. Die Handschriftenabteilung des Freien Deutschen Hochstifts verwahrt Johann Wolfgang Textors Kalender von 1736 und 1737, die in der Tat zahlreiche »auf Gärtnerei bezügliche« eigenhändige Eintragungen Textors enthalten. So hat er am 12. Oktober 1737 »Vier Zwerg-Kirschbäume von unterschiedenen Gattungen hinüber setzen, und die Löcher zuvor mit Mistbeet-Erde ausfüttern lassen«. Notizen über seine nächtlichen Offenbarungen finden sich in den beiden erhaltenen Heften nicht.

43,24 *gestört:* gestöbert.

44,4 *aufs Wirkliche gestellt:* versteckte Selbstcharakteristik des erwachsenen Goethe, der sich z. B. in dem Entwurf eines Briefes an Schiller einen »Stockrealiste« nennt (27. April 1798).

44,5 *derselben:* der Kinder Textors.

44,8 f. *Materialhändler Melbert ... zweite Tochter:* die öfter erwähnten Georg Adolf und Johanna Maria Melber. – Reiffensteins Aquarell des Geschäfts- und Wohnhauses der Familie Melber, in dem Johann Wolfgang und Cornelia Goethe während des Hausumbaues 1755/56 untergebracht waren, ist in Heckmann/Michel, S. 52, farbig reproduziert.

44,15 *Süßholz:* Lakritze.

44,16 *Zeltlein:* Plätzchen; vgl. den heute noch gebräuchlichen »Lebzelter«.

44,35 *Prallsteine:* »auch *prellstein*, eck, schutz-, abweisstein vor einem hause« (DWB VII, Sp. 2063).

45,7 *zweite Tante ... Pfarrer Stark:* Anna Maria Starck, geb. Textor (1738–94), verheiratet mit dem Pfarrer Johann Jakob Starck (1730–96).

45,13 *Herrn von Loen:* vgl. Anm. zu 79,34. Die von Goethe erwähnte Homer-Übertragung L.s ist 1754 erschienen. Sie beruht nicht auf dem griechischen Original, sondern einer französischen Übersetzung.

45,24 *Virgil:* Die *Aeneis* (2. Buch) von Publius Virgilius Maro (70–19 v. Chr.) schildert den Untergang Trojas.

45,34 *Separatisten ... Lande:* pietistische Reformbewegungen des Protestantismus. Vgl. S. 363 f. mit Anm.

46,13 *Beichtvater:* Die Ohrenbeichte war im 18. Jh. auch im Protestantismus noch üblich.

46,16 *Beichtvater des Königs David:* Gott.

46,23 *unmittelbar:* im Gegensatz zu der Annäherung »durch Christum« (46,1).

46,25 f. *ersten Glaubensartikel:* bezieht sich, wie Goethe selbst 46,20 f. zitiert, auf Gott als »Schöpfer und Erhalter Himmels und der Erden«.

46,32 f. *Stellen des Evangeliums:* Mt. 6,26: »Sehet die Vögel unter dem Himmel an: sie säen nicht, sie ernten nicht, sie sammeln nicht in die Scheunen, und euer himmlischer Vater nähret sie doch.« So auch Lk. 12, 24.

46,36 *einen Altar errichten:* Diese alttestamentarische Art der religiösen Huldigung könnte durch die Stiche der oben (37,8) erwähnten Merian-Bibel angeregt worden sein. – Einen »schönen rotlackierten goldgeblümten Musikpult« (47,7 f.) kann man im Musikzimmer des Frankfurter Goethehauses besichtigen; das Instrument ist allerdings erst um 1900 dorthin gekommen.

47,4/48,10 *Stufen / Prachtstufen:* »Stufe, auch *stuff*, m., stück eines erzes, minerals« (DWB X,4, Sp. 307).

Zweites Buch

49,1 *jener weltbekannte Krieg:* Der Siebenjährige Krieg um den Besitz Schlesiens (3. Schlesischer Krieg) begann am 29. August 1756 mit dem Angriff Friedrichs II. auf Sachsen. Preußen war mit England gegen die Allianz von Österreich, Frankreich, Rußland, Sachsen-Polen und Schweden verbündet. Goethe spricht zu Recht vom »weltbekannten« Krieg: Der Konflikt weitete sich außerhalb Europas zu einem Kolonialkrieg zwischen England und Frankreich aus; in der Folge (Pariser Frieden von 1763) mußte Frankreich Kanada, Gebiete östlich des Mississippi, Teile ostindischer Besitzungen und Gebiete am Senegal an England abtreten. – Mit dem Hubertusburger Frieden (15. Februar 1763) wurde der preußische Besitz Schlesiens bestätigt.

49,5 *Manifest: Mémoire raisonné sur la conduite des Cours de Vienne et de Saxe [...] avec les pièces originales et justificatives* (»Denkschrift über das Verhalten der Höfe von Wien und von Sachsen [...] mit originalen Beweisstücken«). Verfasser war der Minister Ewald Friedrich Graf von Hertzberg (1725–95).

49,9 f. *spaltete sich ... in zwei Parteien:* Zu den politischen Implikationen dieser Spaltung vgl. 89,34–90,2 mit Anm. – Mit der Thematik der Spaltung und der Partei sind zwei Begriffe in die Darstellung dieser Epoche eingeführt, die im Denken des alten Goethe eine zentrale Bedeutung haben. Von beidem spricht Goethe stets mit tiefer Abneigung. Die Spaltung des eigentlich Zusammengehörigen erfährt vor allem in den naturwissenschaftlichen Arbeiten heftige Ablehnung. – Über Goethes ablehnende Haltung gegenüber dem »Parteigeist« jeder Art überliefern Eckermann und Riemer gleichermaßen deutliche Worte: »Sowie ein Dichter politisch wirken will, muß er sich einer Partei hingeben; und sowie er dieses tut, ist er als Poet verloren; er muß seinem freien Geiste, seinem unbefangenen Überblick Lebewohl sagen und dagegen die Kappe der Borniertheit und des blinden Hasses über die Ohren ziehen« (Eckermann, Anfang März 1832) – »die Fratze des Parteigeistes ist mir mehr zuwider, als irgend eine andere Karikatur« (Riemer, Oktober/November 1803). – Goethes Einstellung zu dem spaltenden Parteienstreit innerhalb der ursprünglich als organische Einheit empfundenen Familie wird gerade durch die wiederholte Nennung dieser bei ihm stets negativ besetzten Begriffe hervorgehoben. Sie zeigen, wie sehr ihn noch nach einem halben Jahrhundert die ganz offensichtlich sehr tiefgehenden Auseinandersetzungen seiner Verwandten beschäftigten.

49,14 *Kaiserin:* Maria Theresia.

49,18 *unglücklichen Monarchen:* Im Österreichischen Erbfolgekrieg wurde Bayern von Österreich besetzt, so daß Karl VII. – der vormalige Kurfürst Karl Albrecht von Bayern – nach der Schlacht bei Dettingen in Frankfurt Zuflucht suchen mußte.

49,19 *gegen:* hin zu. – Zur politischen Haltung Johann Caspar Goethes schreibt Notker Hammerstein: »Was hier als Positionswechsel der Reichsstädter erscheinen könnte [...], erscheint im vorliegenden Fall jedoch nicht so gravierend. Dieser erste und letzte nichtösterreichische Kaiser [Karl VII.] seit Jahrhunderten Habsburgisch-Wiener Kaiser verdankte nicht zuletzt eben diesem preußischen König und brandenburgischen Kurfürsten – Friedrich II. – seine Wahl und Inthronisation. Und insofern erscheinen der Herr Rat keineswegs sonderlich undankbar« (*Wahl und Krönung* I, S. 49).

49,27 *tüschen:* »›nässen‹, wohl zu schweiz. *tüsch*, m., ›leichter, dünner regen‹« (DWB XI,1.2, Sp. 1926); hier also i. S. v. ›löschen, dämpfen‹.

49,27 f. *unangenehmen Szenen:* Johann Christian Senckenberg berichtet in seinem Tagebuch unter dem 1. April 1760 von einem solchen Auftritt: »Ohnlängst [...] passirte, daß Mr. Thorane, lieutenant du roi, der bei Rath Göthe [...] im Hause liegt, demselben mit Gemälden alle Zimmer wegnahm und sie sehr einschränkte. Er beschwerte sich gegen socerum Textorem [den Schwiegervater Textor], der aber ihn nicht hörte und sagte, er solle es hinnehmen. Bald darauf hielte Textoris Tochter, Pfarrin Starckin, Kindbett, und waren bey der Mahlzeit in Pastoris Hause Textor et gener [Schwiegersohn] Goethe. Da redeten sie von dieser Materie, und Textor gab Göthe keine guten Worte. Dieser wild sagte: er verfluche das Geld, so Textor die Stadt den Franzosen zu verraten genommen habe, wolle nichts davon [...] und verfluche die, so sie hereingelassen. Textor warf ein Messer nach ihm, Göthe zog den Degen. Pfarrer Starck wurde über diese Begebenheit damahl aus Schrekken krank« (Kriegk, S. 135 f.)

49,30 *Tante:* Johanna Melber.

49,33 *Agitation:* Aufregung.

49,33 f. *Besitznahme von Dresden:* am 9. September 1756.

49,35 *Sieg bei Lowositz:* Lobositz in Böhmen; Sieg Preußens über Österreich am 1. Oktober 1756.

49,36 *Gefangennehmung der Sachsen:* Kapitulation von Pirna am 15. Oktober 1756.

50,5 *»Romeo und Julie«:* Anspielung auf die beiden verfeindeten Familien Montague und Capulet in Shakespeares Drama.

50,10 f. *Siegslieder ... Spottlieder:* meist in Einblattdrucken und Zeitschriften verbreitet. Berühmt wurden vor allem Johann Wilhelm Ludwig Gleims (1719–1803) *Preußische Kriegslieder in den Feldzügen von 1756 und 1757*, die 1758 erschienen.

50,26–51,17 *Gerechtigkeit des Publikums zu bezweifeln ... Verachtung des Publikums:* Goethes oft schroff abweisende Haltung gegenüber dem Publikum hat in zahlreichen Werken, Briefen und Gesprächen ihren Niederschlag gefunden. »Das Publikum, besonders das deutsche, ist eine närrische Karikatur des Demos. Es bildet sich wirklich ein, eine Art von Instanz, von Senat auszumachen und im Leben und Lesen dieses oder jenes wegvotieren zu können, was ihm nicht gefällt. Dagegen ist kein Mittel als ein stilles Ausharren« (Gespräch mit Riemer, 31. Dezember 1809). – An Karl Ludwig von Knebel schreibt Goethe am 7. März 1821: »mit dem Publikum fährst du am besten, wenn du tust, als wenn keins da wäre«, und in der Sammlung *Sprichwörtlich* stehen die Verse: »Wer dem Publikum dient, ist ein armes Tier; / Er quält sich ab, niemand bedankt sich dafür.« – Im Fortgang der Autobiographie, insbesondere im Zusammenhang mit der eigenen literarischen Produktion, kommt die Thematik von Literatur und Öffentlichkeit noch häufig zur Sprache.

51,12 f. *Juwelen- und Geldliebhaberei:* Die von Wilhelm Hertz in *Euphorion* 23 (1921) S. 512 vorgeschlagene Konjektur zu »Goldliebhaberei« mag inhaltlich gerechtfertigt sein (vgl. 163,16 f.). Textkritisch ist sie es nicht, wie das Variantenverzeichnis in HKA II, S. 271 belegt.

51,13 *Graf Daun:* der österreichische Feldmarschall Leopold Joseph Maria Graf von D. (1705–66).

51,29 *die Franzosen Frankfurt besetzten:* am 2. Januar 1759. Die Besetzung dauerte bis Ende Februar 1763.

52,5 *in meinem Giebelzimmer:* im 3. Stock des Goethehauses, wo die Reste des Puppentheaters noch heute zu besichtigen sind.

52,14 f. *das ursprüngliche Hauptdrama:* wahrscheinlich das Puppenspiel von David und Goliath, von dem in *Wilhelm Meisters Lehrjahren* erzählt wird. Goethes Mutter wurde jedenfalls durch die Lektüre dieses Romans an die Puppenspiele im Goethehaus erinnert: »Ich fühlte mich 30 Jahre jünger – sahe dich und die andern Knaben 3 Treppen hoch die preparatoien zum Puppenspiel machen – sahe wie die Elise Bethmann brügel vom ältesten Mors kriegte u. d. m.« (an Goethe, 19. Januar 1795).

52,32 *das Tätige:* Die Notwendigkeit praktischer Nutzanwendung des angeeigneten Wissens ist eine Kernmaxime des alten Goethe.

53,17 *Pylades:* Freund Orests in der griechischen Sage (vgl. *Iphigenie auf Tauris*). Goethe meint hier wahrscheinlich Friedrich Maximilian Moors (1747–82). Das Verschweigen des wirklichen Namens und die Charakterisierung der Person durch ihre Eigenschaften – hier nochmals verschlüsselt in dem mythologischen Namen – ist kennzeichnend für Goethes Altersstil. Vgl. Christian Beutler, in: GA XXI, S. 1074.

54,4–9 *Betrachtet man … erscheinen konnte:* Diese Passage rührt an einen zentralen Punkt in Goethes Literaturkonzeption. Indem sie die Begriffe der ›Wahrheit‹ und der ›Dichtung‹ in Verbindung bringt, stellt sie auch einen versteckten Kommentar zum Titel der Autobiographie dar. – Die Worte »Anmaßung« und »gebieterisch« sind als ironische Distanzierung zu verstehen; sie geben die Sichtweise des Publikums wieder, nicht diejenige des Autors.

54,16 *Der neue Paris:* Paris ist in der griechischen Sage ein trojanischer Fürst (Sohn des Königs Priamos), der im Streit der Göttinnen Hera, Athene und Aphrodite (röm. Venus) die letztere zur schönsten wählte, indem er ihr den goldenen Apfel reichte. Durch seinen Raub der Helena, der Frau des Königs Menelaos von Sparta, löste er den Trojanischen

Krieg aus. – Goethes Märchen ist Anfang Juli 1811 entstanden. Karl Friedrich von Reinhard war einer der ersten Leser, die das Märchen als das Alterswerk erkannten, das es ist. In seinem Brief an Goethe vom 4. Dezember 1811 schreibt er: »Was soll ich von dem lieblichen Knabenmärchen sagen, so leicht und kindlich froh und hüpfend, daß man schwören möchte, den Knaben selbst erzählen zu hören, und dann wieder so klassisch vollendet, wie nur gereifte Kunst und Erfahrung es hervorbringen konnten«. – Goethe übernimmt nur einige wenige Bestandteile der klassischen Sage; sein Märchen ist keine Nacherzählung, sondern eine Neubildung des Stoffes, wie sich schon in der Verschmelzung der Paris- und der Narziß-Figur zeigt. Zur Deutung des Knabenmärchens vgl. Kreuzer und Kausch.

54,18 *Pfingstsonntag:* bedeutsam als Tag der Ausgießung des Heiligen Geistes.

54,24 f. *Sarsche/Berkan:* Serge, feines Baumwoll- oder Seidengewebe. Für »¾ Staab 2/26 Serge de Kam[elot] Wolfgang« hat Johann Caspar Goethe am 3. Juni 1757 2 Gulden bezahlt. – »Berkan, m., ein von kamel- oder ziegenhaaren gemachtes zeug, später nur aus wolle« (DWB I, Sp. 1525).

54,25 *Balletten:* Zierlitzen an den Knopflöchern.

55,5 *Merkur:* lat. Name für Hermes, den griechischen Götterboten, Gott des Handels, der Wanderer, des Schlafs und Traumes; auch Gott der Diebe.

56,11 *Degen:* deutlicher Hinweis auf die Standeszugehörigkeit des Trägers: Nach der gültigen Kleiderordnung durften nur Angehörige des ersten Standes, zu denen auch die Söhne von Doktoren gehörten, einen Degen tragen, allen anderen Ständen war dies streng verboten. – Am 16. September 1761 hat Johann Caspar Goethe 15 Gulden für ein silbernes Schwert ausgegeben, das der Sohn wohl zum 12. Geburtstag geschenkt bekommen hatte.

56,17 f. *schlimme Mauer … niemals ganz geheuer:* Volksetymologie; an dieser Stelle befand sich gegen Ende des

14. Jh.s das Besitztum eines Bürgers namens Slymme. Heute verläuft dort die Stiftstraße.

57,16 *ich weiß nicht was:* Das ›je ne sais quoi‹ »ist in der Poetik des 18. Jahrhunderts die Wendung, mit der man den ›Geschmack‹ zu umschreiben sucht« (Kausch, S. 113).

58,4 *Metallstufen:* vgl. Anm. zu 47,4/48,10.

58,5 *Tritonenmäulern:* Triton: Meergott der griechischen Mythologie, halb Mensch, halb Delphin.

58,12 *Narciß:* in der griechischen Sage ein Jüngling, der sich in sein eigenes Spiegelbild verliebte.

59,7 *Partisanen:* »Partisane, f., spieß mit breitem stecheisen, eigentlich wol die parteigängerwaffe [...]. Im 16. jahrh. entlehnt aus franz. *partisane*, ital. *partigiana*« (DWB VII, Sp. 1479).

60,4 *Meßtheater:* Erst im Herbst 1792 wurde in Frankfurt ein stehendes Theater mit festem Ensemble eingerichtet. Bis dahin traten Wandertruppen auf, vornehmlich zu Messezeiten.

61,2–5 *Gartenparterre ... niedrigen, wollig wachsenden Pflanze:* Am 3. Juli 1811 verzeichnet Goethes Tagebuch: »Der Neue Paris, Knabenmärchen, diktiert. [...] Kam August gegen Abend. Mit demselben in den Botanischen Garten.« Möglicherweise sind die Garten- und Pflanzenschilderungen im Knabenmärchen teilweise durch diesen Besuch im Jenaer Botanischen Garten beeinflußt.

62,15 *Alerten:* Der Name bedeutet zum einen ›die Muntere‹, »im erschreckten Ausruf jedoch wird er zum Alarmgeschrei« (Kausch, S. 112).

63,4 *Sylphiden:* weibliche Luftgeister.

63,23 *Orangen, Feigen:* Auf die Sexualsymbolik dieser Stelle weist Albrecht Schöne hin: »Bezeichnet die Feige von altersher den weiblichen Schoß, so weisen die Orangen [...] auf die weibliche Brust« (Schöne, S. 80 und Fußn. 72).

64,20 f. *Königin der Amazonen ... Achill:* Die Penthesilea-Sage war Goethe spätestens seit der Lektüre von Kleists Schauspiel (1808) bekannt.

64,32f. *Achatkugeln:* Achat ist ein besonders hartes und polierfähiges Mineral.

65,17 *Karriere:* schnellste Gangart des Pferdes, aus weiten Galoppsprüngen bestehend.

67,1 *gravitätisch:* vgl. Anm. zu 70,3.

68,10 *Kragstein:* »stein der aus der mauer hervorragt, hauptsächlich als träger eines balkens« (DWB V, Sp. 1963f.).

70,3 *eine gewisse Würde:* Bettine Brentano berichtet in ihrem Brief an Goethe vom 28. November 1810 nach einer Erzählung von Goethes Mutter, daß er »sehr gravitätisch« einherschritt.

70,19 *mit Schlägen und Püffen:* In seinem Brief vom 6. Februar 1830 hat Karl Friedrich Zelter Goethe nach dem Wahrheitsgehalt dieser Stelle gefragt, über die es in einer Gesellschaft zum Streit (und einer Wette um zwölf Flaschen Champagner) gekommen war. Goethe antwortet darauf am 15. Februar 1830 mit einem Brief, der wichtige Aufschlüsse über die Bedeutung des Titels *Dichtung und Wahrheit* gibt. Zu der fraglichen Stelle schreibt er: »Wenn also von Schlägen und Püffen die Rede ist, womit uns das Schicksal, womit uns Liebchen, Freunde, Gegner geprüft haben, so ist das Andenken derselben, beim resoluten guten Menschen, längst hinweggehaucht. / Solche, nach Deiner Anfrage, in einem gewissen Fall zu specificiren, würde mir schwer, ja unmöglich fallen; doch will ich mich Dir zu Liebe erinnern: daß unser Schulmeister ein schwankes Lineal [...] zu führen pflegte; hiemit gab es zuzeiten strafende und aufmunternde Klapse. Jedoch war in jenen Tagen kräftiger Pädagogik schon ein milderndes Auskunftsmittel gefunden [...]: die zu Strafenden waren nämlich genöthigt ein Pfötchen hinzuhalten und mehr oder weniger stärkere und wiederholte Klapse auszudauern. [...] / Wie es nun mit den zu gewinnenden oder zu verlierenden Flaschen Champagner auch aussehen mag, so hab' ich solches, nach möglichster Erinnerung, scheinbarster Wahrheit und vermiedener Dichtung, hiedurch bezeugen und vorlegen wollen.«

71,2–72,4 *Ich erzähle einen Fall ... erdrosseln würde:* Mit dieser Episode verweist Goethe auf die politischen Zwistigkeiten, von denen er zu Anfang des 2. Buches spricht (vgl. Anm. zu 49,9 f.) Die Spaltung der Mitschüler in die ›Parteien‹ der »Wohlwollenden« (71,5) und der »Mißwollenden« (71,6) ist ein deutlicher Hinweis auf die Funktion der Schilderung dieses Streits.

72,16 *das Lehrreiche solcher sittlichen Mitteilungen:* Über den didaktischen Aspekt der Literatur hat Goethe sich vielfach geäußert, grundlegend in dem 1827 erschienenen Aufsatz *Über das Lehrgedicht*: »Alle Poesie soll belehrend sein, aber unmerklich; sie soll den Menschen aufmerksam machen, wovon sich zu belehren wert wäre; er muß die Lehre selbst daraus ziehen wie aus dem Leben.« – Das Adjektiv »sittlich« bezieht sich nicht auf den Inhalt der »Mitteilungen«, sondern auf die moralische und didaktische Absicht des Erzählers.

72,35 f. *Wesen zwischen dem Naturzustande und dem der Zivilisation:* Über diese ›Zwischenstellung‹ des Kindes hat Schiller in seiner Schrift *Über naive und sentimentalische Dichtung* (1795) gehandelt; vgl. bes. Anm. zu 76,16–33.

73,24 f. *Großvater väterlicher Seite:* Diese Aussage über den Großvater Friedrich Georg Göthé widerlegt bündig das berühmte Diktum in Heinrich Heines *Memoiren*, wo es heißt: »Es ist freilich wahr, daß in dessen [Goethes] Memoiren sehr oft von dem Großvater von väterlicher Seite, welcher als gestrenger Herr Schultheiß auf dem Römer zu Frankfurt präsidierte, mit besonderem Behagen die Rede ist, während der Großvater von mütterlicher Seite, der als ehrsames Flickschneiderlein auf der Bockenheimer Gasse auf dem Werktische hockte und die alten Hosen der Republik ausbesserte, mit keinem Wort erwähnt wird.« (Heine, *Werke und Briefe*, 10 Bde., hrsg. von Hans Kaufmann, Berlin/Weimar ^{3}1980, Bd. 7, S. 205). – Diese Sätze wären selbst dann nicht »wahr«, wenn Heine die beiden Großväter nicht miteinander verwechselt hätte. Ganz im Gegenteil kommt es Goethes Konzept einer sozialen Autobiographik gerade auch auf die Biographie ›einfacher Leute‹ an. So schreibt er in seiner Rezension der *Bildnisse jetzt lebender Berliner Gelehrten* (1806) über die Autobiographie des Historikers Johannes von Müller: »Wie liebenswürdig hat er sich schon des großen Vorteils eines Selbstbiographen bedient, daß er gute, wackere, jedoch für die Welt im Großen unbedeutende Menschen, als Eltern, Lehrer, Verwandte, Gespielen, namentlich vorführte, und sie als ein vorzüglicher Mensch ins Gefolge seines bedeutenden Daseins mit aufnahm!« (GA XIV, S. 229).

73,34 f. *sein Bildnis … sein Grab … Inschrift:* Friedrich Georg Göthé wurde am 13. Februar 1730 auf dem Frankfurter Peterskirchhof beigesetzt. Dieser Friedhof ist zwar zum Teil noch erhalten, Göthés Grab jedoch ist nicht mehr vorhanden. Auch den Wortlaut der Inschrift kennt man nicht.

74,10–12 *ein Märchen … mein Vater sei der Sohn eines vornehmen Mannes:* Ludwig Börne hat in dieser Passage eine Schlüsselstelle gesehen, die den Charakter Goethes klar erkennen lasse: »Wie war, wie ist Goethe? Bürger einer freien Stadt, erinnert er sich nur, daß er Enkel eines Schultheißen ist, der bei der Kaiserkrönung Kammerdienste tun durfte. Ein Kind ehrbarer Eltern, entzückte es ihn, als ihn einst als Knabe ein Gassenbube Bastard schalt und er schwärmte mit der Phantasie des künftigen Dichters, wessen Prinzen Sohn er wohl möchte sein. So war er, so ist er geblieben« (*Aus meinem Tagebuche* [1830], zit. nach: *Goethe/Kritiker* I, S. 511 f.).

74,15 *Vermögen bloß von der Großmutter:* Diese Behauptung entbehrt tatsächlich jeder Grundlage. Wohl ist durch die Erbschaft von der Großmutter väterlicherseits ein bedeutendes Vermögen in die Familie gekommen, das aus ihrer ersten Ehe stammte. Aber schon als Schneidermeister gehörte Friedrich Georg Göthé zu den reichsten Bürgern der Stadt. Im Jahre 1704 – also ein Jahr vor seiner Hochzeit mit Cornelia Schelhorn – verfügte er über ein Kapital von 15000 Gulden.

74,16 *Seitenverwandten ... in Friedberg:* Der Schreiner und Gastwirt Johann Christian Goethe, ein Cousin Johann Caspar Goethes, lebte in finanziell schwierigen Verhältnissen in Friedberg. Das Haushaltungsbuch des Rats Goethe verzeichnet regelmäßig Geldgeschenke an die Friedberger Verwandtschaft.

74,30 f. *eine Art von sittlicher Krankheit:* im Sinne von ›Krankheit des Sittlichen‹, das nach der durch Eckermann überlieferten Definition Goethes »angeschaffene und angeborene schöne Natur« ist (1. April 1827).

75,3 *sein Bildnis mit dem meiner Großmutter:* Porträts der Großeltern väterlicherseits haben sich nicht erhalten.

75,6 f. *Meine Großmutter ... von gleichem Alter mit ihrem Manne:* Sie war elf Jahre jünger.

75,25 *Rat Schneider:* Johann Caspar Sch. (1712–86), Kaufmann, kurbayerischer Rat.

76,16–33 *Fülle der Kindheit ... Genies:* Vgl. die Erörterungen Schillers zu dieser Thematik: »Nicht weil wir von der Höhe unserer Kraft und Vollkommenheit auf das Kind herabsehen, sondern weil wir aus der Beschränktheit unsers Zustands, welche von der Bestimmung, die wir einmal erlangt haben, unzertrennlich ist, zu der grenzenlosen Bestimmbarkeit in dem Kinde und zu seiner reinen Unschuld hinaufsehen, geraten wir in Rührung, und unser Gefühl in einem solchen Augenblick ist zu sichtbar mit einer gewissen Wehmut gemischt, als daß sich diese Quelle desselben verkennen ließe. In dem Kinde ist die Anlage und Bestimmung, in uns ist die Erfüllung dargestellt, welche immer unendlich weit hinter jener zurückbleibt. Das Kind ist uns daher eine Vergegenwärtigung des Ideals, nicht zwar des erfüllten, aber des aufgegebenen, und es ist also keineswegs die Vorstellung seiner

Bedürftigkeit und Schranken, es ist ganz im Gegenteil die Vorstellung seiner reinen und freien Kraft, seiner Integrität, seiner Unendlichkeit, was uns rührt« (*Über naive und sentimentalische Dichtung*, in: *Sämtliche Werke*, hrsg. von Gerhard Fricke und Herbert G. Göpfert, München [6]1980, Bd. 5, S. 697).

77,32 f. *Die Siege, die Großtaten, die Unglücksfälle:* Vgl. die Aufzählung im »Biographischen Schema« von 1809, in: HKA II, S. 452 f.

78,6 *drei Religionen:* Lutheraner, Reformierte (Calvinisten) und Katholiken. Die ghettoisierten Juden waren nur eine geduldete Minderheit; das Bürgerrecht konnten sie nicht erwerben. Die Mehrheit der Bevölkerung – so auch die Familie Goethe – war lutherischer Konfession. Die drei Glaubensgemeinschaften waren nicht gleichberechtigt; so konnten nur Lutheraner in den Rat der Stadt gewählt werden, Reformierte wurden nicht in die Zünfte aufgenommen, Katholiken nur in besonderen Ausnahmefällen. – Seit dem Westfälischen Frieden von 1648 besaßen nicht alle Glaubensgemeinschaften das Recht der öffentlichen Religionsübung (»publicum religionis exercitium«), d. h. der Abhaltung von Gottesdiensten in kirchlichen Gebäuden mit Turm und Glocken. In Frankfurt besaßen nur die Lutheraner und Katholiken dieses Recht. Die übrigen Religionen durften ihre Gottesdienste nur in nichtöffentlichen kirchlichen Gebäuden ohne Turm und Glocken abhalten (»privatum religionis exercitium«), oder sie mußten öffentliche Gottesdienste ihrer Glaubensgenossen außerhalb Frankfurts besuchen (»devotio domestica«). Die Reformierten hielten darum bis 1788 ihre Gottesdienste in Bokkenheim. – Die verschiedenen Religionsgemeinschaften in Goethes Heimatstadt sind ein Thema seines 1813 entstandenen Gedichts »Parabel«.

78,15 *von Reisen:* vgl. Anm. zu 35,23–25.

78,18 f. *ohne Emolumente:* ohne Gehalt. – *ohne Ballotage:* Die Kugelung (vgl. Anm. zu 42,27) war bei der Besetzung

»subalterner Ämter« ohnehin nicht üblich; mit diesem Verfahren wurden nur die Bürgermeister und der Stadtschultheiß gewählt.

78,24–33 *Ärger und Mißmut ... ausgeschlossen ward:* All dies entspricht nicht der Realität. Johann Caspar Goethe konnte schon deshalb nicht in den Rat gewählt werden, weil sein Halbbruder Hermann Jakob seit 1747 auf der dritten, der Handwerkerbank, des Rates saß. Auch der ›politische‹ Grund für die Heirat mit Katharina Elisabeth Textor ist Fiktion; ihr Vater Johann Wolfgang Textor war erst zehn Tage vor Johann Caspar Goethes Heirat Stadtschultheiß geworden.

78,34 *niemals unter sich eine Sozietät:* Ganz im Gegenteil fanden im Hause Goethe häufig gesellige Zusammenkünfte statt. Goethe meint hier, daß diese gebildeten Männer, »die geistige Nobilität der Stadt« (Beutler, in: GA Erg.-Bd. 1, S. 119), keine sozial geschlossene, homogene Schicht im Sinne einer politischen Macht waren.

79,1 *Uffenbach:* Die Familie U., die seit 1532 das Frankfurter Bürgerrecht besaß, war Mitglied der Gesellschaft Frauenstein (vgl. Anm. zu 159,20) und wurde im 17. Jh. in den Adelsstand erhoben. Der Frankfurter Bürgermeister Johann Friedrich Armand von U. (1687–1769), ein vielfältig gebildeter Mann, war u. a. Mitglied in dem von Georg Philipp Telemann gegründeten Collegium musicum. Sein Bruder Zacharias Konrad (1683–1734) war einer der bedeutendsten Bibliophilen Frankfurts; besonders wertvoll war seine Handschriftensammlung, die über 2000 Stücke, meist aus dem 13. und 14. Jh., enthielt. Seine Privatbibliothek stand auch interessierten Gelehrten offen. Von seinen Sammlungen sind große Teile im Zweiten Weltkrieg verbrannt; anderes befindet sich heute noch in der Staats- und Universitätsbibliothek Hamburg und in der Stadt- und Universitätsbibliothek Frankfurt.

79,16 *von Häkel:* Der österreichische Obristwachtmeister Heinrich Jakob von Häckel (1682–1760) war vor allem als

Münzen- und Gemäldesammler von Bedeutung. Als Mäzen verschaffte er im Jahre 1749 dem Maler Christian Georg Schütz den ersten großen Auftrag beim Landgrafen Wilhelm VIII. von Hessen-Kassel. Schütz malte Supraporten und Wandbilder in Schloß Wilhelmstal.

79,17f. *schönes Haus in der Antoniusgasse:* das Haus »Zu den zwei Bären« in der Antonitergasse, der heutigen Töngesgasse.

79,29 *Auktion:* Sie fand 1764 statt. Das Haushaltungsbuch Johann Caspar Goethes verzeichnet am 25. August 1764: »Tabul. Pictae ex pub. Vend. Hekel« (»Gemälde aus der Auktion Häckel«), für die 411 Gulden und 56 Kreuzer ausgegeben wurden; am 19. Oktober wurden weitere 278 Gulden für die »Vendita publ. Haeckel« aufgewendet. Welche Bilder er kaufte, läßt sich nicht mehr ermitteln.

79,34 *Loen:* Johann Michael von L. (1694–1776), in Frankfurt geboren, stammte aus einer niederländischen Familie, die seit Mitte des 17. Jh.s in Frankfurt ansässig war. Er war seit 1729 mit Katharina Sibylla Lindheimer (1702–76) verheiratet, der Schwester von Goethes Großmutter mütterlicherseits. Als Jurist war er zeitweilig – wie später Goethe – am Reichskammergericht Wetzlar tätig. Auf seinen Reisen durch weite Teile Europas beschäftigte er sich vor allem mit den unterschiedlichen Regierungs- und Administrationsformen und den Fragen des Hoflebens. Davon zeugt neben seinen Reisebeschreibungen sein lehrhafter Roman *Der redliche Mann am Hofe oder die Begebenheiten des Grafen von Rivera* (1740).

80,13 *»Die einzige wahre Religion«:* Die Ausgabe Frankfurt a. M. 1750 befand sich in der Bibliothek Johann Caspar Goethes. Das Werk propagiert die Aufhebung der konfessionellen Unterschiede innerhalb der evangelischen Kirchen und die weitgehende Abschaffung religiöser Zeremonien.

80,16 *Benner:* Johann Hermann B. (1699–1782), Theologieprofessor in Gießen. Seine Schriften *Entdeckter Ungrund der sog. einzig wahren Religion des von Loen* und *Antwort auf Loens Sendschreiben über seine einzig wahre Religion* erschienen 1751.

80,20 *Präsidenten zu Lingen:* Loen wurde 1751 Regierungspräsident von Lingen und Tecklenburg, das seit 1702 preußisch war.

80,33 *Voltaire:* V. (d. i. François Marie Arouet, 1694–1778) mußte im Jahre 1753 Preußen verlassen, nachdem er bei Friedrich II. von Preußen u. a. wegen einer Finanzspekulation und seiner Angriffe gegen den Präsidenten der Berliner Akademie der Wissenschaften, Pierre Louis Moreau de Maupertuis (1698–1759), in Ungnade gefallen war. Auf der Reise nach Frankreich nahm er Gedichte Friedrichs mit, der eine unrechtmäßige Publikation seiner Werke befürchtete. V. wurde im Juni 1753 in Frankfurt festgehalten und schließlich nach einem Fluchtversuch verhaftet. Erst am 6. Juli 1753 ließ man ihn frei (vgl. 695,4–13).
Requisition: Rechtshilfeersuchen.

80,33 f. *Residenten Freytag:* Resident: Statthalter. – Franz von F., von 1737 bis 1763 preußischer Botschafter in Frankfurt.

81,5 *Orth:* Johann Philipp O. (1698–1783), Angehöriger des Hauses Frauenstein, übte zeitlebens kein städtisches Amt aus. Er befaßte sich als Privatgelehrter mit Rechtsgeschichte und Rechtswissenschaft. Seine *Anmerkungen über die sogenannte erneuerte Reformation der Stadt Frankfurt* waren zuerst 1731 erschienen; es folgten mehrere Fortsetzungen.

81,20 *Von Ochsenstein, der ältere:* Johann Sebastian, vgl. Anm. zu 11,23 f.

81,22 f. *merkwürdig ... merkwürdiger:* hier teils noch im Sinne von ›bemerkenswert, bedeutend‹, aber – gerade im Komparativ – schon in die heutige Bedeutung ›seltsam, eigenartig‹ übergehend.

81,32 f. *Ochsenleichen:* laut DWB VII, Sp. 1136, tatsächlich hier zum erstenmal belegt.

81,36–82,2 *Gesinnungen von Demut ... von oben herein:* Dieses Phänomen der ›Bescheidenheit‹ in den höheren Ständen beschreibt Goethe auch im Paralipomenon 8.3 (HKA II, S. 483). Dort wird auch ein direkter Bezug zur Französischen Revolution hergestellt, während hier nur andeutend von den »unerwarteten Wirkungen« die Rede ist.

82,6 *Gemäldekabinette, Kupferstichsammlungen:* Solche »Kabinette« gab es in Frankfurt vereinzelt schon im 17. Jh.; bis zum Ende des 18. Jh.s wuchs die Zahl der privaten Kunstsammlungen stetig. Um 1747 zählte man – Bibliotheken ausgenommen – 10 große Sammlungen, 1790 waren es schon 29. Hier wie auch im Wohnstil zeigt sich das Bestreben des gehobenen Bürgertums, die Lebensweise des Adels nachzuahmen.

82,13 *Bildnisse von Frankfurtern:* Eine solche Sammlung mit dem Titel *Verzeichnis aller Persohnen so in Frankfurt am Mayn gebohren, daselbst gelebt oder gestorben, auch sich lange aufgehalten haben, welche in Kupfer gestochen worden* erschien 1774; sie befand sich auch in Johann Caspar Goethes Bibliothek.

82,21 f. *Landkartensammlung der Schenkischen ... Blätter:* Karten der holländischen Kupferstecher Jan und Leonhard Schenk. In Johann Caspar Goethes Bibliothek befanden sich zwei gebundene Sammlungen von Landkarten.

82,23 *Verordnungen und Mandate:* Johann Caspar Goethes handschriftliches Verzeichnis *Series Statutorum, Edictorum, atque Decretorum Francofurtensium* (»Sammlung der Frankfurter Statuten, Edikte und Dekrete«) und die 21 Bände dieser Statuten aus den Jahren 1534 bis 1779 stellen tatsächlich die erste systematische Sammlung der Frankfurter Verordnungen dar. Sie befindet sich noch heute im Frankfurter Goethehaus.

82,25 *Gläser, Becher und Pokale, Naturalien:* Hier wie schon im 1. Buch (vgl. Anm. zu 13,23–30) lokalisiert Goethe den Ursprung seiner späteren Interessen in der frühen

Jugend. Seine eigenen Sammlungen sind denen des Vaters sehr ähnlich.

82,33 *Der Vater:* der Arzt und »Erste Physikus« Johann Hartmann Senckenberg (1655–1730).

83,11 *Der älteste:* Heinrich Christian Senckenberg (1704 bis 1768). »Rühmlich bekannt« war er vor allem wegen seiner für ein Mitglied des Reichshofrates damals unüblichen Unbestechlichkeit.

83,13 *Der zweite:* Goethe meint den jüngsten der drei Brüder, den Rechtsanwalt und Senator Johann Erasmus Senckenberg (1717–95). Er wurde wegen der von Goethe hier nur angedeuteten, in einer verworfenen handschriftlichen Fassung (HKA II, S. 273 f.) ausführlicher geschilderten Vergehen seines Amtes enthoben und verbrachte die letzten 25 Jahre seines Lebens im Gefängnis.

83,17 *Der dritte:* der mittlere der Brüder, der Arzt Johann Christian Senckenberg (1707–72). Aus der erwähnten »medizinischen Stiftung« ging 1817 die »Senckenbergische Naturforschende Gesellschaft« hervor. Johann Christian Senckenberg kam durch einen Sturz auf der Baustelle des geschilderten Hospitals ums Leben. Sein Tagebuch ist eine wichtige Quelle für die Zeit der französischen Besetzung Frankfurts. Goethe beschäftigt sich in der Schrift *Kunst und Altertum am Rhein und Main* (1815) ausführlich mit dem Wirken Senckenbergs.

83,36 *anatomisch Theater:* Anatomie-Hörsaal.

84,7 *Carl Friedrich von Moser:* F. Karl Ludwig Freiherr von M. (1723–98), bedeutender Kritiker des Hoflebens, stand dem Frankfurter Pietismus nahe. Seine streng christliche Haltung brachte ihn in Konflikt mit den Vertretern der Berliner Aufklärung.

84,13 *das Geschäftsleben:* den staatlichen Verwaltungsapparat.

84,22 f. *Debit-Kommissionen:* regelten die Zwangsverkäufe des Besitzes überschuldeter Adelsfamilien.

84,31 f. *»Herr und Diener« ... »Daniel in der Löwengrube« ... »Reliquien«: Der Herr und der Diener, geschildert mit patriotischer Freiheit* (Frankfurt a. M. 1759), *Daniel in der Löwengrube* (Frankfurt a. M. 1763) und die *Reliquien* (Frankfurt a. M. 1766) befanden sich in der Bibliothek Johann Caspar Goethes.

85,7 f. *wie ein so vortrefflicher Mann so wunderlich heißen könne:* Schon hier klingt die Distanz an, aus der Goethe im Alter Klopstock beurteilt. Sie tritt besonders am Ende des 2. Buches deutlich zutage (vgl. 87,16–27).

85,13 f. *Canitz ... Haller:* In der Bibliothek von Goethes Vater befanden sich die 2. Auflage (Leipzig 1734) der *Gedichte* von Friedrich Rudolf Ludwig Freiherrn von C. (1654–99) und die *Gedichte* Karl Friedrich Drollingers (1688–1742) in der Ausgabe Frankfurt a. M. 1745. Drollingers Horaz-Übersetzung wird in Goethes *Labores juveniles* erwähnt. – Von Gellert (vgl. Anm. zu 265,20) besaß Rat Goethe mehrere Werke, z. B. die *Fabeln und Erzählungen* (Tl. 1 und 2, Basel 1748), deren Erwerb für 20 Kreuzer im Haushaltungsbuch am 19. Mai 1756 verzeichnet ist. Albrecht von Hallers (1708–77) *Versuch schweizerischer Gedichte* war in einer Ausgabe mit dem Impressum »Göttingen 1788« vorhanden, was richtig wohl 1748 oder 1768 heißen muß. Von Friedrich Karl Kasimir Freiherrn von Creuz (1724–70) befanden sich zum Zeitpunkt der Versteigerung 1795 keine Werke in Johann Caspar Goethes Bibliothek, von Friedrich von Hagedorn (1708–54) nur die Teile 1 und 3 der *Poetischen Werke*, Wien 1770.

85,15 *Franzbänden:* vgl. Anm. zu 29,4 f.

85,16 *Neukirchs »Telemach«:* vgl. Anm. zu 37,22 f.

85,16 f. *Koppens »Befreites Jerusalem«:* Johann Friedrich Kopp, *Versuch einer poetischen Übersetzung des Tassoischen Heldengedichts, genannt: Gottfried oder Das befreite Jerusalem* (1774).

85,22 *Klopstocks »Messias«:* Die Gesänge 1–3 von Friedrich

Gottlieb Klopstocks (1724–1803) *Messias* waren zuerst 1748 in den *Neuen Beyträgen zum Vergnügen des Verstandes und Witzes* (Bremen) erschienen; vollständig lag das Werk erst in der Ausgabe Halle 1773 (bei Hemmerde) vor. Johann Caspar Goethe besaß eine der Ausgaben Halle 1751, die den 1.–5. Gesang enthielt. Es ist nicht mehr festzustellen, wann er das Werk angeschafft hat, aber möglicherweise bereits in den frühen fünfziger Jahren. Dennoch gehört die Episode mit dem von Rat Schneider (vgl. Anm. zu 75,25) »eingeschwärzten«, d. h. heimlich ins Haus gebrachten Exemplar nicht unbedingt in den Bereich der ›Dichtung‹, denn die Verse, die Goethe zitiert, stammen aus dem 7. und dem 10. Gesang, die beide erst in der Ausgabe Kopenhagen 1755 (nachgedruckt 1756 und 1760) enthalten waren. Vgl. auch 85,33 f. »die zehn ersten Gesänge, denn von diesen ist eigentlich die Rede«. – Goethe zeichnet hier eine Konstellation, die in nuce die unterschiedlichen Rezeptionsweisen des Epos in den verschiedenen Epochen enthält: Zunächst schroffe Ablehnung wegen der Reimlosigkeit – eine Haltung der frühen fünfziger Jahre –, dann die Lektüre des *Messias* als »Erbauungsbuch« (85,34) in der Epoche der Empfindsamkeit (vgl. 86,2 »Empfindungen«) und schließlich die Verwandlung in eine »Posse«, die Goethes eigener distanzierter Haltung seit der Kontroverse mit Klopstock im Jahre 1776 entspricht (vgl. Klopstocks Briefe an Goethe vom 8. und 29. Mai 1776 und Goethes Brief an Klopstock vom 21. Mai 1776). – Johann Caspar Goethe war – wohl unter dem Einfluß des Sturm und Drang – gegenüber Klopstocks Epos später positiver eingestellt; im Winter 1777/78 hat er, wie im Haushaltungsbuch belegt ist, den *Messias* im Haus am Hirschgraben vorlesen lassen.

86,2 *erquickte: Erquickung* im Sinne einer geistlichen Neubelebung ist einer der Hauptbegriffe des deutschen Pietismus.

86,13 *Proselyten:* urspr. zum Judentum neubekehrte Heiden; allg. neugewonnene Mitglieder einer Glaubensgemeinschaft oder Partei.

86,15 f. *seinen Heiligen:* Die pseudoreligiöse Verehrung der Dichter, wie sie später vor allem in der Mitte des 19. Jh.s zu beobachten ist, hat ihren Ursprung in der Zeit der Empfindsamkeit.

86,24 *Porcias Traum:* im 7. Gesang, V. 386–448.

86,25 f. *Gespräch zwischen Satan und Adramelech ... ins rote Meer:* 10. Gesang, V. 96–145. In den Versen 85–87 heißt es: »Aber er wandte vom Grabe sein menschenliebendes Auge / Gegen das todte Meer, wo Adramelech und Satan / Lagen.« Schon im »Biographischen Schema« von 1809 steht »im rothen Meere«. Die betreffende Seite hat Riemer nach Goethes Diktat geschrieben; es könnte sich also um einen Hörfehler Riemers handeln.

87,6–15 *»Hilf mir! ... zermalmt! ...«:* 10. Gesang, V. 136 bis 142. Goethe hat nicht im dritten, sondern im zweiten zitierten Vers nach den Worten »Ungeheuer! dich an!« die Parenthese ausgelassen: »Er faßt', indem er es brüllte, / Satan mit eisernem Arm!«

87,16 *Chirurgus:* im 18. Jh. Wundarzt und Barbier.

87,25 f. *Das Erhabene in ein Spiel, ja in eine Posse:* Vgl. Paralipomenon 19; dort wird dieser Gedanke weniger heiter formuliert: »Die Herrlichsten gehaltvollsten Reden und Dichtungen von vielen auswendig gelernt, oft widerholt, angewendet und trivialisirt regen zuletzt das parodistisch Geistreiche im Menschen auf. Daher der Misbrauch biblischer und geistlicher Lieder Stellen in der ersten Hälfte des 18[t] Jahrhunderts. / Erst braucht man solche Stellen als Classisch, als Beleg zu unsern Erfahrungen, als Beweisgründe unserer Gesinnungen. Späterhin wird der Gebrauch immer frevelhafter« (HKA II, S. 505).

Drittes Buch

88,2 f. *allgemeinen Umlauf:* die sogenannte Neujahrsverehrung. Die Frankfurter Bürger suchten sich durch Geschenke bei den höheren Beamten der Stadt und anderen einflußreichen Personen beliebt zu machen.

88,3 *Glückwünschungen:* Vgl. die beiden Neujahrsgedichte des jungen Goethe an seine Großeltern (1757 und 1762).

88,7 f. *Hause des Großvaters:* Friedberger Gasse 10. Das Anwesen wurde 1796 durch das französische Bombardement teilweise zerstört und 1863 abgerissen. Vgl. Heckmann/Michel, S. 44 (mit Abb.).

88,11 *Zinken:* Blasinstrument aus Holz oder Horn.

88,13 *überschriebenen:* mit dem Namen des Empfängers versehenen (vgl. DWB XI,2, Sp. 516).

88,34–89,2 *posaunte der Türmer . . . wollte er gar nicht aufhören:* Der Türmer tat nichts dergleichen; vielmehr hatte er seine des Posaunens unfähige Frau allein auf dem Turm zurückgelassen, um seine Neujahrsgeschenke einsammeln zu gehen. Das Tagebuch des Arztes Johann Christian Senckenberg enthält mehrere solcher aufschlußreicher Details; u. a. vermerkt Senckenberg, die Besetzung Frankfurts sei aus gutem Grund gerade am 2. Januar erfolgt, weil nämlich »in der confusen Neujahrszeit alles versoffen und unachtsam« sei (Kriegk, S. 129). Die Besetzung geschah mit dem Einverständnis eines Teils der Ratsmitglieder, unter ihnen auch Schultheiß Textor. Ob dabei auch von den Franzosen gezahlte Bestechungsgelder im Spiel waren, ist nicht belegt. Der Streit zwischen dem preußisch gesinnten Rat Goethe und dem kaisertreuen Textor (vgl. Anm. zu 49,27 f.) ist jedenfalls vor diesem Hintergrund zu sehen. – Die Franzosen wurden in die Stadt gelassen, weil sich die kaisertreuen Ratsmitglieder durch die französischen Truppen eine Stärkung ihrer antipreußischen Position erhofften.

89,7 f. *ohne daß man es verhindern konnte oder wollte:*

Diese Formulierung läßt den Schluß zu, daß Goethe von den Gerüchten gewußt hat, wonach die Franzosen mit dem Einverständnis der Stadtregierung in die Stadt gekommen waren.

89,35 *Graf Thorane:* François de Théas, Comte de Thoranc (1719–94), Lieutenant pour le Roi, also Statthalter des Königs von Frankreich. Er wurde erst am 21. Januar 1762 auf Betreiben des Frankfurter Senats in den Reichsgrafenstand erhoben: Die Frankfurter Stadtregierung war dem Königsleutnant wegen dessen segensreicher Neuerungen in der Stadtverwaltung zu Dank verpflichtet (vgl. auch Anm. zu 93,1). Thorancs Erhebung in den Adelsstand ließ sie sich die beträchtliche Summe von 6302 Gulden und 30 Kreuzern kosten. – Die Schreibung »Thorane« geht auf Thoranc selbst zurück. Er schrieb seinen Namen so undeutlich, daß sich die Schreibung »Thorane« schon in seiner Frankfurter Zeit durchsetzte. Es gab gedruckte Verordnungen, die mit »THORANE« gezeichnet waren; vgl. die Abbildung in Wülkers Ausgabe von *Dichtung und Wahrheit*, Leipzig 1903, S. 63.

90,2 f. *zusammengenommenen:* beherrschten.

90,23 *die neuen Tapeten:* Sie waren in der Tat nagelneu; am 24. Januar 1759 notiert Rat Goethe im Haushaltungsbuch den Preis für die Anschaffung (3 Gulden 56 Kreuzer) und die Anbringung (2 Gulden 32 Kreuzer) der neuen Tapeten.

91,1 f. *ein behaglicher Dolmetscher:* Johann Heinrich Diene (1726–86).

91,15 *die einigen Jahre seines Dableibens:* Thoranc wohnte bis Ende Mai 1761 im Goethehaus. Am 26. Februar 1763 verließ er mit den französischen Truppen Frankfurt.

91,17 *Kenntnis des Italienischen:* wohl auch durch Domenico Giovinazzi (vgl. Anm. zu 15,7).

91,19 *ein Kind aus der Taufe gehoben:* Taufpate war nicht Goethes Mutter, sondern der noch nicht zehnjährige Johann Wolfgang Goethe selbst. Im Frankfurter Taufbuch Nr. 35 heißt es unter dem 1. Mai 1759: »Diehme Johann

Henrich, von Münden geb. Laquais alhir, dann Esther Maria Margareta, uxor, geb. Sustermännin, einen Sohn, Johann Wolffgang, hub Johann Wolffgang, S[alvo] T[itulo] Herrn Johann Caspar Goethe, Ihro Röm[ischer] Kayßer[licher] May[estät] würcklichen Raths, u. beyder Rechten Doctoris ehe[liche]r Sohn.« Es handelt sich hier um die früheste bezeugte Patenschaft, die Goethe übernommen hat. – Trotz der abweichenden Schreibung des Namens besteht kein Zweifel, daß es sich um das Kind des Dolmetschers handelt. Rat Goethe notiert unter dem gleichen Datum im Haushaltungsbuch einen Betrag von 13 Gulden »Puerperium Dinianum« (»ins Kindbett der Frau Diene«). Der Junge ist schon am 24. August desselben Jahres gestorben; Rat Goethe hat für den Sarg des Kindes 2 Gulden 45 Kreuzer ausgegeben (Eintragung im Haushaltungsbuch am 24. August 1759).

91,28 *in ihren Jahren:* Goethes Mutter war damals gerade 28 Jahre alt.

92,2 *Bestechung:* Schmiergelder waren im Umgang mit städtischen Beamten durchaus üblich; auch den Königsleutnant versuchte man sich im Juni 1759 durch »ein praesent von 50 halbmäßigen Bouteillen Wein« gewogen zu machen. Er hat es jedoch zurückgewiesen. Zu Weihnachten 1762 wollte man ihm 4 Ohm Wein – das sind knapp 600 Liter – verehren, doch auch hier ist überliefert, »daß der Herr Graf von Thoranc das offerirte Weinpräsent [...] refüsiret habe« (Senatsprotokoll vom 28. Dezember 1762). Auch das als Ersatz angebotene Silbergeschirr hat er offenbar nicht angenommen.

92,14 f. *von genauen Lehrstunden und strenger Zucht einigermaßen entbunden:* Der Unterricht der Kinder scheint trotz der Einquartierung regelmäßig abgehalten worden zu sein; jedenfalls verzeichnet das Haushaltungsbuch des Rats Goethe auch in dieser Zeit die monatlichen Gehälter für den Zeichenlehrer Eben, den Latein- und Griechischlehrer Scherbius und den Schreiblehrer Thym.

93,1 *mancherlei Angelegenheiten:* Thoranc war während der französischen Besetzung oberste Instanz in bürgerlichen Rechtsfragen, »eine Art militärischer Polizeidirektor« (Bode, S. 95). Der Königsleutnant hat in Frankfurt u. a. dafür gesorgt, daß die Straßen gepflastert, beleuchtet und regelmäßig gereinigt wurden, er hat die Numerierung der Häuser und die Beschilderung der Straßen eingeführt und die Feuerlöschordnung modernisiert.

93,7 f. *Herzog von Ossuna:* Pedro Tellez Gizón y Guzmán, Herzog von Osuña (1579–1624), Vizekönig von Sizilien und Neapel, bekannt durch seine spöttischen Redensarten.

93,33 *Hirt:* vgl. Anm. zu 30,20.

93,34 *Schütz:* vgl. Anm. zu 30,27.

Nothnagel: Johann Andreas Benjamin N. (1729–1804), lebte seit 1747 in Frankfurt. Vgl. 166,10–167,5.

Junker: vgl. Anm. zu 30,28.

94,3 *Seekaz:* Seekatz (vgl. Anm. zu 30,34) war seit 1753 Hessen-Darmstädtischer Hofmaler bei Landgraf Ludwig VIII. in Darmstadt.

94,7 *älterer Bruder:* Albert de Théas de Thoranc.

ein schönes Gebäude: in der Rue des Dominicains in Grasse (Provence).

94,11 f. *Ölbilder ... Tapetenteile:* die zwölf Monatsbilder mit je drei Darstellungen und vier Supraporten (Abb. in: *Gemälde*, S. 142–146 und Taf. VII). Die Ornamente, welche die einzelnen Darstellungen innerhalb der Wandbilder schmückend verbinden, wurden wahrscheinlich von Nothnagel entworfen. – Auch Johann Georg Trautmann (vgl. Anm. zu 94,33) schuf solche Wandbilder (vgl. *Gemälde*, S. 178 f.). – Der Kunstsammler Martin Schubart erwarb gegen Ende des 19. Jh.s alle diese Bilder von einem Nachfahren des Grafen Thoranc; seit 1906/07 befinden sie sich im Frankfurter Goethehaus.

94,18 *unangenehme Person:* Elisabeth Carolina Catharina Seekatz, geb. Stein. »Unangenehm« bedeutet hier ›von unschönem Äußeren‹; es ist nicht moralisch abwertend gemeint. – Vgl. auch Goethes Brief an seine Schwester Cornelia vom 11. Mai 1767: »Pour l'amour veritable, il ne faut pas, q'un Poète en sente, il doit peindre en ses poesies, ou des filles ideales, parfaites, ou mauvaises, comme elles sont, au lieu des quelles il peindra s'il est amoureux, sa maitresse, comme Seekatz sa femme, quand il falut des princesses« (»Wirkliche Liebe darf ein Poet nicht empfinden, er soll in seinen Gedichten entweder ideale, perfekte oder schlechte Mädchen, wie sie sind, zeichnen, statt dieser wird er, wenn er verliebt ist, seine Geliebte darstellen, wie Seekatz seine Ehefrau, wenn Prinzessinnen am Platz gewesen wären«).

94,23 f. *Brinkmann:* vgl. Anm. zu 30,35. Seekatz war seit 1748 sein Schüler.

94,33 *Trautmann ... Auferweckungswunder:* T. war der einzige Katholik unter den genannten Frankfurter Malern. Für eine »Tab. picta Resur. Lazari« (»Gemälde ›Auferweckung des Lazarus‹«) hat Johann Caspar Goethe am 8. Februar 1763 64 Gulden und 48 Kreuzer bezahlt. Ein Gemälde mit diesem Sujet befindet sich im Frankfurter Goethe-Museum (*Gemälde*, S. 182); es stammt jedoch wahrscheinlich nicht aus dem Besitz des Rats Goethe.

95,24 *einen umständlichen Aufsatz:* nicht erhalten.

95,25 f. *die Geschichte Josephs ... einige davon wurden ausgeführt:* Die sieben Bilder des Joseph-Zyklus von Johann Georg Trautmann waren ebenfalls in Thorancs Auftrag entstanden. Die völlig verschiedenen Formate der Gemälde lassen darauf schließen, daß sie eigens nach der Wandeinteilung im Schloß des Bruders von Thoranc gestaltet wurden (vgl. auch 94,35 f. »Aufrissen der Zimmer«). Bis 1876 waren die Bilder verschollen; heute befinden sie sich alle im Frankfurter Goethe-Museum (Abb. in *Gemälde*, S. 173–176).

95,33 *ein schwarzes Kästchen:* Das darin versteckte Miniaturbild stammte möglicherweise von Johann Christian Fiedler (1697–1765). Vermutlich handelte es sich um eine der Spielkarten mit galanten Darstellungen, die Thoranc für den Herzog von Chartres hatte anfertigen lassen.

96,20 *französischen Sprache, die ich doch nicht gelernt:* Seit Anfang Februar 1757 war Magdelaine Gachet als Französischlehrerin im Goethehaus beschäftigt; zumindest die Anfangsgründe wird sie Goethe wohl vermittelt haben; »ich gestehe gern, daß ich es in dieser Sprache hätte weiter bringen sollen«, schreibt Goethe am 26. Oktober 1811 an Reinhard.

96,32 *ein Freibillet:* zum französischen Theater, das eigens für die Besatzungstruppen eingerichtet worden war.

97,7 *Alexandriner:* jambischer Reimvers mit zwölf oder dreizehn Silben und Zäsur nach der sechsten Silbe.

97,9 f. *Racine ... in meines Vaters Bibliothek:* Rat Goethe besaß die *Œuvres* in 2 Bänden (Paris 1736) des französischen Dramatikers Jean Baptiste R. (1639–99).

97,12 *genau:* eng.

97,21 f. *Stücke von Destouches, Mariveaux, La Chaussée:* Philippe Néricault D. (1680–1754); vgl. Goethes Anmerkungen zu seiner Übersetzung von Diderots *Rameaus Neffe:* »Mehrere seiner Stücke erwarben sich Beifall. Zuletzt verliert er die Gunst des Publikums und zieht sich vom Theater zurück« (GA XV, S. 1028). – Über Pierre Carlet de Chamblain de Marivaux (1688–1763) äußert sich Goethe in einer längeren Anmerkung zu *Rameaus Neffe*; auch in seinem Fall geht es um die »Geschichte seines erworbenen und wiederverlorenen Rufes« (GA XV, S. 1037). – Pierre Claude Nivelle de la Ch. (1692–1754); von ihm stammen die frühesten und für das frühe 18. Jh. bedeutenden »comédies larmoyantes«.

97,23 f. *Von den Molierischen:* Von Molière (d. i. Jean Baptiste Poquelin, 1622–73) enthielt die Bibliothek des Rats Goethe eine achtbändige Ausgabe der Werke (Paris 1739).

97,25 f. *Hypermnestra von Lemière: Hypermnestre* von Antoine Martin Lemierre (1723–93), 1758 erschienen.

97,28 *»Devin du Village«: Der Dorfwahrsager*, komische Oper von Jean-Jacques Rousseau (1752).

97,28 f. *»Rose et Colas«:* komische Oper von Pierre Alexandre Monsigny (1729–1817) und André Grétry (1741 bis 1813) (Musik) und Michel Jean Sedaine (1719–97) (Text), die jedoch erst 1764 uraufgeführt wurde.

97,29 *»Annette et Lubin«:* komische Oper von Charles Simon Favart (1710–92) und Marie Favart (1727–72), erst 1762 uraufgeführt.

98,20 *Foyers:* Foyer (frz.): eigtl. ›heizbarer Raum‹; erst seit 1803 ›Gesellschaftssaal im Theater‹ (Kluge, S. 214).

98,22 f. *Das Lokal war weder günstig noch bequem ... Konzertsaal:* Das französische Theater befand sich in der Nähe des Roßmarkts im Junghof. Dessen Besitzer, der holländische Oberst Bender von Bienenthal, hatte dort im Jahre 1756 einen Konzertsaal eingerichtet. Für die Erfordernisse eines Theaterbetriebs war der enge Saal kaum geeignet.

98,35 *Derones:* möglicherweise ein Sohn der Schauspielerin de Rosne aus der Bersacschen Truppe (vgl. 99,14 »die Mutter«). Aus Leipzig schreibt Goethe an seine Schwester: »Sie haben hier [...] eine Actrice Starcken, so gut wie die Madame de Rosne« (6. Dezember 1765).

100,4 *Legieren:* auch *ligieren*, »in der fechtkunst, den degen des gegners aus der hand schlagen« (DWB VI, Sp. 536).

100,19 f. *Mißbrauch ... Voltaire:* Es war im französischen Theater der Zeit üblich, daß die Zuschauer auch auf der Bühne sitzen konnten. Lessing zitiert Voltaires Kritik an dieser Praxis im 80. Stück der *Hamburgischen Dramaturgie*: »Noch fand sich aber auch eine andere Ursache, die das hohe Pathetische von unserer Szene zurückhielt, und die Handlung wirklich tragisch zu machen verhinderte: und diese war, das enge schlechte Theater mit seinen armseligen Verzierungen. – Was ließ sich auf einem Paar Dutzend Brettern, die noch dazu mit Zuschauern angefüllt waren, machen? Mit welchem Pomp, mit welchen Zurüstungen konnte man da die Augen der Zuschauer bestechen, fesseln, täuschen? Welche große tragische Aktion ließ sich da aufführen?« Die Sätze stammen aus Voltaires Schrift *Des divers changements arrivés à l'art tragique* (»Über die verschiedenen Veränderungen, die tragische Kunst betreffend«, 1761).

101,11 f. *zu einer Zeit ... Diderots Grundsätzen und Beispielen:* Lessings Übersetzung der Werke Denis Diderots (1713–84), *Das Theater des Herrn Diderot*, ist 1759 in Berlin entstanden und erschien in 2 Bänden 1760.

101,19 f. *Diderots »Hausvater«: Le Père de famille* (1758), ebenfalls von Lessing übersetzt.

101,20 *die »Philosophen« von Palissot: Les Philosophes* von Charles P. de Montenoy (1730–1814), eine Satire vor allem gegen Rousseau. Das Stück wurde im Juli 1760 – kurz nach seiner Uraufführung – in Frankfurt gegeben. – Goethe hat Palissot und sein Stück *Die Philosophen* in den Anmerkungen zu *Rameaus Neffe* scharf kritisiert: »Sein Stück ist in drei Akte kurz zusammengefaßt. Die Ökonomie desselben ist geschickt genug und zeugt von einem geübten Talente; allein die Erfindung ist mager, man sieht sich in dem ganz bekannten Raume der französischen Komödie. Nichts ist neu als die Kühnheit ganz deutlich ausgesprochene Personalitäten auszubringen. [...] Zuletzt erscheint ein Hanswurst von Bedienten auf Händen und Füßen, mit einer Salatstaude, um den von Rousseau wünschenswert geschilderten Naturzustand lächerlich zu machen. [...] Die Versifikation ist nicht ungelenk, hie und da findet man eine geistreiche Wendung, durchaus aber ist der Appell an die Gemeinheit, jener Hauptkunstgriff derer, die sich dem Vorzüglichen widersetzen, unerträglich und verächtlich« (GA XV, S. 1045 f.).

102,12 *Kaffeehaus:* wahrscheinlich das 1759 von Madame La Cour im Junghof eröffnete.

102,24 *Lauferschürzen:* Kleidung der die Kutschen begleitenden laufenden Boten.

103,12 f. *heute rot, morgen tot:* Sprichwort (1588 zuerst belegt).

103,23 *Formen des Glaubens und Aberglaubens:* vgl. 495,7 bis 26 und 659,18–660,6.

104,2 *Prinzen Soubise:* Charles de Rohan, Prince de S. (1715–87), Kommandant der französischen Armee.

104,3 *von Broglio:* Victor François Duc de Broglie (1718 bis 1804), höchster französischer Offizier während der französischen Besetzung Frankfurts.

104,10 *die Alliierten:* die gegen Frankreich verbündeten hannoverschen, preußischen, hessischen und englischen Truppen.

104,11 *Herzog Ferdinand von Braunschweig:* preußischer Generalfeldmarschall (1721–92).

104,14 *Schlacht von Rosbach:* Sieg der Preußen über die Franzosen bei Roßbach (südwestlich von Merseburg) am 5. November 1757.

104,19 *Sie war klug genug einzusehen:* vgl. Anm. zu 106,30 f.

104,35 *Bergen:* Dorf (heute Stadtteil) im Nordosten Frankfurts.

105,8 *1759 der Karfreitag:* am 13. April.

105,33 *Garten, vor dem Friedberger Tore:* vgl. Anm. zu 167,9–14.

105,34 *Bornheimer Heide:* südlich von Goethes Weingarten gelegen.

106,16 f. *das Orakel ihres »Schatzkästleins«:* Karl Heinrich von Bogatzky, *Güldenes Schatzkästlein der Kinder Gottes, deren Schatz im Himmel ist* (Halle a. d. S. 1718; zahlreiche Nachauflagen). Goethes Mutter besaß die Ausgabe von 1745; ihr Exemplar befindet sich heute im Goethe- und Schiller-Archiv in Weimar. – Die Sammlung von Bibelsprüchen und Kirchenliedversen diente Goethes Mutter auch als Stammbuch; der Sohn trug sich am 30. September 1765 ein. – In den *Noten und Abhandlungen zu besserem Verständnis des West-östlichen Divans* beschreibt Goethe

»die überall herkömmliche Orakelfrage an irgend ein bedeutendes Buch, zwischen dessen Blätter man eine Nadel versenkt und die dadurch bezeichnete Stelle beim Aufschlagen gläubig betrachtet. Wir waren früher mit Personen genau verbunden, welche sich auf diese Weise bei der Bibel, dem ›Schatzkästlein‹ und ähnlichen Erbauungswerken zutraulich Rats erholten und mehrmals in den größten Nöten Trost, ja Bestärkung fürs ganze Leben gewannen« (GA III, S. 483).

106,30 f. *ich bin auch um euertwillen vergnügt:* Die Bürger Frankfurts wußten ebensogut wie Thoranc, daß die französisch und kaisertreu Gesinnten unter ihnen im Falle eines preußischen Sieges mit schweren Repressalien zu rechnen gehabt hätten.

106,35 *Kollation:* Mahlzeit.

108,20 *aus dem Gedächtnis:* Ähnlich wie das Knabenmärchen ist auch dieses Gespräch in seinen Einzelheiten eine Schöpfung des alten Goethe.

109,13 f. *der Reichsfeind:* Friedrich II. von Preußen als Gegner Franz' I.

110,15 *Retirade:* Rückzug.

110,21 *Peking-Tapeten:* vgl. Anm. zu 90,23. Von dieser Tapetenart, nach der das Gesellschaftszimmer im ersten Stock des Goethehauses »das Peking« genannt wurde, haben sich Muster erhalten; sie befinden sich im Kasseler Tapetenmuseum.

110,28 *der Gift:* im 18. Jh. noch als Maskulinum gebräuchlich.

112,35 *Monseigneur:* Titel des ältesten Bruders des Königs von Frankreich.

113,24 f. *Vorwürfe des Vaters ... das Theater sei zu gar nichts nütze:* Vater Goethe steht mit dieser Auffassung in deutlichem Gegensatz zu seiner Ehefrau, die zeitlebens eine begeisterte Theaterliebhaberin war.

113,32 *»Miß Sara Sampson«:* Gotthold Ephraim Lessings

(1729–81) bürgerliches Trauerspiel wurde 1755 uraufgeführt.

113,32 f. *der »Kaufmann von London«: The London Merchant, or, The History of George Barnwell* (1731) von George Lillo (1693–1739) erlebte seine deutsche Erstaufführung 1754 in Hamburg.

113,34 f. *die »Schelmstreiche Scapins«: Les Fourberies de Scapin*, Komödie von Molière, 1671 erschienen, in deutscher Übersetzung zuerst 1694.

114,13 *Terenz:* Publius Terentius Afer (um 192–159 v. Chr.), römischer Lustspieldichter.

114,19 *Piron:* Alexis P. (1689–1773). In den Anmerkungen zu *Rameaus Neffe* sagt Goethe über ihn: »Piron war einer der besten geistreichsten Gesellschafter, und auch in seinen Schriften zeigt sich der heitere freie Ton, anziehend und belebend« (GA XV, S. 1050).

114,26 *Pomeys »Pantheon Mythicum«:* Handbuch der antiken Mythologie von François Antoine Pomey (1619 bis 1673), 1659 erschienen.

114,27–34 *ein solches Stückchen ... Abschrift:* nicht überliefert.

115,13 *Piece:* frz. *pièce* ›Stück‹.

115,25 *drei Einheiten des Aristoteles:* Einheit des Ortes, der Zeit und der Handlung. Erst durch Julius Cäsar Scaligers (1484–1558) *Poetices sive de arte poetica libri septem* (»Poetik oder Sieben Bücher über die Dichtkunst«, 1651) wurde die ursprünglich rein deskriptive Poetik des Aristoteles (384–322 v. Chr.) zur bindenden Norm, vor allem für das klassische französische Theater, an dem sich in Deutschland besonders Gottsched orientierte. Mit den drei Einheiten hat sich Lessing im 44.–46. Stück der *Hamburgischen Dramaturgie* auseinandergesetzt.

115,29 f. *Er schalt auf die Engländer:* Vorausdeutung auf die als Gegenströmung zur Gottsched-Schule zu verstehende Shakespeare-Begeisterung Wielands und vor allem des Sturm und Drang.

115,33 *wie der Knabe in der Fabel:* Vgl. das Gedicht »Dilettant und Kritiker« (1773), in dem der Fuchs dem Knaben »eine Taube zart« auf ähnliche Weise auseinandernimmt: »Da war's nackt – Mißgeburt! – und ein Fetzen.«

116,1 f. *unsern Schreibenden:* erste Erwähnung des als Mündel Johann Caspar Goethes im Goethehaus lebenden gemütskranken Johann David Balthasar Clauer (1732–96); vgl. Anm. zu 151,18.

116,12 *Corneilles »Abhandlung über die drei Einheiten«:* Pierre Corneilles (1606–84) *Discours des trois unités d'action, de jour et de lieu* (»Abhandlung über die drei Einheiten der Handlung, der Zeit und des Ortes«) erschien als Einleitung zum 3. Band seines *Théâtre complet* (Paris 1660). Eine Ausgabe der Werke Corneilles befand sich in Johann Caspar Goethes Bibliothek.

116,16 *Händeln über den »Cid«:* Corneilles Tragikomödie *Le Cid* wurde im Dezember 1636 uraufgeführt und erschien 1637 im Druck. Die »Querelle du Cid« zwischen Jean de Mairet (1604–86) und Georges de Scudéry (1601 bis 1667) auf der einen, Corneille und Racine auf der anderen Seite bewegte sich vor allem um Plagiatsvorwürfe (Mairet) und »Regelverstöße« (Scudéry, *Observations sur le Cid*, 1637).

116,17 *Vorreden:* Corneille verteidigte seine Auffassungen in den »avis« seiner Dramen, Racine unterstützte ihn in der Vorrede zu seiner Tragödie *Andromaque* (1668).

116,21 f. *Befehl eines allmächtigen Kardinals:* Richelieu (1585–1642) veranlaßte die Ächtung des *Cid* durch die Académie Française (*Sentiment de l'Académie sur la tragicomédie du Cid*, 1636).

116,25 f. *Schöff von Olenschlager ... »Britannicus«:* Johann Daniel von O. (1711–78); vgl. Anm. zu 168,12. – *Britannicus*, Tragödie von Racine (1669); vgl. auch 169,15.

116,31 f. *theoretischen Salbaderei des vorigen Jahrhunderts:* Diese Formulierungen sind vom Blickwinkel des späten

Goethe geprägt, der die starre Regelmäßigkeit der Theaterdichtungen des 17. Jh.s ablehnte. Auch seine Theoriefeindlichkeit kommt hier zum Ausdruck.

117,1 f. *wenn sie sich verteidigen, entschuldigen, beschönigen wollten:* Vgl. Goethes Brief an Schiller vom 29. Juli 1797: »es ist freilich mit den Gedichten wie mit den Handlungen, man ist übel dran, wenn man sie erst rechtfertigen soll.«

118,1 *ganz wundersame Operation:* Die Zusammenarbeit mehrerer Künstler war durchaus nichts Neues; viele niederländische Meister haben Gemeinschaftswerke geschaffen, und es ist anzunehmen, daß auch die Frankfurter Maler ohne Anregung des Königsleutnants solche Bilder gemalt haben. Vgl. auch Anm. zu 30,21.

119,13 *Gevatter – denn auch er war's geworden:* Rat Goethe stand in freundschaftlicher Beziehung zu Familie Seekatz. Vgl. seinen Brief an den Maler vom 25. September 1763, den er »unter höflichster Salutation an die liebe EheGattin, und Umfassung des niedlichen Seekätzgens« beschließt.

120,9–11 *Grundsatz ... so fruchtbar befolgt:* Während Thorancs Anwesenheit malten die Frankfurter Künstler an die 400 Gemälde in seinem Auftrag. »Es war der größte Mäzenatenauftrag, den Frankfurt je gesehen hatte. Das Haus des Kaiserlichen Rates war zum künstlerischen Mittelpunkt der Stadt, zum Zentrum der Frankfurter Malerschule geworden. Das ist, was die Malerei anlangt, von kunstgeschichtlicher Bedeutung« (Beutler, in: GA Erg.-Bd. 1, S. 149).

120,36 *der Graf umlogiert:* Er verließ Ende Mai 1761 das Goethehaus und bezog ein Quartier in der Rothofstraße.

121,5 *Mietleute:* den Kanzleidirektor Moritz und seine Familie, vgl. 121,31 mit Anm.

121,12 *bald darauf:* im Februar 1763.

121,20 *in Westindien:* Thoranc war 1768 aus St. Domingo nach Frankreich zurückgekehrt. In der Revolutionszeit verarmte er; er starb 1794 und wurde in der »fosse commune de Grasse« beigesetzt. – Goethe wußte nicht genau, wo Thoranc gestorben war, und er formuliert entsprechend vorsichtig.

Viertes Buch

121,29–31 *nach einigem Kehren ... das Haus völlig wieder hergestellt:* Im Haushaltungsbuch von Johann Caspar Goethe ist unter dem 5. Juni 1761 eine Summe von 130 Gulden für diese Aufräumungsarbeiten verzeichnet.

121,31 *Kanzleidirektor Moritz mit den Seinigen:* Heinrich Philipp M. (1711–69), arbeitete für die Grafen zu Solms-Rödelheim. Zu den »Seinigen« gehörte der Sohn Johann Anton Moritz (1758–1820), der 1785 als Autor eines *Versuchs einer Einleitung in die Staatsverfassung der Reichsstadt Frankfurt* hervorgetreten ist.

122,14–17 *Legationsrat Moritz ... von bequem gefälligem Betragen:* Johann Friedrich M. (1716–71), dänischer Legationsrat. Mit seiner Tochter Esther Maria Stock (geb. 1755) war Goethes Mutter im Alter befreundet. – Von seinem »gefälligen Betragen« weiß der junge Goethe nichts zu berichten; im Gegenteil fragt er am 12. Dezember 1765 seine Schwester: »Was macht der Hofraht Moritz? knorrt er noch immer?« Das Verhalten des Hofrats gegenüber seiner Nichte, Cornelias und Johann Wolfgangs Freundin Charitas Meixner, veranlaßt Goethe zu dem Ausruf: »Le conseiller! Hang him! he is a fool« (»Der Hofrat! Hängt ihn! er ist ein Narr«; an Cornelia, 31. Mai 1766).

122,18–20 *kam mit meinem Vater ... mehrmals in Berührung:* Es läßt sich nur eine postume »Berührung« aus dem Sommer 1771 nachweisen: Der eben verstorbene Moritz wurde verdächtigt, mit dem am Reichskammergericht Wetzlar tätigen und in eine Bestechungsaffäre verwickelten Assessor Johann Hermann Franz von Pape, gen. Papius (gest. 1793; »Sapupi« im *Götz von Berlichingen*, 2. Akt,

Szene »Herberge. Bauernhochzeit«) in Verbindung gewesen zu sein. Rat Goethe war Mitglied einer Kommission, die in diesem Zusammenhang mit einer Haussuchung bei Moritz' Witwe beauftragt war. Die Vorwürfe erwiesen sich schließlich als haltlos.

122,31–33 *Zeichenmeisters ... Dieser gute alte Mann:* Johann Michael Eben (1716–61) war seit 1758 im Hause Goethe angestellt und also gerade etwas über 40 Jahre alt.

123,2 *Qui pro quo:* (lat.) Ersatz.

123,4 f. *Affekten von Le Brün:* Charles Lebrun (1619–90), Pariser Hofmaler, hat mehrere praktische Anleitungen zum Porträtzeichnen verfaßt, z. B. den auch in deutscher Übersetzung vorliegenden *Discours sur les expressions des passions de l'âme* (»Abhandlung über die Ausdrucksweisen der Leidenschaften der Seele«, 1698). In Johann Caspar Goethes Kupferstichsammlung befanden sich von ihm *Allerhand Inventionen oder Stellungen nebst anderen großen Kupfern.* – Im 93. Stück der *Hamburgischen Dramaturgie* kritisiert Lessing Lebrun aus ähnlichen Gründen wie Goethe.

123,8 *Baumschlag:* »Bei Malern und Kupferstechern ›die äußere Erscheinung der Bäume [...], ihres Laubes und ihrer Wiedergabe im Bild‹. So zuerst bei Adelung 1774« (Kluge, S. 57).

123,18 f. *Er kopierte ... Köpfe des Piazzetta:* Giovanni Battista P. (1682–1754), venezianischer Maler und Akademiedirektor. Johann Caspar Goethe hat schon 1740 in Venedig einige nach seinen Zeichnungen verfertigte Kupferstiche »bestaunen dürfen« (*Reise* [s. Anm. zu 15,4 f.] S. 50), mit denen später eine Edition von Tassos *Befreitem Jerusalem* illustriert wurde. – Im »Historischen Teil« der *Farbenlehre* schreibt Goethe: »Zu Anfang des achtzehnten Jahrhunderts hat auch selbst in Italien ein verderbter Geschmack sich über die Kunst verbreitet. Piazzetta, Corrado und Solimena waren Männer von guten Talenten, aber sie wendeten sie nur an, um von der gaffenden Menge Lob einzuernten, keineswegs aber zum Vergnügen vernünftiger, gebildeter Menschen« (GA XVI, S. 505). – Die Kopien Johann Caspar Goethes haben sich nicht erhalten.

124,1 *den Lehrer:* Johann Andreas Bismann (1715–1811).

124,7 f. *Applikatur:* Fingersatz.

124,15 *nichts sonderlich Gutes:* Ganz im Gegenteil konnte Bismann vorzügliche Zeugnisse vorlegen. Goethe motiviert mit diesen Worten die Schilderung von Bismanns etwas zweifelhafter Tüchtigkeit im Anwerben neuer Schüler (vgl. 125,4–15).

124,18 *daß der Mann angenommen wurde:* Bismann war von Mitte Juni 1763 an in der Familie Goethe tätig; Cornelia unterrichtete er – wohl auch im Gesang – bis zu ihrer Heirat am 1. November 1773.

124,26 *Claves:* Tasten; Pl. von lat. *clavis* ›Schlüssel‹.

125,21 *Kaiser Maximilian:* Maximilian I. (vgl. Anm. zu 21,30) galt als Förderer der Wissenschaft und Kunst. Im *Tabellarischen Verzeichnis der Boisserée'schen lithographierten Blätter* (1826) spricht Goethe von der »Kunst- und Prachtliebe von Kaiser Max«. – Der »ausdrückliche« Befehl, von dem hier die Rede ist, läßt sich nicht nachweisen.

125,30 *Untersuchungstrieb gegen natürliche Dinge:* Hier wie schon im 1. Buch (vgl. 13,23–30 mit Anm.) lokalisiert Goethe den Ursprung seiner späteren naturwissenschaftlichen Interessen in der frühen Jugend.

126,5 *selbst Naturforscher öfter durch Trennen und Sondern:* Die Abneigung gegen solche »zerstückelnden« Methoden der Naturwissenschaft ist charakteristisch für Goethes naturwissenschaftliches Denken, das auf organische Einheit zielt. Seine Polemik gegen Newton und dessen Methode der Farb- und Lichtuntersuchung ist das bedeutendste Beispiel für diese Haltung; vgl. das Epigramm »Triumph der Schule« und aus den *Zahmen Xenien* die Verse: »Einheit ewigen Lichts zu spalten / Müssen wir für törig halten«.

126,8 *bewaffneter Magnetstein:* natürlicher Magneteisenstein, zur Verstärkung mit Eisenstücken – einer sogenannten Armatur – versehen (»bewaffnet«).

126,26 f. *das eminente Phänomen:* Vgl. dazu *Maximen und Reflexionen:* »Der Magnet ist ein Urphänomen, das man nur aussprechen darf, um es erklärt zu haben; dadurch wird es denn auch ein Symbol für alles Übrige, wofür wir keine Worte noch Namen zu suchen brauchen« (434). Vgl. auch Goethes Schrift *Polarität* (1805).

126,29 *Elektrisiermaschine:* 1663 von Otto von Guericke erfunden, weiterentwickelt von Johann Heinrich Winkler 1740. Goethe selbst besaß eine solche Maschine, die er im Abschnitt »Elektrizität« seiner *Physicalischen Vorträge* (1805–06) beschreibt. Die Maschine befindet sich noch heute im Weimarer Goethe-Museum.

126,29 f. *Ein Hausfreund ... in die Zeit:* Johann Friedrich Armand von Uffenbach (vgl. Anm. zu 79,1), geboren 1687. In seinem »wissenschaftlichen Kränzchen« wurden häufig physikalische Apparate, auch Elektrisiermaschinen, vorgeführt. – Das Verschweigen des Namens dieses »Hausfreundes« – wie oben im Falle des »Pylades« (53,17) – ist charakteristisch für Goethes Altersstil.

127,14 *der junge Mann:* wahrscheinlich Johann Jakob Gottlieb Scherbius (1728–1804), der Latein- und Griechischlehrer Goethes.

127,24 *Pfeil, sprach gut französisch:* Leopold Heinrich P. (1725 oder 1726 – 1792), seit 1746 selbständiger französischer Sprachmeister in Frankfurt.

127,25 *verheiratet:* mit Friederike Charlotte Wilhelmine Walther (1718–83), einer Cousine von Goethes Vater.

127,26 *Zustand:* Stellung.

128,7 *in gewissen Jahren sich wieder zum Schüler erklärte:* Vgl. *Maximen und Reflexionen*: »Altes Fundament ehrt man, darf aber das Recht nicht aufgeben, irgendwo wieder einmal von vorn zu gründen« (548).

128,14 *Friderici:* Christian Ernst Friederici (1709–80), Klavier- und Orgelbauer.

128,23 *Fridericischer Flügel:* Erst am 25. Januar 1769 hat Rat Goethe einen Hammerflügel, die »Pyramide«, von Friederici für 300 Gulden erworben.

128,32 f. *Seidenzucht:* Johann Caspar Goethes Interesse daran rührt noch von seiner Italien-Reise her. In seinem *Viaggio* erwähnt er in den Briefen vom 11. und 14. März 1740 die Seidenproduktion in Bologna. – Vgl. auch Goethes Brief an Herzog Karl August vom 7. Februar 1826: »Von Mylius aus Mayland erhalte ich [...] Cocons von Seidenwürmern [...], theils in ihrer Integrität, worin sich noch der durch Dampf oder heißes Wasser getödtete Wurm findet und welche dann eigentlich zu gut gemacht und abgesponnen werden; sodann liegen durchfressene Cocons bey, woraus der zur Begattung bestimmte Schmetterling entschlüpft ist. [...] Es ist angenehm, diese höchst bedeutend gewordene Naturerscheinung wieder einmal vor Augen zu sehen; mir jedoch ist sie besonders erfreulich, weil ich mich an meine Jugendjahre und die desfallsigen Bemühungen im väterlichen Hause erinnere.«

128,34 f. *Bekanntschaften in Hanau:* François Flessier (Flaissieres) (1703–85), seit 1756 Direktor des Hochfürstlich Hessischen Seidenbaus in Hanau. Flessier, der auch mit Seidenprodukten handelte, wird in Johann Caspar Goethes Haushaltungsbuch zwischen 1761 und 1770 neunmal erwähnt. – Die Seidenraupenzucht war in Hanau 1736 von Landgraf Wilhelm III. eingeführt worden. Vgl. auch »Kurze historische Nachricht von dem Seidenbau bey Hanau« (*Hanauisches Magazin*, 26. Stück, 1778, S. 225–228): »Die beiden Hauptanlagen zur Wartung und Behandlung der Seidenraupen sind schon seit einiger Zeit auf dem Lehrhofe und zu Kesselstadt unter der Pflege eines aus Languedoc vorlängst verschriebenen und der Sache kundigen Mannes namens Flessier.« – Vgl. auch 162,23.

129,2 *Maulbeerbäume:* Rat Goethe besaß außer dem Haus am Hirschgraben noch eines an der Bockenheimer Gasse; als er es verkaufte, behielt er sich mit einer Klausel im

Kaufvertrag den Nießbrauch der auf dem Grundstück stehenden Maulbeerbäume ausdrücklich vor. In seiner Bibliothek befand sich eine *Anweisung von Seidenbau nebst Beförderung der Maulbeerplantagen* von Johann Friedrich Thym und Georg Angermann.

129,33 *Die römischen Prospekte:* vgl. Anm. zu 14,25 f.

130,1 *unscheinbar:* unansehnlich.

131,1 f. *in einen Band zusammengefaßt:* Johann Caspar Goethe besaß mehrere solcher gebundenen Kupferstichsammlungen.

131,5 *ein englischer Sprachmeister:* Johann Peter Christoph Schade (geb. 1734), seit 1762 in Frankfurt. Er war der erste englische Sprachmeister der Stadt.

131,9 *mäßiges Honorar:* Im Haushaltungsbuch sind unter dem 30. Juli 1762 5 Gulden als Monatshonorar verzeichnet (zum Vergleich: der Schreiblehrer Thym erhielt 2 Gulden monatlich).

131,12 *expediten:* gewandten.

131,36 *»Siegwart«:* Johann Martin Miller (1750–1814), *Siegwart, eine Klostergeschichte* (1776), empfindsamer Roman.

132,11 *Judendeutsch:* Goethe nahm für kurze Zeit Jiddischunterricht bei dem jüdischen Konvertiten Karl Christian Christfreund, gen. Christamicus (1723–1801). Im Haushaltungsbuch Johann Caspar Goethes findet sich nur ein Eintrag über ein Honorar von 1 Gulden 30 am 6. Juni 1761: »Christamico pro Inform. Germanico Heb. ling.« (»für Unterricht in deutsch-hebräischer Sprache«).

132,26 *barocke:* hier in der ursprünglichen Bedeutung ›bizarr, seltsam‹.

132,31 *Notwendigkeit, Hebräisch zu lernen:* In den *Labores juveniles* sind zwei Seiten einer »Anweisung zur teutsch-hebräischen Sprache« erhalten. In Johann Caspar Goethes Bibliothek waren mehrere hebräische Grammatiken und Wörterbücher vorhanden.

133,7 *Albrecht:* Johann Georg A. (1694–1770). Er war ein entschiedener Gegner der Privaterziehung. Goethes Großvater Textor gehörte jedoch als Vorsitzender des Konsistoriums und später als Stadtschultheiß zu seinen Gönnern; darüber hinaus waren A. und Goethes Eltern gut befreundet, so daß er im Falle Goethes über seine Anschauungen hinwegsah.

133,9 *von einer so einfachen Sprache:* In einer Einladungsschrift des Frankfurter Gymnasiums aus dem Jahre 1747 spricht Albrecht von der Einfachheit der dort angewandten Lehrmethode des Hebräischen und deren Erfolgen bei den Schülern.

133,15 *Aesop:* Der griechische Fabeldichter Äsop (6. Jh. v. Chr.) soll nach Herodots Überlieferung häßlich und bucklig gewesen sein.

133,19 f. *Kloster zu den Barfüßern:* Dort war seit 1529 das Gymnasium untergebracht. Heute steht an dieser Stelle die Paulskirche.

133,26 *Translokation:* Versetzung.

133,28 f. *praemia virtutis et diligentiae:* (lat.) Preise für Tüchtigkeit und Fleiß.

133,31 *Schaumünzen:* Münzen ohne Verkehrswert; keine Zahlungsmittel.

134,4 f. *durch äußere Umstände:* Albrecht wurde wegen seiner eigenwilligen Amtsführung öfters von den Lehrern des Gymnasiums beim Konsistorium angezeigt. Man beschuldigte ihn u. a., unrechtmäßigen Gewinn aus den Einnahmen der Chöre des Gymnasiums gezogen zu haben.

134,6 *Konsistorium:* oberste Kirchenbehörde, in Frankfurt im Jahre 1728 eingerichtet. Laut Konsistorialordnung hatte sie »alles dasjenige, so zur Erhaltung und Lauterkeit der wahren evangelischen Religion, guter Ordnung und Disciplin in Kirchen und Schulen gereichet, zu besorgen und auf die dazugehörigen Personen, sowohl in der Stadt als auf dem Land, Lehr, Leben und Wandel beständig ein wachsames Auge zu haben« (zit. nach: Voelcker, 1932, S. 133 f.).
Scholarchen: Schulvorsteher. Der Begriff *Scholarch* ist in

diesem Zusammenhang nicht zutreffend, denn das Scholarchat wurde 1728 aufgelöst und die Schulaufsicht dem Konsistorium übertragen.

134,9 *Programmen:* wissenschaftliche Untersuchungen, die im 18. Jh. von den Gymnasien publiziert wurden. Albrecht hat zahlreiche solcher Programme verfaßt. Goethes Vater besaß einige davon, doch werden in Liebholdts Verzeichnis keine Titel genannt.

134,10 *Lucian:* Lukian von Samosata (120–180 n. Chr.), im 18. Jh. besonders geschätzter griechischer Satiriker, von Wieland übersetzt.

135,10 *Heer von kleinen Buchstäbchen:* Am 31. Juli 1811 notiert Goethe in seinem Tagebuch: »Büchelchen des Pater Sacchi über die hebräische Sprache und besonders den Ursprung der Puncte« (Giovenale Sacchi, *Dell'antica lezione degli Ebrei e della origine de' punti*, Mailand 1786). Die »Punkte und Strichelchen« bezeichnen die Aussprache der Vokale; das 135,4 erwähnte Alphabet umfaßt nur die 22 Konsonantenzeichen.

135,16 *solange sie geblüht:* Die Punktation zur Kennzeichnung der Vokale wurde erst im 5. Jh. n. Chr. eingeführt.

136,17 f. *Gibeon ... Ajalon:* vgl. Jos. 10,12–14.

136,24 f. *Version des Sebastian Schmidt: Biblia Sacra ex Linguis originalibus in Linguam Latinam translatam a Sebastian Schmid* (»Heilige Bibel, aus den Originalsprachen ins Lateinische übertragen von Sebastian Schmid«, Trier 1708). Das Erscheinungsjahr läßt vermuten, daß Rat Goethe das Werk nicht erst für seinen Sohn angeschafft hat.

136,27 f. *Exponieren:* Übersetzen.

137,13 f. *das große englische Bibelwerk:* Von englischen Theologen kommentierte, 1740–70 in 19 Bänden erschienene Bibelübersetzung, die von Romanus Teller, Johann Augustin Dietelmair, Siegmund Jacob Baumgarten u. a. unter dem Titel *Die Heilige Schrift des Alten und Neuen Testaments nebst einer vollständigen Erklärung derselben, welche aus den auserlesensten Anmerkungen verschiedener*

Engländischen Schriftsteller zusammengetragen [...] in deutscher Bearbeitung herausgegeben wurde. Am 12. August 1811 hat Goethe den ersten, bis zum 2. Buch Mose reichenden Band (Leipzig 1749) aus der Weimarer Bibliothek entliehen. Das 4. Buch von *Dichtung und Wahrheit* war indessen schon am 10. August in den Druck gegangen, so daß Goethe den Band schon früher eingesehen haben muß.

137,24 *Repositorium:* Büchergestell.

137,32–149,19 *Der Mensch mag sich wenden wohin er will ... Joseph empfunden:* Der auf dem 1. Buch Mose basierende Exkurs über die biblische Urgeschichte wurde von vielen Zeitgenossen mit Befremden aufgenommen. So schreibt Achim von Arnim am 19. November 1811 an die Brüder Grimm: »Die biblische Geschichte stimmt auch nicht in die Zeit und noch weniger in das Buch.« – Goethe äußert sich in einem Brief an Johann Friedrich Rochlitz, der seine »asiatischen Weltanfänge so freundlich aufgenommen« hatte, über deren Funktion: »Es schlingt sich die daher für mich gewonnene Kultur durch mein ganzes Leben, und wird noch manchmal in unerwarteten Erscheinungen hervortreten: wie ich denn von Ihrem liebevollen Glauben hoffen kann, daß Sie überzeugt sind, der erste Teil sei mit Bewußtsein und Absicht geschrieben, und enthalte auch nicht das kleinste geringfügig Scheinende, was nicht künftig einmal nach seinem Geschlecht und Art in Blüte und Frucht hervortreten soll« (30. Januar 1812). – Vgl. hierzu auch das Nachwort.

138,13 *zwischen vier benannten Flüssen:* nach 1. Mose 2,11 f.: Pison, Gihon, Hidekel und Phrath, d. i. Ganges, Nil, Tigris und Euphrat.

138,22 *Elohim:* Gott (Pl.-Form), im Alten Testament neben dem Sg. Jahve bzw. Jehova gebraucht. Im Neuen Testament steht es für Gottvater, Sohn und Heiligen Geist.

140,4 *chaldäischen:* vom Volk der Chaldäer, einem in babylonische Gebiete eingewanderten Volk semitischen Ursprungs, das im 7. Jh. v. Chr. das Neubabylonische Reich gründete.

140,18 f. *Asphaltsees:* des Toten Meeres.

143,14–25 *natürliche, allgemeine Religion ... geoffenbarte:* Die Diskussion um Vernunftreligion und positive Religion hat die theologischen Auseinandersetzungen im 18. Jh. entscheidend geprägt (vgl. auch Anm. zu 294,4).

145,30 *Sühnopfer eines solchen Wahnsinns:* Vgl. zu der Opfer-Thematik Goethes Ballade »Die Braut von Korinth« (1797).

145,34 f. *die der Mensch ihnen anzudichten geneigt ist:* Vgl. *Iphigenie auf Tauris* I,3: »Der mißversteht die Himmlischen, der sie / Blutgierig wähnt: er dichtet ihnen nur / Die eignen grausamen Begierden an.«

149,30 *jenes Märchen:* »Der neue Paris«, S. 54–69.

149,33 f. *so flüchtete ich gern nach jenen morgenländischen Gegenden:* Vgl. die Flucht-Thematik in »Hegire«, dem Eröffnungsgedicht des *West-östlichen Divan:* »Flüchte du, im reinen Osten / Patriarchenluft zu kosten«.

150,28 *Klopstock:* Biblische Stoffe hat K. außer im *Messias* auch in den Dramen *Der Tod Adams* (1757), *Salomo* (1764) und *David* (1772) gestaltet. Die Darstellung eines »zarten und gefühlvollen Wesens« lag durchaus in K.s Absicht. In seinen Vorreden zu *Der Tod Adams* und *Salomo* ist ausdrücklich vom »Empfinden« die Rede, zu dem sich das Denken gesellen müsse.

150,30 *Bodmerischen Arbeiten:* die Epen *Noah, Jacob und Joseph, Die Sündflut, Jacob und Rachel, Joseph und Zulika* und die Dramen *Der erkannte Joseph* und *Der keusche Joseph* von Johann Jakob Bodmer (1698–1783).

150,31 f. *»Daniel in der Löwengrube«:* vgl. Anm. zu 84,31 f.

150,36–151,1 *Die Geschichte Josephs zu bearbeiten:* Davon hat sich nichts erhalten. Paul Piper hat 1920 eine »Faksimile-Ausgabe« der »ersten großen Jugenddichtung« Goethes veröffentlicht; allein schon die beigegebenen angeblichen »Proben der Originalhandschrift« beweisen jedoch, daß dieses Manuskript weder von der Hand Goethes noch von der des Schreibers Clauer stammt. Im übrigen handelt es sich bei dieser pseudo-goetheschen Jugendarbeit um ein Versepos, während Goethe zweimal ausdrücklich von einer Prosadichtung spricht (151,5, 152,3). Vgl. auch Anm. zu 276,28 f.

151,8 *Inzidenzien:* Einschübe.

151,18 *Ein junger Mann:* Johann David Balthasar Clauer (1732–96). Rat Goethe war seit 1750 sein Vormund; im Januar 1755 erhielt er ein Zimmer im Goethehaus, wahrscheinlich im dritten Stock in direkter Nachbarschaft Johann Wolfgangs, der sein »Giebelzimmer« im gleichen Stockwerk hatte. Johann Caspar Goethe berichtet in drei Briefen an den Arzt Johann Philipp Burggrave vom 11., 15. und 27. Januar 1755 über die Ankunft Clauers aus Göttingen, wo er kurz zuvor – bereits von Depressionen geplagt – zum Dr. jur. promoviert worden war: »Ewhochw. habe die Ehre zu melden, daß der Herr Dr. Cl. gestern Abend ganz ohnvermuthet, bey uns ein getroffen. Seine Reise ist, ohngeachtet der strengen Kälte zwar ganz glücklich gewesen, aber! aber! sonst siehet es mit Ihme schlecht aus [. . .] in diesen Verfassungen ist es nicht rathsam, i[h]n vor die Thüre zu lassen.« Seit 1769 neigte Clauer, der für Rat Goethe Schreiberdienste versah, immer mehr zu Tobsuchtsanfällen, so daß er schließlich von zwei Grenadieren bewacht werden mußte, die ebenfalls im Hause wohnten. Erst 1783, nach dem Tod des Rats Goethe, wurde er in ein anderes Heim umquartiert. Goethe selbst hat die Krankheit Clauers offenbar nicht als solche erkannt, wie die Formulierung »durch Anstrengung und Dünkel blödsinnig geworden« zeigt.

151,29 *expedite:* gewandte.

152,20–24 *anakreontischer Gedichte . . . weil sie keine Reime hatten:* im 18. Jh. vor allem durch Gleim, Uz und Hagedorn populär geworden. 1747 war Johann Peter Uz' und Johann Nikolaus Götz' Übersetzung *Die Oden Anakreons in reimlosen Versen* erschienen. Goethes Leipziger Gedichte (z. B. »Annette«) sind von der Anakreontik geprägt. Die hier erwähnten Versuche sind nicht erhalten.

152,27 *des »Jüngsten Gerichts« von Elias Schlegel:* Von Johann Elias Schlegel ist kein Werk dieses Titels überliefert. Goethe denkt möglicherweise an ein Werk von Johann Andreas Cramer (1723–88).

152,28 *zur Feier der Höllenfahrt Christi:* zuerst 1766 unter dem Titel »Poetische Gedanken über die Höllenfahrt Jesu Christi. Auf Verlangen entworfen von J. W. G.« im 12. Stück der Zeitschrift *Die Sichtbaren* erschienen. Eckermann, für den es »ohne Zweifel das älteste aller von Goethe bekannten Gedichte« darstellt, überliefert folgende Äußerungen Goethes: »Es ist möglich [...], daß das Fräulein von Klettenberg mich dazu veranlaßt hat [...]. Das Gedicht ist voll orthodoxer Borniertheit und wird mir als herrlicher Paß in den Himmel dienen« (16. Februar 1826 und 17. März 1830).

153,3 f. *Vorschriften des Schreibemeisters:* vom Schreiblehrer Johann Heinrich Thym geschriebene Textvorlagen, die der junge Goethe abschreiben mußte. Thym war seit Mitte Oktober 1756 im Goethehaus angestellt; unter seiner Aufsicht entstanden die »Stechschriften« der Jahre 1757/58, die in das Heft der *Labores juveniles* eingebunden sind.

153,12 *in sogenannten Nebenstunden:* Dieses Verfahren entspricht dem Dichtungsbegriff des frühen 18. Jh.s, das den Berufsschriftsteller kaum kennt. Vgl. Friedrich Ludwig Rudolf von Canitz, *Nebenstunden unterschiedener Gedichte* (1700), und Friedrich von Hagedorn, *Versuch einiger Gedichte oder Erlesene Proben poetischer Nebenstunden* (1729).

153,15 *des Ministeriums:* des Kollegiums der lutherischen Geistlichkeit. Der Senior, der dem Ministerium vorstand, mußte immer von auswärts nach Frankfurt berufen werden. Fresenius lehrte vorher am Gießener Pädagogium. *Fresenius:* Johann Philipp F. (1705–61). Als Senior des Ministeriums war er einer der obersten Beamten der Stadt. In Frankfurt gab es im 18. Jh. keine einzelnen Gemeindebezirke innerhalb der Kirche, d. h., jeder konnte seinen Pfarrer und Beichtvater selbst aussuchen. Als höchster Beamter der Stadt hat Johann Wolfgang Textor standesgemäß den höchsten Kirchenbeamten gewählt. F. hat Goethes Eltern getraut und Goethe getauft.

153,19 *gegen die Herrnhuter:* Johann Caspar Goethe besaß Fresenius' Schriften *Johann Philipp Fresenii, Evangelischen Predigers zu Sanct Peter in Franckfurt am Mayn, vorläufige Antwort, welche er denjenigen zu ertheilen pfleget, die ihn fragen, ob sie zu der Herrnhutischen Gemeine übergehen, oder in derselbigen bleiben sollen?* (Frankfurt a. M. 1745) und *Bewährte Nachrichten von den Herrnhutischen Sachen* (6 Tle., Frankfurt a. M. / Leipzig 1747–48). Fresenius verschickte auch gedruckte Sendbriefe an seine lutherischen Amtsbrüder, in denen er sie ersucht, »Ihre Bedenkken [gegen die Herrnhuter] in forma probante, und zwar in Deutscher Sprache, damit ich dieselbige zum Besten unsers Vaterlandes könne drucken lassen«, an ihn einzusenden. Die Handschriftenabteilung des Freien Deutschen Hochstifts verwahrt ein solches Sendschreiben.

153,21 f. *Bekehrung eines . . . freigeistischen Generals:* Georg Karl Baron von Dyh(e)rn, sächsischer Generalleutnant, in der Schlacht bei Bergen gefallen. Fresenius veröffentlichte dazu die Schrift *Merkwürdige Nachrichten von der wunderbaren Bekehrung eines großen Naturalisten, an dem Exempel des Herrn Georg Carl Baron von Dyhern, gewesenen Generallieutenants des Kursächsischen Corps* (1759).

153,23 f. *Nachfolger Plitt:* Johann Jakob P. (1727–73) war von 1762 bis zu seinem Tod Senior des Ministeriums. Er war zuvor Professor der Theologie in Rinteln.

154,2 *verborgenen Sitz:* Die Familie Goethe besaß in der Katharinenkirche zwei – käuflich erworbene – Stühle und ein »Anhängbänkel« (vgl. Voelcker, 1932, S. 384).

154,8 f. *der gute Hausfreund:* Rat Schneider, vgl. Anm. zu 75,25.

154,30 *Proposition:* Thema und inhaltliche Gliederung der Predigt.

155,1 *das Vollbringen der einzige Zweck:* Diese Haltung Johann Caspar Goethes ist derjenigen seines Sohnes diametral entgegengesetzt. In den *Zahmen Xenien* heißt es z. B.: »Das Tun interessiert, / Das Getane nicht« (»Michelangelo«).

155,7 *Bowers »Geschichte der Päpste«:* Johann Caspar Goethe besaß drei der neun Bände von Archibald Bowers (1686–1766) *Unpartheiischer Historie der Römischen Päpste* (1748, deutsch 1751–79).

155,18 f. *Buch … von Hopp:* In Johann Caspar Goethes Bibliothek war die *Commentatio succinta ad institutiones justinianeas* (»Kurzgefaßter Kommentar zum Justinianischen Rechtssystem«, Frankfurt a. M. 1730) von Joachim Hoppe (1656–1712) vorhanden. Hoppes *Examen institutionum imperialium* (»Untersuchung des kaiserlichen Rechtssystems«, 1684), an das hier ebenfalls zu denken wäre, hat Rat Goethe erst am 26. Januar 1767 angeschafft.

155,23 *Katecheten … Katechumenen:* Prüfer und Prüfling.

155,27 *»Corpus Juris«:* In Johann Caspar Goethes Bibliothek waren sowohl der *Corpus juris Civilis* (Amsterdam 1700) als auch der *Corpus juris Civilis Romani* (Antwerpen 1726) vorhanden.

155,29 *der »Kleine Struve«:* Georg Adam S. (Struvius, 1619–92), *Jurisprudentia Romano-Germanica forensis*, zuerst 1670 erschienenes Lehrbuch. Goethes Vater besaß die Ausgabe Jena 1726.

156,6 *dem Schlendriane nach:* nach der Gewohnheit; nicht pejorativ gebraucht.

156,11 *Haurapiere:* Fechtwaffen; diese Form laut DWB IV,2, Sp. 640, nur bei Goethe belegt.

156,16–18 *Zwei Fechtmeister … Deutscher … Franzose:* Johann Christian Juncker (1709–81) und – wahrscheinlich –

Friedrich Joseph Ferrand. Goethe nahm von Januar bis März 1765 Fechtunterricht.

157,3 *Battieren:* harter Schlag an die Klinge des Gegners.

157,4 *Legieren:* vgl. Anm. zu 100,4.

157,5 *nicht Raison:* hier: nicht recht, nicht angemessen.

157,15 *Renegaten:* Abtrünnigen.

157,17 *Mit dem Reiten:* Goethe nahm Reitunterricht bei Karl Ambrosius Runckel (1709–67), dem 157,34 erwähnten Stallmeister. Runckel war städtischer Angestellter; auch die Übungspferde gehörten der Stadt.

157,18 *im Herbst:* Goethes Reitunterricht begann im Februar 1765; am 2. März erhielt der Lehrer das erste Honorar.

157,22 *Schließen:* Anlegen der Schenkel. In der Schrift *Die letzte Krankheit Goethe's*, Weimar 1833, schreibt Goethes Hausarzt Carl Vogel: »Goethe war groß und von starkem, regelmäßigem Knochenbau; nur die untern Gliedmaßen hätten, um eines schönen Verhältnisses zum Rumpfe willen, ein Geringes länger seyn dürfen. Wahrscheinlich trug dieser Mangel dazu bei, daß Goethe'n [. . .] das Schließen zu Pferde weniger gelingen wollte, als seinen Mitscholaren auf der Reitbahn« (S. 18).

157,31–33 *Übungsort ... Der garstige ... Raum:* Der 1755 errichtete städtische Marstall, die »Neue Reitbahn«, galt als eines der schönsten Gebäude im Frankfurt des 18. Jh.s.

158,24 f. *Lersnersche »Chronik«:* Achilles Augustus Lersner, *Der Welt berühmten Freyen Reichs- Wahl- und Handelsstadt Franckfurt am Mayn Cronica od. ordentliche Beschreibung [. . .]* (Frankfurt a. M. 1706); zum Zeitpunkt der Versteigerung nicht in Johann Caspar Goethes Bibliothek nachgewiesen. Goethe hat das Werk im April und August 1811 öfters aus der Weimarer Bibliothek entliehen.

158,25 f. *meines Vaters Francofurtensien:* Johann Caspar Goethe besaß eine umfangreiche Francofurtensien-Sammlung, von der heute ein großer Teil wieder im Bibliothekszimmer des Frankfurter Goethehauses vorhanden ist.

159,3 *Fettmilch:* Vinzenz F., Schreiber und Kuchenbäcker, in den Jahren 1612–16 Anführer einer Verschwörung gegen die Frankfurter Stadtregierung. Die geschilderte Plünderung der Judengasse geschah 1614. Im Jahre 1616 wurde F. auf dem Roßmarkt geköpft und gevierteilt. Die Teile seiner Leiche wurden an allen Stadttoren zur Schau gestellt, sein Kopf mit denen dreier Mitverschwörer – unter ihnen der Schreiner Conrad Gerngros und der Schneider Conrad Schopp – am Brückenturm zur Abschreckung aufgespießt. – Die Niederwerfung des Aufstandes brachte die Auflösung der Zünfte und bis zum Ausgang des 17. Jh.s das Ende jeder Bürgervertretung in der Stadtregierung.

159,5 *Judenstadt:* vgl. Anm. zu 159,28.

159,10f. *alten ... Buche:* Gottfrieds *Chronik*, vgl. Anm. zu 37,9.

159,19 *Haus Limpurg:* Frankfurter Adelsgesellschaft, die vierzehn Mitglieder der ersten beiden Bänke (Schöffen und Adlige) des Rats stellte.

159,20 *Klub:* Erbengemeinschaft.

Haus Frauenstein: Adelskorporation in Frankfurt, stellte sechs Ratsmitglieder der ersten beiden Bänke; vgl. Anm. zu 20,30–36.

159,23 *Ballotage:* vgl. Anm. zu 42,27.

bürgerlichen Kollegien: Der »Siebener«- und der »Neuner«-Ausschuß des Rates bestanden aus Vertretern der Bürgerschaft, die u. a. die städtischen Finanzen kontrollierten.

159,28 *Judenstadt ... Judengasse:* Die seit der 2. Hälfte des 12. Jh.s in Frankfurt ansässigen Juden mußten seit 1462 im Ghetto leben. Weil das Ghetto nicht vergrößert werden und die Juden außerhalb nicht wohnen durften, füllte sich die zwischen Bornheimer Pforte und Fahrgasse gelegene Judengasse mit immer mehr Bewohnern. Schließlich lebten in den eng beieinander und in mehreren Reihen stehenden Häusern über 3000 Menschen, die das durch drei Tore verschlossene Ghetto nachts und an Sonn- und Feiertagen nicht verlassen durften. Der dänische Schriftsteller Jens Baggesen schildert in seiner 1792–93 erschienenen Reisebeschreibung *Das Labyrinth oder Reise durch Deutschland in die Schweiz* (Leipzig/Weimar 1985, S. 254) den Zustand der Judengasse im Jahre 1789: »Man stelle sich eine Sammlung von einigen tausend zerlumpten Männern, einigen tausend halbnackten Frauen und einigen tausend vollkommen nackten Kindern zusammengedrängt und zusammengepfercht in einer einzigen Gasse vor [...]! Welch ein entsetzlicher Haufen Elend! Welch ein Gewimmel von jammervollen Gestalten! Welch ein schwülwarmer Pestdunst von lebendigem, leblosem und totem Unflat!« – Erst das französische Bombardement vom 13. und 14. Juli 1796 leitete die allmähliche Auflösung des Ghettos ein.

160,1 f. *etwas zu schachern:* Kleinhandel und Geldgeschäfte (Wechsel, Verleih) waren die einzigen Gewerbszweige, in denen sich die Juden betätigen durften.

160,4 f. *Grausamkeit der Juden ... Gottfrieds »Chronik«:* vgl. Anm. zu 37,9.

160,7 f. *das große Spott- und Schandgemälde:* In der Legende eines die Mainbrücke zeigenden Kupferstiches aus dem Jahre 1738 heißt es: »in dem Thor ist das Denckzeichen, wie ein Jud auf einer Sau reitet, zu sehen.«

160,20 *Fischerfelde:* östlich des Doms und südlich des Rechneigrabens, erst um 1800 bebaut (noch heute: Fischerfeldstraße).

160,22 f. *ihre Schule:* die Synagoge.

160,24 *Lauberhüttenfest:* Laubhüttenfest, jüdisches Erntedankfest und Gedenkfest der Befreiung aus Ägypten.

160,32 *gräßlichen Auftritten:* Hier ist vor allem an die Hinrichtung der Kindsmörderin Anna Maria Frö(h)lich am 26. September 1758 zu denken, aber auch an den Selbstmord des Wucherers Johann Georg Junker (gen. Quirin) am 4. Juni 1757, mit dem sich der Abschnitt »Exemplum Avtocheiriae« (»Beispiel eines Selbstmords«) in den *Labores juveniles* beschäftigt.

160,33 *näherer oder entfernter Brand:* Großbrände konnten in der Stadt, deren Häuser zum großen Teil aus Holz errichtet waren, häufig und mit verheerenden Folgen ausbrechen.

161,2 *Verbrennung eines Buchs:* Der Ablauf solcher Bücherverbrennungen war in Verordnungen genau festgelegt; in Rat Goethes Sammlung der *Series Statutorum, Edictorum, atque Decretorum* (vgl. Anm. zu 82,23) wird eine Verbrennung aus dem Jahre 1722 geschildert. Sie fand unter Aufsicht von 50–60 Mann Stadtmilitär statt und wurde vom Scharfrichter geleitet. – Ob die von Goethe hier erwähnte Bücherverbrennung identisch ist mit der bei Mentzel erwähnten »Verbrennung der Schriften des Frankfurter Bürgers und Posamentierers Johann Friedrich Ludwig« am 18. November 1758 (Mentzel, 1909, S. 359), ist nicht mit Sicherheit festzustellen, wenn auch einiges dafür spricht.

161,30 *das Untere und Obere verbindenden Klasse:* Diese »verbindende« Funktion des Handwerkerstandes äußerte sich in Frankfurt konkret in seiner Ratsfähigkeit.

162,10 f. *wie ich mich denn kaum erinnre ... gefahren:* Das Haushaltungsbuch des Rats Goethe verzeichnet häufig Ausgaben für Ausflugsfahrten in die Umgebung Frankfurts – etwa nach Offenbach –; es ist kaum vorstellbar, daß die Kinder bei diesen Gelegenheiten zu Hause bleiben mußten.

162,17 f. *eine goldne mit Diamanten besetzte Dose:* Im Haushaltungsbuch des Rats Goethe wird der Juwelier Georg Friedrich Lautensack (vgl. 162,31) in dieser Zeit zweimal erwähnt, und zwar am 14. Februar 1763 und am 31. August 1763. Es geht dabei um einen »Globulus«, für den insgesamt 35 Gulden und 30 Kreuzer bezahlt wurden. In der 1973 erschienenen Übertragung des Haushaltungsbuches wurde »Globulus« mit »Hemdknöpfe« übersetzt; die sehr hohe Summe läßt jedoch den Schluß zu, daß es sich um die erwähnte Schmuckdose gehandelt haben könnte.

162,23 *Vorstehern der Seidenanstalt:* neben dem in der Anm.

zu 128,34 f. genannten François Flessier ein zweiter Franzose namens Tessonier.

163,3 *Hoffnung zum Frieden:* Der Siebenjährige Krieg wurde am 15. Februar 1763 mit dem nach dem bei Oschatz gelegenen Schloß Hubertusburg benannten Hubertusburger Frieden beendet (vgl. 164,5 »Kongreß zu Hubertsburg«).

163,5 *Erhebung des Erzherzogs Joseph zum römischen König:* Erzherzog J. (1741–90), der Sohn Kaiser Franz' I., wurde am 27. März 1764 als Joseph II. zum römischen König gewählt; die Krönung fand am 3. April 1764 statt (vgl. das 5. Buch).

163,16 f. *Kaiser Franz eine große Neigung zu Juwelen:* vgl. 51,12 f. mit Anm.

163,31 *Kenntnis dieser Steine:* Vgl. dazu den von Goethe selbst nicht veröffentlichten kurzen Aufsatz *Über Bildung von Edelsteinen* aus dem Jahre 1816.

164,17 *Tischer:* Tischler.

164,22 *Maler Junker:* Goethe hatte sich über Junckers Qualitäten als Maler von Frucht- und Blumenstücken aus Hüsgens *Artistischem Magazin* informiert. Er erinnert sich erstaunlich genau an die Details der beiden Bilder, die er zum Zeitpunkt der Entstehung von *Dichtung und Wahrheit* jahrzehntelang nicht mehr zu Gesicht bekommen hatte. Allerdings sind die beiden Blumenstücke auf Leinwand gemalt und vom Künstler selbst anders datiert als Goethe angibt: Das Gemälde mit der Maus im Vordergrund ist 1766 entstanden, das »zweite« schon 1765. Auch hat Johann Caspar Goethe offenbar nicht nur das Bild mit der Maus, sondern beide Gemälde behalten (vgl. auch *Gemälde*, S. 60 f.).

166,10 f. *Wachstuchsfabrik ... Nothnagel:* N. war seit 1749 Leiter der »Kaiserlich privilegierten Nothnagel'schen Fabrik«, einem mit fünfzig Mitarbeitern für die Stadt Frankfurt bedeutenden Wirtschaftsunternehmen. N. verkaufte seine Tapeten in ganz Europa.

166,16 *Spatel:* Spachtel; als Begriff für ein Malerwerkzeug erst seit dem Ende des 18. Jh.s gebräuchlich.

166,19 *chinesische:* Eine Tapete mit solchen von Nothnagel entworfenen Mustern schmückt das »Peking-Zimmer« im Frankfurter Goethehaus. Vgl. auch 90,23 und 110,21.

166,21 *durch den Pinsel geschickter Arbeiter:* Hüsgen schreibt im *Artistischen Magazin* (s. Anm. zu 30,21): »Unter seinen Mahler-Gesellen trifft man Leute an, die ihres Pinsels Arbeiten neben derjenigen der guten Meister mit allem Recht aufstellen könnten« (S. 397).

166,30 *Wer damals baute:* »Wenn hier in unsern Tagen etwas Geschmackvolles in neuen Gebäuden der Art erfordert wird, so ist gewiß Nothnagel derjenige, der vorzüglich im Stande darzu ist« (Hüsgen, *Artistisches Magazin*, S. 397).

166,34 *Faktoren:* Werkmeister.

167,4 *ätzte verschiedene Blätter:* In Hüsgens *Artistischem Magazin* findet sich ein »Vollständiges Verzeichnis der radirten Nothnagelschen Blätter«, das 60 Nummern umfaßt.

167,9–14 *Baumgarten ... Weinberg:* Neben den Grundstükken innerhalb der Stadt – an der Eschenheimer und der Bockenheimer Gasse – besaß Johann Caspar Goethe außerhalb der Stadtmauern zwei Baumstücke und den hier gemeinten Weingarten, der in der Gegend der heutigen Gaußstraße im Osten der Stadt lag. Rat Goethe hatte den Garten, zu dessen Pflege er eigens einen Gärtner beschäftigte, von seinem Vater geerbt. Die Toreinfassung mit der Inschrift »17FG25« (für »Friedrich Goethe 1725«), die heute den Eingang zum Höfchen des Frankfurter Goethehauses bildet, stammt aus diesem Weingarten.

168,12 *Olenschlager:* Johann Daniel von O., aus einer alteingesessenen Frankfurter Familie, hat neben der 168,21 erwähnten *Erläuterung der Goldenen Bulle* auch die Krönungsdiarien herausgegeben, von denen Goethe im 5. Buch spricht (vgl. Anm. zu 190,18 f.). Er trug in Frankfurt den Spitznamen »Narziß« und war eine Zeitlang mit Susanne von Klettenberg verlobt. Die Gestalt des Narziß in den »Bekenntnissen einer schönen Seele« in *Wilhelm Meisters Lehrjahren* trägt Züge von ihm. Ein Porträt O.s von Johann Georg Ziesenis befindet sich im Frankfurter Goethehaus (*Gemälde*, S. 197).

168,13 *Doktor Orth:* vgl. Anm. zu 81,5.

168,14 *sanguinischer:* Nach der antiken Humoralpathologie (Hippokrates), die das Temperament eines Menschen nach der Verteilung der vier »Körpersäfte« Blut, Schleim, gelbe Galle und schwarze Galle bestimmt, ist ein Sanguiniker ein Mensch, bei dem das Blut die bestimmende Körperflüssigkeit ist. Solche Menschen galten als heiter und leichtlebig.

168,21 *»Erläuterung der Güldnen Bulle«: Neue Erläuterung der Goldnen Bulle Kaysers Karl IV.* (Frankfurt a. M. / Leipzig 1761 und 1766). Das Werk befand sich in Johann Caspar Goethes Bibliothek und ist heute wieder in der Bibliothek des Frankfurter Goethehauses vorhanden. Goethe hat das Buch sowohl für die Arbeit an *Dichtung und Wahrheit* als auch für den 4. Akt von *Faust II* benutzt. In den Jahren 1811 und 1831 hat er es mehrfach aus der Weimarer Bibliothek entliehen.

169,1 f. *»Omne ... furum«:* Beginn des Textes der Goldenen Bulle: »Jedes Reich, das in sich uneins ist, geht zugrunde, denn seine Fürsten sind Diebsgesellen geworden.« Anlehnung an Mt. 12,25, Lk. 11,17 (Uneinigkeit) und Jes. 1,23 (Diebsgesellen).

169,12 *»Kanut« von Schlegel: Canut. Ein Trauerspiel* von Johann Elias Sch. (1719–49), 1746 erschienen; thematisch ein Vorläufer des Sturm und Drang, formal (Alexandrinerverse) jedoch noch ganz der Dichtung des frühen 18. Jh.s verpflichtet.

169,14 *jüngern Sohn:* Johann Niklaus von Olenschlager (1751–1820).

169,15 *»Britannicus«:* von Racine, vgl. Anm. zu 97,9 f.

169,24 *Reineck:* Friedrich Ludwig von R. (1707–75), Weinhändler, polnischer und kursächsischer Geheimer Kriegsrat. Er war mit einem Vermögen von 500000 Gulden einer der reichsten Männer Frankfurts.

169,27 *seine einzige Tochter ... entführt:* Marie Salome von Reineck (1735–1803) war mit dem Hauptmann Friedrich Alexander Klenck (1703–68) entflohen; die Affäre erregte großes Aufsehen in der Stadt. Solche Fluchten und Entführungen, die unter strenger Strafe standen, sind im 18. Jh. gleichwohl oft vorgekommen, weil man eine Verlobung gerade in Adelskreisen als eine geschäftliche Angelegenheit ansah, bei der auf die Zu- oder Abneigung der künftigen Eheleute kaum Rücksicht genommen wurde. In dem hier geschilderten Fall haben sich der bürgerliche Hauptmann und die Tochter eines Adligen einem solchen ›Geschäft‹ mit Erfolg entzogen, denn in dem »heftigen Prozeß« wurde zugunsten des Paares entschieden. Die 119 Folioseiten umfassenden Prozeßakten befanden sich in Johann Caspar Goethes Bibliothek. Johann Wolfgang erkundigte sich am 7. Dezember 1765 aus Leipzig bei seiner Schwester nach der »Reineckischen Sache«.

169,33 *sein Haus ... Garten:* Reinecks Haus in der Hasengasse galt wegen seines großen Gartens mitten in der Stadt als eine Sehenswürdigkeit. Es war das Quartier des trierischen Wahlgesandten bei den Kaiserkrönungen 1742 und 1745.

170,1 *seinen jüngern Sohn:* Adalbert (1749–1822).

170,10 *Timon:* Figur des Menschenfeindes; vgl. Lukian, *Timon oder Der Menschenfeind*, und Shakespeare, *Timon von Athen*.

170,11 *Heautontimorumenos:* Selbstquäler; Titel einer Komödie von Terenz.

170,31 *Malapart:* Friedrich Wilhelm von Malapert (1700 bis 1773), hessen-kasselischer und schwedischer Major. Er besaß das Haus »Zum Pelikan« am Großen Hirschgraben.

170,32 f. *Einkünfte von Salinen:* Malapert gehörten die Sodener Salinen.

171,24 *oculis non manibus:* (lat.) mit den Augen, nicht mit den Händen.

171,29 *Gest:* Geste.

172,8 *Huisgen:* Wilhelm Friedrich Hüsgen (1692–1766), anhaltischer und brandenburgisch-ansbachischer Hofrat in Frankfurt.

172,8–10 *reformierter Religion ... keiner öffentlichen Stelle ... fähig:* Zu diesen Beschränkungen aufgrund der Religionszugehörigkeit vgl. Anm. zu 78,6.

172,14 *mit seinem Sohne Schreibstunde:* Heinrich Sebastian Hüsgen (1745–1807); vgl. Anm. zu 35,36–36,1.

172,18 *Apprehension:* Schrecken, Abscheu.

172,21 *Kalmank:* »ein gemustertes wollenes zeug« (DWB V, Sp. 70).

172,22 f. *an der Allee:* dem heutigen Goetheplatz, damals der einzigen von Bäumen gesäumten Straße innerhalb der Stadtmauer.

172,26 f. *verschiedene Schriften im Kunstfach: Verräterische Briefe von Historie und Kunst* (1776), *Nachrichten von Frankfurter Künstlern und Kunst-Sachen* (1780) und das Goethe gewidmete *Artistische Magazin* (1790).

173,2 f. *Agrippa ... scientiarum«:* Heinrich Cornelius von Nettesheim (1486–1535), *De Incertitudine et Vanitate Scientiarum et Artium et de Excellentia Verbi Dei* (»Über die Unsicherheit und Eitelkeit der Wissenschaften und Künste und über die Vortrefflichkeit des Wortes Gottes«, 1531).

173,24 *wundersame Uhr:* Die Uhr wurde nach Hüsgens rechnerischem und technischem Entwurf von einem nicht identifizierten Uhrmacher angefertigt und ist wahrscheinlich zwischen 1751 und 1755 entstanden. Neben dem Datum und dem Wochentag zeigt sie auch Monat und Jahr an. – Die Uhr wurde vom Freien Deutschen Hochstift 1934 aus Privatbesitz erworben. Die bisher als gesichert geltende Datierung auf 1746 beruht auf einer nicht verifizierbaren Auskunft der Vorbesitzerin. Vgl. Dietrich Fabian,

Kinzing- und Roentgen-Uhren aus Neuwied, Bad Neustadt 1983, und Fritz Buhl, »Die ›wundersame Uhr‹ im Goethe-Haus«, in: *Goethe-Kalender auf das Jahr 1935*, S. 203–213.

174,7 *regelmäßig:* den Regeln gemäß.

174,15 *Gebrüder Schlosser:* Hieronymus Peter (1735 bis 1797) und Johann Georg (1739–99), der spätere Schwager Goethes.

Griesbach: Johann Jakob G. (1745–1812), Professor für neutestamentliche Theologie in Halle (seit 1773) und Jena (seit 1775), seit 1781 sächsisch-weimarischer Kirchenrat. Goethe stand in persönlicher Verbindung mit ihm; 1795 bis 1799 wohnte Schiller in seinem Haus in Jena.

174,30 *Dichter:* Erstmals und an exponierter Stelle in *Dichtung und Wahrheit* eine ausdrückliche Erwähnung des Lebensziels, herausgehoben durch den Kontrast zu den zuvor geschilderten Berufsvorschlägen der väterlichen Freunde.

Fünftes Buch

175,16 *Pylades:* vgl. Anm. zu 53,17.

175,20 f. *Alleen ... Sankt-Gallen-Tor:* Die Sankt-Gallen- oder Sankt-Gallus-Promenade wurde erst 1794 angelegt; Goethe erinnert sich wohl an seinen Frankfurter Aufenthalt im Jahre 1797 (vgl. Heckmann/Michel, S. 159 und 186, mit Abb.). Die Bedeutung des Straßennamens leitet sich von *Galgen* her; die Übertragung auf St. Gallus ist volksetymologisch.

176,25 *Knittelvers und Madrigal:* Der Knittelvers ist ein Reimvers mit vier Takten und Füllungsfreiheit; er war im 16. Jh. besonders beliebt (Hans Sachs). Der Madrigalvers ist durch ein streng alternierendes Metrum, freie Taktzahl und freie Reimstellung gekennzeichnet. Goethe hat beide Versformen vor allem im *Faust* neu belebt.

177,8 *Trivialschulen:* Grundschulen, deren Unterrichtsgegenstand das »Trivium« Grammatik (Lesen und Schreiben), Arithmetik und Geometrie ist.

177,11 *Mäklern:* Zwischenhändlern.

177,34 *schien mir nicht weiter zu gehen:* Vorausdeutung auf den bösen Ausgang dieser Scherze.

178,27 *Gretchen:* Biographisches über diese Jugendfreundin Goethes ist nie ermittelt worden. Sie ist jedenfalls nicht identisch mit der Kellnerin im Offenbacher Wirtshaus »Zur Rose«, wie Bettine Brentano geglaubt hat (vgl. ihren Brief an Goethe vom 28. November 1810).

182,17–20 *Die Tränen ... Verwirrung befunden:* Vgl. dazu die Abschiedsszene mit Friederike Brion (537,5–7).

182,35 *Niederrad:* Dorf (heute Stadtteil) im Südwesten Frankfurts.

183,28 f. *Bestellung auf ein Hochzeit-Gedicht ... ein Leichen-Carmen:* Die zum Gelderwerb verfertigten Gelegenheitsgedichte sind charakteristisch für die Literatur des 17. und 18. Jh.s. Ihre Verfasser stehen am Anfang des Berufsschriftstellertums. – Die Gleichsetzung von Literatur und dem mit ihr verdienten Geld bzw. der damit zu kaufenden Ware zeigt sich deutlich in dem Satz »Das Leichen-Carmen war verzehrt« (187,3).

183,33 f. *Gelegenheits-Gedichte ... zirkulierten:* Solche Gedichte wurden meist in gedruckter Form verschickt. Vgl. zu dieser Thematik auch 425,11 f. mit Anm.

184,32 *Kram:* i. S. v. ›Kramladen‹.

184,35 *Beiläufer- und Mäklerhandwerk:* Beruf der Laufburschen, Boten und Zwischenhändler.

185,4 *verhanden:* vorhanden.

187,28 f. *Höchster Marktschiff:* Es legte morgens um 10 Uhr am Fahrtor in der Nähe des Doms ab und kehrte um 16 Uhr zurück.

188,6 *ein junger Mann:* Die Identität dieses Mannes ist ebenso ungeklärt wie diejenige Gretchens. Ob Goethe hier wirklich, wie man vermutet hat, an den Fall des Gerichtsangestellten Johann Adolf Wagner dachte, der sich 1763 eines Vergehens im Amt schuldig gemacht hatte, läßt sich nicht belegen.

188,19 *Vorwort:* Fürsprache.

189,17 *sogenannte italienische Blumen:* künstliche Blumen aus Stoff. Goethes Frau Christiane hatte als junges Mädchen solche Blumen in der Fabrik Bertuchs in Weimar hergestellt.

189,25 *Mantille:* Schleiertuch.

190,14 f. *Erzherzog Joseph zum römischen König gewählt und gekrönt:* Die Wahl Josephs zum Nachfolger Franz' I. fand am 27. März 1764 statt, die Krönung am 3. April desselben Jahres.

190,18 f. *Wahl- und Krönungsdiarien der beiden letzten Krönungen:* 1742–43 und 1746 von Johann Daniel von Olenschlager herausgegeben. Für die Schilderung der Wahl- und Krönungsfeierlichkeiten des Jahres 1764 benutzte Goethe vor allem das Werk *Ausführliches Diarium Wie sowohl der Churfürstliche Collegial-Tag Als auch die Wahl und Crönung Ihro Römisch Königlichen Majestät Josephi des Andern in der Reichs-Stadt Frankfurt am Mayn in dem Jahr 1764 vollzogen worden* (Mainz 1767–71).

190,20 *Wahlkapitulationen:* in Kapiteln schriftlich fixierte Verpflichtung des Kaisers gegenüber den Kurfürsten und den Reichsständen auf genau festgelegte Einschränkungen seiner Rechte. Wahlkapitulationen gab es seit 1519, seit 1711 in Form einer »Ständigen Wahlkapitulation«, die den jeweiligen Gegebenheiten angepaßt wurde. (Vgl. 190,20 f. »neue Bedingungen«; 197,1–3 »Jeder Stand wollte in diesem Dokument [...] wissen«). Die Wahlkapitulationen waren den Kaiser bindende Reichsgesetze.

192,27 *kurfürstliche Kollegialtag:* Der Reichstag bestand aus drei »Kollegien«, dem kurfürstlichen, dem fürstlichen und dem reichsstädtischen. Im Januar 1764 trat der kurfürstliche Kollegialtag zusammen und beschloß formell die Wahl eines römischen Königs.

192,31–35 *Eine unserer Kanzleipersonen ... verlas ... ein*

weitläuftiges Edikt: Der Kanzlist Johann Peter Horn (1721–82), der Vater von Goethes Jugendfreund Johann Adam Horn (vgl. 254,8 mit Anm.), verlas das Edikt am 12. Dezember 1763.

193,3 f. *Reichs-Quartiermeister:* Franz Christoph von Lang.

193,4 *Erbmarschall:* Reichserbmarschall war wie schon bei der Krönung Karls VII. Friedrich Ferdinand Graf von Pappenheim (1702–92). Vgl. Anm. zu 197,8 f.

193,10 *kurpfälzischen Kavalier:* entweder Regierungsrat von Brentano oder Hofgerichtsrat Belli.

193,10 f. *Baron von Königsthal:* Gustav Georg König Freiherr von K. (1717–71), der als Gesandter Nürnbergs zum reichsstädtischen Kollegium gehörte.

193,20 *solenne:* feierliche; »solenne Auffahrt« ist in diesem Kontext ein feststehender Ausdruck, der sich z. B. auf zeitgenössischen bildlichen Darstellungen dieser Ereignisse findet.

193,22 *Ankunft der kaiserlichen Kommissarien:* Joseph Wenzel Lorenz Fürst von Liechtenstein (1692–1772) und Reichshofrat von Bartenstein.

193,25 f. *jener von Carl dem Siebenten:* vgl. Anm. zu 22,32.

193,32 *Wahl-Konvent:* Versammlung der Kurfürsten bzw. ihrer Wahlbotschafter zur Kaiserwahl.

193,34 f. *Zeremoniellbesuche der Gesandten:* Die Besuche waren protokollarisch verpflichtend; dabei versuchten sich die Gesandten durch prachtvolle Feste und Illuminationen ihrer Quartiere gegenseitig zu übertreffen.

194,10 f. *Barons von Erthal:* Friedrich Karl Joseph Freiherr von E. (1719–1802).

194,14 *Baron von Groschlag:* Karl Friedrich Willibald Freiherr von G. von Diepurg (1729–99).

194,17 *Fürst Esterhazy:* Nikolaus Josephus Fürst von E. von Galantha (1714–90), österreichischer Generalfeldmarschall.

194,20 f. *Marschall von Broglio:* vgl. Anm. zu 104,3.

194,23 f. *Baron von Plotho:* Erich Christoph Edler von P.

(1707–88). Der geschilderte Zusammenstoß mit dem Notarius Aprill ereignete sich am 14. Oktober 1757; er ist ein Beispiel für die sinkende Macht des kaiserlichen Regiments und die Selbstherrlichkeit Friedrichs II.

194,28 f. *seinen König:* Friedrich II. von Preußen.

194,30 *insinuieren:* gerichtlich verkünden.

195,7–25 *Einerseits hatte ich ... fürchten anfing:* deutliche Kritik am Zustand des Reichs, das nur mehr in »Symbolen« lebt und ansonsten nur noch auf toten Papieren besteht.

195,24 *vermutlichen Planen:* Joseph II. suchte mit der Reichsgewalt auch die Macht des Hauses Habsburg zu stärken, was politisch Eingeweihte damals wohl schon ahnten.

195,26 *Ratsverwandten:* Ratsmitgliedern.

196,1 *Lersnerschen »Chronik«:* vgl. 158,24 f. mit Anm.

196,26 f. *kurfürstlichen Kollegial-Handlungen:* die Diskussionen im Wahlkonvent und die Wahl.

196,30 *Reichs-Insignien von Nürnberg und Aachen:* In Nürnberg wurden seit 1424 die Reichskrone, das Reichsschwert, das Zepter, der Reichsapfel und der kaiserliche Krönungsornat aufbewahrt, in Aachen das Evangeliar Karls des Großen, der »Säbel Karls des Großen«, der der Legende nach ein Geschenk des Kalifen Harun al Raschid an Karl den Großen war, die Stephansbursa, die mit dem Blut des Heiligen Stephanus getränkte Erde enthalten haben soll, und die kaiserliche »Hauskrone« (Krone Rudolfs II.). Die Reichskleinodien wurden mit großem, prachtvollem Geleit nach Frankfurt gebracht.

196,31 f. *Kurfürsten von Mainz:* Emmerich Joseph Freiherr von Breidbach zu Bürresheim (1707–74) war seit 1763 Kurfürst von Mainz und Vorsitzender des kurfürstlichen Kollegiums.

196,36 *Monita:* Beschwerden.

197,6 *Monenten:* Beschwerdeführer.

197,7 *Präjudiz:* Präzedenzfall.

197,8 f. *beschwerlichen Geschäften ... Reichsmarschallamt:*

Der Reichserbmarschall hatte vor und während der Krönung vielfältige organisatorische und repräsentativ-zeremonielle Aufgaben (u. a. Kontrolle der städtischen Sicherheitsmaßnahmen, Organisation der Quartiere und der Verpflegung für die Gesandten und ihr Gefolge, Tragen des Reichsschwerts während des Krönungsaktes etc.). Vgl. auch Anm. zu 193,4.

197,15 *Rekurse:* Einwände.

197,24 *Von dem Pompe dieses Einzugs:* Man bekommt einen ungefähren Eindruck davon, wenn man bedenkt, daß der kurmainzische Zug aus über hundert Kutschen und Reitern bestand. Er wurde am Stadttor mit 24 Salutschüssen begrüßt (197,17 »Kanonieren«).

197,25 f. *später wieder darauf zurückzukommen:* Goethe wollte den Einzug im Abschnitt über Lavater im 19. Buch schildern, führte diesen Plan aber nicht aus.

197,28 f. *Lavater, auf seinem Rückwege von Berlin:* Johann Caspar L. (vgl. ausführlich S. 650–660, 783–785, 805–811 mit Anm.) wollte sich in Frankfurt mit Friedrich Karl von Moser treffen (vgl. Anm. zu 84,7).

197,35 *dieser vorzügliche, aber eigene Mann:* Goethe war in den siebziger Jahren von Lavater begeistert, wandte sich jedoch nach 1780 immer mehr von ihm ab (zu den Gründen dafür vgl. S. 783–785, 805–811). Sein Verhältnis zu ihm spiegelt sich in der gedrängten Kürze dieser im Vergleich zu brieflichen Äußerungen milden Formulierung. Vgl. den Brief an Charlotte von Stein vom 21. Juli 1786, nach dem Besuch Lavaters in Weimar: »Er hat bey mir gewohnt. Kein herzlich, vertraulich Wort ist unter uns gewechselt worden und ich bin Haß und Liebe auf ewig los. Er hat sich in den wenigen Stunden mit seinen Vollkommenheiten und Eigenheiten so vor mir gezeigt, und meine Seele war wie ein Glas rein Wasser. Ich habe auch unter seine Existenz einen grosen Strich gemacht und weis nun was mir per Saldo von ihm übrig bleibt.« (Erste Hervorhebung vom Herausgeber.)

197,36 *Offenbarung Sankt Johannis: Jesus Messias oder Die Zukunft des Herrn. Nach der Offenbarung Johannis* (1780), 19. Gesang.

198,4 *Quasten an den Köpfen der Isabell-Pferde:* In dem genannten Werk Lavaters ist von den »Silberquasten« die Rede. *Isabell-Pferde* sind Falben, gelbliche (isabellfarbene) Pferde.

198,6 *Epoche jener wunderlichen Dichtungsart:* Dichtungen, wie Goethe sie hier schildert, erfreuten sich in der Epoche der Empfindsamkeit einer großen Beliebtheit. Vgl. auch 150,25–36.

198,15 *einer derselben:* nicht ermittelt.

198,20 *Kompostell:* vgl. Anm. zu 19,6 f.

200,1 f. *Raum des Konklave:* die Wahlkapelle am Dom (vgl. Anm. zu 22,11). Das Wahlkonklave setzte sich aus den etwa 40 Vertretern der Kurfürsten zusammen.

200,14 *seit dem alten und neuen Abelard:* Der alte Abaelard ist der Philosoph Petrus Abaelardus (1079–1142), der sich in seine Schülerin Heloisa verliebt hatte, der neue ist St. Preux in Rousseaus *Julie, ou La nouvelle Héloïse* (1761).

200,20 f. *mich ... als einen Frankfurter Bürger:* Das Bewußtsein, Bürger einer freien Reichsstadt zu sein, hat Goethe noch bis ins Alter geprägt. Vgl. auch 203,25–28 »Was einem Frankfurter besonders wohltun mußte [...] Souverän erschien.«

200,22 f. *Ablegung des Sicherheits-Eides:* Dieser Eid, der dem Kurfürstenkollegium gegenüber abgelegt werden mußte, war in der Goldenen Bulle vorgeschrieben. Der Rat und die Bürger hafteten mit ihrer Person und ihrem Eigentum für die Sicherheit aller im Zusammenhang mit der Kaiserwahl in Frankfurt anwesenden Personen. Während der Kaiserkrönung stieg Frankfurts Einwohnerzahl auf das Zwei- bis Dreifache. Alle Fremden, die nichts mit der Wahl zu tun hatten, mußten die Stadt spätestens einen Tag vor der Wahl verlassen.

200,33 f. *Kur-Trier und Kur-Köln in Person:* Johann Philipp Freiherr von Walderdorf (1701–68), seit 1756 Kurfürst von Trier, und Maximilian Friedrich Graf von Königsegg und Rothenfels (1708–84), seit 1761 Erzbischof von Köln.

201,13 *Waldrappen:* Schabracken, aus ital. *gualdrappa.*

201,19 *romantisch:* mittelalterlich, altertümlich.

201,20 f. *weltlichen Kurfürsten:* von Bayern, Böhmen, Brandenburg, Hannover-Braunschweig, der Pfalz und Sachsen.

202,16 *in Heusenstamm, einem gräflich Schönbornischen Schlosse:* südöstlich von Frankfurt.

202,24 *als ein überlegtes Kunstwerk:* Als solches erweisen sich die Feierlichkeiten auch in der Schilderung Goethes, worauf er mit dieser Formulierung bewußt aufmerksam macht.

202,34 f. *eines vorzüglichen Mannes:* Lavaters, vgl. 197,35 bis 198,18.

203,35 *Geleits:* vgl. Anm. zu 25,2 f.

204,8 *der geistlichen Kurfürsten:* der Erzbischöfe von Mainz, Köln und Trier.

204,10 *Hausoffizianten:* Hausbediensteten.

204,18 *Bereiter:* Zureiter.

Handpferde: »reservepferd, das für einen möglichen gebrauch sofort zur hand sein soll« (DWB IV,2, Sp. 410).

204,32 *Heiducken:* »in Ungarn heimischer volksstamm, der in seiner nationaltracht vornehmlich am hofe von Ungarn und Polen kriegsdienste leistete: [...] seit dem 18. jahrhundert hat man auch bediente, die man in die nationaltracht der heiducken kleidete, so genannt« (DWB IV,2, Sp. 812).

204,36–205,1 *Kaiser und König:* Franz I. und Joseph II.

205,7 *Catharinenpforte:* Die Pforte mit dem Turm, in dem sich im 17. Jh. das Gefängnis befand, wurde 1765 abgetragen.

205,21 *Genien:* Götterfiguren, mit denen die kaiserliche Kutsche verziert war. Einen Eindruck von der Pracht des

Krönungswagens vermittelt die Abbildung der Kutsche Karls VII. in *Wahl und Krönung* II, S. 158.

205,27 *Posament-Schmuck:* Stoffbesatz, z. B. Borten und Quasten.

205,34 f. *das sächsische Schwert:* Das Schwert Karls des Großen, mit dem der Kaiser nach der Krönung den Ritterschlag ausübt. Es symbolisiert den Sieg Karls des Großen über die Sachsen.

206,2 *Hatschiergarde:* urspr. aus *Arcieren*, d. i. Bogenschützen, bestehende kaiserliche Leibgarde.

206,2 f. *in ... Flügelröcken:* in Röcken mit mehreren übereinanderliegenden Kragen.

206,3 *galoniert:* aus frz. *galoner* ›verbrämen‹; mit Borten und Tressen verziert.

206,4 *Kamisole:* Hemden.

206,32 *der Friede:* der Aachener Friede von 1748 (vgl. 23,13).

208,12 f. *den Landgrafen von Darmstadt:* Ludwig VIII. Landgraf von Hessen-Darmstadt (1691–1768).

210,34 *der freundliche Bruder des Todes:* Bildlichkeit des 18. Jh.s, vor allem vertraut durch Lessings Untersuchung *Wie die Alten den Tod gebildet* (1769).

211,5 *ein kleines Guckfenster:* Der Einbau dieses Fensters in der Ostwand des Hauses diente in erster Linie zur Schaffung günstiger Beleuchtungsverhältnisse in der Bibliothek des Rats Goethe. Die verbreitete Annahme, er habe dieses Fenster nur einbauen lassen, um besser auf die Straße sehen und die pünktliche abendliche Heimkehr des jugendlichen Sohnes überwachen zu können, gehört ins Reich der Anekdote, die freilich an dieser Stelle der Autobiographie ihren Ursprung hat (vgl. auch 31,7 mit Anm.).

212,2 *stöckig:* verstockt.

212,13 f. *der neuerrichtete Springbrunnen:* Aus dem Weinbrunnen, der schon seit 1658 existierte, brachte der Erzmundschenk den Wein zur Krönungstafel. Üblicherweise floß nach der Krönung der Wein über eine Stunde lang für das versammelte Volk, vgl. aber 216,1–3.

212,15 *Doppeladler:* seit dem 14. Jh. deutsches Kaiserwappen, seit 1806 österreichisches Wappen. Vgl. die Abbildung des Frankfurter Brunnenadlers in *Wahl und Krönung* II, S. 189.

212,17 *Aufgeschüttet ... der Haber:* vgl. 217,30 f.

213,3 *dem kaiserlichen Quartier:* Franz I. logierte im Palais Barckhaus auf der Zeil, Joseph II. im Cronstettschen Stift am Roßmarkt.

213,20 *Hausornat:* Der originale Krönungsornat wurde dem Kaiser erst während der Krönungszeremonie im Dom angelegt.

213,22 *Erbämter:* Die Regeln zur Ausübung der fünf Erzämter, die als Erbämter bestimmten Grafengeschlechtern übertragen waren, gehen bis auf den *Sachsenspiegel* zurück. Sie sind in der *Goldenen Bulle* genau formuliert. Erzmarschall, Erztruchseß, Erzkämmerer, Erzschatzmeister und Erzmundschenk hatten im Rahmen der Krönungsfeierlichkeiten symbolische Handlungen zu vollziehen, wie Goethe sie 217,27–218,7 schildert.

213,32 *zwölf Schöffen:* Es waren nur zehn.

216,2 f. *daß weder ... preisgegeben:* vgl. Anm. zu 212,13 f.

216,5 *unvermeidliche Unglück:* Auch bei den Feierlichkeiten von 1764 geschah ein Unglück; beim Streit um den Ochsen (vgl. 212,19) kam eine Frau namens Maria Anna Setters ums Leben.

216,31 *Menächmen:* (griech.) Zwillinge, nach Titus Maccius Plautus' (um 254–184 v. Chr.) Komödie *Menaechmi.*

217,8 *Dalmatica ... Stola:* Die beiden Dalmatiken – mantelartige Gewänder mit weiten Ärmeln – und die Stola aus golddurchwirkter gelber Seide stammten aus dem Krönungsornat des Stauferkaisers Friedrich II. Goethe hatte sich über diese Dinge aus dem illustrierten Werk von Johann Adam Delsenbach, *Délinéation exacte des ornements impériaux du Saint Empire Romain et Allemand gardés dans la ville libre de Nuremberg* (»Genaue Beschreibung der [kaiserlichen] Reichskleinodien des Heiligen Römischen und Deutschen Reiches, die in der freien Stadt Nürnberg aufbewahrt werden«, Nürnberg 1790) informiert, das er am 25. August 1811 aus der Weimarer Bibliothek entlieh.

217,28 *Erbmarschall:* vgl. Anm. zu 193,4 und 197,8 f.

217,30 *Gemäß:* Maßgefäß.

217,34 *Erbkämmerer:* Joseph Wilhelm Fürst von Hohenzollern-Sigmaringen (1717–98).

217,36 *Handquehle:* Handtuch.

218,1 *Erbtruchseß:* Franz Ernst Joseph Anton Graf von Truchseß (1704–74).

218,6 *Erbschenken:* Johann Michael Graf von Althann (1710–78).

218,8 *Erbschatzmeister:* Wenzel Johann Nepomuk von Sinzendorf (1724–73).

219,5 f. *Weinschröter:* »verlader von weinfässern, der in älterer zeit gelegentlich auch amtliche befugnisse hatte« (DWB XIV,1.1, Sp. 990).

219,16 f. *wer aber diesmal den Sieg davongetragen:* »Den gebratenen Ochsen [. . .] erbeudeten die Frankfurter Weinschröder«, heißt es im Krönungsdiarium (vgl. Anm. zu 190,18 f.).

219,21 *Preis gemacht:* zur Erstürmung freigegeben.

220,28 *Estraden:* Erhöhungen des Fußbodens.

220,33–35 *herrenleeren Büffette und Tische der sämtlichen weltlichen Kurfürsten:* Die weltlichen Kurfürsten nahmen am Krönungsmahl Josephs II. tatsächlich nicht teil – ein deutliches Zeichen für die Zerfallstendenzen des alten Reiches (vgl. auch Anm. zu 195,7–25).

221,29 *die kurpfälzische:* Kurpfalz verfügte in Frankfurt über drei Quartiere: das Rühlsche Haus, das benachbarte Haus »Zum Vogel Phoenix« am Roßmarkt und das Haus »Zum Hirschhof« am Kleinen Hirschgraben. Die Illumination wird – wegen der guten Lage – an den Häusern am Roßmarkt stattgefunden haben. Vgl. Götting, Abb. 41.

221,35 *Anstalt des Fürsten Esterhazy:* Quartier des böhmischen Gesandten war das Haus Braunfels am Liebfrauenberg (vgl. 19,7).

222,4 *der brandenburgische Gesandte sein Quartier:* Der unten erwähnte Saalhof (vgl. 18,15 mit Anm.). – Goethes Kritik an der »Unregelmäßigkeit« des Innenteils dieses Gebäudes entspricht der schon im 1. Buch begegnenden, vom Klassizismus geprägten Sichtweise des Stadtbildes (vgl. 19,9 f. »Nichts architektonisch Erhebendes«).

222,23 *Pagliasso:* Bajazzo.

223,2 f. *Piedestalen:* Sockeln.

223,9 *Elysiums:* Land der Seligen in der griechischen Mythologie.

224,4 *Der alte Messianische Freund:* Rat Schneider (vgl. 75,25 mit Anm.).

227,9 *ein Ungeheures:* Diese Formulierung findet sich schon im »Biographischen Schema« von 1809. Eissler vermutet hinter diesem Begriff »etwas Sexuelles«: »Da in der Gretchen-Episode verdorbene junge Männer vorkommen, der unschuldige Junge zu bösen Zwecken unwissentlich mißbraucht wird, kann man an homosexuellen Mißbrauch oder gemeinsame Selbstbefriedigung denken« (Eissler II, S. 1366) – eine historisch natürlich nicht zu belegende These. Über die geschilderten Vorkommnisse gibt es außer *Dichtung und Wahrheit* keine Dokumente.

229,11 *der große Galatag:* eigtl. der »tag bei hofe, wo gala angelegt wird« (DWB IV,1.1, Sp. 1155); hier also wohl der Tag, an dem sich der neue Kaiser in seinem vollen Ornat der Bürgerschaft zeigt, um deren Huldigung entgegenzunehmen.

229,14 *Kurfürst von der Pfalz:* Karl Theodor Philipp (1724 bis 1799), seit 1742 Kurfürst von der Pfalz, seit 1777 Kurfürst von Bayern.

229,18 *den Kurverein zu erneuern:* Der Verein der Kurfürsten, der – seit 1338 bestehend – deren Rechte wahren sollte, mußte nach jeder Krönung neu bestätigt werden.

229,20 *Dankfeste:* am 8. April 1764.

229,20 f. *Kapuzinerkirche:* Sie stand zwischen Töngesgasse und Stadtmauer. 1804 wurde sie abgebrochen.

230,16 *den Arzt:* Johann Philipp Burggrave (1700–75).

230,29 *den seltsamsten Roman:* Diese Formulierung sollte ursprünglich zu der Inhaltsangabe der *Manon Lescaut* von Prévost überleiten, mit der der zunächst auf 6 Bücher geplante 1. Teil der Autobiographie abgeschlossen werden sollte.

Zweiter Teil

Sechstes Buch

233,15 f. *einen besondern Aufseher:* wahrscheinlich der nicht näher identifizierbare »Herr Müller«, der in Goethes Briefen aus Leipzig öfter erwähnt wird.

234,7 *Geldschneidereien:* »betrügerisches münzbeschneiden, dann betrügerei mit geld überhaupt, im geschäftsleben, prellerei« (DWB IV,1.2, Sp. 2920).

235,5 *meine Neigung ... wahrhaft schwesterlich:* Vgl. auch Goethes Deutung seines Verhältnisses zu Charlotte von Stein in dem Gedicht »Warum gabst du uns die tiefen Blikke«: »Ach, du warst in abgelebten Zeiten / Meine Schwester oder meine Frau«.

236,22 *nur durch Tätigkeit zu verbannen:* »Tätigkeit« ist von der Jugend bis ins Alter ein zentraler Begriff in Goethes Lebensphilosophie. »Tätigkeit allein verscheucht Furcht und Sorge«, heißt es in *Kunst und Altertum am Rhein und Main* (1814–15; GA XII, S. 531).

236,34 *Daries:* Joachim Georg D. (d. i. J. G. von Bock, 1714 bis 1795), Professor der Moralphilosophie in Jena. – Goethes Vater besaß sein Werk *Via ad veritatem commoda auditori-*

bus methodo demonstrata (»Der einfache Weg zur Wahrheit, den Studenten/Hörern methodisch dargelegt«, Jena 1755), das er am 4. April 1765 für 2 Gulden erworben hatte.

237,22 f. *weil ich dem dogmatischen Vortrag gar nichts abgewinnen konnte:* Goethes Abneigung gegenüber dogmatischer Lehrhaftigkeit kommt an vielen Stellen seines Werkes zum Ausdruck, so z. B. in den *Maximen und Reflexionen* und vor allem in dem Aufsatz *Über das Lehrgedicht* (1827).

237,27 f. *daß Poesie, Religion und Philosophie ganz in Eins zusammenfielen:* Hinweis auf die frühe Säkularisierung von Goethes Religionsbegriff.

237,30 *das Hohe-Lied:* Goethe hat das Hohelied Salomons im Herbst 1775 übersetzt. Vgl. seinen Brief an Merck vom 7. Oktober 1775. – Die Identität von »Poesie, Religion und Philosophie«, von der Goethe spricht, hat vor allem im Sturm und Drang das Interesse an diesem Text geweckt; vgl. etwa Herders Übersetzung und Kommentar des Hohenliedes.

237,31 f. *die Orphischen ... Gesänge:* Goethe kannte diese altgriechische kosmologische Dichtung, die dem Sänger Orpheus zugeschrieben wurde, wahrscheinlich nur aus dem 237,33 erwähnten *Kleinen Brucker*, in dem dieses Werk beschrieben wird. – *Hesiodischen Gesänge:* Die hexametrischen Epen *Theogonia* (»Geburt der Götter«) und *Erga kai hemerai* (»Werke und Tage«) des Hesiodos aus Askra (8./7. Jh. v. Chr.) kannte Goethe ebenfalls aus dem *Kleinen Brucker*. – Zu Goethes Beschäftigung mit Hesiod vgl. die Briefe an Georg Friedrich Creuzer vom 1. Oktober 1817 und Sulpiz Boisserée vom 16. Januar 1818.

237,33 *»Kleinen Brucker«:* Kurzfassung der *Historia critica philosophiae a mundi incunabulis* (»Kritische Geschichte der Philosophie von den Anfängen der Welt«, Leipzig 1742–44, ^{2}1766–67) des Augsburger Pfarrers Johannes Jakob Brucker (1696–1770). – Goethes Vater besaß den hier erwähnten *Kleinen Brucker*: *Institutiones historiae philosophiae, usui academiae iuventutis adornatae* (»Einführung in die Geschichte der Philosophie für den Gebrauch der akademischen Jugend«, Leipzig 1756); vor der Versteigerung der väterlichen Sammlungen hat Goethe diesen Band seiner eigenen Bibliothek einverleibt.

238,1 f. *Sokrates ..., der ... sich mit Christo vergleichen lasse:* im 18. Jh. verbreitete Auffassung, die z. B. von Johann Jacob Zimmermann in seiner Schrift *Meditatio de praestantia religionis Christianae collatae cum Philosophia Socratis* (»Betrachtung über die Überlegenheit der christlichen Religion im Vergleich mit der Philosophie des Sokrates«, 1729) vertreten wurde. Vgl. hierzu Benno Böhm, *Sokrates im 18. Jahrhundert. Studien zum Werdegange des modernen Persönlichkeitsbewußtseins*, Leipzig 1929, 2. Aufl. Neumünster 1968.

238,8 *Stoikern:* von griech. *stoa* ›Säulenhalle‹, dem Versammlungsort der Schüler Zenons. Die stoische Philosophie von der Beseelung der Welt durch ein göttliches Prinzip und der Existenz eines einheitlichen Weltgesetzes beeinflußte den europäischen Pantheismus und das Christentum. – Goethes »Neigung« zu den Stoikern ist später einer kritischeren Betrachtung gewichen; vgl. das Epigramm »Was vom Christentum gilt, gilt von den Stoikern, freien / Menschen geziemet es nicht, Christ oder Stoiker sein.«

238,9 *Epictet:* Epiktet (um 50–138); griechischer Philosoph, der in Rom lebte. In seiner Philosophie spielt der für Goethes Alterswerk zentrale Gedanke der Entsagung eine wichtige Rolle. – Goethes Vater besaß: Anianus Flavius Epictetus, *Manuale at sententiae* (»Handbüchlein der Ethik«, Utrecht 1711).

239,3 *abhängig:* einen Abhang bildend.

239,4 *Verdienst:* Reiz, Schönheit.

239,13–18 *Tacitus ... einen Zaun umherführen:* Die Stelle ist beeinflußt von Goethes Lektüre der *Germania* des Cornelius T. (um 55 – 125) in der Übersetzung von Karl Ludwig von Woltmann (vgl. Goethes Brief an Woltmann vom

18. August 1811). – Im 9. Kapitel der *Germania* ist von den heiligen Hainen der Germanen die Rede.

240,20 *in der Weite:* Die gesamte Schilderung der Zeit vor der Abreise nach Leipzig ist gekennzeichnet von dem Kontrast zwischen Enge und Weite sowohl im räumlichen als auch im geistigen Sinne: hier die Enge der Vaterstadt, dort die freie Natur und die erste Reise nach Leipzig; hier die Beschränkung auf den Lebenskreis und die Denkweise des Elternhauses, dort das Zusammentreffen mit den Freunden, die anders und anderes denken als Goethe (vgl. 237,4 »Differenz«), und schließlich der neue geistige Horizonte eröffnende Studienbeginn in Leipzig. Vgl. auch 243,2 f. »ins Freie«, 243,9 »ins Enge«. Selbst die »Linien«, die Goethes Vater »um jede unvollkommene Skizze« (242,16) zog, die der Sohn anfertigte, sind ein Ausdruck der Eingrenzung, die im Gegensatz steht zu der ›Weite‹ und Offenheit, die den frühen Zeichnungen eignet (vgl. auch Anm. zu 241,3 f. und 372,15–17).

240,24 f. *Das Auge war vor allen anderen das Organ:* Diese Feststellung trifft auf alle Lebensphasen Goethes zu, wie vielfach belegt ist. Vgl. *Maximen und Reflexionen*: »Das Gesicht ist der edelste Sinn. Die andern vier belehren uns nur durch die Organe des Takts: wir hören, wir fühlen, riechen und betasten alles durch Berührung; das Gesichte aber steht unendlich höher, verfeint sich über die Materie und nähert sich den Fähigkeiten des Geistes« (744, aus *Wilhelm Meisters Wanderjahren*).

240,26 f. *die Gegenstände ... in Bezug auf die Kunst anzusehen:* vgl. Anm. zu 282,20.

241,3 f. *ebenso wenig ... die Fähigkeit eines Zeichners fürs Einzelne:* eine Erkenntnis, die sich nicht nur auf die frühesten Skizzen bezieht, an die Goethe sich erinnert; sie trifft ebenso auf seine späteren Zeichnungen zu.

241,11 *einen halbbeschatteten alten Stamm:* Vgl. die um 1765 entstandene »Landschaft mit Wehr« (*Corpus* I, Nr. 1).

242,6 f. *graue veraltete, ja schon von einer Seite beschriebene Blätter:* Berühmtestes Beispiel für diese Verfahrensweise ist die – freilich erst nach 1773 entstandene – Porträtzeichnung der Schwester Cornelia auf einem Korrekturbogen des *Götz von Berlichingen (Corpus* VIb, Nr. 229).

242,16 *zog Linien um jede unvollkommene Skizze:* Vgl. das Gespräch mit Kanzler von Müller vom 8. Juni 1830: »zu mancher kleinen Zeichnung zog er selbst die Einfassungs-Linien, oder klebte sie auf und gab Rahmen dazu.«

242,30 *Gebirge:* der Taunus.

242,32 *Kroneburg:* Kronberg.

243,3 *Biberich:* Biebrich.

243,10 *verfallenes Schloß ... Gemäuer:* Eine solche Zeichnung hat sich erhalten (*Corpus* I, Nr. 2); sie zeigt eine Flußlandschaft mit dem Turm einer Burgruine.

243,13 *Drusenstein:* Denkmal für den römischen Feldherrn Nero Claudius Drusus (38–9 v. Chr.).

243,14 *Unstatten:* Schaden, Nachteil.

243,36 *herangelebt:* bis zum geschilderten Zeitpunkt gelebt.

244,8 f. *Mutter fast noch Kind:* Bei Goethes Geburt war Katharina Elisabeth Goethe 18 Jahre alt.

244,32–245,3 *Erstaunen beim Erwachen sinnlicher Triebe ... seltsamen Zustände:* Die Beziehung zur Schwester, wie Goethe sie hier schildert, hat man als »quasi inzestuös« gedeutet (Sprengel, S. 958). Eissler hat sie einer hundertseitigen psychoanalytischen Deutung unterzogen (Eissler I, S. 74–174).

245,7 f. *was ich vor Jahren darzustellen unternahm:* Über einen solchen Plan Goethes gibt es keinerlei weitere Dokumente.

245,14 f. *Richardsonschen Romane:* Samuel Richardsons (1689–1761) *Pamela* (1740), *Clarissa* (1748) und *Sir Charles Grandison* (1754) begründeten die Tradition des empfindsamen Briefromans.

246,6 f. *die Mode jener Zeit ... die Stirn entblößte:* So hat Goethe seine Schwester porträtiert; vgl. jedoch die Rötelzeichnung von Johann Ernst Ludwig Morgenstern (1772), der mit einer geschickten Wahl der Perspektive den Eindruck der Häßlichkeit vermeidet (Abb. in Göres, S. 42).

246,34 f. *Eine sehr angenehme Gesellschaft:* Johann Caspar Goethes Haushaltungsbuch verzeichnet in dieser Zeit häufig Ausgaben für gesellige Zusammenkünfte der Freundinnen und Freunde Cornelias, zu denen Anna Katharina Fabricius und die Geschwister Anna Sibylla und Susanna Magdalena Münch gehörten (vgl. 541,22 mit Anm.).

247,17 f. *daß ich der Einzige sei ... verehre:* Diese Formulierung spricht für die Annahme einer »quasi inzestuösen« Beziehung.

247,31 *einem jungen Engländer:* dem aus Leeds stammenden Arthur Lupton (1748–1807), Sohn eines Tuchfabrikanten. Cornelia hat ihn wahrscheinlich bei der ersten »Zusammenkunft junger Engländer« kennengelernt, für die Johann Caspar Goethe am 9. Februar 1764 48 Kreuzer stiftete. Das einzige überlieferte Dokument von der Hand Luptons ist ein Gedicht in deutscher Sprache, das er am 20. Mai 1765 in das Stammbuch eines Herrn Engelbach eingetragen hat und das in der Handschriftenabteilung des Freien Deutschen Hochstifts aufbewahrt wird. Vgl. GA Erg.-Bd. 1, S. 202–213.

247,31 f. *Pfeilischen Pension:* vgl. Anm. zu 127,24.

248,11 f. *Seine Bemühung, ... so viel vom Deutschen zu lernen, wollte nicht gelingen:* Vgl. Goethes Brief an Cornelia vom 11. Mai 1766: »Lupton is a good fellow, a marry, invetious fellow as I see it in his letter, which is wroten with a spirit of jest, much laudably moderated by the respect, he owes to his master. But one can see, that he is not yet acquainted, with the fair and delicate manners of our language. Not withstanding he writes well« (»Lupton ist ein guter Junge, ein lustiger Junge, wie ich aus seinem Brief ersehe, der in scherzhaftem Geist geschrieben ist, sehr löblich gemäßigt durch den Respekt, den er seinem Lehrer schuldet. Aber man kann sehen, daß er noch nicht vertraut ist mit den schönen und feinen Ausdrucksmitteln unserer Sprache. Dennoch schreibt er gut«).

248,31 f. *eine so muntere Gesellschaft:* Das im folgenden Geschilderte hat sich mit großer Wahrscheinlichkeit erst nach Goethes Rückkehr aus Leipzig zugetragen (etwa 1769).

249,2 *versagt:* verlobt, versprochen.

249,5 *Ein Freund:* Der namentlich nicht genannte Freund trägt Züge von Johann Bernhard Krespel (1747–1813). Unten (253,28) heißt es, der Freund sei »etwa zweiundzwanzig Jahr alt«, was eine Datierung der Episode auf 1769 nahelegt.

249,21 *perorieren:* mit übertriebenem Nachdruck reden.

250,22 *Vorschlag:* Dieses sogenannte Mariage-Spiel (vgl. auch 712,17) hatte der Advokat Johann Balthasar Kölbele (1722–78) in der Frankfurter Gesellschaft beliebt gemacht. – Cornelia Goethe schreibt am 28. Juli 1768 an Katharina Fabricius: »le plus aimable est Mr. le Docteur Kölbele, que vous connoissez par son oration du mariage qu'il tint une fois en votre presence« (»der liebenswerteste ist der Herr Dr. Kölbele, den Sie von seiner Rede über die Ehe kennen, die er einmal in Ihrer Gegenwart gehalten hat«).

251,24 *mit Ton und Gebärden eines Kapuziners:* Die Kapuzinermönche schmückten ihre Predigten mit vielerlei deftigen Vergleichen und Späßen aus (vgl. die Kapuzinerpredigt in Schillers *Wallensteins Lager* I,8 und Goethes Brief an Schiller vom 5. Oktober 1798).

251,33 *Werk wird den Meister loben:* nach Sir. 9,24; vgl. auch Schillers »Lied von der Glocke« (1799), V. 7.

252,8 *Antistes:* (griech., ›Vorsteher‹) Titel des Pfarrers in reformierten Gemeinden (vgl. auch 252,18).

252,27 *Solon:* griechischer Staatsmann, Reformer und Gesetzgeber (um 640–560 v. Chr.).

»Ite missa est«: (lat., »Geht, es ist Verabschiedung«); Schlußformel des katholischen Gottesdienstes; daher auch das Wort *Messe* für ›Gottesdienst‹.

253,10 *Kapuzinade:* vgl. Anm. zu 251,24.

253,25 f. *Scharfsinn in Jesuiterschulen ausgebildet:* Johann Bernhard Krespel besuchte die Jesuitenschulen in Bruchsal, Pont-à-Mousson und Metz. Goethes Formulierung ist geprägt von der Geringschätzung der Jesuiten im 18. Jh.

254,1 *Sarazene:* urspr. Beduinenstamm auf dem Sinai, später auf Mohammedaner im allg. übertragen.

254,3 *scharmuzieren:* (von ital. *scaramucciare* ›ein kleines Gefecht führen‹) hier i. S. v. ›Wortgefecht‹.

254,8 *Horn:* Johann Adam H. (1749–1806), einer der engsten Jugendfreunde Goethes, studierte mit ihm in Leipzig und war später Jurist in Frankfurt.

254,15 f. *sein Bart frühzeitig blau:* d. h. seine Gesichtshaut hatte wegen des starken Bartwuchses einen blauschwarzen Schimmer. *Bart* hat im Hessischen auch die Bedeutung ›Kinn‹.

254,32 *zu solchen Arbeiten:* Horns *Jugendliche Ausarbeitungen bey müßigen Stunden* sind 1766 anonym veröffentlicht und erst 1902 wiederentdeckt worden (vgl. Heinrich Pallmann, *Johann Adam Horn. Goethes Jugendfreund*, Leipzig 1908; dort auch ein vollständiger Neudruck der *Ausarbeitungen*).

255,7 *Popes »Lockenraub«:* komisches Versepos von Alexander Pope (1688–1744), 1712–14 erschienen, 1744 in der deutschen Übersetzung von Luise Adelgunde Victorie Gottsched unter dem Titel *Herrn Alexander Popens Lokkenraub, ein scherzhaftes Heldengedicht.* Goethes Vater besaß einige Bände der Pope-Gesamtausgabe von 1762–64. Vgl. dazu auch die Vorstufe zum 6. Buch (Februar 1811): »Ich kannte Pope's Lockenraub, nach dem sich die andern gebildet hatten, im Original« (HKA II, S. 293).

255,8 *Zachariä:* Justus Friedrich Wilhelm Z. (1726–77), bekannt durch seine komischen Heldenepen *Der Renommiste* (1744), *Murner in der Hölle* (1757) und *Lagosiade oder Jagd ohne Jagd* (1757).

255,21 *Das Heldengedicht meines Freundes:* Von Horn ist

nur »ein Heldengedicht in drey Gesängen« unter dem Titel *Das Pochspiel, oder die glückliche Bellinde* überliefert (Pallmann [s. Anm. zu 254,32] S. 101–112). In der Vorstufe zum 6. Buch spricht Goethe von seinem »traurigen Einfall etwa [sic] ähnliches [wie Popes *Lockenraub*] hervorzubringen. Die Erfindung war von keiner Bedeutung, denn sie blieb ganz nahe an jenen Mustern; ein alberner Mensch wurde beschämt, ein hübsches Mädchen von einem unbequemen Liebhaber befreyt und was sonst noch zu einer solchen Composition gehört« (HKA II, S. 293).

255,26 *Schlittenrecht:* »das recht eines herrn, der mit einer dame eine schlittenfahrt unternimmt, von derselben einen kuß zu erhalten« (DWB IX, Sp. 757).

255,36 *»Walpurgisnacht« von Löven:* Von Johann Friedrich Löwen (1727–71), dem Leiter des Hamburger Nationaltheaters, besaß Goethes Vater *Die Walpurgis Nacht* (Hamburg/Leipzig 1756). In diesem Epos wird – erstmals in der Literaturgeschichte – Faust von »Belzebub dem Blocksberg zugeführt«; Goethe könnte daraus Anregungen für die »Walpurgisnacht« im *Faust* gewonnen haben. Vgl. Schöne, S. 145 f.

256,6 f. *»Kleinen Hopp«:* vgl. Anm. zu 155,18 f.

256,9 *»Institutionen«:* vgl. 155,18 f., 237,33 und 265,16 mit Anm.

256,12 *Geßners »Isagoge«:* Isagoge: Einführung. Goethes Vater besaß von Johann Matthias Gesner (1691–1761) *Primae lineae isagoges in eruditionem universalem nominatim philologiam, historiam et philosophiam in usum praelectionum ductae et retractius iterum editae* (»Entwurf einer Einführung in die allgemeine Wissenschaft [...]«, Göttingen/Leipzig 1760; zuerst 1756). Vor der Versteigerung der väterlichen Bibliothek entnahm Goethe den Band zu seinem eigenen Gebrauch. Das Werk bietet einen Überblick über alle Wissenschaften.

256,12 f. *Morhovs »Polyhistor«:* Daniel Georg Morhof (1639–91), *Polyhistor literarius, philosophius et practicus*

(»Der literarische, philosophische und praktische Vielwissende«, 1666–92). Ähnlich wie Gesners *Isagoge* eine enzyklopädische Übersicht über alle Wissenschaften, mit wissenschaftshistorischem Ansatz und erläuternden Bibliographien. Goethe hat das Werk in den Jahren 1804–06 und 1809/10 mehrfach aus der Weimarer Bibliothek entliehen.

256,18 f. *Baylen in meines Vaters Bibliothek:* Pierre Bayle (1647–1706), *Dictionnaire historique et critique* (2 Bde., 1695–97). Ein Lexikon, das hauptsächlich Personen (Philosophen, Theologen), aber auch wissenschaftliche Themen und Gegenstände vorstellt und kritisch würdigt. Eine deutsche Übersetzung von Gottsched erschien 1741–44 als *Historisches und Kritisches Wörterbuch.* – Zum Zeitpunkt der Versteigerung befand sich das Werk nicht in Johann Caspar Goethes Bibliothek.

256,29–31 *ans Lateinische ... Übersetzungen:* In der Mitte des 18. Jh.s war die klassische griechische Literatur fast ausschließlich in lateinischen Übersetzungen verfügbar.

256,36 *Grotius ... Terenz:* Nach einer Anekdote, die Goethe aus Morhofs *Polyhistor* kannte, hat der niederländische Jurist und Staatsmann Hugo G. (1583–1645) auf eine Kritik an seiner Vorliebe für die damals als Schullektüre verwendeten Werke des Terenz geäußert: »Alia legimus in his pueri, alia viri« (»In seinen Werken lesen wir als Knaben anderes denn als Männer«). In einem Tagebucheintrag vom 9. Oktober 1830 zitiert Goethe den Ausspruch in abgewandelter Form (»aliter« statt »alia«). Vgl. dazu auch das »Zahme Xenion«: »›Anders lesen Knaben den Terenz, / Anders Grotius.‹ / Mich Knaben ärgert die Sentenz, / Die ich nun gelten lassen muß.«

257,15 *Michael:* Michaelistag, 29. September; Beginn des Wintersemesters. »Gegen Mich[.] nach Leipzig«, notiert Goethe im »Biographischen Schema« von 1809.

257,19 *Herz:* »bei pflanzen das mark, die innerste blasige substanz in den stämmen und stengeln eines gewächses« (DWB IV,2, Sp. 1222).

257,29 *die heimlichen Gebrechen:* vgl. Anm. zu 305,33 f.

258,6 *Brandmauern:* feuerfeste Wandmauern. Ihre Erwähnung ist eine erneute Spitze gegen den Vater und dessen Verschlossenheit gegenüber allem Neuen.

258,10 *einen ganz anderen Lebensplan:* vgl. 35,26–32 mit Anm.

258,34 *Göttingen:* Die Göttinger Universität wurde nicht nur wegen ihrer berühmten Professoren bevorzugt, sondern auch, weil sie – wie die Hallenser Universität – eine der alten Reichsuniversitäten war (vgl. auch 200,20 f., 203,25–28 mit Anm.).

258,35 *Heyne, Michaelis:* Christian Gottlob H. (1729 bis 1812), Altphilologe und Universitätsbibliothekar in Göttingen. Die Mitschrift einer Vorlesung des berühmtesten Altphilologen seiner Zeit aus dem Besitz Johann Caspar Goethes hat Goethe sich nach Weimar kommen lassen. – Johann David M. (1717–91), Theologe und Orientalist in Göttingen.

259,10 *Impietät:* Lieblosigkeit, Unfolgsamkeit.

259,16 *Ernesti:* Johann August E. (1707–81), zunächst Lehrer, dann Rektor an der Leipziger Thomasschule; Professor der Theologie und Philologie der Universität Leipzig. *Morus:* Samuel Friedrich Nathanael M. (1736–92); klassischer Philologe und – als Nachfolger Ernestis – Theologe an der Universität Leipzig. Vgl. auch 274,16 f. mit Anm.

259,19 *romantisch:* romanhaft, phantastisch.

259,21 *Griesbach:* vgl. Anm. zu 174,15.

259,31 f. *düster ... licht und heiter:* Dieses Gegensatzpaar entspricht dem Kontrast zwischen Enge und Weite; vgl. 240,20 mit Anm.

260,8 *Buchhändler Fleischer und dessen Gattin:* Johann Georg (1723–96) und Charlotte Wilhelmine F. (1735 bis 1803).

260,9 *Vater in Wittenberg:* der Dichter, Philologe und Medizinprofessor Daniel Wilhelm Triller (1695–1782).

260,18 *Allerheiligen-Pforte:* im Osten Frankfurts.

260,19 f. *Gegenden ... ihre Neuheit:* Die Ausflüge in die Umgebung Frankfurts, die Goethe vorher unternommen hatte, führten meist in den Westen und Süden der Stadt.

261,11 f. *Pandämonium:* Versammlung aller Geister.

262,21 *Als ich in Leipzig ankam:* Goethe traf am 3. Oktober 1765 »als ein kleiner, eingewickelter, seltsamer Knabe« in Leipzig ein (an Charlotte von Stein, 25. März 1776). Am 19. Oktober immatrikulierte er sich.

262,23 *vaterländischen Zustandes:* Erinnerung an die Frankfurter Messe.

263,13 *Feuerkugel:* Das Haus hieß »Die große Feuerkugel«, »weil über dem Torbogen als Wahrzeichen eine brennende Handgranate abgebildet war« (Bode, S. 183).

263,17 *während der Messe:* Goethe wohnte solange im Gasthof Hahnemann in Reudnitz, einem Vorort von Leipzig.

263,18 *einen Theologen:* Johann Christian Limprecht (1742–1812). Goethe hat noch in seiner Straßburger Zeit Briefe mit ihm gewechselt.

263,24 *alte Wirtin:* Johanna Elisabeth Straube (1696–1780).

263,27 f. *mit meinem Empfehlungsschreiben zu Hofrat Böhme:* Goethe war von dem Frankfurter Schöffen Johann Daniel Olenschlager (vgl. Anm. zu 168,12) an B. empfohlen worden. Vgl. Goethes Brief an den Vater vom 13. Oktober 1765: »Wenn sie Schöff Olenschl. sehen dancken sie ihm ja, daß er mich zu Pr Böhmen wieß.« – Johann Gottlob B. (1717–80) war seit 1751 Professor für Geschichte und Staatsrecht an der Universität Leipzig.

ein Zögling von Maskow: Böhme hatte sein Studium 1741 in Leipzig aufgenommen; zu seinen akademischen Lehrern gehörte neben Gottsched der Historiker Johann Jakob Mascov (1689–1761), der gleichzeitig Stadtrichter und Ratsherr in Leipzig war.

263,30 f. *freundlich genug:* Der freundliche Empfang mag eine Wirkung des Empfehlungsschreibens gewesen sein. Böhme galt als arrogant und überheblich gegenüber den Studenten; nicht zuletzt seinetwegen kam es im Sommer-

semester 1768 zu heftigen Studententumulten in Leipzig (vgl. 359,34–360,21).
seiner Gattin: Marie Rosine Böhme, geb. Görtz (1725–67). Sie war Goethe sehr zugetan, wie aus seinen Briefen hervorgeht: »Fr Profeßor Böhme sorgt mit für meine Haußhaltung« (13. Oktober 1765), »Ich besuche Fr. Prof. Böhmen sehr oft, die auserordentlich gütig gegen mich ist« (12. Dezember 1765), und, nach ihrem Tod im Mai 1767: »Quoique morte, j'aime, j'estime la conseillere Böhme, plus que touttes les belles vivantes« (»Obwohl sie gestorben ist, liebe und schätze ich die Rätin Böhme mehr als alle lebenden Schönen«; 11. Mai 1767).

264,4 *ohne Anstand:* ohne Zögern.

264,6 *Parrhesie:* Offenheit, Freimut.

264,9 *Haß:* In einem Brief vom 1. Januar 1768 beklagt Böhme »den augenscheinlichen Verfall der gründlichen Gelehrsamkeit unserer studierenden Jugend« und meint: »Gewiß sind die Grundursachen davon der seichte und verkehrte Unterricht auf niedern Schulen, und die so genannte schöne Litteratur (litterae illitteratissimae) auf der Universität« (Handschrift im Freien Deutschen Hochstift).

264,14 f. *zuzuweisen ... zu entziehen:* Wegen der Hörgelder, die die Studenten damals zu zahlen hatten, kam es den Professoren trotz ihrer Wohlhabenheit (vgl. 272,8–10) auf jeden einzelnen Studenten an.

264,26 f. *Otto und Heineccius:* Everhard O. (1685–1756), Juraprofessor in Duisburg und Utrecht, Herausgeber des *Thesaurus juris Romani* (»Handbuch des römischen Rechts«, Leiden 1725–29) und Autor des Werkes *De jurisprudentia symbolica* (Utrecht 1730), das sich in der Bibliothek von Goethes Vater befand. – Johann Gottlieb H. (d. i. Heinecke, 1681–1741), Juraprofessor in Frankfurt a. d. O., später in Halle. Goethes Vater besaß mehrere seiner Werke, z. B. die *Fundamenta stili cultioris* – nicht »cultoris«, wie es in Göttings Katalog der Bibliothek von Goethes Vater heißt (»Grundlagen eines verfeinerten Stils«; Götting, S. 42) – und die *Elementa juris civilis* (»Elemente des öffentlichen Rechts«) in zwei Ausgaben (Amsterdam 1728 und Leipzig 1766). – Die Werke von O. und H. befanden sich unter den Büchern, die sich Goethe vor der Auktion der väterlichen Bibliothek nach Weimar kommen ließ; sie sind noch heute in seiner Büchersammlung vorhanden (Ruppert, Nr. 672, 2106, 2758, 2768–2770).

265,16 *Philosophie, Rechtsgeschichte und Institutionen:* Am 21. Oktober 1765 schreibt Goethe an Johann Jakob Riese: »Heut hab ich angefangen Collegia zu hören. [...] Institutiones imperiales. Historiam iuris. Pandectas und ein privatissimum über die 7 ersten und 7 letzten Titel des Codicis. Denn mehr braucht man nicht, das übrige vergißt sich doch. [...] Im Ernste ich habe heute zwei Collegien gehört, die Staatengeschichte bey Professor Böhmen und bei Ernesti über Cicerons Gespräche vom Redner.« – Zu den »Institutionen« vgl. 155,18 f. mit Anm.

265,18 f. *Gellerts Literaturgeschichte über Stockhausen:* Gellert benutzte für seine Vorlesung den *Kritischen Entwurf einer auserlesenen Bibliothek der Philosophie und der schönen Wissenschaften* (Berlin 1752 u. ö.) von Johann Christoph Stockhausen (1725–84).

265,19 *Practicum:* vgl. Anm. zu 274,28.

265,20 *Gellert:* Christian Fürchtegott G. (1715–69) war 1743 in Leipzig promoviert worden, habilitierte sich 1744 und wurde 1751 außerordentlicher Professor für Philosophie und Poetik. Die folgende Beschreibung seiner äußeren Erscheinung scheint sich an das Ölporträt von Anton Graff (*Gemälde*, S. 27) und an das Profilrelief von Adam Friedrich Oeser anzulehnen, das die »Habichtsnase« deutlich erkennen läßt (Abb. bei Vogel, S. 57).

265,28 *Famuli:* (lat.) Hilfskräfte.

265,36 *Logik:* Das »Collegium philosophicum et mathematicum«, von dem Goethe in seinem Brief an Riese vom

21. Oktober 1765 spricht (vgl. Anm. zu 265,16), hielt Johann Heinrich Winckler (1703–70).

266,2 *auseinanderzerren, vereinzelnen:* Auch hier äußert sich wieder Goethes Abneigung gegen das »Trennen und Sondern«.

266,8 *Professor Winkler:* vgl. Anm. zu 265,36. Winckler war auch Professor für Physik, und in dieser Eigenschaft erwähnt ihn Goethe lobend in der *Geschichte der Farbenlehre:* »Auf der Akademie hatte ich mir Physik [. . .] vortragen und die Experimente vorzeigen lassen. Winkler in Leipzig, einer der ersten, der sich um Elektrizität verdient machte, behandelte diese Abteilung sehr umständlich und mit Liebe, so daß mir die sämtlichen Versuche mit ihren Bedingungen fast noch jetzt durchaus gegenwärtig sind« (GA XVI, S. 706). Auch in der Schrift *Naturwissenschaftlicher Entwicklungsgang* (1821) wird Winckler erwähnt (GA XVI, S. 904).

267,17 *Einstand geben:* i.S.v. ›Lehrgeld zahlen‹.

267,19 *equipiert:* ausgerüstet.

267,28 *jenem jungen Hausgenossen:* Clauer; vgl. Anm. zu 151,18.

268,1 *die Herrn von Löwenicht:* Bartholomäus Loewenich (1722–98) und sein Sohn Isaak (1751–1820), Tuchfabrikanten in Burtscheid bei Aachen. Johann Caspar Goethe war viele Jahre ihr Kunde; in seinem Haushaltungsbuch werden sie zwischen 1754 und 1769 achtmal erwähnt. Am 12. August 1765 – also kurz vor Johann Wolfgangs Abreise nach Leipzig – hat Rat Goethe »Loevenig pro panno rubro [roten Stoff]« 33 Gulden 45 Kreuzer bezahlt.

268,6 *Sarschen:* vgl. Anm. zu 54,24 f.

268,21 f. *Tressenkleid:* Anzug mit Zierborten.

268,28 *Herr von Masuren:* Hauptfigur der Komödie *Der poetische Dorfjunker* (1741) von Luise Adelgunde Victorie Gottsched (1713–62), nach Philippe Néricault Destouches' *Le poète campagnard.*

269,4 *oberdeutschen Dialekt:* der dem Rheinfränkischen

zugehörige Frankfurter Dialekt im Gegensatz zum mitteldeutschen, der in Leipzig gesprochen wird.

269,25 *meißnische Mundart:* Sie entwickelte sich durch Luthers Bibelübersetzung zur deutschen Hochsprache; Gottsched erhob sie in seiner *Grundlegung einer deutschen Sprachkunst nach den Mustern der besten Schriftsteller des vorigen und itzigen Jahrhunderts abgefasset* (1748) zur Nationalsprache.

270,6 *Kaiser von Kaisersberg:* Johann Geiler von Kaisersberg (1445–1510), seit 1478 Prediger am Straßburger Münster. Seine Predigten über Brants *Narrenschiff*, die er 1498/99 hielt, waren die ersten Predigten über einen weltlichen Text.

270,13 f. *man solle reden wie man schreibt und schreiben wie man spricht:* ein Grundsatz, den Gellert in seiner *Praktischen Abhandlung vom guten Geschmacke in Briefen* (1751) vertritt: »Ein Brief [. . .] ist eine freie Nachahmung eines guten Gesprächs«.

271,4 *genau:* hier: streng (vgl. DWB IV,1.2, Sp. 3355).

271,11 *Zachariäs »Renommist«:* vgl. Anm. zu 255,8. In diesem scherzhaften Epos geht es um den Gegensatz zwischen den ›rohen‹ Jenaer Studenten und den ›galanten‹ Leipzigern.

271,33 *Glacis:* Spazierweg auf den Festungswällen um Leipzig.

272,7 *Kolonie:* die in Leipzig lebenden Franzosen.

272,26 *lässig:* i.S.v. ›nachlässig‹.

272,27 f. *Attentionen:* Aufmerksamkeiten.

273,4 f. *eine einzige Freundin:* Wilhelmine Ernestine Baronin von Plotho. Goethe schreibt über sie in seinem Brief an Cornelia vom 11. Mai 1767: »Madame de Ploto son amie, vielle dame, qui me parloit en gouvernante, et non pas en amie. Je l'aimois a cause de son ingenuite, elle n'avoit jamais appris a dissimuler« (»Frau von Plotho, ihre Freundin, eine alte Dame, die mit mir wie eine Gouvernante redete und nicht wie eine Freundin, hatte ich wegen ihrer

Unbefangenheit gern, sie hatte nie gelernt, sich zu verstellen«).

273,10 *Piquet, L'hombre:* (frz.) Kartenspiele.

273,16–18 *Das Gottschedische Gewässer ... drohte:* zum einen eine Anspielung auf die Auseinandersetzung Gottscheds mit den Schweizern Bodmer und Breitinger (vgl. Anm. zu 150,30 und 281,20), zum andern durch die Wasser-Metaphorik Kritik an Gottscheds Überbetonung der Form gegenüber einem – in Goethes Augen – eher dürftigen Inhalt. Vgl. auch 288,36–289,1 »wäßrigen [...] Epoche«.

274,3 f. *»Poeten nach der Mode« von Weiße:* Komödie von Christian Felix W. (1726–1804), die den Streit zwischen den Anhängern Gottscheds und Klopstocks zum Thema hat. Im Brief an Cornelia vom 6. Dezember 1765 erwähnt Goethe eine Aufführung des Lustspiels, die er gesehen hat.

274,16 f. *Professor Morus:* vgl. Anm. zu 259,16. Am 6. Dezember 1765 schreibt Goethe an Cornelia: »Magister Morus. Ein Teolog. Ein sehr artiger und geschickter Junger Mann: er redet wenig allein sieht immer freundlich aus.«

274,18 *an dem Tische des Hofrats Ludwig:* Es war im 18. Jh. üblich, daß Professoren Studenten einen Mittagstisch gewährten oder sie sogar bei sich wohnen ließen. Bei Professor L. traf Goethe neben den hier genannten Männern auch Diethelm Lavater (1743–1826), den Bruder Johann Caspar Lavaters. – Über den Medizinprofessor Christian Gottlieb L. (1709–73) schreibt Goethe am 6. Dezember 1765 an seine Schwester: »Ein Mann dem 50 Jahre, vieles ausgestandene Elend, und die große Menge seiner Geschäfte, nichts von der Munterkeit die er im 20 Jahre gehabt wegnehmen können. Er ist ohne Facon, schwätzt schröcklich viel von Mädgen, und ist ein auserordentlich Leutseeliger und wohltätiger Mann.«

274,28 *Practicum von der Poesie:* Es widmete sich den »Übungen in deutschen und lateinischen Ausarbeitungen zur Bildung des Verstandes und des Stils«.

275,20 f. *Vorlesung Ernestis über Ciceros »Orator«:* vgl. Anm. zu 259,16 und Goethes Brief an Riese vom 20./21. Oktober 1765. Ernesti las über Marcus Tullius Ciceros (106–43 v. Chr.) *De oratore libri tres.* Goethe kannte das Werk schon aus der Bibliothek seines Vaters.

276,1 f. *Medizin oder Naturhistorie:* Goethe benennt hier eine weitere Stufe der Entwicklung seiner naturwissenschaftlichen Interessen: In Leipzig trifft er zum ersten Male mit Fachgelehrten zusammen.

276,3 f. *Haller, Linné, Büffon:* Albrecht von H. (1708–77), Physiologe und Botaniker. – Carl von L. (1707–78), schwedischer Mediziner und Botaniker, der für Tiere, Pflanzen und Minerale ein System der binären Nomenklatur (Bezeichnung durch Gattungs- und Artnamen) einführte. Goethe äußert sich grundsätzlich über sein Verhältnis zu L. im Brief an Zelter vom 7. November 1816: »Diese Tage hab ich wieder Linné gelesen und bin über diesen außerordentlichen Mann erschrocken. Ich habe unendlich viel von ihm gelernt, nur nicht Botanik. Außer Shakespeare und Spinoza wüßt ich nicht, daß irgend ein Abgeschiedener eine solche Wirkung auf mich gethan.« – Georges-Louis-Leclerc de Buffon (1707–88), französischer Naturforscher, Intendant des Pariser Jardin Royal, Mitverfasser der *Histoire naturelle générale et particulière* (1749–1804). Goethe befaßt sich mit ihm in einer Besprechung der Schrift *Principes de philosophie zoologique [...]* (Paris 1830).

276,29 f. *auf dem Küchenherd verbrannte:* Dieses sogenannte 1. Autodafé hat erst im Oktober 1767 stattgefunden. Vgl. Goethes Brief an Cornelia vom 12.–14. Oktober 1767: »Belsazer, Isabel, Ruth, Selima, ppppp haben ihre Jugendsünden nicht anders als durch Feuer büsen können. Dahin denn auch Joseph wegen der vielen Gebete die er Zeitlebens getahn hat verdammt worden ist.«

Siebentes Buch

277,3 *Vieles und Ausreichendes:* Goethe benutzte für seine Darstellung vor allem Karl Heinrich Jördens, *Lexikon deutscher Dichter und Prosaisten* (5 Bde., Leipzig 1806 bis 1810), und Friedrich Karl Gottlob Hirsching, *Historisch-literarisches Handbuch berühmter und denkwürdiger Personen, welche in dem 18. Jahrhundert gestorben sind* (14 Bde., Leipzig 1794–1811). Im Gegensatz zu der objektiven historisch-wissenschaftlichen Konzeption dieser Werke geht es Goethe im 7. Buch vor allem um die eigenen subjektiven Erfahrungen mit der Literatur seiner Jugend und um deren individuelle Wirkung auf ihn selbst (vgl. 277,9 »wie sie sich zu mir verhielt«).

277,13 *Satire und ... Kritik:* Gattungen bzw. Schreibarten, die im ›aufgeklärten‹ 18. Jh. besonders gepflegt wurden.

277,23 f. *literarische Epoche ... aus der vorhergehenden:* Epoche der Aufklärung im Gegensatz zum Barock.

277,27 *fremde Sprachen:* vor allem Französisch und Latein (vgl. 278,1 f. »Franzosen [...] Römern«).

278,6 f. *Gleichnisreden der südlichen Sprachen:* Hier ist an den Bilderreichtum in der Sonettdichtung des Barock zu denken, der aus ihren italienischen und französischen Vorbildern herrührt.

278,15 *rein und natürlich:* Vgl. Gottfried Wilhelm Leibniz' *Ermahnung an die Teutsche, ihren Verstand und Sprache besser zu üben* (1679) und *Unvorgreifliche Gedanken, betreffend die Ausübung und Verbesserung der deutschen Sprache* (1697). Auch die sprachreformerischen Bemühungen Gottscheds gehören in diesen Zusammenhang.

278,19 f. *das große Gewässer:* vgl. Anm. zu 273,16–18.

278,21 *vier Fakultäten:* Theologie, Philosophie, Medizin und Jurisprudenz.

278,32–279,4 *Liskow ... starb gar bald ... Jüngling:* Der stets anonym veröffentlichende Satiriker Christian Ludwig Liscow griff den Hallenser Rhetorikprofessor Johann

Ernst Philippi (um 1700–58) wegen dessen *Sechs deutscher Reden über allerhand auserlesene Fälle nach den Regeln einer natürlichen, männlichen und heroischen Beredsamkeit* (1732) in einigen Satiren an (*Briontes der Jüngere, Eines berühmten Medici glaubwürdiger Bericht von dem Zustande, in welchem er den Herrn Professor Philippi den 20ten Junii 1734 angetroffen* u. a.). Liscow lebte von 1701 bis 1760, starb also nicht »gar bald«. Seit 1736 war er bei verschiedenen Landesherren als Botschafter und Privatsekretär in Stellung, zuletzt seit 1741 bei dem sächsischen Minister Graf von Brühl (vgl. Anm. zu 330,8 f.). Liscow gehörte zu einer Gruppe von Beamten, die 1749 von König August III. die Entlassung Brühls wegen dessen Mißwirtschaft forderten und allesamt entlassen wurden; seit 1750 stand er unter ständiger Beobachtung und durfte sich nicht weiter als zwei Stunden von seinem Gut entfernen (vgl. dazu Friedrich Griese, »Christian Ludwig Liscow«, in: *Goethe-Kalender auf das Jahr 1939*, Leipzig 1938, S. 84 bis 86). Das erklärt, warum viele seiner Zeitgenossen glaubten, er sei längst gestorben. Nach der 1742 veröffentlichten Satire *Dionysius Longin vom Erhabenen Griechisch und Teutsch* hat er nichts mehr publiziert. – Der Abschnitt über Liscow folgt der Darstellung in der Literaturgeschichte von Jördens (vgl. Anm. zu 277,3).

seichten, albernen Schriftsteller: Philippi. Seine »Albernheit« äußert sich besonders in der 500 Seiten starken Schrift *Cicero, ein großer Wind-Beutel, Rabulist und Charlatan [. . .]* (Halle a. d. S.: »In Verlegung des Autoris«, 1735). Im Anhang dieses Buches, das von Liscow bissig rezensiert wurde, hat Philippi unter fingierten Namen (»Heinrich Wahrmund«, »Leberecht Freydencker«, »Cordato Semperlustig« u. a.) acht »Verteidigungsschriften«, u. a. gegen Liscows *Briontes*, veröffentlicht. Allerdings hielt er Gottsched für den Verfasser der gegen ihn gerichteten Satiren.

279,16 *Rabener:* Gottlieb Wilhelm R. (1714–71), Satiriker. – Johann Caspar Goethe besaß seit 1758 R.s *Satiren* (Tl. 3–4,

Leipzig 1757); Goethe entlieh während der Arbeit am 7. Buch Rabeners *Sammlung satirischer Schriften* (Leipzig 1751–55) aus der Weimarer Bibliothek.

279,27 *Geschäftsmann:* Beamter; Rabener bekleidete die Stelle eines kurfürstlich sächsischen Steuerrats.

280,17 f. *allzulangen Verteidigungen:* Goethe meint wahrscheinlich Rabeners »Vorrede« zum 4. Teil seiner *Satirischen Schriften* (1755), die auch in Jördens' *Lexikon* abgedruckt ist.

280,19 *Briefe:* Sie erschienen 1772 unter dem Titel *Briefe, von ihm selbst gesammlet und nach seinem Tode herausgegeben von Christian Felix Weiße.* Goethes Vater besaß diese Ausgabe.

280,21 f. *Dresdner Belagerung:* während des Siebenjährigen Krieges durch Friedrich II. (1760). – Dieser Brief vom 12. August 1760 ist ebenso in der von Weiße besorgten Ausgabe enthalten wie derjenige vom 30. Oktober 1767, in dem Rabener »von seinem nahen Tode spricht« (280,27 f.). Beide Briefe werden indessen auch bei Jördens zitiert, und wahrscheinlich kannte Goethe sie aus diesem Werk.

280,33 *Mittelstand:* Bei Jördens (s. Anm. zu 277,3) heißt es: »Uebrigens trifft sein Spott nur die Thoren des Mittelstandes« (Bd. 4, S. 246). Vgl. auch Paralipomenon 80, in: HKA II, S. 543 f.

281,8 f. *Gottscheds »Kritische Dichtkunst«:* Gottscheds *Versuch einer kritischen Dichtkunst vor die Deutschen* (1730) forderte die Abkehr vom ›Schwulst‹ der Barockdichtung und die Hinwendung zur Formstrenge der Antike.

281,15 f. *Horazens »Dichtkunst«:* Eine deutsche Übersetzung der *Epistula ad Pisones sive De arte poetica liber* von Quintus Horatius Flaccus (65–8 v. Chr.) war Gottscheds *Kritischer Dichtkunst* seit der 2. Auflage von 1737 beigefügt. – Der Abschnitt über die Poetiken Gottscheds und Horaz' erscheint nur an der Oberfläche als eine positive Würdigung: In der Gegenüberstellung von Lehrhaftigkeit einerseits (»belehrend«, 281,9) und mangelnder praktischer Anwendbarkeit andererseits (281,16–19) kommt Goethes Kritik an Gottscheds Poetik deutlich zum Ausdruck.

281,20 *Die Schweizer:* Bodmer in seiner *Kritischen Abhandlung von dem Wunderbaren in der Poesie* und Johann Jakob Breitinger (1701–76) in seiner *Kritischen Dichtkunst* (beide 1740) wandten sich gegen Gottscheds strengen Klassizismus und Rationalismus. Zu den Anhängern ihrer poetologischen Auffassungen gehört vor allem Klopstock.

281,31 *Malerei:* Breitinger vertritt in seiner *Kritischen Dichtkunst* die Auffassung, daß »Maler und Poeten [. . .] nur in der Ausführung ihres Vorhabens verschieden« sind (*Kritische Dichtkunst*, Zürich 1740, Tl. 1, S. 4). Auch Bodmer wendet in der *Kritischen Abhandlung* den Begriff ›malen‹ auf das dichterische Schaffen an; vgl. auch seine *Kritischen Betrachtungen über die poetischen Gemälde der Dichter* (1741).

281,33 *Engländer und Franzosen:* Bodmers *Kritischer Abhandlung von dem Wunderbaren in der Poesie* ist, wie es im Untertitel heißt, »beygefüget [. . .] Joseph Addisons Abhandlung von den Schönheiten« in Miltons *Paradise Lost*. Hinsichtlich der »Franzosen« ist an Anne Claude Philippe de Tubières de Caylus zu denken (vgl. Anm. zu 336,18).

282,20 *ohne Bezug:* Vgl. Goethes programmatische Maxime aus der Sammlung *Aphorismen. Freunden und Gegnern zur Beherzigung*: »Wir wissen von keiner Welt als im Bezug auf den Menschen; wir wollen keine Kunst, als die ein Abdruck dieses Bezugs ist« (1077).

282,30 f. *Vorrang . . . der Aesopischen Fabel zugeschrieben:* z. B. von Gellert in seiner Schrift *Nachricht und Exempel von alten deutschen Fabeln* (1746).

282,34 *Lichtwer:* Magnus Gottfried L. (1719–83). Seine *Vier Bücher Äsopische Fabeln* waren zuerst 1748 und in erweiterter Form 1758 erschienen; 1761 folgten *Auserlesene, verbesserte Fabeln und Erzählungen in zweyen Büchern.*

282,35 *Lessing:* 1759 erschienen Gotthold Ephraim Lessings *Fabeln. Drei Bücher. Nebst Abhandlungen mit dieser Dichtungsart verwandten Inhalts.*

283,14–16 *seine Frage ... sei?:* Der 10. Abschnitt des 1. Bandes von Breitingers *Kritischer Dichtkunst* beschäftigt sich mit der Frage, »Ob die Schrift August im Lager ein Gedicht sey«. Breitinger kommt zu dem Schluß, »daß die Ausführung des Gesanges durchgehends allzu prosaisch, historisch, und trucken sey« (Breitinger [s. Anm. zu 281,31] S. 368).

Gedicht von König: das unvollendete Epos *August im Lager* (1731) des Hofpoeten Augusts des Starken, Johann Ulrich K. (1688–1744). Dieses Erzählgedicht schildert das »Lustlager bei Mühlberg« (284,24 f.), das August der Starke im Juni 1730 für den Preußenkönig Friedrich Wilhelm I. ausrichtete.

283,36 *Günthers:* Johann Christian Günther (1695–1723), Lyriker; einer der ersten Berufsschriftsteller in Deutschland. In der Zeit des Übergangs von der Gelehrtenliteratur des 17. zur bürgerlichen Dichtung des 18. Jh.s hat er die Entstehung der Erlebnislyrik entscheidend beeinflußt.

284,14 *Charakterlosigkeit:* Nicht pejorativ gebraucht; der Begriff meint hier Günthers schillerndes, sich einer eindeutigen Charakterisierung entziehendes Wesen.

284,16 *unfertiges Betragen:* Angeblich hatte ihm ein Neider am Hofe Augusts des Starken ein Schlafmittel in den Willkommenstrunk gemischt; daraus entstand die Anekdote, Günther sei bei dieser Audienz betrunken gewesen. Nichts davon ist je dokumentarisch belegt worden. – Die Audienz fand im Spätsommer 1719 statt.

284,17 f. *an dem Hofe ... angestellt zu werden:* Günther sollte eine Stelle als Gehilfe des Hofpoeten und Zeremonienmeisters Johann von Besser (1654–1729) erhalten.

284,21 *Von König:* vgl. Anm. zu 283,14–16. – K. war kein Adliger.

284,24 f. *Lustlager bei Mühlberg:* vgl. Anm. zu 283,14–16.

285,1 *Hof- und Staatskalender:* Periodikum, das alle Mitglieder und Angestellten des Hofes aufführte.

285,4 *die Pferde besser geschildert:* Breitinger bemerkt, daß König »in Beschreibung und Characterisierung der Pferde weit mehr Sorgfalt und Geschicklichkeit zeiget, als wenn es um die Beschreibung des Helden zu thun ist« (Breitinger [s. Anm. zu 281,31] S. 367).

285,8 f. *nicht über den ersten Gesang hinaus:* Königs Epos umfaßt auch in diesem unfertigen Zustand schon 1000 Verse.

285,12 *Schlosser:* Johann Georg Sch., der 1773 Goethes Schwester Cornelia heiratete. Vgl. ausführlich die Anm. zu 781,9 f.

285,20 *Ludwig von Würtemberg:* Schlosser war Sekretär bei Prinz Friedrich Eugen von Württemberg (1732–97), der erst nach Ludwigs Tod Herzog wurde. Ein an ihn gerichtetes dienstliches Schreiben Schlossers vom 3. Oktober 1767 befindet sich in der Handschriftenabteilung des Freien Deutschen Hochstifts (vgl. Hermann Bräuning-Oktavio, »Neues zur Biographie Johann Georg Schlossers«, in: JbFDH 1963, S. 21 f.). In einem Brief an Nicolai (24. August 1768) beklagt sich Schlosser über seinen »verdrüßlichen« Dienst (ebd., S. 25).
Treptow: an der Rega (Hinterpommern).

285,24 *Fürst Ludwig:* Herzog L. Eugen von Württemberg (1731–95).

285,27 f. *»Si j'avois ... prince«:* (frz.) »Wenn ich das Unglück hätte, als Prinz geboren zu sein.« Der Satz findet sich in Rousseaus Brief an Herzog Ludwig vom 10. November 1763.

285,30 *seiner Kinder:* unter ihnen Prinz Friedrich Wilhelm Karl (1754–1816), später der erste König von Württemberg.

285,30 f. *nicht vorstehen:* Die Erziehung der herzoglichen Kinder war die Aufgabe zweier »Gouverneure«, Baron von Feilitsch und Graf Maucler, und zweier Lehrer, Magister Cleß und Magister Holland.

286,5 *Brühl:* Straße in Leipzig.

286,6 *Wirt Schönkopf:* der frühere Zinngießer Christian Gottlob Sch. (1716–91).

eine Frankfurterin: Katharina Sibylla, geb. Hauk (1714 bis 1790).

286,27–29 *Pope ... »Versuch über den Menschen«: An Essay on Man* (1733–34); die deutsche Übersetzung von Barthold Hinrich Brockes erschien 1740. – Den Kernsatz dieses Lehrgedichts – »The proper study of mankind is man« – hat Goethe als eine Maxime »Aus Ottiliens Tagebuche« in den Roman *Die Wahlverwandtschaften* aufgenommen: »das eigentliche Studium der Menschheit ist der Mensch.«

286,30 *Gedicht in gleicher Form: Antipope oder Versuch über den natürlichen Menschen. Nebst einer neuen prosaischen Übersetzung von Popes Versuch über den Menschen*, Mitte der sechziger Jahre entstanden, 1776 erschienen. Schlosser schreibt darüber am 24. August 1768 an Nicolai: »Es enthält [...] eine Widerlegung des popischen Essay on man, worinnen ich mich bemühe zu erweisen, daß die Vernunft unmöglich den Menschen beruhigen kan, wenn die Religion ihn nicht unterstüzt. [...] Ich glaube daß es nicht schwehr ist, Gründe gegen Popen zu finden, dem schon unser Herz widerspricht. Wie wenig kan der stolze Spruch, alles ist gut, einen Menschen beruhigen, der das Alles nicht übersiehet, und nicht für es, sondern nur für sich fühlet?« (Bräuning-Oktavio [s. Anm. zu 285,20] S. 26.)

286,32 *Deismus:* im 17. Jh. in England entstandene Strömung gegen die Offenbarungsreligionen.

287,2 *Gedichte:* In dem Brief an Cornelia vom 11. Mai 1766 hat sich eines dieser Gedichte erhalten: »A Song over the Unconfidence toward my self. To Dr. Schlosser« (»Ein Lied über das Mißtrauen gegen mich selbst. Für Dr. Schlosser«).

287,15 *der ältere Breitkopf:* Bernhard Christoph B. (1695 bis 1777), Gründer des Leipziger Verlages Breitkopf & Härtel. Vgl. auch 348,10 mit Anm.

287,17 *Assistenzen:* Dienste.

287,25 *riesenhafte Mann:* »Dick wie ein Federsack« sei Gottsched, schreibt Goethe im Brief an Riese vom 21. Oktober 1765. Eine spätere Erinnerung an Gottscheds Aussehen findet sich in Goethes 1823 erschienenem Aufsatz *Julius Cäsars Triumphzug, gemalt von Mantegna* (GA XIII, S. 929).

287,30 *Allongeperücke:* Perücke mit langen Locken im 17. und 18. Jh.

288,7 *Sohn des Oberhofpredigers Hermann:* Christian Gottfried H. (1743–1813), Assessor am Leipziger Oberhofgericht, wurde 1794 Bürgermeister von Leipzig. Sein Vater war Johann Gottfried H. (1707–91).

288,9 *Pfeil:* Johann Gottlob Benjamin P. (1732–1800), Jurist und Schriftsteller. Seine anonym veröffentlichte *Geschichte des Grafen von P.* war zuerst 1756 erschienen, 1762 bereits in 4. Auflage. – Goethe hat bei Breitkopf ein »Gedicht auf H[errn] D[r.] Pfeil« drucken lassen, das jedoch nicht überliefert ist (Steiger I, S. 264).

288,10 f. *Gellerts »Schwedischer Gräfin:* Gellerts *Leben der schwedischen Gräfin von G ...* war 1747–48 anonym erschienen.

288,11 *Zachariä:* wahrscheinlich Georg Ludwig Friedrich Z. (1735–1808).
Krebel: Gottlob Friedrich K. (1729–93), Obereinnehmer der Generalakziskasse in Leipzig. Goethe besaß eines seiner »Handbücher«: *Die vornehmsten Europäischen Reisen [...]* (Hamburg 1775).

288,16 *Fallstaff:* Sir John Falstaff, der dickleibige Possenreißer in Shakespeares *Heinrich IV.* und *Die lustigen Weiber von Windsor.*

288,20 *Zutätigkeit:* Liebenswürdigkeit, Offenheit.

288,24 f. *die Tochter vom Hause:* Anna Katharina Schönkopf (1746–1810); Goethe nennt sie Käthchen, Ännchen oder Annette.

289,7 *Ramler:* Karl Wilhelm R. (1725–98); vgl. Anm. zu 289,27.

289,7 f. *Lessing:* Hier wie überhaupt im 7. Buch gibt Goethe das chronologische Erzählen zugunsten eines größeren Überblicks auf. Die meisten der hier genannten Werke L.s sind erst lange nach Goethes Leipziger Zeit erschienen. Vgl. auch Anm. zu 307,32.

289,14 *prolix:* (lat. *prolixus*) weitschweifig.

289,19 *Wettstreit:* in der *Deutschen Gelehrtenrepublik* (1774).

289,22 *Gerstenberg:* Heinrich Wilhelm von G. (1737–1823) war sowohl in der Theorie – *Briefe über Merkwürdigkeiten der Literatur* (1766–67) – als auch in der literarischen Praxis – *Ugolino* (1768) – ein Wegbereiter des Sturm und Drang. »Er ist ein groser Geist, und hat aparte Prinzipia«, sagt Goethe von ihm in seinem Brief an Friederike Oeser vom 13. Februar 1769.

289,24 *Gleim:* vgl. Anm. zu 50,10 f.

289,25 *konzis:* knapp, gedrängt.

289,27 *fängt an ... zu sammeln:* Ramler gab 1766 die Sammlungen *Lieder der Deutschen* und *Sammlung der besten Sinngedichte der deutschen Poeten* heraus. Die *Lyrische Blumenlese*, auf die sich Goethes Kritik (289,28–290,1) bezieht, erschien erst 1774–78.

290,1 f. *poetische Prosa ... Geßner:* Gemeint sind die *Idyllen* Salomon G.s (1730–88).

290,3 f. *andere ... übersetzten diese Prose:* Ramler formte 1787–89 Geßners Idyllen dementsprechend um. Gleim hat 1766 Klopstocks *Tod Adams* umgestaltet.

290,20 f. *früh ... ausgebildet:* Dies zeigt sich etwa in dem Lehrgedicht *Die Natur der Dinge oder Die vollkommenste Welt* (1752) und in den *Sympathieen* (1756).

290,28 *»Musarion«:* Christoph Martin Wielands (1733 bis

1813) *Musarion oder die Philosophie der Grazien* erschien im Herbst 1768 bei Weidmann & Sohn in Leipzig.

290,30 *Aushängebogen:* erste Reindrucke, die als Anzeigebogen beim Buchhändler oder Verleger öffentlich »ausgehängt« wurden.

290,31 *Oeser:* Er hatte die Titelvignette zu *Musarion* gezeichnet. Vgl. Anm. zu 331,8.

290,35 *Phanias-Timon:* Phanias: der männliche Held in Wielands Verserzählung, der durch Musarion von seiner Menschenfeindlichkeit geheilt wird. – Timon: vgl. 170,10 mit Anm.

291,10 f. *»Allgemeinen deutschen Bibliothek«:* von Friedrich Nicolai in Berlin herausgegebene Zeitschrift. Sie erschien von 1765 bis 1805, seit 1793 als *Neue allgemeine deutsche Bibliothek*. Goethe hat die Zeitschrift in zahlreichen, erst aus dem Nachlaß veröffentlichten Invektiven scharf angegriffen.

291,14 *Rezensent:* Thomas Abbt (vgl. Anm. zu 554,13).

291,23 *stellenweis:* Stelle für Stelle.

291,26 *Übersetzung Shakespeares:* Wieland hat 22 Dramen Shakespeares übersetzt (*Shakespeares theatralische Werke*, 1762–66).

291,35 f. *Schlegels »Herrmann«:* Dieses Drama über Hermann den Cherusker von Johann Elias Schlegel erschien 1743. Goethe hat im Oktober 1766 die Aufführung gesehen, mit der »das neue Komödien Haus [. . .] eingeweyet« wurde (vgl. Brief an Cornelia, 18. Oktober 1766).

292,1 *Das Charakterlose:* hier: das Fehlen individueller, allein für diesen Autor charakteristischer Wesensmerkmale.

292,6 *»Jüdischen Schäfergedichte«:* von dem Weimarer Kammerrat und Historiker Georg August von Breitenbauch (1731–1817).

292,8 *Bodmers »Noachide«:* die 1765 erschienene zweite Fassung des Heldengedichtes *Noah* (1750); vgl. Anm. zu 150,30.

292,10 *Anakreontische:* nach dem griechischen Lyriker Anakreon (um 500 v. Chr.), der vor allem Liebes- und Trinklieder verfaßte. In der deutschen Literatur waren besonders Hagedorn, Uz und Gleim seine Nachfolger.

292,10 f. *Gegängel:* hier i.S.v. ›Getändel‹ (vgl. DWB IV,1.2, Sp. 2192).

292,29 *Locat:* (von lat. *locatus* ›Wohnraum‹) hier ironisch für ›Fach, Rubrik‹.

292,30 *Homere:* Die Verwendung der Pluralform deutet auf Goethes ironische Distanz zu den zeitüblichen Epitheta, mit denen man die Dichter z. B. als »deutschen Milton« (Klopstock) u. ä. zu bezeichnen pflegte.

292,31 *Pindar:* Der griechische Dichter P. (um 518–446 v. Chr.) war vor allem Hymniker.

293,4 *Menschenverstand:* Damit ist die von Systemen und antiken philosophischen Schulen weitgehend unabhängige Popularphilosophie Moses Mendelssohns und Christian Garves gemeint, im Gegensatz zur »Schulphilosophie« Christian Wolffs (1679–1754), die trotz aller aufklärerischer Neuerungstendenzen noch stark unter dem Einfluß der klassischen Philosophie stand.

293,31 *abzusprechen:* zu urteilen (vgl. DWB I, Sp. 124).

294,4 *natürlichen Religion:* hier wie schon 143,14–25 im Gegensatz zu der »geoffenbarten« oder »positiven« Religion. Unter der »natürlichen Religion« verstand man eine gemeinsame Wurzel der verschiedenen Religionen, wobei »natürlich« hier »das im Sinne der Aufklärung durch Vernunft Erkennbare« meint (Trunz, in: HA IX, S. 722).

294,11 *gleichgültig:* gleichgewichtig, gleich geltend.

294,18 f. *Profanskribenten:* weltliche Schriftsteller.

294,20–295,7 *Man hatte nämlich ... gewesen sein:* Das Entstehen einer neuzeitlichen Bibel-Textkritik wurde vor allem durch William Tyndales Bearbeitung des Neuen Testaments eingeleitet (1525–26). Unter den Franzosen und Deutschen sind Voltaire und Reimarus (*Wolfenbütteler*

Fragmente eines Ungenannten, 1774 von Lessing herausgegeben) zu nennen.

295,13 *Michaelis:* vgl. Anm. zu 258,35.

295,28 f. *Konjekturen:* (von lat. *coniectura* ›Vermutung‹) in der Textkritik die nicht durch Textzeugen gesicherte Verbesserung einer für fehlerhaft gehaltenen Textstelle.

295,34 *Bengel:* Der schwäbische Pietist Johann Albrecht B. (1687–1752), bedeutend vor allem als Exeget der prophetischen Bücher der Bibel und durch seinen kritischen Anhang zum Neuen Testament, der die vorhandenen Handschriften aufzählt und beschreibt.

296,7 *Weissagungen:* Bengel hatte das Ende der Welt und das Entstehen eines ewigen Friedensreiches für 1836 vorausgesagt.

296,10 f. *Crusius:* Christian August C. (1712–75), seit 1757 Professor für Theologie an der Universität Leipzig. Wie Bengel beschäftigte er sich mit der göttlichen Offenbarung und verfaßte ebenfalls eine Exegese der Offenbarung Johannis (1766).

296,17 *Ernesti:* vgl. Anm. zu 259,16. Er gehörte zu den aufgeklärten Theologen und versuchte, die Bibel nach streng historisch-philologischen Methoden auszulegen.

296,19 *Händel:* Spaltung in die ›Crusianer‹ und ›Ernestianer‹.

296,20 f. *zur klaren Partei:* zu den ›Ernestianern‹. Das Attribut »klar« ist ein Hinweis auf die aufgeklärte Haltung dieser Gruppe.

296,28 *Jerusalem, Zollikoffer, Spalding:* Johann Friedrich Wilhelm J. (1709–89), protestantischer Theologe, Abt des Klosters Riddagshausen bei Braunschweig; Vater von Karl Wilhelm J., dem Vorbild Werthers. Er veröffentlichte eine Schrift *Über die vornehmsten Wahrheiten der Religion* (1768). – Georg Joachim Zollikofer (1730–88), Theologe, Pfarrer in Murten (Schweiz), seit 1758 Prediger der reformierten Gemeinde in Leipzig. – Johann Joachim S. (1714 bis 1804), protestantischer Theologe, seit 1764 Propst an der Nikolaikirche in Berlin. Verfasser der *Gedanken über den Wert der Gefühle im Christentum* (1761).

297,3 *Tissot:* Simon André T. (1728–97), Arzt in Lausanne.

297,5 f. *Haller, Unzer, Zimmermann:* Zu H. vgl. Anm. zu 85,13 f. – Johann August U. (1727–99), Arzt in Hamburg und Altona, Begründer und Herausgeber der Wochenschrift *Der Arzt* (seit 1759). – Johann Georg von Z. (1728–95), Schweizer Arzt und philosophischer Schriftsteller (*Von der Erfahrung in der Arzneikunst*, 1763–64), seit 1768 Arzt in Hannover. Goethe lernte ihn 1775 auf der Heimreise aus der Schweiz kennen (vgl. 702,26 mit Anm.).

297,7 *gegen den letzten:* Von Karl Matthaei ist folgende Äußerung Goethes überliefert: »Goethe kam auf Zimmermann in Hannover zu sprechen, mit dem er nicht zusammengehen konnte, wegen des Gemisches von Schwäche und Stärke, das er nicht liebe« (GA XXII, S. 122). – Zu Goethes Kritik an Zimmermann vgl. bes. S. 704 mit Anm.

297,14 *Expeditionen:* Schriftsätze.

297,15 *unmittelbaren:* reichsunmittelbare Ritter, die nicht dem Kaiser, sondern dem Reichshofrat in Wien unterstanden.

297,15 f. *Reichstag zu Regensburg:* Regensburg war von 1663 bis 1803 ständiger Tagungsort des Reichstags, des Gesandtenkongresses der Fürsten, Kurfürsten und Reichsstädte.

297,16 *barockste:* hier in der ursprünglichen Bedeutung ›verschnörkeltste‹.

297,20 *jüngere von Moser:* Friedrich Karl Ludwig von M., Sohn des Staatsrechtlers Johann Jakob M. (vgl. Anm. zu 84,7). Seine *Kleinen Schriften zur Erläuterung des Staats- und Völkerrechts* erschienen 1751–65.

297,22 *Pütter:* Johann Stefan P. (1725–1807), Historiker und Jurist, Professor für Staatsrecht in Göttingen, wo Goethe ihn 1801 besuchte: »Bey Geheime Justizrath Pütter, welcher bey seinem Alter noch munter genug war und sich verschiedener alter Zustände und Begebenheiten erinnerte« (Tagebuch vom 7. Juni 1801). – Goethes Vater besaß Pütters *Anleitung zur juristischen Praxis* (2 Tle., Göttingen 1765); Goethe selbst kannte seinen *Versuch einer akademischen Gelehrtengeschichte der Universität Göttingen* (*Tag- und Jahreshefte*, 1801).

297,27 *Mendelssohn:* Moses M. (1729–86), Kaufmann und philosophischer Schriftsteller, war 1755 mit seinen *Philosophischen Gesprächen* und der Schrift *Über die Empfindungen* hervorgetreten. Berühmt wurde er mit dem 1767 erschienenen Werk *Phaedon oder Über die Unsterblichkeit der Seele, in drey Gesprächen*, von dem Goethe in den *Ephemerides* von 1770 eine Inhaltszusammenfassung gibt. *Garve:* Christian G. (1742–98), Moralphilosoph und Professor in Leipzig und Breslau. 1764 erschien seine Schrift *Über die Neigungen*.

298,2 *»Literaturbriefen«:* Die *Briefe, die neueste Literatur betreffend*, herausgegeben von Lessing, Mendelssohn und Nicolai, erschienen 1759–65.

298,3 *»Allgemeinen deutschen Bibliothek«:* vgl. Anm. zu 291,10 f.

298,4 *»Bibliothek der schönen Wissenschaften«:* 1757 von Nicolai gegründet; ab 1765 von Christian Felix Weiße als *Neue Bibliothek der schönen Wissenschaften* herausgegeben (bis 1806).

298,13 *Kleist:* Ewald Christian von K. (1715–59); sein Naturgedicht *Der Frühling* war 1749 erschienen und erlebte zahlreiche, oft vermehrte Auflagen. Goethes Vater besaß die von Ramler herausgegebene Ausgabe seiner *Sämtlichen Werke* (Berlin 1760–61).

298,15 *beriefen:* zur Rede stellten.

298,27 f. *Apels Garten … Konnewitz:* Ausflugsorte in der näheren und weiteren Umgebung Leipzigs. Der von dem Leipziger Handelsherrn Heinrich Friedrich Innozenz Apel (1732–1803) angelegte Garten hat dem jungen Goethe besonders gefallen: »Die Gärten sind so prächtig als ich in meinem leben etwas gesehen habe ich schicke dir vielleicht einmahl den Prospeckt von der Entree des Apelischen, der ist königlich. Ich glaubte das erste mahl ich käme in die Elysischen Felder« (an Cornelia, 12. Dezember 1765).

299,28 *Idylle:* nicht überliefert.

300,10 *Epopee:* Epos.

300,13 *»Kriegslieder«, von Gleim:* vgl. Anm. zu 50,10f.

300,19 *Ramler:* Er hat in seinen Oden, die vielfach in Einzeldrucken und Zeitschriften kursierten, mehrfach die Taten Friedrichs II. besungen. Von ihm stammt jedoch auch eines der wenigen Gedichte »An den Frieden« (1760) aus der Zeit des Siebenjährigen Krieges. Vgl. auch 289,27 mit Anm.

301,4 *nichts von ihnen wissen wollte:* Diese Haltung Friedrichs II. ist z. B. aus seiner Unterredung mit Gellert am 11. Dezember 1760 bekannt; Gellert hat in mehreren Briefen darüber berichtet (vgl. Wolfgang Becker, »›Geben Sie uns nur Frieden, Sire!‹ Gellerts Unterredung mit Friedrich II. von Preußen«, in: *Goethe-Almanach auf das Jahr 1968*, Berlin/Weimar 1967, S. 143–154). Öffentlich hat sich Friedrich II. in seiner 1780 erschienenen Schrift *De la littérature allemande* (»Die deutsche Literatur«) in diesem Sinne geäußert.

301,5 *Kolonie:* vgl. Anm. zu 272,7.

301,27 *Ausgeburt:* nicht pejorativ gebraucht.

301,32f. *»Minna von Barnhelm«:* Lessings Komödie war zur Ostermesse 1767 erschienen und wurde am 18. November 1767 in Leipzig aufgeführt: »Minna von Barnhelm ist zweymal auf dem Kochischen Theater seit ehe vorgestern aufgeführt worden, und hat sich fürtrefflich ausgenommen« (Goethe an Behrisch, 21. November 1767). Am 28. November 1767 spielte Goethe in einer privaten Aufführung den Werner, Johann Adam Horn den Tellheim und Theodora Sophia Constantie Breitkopf die Minna.

302,3 *Tauentzien:* Lessing war von 1760 bis 1764 Sekretär bei dem preußischen General Bogislaw Friedrich von T. (1710–91) in Breslau.

302,22–25 *desultorischen ... jenem chaotischen Zustande:* desultorisch: sprunghaft. Die Form der Darstellung entspricht also ihrem Inhalt.

302,36 *mehreren Quartbände:* nicht erhalten.

303,13 f. *bei ganz unbedeutenden Naturgegenständen:* Am 3. Juni 1808 schreibt Goethe an seinen in Heidelberg studierenden Sohn August: »Die guten academischen Jahre auch in einer herrlichen Gegend und merkwürdiger Nachbarschaft zuzubringen, ist ein Glück das ich nicht genossen habe, da ich drey Jahre in dem steinernen, auf der Fläche wo nicht im Sumpf doch am Sumpfe liegenden Leipzig zubrachte.«

303,21 f. *gewisse kleine Gedichte:* die Gedichte des Buches *Annette* (vgl. Anm. zu 320,7) und die *Lieder mit Melodien.*

304,15 *Zachariä:* vgl. Anm. zu 255,8.

304,15 f. *»Herzog Michel« von Krüger:* Johann Christian K.s (1722–50) Lustspiel *Herzog Michel* war 1750 uraufgeführt und 1763 gedruckt worden. Bei einer Liebhaberaufführung des Einakters im November 1767 spielte Goethe den Michel und Käthchen Schönkopf das Hannchen.

305,22 *eines anderen Paares:* Johann Adam Horn (vgl. 254,8 mit Anm.) und Theodora Sophia Constantie Breitkopf (1748–1818).

305,28 *»Die Laune des Verliebten«:* Das Schäferspiel ist zwischen Februar 1767 und April 1768 entstanden.

305,33 f. *die seltsamen Irrgänge:* Ähnlich äußert sich Goethe – mit Bezug auf Cagliostro – in einem Brief an Lavater vom 22. Juni 1781: »Glaube mir, unsere moralische und politische Welt ist mit unterirdischen Gängen, Kellern und Cloaken miniret, wie eine große Stadt zu seyn pflegt, an deren Zusammenhang, und ihrer Bewohnenden Verhältniße wohl niemand denkt und sinnt; nur wird es dem, der davon einige Kundschaft hat, viel begreiflicher, wenn da einmal der Erdboden einstürzt, dort einmal ein Rauch aus einer Schlucht aufsteigt, und hier wunderbare Stimmen gehört werden.«

306,26 *»Die Mitschuldigen«:* Die 1. Fassung wurde im November 1768 in Frankfurt vollendet.

306,33 *keinen Eingang:* Lediglich die 3. Fassung von 1780 bis 1783 wurde am Weimarer Hoftheater zwischen 1805 und 1816 27mal aufgeführt.

306,34 *Nachahmungen:* Johann Friedrich Ernst Albrecht (1752–1814), *Alle strafbar* (1795).

307,5 *wer sich ... Stein auf:* nach Joh. 8,7.

307,25 f. *Beaumarchais ... Figaros: Le Barbier de Seville* (1772) und *Le Mariage de Figaro* (1781) von Pierre Augustin Caron de B. (1732–99).

307,32 *»Der Wasserträger«:* 1800 entstandene Oper von Luigi Cherubini (1760–1842) nach dem Text *Les Deux Journées* (»Die beiden Tage«) von Jean Nicolas Bouilly (1763–1842). In den Gesprächen mit Eckermann heißt es: »Fragt ihr mich, welche Oper ich gut finde, so nenne ich euch den Wasserträger; denn hier ist das Sujet so vollkommen, daß man es ohne Musik als ein bloßes Stück geben könnte und man es mit Freuden sehen würde« (9. Oktober 1828). – Die Erwähnung der Werke Beaumarchais' und Cherubinis in diesem Kontext zeigt erneut, daß es Goethe in diesem 7. Buch weniger um die strenge Einhaltung der Chronologie zu tun ist als vielmehr um die Erhellung literaturgeschichtlicher Zusammenhänge; darum auch die Nennung der erst in Frankfurt entstandenen *Mitschuldigen.*

308,23 f. *Madame Böhme ... gestorben:* im Mai 1767.

308,32 *Possen:* Im *Corpus* (I, Nr. 3–35) sind einige solcher Karikaturen wiedergegeben; die Urheberschaft Goethes ist jedoch nicht gesichert.

309,15–316,8 *Bei dieser Gelegenheit ... hinter mir ließ:* Dieser Exkurs ist – ähnlich wie derjenige im 4. Buch (137,32–149,19) – wegen der vermeintlich katholisierenden Tendenz bei den Zeitgenossen vielfach auf Unverständnis gestoßen. So schreibt Karl August Böttiger an Johann

Friedrich Rochlitz: »man wünscht doch noch dies und jenes weg. Besonders sind einige Stellen über den Katholizismus anstößig« (1. November 1812), und Barthold Georg Niebuhr schreibt am 3. November 1812 an Friedrich Christoph Perthes: »Verdrießlich ist mir auch, was dem Mißbrauch Wasser auf die Mühle gibt und in Goethens Munde nicht Ernst sein kann: eine Rechtfertigung der katholischen Sakramente.« – Die Entstehung dieses Abschnitts fällt in eine Zeit der spektakulären Konversionen zum Katholizismus (zuletzt Zacharias Werner, 1810); auch der Besuch des Katholiken Sulpiz Boisserée bei Goethe im Mai 1811 hat Goethes Haltung beeinflußt. Am 24. Mai 1811 schreibt Boisserée an Johann Baptist Bertram: »Gerade das Heidenthum, dem sich der Alte mit Leib und Seele ergeben, ist auch wieder das, was ihn unglücklich macht. Er ist zu tief und gemüthvoll, um nicht besonders in jetziger Zeit und bei seinem Alter eine große Leere und Dunkelheit darin zu fühlen«; Goethe selbst bemerkt in einem Brief an Reinhard, »daß er [Boisserée] als Catholik mir sehr wohl gefallen hat« (8. Juni 1811). Auch im Tagebuch aus dieser Zeit ist die Beschäftigung mit dem Katholizismus vielfach belegt (9. Juli, 5. und 14. September 1812). – Der Katholizismus ist für Goethe indessen weniger als Religion faszinierend, sondern vielmehr als ästhetisch-sinnliches Phänomen, wie sich in der Hervorhebung der »sinnlichen Symbole«, der Sakramente, zeigt.

310,13 f. *Akkommodation:* Angleichung.

312,4 *erledigen:* befreien.

312,32 *entgegnet:* begegnet.

313,22 *apokryphisch:* unecht.
kanonisch: echt, gültig.

313,26 *Geistlichen:* Johann Georg Schmidt (1694–1781), Pfarrer an der Frankfurter Hospitalkirche.

314,22 *das alte Barfüßer-Chor:* vgl. Anm. zu 133,19 f.

315,11 *Sünde in den Heiligen Geist:* »in« hier i. S. v. ›wider‹.

315,14 f. *Spruch ... trinke:* »Welcher nun unwürdig von diesem Brot isset oder von dem Kelch des Herrn trinket, der ist schuldig an dem Leib und Blut des Herrn. [. . .] welcher unwürdig isset und trinket, der isset und trinket sich selber das Gericht« (1. Kor. 11,27–29).

315,17 *Mittelzeit:* Mittelalter.

315,20–22 *Quelle ... macht:* nach 4. Mose 5,16–30.

316,9 *Gellert ... Moral:* Die *Moralischen Vorlesungen* erschienen nach G.s Tod in den *Sämtlichen Schriften* (1769–74) und als selbständige Publikation 1770.

316,30 *»Laissez ... dupes«:* (frz.) »Laßt ihn gewähren, er erzieht Dummköpfe für uns.«

317,7 f. *Bruders:* Friedrich Leberecht Gellert (1711–70), später Oberpostmeister in Leipzig.

317,16 *der Kurfürst:* Der Schimmel war ein Geschenk des Prinzen Heinrich von Preußen.

317,28 *Hand des Krieges:* Friedrich II. hatte von der Stadt Kontributionszahlungen von mehreren Millionen Talern gefordert. Im Februar 1760 mußte sogar der Kirchenschmuck zur Deckung der Kontributionen verwendet werden (vgl. Becker [s. Anm. zu 301,4] S. 138–141).

318,24–27 *Behrisch ... weit in den Dreißigen:* Ernst Wolfgang B. (1738–1809) war, als Goethe ihn kennenlernte, 28 Jahre alt. Er war seit 1760 Hofmeister des Karl August Heinrich von Lindenau (1755–1842).

318,28 *Haartour:* »eine art kleiner perücke, die nur die anordnung der haare des vorderkopfes wiedergibt« (DWB IV,2, Sp. 39).

319,19 *attachierte mich:* schloß mich an.

320,7 *ein allerliebstes Manuskript:* Goethe schildert Behrischs Abschrift der Gedichtsammlung *Annette* bis in kleinste Details genau (vgl. auch seinen Brief an Cornelia vom August 1767). Zum Zeitpunkt der Entstehung von *Dichtung und Wahrheit* hielt er es für verloren (vgl. 336,7 f. »es ist aber nichts davon übrig geblieben«). – Das Manuskript ist 1894 im Nachlaß der Luise von Göchhausen aufgetaucht; es befindet sich heute im Goethe- und Schiller-Archiv Weimar und wurde häufig faksimiliert (zuletzt Frankfurt 1965).

320,25 *Landsleute:* Behrisch war gebürtiger Sachse.

321,19 f. *zum Natürlichen, zum Wahren:* Für Goethes Dichtung zentrale, oft synonym gebrauchte Begriffe. Von »den Gegenständen der Natur, die in allen ihren Teilen wahr und konsequent ist«, spricht Goethe in der *Italienischen Reise* (13. Dezember 1786), und in einem Brief an Carl Ernst Schubarth vom 24. August 1819 heißt es: »Ältere hervorgesuchte Aufsätze nöthigen mich unmittelbar wieder an die Natur, die Gott sei Dank! immer classisch bleibt; ihre ewig unwandelbar große Wahrheit vereinigt mehr und mehr die Menschen.«

322,6 f. *womit man ganze Bände anfüllen könnte:* Einen kleinen ›Nachtrag‹ gibt Goethe im Gespräch mit Eckermann vom 24. Januar 1830.

322,18 *Clodius:* Christian August C. (1737–84), seit 1760 Professor der Philosophie an der Universität Leipzig, seit 1782 für Dichtkunst und Beredsamkeit.

322,30 f. *Hochzeit meines Oheims ... ein Gedicht:* Der Advokat Johann Jost Textor (1739–92), ein Bruder von Goethes Mutter, heiratete am 17. Februar 1766 Maria Margaretha Möller (1750–98). Die Handschriftenabteilung des Freien Deutschen Hochstifts verwahrt ein zu diesem Anlaß gedrucktes Hochzeitsgedicht in lateinischer Sprache. Goethes Gedicht ist nicht überliefert.

323,3 *Themis:* griechische Göttin der Gerechtigkeit.

323,11 *streng:* Am 11. Mai 1767 schreibt Goethe an Cornelia: »Vorm Jahre als ich die scharfe Critick von Clodiusen über mein Hochzeitgedichte laß, entfiel mir aller Muht und ich brauchte ein halbes Jahr Zeit biß ich [...] wieder [...] einige Lieder verfertigen konnte.«

323,28 *Pantheon:* (griech.) Versammlung aller Götter.

324,24 *Gedicht ... Hendel:* Der Konditor Samuel H. hatte in den Reudnitzer Kohlgärten ein Lokal. – Die Vorlage für Goethes Parodie bildeten Clodius' Gedichte »Prolog zur Eröffnung des Leipziger Neuen Schauspielhauses am 6. Oktober 1766« und »Rede, am Friedrichstage in Leipzig, den 5. März 1767 gehalten«. In Goethes Gedicht finden sich zahlreiche Anspielungen auf diese beiden Gedichte.

324,29 *Päan:* (griech.) Loblied.

324,33 *Hymettus:* Berg in der Nähe von Athen, berühmt durch den dort gewonnenen Honig.

325,1 *Diadem:* hier: Kopfschmuck des Königs.

325,2 *Cothurn:* hoher Bühnenschuh in der Antike; Metapher für ›Tragödie, Schauspiel‹.

325,5 *Torus:* (lat.) Ehebett.

325,7 *Ballisten:* Wurfgeschütze.

325,10 *Und Hendels Tempel ... Herz:* Anspielung auf einen Vers aus Clodius' »Rede am Friedrichstage« (»Und Friedrichs Tempel ist des Untertanen Herz«).

325,15 *»Medon«:* Das Lustspiel *Medon oder Die Rache des Weisen* wurde wahrscheinlich am 24. August 1767 uraufgeführt.

325,19 *Prolog:* nicht überliefert; vgl. 325,34 f.

326,1 f. *Gedicht ... zu erweitern:* Es wurde in dieser Form in der Ausgabe von Johann Christoph Rosts *Vermischten Gedichten* (1769) innerhalb der Vorrede des Herausgebers Christoph Heinrich Schmid gedruckt. Vgl. auch Pallmann (s. Anm. zu 254,32) S. 36 f.

326,14 *Cronegks und Rosts Angriffen auf Gottsched:* Johann Friedrich Freiherr von Cronegk (1731–58), *Dialog zwischen dem Großen und dem Kleinen Christoph* (1754), und Johann Christoph Rost (1717–65), *Vorspiel, ein satirisch-episches Gedicht in fünf Büchern* (1742) und *Der Teufel an Herrn G[ottsched], Kunstrichter der Leipziger Schaubühne* (1753). In dem Aufsatz *Deutsches Theater* (1813) schreibt

Goethe: »Die famose Epistel von Rost zeigt, daß gute Köpfe es doch wohl gerne sehen mochten, wenn der Teufel manchmal auf dem Theater los war« (GA XIV, S. 102).

326,17 *Schuhus:* Uhus.

326,20 *Graf Lindenau:* Heinrich Gottlieb von L. (1723–89).

326,28 *Apels Hause:* vgl. Anm. zu 298,27 f.

327,24 *Mädchen:* Dazu schreibt Eissler: »Es sieht [. . .] so aus, daß Behrisch Goethe in eine Gesellschaft von Mädchen einführte, die in sexuellen Dingen zwar nicht übermäßig gehemmt waren, in ihren Liebesbeziehungen aber aufrichtig und treu, während ihr Ruf sie aufgrund ihres freien Benehmens als käuflich erscheinen ließ« (Eissler I, S. 95).

328,1 *Erbprinzen von Dessau:* Behrisch trat in den Dienst Leopolds III. von Anhalt-Dessau (1740–1817) und wurde Erzieher von dessen unehelichem Sohn Franz Anton Johann Georg Graf von Waldersee (1763–1823). Goethe äußert sich über diese Familienverhältnisse in einem Brief an Behrisch vom 2./3. November 1767. – Das Gedicht »Der wahre Genuß« in den *Neuen Liedern* (vgl. 348,34) bezieht sich auf den Fürsten, den Goethe damals für einen Wüstling hielt.

328,4 *Verlust eines Freundes:* Behrisch reiste am 13. Oktober 1767 aus Leipzig ab. Goethe widmete ihm die drei »Oden an meinen Freund 1767«.

329,11 *Offizier:* nicht identifizierbar; möglicherweise eine Kunstfigur.

330,7 f. *des Nachfolgers:* August III. (1696–1763), zuvor als Friedrich August II. Kurfürst von Sachsen; König von Polen. Zu seiner »Kunst- und Sammlungslust« vgl. Anm. zu 343,27.

330,8 f. *Brühl:* Heinrich Graf von B. (1700–63), seit 1747 Premierminister.

330,36 *suppliere:* ergänze.

Achtes Buch

331,8 *Oesern:* Adam Friedrich Oeser (1717–99) lebte von 1729 bis 1759 in Dresden und dann bis zu seinem Tod in Leipzig. Er wurde 1764 auf Vorschlag Christian Ludwig von Hagedorns (vgl. Anm. zu 346,28 f.) der erste Direktor der neugegründeten Leipziger Kunstakademie.

331,12 *nicht in genugsamer Tätigkeit:* Ein solcher Vorwurf ist von Oesers Freund Winckelmann überliefert (Friedrich Schulze, *Adam Friedrich Oeser und die Gründung der Leipziger Akademie*, Leipzig 1940, S. 25).

331,20 *Schlosse Pleißenburg:* Das im 16. Jh. erbaute Schloß wurde 1898 abgebrochen; an seiner Stelle wurde das Neue Rathaus errichtet.

331,26 *Kornboden:* In der Pleißenburg waren die kurfürstlichen Getreidemagazine untergebracht.

331,28 *späteren italienischen Schule:* Oeser besaß einige Werke von Domenichino (d. i. Domenico Zampieri, 1581 bis 1641), Cagnacci (d. i. Guido Canlassi, 1601–81) und Giulio Carpioni d. Ä. (1611–74); vgl. dazu Schulze (s. Anm. zu 331,12) S. 56.

331,29 f. *Privatstunden mit einigen Edelleuten:* Goethes Unterricht bei Oeser begann im Herbst 1766 und dauerte bis zu seiner Abreise aus Leipzig. Zu den »Edelleuten« gehörte der spätere preußische Staatskanzler Karl August von Hardenberg, wie aus einem Brief Goethes an Oeser hervorgeht (14. Februar 1769).

332,6 *Portefeuilles:* (frz.) Mappen.

332,8 *Einfalt in allem:* Der Kernsatz von Johann Joachim Winckelmanns (1717–68) *Gedanken über die Nachahmung der griechischen Werke in der Malerei und Bildhauerkunst* (1755) lautet: »Das allgemeine vorzügliche Kennzeichen der griechischen Meisterstücke ist endlich eine edle Einfalt und stille Größe« (Johann Joachim Winckelmann, *Werke in einem Band*, hrsg. von Helmut Holtzhauer, Berlin/Weimar ^{4}1986, S. 17). Die Formulierung gewann für die

Beurteilung der klassischen (antiken) Kunst paradigmatischen Charakter.

332,10 *Schnörkel- und Muschelwesens:* Gemeint ist die Kunst des Rokoko (von frz. *rocaille* ›Muschel‹).

332,19 *Regimentspersonen:* Regierungsangehörige.

332,27 *Vignetten:* Zu den *Gedanken*; vgl. Anm. zu 332,8.

332,29 *Geyser:* Christian Gottlieb G. (1742–1803), Zeichner und Kupferstecher; Lehrer an der Leipziger Zeichenakademie. Er heiratete 1787 Oesers Tochter Wilhelmine (1755 bis 1813).

332,34 f. *abbrevierenden:* skizzenhaften, abkürzenden.

332,35 *Lazzaroni:* Pl. von ital. *lazzarone.* In der *Italienischen Reise* (Neapel, 28. Mai 1787) kritisiert Goethe die *Historisch-kritischen Nachrichten von Italien* von Johann Jakob Volkmann, der den Begriff mit ›Müßiggänger‹, ›Faulenzer‹ übersetzt: »Es ist wahr, man tut nur wenig Schritte, ohne einem sehr übelgekleideten, ja sogar einem zerlumpten Menschen zu begegnen, aber dies ist deswegen noch kein Faulenzer, kein Tagedieb!« Goethe verwendet den Begriff i.S.v. ›Angehöriger der untersten Bevölkerungsklassen‹.

333,17 *ideale Frauenfigur:* Sie ist nicht erhalten, aber in Franz Wilhelm Kreuchauffs Schrift *Über Oeser's neueste Allegorie-Gemälde* (Leipzig 1782) beschrieben, die in Goethes Weimarer Bibliothek vorhanden ist.

333,25 *Vorhang:* Der Vorhang selbst ist nicht erhalten. Eine von Oesers Schüler Christian Friedrich Wiegand (1752 bis 1832) im Jahre 1819 angefertigte Kopie ist jedoch überliefert; Goethe schildert sie detailgenau.

334,10 *Was mich betraf:* Am 24. Oktober 1767 schreibt Goethe an Behrisch: »Der Professor sagte heute zu mir, da ich über einige Schwürigkeiten verdrüßlich war: Seyn sie immer mit ihrem Zeichnen zufrieden, es wird nicht jedem so leicht wie ihnen, es wird schon werden. Das war groses Lob, worüber ich mich sehr freute.«

334,30 f. *auf blaues Papier . . . Blumenstrauß:* nicht erhalten.

335,6 *Mitteltinte:* »die schattierung zwischen licht und schatten, halbschatten« (DWB VI, Sp. 2412).

335,22 f. *»Leben der Maler« von D'Argenville:* Antoine Joseph d'A. (1680–1765), *Abrégé de la vie des plus fameux peintres,* (»Lebensabriß der berühmtesten Maler«, 1745 bis 1752). Johann Jakob Volkmanns deutsche Übersetzung erschien 1767–68 unter dem Titel *Nachrichten aus dem Leben der berühmtesten Maler.*

335,32 *Gedichte:* nicht erhalten.

336,5 *Unterschied der Künste:* Vorausdeutung auf die *Laokoon*-Thematik, vgl. 339,4–7 mit Anm.

336,18 *Caylus:* Anne Claude Philippe de Tubières, Comte de C. (1692–1765), *Recueil d'antiquités égyptiennes, etrusques, grecques et romaines* (»Sammlung ägyptischer, etruskischer, griechischer und römischer Altertümer«, 7 Bde., 1752–67).

336,21 *Christ:* Johann Friedrich Ch. (1700–56), bedeutender Archäologe, Professor für Geschichte und Dichtkunst in Leipzig.

336,24 *Heinecke:* Karl Friedrich von Heinecken (1706–91), Kunstschriftsteller und Leiter der Dresdner Galerien und Kunstkabinette.

336,27 *mit Winkelmann unsäuberlich verfahren:* In der Vorrede zum 2. Teil seiner *Nachrichten von Künstlern und Kunst-Sachen* (Leipzig 1769) kritisierte er Winckelmann heftig: »Dieser neue Antiquarius, der sich ziemlich spät, dabey eben nicht in der besten Absicht, auf die Känntniß der Kunst und der Kunstsachen geleget, zeiget an verschiedenen Orten eben keine starke Einsicht [...] wir wissen, daß dieser Scribent in der Känntniß der Antiken eben nicht Tact fest ist« (S. XII–XVI).

336,29 *Lipperts:* Philipp Daniel Lippert (1702–85), Professor an der Dresdner Kunstakademie.

336,35 *kleine Welt von Gemmen:* 1755–62 erschien die lateinische Ausgabe von Lipperts *Daktyliotheca,* 1767 lag dieses Verzeichnis antiker Gemmen in deutscher Sprache vor.

– Goethe selbst hat auch Gemmen gesammelt (vgl. Gerhard Femmel / Gerald Heres, *Die Gemmen aus Goethes Sammlung*, Leipzig 1977).

337,6 *erste Schriften:* 1753 war Winckelmanns *Beschreibung der vorzüglichen Gemälde der Dresdner Galerie* erschienen; hier sind wohl vor allem seine *Gedanken über die Nachahmung [...]* (1755) und *Beschreibung des Apollo von Belvedere* (1759) gemeint.

337,12 *viel Einfluß:* In der neueren Forschung hat sich die Einsicht durchgesetzt, daß umgekehrt Oesers Kunstanschauungen entscheidend von Winckelmann beeinflußt sind. Vgl. Albrecht, S. 163.

337,25 *Huber:* Michael H. (1727–1804), Lektor für Französisch an der Universität Leipzig, übersetzte zahlreiche zeitgenössische Autoren (Klopstock, Lessing u. a.) ins Französische: *Choix de poésies Allemandes* (»Auswahl deutscher Dichtungen«, 1766).

337,28 *Kreuchauf:* Franz Wilhelm Kreuchauff (1727–1803), Leipziger Kaufmann und Kunstsammler. – Goethe hat ihn und Huber persönlich gekannt; vgl. seine Briefe an Oeser vom 13. September 1768, 24. November 1768, 14. Februar 1769 und noch 30. Januar 1783.

337,29 *Kunstsozietät:* Es ist ungeklärt, ob sich der Begriff allgemein auf die erwähnten Leipziger Kunstkenner und -sammler bezieht oder ob Goethe die seit 1763 bestehende »Sozietät von Gelehrten, schönen Geistern, Künstlern und Kunstbeflissenen« meint, die einmal in der Woche zusammenkam.

337,30 *Winkler:* Gottfried W. (1731–95), Leipziger Kaufmann, Bankier und Ratsherr, Besitzer einer außergewöhnlich großen Kunstsammlung. 1768 erschien der von Kreuchauff bearbeitete Katalog seiner Gemäldesammlung unter dem Titel *Historische Erklärungen der Gemälde, welche Herr Gottfried Winckler in Leipzig gesammlet*. – In Goethes Weimarer Bibliothek befinden sich die drei Versteigerungskataloge der Winklerschen Sammlungen (1810,

1815 und 1819). Vgl. auch Goethes Brief an Johann Friedrich Rochlitz vom 27. Februar 1815.

338,1 f. *die Zeit:* Goethe legt stets Wert auf diese historische Perspektive bei der Beurteilung von Literatur und Kunst. Nicht nur der Gegenstand muß »kunstgemäß« sein, sondern auch die Art der Betrachtung. Vgl. dazu auch die *Maximen und Reflexionen:* »Der Alte verliert eins der größten Menschenrechte: er wird nicht mehr von seinesgleichen beurteilt« (346).

338,9 f. *gegen:* hin zu.

338,21 *Richtersche Sammlungen:* Die Kunstsammlung des Leipziger Obergeleiteinnehmers und Kammerrats Johann Thomas Richter (1728–73), die er von seinem Vater, dem Handelsmann Johann Zacharias Richter, geerbt hatte. Goethe hat die Richtersche Sammlung zusammen mit Schlosser besichtigt, wie ein Eintrag im Besucherbuch des Kabinetts belegt (Vogel, S. 29).

339,4–7 *Lessings »Laokoon« ... ut pictura poesis: Laokoon oder Über die Grenzen der Malerei und Poesie* war 1766 erschienen. Die Wendung »ut pictura poesis« (»wie die Malerei [sei] die Dichtung«) aus Horaz' *De arte poetica* wurde im 17. Jh. als Postulat einer prinzipiellen Identität von Malerei und Dichtkunst verstanden; erst Lessing definierte Malerei als die Darstellung des Nebeneinander im Raum, Dichtung dagegen als Nacheinander in der Zeit.

339,27 *jenes Gedankens:* Schon im *Laokoon* schreibt Lessing: »Die alten Künstler haben auch wirklich den Tod und den Schlaf mit der Ähnlichkeit unter sich vorgestellet, die wir an Zwillingen so natürlich erwarten« (11. Kapitel). Diese Thematik wird 1769 der zentrale Gegenstand von Lessings Schrift *Wie die Alten den Tod gebildet.*

339,29 *Menächmen:* vgl. Anm. zu 216,31.

340,13 f. *Dresden:* Goethe fuhr Ende Februar 1768 dorthin.

340,27 f. *Abneigung gegen alle Gasthöfe:* Sie erklärt sich in der Tat aus den Reiseerfahrungen des Vaters; so schreibt er im *Viaggio* über ein Gasthaus in Verona: »Als ich [...] von einem zweistündigen Rundgang durch die Altertümer ins Gasthaus zurückkam, war ich entsetzt, weil der bereits gedeckte Tisch von Abertausenden von Fliegen übersät war, die mich dann arg quälten. Mit der einen Hand mußte ich die Mücken vertreiben und mit der anderen essen« (*Reise* [s. Anm. zu 15,4 f.] S. 399).

341,8 *Abel:* Karl Friedrich A. (1723–87), Mitglied der Dresdner Hofkapelle, weilte Ende 1757 oder Anfang 1758 auf der Reise nach London in Frankfurt.

341,14 *Krebel:* vgl. Anm. zu 288,11.

341,15 *Hermann:* vgl. Anm. zu 288,7.

341,18 *Theolog:* Limprecht; vgl. Anm. zu 263,18.

341,19 *ablegten:* versagten.

341,20 *Schuster:* Johann Friedrich Haucke (1705–77).

342,4 *meine Matrikel:* als Legitimation anstelle eines Passes.

342,7 *Vorstadt:* in der Brückenstraße in Dresden-Friedrichstadt.

343,13 *Galerie:* im 1722 erbauten Johanneum am Neumarkt.

343,16 *in sich selbst wiederkehrende Saal:* Die Galerie bestand aus zwei Fluchten von ineinander übergehenden Sälen, die an der Innen- und der Straßenseite des im Rechteck um einen Innenhof gebauten Palastes lagen. – Goethe hat die Dresdner Galerie später noch öfter besucht (1790, 1794, 1810).

343,27 *in der äußeren Galerie:* Dort waren die Werke der niederländischen, französischen und deutschen Maler ausgestellt. Die Gemälde der Italiener und Spanier konnte man in der inneren Galerie besichtigen. – Die sächsischen Kunstsammlungen waren vor allem unter August dem Starken und August III. gewachsen.

344,3 *Ostade:* Adriaen van O. (1610–84), Haarlemer Maler und Radierer. Goethe besaß einige Stiche und Radierungen von ihm, so »Der Schuster«, eine Szene wie die hier geschilderte.

344,9 f. *die Natur ... mit den Augen dieses oder jenes Künstlers:* Vgl. dazu die *Italienische Reise*; dort spricht Goethe ebenfalls von seiner »alten Gabe, die Welt mit Augen desjenigen Malers zu sehen, dessen Bilder ich mir eben eingedrückt« (8. Oktober 1786).

344,21 *Riedel:* Johann Anton R. (1736–1816), Maler, Radierer und Schriftsteller.

344,35 *jungen Manne:* nicht ermittelt.

345,35 f. *Schalken:* Godfried Schalcken (1643–1706), holländischer Maler, berühmt für seine Lichteffekte.

346,2 *Die Antiken:* Über die Präsentation der Antikensammlung zu dieser Zeit schreibt Winckelmann in seiner *Abhandlung von der Fähigkeit der Empfindung des Schönen in der Kunst und dem Unterrichte in derselben* (1763): »Der größte Schatz von Altertümern befindet sich zu Dresden [. . .]. Ich kann aber das Vorzüglichste von Schönheit nicht angeben, weil die besten Statuen in einem Schuppen von Brettern, wie die Heringe gepackt, standen und zu sehen, nicht aber zu betrachten waren« (Winckelmann [s. Anm. zu 332,8] S. 152). Erst 1785 wurden die Skulpturen im Japanischen Palais in angemessener Umgebung aufgestellt; Goethe hat sie dort am 29. Juli 1790 besichtigt (»ergötzte mich an der Gallerie, den Antiken und Gipsen«; an das Ehepaar Herder, 30. Juli 1790).

346,28 f. *Hagedorn:* Christian Ludwig von H. (1712–80), ein Bruder des Dichters, Diplomat und Kunstschriftsteller, Generaldirektor der sächsischen Kunstanstalten.

346,35 *Schwanefeld:* Hermann van Swanevelt (um 1600–55), niederländischer Landschaftsmaler und Kupferstecher. Goethe besaß einige Radierungen von ihm. Vgl. das Gespräch mit Eckermann vom 21. Dezember 1831: »Man findet bei ihm [. . .] die Kunst als Neigung und die Neigung als Kunst, wie bei keinem andern. Er besitzt eine innige Liebe zur Natur und einen göttlichen Frieden, der sich uns mitteilt, wenn wir seine Bilder betrachten«.

347,9 f. *zerstörten und verödeten Zustand:* Dresden war durch das preußische Bombardement am 19. Juli 1760 schwer in Mitleidenschaft gezogen worden. Einen Eindruck von den Verwüstungen vermittelt ein Stich von Bernardo Bellotto (gen. Canaletto), der die zerstörte Kreuzkirche zeigt (Abb. bei Vogel, S. 137).

347,17 *Baumeisters:* George Bähr (1666–1738).

347,21 *»Das hat der Feind getan!«:* Zitat aus Mt. 13,28.

348,10 *Breitkopf:* Bernhard Christoph B. (1695–1777), Gründer des gleichnamigen Verlags.

348,14 f. *Immanuel:* Johann Gottlob I. (1719–94), Erfinder des Notendrucks mit beweglichen Typen (vgl. 349,2 »Notendruck erfunden oder vervollkommnet«).

348,15 *verheiratet:* mit Maria Friederike Constantia, geb. Brix.

348,21 *Der älteste Sohn:* Bernhard Theodor (1749–1820).

348,24 *Der zweite:* Christoph Gottlob (1750–1800).

348,27 *Schwestern:* Theodora Sophie Constantia (1748 bis 1818) und Louise Marie Wilhelmine (gest. 1790).

348,34 *komponierte einige meiner Lieder: Neue Lieder, in Melodien gesetzt von Bernhard Theodor Breitkopf*, erschienen ohne Nennung des Autors zur Michaelismesse 1769 mit der Jahreszahl 1770. Goethe hat offenbar sogleich ein Exemplar an seine Eltern geschickt: Am 17. November 1769 hat sein Vater »dem Buchbinder für Neue Lieder« 13 Kreuzer bezahlt.

348,36 *die besseren:* »Amors Grab« (»Scheintod« in der AlH), »Unbeständigkeit« (»Wechsel« in der AlH), »Die Nacht«, »Das Glück« (»Glück und Traum« in der AlH) und »Die Freuden«.

349,9 *Schwefelsammlung:* aus schwefelsaurem Kalk hergestellte Abgüsse antiker Gemmen.

349,12 f. *Reichel:* Georg Christian R. (1717–71), Medizinprofessor in Leipzig.

349,14 *unmustern:* »übelgestimmt, wenig aufgelegt, halb unwohl [. . .] nicht recht bei gesundheit und laune« (DWB XI,3, Sp. 1195).

349,17 *Stock:* Johann Michael S. (1737–73).

349,32 *Frau:* Marie Helene, verw. Endner, geb. Schwabe (1733–82).
zwei Töchter: Johanna Dorothea (1760–1832), Malerin; Anna Maria Jacobine (1762–1843), später Ehefrau von Schillers Freund Christian Gottfried Körner und Mutter des Dichters Theodor Körner.

350,1 *attachierte mich sehr an den Mann:* Maria Körner, geb. Stock, erinnert sich später: »Unserer guten Mutter machte diese Bekanntschaft mancherlei Sorge und Verdruß. Wenn der Vater in später Nachmittagsstunde noch fleißig bei der Arbeit saß, trieb ihn der junge Freund an, frühzeitig Feierabend zu machen und beschwichtigte die Einwendungen der Mutter damit, daß die Arbeit mit der feinen Radiernadel im Zwielicht die Augen zu sehr angreife, zumal er dabei durch das Glas sehe. Wenn nun auch die Mutter erwiderte, durch das Glas zu sehen, greife die Augen nicht so sehr an, als in das Glas und manchesmal zu tief zu sehen, so ließ doch der muntere Student nicht los und entführte uns den Vater zu Schönkopfs oder in Auerbachs Keller« (GA XXII, S. 16 f.).

350,9 *radierte:* Zwei Radierungen Goethes nach Thiele aus dieser Zeit – dem Vater und Assessor Hermann gewidmet – haben sich erhalten (*Corpus* I, Nr. 45 und 48).

350,11 *Thiele:* Johann Alexander Th. (1685–1752), Dresdner Hofmaler; Landschaftsmaler und Kupferstecher.

350,25 *Druckerstöcke:* z. B. das Exlibris für Käthchen Schönkopf (*Corpus* I, Nr. 44).

350,29 *Weiße:* vgl. Anm. zu 274,3 f.

350,33 *Hillern:* Johann Adam Hiller (1728–1804), Komponist, 1763 Leiter des Großen Konzerts in Leipzig, 1788–1801 Thomaskantor in Leipzig. Er vertonte Weißes *Die verwandelten Weiber oder Der Teufel ist los* und andere Texte dieses Dichters. – Goethe hat während seiner Studienzeit Hiller in Leipzig persönlich kennengelernt; vgl. die Rezension *Für Freunde der Tonkunst. Von Friedrich*

Rochlitz (1824): »Auch ich habe den guten Hiller besucht und bin freundlich von ihm aufgenommen worden; doch wußte er mit meiner wohlwollenden Zudringlichkeit, mit meiner heftigen, durch keine Lehre zu beschwichtigenden Lernbegierde sich so wenig als andere zu befreunden« (GA XIV, S. 337).

350,35 *Schiebler:* Daniel Schiebelers (1741–71) Singspiel-Libretto *Lisuart und Dariolette* (nach Charles Simon Favart) wurde von Hiller vertont und am 25. November 1766 in Leipzig aufgeführt.

351,1 *Eschenburg:* Johann Joachim E. (1743–1820), Schriftsteller, Übersetzer und Literaturhistoriker; bedeutend durch seine Shakespeare-Übersetzungen (1775–82).

351,3 *Zachariä … seinen Bruder:* vgl. Anm. zu 255,8 und 288,11.

351,10 *Lessing traf zu einer Zeit ein:* April/Mai 1768.

351,26 *von Oesern herzuschreiben schienen:* vgl. 337,12 mit Anm.

351,29 f. *nicht das letzte Mal:* Vorausdeutung auf die Beschäftigung mit Hamann (vgl. 438,12–17).

352,1 *Klotzischen Händel … Lessings Kontroversen:* Der Professor der Beredsamkeit Christian Adolf Klotz (1738 bis 1771), Halle, hatte in seinen Publikationen Lessing angegriffen, der darauf mit seinen *Briefen, antiquarischen Inhalts* (1768–69) antwortete.

352,10 *Fürst von Dessau:* vgl. Anm. zu 328,1.

352,14 f. *mit den schönsten Beinamen:* Goethe kannte diese Äußerungen Winckelmanns aus dessen Briefen, die er in seine Schrift *Winckelmann und sein Jahrhundert* (1805) aufnahm. Im Brief Nr. XVII an Hieronymus Dietrich Berendis vom 1. Juli 1767 nennt Winckelmann den Fürsten von Dessau den »würdigsten aller Fürsten, ja ich möchte sagen, aller Menschen«.

352,15 *Parks:* Wörlitz bei Dessau. Goethe hat den Park mehrmals besucht (1776, 1778, 1794); am 14. Mai 1778 schreibt er an Charlotte von Stein: »Hier ists iezt unendlich schön. Mich hats gestern Abend wie wir durch die Seen Canäle und Wäldgen schlichen sehr gerührt wie die Götter dem Fürsten erlaubt haben einen Traum um sich herum zu schaffen. Es ist wenn man so durchzieht wie ein Mährgen das einem vorgetragen wird und hat ganz den Charackter der Elisischen Felder, in der sachtesten Manigfaltigkeit fliest eins ins andre, keine Höhe zieht das Aug und das Verlangen auf einen einzigen Punckt, man streicht herum ohne zu fragen wo man ausgegangen ist und hinkommt. Das Buschwerk ist in seiner schönsten Jugend, und das ganze hat die reinste Lieblichkeit.«

352,16 *Erdmannsdorf:* Friedrich Wilhelm von E. (1736 bis 1800), anhalt-dessauischer Hofbaumeister.

352,34 *Nachricht von Winkelmanns Tode:* Winckelmann war am 8. Juni 1768 in seinem Zimmer in einem Triestiner Gasthaus von dem Koch Francesco Arcangeli erstochen worden.

353,10 f. *seltsames und widerwärtiges Ende:* Das Verschweigen der schrecklichen Umstände von Winckelmanns Tod ist typisch für Goethes Altersstil.

353,21 *Sturz mit dem Pferde:* An Behrisch schreibt Goethe am 2. November 1767: »ich binn vom Pferde gestürzt, oder eigentlicher, ich habe mich vom Pferde gestürzt, da es mit mir, einem sehr ungeschickten Reuter, durchging [...]. Aber, Gott sey Danck, ich habe mir keinen Schaden gethan, denn du kannst wohl rahten, daß ich ein aufgestoßnes Kinn, eine zerschlagne Lippe, und ein geschellertes Auge nicht unter die grosen Schäden rechne.«

353,23 f. *Merseburger Bier:* Damit hatte Goethe offenbar wirklich seine Probleme; »das erstemal schauert man, und hat mans eine Woche getruncken, so kann mans nicht mehr laßen«, schreibt er am 26. August 1770 an Susanna Katharina von Klettenberg.

354,1 *Anregungen Rousseaus:* Anspielung auf Jean-Jacques Rousseaus (1712–78) Forderung »Zurück zur Natur«.

354,9–15 *Blutsturz … Geschwulst:* Aus diesen Symptomen hat man geschlossen, daß Goethe an Tuberkulose und einer tuberkulösen Drüsenerkrankung litt (HA IX, S. 745 f.).

355,5 *Doktor Hermann:* vgl. Anm. zu 288,7.

355,12 *Assessur:* Hermann war Assessor am Oberhofgericht in Leipzig.

355,23 *zeichnete:* Einige der im *Corpus* (I, Nr. 3–37) wiedergegebenen Blätter stammen mit großer Wahrscheinlichkeit von Hermann.

356,3 f. *noch jetzt in seinem ansehnlichen Amte:* Hermann war seit 1794 Bürgermeister von Leipzig.

356,12 *Gröning:* Georg G. (1745–1825). – »Sagen Sie Gröningen daß ich ihn liebe«, schreibt Goethe am 8. September 1768 an Ernst Theodor Langer. G. wurde 1781 Bremer Senator für auswärtige Angelegenheiten und war 1814–21 regierender Bürgermeister der Stadt.

356,16 f. *niemand leicht … sucht:* Goethe schließt von sich auf andere: Von Kranken hat er sich zeitlebens ferngehalten.

356,34 *Langer:* Ernst Theodor L. (1743–1820), preußischer Offizier, Nachfolger Lessings als Bibliothekar in Wolfenbüttel.

357,30 f. *Glaucus und Diomedes:* vgl. *Ilias* VI,234–236: »Jetzt ward Glaukos erreget von Zeus, daß er ohne Besinnung / Gegen den Held Diomedes die Rüstungen, goldne mit eh'rnen, / Wechselte, hundert Farren sie wert, neun Farren die andern« (Voßsche Übersetzung).

359,25 *Seelenconcent:* Concent: Einklang, Harmonie.

359,30 *peripatetischen Schule:* Anspielung auf die Peripatetiker, die Schüler des Aristoteles (von griech. *peripatein* ›wandeln, umhergehen‹). Goethe und Langer führten ihre Gespräche auf gemeinsamen Spaziergängen (»wir gingen zusammen spazieren«, 357,15 f.).

360,23 *im September 1768:* Goethe fuhr am 28. August 1768, seinem 19. Geburtstag, aus Leipzig ab.

360,24 *Hauderers:* Lohnkutschers.

360,25 *zuverlässigen Personen:* u. a. Johann Christoph Junge, ein Modellschreiner aus Oesers Zeichenschule.

360,27 *viele Jahre nachher:* die Schlacht von Jena und Auerstedt am 14. Oktober 1806, in der das preußische Heer von Napoleon I. geschlagen wurde. Durch die folgenden Wirren der Einquartierung geriet auch Goethes Haus in Weimar in Gefahr.

360,29 *Gotha:* Goethe hatte später gute Beziehungen zu Herzog Ernst II. von Sachsen-Gotha und dessen Familie. *Schloß:* Schloß Friedenstein, 1643–57 erbaut.

361,17 *völlig geschlossenen:* ähnlich wie die Anspielung auf die »Brandmauern« (vgl. 258,6 mit Anm.) ein Hinweis auf die angebliche ›Verschlossenheit‹ des Vaters gegenüber allem Neuen.

361,32 f. *so manche unschuldige Freude verhindert:* Eine erneute Bosheit gegenüber dem Vater; auch während der Abwesenheit Johann Wolfgangs trägt Rat Goethe immer wieder Ausgaben für Cornelias gesellige Zusammenkünfte, für Lustfahrten und Leckereien in sein Haushaltungsbuch ein.

362,14 f. *Coterie-Sprache:* (von frz. *coterie* ›geschlossener Kreis‹) hier: Geheimsprache.

362,22 *Laute:* Ausgaben für Lautensaiten und Reparaturen des Instruments sind im Haushaltungsbuch des Vaters durch viele Jahre hin verzeichnet.

362,28 *expedieren:* hier: beeilen.

363,3 *Klettenberg:* Susanna Katharina von K. (1723–74); entfernte Verwandte von Goethes Mutter. Ein Bruder von Goethes Großmutter Anna Margaretha Textor, der Leutnant Lindheimer, war mit einer geborenen K. verheiratet.

363,4–6 *»Bekenntnisse … in »Wilhelm Meister«: Wilhelm Meisters Lehrjahre*, 6. Buch.

363,6 *Sie war zart gebaut:* Vgl. das Miniaturporträt eines unbekannten Malers (Abb. in Göres, S. 40).

363,15 *Erfahrungen:* Die Formel »Erkenne dich selbst« ist

eine der Maximen des Pietismus; Goethe hat sich später – etwa in der Sammlung »Sprichwörtlich« und in den *Maximen und Reflexionen* (657) – gegen eine falschverstandene grüblerische Selbsterforschung gewandt.

363,27 *Griesbach:* Johanna Dorothea G., geb. Rambach (1726–75), Ehefrau des lutherischen Predigers Konrad Kaspar G. in Frankfurt, Mutter von Johann Jakob G. (vgl. 174,15 mit Anm.).

363,33 f. *Terminologie:* Über die Sprache des Pietismus, die die Dichtung der Empfindsamkeit beeinflußte, unterrichtet August Langen, *Der Wortschatz des deutschen Pietismus*, Tübingen ²1968.

364,1 f. *Zinzendorf:* Nikolaus Ludwig Graf Z. (1700–60), der 1722 die seit dem 15. Jh. bestehende Gemeinschaft der »Böhmischen Brüder« als »Herrnhuter Brüdergemeine« neu belebte (»Die Stillen im Lande«).

364,28 *Rektor:* Albrecht; vgl. Anm. zu 133,7.

364,32 *Arzt:* Johann Friedrich Metz (1721–82); er stand den pietistischen Kreisen nahe. Am 13. April 1769 erhielt er 48 Gulden Honorar, wahrscheinlich für die Behandlung Johann Wolfgang Goethes (Eintrag im Haushaltungsbuch des Vaters).

Chirurgus: Das Haushaltungsbuch des Rats Goethe nennt zwei »Chirurgen« – zu dieser Zeit bedeutet der Begriff ›Bader, Wundarzt‹ –: Grasemann und Crisp. Grasemann ist jedoch hauptsächlich als Barbier im Hause Goethe tätig; er bekommt regelmäßige halbjährliche Zahlungen. Crisp dagegen erhält am 29. Juli 1769, als Goethes Gesundheit wiederhergestellt ist, ein einmaliges Honorar von 96 Gulden; mit einiger Wahrscheinlichkeit war also er der behandelnde Chirurgus.

Excrescens: (von lat. *excrescere* ›herauswachsen‹) Geschwulst.

364,33 *zeitigen:* »reifen, zur reife bringen [...] von geschwüren« (DWB XV, Sp. 587).

365,1 *Höllenstein:* Silbernitrat.

365,7 *hektisch:* schwindsüchtig (vgl. Kluge, S. 302).

365,16 *Dispensation:* Herstellung und Lieferung von Arzneien.

365,18 *Digestiv:* verdauungsförderndes Mittel.

365,23 *Universalmittels:* Ähnlich wie der Versuch, künstliches Gold herzustellen, war die Suche nach einem Allheilmittel (sogenannte Panazee) eine der Hauptbestrebungen der Alchimisten.

366,6 *Wellings »Opus mago-cabbalisticum«: Opus mago-cabbalisticum et theosophicum, darinnen der Ursprung, Natur, Eigenschaften und Gebrauch des Salzes, Schwefels und Mercurii in dreyen Theilen beschrieben und nebst sehr vielen sonderbaren mathematischen, theosophischen, magischen und mystischen Materien, auch die Erzeugung der Metallen und Mineralien, aus dem Grunde der Natur erwiesen wird; samt [...] vielen curieusen mago-cabbalistischen Figuren* von Georg von Welling (1652–1727). Das Werk war in der Ausgabe Frankfurt a. M. 1760 in Johann Caspar Goethes Bibliothek vorhanden. Möglicherweise ist es dasselbe Exemplar, das sich heute noch in Goethes Weimarer Bibliothek befindet und das er vor allem für die Eingangsszenen des *Faust* benutzte.

366,13 f. *Neuplatonischen Schule:* vor allem der griechische Philosoph Plotin (um 205–270), in dessen *Enneaden* ›das Eine‹ als Urprinzip des Seins verstanden wird; der Universalitätsgedanke der Pietisten geht darauf zurück.

366,21–24 *Terminologie ... glaubte:* Die hier anklingende Kritik an solchen ›Geheimsprachen‹ ist auch ein Thema in Goethes Lustspiel *Der Groß-Cophta* (1791).

366,27 *Theophrastus Paracelsus:* Philippus Aureolus Th. Bombastus von Hohenheim (gen. Paracelsus, 1493–1541), Schweizer Arzt, Naturforscher und Philosoph. Goethe hat sich schon früh mit ihm beschäftigt; Exzerpte aus seinen Schriften finden sich in den *Ephemerides* von 1770.

366,27 f. *Basilius Valentinus:* Pseudonym eines Erfurter

Benediktinermönchs (15. Jh.); Alchimist, verfaßte u. a. *Triumph-Wagen des Antimonii* (1604).

366,28 *Helmont, Starkey:* Johann Baptist van H. (1577 bis 1644), Arzt und Philosoph in Vilvorde bei Brüssel. – George S. (gest. 1665), englischer Arzt, Alchimist und Naturforscher.

366,31 f. *»Aurea Catena Homeri«: Aurea Catena Homeri [Goldene Kette Homers] das ist: Eine Beschreibung von dem Ursprung der Natur und natürlichen Dinge, wie und woraus sie gebohren und gezeuget, auch wie sie erhalten und wiederum in ihr uranfängliches Wesen zerstöret werden, auch was das Ding sey, welches alles gebähret und wieder zerstöret, ganz simpliciter nach der Natur selbst eigner Anleitung und Ordnung mit seinen schönsten natürlichen rationibus und Ursachen überall illustriret* [. . .], zuerst 1723 erschienen. Die Verfasserfrage ist ungeklärt; in Frage kommen Anton Joseph Kirchweger oder Herward von Forchenbronn. – Der Titel ist eine Anspielung auf Homers *Ilias*, in deren 8. Gesang (V. 18–27) Zeus spricht: »Auf, wohlan, Ihr Götter, versucht's, daß Ihr All' es erkennet! / Eine goldene Kette befestigend oben am Himmel, / Hängt dann All' Ihr Götter Euch an und Ihr Göttinnen Alle, / Dennoch zögt Ihr nie vom Himmel herab auf den Boden / Zeus, den Ordner der Welt, wie sehr Ihr rängt in der Arbeit! / Wenn nun aber auch mir im Ernst es gefiele, zu ziehen, / Selbst mit der Erd' Euch zög' ich empor, und selbst mit dem Meere; / Ja, die Kette darauf um das Felsenhaupt des Olympos / Bänd' ich fest, daß schwebend das Weltall hing' in der Höhe! / So weit rag' ich vor Göttern an Macht, so weit vor den Menschen!« (Voßsche Übersetzung.)

367,23 *eltern- und geschwisterlos:* Die Eltern Susanna von Klettenbergs waren der Arzt und Frankfurter Bürgermeister Remigius Seyfart von Klettenberg (1693–1766) und Susanna Margaretha von Klettenberg, geb. Jordis (1687 bis 1756).

367,24 *wohlgelegnen Hause:* das Faysche Haus am Rahmhof, in der Gegend des heutigen Börsenplatzes.

367,25 *Windofen:* »ofen, dessen brand durch luftzug vermittelst zuglöchern verstärkt wird [...] schmelz- oder gießofen [...] namentlich für alchemistische oder chemische versuche« (DWB XIV,2, Sp. 315).

367,31 *Luftsalz:* Nach der Lehre der Alchimie ist auch in der Luft ein »sauer- oder salpeterartiges« Salz enthalten (vgl. DWB VI, Sp. 1261); man versuchte es für die Gewinnung des Universalheilmittels nutzbar zu machen.

367,35 *Mittelsalz:* In der Alchimie ein zwischen dem vegetabilischen und dem mineralischen Reich stehendes Salz; in der Chemie um 1800 bedeutet es ein Salz, »das in Lösung weder sauer noch alkalisch reagiert« (vgl. HA IX, S. 756).

368,5 *Sandbade:* »eine destillationsweise, bei der man das gefäß mit dem zu destillierenden körper in sand setzt und diesen erhitzt« (DWB VIII, Sp. 1761).

368,8 f. *Makrokosmus und Mikrokosmus:* die Welt und der Mensch.

368,13 *Liquor Silicum (Kieselsaft):* Dorothea Kuhn schreibt dazu: »Goethes Experiment wäre in moderner Weise etwa so zu beschreiben: Goethe glühte das vorher unlösliche SiO_2 (Siliziumdioxyd, Kieselerde) mit Soda oder Pottasche und erhielt Wasserglas, ein gemischtes Silikat, das je nach Zusammensetzung leichtlöslich, eventuell zerfließlich ist. Die sich abscheidende Gallerte ist Kieselsäure, die sich beim Lösen durch Hydrolyse aus dem Wasserglas abscheiden kann, oder kristallisiertes Hydrat« (HA IX, S. 757).

368,19 *jungfräuliche Erde:* in der Alchimie die ›prima materia‹, durch die die Metalle umgewandelt werden können.

369,1 *Kristallisationen:* Der Begriff wie das Phänomen haben Goethe stets fasziniert; vgl. *Maximen und Reflexionen*: »Alle Kristallisationen sind ein realisiertes Kaleidoskop« (1394).

369,6 *Halbadept:* in die Geheimnisse (der Alchimie) halb Eingeweihter.

369,9 *Compendium des Boerhaave:* wahrscheinlich *Institutiones et experimenta chemiae* (»Grundriß und Experimente der Chemie«, 1724) von Herman B. (1668–1738), Arzt und Professor der Medizin, Botanik und Chemie in Leiden.

369,13 *die »Aphorismen«: Aphorismi de cognoscendis et curandis morbis in usum doctrinae medicae* (»Aphorismen über das Erkennen und Heilen von Krankheiten, zum Gebrauch der medizinischen Wissenschaft«, 1709). Goethe erwähnt diese Sammlung in den *Ephemerides.*

370,7 *Vernachlässigung der Handschrift:* Die Briefe an seine Schwester lagen Goethe bei der Arbeit am 8. Buch vor.

370,11 *Preisbewerbungen:* die sogenannten Stechschriften, wie sie – mit den entsprechenden Bewertungen der ›Preisrichter‹ – in das Heft der *Labores juveniles* eingebunden sind.

370,25 f. *Korrespondenz mit Georg Schlosser:* nicht erhalten.

371,1 *vom Kartenspiel abgemahnt:* Vgl. Goethes Brief an Cornelia vom 18. Oktober 1766: »Ich binn aus der Gnade derjenigen, denen ich sonst meine Aufwartung machen durfte gefallen, und das deßwegen weil ich meines Vaters Raht gefolgt habe und nicht spielen will. Man hält mich daher, für einen in der Gesellschafft überflüssigen Menschen, mit dem nichts anzufangen ist; ich hätte mich sogar neulich in einem Haar über die nähmliche Materie den Unwillen der Frau Hofr. Böhme zuziehen können.«

372,6 f. *bildete ich mein Zimmer nach:* Eine solche Zeichnung ist aus dieser Zeit nicht erhalten. Die beiden Zeichnungen, von denen die eine sicher (*Corpus* VIb, Nr. 174, im Brief an Auguste von Stolberg vom 7.–10. März 1775), die andere möglicherweise Goethes Arbeitszimmer darstellt (*Corpus* I, Nr. 93), stammen aus den siebziger Jahren.

372,15–17 *alles fertig und abgeschlossen ... mit Linien einfassen:* vgl. 242,16 mit Anm.

372,17 f. *Morgenstern ... Kirchenprospekte:* Johann Ludwig Ernst M. (1738–1819) hielt sich 1769 in Frankfurt bei Christian Georg Schütz d. Ä. auf; 1770–72 arbeitete er in Darmstadt, seit 1772 war er fest in Frankfurt ansässig. – Einer seiner »Kirchenprospekte«, »Inneres der Leonhardskirche in Frankfurt am Main« (1782), befindet sich in der Gemäldesammlung des Freien Deutschen Hochstifts (*Gemälde*, S. 89).

372,24 *mancherlei Stilleben:* »Stilleben mit Maus und Falle«, »Stilleben mit Pokal, Büchern, Hut und Degen« und »Stillleben im Treppenwinkel« (*Corpus* I, Nr. 52–54).

372,26 f. *Radieren ... Landschaft:* möglicherweise die »Landschaft mit altem Turm« (*Corpus* I, Nr. 63).

373,33 *endemische Krankheiten:* im Volk heimische Krankheiten (im Gegensatz zu überall sich verbreitenden epidemischen).

374,15 f. *dem Professor substituierte:* an die Stelle des Professors setzte.

374,18 f. *sogleich wieder gegen meine Schwester:* Vgl. den Brief vom 6. Dezember 1765 mit den ausdrücklichen »Befehlen«, was Cornelia lesen dürfe und was nicht, mit der »Critick über deinen Brief« und der von Gellerts Brieftheorie beeinflußten Mahnung: »schreibe nur wie du reden würdest, und so wirst du einen guten Brief schreiben«, und vom 23. Dezember 1765: »Siehe gleich einen Fehler! davor statt dafür«. – Diesen belehrenden Ton schlägt Goethe auch gegenüber Käthchen Schönkopf an, so in der Fehlerliste im Brief vom 26. August 1769.

375,14 f. *Arnolds »Kirchen- und Ketzergeschichte«: Unparteiische Kirchen- und Ketzerhistorie* (1698–1700) von Gottfried Arnold (1666–1714). Goethes Vater besaß die Ausgabe Frankfurt a. M. 1729.

375,24 *seine eigene Religion:* Diesen Gedanken vertritt Goethe auch im *Brief des Pastors zu *** an den neuen Pastor zu **** aus dem Jahre 1773: »Denn wenn mans beym Lichte besieht, so hat jeder seine eigene Religion« (GA IV, S. 133).

375,27 *das Hermetische:* Die 18 *Hermetischen Schriften* –

nach ihrem fiktiven Verfasser, dem ägyptischen Gott Hermes Trismegistos – aus dem 3. Jh. n. Chr. gelangten in den Geheimlehren der frühen Neuzeit wieder zu Einfluß. – Am 11. Mai 1770 schreibt Goethe an Langer: »Und dann, such ich unter der Hand, mir eine kleine Literarische Kenntniß der grosen Bücher zu verschaffen, die der gelehrte Pöbel theils bewundert, theils verlacht, und beydes weil er sie nicht versteht [...] O es ist eine gar lange Reihe, von Hermes Tafel, biß auf Wielands Musarion«.

376,8 *Lucifer:* Die Vorstellung Lucifers als Schöpfer war Goethe aus Wellings *Opus mago-cabbalisticum* bekannt (vgl. Anm. zu 366,6).

376,17 f. *in sich selbst konzentrierte:* Vgl. *Curiosa Physica* von Johann Otto Hellwig (Frankfurt a. M. / Leipzig 1714): »Als der Teufel mit seinen Engeln fiel und durch Verderbung seines höchst ausgedehnten Lichts finster wurde, erschrak ihr aller Geist [...] und zog sich fallend [...] gleichsam vor Furcht der göttlichen Strafe zusammen und verdickte sich sehr. Hierauf wurden seine gröbsten Teile zu Nebel und folgends zu Schleim; die feinsten und kräftigsten aber drungen sich meistens im Centro des Schleims zusammen [...] und wurden ein flüssiges zusammenziehendes Salz. Da schuf Gott aus Barmherzigkeit dem Schleime zur Verdünnung ein neu Licht und redete durch das Licht in des Schleimes [...] subtileste Teile. [...] Der Schleim aber selbst wurde ausgedehnt, und blieben in der Ausdehnung des Schleims zu Luft, Wasser und Erde einige des Schleim-Salzes feinste Teile durch Wirkung des flüchtigen Geist-Salzes in der Luft« (S. 35–39).

376,28 *Filiation:* Herkunft, Abstammung.

376,35 *Expansion:* Das Begriffspaar »Konzentration« (376, 23) und »Expansion« entspricht dem der Systole und Diastole, das im Denken des späten Goethe eine zentrale Position einnimmt (vgl. das Gedicht »Im Atemholen sind zweierlei Gnaden ...« aus dem *West-östlichen Divan*).

377,4 *Elohim:* vgl. Anm. zu 138,22.

377,9 *supplierten:* ergänzten, vervollständigten.

378,18 *verselbsten:* »uns zu einem selbst zu machen, unser eigenwesen zu kräftigen und der außenwelt gegenüber zu behaupten« (DWB XII,1, Sp. 1270).

Neuntes Buch

378,23–379,16 *»Das Herz ... gereinigt werden«:* Das Zitat stammt aus Christian Gottlob Heynes Rezension von Johann Gottlieb Lindners Buch *Lehrreicher Zeitvertreib Ovidianischer Verwandlungen* (1764) in der *Allgemeinen Deutschen Bibliothek* 1 (1765). – Mit diesem Zitat setzt die Darstellung der Epoche des Sturm und Drang in *Dichtung und Wahrheit* ein, deren zentrale Leitbegriffe ›Herz‹, ›Natur‹, ›Leidenschaft‹ etc. waren (vgl. auch 379,32–380,3).

379,23 *zweiten glänzenden Epoche:* also Wielands Werke seit etwa 1764 (*Don Sylvio von Rosalva, Agathon, Musarion* u. a.) im Gegensatz zu den religiös geprägten Dichtungen der fünfziger Jahre (z. B. die *Sympathieen*).

379,29 f. *Hamlet ... ein bedenkliches Wort:* »There are more things in heaven and earth, Horatio, / Than are dreamt of in our philosophy« (»Es gibt mehr Ding' im Himmel und auf Erden, / Als unsre Schulweisheit sich träumt, Horatio«; *Hamlet* I,5).

380,11 *Im Frühjahre:* Goethe reiste Anfang April 1770 nach Straßburg.
Rezidiven: Rückfällen.

381,16 *Treppe zu verlegen:* Die Freitreppe im umgebauten Haus am Hirschgraben galt Rat Goethe gerade als Symbol seines Standes; jede Kritik daran traf ihn in seinem bürgerlichen Selbstbewußtsein. Vgl. Anm. zu 21,8.

381,18 f. *schnörkelhafte Spiegelrahmen ... chinesische Tapeten:* Die Erinnerung an das »Schnörkel- und Muschelwesen« (vgl. 332,10) des Rokoko, das Goethe in Leipzig verleidet worden war, störte ihn bei der Rückkehr ganz besonders: Seine Sicht der Dinge hatte sich verändert und weiterentwickelt, während im Elternhaus Stillstand zu herrschen schien.

381,21 *Reise:* Goethe brach am 1. April 1770 auf; bis Mainz begleitete ihn Johann Adam Horn. In Straßburg traf er wahrscheinlich am 4. April ein; immatrikuliert hat er sich am 18. April.

381,22 *Diligence:* (frz.) Eilpostkutsche zur Personenbeförderung.

382,5 f. *Werder:* »erhöhtes land im wasser« (DWB XIV,1.2, Sp. 272).

382,8 *Iller:* gemeint ist die Ill, ein Nebenfluß des Rheins.

382,30 f. *an und für sich bedeutend:* Den Bezug zur Person des Erzählers und damit ihre funktionelle Bedeutung innerhalb der Autobiographie erhalten die »Gegenstände« erst durch das persönliche Erleben; zu denken ist hier vor allem an die Friederike-Episode (10. u. 11. Buch).

383,7 f. *Ungeheures ... Geregeltes:* Die hier geschilderte Bändigung des »Ungeheuren« entspricht der Sichtweise des späten Goethe; der Gegensatz zwischen Sturm und Drang und Klassik ist in diesem Begriffspaar bereits keimhaft enthalten.

383,14 *Quartier:* »Ich wohne bey Hr. Schlag, Pelzhändler auf dem Fischmarckt«, schreibt Goethe am 11. Mai 1770 an Langer.

383,18 *Handelsmann:* wahrscheinlich der Kaufmann Johann Georg Hebeisen (1731–1804).

383,25 *Jungfrauen:* Anne Marie und Suzanne Marguerite Lauth in der Knoblochgasse.

383,28 *Meyer:* Johann M. (1749–1825), später Arzt in Wien und London.

384,4 *Rätzel:* Von *Ratz, Ratte*; man schrieb diesen Menschen nicht nur »sinnliche«, sondern auch dämonische Eigenschaften zu (Kluge, S. 585).

384,22 *Ludwigsritter:* Träger des von Ludwig XIV. von

Frankreich für soldatische Verdienste gestifteten Ludwigsordens. Der hier genannte ist möglicherweise ein Freiherr von Cronhjelm.

384,27 *Salzmann:* Johann Daniel S. (1722–1812), Aktuar am Straßburger Vogteigericht (Vormundschaftsgericht).
in den Sechzigen: Bei Goethes Ankunft in Straßburg war Salzmann 48 Jahre alt.

385,16 *Repetenten:* möglicherweise Johann Konrad Engelbach (1744–1802).

385,32 *Umhervagieren:* Umherschweifen.

386,17 *examinieren:* Goethe legte das juristische Vorexamen in zwei mündlichen Prüfungen am 25. und 27. September 1770 ab.
Hopps: vgl. 155,18 f. mit Anm.

386,29 *Mediziner:* z. B. Friedrich Leopold Weyland (1750 bis 1785) und Engelbert Troost.

387,8 f. *Hofrats Ludwig:* vgl. 274,18 mit Anm.

387,13 f. *Die medizinische Fakultät glänzte überhaupt:* Herder schreibt: »Straßburg ist für Alle, die Mediciner ausgenommen, ein Lumpenloch; aber in der Medicin ist zu lernen« (an Zollkontrolleur Begrow, nach dem 21. November 1770).

387,20 *Spielmann ... Lobstein:* Jakob Reinbold S. d. Ä. (1722–83), Professor für Chemie und Botanik. – Johann Friedrich L. (1736–84), bedeutender Anatom und Chirurg (vgl. auch Anm. zu 431,12).

387,29–31 *Marie Antoinette ... Straßburg gehen:* M. A. (1755–93), die Tochter Franz' I. und Maria Theresias, war am 19. April 1770 – sie hielt sich zu diesem Zeitpunkt in Wien auf – mit dem in Paris residierenden Dauphin von Frankreich, dem späteren Ludwig XVI., vermählt worden; Königin wurde sie erst 1774. Auf ihrer Reise von Wien nach Paris traf sie am 7. Mai 1770 in Straßburg ein.

387,36 *Rheininsel:* der »Lange Wörd«.

388,12 *Raphaels Kartonen:* Im Auftrag von Papst Leo X. hat Raffael (1483–1520) 1515/16 Kartons mit Szenen aus der

Apostelgeschichte gezeichnet; die nach diesen Kartons in Brüssel angefertigten Wandteppiche (»Hautelissen«, 388,22) sollten die unteren Teile der Wände in der Sixtinischen Kapelle schmücken. Man hat mehrere Exemplare dieser Gobelins hergestellt; Goethe hat die römischen am 7. Juni 1787 gesehen (vgl. *Italienische Reise*, 3. Teil, »Päpstliche Teppiche«). – Über den Eindruck, den die in Straßburg gezeigten Gobelins auf ihn übten, schreibt Goethe am 29. April 1770 an Langer: »Die Gobelins die man von Paris gebracht hat, um einige Sääle zu verzieren, haben mich auf die angenehmste Weiße überrascht; die meisten sind nach Raphael, und allein der Reise wehrt, die ich aus viel Ursachen gemacht habe. Die berühmte Schule von Athen ist darunter. Es läßt sich gar nichts darüber sagen; aber das weiß ich, daß ich von dem Augenblicke an, da ich sie zum ersten sah, eine neue Epoque meiner Kenntniße rechnen werde. Es ist ein Abgrund von Kunst so ein Stück.«

388,19 f. *desto schrecklicher ... Hauptsaal:* »In dem Saal daran hingen Meisterstücke der Neuern. Es ist ein Unterschied, wie drey Jahrhunderte« (an Langer, 29. April 1770).

388,22 *Hautelissen:* Wandteppiche.

388,27 f. *Geschichte von Jason, Medea und Creusa:* Die sieben Gobelins von Jean François de Troy (1679–1752) zeigen die Episoden der Medea-Sage: Jason hat mit Medeas Hilfe die feuerspeienden Stiere gebändigt und ihr dafür die Ehe versprochen; als er jedoch Kreusa heiraten will, schickt Medea ihr ein verzaubertes Kleid, das Kreusa tötet. Schließlich ermordet Medea noch die beiden Kinder, die sie mit Jason hatte, und entfernt sich auf ihrem »Drachenwagen« (388,33).

390,13 f. *kleines französisches Gedicht:* nicht überliefert.

390,24 *Schreckenspost:* Bei dem Unglück in der Nacht vom 30. zum 31. Mai 1770 sind 133 Menschen zu Tode gekommen.

391,7–9 *Kitzel ... zu mystifizieren:* Zu denken ist hier an Goethes geckenhaftes Benehmen in Leipzig im Spätsommer 1766, mit dem er von seiner ›unstandesgemäßen‹ Liebe zu Käthchen Schönkopf ablenken wollte. Vgl. die Briefe Johann Adam Horns an Karl Ludwig Moors vom August und Oktober 1766.

391,10 *Freund:* Johann Adam Horn.

391,11 *amplifiziert:* erweitert.
»Medon«: von Christian August Clodius.

391,13 *Brief von Versailles aus datiert:* nicht überliefert.

391,24 *kleine Reise:* Eine solche ist erst für die Zeit vom 22. Juni bis 4. Juli 1770 dokumentiert, doch könnte Goethe auch schon früher einen solchen Ausflug unternommen haben. Dafür spricht auch die Stelle 444,31–33, wo es heißt, die dort gegebene Schilderung einer kleinen Reise sei »eine statt vieler«.

391,35 *Brief:* nicht überliefert.

392,35 *Pupillen-Collegium:* Vormundschaftsgericht.

392,35–393,1 *perpetuierliche:* dauernde, fest angestellte.

393,10–12 *Man mag seine Schritte hinwenden ... Lustörter:* Einen gänzlich anderen Eindruck von Straßburg vermittelt Herder in seinen Briefen vom Herbst 1770, als er sich wegen seiner Augenoperation (vgl. 432,7 mit Anm.) länger als geplant dort aufhält. An Merck schreibt er: »Strasburg ist der elendeste, wüsteste, unangenehmste Ort, den ich [...] in meinem Leben gefunden [...]; hier ist einmal kein Wald, kein Ort, wo man mit seinem Buch und Genius einmal im Schatten liege« (um den 20. September 1770).

393,21 f. *nicht mit den Ständen:* im Gegensatz zu den strengen Kleiderordnungen, die Goethe aus Frankfurt kannte.

393,29 *Familie:* nicht ermittelt.

394,20 *Wanzenau:* etwa 10 km nordöstlich von Straßburg zwischen Ill und Rhein (noch heute »Le Wantzenau«). Wahrscheinlich meint Goethe die wesentlich näher an Straßburg gelegene Rupertsau (heute »La Robertsau«). Im

Dezember 1812 schreibt Johann Christian Ehrmann an Goethe: »Die Wanzenau liegt 3 Stunden von Strasburg im Morast wo keine alte Linden wachsen.«

395,12 *Haartour:* vgl. Anm. zu 318,28.

395,34 *gelten zu lassen:* Das Ethos des Geltenlassens ist kennzeichnend für das Denken des alten Goethe, der diesen Charakterzug hier aus den Jünglingsjahren datiert. – Vgl. aus den *Zahmen Xenien*: »Verfahre ruhig, still, / Brauchst dich nicht anzupassen; / Nur wer was gelten will, / Muß andre gelten lassen.«

396,8 *Jung:* Johann Heinrich J. (gen. J.-Stilling, 1740–1817) war Ende September 1770 nach Straßburg gekommen, um Medizin zu studieren. 1772 wurde er Arzt in Elberfeld, später Hochschullehrer der Ökonomie und Kameralwissenschaft an verschiedenen deutschen Universitäten.

397,28–30 *seine Lebensgeschichte ... aufzuschreiben:* Der 1. Teil erschien – von Goethe herausgegeben – 1777 unter dem Titel *Henrich Stillings Jugend. Eine wahrhafte Geschichte.* 1778 folgten zwei weitere Bände: *Henrich Stillings Jünglingsjahre* und *Henrich Stillings Wanderschaft*, mit der Schilderung der Straßburger Studentenzeit. Alle sechs Bände der Autobiographie lagen 1817 vor.

398,24 *Lerse:* Franz Christian L. (1749–1800) studierte Theologie in Straßburg; später unterrichtete er an der Militärakademie in Colmar.

398,35 *zu zeichnen:* mit seinem Monogramm zu versehen.

399,19 *äußeren Formen:* Goethe denkt an das Duellunwesen auf den deutschen Universitäten, das ihn schon im Zusammenhang mit den Jenaer Studentenunruhen von 1792 beschäftigte (vgl. das *Schema zur Abschaffung der Duelle*, in: MA IV,2, S. 816–820).

400,33 *Montgolfiere:* Fesselballon, nach den Brüdern Joseph Michel und Jacques-Etienne Montgolfier, die 1783 einen solchen Ballon bauten.

401,9 f. *Doktor Ehrmann ... seines Sohns:* Johann Friedrich E. (1710–97), Stadtphysikus und Medizinprofessor in

Straßburg; Georg Friedrich E. (1740–1800), Professor für Geburtshilfe und Arzt am Straßburger Bürgerspital.

401,12 *Apprehension:* Furcht, Abscheu.

402,19 f. *wenigen Übriggebliebenen:* nicht überliefert.

402,31 *Gayot:* François Marie G. (1699–1776), Prätor (d. i. höchster Zivilbeamter) in Straßburg.

402,34 *Blondel:* Jacques-François B. (1705–74), Architekt und Schriftsteller.

403,24 f. *Vertreibung der Jesuiten:* im Jahre 1764.

403,25 f. *den Franzosen zuteil geworden:* 1681.

403,28 *herrliches Collegium:* 1756 erbaut.

403,30 *Face:* (frz.) Vorderseite.

404,1 *des Gegenteils:* der Gegenpartei, also der Protestanten.

404,10 *Klingling:* Franz Joseph Klinglin (um 1685–1755).

404,17 *eines zweideutigen Todes:* Klinglin war 1752 wegen Unterschlagungen verhaftet worden; er starb in der Untersuchungshaft im Gefängnis von Besançon.

406,33 *philippische Rede:* nach Demosthenes' Reden gegen Philipp von Mazedonien: Strafrede, Anklagerede (›Philippika‹).

407,13 *einen jungen Mann:* nicht identifiziert.

407,32 *feiner Zeisig:* »jemand, der ein verschwenderisches und sittlich loses leben führt« (DWB XV, Sp. 520).

408,34 *Mentor seinen Telemach:* Trunz weist auf einen Kupferstich im 7. Buch von Fénélons *Aventures de Telemach* (vgl. 37,22 f. mit Anm.) hin: »man sieht Telemach ins Wasser fallen, während Mentor hinterherspringt. Wahrscheinlich ist es eins der Bilder, die Goethes optisches Gedächtnis in der Jugend intensiv aufnahm und bis ins Alter festhielt« (HA IX, S. 770).

409,16 *das ehrwürdige Münstergebäude:* Es entstand zwischen 1176 und 1276; einzelne Teile (so die Krypta) stammen aus dem 11. Jh., der Nordturm wurde erst 1439 vollendet. – Die sachliche Schilderung, die Goethe hier bietet, geht vor allem auf den Einfluß Sulpiz Boisserées zurück (1810/11, vgl. 415,23 f. mit Anm.).

410,16 *das radförmige Fenster:* die Rosette (vgl. 411,35 f. »Kunstrose«).

410,27 *perpendikulare:* senkrechte.

412,14 *Unter Tadlern der gotischen Baukunst:* Vgl. den Aufsatz *Von deutscher Baukunst* (1772): »Unter die Rubrik Gotisch, gleich dem Artikel eines Wörterbuchs, häufte ich alle synonymische Mißverständnisse, die mir von Unbestimmtem, Ungeordnetem, Unnatürlichem, Zusammengestoppeltem, Aufgeflicktem, Überladenem jemals durch den Kopf gezogen waren« (GA XIII, S. 20).

412,35 *Zeichnen:* Davon ist nichts erhalten geblieben.

413,7 *Name des Meisters ... Grabstein:* Der Baumeister Erwin von Steinbach (um 1244–1318) war hauptsächlich am Bau der Westfassade des Straßburger Münsters beteiligt. Sein Grabmal im »Leichenhöfel« am Münster wurde erst 1816 von Sulpiz Boisserée und dem Architekten Daniel Engelhardt entdeckt; Goethe kannte sein Aussehen aus dem *Straßburger Münster- und Thurn-Büchlein oder Kurtzer Begriff der merkwürdigsten Sachen, so im Münster und dasigen Thurn zu finden*, hrsg. von Georg Heinrich Behr, Straßburg 1744.

413,11 *als deutsche Baukunst ... zu vindizieren:* vindizieren: in Anspruch nehmen. Goethe hat sich später von der Klassifizierung der Gotik als ›deutsche‹ Kunst distanziert; am 14. Mai 1810 schreibt er an Reinhard: »Am wunderbarsten kommt mir dabey der deutsche Patriotismus vor, der diese offenbar saracenische Pflanze als aus seinem Grund und Boden entsprungen, gern darstellen möchte.«

413,13 *D.M:* lat. *divis (dis) manibus*, ›den abgeschiedenen Seelen‹; Formel auf römischen Grabsteinen.

413,16 *gedachter Bogen:* Der Aufsatz *Von deutscher Baukunst* erschien zuerst 1772 (mit der Jahreszahl 1773) als anonyme Flugschrift, 1773 dann in der von Herder herausgegebenen Aufsatzsammlung *Von deutscher Art und Kunst* (vgl. Anm. zu 513,16 f.).

414,23–35 *Waren aber diese Wünsche ... zu fühlen:* Diese

Sätze sind als der Versuch einer nachträglichen Sinngebung der eigenen ›Verzettelung‹ in den Jugendjahren zu verstehen.

414,34 f. *der Einzelne ... im Ganzen:* Vgl. das Xenion aus den *Vier Jahreszeiten* (1797): »Immer strebe zum Ganzen, und kannst du selber kein Ganzes / Werden, als dienendes Glied schließ an ein Ganzes dich an.«

415,4 *Dom zu Köln ... Freyburg:* Goethe hatte den Kölner Dom zum Zeitpunkt der Arbeit an *Dichtung und Wahrheit* zweimal gesehen: auf der Rhein-Reise 1774 (vgl. 669,33 f.) und 1792 bei der Rückkehr vom Frankreich-Feldzug. In Freiburg war er während der ersten beiden Schweizer Reisen 1775 und 1779.

415,7 *entwickeltere Kunst:* vor allem die Kunst der Antike.

415,24 *Boisserée:* Sulpiz B. (1783–1854) hat sich – zusammen mit seinem Bruder Melchior (1786–1851) – um die Vollendung des Kölner Doms verdient gemacht, dessen Erbauung im 15. Jh. ins Stocken geraten war. B. hat sein »Kupferwerk« *Ansichten, Risse und einzelne Teile des Doms zu Cöln* in den Jahren 1821–31 vorgelegt. Am 16. April 1810 hat Karl Friedrich von Reinhard Goethe von den Bestrebungen B.s berichtet und ihn gebeten, die Zeichnungen des Kölner Doms anzusehen, die Michel Angelo Quaglio (1778–1815) und Maximilian Heinrich Fuchs (1767–1846) im Jahre 1809 für B. angefertigt hatten. Am 14. Mai 1810 bestätigt Goethe in einem Brief an Reinhard die Ankunft der Blätter und äußert sich ausführlich und verhalten positiv darüber. Seit der ersten Begegnung mit B. im Mai 1811 stand Goethe dessen Bemühungen endgültig aufgeschlossen gegenüber. Am 26. Juni 1811 schreibt er an B.: »Ich wünsche, daß soviel Menschen als möglich die Freude und das Interesse theilen, die uns Ihre Bemühungen versprechen. [...] An einer öffentlichen Empfehlung meinerseits soll es nicht ermangeln; nur bitte ich um einige Zeit, damit sie am rechten Fleck stehen könne.« Am 8. August 1811 schließlich heißt es: »Wollen Sie [. . .] mir die Hauptpuncte in Erinnerung bringen, und die Verknüpfung sowohl des Geleisteten als Ihrer Vorsätze mir im Zusammenhange darlegen; so wird es auch zu meinem Vorhaben dienlich seyn, wenn ich eine Gelegenheit ergreife, von Ihren Bemühungen öffentlich zu reden«. Die Erwähnung B.s in *Dichtung und Wahrheit* ist die Einlösung dieser Zusagen.

416,7 *Geschichte der Baukunst:* Damit befaßt sich Boisserées 1831–33 erschienenes Werk *Denkmale der Baukunst am Niederrhein.*

416,32 *Flute-douce:* (frz.) kleine Flöte.

417,4 *Giguen und Murkis:* Gigue: »eine alte, am ende des 16. jh. in England (engl. *jig*) zuerst auftauchende rasche tanzform von unbestimmter taktart und taktzahl; seit dem 17. jh. über Frankreich in Deutschland eingeführt« (DWB IV,1.4, Sp. 7478). – Murki: »kurze muntere tanzweise, bei der der baß durchgehend aus gebrochenen octaven besteht. im ersten drittel des 18. jahrh. einem offenbar bäuerlichen tanze aus Süddeutschland entlehnt« (DWB VI, Sp. 2716).

417,9 f. *die Affen . . . tanzen zu lassen:* mit den Kindern einen Spaß zu machen.

417,28 *Redouten:* Maskenbälle.

417,33 *Tanzmeister:* möglicherweise Sauveur am Broglie-Platz (Steiger I, S. 386).

418,12 *Moitié:* (frz., ›Hälfte‹) hier: Partnerin.

421,31 f. *romanenhafte Todesarten:* Dies wie auch die Theater-Begrifflichkeit (423,26–29) weist auf den literarischen Charakter dieser Episode hin, die in ihrer künstlerischen Gestaltung und dem dramaturgischen Aufbau in den Bereich der ›Dichtung‹ in *Dichtung und Wahrheit* gehört; innerhalb der Autobiographie erfüllt sie auch die Funktion eines Präludiums der Friederike-Geschichte.

Zehntes Buch

425,2 *Gildeglieder:* Goethe denkt hier an die Meistersinger des 16. Jh.s.

425,11 f. *Gelegenheits-Gedicht:* Goethes Begriff der Gelegenheitslyrik unterscheidet sich von dem heute gebräuchlichen insofern, als er nicht nur Gedichte zu besonderen Anlässen meint (vgl. die Hochzeits- und Leichencarmina, von denen Goethe im 5. Buch, 183,28–34, erzählt), sondern alle Lyrik, die auf einem außerliterarischen Anlaß oder Gegenstand beruht. Die bündigste Definition dieser Form von Gelegenheitslyrik gibt Goethe im Gespräch mit Eckermann vom 18. September 1823: »Die Welt ist so groß und das Leben so mannigfaltig, daß es an Anlässen zu Gedichten nie fehlen wird. Aber es müssen alles Gelegenheitsgedichte sein, das heißt, die Wirklichkeit muß die Veranlassung und den Stoff dazu hergeben. Allgemein und poetisch wird ein spezieller Fall eben dadurch, daß ihn der Dichter behandelt. Alle meine Gedichte sind Gelegenheitsgedichte, sie sind durch die Wirklichkeit angeregt und haben darin Grund und Boden. Von Gedichten, aus der Luft gegriffen, halte ich nichts.« – Diese Definition erklärt auch Goethes reservierte Haltung gegenüber der artifiziellen Lyrik der Romantik.

425,23 *Brockes:* Der Hamburger Senator Barthold Hinrich B. (1680–1747) war bekannt durch seine neunbändige Gedichtsammlung *Irdisches Vergnügen in Gott, bestehend in verschiedenen aus der Natur- und Sitten-Lehre hergenommenen Gedichten* (1721–48). Goethes Vater besaß eine Auswahlausgabe dieser Gedichte (Hamburg 1763).

425,28 *Uz, Rabener, Weiße:* Der Anakreontiker Johann Peter U. (1720–96) war Jurist im Dienst des Markgrafen von Ansbach, Gottlieb Wilhelm R. (vgl. Anm. zu 279,16) Steuerbeamter in Dresden und Christian Felix W. (vgl. Anm. zu 274,3 f.) Kreissteuereinnehmer in Leipzig.

425,32–426,1 *Nun sollte aber … Klopstock:* Beginn des

Geniekults (»Dichtergenie«) und des Berufsschriftstellertums gleichermaßen, verkörpert in der Person Klopstocks. Das »Gefühl persönlicher Würde des Dichters«, wie es im »Biographischen Schema« von 1809 heißt, sieht Goethe in Klopstocks Brief an Gleim vom 9. April 1752 ausgedrückt, in dem der Dichter den Verdacht abwehrt, seine Stellung am dänischen Hof sei die eines gewöhnlichen Hofpoeten.

426,24 *einen abgefallenen Geist:* den reuigen Teufel Abdiel Abbadona (2. und 19. Gesang).

426,31 *die ersten zehn Gesänge:* Sie enthalten das Leben und Werk Jesu bis zur Kreuzigung.

426,35–427,1 *dereinst zu diesen Chören eintreten:* Im 20. Gesang des *Messias* heißt es (V. 592–600): »Jetzt da in seinem Triumphe der Sohn des Ewigen Psalme / Seiner Erhöhung vernahm, und mit Wonne der Preisenden Freude / Überschwenglich belohnt', entstieg der Gräber Gefilden / Zweener Sterblichen Lied. Sie hatten Erstandne gesehen, / Hatten gelernt. Es wurd' ihr Lied von dem Ausgesöhnten, / Und dem Versöhner gehört. Indem der Schatten des Baumes, / Ihnen Hütte jetzt, und Kühlung sanfterer Lüfte / Weht', und der Bach mitscholl, erhob sie die Stimme der Andacht, / Sie, die den Herrn, und ihres Lebens Gefährten liebte.« Die beiden »Sterblichen« sind Klopstock und seine Frau Meta.

427,12 *Frauenzimmer:* Marie Sophie Schmidt (1731–99), die Fanny in Klopstocks Gedichten, heiratete den Eisenacher Bankier und späteren Bürgermeister Johann Lorenz Streiber (1722–96). Streiber besorgte Anfang der achtziger Jahre Goethes Geldgeschäfte. Auch mit der Tochter Victoria Streiber war Goethe bekannt (vgl. seinen Brief an Charlotte von Stein, 23.–25. Juni 1784).

427,13 f. *ob sie ihn wirklich geliebt habe:* Am 5. Dezember 1785 bittet Klopstock in einem Brief an Marie Sophie Streiber, sie möge ihm schreiben, »wie Sie damals, da ich Sie so sehr liebte, gegen mich gesinnt waren«, und ob er »allein geliebt habe oder nicht«. Goethe mag durch seine persönlichen Beziehungen zur Familie Streiber von diesem Brief gewußt haben.

427,15 *Meta:* Margareta Moller (1728–58); Klopstock verlobte sich 1752 mit ihr und heiratete sie 1754. Sie starb bei der Geburt eines Kindes.

427,17 *zweiten Verbindung:* 1776 zog Klopstock zu Johanna Elisabeth von Winthem, geb. Dimpfel (1747–1821), einer Nichte Metas. Er heiratete sie erst 1791.

427,23 *Staatsmanns:* Johann Hertwig Ernst Freiherr von Bernstorff (1712–72), dänischer Außenminister seit 1751, 1770 entlassen. Klopstock folgte ihm im gleichen Jahr nach Hamburg.

427,33 *ersten:* i. S. v. ›besten, vortrefflichsten‹.

428,11 f. *Gleim ... Stelle:* G. war Domsekretär in Halberstadt und Kanonikus des Stiftes Walbeck.

428,14 f. *Orte ... Stiftung:* Das Stift Halberstadt war 1643 säkularisiert worden.

429,18 *jene Briefwechsel:* Während der Arbeit an *Dichtung und Wahrheit* hat Goethe aus der Weimarer Bibliothek eine solche Korrespondenz entliehen (1. Mai 1811): *Klopstock und seine Freunde. Briefwechsel der Familie Klopstock unter sich und zwischen dieser Familie, Gleim, Schmidt, Fanny, Meta und andern Freunden. Aus Gleims brieflichem Nachlaß herausgegeben von Klamer Schmidt* (2 Bde., Halberstadt 1811). – Vgl. zu dieser Briefkultur auch 667,26–28 mit Anm.

430,17 f. *Herder ... Prinzen von Holstein-Eutin:* Johann Gottfried H. (1744–1803) war am Abend des 4. September 1770 als »Lehrer und Reiseprediger« (an Hartknoch, Mitte Dezember 1769) des Prinzen Peter Friedrich Wilhelm von Holstein-Gottorp (1754–1823, Sohn des Fürstbischofs von Lübeck) in Straßburg eingetroffen. Während seines Straßburger Aufenthalts war ihm die Stelle des Hofpredigers in Bückeburg angeboten worden, die er annahm und – nach der Verzögerung durch seine Augenoperation, vgl. 432,22–32 und 438,22–439,14 – im Mai 1771 antrat.

430,21 f. *großes Verlangen sich ihm zu nähern:* Herder war durch seine Schriften *Über die neuere deutsche Literatur. Fragmente* (1767), *Abhandlung über die Ode* (1767) und vor allem die *Kritischen Wälder oder Betrachtungen, die Wissenschaft und Kunst des Schönen betreffend* (1769) bekannt geworden.

431,12 *etwas stumpfe Nase:* Der Chirurg Lobstein, der Herders Augenoperation durchführte, stellte fest, »daß meine Nase so hart, dick und nicht wie andere menschliche Nasen gebaut wäre; ich sah alle Nasen, die um mich standen, und mußte es ihm glauben« (an Begrow, nach dem 21. November 1770).

431,25 *Siegelsammlung:* Von dieser frühen Sammlung hat sich nichts erhalten. Die wenigen überlieferten Siegelabdrücke aus der Zeit vor der Übersiedlung nach Weimar zeigen keine heraldischen Motive (vgl. Femmel/Heres, *Die Gemmen aus Goethes Sammlung* [s. Anm. zu 336,35]).

431,26 *Hausfreundes:* des Rats Schneider, vgl. Anm. zu 75,25.

432,7 *Operation:* Herders Briefe vom November 1770 sind voller Klagen darüber; an Christian Friedrich Gotthard Westfeld schreibt er (um den 6. November 1770): »ich übernahm also die Kur und meine Nase ward so glücklich durchbort, als je auf Erden Eine durchbort ist. Sehen Sie da aber! fast zu Ende des ganzen Liedes zeigt sich, daß – daß dem ohngeachtet die Thränen in den so geschickt gegrabnen Kanal nicht abfließen wollen, daß mein Thränensack anders liege, oder anders gedrückt sey, oder zu hart und zu sehr Sack sei, oder, oder, was weiß ich mehr? Kurz da muß ich unter den Händen meines sonst sehr geschickten Operateurs noch dasitzen voll Schmerz und Ungeduld und auf die Flexibilität meines Thränensacks, mit dem Wetter und ewiger Schnuppe gegen mich im Bunde sind, hoffen.«

432,21 f. *eignes Quartier:* »Auberge au grand Louvre« in der Salzmannsgasse Ecke Maikäfergäßchen; Herder zog Anfang Oktober 1770 dorthin.

432,35 *Peglow:* Daniel Pegelow, damals Medizinstudent in Straßburg, später Chirurg in Rußland, war ein Verwandter des mit Herder befreundeten Zollkontrolleurs Begrow in Riga. Herder hat Pegelow erst in Straßburg als Famulus des Chirurgen Lobstein kennengelernt (vgl. Brief an Begrow, nach dem 21. November 1770).

433,10 *gewiß von seinem Übel:* Herders Mißstimmung hatte einen weiteren Grund in der Krise seiner Freundschaft mit Karoline Flachsland Anfang Oktober 1770.

433,17 f. *besuchte ich Herdern morgens und abends:* Herder schreibt an Karoline Flachsland: »Er war der Einzige, der mich in Strasburg in meiner Gefangenschaft besuchte u. den ich gern sahe: auch glaube ich ihm, ohne Lobrednerei, einige gute Eindrücke gegeben zu haben, die einmal würksam werden können« (21. März 1772).

434,26 *Über den Ursprung der Sprachen:* Das Thema wurde im Frühjahr 1769 von der Berliner Akademie der Wissenschaften gestellt; Herder, der sich auch in seinen bis dahin erschienenen Schriften mit dem Gegenstand befaßt hatte, entschloß sich im Oktober 1769, an dem Wettbewerb teilzunehmen. Im Juni 1771 erhielt er den Preis der Akademie, 1772 wurde die Abhandlung gedruckt.

434,29 *ein lesbares Manuskript:* Es ist nicht zu klären, welche der erhaltenen Handschriften Herder Goethe gezeigt hat. Die Formulierung »lesbares Manuskript« deutet auf die von einem Schreiber angefertigte Reinschrift, die Herder der Akademie einreichte und die heute im Archiv der Akademie der Wissenschaften in Berlin aufbewahrt wird. Andererseits läßt die »heftweise« Mitteilung auch den Schluß zu, daß es sich um eines der Entwurfsmanuskripte handelt, die sich in der Staatsbibliothek Preußischer Kulturbesitz Berlin befinden.

435,9 f. *Silberschlag:* Goethe meint hier nicht den Pfarrer und Naturwissenschaftler Georg Christoph S. (1731–90), sondern den Berliner Konsistorialrat Johann Peter Süßmilch (1707–67), dessen *Versuch eines Beweises, daß die erste Sprache ihren Ursprung nicht vom Menschen, sondern allein vom Schöpfer erhalten hat* (Berlin 1766) Herder in seiner Preisschrift angreift.

435,23 f. *dicke Chirurgus:* Pegelow. Herder nennt ihn »fetter Rinderbraten« (an Begrow, nach dem 21. November 1770).

436,1 *des Brutus Briefe ... in Ciceros Briefen:* Der Briefwechsel des Marcus Iunius B. mit Cicero ist in den Ausgaben der Briefe Ciceros enthalten. Goethes Vater besaß eine Ausgabe der *Epistolae* von 1750; es ist denkbar, daß sie zu den Büchern gehörte, die Goethe mit nach Straßburg genommen hatte (vgl. 436,14–20).

436,15 *von Langern eingetauschten Autoren:* vgl. 357,29 bis 357,31.

437,8 *Feti:* Domenico Fet(t)i (1589–1624), Hofmaler in Mantua. In der Dresdner Galerie waren acht seiner Bilder nach »neutestamentlichen Parabeln« ausgestellt.

437,24 *hebräische Dichtkunst:* Die Schriften, in denen sich Herder damit befaßt, sind erst viel später erschienen, so die Abhandlungen *Älteste Urkunde des Menschengeschlechts* (1774–76), *Lieder der Liebe* (1778), *Über die Wirkung der Dichtkunst auf die Sitten der Völker* (1778) und vor allem *Vom Geist der Ebräischen Poesie* (1782–83). Mit den orientalischen Sprachen hat sich Herder jedoch schon in Straßburg befaßt; vgl. seinen Brief an Merck vom 15. Oktober 1770.

437,25 *Lowth:* Robert L. (1711–87), englischer Theologe und Hebraist, Verfasser der *Praelectiones academicae de poesi sacra Hebraeorum* (»Akademische Vorlesungen über die heilige Dichtung der Hebräer«, 1753).

437,26 *Volkspoesie:* Herder selbst hat Volkslieder vor allem aus Büchern gesammelt und 1778–79 in 2 Teilen veröffentlicht, darunter auch Texte – vor allem Balladen –, die Goethe nach mündlichen Mitteilungen im Elsaß aufgezeichnet hatte. An Herder schreibt er im Herbst 1771 aus Frankfurt: »ich habe [...] aus Elsaß zwölf Lieder mitgebracht, die ich auf meinen Streifereien aus denen Kehlen der ältesten Mütterchens aufgehascht habe.« Von dieser Sammlung sind zwei Handschriften erhalten; eine wird in der Straßburger National- und Universitätsbibliothek aufbewahrt, die zweite im Goethe- und Schiller-Archiv in Weimar. Die Weimarer Handschrift ist diejenige, die Goethe im Herbst 1771 an Herder sandte; die darin enthaltenen Lieder sind von Herders Hand durchnumeriert, eines davon – »Das Lied vom jungen Grafen« – zeigt Spuren einer redaktionellen Bearbeitung Herders. Beide Handschriften sind faksimiliert worden: *Volkslieder von Goethe im Elsaß gesammelt* [Straßburger Handschrift], hrsg. von Louis Pinck, Saarbrücken 1935, 2. Aufl. Kassel 1943; *Volkslieder gesammelt von Johann Wolfgang Goethe* [Weimarer Handschrift], hrsg. von Hermann Strobach, Weimar 1982 (SGG 62).

438,12–17 *Hamanns Schriften ... sibyllischen Blätter:* Herder war mit dem Philosophen Johann Georg Hamann (1730–88) aus seiner Königsberger Zeit (1762–64) bekannt und stand im Briefwechsel mit ihm. – Von Hamanns Schriften waren zu dieser Zeit die *Sokratischen Denkwürdigkeiten* (1759), *Wolken. Ein Nachspiel Sokratischer Denkwürdigkeiten* (1761), *Kreuzzüge des Philologen* und *Leser und Kunstrichter* (1762) erschienen. Hamann selbst spricht – mit Bezug auf die *Sokratischen Denkwürdigkeiten* – von »diesen Sibyllenblättern« (*Sämtliche Werke*, hrsg. von Josef Nadler, Wien 1950, Bd. 2, S. 104). – Auch der *Versuch einer Sibylle über die Ehe* (1775), den Goethe besaß, hat ihn möglicherweise zu dieser Charakterisierung der Schriften Hamanns bewogen. – Zu Hamann vgl. bes. S. 550–553.

438,26 *schwerlich ein guter Ausgang:* Die Operation brachte tatsächlich keinen Erfolg.

439,8 f. *vorzügliches Frauenzimmer:* Herder lernte Maria Karoline Flachsland im August 1770 in Darmstadt kennen; er heiratete sie am 2. Mai 1773.

439,15 f. *kostbar:* kostspielig.

440,29–32 *Lessing ... ausgesprochen:* Goethe denkt möglicherweise an die Fabel »Der Knabe und die Schlange«, in der es heißt: »wenn du einmal von einem außerordentlichen Undanke hören solltest, so untersuche ja alle Umstände genau, bevor du einen Menschen mit so einem abscheulichen Schandflecke brandmarken lässest. Wahre Wohltäter haben selten Undankbare verpflichtet; ja, ich will zur Ehre der Menschheit hoffen, – niemals. Aber die Wohltäter mit kleinen eigennützigen Absichten, die sind es wert, [...] daß sie Undank anstatt Erkenntlichkeit einwuchern« (Lessing, *Werke*, hrsg. von [...] Herbert G. Göpfert, 8 Bde., München 1970, Bd. 1, S. 245).

442,9 *Ovids »Metamorphosen« ... aufs strengste getadelt:* vgl. 37,13 mit Anm. – Goethe überträgt hier wohl sein eigenes Urteil auf Herder, der die *Metamorphosen* viel ausgewogener beurteilt, etwa in den *Fragmenten:* »Ovids ›Verwandlungen‹ sind auf der einen Seite so unschmackhaft, als Feenmärchen nur sein können; auf der andern aber, wenn sie aus der Mythologie uns bald dies, bald das erklären, wie es ward, so lassen sie sich lesen als unterhaltende Anekdoten aus dem Archiv göttlicher und menschlicher Erfinder, als Erdichtungen, die eine reiche dichterische Einbildungskraft gebar« (Herder, *Ausgewählte Werke in Einzelausgaben. Schriften zur Literatur,* Tl. 1: *Über die neuere deutsche Literatur. Fragmente,* hrsg. von Regine Otto, Berlin/Weimar 1985, S. 443).

442,15 *oben erwähnte Gutachten:* das Zitat aus der *Allgemeinen Deutschen Bibliothek,* mit dem das 9. Buch einsetzt (378,23–379,16).

443,1 *Götz von Berlichingen und Faust:* Die *Lebens-Beschreibung Herrn Gözens von Berlichingen, Zugenannt mit der Eisern Hand, Eines zu Zeiten Kaysers Maximiliani I. und Caroli V. kühnen und tapfern Reichs-Cavaliers [...] Mit verschiedenen Anmerckungen erläutert [...] von Verono Franck von Steigerwald* [d. i. Georg Tobias Pistorius] (Nürnberg 1731) befand sich in Johann Caspar Goethes Bibliothek; ob Goethe sie von daher kannte, ist nicht zu ermitteln. Goethes Mutter schreibt am 4. Februar 1781 an Gustav Friedrich Wilhelm Großmann: »Meinem Sohn ist es nicht im Traum eingefallen seinen Götz vor die Bühne zu schreiben – Er fand etliche spuren dieses vortrefflichen Mannes in einem Juristichen Buch – ließ sich Götzens Lebens beschreibung von Nürmberg kommen, glaubte daß es anschaulicher wäre in der Gestalt wies vor Augen liegt, webte einige Episoden hinein, und ließ es aus gehn in alle Welt.« Danach könnte das in der Bibliothek des Rats Goethe befindliche Exemplar von Goethe selbst angeschafft worden sein. – Wann Goethe zuerst mit dem Faust-Stoff bekannt wurde, ist nicht nachzuweisen; denkbar ist, daß in der Tat die Puppenspielfassung zum Repertoire des Puppenspielers Winckler gehörte, der das Puppentheater im Goethehaus aufbaute (vgl. 15,27 mit Anm.). Möglich ist auch, daß unter den Volksbüchern, die Goethe in seiner Jugend gelesen hat (vgl. 38,4 f. mit Anm.), auch das *Faust*-Volksbuch war.

443,26–28 *kein Dokument … übrig geblieben:* In Goethes Autographensammlung finden sich tatsächlich keine Handschriften Herders.

443,32 *Jung:* Vgl. dazu *Henrich Stillings Wanderschaft:* »Diesen Winter kam Herr Herder nach Strasburg. Stilling wurde durch Göthe und Troost mit ihm bekannt. Niemahlen hat er in seinem Leben mehr einen Menschen bewundert als diesen Mann. ›Herder hat nur einen Gedanken, und dieser ist eine ganze Welt.‹ Dieser machte Stilling einen Umriß von allem in einem, ich kanns nicht anders nennen; und wenn jemals ein Geist einen Stoß bekommen hat zu einer ewigen Bewegung, so bekam ihn Stilling von Herdern, und das darum, weil er mit diesem herrlichen Genie in Ansehung des Naturells mehr harmonirte als mit Göthe« (*Lebensgeschichte. Vollständige Ausgabe*, mit Anm. hrsg. von Gustav Adolf Benrath, Darmstadt 1976, S. 271).

444,10 f. *trugen einander:* verstanden, ertrugen einander.

444,26–29 *schon fehlte ... an sich zog:* Vorausdeutung auf die Friederiken-Episode; Goethe baut bereits hier die Fiktion auf, er habe Friederike schon im Frühjahr 1770 gekannt. Die im folgenden beschriebene Reise wurde, wie aus Goethes Brief an Katharina Fabricius vom 27. Juni 1770 hervorgeht, während der »Johannisferien« vom 22. Juni bis 4. Juli 1770 unternommen; mit Friederike traf Goethe jedoch erst im Oktober zusammen.

444,35 f. *Engelbach und Weyland:* der Jurastudent Johann Konrad E. (1744–1802) und der Medizinstudent Friedrich Leopold W. (1750–85) , der mit Familie Brion verwandt war und Goethe mit ihr bekannt machte.

445,1 *Zabern:* Saverne im Unterelsaß, vom 15. bis ins 18. Jh. Sitz der Straßburger Bischöfe.

445,8 *Person des Kardinals:* Louis Constantin Prince de Rohan-Guémené (1697–1779), Bischof von Straßburg.

445,21 f. *Zaberner Steige:* eine zwischen 1728 und 1737 angelegte 4 km lange Vogesenpaßstraße.

445,31 *Werke:* Befestigungen der Burg, Wälle, Brustwehren etc.

446,13 *Buchsweiler:* Heimatort Weylands und Engelbachs (heute Bouxwiller).

446,25 *Landgrafen von Darmstadt:* Ludwig IX. von Hessen-Darmstadt (1719–90), Vater der Herzogin Louise Auguste von Sachsen-Weimar, der Gattin von Herzog Karl August.

447,1 *Baschberg:* Bastberg.

447,2–4 *verschiedenen Muscheln ... zum ersten Male:* Goethe hat sich später – vor allem seit der Wiedereröffnung des Ilmenauer Bergbaus (1784) – wissenschaftlich mit Geologie befaßt; besonders auf seinen böhmischen Badereisen beschäftigte er sich intensiv mit Boden- und Gesteinskunde.

447,18 *abduftenden:* abduften: »im duft [Dunst] verschwimmen« (DWB I, Sp. 21).

448,1 *letzten Grafen Reinhard:* Johann R. III. Graf von Hanau-Lichtenberg (1665–1736).

448,18 *Huhnau:* Honau.

448,22 *Meierei:* Gutshof, von einem Meier, d. i. ›Oberaufseher, Bewirtschafter, Pächter‹, geführt.

449,2 *Abschroten:* Abschlagen.

449,5 f. *Architekten ... Landschaftsmalers:* Gegensatz zwischen den planvoll symmetrisch angelegten ›französischen‹ Parks und den naturbelassenen ›englischen‹ Gärten.

449,9 f. *der verstorbene Fürst ... der gegenwärtige:* Friedrich Wilhelm Heinrich II. Fürst von Nassau-Saarbrücken (1718 bis 1768); Ludwig Fürst von Nassau-Saarbrücken (1745 bis 1794), dessen Sohn.

449,11 *Günderode:* Hieronymus Max Freiherr von G. (1730–77), Saarbrücker Regierungspräsident.

449,32 *Drahtzug:* Maschine zum Herstellen (›Ziehen‹) von Metalldrähten.

450,1 *dieses so nötigen Materials:* Alaun wird in der Gerberei als Beize benötigt, in der Medizin als Adstringens und mildes Ätzmittel.

450,6 *Herr Stauf:* Johann Kaspar Staudt (geb. 1710), Vorsteher eines Alaunwerkes in Sulzbach bei Saarbrücken.

450,23 *Klamme:* Schlucht.

450,25 *Hohle:* »die länglich laufende aushöhlung des erdreichs« (DWB IV,2, Sp. 1715).

450,27 *Klunsen:* Spalten.

450,34 *kalzinierten:* kalzinieren: Zersetzen einer chemischen Verbindung durch Erhitzen.

451,21 *Philosophus per ignem:* (lat.) Philosoph durch Feuer, Alchimist.

452,26 *Neukirch:* Neunkirchen.

452,28 *leuchtende Wolken Johanniswürmer:* Vgl. den Brief an Katharina Fabricius (Saarbrücken, 27. Juni 1770): »Wie ich so rechter Hand über die grüne Tiefe hinaussah und der Fluß in der Dämmerung so graulich und still floß, und lincker Hand die schweere Finsterniß des Buchenwaldes vom Berg über mich herabhing, wie um den dunckeln Felsen durchs Gebüsch die leuchtenden Vögelgen still und geheimnißvoll zogen; da wurds in meinem Herzen so still wie in der Gegend und die ganze Beschweerlichkeit des Tags war vergessen wie ein Traum«.

453,21 *Da erwachte ... Wesens:* vgl. Anm. zu 444,26–29.

453,31 *Parforcepferde:* für die Parforcejagd (Hetzjagd) trainierte Pferde.

453,33 *der Fürst:* Christian IV. Herzog von Pfalz-Zweibrücken (1722–75).
ausspielen: verlosen.

454,26 *Dieterich:* Johann von Dietrich (1719–95), Bergwerksbesitzer, der 1500 Arbeiterfamilien beschäftigt hat.

455,17 *Inschrift:* »Deo Mercurio attegiam teguliciam compositam Severinus Satullinus C.F. ex voto posuit l[aeta] l[ubente] m[ente]« (»Dem Gott Merkur errichtete Severinus Satullinus Sohn des Caius in Erfüllung eines Gelübdes frohen Herzens eine mit Ziegeln gedeckte wohlgebaute Erdhütte«) (MA XVI, S. 996).

455,34 *Sesenheim:* eigtl. Sessenheim.

456,18 f. *»Landpriester von Wakefield« ... Übersetzung:* Oliver Goldsmiths (1728–74) *Vicar of Wakefield. A Tale. Supposed to be Written by Himself* war 1766 erschienen. Die ersten deutschen Übersetzungen waren von Johann Gottfried Gellius (*Der Landpriester von Wakefield*) und von Johann Joachim Christian Bode (*Der Dorfprediger von Wakefield*), beide 1767 veröffentlicht. – In der Bibliothek Johann Caspar Goethes befand sich eine englischsprachige Ausgabe von 1769 (»A New Edition wherein the accent is plac'd on the most necessary words for the facility of those who are desirous to pronounce the English rightly. Printed for August Mylius, Bookseller in Brother-Street, Berlin« – »Eine neue Ausgabe, worin der Akzent auf die Wörter gelegt ist, die für jene, die das Englische richtig aussprechen wollen, am unentbehrlichsten sind. Gedruckt für August Mylius, Buchhändler in der Brüder-Straße,

Berlin«). Es ist nicht zu klären, wann das Buch angeschafft wurde und ob Goethe es möglicherweise schon vor der Abreise nach Straßburg kannte.

457,8 *Melchisedech:* zur Zeit Abrahams der Priesterkönig von Salem (Jerusalem); vgl. 1. Mose 14,18–20.

458,16 *Engländer:* Goldsmith war Ire; er stammte aus Smith Hill bei Elphin im County Roscommon.

461,9 *Jupiter bei Philemon und Baucis:* nach Ovids *Metamorphosen* VII, 626–724.

Heinrich der Vierte: Heinrich IV. von Frankreich (1553 bis 1610).

462,4 *Bauerhause:* Vgl. Goethes bekannte Zeichnungen (*Corpus* I, Nr. 83 f.).

462,15 *Vater:* Johann Jakob Brion (1717–87); er wurde 1760 Pfarrer in Sesenheim.

462,36 *als wenn er mich zehen Jahre gekannt hätte:* Goethe erweckt durch Formulierungen wie diese den Eindruck, als sei die Friederike-Episode etwas längst Geahntes, in ihm Angelegtes (vgl. 444,26–29, 453,21).

463,3 *Mutter:* Magdalena Salomea Brion, geb. Schöll (1724 bis 1786).

463,9 *älteste Tochter:* Maria Salomea Brion (geb. 1749); sie heiratete 1782 den Pfarrer Gottfried Marx in Driesburg bei Offenburg. Sie war die zweitälteste Tochter; die älteste war die 1747 geborene Katharina Magdalena, seit 1766 mit dem Lehrer Bernhard Gockel verheiratet, zum Zeitpunkt von Goethes Besuch also nicht mehr in Sesenheim. Sie starb 1772. – Friederike Elisabetha Brion war die zweitjüngste Tochter (1752–1813); sie blieb unverheiratet. – Die jüngste Tochter, Jakobea Sophia (1756–1838), erwähnt Goethe nicht.

463,31 *Falbel:* »Faltensaum« (Kluge, S. 181).

464,27 *Schulmeister:* Johann Ludwig Mochel (gest. 1794), Lehrer und Chirurg in Sesenheim.

465,26 *jüngerer Sohn:* Christian Brion (1763–1817).

468,11 *Taille:* (frz.) Größe, Statur.

469,29 *sich insinuieren:* sich angenehm einführen.

470,10 *Rätsel:* hier möglicherweise ein Wortspiel; vgl. »Rätzel«, 384,4 mit Anm.

470,22 *Kreditiv:* Beglaubigungsschreiben.

477,27 *Pekesche:* »überrock mit schnüren und quasten« (DWB VII, Sp. 1532).

477,36–478,2 *Märchen ... »Die neue Melusine«:* Zuerst im *Taschenbuch für Damen auf das Jahr 1817* veröffentlicht, dann in *Wilhelm Meisters Wanderjahren* (1821). Ob Goethe dieses Märchen wirklich schon in Sesenheim erzählte, ist zweifelhaft.

478,26–31 *Mir war ... zu erfinden:* Vgl. *Zahme Xenien VI:* »Vom Vater hab ich die Statur ...«, und den Brief von Katharina Elisabetha Goethe an ihren Sohn vom 6. Oktober 1807, dessen zeitliche Nähe zur Entstehung von *Dichtung und Wahrheit* den Schluß nahelegt, daß er die unmittelbare Quelle für die hier gewählten Formulierungen ist: »Meine Gabe die mir Gott gegeben hat ist eine lebendige Darstellung aller Dinge die in mein Wißen einschlagen, großes und kleines, Wahrheit und Mährgen u.s.w. so wie ich in einen Circul komme wird alles heiter und froh weil ich erzähle.«

479,15–17 *Doktor Gall ... Volksredner geboren:* Der Anatom und Phrenologe Franz Joseph G. (1758–1828), Begründer der Schädellehre. Goethe hörte 1805 einen Vortrag G.s und berichtet darüber in den *Tag- und Jahresheften 1805:* »so sahen wir uns täglich, fast stündlich, und das Gespräch hielt sich immer in dem Kreise seiner bewundernswürdigen Beobachtung; er scherzte über uns alle und behauptete, meinem Stirnbau zufolge: ich könne den Mund nicht auftun, ohne einen Tropus auszusprechen; worauf er mich denn jeden Augenblick ertappen konnte. Mein ganzes Wesen betrachtet, versicherte er ganz ernstlich, daß ich eigentlich zum Volksredner geboren sei.«

Dritter Teil

Elftes Buch

481,6 f. *Es ist dafür gesorgt … wachsen:* Sprichwort, das Goethe wahrscheinlich aus Luthers Tischreden kannte.

485,8 *Schnuppen:* Vgl. auch die Charakterisierung Lenz' als »vorübergehendes Meteor« (647,29 f.).

485,14 *Swift:* Jonathan S. (1667–1745), irischer Satiriker (Hauptwerk: *Gulliver's Travels*, 1726), Dekan von St. Patrick in Dublin.

485,33 *verehrte Lehrer:* wohl Johann Friedrich Ehrmann; vgl. 401,9 f. mit Anm.

486,29 *verzogen:* verzögerten.

487,18 *vorausgesagt:* Spiegelung der eigenen Vorahnungen; vgl. 462,36 mit Anm.

487,35 *Hebel:* Goethe denkt an Johann Peter H.s (1760 bis 1826) Gedicht »Sonntagsfrühe« (»Der Samstag het zuem Sunntig gsait…«), das er schon 1805 in seiner Besprechung der *Alemannischen Gedichte* (1803) H.s als »Musterstück« bezeichnet und vollständig zitiert hat.

488,22 *jenes leidenschaftliche Mädchen:* Lucinde am Schluß des 9. Buches (vgl. 424,25–30).

488,26–29 *Ich überwand daher … abzugewinnen:* Bedeutend als Abkehr von den frühen, eher kindlichen Spielen, wie sie im 5. Buch geschildert werden; parallel dazu vollzieht sich in Sesenheim die Entwicklung von der Anakreontik zur Erlebnislyrik.

492,4 *Urlaub:* Abschied.

492,5 *Riß:* nicht erhalten.

492,9 *Diligence:* (frz.) Schnellpost.

492,12 *Spediteur:* (frz.) Überbringer.

492,28 f. *Briefwechsel mit Friedriken:* Es ist nur ein Briefkonzept Goethes vom 15. Oktober 1770 und eine eigenhändige Adresse »A Monsieur Goethe« von Friederike erhalten geblieben; Friederikes Schwester Sophie hat Goethes Briefe verbrannt.

493,12 *Brouillons:* (frz.) Entwürfe.

494,20 *Allemanden:* Allemande (frz.): elsässischer Tanz im Dreivierteltakt.

494,22 *Lehrmeisterinnen:* vgl. 418,8–20.

494,25 *Schicht:* Pause.

494,33 *bis tief in die Nacht getanzt:* Vgl. Goethes Brief an Salzmann vom 29. Mai 1771: »Getanzt hab ich und die Ältste [Sophie Brion] Pfingstmontags, von zwey Uhr nach Tisch biss 12 Uhr in der Nacht, an einem fort, ausser einigen Intermezzos von Essen und Trincken.«

497,23 *Raymond und Melusine:* in dem Märchen *Die neue Melusine.*

500,29 *überflüssigem:* reichlichem.

501,7 *für Friedriken manche Lieder:* »Mit einem gemalten Band«, »Mailied«, evt. auch »Heidenröslein«.

501,22 *mit einem kleinen Gedicht:* »Mit einem gemalten Band« (»Kleine Blumen, kleine Blätter ...«).

501,31 f. *Anschlag:* Kostenvoranschlag.

502,25 *Richtung:* Richtfest.

504,34 *»Hamlet«:* Zu diesem Zeitpunkt war die einzige deutsche Übersetzung diejenige von Wieland, 1766 in der achtbändigen Sammlung *Shakespears theatralische Werke* erschienen. Goethes Vater besaß diese Ausgabe spätestens seit 1769, wie ein Vermerk im 1. Band bezeugt. Der Sohn könnte also schon im Elternhaus damit bekannt geworden sein.

506,16 *sehr leichte Weise:* vgl. 386,17 mit Anm.

506,26 *Leyser:* der Rechtsgelehrte Augustin von L. (1683 bis 1752), Professor der Rechtswissenschaft in Helmstedt und Wittenberg. In einem Entwurf zum 9. Buch von *Dichtung und Wahrheit* schreibt Goethe, er habe L.s *Meditationes ad Pandectes* (1717–48) während der Rekonvaleszenz nach der Rückkehr aus Leipzig »von einem Ende zum andern durchgelesen. Der Mann gefiel mir wegen seines geistreichen Menschenverstandes gar zu wohl und seine Dissertationen kamen mir so lebendig vor, daß ich wohl daraus manchen Stoff zu Romanen und Schauspielen hätte herausziehen mögen« (HKA II, S. 303).

506,32 f. *Rechts-Topik:* Lehre von der sachgemäßen Anordnung des juristischen Stoffs.

507,6 *Kollektaneen:* Stoffsammlungen.

508,9 *Disputation:* eigtl. die öffentliche Verteidigung der vorher der akademischen Prüfungskommission eingereichten ›Thesen‹ als mündliche Prüfung. Goethes »reinliche Abschrift« seiner Disputation über das erwähnte Thema ist nicht überliefert. Am 30. September 1770 schreibt er an Engelbach: »ich poßle par compagnie an meiner Dissertation«.

509,9 *Dekan:* Johann Friedrich Ehrlen (gest. 1775), seit 1771 Dekan der juristischen Fakultät.

509,13–15 *nicht rätlich ... bekannt zu machen:* Goethes Dissertation hat unter den Professoren der Fakultät in der Tat Befremden und Kritik hervorgerufen. So schreibt Professor Metzger an Dominikus Ring: »Es gibt hier einen Studenten namens Goethe aus Frankfurt am Main [. . .]. Dieser junge Mensch ist von seinem Wesen aufgeblasen, namentlich aber auch von einigen Bosheiten des Herrn von Voltaire, und wollte eine These aufstellen, die zum Titel haben sollte ›Jesus autor et judex sacrorum‹. Darin bringt er unter anderem vor, daß Jesus Christus nicht der Begründer unserer Religion gewesen sei, sondern daß irgendwelche andere Gelehrte sie unter seinem Namen gemacht hätten. Die christliche Religion sei nichts anderes als eine gesunde Politik usw. Man hat jedoch die Güte gehabt, ihm die Drucklegung seines Meisterwerkes zu verbieten. Danach hat er dann, um seine Verachtung kundzutun, die allersimpelsten Thesen aufgestellt, z. B.: jus naturae est quod omnia animalia docuit [Naturrecht ist das, was die Natur alle Lebewesen gelehrt hat; 1. These]. Man hat ihn ausgelacht, und damit war er erledigt« (7. August 1771). – Der Theologieprofessor Elias Stöber bemerkt: »Der Herr Goethe hat eine Rolle hier gespielt, die ihn als einen überwitzigen Halbgelehrten und als einen wahnsinnigen Religionsverächter nicht eben nur verdächtig, sondern ziemlich bekannt gemacht. Er muß, wie man fast durchgängig von ihm glaubt, in seinem Obergebäude einen Sparren zuviel oder zuwenig haben. Um davon augenscheinlich überzeugt zu werden, darf man nur seine vorgehabte Inauguraldissertation ›De Legislatoribus‹ lesen, welche selbst die juristische Fakultät ex capite religionis et prudentiae [aus Gründen der Religion und der Klugheit] unterdrückt hat, weil sie hier nicht hätte können abgedruckt werden anders, als daß die Professoren sich hätten müssen gefallen lassen, mit Urteil und Recht abgesetzt zu werden« (4./5. Juli 1772).

509,32 *Repetenten:* vgl. 385,16 mit Anm.

509,32 f. *Theses ... gedruckt:* Die 56 Thesen wurden unter dem Titel *Positiones Juris* in der Universitätsdruckerei von Johann Heinrich Heitz gedruckt. Eine Übersetzung und Erläuterung der Thesen findet sich in MA I,2, S. 903–917. – Die *Positiones Juris* sind das erste Dokument aus Goethes Feder, in dem die Thematik des Kindsmordes erwähnt wird (55. These).

509,34 *Tischgenossen:* unter ihnen Lerse.

510,12 *Promotion:* zum Lizentiaten der Rechte, nicht zum Dr. jur.

510,13 *Schöpflin:* Johann Daniel Sch. (1694–1771) war seit 1720 Professor der Rhetorik, der Geschichte und seit Anfang der fünfziger Jahre auch des Staatsrechts in Straßburg.

510,36 *emergiert und eminiert:* tritt hervor und zeichnet sich aus.

511,26 *»Alsatia illustrata«:* in 2 Bänden (Colmar 1751 und 1761) erschienenes Geschichtswerk über die keltischen und römischen sowie die germanischen Altertümer des Elsaß. Goethe hat das Werk am 8. Oktober 1812 aus der Weimarer Bibliothek entliehen, zusammen mit Friedrich Karl Gottlob Hirschings *Lexikon deutscher Dichter und Prosaisten,* das auch eine Biographie Schöpflins enthält.

512,1 *Fackelständchen:* zum fünfzigjährigen Dienstjubiläum am 24. November 1770.

512,16 f. *Koch und Oberlin:* Christoph Wilhelm K. (1737 bis 1813), Jurist, Historiker und Staatswissenschaftler, und Jeremias Jakob O. (1735–1806), seit 1763 Lehrbeauftragter an der Straßburger Universität und Kustos der Universitätsbibliothek; Bruder des Pfarrers Johann Friedrich O. in Waldersbach, bei dem 1778 Lenz Aufnahme fand.

513,6 *Zivilisten:* Zivilrechtlers.

513,21 *Vorgang:* Vorbild.

514,4 *Freiheit und Notwendigkeit:* Determination durch »Zeitverhältnisse« (vgl. das Vorwort, 9,23) und Erbanlagen einerseits und »Freiheit« zur eigenen Lebensgestaltung, Streben nach Überwindung und Aufhebung der »Notwendigkeit« andererseits.

514,7–10 *Das Was ... Quia:* Vgl. den Spruch aus der Sammlung »Gott, Gemüt und Welt«: »Wie? Wann? und Wo? – Die Götter bleiben stumm! / Du halte dich ans Weil, und frage nicht Warum?« – *Quia:* Vgl. zu dieser Stelle Martin Stern: »Lateinisch quia heißt darum [...]. Es meint hier die Kette der Kausalitäten. Sie ist dasjenige, was zu erforschen uns übrig bleibt. Denn auch Faktoren oder Komponenten, von denen niemand sagen kann, warum sie und so und nicht anders in die Wiege gelegt worden sind, lassen sich noch untersuchen auf ihr Ineinandergreifen hin, das heißt auf die Art und Weise, wie aus ihnen Schicksal oder [...] ein Lebenslauf entstand« (GJb 101, 1984, S. 278).

515,16 *Bockenheim:* bei Frankfurt. Die französisch-reformierte Gemeinde durfte in Frankfurt keine Gottesdienste abhalten (vgl. Anm. zu 78,6).

515,18 f. *Jünglingsjahren ... Deutschheit:* vgl. 270,6 mit Anm.

515,21 f. *Montaigne, Amyot, Rabelais, Marot:* Michel Eyquem de M. (1533–92), Moralphilosoph (*Essais*, 1580); Jacques A. (1513–93), Übersetzer (u. a. Plutarch, Longos' *Daphnis und Chloë*); François R. (1494–1553), Romancier (*Gargantua und Pantagruel*); Clément M. (1495–1544), Satiriker.

515,31 *idiotisch:* idiomatisch.

516,7 *Grimm:* Friedrich Melchior Baron von G. (1723 bis 1807), aus Regensburg stammender Diplomat in Paris (1748–1790), mit Diderot befreundet. 1753 begann er seine *Correspondence littéraire, philosophique et critique adressée à un souverain d'Allemagne, depuis 1753 jusqu'en 1790* (»Literarische, kritische und philosophische Korrespondenz, an einen regierenden Fürsten Deutschlands gerichtet, von 1753 bis 1790«), an den Herzog von Sachsen-Gotha gerichtete, vierzehntägig erscheinende Kulturberichte, die auch in Buchform veröffentlicht wurden (Paris 1812–1814). Goethe hat das Werk während der Arbeit am 11. Buch aus der Weimarer Bibliothek entliehen und gelesen (vgl. Tagebuch vom 11.–14. und 16.–21. Oktober 1812). Goethe ist G. mehrfach begegnet; am 1. Oktober 1781 schreibt er an Charlotte von Stein: »Ein Brief vom Herzog von Gotha lädt mich aufs verbindlichste ein, Grimm ist drüben und ich werde wohl übermorgen hingehn. Die Bekanntschafft mit diesem ami des philosophes et des grands macht gewiss Epoche bey mir, wie ich gestellt bin.«

516,17 *eitel:* Herder schreibt am 5. September 1770 an Hartknoch: »der Einzige, Schöpflin, ist nach Allem, was ich gehört, die Eitelkeit selbst, historiographe de France und ein Mann, der nur durch Connexionen groß geworden.«

516,20 *er disseriere:* er untersuche, forsche.

517,4 f. *mit Frankreich verbunden:* seit 1681.

518,4 *Friedrich, der Polarstern:* möglicherweise nach Worten Julius Caesars in Shakespeares gleichnamigem Drama (III,1, V. 60–62): »But I am constant as the Northern

Star, / Of whose true fixed and resting quality / There is no fellow in the firmament« (»Doch ich bin standhaft wie des Nordens Stern / Des unverrückte, ewig stete Art / Nicht ihresgleichen hat am Firmament«; Übersetzung August Wilhelm Schlegel).

518,17 *Exercitium:* (lat.) Exerzieren, Drill.

518,21 *Menage:* Abbé Gilles Ménage (1613–92), französischer Schriftsteller, von dem der Ausspruch »O le siècle de méchant goût« (»O das Jahrhundert des schlechten Geschmacks«) überliefert ist.

518,30f. *Freundschaft ... vor?:* Diese Verse finden sich nur im *Urfaust*. Goethes eigenhändiges Manuskript des *Urfaust* ist wahrscheinlich erst nach 1816 oder 1817 verlorengegangen (vgl. WA I,14, S. 252); er kann also bei der Arbeit am 11. Buch noch darin nachgesehen haben. Der sentenzhafte Charakter der Verse läßt freilich auch den Schluß zu, daß er aus dem Gedächtnis zitiert.

519,26 f. *Voltaire ... Corneilles Werke:* V.s mit einem umfangreichen Kommentar versehene zwölfbändige Edition des *Théâtre de Corneille* war 1764 erschienen.

521,18 *Sündflut ... versteinte Muscheln leugnete:* Voltaire vertritt diese Ansichten in seiner Schrift *Des Singularités de la nature* (»Über die Besonderheiten der Natur«) von 1768 und im Artikel *Déluge universel* (»Allgemeine Sintflut«) im *Dictionnaire philosophique*. – Goethe war entschiedener Anhänger des ›Neptunismus‹, der die Bildung der Erdteile und der Gesteine durch das Zurückweichen des Wassers erklärte, im Gegensatz zum ›Plutonismus‹ oder ›Vulkanismus‹, der die Entstehung der Gesteine und Gebirge auf vulkanischen Ursprung zurückführte.

521,21 f. *Baschberge:* Bastberg.

521,23 *Exuvien:* während des Wachstums abgestreifte Tierhäute.

522,8–11 *Katharina ... Braunschweig:* K. II. (1729–96), seit 1762 Kaiserin von Rußland; Gustav III. (1746–92), seit 1771 König von Schweden; Christian VI. (1699–1746), seit

1730 König von Dänemark; Stanislaw II. August Poniatowski (1732–98), 1764–95 König von Polen; Friedrich Heinrich Ludwig von Preußen (1726–1802), Bruder Friedrichs II.; Karl I. Herzog von Braunschweig (1713 bis 1780), seit 1735 regierender Herzog.

522,11 f. *sogar Päpste:* Voltaire wurde von Papst Clemens XIV. (1705–74) in den Kapuzinerorden aufgenommen.

522,13 *Joseph der Zweite:* Er war 1777 in Frankreich.

522,25–27 *ein Patriot ... »Belagerung von Calais«:* Pierre Laurent Buyrette de Belloy (1727–75), *Le Siège de Calais* (1765).

522,30 *Destouches:* vgl. Anm. zu 97,21 f.

523,19 f. *Enzyklopädisten ... ungeheuren Werks:* Zu den Mitarbeitern der insgesamt 33bändigen, von Diderot und d'Alembert herausgegebenen *Encyclopédie ou Dictionnaire raisonné des sciences, des arts et des metiers*, die zwischen 1751 und 1788 erschien, gehörten neben Voltaire u. a. Etienne Bonnot Condillac (1715–80), Paul Thiry d'Holbach (1723–89) und Charles-Louis de Montesquieu (1689 bis 1755).

523,33 *Naturkinder:* etwa in den Dramen *Le Fils naturel* (1757) und *Le Père de famille* (1760); vgl. Anm. zu 101,19 f.

523,35–524,1 *Wilddiebe:* in der Erzählung *Les Deux Amis de Bourbonne*, deren deutsche Übersetzung 1772 in den *Moralischen Erzählungen von Diderot und S[alomon] Geßner* erschien. Goethe hat das Buch in den *Frankfurter gelehrten Anzeigen* vom 25. August 1772 besprochen.

524,5 *ungeheueren Weltveränderungen:* die Französische Revolution, die Goethe kaum je beim Namen nennt.

524,25 *des Kunstwahren:* Vgl. zu diesem Begriff das Gespräch *Über Wahrheit und Wahrscheinlichkeit der Kunstwerke* (1798); dort heißt es, »daß das Kunstwahre und das Naturwahre völlig verschieden sei, und daß der Künstler keineswegs streben sollte, noch dürfe, daß sein Werk eigentlich als ein Naturwerk erscheine« (GA XIII, S. 178).

524,32 *ernsthafte und tragische Gegenstände:* vor allem in der ›comédie sérieuse‹ Diderots, einer Vorläuferin des bürgerlichen Trauerspiels.

525,8 *Le Cain:* Henri Louis Lecain (1728–78).

525,12 *Aufresne:* d. i. Jean Rival (1728–1804).

525,19 *»Cinna« ... Mithridat: Cinna ou La Clémance d'Auguste* von Corneille (1640), *Mithridate* von Racine (1673).

525,31 f. *Rousseaus »Pygmalion«:* Das Melodrama ist 1762 erschienen. Goethes Äußerungen sind von einem Brief Zelters beeinflußt, der eine Aufführung in Berlin gesehen hatte und am 19. November 1812 schreibt: »Ein junger Künstler ist so glücklich gewesen unter vielen Bestrebungen ein Werk hervorzubringen, das alles hinter sich läßt und selbst die Natur übertrifft. Dies soll alles wahr seyn; denn ist sein Werk nur trefflich, so darf er schon mitreden und man darf ihm glauben. Nun aber fängt er an zu raisonniren; bleibt bey sich und seinem Werke stehen; pocht und schilt mit den Göttern, die seine Blasphemieen ruhig hören und deren Eifersucht wir aus der Fabelgeschichte kennen und – was geschieht? die Götter erhören, erfreuen, belohnen ihn durch die physische Belebung seiner Idee, indem sie Kunst und Natur, durch die sie allein Götter sind, auf seltsame Weise preisgeben.« – Goethe antwortet darauf am 3. Dezember 1812: »Eben so muß ich einstimmen in das was Sie von Rousseau's *Pygmalion* sagen. Diese Production gehört allerdings zu den monstrosen und ist höchst merkwürdig als Symptom der Hauptkrankheit jener Zeit, wo Staat und Sitte, Kunst und Talent mit einem namenlosen Wesen, das man aber Natur nannte, in einen Brey gerührt werden sollte, ja gerührt und gequirlt ward. Diese Operation soll, hoff ich, mein nächster Band [von *Dichtung und Wahrheit*] zum Anschauen bringen: denn ward ich nicht auch von dieser Epidemie ergriffen, und war sie nicht wohlthätig Schuld an der Entwickelung meines Wesens, die mir jetzt auf keine andere Weise denkbar ist?«

526,11 *jene deutsche literarische Revolution:* der Sturm und

Drang, den man seit dem 19. Jh. so nach Klingers Drama von 1776 nannte. Vgl. dazu ausführlich Jörg-Ulrich Fechners Nachwort zu Friedrich Maximilian Klinger, *Sturm und Drang. Ein Schauspiel*, Stuttgart 1970 [u. ö.], S. 160 f.

526,21 *»Système de la nature«:* 1770 erschienenes Werk von Paul Thiry d'Holbach, einem der Enzyklopädisten. Goethe las Ende Oktober / Anfang November 1812 in der Londoner Ausgabe von 1781.

526,23 *cimmerisch:* düster; nach den Cimmeriern, die der Homerischen Sage nach in ewiger Dunkelheit lebten.

528,6 *hingepfahlt:* bestimmt, begrenzt, definiert. Vgl. dazu *Maximen und Reflexionen* (584).

528,28 *Shakespeare:* Am 12. Dezember 1812 schreibt Goethe an Zelter: »Indessen ich nunmehr am dritten Theile meiner Biographie schreibe, gelange ich zu den ersten Wirkungen Shakspears in Deutschland. Ob sich wohl hierüber noch etwas Neues sagen läßt? – Ich hoffe es. Ob ich Jedermann nach dem Sinne sprechen werde? Daran zweifle ich sehr.«

528,30–32 *von den Deutschen ... erkannt:* Hier beginnt eine Entwicklung, die – mit der Schlegel-Tieckschen Übersetzung – in der Eingliederung Shakespeares in den Kanon der ›deutschen Klassiker‹ kulminierte.

529,3 *früher dargestellt:* in *Wilhelm Meisters Lehrjahren* (1796).

529,6 *Nachlese von Betrachtungen:* Sie finden sich in der Schrift *Shakespeare und kein Ende*, deren beiden ersten Abschnitte, »Shakespeare als Dichter überhaupt« und »Shakespeare, verglichen mit den Alten und Neusten«, im März 1813 – gleichzeitig mit dem 11. Buch von *Dichtung und Wahrheit* – entstanden sind und 1815 im *Morgenblatt für gebildete Stände* veröffentlicht wurden; der 3. Abschnitt, »Shakespeare als Theaterdichter«, ist 1816 entstanden und 1826 in Goethes Zeitschrift *Über Kunst und Altertum* gedruckt worden.

529,12 *Dodds »Beauties of Shakespeare«: The Beauties of*

Shakespeare, regularly selected from each play (London 1752 u. ö.) von dem englischen Theologen und Shakespeare-Forscher William Dodd (1729–77) zusammengestellte Anthologie. Goethe kannte die Sammlung tatsächlich schon in seiner Leipziger Zeit; die Shakespeare-Zitate im Brief an Cornelia vom 30. März / 11. Mai 1766 stammen von dort.

529,26 *Wielands Übersetzung: Shakspears Theatralische Werke. Aus dem Englischen übersetzt von Herrn Wieland* (8 Bde., Zürich 1762–66). Goethes Vater besaß diese Ausgabe. Goethe hat sich die Bände vor der Versteigerung der väterlichen Sammlungen nach Weimar kommen lassen; sie befinden sich noch heute dort.

529,31 *Eschenburg:* vgl. Anm. zu 351,1. E. hat – die 22 bereits von Wieland übersetzten Stücke überarbeitend – die erste vollständige deutsche Übersetzung der Werke Shakespeares vorgelegt; sie erschien in 13 Bänden 1775–82. Im September 1771 schreibt Goethe aus Frankfurt an Herder über E.s *Versuch über Shakespeares Genie und Schriften* (1771; mit Übersetzungen ausgewählter Stellen): »Eschenburg ist ein elender Kerl. Seine Uebersetzung (der Stellen Shakespeares versteht sich) verdient keine Nachsicht; sie ist abscheulich.«

531,1 *Quibbles:* (engl.) Wortspiele.

531,16 f. *Aufsatz Herders über Shakespeare:* zunächst als kritisches ›Sendschreiben‹ an Heinrich Wilhelm Gerstenberg gedacht, der 1766 einen *Versuch über Shakespeares Werke und Genie* vorgelegt hatte, schließlich aber zu einer selbständigen Studie erweitert und 1773 in der – von Herder anonym herausgegebenen – Aufsatzsammlung *Von deutscher Art und Kunst* veröffentlicht.

531,18 *»Anmerkungen übers Theater«:* Schrift von Jakob Michael Reinhold Lenz (1751–92), zunächst zum Vortrag in der Straßburger Gesellschaft bestimmt und dort wahrscheinlich im Winter 1771/72 vorgelesen, 1774 durch Goethes Vermittlung im Verlag der Weygandschen Buchhandlung in Leipzig erschienen. Sie wurde zuerst für ein Werk Goethes gehalten. – Seine eigene Rede *Zum Schäkespears Tag* erwähnt Goethe in *Dichtung und Wahrheit* mit keinem Wort.

531,19 *Übersetzung von »Love's Labour's Lost«:* möglicherweise schon 1769–71 geplant, entstanden in Straßburg 1771/72; erschien unter dem Titel *Amor vincit omnia* (»Die Liebe besiegt alles«) im Anhang zu den *Anmerkungen übers Theater* 1774. – Am 9. Dezember 1812 – während der Arbeit am 11. Buch – vermerkt Goethe im Tagebuch: »Nach Tische *Amor vincit omnia* nach Shakespear von Lenz.«

531,24–27 *diesen ... Menschen ... gegen das Ende meines Straßburger Aufenthalts:* Nach dem Abbruch seines Theologiestudiums in Königsberg kam Lenz Ende April 1771 als Hofmeister der beiden Junker Friedrich Georg (1751–1800) und Ernst Nikolaus von Kleist (1752–87) nach Straßburg. Nach deren Abreise aus Straßburg im Herbst 1774 kam ihr jüngster Bruder Christoph Hieronymus Johann in die Stadt; zu Lenz' Beziehungen zu ihm vgl. Anm. zu 645,23.

531,30 *gleichzeitige:* gleichaltrige.

531,34 f. *nordischen:* Lenz stammte aus dem lettischen Dorf Casvaine (Seßwegen).

532,6 *whimsical:* (engl.) launisch, schrullig.

532,19 *jenes Epitaphium:* in *Amor vincit omnia* IV,2.

532,25 *boll:* Die starke Vergangenheitsform zu *bellen* war noch bis weit ins 19. Jh. üblich; im 1. Band des DWB (1854) wird sie noch vor der schwachen Form genannt.

533,6–13 *Ein Ritter ... Samen!:* Der Verfasser ist nicht zu ermitteln (wohl nicht Lenz).

533,20–22 *Lessing ... das erste Signal:* Im 17. Literaturbrief (16. Februar 1759) sagt Lessing über Gottsched: »er ließ den Harlekin feierlich vom Theater vertreiben, welches selbst die größte Harlekinade war, die jemals gespielt worden«; im 18. Stück der *Hamburgischen Dramaturgie* hat er sich ausdrücklich für die Beibehaltung des Harlekin in der

Komödie eingesetzt. Lessing argumentierte, daß man ohnehin »nur das bunte Jäckchen und den Namen abgeschafft, aber den Narren behalten« habe, und meint: »Die Neuberin ist tot, Gottsched ist auch tot: ich dächte, wir zögen ihm das Jäckchen wieder an.«

533,29 f. *Abtei Molsheim ... Scheibengemälde:* Die 114 Fenster im Kreuzgang des Kartäuserklosters stammen von Lorenz Linck (geb. 1582) und sind 1621–31 entstanden.

533,32 *Ceres:* römische Göttin des Landbaus.

534,2 *Aërolithen:* ›Luftstein‹, angeblich 1492 gefallener Meteor. – Goethe selbst erhielt 1801 und 1808 Meteorgestein für sein »Kabinett«.

534,8 f. *Ottilienberg:* Kloster Sainte Odile südwestlich von Straßburg.

534,16 f. *eine meiner ... Töchter:* Ottilie in dem Roman *Die Wahlverwandtschaften* (1809).

534,29 *zu sich forderte:* erster Hinweis auf die erste Reise in die Schweiz 1775.

536,20 *kleiner muntrer Mann:* der Orgelbauer und Verwalter (»Schaffner«) des Straßburger Münsters Johann Andreas Silbermann (1712–83).

536,28 *Originalrisse:* Sie haben sich erhalten und werden heute im Frauenhausmuseum in Straßburg aufbewahrt. – Am 28. November 1771 schreibt Goethe aus Frankfurt an Salzmann: »Hr. Silbermann hat mir das Münsterfundament geschickt. Danken Sie ihm vielmal und versichern Sie ihn aller Ergebenheit die ich seiner sonderbaren Gefälligkeit schuldig bin. Mit den Rissen mag es anstehen.«

537,5–7 *Als ich ihr die Hand ... in den Augen:* Vgl. das Gedicht »Willkommen und Abschied«. Die Bemerkung Goethes, daß ihm die Erinnerung der »peinlichen Tage [...] nicht geblieben« sei, läßt den Schluß zu, daß die Schilderung der Szene in *Dichtung und Wahrheit* von seinem Gedicht beeinflußt ist.

537,15 *nach acht Jahren:* auf der zweiten Schweizer Reise

1779. Goethe schildert das Wiedersehen in einem Brief an Charlotte von Stein vom 24.–28. September 1779.

537,25 *In Mannheim angelangt:* wahrscheinlich am 11. August 1771.

537,26 *Antikensaal:* Goethe hatte ihn zum ersten Mal im Oktober 1769 von Frankfurt aus besucht.

537,27 f. *Winkelmannschen und Lessingschen Schriften:* vor allem Winckelmanns *Gedanken über die Nachahmung der griechischen Werke in der Malerei und Bildhauerkunst* (1755) und *Beschreibung des Apollo im Belvedere* (1764) sowie Lessings *Laokoon* (1766).

537,30 *Laokoon, dem Vater:* Abguß eines Teils der Laokoon-Gruppe (vgl. 538,22) ohne die beiden Söhne.

Faun mit den Crotalen: tanzender Faun, Abguß einer in Florenz befindlichen Statue aus dem 3. Jh. v. Chr. – Crotalen: Klappern.

538,18 *Apoll von Belvedere:* In Mannheim konnte Goethe den Abguß einer römischen Kopie der nicht erhaltenen Original-Statue des Bildhauers Leochares (4. Jh. v. Chr.) sehen. Teilabgüsse dieser Statue hat Goethe selbst besessen.

538,22 *Laokoon:* Abguß der Figurengruppe der Bildhauer Hagesandros, Polydoros und Athenodoros (50 v. Chr.), die sich heute im Vatikan befindet.

538,26 *Der sterbende Fechter:* Abguß einer römischen Kopie; das Original gehörte »zu einem großen Siegesdenkmal der Attaliden von Pergamon aus dem ausgehenden 3. Jh. v. Chr.« (Trunz, in: HA IX, S. 801).

538,27 f. *Castor und Pollux:* Abguß einer römischen Figurengruppe, die sich heute im Prado in Madrid befindet. Goethe selbst besaß einen Abguß der Gruppe (vgl. den Briefwechsel mit Heinrich Meyer, 10. und 11. November 1812). »Problematisch« ist das Werk, weil es aus zwei ursprünglich nicht zusammengehörigen Statuen besteht, deren Herkunft schwer bestimmbar ist.

539,14 *Brief an Oesern:* nicht erhalten.
539,20f. *bei Herausgabe der »Propyläen«:* »Über Laokoon«, in: *Propyläen. Ersten Bandes erstes Stück* (1798).
539,25 *Rotonde:* das Pantheon in Rom.
539,26 *Akanthblätter:* Bärlappblätter; Verzierung an korinthischen Säulen.

Zwölftes Buch

540,7f. *nach Hause gelangt:* am 14. August 1771.
540,28 *Meßläufer:* »der auf messen läuft um seinen unterhalt zu erwerben« (DWB VI, Sp. 2138; dort diese Stelle als einziger Beleg).
541,7 *verjährten:* i. S.v. ›seit Jahren immer gleichen‹; eine erneute Spitze gegen den Vater.
541,11 *stufenweisen Lebensgange:* Goethe überträgt hier einen Begriff aus seinem morphologisch geprägten Naturwissenschaftsdenken – besonders der botanischen Studien – auf die eigene Lebensgeschichte und deren Darstellung, wie er es auch in dem Entwurf eines Vorworts zum 3. Teil von *Dichtung und Wahrheit* tut. Dort heißt es, er habe geplant, seine Autobiographie »nach jenen Gesetzen zu bilden, wovon uns die Metamorphose der Pflanzen belehrt« (HKA II, S. 581). Die »stufenweise« Entwicklung vom Keim zur Pflanze ist eines dieser Gesetze. Vgl. dazu das Nachwort.
541,15f. *Gedichte, Aufsätze, Reisebemerkungen:* Zu den Gedichten vgl. 501,7 mit Anm. In den *Ephemerides* von 1770/71 finden sich Bruchstücke eines geplanten Caesar-Dramas; der Aufsatz *Von deutscher Baukunst* ist zum Teil ebenfalls schon in Straßburg entstanden, auch Vorstudien zur Rede *Zum Schäkespears Tag* fallen möglicherweise noch in die Straßburger Zeit. – Ein Reisetagebuch, das Goethe bei seinen Ausflügen ins Elsaß und nach Lothringen wahrscheinlich geführt hat, ist nicht überliefert.

541,22 *Frauenzimmern:* u. a. die Geschwister Anna Sibylla (1758–1825) und Susanna Magdalena Münch (geb. 1753); (vgl. 246,34 f.) sowie Johann Bernhard Crespels Schwestern Maria Katharina (1749–1801) und Franziska Jakobea (1752–1814).

541,27 *Horn:* Er war seit 1770 als Anwalt in Frankfurt tätig.

541,28 *Riese:* Johann Jakob R. (1746–1827), der schon 1765 zu der »sehr angenehmen Gesellschaft« (246,34 f.) der Geschwister Goethe gehörte. R. versah seit 1773 das Amt eines städtischen »Kastenschreibers«, also eines Schreibers beim »gemeinen Kasten«, d. i. der städtischen Armenkasse (vgl. DWB V, Sp. 271). Später war er »amtlich auf dem Kirchhofe beschäftigt«, wie es in Goethes Brief an ihn vom 14. Februar 1814 heißt. Goethe schreibt: »Ich freue mich daß Sie, als ein besonders theurer Freund, zu den übrig gebliebnen gehören und wir uns noch, bis auf diesen Tag, zusammen der Vergangenheit freuen können. In meinem dritten Bande finden Sie Ihren geschätzten Nahmen und die Erinnerung unsrer näheren Verhältnisse, nicht ohne Bemerckung des vielfältigen Widerspruchs mit welchem der Freund meinen Enthusiasmus zu zügeln und meine Dialecktik zu üben verstand.«

541,36–542,1 *Hieronymus:* H. Peter Schlosser (vgl. 174,15 mit Anm.), Rechtsanwalt, später Schöffe in Frankfurt.

542,2 *Sachwalter:* Anwalt.

542,3 *Akten:* Vgl. Goethes Gedicht »Herrn Dr. Schlossers Wohlgeboren« (»Du, dem die Musen von den Aktenstökken . . .«, 1774).

542,9 *geistreiche lateinische Gedichte:* Schlossers *Poëmatia* sind mit der Jahreszahl 1775 in Frankfurt im Druck erschienen; zu Weihnachten 1774 hatte er sie Goethe geschickt, der sich am 26. Dezember 1774 dafür bedankt. Auch zur Hochzeit seines Bruders Johann Georg mit Goethes Schwester Cornelia hat er ein lateinisches Epithalamium geschrieben. – Das Freie Deutsche Hochstift besitzt zahlreiche handschriftliche Gelegenheitsgedichte Schlossers, jedoch alle in deutscher Sprache.

542,11 *Distichen:* nicht überliefert.

542,12f. *Porträte ... Karikaturen:* Davon hat sich nichts erhalten, wohl aber eine von Goethe angefertigte Porträtzeichnung Hieronymus Peter Schlossers (*Corpus* VII, Nr. 228).

542,19 *Georg:* Johann G. Schlosser war seit 1769 als Anwalt in Frankfurt tätig.

542,33 *Merk:* Johann Heinrich Merck (1741–91) studierte 1757–60 in Gießen und Erlangen, 1762–64 in Dresden an der Kunstakademie. 1767 trat er in den Staatsdienst beim Landgrafen von Hessen-Darmstadt und bekleidete die Stelle eines Kriegszahlmeisters. Goethe lernte ihn Ende 1771 in Frankfurt kennen; Ende Februar / Anfang März 1772 besuchten ihn Goethe und Johann Georg Schlosser in Darmstadt. – Merck hat seine literarische Tätigkeit mit Übersetzungen aus dem Englischen begonnen; später schrieb er Literatur- und Kunstkritiken sowie Gedichte und Erzählungen. Er betätigte sich auch als Kunstsammler und Paläontologe. Nachdem einige wirtschaftliche Unternehmungen gescheitert waren und sein Leberleiden sich als unheilbar erwies, nahm er sich am 27. Juni 1791 das Leben. *durch Herdern:* In den erhaltenen Briefen Herders an Merck und dessen Frau wird Goethe nicht genannt.

543,2 *einen Jüngling:* Heinrich Wilhelm Freiherr von Bibra (geb. 1749).

543,3 *beweibt:* Merck heiratete 1766 Louise Francisque Charbonnier (1743–1810).

543,16 *Lavaters »Physiognomik«:* Im 1. Teil von Lavaters *Physiognomischen Fragmenten zur Beförderung von Menschenkenntnis und Menschenliebe* (1775–78) findet sich ein von Georg Friedrich Schmoll gezeichnetes Porträt Mercks.

544,1 *Prosa und Versen:* u. a. die Erzählung *Die Geschichte des Herrn Oheim* (1778), zahlreiche Versfabeln und einige lyrische Gedichte.

544,4 *poetische Episteln:* In den Gesprächen mit Eckermann (10. Februar 1829) wird eine poetische *Epistel an Wieland* erwähnt (*Matinee des Rezensenten*, 1776), die sich in – so Eckermann – »höchst geistreichen aber etwas derben Knittelversen« gegen Friedrich Heinrich Jacobis im *Teutschen Merkur* veröffentlichten Roman *Aus Eduard Allwills Papieren* richtet. – Eine Handschrift dieser Epistel ist nicht mehr vorhanden.

544,18 f. *technischen und merkantilischen Fach:* Mercks unternehmerische Tätigkeiten fallen in eine spätere Zeit. Er war auf diesem Gebiet glücklos; so schreibt er am 3. August 1788 an Goethe: »Ich habe eine weitläufftige Cottonfabrique übernommen, wovon ich nichts verstanden habe, bin mit rohen und verarbeiteten Waaren überladen, die im Preiße gefallen sind, ich soll bezahlen und habe kein Geld.« Goethe hat den Herzog Karl August veranlaßt, Merck zu helfen, der diese Hilfe jedoch ablehnte. Vgl. dazu Goethes Gespräch mit Eckermann vom 29. März 1831.

544,27 *Heß:* Andreas Peter von Hesse (1728–1803), Geheimrat seit 1770, seit 1780 Minister.

544,28 *Petersen:* Georg Wilhelm P. (1744–1816), Theologe, Erzieher der Söhne des Landgrafen von Hessen-Darmstadt, Christian Ludwig (1753–1830) und Ludwig (geb. 1763).
Wenk: Helfrich Bernhard Wenck (1739–1803), Rektor des Darmstädter Pädagogiums.

544,31 *Geheimerätin von Heß:* Friederike von Hesse, geb. Flachsland (1744–1801).

544,32 *Flachsland:* Maria Karoline F. (1750–1809), seit 1770 mit Herder verlobt, 1773 verheiratet. Vgl. auch 439,8 f. mit Anm.

544,36 *dieser Kreis:* die ›Empfindsamen‹, zu denen neben den genannten noch Leuchsenring (vgl. Anm. zu 598,26),

Henriette von Roussillon (1727–73) und Luise von Ziegler (1750–1814) gehörten.

545,1 f. *Vorlesung meiner ... Arbeiten:* Am 13. April 1772 schreibt Karoline Flachsland an Herder: »er hat uns einige der besten Scenen aus seinem ›Gottfried von Berlichingen‹ [...] vorgelesen«.

545,12 f. *jene Baukunst ... schrieb ich zusammen:* vgl. Anm. zu 412,14, 413,16.

545,14 *deutsch und nicht gotisch:* vgl. Anm. zu 413,11.

545,34 f. *»Von deutscher Baukunst:* vgl. Anm. zu 412,14.

546,17 *Bibel:* vgl. 294,20–295,7 mit Anm.

546,24 *Schmidtischen wörtlichen Übersetzung:* die bereits im 4. Buch (136,24 f.) erwähnte lateinische Übersetzung von Johann Georg Schmid.

546,33–548,2 *Grundmeinung ... verleitet werden können:* vgl. dazu das Nachwort, S. 392 f.

548,19 f. *Voltairen ... wegen seines »Sauls«:* In seinem Drama *Saul* (1763) wird die Religionskritik der Aufklärung auf die Bühne gebracht; die alttestamentarischen Figuren erscheinen unmenschlich und bösartig.

548,26 *schon früher:* Vgl. den Exkurs im 4. Buch (»Der Mensch mag sich wenden wohin er will [...] Joseph empfinden«, 137,32–149,19 mit Anm.).

548,35 f. *Da kam ... Joseph:* 2. Mose 1,8.

549,7 *nicht unsere Zehn Gebote:* Vgl. dazu die um die Jahreswende 1772/73 entstandene Schrift *Zwo wichtige bisher unerörterte biblische Fragen*, in der es heißt: »Erste Frage. Was stund auf den Tafeln des Bundes? Antwort: Nicht die zehen Gebote, das erste Stück unsers Katechismus!« (GA IV, S. 142). – Vgl. auch den Bericht Karl August Böttigers nach einer Erzählung Lerses: »In Straßburg sollte Goethe Doctor juris werden. Dazu schrieb er eine Dissertation, worin er bewies, daß die zehn Gebote nicht eigentlich die Bundesgesetze der Israeliten wären« (*Gespräche* I, S. 51 f.).

549,15–17 *Die Evangelisten ... widerspricht:* Gedanke, den

Goethe aus Lessings theologischen Schriften gekannt haben dürfte; wohl kein wörtliches Zitat, sondern eigene Formulierung Goethes. Ähnlich verfährt er 552,12–15 im Falle eines angeblichen Hamann-Zitats.

549,18 f. *Gabe der Sprachen ... Pfingstfeste:* Damit befaßt sich die zweite der »unerörterten biblischen Fragen«: »Was heißt mit Zungen reden?« (GA IV, S. 146).

549,27 *in einem Briefe: Brief des Pastors zu *** an den neuen Pastor zu **** (1772–73); vgl. 650,33. Der Brief ist eine Antwort auf Schriften des 544,28 erwähnten Prinzenerziehers Petersen.

549,33 *im folgenden Jahre:* Der Beginn des 12. Buches – bis zur Ankunft in Wetzlar – umfaßt Ereignisse aus den Jahren 1771–74.

549,35 *Eichenbergischen Buchhandlung:* aus dem Verlag der *Frankfurter gelehrten Zeitung* hervorgegangene Verlagsbuchhandlung, 1771 durch Heirat mit der Witwe des Buchdruckers Johann Ludwig Eichenberg von Johann Konrad Deinet (1735–97) erworben, der die Zeitung 1772 in *Frankfurter gelehrte Anzeigen* umbenannte, den Verlag aber schon Ende 1772 an seinen Stiefsohn Eichenberg übergab.

549,36 *verhöcken:* verhökern.

550,1 *Rezension: Von deutscher Baukunst* wurde am 4. Dezember 1772 im 97. Stück der *Frankfurter gelehrten Anzeigen* besprochen.

550,6 *der neuen Ausgabe meiner Werke hinzufügen:* Weder den Aufsatz *Von deutscher Baukunst* noch die beiden theologischen Schriften hat Goethe in die hier gemeinte zwanzigbändige Ausgabe *Goethe's Werke* (1815–19) aufgenommen; nach *Dichtung und Wahrheit* erschien der Baukunst-Aufsatz 1824 in *Über Kunst und Altertum*, die theologischen Schriften erst 1840 in Bd. 14 der *Vollständigen neugeordneten Ausgabe in 40 Bänden.*

550,9 *Hamann:* vgl. 438,12–17 mit Anm.

550,12 f. *»Sokratischen Denkwürdigkeiten«:* Hamanns *So-*

kratische Denkwürdigkeiten für die lange Weile des Publikums zusammengetragen von einem Liebhaber der langen Weile sind 1759 erschienen. Goethes Lektüre dieses Werkes ist durch seinen Brief an Herder von Anfang 1772 belegt.

550,18 *Geheimes, Unerforschliches gelten ließ:* Das ist auch eine Maxime des alten Goethe; vgl. *Maximen und Reflexionen*: »Das schönste Glück des denkenden Menschen ist, das Erforschliche erforscht zu haben und das Unerforschliche ruhig zu verehren« (1207).

550,22 f. *Stillen im Lande:* die Pietisten.

550,27 *Moser:* Karl Friedrich von M. war von Hamann in der Schrift *Vermischte Anmerkungen über die Wortfügung* (1761) angegriffen worden. Daraus entspann sich ein freundschaftlicher Briefwechsel zwischen den beiden Philosophen. M. antwortete auf Hamanns *Vermischte Anmerkungen* mit dem *Treuherzigen Schreiben eines Laien-Bruders im Reich an den Magum [Weisen] in Norden oder doch in Europa* (1763 im 16. der *Briefe, die neueste Literatur betreffend*); daher rührt der Name »Magus im Norden«.

551,1 *nach Darmstadt:* Hamann wollte Moser in Frankfurt aufsuchen, wo er ihn jedoch nicht antraf. Das war im Jahre 1764; »Präsident« sämtlicher Landeskollegien in Darmstadt wurde Moser erst 1772.

551,5 *zwei Schreiben des Königsbergers:* In Goethes Autographensammlung (Goethe- und Schiller-Archiv Weimar) befinden sich zwei Briefe Hamanns an Karl Friedrich von Moser vom 1. Dezember 1773 und vom 27. Februar 1774. Im Brief von 1774 klagt Hamann über seine schlechte finanzielle Situation.

551,13–15 *»Wolken ... Philologen«:* vgl. 438,12–17 mit Anm.

551,30 *»Königsberger Zeitung«: Königsbergische gelehrte und politische Zeitung.*

551,33 f. *Aufsatz über Herders Preisschrift:* Hamanns *Philologische Einfälle und Zweifel über eine akademische Preis-*

schrift waren zur Entstehungszeit von *Dichtung und Wahrheit* nur in Abschriften bekannt; erst 1823 wurden sie gedruckt.

552,1–3 *Herausgabe der Hamannschen Werke ... zu befördern:* Goethe hat seine Sammlung Hamannscher Schriften – manche mit eigenhändigen Anmerkungen Hamanns, vgl. 553,8–11 – sowie die beiden 551,5 erwähnten Briefe 1819 den Herausgebern der ersten Hamann-Ausgabe, Friedrich Roth und Heinrich Nicolovius (dem Sohn von Goethes Nichte Marie Anna Luise, geb. Schlosser), zur Verfügung gestellt (vgl. Goethes Briefe an Nicolovius vom 7. Januar 1815, 11. Juli 1819 und 23. Februar 1821 sowie an Wilhelm Dorow vom 30. November 1818). Die Ausgabe erschien 1821–24.

552,10–15 *Das Prinzip ... verwerflich:* Die Sätze stammen mit großer Wahrscheinlichkeit nicht von Hamann selbst, sondern sind eine Charakteristik aus Goethes Feder. Das Paralipomenon 123 lautet: »Hamann hatte Keine Lehre als für den Gesammtgebrauch unsrer Kräfte, Keinen Streit als gegen ihre Vereinzelung« (HKA II, S. 583). Vgl. zu dieser Art des ›Zitats‹ auch 549,15–17 mit Anm.

553,9 f. *einige seiner gedruckten Bogen:* In Goethes Weimarer Bibliothek befindet sich ein Quartband mit 4 und ein Oktavband mit 12 kleinen Schriften Hamanns, die Goethe sich hat binden lassen.

553,26 f. *Briefe die ich von ihm sah:* Damit sind handschriftliche (oder abschriftliche) Briefe gemeint; erst 1819 erschien die erste Edition von Briefen Hamanns (Briefwechsel mit Friedrich Heinrich Jacobi).

554,3 *Necken und Schelten:* So hatte Herder am 20. Februar 1773 Karoline Flachsland die »Bilderfabel für Goethe« geschickt (»Hinangeflogen da kam ein Specht / Von Frankfurt wohl am Main ...«), ein Spottgedicht, das Goethe »übelgenommen« habe, wie Herder am 24. März 1773 Karoline berichtet.

554,7 *Dechant:* Swift war Dekan von St. Patrick in Dublin.

Vgl. Herders Brief an Merck vom 17. Oktober 1772: »In Ihren Zeitungen sind Sie immer Sokrates-Addison, Göthe meistens ein junger, übermüthiger Lord, u. wenn ich denn einmal komme, so ists der Irrländische Dechant mit der Peitsche.« Goethe redet ihn so in seinem Brief vom 7. Dezember 1772 an.

554,10 *Bückeburg:* Herder trat seine Stelle als Oberprediger und Konsistorialrat in Bückeburg schon im Mai 1771 an, als Goethe noch in Straßburg war.

554,11 *neuer Patron:* Friedrich Ernst Wilhelm Graf von Schaumburg-Lippe (1724–77). Seine ›Sonderbarkeit‹ – »sonderbar« hat hier keine pejorative Bedeutung – äußerte sich in seinem Ehrgeiz, aus seinem 340 km^2 großen Zwergstaat (20 000 Einwohner) mit allen Mitteln einen Modellstaat nach dem Vorbild Preußens und des von ihm verehrten Friedrich II. zu machen.

554,13 *Abt:* Der Philosoph und Theologe Thomas Abbt (1738–66) war ebenfalls Konsistorialrat in Bückeburg.

554,15 *Denkmal:* in der Bückeburger Schloßkapelle. Herder selbst hat auch ein ›Denkmal‹ Abbts geschaffen: *Über Thomas Abbts Schriften. Der Torso von einem Denkmal, an seinem Grabe errichtet* (1768).

554,22 f. *nicht bloß gelehrte ... sondern auch geistreiche:* Im Falle des Grafen von Schaumburg-Lippe zeigte sich diese Haltung am deutlichsten darin, daß der von ihm zum Oberhofprediger berufene Herder lutherischer Konfession war, während der Graf selbst der reformierten Kirche angehörte. Er war auf Herder vor allem wegen dessen Schrift über seinen Amtsvorgänger Abbt aufmerksam geworden.

554,24 f. *Klopstock ... Carl von Baden:* Nach dem Sturz des Grafen Bernstorff im Jahre 1770 (vgl. Anm. zu 427,23) war K. 1774 vom Markgrafen Karl Friedrich von Baden (1728–1811) nach Karlsruhe eingeladen worden. Auf der Reise von Hamburg nach dort besuchte er vom 27. bis 29. September 1774 Goethe in Frankfurt. – K.s Anstellung am badischen Hof zerschlug sich wegen Hofintrigen.

554,32 f. *sorgfältig schrieben wir die Oden ab und die Elegieen:* Die erste Ausgabe der Oden und Elegien Klopstocks erschien erst im Herbst 1771 in Hamburg; bis dahin kursierten die Texte – von wenigen Zeitschriftenveröffentlichungen abgesehen – hauptsächlich in Abschriften. Herders Briefwechsel mit Karoline Flachsland ist ein Zeugnis für diese Praxis. Die »Sammlung« (554,36), die die Landgräfin Karoline von Hessen-Darmstadt (1721–74) herstellen ließ, wurde im Frühjahr 1771 in nur 34 Exemplaren gedruckt.

555,3 *jene ersten Lesarten:* im Gegensatz zu den überarbeiteten Fassungen in der Ausgabe letzter Hand von 1798.

555,13–32 *Buchhandel ... im Schwange:* In diesem Abschnitt schildert Goethe die Entwicklung des Berufsschriftstellertums, ohne dabei jedoch tiefer in die historischen und ökonomischen Zusammenhänge einzudringen.

555,14 f. *Fakultätswerke:* Universitätslehrbücher, wissenschaftliche Werke zum Gebrauch in der Hochschullehre.

555,18 *Simonie:* Ämterkauf.

555,31 *Nachdrucker:* Ein Urheberrecht gibt es in Deutschland erst seit der Mitte des 19. Jh.s (1839 Urheberschutzgesetz in Sachsen, 1870 in ganz Deutschland). – Auch Goethe hatte unter dem Unwesen der Nachdrucker zu leiden (vgl. 723,13 und 725,2 mit Anm.).

556,8 f. *»Gelehrtenrepublik« auf Subskription:* Klopstocks Werk *Die deutsche Gelehrtenrepublik, ihre Einrichtung, ihre Gesetze, Geschichte des letzten Landtags. Auf Befehl der Aldermänner durch Salogast und Wlemar* erschien im Frühjahr 1774.

556,18 *einen Louisd'or:* 1 Reichstaler hamburgisch Courant = 1 Taler 3 Groschen.

556,25 *vielleicht tausend:* etwa 3600. Auch Goethes Vater hat das Werk angeschafft.

556,29 *seltsamsten Erfolg von der Welt:* In einem Brief an Gottlieb Friedrich Ernst Schönborn schreibt Goethe am 10. Juni 1774: »Klopstocks herrliches Werck hat mir neues

Leben in die Adern gegossen. Die Einzige Poetick aller Zeiten und Völcker. Die einzige Regeln die möglich sind! Das heisst Geschichte des Gefühls wie es sich nach und nach festiget und läutert und wie mit ihm Ausdruck und Sprache sich bildet; und die biedersten Aldermanns Wahrheiten, von dem was edel und knechtisch ist am Dichter. Das alles aus dem tiefsten Herzen, eigenster Erfahrung mit einer bezaubernden Simplizität hingeschrieben!« – Noch im gleichen Brief, am 4. Juli 1774, bemerkt Goethe über den Erfolg des Buches: »Mit Klopstocks Gelehrten Republick ist die ganze Welt unzufrieden, es versteht sie kein Mensch. Ich sah wohl voraus was für eine erbärmliche Figur das herrliche Buch in den Händen aller Welt machen würde.«

556,32 *Druidenrepublik:* Druiden: keltische Priester; Klopstock verbindet keltische und germanische Mythologie.

557,21 *Dessauische Verlagshandlung:* Die »Dessauische Verlagshandlung der Gelehrten und Künstler« wurde 1781 von einer genossenschaftlich organisierten Vereinigung von Schriftstellern gegründet; sie bestand bis 1788.

557,30 *Musenalmanache:* Seit 1765 erschien in Frankreich der *Almanac des Muses*; nach dessen Vorbild begannen seit 1769 auch in Deutschland Musenalmanache zu erscheinen, die zunächst ausschließlich unveröffentlichte Lyrik publizierten. Der erste war der 1769 erschienene *Göttinger Musenalmanach auf das Jahr 1770*, herausgegeben von Heinrich Christian Boie und Friedrich Wilhelm Gotter.

557,31 *Journale:* Die Gründung von Zeitschriften (»Moralische Wochenschriften«) war eine der wichtigsten Neuerungen im literarischen Leben der Mitte des 18. Jh.s.

558,12 f. *jene ... Literarepoche:* der Sturm und Drang, dessen Charakteristika Goethe hier nur versteckt andeutet (558,14 »genialer Männer«; 558,16 »Kräfte«). Die Schilderung dieser Epoche ist ganz von der Sicht des späten Goethe geprägt, der in den eigenen Jugenddichtungen eine ähnlich bedrohliche Tendenz sah wie in den zeitgenössischen

Werken der ›irrationalen‹ Romantik. Vgl. dazu Melitta Gerhard, »Goethes Sturm-und-Drang-Epoche in der Sicht des alten Goethe«, in: JbFDH 1970, S. 190–202.

558,25 *verlorene Liebe:* Friederike Brion.

558,30 *Antwort ... schriftlichen Abschied:* Beides ist nicht erhalten.

559,11 f. *Wanderer:* so nannte Goethe sich auch selbst, etwa im »Felsweihe-Gesang an Psyche« (»irrer Wandrer«) und in »Wandrers Sturmlied« (s. 559,25 f.). Vgl. auch Karoline Flachsland an Herder, 15. Dezember 1772: »Goethe ist fort, der gutherzige Wanderer!«

559,15 *Homburg:* Dort lebte Luise von Ziegler, die »Lila« des Darmstädter Kreises, als Hofdame der Landgräfin Caroline von Hessen-Homburg (1746–1821). Ihr ist Goethes Gedicht »Pilgers Morgenlied« gewidmet.

559,16 *Verwandtschaft beider Höfe:* Die Landgräfin Caroline von Hessen-Homburg war die Tochter der Landgräfin Henriette Christine Caroline Louise von Hessen-Darmstadt (1721–74), der »Großen Landgräfin«. Deren jüngere Tochter, Louise Auguste (1757–1830), heiratete 1775 den Herzog Karl August von Sachsen-Weimar-Eisenach.

559,23 *gegen:* hin zu.

559,25 f. *»Wanderers Sturmlied«:* »Übrig« ist davon – als einzige der Hymnen der Darmstädter Zeit – eine Handschrift Goethes als Beilage zum Brief an Friedrich Heinrich Jacobi vom 31. August 1774 (Freies Deutsches Hochstift). – Die Bezeichnung »Halbunsinn« entspricht der allgemeinen Abwertung des Sturm und Drang in *Dichtung und Wahrheit*.

559,32 *liebevoller Genius:* Die häufig geäußerte Vermutung, bei dieser Frau habe es sich um Henriette von Roussillon, die »Urania« des Darmstädter Kreises, gehandelt, ist schon angesichts des Altersunterschiedes – Frau von Roussillon war damals etwa 45 Jahre alt, für diese Zeit also schon eine ältere Frau – wenig wahrscheinlich. Lothar Baus hat in seinem Buch *Goethes Musengöttin Urania*, Homburg

(Saar) 1989, wahrscheinlich zu machen versucht, daß eine 1745 geborene Henriette Alexandrine von Roussillon Goethes Geliebte war, mit der er sogar ein Kind gehabt habe, doch geht aus einem Tagebucheintrag des Landgrafen Ludwig IX. von Hessen-Darmstadt eindeutig hervor, daß die Urania des Darmstädter Kreises die ältere Henriette von Roussillon war: »den 18ten [April 1773] Abends um 7 Uhr ist die Fräulein v. Roussillon bei der Frau Herzogin Durchlaucht im 45ten Jahr ihres Alters gestorben und wird den 21ten begraben« (freundlich mitgeteilt von Jörg-Ulrich Fechner, Bochum).

560,1 *auf eine Weise:* Darüber gibt es keinerlei Dokumente.

560,13 *beiden schlechten Figuren:* Weislingen im *Götz* und Clavigo im gleichnamigen Drama. Im Brief an Schönborn vom 1. Juni 1774 nennt Goethe Clavigo das »Pendant zum Weislingen«.

560,28–36 *Schlittschuhfahren ... Klopstocken ... seine Oden:* Klopstock hatte den neuen Sport, den man damals auch »Schrittschuhfahren« nannte, in Dänemark kennengelernt. Die früheste Ode, die diesen Sport zum Thema hat, ist 1764 entstanden: »Der Eislauf«. Daraus zitiert Goethe die Verse 9–12 (»Und sollte der [...] hat?«, 562,1–4) und 26–28 (»Wie erhellt des Winters [...] aus!«, 561,7–9), jeweils nach der Fassung der Erstausgabe von 1774. Das Zitat »Schon von dem Gefühle [...] Kristall« stammt aus der Ode »Braga« (1766), V. 13–15; sie lauten vollständig: »Neide mich! schon, von dem Gefühle der Gesundheit froh, / Hab' ich, weit hinab, weiß an dem Gestade gemacht / Den bedeckenden Krystall, und geschwebt / Eilend, als sänge der Bardiet den Tanz.« Weitere Oden Klopstocks über den Eislauf sind »Die Kunst Tialfs« (1767) und »Der Kamin« (1770). »Winterfreuden«, Klopstocks Abgesang auf die Freuden des Eislaufs, ist 1797 entstanden.

561,27 f. *Ossiansche Szenen:* Der Schotte James Macpherson (1736–96) hatte eigene Werke als angebliche Übersetzungen gälischer Gedichte des 3. Jh.s herausgegeben; sie erschienen zuerst unter dem Titel *Fragments of Ancient Poetry. Collected in the Highlands of Scotland* (1760); später kamen hinzu: *Fingal. An Ancient Epic in Six Books. Together with Several Other Poems Composed by Ossian, the Son of Fingal. Translated from the Gaelic Language* (1762) und *Temora* (1762). Schon gleich nach dem Erscheinen äußerte Samuel Johnson Zweifel an der Echtheit der Texte. – Goethes Vater besaß die *Works of Ossian* (2 Bde., London 1765); Goethe selbst lernte die Texte zuerst in Leipzig in der deutschen Hexameter-Übertragung von Johann Michael Denis (1729–1800) kennen (1768–69); er erwähnt Ossian im Brief an Friederike Oeser vom 13. Februar 1769. Er übersetzte selbst Teile der Texte (»Die Gesänge von Selma«), die in den 2. Teil des *Werther* eingingen. 1773 gab er zusammen mit Merck eine englischsprachige Neuedition der *Works of Ossian* heraus, zu der er selbst die Titelvignette radierte. – Die Naturschilderungen der »Ossianischen« Gesänge erfreuten sich im Sturm und Drang – etwa bei Herder – großer Beliebtheit.

562,22 *Datt:* Johann Philipp D. (1654–1722), Jurist in Esslingen und Stuttgart, verfaßte *Volumen rerum Germanicarum novum sive de pace imperii publica libri V* (»Handbuch über die neuen deutschen Rechtsfälle oder Die fünf Bücher über den allgemeinen Frieden des Reiches«, Ulm 1698), ein Quellenwerk über den Wormser Reichstag von 1495 und die damalige Reichsreform. Goethe hat das Werk am 10. April 1813 aus der Weimarer Bibliothek entliehen und notiert am gleichen Tag im Tagebuch: »Datt, de pace publica. Anderes zu dieser Materie Gehöriges.«

562,27 *Wetzlar besuchen:* als Rechtspraktikant am dortigen Reichskammergericht. Am 25. Mai 1772 hat Goethe sich unter Nr. 956 in die Matrikel der Praktikanten eingetragen.

562,28 *Kammergericht:* Das Reichskammergericht war 1495 gegründet worden; es bildete die oberste Instanz in Zivilprozessen und sollte die Einhaltung des auf dem Wormser Reichstag von 1495 proklamierten »Ewigen Landfriedens«, mit dem erstmals in der deutschen Geschichte ein staatliches Gewaltmonopol eingeführt wurde, überwachen. – Goethe hat bei der Arbeit an diesem Abschnitt 13 verschiedene Schriften benutzt – vor allem die 1768 erschienenen *Vermehrten Beiträge zur Verbesserung des Justizwesens am Kammergericht* von Christian Jacob Zwierlein –, die über die schleppende Abwicklung der Verfahren und ähnliche Mißstände klagen, sich also eher mit der Praxis der Arbeit des Reichskammergerichts beschäftigen, weniger mit dessen Zielen. Daraus erklärt sich seine negative Einschätzung des Reichskammergerichts. Die moderne Rechtshistorik betont indessen auch die – im guten Sinne – traditionsbildenden Elemente des Gerichts, dessen Einflüsse sich bis in das heutige Bundesverfassungsgericht verfolgen lassen. – Vgl. dazu den Katalog des Reichskammergerichts-Museums in Wetzlar (Wetzlar 1987).

563,4 f. *von keiner großen Bedeutung:* Diese Formulierung bezieht sich ausschließlich auf den ›juristischen‹ Teil seines Aufenthaltes. Goethe hat mit großer Wahrscheinlichkeit das Reichskammergericht – das in Wetzlar nie ein eigenes Gebäude hatte, sondern stets in angemieteten Häusern tagte – nur zweimal betreten: zur Eintragung in die Matrikel und zur vorgeschriebenen Vorstellung beim Kammerrichter. – Die persönliche, private Bedeutung der Wetzlarer Zeit kommt später zur Sprache.

563,15 f. *Schwabenrecht ... Sachsenrecht:* Der zwischen 1215 und 1235 entstandene *Sachsenspiegel* war zunächst eine von Eike von Repgow erarbeitete Sammlung von Gewohnheitsrechten; im Spätmittelalter wurde er zur Gesetzesnorm. Der *Schwabenspiegel* (um 1275) geht in weiten Teilen auf den *Sachsenspiegel* zurück.

563,17 f. *Austräge der Ebenbürtigen:* Streitigkeiten innerhalb der einzelnen Stände wurden seit dem 14. Jh. vor den »Austrägalgerichten« entschieden.

564,2 *Friedrich dem Dritten:* letzter in Rom gekrönter deutscher Kaiser (1415–93, Kaiser seit 1452).
564,3 *Maximilian:* vgl. Anm. zu 21,30.
564,16 *Hofrat:* Der seit Mitte des 16. Jh.s in Wien residierende Reichshofrat war als kaiserliches Reichsgericht eine Art Konkurrenzunternehmen zum Kammergericht.
564,26 *Sporteln:* »entlohnungen für obrigkeitliche verrichtungen und rechtspflege« (DWB X,1, Sp. 2688).
565,26 *Verlegung des Gerichts:* Es tagte nach seiner Gründung zunächst in Frankfurt im Haus Braunfels (s. 19,7), dann in Nürnberg, Regensburg, Speyer (1527–1688), Esslingen und schließlich von 1693 bis 1806 in Wetzlar.
565,28 *in Kriegsnot:* bei der französischen Besetzung der Pfalz im Jahre 1688.
565,34 *westphälischen Friedensunterhandlungen:* zur Beendigung des Dreißigjährigen Krieges 1648.
565,36 *sisyphische Last:* vgl. Anm. zu 687,34–688,2.
566,8–10 *Der Vorschlag … mit eingezogenen geistlichen Gütern auszustatten:* Diese Information hat Goethe Christian von Nettelblas *Bericht vom Ursprung, Beschaffenheit, Umständen und Verrichtungen der Kaiserlichen Reichs-Cammergerichtlichen Visitation* (Freiburg 1767) entnommen; dort heißt es in § 18: »Zur Zeit des Westphälischen Friedens wäre wohl das Tempo gewesen, mittelst Sekularisirung reicher Abteyen und Klöster sich dieser Beschwerde zu entlästigen; ob es aber gegenwärtig annoch thunlich, muß dahin gestellt seyn lassen.«
566,21 *Matrikel:* Verzeichnis der zu zahlenden Beträge.
567,18 *Amphictyonen:* (griech., ›Umwohnende‹); zunächst Vertreter der Volksstämme und Stadtstaaten, die gemeinsam den Apollon-Tempel in Delphi schützen sollten; später allgemein für die allen Stadtstaaten gemeinsamen Heiligtümer, Feste etc. zuständig. In Zwierleins *Vermehrten Beiträgen* (vgl. Anm. zu 562,28) heißt es zu Beginn: »So oft ich an das Kammergericht und den Reichstag denke, so oft

verbinde ich mit dieser Idee den Begriff der älteren Amphictionen.«

568,1 f. *Direktorium Fürstenbergs:* Frobenius Ferdinand Fürst von Fürstenberg (1664–1741) war 1718–21 Präsident des Reichskammergerichts.

568,7 f. *in einer entschiedenen Folge:* dem »Turnus«, der in einer der von Goethe benutzten Schriften (*Unparteiischer Bericht von dem Turnus,* 1771) beschrieben wird.

569,1 *Kaiser Joseph:* vgl. Anm. zu 163,5.

569,21 f. *Visitation ... im Gange:* Die Visitation wurde 1767–71 von Karl Egon von Fürstenberg-Stühlingen und Georg Freiherrn von Spangenberg und 1771–76 von Franz Gundacker Fürst zu Colloredo-Mansfeld geleitet.

570,10 *kleinen und übelgebauten Stadt:* Wetzlar war damals mit 5000–6000 Einwohnern, von denen etwa 1000 beim Reichskammergericht arbeiteten, größer als z. B. Gießen, Marburg oder Wiesbaden. Die Bezeichnung »übelgebaut« ist insofern ungerecht, als die Stadt ja nicht für die Erfordernisse einer so großen Behörde mit ihren vielfältigen Ansprüchen an repräsentative Wohnhäuser etc. gebaut war. Während das Reichskammergericht in Wetzlar residierte, wurde in der Stadt vieles verändert; z. B. wurden manche Eckhäuser umgebaut oder abgetragen, damit die großen Kutschen der Gerichtsherren und Gesandten um die Straßenecken biegen konnten.

570,29 f. *beinah sämtliche Gesandtschaftsuntergeordnete:* Neben den unten namentlich genannten noch Johann Friedrich Ferdinand Ganz, gen. Wunibald, Johann Christian Wanderer, gen. St. Armand der Eigensinnige, und Eberhard Jodokus König von Königsthal, gen. Ritter Vaudrai, der 1764 mit seinem Vater während der Krönung Josephs II. im Goethehaus gewohnt hatte (vgl. 193,10 f.) u.v.a.

571,5 f. *Rittername:* Die Namen stammen zum Teil aus dem Ritterdrama *Gabrielle de Vergy* (1767) von Pierre Laurent Buyrette (gen. Dormont) de Belloy (1727–75), das die Seylersche Truppe am 13. August 1771 in Friedrich Wilhelm Gotters Bearbeitung in Wetzlar aufgeführt hatte.

571,11 *Kielmansegg:* Christian Albrecht Freiherr – nicht Graf – von K. (1748–1811) hatte sich drei Tage nach Goethe in die Matrikel der Praktikanten eingetragen. An der Rittertafel trug er den Namen »Graf Rethel«. Später wurde er Landgerichtspräsident in Güstrow (Mecklenburg).

571,13 *Goué:* August Siegfried von Goue (1742–89), bereits 1771 abgesetzter braunschweigischer Legationssekretär, der auch Gedichte und Dramen schrieb (*Masuren oder Der junge Werther. Ein Trauerspiel aus dem Illyrischen*, 1775). An der Rittertafel hieß er »Coucy«.

571,15 *derbe, breite ... Figur:* Johann Christian Kestner schreibt: »Er ist ziemlich groß, etwas stark; [...] nicht gut gebildet, woran ein Stich, den er beym Duel in die eine Seite des Leibes bekommen, die daher etwas stärker als die andere ist, Schuld seyn mag, noch mehr aber seine allezeit nachlässige Stellung und sein etwas bäuerscher Gang« (August Siegfried von Goue, *[Werke]*, Ausw. von Karl Schüddekopf, Einf. von Heinrich Gloël, Weimar 1917, S. 214).

571,17 *Vermutung:* Sie ist unbegründet. Goue war der Sohn eines Majors von Goue.

571,35 *»Die vier Haimons-Kinder«:* deutsches Volksbuch französischen Ursprungs; seit 1530 bekannt.

572,22 *gedruckten Büchelchens: Der hoeere Ruf* (Wetzlar 1768, [2]1769). Die Verfasser sind Goue, Johann Armand Andreas von Hochstetter und Georg Friedrich Pauli. Goethe hat 1774 Lavater daraus vorgelesen, der am 26. Juni 1774 in sein Tagebuch notiert: »Goethe laß noch eine gedruckte brochure – voll Enigmatischer Weisheit u. Narheit – der höhere Ruf.« – Heinrich Gloël schreibt zu diesem Buch: »Goue wird damit nicht nur die Absicht gehabt haben, sich und seinen Freunden die Langeweile zu vertreiben, sondern in seinem Kreise auch freimaurerische, philanthropische Gedanken zu verbreiten« (Goue [s. Anm. zu 571,15] S. 231).

572,22 f. *jene seltsamen Worte ... erklärt:* Der 1. Abschnitt lautet: »Der Uibergang. Wee dir, wann du keinen Uibergang kennest. Einen kanst du nicht vermeiden, aber disen hast du mit iedem Tor gemein. Wann dir in der Ferne ein Zirkelzuindiger Stral leuchtschimmert und du zurückprasselst, dann sind alle erdklosstralende Steine brodkruimigte Atome in den Ozean gestamft.« In diesem Ton geht es fort, mit einer Fülle von »seltsamen Worten« wie »Kraftsinnbrauchlichkeits Gefuil«, »Schoenweltbrausling« und »Wargestalltrukprallinger« (für ›Spiegel‹).

572,30 *Pericopen:* Abschnitte für Lesungen (Kirchensprache).

572,36 *Gottern:* Johann Friedrich Wilhelm Gotter (1746 bis 1797), sachsen-gothaischer Legationssekretär, Übersetzer und Dichter, kehrte noch 1772 in seine Heimatstadt Gotha zurück.

573,10 *Boies Almanach:* Der 1769 zum ersten Male erschienene *Göttinger Musenalmanach* (vgl. Anm. zu 557,30).

573,11 *von meinen Gedichten:* Gedichte Goethes erschienen im *Göttinger Musenalmanach auf das Jahr 1774*: »Sprache«, »Der Adler und die Taube« (unter der Chiffre »H. D.«), »Der Wandrer« (Chiffre »T. H.«) und »Gesang« (Chiffre »E. D.«, später »Mahomets Gesang«).

573,14 f. *die beiden Grafen Stolberg ... Hölty:* Die Mitglieder des am 12. September 1772 gegründeten »Göttinger Hainbundes« waren Christian (1748–1821) und Friedrich Leopold (1750–1819) Grafen zu S. (Mitglieder seit Dezember 1772), Johann Heinrich Voß (1751–1826), Ludwig Christoph Heinrich H. (1748–76), Gottfried August Bürger (1747–94) – dem Hainbund nur lose verbunden –, Johann Martin Miller (1750–1814), dessen Vetter Gottlob Dietrich Miller (geb. 1753), Johann Friedrich Hahn (1753 bis 1779) und Johann Thomas Ludwig Wehrs (1751 bis 1812). – Voß schildert in einem Brief an Ernst Theodor Johann Brückner die Gründung des Bundes: »Der Abend war außerordentlich heiter, und der Mond voll. Wir aßen in einer Bauerhütte eine Milch, und begaben uns darauf ins freye Feld. Hier fanden wir einen kleinen Eichengrund, und sogleich fiel uns allen ein, den Bund der Freundschaft unter diesen heiligen Bäumen zu schwören. Wir umkränzten die Hüte mit Eichenlaub, legten sie unter den Baum, und faßten uns alle bey den Händen, und tanzten so um den eingeschloßnen Stamm herum; riefen den Mond und Sterne zu Zeugen unsres Bundes an, und versprachen uns eine ewige Freundschaft. [. . .] Jeder soll Gedichte auf den Abend machen, und ihn jährl. begehn« (21. September 1772).

573,33 *kranke Gefühl:* Auch diese Bewertung deutet auf eine von Goethe erkannte Verwandtschaft von Sturm und Drang und Romantik; vgl. seine Maxime »Klassisch ist das Gesunde, romantisch das Kranke« (*Maximen und Reflexionen* 1031).

574,3 *unabsehbar unglücklichen Folgen:* Anspielung auf die Französische Revolution.

574,4 *Voltaire . . . Familie Calas:* Der protestantische Kaufmann Jean C. (1698–1762) hatte einen Sohn durch Selbstmord verloren; C. wurde jedoch beschuldigt, den Sohn umgebracht zu haben, weil dieser angeblich zum Katholizismus hatte übertreten wollen. Jean C. wurde zum Tode verurteilt und hingerichtet; V. protestierte gegen diese Hinrichtung vor allem in der Schrift *Traité sur la tolérance à cause de la mort de Jean Calas* (»Traktat über die Toleranz, aus Anlaß des Todes von Jean Calas«, 1763) und erreichte schließlich die Wiederaufnahme des Prozesses (1765), in der C. und seine Familie rehabilitiert wurden.

574,7 *Unternehmen Lavaters gegen den Landvogt:* Der Landvogt von Grüningen, Felix Grebel (1714–87), hatte sich während seiner Amtszeit 1756–61 schwerer Vergehen im Amt (Erpressung, Unterschlagung) schuldig gemacht, die jedoch erst nach seiner Pensionierung ruchbar wurden.

Am 27. August 1762 schickte Lavater dem Landvogt einen mit »J. C. L.« gezeichneten Brief, in dem er Grebel »Tyrann, Bösewicht, Heuchler, Ungerechtester aller Richter, Gottesspötter, Meineidiger« nannte und ihn zur Wiedergutmachung seiner Taten aufforderte. Als Grebel nicht reagierte, setzten Lavater und Johann Heinrich Füßli gemeinsam ein Flugblatt mit dem Titel *Der ungerechte Landvogt oder Klagen eines Patrioten* auf, das sie am Abend des 29. November 1762 heimlich in den Häusern mehrerer Regierungsmitglieder niederlegten. Daraufhin wurde Grebel, der inzwischen ins Ausland geflohen war, auf Lebenszeit aus der Eidgenossenschaft verbannt und zu hohen Geldstrafen verurteilt. Aber auch Lavater und Füßli wurden wegen der von ihnen gewählten Mittel am 5. März 1763 förmlich gerügt. – Goethe hatte von diesem »Unternehmen« erst erfahren, als 1774 in den *Frankfurter gelehrten Anzeigen* die 1769 erschienene Schrift *Der von Johann Caspar Lavater glücklich besiegte Landvogt Felix Grebel* angezeigt worden war, mit der Lavater selbst jedoch, wie er öffentlich erklärte, nichts zu tun hatte. Goethe bat Lavater im August 1774 um eine genaue Beschreibung der ganzen Affäre.

574,17 *Zeitschriften:* Gegen Zeitschriften und Pressefreiheit hat Goethe sich oft scharf ablehnend geäußert, so gegenüber Riemer: »Was haben die Deutschen an ihrer scharmanten Preßfreiheit gehabt? als daß jeder über den andern so viel Schlechtes und Niederträchtiges sagen konnte, als ihm beliebte« (24. August 1809), und in den *Zahmen Xenien*: »Was euch die heilige Preßfreiheit / Für Frommen, Vorteil und Früchte beut? / Davon habt ihr gewisse Erscheinung: / Tiefe Verachtung öffentlicher Meinung.«

574,29 *»Hermanns-Schlacht« … Zueignung:* Klopstocks 1769 erschienenes *Bardiet für die Schaubühne* war mit einer längeren Widmung »An den Kaiser« versehen, in der es heißt: »Ich kenne keinen stärkern Ausdruck der Verehrung, mit dem ich mich, bey Ueberreichung dieses Gedichts, Ew. Kaiserlichen Majestät nähern könnte, als daß ich meinem Vaterlande, und Ew. Majestät Selbst zu dem, was Sie für die Wissenschaften thun wollen, Glück wünsche.«

574,35–575,1 *jeder vor seiner Türe ... Hause stehe:* Vgl. den Spruch »Bürgerpflicht«, das letzte Gedicht Goethes (6. März 1832): »Ein jeder kehre vor seiner Tür, / Und rein ist jedes Stadtquartier. / Ein jeder übe sein' Lektion, / So wird es gut im Rate stohn.« – Die letzten beiden Verse gehen auf Luther zurück.

575,10 f. *Bardenlieder:* unter dem Einfluß der Ossian-Mode entstandene Lyrik; z. B. Heinrich Wilhelm von Gerstenberg, *Gedicht eines Skalden* (1766), und Karl Friedrich Kretzschmann (1738–1809), *Gesänge Ringulfs des Barden, als Varus geschlagen war* (1768). Klopstock nannte seine *Hermann*-Dramen »Bardiets« und erläuterte den Begriff in den Anmerkungen zu *Hermanns Schlacht*: »Barde Bardiet, wie Bardd, Barddas, in derjenigen neuern celtischen Sprache, die noch jetzt in Wallis [Wales] gesprochen wird, und mit der unsre älteste vermutlich verwandt war. Wir haben Barde nicht untergehen lassen, und was hindert uns, Bardiet wieder aufzunehmen? Wenigstens habe ich kein eigentlicheres und kein deutscheres Wort finden können.«

575,13–18 *Tyrannen ... Gedichte aus jener Zeit:* z. B. von Bürger: »Der Bauer an seinen durchlauchtigsten Tyrannen«, Voß' »Junker Kord« und einige Gedichte des jungen Schiller.

575,26 f. *»Götz von Berlichingen«:* vgl. dazu S. 611–616.

575,32 f. *Klopstocks Oden ... nordische Mythologie:* Der Wandel von der griechischen zur nordischen Mythologie zeigt sich besonders deutlich in der Umarbeitung der wahrscheinlich 1747 entstandenen Ode »Auf meine Freunde«, die später in »Wingolf« umbenannt wurde. »Hebe«, die griechische Göttin der Jugendkraft, wurde darin durch »Gna« ersetzt.

576,2 f. *»Edda« ... Mallets »Dänischer Geschichte«:* Der aus

Genf stammende Kopenhagener Professor der schönen Wissenschaften Paul-Henri Mallet (1730–1807) hat 1755 eine *Introduction à l'histoire du Danmark* (»Vorrede zur ›Dänischen Geschichte‹«) veröffentlicht, die eine französische Übersetzung der altnordischen *Edda* enthielt. Seine *Monuments de la mythologie et de la poësie des Celtes* (»Denkmäler der keltischen Mythologie und Poesie«, 1756) erwähnt Goethe in den *Ephemerides* (1771).

576,6 f. *Resenius:* Johann Peter Resen (1625–88), dänischer Altertumsforscher, veröffentlichte 1665 eine zweisprachige (altnordisch-lateinische) *Edda islandorum.* – Herder selbst hat freie Nachdichtungen einiger Lieder aus der *Edda* verfaßt und u. a. in seinem *Auszug aus einem Briefwechsel über Ossian und die Lieder alter Völker* (1771; erschienen 1773) aufgenommen (»Odins Höllenfahrt«, »Der Webegesang der Valkyriur«).

576,34 *Dappers Reisen: Asia oder ausführliche Beschreibung des Reiches des großen Mogols* des Holländers Olfert Dapper (gest. 1690), 1672 erschienen, 1681 in deutscher Übersetzung. Goethe besaß das holländische Original.

576,36 *Altar des Ram:* Dapper hatte das indische Wort *avatāra*, das ›Inkarnation‹ bedeutet, mit »Altar« übersetzt. »Ram« ist der indische König Rāma, die Inkarnation des Gottes Vishnu (bei Dapper: Mahadeu; unter diesem Namen erscheint er auch in Goethes Ballade »Der Gott und die Bajadere« [1797]).

577,1 *Nacherzählen:* Eine solche Nacherzählung ist durch das Gedicht »In das Stammbuch Johann Peter de Reyniers« (»Ein teures Büchlein siehst du hier ...«) bezeugt. Goethe hat am 14. November 1774 im Haus Krespel den Geschwistern Johann Bernhard und Maria Catharina Krespel sowie Johann Jakob Riese aus Dappers Buch vorgelesen und die Situation in dem Gedicht geschildert.

577,3 *Hannemann:* So heißt bei Dapper der Affe Hanumān, der – ein Sohn des Windgottes Vāyu – den König Rāma bei seinen Kämpfen unterstützt.

577,20 *Guys:* Pierre Augustin G. (1720–99), Marseiller Kaufmann und Altertumsforscher, verfaßte *Voyage littéraire de la Grèce ou lettres sur les Grecs anciens et modernes* (1771; die 3. Auflage Paris 1783 hat Goethe am 5. Februar 1810 aus der Weimarer Bibliothek entliehen). – Während der Arbeit am 12. Buch hat Goethe in den *Frankfurter gelehrten Anzeigen* gelesen, die er sich von Johann Friedrich Heinrich Schlosser hatte schicken lassen (Briefe vom 1. Februar und 31. März 1812). In den *Frankfurter gelehrten Anzeigen* war am 27. November 1772 die von Christian Felix Weiße stammende erste deutsche Übersetzung des G.schen Werks, *Literarische Reise nach Griechenland oder Briefe über die alten und neueren Griechen*, rezensiert worden.

577,21 f. *Wood ... Göttinger Rezension:* Robert W. (1717 bis 1771), *Essay on the Original Genius and Writings of Homer* (1769). In den *Göttinger Anzeigen von gelehrten Sachen* vom 15. März 1770 findet sich Christian Gottlob Heynes Rezension dieses Buches. Goethe hat den entsprechenden Band der Zeitschrift im April 1813 aus der Weimarer Bibliothek entliehen. In den *Frankfurter gelehrten Anzeigen* war 1773 eine Rezension der Übersetzung von Christian Friedrich Michaelis, *Robert Wood's Versuch über das Originalgenie und die Werke des Homer*, erschienen.

578,9 *abermals:* wie bei der im 5. Buch geschilderten Kaiserkrönung von 1764.

578,12 f. *jener halbleere Speisesaal:* vgl. 220,33–35 mit Anm.

578,33 *Verschleifen:* »hinausziehen, ausdehnen« (DWB XII,1, Sp. 1096).

579,12 *Sulzersche Theorie:* Das Sachwörterbuch *Allgemeine Theorie der schönen Künste* von Johann Georg Sulzer (1720–79) erschien zwischen 1771 und 1774. Am 18. Dezember 1771 wurde in den *Frankfurter gelehrten Anzeigen* ein Vorabdruck daraus, »Die schönen Künste in ihrem Ursprung, ihrer wahren Natur und besten Anwendung«, kritisch rezensiert, wahrscheinlich von Goethe und Merck. – Goethe hat in dem Aufsatz *Von deutscher Baukunst* Sulzers Auffassungen als »weiche Lehre neuer Schönheitelei« bezeichnet.

579,22 f. *Aristoteles, Cicero, Quinctilian, Longin:* Von A. waren in Rat Goethes Bibliothek die *Problemata* (Frankfurt a. M. 1571) und die *Dichtkunst* (Übersetzung von Michael Konrad Curtius, Hannover 1753), von C. die *Epistolae* (o. O. 1750) und *De Oratore* (Halle a. d. S. 1760), von Marcus Fabius Quintilianus (um 35–96) die *Declamationes* (Straßburg 1698) vorhanden. Wann Goethe zuerst mit Werken des Neuplatonikers Longinos (213–273) bekannt geworden ist, läßt sich nicht ermitteln.

580,34 *freundlicher Fluß:* die Lahn.

581,32 *Bräutigam:* Johann Christian Kestner (1741–1800), seit 1767 Sekretär der Bremischen Gesandtschaft in Wetzlar. Hier wie schon im Falle des »Hausfreundes« und des »Pylades« verschweigt Goethe den Namen und benennt die Person mit einem Begriff, der ihre Rolle sowohl in *Dichtung und Wahrheit* als auch im *Werther* charakterisiert.

582,3 *Frauenzimmer:* Charlotte Sophie Henriette Buff (1753–1828). Goethe nennt nur ihren Vornamen mit Rücksicht sowohl auf Charlotte als auch auf ihre in Weimar lebende Schwester Amalie Ridel (1765–1848).

582,5 *Mutter:* Magdalena Ernestine Buff, geb. Feyler (1731 bis 1771).

582,5 f. *zahlreichen jüngeren Familie:* die Geschwister Caroline (geb. 1751), Helene (geb. 1756), Hans (1757 bis 1830), Sophie (1760–1808), Amalie (1765–1848) und Ernst (1767–1845). – *Vater:* Heinrich Adam Buff (1710–95), Deutschordens-Amtmann in Wetzlar.

584,13 f. *neuen Heloise:* Wie öfters in *Dichtung und Wahrheit* trotz der Anführungszeichen kein wörtliches Zitat. Das Motiv findet sich im 7. Brief des 5. Teils der *Nouvelle*

Héloïse (vgl. Anm. zu 200,14). – Vgl. auch Goethes Abschiedsbrief an Lotte vom 11. September 1772: »ich gehe, zu den liebsten besten Menschen, aber warum von Ihnen. Das ist nun so, und mein Schicksaal, dass ich zu heute, morgen und übermorgen, nicht hinzusetzen kann – was ich wohl oft im Scherz dazusetze«, sowie den Brief vom 14. April 1773 an Kestner: »heute morgen übermorgen und mein ganzes Leben«.

584,20 *Jerusalem:* Karl Wilhelm J. (1747–72), seit 1771 als Nachfolger Goues Sekretär des braunschweigischen Gesandten Jakob von Höfler.

584,21 *Gottesgelehrten:* Abt Johann Friedrich Wilhelm Jerusalem (1709–89).

584,28–30 *blauer Frack ... Stolpen:* die berühmte Werther-Tracht.

584,31 *bei Freunden:* Johann Ferdinand Wilhelm von Brandt (1726–86) und dessen Familie.

585,5 *Gattin eines Freundes:* Elisabeth Herd, geb. Egell (1741–1813), Ehefrau des Pfalz-Lauterner Gesandtschaftssekretärs Philipp Jakob Held (1735–1809).

585,11 *Geßnerschen Radierungen:* Der Dichter Salomon Geßner war auch als Kupferstecher hervorgetreten.

585,15 *»Deserted Village«:* Oliver Goldsmiths Erzählgedicht *The Deserted Village* (»Das verödete Dorf«) war 1770 in London erschienen. 1772 hatte Merck einen Neudruck des englischen Textes herausgebracht; im gleichen Jahr erschien eine deutsche Übersetzung von Johann Georg Schlosser.

586,3 *Übersetzung:* nicht überliefert.

586,22 *Höpfner:* Ludwig Julius Friedrich H. (1743–97), seit 1771 Juraprofessor in Gießen. Nachdem er eine entsprechende Einladung Mercks zunächst abgelehnt hatte, entschloß er sich im April 1772 doch zur Mitarbeit an den *Frankfurter gelehrten Anzeigen*. 1781 wurde er Geheimer Tribunalrat in Darmstadt. 1782 hat Goethe sich bemüht, H. zur Annahme einer Professur in Jena zu bewegen (Brief an H. vom 27. Oktober 1782), dieser blieb jedoch in Darmstadt.

586,27 *Besuch:* Aus zwei zeitgenössischen Berichten (vgl. Gloël, S. 109) geht hervor, daß Goethe den Besuch am 18. August 1772 in großen Zügen wirklichkeitsgetreu schildert; Schlosser war allerdings bei dieser Gelegenheit nicht mit in Gießen.

586,33 *Scherz:* In seinem Brief an Höpfner vom 27. Oktober 1782 spricht Goethe von ihrer »so wunderbar angefangenen Bekanntschaft«.

587,16f. *Naturrecht:* Daneben beschäftigte er sich mit der »Geschichte des Rechts und der Rechtsaltertümer« und den »Institutionen und Pandekten« (Bräuning-Oktavio, S. 253).

587,29f. *Philipp Heinrich Schmidt:* vielmehr Christian H. Schmid (1746–1800), Professor der Beredsamkeit und Dichtkunst in Gießen. Goethe hatte ihn schon vor dem Besuch bei Höpfner kennengelernt. In den *Frankfurter gelehrten Anzeigen* hatte Schmid Goethes *Von deutscher Baukunst* kritisch rezensiert, worauf Goethe ihn in einem Brief an Kestner einen »Scheiskerl« nannte (25. Dezember 1772).

587,32 *der Handel:* Er scheint sich tatsächlich so abgespielt zu haben, wie Goethe ihn schildert. Am 19. Oktober 1772 schreibt Höpfner an Rudolf Erich Raspe: »Mit Merck und Goethe habe ich viel vergnügte Stunden gehabt. [...] Schmid kam einst in unsere Gesellschaft. Aber Himmel, wie ging es dem armen Sünder! Feiner, witziger und boshafter ist noch nie ein Mensch gegeißelt worden als er.«

588,15 *Nößel:* Schoppen.

589,36 *Pereat:* (lat., ›er gehe zugrunde‹) Nieder!

590,15 *»Frankfurter gelehrten Anzeigen«:* Die Zeitung bestand seit 1736, bis zu Mercks Übernahme der Herausgeberschaft am 1. Januar 1772 unter dem Titel *Frankfurter gelehrte Zeitung*. 1790 ist die Zeitung eingegangen. – Goethe arbeitete – wie Schlosser und Herder – nur bis Ende

1772 an den *Frankfurter gelehrten Anzeigen* mit. Die Bände von 1772 und 1773 hat er sich am 1. Februar 1812 von Fritz Schlosser aus Frankfurt erbeten; im März 1813 hat er viel darin gelesen.

590,16 f. *andere Akademiker in Gießen:* Johann Christian Friedrich Schulz (1747–1806), seit 1771 Professor der morgenländischen und griechischen Sprachen, Helwig Bernhard Jaup (1750–1806), seit 1771 Juraprofessor in Gießen, sowie Bahrdt (vgl. 590,22).

590,22 *in andere Hände:* Mercks Nachfolger als Herausgeber der *Frankfurter gelehrten Anzeigen* war der Gießener Theologieprofessor Karl Friedrich Bahrdt (1741–92).

590,31 f. *Berliner »Bibliothek« ... »Deutschen Merkur«:* Die Nummern der *Allgemeinen Deutschen Bibliothek* wurden in den *Frankfurter gelehrten Anzeigen* 1772/73 besprochen; an der am 14. August 1772 erschienenen Rezension des 1. Stücks des 16. Bandes (1772) war auch Goethe beteiligt. – Seinen *Teutschen Merkur* hat Wieland in den *Frankfurter gelehrten Anzeigen* 1773 selbst angezeigt.

591,27 f. *Gegenständen, ... die mir ... am Herzen lagen:* Ein besonderes Beispiel dafür ist Goethes Rezension der *Gedichte von einem polnischen Juden* (von Isaschar Falkensohn Behr, 1746–81), die am 1. September 1772 erschien. Der Artikel ist in weiten Teilen eine kaum verhüllte Liebeserklärung an Charlotte Buff.

591,33 *Auszüge:* Erst in der AlH, Bd. 33 (1830), erschienen von Goethe in Zusammenarbeit mit Eckermann ausgewählte Rezensionen, die zum Teil nicht von Goethe stammen.

592,25–28 *Schlosser entdeckte mir ... verbinden:* Er hatte sich im August 1772 mit Cornelia verlobt.

593,9 f. *Clarkesche wörtliche Übersetzung:* Samuel Clarke (1675–1729) hatte 1729–32 eine griechisch-lateinische Ausgabe der *Ilias*, 1740 der *Odyssee* vorgelegt. Die lateinische Übersetzung übernahm Johann August Ernesti in seine griechische Edition der Werke Homers (Leipzig 1756–64).

593,18–21 *Wolf Fenris ... Thor ... Riesen:* in der *Edda.*

593,28 f. *brieflich mit ihr unterhielt:* Aus der Wetzlarer Zeit sind keine Briefe Goethes an seine Schwester erhalten.

594,33 *in der französischen Schweiz:* Merck hielt sich 1765/66 als Hofmeister Heinrich Wilhelm von Bibras dort auf. In der Schweiz lernte er auch seine spätere Ehefrau Louise Francisque Charbonnier kennen.

595,10 f. *bis ich ihn bei Lotten eingeführt:* Merck hatte Charlotte Buff schon am 18. August 1772 in Gießen kennengelernt.

595,20 *junonische Gestalt:* wahrscheinlich eine der Töchter des Wetzlarer Hofrats Johann Ferdinand von Brandt, Dorothea oder Anna.

595,31 f. *Abstimmung:* Abwertung.

596,1 *Sohn:* Heinrich Emanuel (1766–80).

596,18 *mich freiwillig zu entfernen:* Am 11. September 1772 reiste Goethe aus Wetzlar ab, nachdem er am 10. September an Kestner und Lotte je einen Abschiedsbrief geschrieben hatte, an Lotte noch einen zweiten am 11. September. »Er ist fort Kestner wenn Sie diesen Zettel kriegen, er ist fort. [...] Wäre ich einen Augenblick länger bey euch geblieben, ich hätte nicht gehalten. Nun binn ich allein, und morgen geh ich. O mein armer Kopf« (an Kestner, 10. September 1772).

Dreizehntes Buch

596,22 *Frau von Laroche:* Sophie von La Roche, geb. Gutermann von Gutershofen (1731–1807), Romanautorin, 1751/1752 mit Wieland verlobt. Goethe hatte sie Mitte April 1772 in Darmstadt kennengelernt.

598,9 *Geheimenrats von Laroche:* Georg Michael Frank, gen. von La Roche (1720–88), unehelicher Sohn des Grafen von Stadion (vgl. Anm. zu 600,6), 1775 geadelt, wurde

1778 Kanzler des Trierer Kurfürsten Clemens Wenzeslaus. Seit dem 27. Dezember 1754 mit Sophie Gutermann verheiratet.

598,14 *Töchtern:* Maximiliane (1756–93), verh. Brentano, und Louise (1759–1832), verh. Möhn.

598,26 *Leuchsenring:* Franz Michael L. (1746–1827), seit 1769 Prinzenerzieher am hessen-darmstädtischen Hof. Während des hier geschilderten Besuches Goethes in Koblenz hielt er sich in der Schweiz auf.

599,4 *Taxischen Posten:* das von der Familie von Thurn und Taxis zwischen 1494 und 1866 betriebene Postsystem im Süden und Westen Deutschlands.

599,14 *Bondeli:* Julie von B. (1731–78) in Bern; mit vielen berühmten Zeitgenossen befreundet (u. a. Lavater und Wieland).

599,26 f. *Schriften über das Mönch- und Pfafftum: Briefe über das Mönchswesen*, 1771 anonym veröffentlicht. Goethes Vater besaß das Werk.

600,6 *Stadion:* Anton Heinrich Friedrich Graf von S. zu Thann und Warthausen (1691–1768), Erster Minister am Hof des Kurfürsten von Mainz; katholischer Aufklärer.

600,15 *mundiert:* ins Reine geschrieben.

600,16 *überschrieben:* mit der Adresse versehen.

600,29 f. *hohen und geistreichen Dame:* Ihr Name ist nicht überliefert.

601,4 *zwei geistlichen Kurfürsten:* von Mainz und von Trier.

601,16 *ältesten Tochter:* Maximiliane, die 1774 den Frankfurter Kaufmann Peter Anton Brentano heiratete. Mutter Clemens und Bettine Brentanos.

601,29 f. *viele Schriften:* Am berühmtesten ist ihre *Geschichte des Fräuleins von Sternheim. Von einer Freundin derselben aus Original-Papieren und anderen zuverlässigen Quellen gezogen*, herausgegeben von Wieland (1771). Weitere Werke sind *Rosaliens Briefe an ihre Freundin Marianne von St.* (1779–81) und die *Moralischen Erzählungen im Geschmack Marmontels* (1782–84). 1783/84 gab Sophie von La Roche die Zeitschrift *Pomona für Deutschlands Töchter* heraus.

602,3 f. *nettes Flügelhäubchen:* Vgl. das anonyme Pastellporträt (*Gemälde*, S. 211) und das Familienbildnis von Anton Wilhelm Tischbein (*Gemälde*, S. 161).

602,19 *traurigen, ja kümmerlichen Schicksalen:* 1780 war Georg Michael von La Roche wegen eines Skandals um die von Johann Caspar Riesbeck verfaßte Fortsetzung der *Briefe über das Mönchswesen* seines Amtes enthoben worden. Am 23. Oktober 1780 schreibt Friedrich Heinrich Jacobi an Heinse: »Aber das wißen Sie wohl noch nicht, daß unser Freund La Roche seinen Abschied hat. Hohenfeld hat mit ihm quittiert und will zu Speyer sein Haus und seine Einkünfte mit ihm theilen. Er behält für sich, für seine Frau und seine Kinder an Pensionen eine Summe von 2400 Gulden. Es scheint die Dummheit wacht auf, und will zeigen, daß sie den Kopf nicht verloren hat. [...] Es ist ein Spiel der Pfaffen, welche die Mönchsbriefe ihrem Verfasser nie vergeben hatten.«

602,21 *beiden Söhne:* Sophie von La Roche hatte drei Söhne, Friedrich (1757 – nach 1814), Carl (1766–1839) und Franz Wilhelm (1768–91).

602,26 *Merk mit seiner Familie:* Mitte September war Merck mit seiner Frau Louise Francisque und dem sechsjährigen Sohn Heinrich Emanuel in Koblenz angekommen.

602,31 *die Töchter:* Damit sind die Schwestern La Roche gemeint; Mercks Töchter Adelheid und Franziska Charlotte wurden erst 1771 bzw. 1775 geboren.

603,5 *Kartause:* Berg im Südwesten von Koblenz mit einem 1331 gegründeten Kartäuserkloster, das bis 1806 bestand.

603,6 *Moselbrücke:* eine mittelalterliche Steinbrücke, um 1332 erbaut.

603,8 *neue Schloß:* Die neue Residenz für Kurfürst Clemens Wenzeslaus von Trier wurde 1778 begonnen und 1785 fertiggestellt.

603,9 *vorschlägigen:* vorgeschlagenen.

Risse: von den französischen Baumeistern Michel d'Ixnard und François Peyre.

604,3 *»Pater Brey«: Ein Fastnachtsspiel, auch wohl zu tragieren nach Ostern, vom Pater Brey dem falschen Propheten*, im Frühjahr 1773 entstandene und an Herders Polterabend am 1. Mai 1773 aufgeführte Satire auf Franz Michael Leuchsenring, der im Kreis um Herder und Merck viele Verwirrungen in Ehen und Verlöbnissen gestiftet hatte.

604,5 f. *»Satyros ... Waldteufel«:* Im Sommer 1773 entstanden, aber erst 1817 in der zwanzigbändigen Ausgabe der *Werke* (Cotta) veröffentlicht. Auf wen sich die Satire bezieht, ist umstritten; die Forschung hat von Herder über Lavater und Hamann bis hin zu Heinse und Goue nahezu alle berühmten Zeitgenossen in Erwägung gezogen.

604,17 *Aufbruch:* wahrscheinlich am Sonntag, dem 20. September 1772.

604,28 *Elfeld:* Eltville.

604,31 *fleißig gezeichnet:* Es hat sich eine Zeichnung Goethes erhalten, »Bingen, Mäuseturm und Ehrenfels« darstellend, die jedoch möglicherweise schon 1768/69 entstanden ist (*Corpus* I, Nr. 49).

605,5 *Etling:* Der aus Marbach stammende Frankfurter Schöffe und Teilhaber einer großen Frankfurter Apotheker- und Materialwarenhandlung Johann Friedrich Ettling (1712–86) war ein bedeutender Kunstsammler; wie später Goethe sammelte er auch Naturalien (Versteinerungen, Muscheln etc.).

605,6 *Ehrenreich:* Johann Benjamin E. (1733–1806), selbst Maler und Kupferstecher, besaß eine große Gemäldesammlung.

605,15 f. *malte ... Stilleben:* nicht überliefert.

606,5 *der Niobe Töchter:* eine griechische Plastik, die nur in römischen Nachbildungen erhalten ist. Sie stellt Niobe und ihre von Apoll und Artemis getöteten Kinder dar.

606,15 *Advokatur:* Goethe war bereits am 3. September 1771 als Rechtsanwalt in Frankfurt zugelassen worden. Er führte 28 Prozesse. Seine Rechtsanwalts-Eingaben haben sich erhalten; sie befinden sich als Depositum des Stadtarchivs Frankfurt heute im Frankfurter Goethehaus. Eine Auswahl ist in MA I,2 gedruckt und kommentiert.

606,16 *Tode des Großvaters:* Johann Wolfgang Textor war am 6. Februar 1771 77jährig gestorben.

606,17 *Oheim Textor:* Johann Jost T. (1739–92).

606,25 *Kopisten:* Johann Wilhelm Liebholdt (1740–1806), der auch das Verzeichnis der Bibliothek des Rats Goethe schrieb (1794).

606,26 *Kanzleiförmlichkeiten:* Die umständlichen Anrede- und Schlußfloskeln und viele andere Formalien der Rechtsanwalts-Eingaben waren keine Nebensache; sie waren bis ins Detail vorgeschrieben. Abweichungen galten als Formfehler und konnten nachteilige Folgen für die Mandanten haben.

607,2 *Humanismus:* Bezeichnend für diese Veränderungen in der Rechtsauffassung ist die Wendung des juristischen Interesses von der Tat zum Täter und der Suche nach dessen Motiven; vgl. die im folgenden von Goethe angeführten Beispiele für diesen Wertewandel.

607,5 *Legitimationen:* Anerkennung unehelich geborener Kinder.

607,5 f. *Scheidungen und Mißheiraten befördert:* In diesem Kontext ist die Formulierung nur als ein Versehen anzunehmen: Scheidung von Mißheiraten wäre, was man von einem juristischen Humanismus erwartet, nicht die Förderung von »Heiraten zwischen Angehörigen verschiedener Stände«, wie Sprengel meint (MA XVI, S. 1023). Allenfalls deren Duldung wäre vorstellbar, jedoch keine ausgesprochene »Beförderung«.

607,7 *Sachwalter ... Scharfrichtersohne:* 1769 wurde der Frankfurter Scharfrichtersohn Johann Michael Hoffmann (1741–99) in die Ärzteschaft aufgenommen, der 1787/88 als Herausgeber des *Allgemein nützlichen Wochenblatts zur Erhaltung der unschätzbaren Gesundheit und Heiterkeit des Gemüts* hervortrat. Wer sein »Sachwalter« (Rechtsanwalt) war, ist nicht bekannt.

607,11 *Duldsamkeit gegen die Juden:* Sie bildeten einen großen Teil der Klientel Goethes; vgl. die entsprechenden Eingaben in MA I,2, S. 603–606 (Haas gegen Hamburger), 607 f. und 615–625 (Rachel Wetzlar), 626 f. (Goldschmidt).

607,20 *natürlicheren und lebhafteren Stil:* Gleich in seinem ersten Fall (Heckel gegen Heckel) erhielten Goethe und der Anwalt der Gegenseite, sein Freund Friedrich Maximilian Moors, einen Verweis wegen ihrer »unanständigen, nur zur Verbitterung der ohnehin aufgebrachten Gemüter ausschlagenden Schreibart« (MA I,2, S. 919).

607,23 *Reichshofratsagent:* nicht ermittelt.

608,9 *Hülfsmittel:* Goethe hat am 12. Dezember 1812 Christian Heinrich Schmids und Johann Gottfried Dyks *Chronologie des deutschen Theaters* (Leipzig 1775) entliehen und das Werk bis zum 25. Februar 1813 behalten; in dieser Zeit entstanden wahrscheinlich die beiden Paralipomena 42 und 45 (HKA II, S. 514 f., 516–519), die sich ausführlich mit der Geschichte des deutschen Theaters befassen und die Grundlage für den entsprechenden Abschnitt in *Dichtung und Wahrheit* bilden.

608,26 *Wendung nach dem Sittlichen:* Sie fand in Schillers theoretischen Arbeiten ihren Höhepunkt (*Die Schaubühne als moralische Anstalt betrachtet*, 1785/1802).

608,28–31 *Frage, ob das Theater … werden könnten:* Im Paralipomenon 45 schreibt Goethe: »die Frommen waren selbst untereinander nicht einig, ob man die Bühne unter die Gleichgültigen (adiaphoren) oder völlig zu verwerfenden Dinge rechnen solle. In Hamburg brach aber der Streit hauptsächlich darüber los, in wiefern ein Geistlicher selbst das Theater besuchen dürfe; woraus denn gar bald die Folge gezogen werden konnte, daß dasjenige was dem Hirten nicht zieme, der Heerde nicht ganz ersprießlich seyn könne« (HKA II, S. 518). In dem erwähnten Hamburger Streit tat sich besonders der Hauptpastor Johann Melchior Goeze (1717–86) mit seiner *Theologischen Untersuchung der Sittlichkeit der heutigen Teutschen Schaubühne überhaupt, wie auch der Frage, ob ein Geistlicher [...] die Schaubühne besuchen [...] und [...] verteidigen könne* hervor (1769).

609,3 *geistreiche Köpfe:* Lessing (vgl. 533,20–22 mit Anm.) und Justus Möser, *Harlekin oder Verteidigung des Grotesk-Komischen* (1761).

609,7 *Scapin und Crispin:* die französischen Entsprechungen zu Harlekin und Hanswurst.

609,9 *Koch:* Heinrich Gottfried K. (1703–75), Schauspieldichter, Schauspieler und Theaterdirektor in Leipzig. Im Paralipomenon 52 – »Leipziger Theater 1768« – schreibt Goethe: »Koch, der Director war durch sein hohes Alter von der Bühne dispensirt. Ich habe ihn [...] einmal als Crispin gesehen, wo er noch eine trockne Heiterkeit und eine gewisse künstlerische Gewandtheit zu zeigen wußte« (HKA II, S. 522).

609,10 *Richardsonschen Romane:* vgl. 245,14 f. mit Anm.

609,13 f. *»Miß Sara Sampson« ... »Kaufmann von London«:* vgl. 113,32 f. mit Anm. Der *Kaufmann von London* ist vor *Miß Sara Sampson* entstanden.

609,19 *Diderots »Hausvater«:* vgl. 101,19 f. mit Anm. *»Ehrliche Verbrecher«: L'Honnête Criminel* von Charles Georges Fenouillot (1727–1800), erschienen 1768.

609,20 *»Essighändler«: La Brouette du vinaigrier* (»Die Schubkarre des Essighändlers«) von Louis-Sébastien Mercier (1740–1814), erschienen 1775, im gleichen Jahr in deutscher Übersetzung von Heinrich Leopold Wagner. *»Philosoph ohne es zu wissen«: Le Philosophe sans le savoir* von Michel Jean Sedaine (1719–97), 1765 erschienen, in deutscher Übersetzung 1767.

609,21 *»Eugenie«:* erstes Theaterstück von Pierre-Augustin Caron de Beaumarchais (1732–99), 1767 erschienen, deutsche Übersetzung 1768; eines der frühesten bürgerlichen Trauerspiele Frankreichs.

609,23 *»Dankbare Sohn«:* von Johann Jakob Engel (1741 bis 1802), erschienen 1770.

609,23 f. *»Deserteur aus Kindesliebe«:* von Gottlieb Stephanie d. J. (1741–1800), erschienen 1773.

609,25 *»Minister«, »Clementine«: Der Minister*, erschienen 1772, und *Clementine*, erschienen 1771, Stücke des österreichischen Staatsmanns Tobias Philipp Freiherr von Gebler (1726–86). Am 16. März 1813 – während der Arbeit am 13. Buch – hat Goethe aus der Weimarer Bibliothek die Bände 1–3 der *Sämmtlichen theatralischen Werke* Geblers (Dresden 1772–73) entliehen.

609,26 *»Deutsche Hausvater«:* nach Diderots Stück (vgl. Anm. zu 101,19 f.), von Otto Heinrich Freiherr von Gemmingen-Hornberg (1755–1836), erschienen 1780.

609,29 *Eckhoff:* Konrad Dietrich Ekhof (1720–78), der wohl bedeutendste deutsche Schauspieler des 18. Jh.s. Von 1771 bis 1774 spielte er in Weimar.

609,35 *Schröder:* Friedrich Ludwig Sch. (1744–1816), Schauspieldirektor und Theaterautor in Hamburg. Bedeutend durch seine Aufführung des *Hamlet* 1777.

609,36–610,1 *bearbeitete ... englische Lustspiele:* Schröder hat vor allem Stücke Shakespeares bearbeitet. Am 13. März 1813 hat Goethe die von Christian H. Schmid herausgegebene Anthologie *Englisches Theater* (Tle. 1–4, Frankfurt a. M. 1769–71) entliehen; in den folgenden Tagen notiert er im Tagebuch die Lektüre einiger Stücke von Beaumont und Fletcher, Garrick und Colman, Farquhar und Congreve. Goethes Schilderung der englischen Lustspiele an dieser Stelle ist von dieser Lektüre beeinflußt.

610,7 f. *gehaltenes Kunstwerk ... Grenzenlose:* Das ist nach Goethes Auffassung auch der grundlegende Unterschied zwischen der Dichtung der Klassik und der Romantik.

610,35 *Rabener:* vgl. Anm. zu 279,16.

611,1 *Zachariä:* vgl. Anm. zu 255,8.

611,3 *Thümmels »Wilhelmine«: Wilhelmine oder Der vermählte Pedant. Ein prosaisches komisches Gedicht*, in sechs

Gesängen, von Moritz August von Thümmel (1738–1817), 1764 in Leipzig erschienen. Die Erstausgabe war in der Bibliothek von Goethes Vater vorhanden.

611,6 *Edelmann und Hofgenosse:* Thümmel war 1768–83 Minister am Sachsen-Coburgischen Hof in Gotha.

611,13 *Großmann:* Gustav Friedrich Wilhelm G. (1746–96), *Nicht mehr als sechs Schüsseln. Familiengemälde in fünf Aufzügen* (1780). In dem Stück läßt ein bürgerlicher Hofrat, der eine Adlige geheiratet hat, bei Tisch nicht die in Adelskreisen üblichen »18 Schüsseln« reichen, sondern »nicht mehr als sechs«. Anders als etwa Schiller und Goethes Mutter, die mit G. Briefe wechselte, hat Goethe das Stück abgelehnt.

611,18 *theatralischen Bösewichter:* vgl. 574,12 f.

611,33 f. *enge Bühnenraum:* die übliche Guckkastenbühne im Gegensatz zur offenen, in den Zuschauerraum reichenden Shakespeare-Bühne.

611,36 *Leben des ... Götz von Berlichingen:* vgl. 443,1 mit Anm.

612,3 f. *alle Theatergrenzen:* vor allem die der ›drei Einheiten‹ von Ort, Zeit und Handlung (vgl. 115,25 mit Anm.).

612,13 f. *fing ich ... zu schreiben an:* Die Urfassung des *Götz, Geschichte Gottfriedens von Berlichingen mit der eisernen Hand*, ist im November/Dezember 1771, also noch vor dem Wetzlarer Aufenthalt, entstanden.

612,27 *das Manuskript:* heute im Goethe- und Schiller-Archiv in Weimar. Der ›Ur-Götz‹ wurde vollständig erst nach Goethes Tod im 42. Band der AlH (1832) veröffentlicht.

612,27–29 *teilte es Merken mit ... sendete es Herdern zu:* Vgl. Goethes Brief an Herder von Anfang 1772: »Das Resultat meiner hiesigen Einsiedelei kriegen Sie hier in einem Skizzo, das zwar mit dem Pinsel auf Leinewand geworfen, an einigen Orten sogar einigermaßen ausgemalt, und doch weiter nichts als Skizzo ist. [...] Auch unternehm' ich keine Veränderung, bis ich Ihre Stimme höre; denn ich weiß doch, daß alsdann radicale Wiedergeburt geschehen muß, wenn es zum Leben eingehn soll.« – Aus einem Brief Herders an Karoline Flachsland (etwa 25. Juli 1772) geht hervor, daß Goethe das Manuskript zuerst an Herder, dann an Merck geschickt hat: »Ich schicke nächstens Goethens Berlichingen zurück: da wird er ihn wohl Mercken schicken.«

612,29 *unfreundlich und hart:* Gegenüber Karoline Flachsland hatte Herder geurteilt: »Es ist ungemein viel Deutsche Stärke, Tiefe u. Wahrheit drinn, obgleich hin u. wieder es auch nur gedacht ist« (etwa 25. Juli 1772), eine Einschätzung, die er auch Goethe mitgeteilt hat, wie aus dessen Brief an Herder vom 10. Juli 1772 hervorgeht: »Von ›Berlichingen‹ ein Wort. Euer Brief war Trostschreiben; ich setzte ihn weiter schon herunter als Ihr. Die Definitiv, ›daß Euch Schäckessp. ganz verdorben pp.‹ erkannt' ich gleich in ihrer ganzen Stärke; genug, es muß eingeschmolzen, von Schlacken gereinigt, mit neuem edlerem Stoff versetzt und umgegossen werden. Dann soll's wieder vor Euch erscheinen. Es ist alles nur gedacht. Das ärgert mich genug.«

612,31 *Schmähgedichten:* das Gedicht »Antwort auf die Felsweihe an Psyche«, das Herder am 6. Juni 1772 an Karoline Flachsland schickte. Goethe wird dort »irrer Götzendiener« genannt.

613,29 *Zigeunerszene:* zu Beginn des 5. Aufzugs.

614,3 *ganz erneutes Stück:* Die 2. Fassung entstand im Februar/März 1773.

614,4 f. *je weniger ich die Absicht hatte ... zu lassen:* Vgl. dagegen Goethes Brief an Kestner vom 11. Februar 1773: »ich bereite ietzo ein stattlich Stück Arbeit zum Druck.«

614,22–24 *»Mitschuldigen« ... gern gedruckt gesehn:* vgl. 306,26 mit Anm. Das Lustspiel erschien zuerst 1787 in Bd. 2 von *Goethe's Schriften* (Leipzig: Göschen, 1787 bis 1790).

614,27 *Frankfurter Zeitung:* die *Frankfurter gelehrten Anzeigen.*

614,30 *Werk auf eigne Kosten herausgeben: Götz von Berlichingen mit der eisernen Hand. Ein Schauspiel* erschien 1773 im Selbstverlag Mercks; gedruckt wurde das Buch in der Fürstlichen Hof- und Kanzleibuchdruckerei der Eylauschen Erben in Darmstadt.

615,6 *ward in vielen Paketen versendet:* Am 10. Juli 1773 schreibt Goethe an Boie: »Einige Freunde die näher bey Ihnen sind werden Sie um Exemplare bitten. Schicken Sie sie doch ihnen und notiren mir die Zahl. Ich will Ihnen noch eine Partie schicken. Ich hab die Unannehmlichkeit dass ich das Ding vertreiben muss, unterdessen dass Merck weg ist, was will ich machen. Ich fürchte wenn ich nicht dazu thue stirbt mir der ganze Verlag am Schlag, und ich möchte doch seinen Schaden nicht.« Ähnliche Sorgen äußert Goethe um diese Zeit auch gegenüber Kestner – »ich fürchte es bleibt hocken« (Mitte Juli 1773) – und Sophie von La Roche (11. Juli 1773).

615,11 *Nachdruck:* Neudruck im Jahr der Erstausgabe, ohne Angabe des Druckorts und des Verlags.

615,17 *das Papier bezahlen:* Am 23. Dezember 1774 schreibt Goethe an Sophie von La Roche: »Zu einer Zeit da sich so ein groses Publikum mit Berlichingen beschäfftigte, und ich soviel Lob und Zufriedenheit von allen Enden einnahm, sah ich mich genötigt Geld zu borgen, um das Papier zu bezahlen, worauf ich ihn hatte drucken lassen.«

615,22 *Flugschriften:* vgl. S. 413.

615,35 *weitläuftige wohlgemeinte Rezension:* Die Besprechung von Christian Heinrich Schmid (vgl. Anm. zu 587,29 f.) war im 3. Stück des 3. Bandes des *Teutschen Merkur* (September 1773) erschienen; mit 20 Druckseiten war sie in der Tat »weitläuftig«.

616,3 f. *heitere Erklärung Wielands:* Wieland hatte Schmids Rezension eine Nachschrift beigefügt, in der er sich von der Auffassung des Rezensenten distanzierte. Seine eigene, in dieser Nachschrift bereits angekündigte Besprechung veröffentlichte Wieland im 2. Stück des 6. Bandes des *Teutschen Merkur* (Juni 1774). – Die Jahrgänge 1773–75 (Bd. 1, 1. Stück, bis Bd. 9, 3. Stück) des *Teutschen Merkur* hatte Goethe vom 13. März bis 26. August 1813 aus der Weimarer Bibliothek entliehen.

616,11 *Landgräfin von Hessen-Darmstadt:* Henriette Christine Caroline Luise (1721–74), Gemahlin des Landgrafen Ludwig IX. (vgl. 446,25 mit Anm.). Die Reise (Mai bis Dezember 1773) diente der Verheiratung der zweiten Tochter der Landgräfin, Prinzessin Wilhelmine (1755–76), mit dem Sohn Katharinas II., dem russischen Großfürsten Paul. – Merck war am 20. Dezember 1773 wieder in Darmstadt.

616,13 *Briefe:* nicht erhalten.

616,34 *vorläufig:* vorher.

616,35 f. *von ... Bürger einen Brief:* an Boie, 8. Juli 1773. Der Brief, der sich in Goethes Autographensammlung in Weimar befindet, beginnt mit den Worten: »Boie! Boie! Der Ritter mit der eisernen Hand, welch ein Stück!« – Goethe diktierte diesen Abschnitt des 13. Buches während eines Aufenthaltes in Teplitz, hatte den Brief also nicht zur Hand. Das erklärt, warum er nicht mehr wußte, »an wen« er gerichtet war.

617,3 f. *Faustrecht mit zu günstigen Farben:* Die Darstellung des Faustrechts im *Götz* ist von Justus Mösers (1720–94) *Patriotischen Phantasien* beeinflußt; dort heißt es in der Abhandlung »Der hohe Styl der Kunst unter den Deutschen« (1770): »so muß doch jeder Kenner das Faustrecht des 12ten und 13ten Jahrhunderts, als ein Kunstwerk des höchsten Styls, bewundern« (*Justus Mösers Sämmtliche Werke*, hrsg. von Bernhard Rudolf Abeken, 10 Bde., Berlin 1842–43, Bd. 1, S. 396). – Rezensionen, die Goethes Haltung zum Faustrecht im *Götz* kritisieren, sind nicht überliefert. Möglicherweise sind solche Bedenken im Kreis der Juristenkollegen Goethes geäußert worden.

617,8 *Noten:* Erläuterungen, Fußnoten.

617,11 *frischen Abdrucks:* Auf Goethe wird im »Vorbericht« der 1775 erschienenen Neuauflage von Pistorius' *Lebensbeschreibung Gottfrieds von Berlichingen* angespielt, nicht auf dem Titelblatt.

618,18 f. *andern Darstellungsart:* Entwicklung zum Roman, vor allem zum Briefroman (vgl. 619,18 f.).

620,10 *Ekel vor dem Leben:* Im Paralipomenon 110 notiert Goethe: »Taedium vitae. Wertherianism. Düstre Lebenslast. Periodisch wiederkehrend Entschluss zu leben« (HKA II, S. 576 f.). – Den Begriff »taedium vitae« verwendet Goethe auch in seinem Brief an Zelter vom 3. Dezember 1812, in dem er auf die Nachricht vom Selbstmord des Stiefsohnes Zelters reagiert: »Wenn das taedium vitae den Menschen ergreift, so ist er nur zu bedauern, nicht zu schelten. Daß alle Symptome dieser wunderlichen, so natürlichen als unnatürlichen Krankheit auch einmal mein Innerstes durchrast haben, daran läßt Werther wohl niemand zweifeln. Ich weiß recht gut, was es mich für Entschlüsse und Anstrengungen kostete, damals den Wellen des Todes zu entkommen, sowie ich mich aus manchem spätern Schiffbruch auch mühsam rettete und mühselig erholte.«

620,11 f. *dem Moralisten:* dem Moralphilosophen.

620,27 f. *aus- und anzuziehn:* vgl. auch *Egmont*, 2. Aufzug: »Wenn uns der Morgen nicht zu neuen Freuden weckt, am Abend uns keine Lust zu hoffen übrig bleibt, ist's wohl des An- und Ausziehens wert?«

620,31 f. *einem unserer trefflichsten Männer:* Lessing. Goethe kannte die Anekdote aus der Ausgabe der Werke von Friedrich Heinrich Jacobi, die auch – allerdings von den Herausgebern stark redigierte – Briefe enthielt. Unter dem Datum des 20. Oktober 1780 ist ein Brief Jacobis an Heinse abgedruckt, in dem Jacobis Schwester mit den Worten zitiert wird: »Nun glaube sie auch, daß er [Lessing] damals im Ernst geredet habe, als er zu jemand gesagt, der sich im Frühjahre gefreut, daß nun bald alles wieder grün seyn werde: ›Ach, es ist schon so oft grün geworden, ich wollte, es würde einmal roth.‹ – Lessing lachte, gestand das Wort ein, und, daß es ihm damit wohl hätte Ernst sein können, wenn die Augen Roth so gut vertrügen als Grün.« – Im Originalbrief vom 20. Oktober 1780 ist dieser Passus nicht enthalten.

622,10 *englische Literatur:* Im Zuge der Shakespeare-Begeisterung gewann die englische Literatur in den siebziger Jahren bedeutenden Einfluß auf die deutsche, wenn auch vor allem in Übersetzungen. Während der Arbeit am 13. Buch verzeichnet Goethes Tagebuch häufig Beschäftigung mit englischer Dichtung (Chaucer, Spenser, Shakespeare).

623,4–13 *Die wahre Poesie ... zu mäßigen:* Diese Gedanken sind vor allem durch Schiller beeinflußt; vgl. dessen Gedicht »Die Macht des Gesanges« (1796).

623,12 f. *so Lust als Schmerz zu mäßigen:* vgl. Goethes Elegie »Alexis und Dora« (1796), V. 155–158: »Nun, ihr Musen, genug! Vergebens strebt ihr zu schildern, / Wie sich Jammer und Glück wechseln in liebender Brust. / Heilen könnet ihr nicht die Wunden, die Amor geschlagen; / Aber Linderung kommt einzig, ihr Guten, von euch.«

623,16 *Youngs »Nachtgedanken«: The Complaint, or Night-Thoughts on Life, Death and Immortality* (»Die Klage oder Nachtgedanken über Leben, Tod und Unsterblichkeit«) von Edward Young (1683–1765), erschienen 1742–45. Die erste deutsche Übersetzung von Christian Bernhard Kayser war unvollständig 1752 erschienen, vollständig 1760 bis 1761. Goethe erwähnt Young bereits in einem Brief an Cornelia vom 27. September 1766.

623,25–28 *Then old Age ... wrong:* »Dann führen ihn Alter und Erfahrung Hand in Hand zum Tod und lassen ihn begreifen, nach so schmerzhafter und langer Suche, daß er sein Leben lang im Irrtum war«; aus dem Gedicht »A Satyre Against Mankind« (»Eine Satire gegen die Menschheit«), im 10. Band von Samuel Johnsons Anthologie *The Works of English Poets* John Wilmot Earl of Rochester (1647–80) zugeschrieben.

624,8 *rein:* ganz und gar.

624,15 *Gray ... Dorfkirchhofe: Elegy Written in a Country Churchyard* (»Elegie, geschrieben auf einem Dorffriedhof«, 1751) von Thomas Gray (1716–71).

624,18 *Miltons »Allegro«: L'Allegro* (»Der Heitere«), wohl 1631 entstanden, beginnt mit einer Verwünschung der »loathed Melancholy« (»verabscheuten Melancholie«). Das Gedicht ist ein Seitenstück zum gleichzeitig entstandenen *Il Penseroso* (»Der Grübler«), der in der 1. Strophe die »vain deluding joyes« (»eitel trügerischen Freuden«) verscheucht.

624,21–23 *Goldsmith ... »Deserted Village« ... »Traveller«:* vgl. Anm. zu 585,15. *The Traveller, or A Prospect of Society* (»Der Reisende, oder Eine Ansicht der Gesellschaft«) ist 1764 erschienen, also vier Jahre vor *The Deserted Village*.

625,11 *Ossian ... letzte Thule:* vgl. 561,27 f. mit Anm. »Thule« (»ultima Thule« bei Vergil und Tacitus) wurde im Altertum die nördlichste Insel genannt; Sinnbild des Glücks. Vgl. Goethes Ballade »Der König in Thule« (1774).

625,16 *caledonische:* Caledonia: Schottland.

625,18 *Loda:* nach dem 1. Gesang des Ossianischen Gedichts »Kath-Loda«. Bei Ossian ist »Lodun« der Totenwind.

626,1–4 *To griefs ... its own:* »Dem Kummer verwandt und geneigt, kannte er mehr Wunden, als die Natur zufügte, während die Gestalt des Elends seine Phantasie in dunkle, eingebildete Schatten und Schrecken lockte, die ihr nicht angehörten«; aus dem Gedicht »The Suicide« (»Der Selbstmord«, 1771) von Thomas Warton (1728–90), einem Professor für Geschichte in Oxford.

626,9 *Montesquieu:* so in M.s (1689–1755) Schrift *Considérations sur les causes de la grandeur des Romains et de leur décadence* (»Betrachtungen über die Ursachen für die Größe und den Verfall der Römer«, 1734), Kap. 12. Goethe besaß die in Paris 1802 erschienene Ausgabe.

626,30 f. *Ajax in sein Schwert:* in Sophokles' (496–406 v. Chr.) Tragödie *Ajax*.

626,32 *Krieger seinen Schildträger:* Vgl. Shakespeares *Julius Caesar* V,3; dort läßt sich Cassius von seinem Diener Pindarus erstechen.

627,10 *Königin:* Cleopatra.

627,17 f. *Kaiser Otto:* der römische Kaiser Marcus Salvius Otho (32–69). Die folgende Darstellung lehnt sich an Suetons (Gaius Suetonius Tranquillus, um 70–140) Ausführungen an (*Otho*, Kap. 11).

628,11 *Nachricht von Jerusalems Tode:* Karl Wilhelm Jerusalem (vgl. 584,20 mit Anm.) hatte sich am 30. Oktober 1772 erschossen. In seinem Brief an Kestner, der ihm Jerusalems Selbstmord mitgeteilt hatte, schreibt Goethe: »Wenn der verfluchte Pfaff sein Vater nicht schuld ist so verzeih mirs Gott dass ich ihm Wünsche er möge den Hals brechen wie Eli« (Anfang November 1772).

628,12 f. *sogleich die genauste ... Beschreibung:* Noch im November 1772 schickte Kestner Goethe den ausführlichen Bericht über Jerusalems Tod, aus dem Goethe im Schlußteil des *Werther* einzelne Partien fast wörtlich übernommen hat. Allerdings liegt mehr als ein Jahr zwischen der Nachricht vom Selbstmord Jerusalems und der Entstehung des *Werther* (Februar/März 1774).

628,29 f. *Frau von Laroche ... älteste Tochter ... verheiratet:* Maximiliane Euphrosyne La Roche heiratete am 9. Januar 1774 den verwitweten Frankfurter Kaufmann Peter Anton Brentano (1735–97). Aus seiner Ehe mit Maximiliane stammen Clemens und Bettine Brentano und weitere zehn Geschwister.

629,6 *Dumeix:* Damian Friedrich Dumeiz von Huville (1729–1802) war seit 1760 Kanonikus des Bartholomäus-Stifts, seit 1767 Dechant des Leonhards-Stifts in Frankfurt. 1782 wurde er Propst des Liebfrauen-Doms in Erfurt.

629,13 *Servières:* Maria Johanna Josepha Servière, geb. Togni (1731–1805), Ehefrau eines französischen Parfumfabrikanten.

629,14 *Alosino-Schweizerischen:* aus Italien stammende Kaufmannsfamilie. Der aus dem Piemont gebürtige Giovanni Maria Allesina heiratete 1724 in Frankfurt Franziska Klara Brentano; ihre Tochter Paula Maria war mit dem ebenfalls aus Italien stammenden Franz Maria Schweitzer (Suaicara) verheiratet. Frankfurt hatte in der Mitte des 18. Jh.s eine große italienische katholische Kolonie.

629,25 *kindlichen Vertrauen:* Anfang Februar 1774 schreibt Goethe an Betty Jacobi: »Die Max ist noch immer der Engel der mit den simpelsten und werthesten Eigenschafften alle Herzen an sich zieht, und das Gefühl das ich für sie habe, worinn ihr Mann nie Ursache zur Eifersucht finden wird, macht nun das Glück meines Lebens. Brentano ist ein würdiger Mann, eines offnen starcken Charakters, viel Schärfe des Verstands, und der tähtigste zu seinem Geschäfft.«

629,30 *düster gelegenes Handelshaus:* das Haus »Zum goldenen Kopf« in der Großen Sandgasse.

629,31 *Mutter von einigen Stiefkindern:* Peter Anton Brentano hatte aus seiner ersten Ehe fünf Kinder.

630,5 *gewaltsamen Entschlusses:* Die Gründe dafür liegen im dunkeln; wahrscheinlich war Brentano doch eifersüchtig auf den 14 Jahre jüngeren Freund seiner Gattin. In einem Brief an Sophie von La Roche vom 16. Juni 1774 schreibt Goethe: »Glauben Sie mir dass das Opfer das ich Ihrer Max mache sie nicht mehr zu sehn, werther ist als die Assiduität [Beharrlichkeit] des feurigsten Liebhabers, dass es im Grunde Assiduität ist. Ich will gar nicht anrechnen was es mich gekostet hat, denn es ist ein Capital von dem wir Beyde Interessen ziehn.«

630,8 *Gattin eines Freundes:* Elisabeth Herd; vgl. Anm. zu 585,5.

630,16 f. *Besuche meiner Freunde verbeten:* »Er löst sich von allen seinen Freunden ab und lebt nur in den Werken, die er für das Publikum vorbereitet«, schreibt Merck am 14. Februar 1774 an seine Frau.

630,23 *in vier Wochen:* Februar/März 1774.

630,23 f. *ohne ... ein Schema des Ganzen:* Ein doppelseitig beschriebenes Blatt aus einem früheren Entwurf und ein Bruchstück des Vorworts haben sich erhalten (vgl. WA I,19, S. 309–312).

630,26 f. *fertige Manuskript ... wenigen Korrekturen:* Das Manuskript ist nicht erhalten. Knebel schreibt am 23. Dezember 1774 an Bertuch: »An den Leiden des jungen Werthers hat er zwei Monate gearbeitet, und er hat mir versichert, daß er keine ganze Zeile darin ausgestrichen habe.«

631,8 *gerettet:* Zum Gebrauch der Dichtung als Diätetikum vgl. auch »Und so begann [...] Versuch ist« (303,25–35) und »Aber zu der Zeit [...] gewesen sein« (560,7–15).

631,22 f. *als höchst schädlich verrufen:* So verbot z. B. der »Kurfürstlich Sächsische Bücher-Commissarius« am 30. Januar 1775 den sächsischen Buchhändlern »bey zehen Thaler Strafe« den Vertrieb des *Werther.* Im April des gleichen Jahres veröffentlichte Johann Melchior Goeze eine heftige, religiös motivierte Kritik (*Kurze aber notwendige Erinnerungen über die Leiden des jungen Werthers, über eine Rezension derselben, und über verschiedene nachher erfolgte dazu gehörige Aufsätze*).

631,28 *von Petersburg zurückgekommen:* am 20. Dezember 1773.

632,11 f. *in der schrecklichsten Lage:* Während Mercks Abwesenheit in Petersburg hielt sich seine Frau in ihrer

Heimat am Genfer See auf und hatte dort eine Affäre mit einem Herrn von Grafenried. Der aus dieser Verbindung stammende Sohn wurde im Juni oder Juli 1774 geboren, starb aber bald.

632,22 f. *an demselben Tage:* Das gehört in den Bereich der »Dichtung«: Cornelia und Schlosser heirateten am 1. November 1773, das Manuskript des *Werther* war erst im März 1774 abgeschlossen.

632,25 *Weygand:* Christian Friedrich W. (1743–1806), bedeutender Verleger der Literatur des Sturm und Drang. Bei ihm erschienen u. a. Goethes *Clavigo* und *Götter, Helden und Wieland*.

633,8 *Vorurteil ... didaktischen Zweck:* Eine didaktische Hilfestellung des Autors verlangt z. B. Lessing in seinem Brief an Johann Joachim Eschenburg vom 26. Oktober 1774: »Wenn aber ein so warmes Produkt nicht mehr Unheil als Gutes stiften soll, meinen Sie nicht, daß es noch eine kleine Schlußrede haben müßte? Ein paar Winke hintenher, wie Werther zu einem so abenteuerlichen Charakter gekommen; wie ein andrer Jüngling, dem die Natur eine ähnliche Anlage gegeben, sich dafür zu bewahren habe.«

633,14 *Rezensionen:* Von den etwa 20 bekannten zeitgenössischen Rezensionen zum *Werther* sind die von Merck und Christian Friedrich Blankenburg die bedeutendsten.

633,19 *»Freuden des jungen Werther«:* Die Parodie *Freuden des jungen Werthers. Leiden und Freuden Werthers des Mannes. Voran und zuletzt ein Gespräch* von Christoph Friedrich Nicolai (1733–1811) erschien 1775 im Verlag ihres Autors. Goethe hat in den *Xenien* auf diese Schrift reagiert; das betreffende Distichon »Der junge Werther« ist allerdings zu seinen Lebzeiten nicht veröffentlicht worden.

633,24 *geistig sehr beschränkt:* Diese »Beschränktheit« hat Goethe in den aus dem Nachlaß veröffentlichten *Xenien* verspottet:

Nicolai

Nicolai reiset noch immer, noch lang wird er reisen,
Aber ins Land der Vernunft findet er nimmer den Weg.

Philosophische Querköpfe

Querkopf! schreiet ergrimmt in unsere Wälder Herr Nickel,
Leerkopf! schallt es darauf lustig zum Walde heraus.

633,26f. *Vignette von Chodowiecki:* Daniel Nikolaus Ch. (1726–1801) hat außer dem Titelblatt zu Nicolais *Freuden des jungen Werthers* auch Goethes *Werther* für die Himburgsche Nachdruck-Ausgabe (*Goethens Schriften*, Berlin 1775–79) illustriert.

633,34 *Seite 214:* in der Erstausgabe die Stelle kurz nach der ersten Begegnung zwischen Werther und Lotte. Dort setzt Nicolais Parodie ein.

633,36 *psychische Arzt:* Albert in Nicolais Parodie.

634,7 *nie wieder unter die Augen gekommen:* Goethe besaß das Büchlein; am 4. September 1813 (nach der Arbeit am 13. Buch) hat er es aus der Weimarer Bibliothek entliehen und vier Monate behalten.

634,10f. *»Nicolai auf Werthers Grabe« ... nicht mitteilen läßt:* Das Gedicht wurde aus dem Nachlaß veröffentlicht; Goethes Bedenken gegen eine Publikation ergeben sich aus dem Wortlaut: »Der gute Mensch, er dauert mich, / Wie hat er sich verdorben! / Hätt er geschissen so wie ich, / Er wäre nicht gestorben!«

634,13 *prosaischen Dialog: Anekdote zu den Freuden des jungen Werthers*, im Februar 1775 entstanden, zuerst 1862 gedruckt.

634,26–30 *dünkelhafte Bestreben ... völlig verlor:* Der stets auf seinen aufklärerischen Vorstellungen beharrende und allen neuen philosophischen und literarischen Bestrebungen verschlossene Nicolai verdarb es sich darum mit fast allen Zeitgenossen und wurde schließlich trotz seiner großen Verdienste von niemandem mehr ernst genommen.

634,30 *Originalblatt ... niemals abgeschrieben:* Die Handschrift Goethes ist nicht überliefert, wohl aber eine Abschrift von der Hand Philipp Friedrich Seidels, Goethes Sekretär von 1775 bis 1785, sowie zwei Kopien von unbekannter Hand.

635,3 *alten Reim:* Nach Eike von Repgows Vorrede zum *Sachsenspiegel*, in dem Goethe am 15. Juni 1813 las: »wenne sver so svümmen nicht ne kan, / Wil he deme wazzere wizen daz, / So ist her unversunnen. / So leren daz se lesen baz, / Die ez vernemen nicht ne künnen.« (»Wenn jemand, der nicht schwimmen kann, das dem Wasser vorwirft, dann handelt er unvernünftig. Darum mögen die besser lesen lernen, die es nicht verstehen können.«)

635,4–11 *Mag jener dünkelhafte Mann ... besser lesen:* Die Verse sind nur in einer Handschrift Goethes aus dem August 1813 überliefert. Wenn sie tatsächlich aus dem Jahr 1775 stammen, hat Goethe sie wohl überarbeitet (vgl. 634,26 »dünkelhafte«).

635,34 *kleinen Verdrießlichkeiten:* In Kestners Bericht über Jerusalems Tod heißt es: »Jerusalem ist die ganze Zeit seines hiesigen Aufenthalts mißvergnügt gewesen, es sey nun überhaupt wegen der Stelle die er hier bekleidete, und daß ihm gleich Anfangs (bey Graf Bassenheim) der Zutritt in den großen Gesellschaften auf eine unangenehme Art versagt worden, oder insbesondere wegen des Braunschweigischen Gesandten, mit dem er bald nach seiner Ankunft kundbar heftige Streitigkeiten hatte, die ihm Verweise vom Hofe zuzogen und noch weitere verdrießliche Folgen für ihn gehabt haben« (*Goethe, Kestner und Lotte*, hrsg. von Eduard Berend, München 1914, S. 13).

636,18 *jener Künstler:* Der griechische Maler Zeuxis (um 425 v. Chr.) hatte eine Helena-Figur dieser Art geschaffen.

636,21 *Eigenschaften mehrerer hübschen Kinder:* neben Charlotte Buff vor allem Maximiliane von La Roche.

636,35 *Incognito:* So schon auf der Harzreise 1777: »Ich heise Weber, bin ein Mahler und habe iura studirt« (an Charlotte von Stein, 6. Dezember 1777); auf der Italien-Reise nannte er sich Philipp Möller. Vgl. auch die 1. Fassung der 2. Römischen Elegie: »Fraget nun, wen ihr auch wollt, mich werdet ihr nimmer erreichen, / Schöne Damen, und ihr, Herren der feineren Welt! / Ob denn auch Werther gelebt? Ob denn auch alles fein wahr sei? / Welche Stadt sich mit Recht Lottens, der einzigen, rühmt? / Ach, wie hab ich so oft die törichten Blätter verwünschet, / Die mein jugendlich Leid unter die Menschen gebracht!«

638,31 *»Jahrmarktsfest«: Jahrmarktsfest zu Plundersweilern. Ein Schönbartsspiel* (d. i. Maskenspiel), wahrscheinlich das erste Knittelvers-Stück Goethes, 1772/73 entstanden.

639,3 f. *»Prolog ... Offenbarungen«: Prolog zu den neuesten Offenbarungen Gottes* (1773) von Karl Friedrich Bahrdt (vgl. Anm. zu 590,22). Der Gießener Theologe wollte in seinem Werk die Bibel in Sprache und Denkweise des 18. Jh.s übertragen und vor allem den »ekelhaften morgenländischen Dialog« erneuern. Bahrdt zog sich damit den Unmut vieler Zeitgenossen zu. So veröffentlichte Johann Melchior Goeze 1773 einen *Beweis, daß die Bahrdtsche Verteutschung des Neuen Testaments keine Übersetzung, sondern eine vorsetzliche und frevelhafte Schändung der Worte des lebendigen Gottes sei.* Auch Klopstock und Herder griffen ihn an.

639,22 *Möser:* Justus M. (1720–94); Goethe schätzte seine *Patriotischen Phantasien* (1774–78). Vgl. S. 690 f. und 639,28–30 mit Anm.

639,24 f. *Osnabrücker Intelligenzblättern:* Mösers Schriften erschienen seit 1767 in den *Wöchentlichen Osnabrückischen Anzeigen.*

639,25 f. *durch Herder:* H. hatte einen Teil der Vorrede Mösers zu der *Osnabrückischen Geschichte* (1768) in die Sammlung *Von deutscher Art und Kunst* aufgenommen.

639,28–30 *Frau von Voigt ... setzte mich mit ihr in Verbindung:* Jenny von Voigts (1752–1814), Mösers Tochter. Gegen diese Darstellung spricht der erste überlieferte Brief Goethes an Jenny von Voigts vom 28. Dezember 1774: »Hier aber Madame nehmen Sie meinen einzelnen Danck für die Patriotische Phantasien Ihres Vaters, die durch Sie erst mir u. hiesigen Gegenden erschienen sind.« – Die »Besorgnis«, von der Goethe spricht (640,1), bezog sich auf die Herausgabe des 2. Teils der *Patriotischen Phantasien*, wie aus dem gleichen Brief hervorgeht: »Schändlich ists daß die garstigen Rezensenten aus ihren Hölen im Namen aller derer antworten, denen ein Autor oder Herausgeber Freude gemacht hat. [. . .] Empfelen Sie mich Ihrem Hrn. Vater [. . .] und lassen sich nicht an der Ausgabe des zweiten Theils hindern.«

640,4–6 *innigste Kenntnis des bürgerlichen Wesens ... rühmenswert:* diese »Kenntnis« fordert Goethe schon in der Kritik einer *Charakteristik der vornehmsten europäischen Nationen* (*Frankfurter gelehrte Anzeigen*, 1772): »Alles vom Hörensagen, Oberfläche, aus guten Gesellschaften abstrahirt – und das ist ihm Charakteristik! Wie so gar anders würden seine Urtheile ausgefallen sein, wenn er sich heruntergelassen hätte, den Mann in seiner Familie, den Bauern auf seinem Hof, die Mutter unter ihren Kindern, den Handwerksmann in seiner Werkstatt, den ehrlichen Bürger bei seiner Kanne Wein, und den Gelehrten und Kaufmann in seinem Kränzchen oder seinem Kaffeehaus zu sehen« (MA I,2, S. 381 f.).

640,15 *Gerechtsame:* Recht, Vorrecht.

640,17 *Interessen:* Zinsen.

640,30 *Konflikt Englands:* in dem Kapitel »Nachricht von den Streitigkeiten der ehemaligen deutschen und englischen Handelskompagnie«.

641,14 f. *Gegenstände seiner ... Betrachtungen:* Vgl. z. B. die Kapitel »Reicher Leute Kinder sollten ein Handwerk lernen« und »Wie ein Vater seinen Sohn auf eine neue Weise erzog«.

642,3 *Franklin:* Benjamin F. (1706–90), amerikanischer Politiker, Forscher und Schriftsteller, dessen Autobiographie Goethe 1810 las.

Vierzehntes Buch

642,17 *Bewegung:* Empfindsamkeit und Sturm und Drang.

642,20 *Ältere Freunde:* vor allem Herder und Merck.

642,28–30 *Lenz ... schon umrissen:* vgl. 531,31–532,3.

643,1 f. *unmöglich ... Umschweife seines Lebensganges:* vor allem wegen des Bruchs mit Lenz 1776 wegen dessen bis heute nicht ganz aufgeklärter »Eselei« am Weimarer Hof (Goethes Tagebuch vom 26. November 1776), aber auch wegen seiner geistigen Verwirrung.

643,4 *Selbstquälerei:* vgl. 620,10 mit Anm.

643,15 *Selbstbeobachtung:* Das »Erkenne dich selbst« war eines der Grundpostulate der Empfindsamkeit. Karl Philipp Moritz (1756–93) stellte diese Inschrift des Apollo-Tempels zu Delphi seinem *Magazin zur Erfahrungsseelenkunde* (1783–93) voran, einem bedeutenden Dokument der aufkommenden empirischen Psychologie. Dichterische Zeugnisse solcher Selbstbeobachtung sind Moritz' »psychologischer Roman« *Anton Reiser* (1785–90) und Lavaters *Geheimes Tagebuch von einem Beobachter seiner selbst* (erschienen 1771–73), dessen 1. Teil aus dem Januar 1769 im Jahre 1771 anonym erschienen ist (herausgegeben von Georg Joachim Zollikofer). Goethe stand dieser Literatur schon früh ablehnend gegenüber; am 16. Juli 1774 notiert Lavater in seinem Tagebuch: »Beym 1. Theil Tagbuch sähe er [Goethe] einen Menschen, der das Schnupftuch immer in der Hand hat, zu schneuzen, und unwillig wird, wenn er nicht heraus zu schneuzen findet.« – In dem Aufsatz *Bedeutende Fördernis durch ein einziges geistrei-*

ches Wort (1823) schreibt Goethe, »daß mir von jeher die große und so bedeutend klingende Aufgabe: erkenne dich selbst, immer verdächtig vorkam, als eine List geheim verbündeter Priester, die den Menschen durch unerreichbare Forderungen verwirren und von der Tätigkeit gegen die Außenwelt zu einer innern falschen Beschaulichkeit verleiten wollten. Der Mensch kennt nur sich selbst, insofern er die Welt kennt, die er nur in sich und sich nur in ihr gewahr wird« (GA XVI, S. 879 f.).

644,9 *kränkelte:* Mit dem Etikett der ›Krankheit‹ belegte Goethe vielfach Autoren, die seiner Auffassung von Dichtung widersprachen, z. B. Heinrich von Kleist.

644,22 *liefländischen Kavalieren:* die Brüder Kleist (vgl. 531,24–27 mit Anm.).

644,24–26 *ältere Baron ... fest geknüpft:* Friedrich Georg von Kleist. Seine Geliebte war Susanne Cleophe Fibich (1754–1820), die Tochter des Straßburger Goldschmiedemeisters und Ratsherrn Johann Philipp Fibich. »Fest geknüpft« war Kleist durch ein schriftliches Eheversprechen vom 27. Oktober 1773, das mit großer Wahrscheinlichkeit von Lenz formuliert worden ist (vgl. den vollständigen Abdruck in: Jakob Michael Reinhold Lenz, *Werke und Briefe*, 3 Bde., hrsg. von Sigrid Damm, München 1987, Bd. 1, S. 734–737). Kleist hat das Versprechen nicht eingehalten, sondern in seiner Heimat ›standesgemäß‹ geheiratet. Diese Vorgänge regten Lenz zu seiner Komödie *Die Soldaten* (1775) an. – Zu Lenz' Verhältnis zu Susanne Cleophe Fibich vgl. den 1987 zum erstenmal veröffentlichten Brief Lenz' an Herder von Ende März 1776: »Ich will Dir alles sagen, Herder! Das Mädchen das die Hauptfigur meiner ›Soldaten‹ ausmacht, lebt gegenwärtig in der süßen Betrachtung ihren Bräutigam [...] getreu wiederkehren zu sehen. Ob der's tut oder sie betrügt, steht bei Gott. Betrügt er sie, so könnten die ›Soldaten‹ nicht bald genug bekannt gemacht werden um den Menschen zu zerscheitern oder zu seiner Pflicht noch zurückzupeitschen. Betrügt er sie nicht, so könnte vielleicht das Stück ihr ganzes Glück und ihre Ehre verderben, obschon nichts als einige Farben des Details von ihr entlehnt sind und ich das Ganze zusammengelogen habe« (*Werke und Briefe*, Bd. 3, S. 416).

644,26 *zweiten Bruder:* Wie aus Lenz' *Tagebuch* hervorgeht (vgl. 645,23 mit Anm.), handelte es sich um den dritten, jüngsten Bruder, Christoph Hieronymus Johann von Kleist.

645,6 f. *wundersamen Anschauungen ... »Die Soldaten«*: In der 2. Fassung der Schlußszene der *Soldaten* vertritt der Obrist von Spannheim die Ansicht, »der König« solle »eine Pflanzschule von Soldatenweibern« anlegen.

645,12 f. *ein großes Memoire an den französischen Kriegsminister:* Lenz hat zwischen 1773 und 1776 eine Vielzahl von Entwürfen über das Militärwesen notiert, zum großen Teil in französischer Sprache, z. B. *Über die Umbildung der französischen Armee zu Legionen durch Soldatenehen, Brief an den Minister Maurepas über die Möglichkeit, Frankreich durch ackerbauende Militär-Kolonien zu heben, Materialien zu einer Abhandlung über die französische Armee* u. a. (vgl. Lenz [s. Anm. zu 644,24–26] Bd. 2, S. 946 f.). Am weitesten ausgearbeitet ist seine erst 1913 veröffentlichte Abhandlung *Über die Soldatenehen*, die sich an den französischen Kriegsminister Comte Saint-Germain (1707–78), aber auch an Herzog Karl August von Sachsen-Weimar wendet.

645,19 *abhielten:* anhielten.

645,22 *verbrennen:* Es ist denkbar, daß Lenz tatsächlich einige Entwürfe vernichtet hat.

645,23 *schriftlich:* im fragmentarisch erhaltenen Tagebuch vom Herbst 1774, das Lenz aus Furcht vor Entdeckung durch den jüngsten der drei Brüder Kleist, Christoph Hieronymus Johann, in einer Fremdsprache – vermutlich Englisch oder Italienisch – abgefaßt und für Goethe übersetzt hat, dem er es im Sommer 1775 schenkte. Das Manuskript befand sich unter den »Lenziana«, die Goethe am 1. Februar 1797 an Schiller zur eventuellen Veröffentlichung in den *Horen* schickte. Schiller antwortete am 2. Februar 1797: »Die Lenziana, soweit ich bis jetzt hineingesehen, enthalten sehr tolles Zeug, aber die Wiedererscheinung dieser Empfindungsweise zu jetzigen Zeiten wird sicherlich nicht ohne Interesse sein, besonders da der Tod und das unglückliche Leben des Verfassers allen Neid ausgelöscht hat, und diese Fragmente immer einen biographischen und pathologischen Wert haben müssen.« – In den *Horen* wurde *Der Waldbruder* gedruckt; das Tagebuch wurde erst 1877 aus Schillers Nachlaß veröffentlicht. Die Handschrift befindet sich in der Staatsbibliothek Preußischer Kulturbesitz, Berlin.

645,34 *in Wahnsinn verlor:* 1787/88.

646,6 *»Über unsere Ehe«:* nicht erhalten. Ähnliche Gedanken wie die hier von Goethe skizzierten vertritt Lenz auch in der Anfang 1775 in Straßburg entstandenen Satire *Pandämonium Germanicum.* Bei Goethes Besuch in Straßburg, Mai/Juli 1775, hat ihm Lenz möglicherweise die Handschrift gezeigt; in einer längeren Notiz Lenz' auf der Rückseite des Personenverzeichnisses von Goethes *Hanswursts Hochzeit* gibt Lenz Goethe sein »Ehrenwort [...], daß besagtes Blatt [...] niemals veröffentlicht wird«. Das könnte sich auf das *Pandämonium Germanicum* beziehen.

646,23 f. *Manuskripte ... »Soldaten«: Der Hofmeister* und *Der neue Menoza* erschienen 1774 bei Weygand (Leipzig), *Die Soldaten* 1776 bei Weidmanns Erben und Reich (Leipzig).

646,24 *Nachbildungen des Plautus:* entstanden 1772/73, anonym unter dem Titel *Lustspiele nach dem Plautus fürs deutsche Theater* erschienen (Frankfurt a. M. / Leipzig 1774), im Verlagskatalog mit dem Vermerk »von Goethe und Lenz« versehen. Die Stücke sind *Das Väterchen* (*Asinaria*), *Die Aussteuer* (*Aulularia*), *Die Entführungen* (*Mi-*

les Gloriosus), *Die Buhlschwester* (*Truculentus*) und *Die Türkensklavin* (*Curculio*).

646,25 f. *jene Übersetzung ... Theater«: Amor vincit omnia* (*Love's Labour's Lost*), vgl. 531,19 mit Anm.

646,28 *lakonischen Vorberichte:* In der kurzen Vorbemerkung der *Anmerkungen übers Theater* heißt es: »Diese Schrift ward zwei Jahre vor Erscheinung der Deutschen Art und Kunst und des Götz von Berlichingen in einer Gesellschaft guter Freunde vorgelesen.« Diese Vorlesung fand wahrscheinlich im Winter 1771/72 in der Straßburger »Société de philosophie et des belles-lettres« statt, also zu einer Zeit, als Goethe schon nicht mehr in Straßburg war.

646,35 f. *verschaffte ... Verleger:* vgl. Anm. zu 531,18.

647,3 *grillenhaften Verfolgung:* Es fällt tatsächlich auf, daß Lenz z. B. nach Goethes Abreise aus Sesenheim Friederike Brion aufsuchte und ihr Liebesgedichte widmete, Goethes Schwester Cornelia und Goethes Mutter besuchte und sich schließlich 1776 auch Charlotte von Stein näherte.

647,7 *Wagner:* Heinrich Leopold W. (1747–79), Dichter und Rechtsanwalt in Frankfurt.

647,15 *»Die Kindesmörderin«:* Wagners Drama *Die Kindermörderin* ist 1776 erschienen, 1779 in einer Umarbeitung unter dem Titel *Evchen Humbrecht oder Ihr Mütter merkts Euch!*, mit einem glücklichen Ende: Das Kind bleibt am Leben, und der geläuterte Bösewicht heiratet dessen Mutter. – Goethes Vorwurf des »Gedankenraubs« ist angesichts der Unterschiedlichkeit der Texte im ganzen sicher unzutreffend; gelegentliche Ähnlichkeiten sind jedoch nicht zu übersehen, z. B. die Worte des Verführers von Gröningseck zu Evchen: »du bist ja nicht die erste. [...] Nicht die erste, sag' ich, die Frau wurde, eh' sie getraut wurde« (1. Akt), und die Betäubung der Mutter durch einen Schlaftrunk.

647,27 *Klingern:* Friedrich Maximilian Klinger, am 17. Februar 1752 in Frankfurt geboren (gest. 1831), war zur Zeit der Entstehung des 14. Buches russischer Generalmajor, Direktor des Kadettenkorps, Oberdirektor des Pageninstituts am russischen Hof und Kurator der Universität Dorpat. Seine Karriere hatte er 1780 als Vorleser des russischen Zaren Paul I. begonnen. Im gleichen Jahr wurde er geadelt. – Goethe kannte ihn seit Beginn der siebziger Jahre; zwischen 1776 und 1811 war die Beziehung – von wenigen Empfehlungsschreiben Goethes für Reisende nach Petersburg abgesehen – unterbrochen, bis Klinger Goethe 1811 die ersten Bände seiner im Erscheinen begriffenen Werkausgabe schickte. Von da an standen die beiden Dichter – Klinger hatte nach der Sturm-und-Drang-Zeit einen Zyklus spätaufklärerischer Romane veröffentlicht – wieder in losem Kontakt. – Klinger ist einer der bedeutendsten Vertreter des Sturm und Drang; sein Schauspiel *Wirrwarr* (1776) nannte er auf Anraten des ›Genieapostels‹ Christoph Kaufmann (1753–95) *Sturm und Drang*. Weil dieser Titel »Ausdruck einer Seelenlage, der geistigen Zuständlichkeit dieser Generation« ist (Fechner [s. Anm. zu 526,11] S. 161), wurde er im 19. Jh. zum Signum der ganzen Epoche.

648,3 *Klingers Äußeres:* Goethe hat um 1774 ein Profilporträt Klingers in schwarzer Kreide gezeichnet (*Corpus* VIb, Nr. 246), eine der wenigen Porträtzeichnungen von seiner Hand.

648,17 f. *Schwester ... Mutter ... als Witwe:* Klingers Vater, der Konstabler Johannes Klinger, war 1760 im Alter von 37 Jahren bei einem Unfall ums Leben gekommen. Klingers Mutter Cornelia Margarethe Dorothea, geb. Fuchs (1728 bis 1800) sorgte als Wäscherin für ihre drei Kinder, neben Friedrich Maximilian noch Anna Katharina (1751 bis 1831) und Agnes (1757–1815), und für ihre eigene Mutter.

648,29 *Emil:* Rousseaus *Emile ou De l'éducation* (1762).

649,9 f. *in des Jünglings Lage ... oft schwer und sauer:* In einem Brief an Charlotte von Stein (Mitte 1776) gibt Lenz einen Auszug aus einem Brief Klingers an ihn, in dem ihm dieser seine materielle Lage schildert: »Nun wollte ich auf Akademieen gehn, hatte keine 100 fl. Ich ward mit Goethe bekannt. Das war die erste frohe Stunde meiner Jugend. Er bot mir seine Hülfe an. Ich sagte nicht alles und ging so, weil ich lieber sterben wollte als unverdient was annehmen. Die 100 fl. waren bald all. Der große Goethe drang in mich, machte mir Vorwürfe und nun leb ich schon ein ganzes Jahr von seiner Güte« (Lenz [s. Anm. zu 644,24–26] Bd. 3, S. 461 f.).

649,13 *durchstürmen, durchdrängen:* Die Anspielung auf ›Sturm und Drang‹ ist, wie aus einer Randnotiz Goethes zu Riemers Korrekturvorschlägen vom 13. Dezember 1813 hervorgeht, von ihm »intentioniert« (vgl. WA I,28, S. 373).

649,16 *Produktionen . . . mir gegenwärtig:* Goethe hat für die Arbeit an diesem Abschnitt in den 1809 erschienenen Bänden 8, 9, 11 und 12 der Werkausgabe gelesen, die Klinger ihm 1811 geschickt hatte. Die Bände enthalten die *Geschichte eines Teutschen der neusten Zeit*, *Der Weltmann und der Dichter* und die *Betrachtungen und Gedanken über verschiedene Gegenstände der Welt und der Literatur*, Werke also, die erst um die Jahrhundertwende entstanden sind. Das erklärt, warum Goethe in einem Abschnitt, der die Mitte der siebziger Jahre behandelt, auf Klingers Werke nur sehr allgemein eingeht.

649,20 *generischen:* gattungsmäßigen.

650,7 f. *gegen neue Meinungen:* z. B. die Philosophie Kants.

650,16 f. *Vorkömmlichen:* Vorkommenden.

650,22 *bedeutenden Posten:* vgl. Anm. zu 647,27.

650,23 *höchsten Gönner:* Nach der Ermordung des Zaren Paul I. (1801), der Klinger 1797 zum Obersten, dann zum Generalmajor befördert hatte, verlieh ihm Zar Alexander I. ein Krongut.

650,29 *Willigis:* Der Mainzer Erzbischof W. (gest. 1011) hatte in sein Wappen ein Rad aufgenommen (vgl. 27,24 »Räder-Albus«), um damit seinen Vater, einen Wagner, zu ehren; Klinger nahm in sein Wappen Geschützrohre auf, die an seinen Vater, den Artillerie-Konstabler, erinnern sollten.

650,32 *Lavatern:* Mit dem Zürcher Diakon Johann Caspar Lavater (1741–1801, Pfarrer seit 1775) stand Goethe schon seit August 1773 im Briefwechsel, nachdem Lavater im November 1772 auf Goethes Rezension seiner *Aussichten in die Ewigkeit* (Bd. 3), vor allem aber – im Mai 1773 – auf den (nicht genannten) Verfasser des *Briefs des Pastors* (vgl. 549,27 mit Anm.) aufmerksam geworden war und sich am 25. Mai 1773 bei dem Frankfurter Buchhändler Johann Konrad Deinet nach dem Autor erkundigt hatte.

650,34 *stellenweise sehr eingeleuchtet:* In Lavaters Briefen an Goethe, besonders in dem vom 28. Oktober 1773, klingen auch kritische Töne gegenüber dem *Brief des Pastors* an: »Sag' mir doch, wie kannst du Einheit – zwei sein? Ich kann's nicht. [...] Nimmermehr hätt' ich – so gern ich sonst mit Schwachen Mitleiden habe – den Pastorbrief schreiben, und deinen Glauben haben können. Ich glaube, es ist Großmut gegen Schwache – aber ich fürchtete mich bei solcher Großmut vor Unredlichkeit; so schwach bin ich noch.«

651,1 f. *größern Physiognomik ... Einleitung:* Lavaters *Physiognomische Fragmente zur Beförderung der Menschenkenntnis und der Menschenliebe* erschienen in 4 Teilen 1775–78. Bereits 1771 hatte Lavater in der »Zürcher Naturforschenden Gesellschaft« einen Vortrag über Physiognomik gehalten, den Johann Georg Zimmermann 1772 unter dem Titel *Von der Physiognomik* herausgab. Das ist die »Einleitung«, von der Goethe spricht. – Goethe selbst hat Beiträge zu dem Werk geliefert; vgl. dazu und zu Goethes Urteil über die *Fragmente* das 18. und 19. Buch, bes. 783,16–784,11 mit Anm. und S. 805–811.

651,4 *Christusbilder:* Am 12. Juli 1773 schreibt Lavater an Deinet: »Fragen Sie doch [...] den unaussprechlich feinen H. Göthe: ob ihm kein erhabner Christuskopf von irgend einem Maler bekannt sei – und wenn er, wie ich vermute, zeichnen kann – ob er nicht zu erbitten sein würde – einen zu entwerfen«. Am 14. August 1773 wiederholt Lavater diese Bitte in einem Brief an Goethe selbst. Vgl. auch 808,10 f. mit Anm.

651,11 f. *keinen Glauben an die Physiognomik:* Zu den ersten, die sich öffentlich gegen die *Physiognomischen Fragmente* aussprachen, gehörten Buffon und Diderot, im deutschen Sprachraum Georg Christoph Lichtenberg (1742–99), bereits in den *Briefen aus England* (1776), besonders aber in der Streitschrift *Über Physiognomik: wider die Physiognomen. Zu Beförderung der Menschenliebe und Menschenkenntnis* (1778) und dem 1777 entstandenen, 1783 veröffentlichten *Fragment von Schwänzen.* Weitere Kritiker waren Johann Karl August Musäus in seinem Roman *Physiognomische Reisen* (1778–79) und Friedrich Nicolai, u. a. in dem *Vertrauten Briefwechsel von Adelheid B** an ihre Freundin Julie S*** (1799).

651,16 *bei einem nicht ungeschickten Maler:* Johann Daniel Bager (1734–1815), seit 1754 in Frankfurt ansässig.

651,19 f. *donnernde Epistel:* nicht überliefert.

651,23 *Mein wirkliches:* Bagers Miniatur-Ölbild von 1773 (Schaeffer/Göres, S. 54). Im 3. Band der *Physiognomischen Fragmente* findet sich ein von Johann Gottfried Saiter nach diesem Gemälde angefertigter Stich. – Lavater schreibt am 6. November 1773 an Goethe: »Endlich hab' ich Ihr theures Bild erhalten – mit zitternder Begierde, diesen Moment, den 6. Nov. geöfnet, nicht mein Ideal, aber einen Mann gefunden, neben dem Bahrdt unerträglich wird.«

651,29 *Menschheit:* hier: Wesen des Menschen.

652,7 *Mendelssohn:* In der Vorrede zu seiner 1769 erschienenen Übersetzung des 2. Teils von Charles Bonnets *Palingénésie philosophique ou idées sur l'état passé et sur l'état futur des êtres vivants* (»Philosophische Palingenese oder Ideen über den vergangenen und den künftigen Zustand der Lebewesen«), die Lavater dem Philosophen Moses Mendelssohn ohne dessen Wissen und Einverständnis gewidmet hatte, »bittet und beschwört« er Mendelssohn, »diese Schrift [...] öffentlich zu widerlegen, wofern Sie die wesentlichen Argumentationen, womit die Thatsachen des Christenthums unterstützt sind, nicht richtig finden, dafern Sie aber dieselben richtig finden, zu thun, was Klugheit, Wahrheitsliebe, Redlichkeit Sie thun heißen« – nämlich zum Christentum überzutreten. Mendelssohn antwortete darauf mit einem öffentlichen *Schreiben an den Herrn Diaconus Lavater zu Zürich* (Berlin/Stettin 1770), Lavater wiederum reagierte darauf mit einer ebenfalls veröffentlichten *Antwort an den Herrn Moses Mendelssohn zu Berlin*, der gleich eine *Nacherinnerung von Moses Mendelssohn* beigedruckt war (Berlin/Stettin 1770). Diese beiden Schriften sowie eine Separatveröffentlichung der *Zueignungsschrift der Bonnetischen philosophischen Untersuchung* mit Mendelssohns Antwortbriefen befanden sich in der Bibliothek des Rats Goethe.

652,17 f. *»Entweder Christ, oder Atheist!«:* In Lavaters Brief an Goethe vom 1. Mai 1774 heißt es: »Entweder Atheist oder Christ! Ich verachte den Deisten, er ist der inconsequenteste Mann von der Welt.« Goethes Antwort darauf ist in seinen Briefen an Lavater nicht zu finden; Susanna Katharina von Klettenberg schreibt in ihrem Brief vom 6.–9. Mai 1774: »Ja Lavater entweder Atheist oder Christ das übersez ich mir, entweder Kind oder Narr!« – Erst am 29. Juli 1782 schreibt Goethe an Lavater: »Da ich zwar kein Widerkrist, kein Unkrist aber doch ein dezidirter Nichtkrist binn, so haben mir dein Pilatus und so weiter widrige Eindrücke gemacht«.

652,35 *nötigen Unterrichts:* 1747 trat Lavater in die Zürcher Lateinschule ein; von 1754 bis 1756 besuchte er das Collegium Humanitatis und studierte von 1756 bis 1762 Theologie, Philosophie und Philologie am Collegium Carolinum, u. a. bei Bodmer (helvetische Geschichte) und Breitinger (Griechisch).

653,31 f. *Zunftgenosse:* Das Zürcher Bürgertum war in 13 Zünfte eingeteilt, die ihre Vertreter in den »Kleinen« und den »Großen Rat« der Stadt wählten. Im Grunde wurde die Stadt aber von einigen wenigen einflußreichen Familien beherrscht.

654,19 f. *Bedrückungen eines Landvogts:* vgl. 574,7 mit Anm.

654,22 *einen Freund:* den Maler Johann Heinrich Füßli (1741–1825).

654,29 *Reise ... durch Deutschland:* von März 1763 bis März 1764, in Begleitung von Füßli, Felix Heß (1742–68) und Sulzer (vgl. Anm. zu 579,12).

654,30 *wohldenkenden Männern:* Spalding (vgl. 296,28 mit Anm.), Gellert, Gleim, Mendelssohn, Klopstock.

654,35 *Menschheit:* vgl. Anm. zu 651,29.

655,9 *ankündigte:* Im oben zitierten Brief vom 1. Mai 1774 schreibt Lavater: »Wie? Wenn ich dieß Jahr 36 Meilen dir näher käme – wär's dir Bruder Freude?« In den folgenden Briefen kommt Lavater öfter auf den bevorstehenden Besuch zu sprechen.

655,20 *erstes Begegnen:* Goethe und Lavater sahen sich am 23. Juni 1774 zum ersten Male. Lavater notiert in seinem Tagebuch: »Zu Goethe. allein in seinem Zimmer, mit Schneider von Darmstadt. zu Nacht. ›bists‹ – bin ichs – unaussprechlich süßer unbeschreiblicher Antritt des Schauens – sehr ähnlich u. unähnlich der Erwartung. von Tausend Dingen. Einige mal schreckliche Phisiognomie.«

655,24 *lebendig und wirksam:* zwei der bedeutendsten Komplimente, die Goethe einem Menschen machen kann.

656,19 *vorgebogene Körperhaltung:* Nach dem Zerwürfnis von 1783 nennt Goethe Lavater den »Kranich«.

656,25 *diamantnen Schild:* nach dem Schild des Ubald in Tassos *Befreitem Jerusalem* (vgl. Anm. zu 29,12); wer sich in ihm spiegelt, gelangt zur Selbsterkenntnis.

657,6 *Sokrates:* Anspielung auf Ciceros *Tusculanae Disputationes* (»Gespräche in Tusculum«) IV,80: »Die aber, welche von Natur jähzornig sein sollen oder barmherzig oder neidisch oder irgend so etwas, die sind gleichsam von kranker seelischer Konstitution, aber heilbar; so Sokrates: als Zopyrus viele Schwächen bei einem Zusammensein aufgezählt und ihm vorgehalten hatte, Zopyrus, der verkündete, er durchschaue das Wesen eines jeden aus der Gestalt, wurde er von den übrigen verlacht, die jene Schwächen bei Sokrates nicht fanden, von Sokrates aber selbst gestützt, da er sagte, jene seien ihm angeboren, aber durch die Vernunft von ihm unterdrückt worden« (Übersetzung Karl Büchner).

657,18 f. *Evangelium vom Sämanne:* Lk. 8,4–15.

657,36–658,1 *wo man den Herrn hingelegt habe:* Diese Anekdote bezieht sich nicht auf den hier geschilderten Aufenthalt Lavaters, sondern auf dessen zweiten Besuch in Frankfurt im Juli 1782. Am 22. Juli 1782 schreibt Merck an Herzog Karl August: »Sie [Goethes Mutter] läßt ihre zweyte Etage mahlen, und hat also alle Meubles davon in der 3ten. Ihr blieb also nichts übrig, als das Stübgen hinten, wo sich sonst die Mägde aufhielten, das aber jetzo schön zurechte gemacht wird. Hier hatte sie für den Ersten Abend dem Propheten [Lavater] ein kleines Bettgen ohne Vorhang bereitet. [. . .] Um zwölf Uhr erschien er gleich andern guten Geistern selbst, und hinter ihm drein, Ein Gefolge von Unbekannten guten Weiblein. Diese verlangten schlechterdings von den Mägden, sie wolten ins Grab schauen, und sehen, wo sie den Herrn hingelegt hätten.«

658,2 *exorzisieren:* bannen, beschwören.

Lips: Lavater wurde nicht von Johann Heinrich L. (1758 bis 1817) begleitet, sondern von dem Kupferstecher Georg Friedrich Schmoll (gest. 1785), wie aus Lavaters Reisetagebuch hervorgeht.

658,20 *Unterhaltungen Lavaters . . . Klettenberg:* Die beiden haben auch Briefe gewechselt; während des Frankfurter Aufenthalts vermerkt Lavater zahlreiche Besuche bei ihr, die er »Cordata« nennt, in seinem Tagebuch.

658,25 *jeder Mensch habe seine eigne Religion:* vgl. 375,24 mit Anm.

659,6 *Sannazar:* Jacopo Sannazaro (1458–1530), neapolitanischer Dichter, verfaßte ein neulateinisches Hexameter-Epos *De partu virginis* (»Über die Niederkunft der Jungfrau«, 1526). Es behandelt die Geburt Christi im Stil der römischen Klassiker.

659,18 *Streit zwischen Wissen und Glauben:* ausgelöst vor allem durch die Philosophie Kants. Öffentlich ausgetragen wurde der Streit z. B. in Friedrich Heinrich Jacobis Schrift *David Hume über den Glauben oder Idealismus und Realismus* (Breslau 1787).

660,13 f. *Reise ... nach Ems ... Sommerwetter:* Am 28. Juni 1774 reisten Goethe und Lavater ab. Lavater notiert in seinem Tagebuch: »Um ½5 Uhr setzten wir uns ein, u. fuhren durch die sanft von der Morgen Sonne erleuchte, noch stille größtentheils schlummernde Stadt«.

660,23 *»Bisch guet!«:* (schweiz.) richtig: »Bis guet!« (›sei gut‹).

660,27 *Ems:* Dort kam die Gesellschaft am 29. Juni nachmittags an und stieg im »Nassauer Haus« ab.

660,27 f. *Gesellschaft aller Art:* In Lavaters Tagebuch heißt es: »Nachher gieng ich mit ihm [Goethe] in den Spielsaal welch ein Leben! hier ein Billard! dort ein Tischgen – dort wieder eins – Officiers, Generals, Grafen, Baronen, u. des weiblichen vornehmen Geschlechts viel.«

660,28 *nach Frankfurt zurück:* am 30. Juni 1774. »Cammersecretair Meyer aus Hannover kam im negligé von Goethe Abschied zu nehmen« (Lavaters Tagebuch).

660,32 *Basedow:* Johann Bernhard B. (1724–90), bedeutender Pädagoge, der 1774 in Dessau das Philanthropinum gegründet hatte, eine Musterschule nach den Ideen seiner philanthropischen (d. i. ›menschenfreundlichen‹) Lehre, wie er sie 1768 in der *Vorstellung an Menschenfreunde und vermögende Männer über Schulen, Studien und ihren Einfluß in die öffentliche Wohlfahrt*, dann im *Elementarbuch für die Jugend und für ihre Lehrer und Freunde* (1770) und schließlich im vierbändigen *Elementarwerk* von 1774 dargelegt hatte. – B. trat dafür ein, die Schulaufsicht von den Kirchen auf ein »Staatskollegium« zu übertragen und die Konfessionsschule abzuschaffen, um den Schwerpunkt des Unterrichts von der religiösen Ausrichtung auf die Forderungen der Vernunftmoral zu verlegen.

660,36–661,1 *die Basedowischen:* Vgl. das um 1774 entstandene Profilporträt von Chodowiecki (Abb. bei Göres, S. 106).

661,14 *jenes große Feld:* die Pädagogik.

661,26 *Zeichnungen seines »Elementarwerks«:* von Chodowiecki.

661,36 *Amos Comenius:* vgl. 37,6 f. mit Anm.

662,27 *Feind der Dreieinigkeit:* so in seinen Schriften *Philalethie. Neue Aussichten in die Wahrheiten und Religion der Vernunft bis in die Gränzen der glaubwürdigen Offenbarung* (1764) und *Versuch einer freimüthigen Dogmatik nach Privat-Einsichten* (1766).

662,31 f. *Hypostasis ... Prosopon:* Die einzelne göttliche Person (Vater, Sohn, Heiliger Geist); die drei Hypostasen zusammen bilden die ›Dreieinigkeit‹ »Ousia«. »Prosopon« bedeutet ebenfalls die Trinität.

663,1 *Naturalist:* i. S. v. ›Realist‹.

663,6 f. *Vater ... Geschäfte zu übernehmen:* Goethes Vater und seine Freunde – vor allem wohl Hieronymus Peter Schlosser – haben sicherlich nur den notwendigsten Schriftverkehr geführt. Im Fall des Göttinger Handelsmannes Heinrich Ernst Horn, dem der Frankfurter Amtmann Dr. Luther angeblich seit 1756 62 Reichstaler schuldete, bat Goethe am 13. Juli 1774 um einen vierwöchigen Aufschub, »da ich [...] auf einige Wochen nach dem Bade reise«.

663,7 f. *Basedow begleitend:* B. war schon am 11. Juli abgereist, Goethe folgte ihm am 14. Juli, ausgerüstet mit 14

Gulden 24 Kreuzern, die ihm sein Vater laut Eintrag in sein Haushaltungsbuch »mit ins Baad« gegeben hatte.

664,19 *Tiro:* Schreiber, Bedienter; nach dem Schreiber Ciceros, einem freigelassenen Sklaven.

664,35 *Frau von Stein:* Henriette Caroline vom und zum St. (1721–83), die Mutter des Reichsfreiherrn Heinrich Friedrich Karl vom und zum St. Der Besuch bei ihr und ihrem Gatten Karl Philipp fand schon am 29. Juni 1774 statt, also vor Goethes Abreise nach Frankfurt.

665,7 f. *Wahrhaftigkeit der Leiden Werthers:* Die ersten Exemplare des Romans wurden erst im September 1774 ausgeliefert.

666,11 *zwei verschränkten Triangeln:* Innungszeichen der Frankfurter Brauer.

666,18 *Hälfte des Juli:* Am 18. Juli 1774 reisten die Freunde aus Ems ab.

666,24 *Burgruine:* Burg Lahneck.

666,24 f. *jenes Lied ... in Lipsens Stammbuch:* vgl. Anm. zu 658,2. – Laut Lavaters Notiz »diktierte« Goethe das Gedicht, das Lavater am 18. Juli in sein Tagebuch notierte. In Schmolls Stammbuch schrieb Goethe die Verse: »Gelacht! Geschrieben! / Die Zeit vertrieben! / Die Zeit gehalten / Heißt wohl verwalten.« – Schmolls Stammbuch ist seit 1923 verschollen.

666,27 *allerlei Knittelreime:* »auch was die quer / So gehts auf der Welt her / Auch etwas grad wie die Allee im Bad / Auch etwas ringsherum geht alles um und um.«

666,31 *in Coblenz:* ebenfalls am 18. Juli 1774.

667,4 f. *Knittelversen ... neuen Ausgabe:* Das in der zwanzigbändigen Ausgabe der *Werke* (1815–19) unter dem Titel »Diné zu Koblenz« zuerst veröffentlichte Gedicht (»Zwischen Lavater und Basedow«) ist wahrscheinlich schon um den 15. Juli in Ems entstanden. Der im folgenden zitierte Vierzeiler ist in *Dichtung und Wahrheit* zum ersten Male veröffentlicht und in der genannten Werkausgabe erst ab der 2. Auflage an das Gedicht angehängt worden.

667,7 f. *Geheimnisse der Offenbarung Johannis:* wohl auch als Anspielung auf Lavaters Epos *Jesus Messias oder Die Zukunft des Herrn. Nach der Offenbarung Johannis* (1780) zu verstehen.

667,13 *Emmaus:* volksetymologisch auf »Ems« übertragen. Vgl. Lk. 24,13: Beim Gang nach Emmaus ging Jesus in der Mitte der Jünger.

667,20 f. *in Köln die Gebrüder Jacobi:* Johann Georg (1740 bis 1814) und Friedrich Heinrich J. (1743–1819). Johann Georg J. hatte seit 1764 anakreontische Lyrik geschrieben; von 1774 bis 1776 gab er die Zeitschrift *Iris* heraus, für die auch Goethe Beiträge schrieb. Sein »Mailied« ist dort unter dem Titel »Maifest« 1775 zuerst gedruckt worden. – Friedrich Heinrich J. trat als philosophischer Schriftsteller hervor und schrieb Beiträge für Wielands *Teutschen Merkur*. Die Verbindung zwischen den Brüdern und Goethe stiftete deren angeheiratete Tante Johanna Fahlmer (1744–1821), die in Frankfurt lebte; nach dem Besuch der Ehefrau Friedrich Heinrichs, Helene Elisabeth, genannt Betty, geb. Clermont (1743–84), in Frankfurt im Jahre 1773 hatte Goethe mit ihr einen Briefwechsel begonnen. – Goethe traf die J.s erst am 22. Juli 1774 in Elberfeld und fuhr erst danach mit ihnen nach Düsseldorf und Köln.

667,24 *kleiner Unarten:* Eine Satire *Das Unglück der Jacobis*, die Goethe um 1772 schrieb, hat er möglicherweise selbst vernichtet; sie ist nicht überliefert. – Am 18. Dezember 1772 hatte er Johann Georg Jacobis Schrift *Über das von dem Herrn Prof. Hausen entworfene Leben des H. G. R. Klotz* in den *Frankfurter gelehrten Anzeigen* heftig kritisiert: »Konnte er nicht ein lieblicher Dichter sein, ohne sich überall anliebeln zu wollen? nicht ehrlicher Mann, ohne diese ängstliche Protestationen?« – Friedrich Heinrich Jacobi war wegen seiner Verbindung mit Wieland in Goethes Satire *Götter, Helden und Wieland* (1773) mit einer spitzen Bemerkung bedacht worden.

667,26–28 *Briefe und Gedichte ... mancherlei Scherzen: Briefe von den Herren Gleim und [Johann Georg] Jacobi*, geschrieben zwischen 1766 und 1768, erschienen schon 1768 im Druck (vgl. auch 429,18 mit Anm.). Goethe hat Zitate aus diesem Briefwechsel in sein parodistisches Gedicht »Flieh, Täubchen, flieh« (Ende 1773 / Anfang 1774) aufgenommen, das damals nur in Abschriften bekannt war.

668,3 *Fahlmer:* vgl. Anm. zu 667,20 f.

668,11 *jüngern Jacobischen Schwester:* Charlotte Katharina Jacobi, gen. Lolo (1752–1832), eine Stiefschwester der Jacobis.

668,16 *Niederländerin:* Betty Jacobi stammte aus Aachen.

668,22 *Pempelfort:* Dort hatten die Jacobis ihren Sommersitz; heute Stadtteil Düsseldorfs.

669,25–28 *Vergangenheit und Gegenwart in Eins ... kleinern Arbeiten:* Bei den »kleinern Arbeiten« ist an das Gedicht »Der Wandrer« (1772) zu denken, in dem der »Wandrer« den Knaben der »Frau« anspricht: »Du, geboren über Resten / Heiliger Vergangenheit, / Ruh ihr Geist auf dir! / Welchen der umschwebt, / Wird in Götterselbstgefühl / Jedes Tags genießen.« Vgl. auch 670,31–671,2 die Beschreibung des Jabachschen Familiengemäldes.

669,33 f. *Ruine des Doms:* vgl. 415,4 mit Anm.

670,5 *Freunde:* die Brüder Boisserée; vgl. 415,24 mit Anm.

670,14 *Minerva:* Göttin, die »aus Jupiters unsterblichem Haupte mit glänzenden Waffen hervorsprang« (Karl Philipp Moritz, *Götterlehre*).

670,18 f. *Jappachs Wohnung:* das im Zweiten Weltkrieg zerstörte Haus Sternengasse 25, in dem die Kunstsammler Everard Jabach d. Ä. (gest. 1636) und Everard Jabach d. J. (gest. 1695) gewohnt hatten. Die Erwähnung dieses Hauses, wie überhaupt große Teile des Abschnitts über Köln, wurde von Friedrich Heinrich Jacobis Brief an Goethe vom 28. Dezember 1812 angeregt: »Ich hoffe du vergißest in dieser Epoche nicht des Jabachschen Hauses, des Schlosses zu Bensberg.«

670,21 *längst ausgestorben:* Seit 1761 lebten keine männlichen Nachkommen der Familie mehr.

670,31 *Familiengemälde:* von Charles Lebrun (vgl. Anm. zu 123,4 f.). Das Gemälde ist im Zweiten Weltkrieg zerstört worden; es existiert aber eine Photographie davon (Abb. in Michel, 1982, S. 101).

670,33 *seiner Frau:* Anna Maria, geb. de Groote.

671,13 f. *Balladen ... »genung«:* »Der König in Thule« wurde 1782, »Es war ein Buhle [nicht »Bube«] frech genung ...« 1776 als Lied Crugantinos in *Claudine von Villa Bella* veröffentlicht.

672,9–12 *Spinoza ... »Ethik«:* Benedictus de S. (d. i. Baruch Despinoza, 1632–77). Die Biographie dieses Philosophen hat Goethe möglicherweise schon vor 1773 kennengelernt, und zwar aus dem Buch von Johann Colerus, *Das Leben des Spinoza, aus den Schriften dieses berufenen Welt-Weisen und aus dem Zeugnis vieler glaubwürdiger Personen* (Frankfurt a. M. / Leipzig 1733), das Goethes Vater besaß. Die erste Begegnung mit S.s Werken ist durch einen Brief Goethes an Ludwig Höpfner vom 7. Mai 1773 belegt: »Ihren Spinoza hat mir M[erck] geben. Ich darf ihn doch ein wenig behalten? Ich will nur sehen wie weit ich dem Menschen in seinen Schachten und Erzgängen nachkomme.« Auf der Fahrt nach Ems hat Goethe mit Lavater über S. gesprochen. Lavater notiert in seinem Tagebuch am 28. Juni 1774: »Goethe erzählte mir viel von Spinosa u. seinen Schriften. Er behauptet, Keiner hätte sich über die Gottheit dem Heiland so ähnlich ausgedrückt wie er. [...] Er sey ein äußerst gerechter, aufrichtiger, armer Mann gewesen.« – S.s Hauptwerk, *Ethice Ordine Geometrico demonstrata* (»Ethik nach der geometrischen Methode dargestellt«) von 1677 hat Goethe in den Jahren 1784/85, vor allem angeregt durch Friedrich Heinrich Jacobis Schrift *Über die Lehre des Spinoza in Briefen an den Herrn Moses Mendelssohn*

(Breslau 1785, mit dem Erstdruck von Goethes »Prometheus«–Hymne), gründlich studiert, wie aus zahlreichen Briefen hervorgeht. Die Philosophie S.s, die mit dem Postulat der Einheit von Gott und Natur der ›naturalistischen‹ Denkweise Goethes (vgl. 663,1 »ich Naturalist«) entgegenkam, war von grundlegender Bedeutung für Goethes pantheistische Naturbetrachtung und damit sowohl für seine Naturwissenschaft als auch für seine Dichtung. Vom 27. bis 29. August 1813, während der Abschlußarbeit am 14. Buch, hat Goethe in der *Ethik* gelesen und am 15. September 1813 den Artikel über S. in Bayles *Dictionnaire historique et critique* (vgl. Anm. zu 256,18 f.) konsultiert. Die Ergebnisse dieser Beschäftigung hat er auch für den S.-Abschnitt im 16. Buch verwendet.

672,19 f. *»Wer Gott recht liebt … liebe«: Ethik*, Tl. 5, Lehrsatz 19.

672,21 *Vordersätzen:* z. B. der Zusatz zum 17. Lehrsatz des 5. Teils: »Gott liebt und haßt im eigentlichen Sinne niemanden. Denn Gott wird [. . .] von keinem Affekt der Lust und Unlust affiziert, und folglich [. . .] liebt und haßt er auch niemanden.«

672,26 *»Wenn ich dich liebe … dich an?«:* Nach den Worten Philines in *Wilhelm Meisters Lehrjahren* IV,9.

673,20 *suchte ich ihn nochmals auf:* Vgl. Jacobis Brief an Goethe, 28. Dezember 1812: »Um Mitternacht suchtest du mich noch im Dunkeln auf – Mir wurde wie eine neue Seele.«

673,26 *Bensberg:* das »Neue Schloß«, 1706–10 von Matteo Graf de Alberti im Auftrag des Kurfürsten Johann Wilhelm von der Pfalz erbaut. Goethe besichtigte es zusammen mit den Jacobis und dem hier nicht genannten Wilhelm Heinse am 24. Juli 1774.

673,29 *Weenix:* Jan W. d. J. (1640–1719), niederländischer Maler, der zwischen 1702 und 1712 am Hof des Kurfürsten Johann Wilhelm arbeitete.

674,14 *Düsseldorf:* Dort kam Goethe am 21. Juli 1774 an,

während beide Brüder Jacobi schon in Elberfeld waren. Goethe erinnert sich, wie er später einräumt (»ganz aus der Erinerung verschwunden«, 675,25), nicht genau an die Einzelheiten der Reise, und er formuliert hier entsprechend zurückhaltend.

674,21 *Düsseldorfer Galerie:* Teile aus dieser bedeutenden Sammlung befinden sich heute in der Alten Pinakothek in München.

674,34 *Wir besuchten Elberfeld:* Dort kam Goethe am Abend des 21. Juli 1774 alleine an und traf die Brüder Jacobi, Lavater, Heinse und Jung-Stilling sowie in dessen »Kreise« (675,3) Ärzte und Wissenschaftler wie Johann Georg Hasenkamp (1736–77), Samuel Collenbusch (1724 bis 1803) und Jacob Engelbert Teschemacher (1710–82), die alle dem Pietismus nahestanden. – Das Durcheinander bei der Ankunft Goethes schildert Jung-Stilling anschaulich im 4. Teil seiner Autobiographie, *Henrich Stillings häusliches Leben* (1789; Jung-Stilling [s. Anm. zu 443,32] S. 318 f.).

674,35 *Fabriken:* Elberfeld war zu dieser Zeit schon ein Zentrum der Textilfabrikation.

674,36–675,1 *in Coblenz entgegengekommen:* unzutreffend.

675,13–19 *forderte ich ihn auf ... geleistet!:* Am 26. August 1774 schreibt Friedrich Heinrich Jacobi an Goethe: »Ich selbst habe, in deinem Nahmen, den Plan zu einem Roman in Briefen entworfen, und würklich auszuarbeiten begonnen.« Es handelt sich um den Roman *Aus Eduard Allwills Papieren*, dessen 1. Fassung 1775 in der Zeitschrift *Iris* erschien.

675,21 *entgegengesetzte Richtung:* Am 10. Mai 1812 schreibt Goethe an Jacobi: »Erlaube mir im dritten Theile meines biographischen Versuchs deiner in allem Guten zu gedenken. Die Divergenz zwischen uns beyden war schon früh genug bemerklich, und wir können uns Glück wünschen, wenn die Hoffnung, sie, selbst bey zunehmendem Auseinanderstreben, durch Neigung und Liebe immer wieder ausgeglichen zu sehen, nicht unerfüllt geblieben ist.« Jacobi antwortet darauf am 28. Dezember 1812: »Ich glaube nicht, wie du, daß wir zunehmend auseinanderstreben.« Auf diesen Brief reagierte Goethe am 6. Januar 1813 mit einem seiner bedeutendsten Altersbriefe. Es heißt darin: »Die Menschen werden durch Gesinnungen vereinigt, durch Meynungen getrennt. Jene sind ein Einfaches, in dem wir uns zusammenfinden, diese ein Mannigfaltiges, in das wir uns zerstreun. Die Freundschaften der Jugend gründen sich aufs Erste, an den Spaltungen des Alters haben die letztern Schuld. Würde man dieses früher gewahr, verschaffte man sich bald, indem man seine eigene Denkweise ausbildet, eine liberale Ansicht der übrigen, ja der entgegengesetzten, so würde man viel verträglicher seyn, und würde durch Gesinnung das wieder zu sammeln suchen, was die Meynung zersplittert hat.« – Die deutlichste Manifestation des »Auseinanderstrebens« ist die sogenannte Kreuzerhöhung Woldemars: Goethe hatte 1779 unter einer Eiche in Ettersburg aus Jacobis Roman *Woldemar* vorgelesen, »muthwillige Parodien [...] über [...] Woldemar geschwatzt« (Johanna Schlosser an Jacobi, 31. Oktober 1779) und das Buch dann an den Baumstamm genagelt. Das kam Jacobi zu Ohren, und der Briefwechsel zwischen ihm und Goethe blieb drei Jahre unterbrochen. – Eine ausführliche Darstellung der Divergenzen zwischen ihm und Jacobi hat Goethe nicht in *Dichtung und Wahrheit* aufgenommen (HKA II, S. 327 f.).

676,19 *vergibt:* hier: Abbruch tut, verringert (vgl. DWB XII,1, Sp. 384).

676,30 f. *Mahomets:* Den »Vorsatz« zu einem Mahomet-Drama hat Goethe schon 1772/73 gefaßt, also lange vor der Begegnung mit Lavater und Basedow. – Das Mohammed-Bild Goethes, das von der im 18. Jh. geläufigen und durch Voltaires Tragödie *Mahomet* (1741) beförderten Einschätzung des Religionsstifters als ›Lügenprophet‹ so deutlich abweicht, ist ihm wahrscheinlich schon 1771 in Straßburg von Herder vermittelt worden. Nach der Rückkehr aus Straßburg las Goethe Ende 1771 in der Koran-Übersetzung von David Friedrich Megerlin (gest. 1778), *Die türkische Bibel oder des Korans allererste teutsche Übersetzung aus der Arabischen Urschrift*, die Ende 1771 mit der Jahreszahl 1772 erschien. Auch die lateinische Koran-Übersetzung von Lodovico Marracci (1612–1700), *Mohammedis Fides Islamitica* (Leipzig 1721), hat Goethe benutzt.

676,34–36 *das Leben … studiert:* neben Megerlins Übersetzung auch Jean Gagnier, *La Vie de Mahomet* (2 Bde., 1732), und François-Henri Turpin, *Histoire de la vie de Mahomet* (1773).

677,5 *Hymne:* Sie ist nicht, wie Goethe schreibt (677,19), »verloren gegangen«; im Nachlaß Charlotte von Steins, der Goethe die Abschrift geschenkt hatte, hat sie sich erhalten.

678,18 *»Mahomets Gesang«:* Das Gedicht erschien 1773 im *Göttinger Musenalmanach auf das Jahr 1774* erstmals im Druck (»Gesang«); dort ist die Dialogform (Ali und Fatema) ebenso wie im handschriftlichen Mahomet-Fragment noch beibehalten. In der sogenannten Ersten Weimarer Gedichtsammlung (1777; Faksimile in Bd. 23 der SGG, 1908) ist die Dialogstruktur wie in allen späteren Drucken aufgegeben worden.

Fünfzehntes Buch

678,28 *Klettenberg:* vgl. 363,3 mit Anm.

679,3 *Gesundheit abnahm … verhehlte mir's:* Aus dem Brief von Katharina Elisabeth Goethe an Lavater vom 26. Dezember 1774 geht hervor, daß Susanna von Klettenberg nur kurze Zeit vor ihrem Tod erkrankte. – Goethes Mutter berichtet, daß sie auf Fräulein von Klettenbergs Frage nach Johann Wolfgang geantwortet habe: »Ach […], der glaubt so wenig, daß sie sterben, daß er mir aufgetragen hat, Ihnen zu sagen, wie er morgen mit dem Prinzen von Weimar nach Mainz reisen werde – dreymal hab ich schon angefangen, ihn auf Ihren Tod vorzubereiten, es ist aber vergebens. Sie stirbt nicht! sagt er immer, das kann nicht seyn, Sie stirbt nicht.«

679,8 *zeichnete ich:* Von den hier erwähnten Zeichnungen ist nichts erhalten.

679,15 *Kersting:* Friedrich Georg K. (1785–1847), Maler, arbeitete in der Königlichen Porzellanmanufaktur in Meißen. Anfang 1813 – im gleichen Jahr arbeitete Goethe am 15. Buch – war Goethe durch die Malerin Louise Seidler mit K.s Werken bekannt geworden (vgl. *Gespräche* II, S. 783) und hat zwei seiner Gemälde, »Die Stickerin« und »Der elegante Leser«, für die Weimarer Gemäldesammlung erworben. »Von Mitlebenden hatte man Gelegenheit die Arbeiten Kerstings kennen zu lernen und Ursache sie wert zu schätzen«, notiert er in den *Tag- und Jahresheften* zu 1813.

679,16 *auswärtige Freundin:* vermutlich Barbara (»Bäbe«) Schultheß in Zürich, die mit Fräulein von Klettenberg in Briefwechsel stand.

679,18–29 *Sieh in diesem Zauberspiegel … hingewühlt:* Das Gedicht wurde in *Dichtung und Wahrheit* zum ersten Male gedruckt. Eine Abschrift Herders (Staatsbibliothek Preußischer Kulturbesitz, Berlin) trägt die Überschrift »Mit einer Zeichnung« und weist einige Varianten zum Erstdruck auf (MA I,1, S. 232).

680,13 *Annäherung an die Brüdergemeine:* nach der Rückkehr aus Leipzig im August 1768. – In der Bibliothek des Rats Goethe befanden sich neben dem bekannten *Ebersdorfer Gesangbuch* einige »Herrnhutische Schriften«, die in Liebholdts Verzeichnis jedoch nicht genau spezifiziert sind. Für die Arbeit an *Dichtung und Wahrheit* hat Goethe im Winter 1812/13 in David Cranz' Buch *Alte und Neue Brüderhistorie oder kurz gefaßte Geschichte der Evangeli-*

schen Brüder-Unität (Barby ²1772) gelesen, das er vom 8. Dezember 1812 bis zum 25. Februar 1813 aus der Weimarer Bibliothek entliehen hatte. – Zur Brüdergemeine vgl. S. 363 f. mit Anm.

680,24 *Auge:* hier: Knospe, Keim (vgl. DWB I, Sp. 799 f.).

680,25 *Mannes:* des Grafen Zinzendorf; vgl. Anm. zu 364,1 f.

681,5 *Synodus zu Marienborn:* Am 21. und 22. September 1769 hatte in Marienborn (Wetterau) ein Kongreß der Brüdergemeine stattgefunden, an dem Goethe teilnahm. In seinem Brief an Johann Friedrich Heinrich Schlosser vom 15. Januar 1813, in dem er sich nach dem Datum des Kongresses erkundigt, meint Goethe, demjenigen von 1769 könne er »nicht wohl beygewohnt haben. Wahrscheinlich ist einige Jahre darauf noch ein zweyter gehalten worden«. Goethes Anwesenheit bei der Synode von 1769 ist jedoch sowohl in den Berichten und Diarien der Marienborner Brüdergemeine (vgl. *Gespräche* I, S. 43) als auch im Haushaltungsbuch des Rats Goethe – »Excursio Marienborn 2 fl. 12« – zweifelsfrei belegt.

681,6 *Moritz:* vgl. 121,31 mit Anm.

681,22 *Ein Teil:* die Anhänger der Erbsünde-Lehre Augustins.

681,27 f. *Der andere Teil:* diejenigen, die der Lehre des Pelagius (vgl. 682,5 mit Anm.) nur insofern zustimmten, als sie den Menschen mit ererbten, durch eigenes Handeln zu überwindenden Mängeln behaftet sieht (sogenannte Semipelagianer).

681,34 *mit Mund und Feder:* Im *Brief des Pastors* heißt es: »für die Erbsünde können wir nichts, und für die würkliche auch nichts, das ist so natürlich, als daß einer geht der Füße hat« (GA IV, S. 128).

682,5 *Pelagianismus:* nach dem britischen Mönch Pelagius (um 354–420), der die Erbsünde leugnete. Seine Lehre wurde auf dem kyrillischen Konzil von Ephesos 431 als Ketzerei verworfen. Goethe kannte Pelagius wahrscheinlich aus Arnolds *Unparteiischer Kirchen- und Ketzerhistorie* (vgl. Anm. zu 375,14 f.); auch in Lorenz Mosheims Kirchengeschichte *Institutionum historiae ecclesiasticae libri 4* (1755), die Goethe kannte, wird Pelagius behandelt. – In Goethes Scherzgedicht »Die Weisen und die Leute« (1814) tritt neben zahlreichen anderen Philosophen auch Pelagius auf.

682,27 f. *Stifter ... Bekennern:* Jesus und die Apostel.

682,29 *Christentum zu meinem Privatgebrauch:* Über seine Stellung zum Christentum hat sich Goethe in einem der letzten Gespräche mit Eckermann (11. März 1832) noch einmal grundsätzlich geäußert. Seine Ausführungen gipfeln in den Worten: »Auch werden wir alle nach und nach aus einem Christentum des Wortes und Glaubens immer mehr zu einem Christentum der Gesinnung und Tat kommen.«

682,35 f. *Geschichte des ewigen Juden:* Davon hat sich nur ein Fragment von 301 Versen erhalten, dessen Veröffentlichung Goethe 1819 untersagte; es ist erst 1836 publiziert worden. – Auf der Reise nach Ems notiert Lavater in seinem Tagebuch: »Goethe rezitierte viel von seinem ewigen Juden. Ein seltsames Ding in Knittelversen« (28. Juni 1774).

682,36 *früh durch die Volksbücher:* Die Legende vom ewigen Juden war schon seit dem 13. Jh. bekannt. In deutscher Sprache erschien sie zuerst in dem Volksbuch *Kurze Beschreibung und Erzählung von einem Juden mit Namen Ahasver* (1602), das Goethe ebenso gekannt haben dürfte wie das Kapitel »Von dem in aller Welt vermeinten umherlaufenden Juden Ahasverus« in Johann Jacob Schudts *Jüdischen Merkwürdigkeiten* (Frankfurt a. M. / Leipzig 1714), die sein Vater besaß.

683,6 *Schuster:* Diesen Beruf hat Ahasver erst seit den spanischen und portugiesischen Versionen der Legende aus dem 15. Jh.

683,7 f. *Dresdner Schuster:* vgl. 341,20 mit Anm.

683,15 f. *Pharisäer und Sadduzäer:* Die Pharisäer sind eine jüdische religiöse Partei, die ›Schriftgelehrten‹, die im Gegensatz zur Partei der Sadduzäer an die Auferstehung des Leibes glaubten.

684,18 f. *bekannte Szene:* Mt. 27,32.

685,5–7 *Ereignis ... ein andermal:* Vgl. die *Italienische Reise*, Terni, 27. Oktober 1786: »Da fiel mir der ewige Jude wieder ein, der [...] so einen wunderlichen Zustand erlebte, daß Christus selbst, als er zurückkommt, um sich nach den Früchten seiner Lehre umzusehen, in Gefahr gerät, zum zweiten Mal gekreuzigt zu werden. Jene Legende: Venio iterum crucifigi, sollte mir bei dieser Katastrophe zum Stoff dienen.«

685,11 *wenigen Blätter:* Sie befinden sich heute im Goethe- und Schiller-Archiv, Weimar.

685,11 f. *Epoche ... entwickelte:* Die *Prometheus*-Dichtungen, um die es im folgenden geht, sind 1773 entstanden, *Der ewige Jude* und *Werther* erst 1774.

685,27 *»Arzt hilf dir selber!«:* Lk. 4,32; dort schon als »Sprichwort« bezeichnet.

685,29 *»Ich trete die Kelter allein!«:* Jes. 63,3.

685,29–31 *Bestätigung der Selbständigkeit ... produktives Talent:* Vgl. den Brief an Kestner von Mitte Juli 1773: »Heilige Musen reicht mir das Aurum potabile [trinkbare Gold] Elixir vitae aus euren Schaalen, ich verschmachte.«

686,10 *Prometheus:* (griech., ›der Vorausschauende‹). Die Figur des Titanensohnes Prometheus, der bei Goethe zu einem Sohn von Zeus wird, kannte er wahrscheinlich aus Benjamin Hederichs *Gründlichem mythologischen Lexikon* (Leipzig ^{2}1770); den *Gefesselten Prometheus* des Aischylos hat er ebenfalls gekannt, ebenso Ovids *Metamorphosen*, in denen die Schöpfung des Menschen durch Prometheus dargestellt wird (I,82–88). Weitere Anregungen entnahm Goethe Wielands *Beiträgen zur Geheimen Geschichte des menschlichen Verstandes* (1770), die ein »Traumgespräch mit Prometheus« enthalten.

686,28 *ein Stück:* Das *Prometheus*-Fragment ist, wie aus einem Brief Goethes an Kestner und einem Brief von Gottlob Friedrich Ernst von Schönborn an Heinrich Wilhelm von Gerstenberg hervorgeht, zwischen Mitte Juli und Oktober 1773 entstanden. Mitte Juli 1773 schreibt Goethe an Kestner: »Ich bearbeite meine Situation zum Schauspiel zum Trutz Gottes und der Menschen«. Schönborn schreibt am 12. Oktober 1773: »Jetzo arbeitet er an einem Drama, ›Prometheus‹ genannt, wovon er mir zwei Akte vorgelesen hat, worin ganz vortreffliche, aus der tiefen Natur gehobene Stellen sind.« – Bei der Arbeit an *Dichtung und Wahrheit* besaß Goethe keine Handschrift des Fragments mehr. Sein eigenes Manuskript hatte er wohl Charlotte von Stein geschenkt; jedenfalls fand es sich in ihrem Nachlaß und wird heute in der Universitätsbibliothek Straßburg aufbewahrt. Eine Abschrift von Lenz' Hand tauchte 1819 wieder auf und wurde Goethe übergeben (vgl. seine Briefe an Thomas Johann Seebeck, 5. Juni und 30. Dezember 1819). Diese Abschrift war die Vorlage für den ersten Druck in Band 33 der AlH (1830).

686,32 *dritte Dynastie:* neben den Titanen und den Göttern.

687,1–10 *jenes Gedicht ... Mendelssohn, verloren:* Die Hymne »Prometheus« hat Goethe im Erstdruck des *Prometheus*-Fragments als Monolog »Prometheus in seiner Werkstatt« aufgenommen (3. Akt), obwohl das Gedicht ursprünglich nicht zum Drama gehörte. – »Bedeutend« wurde die Hymne als Auslöser des sogenannten Pantheismusstreits zwischen Friedrich Heinrich Jacobi und Moses Mendelssohn (und zahlreichen weiteren Zeitgenossen). Jacobi hatte in einem Brief an Mendelssohn vom 4. November 1783 ausführlich ein Gespräch referiert, das er am 6./7. Juli 1780 mit Lessing geführt hatte. Dabei hatte er Lessing eine Abschrift der Prometheus-Hymne gezeigt, worauf sich Lessing, angeregt durch den »Gesichtspunkt, aus welchem das Gedicht genommen ist«, zum Spinozismus bekannte: »Die orthodoxen Begriffe von der Gottheit sind nicht mehr für mich; ich kann sie nicht genießen. 'Εν και παν! [Ein und alles!] Ich weiß nichts anders. Dahin geht auch dieses Gedicht; und ich muß bekennen, es gefällt mir sehr. – Ich [Jacobi]: Da wären Sie ja mit Spinoza ziemlich einverstanden. – Lessing: Wenn ich mich nach jemand nennen soll, so weiß ich keinen andern.« – Dieses Gespräch hat Jacobi dann auch in seinem Werk *Über die Lehre des Spinoza in Briefen an den Herrn Moses Mendelssohn* (Breslau 1785) veröffentlicht und damit Mendelssohns scharfe Kritik hervorgerufen; in seiner Schrift *Moses Mendelssohn an die Freunde Lessings* bestreitet er Lessings Pantheismus (jedes Leugnen eines personalen Gottes galt damals als Atheismus). Mendelssohn starb, bevor seine Schrift veröffentlicht wurde; 1786 wurde sie von Johann Jacob Engel herausgegeben, der im Vorwort schrieb: »Jacobi's Schrift gab den nächsten Anlaß zu Mendelssohns Tode« – eine Auffassung, die sich auch Goethe zu eigen machte (s. 687,8–10), der die Sätze wahrscheinlich aus Jördens' Lexikon kannte. Am 11. Mai 1820 schreibt er an Zelter: »Du erinnerst dich wohl kaum, daß der gute Mendelssohn an den Folgen einer voreiligen Publikation desselben [des Prometheus-Gedichts] gestorben ist.« Tatsächlich hatte Jacobi die Hymne ohne Goethes Wissen und ohne Nennung des Verfassers zwischen die Seiten 48 und 49 seines Buches einheften lassen und dazu die »Nachricht« gesetzt: »Das Gedicht [. . .] ist besonders gedruckt worden, damit jedweder, der es in seinem Exemplar lieber nicht hätte, es nicht darin zu haben braucht. / Noch eine Rücksicht hat mich diesen Weg einschlagen lassen. Es ist nicht ganz unmöglich, daß an diesem oder jenem Orte, meine Schrift, des Prometheus wegen, confisziert würde. Ich hoffe, man wird nun an solchen Orten sich begnügen, das strafbare besondre Blatt allein aus dem Wege zu räumen.« Goethe war über dieses Verfahren, besonders über »das Blat, wo du eine besorgliche Confiskation reizest« (an Jacobi, 11. September 1785), verärgert, hat dann aber die Hymne

1790 in Band 8 seiner ersten Gesamtausgabe aufgenommen. – Eine rezeptionsgeschichtlich wichtige Einschätzung des Streits und vor allem der Rolle des Prometheus-Gedichts gibt Gleim in einem Brief an Heinse vom 17. Juni 1786: »Was um Gotteswillen bewog den lieben Mann [Jacobi], durch Klatscherei der ganzen Welt bekanntzumachen, Lessing sei ein Atheist gewesen? [...] Gewann der Atheismus mehr als eine Stimme? Wie [...] konnte der liebe Mann so staarblind sein, um nicht zu sehen, daß Lessing ihn zum besten hatte mit seinem Spinoza, besonders mit dem so sehr gepriesenen Prometheusgedicht, an welchem doch so ganz und gar nichts höchstvollkommnes zu finden ist.«

687,13 *ganz eigentlich der Poesie:* eine zutreffende Feststellung, denn von Pantheismus oder gar Spinozismus ist in der Hymne keine Rede.

687,17 *Satan Miltons:* Vgl. Goethes Brief an Schiller vom 31. Juli 1799: »Das verlorne Paradies [...] hat mir zu wunderbaren Betrachtungen Anlaß gegeben. [...] Der Gegenstand ist abscheulich, äußerlich scheinbar und innerlich wurmstichig und hohl.«

687,34–688,2 *Tantalus, Ixion, Sisyphus ... traurige Verbannung:* Tantalus und Ixion durften nach der griechischen Sage an Zeus' Tisch sitzen; Tantalus versuchte, göttliche Geheimnisse zu ergründen, und wurde dazu verurteilt, im Tartarus (der Unterwelt) »vor Durst verschmachtend stets die klare Flut zu sehen, die bis ans Kinn vor ihm emporstieg und schnell zurückwich, sobald er die Lippe benetzen wollte, – und über sich [...] den niedergesenkten früchtebeladenen Zweig zu sehen, der schnell in die Höhe wich, sobald er darnach seine Hand ausstreckte.« – Ixion begehrte Zeus' Gemahlin Juno und wurde dafür »in den Tartarus hinabgeschleudert, wo er, an ein Rad gefesselt, sich ewig im Kreise drehet und so für seine frevelnden Wünsche büßet, die ihn die Grenzen der Menschheit übersteigen ließen.« – »Sisyphus, welcher Korinth beherrschte, war einer der tätigsten und weisesten Regenten seiner Zeit, und dennoch ist seine Strafe in der Unterwelt, auf die Spitze eines Berges einen großen Stein zu wälzen, der immer durch seine Schwere wieder hinunterrollt [...]. Sisyphus erreichte ein hohes Alter, weswegen die Dichtung von ihm sagt, er habe die unterirdischen Götter betrogen, die ihn auf sein Versprechen, gleich wieder zurückzukehren, einst aus dem Orkus entlassen hätten und denen er frevelnd sein Wort gebrochen, indem er [...] seine Tage über das bestimmte Ziel zu verlängern suchte; so war es gleichsam der immer wieder herabrollende Stein, die mühselige Arbeit des Lebens, die er sich selbst aufs neue wählte und welche nun als Schattenbild im Tode ihn noch verfolgte.« (Alle Zitate aus Karl Philipp Moritz' *Götterlehre*, in: *Werke*, hrsg. von Horst Günther, 3 Bde., Frankfurt a. M. 1981, Bd. 2, S. 836–839.)

688,5 *»Iphigenie«:* dort vor allem im 3. Auftritt des 1. Aufzugs, V. 306–432 (»Vernimm! Ich bin aus Tantalus' Geschlecht ...«), wo Iphigenie im Gespräch mit Thoas die Geschichte ihrer Herkunft offenlegt.

688,9 f. *Porträte meiner Freunde:* Einige davon haben sich erhalten; nicht alle sind in der hier genannten Technik ausgeführt, und nicht alle sind bestimmten Personen zuzuordnen. Vgl. die »Gesprächsgruppe« (*Corpus* I, Nr. 86), den »Streit um eine Puppe« (*Corpus* I, Nr. 90), die »Dame am Spinett« (*Corpus* I, Nr. 91) sowie die Porträts von Lavater (*Corpus* I, Nr. 94), Friedrich Leopold von Stolberg (*Corpus* I, Nr. 94; unsicher) und Klinger (vgl. Anm. zu 648,3).

688,19 *manche Gedichte:* z. B. »An Kenner und Liebhaber«, »Künstlers Morgenlied«, »Kenner und Künstler«, »Ein Gleichnis« (»Über die Wiese ...«).

688,23 f. *bei gesperrtem Lichte:* »in beziehung auf bewegte massen [...] auf das absperren durch balken u. dgl. zurückgehend [...]. daher als ausdruck der maler: das licht sperren« (DWB X,1, Sp. 2174).

688,29 *für Fritz Jacobi hielt:* Knebel schreibt am 23. Dezember 1774 an Bertuch: »Den ältesten Jacobi [gemeint ist Friedrich Heinrich, der jüngere] liebt er über alles. Er tat mir sogar die Ehre, außerordentliche Ähnlichkeit mit ihm bei mir zu finden.«

688,33 *Knebel:* Karl Ludwig von K. (1744–1834), der seit Juli 1774 als Erzieher des Prinzen Konstantin von Sachsen-Weimar-Eisenach (1758–93), des Bruders von Erbprinz Karl August (1757–1828), in Weimar lebte, reiste im Dezember 1774 mit seinem Zögling, Karl August und dem Weimarer Oberhofmeister Johann Eustachius von Schlitz, genannt von Goertz (1737–1821), nach Paris. Am 11. Dezember 1774 besuchte er Goethe, mit dem er lebenslang befreundet blieb. – Goethe bittet K. am 27. März 1813 »um eine detaillirte Nachricht von unserm ersten Zusammentreffen. [...] Über diese so wie einige andere Epochen hat der Fluß Lethe so ziemlich seine Gewalt ausgeübt.« Am 10. November 1812 und am 12. April 1813 verzeichnet das Tagebuch Gespräche mit Knebel über diese Dinge.

688,34 *preußischen Dienste:* Knebel war von 1765 bis 1773 preußischer Leutnant.

689,1 *Ramlern:* vgl. 289,7 und 289,27 mit Anm.

689,4–6 *Götz ... noch keinen Namen ... »Mädchen-Insel«:* Johann Nikolaus G. (1721–81), dessen Gedichte zu seinen Lebzeiten nur anonym erschienen. Nach seinem letzten Wohnort nannte man ihn »Die Winterburger Nachtigall«. – Die Elegie »Die Mädcheninsel« hat Knebel 1773 herausgegeben; im 10. Stück von Herders *Adrastea* (1803) veröffentlichte Knebel »Andenken an einen Besuch bei dem ehemaligen würdigen Superintendenten Johann Niklas Götz«, der 1780 stattgefunden hatte. In diesem Bericht heißt es: »In seiner Littérature Allemande [...] gedenkt er [Friedrich II.] nur eines einzigen deutschen Gedichtes, das ihm seinen vollen Beifall abgezwungen hat, und ich bin nach allen Umständen versichert, daß es kein andres sein kann, als eben dieses damals erschienene Gedicht [»Die Mädcheninsel«] unsers Götz« – eine wohl falsche Vermutung, da Friedrich II. deutsche Literatur aus den siebziger Jahren kaum zur Kenntnis genommen hat.

689,14 *viele Fremde:* aber auch Bekannte der Familie Goethe, z. B. der aus Frankfurt stammende Maler Georg Melchior Kraus (vgl. 824,8 mit Anm.) und der Frankfurter Weinhändler Johann Caspar Bölling (gest. 1793).

689,15 *Herzogin Amalia:* Anna A., geb. Prinzessin von Braunschweig (1739–1807), seit dem Tod ihres Ehemannes Herzog Ernst August II. Konstantin (1737–58) bis zur Volljährigkeit ihres Sohnes Karl August (1775) Regentin von Sachsen-Weimar.

689,16 *die vorzüglichsten Männer:* 1762 kam Graf Goertz, 1772 Wieland und im Juli 1774 Knebel als Erzieher nach Weimar.

689,17 *Akademie Jena:* Die Jenaer Universität drohte um die Mitte des 18. Jhs. ihre Bedeutung zu verlieren, nachdem zuvor so bedeutende Gelehrte wie der Jurist und Philosoph Joachim Georg Daries (1715–91, Professor seit 1744) und der Mathematiker und Mediziner Georg Erhard Hamberger (1697–1755, Professor seit 1737) dort gewirkt hatten. 1766/67 fand auf Betreiben der Herzogin Anna Amalia eine Visitation der Universität statt, in deren Verlauf die übelsten Mißstände – Vetternwirtschaft, Machtmißbrauch in akademischen Gremien, schlechte Besoldung der Professoren – behoben wurden. – Goethe selbst hat später für Zuwachs an »bedeutenden Lehrern« gesorgt; an der Berufung Schillers (1788) und Fichtes (1794) hatte er entscheidenden Anteil.

689,19 *Künste:* Anna Amalia war die eigentliche Begründerin des ›Weimarer Musenhofs‹; sie selbst malte, dichtete und komponierte, z. B. Goethes Singspiel *Erwin und Elmire*.

689,22 *»Deutsche Merkur«:* Im März 1773 erschien das 1. Heft des *Teutschen Merkur*, eine der bedeutendsten literarischen Zeitschriften des 18. Jh.s.

689,25 f. *Theater ... Schauspieler ... Autoren:* Im Weimarer

Schloßtheater spielte seit 1771 die Seylersche Truppe mit Konrad Ekhof (vgl. 609,29 mit Anm.). Zu den Autoren des Weimarer Theaters gehörten Bertuch, Musäus u. a.

689,28 *Schloßbrand:* Die sogenannte Wilhelmsburg war am 6. Mai 1774 abgebrannt; der Wiederaufbau wurde erst 1788 begonnen und 1803 fertiggestellt.

690,13 *Graf Görtz:* vgl. Anm. zu 688,33.

690,17 *Mösers »Patriotische Phantasieen«:* vgl. 639,28–30 und 640,4–6 mit Anm.

690,21 *Relation:* Bericht.

690,28 f. *Menge kleiner Staaten:* Das deutsche Reich war im Jahre 1500 von Kaiser Maximilian in »Kreise« aufgeteilt worden, die bis 1806 bestanden (vgl. 690,33 »westphälischen Kreis«).

691,4 *Staatsverweser:* »verwalter eines staates« (DWB X, 2.1, Sp. 325).

692,8 *Meinem Vater ... keineswegs gefallen:* Noch ein Jahr vorher war Rat Goethe ganz anderer Auffassung; so jedenfalls geht es aus Goethes Brief an Kestner vom 25. Dezember 1773 hervor: »Mein Vater hätte zwar nichts dagegen wenn ich in fremde Dienste ginge [...]. Aber [...] ich binn von ieher gewohnt nur nach meinem Instinckt zu handlen, und damit könnte keinem Fürsten gedient seyn. Und dann biss ich politische Subordination lernte – Es ist ein verfluchtes Volck, die Franckf[ur]ter, pflegt der Präs[ident] v. Moser zu sagen, man kann ihre eigensinnigen Köpfe nirgends hin brauchen.«

692,17 *Procul a Jove ... fulmine:* (lat.) Fern von Jupiter, fern vom Blitz.

692,20 *mit großen Herren ... nicht gut:* Das Sprichwort ist vielfach belegt, zuerst in Sebastian Francks Sammlung *Sprüchwörter, Schöne, Weise, Herrliche Clugreden [...]* (Frankfurt a. M. 1541). Goethe hat für die Arbeit an dieser Stelle zahlreiche Sprichwortsammlungen aus der Weimarer Bibliothek entliehen, u. a. am 9. Oktober 1812 eine Ausgabe der Franckschen Sammlung (Frankfurt a. M. 1560) und

Johann Agricolas *Sybenhundert und funffzig teutscher Sprichwörter verneuwert und gebessert* (Hagenau 1537).

692,24–34 *Sprüchworte und Denkreime ... Reden und Gegenreden:* In den hier zitierten Sprüchen zeigt sich die für Goethes Spätwerk charakteristische Vorliebe sowohl für Sentenzen und Maximen als auch für die Form des Gesprächs: »Jedes ausgesprochene Wort erregt den Gegensinn«, heißt es in den *Maximen und Reflexionen* (9), die ihrerseits in weiten Teilen die Form von »Rede und Gegenrede« annehmen, wie es auch in der späten Spruchlyrik und im *West-östlichen Divan* zu beobachten ist. So bezieht sich der Einsatz der Sprichwörter an dieser Stelle in *Dichtung und Wahrheit* einerseits auf die »kräftig didaktische« Form der »Poesie des sechzehnten Jahrhunderts«, distanziert sich aber gerade durch die Verwendung der Dialogstruktur von jeder dogmatischen Lehrhaftigkeit.

693,1 *Lang bei Hofe ... Höll'!:* aus Agricolas Sammlung. »Verse für und gegen den Hof«, notiert Goethe am 30. März 1813 im Tagebuch.

694,30 f. *dereinst als Epilog der Puppenspiele:* Diese Gedichte erschienen zuerst in Band 2 der zwanzigbändigen Ausgabe der *Werke* (1815) unter dem Titel »Sprichwörtlich«.

695,4–13 *Voltaires Abenteuer ... angehalten worden:* vgl. 80,33 mit Anm.

695,11 *Fichard:* Johann Karl von F. (1695–1771); 1753 Erster Bürgermeister in Frankfurt.

695,21 f. *wegen jenes ... Mutwillens:* Gemeint ist die Farce *Götter, Helden und Wieland*, vgl. 696,20 mit Anm. Bezeichnend ist, daß es – nach einer Gesprächsaufzeichnung Johanna Fahlmers vom 6. Mai 1774 – gerade der »Vaterton« war, der Goethe an Wieland ärgerte: »Just, just so spricht mein Vater; die nämliche Händel, die ich mit diesem in politischen Sachen habe, hab' ich mit Wieland in diesen Punkten. Der Vater-Ton! der ist's just, der mich aufgebracht hat.«

695,24 f. *hypochondrische Traumbilder ... würdigen Mann:* Der Begriff der ›Hypochondrie‹ ist bei Goethe weit über den umgangssprachlichen Gebrauch hinaus negativ besetzt. Vom »Dämon der Hypochondrie« ist im Gespräch mit Eckermann vom 12. März 1828 die Rede, und in der Schrift *Entstehung der biographischen Annalen 1823* wird die Hypochondrie in Opposition zu Goethes Postulat der ›Tätigkeit‹ gesetzt, wenn es heißt, daß »man sich aus jeder gegründeten oder grundlosen hypochondrischen Ansicht nur durch Tätigkeit retten kann« (GA XII, S. 648). – Schon im 3. Buch hat Goethe den Vater mit dem Attribut »hypochondrisch« belegt (90,35), und hier kommt die Bosheit dieser Charakteristik durch die ironische Wendung vom »würdigen Mann« besonders schroff zum Ausdruck.

696,13 f. *gelangte ... nach Mainz:* am 13. Dezember 1774. Knebel schreibt an seine Schwester Henriette: »Heute bin ich mit ihm hieher gefahren, wo wir unsre Prinzen wieder angetroffen haben, und diesen Abend werden wir in die Komödie gehn.«

696,20 *»Götter, Helden und Wieland«:* Die Farce ist im September/Oktober 1773 entstanden und im März 1774 von Lenz in den Druck gegeben worden.

696,31 *Noten zu seiner Übersetzung:* vgl. 504,34 und 529,26 mit Anm.

697,8–12 *»Alceste« ... Briefen:* Wielands Singspiel, eine sehr freie Bearbeitung der *Alkestis* des Euripides, wurde am 28. Mai 1773 in Weimar uraufgeführt. Wieland hat im 1. Band des *Teutschen Merkur* seine fünf *Briefe an einen Freund über das deutsche Singspiel »Alceste«* veröffentlicht. Dort nennt er Euripides' Dialoge »abgeschmackt«, Admet äußere nur »Plattheiten« etc.

697,21 f. *bei einer Flasche guten Burgunders:* »Den verfluchten Dreck schrieb ich in der Trunckenheit. Ich war truncken! Und [...] in Ewigkeit hätte ich's nicht selber in Druck gegeben; aber ich hatte es nicht mehr alleine in Händen«, sagt Goethe im Gespräch mit Johanna Fahlmer am 6. Mai 1774.

697,29 *in Straßburg:* Die Farce wurde in Kehl mit der fingierten Ortsangabe Leipzig gedruckt. Vgl. Lenz an Herder, 30. September 1775: »in Kehl, wo ich ›Götter, Helden und Wieland‹ drucken ließ«, und an Wieland, Juli 1776: »Es scheint, lieber, Du weißt nicht oder willst nicht wissen, wer die Ursache des ganzen literarischen Lärmens gegen Dich war. Ich ließ Götter Helden und Wieland drucken, und ohne mich hätten sie das Tageslicht nimmer gesehen.« – Die Behauptung, daß Lenz den Druck veranlaßte, um Goethe zu schaden, ist sicher unzutreffend. Vgl. Goethe an Schönborn, 1. Juli 1774: »Auf Wielanden hab ich ein schändlich Ding drucken lassen, unterm Titel: Götter, Helden und Wieland, eine Farce.«

698,8 *Flibustiers:* von holl. *vliebots* ›schnelle Schiffe‹, nach anderer Auffassung von lat. *finibus terrae* ›Ende der Welt, Hölle‹; Seeräuber des 17. Jh.s, besonders in Süd- und Mittelamerika.

698,14 f. *Wielanden einen freundlichen Brief:* nicht erhalten. Nach der Erinnerung Friedrich Justin Bertuchs aus dem Jahr 1809 soll er nichts weiter enthalten haben als »die Versicherung, daß Goethe die Brattwürste mit den Prinzchen vortreflich schmeckten und daß es wünschen beide [Prinzen], Wieland wäre dabei« (Thomas C. Starnes, *Christoph Martin Wieland. Leben und Werk. Aus zeitgenössischen Quellen chronologisch dargestellt*, 3 Bde., Sigmaringen 1987, Bd. 1, S. 529). – Am 23. Dezember 1774 schreibt Goethe an Sophie von La Roche: »Ich hab von da [Mainz] aus Wielanden geschrieben, es fiel mir so ein, hab auch eine Antwort, wie ich sie vorfühlte. Das ist was verfluchtes dass ich anfange mich mit niemand mehr misszuverstehn.« Dagegen schreibt Wieland zunächst am 24. Dezember 1774 an Knebel: »Er hat mir ein Briefchen geschrieben, das mir im ersten Augenblick eine Überraschung bereitet hat durch einen Anschein von Naivetät, den es trägt. Nachdem ich es indessen aufmerksam gelesen habe, sah ich gleichfalls, was jedermann darin erkennt, denn ich lasse es jeden lesen, der Lust hat: daß der Herr Goethe keine andere Absicht gehabt hat, als sich über mich lustig zu machen.« Dann jedoch, am 13. Januar 1775, wiederum an Knebel: »Verzeihen Sie mir [...] das unartige Zeug, das ich Ihnen letzthin in einem hypochondrischen Anstoß über Goethe schrieb. Ich bin inzwischen radicaliter von allem Mißmut gegen diesen sonderbaren großen Sterblichen geheilt worden. [...] an meinem guten Willen soll's nicht liegen, wenn wir nicht Freunde werden können.«

698,17 *sehr liberal:* Wieland hat die Farce im Juni 1774 im *Teutschen Merkur* (Bd. 6, 3. Stück) angezeigt und dazu geschrieben: »Der Herr D. Goethe [...], nachdem er uns in seinem ›Götz von Berlichingen‹ gezeigt hat, daß er Shakespeare sein könnte, wenn er wollte, hat uns in dieser heroisch-komisch-farcicalischen Pasquinade gewiesen, daß er, wenn er wolle, auch Aristophanes sein könne. [...] Wir empfehlen diese kleine Schrift allen Liebhabern der pasquinischen Manier als ein Meisterstück von Persiflage und sophistischem Witze, der sich aus allen möglichen Standpunkten sorgfältig denjenigen auswählt, aus dem ihm der Gegenstand schief vorkommen muß, und sich dann recht herzlich lustig darüber macht, daß das Ding so schief ist!«

698,20 *wenigen Tage:* vom 13. bis 16. Dezember 1774.

698,23 *porträtierte manchen:* Erhalten sind zwei flüchtige Bleistiftporträts von Herzog Karl August und Graf Goertz (*Corpus* VIb, Nr. 232 und 233).

698,30 *Klettenberg von uns geschieden:* Sie war am 13. Dezember 1774, dem Tag von Goethes Abreise, gestorben und wurde am 16. Dezember, dem Tag seiner Rückkehr, beerdigt. Am 23. Dezember 1774 schreibt Goethe an Sophie von La Roche: »Meine Klettenberg ist todt. Todt eh ich eine Ahnung einer gefährlichen Kranckheit von ihr hatte. Gestorben begraben in meiner Abwesenheit, die mir so lieb! so viel war.« – Goethe hat dem Tod der Klettenberg für seine Biographie offenbar eine besondere Bedeutung beigemessen. Im »Biographischen Schema« von 1809 notiert er auf die letzte Seite die Frage: »Wann ist Frl. v. Klettenb. gestorben«, und am 26. März 1813 schreibt er an Johann Friedrich Heinrich Schlosser: »Könnten Sie mir vielleicht den Todestag des Fräulein von Klettenberg anzeigen?«

699,9 *Flugschrift: Prometheus, Deukalion und seine Rezensenten, voran ein Prologus und zuletzt ein Epilogus* von Heinrich Leopold Wagner wurde 1775 in Frankfurt gedruckt, aber in vielen Exemplaren werden andere Orte genannt (Berlin, Düsseldorf, Göttingen, Hamburg, Leipzig, Weimar). In dieser Farce in Knittelversen tritt Goethe als Prometheus, sein Werther als Prometheus' Sohn Deukalion auf. Die Vignetten, von denen Goethe spricht, waren in Verbindung mit dem Text für das zeitgenössische Publikum leicht zu entschlüsseln.

699,16 *Altonaer Postreiter:* der Herausgeber des *Altonaer Reichs-Postreuters* Albrecht Wittenberg. In dieser Zeitschrift war am 15. November 1774 eine Rezension von Goethes *Jahrmarktsfest zu Plundersweilern* erschienen.

699,17 *Bär:* tritt nicht auf; möglicherweise Verwechslung mit dem Orang-Utan, der für Nicolai steht.

Gans: für Johann Konrad Deinet, den Herausgeber der *Frankfurter gelehrten Anzeigen.*

699,18 *Merkur:* für Wielands *Teutschen Merkur.*

699,18 f. *manches ... Geschöpf:* z. B. Johann Melchior Goeze als Esel, Matthias Claudius als Nachteule mit Fröschen, als Löwe der *Hamburgische unpartheyische Correspondent* u. a.

699,26 f. *einiges ... Mainzer Aufenthalt:* »Sieh da! / Ihr Diener, Herr Prometheus, / seit Ihrer letztern M** Reis / sind wir ja Freunde, so viel ich weiß«.

700,1 f. *Anlässe zu neuem Mißtrauen:* Goethes Furcht war durchaus begründet. Friederike Karoline von Goertz schreibt am 14. März 1775 an ihren Mann, den Grafen Goertz, Wieland sei »außer sich. Indessen lacht er, wie wir, wenn er es liest; man kann es nicht lassen.« Graf Goertz antwortet am 26.(–29.) März 1775 aus Paris: »Es ist abscheulich, liebe Freundin, diese gemeinen Ausfälle Goethes. Da steht Wieland wiederum im Kampfe. [...] ich habe eben ›Prometheus‹ gelesen. Es ist eine Unfläterei. Weit entfernt, darüber zu lachen, fühle ich nur Abscheu. Sag meinem Freunde Wieland, daß es unter seiner Würde sei, sich mit bösen Bubens abzugeben.«

700,8–11 *Autor ... hatte sich ihr entdeckt:* nicht belegt.

700,19 f. *Publikum so leicht nicht zu überzeugen:* Goethe verfaßte darum eine öffentliche Erklärung, die mit dem Satz begann: »Nicht ich, sondern Heinrich Leopold Wagner hat den Prometheus gemacht und drucken lassen, ohne mein Zutun, ohne mein Wissen.« Diese Erklärung vom 9. April 1775 wurde am 21. April in den *Frankfurter gelehrten Anzeigen* veröffentlicht und auch als Einblattdruck verschickt, von dem sich zwei Exemplare erhalten haben. Auch nach dem Erscheinen dieser Erklärung glaubte man noch lange an Goethes Verfasserschaft. Heinrich Gottfried von Bretschneider schreibt am 28. April 1775 an Nicolai: »Goethe hat den ›Prometheus‹ auf einen gewissen Wagner geschoben, den ich kenne und der dazu ganz unfähig ist, sich aber große Ehre daraus macht, dadurch bekannt zu werden; der arme Teufel braucht auch Geld. In Offenbach kann man erfahren, wer die Holzschnitte dazu bestellt hat, und das war Goethe«, und am 6. Mai 1775 äußert sich Merck gegenüber Nicolai: »Aus einer gedruckten Erklärung werden Sie gesehen haben, daß ein gewisser Wagner der Verfasser davon ist, ob ich's gleich nicht glaube.« Auch Wieland war skeptisch und wollte nur so »tun, als ob wir es glauben« (an Gleim, nach dem 21. April 1775).

700,35 *mehrere Briefe:* Erhalten ist aus dieser Zeit nur einer, vom 28. Mai 1774, mit dem Goethe Klopstock wahrscheinlich das Manuskript von *Satyros oder der vergötterte Waldteufel* schickte.

700,36 *nach Karlsruh:* vgl. 554,24 f. mit Anm.

701,6 f. *nach einiger Zeit eintraf, sein Außenbleiben entschuldigte:* Am 27. September 1774, wie die *Frankfurter Kayserliche Reichs-Ober-Post-Amts-Zeitung* am 1. Oktober 1774 meldete: »Herr Klopstock [...] ist am Dienstage Abend hieselbst angekommen, tratt bey seinem Freunde, unsern Herrn D. Goethe ab.« – Klopstock hatte sich vom 18. bis 20. September 1774 in Göttingen bei den Mitgliedern des Hainbundes aufgehalten und sich deshalb verspätet. Am 29. September reiste er aus Frankfurt ab; vermutlich hat ihn Goethe noch bis Darmstadt begleitet.

701,35 f. *den Homerischen Göttern:* Hermes, dem Götterboten.

702,10 f. *Kunst-Reiten ... Bereiten der Pferde:* Klopstock gab sich zwar gern das Image eines guten und passionierten Reiters, tatsächlich ist es mit seinen Fertigkeiten auf diesem Gebiet aber nicht weit her gewesen. Sein Freund Friedrich Baudissin notiert am 28. Januar 1782 in seinem Tagebuch: »Klopstock hatte seine Iduna [seine Stute] da stehen; der Bereiter sagte mir aber, daß er so schlecht geritten hätte, daß er das Pferd dadurch verdorben. Er hätte sich in den Vestungswerken eine Art von Reitbahn gemacht, die so seltsam gewesen wäre, daß man ihn für unklug würde gehalten haben, wenn man ihn nicht gekannt hätte.« Auch sechs Jahre später ging es noch nicht besser; Agnes Stolberg schreibt am 17. Oktober 1788: »Wenn doch Klopstock ein anderes Mittel zur Bewegung hätte wie ein Pferd; seine Freunde können wahrlich nicht ruhig sein so lange er diese unglückliche Liebschaft hat« (*Briefwechsel zwischen Klopstock und den Grafen Christian und Friedrich Leopold zu Stolberg*, hrsg. von Jürgen Behrens, Neumünster 1964, S. 283).

702,18 *genugsam ... unterrichtet:* etwa durch die Briefedition von Klamer Schmidt (*Klopstock und seine Freun-*

de […], 1810) und Karl Friedrich Cramers *Klopstock, er und über ihn* (7 Bde., 1780–92) sowie Jördens' Lexikon (vgl. Anm. zu 277,3).

702,26 *Zimmermann … unser Gast:* Das folgende ist ein Vorgriff auf Ereignisse des Jahres 1775. – Johann Georg Z. (1728–95) stammte aus Brugg im Aargau und war seit 1768 königlicher Leibarzt in Hannover. Als Arzt genoß er ebenso hohes Ansehen – er behandelte u. a. Friedrich II. von Preußen – wie als popularphilosophischer Schriftsteller (*Von der Einsamkeit*, 1756, Neuaufl. 1784–85, *Von dem Nationalstolze*, 1785). – Goethe lernte ihn am 12. Juli 1775 – auf der Rückreise aus der Schweiz – in Straßburg persönlich kennen, nachdem er seit dem 3. Mai 1775 auch in brieflicher Verbindung mit ihm stand. Am 31. Juli 1775 schreibt Goethe an Lavater: »Wie ist's mit Zimmermann gegangen? […] Wenn er zurückkommt, soll er bey mir wohnen!« Z. traf um den 20. September 1775 in Frankfurt ein. 1776 hat er Goethes Schwester Cornelia in Emmendingen behandelt. – Die Charakteristik Z.s hat Goethe zu großen Teilen aus Jördens' Lexikon entnommen.

703,10 f. *eitel … Begriff von Leerheit:* »Aus der Grundbedeutung ›leer‹ entwickelt sich der Sinn ›für sich, nichts als‹ […] sowie ›eingebildet‹« (Kluge, S. 161).

704,1 *Tochter:* Katharina (1756–81). Goethe schreibt am 28. September 1775 an Lavater: »Seine Tochter ist so in sich, nicht verriegelt nur zurückgetreten ist sie, und hat die Thüre leis angelehnt. Eh würde sie ein leise lispelnder Liebhaber als ein pochender Vater öffnen.« – Die Schilderung von Zimmermanns Verhalten gegenüber seiner Tochter ist in dieser Härte sicher nicht zutreffend. Am 29. Dezember 1775 schreibt Zimmermann an Charlotte von Stein: »Herr Goethe tut meiner Tochter zu viel Ehre an: sie ist noch unentwickelt und war ängstlich und furchtsam in seinem Hause, wo man uns eine unendlich reizende Aufnahme gegönnt hat und wo ich so glückliche Tage wie nur je in meinem Leben zugebracht habe. Dies liebe Kind ist ohne

Zweifel ein großer Trost für mich, und ich sehe nur zu sehr, wie natürlich und vernünftig es ist, daß sie meine letzte Liebe sei.« Auch der Brief Katharina Elisabeth Goethes an Zimmermann vom 16. Februar 1776 läßt keine Schlüsse auf derlei Vorfälle im Hause Goethe zu: »Daß Ihre Liebenswürdige Jungfer Tochter noch an uns denckt, und sich wohl und vergnügt befindet, war auch eine Nachricht nach meinem Hertzen: erlauben Sie, daß ich mir die Freude mache und die Zahl meiner Kinder durch dieselbe vermehre, dieses süße liebe Mägdgen kommt in gute Gesellschaft«. Vollends unwahrscheinlich ist der Vorschlag einer Heirat Goethes und Katharinas; zum Zeitpunkt des Besuches war Goethe schon seit fünf Monaten mit Lili Schönemann verlobt.

704,16 *Bruder:* Jakob (geb. 1755), Medizinstudent in Straßburg.

704,35 *Öffentlich ... zur Sprache:* Goethe kannte – u. a. aus Jördens' Lexikon – die Titel einschlägiger Veröffentlichungen: Johann Ernst Wichmann, *J. G. Zimmermanns Krankheitsgeschichte, ein biographisches Fragment für Ärzte bestimmt* (1796); Heinrich Marcard, *Beitrag zur Biographie des sel. Hofrats und Ritters von Zimmermann* (1796), S. A. D. Tissot, *Vie de M. Zimmermann* (1797); E. G. Baldinger, »J. G. Zimmermann, wie er gesund und krank war« (in: *Neues Magazin für Ärzte*, Bd. 18, o. J.).

704,36 *unseligen Hypochondrie:* Zimmermann starb in geistiger Umnachtung. Auch in Jördens' Lexikon ist von Hypochondrie die Rede.

705,7 *Leibesschaden:* Jördens' Lexikon (Bd. 5, S. 637) berichtet »von einem großen verwickelten Leibschaden, von dem sich schon in Brugg die ersten Spuren gezeigt hatten, und der ihn endlich nöthigte, sich einer der schmerzhaftesten Operationen zu unterwerfen«. Seit Anfang der siebziger Jahre war Zimmermann fast ständig krank. Vgl. Katharina Elisabeth Goethes Brief an Zimmermann vom 16. Februar 1776: »Wie kommt ein so vortrefflicher, geschickter, Freundlicher, herrlicher, Lieber Mann zu der verdamten Kranckheit? Warum just an die brauchbaresten Menschen, ich kenne eine menge Schurcken, die sollten Kranck seyn«.

705,30 f. *Schriften ... Hippocrates:* Goethe kannte einige der Schriften des Hippokrates von Kos (460–377 v. Chr.). Im Brief an Heinrich Meyer vom 30. Dezember 1795 erwähnt er *De aere, aquis et locis* (»Von der Luft, den Wassern und den Gegenden«); eine Ausgabe der *Aphorismi* befand sich in seiner Bibliothek. Im »Lehrbrief« in *Wilhelm Meisters Lehrjahren* werden Gedanken des Hippokrates zitiert.

706,36–707,1 *Paracelsus:* vgl. 366,27 mit Anm.

707,1 *Harnpropheten:* »spottend für einen arzt, der krankheiten aus dem harn verkündet« (DWB IV,2, Sp. 491). *Chymisten:* Alchimisten.

707,7 f. *»Über die Erfahrung«: Von der Erfahrung in der Arzneikunst* (2 Bde., Zürich 1763–64). Am 30. Juli und 7./8. August 1813 vermerkt Goethe die Lektüre dieses Werks im Tagebuch.

707,25 *Salis:* Karl Ulysses von S. (1728–1800), Schweizer Pädagoge, Begründer einer Erziehungsanstalt in Haldenstein, die 1775 nach S.' Geburtsort Marschlins bei Chur verlegt wurde. S. kam im Herbst 1774 nach Frankfurt; 1777 nahm Goethe den Schweizer Hirtenjungen Peter im Baumgarten, der bis dahin in Marschlins untergebracht war, bei sich in Weimar auf und kam deswegen 1779/80 noch einmal indirekt in Geldangelegenheiten mit S. in Berührung.

707,29 *Sulzern:* vgl. 579,12 mit Anm. – Goethe hat Sulzer am 2. oder 3. September 1775 in dessen Frankfurter Quartier aufgesucht. Am 30. September 1775 schreibt Sulzer an Bodmer: »Goethe ist in Frankfurt drei Stunden lang bei mir gewesen und würde allem Anschein nach noch länger mit mir geplaudert haben, wenn ihn nicht die Nacht weggerufen hätte. Die Seite, von der er mir sich zeigte [...], hatte nichts, das mir nicht gefiel. Ich irre mich sehr, wenn dieser junge Mann bei reiferen Jahren nicht ein rechtschaffner Mann sein wird. Itzt hat er den Menschen und das menschliche Leben noch nicht von vielen Seiten betrachtet. Aber sein Blick ist scharf.«

707,31 f. *Stelle seiner Reisebeschreibung:* In Sulzers *Tagebuch einer von Berlin nach den mittäglichen Ländern von Europa 1775 und 1776 getanen Reise und Rückreise* (Leipzig 1780) heißt es: »Ich hatte doch in Frankfurt das Vergnügen, [...] Doktor Goethens Besuch zu genießen. Dieser junge Gelehrte ist ein wahres Originalgenie von ungebundener Freiheit im Denken, sowohl über politische als gelehrte Angelegenheiten. Er besitzt bei wirklich scharfer Beurteilungskraft eine sehr feurige Einbildungskraft und sehr lebhafte Empfindsamkeit. Aber seine Urteile über Menschen, Sitten, Politik und Geschmack sind noch nicht durch hinlängliche Erfahrung unterstützt. Im Umgange fand ich ihn angenehm und liebenswürdig« (*Gespräche* I, S. 156).

708,13 f. *Aufenthalt zu Regensburg und Wien:* vgl. 35,21 f. – Regensburg hat Goethe auf der Reise nach Italien besucht (4./5. September 1786); in Wien ist er nie gewesen.

708,21–23 *durch den Großvater ... von dem Rate ausgeschlossen:* vgl. 15,14 und 78,24–33 mit Anm. Verwandte durften nicht zu gleicher Zeit Ratsmitglieder sein. Nach dem Tod des Onkels Johann Jost Textor im Jahre 1792 wollte man Goethe eine Frankfurter Ratsherrenstelle anbieten; Goethe berichtet darüber in der *Campagne in Frankreich* (19. Oktober 1792).

708,25 f. *Agentschaften:* Stellungen als Bevollmächtigter.

708,26 f. *Residenten-Stellen:* Residenten sind Vertreter bzw. Gesandte von Fürsten.

708,35 *früher erwähnte Gesellschaft:* vgl. 248,31. Das im folgenden Geschilderte ereignete sich 1773.

709,5 *wunderliche Redner:* wohl Krespel; vgl. 249,5 mit Anm.

709,31 *dasselbe Frauenzimmer zweimal:* Susanna Magdalena Münch (1753–1806). Am 26. Januar 1773 schreibt Goethe an Kestner: »ein gewisses Mädgen hier das ich von Herzen lieb habe und das ich wenn ich zu heurathen hätte gewiß vor allen andern griffe ist auch [wie Charlotte Kestner] den 11. Januar gebohren.« Am 11. Februar 1773, ebenfalls an Kestner: »Das Mädgen grüsst Lotten [. . .] ich heisse sie indessen mein liebes Weibgen, denn neulich als sie in Gesellschaft um uns Junggesellen würfelten, fiel ich ihr zu.«

710,28 f. *Memoire des Beaumarchais: Quatrième Mémoire à consulter [. . .] par P. A. de Beaumarchais* (Paris 1774), enthält das *Fragment de mon voyage d'Espagne* (»Fragment meiner Spanienreise«). Goethe hat das *Mémoire* am 6. oder 13. Mai 1774 vorgelesen (Mommsen II, 1958, S. 219).

710,29 *Clavigo:* José Clavijo y Fajardo (um 1730–1806), spanischer Schriftsteller und königlicher Archivar.

711,2 *heute über acht Tage:* Am 1. Juni 1774 war das Stück fertig: »Dann hab ich ein Trauerspiel gearbeitet Clavigo, moderne Aneckdote dramatisirt mit möglichster Simplizität und Herzenswahrheit« (Brief an Schönborn).

711,28 f. *Berechtigt durch ... Shakespeare:* der seine Stoffe ebenfalls gedruckten Quellen zu entlehnen pflegte.

711,32 *englischen Ballade:* vermutlich »Lucy and Collin« (1765), von Herder übersetzt (»Röschen und Kolin«, in *Stimmen der Völker in Liedern*).

712,17 *Mariage-Spiel:* vgl. Anm. zu 250,22.

713,9 f. *seligen Freundin:* Klettenberg.

714,2 *leidend:* passiv.

Vierter Teil

Sechzehntes Buch

718,6 *Büchlein:* Johann Colerus, *Das Leben des Spinoza, aus den Schriften dieses berufenen Welt-Weisen und aus dem Zeugnis vieler glaubwürdiger Personen* (Frankfurt a. M. / Leipzig 1733), in der Bibliothek des Rats Goethe vorhanden; zuerst in französischer Sprache unter dem Titel *La vie de Spinoza* 1706 erschienen.

718,9 *Signum:* im Original steht »characterem«.

718,21 f. *Artikel »Spinoza« in Bayles Wörterbuch:* vgl. 256, 18 f. mit Anm. Vom 15. September bis 5. Oktober 1813, als Goethe an diesem Abschnitt arbeitete, hatte er aus der Weimarer Bibliothek Band 4 (Q–Z) der 6. Auflage von Bayles *Dictionnaire historique et critique* (Basel 1741) entliehen.

718,26 *Atheist:* In Bayles Werk heißt es: »Il a été un Athée de Système et d'une méthode toute nouvelle« (»Er ist ein Atheist mit [eigenem philosophischen] System und einer völlig neuen Methode gewesen«). Zum Atheismus-Vorwurf vgl. auch 687,1–10 mit Anm. – Die Differenzierung zwischen dem Philosophen und dem Menschen Spinoza, die Goethe auch in Jacobis Spinoza-Schrift störte, widerspricht seiner Auffassung von der »Totalität« des Menschen. In der Rezension über Ernst Stiedenroths *Psychologie zur Erklärung der Seelenerscheinungen* (Berlin 1824), die in den Schriften *Zur Morphologie* (II,2) erschien, schreibt Goethe: »In dem menschlichen Geiste [...] ist nichts oben noch unten, alles fordert gleiche Rechte an einen gemeinsamen Mittelpunkt, der sein geheimes Dasein eben durch das harmonische Verhältnis aller Teile zu ihm manifestiert. Alle Streitigkeiten der Älteren und Neuen bis zur neusten Zeit entspringen aus der Trennung dessen was Gott in seiner Natur vereint hervorgebracht. Recht gut wissen wir, daß in einzelnen menschlichen Naturen gewöhnlich ein Übergewicht irgend eines Vermögens, einer Fähigkeit sich hervortut und daß daraus Einseitigkeiten der Vorstellungsart notwendig entspringen, indem der Mensch die Welt nur durch sich kennt und also, naiv anmaßlich, die Welt durch ihn und um seinetwillen aufgebaut glaubt. Daher kommt denn daß er seine Haupt-Fähigkeiten an die Spitze des Ganzen setzt und was an ihm das Mindere sich findet, ganz und gar ableugnen und aus seiner eigenen Totalität hinausstoßen möchte« (GA XVI, S. 884). – Vgl. auch *Winckelmann und sein Jahrhundert* (1805): »Wenn die gesunde Natur des Menschen als ein Ganzes wirkt, wenn er sich in der Welt als in einem großen, schönen, würdigen und werten Ganzen fühlt, wenn das harmonische Behagen ihm ein reines freies Entzücken gewährt, dann würde das Weltall, wenn es sich selbst empfinden könnte, als an sein Ziel gelangt aufjauchzen und den Gipfel des eigenen Werdens und Wesens bewundern« (GA XIII, S. 417).

718,30 *Particulier:* (frz.) Privatier.

718,31 *evangelische Wort:* Wort des Evangeliums.

718,31 f. *an ihren Früchten: … erkennen!:* Mt. 7,16 und 20.

718,36 *nachgelassenen Werke:* Goethe besaß eine Ausgabe der *Opera posthuma* (Amsterdam 1677).

719,7 f. *so viel … gestritten:* Nach dem Pantheismusstreit (vgl. 687,1–10 mit Anm.) kam es 1811/12 zu einer Kontroverse zwischen Jacobi und Schelling, dem Jacobi ebenfalls ›Spinozismus‹ attestierte.

719,13 f. *entsagen:* in Goethes Spätwerk immer wieder auftretendes Motiv, besonders in *Wilhelm Meisters Wanderjahre oder Die Entsagenden* (1821).

719,35 f. *daß alles eitel sei:* Prediger Salomo, 12,8. Vgl. *Zahme Xenien*, 3. Teil: »Du irrest Salomo! / Nicht alles nenn' ich eitel: / Bleibt doch dem Greise selbst / Noch immer Wein und Beutel.«

720,16 *meine werten Mystiker:* Diese Auffassung kann Goethe in Colerus' Spinoza-Biographie (vgl. Anm. zu

718,6) gefunden haben; dort heißt es, »daß die Frommen und Spinoza sich in vielen Punkten nahe kommen« (Anm. 607).

720,17 *Leibnitz:* So hat Jacobi, der überall Atheismus vermutete, auch bei Gottfried Wilhelm von Leibniz (1646 bis 1716) Spinozismus gefunden.

720,18 *Boerhaave:* vgl. Anm. zu 369,9. Vom 4. September 1813 bis 23. Februar 1814 hat Goethe aus der Weimarer Bibliothek das Werk *Versuch über den Character des Großen Arztes [...] Herman Boerhaavens [...]. Aus dem Französischen* (Leipzig/Freiberg 1748) entliehen.

720,29 *Schüler von Descartes:* René D. (1596–1650), Philosoph und Mathematiker. »Schüler« Descartes' war Spinoza nur insofern, als er von dessen Philosophie beeinflußt war und sie weiterentwickelte (so in seiner Auslegung der *Principia* Descartes', 1663).

720,30 *rabbinische Kultur:* Obwohl Spinoza 1656 zunächst aus der Amsterdamer Synagoge und 1660 auf Betreiben der Rabbiner aus Amsterdam verbannt wurde, hat er sich weiterhin mit dem jüdischen Geistesleben seiner Zeit befaßt, z. B. mit den *Dialogos de amor* (»Dialoge der Liebe«) des jüdischen Platonikers Leone Ebreo (1460–1535).

721,1 *jenem Gedichte: Der ewige Jude*, vgl. Anm. zu 682,35 f.

721,22 *jenen Denkern:* vor allem den französischen Enzyklopädisten (vgl. 523,19 f. mit Anm.).

721,27 *Mimosa:* Gattung der Hülsenfrüchtler, z. B. Mimosa pudica (›Rührmichnichtan‹).

721,29 *Gewerbe:* Gelenk, »auf die pflanze übertragen, das glied am stengel« (DWB IV,1.3, Sp. 5490).

721,31 *Hedysarum gyrans:* Süßklee aus den asiatischen Tropen. Die Beschreibung folgt der *Anleitung zur Kenntnis der Gewächse* (Bd. 1, Halle a. d. S. 1802) von Kurt Polycarp Sprengel (1766–1833), dem von Goethe hochgeschätzten Leiter des botanischen Gartens in Halle. Goethe besaß das Werk.

721,34 *Pisang:* Bananenstaude.

722,25–27 *Durch Feld und Wald ... Tag:* Das Gedicht »Der Musensohn« wurde zuerst 1800 in den *Neuen Schriften* (Bd. 7) gedruckt, ist aber wohl früher entstanden. Im Druck lautet der 3. Vers: »So gehts von Ort zu Ort!«

722,29 *Vorgänger:* Petrarca, nach einer in vielen Versionen überlieferten Anekdote.

722,34 *an den Pult:* Vgl. den Beginn des *Ewigen Juden*: »Um Mitternacht wohl fang ich an / Spring aus dem Bette wie ein Toller«. Auch äußerlich entspricht die Handschrift dieses Werkes der hier gegebenen Beschreibung.

723,13 *gegen Geld umzutauschen:* Vgl. dagegen die Praxis der auf Bestellung gelieferten Gelegenheitsgedichte, wie Goethe sie S. 183 f. schildert. Das Verhältnis zur eigenen Dichtung hat sich seit jener Zeit grundsätzlich gewandelt. Vgl. auch im 12. Buch: »Die Produktion von poetischen Schriften aber wurde als etwas Heiliges angesehn« (555,16 f.).

723,13 *Himburg:* Christian Friedrich H. (1733–1801), Verleger und Buchhändler in Berlin, veröffentlichte zwischen 1775 und 1779 drei unrechtmäßige Drucke von Goethes Werken, mit zahlreichen Verfälschungen und Fehlzuschreibungen (z. B. Goethe zugeschriebene Texte von Herder und Johann Georg Jacobi). – 1786 hat Himburg erwogen, eine rechtmäßige Ausgabe der Werke Goethes zu publizieren. Goethe plante gerade seine erste Gesamtausgabe, die bei Göschen erscheinen sollte. Seiner Ankündigung dieser Edition hat Göschen eine bittere Warnung »An die Herren Nachdrucker« beigefügt: »Ich kann es mir zwar leicht vorstellen, daß die hier angekündigten Werke auch eine ganz artige Spekulation für Sie seyn werden; allein erlauben Sie mir doch, meine Herren, ehe Sie zum Werk schreiten, die Versicherung zu geben, daß ich auch schon ganz artige Maasregeln gegen Sie genommen habe, und Muth genug besitze mit Aufopferung meines ganzen Vortheils Ihre Hofnungen zu Wasser zu machen, wenn Sie mich in meinem rechtmäßigen Erwerbe durch Ihre unrechtmäßige Industrie zu stöhren gedenken. Besitzen Sie noch einigen guten Namen in der Welt, so heben Sie ihn gewiß durch eine solche Unternehmung gänzlich auf. Sie sollen so blamirt werden, daß Ihr eigenes Weib, Ihr eigenes Kind sie mit Verachtung ansehen und kein ehrlicher Mann mit Ihnen aus einem Kruge trinken soll.«

723,24 f. *Berliner Juden … Partie Porzellan:* historisch belegt in einer königlichen Ordre von 1769.

723,32–724,8 *Holde Zeugen … tot:* entstanden Anfang Juli 1779, als der die Gedichte enthaltende 4. Teil des Himburgschen Nachdrucks erschienen war. Goethe hat den Text für *Dichtung und Wahrheit* umformuliert; das Gedicht lautet in der Urfassung: »Langverdorrte halbverweste Blätter vorger Jahre, / Ausgekämmte, auch geweiht und abgeschnittne Haare, / Alte Wämser ausgetretne Schuh und schwarzes Linnen, / Was sie nicht ums leidge Geld beginnen! / Haben sie für bar und gut / Neuerdings dem Publikum gegeben. / Was man andern nach dem Tode tut, / Tut man mir bei meinem Leben. / Doch ich schreibe nicht um Porzellan noch Brot / Für die Himburgs bin ich tot.«

723,33 *abgeweihte Haare:* d. i. abgeschnittene und den Göttern geweihte Locken; ein antiker Kult. – Goethe hat viele solcher Wortneubildungen, vor allem mit präpositionalen Vorsilben, geprägt; vgl. Josef Mattausch, »Von Goethes Wörtern und ihren ›Les-Arten‹. Zwischenbilanz am Goethe-Wörterbuch«, in GJb 98 (1981) S. 13 f.

724,2 *Sosias:* Gemeint ist Sosius, ein römischer Buchhändler zur Zeit des Horaz.

724,35 *Markgraf von Baden:* Karl Friedrich (vgl. 554,24 f. mit Anm.).

725,2 *Macklot:* Goethes Zorn gegen den Verleger Michael M. (1728–94) rührt wahrscheinlich von zwei Wertheriaden her, die 1775 in M.s Verlag anonym erschienen sind (*Briefe an eine Freundin über die Leiden des jungen Werthers* und *Des jungen Werthers Zuruf aus der Ewigkeit an die noch lebenden Menschen auf der Erde* von Johann August Schlettwein, 1731–1802). Außerdem brachte M. einen Nachdruck von Goethes *Werther* mit der fingierten Ortsangabe »Freystadt 1775« heraus (vgl. Fechner, S. 31). *Trattner:* Johann Thomas Edler von T. (1717–98), Wiener Papierfabrikant, Verleger und Hofbuchdrucker Kaiser Josephs II.

725,6 f. *Badnischen:* möglicherweise der Mathematiker und Physiker Johann Lorenz Böckmann (1741–1802), Professor am Karlsruher Gymnasium, den Goethe im September 1774 in Frankfurt kennenlernte.

725,8 *Frau Markgräfin:* Karoline Luise, geb. Prinzessin von Hessen-Darmstadt (1723–83), eine ähnlich kunstsinnige Regentin wie Anna Amalia von Sachsen-Weimar; sie malte und sammelte Gemälde. – Die Papierfabrik in Ettlingen an der Alb brannte 1791 ab.

725,16 f. *Macklot ... Schimpfnamen:* Vgl. 772,5 f., wo Goethe schildert, daß M. wegen seiner »Macklotur« in *Hanswursts Hochzeit* gezüchtigt werden sollte.

726,8 *Judengasse ... Brand:* Vgl. Goethes Brief an Gottlob Friedrich Ernst Schönborn vom 1. Juni 1774: »In der Nacht vom 28. auf den 29. May, kam Feuer aus in unsrer Judengasse das schnell und grässlich überhand nahm, ich schleppte auch meinen Tropfen Wassers zu, und die wunderbaarsten, innigsten, manigfaltigsten Empfindungen haben mir meine Mühe auf der Stelle belohnt. Ich habe bei dieser Gelegenheit das gemeine Volck näher kennen gelernt, und binn aber und abermal vergewissert worden, dass das doch die besten Menschen sind.«

726,12 *Allerheiligen-Gasse:* in der Gegend der heutigen Allerheiligenstraße, südlich der Zeil. »Durchgebrochen« hatte man die »Judenmauer«, die die Häuser der Juden von der Allerheiligengasse trennte.

727,7 *zur Anfuge:* »sich anzuschließen«, so auch Eckermanns Redaktion.

727,9 *Lizenz:* Freiheit.

727,12–728,4 *Ein sehr harter Winter ... wieder vor:* Die Anekdote hat Goethe dem Brief Bettine Brentanos vom 28. November 1810 entnommen, in dem sie diese Erzählung von Goethes Mutter referiert. Der Grund für die Verkleidung Goethes soll die Anwesenheit Maximiliane Brentanos auf dem Eis gewesen sein, »der wollte er gefallen.«

728,3 *später:* in Bettines Brief.

728,5 *geistreicher Franzos:* vermutlich Rousseau; das Zitat ist jedoch nicht nachgewiesen.

728,20 *Coterie:* vgl. 362,14 f. mit Anm.

728,21 *Bär:* So auch in dem Gedicht »Lilis Park«: »Denn so hat sie aus des Waldes Nacht / Einen Bären, ungeleckt und ungezogen, / Unter ihren Beschluß herein betrogen, / Unter die Zahme Kompanie gebracht / Und mit den andern zahm gemacht.« – Als Bären bezeichnet sich Goethe auch in den Briefen an Johanna Fahlmer vom 24. Mai und 5. Juni 1775.

728,22 f. *Hurone Voltaires, Clevelands Westindier:* In Voltaires Erzählung *L'Ingénu. Histoire véritable, tirée des manuscrits du Père Quesnel* (»Das Naturkind. Wahrhaftige Historie aus den Manuskripten des Père Quesnel gezogen«, Genf 1767) ist der Held ein bei den Huronen erzogener Franzose, der sich wegen seiner Naivität in der französischen Gesellschaft schwer zurechtfindet. Die Erzählung erschien 1768 unter dem Titel *Der Freimütige* in deutscher Übersetzung. – Der Held in Richard Cumberlands (1732–1811) Komödie *The West Indian* (1769), 1772 in Bodes Übersetzung (*Der Westindier*) erschienen, ist ebenfalls ein ›edler Wilder‹. Im Juni 1776 fand im Weimarer Hoftheater eine Aufführung der Komödie statt, in der Goethe die Titelrolle spielte.

728,26 *Negotiationen:* Bemühungen, Unterhandlungen.

728,27 *ein Freund eines Abends:* wahrscheinlich der Offenbacher Seidenfabrikant und Musikverleger Johann Christian André (vgl. 741,17 mit Anm.), den Goethe schon seit

1764 kannte. – Der erste Besuch im Hause Schönemann fand Anfang Januar 1775 statt.

728,28 f. *angesehnen reformierten Handelshause:* das Bank- und Handelshaus von Johann Wolfgang Schönemann (1717–63), Großer Kornmarkt 15 (Haus »Zum Liebeneck«). Die Witwe des Inhabers, Susanna Elisabeth Schönemann, geb. d'Orville (1722–82), führte das Geschäft mit ihrem Teilhaber Wegelin und ihrem Sohn Johann Noë. Mit dem Ansehen des Hauses stand es schon 1775 nicht zum besten; die Geschäfte gingen immer schlechter, und am 4. August 1784 stellte das Haus Schönemann die Zahlungen ein. Kurz danach nahm sich Johann Noë Schönemann das Leben. – Schon in der ersten Erwähnung der Schönemannschen Familie wird mit der Angabe der Konfessionszugehörigkeit einer der Gründe für die spätere Lösung des Verlöbnisses von Goethe und Lili genannt: Die Familie Schönemann gehörte der reformierten Gemeinde an, während die Goethes lutherisch waren – im 18. Jh. kein geringes Hindernis für eine Heirat. Vgl. auch 757,1 f. »andere Religionsgebräuche«.

729,1 *einzige Tochter:* Anna Elisabeth Schönemann, genannt Lili (1758–1817). Goethe verlobte sich mit ihr zu Ostern 1775. 1778 heiratete Lili den Straßburger Bankier Bernhard Friedrich von Türckheim (1752–1831). – Gegenüber Eckermann hat Goethe am 5. März 1830 bekannt: »Sie war in der Tat die erste, die ich tief und wahrhaft liebte. Auch kann ich sagen, daß sie die letzte gewesen; denn alle kleinen Neigungen, die mich in der Folge meines Lebens berührten, waren, mit jener ersten verglichen, nur leicht und oberflächlich.«

730,2 f. *habe ich … niedergeschrieben:* Die folgende Passage über Jung-Stillings Besuch in Frankfurt ist im Februar 1825 entstanden, während die vorhergehende Partie über Lili im November 1830 geschrieben wurde.

730,4 f. *meldete Jung … komme:* »Morgen kommt Jung!« schreibt Goethe am 10. Februar 1775 an Johanna Fahlmer.

J. blieb vom 11. Februar bis 11. März 1775 in Frankfurt. Über seinen Aufenthalt berichtet er im 4. Teil seiner Lebensgeschichte, *Henrich Stillings häusliches Leben* (Tübingen 1789). Am 21. Februar 1825 hat Goethe aus der Weimarer Bibliothek nur die beiden nächsten Bände, *Lehr-Jahre* (Berlin/Leipzig 1804) und *Alter* (Heidelberg 1817), entliehen, doch halten sich die folgenden Partien so eng an J.s Bericht, daß Goethe bei der Arbeit daran wohl auch das *Häusliche Leben* zur Hand gehabt haben muß.

730,7 f. *boten ihm das Quartier an:* Vgl. Jung-Stilling: »seine [Goethes] Eltern boten ihm [Jung] während seines Aufenthalts ihren Tisch an, und mietheten ihm in ihrer Nachbarschaft ein hübsches Zimmer« (Jung-Stilling [s. Anm. zu 443,32] S. 326).

730,9 *Lersner:* Jung-Stilling nennt ihn »Leesner« und spricht von ihm als einem »vortrefflichen Greis« und »alten blinden und schwächlichen Mann« (Jung-Stilling, S. 325; vgl. auch Goethe: »in Jahren«). Damit kann der Frankfurter Schöffe und Bürgermeister Friedrich Maximilian L. (1736–1804), den die Kommentare zu *Dichtung und Wahrheit* bisher nannten, kaum gemeint sein, denn dieser war zum Zeitpunkt der Operation gerade 39 Jahre alt und also nur vier Jahre älter als Jung-Stilling selbst. Es handelt sich vielmehr um den Hofmeister Heinrich Ludwig von L. (1703–85). – Jung hat die Operation im Mai 1775 – wiederum erfolglos – wiederholt.

730,15 *Dreistigkeit:* Entschlossenheit (nicht pejorativ).

730,21 *einsichtigen Arzte:* Johann Michael Hoffmann, der »Scharfrichtersohn« im 13. Buch (607,7).

730,23 *Frankfurter Kaufmann:* »Im Herbst dieses 1774sten Jahres brachte ein Kaufmann aus Schönenthal einen blinden Kaufmann, Namens Bauch, von Sonneburg in Sachsen, aus der Frankfurter Messe mit«, schreibt Jung-Stilling im *Häuslichen Leben* (Jung-Stilling, S. 324).

730,26 *bedeutende Belohnung:* »Leesner versprach Stillingen tausend Gulden zu zahlen, die Cur möchte gelingen, oder nicht« (Jung-Stilling, S. 325). Zum Vergleich: Das Jahresgehalt des Stadtschultheißen betrug 1800 Gulden.

731,26 *Unstatten:* Schaden, Nachteil.

731,31 *unter meinen Papieren:* das Paralipomenon 88,1 aus dem Jahr 1812 beginnt: »Stilling. Moralisches Leben auf Liebegefühl und wechselseitige Neigung gegründet« (HKA II, S. 556). Auch die Gedanken über das Aperçu und der französische Reim sind dort notiert.

732,31 *Erweckungen:* die religiösen Offenbarungserlebnisse, vor allem in den Autobiographien der Pietisten geschildert, z. B. in Jung-Stillings *Wanderjahren.*

732,34 *aperçus:* (frz.) Goethe gibt außer der hier formulierten eine weitere Definition dieses für sein Denken zentralen Begriffs in den *Maximen und Reflexionen*: »Alles wahre Aperçu kommt aus einer Folge und bringt Folge. Es ist ein Mittelglied einer großen, produktiv aufsteigenden Kette« (416).

733,9 *Reimwort:* Es stammt aus dem *Florilegium Ethicopoliticum, nunquam ante hac editum* (»Ethisch-politische Blütenlese, bisher noch nie ediert«, Frankfurt a. M. 1610) von Janus Gruter, das Goethe am 9. Oktober 1812 mit anderen Sprichwortsammlungen aus der Weimarer Bibliothek entliehen hat. Er hat mit einer eigenen Übersetzung dieses Spruches seine Sammlung *Gott, Gemüt und Welt* (1815) eröffnet: »In wenig Stunden / Hat Gott das Rechte gefunden.«

733,24 *göttlichen Einwirkung:* »Jung ist leider in seinem Glauben an die Vorsehung zur Mumie geworden«, schreibt Goethe am 21. Oktober 1815 an Knebel nach seiner letzten Begegnung mit Jung.

735,15 *Klopffechten:* Wortgefecht; urspr. ohne übertragene Bedeutung: Schaufechten (vgl. DWB V, Sp. 1229 f.).

735,24 f. *blinder Betteljude:* Diese Episode schildert Jung-Stilling ausführlich im *Häuslichen Leben* (Jung-Stilling [s. Anm. zu 443,32] S. 334–336).

735,25 *Isenburgischen:* Den Fürsten von Isenburg-Birstein

gehörte u. a. die Stadt Offenbach (vgl. 736,9 f. »sandigen Heimat über Main«).

735,32–35 *wenn ich eine Million … dankte Gott:* So in Jung-Stillings *Häuslichem Leben*: »ich wollt ich hätt Millionen Aage, vor ä halb Koppstück ließ ich mir immer ahns appe-rire. Kurz, der Jude wurde vollkommen sehend, und als er wegreiste, lief er mit ausgereckten Armen durch die Fahr-gasse und über die Sachsenhäuser-Brücke hin, und rief un-aufhörlich: O Ihr Leut, dankt Gott für mich, ich war blind und bin sehend geworden! Gott laß den Doctor lange le-ben, damit er noch vielen Blinden helfen könne!« (Jung-Stilling, S. 336.)

735,33 *Kopfstück:* Münze mit einem Porträtkopf.

736,21 *sorglichen Frau:* Christina Catharina Jung, geb. Hey-der (1751–81).

736,25 *Hohn und Spott:* Vgl. *Jung-Stillings häusliches Le-ben*: »Spott und Verachtung in Menge, wodurch ihm fer-ner alle Praxis würde erschwert werden« (Jung-Stilling, S. 337).

Siebzehntes Buch

737,16 *Brüder:* Johann Noë (1752–84), Jakob Philipp (1754–99), Johann Friedrich (1756–1832) und Jakob Georg (geb. 1760).

737,22 f. *Gabe anzuziehen:* Das Motiv der ›Anziehung‹ prägt die gesamte Schilderung des Verhältnisses zu Lili.

738,11 *retardierender:* zögernder, hemmender.

738,18 *beseitigen:* beiseite lassen.

738,23–739,12 *Herz, mein Herz … los!:* Das Gedicht wurde zuerst in Johann Georg Jacobis *Iris* vom 3. März 1775 unter dem Titel »Neue Liebe, neues Leben« gedruckt. Im Febru-ar 1775 hat Goethe die heute verschollene Handschrift, in der das Gedicht noch keine Überschrift trug, an Merck geschickt.

739,13–740,4 *Warum ziehst du mich … Natur:* ebenfalls am 3. März 1775 in der *Iris* zuerst gedruckt, dort mit der Überschrift »An Belinden«.

739,23 *das liebe Kind:* in der Handschrift und in den Drukken: »dein liebes Bild«.

739,26 *An dem Spieltisch:* Vgl. Goethes Brief an Auguste Stolberg vom 13. Februar 1775: »Wenn Sie sich, meine liebe, einen Goethe vorstellen können, der im galonirten Rock, sonst von Kopf zu Fuse auch in leidlich konsistenter Galanterie, umleuchtet vom unbedeutenden Prachtglanze der Wandleuchter und Kronenleuchter […] von ein Paar schönen Augen am Spieltische gehalten wird […] und […] einer niedlichen Blondine den Hof macht; so haben Sie den gegenwärtigen Fassnachts Goethe«.

741,5 *Offenbach am Main:* Offenbach wurde um 1775 zum erstenmal als Stadt bezeichnet, nachdem seit dem Beginn des Jahrhunderts die Einwohnerzahl rapide gestiegen war (1700: 790 Einwohner, 1718: 1500, 1775: etwa 4000). Seit 1486 war die Stadt im alleinigen Besitz der Grafen von Isenburg-Birstein, die auch das Renaissance-Schloß am Main errichteten, eines der wenigen noch heute erhaltenen Gebäude des historischen Offenbach.

741,8 *Onkel Bernhard:* Nicolas Bernard (1709–80), Schnupftabak-Fabrikant in Offenbach.

741,10 *d'Orville … wohnte gegenüber:* Jean-George d'O. (1747–1811), Kaufmann, seit 1768 Mitinhaber von Bernards Firma, verheiratet mit Jeanne Rahel, geb. Bernard (1751–1822), einer Nichte des »Onkel Bernard«. D'O.s Vater Jacob Philipp (1717–92) war ein Bruder von Lilis Mutter, Jean-George also ihr Cousin. – Die Wohnungen der Bernards und d'O.s sowie Bernards Fabrik lagen auf dem Linsenberg am Rande der Herrngasse (heute Herrnstraße); sie wurden 1892 abgebrochen.

741,17 *André:* Johann Christian A. (1741–99), zunächst Seidenfabrikant, dann Komponist, Musikverleger und 1774 Gründer einer Notendruckerei. Goethe kannte ihn seit

1764, als er sich um die Aufnahme in die »Arkadische Gesellschaft zu Phylandria«, eine literarische Gesellschaft junger Leute, bemühte, deren Mitglied A. war. »Genugsam bekannt« wurde er u. a. durch die Vertonung von Goethes *Erwin und Elmire* (1775) und *Claudine von Villa Bella* (1780). 1777–84 lebte er als Komponist und Dirigent in Berlin, kehrte dann aber wieder nach Offenbach zurück und widmete sich seinem Musikverlag. Die Firma ist noch heute in Familienbesitz.

741,21 *Marchand:* Theobald M. (1741–1800), Schauspieler und Theaterdirektor aus Straßburg, leitete 1771–77 in Frankfurt die »Kurpfälzische Operngesellschaft«, die im Junghof auftrat (vgl. 98,22 f. mit Anm.). Am 13. September 1775 führte seine Truppe Goethes *Erwin und Elmire* mit Andrés Musik auf.

741,30 f. *Gretryschen Oper ... Ungeheuer«:* André Ernest Grétrys (1741–1813) Oper *Zémire et Azor* (1771), nach *La Belle et la bête* von Jean-François Marmontel (1723–99).

742,2 *Zustands- und Handwerksopern:* Goethe stützt sich hier auf seine eigene Schrift *Über die Notwendigkeit, Tunlichkeit und Schicklichkeit der Trennung des Schauspiels von der Oper* (1808); dort heißt es: »Die französischen kleinen Operetten, ›Das Milchmädchen‹ und dergleichen, kamen im südlichen Deutschland zuerst auf die Bühne durch Marchand, einen Direktor, der selbst leidlich sang und sich mit Versemachen abgab. Hier hatte die Epoche der Handwerksopern ihren Anfang: die Schmiede, Böttcher, Töpfer erschienen hintereinander; die Aktion des gemeinsten Schauspiels ward durch Musik und Takt etwas veredelt; die ersten schmucklosen italienischen Opern [...] schlossen sich an, und die Direktoren fanden es sehr bequem, mit sehr wenigem Aufwand von Naturell und Talent das Publikum zu unterhalten, ja zu entzücken« (GA XIV, S. 94). – Vgl. auch den Artikel *Deutsche Sprache* (1817): »daß zu allem diesem der gänzlich verschollene Schauspieldirektor Marchand den ersten Anlaß gab, indem er das neckische Milchmädchen mit den täppischen Jägern, ferner die Schöne mit dem gutmütigen Ungeheuer aus Frankreich herüberbrachte, durch ansprechende Musik eines Grétry das Theater belebte und uns folgereiche Wohltaten spendete: denn von jener Zeit an läßt sich die Geschichte der deutschen Oper in ununterbrochener Reihe durchführen« (GA XIV, S. 268).

742,3 *»Die Jäger«, »Der Faßbinder«: Die Jagd* (1773), Singspiel von Johann Adam Hiller (vgl. 350,33 mit Anm.) nach einem Text von Christian Felix Weiße. – *Der Faßbinder: Le tonnelier* von Nicolas Médard Audinot (1731–1801), deutsch von Johann Heinrich Faber 1773.

742,5 *»Töpfer«:* Johann Andrés Oper wurde am 22. Januar 1773 im Fürstlichen Theater zu Hanau uraufgeführt. – Goethe hat, wie aus Andrés Firmen-Journalbuch hervorgeht, am 9. November 1773 sechs Exemplare des *Töpfer* gekauft, »um Herrn Hofrath Schlossern in Commission zu geben« (Archiv André, Offenbach). In einem Brief an Johanna Fahlmer vom 23. November 1773 äußert er sich ausführlich über die Oper: »Das Stück ist um der Musick willen da, zeugt von der guten menschenfreundlichen Seele des Verfassers und ist dem Bedürfniß unsers Theaters gewachsen [. . .]. Die Musick selbst ist auch mit vieler Kenntniß der gegenwärtigen Kräffte unsrer Theater komponirt.«

742,17 *ins Unendliche:* Vgl. Goethes Brief an Johanna Fahlmer vom 23. November 1773: »In einigen Arien könnte das da Capo kürzer seyn«.

742,19–23 *Pfarrer Ewald ... ehrenvoll bekannt gemacht:* Johann Ludwig E. (1747–1822) war bis 1781 Pfarrer der reformierten Gemeinde in Offenbach, wurde dann Hofprediger in Detmold und später Professor in Heidelberg. Er trat auch als Schriftsteller hervor.

742,29 *Familienwesen:* André unterstützte seine Mutter Marie Julienne, geb. Pfaltz (1710–84), bei der Leitung ihrer Seidenfabrik.

742,31–33 *Bürgers »Leonore« ... von ihm komponiert:* Andrés Komposition für Sopran, vierstimmigen Chor und Klavier der 1773 erschienenen Ballade »Lenore« wurde 1775 in seinem Verlag veröffentlicht.

744,4 *eleganter:* im 18. Jh. noch nicht auf Kleidung und äußere Erscheinung, sondern vor allem auf sprachliche und künstlerische Ausdrucksweise bezogen.

744,10 *ordinierten Advokaten:* praktizierender, öffentlich anerkannter Rechtsanwalt.

744,25 *Schreiber:* Johann Wilhelm Liebholdt (1740–1806), der auch das Verzeichnis der Bibliothek von Goethes Vater schrieb.

745,7f. *Speditionen:* Sendungen.

745,9 *beiden burgemeisterlichen Audienzen:* d. h. die Audienzen der beiden Bürgermeister.

745,24 *stark in den Vierzigen:* Der Schreiber Liebholdt war zu dieser Zeit erst 35 Jahre alt. Elisabeth Mentzel hat vermutet, daß Goethe ihn, vor allem was seinen abenteuerlichen Lebenslauf angeht, mit seinem Stiefbruder verwechselt hat, der ebenfalls Johann Wilhelm hieß und 1728 geboren war, allerdings schon 1748 starb (Mentzel, 1914/15, S. 189).

745,33 *Geburtstage:* Goethe schrieb das Gedicht zur Hochzeit des Pfarrers mit Rahel Gertrud du Fay am 10. September 1775, wo es von Goethe, Lili, Johann André und seiner Frau Katharine Elisabeth, geb. Schmaltz (1739–1816), gesungen wurde. Vgl. Goethes Brief an Auguste Stolberg vom 14.–19. September 1775: »Offenbach! Abends sieben [. . .] da ist ein iunges Paar in der Stube das erst seit acht Tagen verheurathet ist!« – Goethe zitiert hier den Anfang einer 1777 entstandenen, den autobiographischen Gehalt verschleiernden Fassung des Gedichts. Das läßt den Schluß zu, daß er absichtlich vom »Geburtstag« des Pfarrers spricht, um im Kontext der Lili-Episode jede Anspielung auf eine Hochzeit zu vermeiden.

746,18 *23. Juni 1775:* An Lilis 17. Geburtstag hielt Goethe sich in der Schweiz auf. Das folgende hat sich also bei einem anderen Fest zugetragen – wenn Goethe es nicht ganz und gar erfunden hat, was auch nicht auszuschließen ist.

746,28 *George:* Jakob G., Lilis jüngster Bruder.

747,21–25 *»Sie kommt nicht! ... Abend«:* nicht überliefert.

750,11 *Charivari:* (frz.) Durcheinander, Katzenmusik.

751,33 f. *»Ich schlafe ... wacht«:* Hld. 5,2.

752,20 *Röderberg:* auf der rechten Mainseite in der Gegend des heutigen Ostparks. Wenn Goethe tatsächlich die Landstraße nach Frankfurt genommen und nicht schon in Offenbach den Main überquert hat, kann hier nur der Mühlberg in Sachsenhausen gemeint sein.

753,14 *fest vorgenommen:* vgl. S. 559.

753,26 *Delf:* Helena Dorothea Delph (um 1728–1808), in den Akten des Heidelberger Magistrats als »Handelsjungfer« bezeichnet (vgl. GHb I, S. 370). Sie war mit der Familie Schönemann schon befreundet, als Lili noch ein Kind war. – Goethe hat sie 1793 und 1797 noch besucht (vgl. *Belagerung von Mainz*, 27. Juli 1793, und *Reise in die Schweiz 1797*, Heidelberg, 26. August 1797). Kurz vor ihrem Tod traf Goethes Sohn August sie in Heidelberg. *ältern Schwester:* Sibylla Elisabeth (um 1726–94).

753,28 *Wechselhandlung:* das Bankhaus Schönemann.

754,23 f. *»Gebt euch die Hände!«:* Goethe und Lili verlobten sich zur Ostermesse 1775, um den 20. April.

756,15–18 *die mäßige, liebe ... kennen lernen:* Susanna Magdalena Münch (vgl. 246,34 f. und 541,22 mit Anm.).

757,1 f. *andere Religionsgebräuche:* vgl. 728,28 f. mit Anm.

757,18 *Freimaurer-Loge:* Die Frankfurter Loge »Zur Einigkeit«, die erste Freimaurerloge Frankfurts, war 1742 gegründet worden; zu den Gründungsmitgliedern gehörten auch die Familien Schönemann und d'Orville, später kam auch die Familie Bernard hinzu. Anfang Mai 1775 hat Goethe zusammen mit Christian August Graf von Haugwitz und den Brüdern Stolberg die Loge besucht. – Am

23. Juni 1780 wurde Goethe Mitglied der Weimarer Loge »Amalia«.

757,28 *kollektive Stellen:* vgl. 708,25f. und 708,26f. mit Anm.

758,21–24 *Catharine … Türken:* Katharina II. (die Große, 1729–96), russische Zarin seit 1762. Der Russisch-Türkische Krieg dauerte von 1768 bis 1774.

758,29 *Tschesme:* Hafenstadt an der türkischen Westküste, gegenüber der Insel Chios. In der Seeschlacht vom 5. bis 7. Juli 1770 siegten die Russen unter Alexej Graf Orloff (1737–1809), dem Mörder des Zaren Peter III. (1762), über die Türken.

758,32–34 *zum Behuf eines künstlerischen Studiums … sprengte:* Der mit Goethe befreundete Maler Philipp Hakkert (1737–1807) sollte 1772 im Auftrag des Generals Iwan Graf Schuwaloff (1727–98) die Seeschlacht von Tschesme in sechs Gemälden darstellen. Goethe berichtet darüber in dem Kapitel »Schlacht bei Tschesme« in der Biographie *Philipp Hackert*. Die Darstellung »eines entzündeten und in die Luft auffliegenden Schiffes« war Graf Orloff jedoch zu wenig realitätsnah, darum ließ er für Hackert eine russische Fregatte in die Luft jagen: »nun wurde [. . .] gedachte Fregatte, die man mit so viel Pulver, als zum Auffliegen nötig war, laden ließ, sechs Meilen von Livorno auf der Reede, bei einem ganz unglaublichen Zulaufe von Menschen, in Brand gesteckt und in weniger als einer Stunde in die Luft geschleudert; zuverlässig das teuerste und kostbarste Modell, das je einem Künstler gedient hat, indem man den Wert der noch nutzbaren Materialien dieser alten Fregatte auf zweitausend Zechinen schätzte« (GA XIII, S. 478f.). Hackerts Gemälde der Schlacht bei Tschesme befinden sich heute in Schloß Peterhof bei St. Petersburg.

759,1 *junger nordischer König:* Gustav III. von Schweden (1746–92), König seit 1771, führte nach einem Staatsstreich die konstitutionelle Monarchie in Schweden ein.

759,12–14 *Corsica … Paoli:* Die Insel wurde von Genua

beherrscht; infolge der von Pasquale P. (1725–1807) angeführten Korsenaufstände wurde sie 1768 an Frankreich verkauft. P. flüchtete 1769 vor den Franzosen nach England; 1793 wurde er Präsident und Generalissimus von Korsika. – Vom 5. Dezember 1812 bis 25. Februar 1813 hat Goethe aus der Weimarer Bibliothek G. Feydels Buch *Das Corsische Kleeblatt, Bonaparte, Theodor und Paoli* (Zeitz 1803) entliehen.

759,16 *zog aller Herzen an sich:* Diese Charakteristik Paolis wird auch durch Berichte anderer Zeitgenossen bestätigt; so schreibt Lichtenberg am 16. März 1775 aus London an Christian Gottlob Heyne: »Vorgestern habe ich in Pascal Paolis Gesellschaft gespeiset. Dieses ist ein äußerst belebter, schöner einnehmender Mann. Aus seinen Manieren zu urteilen, sollte man glauben, er wäre bloß für den Hof erzogen und hätte beständig da gelebt. Ich erwartete einen Spartaner [...], und herein trat ein so feiner wohlriechender Athenienser, als ich kaum je einen hier gesehen habe.«

759,17f. *ich sah ihn in den Bethmannischen Hause:* Die Begegnung mit Paoli hat Goethe nachhaltig beeindruckt; vgl. die Skizze zu Walter Scotts *Leben Napoleons* (1827), wo er ihr das gleiche Gewicht gibt wie seinem Treffen mit Napoleon im Jahre 1808. – »Wann ist Paskal Paoli auf seiner Reise nach Engl. durch Franckf. gegangen«, fragt Goethe am Schluß des »Biographischen Schemas« von 1809. Die Begegnung im Hause des mit Familie Goethe befreundeten Bankiers Johann Philipp Bethmann (1715 bis 1793) fand im August 1769 statt. Goethe war zusammen mit dem Arzt Johann Michael Hoffmann zu dieser Gesellschaft eingeladen.

759,20f. *entfernteren Weltteil:* Seit der Mitte der sechziger Jahre wurde in Amerika um die Unabhängigkeit von England gekämpft; der eigentliche Unabhängigkeitskrieg dauerte von 1775 bis zur Anerkennung der 1776 erklärten Unabhängigkeit mit dem Frieden zu Versailles 1783.

759,22f. *Franklin und Washington:* zu F. vgl. 642,3 mit

Anm. George W. (1732–99) wurde 1775 Oberbefehlshaber der 13 nordamerikanischen Kolonien und entschied mit seiner Armee durch den Sieg über die Engländer bei Yorktown (1781) den Unabhängigkeitskrieg.

759,26 *König von Frankreich:* Ludwig XVI. August (1754 bis 1793), Ehemann Marie Antoinettes.

761,14–16 *bei den höchsten Reichsgerichten ... gegenüber:* Die Aufteilung in die adlige und die gelehrte Bank war bei allen Obergerichten üblich, so auch am Reichskammergericht in Wetzlar, an das Goethe hier denkt. Die ›Gelehrten‹ mußten studierte Juristen sein.

761,23 f. *vorschreitenden Nationen:* vor allem England, mit dem Beginn der industriellen Revolution ab etwa 1760.

761,31 *im »Werther«:* im 2. Teil, vor allem im Brief vom 24. Dezember 1771: »Zwar weiß ich so gut als einer, wie nötig der Unterschied der Stände ist, wie viel Vorteile er mir selbst verschafft, nur soll er mir nicht eben grad im Wege stehn, wo ich noch ein wenig Freude, einen Schimmer von Glück auf dieser Erde genießen könnte.«

762,19 f. *Jaxdhausen:* Jagsthausen: Stammsitz derer von Berlichingen.

762,21 *Rathaus zu Heilbronn:* Dort spielen Teile des 5. Aktes des *Götz*.

762,21 f. *noch andere Punkte jener Zeitgeschichte:* Von solchen Plänen Goethes ist nichts überliefert.

763,4 f. *Richtung nach der Epoche zwischen dem 15. und 16. Jahrhundert:* Sie wurde zunächst durch Johann Jakob Bodmer und seine historischen Dramen bestimmt; vgl. seinen Brief an Johann Heinrich Schinz vom 18. August 1773, in dem er seine Dramen mit *Götz* vergleicht: »Meine Nationaldramen von Brun, Schöno, Stüssi sind historischer und dramatischer.« Goethe ist vor allem von Herder und dessen Ulrich von Hutten (1488–1523) gewidmetem *Literarischen Denkmal* (1776) auf diese Epoche aufmerksam gemacht worden.

763,6 *Werke Ulrichs von Hutten:* Goethe hat vom 10. August 1824 bis 24. März 1825 H.s Briefe an Pirckheimer (Wolfenbüttel 1717) aus der Weimarer Bibliothek entliehen. Den Brief an den Nürnberger Patrizier und Humanisten Willibald Pirckheimer (1470–1530) vom 25. Oktober 1518 hat er am 24./25. Dezember 1830 aus der lateinischen Vorlage – wahrscheinlich in Jakob Burckhardts Edition; vgl. Mommsen II, 1958, S. 519 – übersetzt. – Die Entstehung des Abschnittes über H. erstreckt sich über sechs Jahre, von 1824 bis 1830.

766,7 f. *Ganerbschaft vom Hause Limburg:* vgl. 159,19 mit Anm. – Ganerbschaft: Erbengemeinschaft; wahrscheinlich aus lat. *consortes* entstanden (vgl. DWB IV,1.1, Sp. 1215–19, und GHb II, S. 466 f.).

766,8 *Frauenstein:* vgl. 159,20 mit Anm.

766,15 *stationär:* Die 14 Ratsherren aus dem Handwerkerstand nahmen die Dritte Bank im Rat ein und konnten in keine höhere aufrücken.

766,26 *Reformierten:* Zu den Rechten der einzelnen Konfessionen vgl. 78,6 mit Anm.

766,27 *Refugiés:* die französischen Religionsflüchtlinge – meist Calvinisten –, die nach der 1685 erfolgten Aufhebung des Religionsfreiheit garantierenden Edikts von Nantes (1598) Frankreich verließen.

766,33 *Katholiken:* Sie hatten das Recht zur Religionsausübung innerhalb ihrer Kirchen, durften jedoch keine Prozessionen veranstalten; bis 1784 war den katholischen Geistlichen z. B. die Erteilung der Sakramente in den Krankenhäusern untersagt.

Achtzehntes Buch

767,9 f. *älteren Zeiten ... Reim:* Goethe meint das 17. Jh.; vgl. 85,12 f. »mein Vater hielt den Reim für [. . .] unerläßlich«.

767,20 *Silbenwert:* Während in der antiken Dichtung der Silbenumfang bzw. das Silbenmaß ausschlaggebend war, beruht die deutsche Metrik auf der sogenannten Silbenwucht, also Hebung und Senkung (vgl. Ivo Braak, *Poetik in Stichworten*, Kiel 1969, S. 62).

767,21 *Klopstock ging voran:* Er schrieb 1747 seine erste Ode »Der Lehrling der Griechen« in der Form der reimlosen asklepiadeischen Strophe; 1754 entstand als sein erstes Gedicht in freien Rhythmen »Die Genesung«. 1771 erschien die Hamburger Ausgabe seiner *Oden*, die den freien Rhythmen große Wirkung verschaffte.

767,24 f. *poetischen Prosa:* vgl. 290,1–4 mit Anm. Goethe selbst hat sich in der 1. Fassung der *Iphigenie* (1779) rhythmischer Prosa bedient.

767,25 *Geßners … Idyllen:* Sie erschienen zwischen 1756 und 1772. Über eine der spätesten, die ›realistische‹ Idylle *Das hölzerne Bein* (1772), schrieb Goethe in den *Frankfurter gelehrten Anzeigen*: »›das hölzerne Bein‹ ist mir lieber, als ein Dutzend elfenbeinerne Nymphenfüßchen« (GA XIV, S. 157).

767,26 f. *»Hermanns Schlacht« … »Tod Adams«: Der Tod Adams* ist Klopstocks erstes Drama, 1757 erschienen. *Hermanns Schlacht* wurde 1769 veröffentlicht; vgl. 574,29 mit Anm.

767,30–32 *fünffüßige Jambus … Poesie zur Prosa:* Der sogenannte Blankvers (engl. *blank* ›leer, reimlos‹) wurde in Deutschland zuerst von Ernst Gottlieb von Berge (1649–1722) in seiner Übersetzung von Miltons *Paradise Lost* verwendet (*Das verlustigte Paradeis*, 1682, nach fragmentarisch überlieferten Vorarbeiten – ebenfalls in Blankversen – von Theodor Haak). Das erste Theaterstück in Blankversen war Johann Elias Schlegels *Die Braut in Trauer* (1748, veröffentlicht 1762) nach William Congreves *The Mourning Bride*. Der Durchbruch für den fünffüßigen Jambus als Bühnenvers kam mit Lessings *Nathan der Weise* (1779) und schließlich durch Goethes *Iphigenie in Tauris* (1787). – Die Nähe zur Prosa, die Goethe bemerkt, ergibt sich aus der Möglichkeit der Ersetzung der Jamben (◡—) durch Spondeen (— —), der freien Verteilung der Zäsuren und dem Einsatz des Enjambements.

767,33–768,3 *Ramler ... Prosa in Verse:* vgl. 290,1 f. mit Anm.

768,9 f. *Wieland ... mäßigern Talenten:* Goethe meint die ›freien Verse‹ (*vers libres*), die im Gegensatz zu den freien Rhythmen gereimt sind und die Wieland in *Musarion, Das Wintermärchen, Clelia und Sinibald* u. a. virtuos einsetzt. – Zu den »mäßigern Talenten« gehört z. B. Moritz August von Thümmel, der sich in der Widmungsepistel zu seiner Verserzählung *Die Inoculation der Liebe* (1771) ausdrücklich auf Wieland beruft.

768,11–17 *Unsicher ... genugtuend:* Goethe äußert sich dazu in der *Italienischen Reise*, 10. Januar 1787: »Denn warum ich die Prosa seit mehreren Jahren bei meinen Arbeiten vorzog, daran war doch eigentlich Schuld, daß unsere Prosodie in der größten Unsicherheit schwebt, wie denn meine einsichtigen, gelehrten, mitarbeitenden Freunde die Entscheidung mancher Fragen dem Gefühl, dem Geschmack anheim gaben, wodurch man denn doch aller Richtschnur ermangelte. / Iphigenie in Jamben zu übersetzen hätte ich nie gewagt, wäre mir in Moritzens Prosodie [Karl Philipp Moritz, *Versuch einer deutschen Prosodie*, 1786] nicht ein Leitstern erschienen.« – Vgl. auch die Äußerungen über die Umarbeitung der – verlorenen – Prosafassung des *Tasso* in der *Italienischen Reise*, 30. März 1787 (zwischen Neapel und Palermo): »Abgeschlossen von der äußern Welt ließ ich die innere walten, und da eine langsame Fahrt vorauszusehen war, gab ich mir gleich zu bedeutender Unterhaltung ein starkes Pensum auf. Die zwei ersten Akte des Tasso, in poetischer Prosa geschrieben, hatte ich von allen Papieren allein mit über See genommen. Diese beiden Akte, [...] schon vor zehn Jahren geschrieben, hatten etwas Weichliches, Nebelhaftes, welches sich bald verlor, als ich nach neueren Ansichten die Form vorwalten und den Rhythmus eintreten ließ.«

768,12 f. *augenblicklich:* für einen Augenblick.

768,23 *Minnesänger:* Die eigentliche Entdeckung der Minnelyrik für die deutsche Literatur leistete erst die Romantik (Arnim, Brentano, Uhland); die Ausgaben, die Bodmer veröffentlichte (*Proben der alten schwäbischen Poesie des 13. Jahrhunderts*, 1748, sowie zusammen mit Breitinger eine Edition der Manessischen Handschrift, 1758–59), blieben ohne große Wirkung.

768,26 *Sachs:* Am 26. April 1773 hat Goethe in das Stammbuch von Johann Jakob Heß einige Verse von Hans S. (1494–1576) eingetragen (»Da erschien ihm auf ein Zeit / Der Teufel in Menschlicher Gestalt«); dies ist das erste überlieferte Dokument, das Goethes Kenntnis der Werke S.' belegt. – Aus den von Hans S. verwendeten acht- bzw. neunsilbigen Alexandrinern, die um 1750 in satirischen Dichtungen gelegentlich verwendet wurden, hat Goethe seinen Knittelvers (vier Hebungen, freie Anzahl der Senkungen) entwickelt, den er erstmals in der Farce *Jahrmarktsfest zu Plundersweilern* (1772) einsetzte.

769,7 *poetischen Episteln, Parabeln und Invektiven:* z. B. die Briefgedichte an Merck (»Schicke dir hier in altem Kleid ...«) und Friedrich Wilhelm Gotter (»Schicke dir hier den alten Götzen ...«), » Ein Gleichnis« (»Es hatt' ein Knab eine Taube zart ...«), die Invektive »Da hatt' ich einen Kerl zu Gast ...«, *Neueröffnetes moralisch-politisches Puppenspiel* u. a.

769,10 *schon Abgedruckten ... weniges:* Wie schon in den unrechtmäßigen Ausgaben (Himburg) waren seit den *Schriften* (8 Bde., 1787–90) in vielen Editionen einige der zu 769,7 genannten Texte aufgenommen worden. Im *Teutschen Merkur* erschien 1776 »Hans Sachsens poetische Sendung« (»In seiner Werkstatt Sonntags früh ...«). – Das »wenige« – z. B. *Hanswursts Hochzeit* – erschien in den *Nachgelassenen Werken* innerhalb der AlH (1842).

769,26 *Handwerksopern:* vgl. 742,2 mit Anm.

769,28–32 *romantischen ... »Claudine von Villa Bella« ... spanischen Gedichten:* »romantisch« meint hier ›im Stil der spanischen Romanze‹. Das Singspiel *Claudine von Villa Bella*, 1774/75 entstanden und 1776 gedruckt, schließt an die Tradition der spanischen ›Mantel-und-Degen‹-Stücke (Lope de Vega, Calderón) an.

769,33 *verbraucht worden:* Einem Überblicksschema vom 16. September 1831 zufolge (Paralipomenon 158, in: HKA II, S. 653 f.) wollte Goethe an dieser Stelle vom *Faust* sprechen; die Textstelle hatte er bereits im Dezember 1816 entworfen (Paralipomenon 135, in: HKA II, S. 610–12), sie dann aber weggelassen, nachdem *Faust II* vollendet war.

770,1 *nach Anleitung: Des Harlequins Hochzeit-Schmauß. In einem Singe-Spiele vorgestellet* (1695) von Christian Reuter (1665–1712).

770,3 *»Hanswursts Hochzeit«:* Die wahrscheinlich Anfang 1775 entstandene Farce *Hanswursts Hochzeit oder Der Lauf der Welt. Ein mikrokosmisches Drama* ist fragmentarisch überliefert, teils in Goethes, teils in Mercks, teils in fremder Handschrift.

770,7 *Mutter Ursel pp.:* Im Text ist von »Ursel mit dem kalten Loch Tante« die Rede. – *pp.:* lat. *perge, perge* ›und so weiter‹.

770,11 *Verlangen ... sich zu besitzen:* »Indes was hab ich mit den Flegeln, / Sie mögen fressen und ich will vögeln«, antwortet Hanswurst auf Brustflecks Ankündigung des Hochzeitsschmauses.

770,16 f. *Bei dem Wirt ... Hochzeitschmaus:* Der »Prologus« ist in den Handschriften der Farce nicht enthalten; die beiden Verse stammen aus Reuters Singspiel.

770,25 *Sonnenmikroskop:* »projectionsmikroskop, bei dem die sonne als lichtquelle dient« (DWB X,1, Sp. 1666).

771,1 f. *Schimpf- und Ekelnamen:* Sie stammen zum großen Teil aus der Narrenliteratur des 16. Jh.s. Im Entstehungszusammenhang der Farce sind sie als deutliche Gesellschaftskritik zu verstehen.

771,12 *ein Blatt:* Dieser Satz richtet sich an die Herausgeber des Nachlasses, Eckermann und Riemer; das »Blatt« reicht bis 772,20 (»aufgenommen wird«).

771,14–21 *Vetter Schuft ... Herrn Schurke:* Die beiden Namen werden im Personenverzeichnis von *Hanswursts Hochzeit* nicht genannt.

771,24 *zu erinnern:* einzuwenden.

771,28 *dritte Person:* Goethe meint den »Hundsfutt«; im Text heißt es: »Ihr habt den H . . . t abgewiesen / [. . .] / Er wird jede Gesellschaft stören: / Der Narr kann seinen Namen nicht hören, / Wird ihm der ins Gesicht genannt, / Gleich ist er an allen Enden entbrannt, / Er will gleich alles zusammenschmeißen, / Will ein für allemal nicht so heißen. / Was sollen wir uns mit ihm zausen! / Mag der Narr mit sich selber hausen!«

771,33 *der Norde ... Berseckerwut:* Das Wort *Berserker* stammt aus dem Altnordischen und »bezeichnet den in Bärenfelle gehüllten Krieger« (Kluge, S. 68).

772,1 *Raptus:* (lat.) Anfall von Raserei.

772,5 *räuberischen Macklot:* vgl. 725,2 mit Anm. M. wird in *Hanswursts Hochzeit* nicht erwähnt; das witzige Wortspiel mit »Makulatur« würde kaum zur derben Fäkal- und Sexualkomik der Farce passen.

772,12 *Supplikant:* Bittsteller.

772,21 *die Grafen Stolberg:* vgl. 573,14 f. mit Anm. Goethes distanzierte Schilderung seines Verhältnisses zu den Brüdern S. ist – wie die gesamte Darstellung der ›Geniezeit‹ – deutlich vom Blickwinkel des Alters geprägt. Formulierungen wie »wunderliche Begriffe von Freundschaft und Liebe« deuten darauf hin, und Goethe ist sich dessen bewußt, daß er ebenso in diesen Begriffen befangen war wie seine Zeitgenossen. Vgl. das Konzept eines Briefes an Friedrich Leopold S. vom 26. Oktober 1775: »Ich fühl einen Drang Bruder dir zu schreiben in diesem Augenblick, dass ich so weit so weit von dir und deinem Cristel entfernt binn [. . .] O Bruder! Nennbaare aber unendliche Gefühle durchwühlen mich – und wie ich dich liebe fühlst du da ich unter allen Lieben in dem Augenblick dein Gedencke.« – Die Konversion Friedrich Leopold S.s zum Katholizismus (1800) hat zur Entfremdung zwischen Goethe und ihm beigetragen; das Verhältnis Goethes zu Christian war offenbar nie sehr eng.

772,34 *Brief von Bürgern:* vgl. 616,35 f. mit Anm.

773,4 f. *kamen an:* um den 8. Mai 1775.

773,5 *Haugwitz:* Christian August Heinrich Kurt Baron von H. (1752–1831) kannte die Brüder Stolberg vom gemeinsamen Studium in Halle; 1775 war er noch Jurastudent in Göttingen. 1792 wurde er preußischer Gesandter in Wien, 1802 preußischer Außenminister.

773,13 *Aja:* (ital.) Erzieherin, Hofmeisterin, die Mutter der vier Haimonskinder im gleichnamigen Volksbuch. Der Brauch, die Mutter so zu nennen, ist offenbar in der Familie Goethe selbst entstanden; Rat Goethe verwendet den Namen am 20. Juli 1774 im Haushaltungsbuch.

773,21 *poetische Tyrannenhaß:* Die In-tyrannos-Lyrik wurde von den Mitgliedern des Göttinger Hains besonders gepflegt. Friedrich Leopold Stolberg schrieb 1775 seinen »Freiheits-Gesang aus dem zwanzigsten Jahrhundert«, in dem mehrfach von »der Tirannen Blut« die Rede ist. – Bezeichnend ist an dieser Stelle, wie schon im Zusammenhang mit *Götter, Helden und Wieland* (vgl. 697,21 f. mit Anm.), die Motivation zu solcher Dichtung durch Alkoholgenuß, mit der Goethe sie im Rückblick als Produkte eines ›Rauschzustandes‹ darstellt.

773,25 *Gottfrieds »Chronik«:* vgl. 37,9 mit Anm. In diesem Werk ist auf einem Kupferstich die Geschichte des persischen Tyrannen Cambyses dargestellt, der auf den Vorwurf des Prexaspes, er sei betrunken, einen Pfeil auf Prexaspes' Sohn schießt, die Leiche öffnen läßt und dem Vater zeigt, daß er genau ins Herz getroffen hat.

773,31 f. *von den ältesten Weinen:* Sie stammten zum Teil noch aus dem Erbe von Großvater Friedrich Georg Göthé, dem Hotelier und Weinhändler.

774,11 *Lykurgus:* König der Edoner, der, da er den Weingott Dionysos verfolgte, von Zeus geblendet wurde (*Ilias* VI,130–140).

774,24 *Peroration:* leidenschaftliche Rede.

775,14 *in Darmstadt:* Dort kamen die Freunde am Sonntag, dem 14. Mai 1775, an, nachdem sie sich zuvor hatten »alle Werthers Uniform machen lassen, einen blauen Rock mit gelber Weste und Hosen; runde graue Hüte haben wir dazu« (Christian Stolberg an seine Schwester Katharina, 17. Mai 1775).

775,19 *inpassibel:* kühl, empfindungsarm.

775,21 *Benamsungen:* Im Brief an die Brüder Stolberg vom 4. Oktober 1775 nennt Goethe Haugwitz »das Meerweib«, wohl wegen seiner ›kühlen‹ Art.

775,27 f. *Merk ... mephistophelisch querblickend:* Diese Schilderung entspricht nicht den Tatsachen; aus Christian Stolbergs Brief vom 17. Mai 1775 geht vielmehr hervor, daß man sich mit Merck, »der auch gleich unser Freund ward«, gut verstand. Merck hat sich sogar selbst der Reisegesellschaft angeschlossen und sie bis Mannheim begleitet.

776,1 *ihn zu übersehen:* besser zu sehen als er.

776,8–11 *»Dein Bestreben ... Zeug«:* Auch dieser Satz stammt nicht von Merck, sondern von Goethe selbst. Im Paralipomenon 138 heißt es: »Meine unablenkbare Richtung dem Wirklichen eine poetische Gestalt zu geben. Dagegen die Andern das Poetische zu verwirklichen suchten« (HKA II, S. 616).

776,25 *nur:* erst.

776,31 *Mannheim:* Dort kamen sie am 15. Mai 1775 an.

777,3 *Engländerin:* Sophie Katharina Hanbury. Am 23. Mai 1775 erhielt Stolberg in Straßburg den Brief des Hamburger Arztes Jacob »Toby« Mumssen (1737–1819) vom 13. Mai 1775, der ihm Sophies Ablehnung seines Antrages mitteilte.

777,30 *Karlsruhe:* Ankunft am Abend des 17. Mai 1775.

777,32 *Wir fanden Klopstock daselbst:* Trifft nicht zu; K. war schon Mitte März 1775 abgereist. Goethe stützte sich auf Jördens' Lexikon (s. Anm. zu 277,3), wo es heißt, K. sei »um das Jahr 1775« nach Karlsruhe gegangen und dort »ungefähr ein Jahr lang« geblieben. Die Gespräche mit K., an die Goethe sich hier erinnert, hat er wohl schon bei dessen Aufenthalt in Frankfurt am 30. März 1775, auf K.s Rückreise nach Hamburg, geführt.

778,4 f. *Markgraf:* Karl Friedrich von Baden schreibt am 23. Mai 1775 an Klopstock: »Die Grafen von Stollberg, von Haukwitz und Göde sind hier gewesen, mir war es sehr angenehm, ihre Bekanntschaft zu machen.«

778,14 *Herzog:* Damals war Karl August noch Erbprinz.

778,18 *Moser:* vgl. 84,7 mit Anm.

778,27–29 *»Faust« ... mit entschiedenem Beifall:* Äußerungen Klopstocks über Goethes *Faust* sind nicht überliefert.

778,32 *ungebildete:* noch nicht ausgebildete, unreife (so schon 772,30 »ungebildetes Innere«).

778,34 *trennte mich:* Goethe erwähnt den Besuch in Straßburg nicht (23.–28. Mai 1775); erst dort trennte er sich von den Stolbergs und Haugwitz und fuhr mit Lenz nach Emmendingen.

779,1 f. *Schwager Oberamtmann:* Johann Georg Schlosser war seit Herbst 1774 Oberamtmann, Statthalter und Vizeregent der Markgrafschaft Hochberg. Mit einem Jahresgehalt von 2000 Gulden war er der höchstbezahlte Beamte Badens. Seine Aufgaben reichten von der Organisation des Marktwesens über die Rechtsaufsicht bis zur Aufsicht über Schulen und Krankenhäuser.

779,4 *nicht glücklich:* Zu ihrem schlechten Gesundheitszustand seit der Geburt ihres ersten Kindes, Maria Anna Luise (Lulu), am 28. Oktober 1774 kamen fehlender gesellschaftlicher Umgang und die zunehmende Entfremdung von ihrem Ehemann.

779,8 *Ein schöner Körperbau:* Vgl. die Darstellung 245,27 bis 246,17 mit Anm.

779,23 *dämonisches:* Vgl. Goethes Definition des Begriffes, 828,11–829,6 mit Anm.

780,1 *Wundersames:* Vgl. Paralipomenon 22: »Wundersame Natur meiner Schwester. Man hätte von ihr sagen können, sie sey ohne Glaube Liebe und Hoffnung« (HKA II, S. 507).

780,10 *trat in meine Stelle:* Vgl. dazu: »daß ich der Einzige sei, der sie wahrhaft liebe, sie kenne und sie verehre« (247,17 f. mit Anm.).

780,14 *gätliche:* passende, bequeme.

781,5 f. *Emmendingen verließ:* am 6. Juni 1775. Nach seiner Abreise schreibt Cornelias Freundin Luise König an eine Bekannte: »Lenz war mit Götte bei der Schlosserin und [ich] kann nicht sagen, was für Wunderwürkung sein Anblick auf ihre Seele und Körper gemacht haben. Sie ging gleich den andern Tag mit ihnen spazieren und soll jetzt ganz wohl sein« (14. Juni 1775).

781,8 f. *Trennung … empfohlen:* nicht belegt.

781,9 f. *langwierigen Brautstande:* Schlosser und Cornelia hatten sich im August 1772 formlos verlobt; Anfang Oktober hatte sich Vater Goethe »unter höchst billigen Bedingungen« mit der Verbindung einverstanden erklärt (Goethe an Charlotte Buff, 8. Oktober 1772), doch erst am 13. Oktober 1773 fand die eigentliche Verlobung statt, am 1. November 1773 die Trauung.

781,11 *nicht eher:* Seit Anfang Januar 1773 wartete Schlosser in Karlsruhe auf eine Anstellung am Hof des Markgrafen von Baden, und erst am 13. September 1773 wurde er zum Hof- und Kirchenrat ernannt.

781,20–22 *kam nicht zu Stande … Oberamtmann:* unzutreffend; vgl. Anm. zu 781,11. Schlosser reiste am 10. Juni 1774 nach Emmendingen, um seine Stelle als Oberamtmann anzutreten, Cornelia folgte zwei Wochen später.

782,1 f. *Familie Gerock:* der Frankfurter Kaufmann Johann

Georg G. (gest. 1796), seine mit Goethes Mutter befreundete Ehefrau Sophie Christine (1727–72) und deren Töchter Antoinette Luise, Charlotte und Katharina.

782,23 *Ohrenbläser von Freund:* nicht ermittelt. Seidel (II, S. 336) vermutet Lenz, doch gibt es dafür keine Belege.

782,34 *Rheinfall bei Schafhausen:* Goethe sah ihn am 7. Juni 1775.

783,6 f. *des Schwertes:* eines Gasthofs am Limmatufer.

783,9 *zu Lavatern:* am 9. Juni 1775.

783,12 *Gattin:* Anna, geb Schinz (1742–1815), war Lavaters Ehefrau seit dem 3. Juni 1766. Goethes Charakteristik stimmt mit Lavaters eigenen Worten überein: »Meine Frau [...] ist ein gutes, Herzgutes, sanftes, Daubenähnliches, lang u. zart u. reinlich gebildetes, geduldiges, unschuldiges HerzensLämmchen – [...] ungelehrt, ungestuzt, ohne Coketerie u. Prätension. [...] Nichts weniger als schön – aber voll Anmuth, u. edler Jungfräulichkeit« (an Goethe, 25. Januar 1774).

783,16 f. *»Physiognomik« ... erste Teil ... abgedruckt:* Der 1. Teil der *Physiognomischen Fragmente* (vgl. 543,16 und 651,1 f. mit Anm.) erschien im Mai/Juni 1775.

784,3 *penibelsten:* penibel: »peinlich, mühsam, beschwerlich« (DWB VII, Sp. 1541).

784,4 f. *Manuskript ... an mich:* Lavater bat Goethe im November 1773 um seine Mitarbeit: »Wollen Sie mir helfen, eine aus halben, viertels, u. achtels Beobachtungen geschöpfte große, unendlich wichtige Vermuthung durch viele ganze feste Beobachtungen bestätigen oder verwerfen?« – Der wahrscheinlich erste Beitrag Goethes zu den *Physiognomischen Fragmenten* war ein Artikel über Klopstock (Oktober 1774), der letzte, »Tierschädel. Aristoteles von der Physiognomik«, entstand im Februar 1776. Goethes Anteil an den *Fragmenten* ist größer, als seine Formulierungen hier erkennen lassen.

784,10 f. *Tadler ... Naturgedicht:* Der Tadler war vermutlich Johann Jakob Hottinger (1750–1819), der in einem

Sendschreiben (1775) Lavater kritisiert hatte. Das Gedicht ist das »Lied des Physiognomischen Zeichners« (später »Künstlers Abendlied«), das Goethe in der ersten Dezemberhälfte 1774 an Lavater schickte und das mit dem Datum 19. April 1775 den »Beschluß« des 1. Teils der *Physiognomischen Fragmente* bildet.

784,29 *Lips:* vgl. Anm. zu 658,2.

785,1 *getrennter Wohnung:* Goethe wohnte bei Lavater im Haus »Zum Waldris« in der Spiegelgasse, während die Stolbergs und Haugwitz zunächst im »Schwert« blieben und ab dem 13. Juni 1775 ein Landhaus in der Enge, einem Vorort Zürichs, gemietet hatten.

785,6 *bei Lavatern:* Die Stolbergs, Haugwitz und Goethe besuchten am 10. Juni 1775 Lavaters Abschiedspredigt als Diakon der Waisenhauskirche, deren erster Pfarrer er an diesem Tag wurde. Nach der Predigt stellte Goethe Lavater seine Freunde vor.

785,11 *trefflicher, talentvoller Jüngling:* Vgl. den Abschnitt aus den *Physiognomischen Fragmenten*, den Goethe später zitiert (813,31–816,29).

786,5 f. *Bodmers Haus:* Der Dichter Johann Jakob B. (vgl. 150,30 mit Anm.) wohnte in dem etwa 1665 erbauten und heute noch stehenden Haus »Zum Obern Schönenberg«.

786,11 *mit einem Gruße:* Vgl. Bodmers Brief an H. Meister vom 15. Juni 1775: »Er [Goethe] hat mir die Freude machen wollen, daß ich ihn vor meinem Ende sähe, und es ward ihm [...] noch bange, daß er zu spät gekommen wäre, sich von dem alten Manne sehen zu lassen. Ich machte ihm das Kompliment, daß er mich 77 Jahre auf sich habe warten lassen.«

786,18 f. *Dichter der patriarchalischen Welt:* einerseits wegen der alttestamentarischen Stoffe, die er in seinen Werken behandelte (vgl. 150,30 mit Anm.), andererseits wegen seiner Rolle als ›Dichtervater‹, deretwegen ihn Goethe auch mit Gleim verglich: »Bodmern [...], den man in Süddeutschland, wie Gleimen nachher in Norddeutschland, die Hebamme des Genies nennen konnte« (*Zu brüderlichem Andenken Wielands*, 1813; GA XII, S. 695).

786,29 *Sihl-Feldes:* Die Sihl ist ein linksseitiger Nebenfluß der Limmat.

787,15 *signalisieren:* i. S. v. ›eindeutige Kennzeichen anheften‹.

787,24 *Bild nach Graff von Bause:* Das Ölporträt von Anton G. (1736–1813) entstand 1781, der Kupferstich von Johann Friedrich B. (1738–1814) 1784. Goethe besaß ein Exemplar des Stichs.

787,29 *Passavant:* Jakob Ludwig P. (1751–1827), der Sohn eines mit der Familie Goethe befreundeten Frankfurter Kaufmanns-Ehepaares, war Kandidat der reformierten Theologie und lebte damals als Gehilfe bei Lavater. – Die »Quelle« der reformierten Kirche ist die Schweiz wegen der beiden Schweizer Reformatoren Johann Calvin und Huldrich Zwingli.

788,19 f. *an einem glänzenden Morgen:* am 15. Juni 1775. Neben Goethe, den Stolbergs und Haugwitz nahmen an der Fahrt noch Lavater, sein Freund Johann Jakob Heß (1741–1828) und sein Schwager Schinz, Passavant und der Frankfurter Komponist Philipp Christoph Kayser (1755 bis 1823) teil. – Mit dem 15. Juni beginnt Goethes Tagebuch dieser Reise (das »Gedenkheftchen«, 790,10), das er bei der Arbeit an *Dichtung und Wahrheit* benutzt hat. Die Zitate aus diesem Tagebuch sind auf charakteristische Weise dem Sprachstil des alten Goethe angeglichen; vgl. im folgenden die einzelnen Beispiele. – Auch die Zeichnungen, die auf dieser Wanderung entstanden sind, hat Goethe bei der Arbeit angesehen.

788,23–789,8 *Und frische ... Frucht:* Das Gedicht wurde 1789 zum erstenmal gedruckt; Goethe zitiert hier diese späte, in der 1. Strophe von der frühen Fassung stark abweichende Fassung.

789,9 *Richters Weyher:* Richterswil.

Hotze: der Arzt Johannes Hotz (1734–1801). Er war von

Goethe begeistert; am 2. Juli 1775 schreibt er an Lavater: »Er ließ ein Schnupftuch bei mir zurück, aber ich vermag es nicht, ihm's zurückzuschicken. Dieses Andenken seines Seins bleibt bei mir.«

789,13 f. *Stelle aus Lavaters »Physiognomik«:* Das Zitat findet sich in Bd. 2, Winterthur 1776, S. 215.

790,6 *Schindelegge:* Schindellegi.

790,10 *Gedenkheftchen:* vgl. Anm. zu 788,19 f.

790,12–17 *Wenn ich ... abgedruckt ist:* Im Erstdruck von 1789 und den folgenden Ausgaben lautet der letzte Vers: »Fänd ich hier und fänd ich dort mein Glück?«

790,18 *Maria Einsiedeln:* Benediktinerabtei bei der Ortschaft Einsiedeln. Die ältesten Teile der Abtei stammen aus dem Jahr 934.

790,20 *Wallfahrern:* Friedrich Leopold Stolberg schreibt am 16. Juni 1775 an seine Schwester Henriette: »Es war eben Fronleichnamsfest; wir begegneten unzählig vielen Pilgrimen, die das Kloster besucht hatten.«

790,27 *Gebräuche der römischen Kirche:* vgl. 309,15–316,8 mit Anm.

791,1 f. *prächtige Kirche:* die Anfang des 18. Jh.s entstandene Kirche von Caspar Moosbrugger (1656–1723).

791,7 *Heiligen:* der Eremit Meinrad, 861 ermordet.

792,20 f. *Geognosie ... Geologie:* Vgl. dagegen das Gespräch mit Eckermann vom 22. Februar 1824: »Die Schweiz machte anfänglich auf mich so großen Eindruck, daß ich dadurch verwirrt und beunruhigt wurde; erst bei wiederholtem Aufenthalt, erst in späteren Jahren, wo ich die Gebirge bloß in mineralogischer Hinsicht betrachtete, konnte ich mich ruhig mit ihnen befassen.«

792,29–793,5 *Kupferstich von Martin Schön ... trefflichen Abdruck:* Der »Tod Mariae« von Martin Schongauer (um 1430–91) hat Goethe so beeindruckt, daß er lange versuchte, einen Abdruck dieses Stichs zu erwerben. Am 23. März 1820 schreibt er an Sulpiz Boisserée: »Habe ich Ihnen nicht schon gesagt, daß mir ein uralter Wunsch erfüllt worden:

einen ganz vortrefflichen Abdruck vom Tod der Maria von Martin Schön zu erlangen?«

793,6 *Am 16. Juni 1775:* Von hier ab hält Goethe sich eng an sein Reisetagebuch.

793,10 *Schwytzer Hocken:* der Große und der Kleine Mythen. Eigentlich ist der »Hocken« »der an die Mythen bei Schwyz fast im rechten Winkel sich anlehnende Bergrükken mit Paßübergang« (Dewitz, S. 148). – Goethe hat zwei Zeichnungen der Mythen angefertigt (*Corpus* I, Nr. 106/107).

793,19 *müde und munter ... Durst:* Die Stelle im Tagebuch lautet: »Müd und munter vom Berg ab springen voll Dursts u. lachens.«

793,20 *gähling:* jäh, hastig.

793,31 f. *»Lachen und Jauchzen ... Mitternacht«:* Im Tagebuch heißt es knapp: »Gejauchtzt bis Zwölf.«

794,1 *Lauwerzer See:* Lowerzer See. Goethe hat ihn gezeichnet (*Corpus* I, Nr. 106, 108, 109).

794,2 *zwei tüchtige Mädchen:* »Zwey Maidle fuhren uns« (Tagebuch).

794,4 f. *Insel ... Zwingherr:* Insel Schwanau; die Burg des Zwingherrn wurde 1308 von den Schwyzern zerstört.

794,6 *Waldbruders:* Friedrich Leopold Stolberg schreibt am 16. Oktober 1775 an Heinrich Wilhelm von Gerstenberg von den »zween Eremiten [...], deren einer es wegen einer unglücklichen Liebe geworden ist. Ein härener Rock, Brod, Wasser und ein Rosenkranz ersetzen ihm das Mädgen und die Freuden des Rosenbettes.«

794,9 *Mutter Gottes im Schnee:* die Kapelle Maria zum Schnee, 1716–19 erbaut, im Dorf Klösterli.
Kloster: ein kleines Kapuzinerkloster.

794,10 *Wirtshaus Zum Ochsen:* Goethes Zeichnung der Gaststube hat sich erhalten (*Corpus* I, Nr. 110).

794,11 f. *Kapelle ... gezeichnet:* Das Blatt befindet sich in den Kunstsammlungen des Weimarer Schloßmuseums (*Corpus* VIb, Nr. 22).

794,12 *Kaltenbad ... Dreischwestern-Brunnen:* heute Rigi-Kaltbad. Nach einer Sage haben sich drei von einem bösen Landvogt verfolgte Schwestern dorthin geflüchtet.

794,26 *Um 8 Uhr:* »8 Uhr wieder zurück vor der Ochsen thüre gebacknen Fisch u. Eier« (Tagebuch).

795,1 *Waldstädter See:* Vierwaldstätter See.
Itznach: im Tagebuch »Izenach«; gemeint ist Vitznau. Es gab damals noch keine Ortsschilder, so daß die Reisenden die Namen der kleineren Orte nur nach dem Gehör kannten.

795,2 f. *Grüdli ... drei Tellen:* die »gerodete« Stelle am Westufer der Urner Bucht, wo im Jahre 1307 Walter Fürst, Werner Stauffacher und Arnold an der Halden als Vertreter der Kantone Uri, Schwyz und Unterwalden den 1291 geschlossenen »ewigen Bund« der Kantone neu bestätigten (vgl. Dewitz, S. 151 f.). Goethe kannte die Tell-Geschichte schon zum Zeitpunkt der Reise, wie sich aus dem Tagebuch und dem Brief an Charlotte Kestner vom 19. Juni 1775 ergibt. Da er das *Chronicon Helveticum* von Aegidius Tschudi (1505–72), in dem die Sage erzählt wird, erst 1799 las, rührt seine Kenntnis des Stoffes wohl aus volkstümlichen Überlieferungen her, wie etwa einem »Tellenlied« von 1633 (vgl. Dewitz, S. 152–154).

795,4 *aussprang:* um sich aus der Gefangenschaft des Landvogts zu befreien.

795,6 *Flüelle ... Altorf:* Flüelen, Altdorf.

795,19 *Stege:* Amsteg.

795,20–23 *Fische ... Schneewasser:* Im Tagebuch notiert Goethe: »½7 nach dem Steeg. Fische gebachen geschmackt. gebadet im Schnee Wasser.«

795,26 *Saumrosse:* Packpferde.

796,7 *Wasen:* Wassen.

796,16 f. *Teufelsstein ... Teufelsbrücke:* Goethe zeichnete den Felsbrocken und die Brücke auf dem Rückweg (*Corpus* I, Nr. 123, 125–127).

796,18 *Gefährten:* Auf einer der Zeichnungen (*Corpus* I,

Nr. 125) ist Passavant mit abgebildet, um die Größe des Felsens deutlich werden zu lassen.

796,25 *Urnerloch:* Goethe hat zwei Skizzen dieses 64 m langen Tunnels durch das Schöllenen-Massiv angefertigt (*Corpus* I, Nr. 119, 122).

797,8 *An der Matte:* Andermatt.

797,8–11 *Käse ... Projekten:* Goethes Notiz im Tagebuch entspricht ganz dem Sprachduktus des Sturm und Drang: »an der Matte trefflicher Käss. Sauwohl u. Projeckte«.

797,13 *Den 22. halb 4 Uhr:* Im Tagebuch heißt es: »ab 35 Min auf 4«. Damit ist jedoch nicht der frühe Morgen des 22. Juni, sondern der Nachmittag des 21. Juni gemeint (vgl. Dewitz, S. 157).

797,14 *Liviner Tal:* Goethe verwechselt die Valle Leventina, südlich des Gotthard, mit der Gegend zwischen Gotthardpaß und Hospental. Die umgekehrte Richtung, die das Tagebuch angibt (»aus dem Liviner thal ins Urseler«), meint bereits den Abstieg vom Gotthard (Dewitz, S. 158 f.).

797,21 *Drachennester:* »Das mag das Drachen thal genannt werden«, notiert Goethe im Tagebuch am 21. Juni 1775.

797,31 *Hospiz:* auf dem St. Gotthard.

Neunzehntes Buch

798,5 *Pater:* Er hieß Lorenzo, wie aus Goethes Berichten von seiner dritten Schweizer Reise 1797 hervorgeht. Auch bei der mit Herzog Karl August unternommenen zweiten Reise 1779 traf Goethe den Pater.

799,1 *Repositorien:* Gestelle, Regale.

799,6–8 *zeichnete ... die nächsten Gebirgskuppen:* Der vielfach reproduzierte und von Goethe selbst so betitelte »Scheideblick nach Italien« (*Corpus* I, Nr. 120).

799,20 *Inseln des großen Sees:* Isola Bella und Isola Madre im

Lago Maggiore, berühmt wegen ihrer im 17. Jh. angelegten Gärten und Paläste.

799,21 f. *Keyßlers Reisen:* vgl. 29,15 mit Anm. In diesem Reisehandbuch finden sich einige Kupferstiche mit Darstellungen der Inseln.

799,26 *Airolo:* Dorf am südöstlichen Fuß des St. Gotthard.

799,30 *»Was soll da viel Bedenken!«:* Der Kirchenhistoriker Hermann Dechent bemerkt zu diesem Abschnitt in einem Aufsatz aus dem Jahr 1888: »Dieser Darstellung tritt [. . .] die Familienüberlieferung entschieden entgegen, nach welcher vielmehr Goethe den jüngern Freund zu einer Wanderung nach Mailand und zur Erhebung einer Summe bei Meßfreunden habe bestimmen wollen, während dieser in gewohnter Gewissenhaftigkeit den Plan bekämpft habe« (*Gespräche* I, S. 147).

800,13–27 *Angedenken . . . angehört:* Das Gedicht ist erst in Weimar entstanden (Ende 1775 / Anfang 1776). Im Erstdruck in den *Schriften* (Bd. 8, 1789) trägt es den Titel »An ein goldnes Herz, das er am Halse trug«.

800,29 *refftragenden Boten:* Diener mit einem »gestell aus stäben oder brettern zum tragen« (DWB VIII, Sp. 489). Goethe hat einen solchen »Boten« in einer seiner Schweizer Zeichnungen abgebildet (*Corpus* I, Nr. 109).

800,30 *Abgrund:* hier sicher auch in der übertragenen Bedeutung.

801,7 *Von dem Herabstieg . . . nichts weiter:* vor allem deshalb, weil auch das Tagebuch davon schweigt.

801,13 *rückgängige:* aufgehobene.

801,16–21 *Rückkehr . . . festzuhalten:* Die Zeichnungen der ersten Schweizer Reise entstanden zum großen Teil auf dem Rückweg vom St. Gotthard.

801,25 f. *Tellen-Kapelle:* Sie steht an der Stelle, an der nach der Überlieferung der Mord geschah. Friedrich Leopold Stolberg, der kurz nach Goethe die Kapelle besuchte, hielt die Stelle für den Geburtsort Tells und schrieb darüber ein Gedicht, das mit der Strophe beginnt: »Seht diese heilige

Kapell! / Hier ward geboren Wilhelm Tell! / Hier, wo der Altar Gottes steht, / Stand seiner Eltern Ehebett!«

801,27 *Meuchelmord:* Ermordung des Landvogts Heinrich Geßler durch Wilhelm Tell im Jahre 1307. – Trotz der »heroisch-patriotischen« Aspekte der Tat sieht Goethe sie als das, was sie faktisch gewesen ist, nämlich ein »Meuchelmord«.

801,34 *Lindau:* Heinrich Julius von L. (geb. 1754), der wegen einer unglücklichen Liebe zunächst in die Schweiz ging und später in hessischen Diensten am amerikanischen Freiheitskrieg teilnahm, in dem er 1776 beim Sturm auf Fort Washington ums Leben kam. Sein ehemaliger Zögling, der Hirtenjunge Peter im Baumgarten, kam daraufhin zu Goethe nach Weimar.

802,16 *Hülfsmittel:* Ein charakteristisches Dokument dieser Arbeitsweise hat sich erhalten (*Corpus* I, Nr. 129). Das Blatt zeigt auf der linken Hälfte einen flüchtig gezeichneten Bergrücken; die rechte Hälfte des Bogens hat Goethe für eine ausführliche Beschreibung des bildlich nicht Darstellbaren benutzt.

802,25 *fand ich die Stolberge nicht mehr:* Goethe kam am 25. Juni 1775 in Zürich an und besuchte am nächsten Tag mit den Brüdern Stolberg und Haugwitz eine Sitzung der Zürcher »Physikalischen Gesellschaft«. Die Stolbergs haben Zürich erst am 5. Juli verlassen, um eine Bergwanderung zu unternehmen.

802,8 f. *Geßners ... Gedichte ... Radierungen:* vgl. 767,25 und 585,11 mit Anm.

803,31 *weseten:* trieben ihr Wesen.

805,3 *Fragment von Werthers Reisen:* die 1796 entstandenen und 1808 zuerst erschienenen *Briefe aus der Schweiz*. In der Vorbemerkung heißt es, daß man behauptete, »sie unter Werthers Papieren gefunden zu haben, und wollte wissen, daß er vor seiner Bekanntschaft mit Lotten in der Schweiz gewesen« sei (GA IX, S. 481). – In den *Briefen* geht es indessen nicht – wie beim Nacktbaden 1775 – um die Begeisterung für die Natur im Sinne Rousseaus, sondern vor allem um das Interesse des Künstlers an der Anschauung und Darstellung des nackten Körpers. – Goethes Bandangabe bezieht sich auf die AlH; der betreffende Band war 1828 erschienen.

805,10 f. *die Schweizer ... unwillig:* Dafür gibt es keine Belege.

805,26 *zergliederte:* Schon damit sind die Prämissen angedeutet, unter denen Goethe die Auseinandersetzung mit Lavaters Vorgehensweise im Fortgang des 19. Buches führt. Sein Wissenschaftsbegriff ist seit etwa 1780, seit der Beschäftigung mit der Osteologie (Knochenlehre) und der Entdeckung des Zwischenkieferknochens 1784, morphologisch geprägt; es kommt ihm auf die organische Einheit, auf Gesetzmäßigkeit und methodisches Vorgehen, auf Analyse und Synthese an (vgl. 806,25–27), während Lavater unwissenschaftlich und unmethodisch lediglich unverbundene Einzelbeobachtungen nebeneinanderstellt. – Vgl. auch Goethes Maxime aus dem Nachlaß: »Kein Phänomen erklärt sich an und aus sich selbst; nur viele, zusammen überschaut, methodisch geordnet, geben zuletzt etwas, das für Theorie gelten könnte« (1229).

806,1 *einzeln:* Vgl. dagegen Goethe in *Der Versuch als Vermittler von Objekt und Subjekt* (1792): »In der lebendigen Natur geschieht nichts, was nicht in einer Verbindung mit dem Ganzen stehe« (GA XVI, S. 851).

807,9 *zu verschiedenen Zeiten geschrieben:* Der Abschnitt von 807,17 bis 809,3 (»Lavater war eigentlich [...] heranziehen will«) entstand vermutlich zwischen 1814 und 1821 (HKA II, S. 162), der zweite (809,4–811,26 »Da er nun [...] jederzeit ersetzen«) vermutlich im Mai/Juni 1813 (HKA II, S. 139). Beide Passagen sind 1830 überarbeitet worden.

807,21 *»Aussichten in die Ewigkeit«:* Die *Aussichten in die Ewigkeit, in Briefen an Herrn Johann Georg Zimmermann* erschienen zwischen 1768 und 1773; 1778 folgte ein Ergänzungsband mit Zusätzen und Anmerkungen. – Lavater wollte eigentlich ein Gedicht über die »Seligkeit der verklärten Christen« schreiben (vgl. Johann Caspar Lavater, *Ausgewählte Werke*, hrsg. von Ernst Staehelin, 4 Bde., Zürich 1943, Bd. 1, S. 97), es blieb jedoch bei den Briefen, in denen er die Probleme eines solchen Gedichts erörterte. – Goethe hat die *Aussichten in die Ewigkeit* nach dem Erscheinen des 3. Bandes in den *Frankfurter gelehrten Anzeigen* vom 3. November 1772 kritisch besprochen; schon damals warf er Lavater »logisch-metaphysische Zergliederungen der Geschäftigkeit unsers Geistes« vor (GA XIV, S. 162). Auch daß die *Aussichten* »nur Fortsetzungen des gegenwärtigen Daseins« (807,21 f.) seien, ist dort schon ausgesprochen: »Es war immer so und natürlich, daß der nach Ewigkeit hungernde und dürstende, solche Speisen sich droben in Phantasie bereitete, die seinem Gaumen hier angenehm waren, die sein Magen hier vertragen konnte« (GA XIV, S. 161).

808,10 f. *ein Christusbild nach dem andern:* Vgl. Lavaters Brief an Goethe, Anfang März 1776: »Hab' itzt einen Bildhauer, Trippel, bei mir, [...] der macht mir eine Christus-Büste; freilich tief unter meinem Bettelideal – doch schon so, daß ich an ihn glauben würde.« Vgl. auch 651,4 mit Anm.

808,18 *Coteriesprache:* vgl. Anm. zu 362,14 f.

808,26 f. *»Pontius Pilatus«:* Der vollständige Titel lautet *Pontius Pilatus, oder der Mensch in allen Gestalten, oder Höhe und Tiefe der Menschheit, oder die Bibel im Kleinen und der Mensch im Großen, oder ein Universal-Ecce-Homo, oder Alles in Einem.* Das vierbändige Werk erschien 1782–85. – Am 6. April 1782 schreibt Goethe an Charlotte von Stein über den ersten Band: »Noch ein Wort vom Pilatus! Wenn unser einer seine Eigenheiten und Albernheiten einem Helden aufflickt, und nennt ihn Werther, Egmont, Tasso wie du willst, giebt es aber am Ende für nichts als was es ist, so gehts hin und das Publikum nimmt insofern Anteil dran als die Existenz des Verfassers reich oder arm, merckwürdig oder schaal ist, und das Mährgen bleibt auf sich beruhen. Nun findet Hans Caspar diese Methode des dramatisirens (wie sies nennen) allerliebst, und flickt seinem Cristus auch so einen Küttel zusammen und knüpft aller Menschen Geburt und Grab, A und O, und Heil und Seligkeit dran, da wirds abgeschmackt dünkt mich, und unerträglich.« – Der Streit um den *Pontius Pilatus* (in den Briefen Goethes und Lavaters von Juli/August 1782) ist neben der sich verändernden Wissenschaftsauffassung Goethes, vor allem seit dem Streit um Cagliostro (um 1781), ein Grund für den Abbruch der Beziehungen zwischen Goethe und Lavater.

808,32 f. *Abraham von Santa Clara:* Abraham a Santa Clara (d. i. Johann Ulrich Megerle, 1644–1709), Prediger und Satiriker in Wien.

809,4 *Christum buchstäblich auffaßte.* Vgl. Goethe an Lavater, 9. August 1782: »Du hältst das Evangelium wie es steht, für die göttliche Wahrheit, mich würde eine vernehmliche Stimme vom Himmel nicht überzeugen, daß das Wasser brennt und das Feuer löscht, daß ein Weib ohne Mann gebiert, und daß ein Todter aufersteht, vielmehr halte ich dieses für Lästerungen gegen den großen Gott und seine Offenbarung in der Natur.«

809,31 *Probierstein:* »schwarzer kieselschiefer, zum probieren der gold- und silberlegierungen gebraucht« (DWB VII, Sp. 2153).

810,21 f. *Späßen ... Verspottungen:* vgl. 651,11 f. mit Anm.

811,14 *vertraulich mitteilte: Johann Caspar Lavaters vermischte physiognomische Regeln, ein Manuskript für Freunde,* eine Broschüre, die Lavater 1789 vorbereitet hatte und die erst nach seinem Tod veröffentlicht wurde (Leipzig 1802). Der Einband trug ein Etikett mit der Aufschrift »100 physiognomische Geheimregeln von Lavater«. Goethe hat das Heft gleich nach seinem Erscheinen kennengelernt, wie aus einer ins Tagebuch von 1801 eingehefteten Notiz hervorgeht (WA III,3, S. 428). Goethe hat auch zwei Exzerpte aus dieser Sammlung angefertigt (Paralipomena 128 und 129, in: HKA II, S. 585–587).

811,19 *keine Reihe:* Von der Notwendigkeit der »Reihe« spricht Goethe in dem Aufsatz *Der Versuch als Vermittler von Objekt und Subjekt* (1792).

811,33 *nur dem Dichter Genie:* Goethes Darstellung, wonach erst in der ›Geniezeit‹, im Sturm und Drang, der Geniebegriff auf andere Berufe bezogen wurde, ist historisch nicht korrekt. So hat schon 1765 Thomas Abbt in der Schrift *Vom Verdienste* vom Genie der Feldherrn und Staatsmänner gesprochen (vgl. DWB IV,1.2, Sp. 3426, und Jochen Schmidt, *Die Geschichte des Genie-Gedankens in der deutschen Literatur, Philosophie und Politik*, Bd. 2: *Von der Aufklärung bis zum Idealismus*, Darmstadt ²1988).

812,1 *Zimmermann:* in seinem Buch *Von der Erfahrung in der Arzneikunst* (1763–64). Später, in der Schrift *Von der Einsamkeit* (1785, Bd. 2), hat er sich von der »Genieseuche« abgewandt und die Stürmer und Dränger als »Sprudelgeister« bezeichnet. Vgl. Anm. zu 297,5 f.

812,9 f. *noch lange hin ... ausgesprochen:* in Immanuel Kants (1724–1804) *Kritik der Urteilskraft* (1790), §§ 46–50: »Genie ist das Talent (Naturgabe), welches der Kunst die Regel gibt. Da das Talent, als angebornes, produktives Vermögen des Künstlers, selbst zur Natur gehört, so könnte man sich auch so ausdrücken: Genie ist die angeborne Gemütslage (ingenium), durch welche die Natur der Kunst die Regel gibt.«

812,21 *Geniestreich:* von Christian Friedrich Timme (1752 bis 1788) in seinem Roman *Der Empfindsame* (Erfurt 1781–83) geprägter Begriff.

812,22 *Grenzenlose:* ebenso wie das »Unendliche« seit der Mitte der achtziger Jahre ein negativ besetzter Begriff in Goethes Wortschatz. Das Anerkennen der Grenzen des menschlichen Handelns ist ein zentrales Motiv in *Wilhelm*

Meisters Lehrjahren: »Der Mensch ist nicht eher glücklich, als bis sein unbedingtes Streben sich selbst seine Begrenzung bestimmt« (VIII,5).

812,33 *in die Wörterbücher:* Man wollte das Wort ›Genie‹ durch ›Kopf‹ ersetzen; vgl. Artikel »Genie« in Adelungs *Grammatisch-kritischem Wörterbuch der hochdeutschen Mundart.*

813,8 f. *zweier Männer:* der Brüder Stolberg.

813,9–11 *Andenken ... nimmer verlieren:* Nur rund 30 Jahre, nachdem dies geschrieben wurde, notierte Friedrich Hebbel in seinem Tagebuch die literaturhistorisch sicher zutreffende Bemerkung: »Wie die Herren des ›Hainbundes‹ ihrer Unsterblichkeit gewiß waren! [...] Wer liest ihn [Friedrich Leopold Stolberg] jetzt noch? Höchstens der Fremde, der in Ottensen an der Klopstocks-Linde vorbeikommt und bei dem Grabstein mit der von Stolberg abgefaßten, prahlerisch-polemischen Inschrift kopfschüttelnd stehenbleibt« (1862).

813,18 f. *schweren ... Bände:* Die *Physiognomischen Fragmente* erschienen im Format 26 × 30 cm; sie gehörten zu den teuersten Büchern dieser Zeit.

813,23 *kein Bedenken:* vor allem deshalb, weil die eingeschalteten Zitate Goethes Kritik an Lavaters Verfahren eindeutig rechtfertigen.

813,32 *des jüngeren:* Friedrich Leopold.

814,24–28 *»Sonnendurst« ... »Felsenstromes« ... »im Donner ... umher«:* Das sind keineswegs fiktive oder ungenaue Zitate, wie bislang immer behauptet wurde, sondern wörtliche. In Friedrich Leopold Stolbergs Gedicht »Der Genius« (1773) lautet der 5. Vers: »Du gabst, Natur, ihm Flug und den Sonnendurst!«; in der Hymne »Der Felsenstrom« (1775) heißt es: »Wie bist du so furchtbar / Im Donner der hallenden Felsen umher!«

815,18 *zeigt:* zeugt.

815,31 *blöden:* schüchternen.

818,7 *sodann in Darmstadt:* Dort traf Goethe am 20. oder

21. Juli 1775 ein, nachdem er zuvor noch Basel, Straßburg, Heidelberg und Speyer besucht und (in Straßburg) Johann Georg Zimmermann persönlich kennengelernt hatte.

818,29 *verwünschter:* verfluchter.

819,2 *Hindernisse:* Vgl. das Gespräch mit Eckermann vom 5. März 1830: »Die Hindernisse, die uns auseinander hielten, waren im Grunde nicht unübersteiglich – und doch ging sie mir verloren.«

819,34 *Antezedenzien:* Vorgeschichten.

821,8 *»Lilis Park«:* möglicherweise schon vor der Schweizer Reise entstanden; vgl. auch 728,21 mit Anm.

821,16–31 *Ihr verblühet ... bricht!:* zuerst als Arie Erwins im Singspiel *Erwin und Elmire*, das schon im März 1775 in Johann Georg Jacobis *Iris* erschienen war.

822,1–3 *Goldsmiths ... Romanze:* die Ballade von Edwin und Angelina im 8. Kapitel des Romans (»Turn, gentle hermit of the dale ...« – »Kehr um, frommer Einsiedler des Tals«). – Vgl. 456,18 f. mit Anm.

822,18 f. *jene erste:* Susanna Magdalena Münch.

822,25 *Rechtsfreund ... Schreiber:* Mit dem »Rechtsfreund« meint Goethe wohl nicht den Schreiber Clauer (vgl. 151,18 mit Anm.), wie Seidel vermutet, sondern sich selbst. Der »Schreiber« ist Johann Wilhelm Liebholdt.

823,6 f. *Aufstand der Niederlande:* gegen Spanien, seit 1566.

823,10 *»Egmont«:* Die frühesten Arbeiten an dem Schauspiel fallen möglicherweise schon in das Jahr 1773; vollendet wurde es erst während der Italien-Reise 1787. Es erschien 1788.

Zwanzigstes Buch

824,8 *Krause:* Georg Melchior Kraus (1737–1806) war zunächst Schüler Johann Heinrich Tischbeins in Kassel und lebte 1761–66 in Paris. Seit 1774 war er Gast an den Höfen von Gotha und Weimar; am 1. Oktober 1775 wurde er in Weimar herzoglicher Zeichenmeister und leitete die »Freie Zeichenschule«.

824,15 *Hackert:* Jakob Philipp H. (vgl. 758,32–34 mit Anm.) lebte 1765–68 in Paris, danach bis zu seinem Tod in Italien.

824,17 f. *Gouache:* Aquarellmalerei in Verbindung mit Bindemitteln und Deckweiß.

824,20 *Wille:* Johann Georg W. (1715–1808), lebte seit 1736 in Paris.

824,21 *Grimm:* vgl. 516,7 mit Anm.

824,26 *Boucher und Watteau:* François B. (1703–70), französischer Hofmaler; Jean-Antoine W. (1684–1721), Maler des französischen Rokoko.

824,30 *Greuze:* Jean Baptiste G. (1725–1805). Im »Historischen Teil« der *Farbenlehre* kritisiert Goethe »die süßliche, lüsterne, fade Manier des Boucher und die sentimentale des Greuze« (GA XVI, S. 508).

825,2 f. *häusliche freundschaftliche Vereine:* Charakteristische Beispiele sind »Die Schulstunde«, »Die Nähstunde«, »Mutter mit drei Kindern« und die bekannte Darstellung »Wieland im Kreise seiner Familie«.

825,5 *massenhafte:* hier in der ursprünglichen Bedeutung »als masse oder als menge erscheinend« (DWB VI, Sp. 1711).

825,9 *Tableau:* gruppiertes, komponiertes Bild.

825,16 *von Steinischen Schlosse:* Vgl. die Emser Reise, 664,35 mit Anm.

825,18–22 *Tochter ... von Werther:* Johanna [Jeanette] Louise vom und zum Stein (1752–1816) heiratete Jakob Friedemann Graf von Werthern-Neunheiligen (1739 bis 1806); ihre Güter lagen in der Nähe von Langensalza.

826,3 f. *Luftwesen in Dantes Purgatorio: Göttliche Komödie*, Purgatorio III, V. 88–91: »Wie sie das Licht zur Rechten meiner Bahn / Geteilt und, als des Erdenleibes Zeichen, / Die Felsenwand von mir beschattet sahn, / Sah ich sie stehn und etwas rückwärts weichen« (Übersetzung von

Streckfuß/Roquette). Dasselbe Motiv auch Purgatorio V, V. 1–9 und 25–27.

826,26 f. *Wolf ... seine Frau:* Ernst Wilhelm W. (1735 bis 1792), Komponist und Hofkapellmeister, und Caroline, geb. Benda (1742–1820), herzogliche Kammersängerin in Weimar.

826,31 *Bürgel:* Dorf bei Jena.

826,32 f. *Forstmann ... Töchtern:* Traugott Friedemann Slevoigt und seine Töchter Friederike Elisabeth Karoline (1750–1810), später verheiratet mit Friedrich Justin Bertuch, und Auguste, später verheiratet mit Georg Melchior Kraus.

827,1 *Bertuch:* Friedrich Johann Justin B. (1747–1822), Geheimsekretär seit 1. Oktober 1775; Schriftsteller, Übersetzer (Cervantes), 1782–86 mit Wieland Herausgeber des *Teutschen Merkur* und seit 1786 des *Journals des Luxus und der Moden.* 1790 gründete er einen Universalbetrieb, das »Landes-Industrie-Comptoir«, zu dem auch ein Verlag gehörte. – Am 15. Dezember 1816 bat Goethe ihn, »sich jener Ihrer eigenen Blüthenzeit wieder zu erinnern und mir einen Aufsatz darüber mitzutheilen, von dem ich alsdann dem Gegenstande gemäß den heitersten Gebrauch machen wollte«.

827,15 *Musäus, Kirms, Berendis und Ludecus:* Johann Karl August M. (1735–87), Theologe, seit 1763 Pagenhofmeister, seit 1770 Professor am Gymnasium in Weimar, satirischer Schriftsteller (*Grandison der Zweite*, 1760–62), Herausgeber der *Volksmärchen der Deutschen* (1782–86). – Franz K. (1750–1826), Hofbeamter, seit 1791 Mitglied der Hoftheater-Intendanz. – Hieronymus Dietrich B. (1719 bis 1782), Kammerrat am Weimarer Hof. – Johann August L. (1742–1801), Geheimsekretär der Herzogin Anna Amalia.

827,16 f. *Witwe Kotzebue ... Tochter ... Knaben:* Anna Christina K., geb. Krüger (1736–1828), Witwe eines Weimarer Hofbeamten. Ihre Tochter Karoline Amalie (1759 bis 1844), später verheiratete Gildemeister, war am 21. November 1776 die Partnerin Goethes bei der Uraufführung seiner *Geschwister* am Weimarer Liebhabertheater. Der »Knabe« ist August Friedrich Ferdinand (seit 1785: von) K. (1761–1819), der spätere Theaterschriftsteller.

827,23 *Ober-Vormünderin:* Herzogin Anna Amalia.

827,29 *Bergwerk zu Ilmenau:* Seit dem 15. Jh. wurde in Ilmenau Bergbau betrieben; 1739 war durch Wassereinbrüche eine weitere Förderung des Kupferschiefers unmöglich geworden. Goethe bemühte sich um die Wiedereröffnung, die schließlich am 24. Februar 1784 erfolgte. Nachdem es 1796 erneut zu Wassereinbrüchen gekommen war, wurde der Bergbau endgültig stillgelegt.

827,31 f. *Akademie Jena:* die Jenaer Universität; vgl. Anm. zu 689,17.

828,5 *mäßige ... Wohnung:* das Fürstenhaus, heute Musikhochschule »Franz Liszt« am Platz der Demokratie.

828,7 *Ettersburg, Belvedere:* Ettersburg ist ein Dorf mit Jagdschloß am Ettersberg bei Weimar, Belvedere ein Rokokoschloß mit großem Park im Süden der Stadt. Zu den weiteren »Lustsitzen« gehört Schloß Tiefurt, die Sommerresidenz der Herzogin.

828,14–18 *natürlichen Religion ... positive ... allgemeinen Glauben:* Vgl. das Ende des 1. Buches (45,26–48,14 mit Anm.), im 15. Buch die Ausführungen über die Brüdergemeine (680,13–682,13 mit Anm.) und die Spinoza-Passagen im 14. Buch (687,1–10 mit Anm.).

829,3 *dämonisch:* von griech. *daimon*. Goethe unterscheidet die »Dämonen« i. S. v. ›Geister‹, den »Dämon«, den er in den Erläuterungen zu dem Gedicht »Urworte. Orphisch« (1817) definiert als »die notwendige, bei der Geburt unmittelbar ausgesprochene, begrenzte Individualität der Person, das Charakteristische, wodurch sich der Einzelne von jedem Andern [...] unterscheidet« (GA II, S. 617), und schließlich das »Dämonische«, wie er es in diesem Abschnitt der Autobiographie erläutert (828,23–829,6).

829,10 *erforschte die Quellen:* vor allem Emanuel Meteranus, *Eigentliche und vollkommene historische Beschreibung des Niederländischen Krieges* (1627), und Famianus Strada, *De bello belgico* (»Der belgische Krieg«, 1649).

829,14 *Egmont:* Lamoral Graf von E., Fürst von Gavre (1522–68, hingerichtet), niederländischer General.

829,25 *attrattiva:* (ital.) Anziehungsgabe.

830,3 *ein Drittes:* Die Kategorie des ›Dritten‹ hat in Goethes Denken – wie im deutschen Idealismus überhaupt – eine besondere Bedeutung. Die »Synthese«, von der er im Zusammenhang mit Lavater spricht, ist ein solches ›Drittes‹, hervorgehend aus These und Antithese, und in der Schrift *Verfolg. Schicksal der Handschrift* (1817) spricht er von den »Sitten der Völker«, an denen zu lernen sei, »wie aus dem Zusammentreffen von Notwendigkeit und Willkür, von Antrieb und Wollen, von Bewegung und Widerstand ein drittes hervorgeht, was weder Kunst noch Natur, sondern beides zugleich ist, notwendig und zufällig, absichtlich und blind« (GA XVII, S. 85).

830,5 *Erscheinung:* vgl. Anm. zu 823,10.

830,16 f. *Zettel … Einschlag:* ein Bild aus der Weberei, das Goethe oft gebraucht. *Zettel* (auch *Kette* oder *Aufschlag*) ist der Längsfaden eines Gewebes, *Einschlag* der Querfaden.

830,24 *mehrere:* In verschiedenen Gesprächen mit Eckermann nennt Goethe Napoleon, Herzog Karl August, Niccolò Paganini, Friedrich II. von Preußen, Byron, Zar Peter den Großen und Christus.

831,4 f. *nemo contra deum … ipse:* (lat.) niemand gegen Gott außer Gott selbst. Die Herkunft des Spruches ist nicht geklärt. Eckermann hat ihn als Motto des 4. Bandes von *Dichtung und Wahrheit* ausgewählt, obwohl Goethe ihn nicht dafür vorgesehen hatte.

831,16 *Pandorens:* Pandora (griech., ›die Allbeschenkte‹) ist nach der griechischen Sage die erste von den Göttern geschaffene Frau.

831,26 *Verzicht getan:* Die Verlobung mit Lili wurde Ende September 1775 gelöst.

832,4 f. *entschloß mich ... zur Flucht:* In einem Brief an seine Mutter vom 11. August 1781 gibt Goethe eine ausführlichere Begründung für seinen Entschluß, die Heimatstadt zu verlassen: »Sie erinnern sich, der lezten Zeiten die ich bey Ihnen, eh ich hierhergieng, zubrachte, unter solchen fortwährenden Umständen würde ich gewiß zu Grunde gegangen seyn. Das Unverhältniß des engen und langsam bewegten bürgerlichen Kreyses, zu der Weite und Geschwindigkeit meines Wesens hätte mich rasend gemacht. Bey der lebhaften Einbildung und Ahndung menschlicher Dinge, wäre ich doch immer unbekannt mit der Welt, und in einer ewigen Kindheit geblieben, welche meist durch Eigendünkel, und alle verwandte Fehler, sich und andern unerträglich wird.«

832,6 *von Karlsruhe nach Frankfurt:* Nachdem am 3. Oktober 1775 die Hochzeit Karl Augusts und Luises von Hessen-Darmstadt gefeiert worden war, kamen sie am 12. Oktober nach Frankfurt.

832,13 *so lange:* seit den ersten Besuchen in Darmstadt Anfang 1772.

832,26 *herzoglich meiningische Hof:* die Herzogin Charlotte Amalia von Sachsen-Meiningen (1730–1801), Witwe des Herzogs Anton Ulrich von Sachsen-Meiningen (1687 bis 1763), und ihre beiden in Frankfurt geborenen Söhne Karl August Friedrich Wilhelm (1754–82) und Georg Friedrich Karl (1761–1803).

832,28 *Dürkheim:* Franz Christian Eckbrecht von Dürckheim (1729–1807), der Erzieher der beiden Prinzen.

833,30 *Kavalier:* hier noch in der Bedeutung ›Adliger, Hofmann‹; Johann August Alexander von Kalb (1747–1814), der spätere Weimarer Kammerpräsident.

834,15 f. *in meinem Zimmer still halten:* Vgl. den Brief an Knebel, Mitte Oktober 1775: »ich richtete mich ein, packte, zog meine Reisekleider an, nahm Abschied und blieb sizzen.«

834,22 f. *wünschte … es … gedruckt zu sehn: Egmont* erschien erst sechs Jahre nach dem Tod des Rats Goethe im Druck (1788).

835,26 f. *»Ach wie ziehst du mich unwiderstehlich!«:* vgl. 739,13–740,4.

837,11 *den andern Tag:* Goethe hat am 30. Oktober 1775 in Eberstadt an der Bergstraße ein kleines Reisetagebuch begonnen. – Sein Vater hatte ihm »zur Heidelberger Reise« 18 Gulden spendiert (Eintrag ins Haushaltungsbuch am 30. Oktober 1775).

837,18 f. *Demoiselle Delf:* vgl. Anm. zu 753,26. Goethe hatte ihr, wie aus dem »Ausgabebüchlein« seines Dieners Philipp Seidel hervorgeht, am 7. Oktober 1775 geschrieben; am selben Tag teilte er Merck mit, daß er nach Weimar gehe.

837,26 *Wrede:* Der kurpfälzische Landschreiber Ferdinand Joseph Wreden (1722–92) wurde 1790 als »von Wrede« geadelt. Seine Ehefrau war Katharina W., geb. Jünger (1729–1804), die Töchter hießen Marie Luise Josepha (geb. 1754) und Franziska Charlotte Josepha (geb. 1756).

838,12 *länger zu verweilen:* Goethe blieb vom 30. Oktober bis 3. November 1775 in Heidelberg.

838,25 f. *Kurfürst Carl Theodor:* Karl Th. Philipp, Kurfürst von der Pfalz (1724–99), seit 1777 Kurfürst von Bayern. Während seiner Regierungszeit entstanden in Mannheim bedeutende Kunstsammlungen, die Zeichnungsakademie unter der Leitung von Peter Anton Verschaffelt (1710–93), aber auch bedeutende wissenschaftliche Einrichtungen wie das Naturalienkabinett, die Sternwarte, die Chirurgische und Anatomische Anstalt und die Pfälzische Akademie der Wissenschaften (1763).

840,8 *Stafette:* reitender Eilbote.

840,20 *von Jugend auf:* vgl. 14,25–15,12 mit Anm.

840,32 *Burschen:* Philipp Friedrich Seidel (1755–1820) blieb bis 1785 Goethes Sekretär und wurde danach Beamter in Weimar (Rentkommissar).

840,36–841,1 *Aufwartung für kurze Zeit:* Erst Anfang 1776 entschloß sich Goethe, in Weimar zu bleiben. Am 22. Januar 1776 schreibt er an Merck: »Ich bin nun ganz in alle Hof- und politische Händel verwickelt und werde fast nicht wieder weg können.« Am 19. Februar 1776 heißt es im Brief an Johanna Fahlmer: »Es ist nun wohl nicht anders ich bleibe hier«.

841,10–16 *»Kind, Kind! ... kam«: Egmont*, 2. Aufzug; dort: »wegzulenken«.

841,16 *woher er kam:* Eben diese Erinnerung an das ›Herkommen‹ versucht die Autobiographie zurückzurufen und zu bewahren.

Literaturhinweise

Abkürzungen

Adelung	Johann Christoph Adelung: Grammatisch-kritisches Wörterbuch der hochdeutschen Mundart. Leipzig 1774–86.
AlH	Goethe: Ausgabe letzter Hand (s. Literaturhinweise)
Archiv	Archiv für das Studium der neueren Sprachen und Literaturen
CGP	Carleton Germanic Papers
ChrWGV	Chronik des Wiener Goethe-Vereins
Corpus	Corpus der Goethezeichnungen. Hrsg. von Gerhard Femmel. 8 [in 10] Bdn. Leipzig 1958–73.
Dewitz	Goethe. Tagebuch der ersten Schweizer Reise 1775. Mit den Zeichnungen des Autors und einem vollständigen Faksimile der Handschrift. Hrsg. und erl. von Hans-Georg Dewitz. Frankfurt a. M. 1980.
DjG	Der junge Goethe. Neue Ausgabe in 6 Bdn. hrsg. von Max Morris. Leipzig 1909–12.
Düntzer	Goethe: Ed. Düntzer (s. Literaturhinweise)
DVjs	Deutsche Vierteljahrsschrift für Literaturwissenschaft und Geistesgeschichte
DWB	Grimm, Jacob und Wilhelm: Deutsches Wörterbuch. Leipzig 1854–1971.
FMLS	Forum for Modern Language Studies
Frankfurter Malerei	Frankfurter Malerei zur Zeit des jungen Goethe. [Ausstellungskatalog des Städelschen Kunstinstituts Frankfurt.] Frankfurt a. M. 1982.
GA	Johann Wolfgang Goethe: Gedenkausgabe der Werke, Briefe und Gespräche. Hrsg. von Ernst Beutler [u. a.]. 24 Bde., 3 Erg.-Bde. Zürich/Stuttgart 1948–71. (Erg.-Bd. 1: Johann Caspar Goethe, Cornelia Goethe, Katharina Elisabeth Goethe: Briefe aus dem Elternhaus. Hrsg. von Wolfgang Pfeiffer-Belli mit drei Einführungen von Ernst Beutler. 1960.)
Gemälde	Freies Deutsches Hochstift / Frankfurter Goethe-Museum: Katalog der Gemälde. Bearb. von Sabine Michaelis. Tübingen 1982.

Gespräche	Goethes Gespräche. Eine Sammlung zeitgenössischer Berichte aus seinem Umgang. Auf Grund der Ausgabe und des Nachlasses von Flodoard Freiherrn von Biedermann erg. und hrsg. von Wolfgang Herwig. 5 [in 6] Bdn. Zürich / Stuttgart 1965–87.
GHb	Goethe-Handbuch
GJb	Goethe-Jahrbuch
GLL	German Life and Letters
Goethe	Goethe. Neue Folge des Jahrbuchs der Goethe-Gesellschaft
Goethe/ Kritiker	Mandelkow, Karl Robert (Hrsg.): Goethe im Urteil seiner Kritiker. Dokumente zur Wirkungsgeschichte Goethes in Deutschland. 4 Tle. München 1975–84.
GRM	Germanisch-Romanische Monatsschrift
HA	Goethe: Hamburger Ausgabe (s. Literaturhinweise)
HKA	Goethe: Dichtung und Wahrheit. Historisch-kritische Ausgabe (s. Literaturhinweise)
JbDSG	Jahrbuch der Deutschen Schillergesellschaft
JbFDH	Jahrbuch des Freien Deutschen Hochstifts
Jördens	Jördens, Karl Heinrich: Lexikon deutscher Dichter und Prosaisten. 5 Bde. Leipzig 1810.
Kluge	Kluge, Friedrich: Etymologisches Wörterbuch der deutschen Sprache. Berlin / New York ^{21}1975.
MA	Goethe: Münchner Ausgabe (s. Literaturhinweise)
MLN	Modern Language Notes
N.F.	Neue Folge
NR	Neue Rundschau
N.S.	New Series
PEGS	Publications of the English Goethe Society
Portraits um Goethe	Schmidt, Karl Ludwig / Röhrich, Karl: Portraits um Goethe in Wort und Bild. Offenbach 1949.
Schaeffer/ Göres	Goethe. Seine äußere Erscheinung. Literarische und künstlerische Dokumente seiner Zeitgenossen. Zsgetr. von Emil Schaeffer. Überprüft und erg. von Jörn Göres. Frankfurt a. M. 1980.
Seidel	Goethe: Dichtung und Wahrheit. Ed. Seidel (s. Literaturhinweise)
SGG	Schriften der Goethe-Gesellschaft
Sturm und Drang	Perels, Christoph (Hrsg.): Sturm und Drang. [Katalog der Ausstellung im Freien Deutschen Hochstift, Frankfurt.] Frankfurt a. M. 1988.

WA	Goethes Werke. [Weimarer Ausgabe.] Hrsg. im Auftrage der Großherzogin Sophie von Sachsen. Abt. 1: Werke. Bd. 1–55. Abt. 2: Naturwissenschaftliche Schriften. Bd. 1–13. Abt. 3: Tagebücher. Bd. 1–15. Abt. 4: Briefe. Bd. 1–50. Weimar 1887–1919. Repr. München 1987.
Wahl und Krönung	Koch, Rainer / Stahl, Patricia (Hrsg.): Wahl und Krönung in Frankfurt am Main. Kaiser Karl VII. 1742–1745. [Ausstellungskatalog des Historischen Museums Frankfurt. 2 Bde.] Frankfurt a. M. 1986.
WB	Weimarer Beiträge. Zeitschrift für Literaturwissenschaft, Ästhetik und Kulturtheorie
WW	Wirkendes Wort. Deutsche Sprache in Forschung und Lehre
ZfdU	Zeitschrift für deutschen Unterricht.

Ausgaben von »Dichtung und Wahrheit«

Aus meinem Leben. Dichtung und Wahrheit. Tübingen: Cotta, 1811. [1. Teil: Erstes bis Fünftes Buch.] 1812. [2. Teil: Sechstes bis Zehntes Buch.] 1814. [3. Teil: Eilftes bis Funfzehntes Buch.]

Goethes sämtliche Schriften. 26 Bde. Wien: Strauß, 1810–17. Bd. 19: Aus meinem Leben. Dichtung und Wahrheit. Erster Teil. 1812. Bd. 24: Aus meinem Leben. Dichtung und Wahrheit. Zweiter Teil. 1813. Bd. 25: Aus meinem Leben. Dichtung und Wahrheit. Dritter Teil. 1814.

Johann Wolfgang von Goethes sämtliche Werke. 15 Bde. Uppsala: Bruzelius, 1811–20. Bd. 3,1: Aus meinem Leben. Dichtung und Wahrheit. Erster Teil. 1813. Bd. 3,2: Aus meinem Leben. Dichtung und Wahrheit. Zweiter Teil. 1813. Bd. 3,3: Aus meinem Leben. Dichtung und Wahrheit. Dritter Teil. 1815.

Aus meinem Leben. Dichtung und Wahrheit. Erster bis Fünfter Teil. Uppsala: Bruzelius, 1813–19.

Goethes Werke. 20 Bde. Stuttgart/Tübingen: Cotta, 1815–19. Bd. 17: Aus meinem Leben. Dichtung und Wahrheit. Erster Teil. 1818. Bd. 18: Aus meinem Leben. Dichtung und Wahrheit. Zweiter Teil. 1818. Bd. 19: Aus meinem Leben. Dichtung und Wahrheit. Dritter Teil. 1819.

Goethes Werke. 26 Bände. Wien: Kaulfuß und Armbruster, 1816–22.

[Auch Stuttgart: Cotta.] Bd. 17: Aus meinem Leben. Dichtung und Wahrheit. Erster Teil. 1818. Bd. 18: Aus meinem Leben. Dichtung und Wahrheit. Zweiter Teil. 1818. Bd. 19: Aus meinem Leben. Dichtung und Wahrheit. Dritter Teil. 1819.

Goethes Werke. Vollständige Ausgabe letzter Hand. 40 Bde. Stuttgart/Tübingen: Cotta, 1827–30. [Taschenausgabe.] Bd. 24: Aus meinem Leben. Dichtung und Wahrheit. Erster Teil. 1829. Bd. 25: Aus meinem Leben. Dichtung und Wahrheit. Zweiter Teil. 1829. Bd. 26: Aus meinem Leben. Dichtung und Wahrheit. Dritter Teil. 1829.

Goethes Werke. Vollständige Ausgabe letzter Hand. Goethes nachgelassene Werke. 20 Bde. Stuttgart/Tübingen: Cotta, 1832–42. Bd. 48: Aus meinem Leben. Dichtung und Wahrheit. Vierter Teil. 1833. [Erstausgabe dieses Teils.]

Goethes Werke. Hrsg. von Heinrich Düntzer [u. a.]. Bd. 17–20: Aus meinem Leben. Dichtung und Wahrheit. Hrsg. von Heinrich Düntzer. Stuttgart: Spemann, [o. J.]. [Zit. als: Düntzer.]

Goethes Werke. Hrsg. im Auftrage der Großherzogin Sophie von Sachsen. [Weimarer Ausgabe.] Abt. 1. Bd. 26–29: Aus meinem Leben. Dichtung und Wahrheit. Hrsg. von Jakob Baechtold und Gustav von Loeper. Weimar: Böhlau, 1889–91. [Zit. als: WA.]

Johann Wolfgang Goethe: Aus meinem Leben. Dichtung und Wahrheit. Illustrierte Ausgabe. Hrsg. von Richard Wülker. Leipzig: Seemann, 1903.

Johann Wolfgang Goethe: Aus meinem Leben. Dichtung und Wahrheit. 4 Bde. Mit [204] Wiedergaben aus den Sammlungen des Frankfurter Goethe-Museums. Bild-Erl. und Nachw. von Otto Heuer. Frankfurt a. M.: Frankfurter Verlags-Anstalt, 1920–22.

Johann Wolfgang Goethe: Gedenkausgabe der Werke, Briefe und Gespräche. 24 Bde., 3 Erg.-Bde. Zürich/Stuttgart: Artemis, 1948–71. Bd. 10: Aus meinem Leben. Dichtung und Wahrheit. Hrsg. von Ernst Beutler. 1948. [3]1977. [Zit. als: GA.]

Johann Wolfgang Goethe: Aus meinem Leben. Dichtung und Wahrheit. Mit 250 zeitgenössischen Bildern. Hrsg. von Wolfgang Stammler. München: Hanser, 1949.

Goethes Werke. Hamburger Ausgabe in 14 Bdn. Hrsg. von Erich Trunz [u. a.]. Hamburg: Wegner, 1948–64. Neuaufl. 1952 ff. Seit 1972: München: Beck. Bd. 9, 10: Autobiographische Schriften I,

II: Aus meinem Leben. Dichtung und Wahrheit. Hrsg. von Liese-lotte Blumenthal und Erich Trunz. 1955 ([10]1982) – 1959 ([8]1982). [Zit. als: HA.]

Johann Wolfgang Goethe: Werke. Berliner Ausgabe. 22 Bde. Berlin/Weimar: Aufbau-Verlag, 1960 ff. Bd. 13: Autobiographische Schriften I. Aus meinem Leben. Dichtung und Wahrheit. Hrsg. von Hans-Heinrich Reuter, Annemarie Noelle und Gerhard Seidel. 1960. [2]1967.

Johann Wolfgang Goethe: Aus meinem Leben. Dichtung und Wahrheit. Hist.-krit. Ausg. bearb. von Siegfried Scheibe. [Akademie-Ausgabe.] 2 Bde. (Bd. 1: Text. Bd. 2: Überlieferung. Variantenverzeichnis und Paralipomena.) Berlin: Akademie-Verlag, 1970–74. [Zit. als: HKA.]

Johann Wolfgang Goethe: Werke. 6 Bde. Bd. 5: Aus meinem Leben. Dichtung und Wahrheit. Hrsg. und komm. von Siegfried Scheibe. München: Winkler, 1973.

Johann Wolfgang Goethe: Aus meinem Leben. Dichtung und Wahrheit. Hrsg. von Siegfried Seidel. Leipzig: Insel, 1977. [Zit. als: Seidel.]

Johann Wolfgang Goethe: Sämtliche Werke nach Epochen seines Schaffens. Münchener Ausgabe. 21 [in 26] Bdn. Hrsg. von Karl Richter [u. a.]. München: Hanser, 1985 ff. Bd. 16: Aus meinem Leben. Dichtung und Wahrheit. Hrsg. von Peter Sprengel. 1985. [Zit. als: MA.]

Johann Wolfgang Goethe: Sämtliche Werke. Briefe, Tagebücher, Briefe und Gespräche. Frankfurter Ausgabe. 40 Bde. Hrsg. von Dieter Borchmeyer [u. a.]. Bd. 14: Aus meinem Leben. Dichtung und Wahrheit. Hrsg. von Klaus-Detlef Müller. Frankfurt a. M.: Deutscher Klassiker Verlag, 1986.

Forschungsliteratur

Aichinger, Ingrid: Künstlerische Selbstdarstellung: Goethes »Dichtung und Wahrheit« und die Autobiographie der Folgezeit. Bern / Frankfurt a. M. / New York 1977.

Albrecht, Wolfgang: Schönheit, Natur, Wahrheit. Einige Hauptaspekte der Ästhetik des jungen Goethe bis 1770 im Verhältnis zu ihren zeitgenössischen Traditionen (Winckelmann, Oeser, Lessing). In: GJb 100 (1983) S. 163–170.

Alt, Carl: Studien zur Entstehungsgeschichte von Goethes »Dichtung und Wahrheit«. München 1898.

Bach, Adolf: Zu Goethes »Diné zu Coblenz«. In: GRM 32 (1950/1951) S. 231–233.

Ballof, Rudolf: Zu Goethes »Dichtung und Wahrheit«. Derones oder Renaud-De Rosne? In: Euphorion 20 (1913) S. 501 f.

Barner, Wilfried: Goethes Bild von der deutschen Literatur der Aufklärung. Zum Siebenten Buch von »Dichtung und Wahrheit«. In: Wolfgang Frühwald / Alberto Martino (Hrsg.): Zwischen Aufklärung und Restauration: Sozialer Wandel in der deutschen Literatur des 18. Jahrhunderts (1700–1848). Festschrift für Wolfgang Martens zum 65. Geburtstag. Tübingen 1989. S. 283–305.

Becker, Karl-Wolfgang: »Denn man lebt mit den Lebendigen«. Über »Dichtung und Wahrheit«. In: Helmuth Holtzhauer / Bernhard Zeller (Hrsg.): Studien zur Goethezeit. Festschrift für Lieselotte Blumenthal. Weimar 1968. S. 376–402.

Beetz, Manfred: Überlebtes Welttheater. Goethes autobiographische Darstellung der Wahl und Krönung Joseph II. in Frankfurt/M. 1764. In: Jörg Jochen Berns / Thomas Rahn (Hrsg.): Zeremoniell als höfische Ästhetik in Spätmittelalter und früher Neuzeit. Tübingen 1995. S. 572–599.

Bethge, Wolfgang: Goethes Auseinandersetzung mit dem Absurden in »Dichtung und Wahrheit«. Diss. Berlin (Freie Universität) 1965.

Beyer, Manfred: Goethes »Dichtung und Wahrheit«. Zum Problem von Stoff und Gehalt in der Autobiographie. Diss. Jena 1958.

Beyerle, Maria: Goethes Märchen. »Der neue Paris«. Ein Deutungsversuch. In: Hochland 29 (1932) H. 2. S. 425–442.

Blod, Gabriele: »Lebensmärchen«. Goethes »Dichtung und Wahrheit« als poetischer und poetologischer Text. Würzburg 2003.

Bochalli, R.: Goethes Beziehungen zur Medizin und Naturwissenschaft, zeitlich geordnet, mit besonderer Berücksichtigung von »Dichtung und Wahrheit« und Eckermanns »Gespräche mit Goethe«. In: Hippokrates 20 (1949) S. 436–443.

Bode, Wilhelm: Goethes Leben. 1749–1771: Lehrjahre. Berlin 1922.

Bowman, Derek E.: Goethe's attitude to religion in »Dichtung und Wahrheit«. In: GLL 20 (1966/67) S. 316–324.

– Goethe's style in »Dichtung und Wahrheit«. In: FMLS (1968) S. 115–124.

– Life into autobiography: a study of Goethe's »Dichtung und Wahrheit«. Bern 1971. (Zuerst Diss. Liverpool 1962/63.)

Boyle, Nicholas: Geschichtsschreibung und Autobiographik bei Goethe (1810–1817). In: GJb 110 (1993) S. 163–172.
Bracht, Edgar: Wakefield in Sesenheim. Zur Interpretation des 10. und 11. Buches von Goethes »Aus meinem Leben. Dichtung und Wahrheit«. In: Euphorion 83 (1989) S. 261–280.
Bräuning-Oktavio, Hermann: Herausgeber und Mitarbeiter der Frankfurter gelehrten Anzeigen. Tübingen 1966.
Brude-Firnau, Gisela: Aus meinem Leben: Dichtung und Wahrheit 1811–31. In: Paul-Michael Lützeler / James E. McLeod (Hrsg.): Goethes Erzählwerk: Interpretationen. Stuttgart 1985. S. 319 bis 343.
Čavčanidze, Džul'eta Leonovna: »Poezija i pravda« Gete – proizvedenie epochi romantizma [Goethes »Dichtung und Wahrheit« als ein Werk des romantischen Zeitalters]. In: Aleksandra Abramoviča Aniksta / Sergeja Vasil'eviča Turaeva (Hrsg.): Getevskie čtenija 1984 [Goethe-Studien 1984]. Moskau 1986. S. 39–55.
Diehl, Siegfried: »Dichtung und Wahrheit« (Glosse). In: Börsenblatt für den Deutschen Buchhandel. Frankfurter Ausgabe 30 (1974) Nr. 69. Beilage »Aus dem Antiquariat«. Nr. 8. S. 269.
Dorris, George E.: Goethe, Rolli and »Solitario bosco ombroso«. In: Journal of the Rutgers University Library 26 (1963) Nr. 2. S. 33–35.
Düntzer, Heinrich: Goethes »Wahrheit und Dichtung« als Quelle seines Jugendlebens. In: ZfdU 6 (1892) S. 382–424.
Dusen, Robert van: Goethe's »Dichtung und Wahrheit«. The Emergence of a Poet. In: Paul Fritz / David Williams (Hrsg.): The Triumph of Culture. Eighteenth-Century Perspectives. Toronto 1972. S. 261–275.
Edmunds, Kathryn Riley: »Nicht wie im Spiegel«: Self-Representation in Goethes »Die Leiden des jungen Werthers«, »Wilhelm Meisters Lehrjahre« and »Dichtung und Wahrheit«. Diss. Princeton 1994.
Ehrentreich, Alfred: Die Vorsprüche von »Dichtung und Wahrheit«. In: Neue Sammlung 3 (1963) S. 482–484.
Eissler, K[arl] R[obert]: Goethe. Eine psychoanalytische Studie 1775–1786. Aus dem Amerikan. übers. von Peter Fischer. In Verb. mit Wolfram Mauser und Johannes Cremerius hrsg. von Rüdiger Scholz. 2 Bde. Frankfurt a. M. 1983–85.
Ernst, Fritz: Zu Goethes »Dichtung und Wahrheit«. In: F. E.: Iphigeneia und andere Essays. München 1933. S. 118–122.
Estermann, Alfred (Hrsg.): ». . . einen Sohn Johann Wolfgang«.

Faksimile der Nummer 71/1749 der »Ordentlichen wochentlichen Franckfurter Frag- und Anzeigungs-Nachrichten«. Eingel. von A. E. Frankfurt a. M. 1980.

Fechner, Jörg-Ulrich: »Verdacht, Missdeutung pp im schwäzzenden Publikum! obgleich das eine Heerd Schwein ist...«. Zu einer »Werther«-Besprechung des »Giesser Wochenblattes« von 1775. Jahresgabe 1988/89 der Wetzlarer Goethegesellschaft. Wetzlar 1989.

Ferdinandy, Miguel de: Lo demoniaco en »Poesia y Verdad« [Das Dämonische in »Dichtung und Wahrheit«]. In: Universidad Nacional de Cuyo, Facultad de Filosofía y Letras. Goethe. 1749 – 28 de agosto – 1949. Mendoza 1949. S. 45–75.

Fierz, Jürg: Goethes Porträtierungskunst in »Dichtung und Wahrheit«. Frauenfeld 1945. (Wege zur Dichtung. 48.)

Franz, Arthur: Die literarische Porträtzeichnung in Goethes »Dichtung und Wahrheit« und in Rousseaus »Confessions«. In: DVjs 6 (1928) S. 492–512.

Freud, Sigmund: Eine Kindheitserinnerung aus »Dichtung und Wahrheit« (1917). In: S. F.: Studienausgabe. Bd. 10: Bildende Kunst und Literatur. Frankfurt a. M. [6]1977. S. 257–266.

Fues, Wolfram Malte: Individuum und Geschichte. Beobachtungen an Goethes »Dichtung und Wahrheit«. In: Wolfram Groddeck / Ulrich Stadler (Hrsg.): Physiognomie und Pathognomie. Zur literarischen Darstellung von Individualität. Festschrift für Karl Pestalozzi. Berlin 1994. S. 245–264.

Funck, Heinrich: Zum 14. Buch von »Dichtung und Wahrheit«. In: ZfdU 14 (1900) S. 732.

– Zum 14. Buch von »Dichtung und Wahrheit«. Goethes Besuch mit Lavater und Basedow im Steinschen Schloß zu Nassau. In: Archiv 142 (1921) S. 249 f.

Gärtner, Michael: Zur Psychoanalyse der literarischen Kommunikation. »Dichtung und Wahrheit« von Goethe. Würzburg 1998.

Gajek, Bernhard / Götting, Franz, unter Mitw. von Jörn Göres: Goethes Leben und Werk in Daten und Bildern. Frankfurt a. M. 1961.

Gerhard, Melitta: Goethes Sturm- und Drang-Epoche in der Sicht des alten Goethe. In: JbFDH 1970. S. 190–202.

Geulen, Hans: Goethes Kunstmärchen »Der neue Paris« und »Die neue Melusine«: ihre poetologischen Imaginationen und Spielformen. In: DVjs 59 (1985) S. 79–92.

Gilow, Hermann: Die Kunst und Technik der Charakterschilderung in Goethes »Dichtung und Wahrheit«. In: GJb 12 (1891) S. 228–244.

Gloël, Heinrich: Goethe und Lotte. Berlin 1922.

Göres, Jörn (Hrsg.): Goethes Leben in Bilddokumenten. München 1982.

Götting, Franz: Die Bibliothek von Goethes Vater. In: Nassauische Annalen. Jahrbuch des Vereins für Nassauische Altertumskunde und Geschichtsforschung 64 (1953) S. 23–69.

Golz, Jochen: Maskenfeste Goethes. Zur Lebenssituation des Dichters vor dem Aufbruch nach Weimar. In: Impulse 7 (1984) S. 32–55.

Gould, Robert: Book V of »Dichtung und Wahrheit«: a morphological analysis. In: FMLS 8 (1972) S. 120–131.

– Literary quotations and references in the Friederike and Lili episodes of »Dichtung und Wahrheit«. In: CGP 9 (1981) S. 41–71.

– »Claudine von Villa Bella« in »Dichtung und Wahrheit«: a revised view. In: CGP 10 (1982) S. 69–71.

– Obstacles to artistic development in part 4 of »Dichtung und Wahrheit«. In: CGP 12 (1984) S. 67–86.

– Spinoza and Lavater in »Dichtung und Wahrheit« and the paradoxical nature of autobiography. In: Seminar 24 (1988) S. 310 bis 343.

– The Functions of the Non-Literary Quotations in Part 4 of »Dichtung und Wahrheit«. In: GLL 44 (1990/91) S. 291–305.

Grabowsky, Adolf: Das Motto des IV. Teils von »Dichtung und Wahrheit«. In: Trivium 3 (1945) S. 241–264.

Grappin, Pierre: »Dichtung und Wahrheit« – 10. und 11. Buch. Verfahren und Ziele autobiographischer Stilisierung. In: GJb 97 (1980) S. 103–113.

Greiner, Bernhard: Dialogisches Wort als Medium autobiographischer Rede: Die »Bekenntnisse einer schönen Seele« im »Wilhelm Meister« und die Friederiken-Episode in »Dichtung und Wahrheit«. In: B. G.: Eine Art Wahnsinn. Dichtung im Horizont Kants. Studien zu Goethe und Kleist. Berlin 1994. S. 56–73.

Gwosc, Detlef: Die Historisierung des Ich – Goethes »Aus meinem Leben. Dichtung und Wahrheit« als Weg zum Epochenverständnis: Materialien zu einer Interpretation der Autobiographie. Diss. Berlin (Humboldt-Universität) 1985.

Hammer, Carl: Goethes »Dichtung und Wahrheit«. 7. Buch: Literaturgeschichte oder Bildungserlebnis? Versuch einer kritischen Wertung. Urbana 1945. (Illinois studies in language and literature. 30,1.)

Heckmann, Herbert / Michel, Walter: Diese lebhafte, sinnliche Welt. Frankfurt mit den Augen Goethes. Frankfurt a. M. 1982.

Hering, Robert: Aus dem Frankfurt des jungen Goethe nach der Francofurtensiensammlung seines Vaters. In: JbFDH 1916–1925. S. 188–230.

Herzfelder, Johannes: Goethe in der Schweiz. Leipzig 1891.

Hettche, Walter: Der junge Goethe als Taufpate. Ein bisher unbekanntes Dokument. In: JbFDH 1988. S. 57–59.

– Die Autobiographie als Sonderfall für die Kommentierung am Beispiel von Goethes »Dichtung und Wahrheit«. In: Gunter Martens (Hrsg.): Kommentierungsverfahren und Kommentarformen. Hamburger Kolloquium der Arbeitsgemeinschaft für germanistische Edition, 4. bis 7. März 1992, autor- und problembezogene Referate. Tübingen 1993. S. 141–149.

Heukenkamp, Rudolf: Problematische Künstler: Bemerkungen zu »Faust«, »Dichtung und Wahrheit« und »Torquato Tasso«. In: WB 28 (1982) H. 10. S. 124–133.

Hill, David: The Portrait of Lenz in »Dichtung und Wahrheit«: A Literary Perspective. In: David Hill (Hrsg.): Jakob Michael Reinhold Lenz. Studien zum Gesamtwerk. Opladen 1994. S. 222–231.

Hippe, Robert: Der kosmologische Mythos am Ende des 8. Buches von »Dichtung und Wahrheit«. In: GJb 96 (1979) S. 75–83.

Inbar, Eva-Maria: Goethes Lenz-Porträt. In: WW 28 (1978) S. 422 bis 429.

Jahn, Kurt: Schemata zur Fortsetzung von »Dichtung und Wahrheit«. In: GJb 28 (1907) S. 6–19.

– Goethes Dichtung und Wahrheit. Vorgeschichte, Entstehung, Kritik, Analyse. Halle a. d. S. 1908.

Jannidis, Fotis: Das Individuum und sein Jahrhundert. Eine Komponenten- und Funktionsanalyse des Begriffs »Bildung« am Beispiel von Goethes »Dichtung und Wahrheit«. Tübingen 1996.

Jantz, Harold: An enigma in Goethe's autobiography. Baroque and earlier backgrounds. In: Rezeption und Produktion zwischen 1570 und 1730. Bern/München 1972. S. 621–633.

Jung, Rudolf: Friedrich Georg Goethe, des Dichters Großvater. In: Festschrift zu Goethes 150. Geburtstagsfeier, dargebracht vom Freien Deutschen Hochstift. Frankfurt a. M. 1899. S. 209–249.

Kausch, Karl-Heinz: Goethes ›Knabenmärchen‹ »Der neue Paris« – oder ›Biographica und Aesthetica‹. In: JbDSG 24 (1980) S. 102 bis 122.

Kiesel, Helmuth: Legitimationsprobleme eines »Hofpoeten«: zu den »Versen für und gegen den Hof« in Goethes Autobiographie. In: GRM N.F. 29 (1979) S. 390–415.

Kirby, W. F.: Goethe's »New Paris«. In: PEGS 5 (1890) S. 28–42.
Kochendörffer, Karl: Goethes Glaubwürdigkeit in »Dichtung und Wahrheit«. In: Preußische Jahrbücher 66 (1890) S. 539–563.
Kramer, Olaf: Ein Leben schreiben. Goethes »Dichtung und Wahrheit« als Form autobiographischer Selbstüberredung. In: Peter D. Krause (Hrsg.): Rhetorik um 1800. Tübingen 2001. S. 117–130.
Kreuzer, Ingrid: Strukturprinzipien in Goethes Märchen. In: JbDSG 21 (1977) S. 216–246.
Kriegk, G. L.: Die Brüder Senckenberg. Eine biographische Darstellung. Nebst einem Anhang über Goethe's Jugendzeit in Frankfurt a. M. Frankfurt a. M. 1869.
Kronsbein, Joachim: Autobiographisches Erzählen: die narrativen Strukturen der Autobiographie. München 1984. (Zugleich Diss. Bielefeld 1983.)
Kuczynski, Jürgen: Probleme der Autobiographie. Berlin/Weimar 1983.
Laan, J. M. van der: Goethe's portrait of Herder in »Dichtung und Wahrheit«. In: Neophilologus 70 (1986) S. 555–562.
Levarie, Siegmund: »Soltario bosco ombroso« – eine musikalische Kindheitserinnerung Goethes. In: Goethe 19 (1957) S. 196–202.
Lillin, Andreas A.: Der junge Goethe, ein Erlebnis des Sechzigjährigen: Umwelt und Gestalt. In: Neue Literatur [Temesvar] 8 (1957) S. 51–75.
Loewen, Harry: Goethe's pietism as seen in his letters and »Dichtung und Wahrheit«. In: Brigitte Schludermann (Hrsg.): Deutung und Bedeutung. Studies in German and comparative literature presented to Karl-Werner Mauer. Den Haag 1973. S. 90–99.
Lüders, Detlev: Goethes »Dichtung und Wahrheit«. In: D. L.: Drei Goethe-Vorträge. Frankfurt a. M. 1978. S. 1–11.
Maurer, Karl: Die verschleierten Konfessionen. Zur Entstehungsgeschichte von Goethes »Werther«. (»Dichtung und Wahrheit«, 12. und 13. Buch). In: Siegfried Gutenbrunner / Hugo Moser / Walter Rehm / Heinz Rupp (Hrsg.): Die Wissenschaft von deutscher Sprache und Dichtung. Methoden, Probleme, Aufgaben. Festschrift für Friedrich Maurer zum 65. Geburtstag. Stuttgart 1963. S. 424–437.
Mayer, Hans: Goethe. »Dichtung und Wahrheit«. In: H. M.: Zur deutschen Klassik und Romantik. Pfullingen 1963. S. 93–121.
Mentzel, Elisabeth: Wolfgang und Cornelia Goethes Lehrer. Ein Beitrag zu Goethes Entwicklungsgeschichte. Nach archivalischen Quellen von E. M. Leipzig 1909.

Mentzel, Elisabeth: Goethes Vater als Vormund. In: JbFDH 1914/1915. S. 153–203.
Michel, Christoph: Cornelia in »Dichtung und Wahrheit«: Kritisches zu einem »Spiegelbild«. In: JbFDH 1979. S. 40–70.
– »Eine Ausgeburt mehr der Notwendigkeit als der Wahl« – Goethes Autobiographie und die »Metamorphose der Pflanzen«. In: Goethes Bedeutung für das Verständnis der Naturwissenschaften heute: Kolloquium; 26.–28. November 1982 (Jahresbericht des Präsidenten der Universität Bayreuth 1982). S. 197–235.
– (Hrsg.): Goethe. Sein Leben in Bildern und Texten. Frankfurt a. M. 1982.
Miki, Masayuki: Goethes Zeitbewußtsein gespiegelt in »Dichtung und Wahrheit«. In: Gête-nenkan (Goethe-Jahrbuch Tokio) 22 (1980) S. 159–176.
Mommsen, Momme: Zur Frage der Herkunft des Spruches »Nemo contra deum nisi deus ipse«. In: Goethe 13 (1951) S. 86–104.
– unter Mitw. von Katharina Mommsen: Die Entstehung von Goethes Werken in Dokumenten. 2 Bde. (Bd. 1: Abaldemus – Byron. Bd. 2: Cäcilia – Dichtung und Wahrheit.) Berlin 1958.
Moses, Stéphane: »Le Nouveau Pâris« de Goethe. In: Revue d'Allemagne 5 (1973) S. 619–637.
Müller, Klaus-Detlef: Autobiographie und Roman. Studien zur literarischen Autobiographie der Goethezeit. Tübingen 1976.
museum. Freies Deutsches Hochstift, Frankfurter Goethe-Museum. Braunschweig 1986.
Nalewski, Horst: Goethe ». . . sich selbst historisch«: ein Aspekt von »Dichtung und Wahrheit«. In: Neue Literatur [Bukarest] 33 (1982) H. 3. S. 20–34.
Niggl, Günter: Geschichte der deutschen Autobiographie im 18. Jahrhundert. Stuttgart 1977.
– Das Problem der morphologischen Lebensdeutung in Goethes »Dichtung und Wahrheit«. In: G. N.: Studien zur Literatur der Goethezeit. Berlin 2001. S. 142–156.
– Goethes Pietismus-Bild in »Dichtung und Wahrheit«. In: G. N.: Studien zur Literatur der Goethezeit. Berlin 2001. S. 157–171.
O'Brien, Mari Helene: Visions of Life, Visions of Self: The Autobiographies of Goethe and Stendhal. Diss. Chapel Hill 1991.
Oelkers, Jürgen: Die Beschränkung des Prometheus: zur Bildungstheorie in Goethes »Dichtung und Wahrheit«. In: J. O.: Die Herausforderung der Wirklichkeit durch das Subjekt: literarische

Reflexionen in pädagogischer Absicht. Weinheim/München 1985. S. 138–169, 181–184.

Pascal, Roy: Goethe's autobiography and Rousseau's »Confessions«. In: Studies in French language, literature and history, presented to R. L. Graeme Ritchie. Cambridge 1949. S. 147–162.

Paulin, Roger: »im Leben ein zweites Leben durch Poesie hervorbringen«. Bemerkungen zu Goethes biographischer Praxis in »Dichtung und Wahrheit« VII und XI. In: Konrad Feilchenfeldt (Hrsg.): Goethezeit – Zeit für Goethe. Auf den Spuren deutscher Lyriküberlieferungen in die Moderne. Festschrift für Christoph Perels zum 65. Geburtstag. Tübingen 2003. S. 99–110.

Pestalozzi, Karl: Zum Lavater-Porträt in Goethes »Dichtung und Wahrheit«. In: Wolfgang Wittkowski (Hrsg.): Goethe im Kontext: Kunst und Humanität, Naturwissenschaft und Politik von der Aufklärung bis zur Restauration; ein Symposium. Tübingen 1984. S. 283–299.

Petzsch, Hans: Äußerungen Goethes über Werk und Wert von Magnus Gottfried Lichtwer und Johann Wilhelm Ludwig Gleim in seiner Autobiographie »Aus meinem Leben – Dichtung und Wahrheit«. In: Festschrift zur 250. Wiederkehr der Geburtstage von Johann Wilhelm Ludwig Gleim und Magnus Gottfried Lichtwer. Beiträge zur deutschen Literatur des 18. Jahrhunderts. Hrsg. vom Gleimhaus. Halberstadt 1969. S. 59–64.

Plenderleith, H. Jane: An Approach to Goethe's Treatment of Religion in »Dichtung und Wahrheit«. In: GLL 46 (1993) S. 297 bis 310.

Pohle, Klaus-Rüdiger: »Aus meinem Leben. Dichtung und Wahrheit« oder Die Wiederholung des Lebens. Studien zur Altersperspektive der Geschichte der Jugend omnis vivam. Diss. Freiburg i. Br. 1979.

Prawer, Siegbert S.: Prospects and Frames: a Meditation on Visual Learning in »Dichtung und Wahrheit« to Celebrate the Foundation of the English Goethe Society on 26 February 1886. In: PEGS N. S. 56 (1987) S. 1–22.

Remak, Henry H. H.: Goethes Gretchenabenteuer und Manon Lescaut: Dichtung oder Wahrheit? In: Günter Reichenkron / Erich Haase (Hrsg.): Formen der Selbstdarstellung. Analekten zu einer Geschichte des literarischen Selbstportraits. Festgabe für Fritz Neubert. Berlin 1956. S. 379–395.

– Manon Lescaut und die Gretchenepisode in »Dichtung und

Wahrheit«: Quelle, Parallelen, Kontraste. In: Goethe 19 (1957) S. 138–154.
– Die novellistische Struktur des Gretchenabenteuers in »Dichtung und Wahrheit«. In: Paul Böckmann (Hrsg.): Stil- und Formprobleme in der Literatur. Vorträge des VII. Kongresses der Internationalen Vereinigung für moderne Sprachen und Literaturen in Heidelberg. Heidelberg 1959. S. 303–308.
Ricklefs, Jürgen: Studien zu Goethes Selbstbiographie. Diss. Jena 1924.
Roethe, Gustav: Zur Feier von Goethes Geburtstag. »Dichtung und Wahrheit«. In: Berichte des Freien Deutschen Hochstifts N. F. 17 (1901) S. 1–25.
Ruppert, Hans: Goethes Bibliothek. Katalog. Weimar 1958.
Schanze, Helmut: Goethe: »Dichtung und Wahrheit«, 7. Buch. Prinzipien und Probleme einer Literaturgeschichte des 18. Jahrhunderts. In: GRM N. F. 24 (1974) S. 44–56.
Scheibe, Siegfried: »Nemo contra deum nisi deus ipse«. Goethes Motto zum vierten Teil von »Dichtung und Wahrheit«? In: Goethe 26 (1964) S. 320–324.
– Das Vorwort zum dritten Teil von Goethes »Dichtung und Wahrheit«. In: Forschungen und Fortschritte 4 (1967) S. 307–310.
– »Un sac, rempli de petits chiffons de papier«. Zu den Papiertaschen von »Dichtung und Wahrheit« und dem frühen »Faust«. In: Goethe 29 (1967) S. 166–190.
Scheibe, Siegfried: Der 4. Teil von »Dichtung und Wahrheit«. Zu Entstehungsgeschichte und Textgestalt. In: Goethe 30 (1968) S. 87–115.
Schieder, Theodor: Der junge Goethe im alten Reich: historische Fragmente aus »Dichtung und Wahrheit«. In: Peter Berglar (Hrsg.): Staat und Gesellschaft im Zeitalter Goethes. Festschrift für Hans Tümmler. Köln/Wien 1977. S. 131–145.
Schmidt, Jochen: Die Geschichte des Genie-Gedankens in der deutschen Literatur, Philosophie und Politik. Bd. 1: Von der Aufklärung bis zum Idealismus. Darmstadt ²1988.
Schnur, Harald: Identität und autobiographische Darstellung in Goethes »Dichtung und Wahrheit«. In: JbFDH 1990. S. 28 bis 93.
Schöne, Albrecht: Götterzeichen Liebeszauber Satanskult. Neue Einblicke in alte Goethetexte. München 1982.
Schubart, Martin: François de Théas, Comte de Thoranc. Goethes Königslieutenant. Mitteilungen und Beiträge. München 1896.

Schüz, Monika: Die Autobiographie als Kunstwerk. Vergleichende Untersuchungen zu Dichter-Autobiographien im Zeitalter Goethes. Diss. Kiel 1963.

Schulz, Günter: Goethes Einsicht in den geselligen Lebensprozeß. Seele und Gesellschaft in »Dichtung und Wahrheit«. Bonn 1938.

Seitz, Erwin: Talent und Geschichte. Goethe in seiner Autobiographie. Stuttgart 1996.

Sieber, Siegfried: Goethes Quellen und seine Darstellung der Krönung Josefs II. In: ChrWGV 28 (1914) S. 11–14.

Sommerfeld, Martin: Jean Jacques Rousseaus »Bekenntnisse« und Goethes »Dichtung und Wahrheit«. In: M. S.: Goethe in Umwelt und Folgezeit. Leiden 1935. S. 9–35.

Spranger, Eduard: Goethe über sich selbst. In: DVjs 23 (1949) S. 358–379.

Sprecher, Thomas: Felix Krull und Goethe: Thomas Manns »Bekenntnisse« als Parodie auf »Dichtung und Wahrheit«. Bern / Frankfurt a. M. / New York 1985.

Steiger, Robert: Goethes Leben von Tag zu Tag. Eine dokumentarische Chronik. [Bd. 1–8 ersch.] Zürich 1982 ff.

Stentzel, Eva: Der Entwicklungsgedanke in Goethes »Dichtung und Wahrheit«. Leipzig 1936.

Stern, Martin: Autobiographie als Medium der Introspektion: zur textstrukturierenden Wirkung von Schuldgefühlen in Goethes »Dichtung und Wahrheit«. In: Therese Wagner-Simon / Gaetano Benedetti (Hrsg.): Sich selbst erkennen. Modelle der Introspektion. Göttingen 1982. S. 175–197.

– »Wie kann man sich selbst kennen lernen?« Gedanken zu Goethes Autobiographie. In: GJb 101 (1984) S. 269–281.

Stolte, Heinz: Humanismus in der klassischen Selbstdarstellung Goethes. In: Schöpferische Gegenwart 2 (1949) S. 509–516.

Stricker, Wilhelm: Frankfurter Anmerkungen zu Goethe's: »Aus meinem Leben. Dichtung und Wahrheit«. In: Minerva N. F. 1 (1858) S. 474–494; 2 (1858) S. 74–84, 470–482.

– Goethe's Beziehungen zu seiner Vaterstadt. Ein Commentar zu »Wahrheit und Dichtung« 1749–1775. Supplement zu Goethe's Werken. Frankfurt a. M. 1862.

– Die Ärzte in Goethe's Jugendgeschichte. Medicinisch-biographische Erläuterungen zu »Wahrheit und Dichtung« Buch 1–20. In: W. S.: Beiträge zur ärztlichen Culturgeschichte. Frankfurt a. M. 1865. S. 1–22.

Stüssel, Kerstin: Poetische Ausbildung und dichterisches Handeln: Poetik und autobiographisches Schreiben im 18. und beginnenden 19. Jahrhundert. Tübingen 1993.

Stull, Heidi I.: The evolution of the autobiography from 1770–1850: a comparative study and analysis. Bern / Frankfurt a. M. / New York 1985.

Szávai, János: Poetry and reality: Johann Wolfgang Goethe. In: J. S.: The autobiography. Budapest 1984. S. 45–52.

Telle, Joachim: Zum Opus mago-cabbalisticum et theosophicum von Georg von Welling. In: Euphorion 77 (1983) S. 359–379.

Traumann, Ernst: Goethes Sesenheimer Märchen. Eine Untersuchung von Dichtung und Wahrheit seiner Bekenntnisse. In: Das literarische Echo 25 (1922/23) S. 203–208.

Vincent, Deirde: Text as image and self-image. The contextualization of Goethe's »Dichtung und Wahrheit« (1810–1813). In: Goethe Yearbook 10 (2001) S. 125–153.

Voelcker, Heinrich: Goethestätten in Frankfurt a. M. 1. Der Schauplatz von Goethes Knabenmärchen »Der neue Paris«. In: Alt-Frankfurt N. F. 3 (1930) S. 97–99.

– (Hrsg.): Die Stadt Goethes. Frankfurt am Main im 18. Jahrhundert. Frankfurt a. M. 1932.

Vogel, Julius: Goethes Leipziger Studentenjahre. Bilder und Erläuterungen zu Dichtung und Wahrheit. Leipzig [3]1909.

Walheim, Alfred: Die drei Frauenzimmer im Knabenmärchen. In: ChrWGV 48/50 (1946) S. 99 f.

Walz, John Albrecht: The origin of the word »Räzel« in Goethe's »Dichtung und Wahrheit«. In: MLN 15 (1900) S. 409–412.

Walz, John Albrecht: »Einen Hasen laufen lassen« in Goethe's »Dichtung und Wahrheit«. In: MLN 23 (1908) S. 211 f.

Weineck, Ernst: Goethes pädagogische Gedanken in »Dichtung und Wahrheit«. Diss. Leipzig 1911.

Wessollek, Peter: Der Begriff »Gehalt« in Goethes Autobiographie »Dichtung und Wahrheit«. In: M. Broekman / Jan Knopf (Hrsg.): Konkrete Reflexion. Festschrift für Hermann Wein zum 60. Geburtstag. Den Haag 1975. S. 196–206.

Witte, Bernd: Autobiographie als Poetik: zur Kunstgestalt von Goethes »Dichtung und Wahrheit«. In: NR 89 (1978) S. 384–401.

Wolf, Ruth: »Alles Vergängliche ist nur ein Gleichnis«: Metamorfoses en spiegelingen in Goethes »Dichtung und Wahrheit«. In: Maatstaf 36 (1988) S. 183–197.

Zatonskij, Dmitrij Vladimirovič: Die Entwicklungsidee in Goethes »Dichtung und Wahrheit«. In: GJb 99 (1982) S. 105–116.

Zatonskij, Dimitrij Vladimirovič: Preljudija: ideja razvitija v »Poezii i pravde« Gete [Präludium: die Idee der Entwicklung in Goethes »Dichtung und Wahrheit«]. In: D. V. Z.: Evropejskij realizm XIX v.: lini i liki. Kiew 1984. S. 26–48.

Nachwort

In einem der ersten Briefe, die Zeugnis von der Arbeit an *Dichtung und Wahrheit* ablegen, bittet Goethe Bettine Brentano um ihre »Beihülfe«, um »Märchen und Anekdoten« aus seiner Jugend, die sie von seiner Mutter gehört hat und überhaupt um alles, »was sich auf mich und die Meinigen bezieht«. Er sei nämlich, so heißt es in diesem Brief vom 25. Oktober 1810, »im Begriff«, seine »Bekenntnisse zu schreiben, daraus mag nun ein Roman oder eine Geschichte werden, das läßt sich nicht voraussehn«. Daß die Lebensbeschreibung schließlich in der Tat eine Mischform aus den drei genannten Gattungen, aus Bekenntnissen – der seit Augustinus traditionellen autobiographischen Form –, aus literarisch gestaltetem Roman und auf historische Exaktheit bedachter Geschichtsschreibung geworden ist, liegt indessen nicht, wie der Satz im Brief an Bettine vermuten lassen könnte, an einer Unsicherheit oder Unentschlossenheit ihres Autors hinsichtlich der zu wählenden Behandlungsart, sondern am Gegenstand selbst. Darüber ist Goethe sich durchaus im klaren, wenn er im Vorwort zu *Dichtung und Wahrheit* von der »halb poetischen, halb historischen Behandlung« (S. 10) der Lebensgeschichte spricht und wenn er in Briefen und Gesprächen gelegentlich feststellt, daß er sich im Alter – zumal seit dem Tod Schillers 1805 – selbst historisch zu werden beginne. Es ist kein Hang zur Selbstmonumentalisierung eines berühmten Autors, der darin zum Ausdruck kommt, sondern vielmehr die Erkenntnis der eigenen Geschichtlichkeit, des Verflochtenseins in ein historisches Kontinuum – eine Erkenntnis, die vor allem auf Goethes naturwissenschaftliche Tätigkeit zurückzuführen ist. Damit sind nicht nur diejenigen Studien gemeint, mit denen er sich gerade zur Entstehungszeit von *Dichtung und Wahrheit* befaßt – das Tagebuch dokumentiert die gleichzeitige Beschäftigung mit der Geschichte der Farbenlehre und dem »Biographischen Schema«

im Oktober und November 1809 –, sondern ein Denken, das in allen Lebensbereichen von der Naturwissenschaft geprägt ist. Nach der Französischen Revolution, die Goethe vor allem als die Zerstörung einer grundsätzlich für sinnvoll gehaltenen Ordnung begriff – das »schrecklichste aller Ereignisse«, wie er in dem Aufsatz *Bedeutende Fördernis durch ein einziges geistreiches Wort* (1823) schreibt –, wurden ihm die Ordnungen der Natur und deren Erforschung zum Orientierungsrahmen und zum Erklärungsmuster auch für historische, politische und private Ereignisse und Zusammenhänge. Insofern ist die enge Beziehung zwischen den naturwissenschaftlichen Arbeiten und den autobiographischen Werken, die sich etwa darin äußert, daß Teile der naturwissenschaftlichen Schriften durch autobiographische Texte wie *Der Verfasser teilt die Geschichte seiner botanischen Studien mit, Das Unternehmen wird entschuldigt, Der Inhalt bevorwortet, Schicksal der Handschrift* erläutert, eingeleitet oder kommentiert werden, auch so zu verstehen, daß nicht nur die autobiographischen Teile die naturwissenschaftlichen Studien und deren Entstehung erklären, sondern daß umgekehrt gerade die aus der Naturforschung gewonnenen Erkenntnisse zum Verständnis der Entwicklung des eigenen Lebens beitragen.

Diese Vorgehensweise – man spricht in der Forschung von Goethes »Autobiographik« – ist auch in *Dichtung und Wahrheit* wirksam. Dort ist von Naturwissenschaften wenig die Rede, weil die Naturforschung im behandelten Zeitraum bis 1775 keine wesentliche Rolle spielte. Gerade deshalb werden aber die aus der Naturwissenschaft abgeleiteten Denkformen, welche die Darstellung des eigenen Lebensganges strukturieren, besonders deutlich sichtbar. Im Vorwort zum 3. Teil, das Goethe nicht in die Buchausgabe aufgenommen hat, spricht er in aufschlußreicher Weise von den »Gesetzen«, nach denen er die ersten drei Teile der Autobiographie zu »bilden« dachte, Gesetzen, »wovon uns die Metamorphose der Pflanzen belehrt«. Deren Anwendung auf die Darstellungsweise der eigenen Lebensgeschichte ist kein beliebiges

Übertragen einer naturwissenschaftlichen Begrifflichkeit auf einen Gegenstand, der im Grunde nichts mit der Metamorphose der Pflanzen zu tun hat. Die naturwissenschaftliche Vorgehensweise ist vielmehr genau den Gesetzmäßigkeiten angemessen, die Goethe im eigenen Leben – wie im Lebendigen überhaupt – beobachtet: der »stufenweisen Bildung« vom Kind zum Mann, die zunächst der Entwicklung vom Keim zur Pflanze zu entsprechen scheint. Im 1. Teil der Autobiographie »sollte das Kind nach allen Seiten zarte Wurzeln treiben und nur wenig Keimblätter entwickeln. Im zweiten der Knabe mit lebhafterem Grün stufenweis mannigfaltiger gebildete Zweige treiben, und dieser belebte Stengel sollte nun im dritten Bande ähren- und rispenweis zur Blüte hineilen und den hoffnungsvollen Jüngling darstellen.« In den »Urworten. Orphisch« wird diese Vorstellung später als »Geprägte Form, die lebend sich entwickelt« erneut thematisiert – in einem Gedicht, das Goethe bezeichnenderweise in den 1. Band der *Hefte zur Morphologie* aufgenommen hat.

Zu der Erkenntnis, daß sich das eigene Leben nicht singulär und losgelöst von den naturgesetzlichen Bedingungen entwickelt, sondern Teil eines Ganzen, Mikrokosmos im Makrokosmos ist, tritt jedoch in der Autobiographie das soziale Moment, das die rein morphologische Deutung des Lebens zu einer anthropologischen erweitert. Goethe betont dies im Vorwort zu *Dichtung und Wahrheit*, wenn er von der Wechselbeziehung zwischen Ich und Welt in den »Zeitverhältnissen« spricht, von der »Bildung« (S. 9) – wie »Entwicklung« zunächst ein Begriff der Botanik! –, die sowohl von außen beeinflußt wird als auch ihrerseits nach außen wirkt. Schon in der Rezension der *Bildnisse jetzt lebender Berliner Gelehrten* (1806) spricht Goethe von der »doppelten Pflicht« der Selbstbiographen, »nicht zu verschweigen, was von außen, es sei nun als Person oder Begebenheit, auf sie gewirkt, aber auch nicht in Schatten zu stellen, was sie selbst geleistet, von ihren Arbeiten, von deren Gelingen und Einfluß mit Behaglichkeit zu sprechen«. Das Gewicht, das

Goethe gleichermaßen auf das morphologische wie das soziale Element legt, auf die Schilderung des Werdenden aus der Sicht des Gewordenen, bedingt in *Dichtung und Wahrheit* jene Mischform der Darstellung, von der er im Brief an Bettine schon andeutungsweise gesprochen hat. Eine Aufspaltung der eigenen Person in den aus der historischen Distanz erzählenden Autobiographen auf der einen und den Gegenstand des Erzählens auf der anderen Seite ist für den ganzheitlich denkenden Goethe unmöglich. »Teilen kann ich nicht das Leben, / Nicht das Innen, noch das Außen, / Allen muß das Ganze geben«, heißt es in den *Zahmen Xenien*: Der Autobiograph ist gleichzeitig Subjekt und Objekt seines Tuns und eben darum gar nicht in der Lage, über sich selbst mit der Sachlichkeit des Historikers zu urteilen. »Innerhalb einer Epoche gibt es keinen Standpunkt, eine Epoche zu betrachten« – diese Einsicht in den *Maximen und Reflexionen* gilt auch für das eigene Leben, und so ist Goethe gerade auf das ›Romanhafte‹, auf die dichterischen Mittel angewiesen, mit denen allein das »Grundwahre«, von dem er im Brief an Ludwig I. von Bayern (17. Dezember 1829) spricht, aus dem Lebensgang destilliert und dargestellt werden kann. Die eigene Deutung der Kindheit und Jugend, gefiltert durch die Erfahrungen vieler Jahrzehnte, ist auch durch Dokumente und Berichte von Zeitgenossen – die im übrigen ja auch ihrerseits deuten und werten – nicht auszuschalten oder wesentlich zu objektivieren, und es ist nur konsequent, wenn Goethe auf diesen Umstand mit Nachdruck hinweist und das deutende und ordnende Eingreifen in die Lebensgeschichte nicht leugnet, sondern als die ›Dichtung‹, die zur ›Wahrheit‹ der Darstellung tritt, gerade zum Prinzip seiner Autobiographik erhebt. Die Gegenüberstellung der zeitgenössischen Dokumente – Briefe, Tagebücher und Gespräche Goethes und seiner Zeitgenossen – und der Schilderungen in *Dichtung und Wahrheit* ermöglicht es, die Bedeutung des Elements der ›Dichtung‹ und dessen Funktion zu erkennen und zu bewerten.

Daß Goethe dem Anteil der ›Dichtung‹ eine besondere Bedeutung beimißt, heißt indessen nicht, daß er mit der historischen ›Wahrheit‹ nachlässig umgeht. Schon das »Biographische Schema« von 1809 stellt ja den Versuch dar, mittels eines Gerüstes historischer Daten Ordnung in die Lebens- und Weltgeschichte dieser Jahrzehnte zu bringen, und es ist kein Zufall, daß das Schema nicht mit der Geburt des Autors beginnt, sondern mit einem politischen Ereignis, nämlich der Krönung Kaiser Karls VII. im Jahre 1742. Goethe verzeichnet in diesem Schema eine Fülle geschichtlicher Fakten, die freilich später in der Autobiographie nicht mehr in dem Maße berücksichtigt werden, wie es zunächst geplant war. Wie die erste Konzeption der Autobiographie Goethes ganzes Leben bis zum Zeitpunkt der Niederschrift des Schemas – 1809 – umfaßte, so sollte offenkundig die allgemeine geschichtliche und politische Entwicklung weit ausführlicher dargestellt und zum eigenen Lebensgang in Beziehung gesetzt werden, als es dann, einhergehend mit der Beschränkung auf die Jahre von 1749 bis 1775, tatsächlich geschehen ist.

Dennoch gehen während der Arbeit an *Dichtung und Wahrheit* zahllose Briefe an Zeitgenossen, die Dokumente aus Goethes Jugendzeit einsehen sollen, die um Bestätigung vager Erinnerungen oder um Zusendung von Gegenständen gebeten werden, welche Goethe eine anschauliche Schilderung beispielsweise der Zeremonien einer Kaiserkrönung in Frankfurt gestatten. Goethe selbst konsultiert immer wieder Lexika, die ihm die Biographien seiner Zeitgenossen, seiner Lehrer und flüchtigen Bekannten ins Gedächtnis rufen, studiert die literarischen Werke der Jugendfreunde aus der Epoche des Sturm und Drang und diejenigen der großen Vorbilder, und wenn, was selten genug vorkommt, Dokumente von seiner eigenen Hand aus dem betreffenden Lebensabschnitt erhalten geblieben sind, macht Goethe gerne von ihnen Gebrauch. In solchen Fällen kann man das Moment der ›Dichtung‹ sehr genau von der historischen ›Wahrheit‹ trennen, wie am Tagebuch der ersten Schweizer Reise im Jahre 1775 gut zu beobachten ist.

Diese Möglichkeit des Vergleichs der überlieferten Dokumente mit den darauf aufbauenden Darstellungen in *Dichtung und Wahrheit* versetzt den heutigen Leser der Autobiographie in die Lage, Goethes Absichten in vielen Punkten genauer zu erkennen, als es die Zeitgenossen des Autors vermochten. Das trifft besonders auf diejenigen Partien des Werkes zu, in denen Goethe Jugendfreunde vorstellt, mit denen er sich später – und das bedeutet nicht unbedingt erst im Alter, sondern oft nur wenige Jahre nach der geschilderten Epoche bis 1775 – überworfen hat. Man hat oft bewundert, mit welcher Wärme und Noblesse Goethe von Friedrich Heinrich Jacobi spricht, von Klopstock und von Lavater, und in der Tat würde ein Zeitgenosse Goethes, der etwa die ausführliche Charakteristik Lavaters in *Dichtung und Wahrheit* liest, die Härte und Radikalität des Bruchs von 1783 kaum für möglich halten, die im Brief Goethes an Charlotte von Stein vom 21. Juli 1786 deutlich wird. Wer jedoch Äußerungen Goethes über Lavater aus dieser Zeit kennt, wird in *Dichtung und Wahrheit* an vielen Stellen die Doppeldeutigkeit und die ironische Distanz bemerken, mit der Goethe bei aller anscheinend gewahrten Objektivität die Kritik an Lavater im Grunde deutlicher und pointierter ausspricht als in den Briefen aus der Zeit der Abkehr von dem einstigen ›Herzbruder‹. In *Dichtung und Wahrheit* wird solche Kritik vor allem im 18. und 19. Buch geübt, in Passagen, in denen Goethes naturwissenschaftliches Denken in den Vordergrund tritt wie nirgends sonst in dieser Autobiographie. Von Lavaters *Physiognomischen Fragmenten* ist dort die Rede, und Goethe gibt eine ausführliche Charakteristik der Vorgehensweise Lavaters in diesem Werk, die sich von seiner eigenen Wissenschaftsbetrachtung, wie sie sich seit Beginn der achtziger Jahre entwickelt hat, grundsätzlich unterscheidet. Dabei kommt es auf die Inhalte der Studien Lavaters hier erst in zweiter Linie an. Wichtig ist in diesem Zusammenhang Lavaters Methode, die in den Augen Goethes keine ist. Lavater stellt, so urteilt Goethe, nur Einzelbeobachtungen nebeneinander, während Goethe stets die organische Verknüpfung der Teile mit dem Ganzen im Blick hat, eine Verknüpfung, die sowohl an den Gegenständen der Untersuchung zu beobachten als auch in deren wissenschaftlicher Aufarbeitung und Darbietung zu beachten ist. All dies vermißt Goethe in Lavaters Werk. Das Bezeichnende und für das Verständnis der Autobiographie Wichtige an Goethes Darstellung dieser Art der unmethodischen, vorwissenschaftlichen Naturforschung ist nun, daß Goethe zunächst allgemein und distanziert die Unterschiede zwischen der Vorgehensweise Lavaters und der eigenen beschreibt, dann aber Lavater selbst das Wort läßt und seitenlang aus den *Physiognomischen Fragmenten* zitiert – einerseits, um die beiden Brüder Stolberg, von denen er sich im Alter auch entfremdet hatte, nicht selbst charakterisieren zu müssen, andererseits aber vor allem, um Lavater und seine Pseudowissenschaft so offen und schonungslos vorzuführen, wie es die gröbste Polemik nicht vermocht hätte. Daß das Zitat der Lavaterschen Charakteristik der Brüder Stolberg in *Dichtung und Wahrheit*, das diese Passagen als Äußerungen Goethes erscheinen ließ, die negative Beurteilung besonders Friedrich Leopold Stolbergs in der germanistischen Literaturgeschichtsschreibung mit verursacht hat, gehört zu den verhängnisvollen Nebenwirkungen dieses Abschnittes, der sich weit mehr gegen Lavater als gegen die Stolbergs richtet. Diese Radikalität der Kritik an Lavater wird demjenigen Leser nicht völlig deutlich, der das Ausmaß der Entfremdung zwischen Goethe und Lavater nicht aus erster Hand, also aus Goethes Briefen der Jahre nach 1782 kennt. Mit dem Wissen um die tatsächliche Schärfe der Auseinandersetzung wird jedoch das Prinzip der ›Dichtung‹ erst richtig sichtbar, hier in Gestalt einer nachträglichen Sinnstiftung, einer aus der Sicht des Alters den Wirren der Jugendjahre gegebenen Harmonie und Einheitlichkeit, die der Jugend gewiß nicht in dem Maße eignete, wie Goethe in *Dichtung und Wahrheit* glaubhaft zu machen versucht. Der harte Konflikt mit Lavater beispielsweise bleibt ja vor allem deshalb unerwähnt – übrigens auch schon im »Biographischen Schema« –, weil Goethe selbst an den *Physiognomischen Fragmenten* mitgearbeitet hat, und zwar intensiver, als die Schilderung in *Dichtung und Wahrheit* erkennen läßt. Solche Harmonisierungsversuche werden in Fällen wie der Beziehung zu Lavater besonders offenkundig, weil die Brüche in dieser künstlichen Harmonie immer sichtbar sind.

Auch für andere Aspekte der Autobiographie trifft dies zu. Die Art, wie Goethe die Epoche des Sturm und Drang behandelt und beurteilt, zeigt ebenso wie die Lavater-Partien das Bemühen um eine harmonisierende Umwertung des Erlebten. Von den eigenen Dichtungen aus dieser Zeit spricht Goethe – wenn überhaupt – mit deutlicher Distanz, ja Herablassung, etwa, wenn er ein Gedicht, das uns heute als eine Perle der Lyrik um 1770 erscheint – »Wandrers Sturmlied« –, als »Halbunsinn« (S. 559) bezeichnet oder die Entstehung anderer Hymnen dieser Zeit als Ergebnis exzessiven Rotweingenusses darstellt. Andere Werke dieser Epoche, wie *Stella*, bleiben gänzlich unerwähnt, und daß man viel über die Arbeit am *Faust* erfährt, wird man auch nicht behaupten können. Gerade im Zusammenhang mit einer späteren Stufe der Faust-Dichtung spricht Goethe jedoch in einer Unterhaltung mit Johann Daniel Falk einen Gedanken aus, der auch Aufschluß über die Gründe für die befremdliche Reserviertheit gegenüber den bedeutenden Jugendwerken gibt. Von dem »Walpurgissack« und den verworfenen Teilen des *Faust*, die darin aufbewahrt werden, ist dort die Rede, und Falk überliefert Goethes Worte: »Es brennt da unten ein unverlöschliches Fegefeuer, was, wenn es um sich greift, weder Freund noch Feind verschont. Ich wenigstens will niemand raten, ihm allzu nahe zu kommen: ich fürchte mich selbst davor.« Eine solche – durch die Erfahrung der Französischen Revolution verschärfte – Furcht vor der überwunden geglaubten Phase des Sturm und Drang und der damals entstandenen Dichtungen, vor dem Ungebundenen und Gesetzlosen der Werke dieser Zeit ist es auch, die Goethe zu der ablehnenden und literaturhistorisch gesehen ganz ungerechten Behandlung oder eben Nichtbehandlung seines Anteils daran bewogen hat. Daraus erklärt sich im übrigen auch die Abneigung gegenüber der romantischen Dichtung, deren literaturgeschichtliche Wurzeln Goethe durchaus richtig in der Epoche des Sturm und Drang lokalisierte. An Zelter schreibt er am 30. Oktober 1808: »Deswegen bringen mich auch ein halb Dutzend jüngere poetische Talente zur Verzweiflung, die bei außerordentlichen Naturanlagen schwerlich viel machen werden was mich erfreuen kann [. . .] alles geht durchaus ins Form- und Charakterlose. Kein Mensch will begreifen, daß die höchste und einzige Operation der Natur und Kunst die Gestaltung sei, und in der Gestalt die Spezifikation, damit jedes ein besonderes Bedeutendes werde, sei und bleibe.« An solchen Maßstäben gemessen, mußten Goethe auch die eigenen Frühwerke mehr oder minder unerträglich erscheinen.

Die Sehnsucht nach Formung und Gestaltung, nach Gesetz und Bindung, wie sie sich in Briefen wie diesem und in der Bewertung der Jugendwerke in *Dichtung und Wahrheit* äußert, hat ihrerseits biographische Gründe. Das erste Jahrzehnt des 19. Jahrhunderts war für Goethe eine Phase der Krisen, der Orientierungslosigkeit und der persönlichen Verluste: 1805 war Schiller gestorben, 1807 die Herzogin Anna Amalia, 1808 seine Mutter; 1806 brachten die Folgen der preußischen Niederlage bei Jena und Auerstedt Aufregung und Unordnung in die so gesichert scheinende kleine Welt im Haus am Frauenplan – all dies bewirkte eine tiefe Verstörung, die sich auch in den Briefen niederschlägt. Goethe versucht in dieser Zeit, in der er, wie er im Brief an Zelter vom 1. Juni 1809 sagt, »selbst zum Schreiben [. . .] wenig Lust« verspürt, sich wie so oft in seinem Leben »durch innere Tätigkeit« zu beruhigen und zu festigen (an Knebel am 5. November 1806), und zwar zum einen durch naturwissenschaftliche Beschäftigung – namentlich die *Farbenlehre* entsteht in diesen Jahren –, zum andern aber durch die Reflexion über das eigene Leben, das durch den Tod nahestehender Menschen und durch die politischen Wirren plötzlich als gefährdet erfahren wird. Daß Goethe bei dem Unternehmen einer Rekapitulation des eigenen Lebensganges, das durch solche Krisen motiviert und gleichzeitig als deren Diätetikum konzipiert ist, die Jugendjahre – die ja keineswegs ohne mindestens ebenso tiefgehende Erschütterungen geblieben waren – als eine Epoche der geordneten und planvoll verlaufenden »stufenweisen« Entwicklung deutete, in der die nicht zu verschweigenden Gefährdungen nur als Krisen im Sinne der Medizin in Erscheinung treten, als für den Heilungs- und Entwicklungsprozeß notwendige und rasch vorübergehende ›Fieberphasen‹ – diese Verfahrensweise erscheint vor dem Hintergrund der Entstehungssituation der Autobiographie so verständlich wie folgerichtig.

Der interpretierende Eingriff in die lebensgeschichtlichen Zusammenhänge bleibt indessen nicht auf die Darstellung des eigenen Lebens begrenzt. Auch die Behandlung der historischen Begebenheiten der Mitte des 18. Jahrhunderts ist erkennbar von der politischen Lage nach 1806 und von Goethes Stellung zu dieser Situation geprägt. Niedergeschrieben in einer Zeit, als das alte Reich längst zu bestehen aufgehört hatte, aber gleichwohl unter dem Eindruck französischer Besatzung wie ein großer Teil der zu schildernden Jugendepoche, zeigt die Auseinandersetzung mit den Ereignissen der Jahre zwischen 1756 und 1763 deutliche Spuren der politischen, frankreichfreundlichen Auffassungen des alten Goethe – ein Blickwinkel, der beispielsweise die Schilderungen der politischen Streitigkeiten der Familien Textor und Goethe bestimmt, wenn Goethe insbesondere im Zusammenhang mit der Schlacht bei Bergen im 3. Buch, vor allem aber bei der Beschreibung des Krönungsmahls im 5. Buch den Eindruck erweckt, als sei um die Mitte des 18. Jahrhunderts das Ende des Heiligen Römischen Reiches Deutscher Nation schon angelegt und auch im Bewußtsein der Menschen bereits vorgeahnt gewesen. Daß der Reichsgedanke damals keineswegs schon so gefährdet und fragwürdig war, wie man angesichts der Schilderungen Goethes vermuten könnte, zeigt sich beispielhaft an der nur an der Oberfläche widersprüchlich erscheinenden politischen Einstellung seines Vaters: Dessen Parteinahme für den Preußenkönig Friedrich II. bedeutet keine Abkehr von Kaiser und Reich; sie wurde von Johann Caspar Goethe im Gegenteil durchaus als Kaisertreue empfunden, denn Kaiser Karl VII., von dem Goethes Vater seinen Ratstitel erhalten hatte, verdankte seine Inthronisation im Jahre 1742 eben auch dem preußischen König und Kurfürsten von Brandenburg, Friedrich II. Die Haltung des Rats Goethe läßt sich viel eher als anti-französisch denn als propreußisch begreifen. Nur so ist die heftige Kontroverse mit seinem Schwiegervater, dem Stadtschultheißen Textor, zu verstehen, der – wie damals nicht nur hinter vorgehaltener Hand gemunkelt wurde – mit anderen Ratsherren der Besetzung Frankfurts zugestimmt hat.

Die franzosenfeindliche Einstellung des Vaters, die Goethe in der grandiosen Streitszene mit dem Königsleutnant Thoranc im 3. Buch mit drastischer Offenheit auf der Bühne des Treppenhauses im Großen Hirschgraben zur Aufführung bringt, eröffnet in ihrem klaren Gegensatz zur frankophilen Haltung des Erzählers eine weitere Perspektive, unter der Goethes Darstellung seiner Jugend gesehen werden will. In einem von Betty Jacobi überlieferten Gespräch vom Mai 1774 erregt sich Goethe über Wieland und ruft: »Just, just so spricht mein Vater; die nämliche Händel, die ich mit diesem in politischen Sachen habe, hab' ich mit Wieland in diesen Punkten. Der Vater-Ton! der ist's just, der mich aufgebracht hat.« Die Auseinandersetzung mit dem Vater, die Goethe in und mit der Autobiographie austrägt, ist ähnlich motiviert wie die Abwertung des Sturm und Drang in allen seinen Erscheinungsformen. Es sind weniger die Inhalte der »Händel«, die Goethe zu den harschen, oft boshaften Äußerungen über den Vater bewogen haben, die sich in *Dichtung und*

Wahrheit allenthalben finden; solche Differenzen zwischen Vater und Sohn sind ja nicht eben ungewöhnlich und können kaum allein die schroffe Ablehnung fast aller Eigenschaften, Interessen und Beschäftigungen des Vaters veranlaßt haben, die das Porträt des Kaiserlichen Rates in *Dichtung und Wahrheit* prägt. Es ist hier wie im Falle der Bewertung des Sturm und Drang eine Furcht vor der Wiederkehr dieses »Vater-Tons«, der Pedanterie und Verschlossenheit, die Goethe gerade in den Jahren seit 1805, in der Entstehungszeit der Autobiographie, auch an sich selbst beobachtet oder zumindest gespürt haben muß: sei es die Verständnislosigkeit gegenüber wichtigen Strömungen der zeitgenössischen Literatur und Musik, die ihn ähnlich befremdeten wie seinerzeit Klopstocks *Messias* den Vater, seien es die »verjährten Liebhabereien« (S. 541), als die seine naturwissenschaftlichen Studien den Zeitgenossen erschienen – man denke nur an Heinrich von Kleists spöttisches Epigramm über Goethes Beschäftigung mit der Optik –, sei es schließlich die ähnliche Konstellation der Ehe mit einer jeweils wesentlich jüngeren lebenslustigen Frau. Die Ähnlichkeiten zwischen den eigenen Lebensumständen und -gewohnheiten und denen des Vaters schienen jedenfalls bedrohlich genug, und die Charakteristik des Vaters in *Dichtung und Wahrheit* verfolgt die doppelte Absicht, das eigene Wesen auf das Erbteil des Vaters zurückzuführen – wie Goethe es ja auch in jenem vielzitierten »Zahmen Xenion« tut, in dem er »des Lebens ernstes Führen« als vom Vater kommend deutet – und zum andern die eigenen geheimrätlichen Verschrobenheiten zu verdrängen und auf den Vater zu projizieren. Das ist um so auffälliger, als Johann Caspar Goethe bei aller Strenge, die sein Sohn kritisiert und freilich auch nicht völlig aus der Luft gegriffen hat, ein durchaus großherziger und liebevoller Familienvater gewesen sein muß. So jedenfalls erscheint er in seinem Haushaltungsbuch, wo auf vielen hundert Seiten immer wieder Ausgaben für Geschenke an die Ehefrau, die »Geburtstagsbrezeln« der Kinder, für Ausflüge mit der Kutsche und für Gesellschaften im Haus am Hirschgraben verzeichnet sind, ganz zu schweigen von den Zuwendungen an die armen Verwandten in Friedberg, an die Dienstboten und Mägde und an die Armen der Stadt, regelmäßig jeden Monat, so daß sie schlicht als die »monatlichen Greisinnen« geführt werden.

Zu den Motiven, die zu der negativen Darstellung des Vaters geführt haben, tritt indessen ein weiterer Umstand, der über die Person des Vaters hinausweist auf die Lebensbedingungen im Elternhaus und in der Vaterstadt überhaupt. Es fällt auf, daß auch die im Vergleich zum Vater ungleich lebensvollere und fröhlichere Mutter in *Dichtung und Wahrheit* merkwürdig blaß und papieren wirkt. Die kaum verschleierte Distanz ist jedoch nicht nur auf das fiktionale Element der Autobiographie zurückzuführen: Auch in der tatsächlichen Lebenspraxis ist das kühle Verhältnis Goethes zu seiner Mutter – aber nicht umgekehrt, wie ihre Briefe beweisen! – zu beobachten. Ganze dreimal in 33 Jahren hat Goethe sie noch besucht, obwohl doch die Entfernung zwischen Weimar und Frankfurt auch für damalige Verhältnisse nicht eben unüberwindbar war, und selbst nach dem Tod der Mutter schickt Goethe Frau und Sohn in die Heimatstadt, damit sie dort die notwendigen Dinge regeln, und begnügt sich im übrigen mit formelhaften Briefen an die Freunde der Familie, in denen er für die Hilfe dankt, die sie der Sterbenden angedeihen ließen. Im »Biographischen Schema« verzeichnet er weder den Tod der Mutter noch den des Vaters, der auch in Briefen, Tagebüchern und Gesprächen mit keinem Wort erwähnt wird – ganz im Gegensatz zum Ableben der Schwester im Jahre 1777. Das läßt vermuten, daß das problematische Verhältnis zu den Eltern weniger in einer grundsätzlichen Reserviertheit gegenüber der Familie wurzelt als vielmehr in einer tiefgehenden Abneigung gegen die Lebensumstände in der Freien Reichsstadt Frankfurt überhaupt, Lebensumstände, als deren Repräsentanten Goethe die Eltern, vor allem aber den Vater sah. Das in seinen politischen, gesellschaftlichen und wirtschaftlichen Strukturen noch weitgehend mittelalterlich geprägte Frankfurt mit seinen Standesschranken, Religionsgegensätzen, Kleiderordnungen, Zunftzwängen und dergleichen mehr wurde dem jungen Dichter, der sich zumal nach der Begegnung mit Klopstock im September 1774 dezidiert als solcher – und nicht mehr als Rechtsanwalt in einer noch zusätzlich reglementierten Berufswelt – zu verstehen begann, zunehmend unerträglicher. Das erscheint nicht erst dem alten Goethe so. Schon in frühen Briefen aus Weimar macht er seine Lage im letzten Frankfurter Jahr verantwortlich für den Entschluß, die Vaterstadt zu verlassen. An die Mutter schreibt er am 11. August 1781: »Sie erinnern sich, der lezten Zeiten die ich bey Ihnen, eh ich hierherging, zubrachte, unter solchen fortwährenden Umständen würde ich gewiß zu Grunde gegangen seyn. Das Unverhältniß des engen und langsam bewegten bürgerlichen Kreyses, zu der Weite und Geschwindigkeit meines Wesens hätte mich rasend gemacht. Bey der lebhaften Einbildung und Ahndung menschlicher Dinge, wäre ich doch immer unbekannt mit der Welt, und in einer ewigen Kindheit geblieben, welche meist durch Eigendünkel, und alle verwandte Fehler, sich und andern unerträglich wird.« Auch die späteren Besuche in Frankfurt haben ihm diese Sicht der Dinge nur bestätigen können. »Auch bin ich jetzt«, schreibt er am 10. September 1792 an Christian Gottlob Voigt, »da ich meine Vaterstadt wieder besucht habe, aufs lebhafteste überzeugt worden, daß dort kein Wohnens und Bleibens für mich ist.« Die im Gespräch mit Kanzler von Müller am 6. Juni 1824 geäußerte Einsicht – zutreffend oder nicht –, daß in Frankfurt »der krasseste Geldstolz« herrsche und »die Köpfe [...] dumpf, beschränkt und düster« seien, hat auch Goethes Verhältnis zu den Eltern bestimmt oder doch beeinflußt, sowohl in der Jugend selbst als auch in ihrer Schilderung in *Dichtung und Wahrheit*.

Zu der Unzufriedenheit mit den allgemeinen Lebensbedingungen in Frankfurt kommt im Jahre 1775 die schwierige Liebesbeziehung zu Lili Schönemann, eine Liebe, die gerade wegen des Standes- und Religionsdenkens in der Reichsstadt problematisch wird. Man sollte Goethes Äußerungen im Gespräch mit Eckermann am 5. März 1830 sehr ernst nehmen, wonach die nicht näher beschriebenen »Hindernisse«, obwohl sie »im Grunde« – das heißt also: wenn man von den unnatürlichen Gesellschaftsschranken absieht – »nicht unübersteiglich« gewesen seien, einerseits die Verbindung eben doch scheitern ließen, andererseits in ihrem »dämonischen« Wirken die Flucht nach Weimar – und »mein jetziges Hiersein«! – veranlaßt haben. Der »verwünschte Zustand«, wie Goethe seine Situation während seines Bräutigamsstandes in *Dichtung und Wahrheit* nennt (S. 818), birgt auch einen der Gründe dafür, daß er den 4. Teil der Autobiographie nicht mehr selbst vollenden und zum Druck bringen konnte, nachdem die ersten drei Teile in rascher Folge 1811, 1812 und 1814 publiziert worden waren. Die Darstellung des Verhältnisses zu Lili mochte, zumal die ehemalige Verlobte noch am Leben war, eine ähnliche »Furcht« erregt haben wie die Schilderung des eigenen Anteils an der Literatur des Sturm und Drang. Schon die Beziehungen zu Friederike Brion und Charlotte Buff hatte Goethe ja nur in deutlich literarisierter Form zu behandeln vermocht, wie die idyllischen und märchenhaften Züge besonders der Friederiken-Geschichte zeigen. Nicht umsonst hat man vom »Sesenheimer Idyll« gesprochen. Glaubt man Goethe, wenn er gegenüber Eckermann bekennt, die Liebe zu Lili sei die einzige und tiefste in seinem g a n z e n Leben gewesen – und man hat keinen Grund, an seinen Worten zu zweifeln –, so werden die Schwierigkeiten, die er mit der schreibenden Bewältigung dieser Liebe in der Autobiographie hatte, ebenso verständlich wie die innere Distanz zu der Stadt und ihrer geistigen Atmosphäre, die an dem Scheitern dieser Liebe so entscheidenden Anteil hatte.

Nicht alle Teile der Autobiographie zeigen so deutlich wie die Charakteristik der Eltern und die Schilderung des Verhältnisses zu Lili Schönemann den wertenden und interpretierenden Aspekt des Prinzips der ›Dichtung‹. Ereignisse aus seiner Jugend, die Goethe zur Zeit der Arbeit an *Dichtung und Wahrheit* nicht mehr so existentiell berührten wie die gescheiterte Liebe zu Lili, vergegenwärtigt er auf eine Weise, die eine ganz andere Form der ›Dichtung‹ erkennen läßt. Das nachträglich Deutende tritt zurück hinter einer Lust an der detailreichen Ausschmückung, an bildreicher und farbenfroher Inszenierung des Geschehens, so daß die künstlerische, erzählerische Gestaltung in den Vordergrund rückt. Daß diese kunstvolle Erzählweise dabei nicht zum Selbstzweck, zur bloßen »Lust zu fabulieren« gerät, zeigt sich in besonderem Maße in der Darstellung der Kaiserkrönung im 5. Buch. Goethe verzichtet darauf, die politischen Zusammenhänge, die komplizierten Beratungen und Wahlhandlungen mit historischer Nüchternheit zu erläutern. Er versetzt sich statt dessen ganz in die Lage des fünfzehnjährigen Beobachters der Zeremonien und prunkvollen, alle Sinne ansprechenden Feierlichkeiten, der Einzüge, Aufmärsche und Illuminationen, und stellt sie als etwas Geschautes, mit den Augen Wahrnehmbares und Wahrgenommenes dar. Ihm gelingt dabei eine Lebendigkeit und Buntheit der Beschreibung, die dem öffentlich aufgeführten Kunstwerk der Kaiserkrönung in jeder Hinsicht angemessen ist. Dabei bleibt der autobiographische Aspekt nicht außer acht: Die Schilderung der Krönungszeremonien ist verwoben mit dem Erlebnis der ersten Liebesbeziehung zu »Gretchen«, mit der zusammen er das historische Ereignis beschaut. Doch die privaten und die historischen Begebenheiten werden nicht nur durch diese gemeinschaftliche Teilnahme an den Belustigungen verbunden. Der Freundeskreis, dem Goethe und »Gretchen« angehören, treibt ein vermeintlich unschuldiges Spiel mit bezahlten Auftragsgedichten und -briefen, das sich aber schließlich als ein höchst gefährlicher Handel mit »nachgemachten Handschriften, falschen Testamenten, untergeschobnen Schuldscheinen und ähnlichen Dingen« (S. 225) erweist. Ob diese halb kriminellen Verwicklungen vollends dem Bereich der ›Erdichtung‹ angehören oder ob sie sich auch in ›Wahrheit‹ so zugetragen haben, ist für die Funktion, die sie im Zusammenhang mit der Schilderung der Kaiserkrönung erfüllen, unerheblich: Goethe kann aus der Sicht des Fünfzehnjährigen nicht gut die politischen und diplomatischen Händel darstellen, zu denen es im Vorfeld dieser wie jeder Kaiserwahl gekommen ist, und so überträgt er das Motivfeld der politischen Intrige auf die von Spiel in Ernst übergehenden Unternehmungen der jugendlichen Freunde. Der beabsichtigte Hinweis auf die Vorgänge in der ›großen‹ Politik ist durch die Verknüpfung der Krönungsfeiern mit dem Treiben der Freunde dezent, aber deutlich gegeben.

Während der bloße Inhalt der politischen Handlungen im Umfeld der Kaiserwahl um der Glaubwürdigkeit der Erzählperspektive willen also kaum aus dem Blickwinkel des jungen Goethe zu referieren war, ist die Deutung dessen, was auch der Fünfzehnjährige erkennen und verstehen konnte, das Privileg des Erzählers, der im Sinne seines ›Dichtungs‹-Begriffes aus der Sicht des Alters kommentierend zum Erleben des Jugendlichen Stellung nehmen kann. So ist das Bild des halbleeren Speisesaals, in dem das Krönungsmahl stattfindet, ganz mit den Augen des jungen Goethe gesehen, und es wirkt glaubhaft, daß auch diesem das »gespensterhafte Ansehn« (S. 221) der leeren Tische auffallend erscheinen mußte. Und doch ist es ein Bild, das natürlich gerade dem alten Goethe als Anzeichen der Verfallstendenzen des alten Reiches bedeutend war. Auf die Spannung zwischen der Erfahrung des jungen und der Interpretation des alten Mannes weist Goethe an dieser Stelle selbst hin, wenn er sagt: »Viele Betrachtungen anzustellen erlaubten mir weder meine Jahre noch das Gedräng der Gegenwart. Ich bemühte mich alles möglichst ins Auge zu fassen« (S. 221). Auf das »Auge« und die Faktizität des in der Jugend sinnlich Erfahrenen können schließlich die erklärenden und sinnstiftenden »Betrachtungen« des Alters aufbauen: Dieses Beziehungsgeflecht zwischen dem Erlebten und seiner Deutung, wie es in aller

Knappheit in diesem Satz angedeutet ist, strukturiert Goethes Autobiographie in allen ihren Teilen.

Das gilt mithin auch für einen Abschnitt in *Dichtung und Wahrheit*, der zu den am meisten mißverstandenen Stellen in Goethes Werk überhaupt gehört – nicht, was seinen Inhalt angeht, sondern seine Funktion innerhalb der Autobiographie. Man hat das 7. Buch oft als den Beginn der deutschen Literaturgeschichtsschreibung bezeichnet und dabei zweierlei übersehen: zum einen den Umstand, daß Goethe, wie er gleich zu Beginn des Buches selbst sagt, die historischen und biographischen Fakten seiner Darstellung zu großen Teilen seinerseits aus literaturgeschichtlichen Handbüchern und Lexika zusammengetragen hat, zum zweiten einen Satz, den er als Caveat ebenfalls an den Anfang des Kapitels setzt. Er habe die deutsche Literatur des 18. Jahrhunderts behandeln wollen »nicht sowohl wie sie an und für sich beschaffen sein mochte, als vielmehr wie sie sich zu mir verhielt« (S. 277). Hier wie im Falle der Krönungs-Geschichte geht es also um die bewußt subjektive, persönliche Einschätzung und nicht um die nüchterne Sachlichkeit des Historikers. Dieses Element der Subjektivität wird schon darin sichtbar, daß Goethe der persönlichen Bekanntschaft mit den Größen der Literatur zu jener Zeit – besonders Gellert und Gottsched – eine große Bedeutung beimißt und diese Autoren und ihre Werke vor dem Hintergrund eben dieser Bekanntschaft einordnet und bewertet. Nicht zufällig wird Gottsched in einer ausgesprochen komischen Situation vorgeführt. Das Spiel mit der fehlenden und in Gegenwart der jungen Besucher aufgesetzten Perücke, dem Sinnbild für die ebenso ›aufgesetzte‹ Würde des berühmten Mannes, ist Ausdruck einer ironischen Distanz zu Gottsched und seinem Werk, die freilich eher eine solche des alten als des jungen Goethe ist.

Daß die Beurteilung der Dichter des 18. Jahrhunderts weitgehend vom Denken des späten Goethe bestimmt ist, wird am Beispiel Johann Christian Günthers besonders deutlich. Für dessen Werk findet Goethe durchaus lobende Worte; er spricht mit Anerkennung von seinem Talent, nennt ihn »geistreich, witzig« und »Poet im vollen Sinne des Worts« (S. 284) – und doch fehlt es nicht an einer Kritik, deren Form die Rezeption des Güntherschen Werkes lange Zeit beeinflußt oder gar verhindert hat: »Das Rohe und Wilde daran gehört seiner Zeit, seiner Lebensweise und besonders seinem Charakter oder, wenn man will, seiner Charakterlosigkeit. Er wußte sich nicht zu zähmen, und so zerrann ihm sein Leben wie sein Dichten« (S. 284). Das sind Begriffe, die Goethe auch in seinem Urteil über die Literatur des Sturm und Drang und der Romantik verwendet, und daß es für Goethe Kriterien der Literaturkritik weit mehr als der Moral sind, ist im Brief an Zelter vom 30. Oktober 1808 klar zum Ausdruck gekommen. Man legt den letzten Satz des Abschnittes über Günther – »so zerrann ihm sein Leben wie sein Dichten« – zu eng aus, wenn man in ihm nur eine moralisierende Kritik an dessen Lebenswandel sieht. Eine solche Kritik ließe den Bezug zu Goethe selbst vermissen, den herzustellen und zu zeigen in diesem 7. Buch – wie überhaupt in *Dichtung und Wahrheit* – ja gerade seine Absicht ist. Mit der Erwähnung der Anekdote von Günthers »unfertigem Betragen« am Hofe des Königs von Sachsen (S. 284) ist ein Wink gegeben, worin diese Beziehung zwischen Günther und Goethe zu finden ist. Günthers Leben fungiert als eine negative Folie zu Goethes eigener Entwicklung, zu der das »Rohe und Wilde« der Jugend ebenso gehört hatte wie das »Charakterlose« der Dichtung des Sturm und Drang – mit dem Unterschied, daß Goethe sich aus derlei Jugendwirren durch die Flucht aus der Vaterstadt an den Weimarer Hof zu lösen wußte. Im autobiographischen Rückblick erscheint eben diese Entscheidung für das Leben am Hofe Karl Augusts als planvolle Befreiung aus der Ziel- und Planlosigkeit der Jugend, als Rettung vor dem ›Zerrinnen‹ von Dichtung und Leben.

Während das Ordnungsprinzip der ›Dichtung‹ ein Element des Diskurses ist, also des Erzählerischen und Gestalterischen – »alles, was dem Erzählenden und der Erzählung angehört, habe ich hier unter dem Worte: Dichtung begriffen«, sagt Goethe im Brief an König Ludwig I. von Bayern vom 17. Dezember 1829 –, wird die Darstellung der Jugend auf der Ebene des Wahren, der historischen Realität, zusätzlich auf eine andere, von der literarischen Gestaltung und Deutung unterschiedene Weise strukturiert. Die Rekapitulation der Lebensgeschichte bleibt durch alle zwanzig Bücher von *Dichtung und Wahrheit* stets auf das Haus am Großen Hirschgraben in Frankfurt am Main bezogen, in dem Goethe am 28. August 1749 geboren worden war, auf das Haus als Gebäude wie als geschichtlichen Ort, als Synonym für die Familie, die es bewohnt, und deren Geschichte und Lebensweise, die den jungen Goethe prägt und beeinflußt. »Geh vom Häuslichen aus und verbreite dich, so du kannst, über alle Welt« – in dieser frühen Maxime aus der Schrift *Nach Falconet und über Falconet* (1775) ist diese Vieldeutigkeit der Begriffe Haus und Familie bereits enthalten, und daß der gegenständlich-räumliche Aspekt des »Häuslichen« auch in *Dichtung und Wahrheit* nicht weniger wichtig ist als die übertragene Bedeutung, wird besonders in den ersten drei Büchern der Autobiographie sichtbar. Haus und Welt sind für den kleinen Johann Wolfgang noch nahezu identisch; allenfalls die andere Straßenseite, wo im Haus »Zum roten Engel« die Brüder Ochsenstein wohnen, die »schalkischen Urheber« des Töpfezerschmetterns im 1. Buch (S. 12), und der Ausblick aus dem Fenster des Gartenzimmers im zweiten Stock können den engen kindlichen Horizont erweitern, wobei das Kind in beiden Fällen – beim Zerscherben der Töpfe wie beim sehnsüchtigen Blick aus dem Fenster – immer im Haus verbleibt. Der erste Eintritt in die ›Welt‹ vollzieht sich mit dem Beginn des Unterrichts und der kurzfristigen Umquartierung in das Haus der Tante Melber und fällt so mit dem Umbau des alten Doppelhauses in den Jahren 1755/56 zusammen, mit der Befreiung aus dessen Düsternis, die »Schauer und Furcht in kindlichen Gemütern« erregte

(S. 14). Daß die Entwicklung des Jungen sich in und mit dem Geburtshaus vollzieht – der Schritt aus der Dunkelheit in die »lustige« Heiterkeit des neuen Hauses (S. 28) korrespondiert mit einer Klärung auch des kindlichen Bewußtseins, mit dem Austritt aus dem Stadium des Kleinkindes in die Entwicklung zum Jugendlichen und zum jungen Mann –, diese Koinzidenz erscheint Goethe eben deshalb erzählenswert, weil sie seine Auffassung des »Grundwahren«, hier der symbolhaften Beziehung zwischen den äußerlichen und alltäglichen Begebenheiten und der inneren Entwicklung des Menschen, auf so frappierende Weise bestätigt. ›Dichtung‹ bedeutet in diesem Falle nicht, wie an anderen Stellen der Autobiographie, etwa eine Umstellung des zeitlichen Verlaufs oder einen anderen interpretierenden Eingriff in das historisch ›Wahre‹, sondern die Erkenntnis dieses inneren Zusammenhangs und eine Form der Darstellung, die ihn sichtbar werden läßt.

Das umgebaute Elternhaus wird alsbald zum Ort der ersten und entscheidenden Bildungserlebnisse des jungen Goethe. Hier kommt er zum ersten Male mit der Zeitgeschichte in Berührung, als während des Siebenjährigen Krieges der Königsleutnant Thoranc im ersten Stock logiert und seinen Amtsgeschäften nachgeht, hier lernt er in der reichhaltigen Bibliothek des Vaters deutsche und ausländische Literatur kennen, hier auch erlebt er während der französischen Einquartierung die Entstehung zahlreicher Gemälde aus nächster Anschauung mit. Die Musik dagegen, trotz der Bemühungen des Klavierlehrers Bismann und trotz des väterlichen Lautenspiels, hat im Hause Goethe eine wesentlich geringere Rolle gespielt als Literatur und bildende Kunst, und das im Vergleich zu seinen übrigen Fähigkeiten und Interessen unterentwickelte Musikverständnis Goethes ist sicher auch auf diesen Umstand zurückzuführen.

Das Gewicht, das Goethe, den Absichten seiner Autobiographik entsprechend, auf diese Bildungseinflüsse legt, hat zur Folge, daß vom alltäglichen Leben im Haus am Hirschgraben in *Dichtung und Wahrheit* kaum die Rede ist. Man erfährt nicht, was es bei Goethes zu essen gab, wann man aufstand und zu Bett ging, wie die Kindergeburtstage gefeiert wurden und wie es an den Tagen zuging, an denen – nur zweimal im Jahr! – große Wäsche war, und von den Spielen der Kinder wird nur insofern gesprochen, als sie, wie das Puppenspiel, für den weiteren Lebensgang Goethes von Bedeutung waren. Über all diese Dinge informiert das Haushaltungsbuch des Rats Goethe bei weitem ausführlicher und genauer als die Autobiographie seines Sohnes. Auf kulturgeschichtliche Einzelheiten kommt es Goethe bei der Darstellung des Lebens im Elternhaus nicht an: Wichtig sind ihm allein die geistigen und künstlerischen Impulse, die er in diesen Räumen erfahren hat.

Der Ausgang vom ›Häuslichen‹ in die ›Welt‹ vollzieht sich zunächst im Kennenlernen der Vaterstadt und ihrer Geschichte, wie Goethe es im 1. und 2. Buch mit den Streifzügen des Knaben in den Gassen Frankfurts zur Anschauung bringt. Mit der räumlichen Ausdehnung dieser Erkundungen in die nähere Umgebung der Stadt wächst indessen die Sensibilität für die Enge sowohl im Räumlichen wie im Geistigen, die das Elternhaus bei aller ›Welthaltigkeit‹ doch auch kennzeichnet. Vor allem im 6. Buch wird die Erfahrung dieses Kontrastes zwischen Enge und Weite in vielen Variationen thematisiert: von den Einfassungslinien, die der Vater um die ›unbegrenzten‹ Zeichnungen des Sohnes zieht, über die Ausflüge in den Taunus, »ins Freie« (S. 243), und wieder zurück hinter die »Brandmauern« (S. 258), die das Haus und die Lebensweise der Eltern von allem Neuen abschotten. Der Spannungszustand zwischen dem Drang nach draußen, nach neuen Erfahrungen, und der Verbundenheit mit der Familie – besonders der Schwester – ist deutlich als Präludium der ersten Lösung vom Elternhaus und des Beginns des Studiums in Leipzig konzipiert. Von diesem Zeitpunkt an erscheint das Haus am Hirschgraben nur mehr als der Hintergrund, vor dem sich die weitere Entwicklung Goethes ereignet. Das wird vor allem dann besonders klar erkennbar, wenn Goethe seine

Heimkünfte ins Elternhaus beschreibt. Mit Bedacht ist die jeweilige »Rückkehr« – aus Leipzig, aus Straßburg, aus Wetzlar – im »Biographischen Schema« stets verzeichnet, denn diese Wiederbegegnungen mit der Heimatstadt und den Lebensumständen im Vaterhaus sind wichtige biographische Einschnitte, an denen die inzwischen gesammelten Erfahrungen und durchlebten Veränderungen im Kontrast mit dem als entwicklungslos und stationär empfundenen Leben zu Hause spürbar werden. Gerade bei der Rückkehr aus Leipzig wird diese Spannung zwischen eigener Weiterentwicklung und anscheinendem Stillstand der häuslichen Umgebung sinnfällig: zunächst in der schweren Erkrankung, die nicht nur dem Vater, sondern auch dem Erzähler als eine solche des Körpers und der Seele erscheint und die – während ihrer Dauer und mit dem beginnenden Heilungsprozeß – in der Beschäftigung mit dem Okkultismus und den pietistischen Ansichten der Susanna von Klettenberg und ihres Kreises eine neue Phase der geistigen Entwicklung Goethes einleitet, dann in dem offen ausgesprochenen Unmut angesichts der Atmosphäre im Elternhaus, die im 9. Buch durch die altmodischen »schnörkelhaften Spiegelrahmen« und »gewissen chinesischen Tapeten« (S. 381) charakterisiert wird, und sie gipfelt in der Auseinandersetzung um das ehemals als »lustig« und heiter empfundene Treppenhaus (S. 28), dessen Umbau nun der Sohn dem Vater anrät – zu dessen Entsetzen, denn gerade die Weiträumigkeit, die dem jungen Goethe als Platzverschwendung erschien, war für den Kaiserlichen Rat das Sinnbild seines bürgerlichen Selbstbewußtseins und Wohlstandes, wie sein Sohn natürlich genau wußte. Sofort nach diesem Streit – so jedenfalls will es die ›Dichtung‹ – reiste Goethe nach Straßburg ab.

Im Fortgang der Lebensbeschreibung wird dieser Wechsel von Auszug und Heimkehr zu einem Strukturprinzip des Erzählens. Zu den längeren Abwesenheiten in Straßburg und Wetzlar kommen die Fahrten ins Rheinland und in die Schweiz, und auch innerhalb dieser Reisen setzen sich die

Abschiede und Heimkünfte fort, wenn Goethe etwa von Straßburg aus das Elsaß und von Wetzlar aus Gießen besucht; die Rheinreise und die Schweizer Reise sehen ihn ohnehin nicht lange am selben Ort. Doch prägend bleibt immer die Rückkehr ins Haus am Hirschgraben, bis hin zur letzten im Juli 1775, als Goethe sich nach den vielfältigen Erfahrungen und Erlebnissen der Schweizer Reise in Frankfurt in der »unseligsten aller Lagen« wiederfindet, in jenem »verwünschten Zustand« der sich als unmöglich erweisenden Verbindung mit Lili und der drückenden Enge in Stadt und Vaterhaus (S. 818).

Die häufigen Vergleiche zwischen den auf Reisen gesammelten Erfahrungen und durchlebten Veränderungen mit der Lebensweise im Elternhaus ermöglichen erst die Erkenntnis, daß während der Abwesenheit eine solche Weiterentwicklung stattgefunden hat. In der Darstellung dieser wiederholten Konfrontation des Neuen mit dem Alten findet eine Grundeinsicht des Goetheschen Geschichtsverständnisses ihren Ausdruck. Von der Wichtigkeit der »Verändrung mancher Gesichtspunkte« spricht Goethe im Tagebuch anläßlich seines 29. Geburtstages, und im »Historischen Teil« der *Farbenlehre* heißt es, daß »die Weltgeschichte von Zeit zu Zeit umgeschrieben werden müsse [...], weil der Genosse einer fortschreitenden Zeit auf Standpunkte geführt wird, von welchen sich das Vergangene auf eine neue Weise überschauen und beurteilen läßt«. Was für die Weltgeschichte gilt, trifft in gleichem Maße auf die eigene Lebensgeschichte zu, in der die neuen Standpunkte auch in den vielfältigen Ortswechseln und den daraus sich ergebenden veränderten Blickwinkeln bestehen.

Dabei darf sich die zu überschauende und zu beurteilende Vergangenheit nicht auf die Spanne des eigenen Lebens beschränken. »Wer nicht von dreitausend Jahren / Sich weiß Rechenschaft zu geben, / Bleib' im Dunkeln unerfahren, / Mag von Tag zu Tage leben«, lautet eine Strophe im *West-östlichen Divan*: Diese Forderung erfüllt Goethe auch in seiner Autobiographie, die weder mit der Geburt des Erzählers beginnt noch mit der Abreise nach Weimar endet. Der große biblische Exkurs im 4. Buch, der vielen Zeitgenossen als entbehrlicher Fremdkörper erschienen war, ist ebenso ein Teil der »Rechenschaft« über die Wurzeln des Herkommens wie die erzählende Vergegenwärtigung der jüngeren Vergangenheit der Familie und des Hauses. In einem Brief an den Schriftsteller Johann Friedrich Rochlitz, der sich gerade über diese biblische Geschichte in *Dichtung und Wahrheit* lobend geäußert hatte, schreibt Goethe am 30. Januar 1812: »Daß Sie meine asiatischen Weltanfänge so freundlich aufnehmen, ist mir von großem Wert. Es schlingt sich die daher für mich gewonnene Kultur durch mein ganzes Leben«, und er legt Wert auf die Feststellung, der 1. Teil der Autobiographie »sei mit Bewußtsein und mit Absicht geschrieben, und enthalte auch nicht das kleinste geringfügig Scheinende, was nicht künftig einmal nach seinem Geschlecht und Art in Blüte und Frucht hervortreten soll«. In Goethes Geschichtsdenken, dessen organologische Grundstruktur sich auch hier, in dem Bild von »Blüte und Frucht«, offenbart, ist eine egozentrische Autobiographie kaum vorstellbar, die der Person des Autors so großen Wert beimäße, daß sie die Geschichte mit der Geburt des Helden beginnen ließe. Gegenüber der Anmaßung des »jungen Volks«, dem Tauftag und Schöpfungstag identisch sind, hat Goethe im Gespräch mit Riemer und in der Gedichtsammlung *Sprichwörtlich* die Bedeutung des »Eingebindes« betont, eben jenes historischen und kulturellen Bodens, auf dem die Lebensentwicklung aufbaut und den mithin auch die Autobiographie im Auge zu behalten hat.

Die »Rechenschaft« über dreitausend Jahre schließt indessen auch die Gegenwart des Erzählers – also das erste Drittel des 19. Jahrhunderts – ein, die auf zweierlei Weise in *Dichtung und Wahrheit* einwirkt: inhaltlich in den gelegentlichen Erwähnungen von Werken Goethes und von Begebenheiten, die der Erzählzeit angehören, wie beispielsweise des Romans *Die Wahlverwandtschaften* und der Bemühungen der Brüder Boisserée um die Vollendung des Kölner Doms, strukturell in der Perspektive des Alters, aus der die Jugend rekapituliert und beurteilt wird. In der Person des Erzählers, dem Subjekt und Objekt der Autobiographie, sind diese vielfältigen Sichtweisen gebündelt – der Blick in die biblische Geschichte wie in die jüngste Vergangenheit und nächste Gegenwart, in der der Autobiograph mit den deutenden und ordnungsstiftenden Mitteln der Dichtung dem Publikum, aber vor allem sich selbst, Rechenschaft ablegt über das, was er als die Wahrheit seines Lebens erkannt hat. Es ist eine Wahrheit in der Dichtung, von der Goethe im Gespräch mit Riemer gesagt hat, sie behaupte ihr Recht »wie das Geschehene.«

Walter Hettche

Register

Personen

Zahlen in Klammern verweisen auf indirekte Erwähnungen.

Abälard, Peter (Petrus Abaelardus, Pierre Abélard) 200
Abbt (Goethe: Abt), Thomas (291), 554
Abel, Karl Friedrich 341
Abelin, Johann Philipp (Pseud.: Gottfried [Gotofredus], Johann Ludwig) 37, 160, 342, 773
Abraham a Santa Clara (d. i. Hans Ulrich Megerle) 808
Äsop (Goethe: Aesop) 133, 282
Agrippa von Nettesheim, Cornelius Heinrich 173
Albrecht, Johann Friedrich Ernst (306)
Albrecht, Johann Georg 133–137, (364)
Alembert, Jean le Rond d' (523)
Alexander I., Zar von Rußland (650)
Allesina-Schweizer (Goethe: Alosino-Schweizer), Familie 629
Althann, Michael Johann Graf von (218)
Amyot, Jacques 515
André, Johann (728), 741–743, 748 f., 751
Anna Amalia Herzogin von Sachsen-Weimar-Eisenach 689 (827 f.)
Anson, George Lord 37
Apel, Heinrich Friedrich Innozenz 298, 326
Aprill (Goethe: April) 194 f.
Archenholz, Johann Wilhelm von 194
Argenville, Antoine-Josephe Dézallier d' 335
Aristophanes 333
Aristoteles 115, 579
Arnold, Gottfried 375
Audinot, Nicolas-Médard (742)
Aufresne (d. i. Jean Rival) 525
August II. *s.* Friedrich August I.

Baehr, George (347)
Bager, Johann Daniel (651)
Bahrdt (Goethe auch: Barth), Karl Friedrich 639, 651
Baldinger, Ernst Gottfried (704 f.)
Bartenstein, Joseph Freiherr von (193)
Basedow, Johann Bernhard 660–667, 671, 675 f.
Bauch (Kaufmann) (730)
Baumgarten, Siegmund Jacob (137)
Bause, Johann Friedrich 787
Bayle, Pierre 256, 718
Beaumarchais, Pierre-Augustin Caron de 307, (609), 710
Behrisch, Ernst Wolfgang 318–324, 326–330, 336, 355, 357, 359, 374, 403, 508, 572
Belle-Isle, Charles Louis Auguste *s.* Fouquet
Belloy, Pierre Laurent Buyrette de 522
Bengel, Johann Albrecht 295
Benner, Johann Hermann 80
Berendis, Hieronymus Dietrich 827
Berlichingen, Dorothea 773
Berlichingen, Götz von 443, 562, 580, 611–617, 761, 773
Bernard (Goethe: Bernhard), Nicolas 741, 749

Bernstorff, Johann Hartwig Ernst Graf von (427)
Bertuch, Friederike Elisabeth Karoline s. Slevoigt
Bertuch, Friedrich Johann Justin 827
Bethmann, Johann Philipp 759
Bibra, Heinrich Wilhelm von 543
Bismann, Johann Andreas (124 f.)
Blondel, Jacques-François 402
Bodmer, Johann Jakob 150, 283, 292, 785–787
Böckmann, Johann Lorenz (725)
Böhme, Johann Gottlob 263–265, 272 f., 308
Böhme, Marie Rosine 263, 265, 272–274, 308, 371, 394
Boerhaave (Goethe auch: Boerhave), Herman 369, 706, 720
Bogatzky, Karl Heinrich von (106)
Boie, Heinrich Christian 573, (617)
Boisserée, Johann Sulpiz 415 f., (670)
Boisserée, Melchior (415), (670)
Bondeli, Julie von (292), 599
Boucher, François 824
Bouilly, Jean-Nicolas (307)
Bower, Archibald 155
Brandt, Anna oder Dorothea (595)
Brandt, Johann Ferdinand Wilhelm von (584)
Brandt, Susanna Margaretha (160)
Breidbach zu Bürresheim, Emmerich Joseph Freiherr von 196–198, 201 f., (213), (220)
Breitenbauch, Georg August von (292)
Breitinger, Johann Jakob 281, 283
Breitkopf, Bernhard Christoph 287, 348
Breitkopf, Bernhard Theodor (348)
Breitkopf, Christoph Gottlob (348)
Breitkopf, Johann Gottlob Immanuel 348 f., 555
Breitkopf, Luise Marie Wilhelmine (348)
Breitkopf, Maria Friederike Constantia (348)
Breitkopf, Theodora Sophie Constantia (gen. Constanze) (305), (348)
Breitkopf, Familie 356
Brentano, Maximiliane Euphrosyne s. La Roche
Brentano, Peter Anton (628)
Brinckmann (Goethe: Brinkmann), Philipp Hieronymus 30, 94
Brion, Christian 465, 475
Brion, Friederike (auch: Friedrike) Elisabetha (456), (460), (462), 463–477, 483, 487–506, 534–537, 558–560, 596, 837
Brion, Jakobea Sophia (460), (462)
Brion, Johann Jakob (460), 462–469, 472, 475–477, 488, 490–493, 500–503
Brion, Katharina Magdalena (460), (462)
Brion, Magdalena Salomea (460), 462–465, 469, 472, 487, 490, 503
Brion, Maria Salomea (460), 462–465, 469 f., 473–477, 483, 487, 490, 503–506, 534
Brockes, Barthold Hinrich 425
Broglie (Goethe: Broglio), Victor-François Duc de 104 f., 194
Brucker, Johann Jakob 237
Brühl, Heinrich Graf von 330
Brutus, Marcus Junius 436
Bürger, Gottfried August 573, 616, 742, 772
Buff, Amalie (582)
Buff, Caroline (582)
Buff, Charlotte Sophie Henriette (581)–584, 586, 593, 595 f., (636)
Buff, Ernst (582)
Buff, Hans (582)
Buff, Heinrich Adam (582)
Buff, Helene (582)

Buff, Magdalena Ernestina (582)
Buff, Sophie (582)
Buffon (Goethe: Büffon), Georges-Louis Leclerc, Comte de 276
Burggrave, Johann Philipp (230)

Cain, Le *s.* Lecain
Calas, Jean 574
Calas, Familie 574
Cambyses (773)
Canitz, Friedrich Rudolf Ludwig Freiherr von 85
Cartesius, Renatus *s.* Descartes
Caylus, Anne Claude Philippe de Tubières, Comte de 336
Cellarius, Christoph 35 f.
Charlotte Amalia Herzogin von Sachsen-Meiningen (832 f.)
Chaussée, Pierre Claude Nivelle de la *s.* La Chaussée
Cherubini, Maria Luigi Carlo Zenobio Salvatore (307)
Chodowiecki, Daniel Nikolaus 633
Christ, Johann Friedrich 336
Christfreund, Karl Christian (Christamicus) (132)
Christian IV. Herzog von Pfalz-Zweibrücken (453)
Christian VI., König von Dänemark 522
Cicero 275, 435, 579
Clarke, Samuel 593
Clauer, Johann David Balthasar (151), (153), (267)
Clavijo (Goethe: Clavigo) y Fajardo, José 710 f.
Clemens XIV. (Lorenzo Ganganelli) 522
Clemens Wenzeslaus, Kurfürst und Erzbischof von Trier 601
Cleopatra, Königin von Ägypten (627)
Clodius, Christian August 322–326, (391)
Colerus (Coler), Johannes (718)
Comenius, Amos (d. i. Jan Amos Komenský) 37, 661
Condillac, Etienne Bonnot (523)
Corneille, Pierre 116 f., 519, (525)
Cramer, Johann Andreas (152)
Cramer, Karl Friedrich (702)
Crespel *s.* Krespel
Creuz (Goethe: Kreutz), Friedrich Karl Kasimir Freiherr von 85
Crisp (Chirurg) 364 f.
Cronegk, Johann Friedrich Freiherr von 326
Cronhjelm, Freiherr von (384), (404–409)
Crusius, Christian August 296
Cumberland, Richard (728)

Dante Alighieri 826
Dapper, Olfert 576
Daries (Darjes), Joachim Georg 236
Datt, Johann Philipp 562
Daun, Leopold Joseph Maria Graf von 51
David, König der Israeliter 46
Defoe, Daniel (d. i. Daniel Foe) (37)
de Held, Antonia Elisabetha (10)
Deinet, Johann Konrad (549), (699)
Delph (Goethe: Delf), Helena Dorothea 753–755, 837–841
Delph, Sibylla Elisabeth 753
Derones (de Rosne? Renaud?) (Jugendfreund Goethes) 98, 101, 114 f.
Derones (de Rosne? Renaud?), dessen Eltern und Geschwister 99
Descartes, René (Renatus Cartesius) 720
Destouches, Philippe (d. i. Philipp Néricault) 97, 522
Diderot, Denis 101, 523, 609
Diene, Johann Heinrich 91, 104, 107–113, 117, 119

Diene, Johann Wolfgang (Dienes Sohn) 91
Dietelmair, Johann Augustin (131)
Dietrich (Goethe: Dieterich), Johann Graf von 454 f.
Dodd, William 529
Drollinger, Karl Friedrich 85
Dürckheim, Franz Christian Eckbrecht von 832 f.
Dumeiz (Goethe: Dumeix), Damian Friedrich 629
Dyhrn (Dyhern), Georg Karl Baron von (153)

Eben, Johann Michael (122)
Eckermann, Johann Peter (771)
Egmont (Egmond), Lamoral Graf von, Prinz von Gaure 829 f.
Ehrenreich, Johann Benjamin 605
Ehrenreich, Johann Matthias 605
Ehrlen, Johann Friedrich (509)
Ehrmann, Georg Friedrich 401
Ehrmann, Johann Friedrich 401, 485 f.
Eike von Repgow (563), (635)
Ekhof (Goethe: Eckhoff), Hans Konrad Dietrich 609
Emmerich Joseph *s.* Breidbach zu Bürresheim
Engel, Johann Jakob (609)
Engelbach, Johann Konrad (385 f.), 444–455, 509
Epiktet 238
Erdmannsdorff, Friedrich Wilhelm Freiherr von 352
Ernesti, Johann August 259, 275, 296
Ernst II. Ludwig Herzog von Sachsen-Gotha und Altenburg (360)
Erthal, Friedrich Karl Joseph Freiherr von und zu 194
Erwin von Steinbach 413, 545
Eschenburg, Johann Joachim 351, 529
Esterházy von Galántha, Nikolaus Josephus Fürst 194, 221
Ettling (Goethe: Etling), Johann Friedrich 605
Ewald, Johann Ludwig 742, 745, 749
Ewald, Rachel Gertrud 749

Faber, Johann Heinrich (742)
Fahlmer, Johanna Katharina Sibylla 668
Falda, Giovanni Battista (14)
Favart, Charles Simon (97)
Favart, Marie Justine Benedicte (97)
Fénelon (Goethe: Fenelon), François de Salignac de la Mothe 37, (85)
Fenouillot de Falbaire de Quingey, Charles-Georges (609)
Ferdinand Herzog von Braunschweig 104
Ferrand, Friedrich Joseph (156 f.)
Fesch, Willem de (15)
Feti (Fetti), Domenico (Goethe: Dominico) 436 f.
Fettmilch, Vincenz 158
Fibich, Susanne Cleophe (644 f.)
Fichard, Johann Karl von 695
Flachsland, Karoline *s.* Herder
Fleischer, Charlotte Wilhelmine 260, 262, 264
Fleischer, Johann Georg 260, 263 f.
Flessier, François (128), (162)
Fouquet, Charles Louis Auguste, Duc de Belle-Isle (22)
Franklin, Benjamin 642, 759
Franz I., König von Frankreich 21
Franz I. Stephan, röm.-dt. Kaiser 23, 49, 51, 109, 163, 195 f., 202–209, 213–220, 229
Freitag (Goethe: Freytag) (80), 695
Fresenius, Johann Philipp 153 f.
Friederici, Christian Ernst 128
Friedrich, Erbprinz von Anhalt-Dessau (irrtümlich statt Franz Graf von Waldersee) (328)
Friedrich II., König von Preußen 49–51, 77, 80, (109), 194 f.,

202, 299–301, 317 f., 330, 518, 522, 569, 689, 695, 758
Friedrich IV. (III.), röm.-dt. Kaiser 564
Friedrich August I., der Starke, Kurfürst von Sachsen, als August II. König von Polen 283 f., 330
Friedrich Ernst Wilhelm Graf von Schaumburg-Lippe 554
Friedrich Eugen Herzog von Württemberg (statt dessen irrtümlich sein Bruder Ludwig Eugen) 285, 542
Friedrich Ferdinand Konstantin Prinz von Sachsen-Weimar-Eisenach 689–692, 696–698
Friedrich Heinrich Ludwig Prinz von Preußen *s.* Heinrich
Friedrich Wilhelm I., König von Preußen (284)
Friedrich Wilhelm Heinrich II. Fürst von Nassau-Saarbrücken (449)
Friedrich Wilhelm Karl, Prinz von Württemberg (285)
Fürst, Walter (795)
Fürstenberg, Frobenius Ferdinand Fürst von 568
Füßli (Füeßli), Johann Heinrich (654)

Gall, Franz Joseph 479
Ganganelli, Lorenzo *s.* Clemens XIV.
Garve, Christian 297
Gayot, François Marie 402
Gebler, Tobias Philipp Freiherr von (609)
Geiler von Kaysersberg (Goethe: Kaiser von Kaisersberg), Johann 270
Gellert, Christian Fürchtegott 85, 258, 264 f., 274 f., 282, 288, 309, 316–318, 322, 370, 374, 556, (654)
Gellert, Friedrich Leberecht 317
Gemmingen-Hornberg, Otto Heinrich Freiherr von 609
Georg Friedrich Karl Herzog von Sachsen-Meiningen (832 f.)
George (Gastwirtssohn in Drusenheim) *s.* Klein, George
Gerngros, Conrad (159)
Gerock, Antoinette Luise 782
Gerock, Charlotte 782
Gerock, Katharina 782
Gerock, Johann Georg 782
Gerock, Sophie Christine 782
Gerstenberg, Heinrich Wilhelm von 289
Gesner (Goethe: Geßner), Johann Matthias 256
Geßler (Landvogt in Uri) 801
Geßner, Salomon 290, 292, 584 f., 767, 803
Geyser, Christian Gottlieb 332, 349
Giovinazzi, Domenico 15
Gleim, Johann Wilhelm Ludwig 289, 300 f., 428, (654), 667
Goertz (Goethe: Görtz, Görz), Johann Eustachius Graf von Schlitz (gen. von Goertz) (689), 690, 696–698, 778
Goethe (Göthé), Cornelia (12), 52, 74 f.
Goethe, Cornelia Friederike Christiana 11, 15 f., 72, 86, 124 f., 128, 130 f., 169, 189 f., 228, 243–248, 252, 260, 361 f., 370, 374, 416, 541, 592–594, 612, 632, 668, 679, 709, 713, 779–782, 819
Goethe (Göthé), Friedrich Georg 73, 75
Goethe, Georg Adolf (Bruder Goethes) (40)
Goethe, Hermann Jakob (Bruder Goethes) (40)
Goethe, Johann Christian (74)
Goethe, Johann Caspar 12, 14–17, 29–31, 33–35, 40, 47, 49 f., 54, 74, 78–80, 82, 85–87, 89–92, 96 f., 104–114, 116, 120, 122–125, 128–133, 136, 151–155, 158,

161–165, 167, 175, 190, 194 f., 211, 223, 228, 241–245, 256, 258, 264, 266–269, 303, 314, 340 f., 345, 361 f., 370–372, 380 f., 391, 416 f., 436, 478, 506–510, 540 f., 550, 606, 663, 691, 695 f., 698 f., 708, 713, 729 f., 735, 744, 754–756, 773, 775, 782, 818, 822 f., 832–834, 836 f., 840
Goethe, Johanna Maria (Schwester Goethes) (40)
Goethe, Katharina Elisabeth 14 f., 44, 50, 54, 78, 86, 91 f., 96, 104, 106–112, 122, 124, 152, 162, 164, 175, 211, 223, 228, 244, 264, 314, 362 f., 367, 391, 478, 540 f., 691, 695, 700, 704, 712 f., 727, 729 f., 735, 754–756, 773 f., 782, 822, 833 f., 837
Goethe, Katharina Elisabetha (Schwester Goethes) (40)
Götz, Johann Nikolaus 689
Goldsmith, Oliver 456–460, 491, 497, (502), 585, 624, 822
Gotter, Friedrich Wilhelm 572 f., 579, 586
Gottfried, Johann Ludwig *s.* Abelin
Gottsched, Johann Christoph 273, 281, 287 f., 292, 326, 348, 555
Gottsched, Luise Adelgunde Victorie (268)
Goue, August Siegfried von 571
Graff, Anton 787
Grav (Goethe: Grave), Hans 19
Gray, Thomas 624
Grebel, Felix (574), (654)
Gretchen (Jugendfreundin Goethes) 178–182, 184–187, 189–192, 198, 209–211, 221, 223, 225, 228, 230, 233–236, 247, 257, 288, 303, 305, 417, 559
Grétry, André (97), 741
Greuze, Jean Baptiste 824
Griesbach, Johann Jakob 174, 259
Griesbach, Johanna Dorothea 363
Grimm, Friedrich Melchior Baron von 516, 824
Gröning, Georg 356
Groot, Huigh de *s.* Grotius
Groschlag von Diepurg, Karl Friedrich Willibald Freiherr von 194
Gross, Johann Gottfried (34)
Großmann, Gustav Friedrich Wilhelm 611
Grotius, Hugo (Huigh de Groot) 256
Gruter, Janus (733)
Günderode, Hieronymus Max Freiherr von 449
Günther, Graf von Schwarzburg 21 f.
Günther, Johann Christian 283 f., 425
Gustav III., König von Schweden 522, (759)
Guys, Pierre Augustin 577

Hackert, Jakob Philipp 758, 824
Häckel (Goethe: Häkel), Heinrich Jakob Baron von 79
Hagedorn, Christian Ludwig von 346
Hagedorn, Friedrich von 85, 258, 425
Hagesandros (537–539), (606)
Hahn, Johann Friedrich (573)
Haller, Albrecht von 85, 276, 289, 297, 425, 706
Hamann, Johann Georg 438, 485, 546, 550–553
Hanbury, Sophie (777)
Hardenberg, Karl August Fürst von (331)
Haucke, Johann Friedrich (341–344), (346), (683)
Haucke, dessen Frau (342 f.), (346)
Haugwitz, Christian August Heinrich Kurt Graf von, Freiherr von Krappitz 773–778, (785), (788)
Hebeisen, Johann Georg (383)
Hebel, Johann Peter 487

Heineccius, Johann Gottlieb 264
Heinecken (Goethe: Heinecke), Karl Heinrich von 336
Heinrich (Friedrich Heinrich Ludwig) Prinz von Preußen 317, 522
Heinrich IV., König von Frankreich 461
Helmont, Johann Baptist 366
Hendel, Samuel 324–326, 391
Herd (Herdt), Elisabeth (585), (630)
Herd (Herdt), Philipp Jakob (585), (630)
Herder, Johann Gottfried 413, 430–444, 456, 459, 485, 508, 531, 542, 544, 546, 551, 553 f., 576, 612, 639, 667
Herder, Karoline (439), 544, 551
Hermann, Christian Gottfried 288, 341, 355 f.
Hermann, Johann Gottfried 288
Hertzberg, Ewald Friedrich Graf von (49)
Hesiod 237
Hesse (Goethe: Heß), Andreas Peter von 544
Hesse, Friederike von 544
Heyder (Schwiegereltern von Johann Heinrich Jung) (736)
Heyne, Christian Gottlob 258, (378 f.), (577)
Hiller, Johann Adam 350, 742
Himburg, Christian Friedrich 723 f.
Hippokrates 705
Hirt, Friedrich Wilhelm 30, 93, 95
Hölty, Ludwig Heinrich Christoph 573
Höpfner, Ludwig Julius Friedrich 586–592, 594
Hoffmann, Johann Michael (607), (730)
Hoffmann, dessen Vater (607)
Hohenheim, Philipp Theophrast von *s.* Paracelsus
Hohenzollern-Sigmaringen *s.* Joseph Wilhelm
Holbach, Paul Thiry d' (Paul Heinrich Dietrich Baron von) (523), (526), (528)
Holstein-Eutin *s.* Peter Friedrich Wilhelm
Holstein-Gottorp *s.* Peter Friedrich Wilhelm
Homer (41), 45, 292, (357), 366, 530, 577, 593, 701, 815
Hoppe (Goethe: Hopp), Joachim 155, 256, 386
Horaz 281, 292
Horn, Johann Adam 254 f., (305), 325 f., 356, (391), 541
Horn, Johann Peter (192)
Hottinger, Johann Jakob (784)
Hotz (Goethe: Hotze), Johannes 789
Huber, Michael 337
Hüsgen (Goethe: Huisgen), Heinrich Sebastian 172
Hüsgen (Goethe: Huisgen), Wilhelm Friedrich 172–174
Hüsgen (Goethe: Huisgen), dessen Frau 172
Hutten, Ulrich von 763

Jabach (Goethe: Jappach), Anna Maria 670
Jabach (Goethe: Jappach), Everard, d. J. 670
Jacobi, Charlotte (gen. Lolo) 668
Jacobi, Friedrich Heinrich (gen. Fritz) 667 f., 671, 673, 675, 687 f.
Jacobi, Helene Elisabeth (gen. Betty) 668
Jacobi, Johann Georg 667
Jappach *s.* Jabach
Jerusalem, Johann Friedrich Wilhelm 296, (584 f.), (635)
Jerusalem, Karl Wilhelm Ferdinand 584, 628, 630, 635 f.

Johann Reinhard III. Graf von Hanau-Lichtenberg 448
Joseph II., röm.-dt. Kaiser 163, 190, 195 f., 202–209, 213–220, 229, 522, 569, 574, 725
Joseph Wilhelm Fürst von Hohenzollern-Sigmaringen (217)
Juncker, Johann Christian (156 f.)
Juncker (Goethe: Junker), Justus 30, 93, 95, 164–166
Jung, Christine 736
Jung, Johann Heinrich (gen. Jung-Stilling) 396–398, 443 f., 674 f., 730–736
Jung-Stilling *s.* Jung, Johann Heinrich
Junge, Johann Christoph (360)

Kalb, Johann August Alexander von 833 f., 837, 839 f.
Kant, Immanuel (812)
Karl I., der Große 18, 21, 214, 217
Karl I. Herzog von Braunschweig 522
Karl IV. (Wenzel), röm.-dt. Kaiser 21
Karl V., röm.-dt. Kaiser 21, 567
Karl VII. Albrecht, röm.-dt. Kaiser 22 f., 44, 49, 193
Karl August Großherzog von Sachsen-Weimar-Eisenach 689–692, 696–698, 778, 827, 832 f.
Karl August Friedrich Wilhelm Herzog von Sachsen-Meiningen (832 f.)
Karl Friedrich Großherzog von Baden 554, 724, 778, 781
Karl Theodor Philipp Kurfürst von Bayern (229), 838
(Henriette Christine) Karoline Luise, Landgräfin von Hessen-Darmstadt 616
Karoline Luise Markgräfin von Baden 554, 725, 778
Katharina II., die Große 522, 758
Kersting, Georg Friedrich 679
Kestner, Charlotte *s.* Buff
Kestner, Johann Georg Christian (581–583), (596), (628)
Keyßler, Johann Georg 29, 799
Kielmannsegg, Christian Albrecht Freiherr von 571
Kirchweger von Forchenbronn, Anton Joseph 366
Kirms, Franz 827
Klein, George (469 f.), 472–477, 492
Kleist, Ernst Nikolaus von (644)
Kleist, Ewald Christian 298
Kleist, Friedrich Georg von (644)
Klenck, Friedrich Alexander von (169 f.)
Klenck, Marie Salome von (169 f.)
Klettenberg, Remigius Seyfart von 367
Klettenberg, Susanna Katharina von 363 f., 367, 550, 658 f., 678–681, 695 f., 698
Klettenberg, Susanna Margaretha 367
Klinger, Agnes (648)
Klinger, Anna Katharina (648)
Klinger, Cornelia Margaretha Dorothea (648)
Klinger, Friedrich Maximilian 647–650
Klinglin (Goethe: Klingling), Franz Joseph 404, 511
Klopstock, Friedrich Gottlieb 85–87, 150, 154, 289 f., 301, 426–430, 554–557, 560–562, 573–575, (654), 700–702, 767, 777 f.
Klopstock, Johanna Elisabeth 427
Klopstock, Margaretha (Meta, Cidli) 427
Klotz, Christian Adolf 352
Knebel, Karl Ludwig von 688–692, 696–698
Koch, Christoph Wilhelm 512
Koch, Heinrich Gottfried 609
König, Johann Ulrich von 283–285

König von Königsthal, Gustav Georg Baron 193 f., 211
Königsegg und Rothenfels, Maximilian Friedrich Graf von (200 f.), (213), (215), (220)
Königsthal *s.* König von Königsthal
Körner, Anna Maria Jakobine *s.* Stock
Komenský, Jan Amos *s.* Comenius
Konstantin Prinz von Sachsen-Weimar-Eisenach *s.* Friedrich Ferdinand Konstantin
Kopp (Koppe), Johann Friedrich 85
Kotzebue, Anna Christina 827
Kotzebue, August Friedrich Ferdinand 827
Kotzebue, Karoline Amalie 827
Kraus, Auguste *s.* Slevoigt
Kraus (Goethe auch: Krause), Georg Melchior 824–827
Krebel, Gottlob Friedrich 288, 341
Krespel (Crespel), Johann Bernhard (249–253), (709 f.)
Kreuchauff (Goethe: Kreuchauf), Franz Wilhelm 337
Kreutz *s.* Creuz
Krüger, Johann Christian 304

La Chaussée, Pierre Claude Nivelle de 97
Lang, Franz Christoph von (193)
Langer, Ernst Theodor 356–359, 436
La Roche, Franz Wilhelm von (602)
La Roche, Friedrich von (602)
La Roche, Georg Michael Frank von 598–603
La Roche, Karl von (602)
La Roche, Luise von (598), (602)
La Roche, Marie Sophie von (290), 596, 601–604, 628, 665, 668
La Roche, Maximiliane Euphrosyne (gen. Maxe) von (598), 601 f., 628 f., (636)
Lauremberg, Peter 37
Lautensack (Goethe: Lautensak), Georg Friedrich 162–164
Lauth, Anne Marie und Suzanne Marguerite (383)
Lavater, Anna 783
Lavater, Johann Caspar 197 f., 202, 543, 574, 650–667, 671, 675 f., 783–786, 788 f., 804–811, 826
Lebrun (Goethe: Le Brün), Charles 123
Lecain (Goethe: Le Cain), Henri-Louis 525
Leibniz (Goethe: Leibnitz), Gottfried Wilhelm von 720
Leiningen, Grafen von 455
Lemierre (Goethe: Lemière), Antoine-Marin 97, (100)
Lenz, Jakob Michael Reinhold 531 f., 572, 642–647, 697
Leopold III. Friedrich Franz Herzog von Anhalt-Dessau 328, 352
Lerse (Lersé, Lersée), Franz Christian 398–400, 409
Lersner, Achilles August von 158, 196
Lersner, Heinrich Ludwig von 730 f.
Lesage, Alain-René (20)
Lessing, Gotthold Ephraim (113), 282, 289, 301, 338 f., 351 f., (375), 440, 533, 537, 609, 611, (620), (636), 687
Leuchsenring, Franz Michael 598 f., (604)
Leyser, Augustin Freiherr von 506
Lichtwer, Magnus Gottfried 282
Liebholdt, Johann Wilhelm (606), (744 f.), (822)
Liechtenstein (Goethe: Lichtenstein), Joseph Wenzel Lorenz Fürst von 193
Lillo, George (113), (609)
Limprecht, Johann Christian (263), (341 f.), (354)

Lindau, Heinrich Julius von 801
Lindenau, Heinrich Gottlieb Graf von 326 f.
Lindenau, Karl Heinrich August Graf von 318, 326 f., 357
Linné, Carl von 276
Lippert, Philipp Daniel 336, 349
Lips, Johann Heinrich 658, 666, 784
Liscow (Goethe: Liskow), Christian Ludwig 278 f.
Lobstein, Johann Friedrich 387, 432 f., 438
Loen, Johann Michael von 45, 79 f., 84
Loen, Katharina Sybilla von 80
Löwen (Goethe: Löven), Johann Friedrich 255
Loewenich (Loevenich; Goethe: Löwenicht), Bartholomäus 268
Loewenich (Loevenich; Goethe: Löwenicht), Isaak 268
Longinus 579
Lorenzo (Kapuzinerpater) 798–800
Lowth, Robert 437
Ludecus, Johann August 827
Ludwig, Christian Gottlieb 274 f., 288, 387
Ludwig Fürst von Nassau-Saarbrücken (449)
Ludwig VIII. Landgraf von Hessen-Darmstadt 208
Ludwig IX. Landgraf von Hessen-Darmstadt 446, 544
Ludwig XVI. August, König von Frankreich 387, (759)
Ludwig Eugen Herzog von Württemberg (irrtümlich für seinen Bruder Friedrich Eugen) 285, 542
Ludwigsritter *s.* Cronhjelm
Luise Auguste Großherzogin von Sachsen-Weimar-Eisenach 778, 832 f.
Lukian 134, 137
Lupton, Arthur (247 f.), (252)
Luther, Martin 136, 530, 546, 549
Lykurgos 774

Macklot, Michael 725, 772, 778
Macpherson, James (*s. auch* Ossian) (561), (576), (625)
Mahomet *s.* Mohammed
Mainz, Kurfürst von *s.* Breidbach zu Bürresheim
Malapert (Goethe: Malapart), Friedrich Wilhelm von 170–172
Mallet, Paul-Henri 576
Marchand, Theobald 741
Maria Theresia, röm.-dt. Kaiserin 23, 49, 51, 207, 214 f.
Marie-Antoinette, Königin von Frankreich 387, 389 f.
Marivaux (Goethe: Mariveaux), Pierre Carlet de Chamblain de 97
Marmontel, Jean-François (741)
Marot, Clément 515
Mascov (Goethe: Maskow), Johann Jakob 263
Maximilian I., röm.-dt. Kaiser 21, 125, 564
Melber (Goethe: Melbert), Georg Adolf 44
Melber (Goethe: Melbert), Johanna Maria Jakobäa (39), 44, 49
Melchthal, Arnold von (795)
Ménage, Gilles 518
Menander (170)
Mendelssohn, Moses 297, 652, (654), 687
Mercier, Louis-Sébastien (609)
Merck, Franziska Luise (Françoise-Louise) 543, 596, (604)
Merck, Heinrich Emanuel 596, (602), (604)
Merck (Goethe: Merk), Johann Heinrich 542–544, 552, 579, 586–590, 594–596, 598, 602–604, 612–616, 631 f., 657, 712, 775–777, 818

Merian, Matthäus, d. Ä. 37
Metz, Johann Friedrich 364 f., 367
Meyer (von Lindau), Johann 383 f., 517
Michaelis, Johann David 258, 295 f.
Miller, Gottlob Dietrich (573)
Miller, Johann Martin (131), (573)
Milton, John 292, 624, 687
Mochel, Johann Ludwig 464, 492
Möser, Justus (609), 639–642, 690 f.
Mohammed (Goethe: Mahomet) 676
Molière (d. i. Jean-Baptiste Poquelin; Goethe: Moliere) 97, (113), 117
Moller, Margaretha *s.* Klopstock
Monsigny, Pierre-Alexandre (97)
Montagu, Lady Mary Wortley (38)
Montaigne, Michel Eyquem de 515
Montesquieu, Charles-Louis de Secondat, Baron de la Brède et de (523), 626
Moors, Friedrich Maximilian (Goethe: Pylades) (53), (175 f.), (179), (182), (185–187), (198), (209 f.), (221), (223 f.), (227), (233)
Morgenstern, Johann Ludwig Ernst 372
Morhof (Goethe: Morhov), Daniel Georg 256
Moritz, Heinrich Philipp 121 f.
Moritz, Johann Friedrich 121 f., 681
Morus, Samuel Friedrich Nathanael 259, 275
Moser, Friedrich Karl Ludwig Freiherr von 84 f., 150, 297, 550 f., 778
Münch, Susanna Magdalena (246), (541), (709–713), (756), (822)
Musäus, Johann Karl August 827

Nemeiz (Nemeitz), Joachim Christoph 29
Nepos, Cornelius 36
Neukirch, Benjamin 37, 85
Nicolai, Christoph Friedrich 633 f.
Nothnagel, Johann Andreas Benjamin 93, 166 f., 605

Oberlin, Jeremias Jakob 512
Ochs von Ochsenstein, Heinrich Christoph 11 f.
Ochs von Ochsenstein, Heinrich Wilhelm 11 f.
Ochs von Ochsenstein, Johann Christoph 11 f.
Ochs von Ochsenstein, Johann Sebastian 11 f., 81
Oeser, Adam Friedrich 290, 331–338, 348 f., 351–353, 389, 537, 539
Olenschlager, Johann Daniel von 116, 168 f., 174
Olenschlager, Johann Nikolaus von (169)
Orth, Johann Philipp 81, 168
Orville, Jean George d' (Goethe: D'Orville) 741, 747–750
Ossian (*s. auch* Macpherson) 561, 576, 625
Ostade, Adriaen van 344
Osuña (Goethe: Ossuna), Pedro Tellez Girón y Guzmán, Vizekönig von Sizilien und Neapel 93
Otho (Goethe: Otto), röm. Kaiser 627
Otto, Everhard (Goethe: Eberhard) 264
Ovid 37, 114, 168, 378, 442, (461)

Palissot de Montenoy, Charles 101
Paoli, Pasquale 759
Pappenheim, Friedrich Ferdinand Graf von (193), (204 f.), 213, (215), (217)
Paracelsus 366
Pasor, Georg 36
Passavant, Jakob Ludwig 787–803, 836 f.

Pegelow (Goethe: Peglow), Daniel 432, 435, 438, 459
Pelagius, Morgan 682
Peter Friedrich Wilhelm Erbprinz von Holstein-Gottorp (Goethe: Holstein-Eutin) 430–432
Petersen, Georg Wilhelm 544
Petrarca, Francesco (722)
Pfeil, Johann Gottlob Benjamin 288, 303
Pfeil, Leopold Heinrich 127 f., 247
Philippi, Johann Ernst (278)
Piazzetta, Giovanni Battista 123
Pindar 292
Piranesi (Goethe: Piranese), Giovanni Battista 14
Pirckheimer, Willibald (Goethe: Pyrkheymer, Billibald) 763–765
Piron, Alexis 114
Platon (Goethe: Plato) 238
Plautus 646
Plitt, Johann Jakob 153
Plotho, Erich Christoph Edler von 194, 201 (222)
Plotho, Wilhelmine Ernestine Baronin von (273)
Pomey, François Antoine 114
Poniatowski, Stanislaw II. August, König von Polen 522
Pope, Alexander 255, 286, 292
Prexaspes 773
Pütter, Johann Stephan 297

Quintilian (Goethe: Quinctilian) 579

Rabelais, François 515
Rabener, Gottlieb Wilhelm 279–281, 425, 556, 610
Racine, Jean Baptiste 97, 116 f., 169, (525)
Raffael (Goethe: Raphael) 388, 392
Ramler, Karl Wilhelm 289, 300, 324, 689, 767 f.
Reichel, Georg Christian 349, 354
Reineck, Adalbert von (169)
Reineck, Friedrich Ludwig von 169–172, 174
Reineck, Marie Salome von *s.* Klenck
Rembrandt (Rembrandt Harmensz van Rijn; Goethe: Rembrand) 30
Resen (Resenius), Johann Peter (Johannes Petrus) 576
Richardson, Samuel 245, 609
Richelieu, Armand-Jean du Plessis, Duc de (116)
Richter, Johann Thomas 338
Richter, Johann Zacharias (338)
Riedel, Johann Anton 344
Riemer, Friedrich Wilhelm (771)
Riese, Johann Jakob 541
Rochester, John Wilmont Earl of (623)
Rohan-Guéméné, Louis Constantin, Prinz von (445)
Rolli, Paolo (15)
Rost, Johann Christoph 326
Rousseau, Jean-Jacques (97), (200), 285, 354, 523–525, (584), 599, 648 f., (728)
Runckel, Karl Ambrosius (157)

Sachs, Hans 683, 768
Sachtleben, Hermann *s.* Zaftleeven
Saint-Germain, Comte (645)
Saint-Jean (Kammerdiener des Grafen Thoranc) 93, 108
Salis-Marschlins, Karl Ulysses von 707
Salzmann, Johann Daniel 384 f., 392–396, 398 f., 513, 517
Sannazaro (Goethe: Sannazar), Jacopo 659
Sauveur (Tanzlehrer) (417 f.), (421)
Schade, Johann Peter Christoph (131)
Schalcken (Goethe: Schalken), Godfried 345
Schen(c)k, Jan und Leonhard 82
Scherbius, Johann Jakob Gottlieb (127)

Schiebeler (Goethe: Schiebler), Daniel 350
Schlag (Goethes Hauswirt in Straßburg) (383)
Schlegel, Johann Elias 152, 169, 291
Schlicht, Georg Sigismund (10)
Schlosser, Cornelia *s.* Goethe
Schlosser, Hieronymus Peter 174, 541 f., 606, (663)
Schlosser, Johann Georg 174, 285–288, 355, 370, 541 f., 586–590, 594, 606 f., 632, 779–782
Schlosser, Johanna Katharina Sibylla *s.* Fahlmer
Schmid, Christian Heinrich (Goethe: Schmidt, Philipp Heinrich) 587–589, (615 f.)
Schmid (Goethe: Schmidt), Sebastian 136, 546
Schmidt, Johann Georg (313 f.)
Schmidt, Marie Sophie *s.* Streiber
Schmoll, Georg Friedrich (658), (666)
Schnabel, Johann Gottfried (37)
Schneider, Johann Caspar 75, 85 f., 154, 223–228, 230, (431)
Schön, Martin *s.* Schongauer
Schönemann, Anna Elisabeth (gen. Lili, Belinde) (729), 737–740, 742, 746–757, 775, 781 f., 792, 818–823, 831 f., 835–840
Schönemann, Jakob Georg 746 f.
Schönemann, Jakob Philipp (737)
Schönemann, Johann Friedrich (737)
Schönemann, Johann Noë (737)
Schönemann, Johann Wolfgang 754 f.
Schönemann, Susanna Elisabeth (729), 737, 754 f.
Schönkopf, Anna Katharina (Goethe: Käthchen, Ännchen, Annette) 288, 299, 304 f., 559
Schönkopf, Christian Gottlob 286
Schönkopf, Katharina Sibylla (286)
Schöpflin, Johann Daniel 510–513, 516
Schongauer (Goethe: Schön), Martin 792 f.
Schopp, Conrad (159)
Schröder, Friedrich Ludwig 609 f.
Schütz, Christian Georg, d. Ä. 30, 93 f.
Schwanefeld *s.* Swanevelt
Schwarzburg *s.* Günther, Graf von Schwarzburg
Scudéry, Georges de (116)
Sedaine, Michel Jean (97), (609)
Seekatz (Goethe: Seekaz), Johann Konrad 30, 93 f., 96, 118 f., 120, 242, 341
Seidel, Philipp Friedrich (840)
Senckenberg, Heinrich Christian 83
Senckenberg, Johann Christian 83
Senckenberg, Johann Erasmus 83
Senckenberg, Johann Hartmann 83
Servière (Goethe: Servières), Maria Johanna Josepha 629
Shakespeare, William (50), 291, 334, (379), (504), 528–532, 611, 625, (646), 696, 711
Silbermann, Johann Andreas (536)
Silberschlag, Georg Christoph 435
Sinzendorf, Wenzel Johann Nepomuk Graf von (218)
Slevoigt, Auguste (826 f.)
Slevoigt, Friederike Elisabeth Karoline (826 f.)
Slevoigt, Traugott Friedemann (826)
Sokrates 238, 657, 683
Solon 252
Sophokles 333, (626)
Sosius (Goethe: Sosias) 724
Soubise, Charles de Rohan, Prince de 104
Spalding, Johann Joachim 296, (654)
Specchi, Alessandro (14)

Spielmann, Jakob Reinhold, d. Ä. 387
Spies, Johann (38)
Spinoza, Benedictus de (Baruch) 672 f., 718–722
Stadion, Anton Heinrich Friedrich Graf 600 f.
Stalburg (Goethe: Stallburg) von, Familie 19
Starck (Goethe: Stark), Anna Maria 45
Starck (Goethe: Stark), Johann Jakob 45
Starkey, George 366
Staudt (Goethe: Stauf), Johann Kaspar 450–452
Stauffacher, Werner (795)
Stein, Henriette Karoline vom und zum 664, 825
Stein, Johanna (Jeanette) Luise vom und zum 825
Stein, vom und zum, Reichsfreiherren 828
Stephanie, Gottlieb, d. J. (609)
Stilling *s.* Jung, Johann Heinrich
Stock, Anna Maria Jakobine (gen. Minna) (349)
Stock, Johann Michael 349 f., 372
Stock, Johanna Dorothea (gen. Dora) (349)
Stock, Marie Helene (349)
Stock, Familie 356
Stockhausen, Johann Christoph 265
Stolberg-Stolberg, Christian Graf zu 573, 772–778, (785), (788), 802–806, 813–818
Stolberg-Stolberg, Friedrich Leopold Graf zu 573, 772–778, 785, (788), 802–806, 813–818
Straube, Johanna Elisabeth (263), (276)
Streiber, Johann Lorenz 427
Streiber, Maria Sophia (Marie Sophie) 427
Struve, Georg Adam 155
Süßmilch, Johann Peter (435)
Sulzer, Johann Georg 579, 707
Swanevelt (Goethe: Schwanefeld), Herman van 346
Swift, Jonathan 485, 544, 554

Tacitus 239, 289
Tasso, Torquato 29, (85)
Tauentzien, Bogislaw Friedrich von 302
Tell, Wilhelm 795, 801
Teller, Romanus (137)
Terenz 114, 170, 256
Textor, Anna Margaretha Justina 27, 40 f., 50, 80, 188
Textor, Johann Jost (322 f.), (606), (708)
Textor, Johann Wolfgang (Großvater Goethes) 10, 27, 40–43, 49–51, 73, 78, 88, 96, 100, 188 f., 195, 224, 234, 257, 606, 708
Textor, Maria Margaretha (322)
Theokrit 292
Thiele, Johann Alexander 350
Thoranc, Albert de 94, 121
Thoranc (Goethe: Thorane), François de 89–96, 103–113, 117–121, 193, 381
Thümmel, Moritz August von 611, (768)
Thym, Johann Heinrich (153)
Timon aus Athen 170
Timoni, Emanuel (38)
Tiro, Marcus Tullius 664
Tissot, Simon André 297
Trattner, Johann Thomas Edler von 725
Trautmann, Johann Georg 30, 93 f.
Trier, Kurfürst von *s.* Clemens Wenzeslaus
Triller, Daniel Wilhelm 260
Truchseß, Franz Ernst Joseph Graf von (218)

Uffenbach, Johann Friedrich Armand von 79, (126)

Unsinger, Johann Konrad (21)
Unzer, Johann August 297
Uz, Johann Peter 425

Valentinus, Basilius 366
Vergil (Goethe: Virgil) 45, 168, 292
Verschaffelt (Goethe: Verschaffel), Peter Anton 537
Voigts (Goethe: Voigt), Jenny (Johanne) Wilhelmine Juliane von 639
Voltaire (d. i. François-Marie Arouet) 80, 100, 518–522, 548, 574, 695, 728
Voß, Johann Heinrich 573

Wagner, Heinrich Leopold 647, (699), 700
Waldburg, Franz Ernst Joseph Graf von (?) *s.* Truchseß
Walderdorf, Johann Philipp Freiherr von (200 f.), (213), (215), (220)
Waldersee, Franz Anton Johann Georg Graf von (328)
Walter, Richard (37)
Warton, Thomas (626)
Washington, George 759
Watteau, Jean-Antoine 824
Weenix, Jan, d. J. 673
Wehrs, Johann Thomas Ludwig (573)
Weiße, Christian Felix 274, 350, 425, (742)
Welling, Georg von 366
Wenck (Goethe: Wenk), Helfrich Bernhard 544, 590
Werthern (Goethe: Werther), Jakob Friedemann Graf von 825
Werthern, Johanna (Jeanette) Luise von *s.* Stein, Freiin vom und zum
Weygand, Christian Friedrich 632
Weyland, Friedrich Leopold 444 bis 455, 460–468, 474 f., 477, 483 f., 486, 497
Wichmann, Johann Ernst (704 f.)
Wieland, Christoph Martin 275, 289–291, (334), 379, 529, 616, 689, 695, 696–700, 768, 827, 832
Wille, Johann Georg 824
Willigis, Erzbischof von Mainz 650
Winckelmann (Goethe: Winkelmann), Johann Joachim 336, 351–353, 537
Winckler (Goethe: Winkler), Johann Heinrich 266
Winkler, Gottfried 337 f.
Wittenberg, Albrecht (699)
Wolf, Ernst Wilhelm 826 f.
Wolf, Karoline 826 f.
Wood, Robert 577
Wrede *s.* Wreden
Wreden, Ferdinand Joseph, geadelt als von Wrede 837
Wreden, Franziska Charlotte Josepha 837
Wreden, Katharina 837
Wreden, Marie Luise Josepha 837 f.

Young, Edward 623

Zachariä, Georg Ludwig Friedrich 288, 351
Zachariä, Justus Friedrich Wilhelm 255 f., 271, 288, 304, 351, 611
Zaftleeven (Saftleven, Sachtleven; Goethe: Sachtleben), Herman 30
Zimmermann, Jakob von 704 f.
Zimmermann, Johann Georg Ritter von 297, 702–707, 812
Zimmermann, Katharina von 704 f.
Zinzendorf, Nikolaus Ludwig Graf von 364, (680)
Zollikofer (Goethe: Zollikoffer), Georg Joachim 296

Zeitschriften und anonyme Werke der Literatur und bildenden Kunst

Acerra philologica *s.* Lauremberg
Allgemeine Deutsche Bibliothek / Neue Allgemeine Bibliothek 291, 298, 379, 590
Altonaer Reichspostreuter *s.* Der Reichspostreuter
Apoll von Belvedere 538
Aurea Catena Homeri *s.* Kirchweger
Bibel 32, 36 f., 46, 94, 132, 136 f., 168, 237, 253, 256, 292, 294 f., 315, 342, 347, 358 f., 426, 530, 546–549, 654, 662, 685, 718, 734, 752, 808
Bibliothek der schönen Wissenschaften und der freien Künste 298
Briefe, die neueste Literatur betreffend 298
Castor und Pollux 538
Corpus Juris Civilis 155, 509
David und Goliath (Puppenspiel) (52)
Der Ewige Jude (Volksbuch) 38, 682
Der Reichspostreuter 699
Deutscher Merkur / Teutscher Merkur / Neuer Teutscher Merkur 590, 615, 689, 697–699, 827
Die schöne Magelone (Volksbuch) 38
Die schöne Melusine (Volksbuch) 38
Die vier Haimonskinder (Volksbuch) 38, 571 f.
Doktor Faust (Puppenspiel) 443
Edda 576, 593
Enzyklopädie *s.* Diderot
Faun mit den Crotalen (Tanzender Faun) 537
Fortunatus (Volksbuch) 38
Frankfurter Gelehrte Anzeigen 590 f., 594, 615
Göttinger Musenalmanach 575, 772
Göttingische Anzeigen von Gelehrten Sachen 577
Goldene Bulle 21 f., 168 f., 196
Halsgerichtsordnung 21
Kaiser Oktavian (Volksbuch) 38
Königsberger Zeitung 551
Laokoon *s.* Hagesandros
Lucy and Collin (Ballade) (711)
Niobe und Niobiden 606
Osnabrücker Intelligenzblätter 639, 641
Propyläen 539

Sachsenspiegel *s.* Eike von Repkow
Schwabenspiegel 563
Sterbender Fechter 538
Tanzender Faun *s.* Faun mit den Crotalen
Tausendundeine Nacht 691
Teutscher Merkur *s.* Deutscher Merkur
Till Eulenspiegel (Volksbuch) 38
Volksbücher 38, 682

Orte

Aachen (Goethe auch: Achen) 23, 196, 207, 212, 268
Airolo 799, 818
Altdorf (Schweiz, Kanton Uri; Goethe auch: Altorf) 795
Amsteg (Goethe: Steg) 795
Andermatt 796 f.
Antibes 89
Aschaffenburg 207, 565
Auerstedt (Goethe: Auerstädt) 261, 360
Augsburg 192

Bacharach 604
Bamberg 26
Basel 510, 534
Bellinzona 799
Belvedere 828
Bensberg 673
Bergen 104
Berlin 197, 434, 688, 723
Biebrich (Goethe: Biberich) 243, 604
Bingen 604
Bitsch 454 f.
Bockenheim (Saar) 448
Bockenheim bei Frankfurt 515, 766
Bremen 356
Buchsweiler (Bouxwiller) 446
Bückeburg 554
Bürgel (Thür.) 826

Calais 522
Coburg 33
Colmar 533

Darmstadt 31, 94, 119, 439, 446, 542 f., 551, 559, 572, 581, 590, 657, 775 f., 818
Dessau 328, 352, 557
Dettingen 23
Diez 597
Dresden 49, 272, 280, 326, 340–347, 436, 683
Drusenheim 460 f., 468 f., 472, 483, 492, 537
Dudweiler (Goethe: Dutweiler) 449, 455
Düsseldorf 598, 668, 674

Ehrenbreitstein 597, 603, 629
Einsiedeln 790–793
Elberfeld 674
Eltville (Goethe: Elfeld) 604
Emmendingen (Goethe auch: Emmedingen) 779–781
Ems, Bad 597, 658, 660, 667
Ensisheim 534
Ettersburg 828
Eutin 430

Florenz 207
Flüelen (Goethe: Flüelle) 795
Fort Louis 499
Frankfurt am Main 11, 15, 17–28, 51, 73, 78–80, 89–92, 103–106, 119, 121, 127, 158, 161, 167, 172, 188, 192–223, 238, 257, 260, 285, 360, 381, 391, 417, 456, 506, 510, 540, 559, 572, 581, 593, 596, 605, 628, 647, 651, 655, 660 f., 663, 668, 690 f., 708, 726, 730, 735, 752 f., 760, 765 f., 774 f., 784, 787, 818, 824 f., 832 f., 839 f.
Freiburg (Breisgau; Goethe: Freyburg) 415
Friedberg 74, 701
Friedrichsthal 452

Gelnhausen (Goethe: Gellenhausen) 260
Genf 649
Gera 128
Gersau 795
Gießen 33, 80, 586–592, 594, 639
Göttingen 35, 258, 573, 577
Gotha 360
Grasse (Provence) 89, 94

Hagenau 455, 499
Halberstadt 428
Halle 270
Hamburg 132, 350, 610
Hanau 128, 162, 260, 448
Hannover 207, 81
Heidelberg 206–208, 753, 836–841
Heilbronn 761
Heusenstamm 202, 208
Höchst 13, 187 f.
Hohnau (Goethe: Huhnau) 448
Homburg, Bad 242, 559
Hubertusburg (bei Oschatz; Goethe: Hubertsburg) 164, 168

Ilmenau 827
Isenburg (Ysenburg)-Büdingen-Meerholz 681
Itznach *s.* Vitznau

Jagsthausen (Goethe: Jaxdhausen) 761
Jena 236, 270, 689, 827
Jerusalem 683, 685

Karlsruhe 700, 777 f., 781, 832 f., 836 f.
Kehl (697)
Koblenz (Goethe: Coblenz) 596, (603), 666 f., 675
Köln 415, 667–671
Königsberg 550 f.
Königstein (Taunus) 242
Kronberg (Taunus; Goethe: Kroneburg) 242
Küßnacht 801

Leipzig 33, 35, 259, 262 f., 270–272, 286–288, 298, 317 f., 322, 337, 347 f., 350, 355, 359, 369, 373 f., 385, 391, 417, 434, 515, 529, 537, 632
Lichtenberg 447
Limburg 597
Lindau 383, 517
Lingen (Westfalen) 80
Lissabon 31, 50
Livorno (Goethe: Livorne) 758
Lobositz (Goethe: Lowositz) 49
Lützelstein 448
Luzern 798

Madrid 20
Mailand 798 f., 818
Mainz 188, 196–198, 243, 540, 604, 691, 696, 698 f.
Mannheim 511, 537, 606, 776 f., 838, 840
Marburg 153
Maria Einsiedeln *s.* Einsiedeln
Marienborn 681
Marschlins (Graubünden) 707
Marseille 132
Molsheim 533
Mühlberg 284
München 22

Nassau 597, 664, 825
Neapel 35, 818
Neunkirchen (Goethe: Neukirch) 452
Neusaarwerden 448
Niederbronn (Goethe: Niederbrunn) 455
Niedermodern 455
Niederrad 182
Nürnberg 26 f., 196, 212, 349

Oberlahnstein 597
Offenbach 741–744, 746 f., 750, 752
Ortenau 499
Osnabrück 639 f., 690

Paris 35, 387, 391 f., 453, 518, 523 f., 824
Pempelfort 668, 674
Petersburg 616, 631
Pfalzburg 445 f.
Philippsburg 499
Potsdam (Goethe: Potzdam) 688 f.

Rapperswil (Goethe: Rapperswyl) 792

Regensburg 35, 194, 297, 708
Reichshofen 455
Rheinfels 604
Richterswil (Goethe: Richters Weyher) 789
Riga 432
Rom 14, 401
Roßbach (Goethe: Rosbach) 104

Saaralben (Goethe: Saaralbe) 448
Saarbrücken (Goethe: Saarbrück) 448
Saargemünd 448
Sachsenhausen (Frankfurt) 18, 24, 89, 158, 203, 205, 752
Schaffhausen (Goethe: Schafhausen) 782 f.
Schindellegi (Goethe: Schindelegge) 790
Schlettstadt 533
Schwalbach 242
Schwyz (Goethe: Schwytz) 793
Sessenheim (Goethe: Sesenheim) 455, 461–478, 483, 485 f., 497, 499, 503 f., 581
Speyer 565
St. Goar 604
Straßburg 380–385, 387, 389, 391, 396, 403 f., 415 f., 430, 432, 436, 439, 455 f., 460, 467, 472, 483, 492, 496, 503, 505–507, 510 f., 513 f., 517, 530, 542, 592, 644, 646 f., 697, 731, 833, 840

Thal (Ehrenbreitstein) 597, 629
Treptow (Pommern) 285, 370, 542
Tschesme (Çeşme) 758

Urseren *s.* Andermatt

Versailles 391, 513
Vitznau (Goethe: Itznach) 795

Wassen (Goethe: Wasen) 796
Weilburg 597
Weimar 689, 778, 825–828, 832 f., 839 f.
Wetzlar 35, 562–573, 578, 587, 593, 595, 780
Wien 35, 207, 708
Wiesbaden (Goethe: Wisbaden) 242
Wittenberg 260
Wolfenbüttel 356
Wörlitz *s.* Dessau
Worms 26 f., 565

Zabern (Saverne) 444–447
Zürich (Goethe auch: Zürch) (653), 782 f., 785–788, 801–805
Zug 801
Zweibrücken (Goethe: Zweybrücken) 453

Werke Goethes

Anekdote zu den Freuden des jungen Werthers 634
Bekenntnisse einer schönen Seele *s.* Wilhelm Meisters Lehrjahre
Brief des Pastors zu *** an den neuen Pastor zu *** 650
Briefe aus der Schweiz. Erste Abteilung 805
Claudine von Villa Bella 769
Clavigo 560, 710 f.
Das Jahrmarktsfest zu Plundersweilern 638
Der Ewige Jude 682–685, 720 f.
Der neue Paris 478
Der neue Raimond *s.* Die neue Melusine
Die Laune des Verliebten 305, 374
Die Leiden des jungen Werthers 580–584, 620, 625, 630–637, 643, 665, 685, 720, 761, 793
Die Mitschuldigen 306, 374, 443, 614
Die neue Melusine (auch: Der neue Raimond) 478, 483, 497
Die Wahlverwandtschaften 534
Dissertation: Daß der Gesetzgeber nicht allein berechtigt, sondern auch verpflichtet sei, einen gewissen Kultus festzusetzen 507 f.
Egmont 823, 829 f., 834, 836, 841
Ein Fastnachtsspiel, auch wohl zu tragieren nach Ostern, vom Pater Brey, dem falschen Propheten 604
Erwin und Elmire 822
Faust 443, (518), 545, (595), 647, (657), (712), 720, 778
Gedichte:
Amors Grab (348)
An Belinden 739 f., 835
An den Kuchenbäcker Hendel 324–326, 391
An ein goldnes Herz, das er am Halse trug 800
An eine auswärtige Freundin 679
Angedenken du verklungner Freude 800
Annette. Liederbuch 303, 320 f., 336, 374
Auf dem See 788 f.
Bedecke deinen Himmel, Zeus 686 f.
Bundeslied 746
Das Glück (348)
Der König in Thule 671
Der Musensohn 722
Der untreue Knabe 671
Der vierte Teil meiner Schriften. Berlin 1779 bei Himburg 723

Der Wandrer 575
Der Zauberlehrling 708, 831
Die Freuden (348)
Die Leiden des jungen Werthers an Nicolai 635
Die Nacht (348)
Dilettant und Kritiker (115)
Diné zu Koblenz 667
Durch Feld und Wald zu schweifen 722
Ein junger Mensch – ich weiß nicht wie 634
Es war ein Knabe frech genung 671
Es war ein König in Thule 671
Freuden des jungen Werthers (Nicolai auf Werthers Grabe) 634
Hat der alte Hexenmeister 708, 831
Herz, mein Herz, was soll das geben 738 f.
Hoch auf dem alten Turme steht 666
Holde Zeugen süß verträumter Jahre 723
Ihr verblühet, süße Rosen 821
In allen guten Stunden 746
Ist doch keine Menagerie 821
Kleine Blumen, kleine Blätter 501
Künstlers Abendlied (784)
Liederbuch Annette *s.* Annette
Lilis Park 821
Mag jener dünkelhafte Mann 635
Mahomets-Gesang 677 f.
Mit einem gemalten Band 501
Neue Liebe, neues Leben 738 f.
Neue Lieder. In Melodien gesetzt von Bernhard Theodor Breitkopf 348
Nicolai auf Werthers Grabe (Freuden des jungen Werthers) 634
O Hendel, dessen Ruhm 324–326, 391
Poetische Gedanken über die Höllenfahrt Jesu Christi 152
Prometheus. Monolog 686 f.
Seht den Felsenquell 677 f.
Sesenheimer Lieder 501
Sieh in diesem Zauberspiegel 679
Sprüche über das Hofleben 693 f.
Unbeständigkeit (348)
Und frische Nahrung, neues Blut 788 f.
Und wie nach Emmaus, weiter ging's 667
Vom Berge 790

Wandrers Sturmlied 559
Warum ziehst du mich unwiderstehlich 739 f., 835
Welch ungewöhnliches Getümmel 152
Wen du nicht verlässest, Genius 559
Wenn ich, liebe Lili, dich nicht liebte 790
Zwischen Lavater und Basedow 667
Geschichte Gottfriedens von Berlichingen mit der eisernen Hand. Dramatisiert 399, 443, 545, 560, 562, 575, 580, 612 f.
Geschichte Josephs (nicht überliefert) 151 f.
Götter, Helden und Wieland 696–698
Götz von Berlichingen mit der eisernen Hand. Ein Schauspiel 614–618, 632, 646, 761, 823
Hanswursts Hochzeit 770–773
Heinrich Stillings Jugend (1. Teil der dreiteiligen Autobiographie von Johann Heinrich Jung; Herausgabe) 397
Iphigenie auf Tauris 688
Mahomet 676–678
Neueröffnetes moralisch-politisches Puppenspiel (594)
Positiones juris (Rechtsthesen) 507–510, 541
Prolog zu den neusten Offenbarungen Gottes, verdeutscht durch Dr. Karl Friedrich Bahrdt 639
Prometheus 686 f.
Satyros oder Der vergötterte Waldteufel 604
Shakespeare und kein Ende! 528 f.
Sie kommt nicht! Ein jammervolles Familienstück (nicht überliefert) 747–751
Von deutscher Baukunst 413, 545
Wilhelm Meisters Lehrjahre 363, (672)

Ausgaben der Werke Goethes

Schriften. 3 Tle. Berlin: Himburg, 1775–76 723 f.
Werke. 13 Bde. Tübingen: Cotta, 1806–10 7 f.
Werke. 20 Bde. Stuttgart/Tübingen: Cotta, 1815–19 550
Werke. Vollständige Ausgabe letzter Hand. 40 Bde. Stuttgart/Tübingen: Cotta, 1827–30 805

Inhalt

Aus meinem Leben
Dichtung und Wahrheit

Erster Teil 5

Vorwort 7

Erstes Buch 10
Zweites Buch 48
Der neue Paris. Knabenmärchen . . 54
Drittes Buch 88
Viertes Buch 121
Fünftes Buch 175

Zweiter Teil 231

Sechstes Buch 233
Siebentes Buch 277
Achtes Buch 331
Neuntes Buch 378
Zehntes Buch 425

Dritter Teil 481

Eilftes Buch 483
Zwölftes Buch 540
Dreizehntes Buch 596
Vierzehntes Buch 642
Funfzehntes Buch 678

Vierter Teil 715

Vorwort 717

Sechzehntes Buch 717
Siebzehntes Buch 737

Achtzehntes Buch 767
Neunzehntes Buch 798
Zwanzigstes Buch 824

Anhang

Zu dieser Ausgabe 845
Kommentar 851
Literaturhinweise 1193
Nachwort 1210
Register 1236
Personen 1236
Zeitschriften und anonyme Werke der Literatur und bildenden Kunst 1251
Orte 1253
Werke Goethes 1256
Ausgaben der Werke Goethes 1259